KB260349

국역 석주유고 상

안동독립운동기념관 자료총서 ❶
한국학술진흥재단 기초학문육성지원사업
안동대학교 안동문화연구소

국역 石洲遺稿 상

초판1쇄 인쇄 2008년 8월 11일
초판1쇄 발행 2008년 8월 20일

연구책임자 김희곤
공동연구원 강구율 김윤규
역   자 김명균 김승균 오덕훈 이성호 정의우
교 열 자 권경열 권영대 이동환 이정섭 장재한
해제 · 교열(역사) 김기승
보조연구원 강윤정 박선응

편집 발행 : 안동독립운동기념관장 김희곤
            760-833 경북 안동시 임하면 천전리 240
            전화 : 054-823-1555
            팩스 : 054-823-1550
            homepage : www.815andong.or.kr

제작 판매 : 경인문화사 대표 한정희
            121-050 서울특별시 마포구 마포동 324-3
            전화 : 02-718-4831
            팩스 : 02-703-9711
            e-mail : kyunginp@chol.com
            homepage : 한국학서적.kr / www.kyunginp.co.kr

값 48,000원
ISBN 978-89-499-0575-4 94810
ISBN 978-89-499-0574-7 94810(세트)

※잘못된 책은 바꾸어 드립니다
※저자와의 협의하에 인지는 생략합니다

이 저서는 2005~2006년 정부(교육과학기술부)의 재원으로 한국학술진흥재단의 지원을 받아 수행된
연구물을(KRF-2005-078-AS0012) 기초로 출판되었습니다.

안동독립운동기념관 자료총서 ❶
한국학술진흥재단 기초학문육성지원사업
안동대학교 안동문화연구소

국역 石洲遺稿 상

안동독립운동기념관 편

景仁文化社

간행사

안동독립운동기념관은 개관 1주년 기념사업의 하나로 자료총서 발간을 시작합니다. 이는 작년에 개관을 기념하여 학술총서 제1권을 펴낸 데 이은 새로운 사업의 출발을 뜻합니다.

자료총서 제1권(상·하)은 석주石洲 이상룡李相龍 선생의 글을 번역한 『국역 석주유고』입니다. 선생이 남긴 자료가 한국독립운동사 연구에 긴요하다는 사실은 연구자들 사이에 이미 널리 알려져 있고, 한국학술진흥재단이 역주사업의 하나로 선정하고 번역작업을 지원해 준 이유도 여기에 있습니다.

한국독립운동사에서 이상룡 선생이 돋보이는 데는 몇 가지 이유가 있습니다. 첫째, 선생의 삶이 독립운동사의 전체를 꿰뚫고 있다는 사실입니다. 독립운동의 첫 단계인 의병에서 시작하여 계몽운동, 만주망명과 독립군 기지건설에 이은 지도, 대한민국임시정부 국무령 활동 등에서 그러한 점을 확인할 수 있습니다. 둘째, 선생의 사상은 전통 유림에서 혁신유림으로 전환, 여기에 유학적 바탕에서 사회주의까지 해석하여 이를 민족문제 해결에 도입한 자세는 사상적 진취성을 보여주는 장면이기도 합니다. 셋째, 부와 지위를 모두 겨레 위해 던진 선생의 결단과 선택은 Noblesse Oblige의 전형적인 모습입니다. 선생은 편하게 누릴 수 있는 특권을 모두 던져 버리고, 오직 나라 찾는 일에 자신의 삶과 가문의 존재를 걸었습니다.

선생의 뜻을 기리고 독립운동사 연구를 활성화시키기 위해 『석주유고』 번역 사업을 재촉하는 목소리는 이미 오래 전부터 터져 나왔습니다. 하지만 그것이 그리 쉽지 않았음은 누구나 헤아릴 수 있는 일입니다. 그래서 소장 연구자들은 안동대학교 안동문화연구소를 통해 역주사업을 신청했고, 2005년 한국학술진흥재단은 이를 지원 대상으로 선정해 주었습니다. 연구책임자와 공동연구원, 번역을 담당한 전임연구원, 그리고 보조연구원으로 구성된 이 사업에서, 주된 역할은 어디까지나 번역 작업을 맡은 전임연구원들의 몫이었습니다. 1년 번역작업과 약간의 수정 기간을 거친 뒤, 완성도를 좀 더 높이자는 자체평가에 따라 최고 전문가의 교열을 거치기로 뜻을 정했습니다. 그래서 다섯 분의 교열위원이 7개월 동안 헌신적으로 작업을 맡아 주셨습니다.

　이 책을 발간하는 과정에서 많은 분들이 도움을 주셨습니다. 역주사업을 지원해 준 한국학 술진흥재단과 행정적으로 뒤를 받쳐준 안동대학교 안동문화연구소에 감사드립니다. 참가한 연구진은 말할 나위도 없고, 번역의 완성도를 높이기 위해 몸 사리지 않고 도와주신 권경열 · 권영대 · 이동환 · 이정섭 · 장재한 다섯 분 교열위원님께 고개 숙여 감사의 인사를 드립니다. 또 어려운 사정이면서도 교열위원 구성과 재정 지원을 흔쾌히 맡아주신 석주 선생의 문중에 고마운 인사를 거듭거듭 드리지 않을 수 없습니다. 내용 검토에 이어 해제를 써주신 김기승 교 수의 공도 적지 않습니다. 그리고 역주사업의 자질구레한 일부터 편집과 발간에 이르기까지 업무 전반을 밀고 나간 우리 기념관의 강윤정 학예실장과 한준호 연구원, 그 뒤를 받쳐준 김주 현 · 조덕천 해설사의 노력은 중요한 몫이었습니다. 끝으로 출판을 맡아준 경인문화사 한정희 사장과 담당자에게도 감사의 인사를 드립니다.

　우리 기념관은 학술총서 · 자료총서에 이어 곧 교양총서 발간도 기획하고 있습니다. 애정 과 관심으로 지켜봐 주시고 성원해 주시길 빕니다.

2008년 8월

안동독립운동기념관장 김 희 곤

일러두기

1. 이 번역본은 『석주유고』(1973, 영인)와 『석주유고 후집』(1996)을 저본으로 삼았다.

2. 번역은 한글전용을 원칙으로 하되 필요한 경우에는 한글에 한자를 붙여썼다.

3. 시[詩]·만사[輓詞] 등은 번역문 옆에 원문을 덧붙였다.

4. 원문 중 누락된 자[字]는 '■'로, 해석 불가능한 한자[漢字]는 '●'로 표기하였다.

5. 번역문 및 주석에 사용한 부호는 다음과 같다.

  - 『   』: 책명

  - 「   」: 편명이나 항목

  - ≪   ≫: 신문이나 잡지

  - "   ": 인용문이나 대화

  - '   ': 재인용이나 대화안의 대화

  - [   ]: 한글과 발음이 다른 한자 표기

  - · : 병렬형의 단어 중간에 표시

석주 이상룡. 1925년 대한민국임시정부 국무령 재임 시

임청각 전경(1940년 이후)

임청각 전경(안동시 법흥동)

임청각 군자정. 1922년 동흥학술 강습회 생도 기념

이상룡 묘소(국립서울현충원)

臨淸閣世系圖

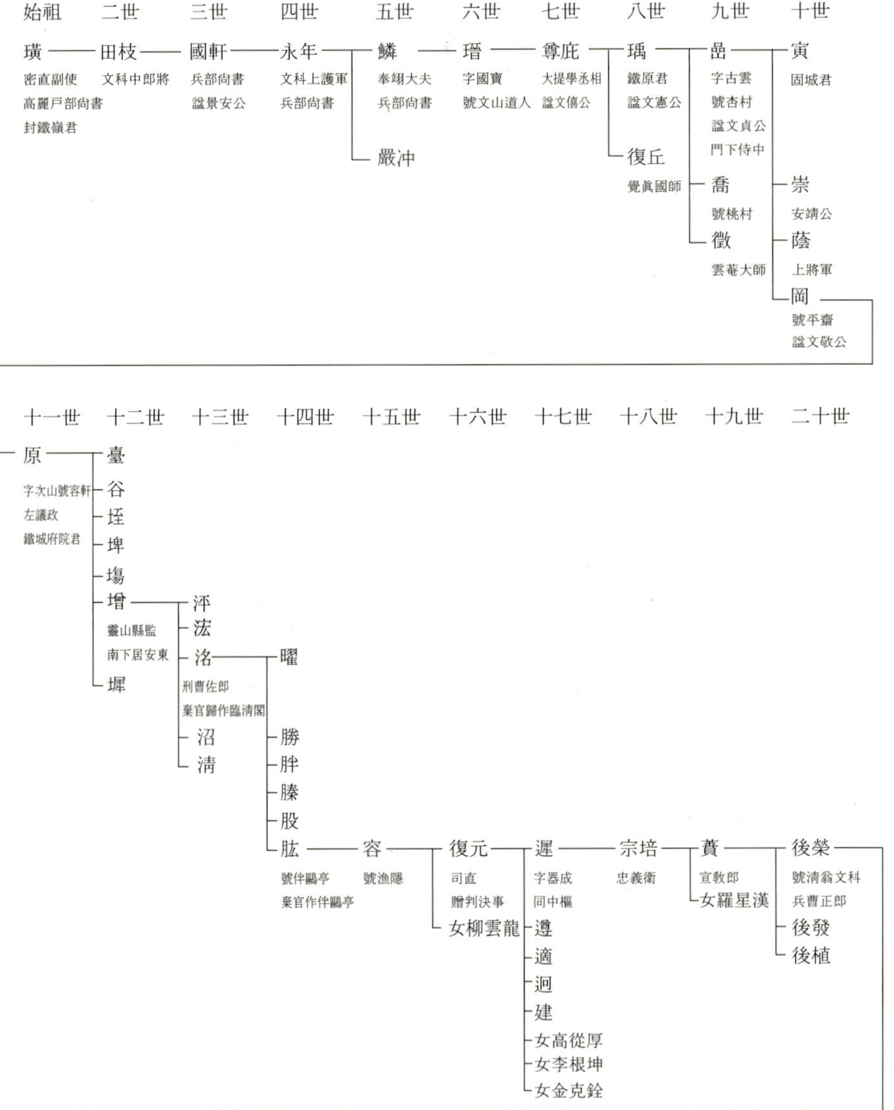

始祖　二世　三世　四世　五世　六世　七世　八世　九世　十世

瑣　田枝　國軒　永年　鱗　瑨　尊庇　瑀　喦　寅
密直副使　文科中郎將　兵部尙書　文科上護軍　奉翊大夫　字國寶　大提學丞相　鐵原君　字古雲　固城君
高麗戶部尙書　諡景安公　兵部尙書　兵部尙書　號文山道人　諡文僖公　諡文憲公　號杏村
封鐵嶺君　諡文貞公
門下侍中

嚴冲　復丘　喬　崇
覺眞國師　號桃村　安靖公
徵　蔭
雲菴大師　上將軍
岡
號平齋
諡文敬公

十一世　十二世　十三世　十四世　十五世　十六世　十七世　十八世　十九世　二十世

原　臺
字次山號容軒　谷
左議政　垤
鐵城府院君　埤
塲
增　泙
靈山縣監　泫
南下居安東　洛　曜
墀　刑曹佐郎
棄官歸作臨淸閣
沼　勝
淸　胖
縢
股
肱　容　復元　遟　宗培　蕡　後榮
號伴鷗亭　號漁隱　司直　字器成　忠義衛　宣敎郎　號淸翁文科
棄官作伴鷗亭　贈判決事　同中樞　女羅星漢　兵曹正郎
女柳雲龍　遵　後發
適　後植
迥
建
女高從厚
女李根坤
女金克銓

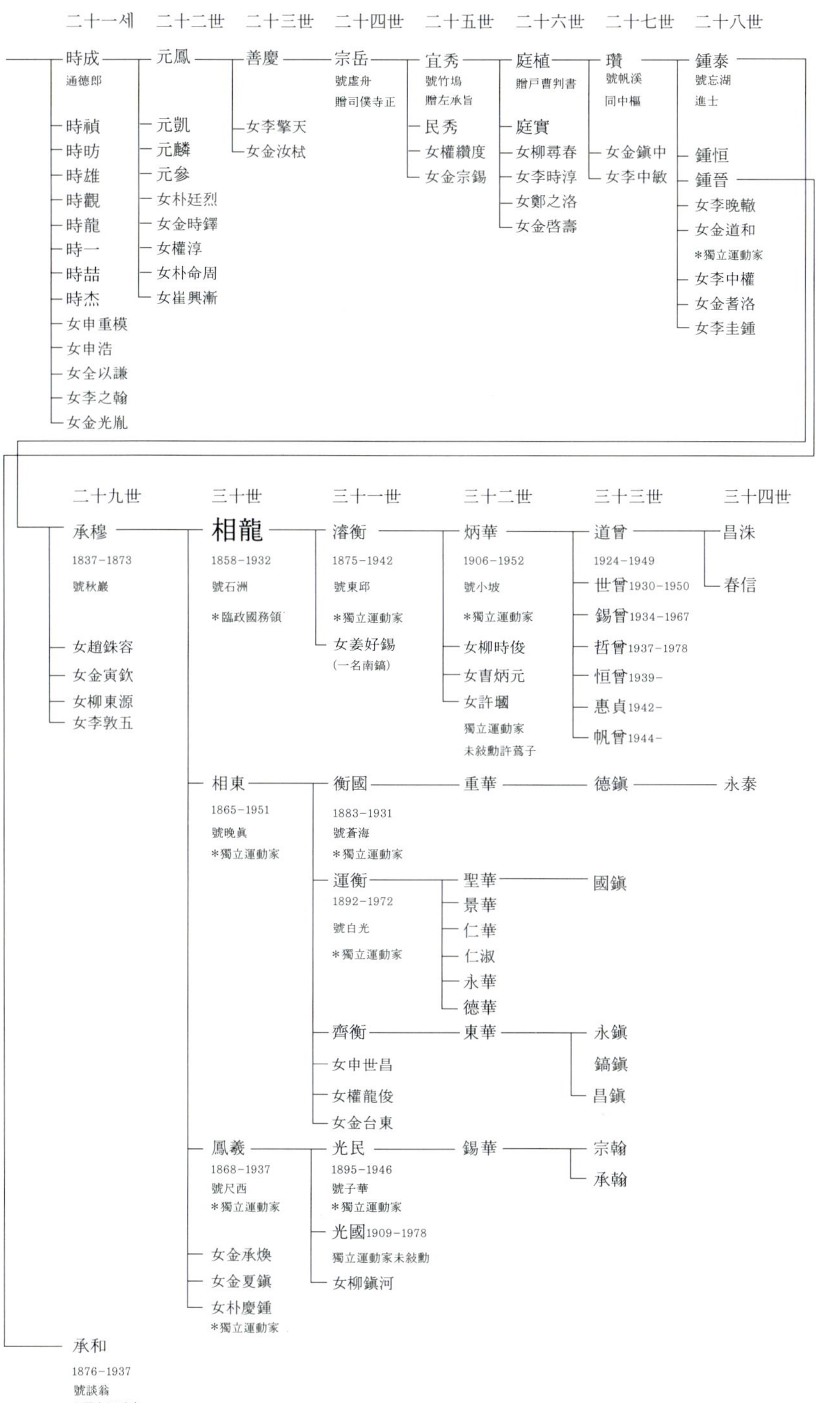

二十一世　二十二世　二十三世　二十四世　二十五世　二十六世　二十七世　二十八世

時成　通德郎
元鳳
善慶
宗岳　號虛舟　贈司僕寺正
宜秀　號竹塢　贈左承旨
庭植　贈戶曹判書
瓚　號帆溪　同中樞
鍾泰　號忘湖　進士

時禎
時昉
時雄
時觀
時龍
時一
時喆
時杰
女申重模
女申浩
女全以謙
女李之翰
女金光胤

元凱
元麟
元參
女朴廷烈
女金時鐸
女權淳
女朴命周
女崔興漸

女李擎天
女金汝栻

民秀
女權纘度
女金宗錫

庭實
女柳尋春
女李時淳
女鄭之洛
女金啓壽

女金鎭中
女李中敏

鍾恒
鍾晉
女李晚轍
女金道和
*獨立運動家
女李中權
女金著洛
女李圭鍾

二十九世　三十世　三十一世　三十二世　三十三世　三十四世

承穆　1837-1873　號秋巖
相龍　1858-1932　號石洲　*臨政國務領
濬衡　1875-1942　號東邱　*獨立運動家
炳華　1906-1952　號小坡　*獨立運動家
道曾　1924-1949
昌洙
春信

女趙銖容
女金寅欽
女柳東源
女李敦五

女姜好錫（一名南鎬）

女柳時俊
女曹炳元
女許坮　獨立運動家　未敍勳許爲子

世曾　1930-1950
錫曾　1934-1967
哲曾　1937-1978
恒曾　1939-
惠貞　1942-
帆曾　1944-

相東　1865-1951　號晚眞　*獨立運動家
衡國　1883-1931　號蒼海　*獨立運動家
重華
德鎭
永泰

運衡　1892-1972　號白光　*獨立運動家
聖華
景華
仁華
仁淑
永華
德華
國鎭

齊衡
女申世昌
女權龍俊
女金台東
東華
永鎭
鎬鎭
昌鎭

鳳羲　1868-1937　號尺西　*獨立運動家
光民　1895-1946　號子華　*獨立運動家
錫華
宗翰
承翰

光國　1909-1978　獨立運動家未敍勳
女柳鎭河

女金承煥
女金夏鎭
女朴慶鍾　*獨立運動家

承和　1876-1937　號談翁　*獨立運動家

이준형(이상룡의 장남)

이병화(이상룡의 손자)

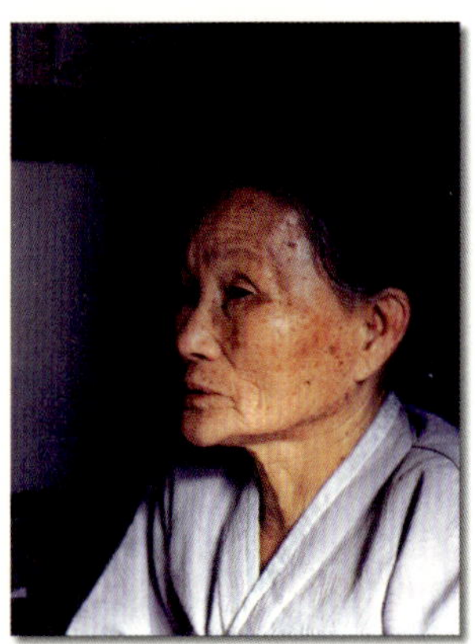

허은(이병화의 부인)

이도증(이상룡의 증손자, 오른쪽)

이상동(이상룡의 첫째 동생)

이형국(이상동의 장남)

이운형(이상동의 차남)

이광민(둘째, 이봉희의 장남)

이광국(둘째 동생, 이봉희의 차남)·이경화(이광민의 딸), 1948년

목 차 ....

권2 ◦ ◦ 207

권3 ◦ ◦ 323

권4 ∘ ∘ 411

권5 ◦ ◦ 505

목 차 ·· 하권

권6 읍혈록泣血錄 하下 ◦ ◦ 292

후집 ◦ ◦ 369

해 제

김 기 승

(순천향대)

1. 석주 이상룡의 생애

이상룡은 1858년 11월 24일 경상도 안동군 법흥동 임청각에서 이승목李承穆의 3남 3녀 중 장남으로 태어났다. 본관은 고성, 초명은 상희象羲, 호는 석주石洲이며, 1911년 중국 망명 이후 상룡으로 개명하였다. 고성이씨 가문은 15세기 이래 안동의 유력한 양반사족이었고, 학문적으로는 퇴계학통에 속하였다. 따라서 이상룡은 퇴계학통의 정맥을 계승한 정재 류치명柳致明(1777~1861)의 제자였던 평담 이전(1832~1886), 척암 김도화(1825~1912), 서산 김흥락(1827~1898) 등으로 부터 유학을 배우면서 성장했다. 김흥락은 이상룡의 조부 이종태李鍾泰의 처남이기도 했는데, 이상룡의 학문과 사상에 큰 영향을 미쳤다. 이상룡은 조부의 뜻에 따라 18세인 1876년 김흥락 문하에 들어가 이듬해 보인계에 가입하고 강회에 참석하면서 평생 스승으로 섬겼다.『석주유고』에는 이상룡이 김흥락에게 성리학과 예학에 관해 문답한 많은 편지들이 수록되어 있다.

이상룡은 1886년 과거에 응시했다가 실패했는데, 이후에는 과거 공부를 포기하고 성리학 연구에 매진했다. 특히 1880년대 개화정책이 추진되면서 유교적 예교질서가 쇠퇴하고 있는 것을 우려하여 예학에 많은 관심을 기울였다. 1890년에는 임청각에서 족친과 더불어 향음주례를 행했으며, 1898년에는 향당의 사우들과 함께 향약을 시행하기도 하였다. 1894년 동학농민항쟁과 청일전쟁이 일어나자, 월곡면 도곡으로 은신하였다. 이때 병학을 연구하면서 재래식 무기인 연노連弩를 제작하여 실험하기도 했다. 1895년 을미사변과 단발령을 계기로 전국적으로 의병이 일어났을 때, 안동지역에서도 외숙부 권세연權世淵·스승 김흥락·김도화 등을 중심으로 의병진이 구성되었다. 이에 이상룡은 임청각으로 돌아와 물심양면으로 의병을 도왔는데, 김도화 의병장에게 편지를 보내 도성 점령보다는 산간 험지에 근거지를 두고 전투할 것을 제안하기도 했다. 그러나 조부의 상중이라 의병에 직접 참여하지는 않았다.

1905년 을사조약으로 한국의 국권이 강탈당하자, 이상룡은 의병을 직접 조직하였다. 이상룡은 매부 박경종朴慶鍾과 함께 마련한 15,000금에다가, 이규명의 10,000금과 남세혁南世爀의 20두락으로 군자금을 마련하고, 거창의 차성충車晟忠을 의병장으로 삼아 군사를 모으고 무기를 장만하였다. 이상룡·이규명·차성충 등은 가야산을 근거지로 삼고 2년 여의 준비 끝에 1908년 2월 거창에서 거병하기로 했다. 그러나 기밀이 탄로되어 일본 군대의 기습을 받아 무기를 빼앗기고 군사가 흩어지게 되었다. 이에 차성충이 거창에서 안동으로 피신하여 이상룡을 찾아왔다. 이후 신돌석·김상태 의병진과 협력을 모색했으나 그들도 사망하거나 피체됨으로써 이상룡의 의병 거사는 결실을 거두지 못한 채 실패로 끝나고 말았다.

1908년 의병의 실패에 대해 이상룡은 시국에 어두웠기 때문이라고 보았다. 그리하여 그는 동서 열강의 서적을 구해 읽어 보고 세계의 변화를 깨닫고 서양 근대사상을 수용하는 결단을 내리게 되었다. 이에 「우음偶吟」이라는 시에서 수구의 헛됨, 개화파의 매국 행위, 의병의 불가함을 말하면서 민에 대한 교육의 희망을 이야기하였다. 이상룡은 사상 전환 이후 류인식·김동삼 등이 1907년에 건립한 협동학교에 적극 관여하면서 안동지역의 신교육운동을 이끌었다. 또한 1909년 대합협회 안동지회를 주도적으로 결성하면서 구한말 안동지방 계몽운동의 지도적 인사로 활동하였다. 이상룡은 대한협회 안동지회 취지서와 행동강령을 작성하였는데, 여기서 그는 교육과 실업의 진흥을 통해 자강력을 양성할 것을 주장했다. 그리고 지회를 국민이 모인 '정당'으로 해석하면서 향촌을 단위로 한 근대 민주주의를 실천하고자 했다. 따라서 안동지회는 지방자치 단체로서의 성격을 띠면서 의회 결성을 전망하고 있었다. 이상룡은 대한협회 본부가 일제의 침략 행위에 대해 침묵하거나 일진회와 연합하려는 등의 친일적 성향에 대해 비판하면서 대한협회가 국권회복운동의 중심체가 될 것을 요구했다.

1910년 대한제국은 일본의 식민지로 전락하고 말았다. 이에 국내에서의 국권회복운동이 불가능해지자 의병지도자와 계몽운동 지도자들은 해외로 망명하여 독립운동을 전개하고자 하였다. 비밀결사 조직인 신민회 인사들의 독립운동 근거지 건설운동은 그 대표적인 것이었다. 이상룡은 1910년 12월 주진수를 통해 신민회의 계획을 접하고 처남 김대락과 함께 망명계획을 세웠다. 이어 1911년 1월 대가족을 이끌고 압록강을 건너 서간도로 망명하였다. 서간도에서 이상룡은 한인 교포의 토지 임차, 중국 국적 취득, 중국인과의 문화 충돌 해소 등의 문제를 앞장서서 해결할 뿐만 아니라 한국고대사에 대한 연구를 통해 만주가 한민족의 옛 영토임을 고증함으로써 한인의 서간도 정착을 물심양면으로 뒷받침했다. 나아가 한인 자치조직을 건설하고 이를 토대로 독립운동을 전개하고자 하였다.

이상룡은 1911년 김대락·이회영·이동녕 등과 함께 1911년 내무·농무·재무·교무 등 4개 부서를 갖춘 경학사耕學社를 조직했으며, 경학사 취지서를 쓰고 사장으로 활동했다. 경학사란 농업·상업·공업 등의 실업 활동을 통해 경제력을 향상시키고 교육을 통해 민지를 계발함으로써 미래 한민족 독립의 기초를 다진다는 것을 목표로 삼았다. 이어 같은 해 신흥강습소를 설치하여 교포 자제들에게 민족 교육과 군사 교육을 시켜 독립군을 양성하였다. 이후 이상룡은 광업사廣業社를 조직하여 수전 개간을 통한 교포사회의 농업 발전을 도모했고, 자신계自新稧를 조직하여 교포의 각종 실업 활동 활성화를 도모하는 등 한인 교포사회의 경제적 자립에도 심혈을 기울였다. 경학사 해체 이후 이상룡은 서간도 지역 한인 교포사회의 자치조직인 부민단扶民團을 지도하게 되었다. 통화현 합니하에 본부를 둔 부민단 조직 시기에 대해서는 1912년·1913년·1916년 여러 설이 있는데, 이상룡이 부민단에 관여하게 된 것은 1916년인 것으로 보인다. 부민단은 삼권분립의 원칙에 의거하여 조직된 단체로 1919년 3·1운동 후 한족회로 확대 발전하게 되었다.

1910년대 한인 교포사회의 지도자로 활동하던 이상룡은 1919년 3·1운동이 일어난 직후인 4월 유하현 고산자에서 서간도 지역의 인사들을 규합하여 군정부를 수립하였다. 이것은 3·1운동을 계기로 간도지역의 무장 독립군을 조직화하여 독립전쟁을 수행할 수 있는 정부를 조직하고자 한 것이었다. 그러나 상해의 대한민국임시정부 측에서 서간도의 군정부를 임정 산하조직으로 만들 것을 요청하자, 이를 수락하였다. 이에 1920년 3월말 서간도에서는 군정기관인 군정부와 민정기관인 한족회가 통합하여 서로군정서라 이름하고, 대한민국임시정부의 산하 조직이 되기로 결의했다. 이때 이상룡은 서로군정서의 독판에 선정됨으로써 서간도의 무장 독립운동 세력을 이끄는 실질적인 지도자가 되었다.

1921년 4월부터 6월까지 3개월간 북경에서는 무장독립운동단체의 통일을 도모하기 위해 군사통일회의가 개최되었고, 또 1923년에는 상해에서 국민대표회의가 개최되었다. 서로군정서 독판이었던 이상룡은 1921년 북경군사통일회의에는 직접 참가하였고, 1923년 국민대표회의에는 서로군정서 대표를 파견했다. 군사통일회와 국민대표회는 상해 임시정부의 외교론을 비판하면서 독립전쟁을 수행할 새로운 지도적·통일적 기관을 조직하기 위한 방안을 모색하기 위한 회의였다. 이때 이상룡은 외교보다는 무장투쟁 노선을 견지하여 무장독립운동 단체의 통일 필요성은 인정했지만, 임시정부의 승인과 부인 문제를 둘러싸고 독립운동 진영이 분열되는 것에 대해서는 비판적이었다. 따라서 그는 1921년 북경에서 상해 임정과 별도로 조선공화정부를 조직하고 자신을 대통령으로 추대하겠다는 삼남출신 인사들의 제안을 거절하였으며, 1923년 국민대표회의가 창조파와 개조파의 대립이 격심하게 되자, 서로군정서로 하여금 중립과 불편부당의 방침을 채택하려고 노력하였다. 그러나 이상룡의 의견이 군정서에서 채택되지 않았다. 이에 이상룡은 서로군정서 독판직을 사임하였다.

이상룡은 영남출신으로서 서간도의 무장 독립운동단체의 지도자로서 상해 임시정부를 중심으로 독립운동이 전개되어야 한다는 태도를 견지했다. 이에 그는 1925년 위기에 빠진 대한민국임시정부를 이끌어갈 지도자로 추대되기에 이르렀다. 상해 임정에서는 1925년 3월 이승만 대통령을 탄핵하고, 4월 헌법을 개정하여 대통령제를 국무령제로 바꾸었다. 이어 만주지역 무장독립운동 세력을 중심으로 임정의 위기를 타개하고자 임시의정원회의에서 7월 7일 이상룡을 국무령으로 추대하였다. 이상룡은 8월 반석현을 출발하여 9월 상해에 도착하여 23일 국무령에 취임했다. 이상룡은 여러 지역 출신 인사들을 골고루 국무원으로 임명하여 임정 조직을 정비하고 독립운동의 새로운 활로를 모색하였다. 그러나 독립운동가들 사이의 노선과 지역을 둘러싼 대립과 갈등이 해결되지 못하여 그의 임정 중심의 통합 노력은 실패로 돌아갔다. 이에 이상룡은 1926년 2월 임정 국무령 직을 사임하고 화전현으로 돌아왔다. 이후 이상룡은 독립운동 일선에서 물러나 있다가, 1932년 5월 12일 이국 땅에서 향년 75세의 나이로 순국하였다. 이상룡은 제자와 후손들에게 조국 독립이라는 소망을 실현해 줄 것을 부탁했으며, 아들에게는 '국토를 회복하기 전에는 해골을 고국에 싣고 돌아가지 말 것을' 유언으로 남겼다.

2. 『석주유고』의 사료적 가치

석주 이상룡은 한말 퇴계학통의 정맥을 계승한 정통 유학자로서 1880년대 개화정책에 반대하고 유교적 예교 질서의 수립을 위해 노력하였던 보수주의자였다. 또한 1905년 이후 일본 제국주의 침략에 맞서 의병 투쟁을 전개했던 항일의병 지도자이기도 했다. 그러나 1908년 이후에는 개화자강 사상가로 변모하여 계몽운동을 통한 국권회복운동을 추진했으며, 1910년 국망 이후에는 서간도로 망명하여 일생동안 무장 독립운동 지도자로 활동하였다. 유학자로서의 이상룡의 사고와 행동은 가족과 향당이나 왕조에 머물지 않고, 시대와 민족 문제 나아가 근대 국가와 미래의 인류사회에까지 미치는 것이었다. 이상룡은 전통적 유학자에서 근대적 지식인으로 변모하는 과도기의 민족적 지성이었다. 따라서 그의 글들을 모아 엮은 『석주유고』는 근대 민족 지성의 독립운동사에 대한 생생한 증언이며, 지성사 전개의 주요한 부분을 차지하고 있는 역사적 자산이다.

　이상룡이 남긴 시는 『석주유고』 6권 중 약 1.5권에 달하는 분량이다. 그만큼 시가 이상룡의 문필 생활에서 많은 부분을 차지하고 있음을 뜻한다. 유학자들에게 있어 시는 문학적 창작행위이면서 생활의 일부분으로서 삶 자체였다고 할 수 있다. 따라서 이상룡의 시는 민족과 사회를 위한 실천적 삶의 미학을 담고 있는 사료라고 볼 수 있다. 초창기 이상룡의 시는 유학자로서 자연의 도리에 따라 도리와 예교를 실천하는 아름다움을 노래한 것이 위주였다. 그러나 1905년 국망 이후에는 민족의 비참한 현실에 대한 민족지성으로서의 강한 책임감과 사명감이 절절이 배어 있는 시가 많이 나타난다. 그리고 독립운동 동지들의 순국을 기리거나 독립의 결의를 다지고 민족사를 반추하면서 독립의 미래를 확신하는 내용이 주류를 이루게 된다.

　「우음偶吟」(1908)에서는 수구적 유학자의 헛됨, 개화파의 매국성, 의병의 손실을 말하면서 국민 교육의 희망을 말하였고, 「무수無睡」(1909)에서는 우국충정으로 잠 못 이루는 심정을 노래했고, 보수주의자들의 습격을 받아 숨진 협동학교 교사들의 죽음에 만사를 짓기도 했다. 1911년 서간도로 망명하면서 「거국음去國吟」과 「이십칠일도강二十七日渡江」 등을 지어 일본의 종이 되어 무릎을 꿇을 수 없어 망명하지만, 후일 반드시 돌아올 것을 기약하는 심정을 표현했다. 서간도, 망명한 이후 지은 여러 시에서는 만주지역이 한민족의 조상들이 활약했던 옛 땅임을 말하면서 독립전쟁을 통해 서울로 입성하겠다는 결의를 다졌다. 청산리 전투와 일제의 독립군 토벌 작전으로 독립 청년들이 희생되었을 때에는, 「자회自悔」를 지어 천시를 제대로 헤아리지 못한 자신의 탓이 아닌가 자책하기도 했다. 1923년 국민대표회의 실패와 서로군정서 내부의 의견 대립으로 서로군정서 독판을 사임한 뒤에는 「사독판辭督辦」을 지었는데, '털끝만큼의 권한도 없고 비방만 한 수레 가득 먹는' 독판직 사임을 '겹겹의 오라'를 푼 것이라고 하면서 막중한 책임을 벗은 야인의 정서를 표현했다. 이때 이상룡은 「만주기사滿洲紀事」를 지어 망명 이후 당시까지의 활동을 개관하였다. 즉 1911년 망명 이후 경학사와 신흥강습소 설치, 만주에서의 농업 경영, 부민단의 설립, 자신계 조직, 1918년 생계회 조직, 1919년

3·1운동과 1920년의 경신참변, 1921년의 북경군사통일회, 1923년의 국민대표회, 그리고 서로군정서의 회의 개최 등을 열거한 후 독판직 사임 후 백수가 되어 강호에서 낚시나 하겠다는 뜻을 술회했다. 지난 25년간 자신의 독립운동을 한 편의 시로 압축한 「만주기사」는 독립운동가의 자전적 시라고 할 수 있다. 1924년에 지은 「사고향思故鄉」이나 「방어放魚」 등은 독립운동을 위해 치열하게 노력했으나 대의를 실현하지 못하고 낚시로 소일하는 노지사의 회한을 표현하고 있다. 이후에는 자연이나 가족애나 동지애 등이 표현된 서정성 짙은 시들을 남겼다.

이상룡이 남긴 글 중 가장 많은 분량을 차지하는 것이 서간문이다. 이상룡의 서간문은 120쪽으로 『석주유고』의 30%를 차지하며, 『석주유고 후집』에서도 100여쪽으로 20% 정도를 차지한다. 서간문이 문집의 주요 부분을 차지하는 것은 조선시대 유학자들 문집의 일반적 현상이다. 왜냐하면 유학자들에게 있어서 대면 시의 의사소통 수단이 대화나 시詩의 주고받음이었다면, 멀리 떨어져 있을 때의 의사소통 수단은 서간문이 중심이 되었기 때문이다. 유학자들에게 있어서 서간문은 가족과 친지의 안부를 묻는 것일 뿐만 아니라 사제지간과 동문 사이에 시사와 학문에 관해 토론을 진행하는 수단이기도 했다. 『석주유고』와 『석주유고 후집』에는 스승인 서산 김흥락과 주고받은 편지가 24편이 수록되어 있으며, 송기식과 주고받은 편지가 10편이 수록되어 있는데, 이는 예·도리·심성·이기·사단칠정·의리 등 성리학에 관한 문답이다. 척암 김도화에게 보낸 서간문에는 의병에 관한 내용이 포함되어 있다. 처남 매부 사이이면서 50년간 도와 문장에 대해 강론했고, 중국에서 독립운동을 함께 전개했던 백하 김대락과 나눈 편지는 9편이 수록되어 있다. 후집에는 1906~8년간 함께 의병을 모의했던 세심헌 이규명에게 보낸 편지가 9편이 수록되어 있다.

이 밖에 서간문에는 구한말 국권회복운동과 1910년 이후 중국 지역의 독립운동을 말해주는 귀중한 자료들이 풍부하게 수록되어 있다. 1909년 안동군수 송헌면에게 보낸 편지는 안동지역 교육계몽운동의 일단을 말해주고 있고, 대한협회 본회와 대한협회 안동지회에 보낸 4편의 편지는 대한협회 본회의 친일화 경향을 비판하면서 대한협회가 본연의 국권회복운동을 전개할 것을 촉구하는 내용을 담고 있다. 또한 백암 박은식·도산 안창호·시당 여준·박용만·손병헌·국민대표회 주비회·북경제우·김좌진·김창숙 등 1910년대와 1920년대 중국에서 독립운동을 전개했던 인사들과 주고받은 수많은 편지들이 수록되어 있다. 이들 서간문은 이상룡의 폭넓은 독립운동 활동을 반영하는 것으로, 서간도 지역의 독립운동과 상해 임시정부, 북경군사통일회, 국민대표회 등과 관련된 역사적 사실을 생생하게 증언하는 소중한 자료로서의 가치가 있다. 기타 가족과 친척들과 주고받은 편지가 수많이 수록되어 있는데, 우리는 이를 통해 이상룡과 그의 친족들이 가족애와 동지애로 강하게 결속되어 혹독한 생활 속에서도 정서적 공동체를 유지하고 있었음을 알 수 있다. 이러한 공동체적 유대감이 이상룡이 품은 민족 독립과 인류 대동의 뜻이 굽히지 않도록 했던 정신적 원천이었다.

중국 국회와 유하현 지사에게 보내는 공식 문서 4편이 『석주유고』에 수록되어 있는데, 이는 중국으로 망명한 한인 교포들이 서간도에 어떻게 정착하게 되었는가를 알 수 있는 자료이다. 망명 후 한인 교포들의 서간도 정착과정에 대해서는 '잡저' 편의 「서사록西徙錄」과 함께 읽으면 더욱 자세히 알 수 있다. 그리고 중국 내 한인 교포의 생활상과 교포의 지위 문제에 대해서는 위의 자료 외에 '설說' 편에 수록되어 있는 「여길림총독필화與吉林總督筆話」·「중동양국지리역사지관계中東兩國地理歷史之關係」·「한일합방후한민지상태급중토한교지정형韓日合邦後韓民之狀態及中土韓僑之情形」·「중국지대우한교中國之待遇韓僑」·「한교지소구어중국韓僑之所求於中國」·「한교소청청불청지이해韓僑所請聽不聽之利害」 등에도 잘 나타나 있다.

'집설輯說' 편과 '취지문' 편에 수록된 글은 이상룡의 근대 민족주의 사상이 어떻게 형성되었으며, 어떤 특성을 지니고 있는지를 잘 나타내는 글들이다. 「서게대한협회회관書揭大韓協會會館(1909)」·「대한협회안동지회　취지서大韓協會安東支會　趣旨書(1909)」·「경학사취지서耕學社趣旨書(1911)」·「자신계취지서自新稧趣旨書」 등은 1908년 이상룡이 개화자강사상가로 변모한 이후 교육과 실업의 진흥을 역설하는 자강론적 국권회복론이 반영된 글이다. 여기서 이상룡은 국가를 국민의 단체적 결합으로 파악하여 왕조적 국가관을 탈피하고 국민주권주의에 의거한 국가관을 형성하게 되었다. 이렇게 새로운 국가관을 형성하게 되는 사상적 과정을 보여주는 자료는 「합군집설合群輯說」·「격치집설格致輯說」·「진화집설進化輯說」·「자유도설自由圖說」 등이다. 이것들은 양계초의 『음빙실문집』에 수록되어 있는 서양 근대의 정치사회학설·인식론·사회진화론·국가론 등을 발췌·요약하여 정리한 것이다. 즉 이상룡은 양계초의 번안을 통해 서양 근대 사상을 수용했던 것이다.

'잡저' 편에는 「봉선의식奉先儀式」과 「월삭독약의식月朔讀約儀式」이 수록되어 있는데, 이는 이상룡이 보수주의적 유학자였던 시기 예학을 정리하고 향약을 시행했음을 말해주는 자료이다. '잡저' 편에는 한국근현대사 연구에서 빼놓을 수 없는 귀중한 사료가 수록되어 있는데, 「서사록(1911)」과 「연계여유일기燕薊旅遊日記」(1920~21)가 그것이다.

「서사록」은 1911년 1월 4일부터 4월 13일까지의 일기인데, 이상룡과 그 가족들이 망명시의 일들이 자세하게 기록되어 있다. 뿐만 아니라 여기에서는 이상룡이 망명길에서 박은식의 『왕양명실기』, 양계초의 『음빙실문집』, 기독교 서적 『성산명경聖山明經』, 단학丹學 서적 『성명규지性命圭旨』 등을 읽음으로써 다양한 사상적 모색을 하고 있었음을 확인할 수 있으며, 『만주지지』 등과 같은 북방 민족의 역사서 등을 읽고 단군·부여·고구려·발해 중심으로 한국 고대사를 체계화하는 작업이 진행되었음을 알 수 있다. 이상룡의 「서사록」은 그와 함께 망명 생활을 했던 백하 김대락의 망명 3년간의 일기인 「백하일기」와 함께 망명 지사들이 겪은 험난한 독립운동의 살아 있는 자료이다. 그들의 일기는 독립지사들이 겪었던 사상적 고뇌와 정서적 고결성과 지사적 삶의 비장미를 담고 있는 소중한 역사적 자산이다.

「연계여유일기燕薊旅遊日記」는 음력 1920년 12월 20일부터 1921년 4월 27일까지의 기록인데, 이상룡이 북경 군사통일회의에 참석하기 위해 북경을 여행하면서 쓴 여행 일기이다. 이 여행기에는 북경에서 군사통일회의를 전후하여 중국 내의 여러 독립운동지사들과 언제 어디서 만나 어떤 이야기를 나누었는지, 그리고 군사통일회에서 어떤 사항이 논의되었으며 이에 대해 자신과 서로군정서에서는 어떻게 대응했는지 자세하게 기록되어 있다. 따라서 북경군사통일회의 개최를 전후한 중국 지역 독립운동의 동향을 파악하는 데 빼놓을 수 없는 귀중한 자료가 된다. 이 가운데에는 단재가 주관하는 ≪천고≫를 받아 읽고 '정론'이라고 감탄한 일, 옥중에서 회갑을 맞이하는 손병희를 위해 시를 지은 일, 만국사회당의 한국독립 지지 기사를 접한 일, 여러 인사들과 만나서 나누거나 전해들은 일 등이 자세하게 기록되어 있어서 독립운동사의 이면까지도 들여다 볼 수 있다.

『석주유고 후집』의 '잡록' 편에서는 「광의廣義」·「이해려측理海蠡測」·「무감武鑑」 등 세편의 글이 주목을 요한다.

「광의」는 1920년대 중반 저술된 것으로 보이는데, 유학자가 대동사상의 관점에서 사회주의를 수용하는 논리가 반영되어 있다. 이상룡은 이미 1921년 「연계여유일기」에서 소련의 사회주의가 갖는 노동자 중시의 평등사상에 대한 호감을 표시한 바 있다. 그런데 「광의」에서는 한걸음 더 나아가 소련의 사회주의 혁명을 플라톤의 공산설과 마르크스의 사회사상이 발전된 것으로 보고, 이것을 약소 민족의 복음이라고 해석했다. 그리고 그것은 공자의 대동사상이 갖는 민주와 평등의 사상과 일맥 상통한다고 보았다. 말하자면 사회주의적 평등사회의 실현을 유교적 대동사회의 실현으로 평가했던 것이다. 그러나 이상룡은 사회주의가 가족과 국가의 해체나 자유연애를 주장한다고 비판했다. 그의 대동주의적 평등사회는 가족공동체의 존립을 용인하는 것이었으며, 천하일가의 대동사회는 가족공동체 원리의 세계적 확대를 뜻하는 것이었다. 이러한 사회주의 사상의 수용 태도는 구한말 유교의 도덕적 가치관을 유지하면서 서양 근대의 혁명론과 계약론을 거부하고 점진적 진화론과 국가유기체설을 수용하는 태도와 맥락을 같이하는 것이다.

「이해려측」은 상·하 두 편이 있는데, 언제 집필한 글인지 표기되어 있지 않다. 이 글은 제목 그대로 이치의 바다를 표주박으로 헤아린다는 뜻으로 천하 만물의 바다처럼 거대한 이치를 나름대로 요약 정리한 것이다. 상편에서는 오행과 원형이정, 시간과 운세의 변화를 논한 주역의 도, 사계, 인간의 신체와 정신의 작용, 인성과 물성·선악·혼백·사단·음률·예의·문장 등 전통적인 철학적 개념들을 정리했다. 이에 비해 하편에서는 동물·식물·광물·고체·액체·기체·관성·탄성·분자·인력·중력·가속도·비중·부력·압력·소리, 빛의 직진과 분산·진동·비등점 등 서양의 근대 과학의 용어들에 대해 정리했다. 말하자면 「이해려측」은 동서양의 기본적인 철학 개념들을 통합하여 정리함으로써 자신의 통일적 철학 체계를 확립하려는 석주의 지적 노력을 반영하는 글이라고 하겠다.

「무감」 역시 언제 집필한 것인지 밝혀져 있지 않다. 1894년 청일전쟁 직후 도곡에 은거할 때 병학을 연구하고 연노를 제작한 것을 근거로 이때부터 병학을 연구한 것을 추정할 수 있지만, 무감을 본격적으로 집필하여 한권의 책으로 완성한 것은 1906~8년간 의병항쟁을 준비했던 시기인 것으로 추정된다. 「무감」은 전통적인 병서에 나오는 전략 전술, 무기 및 전쟁 사례들을 모아 편집한 것이다. 따라서 이것은 근대에 이루어진 전통적인 병법서라고 할 수 있다. 그렇지만 여기에는 워싱턴의 미국 독립전쟁에 대한 기사가 나오고 있다. 따라서 이것은 이상룡이 서양 근대 서적을 접한 이후에 편찬한 것임을 알 수 있다. 그리고 「행장」에 의하면, 의병 실패 후 사상적 전환의 계기를 다음과 같이 설명했다. 즉 "암혈에 거처하면서 승패를 점쳤는데, 하나도 적중되지 못했으니, 이는 반드시 시국에 어두워서 이렇게 되었을 것이다." 라고 했다고 한다. 이상룡의 의병 항쟁에서는 점술이 중시되었음을 알 수 있는데, 「무감」의 마지막 부분이 점에 관련된 내용이다. 이 점에서 「무감」은 1906~8년간 의병항쟁을 준비하는 기간에 저술되었음을 추정할 수 있다.

『석주유고 후집』의 '잡저' 편에서 간과해서는 안 될 자료가 「공교미지孔教微旨」이다. 「공교미지」는 『석주유고 후집』에 「이해려측」의 끝부분에 삽입되어 있어서 「이해려측」의 부록 정도로 오해될 소지가 있다. 그렇지만 「공교미지」는 「이해려측」과 근본적으로 구별되는 다른 내용이다. 이상룡의 아들 준형도 「선부군유사先府君遺事」(『석주유고 후집』, 451쪽)에서 「공교미지」는 별도의 책으로 보관하고 있다고 했다. 따라서 「공교미지」는 「이해려측」과 구별하여 독립된 편목으로 편제하는 것이 옳다. 「공교미지」는 이상룡 자신이 주를 달아 설명하였듯이 중국 학술사를 요약한 것이다. 구체적으로는 양계초가 스승 강유위의 학설을 소개한 것을 요약하여 정리한 글이다. 유교의 본지는 공자의 대동사상에 있는데, 이것이 맹자의 민본사상으로 계승되었다. 그러나 이후 순자의 학설이 중국 학술사상을 지배하게 되어 공맹의 사상이 단절되었다는 것이다. 그런데 강유위가 『춘추개제고』·『신학위경고』·「춘추삼세의」·「대동학설」 등의 저술을 통해 공자의 대동사상으로 중국 유학계의 혁명을 일으켰다는 것이다. 이상룡의 이 글은 그가 청말 변법사상가 강유위와 양계초의 대동사상을 수용하고 있음을 구체적으로 확인해 주는 사료이다. 이러한 대동사상의 수용을 통해 이상룡은 1920년대 사회주의의 평등사상을 수용하게 되었던 것이다.

3. 이상룡의 사상과 활동의 역사적 위치

구한말 국권회복운동은 개화지식인과 개신유학파 등 지식인 중심으로 도시에서 전개된 구국계몽운동과 농촌의 보수주의적 유학자와 농민층이 전개한 의병항쟁의 두 흐름으로 전개되었다. 그러나 이 두 흐름은 사상과 계급적 차이로 합류하지 못하고 상호 대립하여 민족적 역량을 하나로 결집하는 데 실패하였다. 이것이 국망의 주요한 요인이 되었다고 볼 수 있다. 그런데 석주 이상룡은 이처럼 서로 대립되었던 의병항쟁과 구국계몽운동을 동시에 실천적으로 경험한 지식인이었다. 그는 의병항쟁을 통해 제국주의 일본에 대한 무장 저항의 자세를 분명히 했고, 실제로 무장항쟁에 대한 경험을 통해 전통적 방식의 무력항쟁의 무모성을 체감했다. 이러한 이유로 근대 서구 사상의 수용을 통한 개화 혁신이라는 사상적 전환을 결행하게 되었다. 이 때의 사상적 전환은 항일 독립운동의 포기라기보다는 국권회복운동의 방법상의 전환을 뜻하는 것이었다. 따라서 이상룡이 대한협회 안동지회를 통해 전개한 구국계몽운동은 본부의 친일적 성향과는 달리 국권회복운동 단체로서의 성격이 분명히 나타났고, 단련제의 실시 등을 통해 알 수 있듯이 군사력 강화 운동으로서의 성격도 띠고 있었다. 말하자면 이상룡의 대한협회 안동지회를 통한 국권회복운동은 당시 전개되고 있었던 의병항쟁과 구국계몽운동을 비판적으로 종합하는 특징을 지니게 되었다. 이것이 신민회의 비밀결사와 해외 독립운동 근거지 건설 운동과 연결되는 내적 계기가 되었던 것이다. 1911년 이상룡이 서간도 망명 이후 설립한 경학사와 신흥강습소 설립은 무장항쟁론에 기초한 독립전쟁 준비론에 해당되는 것으로서 1909년의 대한협회 안동지회의 국권회복운동론을 해외에서 확대·발전시킨 것이라고 할 수 있다. 이 점에서 20세기 초반 이상룡의 민족운동과 그 논리는 당시 민족주의 운동의 발전적 과정을 지역적 차원에서 선도했다는 의미를 지닌 것으로 평가할 수 있다.

석주 이상룡은 퇴계학통을 계승한 유학자였으며, 자신의 논리와 활동의 의미에 대해 사고하며, 글을 집필했던 지식인이었다. 그리고 민족이 당면한 현실에 정면으로 대응하면서 실천활동을 전개했던 실천가였다. 그의 삶은 의병, 국권회복운동, 독립운동으로 일관한 민족 지성의 전형적 모습이었다. 따라서 그가 남긴글은 한국 근대 지성인의 사고와 활동의 궤적을 구체적으로 보여주는 살아있는 증거로서의 가치를 담고 있다. 특히 이상룡은 다른 학자들과는 달리 양계초의 저술 중 자신에게 필요한 내용을 충실하게 요약 정리하는 방식으로 자신의 사상을 체계화하고 확립했다. 따라서 그가 남긴 기록은 서양 근대 사상이 청말 지식인의 번안을 통해 한국적 사상으로 토착화되는 과정을 구체적으로 보여주는 사례이다. 특히 서양의 근대 정치사상, 사회학설, 민주주의 등이 유교적 가치와 어떻게 조화를 이루면서 수용되며, 심지어는 사회주의 사상이 유교의 대동사상과 어떻게 어울리게 되는가를 논리와 사실 면에서 자세하게 증거하고 있는 점은 사상사적 연구 가치를 높이는 것이다.

이상룡은 퇴계학파의 후예로서 영남 지역의 지도적 독립운동가로서 활동하였다. 따라서 영남 인사들이 집단적으로 망명한 서간도 지역의 무장 독립운동 단체의 지도자가 되었다. 따라서 이상룡의 독립운동에 관련된 자료는 영남 출신 인사와 서간도 지역 독립운동 세력의 운동의 성격을 이해할 수 있는 귀중한 자료가 된다. 이를 바탕으로 이상룡은 한 때 대한민국임시정부 국무령으로 활동하기도 하였다. 이에 따라 『석주유고』에는 이상룡과 함께 독립운동을 전개했던 동지들은 물론 그의 영향 아래 있던 후손과 제자 등의 활동에 관한 많은 자료를 수록하고 있다. 또한 독립운동의 지도적 영향력은 그가 일선에서 물러난 이후에도 계속되었다. 그의 후손과 제자들은 1930년대 이후 만주지역 독립운동을 이끄는 지도자로 성장하였다. 따라서 이상룡의 독립운동에 대한 이해는 곧 1910~20년대 만주와 중국 지역 독립운동의 역사를 이해하는 길이며, 1930년대 만주지역 독립운동의 토대를 밝히는 작업이라는 성격을 갖게 된다.

권 1

卷之一

□ 시詩

▫ 이른 봄· 무인년　早春

시름을 보내려 억지로 봄길을 밟나니	爲遣閒愁强踏春
다사론 봄바람에 작은 연못 물비늘 잔잔히 이네	小塘風暖細生鱗
올해는 이월이 되었는데도 꽃이 아직 이르니	今年二月花猶早
청복을 누리는 물외인이 되는 것이 쉽지 않네	淸福難爲物外人

▫ 거미줄 그물· 기묘년　蛛網

천하를 반듯하게 정전1)으로 구획하였다 하나	九土班班畫井田
선왕의 옛 제도를 지금으로서는 볼 길이 없네	先王古制見無緣
구획함이 거미같이 치밀하지는 못하였으리니	經綸不若蜘蛛密
한 폭 정전의 진면모가 지금 내 눈앞에 걸려 있네	眞面模來一幅懸

▫ 들녘의 학　野鶴

소리는 얼마나 맑고 깃털은 얼마나 깨끗한가	聲何淸越羽何鮮
일찍이 요대2)에서 신선을 짝하여 지냈었네	曾在瑤臺伴老仙
우연히 위나라에서 초헌을 탄 허물로 해서3)	偶緣衛邸乘軒累

---

1) 정전井田 : 토지를 우물 정井자 모양으로 9등분 한 옛 토지제도이다. 여덟 가구가 각각 1등분씩 사전私田으로 갖고, 나머지 하나인 가운데의 공전公田을 공동 경작하여 그 소출을 나라에 세금으로 바쳤다.
2) 요대瑤臺 : 신선이 사는 곳이다.
3) 우연히 … 해서 :『좌전左傳』민공閔公 2년에 의할 것 같으면, 위衛 나라 의공懿公이 백성들은 돌

티끌세상 떠돌며 하늘로 올라가지 못하고 있네　　　　　　流落塵間未上天

◦ **권대일_相이 그 부친 이재공을 모시고 와서 향교에 머물고 있는데, 시를 보내어 초청하다**　權大一_相陪其尊爺頤齋公來住鄕庠　以詩速之

온갖 꽃이 무성한 곳에 우리 집이 있나니　　　　　　　　百花深處住吾家
봄 술이 시려 하니 마시지 않고 무엇하리요　　　　　　　春酒將酸不飮何
장경4)의 멋진 구절 적은 것에 절로 쓴웃음 짓지만　　　　自笑長庚佳句少
이유5)에는 특이한 서적들이 많다는 말을 들었었네　　　曾聞二酉異書多
석양 아래 성가퀴의 나무에는 꾀꼬리 갇혀 있고　　　　斜陽萬堞籠鸎樹
밝은 달 아래의 모래톱에서는 해오라기가 놀고 있네　明月雙洲戲鷺沙
오늘날 사람에게 말하여서는 이해하기가 어려울 터　說與時人難領會
이 시를 멀리 맑은 시내의 물가로 부치네　　　　　　　芭箋遙寄玉溪涯

◦ **앎과 실천　知行**

옛 사람들은 앎과 행함에 대해서　　　　　　古人論知行
이는 양날개와 같다 비유하였네　　　　　　相須輪翼同
행치 않으면 앎이 투철해지지 않고　　　　不行知不徹
알지 못하면 행함이 맞지를 않네　　　　　不知行不中
앎이란 것은 행함의 시작이 되고　　　　　知乃行之始
행함이라는 것은 앎의 끝이 되네　　　　　行爲知之終

　　보지 않고 오로지 학_鶴만을 좋아하여, 심지어 학 중에는 대부_{大夫} 이상이 타는 수레인 초헌_{軺軒}을 탄 것도 있었다. 외람되이 벼슬에 나아가는 것을 뜻하는 학헌_{鶴軒}이라는 말은 여기서 나왔다.
4) 장경_{長庚} : 당대_{唐代}의 시인 이태백_{李太白}을 가리킨다. 원래는 별 이름으로, 태백성_{太白星}으로도 불린다. 이백_{李白}의 어머니가 꿈에 장경성_{長庚星}을 삼키고 이백을 낳았는데, 그가 세상에 있는 동안은 태백성의 광채가 없었다는 말이 있다.
5) 이유_{二酉} : 중국 호남성에 있는 대유_{大酉}와 소유_{小酉} 두 산 이름. 산 밑의 동굴에 고서_{古書} 천 권의 장서_{藏書}가 있었으므로, 전하여 장서가 많음, 또는 많은 서적을 소장하고 있는 곳을 뜻하게 되었다.

양자는 합쳐져 하나가 되어야지	二者合爲一
치우쳐서는 정교함 이룰 수 없네	偏廢不成工

□ 외숙 김경휘 만사　輓金表叔絅輝

1

풍채는 헌칠하고 흉금은 탁 트여서	擧擧風神落落襟
이른 나이에 명성이 유림에서 자자했네	早年聲譽藉儒林
글은 굴송6)의 머리카락을 빗질했고	文梳楚宋眞頭面
글씨는 왕장7)의 골심을 변화해 왔네	筆幻王張老骨心
많은 사람이 비방하여도 한 마디로 막아 버렸고	百口摧來猶寸鐵
단련에 단련하여 순수한 금과 같았네	十分鍊去也精金
어리석은 내가 선인의 마음 어찌 알리오 마는	愚蒙豈識先人意
세 통 편지를 저버렸으니 몹시 부끄럽고 한스럽네8)	辜負三書媿恨深

2

청산이 젊은이들 중에서 공을 뽑아 가고 나니	靑山揀去少年叢
동방 천년에 맑은 기운이 사라졌네	扶木千年淑氣空
나는 구공9)에게 비방이 많았던 것을 아쉬워하고	我惜歐公多毀謗
남들은 군실10)이 차츰 도리에 통달하였다 하네	人言君實漸融通
빼어난 인재를 예로부터 하늘이 어찌 빼앗았겠는가	英才自昔天何奪
도리에 곧은 사람을 지금 세상은 용납함이 없었네	直道如今世莫容
쇠처럼 완고한 저 같은 사람의 마음에도	小子心腸頑似鐵

---

6) 굴송屈宋 : 굴원屈原과 송옥宋玉으로, 사부辭賦의 대가들이다.
7) 왕장王張 : 왕희지王羲之와 장욱張旭으로, 글씨의 대가들이다.
8) 외숙이 세 차례 서신을 보내 권면한 적이 있었기 때문에 이렇게 말한 듯하다.
9) 구공歐公 : 당송팔대가의 한 사람인 구양수歐陽修처럼 망자가 다른 사람으로부터 비방이 많았다는
　　뜻이다.
10) 군실君實 : 송대宋代의 문신이자 학자인 사마광司馬光처럼 점차 원통한 경지에 들어섰다는 뜻이다.

계유년에 곡하고 남은 눈물로 다시 공을 애도한다[11)]　　　　　　玄鷄餘淚更悲公

▫ 우향계회[12)]에서 제 장로의 운을 삼가 차운하다. 경진년　友鄕禊會 敬次諸長老韻

동장[13)]에서 남동쪽이 되는 곳에는　　　　　　　　　　　銅檣南畔地東頭

물을 사이에 두고[14)] 여전히 옛 자취 유전되네　　　　隔水依然舊躅流

안동의 의관[15)] 집안 유서가 깊어　　　　　　　　　　洛下衣冠喬木古

선조들 모여 놀던 계禊 모습 성했네　　　　　　　　　　山陰時節茂林稠

명주에 그린 당년의 모습을 뵈오니　　　　　　　　　　生綃宛奉當年面

후예가 어찌 오늘의 시름을 금할 수 있으리요　　　　後裔那禁此日愁

가을에는 봄철마냥 노닌다는 서진가의 시 있거니[16)]　秋復春從徐老詠

전약을 다시 백구에게 맹세할 필요가 있으랴　　　　不須前約更盟鷗

▫ 율리에서 국화를 감상하다　栗里賞菊

율리라는 마을 이름이 좋나니　　　　　　　　　　　　栗里村名好

울타리 밑에 국화가 무성히 피어있네　　　　　　　　黃冠簇一籬

---

11) 계유년 … 공을 애도한다 : 계유년(1873)에 이상룡의 부공父公이 서거했다.

12) 우향계회友鄕禊會 : 성종成宗 9년(1478) 경 안동에 거주하는 5성姓 13인의 사대부들이 결성한 계회
　　이다. 이들은 대체로 단종복벽운동 실패 후 사환길이 여의치 않아 안동으로 낙남落南한 사람들이
　　다. '우향友鄕'이란 『맹자孟子』의 "일향의 선사이어야 일향의 선사를 벗할 수 있다[一鄕之善士 斯友
　　一鄕之善士]."에서 왔다. 이상룡의 조상도 이 계회 계원의 한 사람이며, 그 뒤 이들의 후손들이 줄
　　곧 계회를 열어 왔다.

13) 동장銅檣 : 안동부 부성府城 남문 밖에 있었던 놋쇠로 표면을 처리한 돛대 모양의 쇠기둥으로, 전
　　해오기를 안동부의 기틀이 배가 가는 모양이기 때문에 배의 돛대를 만들어 세운 것이라고 한다.

14) 물을 사이에 두고 : 3월 상사일上巳日에 여는 계회禊會에서는 냇가로 가서 몸을 씻고 유상곡수流
　　觴曲水를 하면서 놀았다.

15) 낙하의관洛下衣冠 : 낙하는 여기서는 안동을 가리키며, 의관은 의관을 한 선비를 가리키는 말이다.

16) 서거정徐居正은 우향계 결성을 축하하는 시에서 "봄에는 봄 따라 노닐고 가을에는 다시 가을 따
　　라 노닌다[春從春遊秋復秋]."라고 읊은 적이 있다.

도연명[17]은 이제 보이지 않지만   淵明旣不見

국화를 아니 감상하고 돌아가랴   須賞菊花歸

▫ **꿈에서 청량산을 유람하다.** 신사년   夢遊淸凉山

열 두 봉우리[18] 모습이 참으로 특이하니   十二層巒面目奇

선계와 지척간이라 꿈인가 하고 의심되네   仙緣咫尺夢猶疑

구비진 산등성에 말없이 서 있는 푸른 넝쿨 두른 객   巖阿默立靑蘿客

최로인 듯도[19] 하고 혹 김생인 듯도 하네   崔老金生是也非

▫ **달을 구경하다**   玩月

하늘에서는 한 둥근 달이오   在天一輪月

땅에서는 가가호호의 달이지만   在地千家月

달이 그렇게 많은 것이 아니고   不是許多月

내가 얻은 게 내 달이어서 이네   吾得是吾月

구름 사이의 달은 빛이 희미하고   熹微雲間月

물 속의 달은 영롱하고 밝지만   瀅澈水中月

물이 움직이면 도리어 달을 잃고   水動反失月

구름 걷히면 바로 밝은 달 드러나네   雲捲卽見月

막 생겨난 초생달은 작디 작고   細微初生月

보름달은 둥글둥글 가득 차 있지만   圓滿期望月

누가 알랴, 저 작은 초생달이   誰知細微月

---

17) 도연명陶淵明 : 진대晉代의 전원시인인 도잠陶潛이다. 그가 일찍이 율리栗里라는 곳에 산 적이 있었다.

18) 열 두 봉우리 : 청량산의 열 두 봉우리는 다음과 같다. 장인봉丈人峯·외장인봉外丈人峯·선학봉仙鶴峯·
   축융봉祝融峯·경일봉擎日峯·금탑봉金塔峯·자란봉紫鸞峯·자소봉紫宵峯·연적봉硯滴峯·연화봉蓮花峯·탁
   필봉卓筆峯·향로봉香爐峯.

19) 최로인 듯도 : 최로崔老는 최치원崔致遠이며, 김생金生은 신라新羅의 명필 김생이다. 청량산에는 지금
   도 김생이 글씨를 공부한 곳으로 알려진 김생굴, 최치원이 수도한 곳으로 알려진 고운대 등이 있다.

차츰차츰 쌓여서 보름달이 됨을   積累成滿月

▫ 청량산을 유람하다. 임오년 遊淸凉山

1

지팡이에 기대어 찾아 와보니 봉우리마다 빼어나서   峰峰奇絶任筇尋
겹겹의 봉우리들을 꿰뚫어 다니며 시를 읊고 싶네   穿破千重朗欲吟
한 걸음만 앞으로 나아가도 또 절경이 있으니   一步前頭猶有地
석양이 서쪽 봉우리로 넘어가게 하지 마라   莫敎斜日下西岑
위는 산을 들어감이다   * 右入山

2

빼어나다고 말할 수 있다면 빼어난 것이 아니나니   奇如可說便非奇
묘처는 그 당시에 퇴로[20]께서는 이미 아셨을 것이네   妙處當年退老知
속필로는 도저히 이 조화를 담아낼 수 없어서   俗筆不能參造化
산 유람한 지 삼일이 되어서도 시를 이루지 못하네   遊山三日未成詩
위는 청량산이다   * 右淸凉山

3

축융봉 꼭대기에서 멀리서 온 바람을 쐬니   祝融高頂御長風
깊은 골짜기, 층층 바위는 사람 가슴 동탕시키네   絶壑層巖任盪胸
청량정으로 돌아와서 거기에 편안히 드러 누웠는데   歸到淸凉亭上臥
누웠을 때에 보니 이 축융봉이 다시 눈에 들어오네   臥時還對踏時峰
위는 축융봉이다   * 右祝融峰

4

붉은 향로는 오래도록 싸늘하게 연기 없지만   丹鑪年久冷無煙

---

20) 퇴로退老 : 퇴계退溪 이황李滉을 가리킨다.

남은 향기는 멍울멍울 끊임없는 듯 하네 　　　　　尙覺餘香朶朶連
여기에서 하늘은 몇 자쯤 떨어졌을까 　　　　　此去玄京能幾尺
온 정성으로 향 피워 천제에게 조회하고 싶네 　　　　　蠲誠一炷欲朝天
위는 향로봉이다 　　　　　* 右香鑪峰

5

봄바람이 어풍대에 기대어 부니 　　　　　東風高依御風臺
열 두 창안백발[21]이 일제히 함박웃음이네 　　　　　十二蒼顏一笑開
신령에게 묻노니 저를 기억하겠습니까 　　　　　爲問仙靈能記我
최로[22]와 함께 꿈속에서 온 적이 있었네 　　　　　曾同崔老夢中來
위는 어풍대이다 　　　　　* 右御風臺

6

발길은 돌렸지만 산을 내려가고픈 마음이 없어 　　　　　歸笻無意下仙岑
걸음마다 돌아보고 다섯 걸음마다 시구를 읊네 　　　　　一步回頭五步吟
연화봉 옆에 떠있는 밝은 달에게 말하노니 　　　　　寄語蓮花峰畔月
만약에 나를 받아들여 준다면 다시 찾아오리라 　　　　　倘能容我得重尋
위는 산을 나옴이다 　　　　　* 右出山

▫ 이희팔相基 형제가 나의 청량산 유람록을 빌려 보고 그 끝에다 각자 절구 한 수 씩을
적어 돌려보냈기에 그 운을 차운하여 답하다　李姬八相基昆弟　借看余清凉山遊錄
各題一絶於卷端以還　次其韻報之

빛나는 시구가 밤하늘의 별처럼 기이하니 　　　　　煌煌寶墨列星奇
등불 없어도 밤을 환히 비추어 줌을 알겠네 　　　　　不借藜燈夜照知
연봉들 상밖의 경색이 빼어나거늘 　　　　　象外連峰呈秀色

---

21) 열 두 창안백발[蒼顏白髮] : 어풍대 전면에 바라보이는, 청량사清凉寺를 에워싸고 있는 열 두 봉우
　　리이다. 열 두 봉우리 이름은 앞의 시 「꿈에서 청량산을 유람하다[夢遊清凉山]」 참조.
22) 최로崔老 : 최치원崔致遠을 가리킨다.

청량산은 도리어 속인의 시에 속했네　　清凉還屬俗人詩

▫ 류한여를 곡하다　哭柳翰如

그대의 꽃을 애석해한 시를 기억하나니	記君惜花詩
꽃이 아름다와 사람이 가서 꺾네	花奇人去折
꽃은 꺾여도 오히려 다시 싹이 트지만	花折尙重芽
사람은 가버리니 지혜의 씨가 끊어졌네	人去慧種絶

▫ 용산의 낙조. 계미년　龍山落照

현명하든 어리석든 모두 쓸쓸히 진토로 돌아가지만	賢愚寂寞一塵還
지는 햇살은 유독 타루산[23]에 짙네	落日偏多墮淚山
영웅의 끝이 없는 한을 안타까이 여길 줄 알기에	解惜英雄無限恨
다시 밝은 달로 하여금 인간 세상에 가득 차게 하네	更敎明月滿人間

▫ 중양절 전날에 병으로 도곡에 머물고 있었다. 계곡으로 가는 류덕윤봉희를 전송하다가 이사종홍기이 생각나서 운자를 따서 시를 지어 보내다　重陽前日 病滯陶谷 送柳德潤鳳熙之桂谷 因懷李士鍾洪基 拈韻聊寄

뜰 나뭇가지가 가을 바람에 흔들흔들 하나니	庭柯獵獵振西風
병으로 휴양 중이니 오히려 산수간이 알맞네	病滯猶宜水石中
산세는 평범히 상산을 에워싸면서 북으로 뻗고	山勢平圍商岅北
물소리는 멀리 절강을 감돌아 동쪽으로 나아가네	濤聲遙轉浙江東
사람이 그립거늘 밝은 달이 매화오에서 떠오르고[24]	懷人月上梅花塢

---

23) 타루산墮淚山 : 생전에 덕망이 무거워 죽은 뒤에 백성들이 그 비를 보고 눈물을 흘렸던 진晉·양호羊祜의 고사에 나오는 산.

24) 원주에 "사종은 자호하기를 매화오라 하였다[士鍾自號梅花塢]." 하였다.

손을 보내거늘 망아지가 계수나무 숲에서 울리라　　　送客駒鳴桂樹叢

누런 국화에서 좋은 때가 가까워졌음을 아나니　　　黃菊獨知佳節近

울타리 곁에서 다투어 웃고 있거늘 그만 술이 없네　　　傍籬爭笑酒樽空

▫ 집안 할배인 계휘구가 방문하였다　　族祖繼徽球來訪

음주를 그치니 봄이 되어서도 힘이 없고　　　止酒春無力

시 짓기를 그만두니 꽃도 향기롭지 않네　　　撤詩花不香

할배가 술을 들고 온 것이 고마워서　　　感君携一榼

아름다운 말로 아름다운 문장을 대신하네　　　綺語代瓊章

▫ 간옹이 서거하니 화분의 매화나무가 죽었고, 약옹이 타계하니 섬돌의 대나무가 죽었
다. 사물의 이치와 인사에는 우연치 않는 것이 있는지라 느낌이 있어서 시를 지어
족조 화응에게 보이다　　澗翁逝　盆梅死　藥翁去　砌竹枯　物理人事有不偶然　感而
賦之　示族祖和應

강호에 있던 당시에는 문필이 외롭더니　　　湖海當年翰墨孤

의관한 형제들이 가문의 법도를 떨쳤네　　　衣冠昆季振門謨

서쪽 숲으로 달 떨어지니 매화 혼 흩어지고　　　西林月落梅魂散

빈집에서 바람 멀어지니 대나무 소리 시드네　　　空宅風遞竹韻枯

전형[25]을 더불어 할 때에는 마음을 다했나니　　　方與典刑輸肺腑

의범이 몹시 그리우니 양미간이 찡그려지네　　　劇思儀範見眉鬚

손때 묻은 뜰 오동 남아있어 유독 마음이 가나니　　　獨憐手澤庭梧在

다른 날에 봉황이 와서 여기서 머물리라　　　他日留栖老鳳雛

---

25) 전형典刑 : 본보기, 여기서는 본보기가 되었던 간옹과 약옹을 가리킨다. 다음 구의 의범儀範도 마
　　찬가지이다.

▫ 장마 뒤에 친구를 전송하다. 갑신년 潦後 送友人

어떤 것을 나의 절친한 벗에게 줄까	何以贈吾友
한 마디 말로써 전별을 해야 하겠네	一語當贐錢
다리가 위험하거든 반드시 말에서 내리며	棧危須下馬
물살 거세거든 배 다투어 타려 하지 말게	水怒莫爭船

▫ 뜰 오동나무 庭梧

비가 썩은 오동 가지에서는 방울져 떨어지고	雨溜梧枝朽
비가 펼쳐진 오동나무 잎에서는 고여 불어나네	雨滋梧葉披
하늘의 마음에서는 모두가 똑같은 비일지라도	天心均一雨
만물은 성하고 쇠해지는 때가 있기 마련이네	物有盛衰時

▫ 반딧불이 螢火

저녁 숲 언저리에 반딧불 떼 날아와	飛來一陣暮林端
저녁 안개가 짙어서 분명하지를 않네	烟霧沈沈辨別難
마치 멀리 장안 땅 달 없는 밤에	遙似長安無月夜
주렴 너머로 보는 일만 집의 등불 같네	萬家燈火隔簾看

▫ 스스로 탄식하다. 을유년 自歎

나는 원래 우둔한데다	我性本愚戇
내세울만한 재주도 없어서	又無才可譽
출세할 생각은 점차 사라지고	漸銷當世念
옛사람 글을 좋아하였더니	謾好古人書

집에 들어와선 아내가 타박하고　　入室妻孥讁
대문을 나서선 친구들과 소원하네　　出門士友疏
반평생동안 무얼 이루었는가　　半生成底事
누추한 방에 앉아 큰 웃음 웃어보네　　長笑坐窮廬

▫ 손과 입에 대한 노래. 병술년　手口吟

사람을 당겨주는 것도 이 손으로 하고　　援人由此手
사람을 미는 것도 이 손으로 하는데　　推人由此手
차라리 사람을 당기는 손이 될지언정　　寧爲援人手
사람을 뒤에서 미는 손이 되지 말라　　勿爲推人手
사람을 칭찬하는 것도 이 입으로 하고　　譽人由此口
사람을 비방함도 이 입으로 하는데　　毁人由此口
차라리 사람을 칭찬하는 입이 될지언정　　寧爲譽人口
사람을 비방하는 입이 되지 말라　　勿爲毁人口

▫ 영협에서 돌아와 보니 정원의 꽃이 다 져서 슬피 이를 읊다　自英峽歸見 園花已盡　悵然賦之

꽃이 아직 피지 않았을 때 작은 수레로 출타했다가　　花未開時出小車
작은 수레로 비로소 돌아왔거늘 꽃이 거의 다 졌네　　小車纔返花無多
억지로 술 한 잔 잡고 꽃을 대하여 탄식을 하노니　　强持一盞對花歎
꽃이 나를 저버린 것이 아니오 내가 꽃을 저버렸네　　花不負吾吾負花

▫ 섬돌 곁 대나무. 정해년　砌竹

대잎이 병드니 근심이 짙었거늘　　葉瘁憂愁集
죽순이 많이 났으니 경사가 났네　　筍繁吉慶臻

우리 집에 대나무가 있고 부터는　　　　　　　　　　　　自吾家有竹
말의 증험이 참으로 신묘했었네　　　　　　　　　　　　言驗妙如神

◦ 독서등　書燈

옛 성인과 날로 멀어지거늘　　　　　　　　　　　　　古聖日以遠
긴 밤은 언제나 밝아지려나　　　　　　　　　　　　　長夜何時旭
나는 책상의 책을 좋아하지만　　　　　　　　　　　　我愛丌上書
벽 중의 등불 또한 좋아한다네　　　　　　　　　　　　亦愛壁間燭
책으로는 내 마음을 밝게 하고　　　　　　　　　　　　書以明吾心
등불로는 내 눈을 밝게 하네　　　　　　　　　　　　　燭以明吾目
오래 상대하는 것 싫지가 않지만　　　　　　　　　　　不厭長相對
계속하기 어려울까 걱정될 뿐　　　　　　　　　　　　只患難繼續

◦ 차운하여 해산 족조정환에게 헌수하다. 무자년　　次韻　壽海山族祖庭煥

어찌 불교를 배워 공을 담론할 필요가 있으리요　　　　何須學佛坐談空
신선이 되어 바람 몰고 가는 것도 바라지 않네　　　　不願成仙去御風
수역26)에서 무궁무진 오랜 세월을　　　　　　　　　壽域無窮千歲日
해산27)의 거문고 소리 한가롭게 보내네　　　　　　　海山琴趣送閒中

◦ 종군28) 미여정소와 헤어지면서 주다　　贈別宗君美汝庭韶

날개가 큰 것은 잘 덮어주고　　　　　　　　　　　　翼大者善覆

---

26) 수역壽域 : 사람들이 저마다 천수天壽를 누리는 태평성대의 세상이다.
27) '해산海山'은 이 경우 족조의 '아호'이면서 '바다와 산이 어우러진 지역'을 가리키는 이중의 뜻으
　　로 쓰인다.
28) 종군宗君 : 한 집안의 종손宗孫을 뜻한다.

그릇이 깊으면 많을 걸 받아들이네	器深則能容
생각컨대 그대의 책임이 막중하니	念君責任重
무엇으로 우리 종족을 복되게 하려나	何以福吾宗
올 때에 금제[29]를 찾아뵈었다 하니	來時謁琴堤
그대에게 큰 뜻이 있음을 알게 되었네	知君有遠意
이 일[30]은 이루는 것이 결코 쉽지 않거늘	此事成就難
이 마음은 바뀌기가 쉬우니 힘쓰게나	此心休歇易
인생에는 만나면 헤어짐이 있기 마련이니	人生會有散
어찌 오래도록 함께 모여 즐거울 수 있으랴	安能長團樂
강가 성 안에서 한잔 술로 이별하나니	江城一盃別
그대의 말은 야위고 옷도 변변치 않네	馬瘦而衣薄

▫ **외할머니 61세 회갑연에 진사이신 외삼촌의 운을 차운하여 올리다.** 기축년　外大母
　　六十一初度宴　次呈上舍舅氏

명주 폭에 그린 그림 펼쳐진 듯한 화창한 봄날에	生綃一幅狼傍辰
작은 정성을 표하기 위해 하객이 되었네	遠寄微誠作賀賓
오래도록 장수하심은 선모의 복이요	三壽無疆仙母福
백년토록 길상함을 맞이함은 자손들이네	百年逢吉子孫身
축수의 잔을 좋은 날에 올리길 늘 원했는데	華觴每願昇平日
이 아름다운 날이 상사춘[31]을 겸했음에랴	令節仍兼上巳春
듣자니 영단이 솥에 남아 있다 하던데	聞說靈丹餘鼎在
제 어머니에게도 나누어주실 수 있는지요	可能分與祝吾親

---

29) 금제琴堤 : 서산西山 김흥락金興洛이 살던 마을 이름이다. 여기서는 김흥락을 가리킨다. 김흥락은
　　이상룡의 스승이다.
30) 이 일[此事] : 금제에 있는 김흥락을 뵙고 도모한 일. 곧 도학道學 공부를 가리킨다.
31) 상사춘 : 음력 3월의 사일巳日로 이날 시냇물에 묵은 떼를 씻고 새 복을 받아들이는 풍습이 있었다.

▫ 문틈의 달 隙中月

서재에서 밤에 글을 읽다가 의심스런 글자가 많아	書窓夜誦多疑字
등불 잡고 보려고 하다 기름 떨어진 걸 탄식하노라	把燭要看歎絶油
산림의 진부한 이 사람을 하늘이 본디 사랑하여서	林下陳人天故愛
밝은 달빛 잘게 부수어 문틈을 통해서 던져주시네	碎將明月隙中投

임청각에 대대로 전해 내려오는 매화벼루
(이상룡이 망명지인 만주에서도 지니고 다녔으며
이준형·이병화가 물려받아 사용하였다)

▫ 집안에 간직하고 있는 매화벼루. 죽오 부군의 운을 삼가 차운하다 家藏梅花硯 伏次竹塢府君韻

매끈하고 평방형이며 한 자 반쯤 되는데	膩滑平方尺半許
매화가 벼루에서 천연적으로 떠 움직이네	天然浮動硯頭梅
문금[32]이 날개를 접고 가지에 앉아 있고	文禽接翼枝頭坐

밝은 반달이 꽃잎 아래에서 배회하고 있네	素月分輪葉底迴
반들반들하기는 늘 비에 젖은 용의 배꼽 같고	磨似龍臍長濕雨
생기 있기는 티 한 점 없는 장끼 눈 같네	活如雛眼瀅無埃
애호하여 깊이 간직해 두고 있는 게 아니라	非因玩好深藏置
자손으로 청전[33]을 공경하여 오대 째 전해오네	子敬靑氈五世來

▫ 경인년庚寅年(1890) 정월에 집에 돌림병이 돌아 할아버지께서 앞집으로 피신하셨는데, 13일이 생신임에도 잔을 들어 축하할 수 없어서 경진년庚辰年(1880) 수연壽宴의 운자韻字를 써서 막내 동생과 함께 짓다. 경인년　庚寅正月　家染輪沴　王大人出避前家　十三日卽晬辰也　不能奉觴稱慶　用庚辰壽宴韻　與季弟共賦

고희에다 일 년을 더하신 우리 할아버지께서	稀年加一我家翁
한 달이 지나도록 우사에서 병으로 신음하시네	閱朔吟痾寓舍中
생신인데도 축수의 잔을 올리는 사람이 없지만	晬日無人稱壽斝
찬 모포에 홀로 앉아 봄 무르익기만 기다리네	寒氈獨坐待春融

▫ 노복을 책하다　責僕

늙은 말이 주리되 먹을 게 없어	老馬飢無食
뜰로 가서 대나무를 씹어 먹네	走齕庭中竹
금하면 말이 쓰러져 죽을 것이고	禁之馬將斃
금하지 않으면 대밭이 절단나리라	不禁竹將禿
말이 죽으면 나는 발이 없어지고	馬斃吾無足
대밭이 절단나면 나는 눈으로 볼 게 없네	竹禿吾無目
발과 눈이 둘 다 온전해야 하리니	足目要兩全
어찌 노복을 책하지 않을 수 있으랴	安得不責僕

---

32) 문금文禽 : 깃에 무늬가 있는 새이다. 예를 들면 공작·원앙·산꿩·금계錦鷄 따위.
33) 청전靑氈 : 집에서 대대로 전해 내려오는 구물舊物, 즉 가보家寶이다.

▫ 입춘이 정월 15일인데, 이 날 밤 달빛이 밝아 문을 닫고 조섭하는 곳에서 울적함을 금할 길 없어 이에 네 운을 이루다 立春 在正月十五日 是夜月色明朗 杜門攝處 鬱抱未禁 仍成四韻

맹춘의 날씨가 한겨울 같아	孟春天氣大冬如
찬 눈과 거센 바람이 강가의 집에 들이치네	凍雪豪風江上廬
주량이 작아서 반잔의 술도 이기지 못하고	戶淺不勝半盞酒
눈에 눈곱이 끼어서 몇 줄의 글도 이루지 못하네	眼眵未竟數行書
문득 난률34)이 찬 계곡에 불어오는 것에 놀라서	忽驚暖律吹寒谷
일어나 보니 둥근 달이 허공에 가득 차 있네	起視圓輪滿太虛
무슨 일로 상원절35)의 이 끝없는 밤에	何事上元無限夜
사방의 이웃들은 즐기거늘 홀로 시름겨워 하는가	四隣行樂獨愁居

▫ 소암 족조진 만사 輓小菴族祖瑱

1

젊은 시절에는 늘 매이지 않는 큰 뜻을 품었으나	早年常負不羈志
만년에는 깊이 감추고 몸을 크게 졸하게 하였네	晚節深藏大拙身
날마다 산중으로 가서 꺾여진 측백나무를 의지하고	日向山中挨槁栢
때로는 숲을 거닐면서 따뜻한 봄날을 노래하였네	時從林下唱陽春
장선36)의 해진 나막신이니 살아서 얼마나 고달팠으랴	莊仙弊屐生何憊
검루37)의 베 이불이니 죽어서도 또한 가난을 못 면하네	黔婁布衾死亦貧
아득한 하늘의 뜻을 아직 이해할 수가 없나니	未會悠悠天意思
장수의 복을 아껴서 누구에게 주려고 하는 것인가	惜將壽福與誰人

---

34) 난률暖律 : 따뜻한 절후節候이다. 여기서는 따뜻한 봄바람을 가리킨다. 입춘일이므로 그렇게 표현했다.

35) 상원절上元節 : 음력 정월 대보름날이다.

36) 장선莊仙 : 장자莊子 즉 장주莊周이다.

37) 검루黔婁 : 춘추시대 사람으로 청빈함을 굳게 지켰으며 출사를 원치 않았다.

2

인생의 노래와 통곡을 통계내어 본다면	通計人生歌與哭
슬픔이 많은 시간을 차지하지는 않겠지만	的應悲苦不多時
지난 해 담옹의 신주를 사당에 모셨고	去年已廟潭翁主
오늘 또 부자[38]의 기년이 지나가고 있네	今日又經夫子朞
낙사 모임은 춘몽 같은 헛된 것 되었지만	洛社會成春夢幻
금강산 시는 고담한 멋으로 특이한 것이 되었네	金剛詩作古淡奇
용손[39]이 차츰 자라서 우는소리가 크지만	龍孫漸苗啼聲大
한번 황천 문이 닫히면 알 수 없으리	一閉黃墟深未知

□ **동생 병의 안부를 묻다　問弟病**

강성의 자욱한 봄비가 꽃을 재촉하니	江城春雨暗催花
버들 눈과 매화 봉오리가 차례로 꽃을 피우네	柳眼梅腮次第華
서쪽 동산의 병든 산앵도나무에 대해 묻노니[40]	爲問西園病棣樹
밤사이의 소식은 또 어떠한가	夜來消息更如何

□ **서울로 가는 마을 수재를 전송하다　送村秀入洛**

1

태평성대의 현량 과거에서	晟代賢良策
방령[41]이 외사유가 되었네	芳齡外舍儒
서울까지의 천리 길을	西京千里路
머뭇거리지 말고 잘 가게나	好去勿遲留

---

38) 부자夫子 : 여기서는 소암 족조를 가리킨다.

39) 용손龍孫 : 남의 손자를 높여서 부르는 말이다.

40) 체수棣樹 : 산앵도나무, 여기서는 형제를 뜻한다. 형제간 두터운 우애를 체화지정棣華之情이라 한다.

41) 방령芳齡 : 꽃다운 나이, 여기서는 마을 수재를 가리킨다. / 외사유外舍儒 : 수재秀才가 된 것을 가리킨다. 수재는 향시鄕試에 합격한 사람이다.

2

세상 길은 산처럼 평평도 하고 기울어 있기도 하고	世路山平仄
사람 마음은 물처럼 얕기도 하고 깊기도 하네	人心水淺深
그대에게 이미 이루어진 심산이 있다는 걸 아노니	知君成算在
서로 더불어 함께 부침하지는 마세	不與胥浮沈

3

경솔한 말은 대부분 모욕을 불러들이고	輕言多納侮
망령된 행동은 혹 조롱을 받기도 하네	妄動或取譏
중후함과 과묵함은 우리 집안의 법이지만	重默吾家法
작별에 임해 다시 소매깃을 잡네	臨分更攬衣

▫ **달을 기다려서 매화를 감상하다.** 신묘년　待月賞梅

매화 감상을 다투어 말들 하지만	競說賞梅花
매화 감상은 쉬운 일이 아니라네	賞梅政未易
혹은 매화의 색을 아끼지만	或愛花之色
매화의 색에는 성쇠의 다름이 있고	花色有榮瘁
혹은 매화의 묘함을 아끼지만	或愛花之妙
매화의 묘함은 말로 하기가 어렵네	花妙難思議
그러면 나는 무엇을 아끼는 것인가	而我何所愛
밤마다 달뜨기를 기다려 일어난다네	夜夜待月起

▫ **연못가에서 날린 꽃이 어지러이 물위에 점점이 찍혀 있는 것을 보고 절구 한 수를 읊다**　臨池 見飛花亂點 因吟一絶

창 밖 매화꽃이 한창 향기롭거늘	窓外梅花花政芳
봄바람이 밤사이에 거세게 불었네	東風一夜太顚狂

사람들이여 봄 풍광이 줄었다고 탄식 말라　　　　傍人莫歎春光減
봄 풍광이 여전히 그대로 작은 연못 속에 있네　　依舊春光在小塘

▫ 집사람이 내 생일 아침을 위하여 상위의 반찬을 평소와 조금 다르게 하였기에 장구를 써서 내 뜻을 드러내 보인다　家人爲余晬朝 食盤饌物 稍異常度 因書長句以示意

나는 무오년[42] 십일월　　　　　　　　　　　　　我生戊午十一月
이십 사일 병자 시에 태어났네　　　　　　　　　二十四日丙子時
올해 신묘년[43] 생일 아침에 이르기까지　　　　到今辛卯晬之朝
그 동안의 세월을 세세히 추산해 보네　　　　　其間日月細細推
일만 일천 칠백 일이요　　　　　　　　　　　　一萬一千七百晝
이십 팔만 사백 시간이며　　　　　　　　　　　十有四萬二百辰
실컷 먹은 것이 삼만 오천 그릇이요　　　　　　飽喫三萬五千椀
평온하게 잠잔 시간이 칠만 이천시간이네　　　穩眠七千二百旬
글과 행실에 볼만한 게 없어 벗들에게서 버려졌고　文行無稱士友棄
산업을 다스리지 아니하여 식구들이 주리네　　産業不治家人飢
삼십 사년이 이와 같이 지났으니　　　　　　　三十四年如是過
앞으로의 일도 미루어 알 수 있겠네　　　　　　來頭萬事從可知
그대는 무슨 마음으로 이 맛난 술과 반찬 차렸소　佳醪綺饌君何意
위로도 부끄럽고 아래로도 부끄러워 도망치고만 싶소　仰媿俯怍欲逃遁
오직 한 가지 일만이 그런 대로 기쁘니　　　　惟有一事差可喜
노친께서 건강하시고 아이들이 탈없는 것이라네　耋親强康兒們穩
원컨대 이 잔을 당상에 올려 축수하고　　　　　願將此盃壽堂上
나머지를 기울려 젊은 사람들에게 나누어주고 싶네　更傾餘瀝分少輩
과거의 시간은 모두 없었던 것으로 하고　　　　過去光陰都除了

---

42) 무오년戊午年 : 1858년.
43) 신묘년辛卯年 : 1891년.

오늘부터 내 생애의 첫 해로 삼아보리라	試從今日爲初載
다행히 하늘 덕택으로 긴 목숨을 얻게 되어	賴天之靈得長命
부지런히 힘쓰고 게을리 하지 아니하여	兀兀孜孜不自懈
납월 삼십 일에 이르거든	待到臘月三十日
그간에 진 빚을 다소나마 갚기를 바라네	庶償多少付界債

▫ 김석윤이 독서하는 방법을 물으러 왔기에, 이를 인하여 나는 재주가 노둔함에도 학업에 게을리 한 것을 스스로 후회했다. 젊은이(김석윤)의 총명함은 이 때에 구하기 쉽지 않거늘 이 사람의 생각이 고루固陋하여 제대로 답해 줄 수 없어서, 다만 내가 평소 일찍이 잘못 했던 점들을 이야기했다. 그리고 이르기를 "무슨 일이든 10년을 정해놓고 한다면 이루어지지 않을 것이 없다. 그대 나이 겨우 스물이니 지금부터 힘쓴다면 장래의 경지가 어디에 이를 지 헤아릴 수 있으랴? 다만 공부의 절차만을 묻고자 한다면, 그런 대로 답해줄 수 있지만, (내가 자네의 학문을 이끌어줄) 그런 사람은 못된다네." 하였다. 임진년 金雅錫胤 來問讀書之法 因自悔其才魯業惰 少年氣銳 時不易辦 此意思寡陋 無以奉副 只與語平日所嘗折臂者 且曰凡事刻定十年 無有不成 君年纔二十 自今著力 將來其可量乎 第欲問工夫節次 則義方在余 非其人云[44)]

내가 한 바탕 뉘우침을 등한히 했던 것을 인하여	因我一場閒懺悔
그대에게 십년간 공부에 매진할 것을 권하네	勉君十載猛工夫
젊은이는 성성성의가 부족한 걸 염려해야 할뿐이니	少年只患誠心薄
실학[45)]은 원래 재주의 높낮이와는 상관없는 것이라네	實學元無才品愚
지나간 과거는 과거이고	過去光陰都除了
장래의 학업이 어느 경지에 이를 지 헤아릴 수 있으랴	來頭事業可量乎
내 몸으로는 실천하지 못하지만 말은 잘못된 것이 아니니	躬雖不逮言非謬
집으로 돌아가서 한번 힘써 빨리 도모해보게나	歸稟家庭早早圖

---

44) 원문 "칙의방재여則義方在余"와 "비기인운非其人云" 사이에 '학문을 이끌어 줄 사람'이란 뜻의 원문이 필사과정에 빠진 것 같다.

45) 실학實學 : 여기서는 유학儒學을 가리킨다.

◦ 우중의 거미줄   雨中蛛絲

1

앉아서 거미줄에 비가 치는 걸 보나니	坐看蛛絲飛雨打
방울방울 허공에서 얇은 직조 빠져나와 자욱하네	點空透薄細瀌瀌
상천이 네 경륜의 치밀함을 가상히 여겨	上天嘉乃經綸密
진주 만곡[46]를 내려서 넉넉하게 해주네	寵賜眞珠萬斛饒

2

비가 개이자 거미가 처마 모퉁이에서 나와	雨霽跑蛛簷角出
솜씨 좋게 오가며 이지러진 곳을 수선하네	縫殘補缺巧周旋
잠깐만에 예전대로 완전한 한 폭을 이루고	須臾依舊成完幅
맑은 밤에 밝은 달을 안고서 걸려 있네	管領淸宵抱月懸

◦ 『평담유고』를 읽고 「독심경유감」 운을 삼가 차운하다   閱平潭遺稿 敬次讀心經
有感韻

사람이 만물의 영장인 것은	人之靈於物
마음 때문이지 형체 때문이 아니다	以心不以形
진실로 사람의 마음이 없다면	苟無人之心
사람이라는 이름을 괜히 얻은 것이다	空得人之名
이미 사람의 마음을 갖추었다면	旣具人之心
마땅히 사람의 형체를 실천하게 된다	當踐人之形
무슨 덕을 닦을까 생각만 해보아도	試思修何德
사람이라는 이름을 저버리지 않는다	不負人之名

---

46) 만곡萬斛 : 곡斛은 열 말[斗], 만곡은 불특정한 많은 양.

▫ '인' 자를 가지고 읊다 人字吟

천하에는 만물이 있거늘	天下物有萬
나는 다행히 사람으로 태어났네	吾生幸爲人
방촌이 오성을 갖추고 있으니[47]	方寸具五性
애초에는 성인과 다르지 않았거늘	初不異聖人
어째서 천성을 실천하지 아니하여	如何不踐形
끝내는 하등의 사람이 되었는가	終作下等人
가만히 생각컨대 허물이 나에게 있으니	靜思咎在我
감히 타인을 탓할 것은 아니네	不敢尤他人
성인의 법도가 서책에 실려 있나니	聖謨布方策
후인에게는 대단히 중요한 것이네	喫緊爲後人
너무 고원하다고 여기지 말 것이니	毋以爲高遠
사람의 도리는 그 사람에게 달려 있다네	人道在當人
다만 나의 정성과 힘을 다하여	但竭吾誠力
남보다 백번 천번 더 노력을 할 뿐이네	百千之於人
지금부터 늙어 죽을 때까지 한다면	從玆抵老死
선한 사람이 될 수 있을 것이네	尙可做善人
묵경[48]이여 너는 들을지어다	墨卿爾聞之
나는 식언하는 사람이 아니니라	我非食言人

▫ 추석날 밤에 中秋十五日夜

구름 한 점 없는 오늘 밤하늘	萬里無雲此夜天
높은 누에서 바라보니 마음이 한가롭네	高樓一望意悠然
별은 북쪽 문에 드리워져 빛이 찬란하고	星垂北戶光芒燦

---

47) 방촌方寸 : 마음. / 오성五性 : 사람의 본성을 이루고 있는 인仁·의義·예禮·지智·신信.
48) 묵경墨卿 : 먹[墨]에 대한 희칭戱稱.

달은 동쪽 누대에서 옮겨가는데 모양이 아름답네	月轉東臺體態娟
남은 술 들이키지 않으려 경계함을 핑계삼아	不釃殘樽仍寓戒
되는대로 산구를 읊조려 시편을 이룩하네	謾吟散句足成篇
어째서 젊은이들은 흥이 저리도 많은가	如何少輩饒豪興
밤새도록 떠들썩한 소리가 사방에서 진동하네	徹夜轟談動四筵

▫ 족조질 만사. 계사년　輓族祖瓆

돌아보니 회갑연 자리에 경하함이 가득했지만	憶昔華堂慶賀騰
중간에는 세상사로 부침을 거듭하였었네	中間世事付沈升
복록으로 편케 됨은 조금도 이지러짐 없었으며	綏之福履圓無缺
겸손으로 처신하여 모든 것에 능치 못하다 했네	處以卑謙百不能
두 아들에겐 글을 가르쳤는데 명성이 벌써 성하고	二子遺經名已苑
형님 한 분과 지냈는데 우애가 갈수록 깊었네	一兄同被愛彌增
병든 어진 자가 홀연 진년의 예언49)을 만나서	萎賢忽値辰年識
동호의 쌍검이 되었으니50) 눈물이 가슴에 가득하네	雙劍東湖淚滿膺

▫ 족조정에 대한 만사　輓族祖庭

문수산51) 아래를 분주히 드나들었으며	棲屑文殊下
낙수 물가52)에서 조용히 시를 읊조렸네	沈吟洛水濱

---

49) 진년의 예언[辰年識] : 후한後漢의 정현鄭玄이 "올해는 진년辰年이고 내년은 사년巳年이다."라고 한 공자의 꿈을 꾸고 그 해에 죽었다 한다(『후한서後漢書』「정현전鄭玄傳」). 전하여 현인賢人의 죽음을 뜻함. 본 만사를 지은 해가 계사癸巳년이니 사년巳年에 해당한다.

50) 동호의 쌍검이 되었으니 : "동쪽 호수에 빠진 쌍검이 되었다."라는 말은 부부가 합장合葬되었음을 말한다. 춘추시대 오吳 나라의 장인匠人인 간장干將과 막야莫邪 부부가 명검名劍 두 자루를 만들어 웅검雄劍을 간장, 자검雌劍을 막야라 하였다. 진晉 나라 때 장화張華와 뇌환雷煥이 이 쌍검雙劍을 풍성현豐城縣에서 발굴한 다음 한 자루씩 나누어 가졌다. 그들 사후 결국 이 쌍검이 연평진延平津 물 속으로 들어가 쌍룡雙龍으로 변하였다(『진서晉書』 권36).

51) 문수산文殊山 : 이상룡의 선려先廬인 임청각의 뒷산. '문수산 아래'는 곧 임청각을 이른다.

생전에는 동영53)의 효도라 칭송되었으며	生前稱董孝
사후에는 검루54)처럼 가난했음을 알겠네	死後識黔貧
백리 내 집안 사람들 얼굴 다 모였고	百里家人面
천년의 오랜 옛 동산에는 봄이 찾아왔네	千年故苑春
주저주저하면서 조도55)에 임하였나니	踟躕臨祖道
한이 남아 족친을 떠나보내지 못하겠네	遺恨未辭親

▫ 김씨 외삼촌현휘에 대한 만사   輓金表叔絢輝

1

젊은 날에 문장은 오로지 기골을 숭상했으며	少日文章全尙骨
중년이 되어서는 언론이 매우 날카로웠었네	中年言論太多稜
만년에는 더욱더 연마의 힘을 지극하게 하여	晚來盆致磨礱力
안팎으로 흠 하나 없는 투명한 얼음 같았었네	表裡無瑕瀅澈水

2

한가할 때 뜻 둔 사업은 가난으로 좇기 어려웠고	閒中志業貧難逐
공명은 분수 밖의 것이었는지라 명이 오질 않았네	分外功名命不來
오십년을 분주히 뛰어다녔건만	五十年間棲屑客
백설처럼 희디흰 양 구레나룻만 남았을 뿐이었네	只餘雙鬢雪皚皚

3

백수선생56)은 임금의 특별 명령으로 벼슬을 받았고	白水先生拜特旨

---

52) '낙수 물가' 역시 임청각을 이른다.

53) 동영董永 : 후한後漢의 효자. 일찍이 어머니를 여의었으며 아버지를 잘 모셨다. 중국 24효자 중의
　　한 사람이다.

54) 검루黔婁 : 춘추시대 사람으로 청빈함을 굳게 지켰으며 출사를 원치 않았다.

55) 조도祖道 : 길신[道神]에게 여행길의 무사함을 빌며 제사지내는 것, 전하여 송별함.

56) 백수선생白水先生 : 남송南宋의 은사隱士 유면지劉勉之의 칭호이다. 여본중呂本中의 천거로 벼슬에
　　제수 되었으나 병으로 사퇴하였다.

전랑57)은 남경에서의 장원급제로 축하를 받았네   南京甲榜賀錢郞

상천의 심사는 무엇인지 모르겠나니   上天不識何心事

겨우 봄바람을 보내었다가 갑자기 또 서리를 보내네   纔報東風遽報霜

4

어느 곳의 선감58) 한 칸이 비었는가   何處仙龕虛一室

형제와 친구들이 웃으면서 서로 손잡고 가네59)   金昆玉友笑相携

가장 불쌍한 건 우리의 쓸쓸한 자취이니   最憐吾輩踽凉迹

천지간에 홀로 서 있자니 눈물이 앞을 가리네   獨立乾坤淚眼迷

□ **복천서당 판상운을 차운하다.** 병신년   次福川書堂板上韻

감호의 흐르는 물 여강으로 흘러 들어가고   鑑湖流水入廬江

창문으로 보이는 오로의 여러 봉우리들은 아름답네   五老諸峯媚一牕

남북 강안의 인가는 거울 같은 물 속에 잠겨있고   鏡裏人家南北岸

구성진 어부의 피리소리 달을 스치며 흘러가네   月邊漁笛短長腔

희끗희끗한 살쩍에는 쓸쓸한 가을 바람 불어오고   秋聲颯颯鬢毛二

세상사는 분분하여 바둑판과 쌍벽을 이루네   世事紛紛局戲雙

복지60)에서 노니 우리들은 참으로 즐겁건만   福地遨遊吾輩樂

비바람이 휘몰아치며 앞 징검다리를 어둡게 하네   任地風雨暗前矼

□ **액운을 당한 뒤 귀가하여 울타리 밑 국화가 황폐해진 것을 보고 슬피 읊다**   劫後歸
家 見籬菊就荒 悵然賦之

떠날 때 손수 창문 앞에다 국화를 심었는데   去時手種窗前菊

---

57) 전랑錢郞 : 명말청초明末淸初의 문신이자 문인이다. 특히 시로써 명성이 있었다.

58) 선감仙龕 : 신주나 신상神像을 봉안해 두는 곳이다.

59) 형제와 … 서로 손잡고 가네 : 외숙의 죽음을 먼저 죽은 형제와 친구들이 함께 지내기 위해 데
려가는 것으로 표현했다.

60) 복지福地 : 서당 이름이 '복천'이기 때문에 한 표현이다.

반년만에 돌아와 보니 풀이 뜰을 덮고 있네	半載歸來草沒庭
술도 없고 국화도 없는 삼경[61]의 저녁	無酒無花三逕夕
무엇으로 도연명[62]을 위로하고자 해야 하나	欲將何物慰淵明

▫ 술 마신 뒤 친구들에게 보이다   酒後示友人

붉은 깃발 앞세우고 적을 깨트린 영웅은 피곤해 하거늘	紅旗破賊英雄倦
저속한 무리들은 황지[63]에 이름을 적느라 바쁘네	黃紙題名俗輩忙
어찌 물안개 피어있는 강가의 누각에서	何似烟波江上閣
거나하게 취한 채 바둑판 대합만 같으리오	陶然一盞對棋枰

▫ 홍색과 백색의 접시꽃   紅白葵

접시꽃 얻어 섬돌 주위에 가득 심었는데	借得葵叢滿砌栽
붉은 꽃이 흰 꽃과 서로 섞여서 피어났네	紅花相間白花開
그 모양이 소복을 입은 삼하의 병졸들이[64]	恰如縞素三河卒
유랑의 붉은 깃발[65]을 에워싸고 있는 듯하네	擁戴劉郎赤幟來

▫ 밤에 앉아 있는데 마침 술을 올리는 자가 있어 통음하며 절구 한 수를 짓다   夜坐適有進酒者 因痛飮賦一絶

장경[66]처럼 소갈병 앓아 강변 누대에 누워있는데	長卿病渴臥江臺

---

61) 삼경三逕 : 은자의 집 뜰에 있는 세 오솔길, 전하여 은자의 집을 뜻한다.

62) 도연명陶淵明 : 진대晉代의 은일·전원시인으로 그의 「음주飮酒」 시에 "동쪽 울타리 아래에서 국화를 따다가, 멀거니 남산을 바라본다[採菊東籬下 悠然見南山]."라는 유명한 구절이 있다.

63) 황지黃紙 : 전형관銓衡官이 선발된 사람의 이름을 적어 조정에 보고하기 위해 사용하던 황색 종이.

64) 소복을 입은 삼하의 병졸들이 : 항우項羽가 의제義帝를 시해한 뒤, 유방劉邦이 발상發喪하여 곡을 하였으며, 삼하三河 즉 하남河南·하동河東·하내河內의 삼군三郡의 사졸들은 모두 소복素服을 입었다(『사기史記』 「한고조본기漢高祖本紀」).

65) 유랑의 붉은 깃발 : 유랑劉郎은 유방劉邦을 가리킨다. 붉은 깃발赤幟은 한漢을 뜻한다. 한나라는 오행으로 화덕火德에 해당되어 붉은색을 높였다.

계집종이 달빛 밟고 오는 게 문득 눈에 들어오네	忽見丫鬟踏月來
만 말의 술일지라도 오히려 사서 마셔야 하겠거늘	十千一斗猶沽飮
하물며 담 너머에서 술을 보내어 왔음에랴	何況牆頭送到盃

▫ 호남객 허영에게 주다　贈湖南客許榮

호남 땅의 아름다운 선비 허농류[67]	湖南佳士許農流
낙수 북쪽의 한가로운 사람 이석주	洛北閒人李石洲
천리를 격해 있다 오동에 달 걸린 밤에 서로 만나서	千里相逢梧月夜
국화 핀 가을철 한 동이 술로 같이 취하네	一樽同醉菊花秋
수염이며 눈썹에는 강산의 기운 어리 비치는데	鬚眉隱映江山氣
머리털에는 나라 근심으로 희끄무레 물결이 이네	鬢髮蒼浪家國愁
조만간 명승지에서 손 잡고 놀자는 약속인데	早晚名區携手約
푸른 버들 늘어진 그 곳에 높은 다락 솟아 있을까	綠楊何處起高樓

▫ 국화를 읊다　詠菊花

1

산골 집은 한 뼘의 땅도 금처럼 귀하거늘	山家寸土如金貴
상마[68]를 심지 않고 국화를 무더기로 심네	不種桑麻種菊叢
중양절[69]이 되어 국화가 피어나기 시작하거든	待到重陽花始見
국화로 담근 술로써 가을 바람에 답하리라	擬將樽酒答秋風

---

66) 장경長卿 : 한대漢代의 부賦 작가로 유명한 사마상여司馬相如의 자字이다. 그는 소갈병消渴病(당뇨병)
　　을 심하게 앓았다 한다.

67) 허농류許農流 : 『맹자孟子』에 나오는 농가자류農家者流 허행許行에 비겨서 한 말이다.

68) 상마桑麻 : 뽕나무와 삼. 옷을 만드는데 없어서는 안 되는 농작물이다.

69) 중양절重陽節 : 음력 9월 9일. 예전에는 이 날에 높은 곳에 올라가 국화로 빚은 술과 음식으로
　　흥겹게 놀았고, 시를 지어 서로 수창하기도 하였다.

2

돈은 부호의 집으로 들어가 위세가 무거워지게 하고	錢入豪家威柄重
금은 높은 값을 따라가서 권세를 늘어나게 하네	金隨貴價勢權長
가을바람 너는 무슨 일을 일으키려 하느냐	西風爾欲生何事
산중으로 만관의 황금을 불어 보내 주네	吹送山中萬貫黃

3

인간 세상에는 비록 진짜 도령70)이 부족하지만	人間縱乏眞陶令
울타리 아래에는 응당 가짜 국화가 없으리라	籬下應無假菊花
한 평생 모름지기 취해있지 않으면 안 되니71)	三萬六千須盡醉
들판 한 가운데 저물녘, 이 시름을 어이하랴	中原日暮奈愁何

▫ 앞 운으로 차운하여 동은 이장72)유기에게 올리다　前韻次呈東隱李丈有基

1

산골 집 뜰엔 잡종뿐이고 좋은 국화 없으니	山園雜種無佳品
옹의 집 화보 외의 떨기를 얻어서 심고 싶네	願償翁家譜外叢
절세의 맑은 향기는 절로 애지중지 하게 되나니	絶世淸香須自愛
눈앞의 뭇 꽃은 이미 가을바람에 시들어 있네	眼前群卉已秋風

2

꽃 역사서에는 분명히 국화를 처사라고 적어놓았지	花史分明書處士
고절73)에 다가가 보니 감탄이 길어지네	爲挨孤節感歎長
어떻게 날이면 날마다 새롭게 바뀌어지는데	如何百度更新日
의관74)의 색깔이 늘 변함없이 바른 황색일까	依舊衣冠正色黃

---

70) 도령陶令 : 도연명陶淵明을 가리킨다. 일찍이 팽택령彭澤令을 지냈기에 '도령'으로도 칭함.
71) 삼만육천三萬六千 : 백년, 삼만 육천일, 전하여 사람의 한 평생을 뜻함.
72) 장丈은 연장자에 대한 존칭이다.
73) 고절孤節 : 외로이 지키는 절개, 여기서는 국화를 상징한다.

3

마을 이름은 연명 때문에 얻은 것이 아니지만[75]	村名不以淵明得
결국은 진짜 국화가 가짜 국화가 되리[76]	畢竟眞花是假花
천고의 용산은 옹께서 주인이 되셨는데	千古龍山翁作主
맹공[77]의 풍류는 절로 어떠할까	孟公風韻自如何

▫ 차운하여 정성기재덕·정성환동철에게 보이다　次韻示鄭聖紀在悳聖環東轍

화주[78]의 형승인 낙동강 물가	花州形勝洛江涯
최고의 다락은 바로 우리 집이네	第一高樓是我家
붉은 연꽃 가득한 연못은 물새에게 지키게 하고	紅藕池敎鷗鷺守
벽오동 뜨락은 봉황이 들리기를 기다리고 있네	碧梧庭待鳳凰過
한밤중의 호가 소리에 가을의 심회가 동하고	胡笳半夜秋懷動
중양절에 객이 모자를 떨굼에 취흥이 도도하네	客帽重陽醉興多
상산의 기리계[79]의 집을 묻나니	借問商山綺里宅
자지객[80]들의 소식은 근자에 어떠한가	紫芝消息近如何

---

74) 의관衣冠 : 국화의 외양을 처사處士의 의관으로 비유했다. 윗구의 '고절孤節'도 국화를 처사에 비
　　겼기 때문에 쓴 말이다.

75) 원주에 "내가 우거하고 있는 마을 이름이 도곡이다[余所寓村名陶谷]." 하였다.

76) 진짜 국화가 … 되리 : 도연명이 대했던 국화를 '진짜 국화'로, 자신이 대하는 국화는 '가짜 국
　　화'로 상정했으니, 그것은 자신이 도연명 같은 훌륭한 사람은 못 된다는 뜻.

77) 맹공孟公 : 진대晉代의 맹가孟嘉이다. 환온桓溫의 참군參軍이었다. 중양절에 환온이 용산龍山에서 연
　　회를 열었는데, 이때 바람이 불어 맹가의 모자가 떨어졌거늘, 맹가는 그것도 모르고 풍류에 취
　　해 흥겹게 놀았다.

78) 화주花州 : 안동의 옛 이름. 예전에는 안동을 화산花山으로도 칭하였다.

79) 상산商山의 기리계綺里季 : 진말秦末 상산에 은거했던 상산사호商山四皓의 한 사람.

80) 자지객紫芝客 : 상산사호商山四皓를 가리킨다. 동원공東園公·하황공夏黃公·녹리선생甪里先生·기리계
　　綺里季가 그들이다.

▫ 보문사에서 독서하는 제군들에게 주다   普門寺贈讀書諸君

화산 재자들은 아름답기 이와 같구나	花山才子美寧馨
밤새도록 서창에서 나는 책 읽는 소리	徹夜書牕誦讀聲
남쪽 고을은 남은 메아리 적막하다고 탄식 말라	莫歎南州遺響寂
보문사에는 한 등불이 푸르나니	普門寺裏一燈靑

▫ 섣달 그믐밤   除夕

해시의 끝은 남은 납월이 다했고	亥末除殘臘
자씨의 시작은 벌써 새 해를 맞았네	子初已迓新
그 사이에 잠깐 꿈을 꾸었다가	其間一刻夢
얼핏 두 해의 사람이 되었네	幻作兩年人
지난 삼십 구년의 세월	三十九光陰
손가락 튕기는 사이에 훌쩍 지난 듯하네	焂如彈一指
어제의 잘못도 아직 모르거늘	昨非尙不知
하물며 지금이 옳다는 걸 알랴	何況覺今是

▫ 족조정탁의 '만음신거' 운을 차운하다. 정유년   謹次族祖庭鐸晩陰新居韻

1

날리는 꽃을 세상으로 새어나가게 하지 말라	莫遣飛花漏世間
벌써 마음을 청산에 맹서하였노라	已將心事矢靑山
풍파가 세상에 가득하여 머리 흔들며 떠났나니	風波滿地掉頭去
물을 사이에 두고 부르고 불러도 돌아오려 하지 않네	隔水招招不肯還

2

무릉도원 한 굽이에는 풍진이 적어	桃源一曲少風塵

달을 낚시질하고 구름을 밭갈이 하니 일마다 천진이네	釣月耕雲事事眞
백옥81)에 책을 소장하니 슬기로운 자식이 나고	白屋藏書生慧子
국화 필 제 술을 마시매 정겨운 친구 보노라	黃花沽酒見情親
산새는 울음이 운치 있지만 시 짓는 짝은 아니고	山禽有韻非詩伴
야생 사슴은 길들이기 어렵지만 골짝의 백성이네	野鹿難馴是峽民
허나 결국에는 고향동산을 버릴 수 없으리니	畢竟鄕園抛不得
꿈속에서는 혼령이 늘 낙동강 물가를 맴도리라	夢魂長繞洛江濱

▫ 이제 권공연하 만사　濟齋權公璉夏輓

1

사문의 묘결을 소매에 담아 보배로서 전하여	斯文妙訣袖珍傳
우리 산남의 얼마의 현자들을 계도해 주었던가	啓我山南幾箇賢
하당·창설82)의 집안 풍경을 한번 보건대	試看荷蒼家裏景
가을 연못에는 여전히 달이 곱디 곱네83)	秋塘依舊月嬋娟

2

자신의 규모를 졸렬하다 하여 쉬지 않고 공교하게 하였으나	謹拙規模不息工
평소에는 자처하기를 다른 사람과 다르지 않다 겸손해 하였네	尋常自處與人同
겪어보건대 속은 온통 화기로 가득 찼으니	驗來腔子渾和氣
흩어져 봄바람이 되어서 모든 사람과 융화되었네	散作春風物物融

3

인의예지仁義禮智를 갖춘분	四德將來喩一人
부친에겐 훌륭한 자식 임금에겐 훌륭한 신하	對爺稱子對君臣

---

81) 백옥白屋 : 단청丹靑 같은 것으로 장식을 하지 않은 소박한 집. 일반 백성의 집을 뜻한다.

82) 하당荷塘·창설蒼雪 : 권연하의 조상들인 하당 권두인權斗寅과 창설재 권두경權斗經을 가리킨다.

83) 원주에 "하당이 창설에게 준 시에 '그대에게 우리 집안의 풍경을 물어보니, 여전히 가을 연못에 밝은 달이 아름답네 하였네'[荷塘 贈蒼雪詩 憑君試問吾家景 依舊秋塘霽月娟]." 하였다.

약관에 이미 사문의 인정을 받았으니   弱冠已被師門許
천명의 근원에 대해서는 그 진수를 얻었네[84]   天命源頭說得眞

4

마장을 관리하다가 낙수로 돌아와서 집을 지었는데   董馬場歸洛建堂
몇 집의 금석이 맑은 빛을 띄었네[85]   幾家金石帶晶光
세상에 지음이 적다는 것을 잘 알고 있었기에   深知海內知音少
상자에 정리해 둔 저술은 후세의 양자운[86]에게 맡겼네   手整靑箱付後揚

5

일찍이 중용을 안고 석문정[87]에서 강론하였고   曾抱中庸講石門
또 시구를 가지고 학교로 찾아 뵈었었네   更將詩句謁庠軒
공부에 게을러서 아무 성취도 없었거늘   悠悠懶學無成就
선생님의 장려와 인정함의 은혜를 잘못 입었었네   辜負函筵獎許恩

6

안연과 복상의 부중[88]에 걸상이 하나 비어서   顔卜府中一榻虛
태평연월의 복장으로 운거[89]에 오르시네   太平巾服上雲車
선생은 복되시도다, 먼저 조짐을 보시고 가시어서   先生福矣先幾逝
우리들이 금수로 살아 감[90]을 보지 아니하시니   不見吾曹鳥獸居

---

84) 원주에 "대평의 편지 가운데의 말을 인용한 것이다[用大坪書中語]." 하였는데, 여기서 '대평大坪'은
　　류치명柳致明을 가리킨다.
85) 몇 집의 금석이 … 띄었네 : 많은 집안의 비갈碑碣을 지었다는 뜻이다.
86) 후세의 양자운子雲 : 후한後漢의 양웅揚雄이 『태현경太玄經』을 지었을 때 사람들이 '이 책은 너
　　무 어려워 알 수 있는 사람이 없다.'고 하자 "후세의 양자운이 있어 알 것이다." 하였다 한다.
　　자운子雲은 양웅의 자이다. 즉 남긴 저술은 후세에 알아줄 사람이 있을 것이라는 뜻이다.
87) 석문정 : 안동시 풍산읍 막곡리에 자리한 정자이다. 김성일이 이 정자를 지어 성리학 연구와 제
　　자 양성에 노력하였다.
88) 안복부중顔卜府中 : 공자의 제자인 안연顔淵과 복상卜商이 수문랑修文郎으로 있다는 명부冥府. 전하
　　여 저승을 뜻한다.
89) 운거雲車 : 신선이 타고 다닌다는 수레.

▫ 척숙 이원오구에 대한 만사   輓李戚叔元五求

1

그대의 나이 열 살, 내 나이 아홉 살에	君年可十我年九
낙동강 물가에서 처음으로 만나 마음껏 놀았었네	洛下初逢恣戲遊
머루를 제기에 진열하여 공자와 안자를 참알하였고	山葡列豆參顏孔
들풀로써 병사를 진열하여 항우와 유방에 같게 하였네	野草陳兵埒項劉
벽오동 다락에서 맑은 달을 바라보았고	碧梧樓上望明月
붉은 연꽃 못 가에서 작은 배로 놀았네	紅藕潭邊弄小舟
지난 일이 아침 때의 일 같건만 사람은 보이지 않나니	往事如晨人不見
뜬구름 같은 인생 부끄러울 건 없지만 살쩍이 허연 것에 놀라네	浮生無愧鬢驚秋

2

사물의 이치는 과연 강하면 부러지지만	物理果然剛則折
난초가 어째서 유독 가을에 앞서 재앙을 맞았는가	蕙蘭胡獨先秋殃
하늘이 만약에 어진 자가 장수하기를 바란다면	天意若要仁者壽
공리와 안연91)이 무슨 까닭으로 이른 나이에 죽었겠는가	鯉顏何故早年亡
말은 예리한 모서리를 드러내지 않고 늘 후덕하였으며	言不露稜常近厚
시는 경물에 핍근하였으며 차츰차츰 문장을 이루었네	詩能逼景漸成章
문인이 이 세상을 버린 것을 가엽게 생각해야 하겠지만	應憐世界文人棄
상천의 옥황상제가 불러 근시랑으로 삼은 것이리라	喚作瑤皇近侍郎

3

계씨는 용산 아래에서 방황하고 있고	季氏彷徨龍岀下
백씨는 고천 물가에서 분주히 다니고 있네	長公棲屑高川濱
예의동방은 다시 옛날이 아니니	禮義東方非復昔

---

90) 금수로 살아 감 : 갑오경장 이후의 일제의 침략상 아래에 살아감을 말한다.
91) 리안鯉顏 : 공리孔鯉는 나이 50세에 아버지인 공자孔子보다 조몰早歿하였으며, 공자의 제자인 안연
　　顏淵은 32세에 요절하였다.

머리 깎은 저 야만인[92]은 어떤 사람들인가	髡緇左衽彼何人
산 이는 머지않아 조수와 무리를 이루려 하나니	生寄行將群鳥獸
죽어서 돌아간 이는 티끌이 되지 아니하랴	死歸能不作埃塵
그대를 인하여 내 스스로 내 신세를 깨우쳤나니	因君自悟吾身世
잔에 가득 막걸리로 단숨에 취하였네	滿酌山醪醉一巡

◦ 더위에 병이 들어 가만히 들어 앉아있는데, 건초 동생[93]이 강가의 정자로부터 돌아와서 7월 기망의 뱃놀이를 성대히 말하고, 게다가 자기가 지은 시를 읽어주는데 말이 과장되어 있어서 듣는 나에게 앉은뱅이의 한이 있게 하였다. 그래서 그 운을 차운하여 희롱 삼아 짓는다 病暑涔寂中 健弟回自江亭 盛道旣望之遊 且誦其所賦詩篇 語近誇張 殆令人有蹩躠之恨 因次其韻以戲之

열두 봉우리 앞에 뜬 달이 가을달이 되려 하여	十二峯前月欲秋
물새 나는 물가로 그대를 보내어서 놀게 하였네	白鷗波上送君遊
안개에 잠긴 저물녘 성곽은 써늘하여 피리 불기에 적당하고	烟沈暮郭涼宜笛
장마가 물러난 긴 호수는 상쾌하여 뱃놀이하기에 좋았으리라	潦退長湖爽可舟
삼대를 이어온 누정에는 옛 자취가 많고	三世亭臺多古蹟
한 집안의 화수회[94]는 풍류가 흘러 넘쳤으리라	一家花樹足風流
파로[95]로 하여금 와서 주인이 되게 하였더라면	但敎坡老來爲主
적비[96] 강산이 바로 이 고을이 아니고 어디겠는가	赤鼻江山卽此州

◦ 죽도에 오르다 登竹島

| 그림과 말로는 기이한 진면목 드러낼 수 없나니 | 畫未能眞說未奇 |

---

92) 머리 깎은 저 야만인[髡緇左衽] : 갑오경장 뒤 우리나라에 들어와 있는 왜인倭人을 가리킴. 당시 왜인은 중처럼 머리를 깎는 것이 일반적이었다.
93) 건초 동생 : 이상룡의 첫째 동생 용희龍羲(이상동)의 자가 건초建初다.
94) 화수회花樹會 : 일가친척들이 친목을 도모하기 위해 모인 모임, 또는 잔치.
95) 파로坡老 : 소동파蘇東坡를 가리킨다.
96) 적비赤鼻 : 적비기赤鼻磯이니, 즉 적벽赤壁이다.

바다를 본 자에게는 과연 물이 되기가 어렵네[97]	果然觀海水難爲
지축을 담고 있으니 그 깊이가 끝이 없고	包涵地軸深無極
천광과의 경계조차 없어지니 그 넓음을 알 길이 없네	界破天光遠莫知
큰 파도 부서질 땐 해와 달마저 아찔해 하고	雪嶽摧時眩日月
파도가 그쳐지면 고은한 유리로 변하네[98]	風雷收處轉玻璃
편주에게 부상[99] 가는 길을 빌려주지 않으니	扁舟不借扶桑路
인간세상 안목 큰 남자를 움츠러들게 하네[100]	局殺人間眼大兒

▫ 갈암 선생 묘소로부터 반포에 이르러 머무르면서 남포 박공의 유집을 교열하고, 출
발에 앞서 율시를 지어 좌중의 제공에게 보이다 自葛菴先生墓所 迤到樊浦留 校
南浦朴公遺集 臨發搆短律 示座中諸公

땅이 끝난 곳에서 바다가 드넓게 펼쳐져 있고	地盡滄溟闊
하늘은 높고 숲 우거진 고개는 아슬아슬하네	天高鬱嶺危
아침에는 갈암 선생의 묘소에 참배를 하고	朝瞻葛老墓
밤에는 남포 옹의 시를 읽네	夜讀浦翁詩
세상사는 분분하기 짝이 없고	世事紛紜日
사문은 또 적막하기 짝이 없네	斯文寂寞時
동쪽의 세 장관에 대해서는	東來三壯觀
선배께서 이미 말씀하셨네[101]	前輩已言之

---

97) 바다를 … 어렵네 : 바다라는 큰물을 본 자에게는 왠만한 물은 물로 보이지 않는다는 말이다.
　　『맹자孟子』「진심盡心」상上에 "觀於海者難爲水 遊於聖人之門者難爲言"이라 하였다.
98) 풍뢰風雷 : 바람을 동반한 우레. 여기서는 큰 파도가 해안에 부딪혔을 때 나는 큰 소리를 이르
　　는 말이다. 유리구슬은 포말泡沫이다.
99) 부상扶桑 : 동쪽 바다의 해 돋는 곳.
100) 죽도에서 더 가지 못하므로 이렇게 말한 것이다.
101) 원주에 "대산 선생이 남포공을 뵙고 물러 나와 사람들에게 말하기를 '이번 발걸음에 세 장관壯
　　觀을 얻었으니 큰 바다·관어대·남포공이 그것이다.' 하였다[大山先生 謁南浦公 退語人曰 今行得三壯
　　觀 大海也 觀魚臺也 南浦公也]."

▫ 칠절홍　七絶紅

가을 밭에 가득한 칠절홍	滿圃秋容七絶紅
깨끗한 껍질로 서로 비추고 맛은 달고 다네	氷肌相映味甛濃
쟁반에 오른 다섯 과일을 누가 품평하였는가	登盤五果誰題品
대추와 밤이 앞에 있으니 공평치 않다고 웃네	棗栗居先笑不公

▫ 밤에 책을 읽다. 무술년　夜讀

성현들의 수많은 말씀들은	聖賢千萬語
작다란 내 몸을 위한 것	只爲渺余身
이 밤 신근102)의 의미를 곰곰 생각하며	念此辛勤意
척연103)히 앉아서 새벽에 이르노라	惕然坐達晨

▫ 노인들의 장기 두기를 보다　觀老人局戲

평평한 반석 위에 양 무릎을 한 노인들이	兩膝平盤石上翁
영웅호걸이 되어 차와 마를 종횡으로 조종하네	縱橫車馬自豪雄
어째서 얼굴에 가득한 것이 순진함이거늘	如何滿面醇眞氣
판국을 당하여서는 겸양함이 전혀 없는가	當局全無揖遜風

▫ 김국응시락 만사　輓金國應時洛

아아! 김국응이여	嗟哉金國應
우리 향당의 독서하는 선비였네	吾黨讀書儒

---

102) 신근辛勤 : (어떤 목적을 이루기 위해) 고생하면서 마음을 오로지 하여 힘써 하는 것.
103) 척연惕然 : 두려워하고 삼가는 모양.

덕기는 완전무결하였으며　　　　德器完無缺

재주는 두루 통달하여 막힘이 없었네　　　　通才徧不拘

이미 널찍한 칸살을 안배하고　　　　已排闊間架

바야흐로 세밀한 공부를 하고 있었더니　　　　方下細工夫

하늘이 십 년의 수명을 더 주었더라면　　　　苟假十年壽

영남 땅에서 대무104)를 보게 되었으리라　　　　山南見大巫

문장은 정로105)를 모범으로 삼았고　　　　文章摹訂老

행실은 서산106)을 감복시켰네　　　　行義服西山

믿는 것은 비록 전철을 따랐지만　　　　信處雖循轍

언론을 펼 때엔 여울이 터진 듯했네　　　　言時若決湍

좋은 운수가 와도 차라리 자신을 감추었고　　　　運來寧蘊櫝

분수가 정해진 것으로 이미 가난을 걱정치 않았네　　　　分定不憂簞

죽은 자는 끝내는 반드시 썩어야 하니　　　　死者終須朽

애석하도다 배에 가득 문장이 찬 사람이여　　　　惜哉錦繡肝

태극설에는 나의 말이 합치하고　　　　極說愚言合

서명에는 그대 견해 정밀했지107)　　　　西銘盛見精

강호에서 한 쌍의 옥주요　　　　湖山雙玉麈

우주에서 하나의 부평초였지108)　　　　宇宙一靑萍

살아서는 곤치109)의 무리를 더불어 하였지만　　　　生與髡緇隊

죽어서는 장차 안연과 복상110)이 영접해주리라　　　　逝將顔卜迎

---

104) 대무大巫 : 사람들이 존경하고 따르는 사람.

105) 정로訂老 : 정와訂窩 김대진金岱鎭.

106) 서산西山 : 김흥락金興洛의 호號.

107) 예전에 김국응과 만나서 얘기를 나눌 때 자신은 송宋 나라 주돈이周敦頤의 태극도설太極圖說에
　　 대해 말하고 김국응은 장재張載의 서명西銘에 대해 말했던 것을 회상했다.

108) 원문의 록麈 자는 록麈 자의 오자인 듯하여 고쳤음. 옥주는 옥으로 만든 먼지털이로 진晉 나라
　　 때 청담을 나누는 사람들이 들고 다니던 것이다. 청평은 부평浮萍과 같다. 드넓은 우주에 부평
　　 초 같은 나그네 신세로 두 사람이 만나서 청담을 나누었다는 뜻이다.

109) 곤치髡緇 : 여기서는 왜인倭人을 가리킨다.

110) 안복顔卜 : 공자孔子의 제자인 안연顔淵과 복상卜商. 진晉 나라 소소蘇韶가 이미 죽은 뒤에 다시
　　 나타나서는 형제들에게 말하기를, “안연顔淵과 복상卜商이 지금 지하地下에서 수문랑修文郎이 되

황천은 즐거움이 여기와 다르겠지만	九原差可樂
이 외로운 사람을 생각해 주지 않을 텐가	不念我伶仃

▫ 족조 명중_{종준}이 비에 막혀 유숙하게 되었는데, 비를 걱정하는 기색이 워낙 짙어서 희롱 삼아 읊어 보이다　族祖明仲_{鍾濬} 滯雨留宿 深有憫雨之色 戲吟示意

나는 비가 오래 퍼붓기를 원하며	我願雨長注
또한 비를 뒤좇아 개이기를 원하네	亦願雨趁晴
진흙이 깊으면 객의 수레 가지 못할 터	泥深客轄沒
구름이 개이면 밝은 달이 생겨날 것이네	雲圻月輪生
객을 머물게 하여 아름다운 시구로 응수하고	留客酬佳句
달을 대하여 남은 술잔을 비우리라	對月釂殘觥
시와 술은 쓸데없는 것이 아니오	詩酒非長物
또한 성인의 경전을 담론할 수도 있네	且可談聖經

▫ 개구리 소리를 미워하다　憎蛙聲

거문고는 갑 속에 퉁소는 시렁에 있나니	琴在匣中簫在架
누가 한 곡조로써 내 깊은 시름 풀어줄까	誰將一曲破幽愁
애석하게도 달빛 가득한 맑은 밤에	可惜淸宵無限月
개구리들만 쉼 없이 시끄럽게 울어대는구나	任他蛙蛤吠無休

▫ 장마 물이 뜰에 가득한데, 마치 맑은 연못을 대하는 듯하여 기뻐서 짓다　潦水滿庭 如對澄潭 喜而賦之

큰 비가 삼일 밤낮을 퍼부으니	大霔連三夜

어 있는데, 수문랑은 모두 여덟 명으로 귀신 가운데 성자^{聖者}이다.” 하였다 한다(『태평광기_{太平} 廣記』 권319).

낙숫물이 불어나서 배를 띄울 수 있을 듯하네	簷溜漲可船
어디서 시원하고 상쾌한 바람이 불어오는가	何來風爽快
드디어 아름다운 달이 보이네	遂見月嬋娟
누각 언저리의 나무 그림자가 물에 거꾸러져 있고	影倒樓頭樹
거울 같은 맑은 하늘 빛이 물에 담겨 있네	光涵鏡面天
가만히 관찰해봄에 묘하게 깨우쳐 지는 것이 많아서	靜觀多妙悟
마음이 절로 유연해지네	胸次自悠然

▫ 백낙천 시집을 읽고 「게으름을 읊다」 운을 차운하다　讀白樂天詩集　次詠慵韻

책이 있어도 게을러서 읽지 않고	有書慵不讀
밭이 있어도 게을러서 농사 짓지 않네	有田慵不農
머리칼이 어지러워도 게을러서 빗질하지 않고	髮亂慵不櫛
옷이 터져도 게을러서 깁지를 않네	衣綻慵不縫
종이 창문은 게을러서 풀로 바르지 않으니	紙牎慵不糊
누움에 별이 하늘에 가득한 것이 보이네	臥看星滿空
먼지 가득한 상자를 게을러서 청소하지 않으니	塵箱慵不掃
낭자한 것이 마치 연기에 그은 술독 같네	狼藉烟鑪同
먹는 것을 게을리 하니 처자가 걱정을 하는데	慵食妻孥憫
해가 한 나절토록 아무 것도 먹지 않네	枵腹到高舂
외출에 게으르니 이웃이 괴이히 여기는데	慵出鄕隣怪
작은 소로를 이끼가 가득 덮도록 놓아두네	巖逕任苔封
세상에서는 게으름을 경계로 삼아서	世以慵爲戒
명예와 이익을 좇고 좇지만	逐逐利名中
내 마음에는 그런 것이 하나도 없으니	我心無一物
어찌 게으름을 기르지 않으리요	安得不養慵

□ 백낙천의 「달재행」 운에 화운하여 만전에게 올리다   白樂天達哉行韻 和呈晩田

부귀한 자의 기세가 하늘을 찌르는 걸 부러워하지 마라	莫羨貴豪氣掀天
빈고의 근심으로 한 해를 다 보내는 걸 한탄하지 마라	莫恨貧苦愁窮年
난새와 학은 주림으로 야위어져서 구름 속에서 늙어가고	鸞鶴瘦飢雲間老
희생은 배부르게 먹고 살쪄도 도살장에 걸려 있네	犧牲肥飽屠門懸
이 몸에는 이 몸에 편안한 곳이 있는 것을 아는지라	悟此自有安身地
사는 것이 좌선처럼 담박함을 꺼리지 않네	不妨生計淡如禪
푸른 섶나무가 산에 있고 보리가 밭두둑에 있는데	靑薪在山麥在隴
한달 내내 장마로 부엌에서는 연기가 거의 나지를 않네	浹月淫霖廚少烟
부인이 힐책하고 친구들이 조롱하지만 일부러 응하지 않고	婦讁朋譏故不應
책 읽는 소리가 하늘에 닿도록 크게 읽네	書聲豪壯雲霄穿
독서가 끝나거든 베개를 찾아서 날마다 편안하게 눕는데	讀罷覓枕日高臥
북쪽 창문에서는 맑은 바람이 시원스럽게 불어오네	北牕淸風來颼然
가소로워라 세간의 명리를 추구하는 사람들이여	可笑世間名利客
풍파 속에 정박해 있는 배에 다투어 먼저 오르려 하네	風波泊舟爭登先
곤궁함과 형통함은 이미 하늘로부터 정해져 있으니	窮通已自天心定
간교한 지혜로 마음을 괴롭게 하지 마라	莫將智巧勞丹田
배를 채우는 데는 한 도시락 밥과 한 표주박 물이면 족하고	充腸自足簞瓢一
집은 무릎만 들이면 그뿐 어리어리한 집이 무슨 필요가 있는가	容膝何須廣廈千
내가 이 세상에 올 때 한 톨의 낟알도 가지고 오지 않았듯이	我來不帶一粒米
내 돌아갈 때 한 푼의 돈도 가지고 돌아가지 않네	我歸不將一緡錢
뜬구름 같은 백년 인생은 원래가 일장춘몽이거늘	百年浮生元是夢
하물며 명리를 탐하여 거듭 어리석게 하랴	況復自取重昏眩
진실로 부귀한 것이 오직 우리에게만 있을 뿐이니	惟有吾人良富貴
그것은 몸을 따라 황천에 묻히지 않네[111]	不隨身去埋黃泉
만전은 이치에 통달한 자라서 천명을 잘 알며	晩田達者能知命

---

111) 몸을 따라 황천에 묻히지 않네 : 명리名利에 얽매이지 않는 낙천적 삶의 태도를 가리킨다.

시원한 종횡의 언론은 나를 잠에서 깨우치네   快論縱橫起我眠
원하는 것은 귀가하여 차조[112] 농사를 지어서   但願歸家勤種秫
조만간 술의 세계에서 함께 더부는 것   蚤晚携手壺中天

▫ 외를 먹다   食苽

고생고생 애쓴 늙은 소평[113]이 있지 않다면   不有辛勤老邵平
누가 소갈병을 앓은 장경[114]을 불쌍히 여기랴   誰憐消渴病長卿
맑은 서리가 막 녹은 듯 껍질이 깨끗하고   靑霜纔解肌膚潔
고로에 잠겨 있었던 듯 낙장 같이 향기롭네[115]   膏露潛滋酪醬馨
칼로 쪼개보니 유리병 모양이 되고   剖取琉璃瓶子樣
입으로 씹으니 널다리 지날 때의 소리가 나네   嚼成人迹板橋聲
용문에서 나는 돈 없는 나그네 신세   龍門我是無錢客
다른 날에 마땅히 물가의 정자에서 갚으리라   他日當雇水上亭

▫ 7월 기망에 여러 어른을 따라서 임천서당에서 노닐다   七月旣望 隨諸長老 遊臨川書堂

가을 칠월 기망에 노선[116]들께서   人間七望老仙秋
광제루에서 즐겁게 노니시네   光霽樓中辦勝遊
백록서원의 유풍이 옛 터에 남아있고   白鹿遺儀餘舊址
무진년의 화난[117]에 우리는 같은 운명임을 느꼈네   黃龍浩劫感同舟

---

112) 차조[秫] : 주로 술을 담그는 곡식이다.
113) 소평邵平 : 진말秦末에 동릉후東陵侯이었으나, 진이 망하자 포의布衣로서 장안성 청문靑門 밖에서
     손수 오이를 가꾸며 살았다. 그가 재배한 오이를 동릉고東陵苽라 하였다.
114) 장경長卿 : 한대漢代의 대표적 사부辭賦 작가였던 사마상여司馬相如를 가리킨다.
115) 고로膏露 : 감로甘露. / 낙장酪醬 : 소나 양의 젓.
116) 노선老仙 : 모임에 참석한 여러 장로長老를 가리킨다.
117) 무진년의 화난 : 1868년 무진년에 홍선대원군興宣大院君에 의해 미사액未賜額 서원을 훼철했는
     데, 이때 안동의 임천서원도 훼철되었다.

빈 강에는 달이 잠겨 있고 천기는 고요하며	空江月印天機靜
먼 나무는 안개가 짙고 밤은 그윽하기만 하네	遠樹烟濃夜色幽
옛일이 어찌 소자[118]의 적벽 뿐만 이리오	故事豈惟蘇子壁
학야[119]께서도 대동의 맑은 풍류가 되셨네	鶴爺淸作大東流

▫ 만전의 우사에서 두공부[120]의 운을 함께 따서 짓다   晚田寓舍 共拈杜工部韻

삼한 땅 시사는 석양 아래에서 눈물 흘릴만하니	三韓時事淚殘暉
몇 곳의 강호에서 처사들이 움직였나	幾處江湖動少微
도서[121]에는 안개가 짙고 돌아오는 새 사라졌으며	陶墅烟深歸鳥沒
상안[122]에는 가을이 짙고 기러기가 날아가네	商顔秋晚色鴻飛
곡기 끊었으니 마음 얽매임 없는 게 차츰 기쁠 것이고	休糧漸喜心無累
도를 배웠으니 세상과 어긋나는 것을 어찌 꺼리랴	學道何妨世與違
세상을 향하여 경솔히 발걸음 하지 말게나	莫向城闉輕出脚
그대를 위해 점쳐서 천산비[123]를 얻었다네	爲君筮得天山肥

▫ 헤어짐에 임해서 다시 두공부의 운을 따서 짓다   臨散 更拈杜工部韻

천지를 받아들일 정도로 내 품이 넓어졌고	乾坤納納我懷寬
삼베 이불과 명아주 국도 아주 좋았었네	布被藜羹亦自歡

---

118) 소자蘇子 : 소식蘇軾을 가리킨다. 7월 기망(16일)에 적벽赤壁에서 노닐며 천고의 절창인 적벽부赤壁
　　賦를 지었다.

119) 학야鶴爺 : 학봉 김성일金誠一을 가리킨다. 원주에 "『학봉집』에 적벽시가 있다[鶴峯集中 有赤壁
　　詩]." 하였다.

120) 두공부杜工部 : 두보杜甫를 가리킨다. 두보가 일찍이 공부工部 원외랑員外郞으로 있었다.

121) 도서陶墅 : 질그릇 굽는 농막, 여기서는 만전의 우사寓舍를 가리킨다.

122) 상안商顔 : 진말秦末 상산사호商山四皓가 은거했던 상산商山의 남쪽이다. 은자가 은거하는 곳을 뜻
　　한다. 여기서는 만전의 우사가 있는 곳이다.

123) 천산비天山肥 : 천산天山은 상건하간上乾下艮의 돈괘遯卦를 뜻한다. 그 상구上九의 효사爻辭에 "여
　　유 있는 은둔이니, 이롭지 않음이 없다[肥遯 无不利]." 하였다.

눈을 드니 모두가 저자거리라는 것을 이미 알겠고	擧目已知皆市色
몸을 그르쳤으니 유관을 쓴 선비라고 말하지 말게	誤身休道是儒冠
군평124)은 세상을 버렸지만 정신은 더욱 왕성하였고	君平棄世神逾旺
동야125)는 시로써 궁해졌고 운명도 기박하였을 뿐이네	東野窮詩命竟寒
들자하니 서산126)은 좋은 풍경이 많다 하니	聞說西山多好景
힘써 함께 올라가서 등림하기를 원하네127)	願言努力共躋看

▫ 찢어진 창문에 틈이 많아 달빛이 들어오기에 장난삼아 한 절구를 읊다 破牕多隙
月影透入 戲飮一絶

널리 비추어주는 온전한 밝은 달빛이	普照周全明月影
창 틈으로 들어오면서 얼마나 치우쳐지는가	透來牕隙一何偏
네모지고 둥글고 크고 작고 하여 형체는 각각이나	方圓大小隨形異
개개의 맑은 달빛만큼은 절로 밝디밝네	箇箇淸光自皎然

▫ 류이용연즙·김범초형모 등 여러 벗과 함께 호계서당에서 회합하다 與柳彝用淵楫金
範初澄模諸益 會虎溪書堂

산은 이백이 십년을 독서했던 곳이요128)	山惟李白十年讀
시내는 도연명 등 세 사람이 지나감을 웃었네129)	溪是陶翁三笑過

---

124) 군평君平 : 한대漢代의 은사인 엄군평嚴君平을 가리킴. 성도成都에서 복서卜筮로 생계를 이어가며
생을 마쳤다.

125) 동야東野 : 당대唐代 시인인 맹교孟郊를 가리킴. 그의 자가 동야이다. 숭산嵩山에서 은거하다가
50세에 비로소 진사에 급제하였다.

126) 서산西山 : '서산 김흥락金興洛'과 '서쪽 산'이란 중의重義로 쓰였다.

127) 원주에 "이튿날 금계로 가기에 이런 말을 하였다[明日有金溪行 故及之]." 하였는데 금계는 서산이
있던 곳이다.

128) 이백이 … 곳이요 : 안동의 '호계虎溪'는 중국 여산廬山에 있는 시내 이름과 같으므로 이백이
여산에서 독서한 사실을 말했음.

129) 시내는 … 웃었네 : 동진東晉 때 혜원惠遠 선사가 여산에서 백련사白蓮社를 주재하고 있을 때 호
계虎溪 밖을 나가지 않았다. 만약 손님을 전송한다거나 하여 호계를 지나치면 산에서 호랑이가

구원한 명소는 스스로 명소임을 이기지 못하여	終古名區不自勝
밝았던 시절의 의물은 참으로 자랑할만한 것이네	明時儀物政堪誇
풍진 세상에 현가의 소리130)가 끊어진 지 오래되었지만	風塵久絶絃歌響
초목에도 여전히 도덕의 빛이 남아있네 그려	草木猶餘道德華
실로 중요한 일이 사문을 지키는 데 있나니	扶衛斯文要義在
깃발을 세운 곳에서 뭇 마귀와 싸워 물러나게 하세	勿旗竪處退群魔

▫ 이튿날 김범초·류계팔창식·배가후연재 등 여러 벗과 도생서당에서 만나다　翌日與金範初柳季八昌植裴可厚淵載諸盆　會道生書堂

큰 강은 서쪽으로 산을 안고 흘러가고	大江西去抱山流
푸른 숲 속에는 작은 그윽한 골짝이 있네	碧樹中藏小洞幽
사당이 겨우 이루어지자 소목131)이 제자리하였나니	廟宇纔成昭穆位
선비들은 별안간 무진·신미년의 시름132)을 띠네	襟紳遽帶戊辛愁
아호의 묵은 약속133)으로 맑은 가을에 여기에 와서	鵝湖宿約淸秋至
석정의 신시134)로 긴긴 밤 내내 수창을 하네	石鼎新詩永夜酬
동남 땅의 빼어난 벗들이 한 자리에 모였나니	勝友東南圓一席
평생의 모임에서 이 번의 즐거움이 으뜸이리라	平生奇絶冠玆遊

울었다는 것이다. 어느날 당시 유儒·도道의 두 고사高士 도연명陶淵明·육수정陸修靜과 어울려 놀다가 이들을 전송하며 담소하느라 깜빡 잊고 호계를 지나치자 호랑이가 울었다. 이에 세 고사는 파안대소하였다는 고사가 있다.

130) 현가의 소리 : 거문고를 타면서 노래 부르는 소리, 전하여 학문함을 뜻함.

131) 소목昭穆 : 신주神主의 순위順位.

132) 무신의 시름[戊辛愁] : 무진년戊辰年(1868)과 신미년辛未年(1871)에 서원 철폐령이 있었다.

133) 아호의 묵은 약속 : 아호鵝湖는 주희朱熹가 여조겸呂祖謙 및 육구연陸九淵의 형제와 학문을 강론하던 곳이다. 아호의 묵은 약속은 예전에 선비들이 서로 한 약속을 이른다.

134) 석정의 신시[石鼎新詩] : 형산衡山의 도사道士인 헌원미명軒轅彌明이 석정石鼎(돌솥)을 주제로 한유韓愈의 제자들과 서로 이어가면서 연구聯句를 지었다. 서로 이어가면서 연구를 짓는 것을 뜻한다.

▫ 중원절에 명중과 함께 시구를 잇다　中元與明仲聯句

중원절은 일년 중의 좋은 절기이니(만초)[135]	一年令節是中元　萬初
풍경이 이때부터 벽촌도 넉넉하여서 라네	風景由來饒僻村
멋진 시구가 이루어졌을 때 재촉하여 격발[136]하고(명중)	佳句成時催擊鉢　明仲
괜한 시름이 내보내진 곳에서는 자주 술잔을 기울이네	閒愁遣處數傾樽
몸이 세속에 끌리니 영접하는 손이 적고(만초)	身牽俗冗逢迎少　初
가슴에서 기심[137]을 도려내니 웃으며 말하는 게 따뜻하네	胸剪機心笑語溫
하루종일 단란하고 남는 흥취 있어(명중)	竟日團欒餘興在　仲
황혼 무렵에 앉아서 우두커니 밝은 달을 바라보네(만초)	佇看明月坐黃昏　初

▫ 초가을에 선려[138]에서 밤에 대화를 나누다　初秋先廬夜話

그때에는 집안의 명예와 절조가 온전하였나니	當年名節一家全
양안의 누대는 물 속의 하늘을 눌렀었네	兩岸樓臺壓水天
세상 변화는 덧없는 것이 마치 물결 같으며	世變無常翻似浪
마을 모습은 오랜 세월 지나면서 썰렁해졌네	村容閱劫冷於烟
마침 성근 별들 아래로 밝은 달이 떠오르는데	適來澹月疎星下
마른 대숲과 시든 연꽃 앞에 묵묵히 섰노라	默立枯篁敗藕前
꽃 피는 내년 봄이 되면 나 역시 돌아와서	花發明春吾亦返
이 집의 주인 자리에 편안히 자리하리라	此堂高着主人筵

▫ 선려가 오랫동안 버려져 뜰이 쑥대밭이 되어 밤에는 초동이 와서 자기로 했다. 마침 들렀다가 그것을 보고 모르는 새에 두려운 마음이 일어서 율시 한 수를 읊다　先廬

---

135) 중원절中元節 : 음력 7월 보름, 즉 백중百中이다. / 만초萬初 : 작자 자신의 자字이다.
136) 격발擊鉢 : 시를 재촉함을 뜻한다.
137) 기심機心 : 간교한 마음.
138) 선려先廬 : 선대부터 대대로 내려오는 집.

久廢 蓬蒿滿庭 夜則樵僮來宿 適來見之 不覺愴然于中 因吟一律

우리 집은 낙동강 동쪽 산수에 위치하고 있는데	吾家山水洛之東
큰 저택이 서로 이어져 벽공을 비추고 있네	甲第相連映碧空
난간 밖에서는 때때로 오동잎에 비 떨어지는 소리가 들리고	檻外時聽梧葉雨
연못 안에는 늘 연꽃바람이 간수되어 있네	潭心長貯藕花風
한 골목에서 서로 기뻐함은 오중 종족139)이었고	歡悰一巷吳中族
천추의 명절은 율리옹140)에 비견되어 졌네	名節千秋栗里翁
내가 당구141)의 책임을 감당하지 못한 게 부끄럽나니	愧我不勝堂構責
내 스스로 청복을 던지고 초동에게 맡긴 것과 같네	等抛淸福任村僮

▫ 선려에서 세 밤을 함께 보내며 대화를 하니 그간 두어 달을 떨어져 있었던 회포를
위로할 수 있었으나, 내일 흩어지면 또 언제 만날 지 알 수 없어서 판상의 운으로
슬픈 감회를 토로하다 先廬三夜話 足慰數朔睽離之懷 而明日一散 不知後會在
那間 用板上韻 以寫悵懷

석별의 노래 한 곡조 끝나니	解聽勞歌一闋新
마루에 가득 찬 사람들이 한밤중에 오열을 하네	中宵嗚咽滿堂人
남아는 만사에 분주했으나 백발만 남았을 뿐이고	男兒萬事餘華髮
세상 길은 천 갈래 만 갈래여서 옛 나루를 잃었네	世路千歧失舊津
자취는 매미와 같아서 짝하여 지냄이 끝내는 적고	迹似淸蟬終尠伴
몸은 기러기와 같아서 늦게 손님처럼 왔네	身同候鴈晚來賓
강산은 잘 있을테니 슬퍼하지 말게나	江山好住休悧悵
봄이 되어 복사꽃 피면 돌아온다는 기약 정말이라네	春水桃花後約眞

---

139) 오중 종족[吳中族] : 오중吳中은 지금의 강소성 일대로 옛적에는 오나라 판도였다. 송대宋代의 범
　　중엄范仲淹이 자신의 봉록을 희사하여 오중의 친족들을 친목하게 하였다.
140) 율리옹栗里翁 : 도연명을 가리킨다. 율리는 도연명이 살았던 곳이다.
141) 당구堂構 : 아들이 아버지의 사업을 계승함을 뜻한다.

▫ 7월 6일에 두공부의 「고열」 운을 차운하다　七月六日用杜工部苦熱韻

고인에게 미치기 어려운 일이 허다하지만	許多難及古人事
무더위에 부채질 않는 것이 가장 미치기 어렵네	不扇炎蒸最未能
밤에는 베개 들고 시원할 곳 찾아보지만 모기가 괴롭고	夜枕尋凉還困蚊
아침 저녁으로 서늘함을 기대하지만 또 파리가 귀찮네	朝飱待冷更憎蠅
벌거숭이가 되는 것이 창피한 거동임을 잘 알지마는	固知裸跣儀猖披
더위의 괴로움으로 병드는 것보다는 오히려 나으리라	猶勝煩勞病轉仍
내일 은하에 복을 구하여 말하라 한다면	明日天河求福語
방사를 만나서 얼음을 구하기를 원한다 하리라	願逢方士乞玄氷

▫ 족조 시만이 찾아오다　族祖始萬來訪

아이도 두산[142]이 오시는 것을 기뻐하여	村童猶喜斗山臨
낙엽 수북한 뜰을 청소하느라 바쁘네	走掃庭除落葉深
시는 옛음에 합하여 소리가 옥 같으며	詩合古聲鏗似玉
말은 때의 병폐에 꼭 맞혀 침보다 시원하네	言中時病快於針
빈한한 살림살이에 세 가지 나물 반찬을 차렸지만	貧廚爲具三毛飯
아내의 보배상자는 늘 마음을 썰렁하게 하네	寶匣長寒一片心
세속 바깥이 시끄럽다고 그대는 말하지 말라	世外紛囂君莫說
호가 소리는 태평을 구가하는 소리가 아니던가	胡笳不是太平音

▫ 내가 객지에 있을 때 만전이 율시 한 수를 부쳤는데 의미가 매우 깊었다. 미처 감사함을 표하지 못했는데 내일이면 돌아간다 하므로 이별의 심회를 이기지 못하여 그 운을 차운하여 올리다　余之客外未還 晚田寄一律 屬意甚厚 未及相謝而撤寓在明 不勝去留之懷 次其韻以呈

백발은 대부분 이별로부터 생겨나거늘	白髮多從別裏生

---

142) 두산斗山 : 북두칠성과 태산, 또는 그에 견주어지는 사람.

만전이 또 금명간에 돌아간다고 하네	晩田歸轄又今明
유인143)은 홀로 청산을 마주 대할 것이며	幽人獨對靑山色
낡은 집은 시냇물 소리 속에 떠있으리라	老屋空浮碧澗聲
이내 낀 골목엔 오랜 마을의 의관이요	故里衣冠烟一巷
이름난 정원의 삼경 달빛 아래서 시와 술을 하네	名園詩酒月三更
그대를 번거롭게 하기에 물새에게 이르노니	煩君爲向江鷗報
도화 만발 시의 만남 맹세 저버리지 않겠네	春水桃花不負盟

▫ 동산령東山嶺으로부터 꺾여져서 북쪽으로 산등성이 하나를 넘어가면 대명大明이라는 마을이 있다. 홍두곡144) 선생의 은거지였다고 한다. 동네 입구의 바위는 평평하고 둥그스럼하며 일장쯤 되는 거석巨石이다. 그 위에 "대명 천하의 집 없는 나그네여, 태백산 중의 머리카락 있는 승려 되었네[大明天下無家客 太白山中有髮僧]."라는 시를 적었는데, 손수 쓰신 것이다. 세월이 오래됨에 마모되어 '대명大明' 두 글자만 남아있는데 지금도 판독이 가능하다. 살펴 보건대, 선생이 거처한 옥류암은 문수산 아래에 있었다. 그러나 이 대명 마을은 사승史乘(역사)에 실려있지 않다. 다만 그 분의 행장에 "병자년丙子年(1639) 겨울에 어머니를 모시고 영남 땅으로 피난하셨다. 정축년丁丑年(1640)에 남한산성의 포위가 풀렸다. 그러나 북으로 돌아갈 마음이 없어서 문수산 아래에 작은 암자를 짓고 살았다." 하였는데, 그렇다면 이른바 영남으로 피난하였다는 곳이 아마도 이 대명 마을인 듯하다. 3백년 전의 자취가 인몰되고 드러나지 않아서

---

143) 유인幽人 : 은둔하는 사람.

144) 홍두곡 : 홍우정洪宇定이다. 자는 정이靜而, 호는 두곡杜谷이다. 조부는 선조대 영원부원군寧原府院君에 봉해진 홍가신洪可臣이다. 어려서부터 문장에 재주가 있었다. 관찰사 최기崔沂가 그의 시를 보고 반하여 혼약을 맺었다. 1616년 진사시에 합격하였다. 같은 해 일어난 옥사에 장인 최기가 연루되어 처형되었고 홍우정 또한 고초를 겪었다. 평소 홍우정의 이름을 듣고 문하에 두고자 하였던 이이첨李爾瞻이 사람을 보내 회유하였으나 살고 죽는 것은 명命이니 도를 굽혀 목숨을 구하지 않겠다며 거절하였다. 이에 이이첨이 노하여 죽이려 하였으나 원두표元斗杓와 이해李澥 등의 도움으로 천안에 유배되는 것에 그쳤다. 8년간의 유배생활 끝에 인조반정으로 풀려났다. 유일遺逸로 천거되었으나 나가지 않았다. 1636년 호란이 발발하자 어머니를 모시고 영남으로 피난하였다. 1637년 남한산성의 항복 소식을 듣고 북쪽으로 돌아갈 뜻을 버렸고 앉을 때에도 북쪽을 향하지 않았다. 이때부터 봉화현奉化縣 문수산文殊山 아래 두곡천杜谷泉 위에 옥류玉溜라고 이름 붙인 암자를 짓고 은거하였으며 두곡杜谷이라 자호하였다. 구봉사九峯祠와 문산사文山祠에 배향되었고 이조판서에 추증되었다. 시호는 개절介節이다.

몹시 애석하다. 하물며 지금은 남북으로 교대로 침략을 받아서[145] 시사時事는 날로 그릇되고, 예법에 맞는 옷은 훼손을 당했으며, 머리카락은 곧 까까머리가 되려고 하니, 지사志士의 눈으로 보자면, 몸을 깨끗이 하고자 멀리 떠나가서 은둔의 삶을 산다 하더라도 결코 과감한 것이 아니다. 두곡 선생의 지난 자취를 추념하건대 거듭 개탄의 마음이 일어 율시 한 수를 지어 기록해둔다 自東山嶺 折而北踰一崗 有洞曰大明 洪杜谷先生隱居遺址云 洞口巨石 平圓可丈餘 上題大明天下無家客 太白山中有髮僧 一詩 盖手筆也 年久磨洗 惟存大明二字 依然可辨 按先生所居玉溜菴 在文殊山下 此地不載史乘 惟行狀云丙子冬 奉母逃亂于嶺南 丁丑南漢圍解 遂無意北還 就文殊山下 結小菴 然則所謂逃亂于嶺南云者 或此地耶 三百年前徽躅 湮沒未彰 殊爲可惜 矧今南北交侵 時事日非 法服毁矣 首髮行且髡矣 以有志者觀之 雖潔身長往 混迹篠簹 不爲果也 追念注蹟 重可慨感 因賦一律以識

두곡 선생이 이 땅에 머무르셨는데	杜谷先生此地留
대명이라는 마을 이름이 지금까지 전하고 있네	大明村號至今流
산은 삼강오상을 떠받쳐 우뚝 솟게 하였으며	崗巒爲拄綱常屹
동부[146]는 사승에도 나타나지 않아 이름을 그윽하게 하고자 하였네	洞府要藏名姓幽
머리털은 있어도 산하에 오히려 은둔할 수 있지만	有髮山河猶自晦
옷이 없으면[147] 천지 그 어디에 몸을 숨길 수 있을까	無衣天地更何求
푸른 이끼가 시를 쓴 바위를 부식시키지 아니하였나니	蒼苔不蝕題詩石
필묵의 자취가 삼백년에 이르도록 여전하네	墨迹依然三百秋

▫ 10월 능동향약회에 가는 도중 밤에 탑동에서 하룻밤 묵으며 명중과 함께 『대계집』 중의 운을 따서 짓다 十月將赴陵洞鄕約會 夜宿塔洞 與明仲 共拈大溪集中韻

산중에는 오랜 반려가 있고	山中舊伴侶

---

145) 남북으로 교대로 침략을 받아서 : 임오군란 뒤의 청淸·일日 두 나라 군대의 한반도에서의 교전을 가리킨다.

146) 동부洞府 : 신선이 사는 곳. 여기서는 대명 마을을 가리킨다.

147) 옷이 없으면[無衣] : 예법에 맞는 옷[法服], 즉 유서 깊은 문화, 특히 유교 문화를 상징하는 말.

탑 아래[148)에는 보기 좋은 수풀 연못이 있네	塔下好林塘
흉금이 통하는 이를 묵묵히 대하고 있자니	默對襟通犀
살쩍에 서리 점점이 찍힌 게 가슴 아프네	愀傷鬢點霜
풍류의 마을은 지금 적적하고	風流鄉寂寂
밤 빛의 세상은 어둑어둑하네	夜色世蒼蒼
내일이면 남전회[149)에서	明日藍田會
함께 모여 향약 네 장을 들으리라	共聽約四章

▫ 밤눈　夜雪

흐린 구름이 하루종일 모여있더니	陰雲終日會
하늘은 시커머서 밤에 별조차 없었네	天黑夜無星
그저 이불이 춥다는 걸 느꼈을 뿐이며	但覺衣衾冷
창문이 차츰차츰 밝아지는 걸 보겠네	漸看牕戶明
대나무 부러짐에 섬돌에서 소리가 나고	竹折空階響
울타리 무너짐에 또한 벽에서 소리가 나네	籬飜近壁聲
백년 이래로 이런 눈이 없었나니	百年無此雪
아침에 일어남에 노인마저 놀라네	朝起老人驚

▫ 차운하여 박장재규을 축수하다　次韻壽朴丈齊規

자타봉 밖은 아름다운 연못이 에워싸고 있고	紫駝峯外繞華池
그 가운데에는 하얀 눈썹을 한 두 신선이 있네	中有雙仙對皓眉
이미 상평의 혼가의 책임[150)을 다 마쳤으니	已了向平婚嫁債

---

148) 탑 아래[塔下] : 곧 안동 탑동의 임청각을 말한다.
149) 남전회藍田會 : 향약회. 여씨향약呂氏鄉約이 남전에서 시행되었다.
150) 상평의 혼가의 책임[向平婚嫁債] : 부모로서 자식을 결혼시킬 책임. 상평向平은 한대漢代의 은사로 이름은 장長, 자는 자평子平이다. 자녀들의 혼사가 끝난 뒤 오악五嶽의 명산을 유람하러 나선 뒤 집으로 돌아오지 않았다 한다(『후한서後漢書』「일민전逸民傳」).

남은 것은 백부151)의 취해서 읊조리는 시간일 뿐이네	餘皆白傅醉吟時
세상에는 꽃과 버들개지가 어지러이 날리고 있고	脆花薄絮紛紛世
신령한 학과 거북152)처럼 오래 장수하길 기대하네	靈鶴神龜遠遠期
장수하는 비결은 덕을 좋아하는 것임을 아노니	也識單方攸好德
이 비결을 잘 갈무리해 자식들에게 주시구려	玉函封鎖付佳兒

▫ 기해년 설날에. 기해년　己亥元朝

새벽에 세수하고 빗질하여 어머니에게 절하고	淸晨盥櫛拜萱闈
물러나 서재에 앉아서 묵묵히 생각에 잠기노라	退坐書齋默自思
천도의 음양이 교체되는 날이요	天道陰陽交遞日
인심의 선악이 비로소 나누어지는 때이로다	人心善惡始分時
청운의 길은 애초에 생각이 없었지만	靑雲路上初無念
책 더미 속에서는 늦게까지 기약함이 있었네	黃卷堆中晩有期
만사에는 지금 몸이 늙고 말았으니	萬事如今身老也
도소주153)에 취하지 않고 다시 무얼 하리오	屠蘇不醉復何爲

▫ 창곡의 「상원회」를 차운하다　次蒼谷上元會韻

삼십여 일을 내리 문 닫고 사는 사람이 되었다가	三旬仍作閉門人
병중에 봄을 맞으니 봄이 봄 같지 않네	病裏逢春不似春
잠시 황폐한 밭 빌려 은거하여 경작하다가	暫借荒田耕谷口
끝내는 괴물로 하여금 강변에 눕게 하고 말았네	終敎怪物臥江濱
추녀 위에 떠있는 명월은 멀어서 짝하지 못하니	當軒明月賒無伴

---

151) 백부白傅 : 당대唐代의 시인인 백거이白居易를 가리킴. 백거이가 만년에 태자소부太子少傅라는 관
　　직을 역임했었다.
152) 신령한 학과 거북 : 장수하는 동물로서 십장생十長生 중에 들어 있다. 박재규의 신령한 학과 거
　　북처럼 오래 살 것을 기대하고 하는 말임.
153) 도소주屠蘇酒 : 설날 아침에 마시면 사악한 기운을 물리친다고 이르는 술.

청산이 문으로 들어와 대신해서 손님이 되어주네	入戶靑山替作賓
다행히도 창곡의 시가 지금 이르러 와	賴有蒼溪詩今到
상원절의 풍치가 한번 새로워지네	上元風致一番新

▫ 나에게 수경신[154]을 권하는 자가 있어서 절구 두 수로 감사를 표하다 有人勸余守庚申者 以二絶句謝之

1

반평생 동안 온갖 잘못을 기탄 없이 범했거늘	半生過惡恣無忌
경신일 밤에 사심으로 재앙을 면하기를 바라네	一夜私心倖免災
삼팽[155]이 오길 기다려 촛불 아래에서 하소연하리니	必待三彭來訴燭
신명이 어찌 상천에게 이르리요[156]	神明孰謂上天哉

2

군자의 공부는 근독을 귀하게 여기나니	君子工夫貴謹獨
마음을 속이지 않는 게 귀신을 속이지 않는 것이네	不欺心是不欺神
경신일 밤에는 온침[157]하여 더욱더 부끄러움이 없어야 하거늘	庚宵穩寢尤無怍
무슨 근심으로 초연히 앉아서 새벽에 이르는가	何苦悄然坐達晨

▫ 만전이 야밤에 방문을 하였는데 그 마음이 매우 근후하였다. 고마워서 운을 취하여 함께 짓다 晚田乘夜來訪 意甚勤厚 拈韻共賦

| 육년여를 첩첩산중에 편안히 누워 있었더니 | 六年高臥萬山斜 |

---

154) 수경신守庚申 : 경신수야庚申守夜이다. 섣달 경신일에 밤을 새우며 지키던 풍속으로 도교道敎에서 유래된 풍속이다.

155) 삼팽三彭 : 삼시신三尸神이다. 인간의 몸에 있다가 경신일 밤에 그 사람의 그간의 죄악을 천제天帝에게 일러바친다.

156) 신명神明 : 삼시신을 가리킴. / 상천上天 : 상제上帝·천제天帝.

157) 온침穩寢 : 누가 보지 않는 홀로의 잠자리에서도 자신의 몸가짐을 온당하게 하여 이부자리에게도 부끄럽지 않게 하는 것.

일이라곤 이룬 게 없고 귀밑머리만 희끗하네	一事無成兩鬢華
세태는 난리 뒤의 국면보다 위태로우며	世態危於亂後局
우거하는 곳은 쓸쓸하기가 병든 뒤의 찌꺼기 같네	僑居冷似病餘查
두로158)의 홍건하던 술동이는 비었고	樽空杜老淋漓酒
갯가 아이 끊길락 말락 호드기소리 배갯머리 지나가네	枕度溪童斷續笳
오직 만전만이 나의 이 마음을 알아서	惟有晩田知此意
달빛을 밟고 와서 등불 아래에 앉았네	踏來新月坐燈花

▫ 향약 모임이 파한 뒤 운을 취하여 각자 짓다　洞約罷會後拈韻各賦

우리가 심하게 더러워진 걸 제거해주기 위하여	爲去吾人汚染深
선현들은 많은 마음을 헛되이 써셨네	先賢枉費許多心
남전에서 처음으로 설립하여 마을 풍속 바로잡았고159)	藍田始設矯鄕俗
백록160)이 참고하고 증보하여 사림에 고했네	白鹿參增詔士林
당하에서는 어찌 곡직을 분간할 수 있으랴마는161)	堂下何能分曲直
눈앞에서는 오히려 속임을 면할 수 있네	眼前猶可免欺侵
제군들은 현실과 너무 동떨어졌다고 말하지 말라	諸君莫道迂疎甚
이 외에는 달리 찾을 길이 없어서라네	外此應無別逕尋

---

158) 두로杜老 : 문을 닫아걸고 사는 노인, 여기서는 이상룡 자신을 가리킨다.

159) 송대宋代의 여대균呂大鈞이 제정한 여씨향약呂氏鄕約은 그의 고향인 남전藍田에서 시행되었다. 그
　　규약의 대강은 "덕업德業을 서로 권한다. 과실을 서로 간[規]한다. 예속으로 서로 사귄다. 환란
　　을 서로 구휼한다." 등 네 가지였다.

160) 백록白鹿 : 송대 4대 서원의 하나인 백록동서원白鹿洞書院이다. 강서성江西省 여산廬山 오로봉五老
　　峯 동남쪽에 있다. 주희朱熹가 일찍이 이곳에서 학규學規를 개정하고 강학講學을 한 적이 있다.
　　주희에게는 여씨향약을 손수 개정한 「주문공증손여씨향약朱文公增損呂氏鄕約」이 있다.

161) 『맹자孟子』「공손추公孫丑」상上에 정자程子가 "孟子知言 正如人在堂上 方能辨堂下人曲直 若
　　猶未免雜於堂下衆人之中 則不能辨決矣"라 하였음. 여기서는 자신을 당하에 있는 사람에 비유
　　하여 낮추어 말했다.

▫ 석호 족조_{族祖}종하 회갑연의 운을 차운하다   謹次石皓族祖鍾夏六十一晬宴韻

1

옹과 선친은 두 살 차이가 났었는데	翁與先人間二年
장수의 복록을 자손에게 전하기로 함께 약속했었네	共期壽祿子孫傳
어찌 삼경 무렵 외로운 달을 어이 차마 보리오	那堪獨月更三點
춘풍에 술 자리 한 곳이 도리어 비었어라[162]	却少春風酒一筵
집 안팎으로는 하객의 거마가 즐비하고	車馬塡閭迎賀客
도서가 벽에 가득한 방에는 유선들이 앉아있네	圖書滿壁坐儒仙
영광이 고장과 나라의 진산에 절로 합하니[163]	靈光自合鄕邦鎭
어찌 제랑[164]들만이 현자가 있는 걸 즐거워할 뿐만 이리요	詎但諸郞樂有賢

2

하늘은 옹가의 덕이 바르기 때문에	天以翁家德不回
회갑연에 만년배[165]를 거듭 내리네	華筵申錫萬年盃
분명히 대대의 보첩이 단대[166]에 있고	分明世牒丹臺在
순서대로 신령스런 산가지가 해옥에 오네[167]	次第靈籌海屋來
한자의 높은 명성은 기두 사이에서 노닐고[168]	韓子高名簸箕斗

---

162) 이상룡의 선친이 먼저 세상을 떠났기 때문에 슬프고 허전한 마음을 표현한 것이다.

163) 영광靈光 : 한 경제景帝 때 노魯 공왕恭王이 세운 영광전靈光殿이다. 난리를 만나 모든 궁전이 다 허물어지고 이 영광전만 홀로 남았다 한다. 전하여 유일하게 남은 빼어난 인물 혹은 사물의 비유로 쓰인다. 여기서는 석호 족조를 가리킨다. / 진산鎭山 : 도읍이나 고을을 안정시켜 주는 주산主山.

164) 제랑諸郞 : 석호 족조의 여러 아들들.

165) 만년배萬年盃 : 만수무강을 축원하는 잔.

166) 단대丹臺 : 선인仙人이 사는 곳. "대대의 보첩이 단대에 있고"라는 표현은 대대로 장수 집안임을 의미함.

167) 순서대로 신령스런 … 오네 : 장수를 축원하는 말이다. 전설에 세 사람의 노인이 함께 있는 자리에 어떤 자가 나아가서 나이를 묻자, 그중 한 사람이 "바다가 뽕밭으로 변하면 그때마다 산가지 한 개씩 놓아두었는데 이제까지 놓아둔 산가지가 이미 열 칸 집에 가득 쌓였다." 하였다(『동파지림東坡志林』 권2, 「삼노어三老語」).

주나라 사람은 잔치 음악에서 산쑥을 노래하네[169]	周人燕樂詠山萊
자손들에게 모두 모골[170]로 전하고 있으니	兒孫箇箇傳毛骨
후일의 남는 경사를 이루 다 헤아릴 수 있으랴	餘慶他時可勝枚

▫ 도주[171)의 집안 사람 서홍연상이 선대의 일로 와서 수일간 머물렀다. 헤어짐에 앞서 운을 취하여 함께 짓다   道州宗人瑞弘演祥 以先事來留數日 臨別拈韻共賦

객이 낙동강 물가에서 돌아가는 이서[172] 땅	伊西歸客洛東洲
벼슬 버리고 강산에 귀의한 옛 자취 흩어져 있네	投紱湖山舊躅流
승상 사당[173]은 비었고 늙은 잣나무만 남아있으며	丞相祠空餘古栢
선생의 버들[174]은 늙었고 외론 배만 덩그러니 있을 뿐	先生柳老但孤舟
등루하였을 때의 묘한 시귀는 왕찬[175]을 만난 듯 하였고	登樓妙句逢王燦
헤어지면서 앞날의 기약은 은후[176]에게 물어보네	分手前期問隱侯
조상을 드러내고자 멀리서 와서 글을 구하니	千里求文能闡祖
그대 같은 이야말로 참으로 기구[177]를 훌륭히 했네	如君方是善箕裘

---

168) 한자韓子 : 당대唐代의 문장가 한유韓愈, 여기서는 석호 족조에 견주었다. / 기두箕斗 : 기성箕星과 두성斗星 두 별자리 이름. 높이 있음을 표현.

169) 『시경詩經』 「소아小雅」의 남산유대에서는 "남산에는 잔디가 있고 북산에는 쑥이 있네[南山有臺 北山有萊]." 하였다. 주자朱子는 주를 달기를 "이는 주나라 사람들이 잔치에 쓰던 음악이다. 상대 방의 덕을 찬미하고 장수를 축원하고 있다." 하였다.

170) 모골毛骨 : 얼굴 생김새. 여기서는 유전적으로 전해지는 수록壽祿의 가능성을 이름.

171) 도주道州 : 경북 청도군의 옛 이름.

172) 이서伊西 : 삼국시대 초창기에 청도군에는 이서국伊西國이 있었다. 즉, 청도를 가리킨다.

173) 승상 사당 : 제갈량諸葛亮을 모신 사당이다.

174) 선생의 버들 : 오류선생五柳先生 도연명을 가리킨다. 아마도 당시 청도 땅에 제갈량 및 도연명에 견주어서 말한 만한 고적古蹟이 있었던 듯하지만 미상이다.

175) 왕찬王燦 : 한말漢末의 저명한 시인으로, 등루부登樓賦라는 작품이 있다.

176) 은후隱侯 : 남조南朝 양대梁代의 저명한 문학가 심약沈約이다. 이상룡이 종족인 서홍을 왕찬과 은 후에게 견준 것이다.

177) 기구箕裘 : 선대의 가업家業을 계승함, 혹은 그러한 사람.

▫ 서홍과 다시 한 운을 따서 짓다   瑞弘更拈一韻

긴 호수 일대의 깨끗한 물을 양껏 취하여	量取長湖一帶淸
우리의 정이 깊은지 얕은지 한번 비추어보세	請看吾輩淺深情
말이 끝나지도 않았거늘 밤은 어째 이리도 짧은가	言猶未罄宵何短
꿈속에서도 혹 찾아보려면 길이 분명하질 않겠네	夢或相尋路不明
종족이라 해도 만남이 드무니 멀리 있는 나그네와 같고	宗族罕逢同遠客
문장은 헛되이 늙어버려 모두 쓸쓸한 가을소리이어라	文章虛老盡秋聲
금오[178]가 되어 그대를 따라가면서	隨君願作金烏去
강남 수백 리 길을 비추어주고 싶네	流照江南數百程

▫ 다시 율시 한 수를 지어 이별의 회포를 토로하다   更賦一律 以寫別懷

꼬끼오 하고 닭 울음소리 요란한 새벽에	喔喔村鷄亂唱晨
높은 다락에 앉아서 고향을 바라보는 사람	高樓起坐望鄕人
귀밑머리가 내 어찌 하얗게 바뀌지 않으랴	鬢毛我奈無根化
세상사에서는 그대 어찌 경박한 풍조 좇으랴	世事君何逐局新
남은 술잔을 잡고 이별의 길에 이르렀나니	已把殘罇臨別路
어떠하면 땅이 축소되어 이웃 될 수 있을까	那緣縮地作芳隣
다른 날 오산 위에 뜬 달 보고 서로 생각하여	相思異日鰲山月
매화 읊은 싯귀를 통해 봄 부쳐주기를 바라네	願寄梅花句裏春

▫ 족조 공려종익 만사   輓族祖公勵鍾翼

1

겉은 보통인 것 같았으나 안은 절로 빼어났으며	外若尋常內自奇

---

178) 금오金烏 : 태양 속에 살고 있다고 하는 세 발 달린 까마귀, 전하여 태양을 뜻함.

평생동안 근검하여 선대의 가르침을 잘 지켰네	一生勤儉守先規
큰 일179)을 담당하였으나 경륜하는 게 치밀하였으며	擔當浩務經綸密
남은 고아들180)을 보호하느라 책임이 컸었네	扶護遺孤責任丕
세 집의 빚을 해결하는 데 모두 주장함이 있었지만	債了三家皆有主
시름이 귀밑머리 떠나지 않았으니 자손이 없어서 였네	愁纏雙鬢獨無兒
어찌 알았으랴, 자택 짓는 데 여러 해 예상되었더니	那知築宅多年筭
백저가 사척 높이의 봉분을 경영하러 올 줄을181)	百杵來營四尺危

2

함께 하늘에서 떨어진 두 무오년182) 생이 기특했으니	同落媧團兩戊奇
다팔머리 어릴 적부터 친하여 백발을 함께 기약했네	髧毛交契白紛期
누런 넝쿨 담장가에서 함께 풀 싸움을 하기도 했고	黃葛牆邊來鬪草
붉은 연꽃 핀 연못가에서 더불어 바둑을 두기도 했네	紅荷池上對看棋
창상183)의 변화를 겪다보니 감상이 한량이 없고	閱歷滄桑無限感
집안을 부지하다 보니 생각이 많았네	扶持門戶許多思
소쩍새 울고 오동나무 위에 달이 떴을 때 어찌 견디랴	那堪杜宇梧桐月
섬돌을 올라올 때의 신발 소리가 귀에 들릴 듯하네	磔磔履聲上砌時

▫ **영산 족조건의 회갑연 운을 삼가 차운하다**　謹次潁山族祖瑼六十一晬宴韻

육십일세 화갑날의 탕병184)	六一華筵湯餅晨
성동의 하객들이 입에 침이 고이네	城東賀客口翻津
떠들썩함은 군평185)의 가게에 들어가지 못하고	紛囂不入君平肆

---

179) 큰 일[浩務] : 선친의 상사喪事.
180) 남은 고아들 : 여기서는 어버이를 잃은 자신의 형제를 가리킨다.
181) 백저가 사척 높이의 … 올 줄은 : 백저百杵는 달구를 든 수많은 사람이다. 즉, 봉분을 쌓는 데 많은 사람들이 와서 도왔다는 뜻이다.
182) 무오년戊午年 : 1858년.
183) 창상滄桑 : 세상사의 거대한 변화를 뜻한다. 상전벽해桑田碧海와 같은 말이다.
184) 탕병湯餅 : 생일날에 탕병(일종의 국수로서 장수를 상징함)을 먹는다.

즐거운 일이 늘 영계기[186]의 몸을 따라다니네	樂事長隨榮啓身
뜰에서는 색동옷 입고 춤추니 효의 태양이 솟아오르고[187]	舞彩庭前昇孝日
안체에서는 부인이 잘 받드니 신선의 봄이 쌓이네	齊眉閣裏貯仙春
선왕의 법도에 걸언[188]이라는 것이 있으니	乞言自有先王典
선비로서 좋은 때 다 지나갔다고 탄식하지 마오	莫歎儒冠負晟辰

▫ 불어난 물을 보다   觀漲

먹장구름이 구렁 메우고 있고 골짝 바람 거세며	頑雲埋壑谷風長
물결 크게 부딪치는 소리에 여름 유월이 서늘하네	溯溠波聲六月凉
흰 물결 넘실거리는 동쪽 교외는 개구리 맹렬히 울어대고	白蕩東郊蛙吹猛
푸름 쭉 이어진 남쪽 강안은 제비들이 바삐 내려앉고 있네	靑連南岸燕搶忙
물안개 걷힌 갯가 마을엔 집들이 큰 물에 휩쓸렸고	烟空浦巷多漂屋
물살이 거센 와부탄[189]은 벌써 배들이 유실되고 말았네	酒下釜灘已失檣
화려한 누각에서 아득히 낙동강을 굽어보니	畵閣遙臨銀色界
물거품이 서쪽 방면에 가득 찬 것을 보며 웃음 짓노라	笑看泡影滿西方

▫ 우사寓舍로 옮긴 이래로 선려(임청각)가 텅비고 황폐해져 부로들이 부패함이 더욱 심
해질까 염려하여 기해년(1899) 봄에 목공을 모아서 수선하였다. 공사가 끝남에 삼가

---

185) 군평君平 : 한대漢代의 은사인 엄군평嚴君平이다. 성도成都에서 복서卜筮로 생계를 이어가며 자족
　　적으로 살았다.
186) 영계기榮啓期 : 춘추시대 사람으로, 공자가 그에게 그의 즐거움을 묻자, 사람으로 태어난 것과
　　남자가 된 것과 나이 90이 되도록 장수한 것이라고 대답하였다(『열자列子』「천서天瑞」). 이상룡
　　은 족조를 군평과 영계기 두 사람에 견준 것이다.
187) 뜰에서 색동옷 입고 … 솟아오르고 : 춘추시대 초楚 나라 현자인 노래자老萊子는 나이 칠십이
　　되어서도 색동옷을 입고 부모님을 즐겁게 해드렸다 한다.
188) 걸언乞言 : 노인에게서 좋은 말로 가르쳐 줄 것을 구함, 혹은 좋은 의견을 듣는 것.
189) 와부탄瓦釜灘 : 안동시 임청각 남서쪽 맞은 편 강안에는 이상룡의 방조 개성유수 공이 창건한
　　귀래정이 있다. 와부탄은 바로 그 아래에 있는 깊은 소沼의 이름으로, 지금은 모래로 매몰되어
　　흔적을 찾을 수 없다.

이 졸렬한 율시를 엮어서 자리에 계신 분들에게 올리다 搬寓以來 先廬曠廢 父老
懼其朽敗益甚 以己亥之春 募工修葺 功訖 謹具拙律 呈座上

정덕 년간에 이 집을 엮었는데190)	正德年間結此廬
청풍 삼대191)가 벼슬을 버리고 여생을 보내었네	淸風三世掛冠餘
노전192)은 신명이 보호해줄 것이라 다투어 말했지만	爭言魯殿神明護
평천193)의 부탁을 헛되이 할까 봐서 심히 두려웠었네	深恐平泉付託虛
선인들은 규모를 늘 예비해 놓았었고	前輩規模常豫備
제공들의 정성스런 노력도 기록해 두지 않을 수 없네	諸公誠力亦堪書
용졸한 문사로 감히 사간194)의 송축을 하랴 마는	庸詞敢述斯干頌
형제간에 원망함이 없어서 길이 처음과 같으리라195)	兄弟無猶永保初

▫ 장로가 다시 판상의 운으로 율시를 지으므로 졸렬함을 잊고 삼가 차운하다 長老
復用板上韻搆一律 忘拙謹次

크고 넓은 집196)이 새로워짐에 강산도 감동하나니	湖山動色奐輪新
내 옮겨올 거처가 나에겐 걸맞지 않는 게 부끄럽네	愧我爰居不稱人
다시 기해년을 만나니 좋은 운수가 있음을 알지만	重値亥年知有數
병신년의 겁운197)을 돌아봄에 참으로 아득하기만 했었네	追思丙劫浩無津

---

190) 정덕正德 년간은 중종 2년(1507)에서 중종 16년(1521)까지이다. 의흥義興 현감縣監을 역임한 이명李
洺이 임청각을 지었다.

191) 청풍삼세淸風三世 : 영산靈山 현감의 관직을 버리고 처음으로 안동에 거주한 이증李增, 의흥 현감
을 버린 이명李洺, 예빈시별제禮賓寺別提를 사직하고 돌아온 이굉李肱을 가리킨다.

192) 노전魯殿 : 한대漢代 노로 공왕恭王이 세운 영광전靈光殿. 여러 차례의 전란을 거치며 홀로 우뚝
남았다. 여기서는 임청각을 빗댄 말이다.

193) 평천平泉 : 당대唐代 이덕유李德裕의 별장. 온갖 기화이초와 괴목들이 즐비하였다 한다. 여기서는
임청각을 견준 말이다.

194) 사간斯干 : 『시경詩經』「소아小雅」의 편명이다. 집을 낙성하고 잔치할 때 부른 노래이다.

195) 사간편斯干篇에서 "형제간에 서로 우애하여 서로 원망함이 없을 것이다[兄及弟矣 式相好矣 無相猶
矣]." 하였다.

196) 크고 넓은 집[奐輪] : 여기서는 새로 보수한 임청각을 가리킨다.

197) 병신년(1896)의 겁운은 정확히 무얼 가리키는지 미상이다. 병신년 작으로「劫後歸家 見籬菊就

물새는 물가에서 날아서 맹세한 짝이 되어주고　　　　鷗飛古渚頻盟伴
제비는 빈 둥지로 돌아와서 축하하는 손이 되어주네　　燕返空巢作賀賓
아득한 세월이 흘러도 이 임청각만은 우뚝하나니　　　陵谷變遷斯閣屹
항상 선인들 자취 보존하여 그 맑고 진실함 우러르리라　長留先躅仰淸眞

▫ 연꽃 연못　荷塘

일찍이 연꽃을 뜰에다 심었는데　　　　　　　　　曾是芙蓉苑裏栽
바람이여 저물녘 그대가 표표히 불어오네　　　　天風一夕子飄來
땅 위에 먼지 많은 것이 꺼려져서　　　　　　　應嫌地面多塵穢
숲가 연못 깨끗한 곳 향해 꽃을 피우네　　　　故向林塘淨處開

▫ 스스로 조소하다　自嘲

마른 대를 갓끈 삼아 매니 길이가 한 자를 넘고　　　纓綴枯篁長過尺
떨어진 깃을 부채 삼아 흔드니 바람이 약간 일어나네　扇搖落羽細生風
젊은이들 마음대로 조소하도록 내버려두고　　　　　任他年少爭嘲笑
샘물 졸졸 흐르는 깊은 산중에 우두커니 홀로 섰네　　獨立泉聲岳色中

▫ 자당 춘첩. 경자년　慈闈春帖

한 집안 사람이 모두 한 집안의 하늘을 우러르나니　　一家咸仰一家天
하늘의 기운이 조화로울 때에는 만물이 온전하다네　　天氣調時萬品全
원컨대 높고 밝으며 유구한 저 하늘의 상을 짝하시어서　願配高明悠久象
가이 없는 수복천년을 누리소서　　　　　　　　　無彊壽福享千年

荒 悵然賦之」가 있다.

▫ 춘첩   春帖

나이가 불혹을 넘었거늘 의혹은 더욱 많아져서	年踰不惑惑滋多
겹겹의 관문을 통과하여 차례대로 지나가네	打透重關次第過
지금부터는 봄빛이 무한히 좋아지리니	從此春光無限好
성에 가득한 꽃 피는 일 우리 집에까지 속하리라	滿城花事屬吾家

▫ 서산198)선생 만사   西山先生輓

1

성인들의 연원을 밝힌 퇴계의 병명199)이	千聖淵源退老銘
다시 호상200)으로 전해져 발휘201)가 이루어졌네	再傳湖上發揮成
사문이 이백년 만에 기약한 듯 일어났나니	斯文二百如期作
가을달이 더욱 밝은 빛으로 석문정202)을 비추었네	秋月增光照石亭

2

평평한 길은 용사203)로부터 시작되나니	平平門路自容思

---

198) 서산西山 : 김흥락金興洛의 호이다.

199) 병명屛銘 : 퇴계가 제자인 학봉鶴峰 김성일金誠一에게 요·순임금으로부터 송대 주희에 이르기까지 연원을 밝힌 '병명'을 지어 주었다.

200) 호상湖上 : 소호리蘇湖里이니, 대산大山 이상정李象靖이 여기서 살았다. 그가 '병명'에 대한 『병명발휘屛銘發揮』를 지었다.

201) 발휘發揮 : 『병명발휘屛銘發揮』로 이상정李象靖이 이황李滉의 저술인 『병명屛銘』을 주해한 책이다. 즉 이황이 요순堯舜으로부터 주자朱子에 이르기까지 심학연원心學淵源의 내용을 4언 20구의 형식에 담아 김성일金誠一에게 준 글인 『병명屛銘』을 이상정이 2구씩 나누어 본문과 출전을 밝히는 한편, 본문의 내용을 이해할 수 있도록 제가諸家의 주석을 첨가한 것이다.

202) 각주 87) 참조.

203) 용사容思 : 구용九容과 구사九思. 구용은 사람이 갖추어야 아홉 가지 몸가짐이니, 즉 발은 진중하고[足容重], 손은 공손하고[手容恭], 눈은 단정하고[目容端], 입은 무겁고[口容止], 목소리는 고요하고[聲容靜], 머리는 곧고[頭容直], 기세는 엄숙하고[氣容肅], 서 있는 모습은 덕이 있고[立容德], 얼굴빛은 장엄한 것[色容莊]이 그것이다. 구사九思는 군자의 아홉 가지 생각이니, 즉 볼 때는 밝게 볼 것을 생각하고[視思明], 들을 때는 밝게 들을 것을 생각하고[聽思聰], 얼굴빛은 온순할 것을

안팎을 닦아서 확 바뀌게 하셨네204)   表裏加工渾化之

향당의 글 속에서 아득히 상상해 보겠지만   鄉黨書中遙想像

안거하시며 친히 가르쳐주실 때와 어떠하리   何如親炙燕居時

3

유림의 논란이 사분오열이 되면   諸儒論辨謾支離

이 설 저 설을 끈기 있게 듣고서   坐說酸恬不下匙

이때부터 친히 다니면서 종료되게 하셨으니   自是身親經歷了

과녁에 화살마다 적중시키는 묘가 이와 같았네   紅心箭箭妙如斯

4

성왕의 큰 도리로 집안을 다스려서   皇王大道政於家

자취도 없이 소리도 없이 화목한 기운을 퍼트렸네   無迹無聲散太和

접때 만약 천심205)이 정말로 있었더라면   向使天心眞有在

추현206)이 어찌 만종의 많은 녹을 거절하였겠는가   鄒賢寧拒萬鍾多

5

영남 땅 노비207)는 크게 사사로움이 없어서   山南鑪鞴大無私

학생들이 종종걸음으로 학업을 물으러 왔네   衿佩蹌蹌問業時

학생이 모두 봉황처럼 우수한 것은 아니었지만208)   羽族三千非盡鳳

함께 본성을 얻는 데에는 방해가 되지 않았네   不妨同得一天機

생각하고[色思溫], 모습은 공손할 것을 생각하고[貌思恭], 말은 신실할 것을 생각하고[言思忠], 일은 공경할 것을 생각하고[事思敬], 의심나는 것은 묻기를 생각하고[疑思問], 분할 때는 환란을 생각하고[忿思難], 이해관계를 당했을 때는 의리를 생각한다[見得思義]이다.

204) 구용으로 밖을 닦고, 구사로 안을 닦는 것이다.

205) 천심天心 : 임금의 마음.

206) 추현鄒賢 : 맹자孟子를 가리킴. 맹자가 추鄒 나라 사람이었다. 제齊 선왕宣王이 맹자에게 만종의 녹을 주어 제나라 자제들을 가르치게 하려 하였으나 맹자가 이를 거절한 일이 『맹자孟子』「공손추公孫丑」하下 10장에 보인다.

207) 노비鑪鞴 : 풀무. 전하여 사람을 도야시켜 주는 선생님. 여기서는 김홍락을 가리킨다.

208) 우족羽族 : 깃을 가진 겨레 즉 새 무리이다. 여기서는 배우러 온 학생들을 뜻함.

6

연못은 잔잔하고 거울은 티끌 하나 없네	潭無波浪鏡無塵
영기를 녹여서 참된 본성을 드러내었네	英氣消融露性眞
완전히 광명정대한 형상이셨나니	最是高明光大象
하늘을 그림에 있어 뉘에게 신령스런 붓 있을까	畫天誰有筆端神

7

하늘은 별빛을 거두어들였고 땅도 영기를 거두었나니	天收星彩地收靈
연세가 일흔 셋이셨는데 갑자기 세상을 버리셨네	聖壽稀三遽夢楹
남방의 의관한 선비들이 일제히 눈물을 흘리나니	南國衣冠齊下淚
본심은 참으로 현자를 좋아함을 비로소 체험해 보네	彝情方驗愛賢誠

8

내 다행히도 살아서 대현의 문하에 들어가서	吾生幸及大賢門
이십년 동안 공경하면서 학문을 전수받았네	卄載摳衣奉緒論
문득 나의 재주와 지혜가 모자란 게 부끄럽나니	却愧愚蒙材智下
이 세상에서 스승의 은혜에 보답할 가망이 없네	塵塵無望報師恩

▫ 이장209)수경 만사　輓李丈秀憼

명현210)은 네 대째 전형이 남아있고	名賢四葉典刑存
대로는 백년 토록211) 덕망이 높으셨네	大老百年德望尊
때의 운명이 아침 놀 같은 깨끗한 자를 몹시 미워했지만	時命偏憎雲錦手
봄바람은 늘 빈한한 집안에 가득했었네	春風長貯藿藜門

---

209) 여기서 '이장李丈'은 이상룡 고모의 시아버지, 즉 사장어른을 가리킨다. 대산大山 이상정李象靖의
　　증손이다.

210) 명현名賢 : 대산 이상정을 가리킨다.

211) 대로大老는 백년 토록 : 대로는 이장李丈, 즉 이수경李秀憼을 가리킨다. 80여세를 살았으므로 백
　　년이라 했다.

고산의 물과 달[212]은 생전에 꿈꾸셨던 것이고 高山水月生前夢
낙사[213]의 술동이와 거문고는 떠나신 뒤의 남은 흔적이네 洛社琴樽去後痕
헤아려보건대 두 할아버지[214]께서 황천에서 만나셨을 터인데 二祖料知冥會在
쌀가루를 시루로 찌는 듯한 담론을 어디서 들어볼꼬 甑糜何處聽餘論

▫ 류척조휴목 만사 輓柳戚祖休睦

옥연[215]의 물이 흘러서 낙동강이 되는데 玉淵之水流爲洛
한 길에서 나누어진 물결이 맑고도 유장하네 一道分波淸且長
바람과 우레가 가득히 몰려 와 은둔해 살았지만 澒洞風雷藏窟宅
영롱한 구슬과 조개인 양 문장은 빛났어라 玲瓏珠貝動文章
온 세상이 다 악착스런 지금의 세태에 滔滔齷齪今時態
넉넉한 도량으로 용납하여 홀로 대방가[216]였네 納納包荒獨大方
미려[217]까지 이르러 마침내는 다 새어버리니 送到尾閭終洩盡
수많은 하천이 오열하면서 운양을 향하네[218] 百川嗚咽向雲陽

▫ 배장연도 만사 輓裵丈淵度

1
연로[219]의 집안은 서책이 만권에 달하며 淵老家中萬卷書

---

212) 고산의 물과 달 : 고산은 이상정을 모신 서원. 안동 소호에 있다. 여기서는 이상정을 상징한다. '물과 달'은 '한수寒水'·'추월秋月'로 높은 도학적道學的 인격의 경지를 가리킨다.
213) 낙사洛社 : 안동 일대의 친척·지구知舊들 사이를 가리켜 한 말인 듯하다.
214) 두 할아버지 : 고모의 시아버지는 할아버지 뻘이고 그 사돈인 이상룡의 할아버지를 가리켜 말한 듯하다.
215) 안동 하회를 흐르는 낙동강 중의 못. 서애 류성룡의 옥연정사가 있다.
216) 대방가大方家 : 세상의 현자, 식자.
217) 미려尾閭 : 바닷물이 새어나가는 바다 한가운데 있다는 구멍.
218) 고인이 세상을 떠나니 사람들이 애도한다는 뜻인 듯함. 한漢 나라 때 은사隱士인 정자진鄭子眞이 운양雲陽의 곡구谷口란 곳에서 은거하여 농사를 지었는데 그 이름이 경사京師를 진동했다 한다.

밝은 창 아래에 종일 옷깃을 정돈하고 앉았네 　　晴牕終日整襟裾

가난을 편케 여기고 졸함을 지킴은 우리 유학의 법도이나니 　　安貧守拙吾儒法

북쪽 골짝 물은 평생을 먹어도 남음이 있었네 　　北磵平生用有餘

2

서산 선생께서 자주 이르시기를 　　西山夫子屢云云

그 사람은 온아하고 그 글은 간결하다 하셨네 　　溫雅其人簡潔文

임하220)에서 경전을 궁구하고 시절을 중히 여기지 않았으니 　　林下窮經時不重

어찌 세상의 명예가 이 분에게 이를 수 있겠는가 　　何緣名譽達吾君

3

단련으로 더욱 굳세어져 정신이 강철 같이 되어 　　彌剛百鍊鐵精神

이십 년간 병을 앓았음에도 유건을 벗지 않았네 　　卄載貞痾不廢巾

선한 자에게 복을 내린다는 진리는 틀림없는 천리가 맞는 것인가 　　福善終無天理定

등유221)의 몸으로 청산에 묻히고 마네 　　靑山歸葬鄧攸身

4

우향계222)는 안동에서 예로부터 내려오던 일이고 　　花山故事友鄕筵

진진223)의 아름다운 인연이 또 근년에 있었네 　　秦晋佳緣又近年

뱃노래 한 곡을 불러도 들어주는 사람이 없거늘 　　一曲棹歌人不見

무릉도원 봄빛은 누굴 위해 저렇게 아름다운가 　　桃源春色爲誰姸

---

219) 연로淵老 : 즉 배장 연도이다.

220) 임하林下 : 숲 아래, 즉 세상과 떨어진 고요한 곳.

221) 등유鄧攸 : 진대晋代의 우복야右僕射 등유鄧攸는 의義를 행하였음에도 끝내 자식이 없었다(『소학小學』「선행善行」).

222) 우향계友鄕契 : 안동 지역에서 예전부터 내려오던 계 중의 하나임.

223) 진진秦晋 : 진秦과 진晋 두 나라는 예전부터 서로 혼인을 맺어왔다. 전하여 두 집안의 혼인을 뜻함.

▫ **김주섭**정락 **만사.** 신축년   輓金周燮靖洛

방초는 해마다 물굽이 가에 피건만	芳草年年浙水隈
그대에게 묻노니 이번에 가면 언제 돌아오려나	問君此去幾時廻
저승의 지극한 한은 양친 곁을 떠난 것일 터이고	泉臺至恨違雙老
사람 세상의 남은 자취는 두 아이를 보호하는 것이리라	人世遺痕護兩孩
괴이한 것은 덕 있는 자가 이렇게도 빨리 가는 것이니	殊怪德門偏不免
생질이 결국에는 먼저 꺾여지리라는 걸 어찌 알았으리오	那知宅相竟先摧
조만간 가을바람이 불면 역정의 길에서 그리워하리니	秋風早晚思亭路
내가 오는 것을 알고 백마224)가 주저주저 하리라	白馬踟躕認我來

▫ **류거수**광호가 학림정을 새로 엮고 시로써 화답을 구하기에 힘써 정진하기를 바라는 말을 약술하고 희학을 동봉하여 한담 중의 우스갯거리로 제공한다   柳居叟廣鎬 新構學林亭 有詩求和 畧述期勉之語 兼奉雅謔 以供閒中一笑

1

자연을 사랑하여 별도로 집을 마련해서	爲愛林皐別起廬
금은보화를 쌓아두지 않고 책만을 쌓아두네	不藏金寶只藏書
풍진 속에서의 탐리는 애초에 마음이 없었고225)	風埃乾沒初心倦
만년에는 시와 술로 한가롭게 보내려 계획하네	詩酒優閒晚計餘
산은 기산 남쪽이니 장차 봉황 소리를 듣게 될 것이요226)	山是岐陽將聞鳳
물은 장자의 해자가 아니지만 물고기를 구경하기에 충분하리라227)	水非濠漢足觀魚
후인은 모름지기 앞사람이 한 바를 본받아야 하나니	後人須效前人做
그래야 이 정자가 축하를 받고 이름도 헛되지 않으리라228)	方賀斯亭號不虛

---

224) 백마白馬 : 옛날 중국에는 백마를 탐으로써 흉사가 있음을 표시했다.

225) 건몰乾沒 : 이득을 탐함.

226) 주周 문왕文王이 나라를 다스릴 때 봉황이 기산 남쪽에 와서 울었다고 한다.

227) 『장자莊子』에는 장자와 혜자惠子가 해자 가에서 물고기를 보면서 물고기의 즐거움에 관해 토론한 유명한 기록이 있다.

2

조만 간에 지팡이 짚고 그대의 집을 방문하리니	蚤晚遊筇訪子廬
이에 앞서 아름다운 약속을 글 속에서 알리겠네	先將佳約報中書
샘물 소리 들으면서 산을 거닐고	徜徉岳色泉聲裏
대를 품평한 나머지로서 꽃을 품평하며	評品花經竹史餘
합석해서 투호하면서 말을 멈추길 재촉하고	合席投壺催立馬
주객이 앉아 술잔 건네면서 가어를 간간이 노래한다229)	分階送爵間歌魚
흥이 끝나면 더불어 시로써 서로 화답하여야	興闌仍與詩相和
그대의 이 정자가 비로소 헛되지 않게 되리라	君有斯亭始不虛

▫ 한천서당 운을 차운하다　次寒泉書堂韻

강산에 은거하여 하늘을 원망치 않았나니	放迹湖山不怨穹
전몽230)의 시사는 홍수처럼 극렬하였었네	旃蒙時事劇流洪
외론 정성있어 천신을 감동케하였고	孤忱有格天神動
도가 지극하여 간교한 마음 없으니 촌로 같았네	至道無機野老同
천년의 묘목가에서는 저문 비가 근심스럽고	宰樹千春愁暮雨
오동나무 숲 한 굽이에서는 가을바람이 느껴지네	桐林一曲感秋風
들으니 새 정자가 한천 곁에 있다 하는데	新亭聞在寒泉上
그칠 곳을 아는 공의 총명함은 통하지 않는 곳 없으리	知止公靈處處通

---

228) 이 작품의 원주에 "류거소가 거처하는 곳은 바로 임거공의 옛 집이다[居叟所居卽林居公舊廬]." 하
　　였다.

229) 전국시대 맹상군孟嘗君의 식객인 풍환馮驩은 몹시 가난했고 검 한 자루 밖에 없었는데 그가 자
　　신의 재능을 알아주지 않는데 불만을 품고 칼을 두들기면서 노래하기를, "장검이여! 돌아갈거
　　나. 밥을 먹음에 생선이 없구나.", "장검이여! 돌아갈거나. 문을 나섬에 수레가 없구나.", "장검
　　이여! 돌아갈거나. 편안히 지낼 집이 없구나." 하였다 한다(『사기史記』 권75 「맹상군열전孟嘗君
　　列傳」). 여기서는 술자리에서 장난으로 안주 타령으로 풍환의 노래를 불렀음을 뜻한다.

230) 전몽旃蒙 : 고갑자로서 을년乙年에 해당한다. 어떤 해인지 미상이다.

▫ 장흥고 부사였던 남공경인의 묘는 실전된 지 이미 오래였다. 지난 을미년乙未年(1895) 봄, 내가 마침 아호의 사리동에 갔다가 큰 무덤 하나를 보았는데, 묘역이 크게 훼손되어 있었다. 비석을 살펴보니, 바로 남공의 묘였다. 공은 내 선조이신 참판공과 우향계를 함께 하였으니, 나 상희도 공과 인연이 전혀 없는 것은 아니라 하겠다. 선대의 우의를 생각해봄에 나도 모르게 절을 올리고 말았다. 물러 나와서 우향계 소속의 여러 집안 사람들과 의논하여 우향계에서 돈을 얼마간 내어 해마다 제사를 올리기로 하였다. 신축년辛丑年(1901) 가을에 본손으로서 군위에 사는 자가 비로소 와서 성묘를 하고 나에게 제사 음식을 보내왔다. 이를 인하여 느낌이 있어서 그 일을 시로 짓는다 長興庫副使南公敬仁墓 失傳已久 乙未春 余適至鵝湖之仕里洞 見一大塚 塋域頹圮 以碣面驗之 乃公墓也 公與先祖參判公修友鄕稧 則象羲 於公實有孔氏之好矣 感念先誼 不覺拜省 退與友鄕諸家議 自稧中出二百鏹 修香火歲 以爲常矣 辛丑秋 本孫居軍威地者 始來省掃 爲致餕餘 因感而賦其事

삼가 의관[231]을 받들던 세월은 지나갔고	虔奉衣冠歲月淪
침침하고 적막한 가운데에 기린[232]이 누워있네	漆燈寂寞臥麒麟
접때 삼척 잔비의 글자가 아니었던들	向非三尺殘碑字
그 누가 이를 알아볼 수 있었겠으랴	誰作千秋深目人
오래된 우향계에서는 선대의 우의를 중시하여	故事友鄕先契重
한 마음으로 서로 도와 제사를 받들기로 했네	同心助奠士論均
후손이 와서 제사 음식을 보내주니	後孫來致餕餘物
흠모하는 마음 오늘 더욱더 새로이 배가되네	感慕今朝一倍新

▫ **국화 앞에 앉다 菊花前坐**

맑은 술 몇 되로 조금 취한 뒤	白酒數升微醉後
섬돌 주위에 국화가 활짝 피었을 때	黃花一砌爛開時

---

231) 의관衣冠 : 여기서는 관리의 의관을 뜻함.
232) 기린麒麟 : 기린 같이 훌륭한 분. 예로부터 출중한 인물을 기린에 견주었으니 기린아麒麟兒도 그 한 예이다.

한가히 홀로 남산을 향해 앉았나니　　　悠然獨向南山坐
아득하여라 연명이여, 나는 뉘인가　　　邈矣淵明我是誰

▫ 성호에서 꽃을 감상하다　星湖賞花

그대의 집에 벽도가 심겨져 있던 걸 보았나니　　　君家曾見碧桃栽
봄비에 꽃이 활짝 피었으리라는 것을 알고 있었네　　　春雨知應爛熳開
술이 있다면 한 잔 사는 것도 무방하나니　　　有酒不妨賖一盞
이번 걸음은 오로지 꽃을 구경하기 위한 것이라네　　　此行專爲玩花來

▫ 후락당 운을 차운하다. 갑진년　次後樂堂韻

한미한 집일망정 천하 위하는 큰 생각 늘 품었고　　　圭竇常存大庇思
흉중에는 만칸의 기틀이 마련되어 있었네　　　胸中排置萬間基
은둔하여서는 미옥이 되어 높은 값을 기다렸고　　　藏爲美玉須高價
등용되어서는 영단이 되어 훌륭한 의사가 되었네　　　用可靈丹作上醫
청사에 공명을 드리우는 건 운수소관이지만　　　靑史功名關命數
어진 자의 즐거움과 근심은 시대를 떠나지 않네　　　仁人憂樂合時宜
멀리까지 은택을 퍼뜨리고자 했던 평생의 뜻은　　　謾將致澤平生志
자손들에게 다함이 없는 복을 끼쳐주리라　　　留作兒孫未艾禧

▫ 이승지장만유 만사　輓李承旨丈晩由

다투어 겉만 그럴듯하게 꾸미는 풍조가 도도하거늘　　　滔滔梔蠟競修邊
실질에 힘쓰는 큰 심산은 유림에 전파되었네　　　務實弘規闕里傳
집안 정사는 윤리를 최우선에 두었으며　　　家政先於倫理篇
향리에서는 의론이 치우친 걸 보지 못했네　　　鄕居未見議論偏
벼슬이 청현직에 올랐으나 마음은 더욱 겸손하였으며　　　秩躋淸顯心逾下

장수하여 백세에 이르렀으니 복은 더욱 온전하였네	壽到期頤福益全
왕래하면서 근년 이래로 본보기로 삼음이 있었거늘	通好年來模楷在
문득 진사의 눈물233)이 줄줄 흐르는 것에 깜짝 놀라네	忽驚辰巳淚漣漣

▫ 이재언규홍의 춘국 문답을 차운하다. 을사년   次李在言圭洪春菊問答

온 땅이 모두 춘삼월이거늘	滿地皆三月
동쪽 울타리만은 가을이네	東籬獨九秋
먼저 시든 것은 애석해 하겠지만	先萎須可惜
늦게까지 피어있는 것도 부끄러워하리라	晚發亦堪羞
뭇 방초가 대지를 휩쓸고 있나니	群芳蕩掃地
곧은 정절은 가을에만 적합한 것이네	貞節獨宜秋
늦게까지 피어있는 것을 끝내는 어찌 한하랴 마는	晚發終何恨
무릇 이와 같이 부끄러워할 줄 알아야 하리라	凡同知可羞

▫ 영산 족조건 만사   輓穎山族祖鍵

우리 유림의 선비를 일일이 헤아려보건대	歷數吾林士
공이 영남의 선비가 아니면 무엇이겠는가	公非嶺色何
문장은 원래가 빼어난 거벽이었으며	詞章元巨手
예학 방면에서도 명가를 이루었네	禮學自名家
선자234)께서는 교분이 매우 두터우셨고	先子交知厚
후생235)도 매우 의지하고 앙모하여 왔었네	後生依仰多
대산236)으로 어거하기를 재촉하여 문득 놀라나니	忽驚催岱御

---

233) 진사의 눈물[辰巳淚] : 현자의 죽음을 뜻함. 후한後漢의 정현鄭玄이 "올해는 진년辰年이고 내년은
　　　사년巳年이다."라고 한 공자의 꿈을 꾸고 그 해 죽었다 한다(『후한서後漢書』 「정현전鄭玄傳」).
234) 선자先子 : 돌아가신 아버지.
235) 후생後生 : 후배, 여기서는 이상룡 자신을 가리킨다.
236) 대산岱山 : 중국 태산의 별칭. 사람이 죽으면 그 영혼이 태산으로 간다 하였다. 대산으로 어거하

올해는 용사237)에 해당하네   今歲在龍蛇

▫ 류경약연각 만사 輓柳敬若淵覺

암로238)가 남긴 서책은 서가에 정리하고   巖老遺書揷架深

밝은 창문 아래에 종일 단정히 앉았었네   晴牕終日坐欽欽

몸에는 갈포를 걸쳤지만 뜻은 맑았으며   身纏布葛澄淸志

집에는 양식 부족했지만 마음은 널리 구제하는 데에 있었네   家乏瓵升廣濟心

사해에 우리들 있는 것 어찌 방해되랴 마는   四海何妨吾輩在

한평생 자못 소인들의 침탈을 받았었네   一生偏被小兒侵

이번 발걸음239)은 글이 빌미가 된 것으로 생각되는데   此行認是文爲祟

백옥루240)에 상제께서 임하셨네   白玉樓中帝駕臨

▫ 해산 족조정환 만사 輓海山族祖庭煥

효자의 사모함 사무쳐 유고 출판 마치더니   繡罷遺箱孝思悠

또 선영에 비석을 세우는 것을 보았네   更看樂石映先楸

시는 묘한 데 이르러 시골 노파마저 이해하였고   詩臻妙處村婆解

말은 시대 진실함 언급하여 속배들 떠들썩하였네   語到眞時俗輩咻

팔순이 되어 화촉의 밤이 다시 돌아왔거늘   八耋重回花燭夜

한 감실에서 해산이 가을이 되었음을 알려왔네241)   一龕傳道海山秋

여 말을 몰아갔다는 것은 즉 죽음을 뜻한다.

237) 용사龍蛇 : 진년辰年과 사년巳年. 전하여 현인의 죽음을 뜻한다.

238) 암로巖老 : 누군지 미상이다.

239) 이번 발걸음 : 이번에 천상으로 발 걸음한 것, 즉 죽은 것을 말한다.

240) 백옥루白玉樓 : 문인文人이 죽어서 간다는 천상의 누각. 당대唐代의 시인 이하李賀가 낮에 붉은
　　 옷을 입은 사람은 만났는데 말하기를, "상제께서 백옥루를 완성하셨는데, 지금 바로 즉시 그대
　　 를 불러 기문記文을 짓게 하셨다." 하였다. 연후에 이하가 바로 죽었다. 전하여 문인의 죽음을
　　 뜻하는 전고로 사용되었다.

241) 죽음을 뜻함. 한 감실龕室은 신주를 봉안하는 칸을 말한다.

붉은 명정이여 머물러 연연해하지 말고 잘 가거라	丹旌好去無留戀
황천에도 현랑이 있어서 그대는 수문랑[242] 직 맡으리라	彼有賢郎子職修

▫ 세산 류공[243]지호 만사　輓洗山柳公止鎬

1

남쪽 고을은 수려한 풍광이 넉넉하나니	南州饒好景
어디가 가장 찬미할 만한 곳인가	何處最堪歌
우정 곁의 물 속의 달이오	水月愚亭畔
비에 씻겨 더욱 아름다운 황산이 되네	凰山洗更佳

2

향로에 향을 태우고	鑪薰香一炷
서가에는 수많은 책이 꽂혀 있네	架插書千卷
그 가운데에 평생의 벗이 있나니	中有百年人
무릎 꿇고 책 읽기에 게으를 줄 모르네	拜跪不知倦

3

잠시 물오리 두 마리를 좇아서 갔지만[244]	暫逐雙鳧去
곧 한 마리 학을 타고서 돌아왔네[245]	旋裝一鶴歸

---

242) 수문랑繡文郎 : 진晉 소소蘇韶가 죽은 뒤 다시 나타나서 형제들에게 말하기를, "안연顔淵과 복상 卜商이 지금 지하地下에서 수문랑修文郎이 되어 있다." 하였다 한다(『태평광기太平廣記』 권319).

243) 세산洗山 류공柳公은 정재定齋 류치명柳致明의 아들로 이상룡의 조부와 동서간이다.

244) 지방 수령으로 잠시 나갔음을 뜻한다. 후한後漢 명제明帝 때 하동河東 사람 왕교王喬가 엽현葉縣 의 현령縣令으로 있었는데, 그는 신선술神仙術을 익혀 매월 초하루와 보름이면 항상 엽현에서 조정으로 날아가 명제를 알현謁見하였다. 명제가 그가 자주 오는데도 수레가 보이지 않는 것을 이상하게 여겨, 몰래 태사太史를 시켜 엿보게 하였더니, "그가 올 때마다 한 쌍의 들오리가 동 남쪽에서 날아왔습니다. 그래서 다시 날아오기를 기다려 그물로 잡았는데, 한 쌍의 신발만 얻 었을 뿐입니다." 하였다. 그래서 기물器物을 제조하는 부서인 상방尙方의 관원에게 감별하도록 시켰더니, 그 신발은 원래 4년에 상서尙書의 관원에게 하사하였던 신발이었다고 한다.

십년 동안 동화246)의 길을 밟고 다녔지만	十載東華路
티끌을 조금도 옷에 묻지 않게 하였네	香塵不上衣

4

덕은 나이와 더불어 높아졌고	德與年齡邵
복은 지체와 명망을 따라서 원만하였네	福隨地望圓
산림의 한가로운 재상이었고	山林閒宰相
향리의 큰 선비이셨네	鄕黨老儒仙

5

서산에 걸렸던 달은 이미 넘어갔고	西山月已沒
태백성이 밝게 하늘에서 빛나고 있었네	太白耿垂空
집집마다 꿈속에 빠져 있었는데	沈沈萬戶夢
불러 깨워도 일어나질 않으셨네	喚醒苦不聰

6

소자247)는 집집마다 어른으로 섬겼으니	邵子家家老
이 슬픔 어찌 내 개인만의 것이랴	豈堪我獨私
영남 땅의 손들이 일제히 모여드나니	輻湊東南客
태화248)의 술잔에 다함께 취하누나	共醉太和巵

---

245) 지방관으로서 청빈한 생활을 하고 돌아왔음을 뜻한다. 송宋 나라 조변趙抃은 자가 열도閱道인데 그가 필마로 촉蜀 땅으로 부임할 때 거문고 한 벌과 학 한 마리만 데리고 갔던 고사에서 유래한다.

246) 동화東華 : 명明 나라 궁성의 동쪽 문, 전하여 조정을 뜻함.

247) 소자邵子 : 소자는 송宋 나라 강절康節 소옹邵雍을 가리킨다. 그가 낙양洛陽와서 살자 향리의 사람들이 교화되고 원근의 사람들이 그를 존모尊慕하여 길 가는 선비들이 공부公府 쪽으로 가지 않고 반드시 그의 집으로 갈 정도였으며, 귀천貴賤과 현우賢愚를 막론하고 모든 사람들을 평등히 대하여 봄 가을로 그가 성 안을 유람할 때면 사대부가士大夫家의 사람들이 그의 수레 소리를 듣고 신발을 거꾸로 신고 마중하였고 아이들과 하인들조차도 모두 좋아하면서 모셨다고 한다. 즉 고인을 소옹에 비긴 것이다.

248) 태화太和 : 위危는 치巵의 오자임. 송宋 나라 소옹邵雍의 무명공전無名公傳에 "평소 술을 좋아했는

7

잠자리에서 일어나시는 게 올해에 끝이 났고	起起今年已
신선의 감실은 바닷가에 열렸네249)	仙龕海上開
신룡이 연못을 떠나니	神龍辭舊澤
미꾸라지가 꿈틀대며 참으로 슬퍼하네	鰌舞政堪哀

□ 권충일상한과 반구정에 오르다　與權沖逸相翰登伴鷗亭

방초 가득한 호수 남쪽에 보슬비 개는데	芳草湖南小雨晴
마음에 담아둔 사람과 그림 속 같은 정자에서 만나네	意中人會畫中亭
문은 이유250)에 원래 쌓인 게 많고	文於二酉元多貯
술은 장경251)에 이른지라 그래서 깨어나질 않네	酒到長庚故不醒
만국의 수레와 기선이 지금 세상의 일이며	萬國車船今世事
강의 한적한 물새들은 옛 시절의 소리이네	一江鷗鷺舊時聲
노니는 사람이 여흥을 완전히 거두지는 않고	遊節未盡收餘興
달이 성에 가득하길 앉아 기다렸다가 귀로에 오르네	坐待歸程月滿城

□ 이튿날 함께 북정으로 놀러가다　翌日共遊北亭

석교 동쪽으로 연못을 지나 돌아드니	石橋東畔過回塘
홀연 외론 정자가 저물녘 시원한 산에 기대에 있네	忽見孤亭倚晚凉
산은 북로252)의 시 속의 색을 머금고 있고	山含北老詩中色

데 일찍이 술을 명명命名하여 태화탕이라 했다." 하였으며, 그의 임하오음林下五吟에 "안락와安樂
窩 깊은데 막 기침한 뒤, 태화탕 좋은 술에 반쯤 취한 때[安樂窩深初起後　太和湯釅半醺時]." 하였다.
249) 죽음을 뜻함.
250) 이유二酉 : 장서藏書가 많음, 또는 그러한 곳. 여기서는 이유에 견주어질 정도로 많은 책을 마음
　　속에 담아두고 있는 사람.
251) 장경長庚 : 별 이름이니 태백성太白星으로도 불린다. 여기서는 당대唐代의 시인 이태백李太白을 가
　　리킨다.

나무는 동옹253)의 붓 위의 향을 띠고 있네	樹帶東翁筆上香
번화한 곳을 떠나니 성시가 멀리 떨어지고	謝去紛華城市隔
먼지 낀 몸 씻으러 오니 폭포가 시원하네	滌來塵累瀑流長
여기에서는 반드시 고수를 손을 이끌어서	此間會事携高手
해타254)의 아름다운 말 침상에 많게 해야 하리	咳唾休辭傺一牀

□ 임청각에서 권충일과 함께 하다　臨淸閣同權冲逸

남쪽 고을에서도 제일 좋은 강산	南州第一好江山
내 몸이 여기에서 늙는 게 참으로 다행스러워라	自幸吾身老此間
천년이 된 교목은 고색이 창연하고	喬木千年餘古色
몇 군데 중요한 나루에는 광란의 물결이 이네255)	要津幾處起狂瀾
우연히 자진256)을 좇아서 곡구에서 농사를 짓다가	偶逐子眞耕谷口
끝내는 기리계로 하여금 상안에 드러눕게 하였네257)	終敎綺里臥商顏
세상이 맑아지기는 쉽지 않고 돌아갈 시기는 늦었나니	河淸未易歸期晚
전원으로 머리를 돌려봄에 살쩍이 희끗희끗 하려 하네	回首田園鬢欲斑

□ 권충일과 함께 임청각 판상의 이파서집두 운을 차운하다　與權冲逸次臨淸閣板上李琶西集斗韻

문 앞의 땅이 수많은 인가와 접해 있어서	門前香土接千家
일부러 청산을 빌려서 한 면을 가로막았네	故借靑山一面遮

---

252) 북로北老 : 이상룡의 방조. 북정北亭 이종주李宗周를 가리킨다.
253) 동옹東翁 : 북정의 선대. 동호東湖 이극배李克培를 가리킨다.
254) 해타咳唾 : 해타성주咳唾成珠 즉 일언일구一言一句가 다 주옥을 이루듯이 모두 귀중함.
255) 망국의 즈음 어지러운 사건들이 일어남을 상징한다.
256) 자진子眞 : 한대漢代 사람인 정박鄭樸의 자字이다. 곡구谷口에 은거하여 경작하면서 살았다. 세칭 곡구자진谷口子眞이라 하였다.
257) 기리계綺里季 : 진말秦末에 상산에 은거했던 상산사호商山四皓 중의 일인. / 상안商顏 : 진말秦末 상산사호商山四皓가 은거했던 상산商山의 남쪽.

정리에는 서대초가 부질없이 남아돌고258)	鄭里空餘書帶草
위원에는 늘 옥항화259)가 쌓여있네	韋園長貯玉缸花
아침에는 늙은 사슴 이끌고 뜨락을 거닐고	朝携老鹿遊庭際
저녁에는 한가로운 물새 좇아서 물가를 걷네	暮逐閒鷗步水涯
나는 내 집을 사랑해 분수 좇아 만족하는지라	吾愛吾廬隨分足
경박한 세상의 번화함을 알지 못하네	不知浮世有繁華

▫ 고탑. 권충일의 운을 차운하다 古塔次權冲逸

구주260)가 잠잠해지자 불법이 동으로 왔는데	龜疇響寢象輪東
만리 밖에서 온 부처를 세속에서 다함께 숭상하네	萬里浮屠俗尙同
하늘로 치솟은 금경261)은 광채는 쇠약해지지 않고	天外金莖光不老
물 속의 월주262)는 그림자가 자못 높디 높네	波間月柱影偏崇
무단히 수많은 사람의 힘을 헛되이 낭비하여	無端枉費千人力
죽을 힘을 다해 아홉 길의 탑을 이루었네	抵死來成九仞功
군자의 공부도 참으로 이와 같이 해야 하니	君子眞工如此做
층층이 나아간다면 그 진보가 언제 끝이 나랴	層層進步幾時窮

---

258) 정리鄭里 : 한대漢代의 유학자인 정현鄭玄이 살던 마을. / 서대초書帶草 : 풀 이름. 잎이 길고 질김. 정현이 이 풀로 책을 묶었다 해서 서대초라 이름하였다 함. 이 구는 임청각에 많은 서책이 장서 되어 말한 것이다.

259) 옥항화玉缸花 : 친족의 모임인 화수회를 뜻한다. 당唐 나라 위장韋莊이 화수花樹 아래에 친족을 모아 놓고 술을 마신 일이 있다. 잠삼岑參의 「위원외화수가韋員外花樹歌」라는 시에 "그대의 집 형제를 당할 수 없나니 열경과 어사 상서랑이 즐비하구나. 조회에 돌아와서는 늘 꽃나무 아래 모이나니, 꽃이 옥 항아리에 떨어져 봄술이 향기로워라[君家兄弟不可當 列卿御使尙書郎 朝回花底恒會客 花撲玉缸春酒香]."한 데서 유래하였다.

260) 구주龜疇 : 『서경書經』「홍범편洪範篇」의 홍범구주洪範九疇이니, 즉 천하를 다스리는 법이다.

261) 금경金莖 : 본래 승로반承露盤을 바치고 있는 기둥을 말하나, 여기서는 보주寶珠 등이 있는 탑두부塔頭部를 가리킨다.

262) 월주月柱 : 탑신을 가리는 듯.

▫ 이우경상호의 세아[263] 운을 차운하다　次李友卿尙鎬洗兒韻

주연옥해가 오래된 웅덩이의 근원인지라[264]	珠淵玉海古潢源
늦게 얻은 자식도 이와 같이 골격이 준수하네	晚得寧馨骨格尊
어진 선조는 누적이 되어서 많고도 많으며	積累應多賢父祖
아름다운 천지는 배태된 지 이미 오래이네	胚胎已久好乾坤
금련화 핀 깨끗한 곳이니 몸은 씻은 것과 같고	金蓮淨界身同浴
오얏꽃[265] 핀 방춘이니 성씨가 스스로 말해주고 있네	仙李芳春姓自言
그대 집은 장수와 복록 영원히 쇠퇴하지 않으리니	壽祿君家山不老
만년근의 영지가 늘 자라고 있어서 라네	靈芝長發萬年根

▫ 정와김공[266] 만사. 천장 때　訂窩金公輓　遷葬時

자사를 사숙한 맹자처럼 훌륭했으니	思門私淑子輿賢
문장은 도에 합하고 호연지기가 하늘을 가득 메웠네	配道文章氣塞天
남쪽 고을이 오래도록 조용하고 적막하나니	南國百年聲響寂
선생의 웅변이 어찌 괜한 것이었으리요	先生雄辯豈徒然

▫ 연당·권충일의 시에 차운하다　蓮塘次權冲逸

군자화 곁의 군자정[267]	君子花邊君子亭
조그만 연못에서는 깨끗한 물이 솟아나네	方塘半畝活源生
한 동그라미는 염계 태극도[268] 펼쳐진 듯 하고	一圓圈似濂圖展

---

263) 세아洗兒 : 옛 풍속. 아이가 태어난 지 3일 혹은 한달 되는 때에 아이의 몸을 씻겨주던 것을 말한다.

264) 주연옥해珠淵玉海 : 구슬 같은 연못과 옥 같은 바다, 즉 물이 그만큼 깨끗함을 말한 것이다. / 오래된 웅덩이[古潢] : 이 시에 나오는 이상호李尙鎬 집안을 가리킨다.

265) 오얏꽃[仙李] : 이상호李尙鎬의 이李씨를 가리킨다.

266) 정와訂窩 김공金公 : 의성김씨 김대진金岱鎭의 호가 정와이다.

267) 군자화君子花 : 여기서는 연꽃을 가리킨다. / 군자정君子亭 : 임청각 내의 정자이다.

십장이나 되는 높이는 태을진인의 노가 기울어진 듯[269]	十丈高如乙棹傾
진흙탕물과 섞여 있지만 중심은 깨끗하고	和水和泥心自潔
비바람과 잘 어울리어 성품은 다툼이 없네	宜風宜雨性無爭
모르게라 천상의 부용원에서는	不知天上芙蓉苑
몇 명의 시선이 맑은 만년의 복 누릴까	幾箇詩仙晚福淸

▫ 도연명의 운을 차운하여 권충일에게 증별하다　次陶淵軸中韻　贈別權冲逸

심약[270]의 시는 천고에 걸쳐 사람을 감동시키나니	千古感人沈約詩
우리가 어찌 다시 이별할 때에 이르렀는고	吾儕豈復別離時
강산의 기상은 희끗희끗한 머리를 감돌고 있고	江山氣帶蒼蒼髮
나라에 대한 근심은 은은한 눈썹에 스며있네	家國愁纏隱隱眉
조용한 곳에서의 거문고와 술은 인연이 아주 좋았고	靜界琴樽緣儘好
소단에서의 기와 북[271]은 일이 더욱 기이하였었네	騷壇旗鼓事尤奇
아침 저녁상이 풍족하더라도 어찌 즐거우랴	假饒晨夕能幾樂
그대 집을 낙상[272]으로 옮기지 않는 게 한스러울 뿐	恨不仙庄洛上移

▫ 7월 기망 밤의 작은 모임에서　七月旣望夜小集

세상에는 적벽강의 가을이 끝이 없으며	人間無限壁江秋
문무의 앞 자취[273]가 물과 함께 흐르고 있네	文武前塵水共流

---

268) 염계 태극도 : 송대의 도학자 염계濂溪 주돈이周敦頤가 작성한 태극도太極圖.

269) 한구韓駒의 시 「제태을진인연엽도題太乙眞人蓮葉圖」에 "태을진인이 연엽의 배를 탔는데 두건 벗
　　고 모발을 드러내 찬 바람에 날리네[太乙眞人蓮葉舟　脫巾露髮寒颼颼]." 하였고, 한유韓愈의 고의古意
　　에 "태화산 봉우리 위 옥정의 연은 꽃이 피면 높이가 열 길이요 뿌리는 배 만큼 크다네[太華峯
　　頭玉井蓮　開花十丈藕如船]." 하였다.

270) 심약沈約 : 남조南朝 양梁 나라의 저명한 문학가. 어떤 시인지는 미상.

271) 소단에서의 기와 북 : 소단騷壇은 시단詩壇이다. 기와 북은 전쟁에 사용하는 것이다. 여기서는
　　시회詩會를 열어서 서로 시로써 승부를 겨루는 일을 가리킨다.

272) 낙상洛上 : 낙동강 물가. 여기서는 안동을 가리킨다.

함께 앉아서 천고의 달을 바라보나니	吾輩坐看千古月
우리네 인생 한 척의 외론 배처럼 떠있네	此生浮似一孤舟
장승274)의 큰 약도 늙음을 돌리기는 어려우며	長繩大藥難回老
묘한 춤과 맑은 노래는 적막함 깨기에 족하네	妙舞淸歌足破幽
후인이 지금을 보는 것이 금인이 옛날을 보는 것과 같으리니	後視今猶今視昔
그대들은 오늘의 이 노닒을 하찮게 여기지 말라	諸君且莫少玆遊

□ 김문오재룡에게 증별하다　贈別金文五在龍

장마로 문을 굳게 닫고 있는데	浹辰霖雨閉門深
문득 시원한 바람이 불어와서 흉금을 씻어주네	忽覺淸風來拂襟
천리의 연하275)에 해진 신발 한 켤레이요	千里烟霞雙獘屐
백년의 산수에 한 외론 거문고로다	百年山水一孤琴
붉은 비단에 절구 세 수를 적어 나에게 주길래	丹綃惠我留三絶
맑은 술로 그대에게 보답하여 두 마음에 잔질하네	白酒酬君酌兩心
다른 날의 상봉을 기억할 수 있을까	他日相逢能記否
은계에 밝은 달 떴을 때 꿈속에서 찾아가리라	隱溪明月夢中尋

□ 조의관한주·정위원재소·윤사문경선이 반구정에 놀러와서 오언 절구 한 수씩을 지었다. 그 운을 차운하여 각각에게 올리다　趙議官漢周鄭委員載韶尹斯文景善來遊伴鷗亭賦五言一絶 次其韻各呈

1

| 쓸쓸한 모래톱에 단풍이 떨어지고 | 寒洲木葉下 |

---

273) 문무의 앞 자취[文武前塵] : 삼국 영웅들의 적벽대전[武]과 소식蘇軾의 적벽강 뱃놀이 뒤에 쓴 적벽부[文].

274) 장승長繩 : 장승계일長繩繫日, 긴 밧줄에 해를 매어서 옮겨가지 못하게 하는 것, 전하여 세월을 잡아두는 것이다.

275) 연하烟霞 : 안개와 노을. 전하여 아름다운 산수자연.

적막함이 빈 정자를 에워싸네   寂寂掩空亭

어디서 들려오는 피리소리인가   何處一聲笛

누에 기대어 불기를 그치지 않네   倚樓吹不停

2

멀리 사강락²⁷⁶⁾의 발걸음을 좇아서   遠隨康樂屐

날을 잡아 한가한 정자를 찾아주셨네   暇日問閒亭

다행히 세 절수²⁷⁷⁾를 만났는데   幸逢三絶手

날 위해 끊임없이 마음을 써주시네   爲我寫無停

3

살쩍이 희끗하여 서로 동병상련하면서   衰鬢憐同病

쓸쓸히 간정²⁷⁸⁾에서 마주하고 앉아있네   蕭然對艮亭

넘어가는 석양이 무진장 아름다우니   斜陽無限好

쉬지 말고 가득히 술잔에 따르세   滿酌不須停

▫ 김비서대락 회갑연 운을 차운하다　次金賁西大洛六十一初度韻

1

나는 지나간 전몽²⁷⁹⁾에도 축하를 올린 사람이니   我昔旃蒙獻賀人

임궁²⁸⁰⁾에 줄서서 선인에게 절을 올렸었지   琳宮羅列拜仙眞

화상은 전해져서 오랜 청전이 되었지만²⁸¹⁾   華觴傳作靑氈舊

---

276) 사강락謝康樂 : 남조南朝 송宋의 사람으로 산수를 유람하길 즐겼으며, 산수시를 주로 지은 사령운謝靈運.

277) 절수絶手 : (기예 등이) 빼어난 고수高手. 널리 빼어난 사람을 가리킨다.

278) 간정艮亭 : 동북방에 위치한 정자. 여기서는 반구정을 가리킨다.

279) 전몽旃蒙 : 고갑자의 하나로 을년乙年에 해당한다. 이 시가 지어진 것은 을사년乙巳年(1905)인데 그 전 '을'자 든 해는 과거 김대락의 부친 김진린金鎭麟의 회갑연에 축수를 올렸음을 말한다.

280) 임궁琳宮 : 선궁仙宮.

281) 화상華觴 : 화갑華甲에 축수祝壽하여 올리는 잔. / 청전靑氈 : 예로부터 전해 내려오는 집안의

채무282) 추던 자제 백발이 늘어 놀라노라　　　　　　彩舞翻驚白髮新

지나간 육십 평생은 책 속에서 보내셨고　　　　　　前去六旬書卷裏

장래 백세까지는 물과 구름 어우러진 곳을 한가히 거니시리라　　將來百歲水雲濱

암울한 세상에 잊는 것이 최상이네　　　　　　　　蒼蒼幻劫忘爲上

가을비에 무엇하러 헛되이 두건을 적시랴　　　　　秋雨何須枉濕巾

2

상조의 냉기는 부자에게도 침을 놓는 듯 하나283)　　　霜朝裘馬冷砭肌

오로지 화갑연을 위하여 한 잔의 술을 권하네　　　　亶爲華筵勸一巵

반포284)를 잃은 까마귀는 마음 상처가 더할 것이고　　失哺慈烏應倍痛

대오에서 떨어져 홀로 돌아가는 기러기는 실로 슬프리라285)　斷行歸鴈有餘悲

그대는 이지러진 달이 둥글어지는 걸 볼지어다　　　　君看缺月成圓魄

나는 새 꽃이 옛 가지에 피어나는 것을 좋아하노라　　我愛新花着故枝

근일 서쪽 바람이 많이들 흥을 죽이니286)　　　　　　近日西風多敗意

연회의 즐거움은 좀 때에 맞지 않는 듯 하네　　　　些些宴樂儘非時

□ **윤백승**상일 **만사**　　輓尹伯乘相馹

숲은 눈을 얇게 덮어쓰고 있고　　　　　　　　　千林被薄雪

고상한 선비는 매화 아래에 누웠네　　　　　　　高士臥梅花

　　물건.

282) 채무彩舞 : 나이 든 자식이 색동옷을 입고 늙은 부모를 위해 춤추는 것이다.

283) 상조霜朝 : 서리 내린 아침. / 구마裘馬 : 가벼운 갖옷과 살찐 말. 전하여 이를 소유한 부유한
　　자를 뜻한다.

284) 반포反哺 : 새끼 까마귀가 자라서 늙은 어미새에게 먹을 것을 물어주는 것. 이 구는 부모를 여
　　윈 것을 말한다.

285) 이 구는 형제를 여읜 것을 말한다. 예로부터 형제를 기러기가 줄지어 날아가는 것 즉 안항雁行
　　에 비유하였다.

286) 이 시가 을사년乙巳年(1905)에 지어진 것을 감안한다면, 당시 조선에 밀려오던 외세外勢를 뜻하는
　　것인 듯.

세상 일은 마음에 걸리는 것이 적었고	世務嬰心少
향당에서는 입 꾹 다물고 있음 많았네	鄕居閉口多
도서는 황조의 책 상자를 물려받았고	圖書篁祖篋
산수는 둔형의 움집에서 즐겼네287)	山水遯兄窩
선한 자에게 복 내린다 했거늘 끝내 보답 없었으니	福善終無報
공의 운명은 그 얼마나 기박한 것인가	公如運氣何
서쪽 산 굽이진 곳에서 짐을 정리하던 날	西崦治任日
우리의 살쩍은 이미 희끗희끗 했었네	吾儕鬢已斑
계등엔 새벽이 몹시도 쉬이 왔고288)	溪燈苦易曙
박주는 신 것마저 꺼리지 않고 마셔댔네	杜酒不嫌酸
그대 얼굴을 글 속에서 비추어보고	顔面書中照
산하를 꿈속에서 서성거려 보네	山河夢裏盤
산 속 정자에 달이 떴을 때	巖亭他夜月
어찌 차마 홀로 난간에 기대랴	何忍獨憑欄

□ 무제 無題

1

인의를 고담준론한 지 오백 여년이어늘	仁義高談五百年
저 오랑캐와 전혀 다를 바 없게 되었네289)	髡緇左袵彼胡然
동해에 빠져 죽겠다 하는 사람이 없다면	無人敢說蹈東海
당시의 노중련290)에게 몹시 부끄러우리라	慙愧當時魯仲連

---

287) 황조篁祖·둔형遯兄 : 아호에 황篁 자가 든 조상과 둔遯 자가 든 형. 누구인지는 미상이다.

288) '계溪' 자가 든 지명을 가진 곳에 모여서 밤에 담화를 즐긴 일이 있는 듯. '새벽이 몹시도 쉬이 왔다.'는 것은 밤이 짧게 느껴진 아쉬움을 표현한 말이다.

289) 곤치좌임髡緇左袵 : 곤치는 머리를 깎고 승복을 입는 것. 곧 까까머리의 왜인倭人을 가리킴. 좌임은 옷을 입을 때 오른쪽 섶을 왼쪽 섶의 위로 여미는 것으로, 오랑캐의 옷을 입는 방식이다.

290) 노중련魯仲連 : 전국시대 제나라 사람으로, "포악한 진秦 나라가 천하의 제왕으로 군림하게 되자, 절의를 지켜 차라리 동해에 빠져 죽었다[蹈東海而死]." 하였다.

2

호로[291]의 봉사로 해서 송에도 사람이 있었으니	胡老封函宋有人
지금토록 생기가 늠름하여 새롭네	至今生氣凜如新
우리는 관직이 없는 사람이라고 말하지 말라	莫言我輩無官守
우로[292]는 머리 위에서 분명히 똑 같으니라	頭上分明雨露均

3

정예의 병사 십만은 비휴[293]와 같고	精兵十萬等貔貅
창고에는 군량을 싸고도 남을 곡식이 있네	倉有餘儲足裹餱
한번 싸운다면 오히려 승패를 볼 수 있겠거늘	一戰猶堪觀勝敗
괜히 앉아만 있다가 큰 금사발[294] 잃어 버렸네	無端坐失大金甌

4

협착한 천지는 작은 구멍 같나니	窄窄乾坤小竇如
이 작은 몸이 편안하게 있을 곳이 없네	尺軀無地可安居
침침한 긴 밤이 어느 때에나 밝으려나	沈沈永夜何時曙
젊을 때 병서 읽지 않은 게 후회될 뿐이네	悔不芳齡讀武書

▫ 부상에 들르다[295]　　過扶桑

새벽에 부상에서 일어나니	曉起扶桑下
붉은 햇빛이 비추어 쳐다보네	紅光照瞻開

---

291) 호로胡老 : 송宋 나라의 충신 호전胡銓을 가리킨다. 고종高宗 때 추밀원樞密院 편수관編修官으로 있
　　으면서, 승상丞相 진회秦檜를 비롯하여 왕륜王倫·손근孫近 등이 금나라와의 굴욕적인 화친和親을
　　획책하자, 봉사封事(밀봉하여 올리는 상소문)를 올려 세 사람의 머리를 베라고 청했다.
292) 우로雨露 : 임금 혹은 나라의 은택.
293) 비휴貔貅 : 맹수 이름, 전하여 날랜 용사를 뜻함.
294) 금사발[金甌] : 국가. 이 시는 을사년乙巳年(1905) 작품이다. 이 해에 일본과 을사조약이 있었다.
295) 원주에 "부상은 개령군 남쪽 30리에 있는데 일본인들이 정차하는 곳이다[扶桑 在開寧郡南三十里
　　爲日本人停車之所]." 하였다.

| 서울은 어디인가 | 長安何處是 |
| 해296)의 바퀴가 돌아가는 것만 보일 뿐이네 | 只見日輪回 |

□ **가야산 차성충 집에서 한 해를 보내다.** 병오년   伽倻車_{晟忠}家餞歲

가야산 아래에서 한 해를 보내나니	餞歲伽倻下
나그네 방 등불에 눈 나리며 휘날리네	旅燈雨雪飛
고향으로부터는 소식이 멀고	音書鄕國遠
안면 있는 고인들은 드무네	顔面故人稀
세상을 논하면서 큰 이를 잡고297)	論世捫王虱
몸을 근심하면서 큰 거북에게 물어보네298)	憂身問蜀龜
올해 나이 마흔하고도 아홉	今年四十九
이로부터 앞의 잘못을 알겠네	從此悟前非

□ **도곡 우사에서 김비서와 함께 짓다**   陶谷寓舍與金賁西共賦

1

세상은 취해 꿈속에 있고 당신만 깨어 있나니	醉夢人間子獨醒
산문299)으로 찾아와 주심에 반갑게 맞이하네	山門相過喜逢迎
바둑판의 나라처럼 승패는 일정함이 없는 것이요	無常勝敗棋邊國
운명 속의 별처럼 막힘과 통함에는 운수가 있네	有數窮通命裏星
케케묵은 시와 예에 매여 있는 건 참으로 부끄럽지만	塵蠹自慙詩禮縛
상구300)를 가벼운 이야기처럼 하는 건 경계해야만 하네	桑龜須戒笑談輕

---

296) 해[日輪] : 일장기日章旗를 가리킨다.
297) 전진前秦의 왕맹王猛이 동진東晉의 대장 환온桓溫에게 찾아가 천하사를 담론할 때 태연하게 이를
　　 문질러 가면서 했다는 고사가 있다.
298) 한漢의 엄군평嚴君平이 촉蜀 땅 성도成都에서 시귀蓍龜로 점을 쳐 준 일에 빗대어 표현했다.
299) 산문山門 : 보통 사찰을 가리키지만, 여기서는 도곡에 있는 이상룡의 집이다.
300) 상구桑龜 : 상구계桑龜戒. 거북을 삶는 데는 뽕나무로 불을 떼야 한다는 비밀을 엿듣는다는 고사

백발로 만났기에 앞날에 대한 기약이 아득하지만　　　　　　白頭會合前期闊
참으로 고맙게도 상제께서 비를 흠뻑 내려 주시네　　　　　多謝天公雨打庭

2

집집마다 아직 깊은 잠에 빠져있거늘　　　　　　　　　　　萬戶沈沈睡未醒
백발 노인이 마주 하고서 새벽 닭소리 기다리네[301]　　　華巓相對待鷄聲
크게 읊조리는 도사는 솥을 연구로 읊고[302]　　　　　　高吟道士詩聯鼎
동쪽으로 내려가는 진인은 덕이 별처럼 모이네[303]　　東下眞人德聚星
눈이 매화다리를 짓누르니 소식이 끊어지고　　　　　　雪壓梅橋消息斷
바람이 바둑판에서 생겨나니 전쟁이 쉬이 일어나네　　風生楸局戰爭輕
가난한 집일망정 삼백[304]은 올릴 수 있으니　　　　　貧廚尚可供三白
돌아가는 수레 막는 것을 가지고 말하지 말지어다[305]　歸轄休辭擲在庭

가 있다. 이 말을 함부로 하지 말고 삼가야 한다는 경계이다.

301) 이상룡과 김대락이 나라 일을 걱정하며 밤을 지새운 것을 말한다.

302) 당唐 나라 때 형산衡山의 도사道士인 헌원미명軒轅彌明이 평소 친분이 있던 진사進士 유사복劉師服을 방문하였는데 당시 막 시로 명성이 나기 시작한 교서랑校書郞 후희侯喜가 밤중에 역시 유사복의 집으로 왔다. 후희는 헌원미명의 용모가 매우 추한 것을 보고 무시한 채 유사복과 시를 담론하고 있었다. 헌원미명이 갑자기 화로에 있는 돌솥[石鼎]을 가리키며 후희에게 "그대가 시를 잘 짓는다니 나와 이것을 제목으로 연구聯句를 지어보자." 하였다. 이리하여 세 사람이 연구를 짓기 시작하여 헌원미명은 갈수록 신기한 시구를 지었는데 유사복과 후희 두 사람은 문사文思가 고갈되어 굴복하고는 절하고 말하기를, "스승님은 세상 사람이 아닙니다. 저희는 복종하오니 원컨대 제자로 삼아 주십시오. 감히 다시는 시를 논하지 않겠습니다." 하였다(『한유韓愈』「석정연구서石鼎聯句序」). 헌원미명은 한유韓愈 자신을 가탁한 것이라 한다.

303) 덕망과 재능을 갖춘 선비의 모임을 뜻하는 말로, 후한後漢의 진식陳寔이 원방元方·계방季方 두 아들과 손자 장문長文을 데리고 순숙荀淑의 집에 가자 하늘에 덕성德星이 모이는 상서祥瑞가 나타났고 태사太史가 "오백 리 안에 현인賢人이 모였을 것입니다."라고 상주上奏하였다는 고사에서 유래하였다.

304) 삼백三白 : 일반적으로는 소금·무우·쌀밥을 가리킨다. 모두 겉이 하얗다.

305) 귀할歸轄 : 돌아가는 수레의 비녀장이다. 이 비녀장을 뽑아 뜰에 던져 수레를 돌아가지 못하게 한다는 것은 손님이 돌아가는 막는 것을 뜻한다.

▫ 최숙도환 화갑연 운을 차운하다　次崔叔度桓 六十六一晬韻

조용하고 맑으시니 당신의 평소 성품이 그러한 줄 알겠나니	恬澹知君素性然
육순에도 수양하시어 천성을 온전히 보전하고 계시네	六旬修養葆眞天
남은 생각은 노력하는 날에 더욱 정성을 다하는 것이고	餘懷倍切勖勞日
일념은 늙은 나이에도 더욱 힘쓰는 것일 뿐이네	一念彌勤老大年
선도가 씨를 낳는 게 늦다고 한하지 말라306)	莫恨仙桃生子晚
뜰 산앵도나무에 꽃이 연이어 핀 걸 사랑스레 보느니307)	愛看庭棣着花聯
화전308)에서는 밝은 덕을 보존하고 있는 걸 축하할 뿐이니	華牋只祝崇明德
복선309)이 정녕코 온전하게 보답되어져 베풀어졌네	福善丁寧報施全

▫ 김비서장310)과 호계의 촌사에서 만나 우파공311) 유고를 교열하다　與金賁西丈會
虎溪村舍　校愚坡公遺稿

1

늘 맑은 거동의 본보기이셨던 이전의 현인께서	氷淸儀範已前賢
다행히도 유고를 보배로서 전하셨네	尙幸遺箱寶唾傳
며칠 밤을 희미한 잔등 아래에서 교열하고 있는데	校閣殘燈藜數夜
오랜 잣나무 서있는 무덤 언덕에는 찬비가 내리네	宰原寒雨栢千年
당신의 변함없는 행보로 집안 명성 이어져 다행스럽지만	多君鐵步家聲繼

---

306) 신선이 먹는 반도蟠桃가 늦게 열매를 맺는 것으로 자식이 늦음을 비유하였다.
307) 뜰 산앵도나무에 … 보느니 : 형제들에게 자식이 많음을 뜻한다. 산앵도나무꽃[棣華]은 예로부
터 형제를 뜻하는 말로 사용되었다.
308) 화전華牋 : 회갑에 올리는 시문.
309) 복선福善 : 선한 자에게 복을 내림.『서경書經』「탕고편湯誥篇」에 “천도는 선한 이에게 복을 내
리고 어지러운 자에게 재앙을 내린다[天道福善禍淫].” 하였다.
310) 김비서장金賁西丈 : 비서賁西는 김대락金大洛, 장丈은 ‘어른’의 뜻. 이상룡의 처남으로 이상룡보다
8년 연장이다. 나중에 이상룡과 함께 서간도西間島로 망명하여 독립운동에 투신하였다. 호를 뒤
에 백하白下라 고쳤는데 ‘백두산 아래’란 뜻이다.
311) 우파공 : 김진린으로 김대락의 아버지이며, 이상룡의 장인이다.

은銀·근根 두 글자 겨우 분별하는 내 좁은 안목은 부끄럽기만 하네   愧我銀根眼目偏
후세에 응당 양자[312]가 있었다는 것을 알리니   後世知應揚子在
인간 세상에서 어찌 태현편이 썩어 없어지겠는가   人間豈朽太玄篇

2

세상에서는 어른으로 우뚝하셨고 글 속에서는 현자이신데   人間丈嶽卷中賢
유고를 살피고서 책으로 출판하여 전하려 하네   遺草行看繡棗傳
지금 이 곳에서는 석사[313]에 글을 간직하려 하는데   石寺藏書今此地
아호사에서 편집하여 기록했던 것은 옛적 어느 해인가   鵝湖編錄昔何年
천손의 구름 비단[314]은 견줄 무리가 없을 정도로 아름답거늘   天孫雲錦裁無類
영객[315]은 도끼로 함부로 편벽 되게 깎아버리네   郢客風斤斲易偏
하물며 나는 우물가의 주린 배에 불과할 뿐이니[316]   況我枵然牀上腹
한유 문집에 서문을 붙인 이한[317]에게 매우 부끄럽노라   多慚李漢序韓篇

3

세상에서 얻기 어려운 게 자제의 현명함인데   難得人間子弟賢
선대의 아름다움을 잘도 알아서 후대로 전하네   能知先世美而傳
수레에 기름칠하고서 반곡[318]에서 노닐었으며   膏車盤谷徜徉日
쇠절굿공이를 갈면서 광산에서 독서하였네[319]   磨杵匡山誦讀年

---

312) 양자揚子 : 전한前漢 말의 사상가이자 문학가인 양웅揚雄으로, 『태현경太玄經』이라는 저서가 있
　　다. 여기서는 양웅으로 우파공에 견주었다.
313) 석사石寺 : 미상이다.
314) 천손의 구름 비단[天孫雲錦] : 직녀성이 짠 구름 비단, 우파공의 문장을 가리킨다.
315) 영객郢客 : 영 땅의 사람이다. 영 땅의 한 사람이 그의 코끝에다 흙을 묻히고 석장石匠에게 그걸
　　깎아달라 하였다라는 고사가 『장자莊子』「서무귀徐无鬼」에 실려 있다. 전하여 영착郢斲은 남에
　　게 시문을 첨삭해 달라고 부탁함을 뜻하게 되었다. 여기서는 이상룡이 자신을 겸손히 하여 우
　　파공의 시문을 함부로 첨삭한다고 한 것이다.
316) 상牀 : 우물 난간.
317) 이한李漢은 당송 팔대가의 한 사람인 한유韓愈의 제자로, 선생의 문집을 편집하고 서문을 책머
　　리에 붙였다.
318) 반곡盤谷 : 중국 하남성에 있는 지명이다. 한유의 글에 「송이원귀반곡서送李愿歸盤谷序」가 있다.

보배로서 예사롭지 않은 것은 빛남이 있어서이고[320]	寶怪由來光氣在
어리석은 나는 견문이 좁은 게 부끄러울 뿐이네	愚蒙堪愧見聞偏
다만 시대적 상황이 좀 안정되기만 한다면	但教時事稍寧靜
집집마다의 책상에 높이어서 둘 서책이건만	尊閣家家案上篇

○ 내가 옛집을 다녀왔다 돌아가는 길에 비서장을 뵈었는데, 내가 오기를 기다리며 지은 시가 있어서 그 운을 차운하다　余有故廬行 歸見貲西丈 有待來之作 因次其韻

한밤중에 등불 켜고 베개를 나란히 하였는데	藜燈三夜枕相連
귀로에 강재를 들러 누우니 꿈에서도 생각이 끌리네	歸臥江齋夢想牽
산뜻한 흉금은 깊은 골짜기에 얼음이 쌓인 듯	灑落襟懷水貯壑
맑은 거동의 본보기는 눈 쌓인 산봉우 같네	清癯儀範雪盈巔
성격은 절로 아름다움 좋아하니 글 이루기에 마땅하고	耽佳性癖應成軸
마음은 고요하고 전일하여 하마 몇 책을 이루었네	就靜心專了幾篇
또한 아노니, 술에서 깨어나고 인적이 멀어진 뒤에는	也識酒醒人遠後
노봉에 밝은 달이 눈과 함께 걸려 있으리라는 것을	鑪峯明月眼同懸

○ 또 오율을 차운하다　又次五律

북풍한설이 휘몰아치니	朔風吹凍雪
산길을 갈 수가 없네	山路不堪鞍
도기는 허백에서 생겨나고[321]	道氣生虛白
시대 근심은 얼굴을 창백해지게 하네[322]	時憂減渥丹
갑 속의 칼에는 우뢰가 간직되어 있고	雷藏匣中劍

---

319) 쇠절굿공이를 갈면서[磨杵] : 쇠절굿공이를 갈아서 바늘을 만듦, 전하여 일심으로 학문에 전념함을 이름. / 광산匡山 : 중국 강서성에 있는 여산廬山의 별칭.
320) 보괴寶怪 : 여기서는 우파공 문집을 가리킨다.
321) '도는 허백한 마음에서 생긴다.'는 장자莊子의 말이 있다.
322) 악단渥丹 : 얼굴이 붉은 것.

손안의 환으로는 하늘이 구르네　　　　　　　　　　　天轉手中丸

이를 잡으며 천고의 옛 일을 이야기하거늘323)　　　　捫虱談千古

석양이 집 처마에 걸렸네　　　　　　　　　　　　　斜陽在屋端

▫ 산 속의 우사寓舍가 고요하고 후미지다. 인하여 비서장과 함께 짓다　山寓靜僻 因
　與賁西丈共賦

강을 따라 난 험준한 길을 다 걷고 나니　　　　　　　涉盡沿江路險巇

광려324)의 진면목이 사람을 흡족하게 하네　　　　　　匡廬眞面使人怡

소나무 울타리는 이지러져 있었는데 구름 머물게 하여 보완하고　　松籬故缺留雲補

보리 풍년 드는 것을 눈 보고 알겠네325)　　　　　　　麥隴將登占雪知

개가 짖으니 세금을 재촉하는 관리가 오는 듯하고　　犬吠疑來催稅吏

닭이 우니 책을 읽는 아이가 먼저 일어나네　　　　　鷄鳴先起讀書兒

어떻게 하면 이 산창을 빌어 꿈꾸면서　　　　　　　如何借此山牕夢

삼여326)를 편안하게 보내면서 병든 몸 추스를 수 있을까　　穩度三餘養病肌

▫ 비서장의 시에 석별의 뜻이 있어서 인하여 다시 화운하다　賁西丈詩 有惜別之意
　因復和之

오경 무렵 산창 아래에서 객이 편안하나니　　　　　　五夜山牕客榻安

밝은 날 아침 풍설 무릅쓰고 돌아갈 차비 하네　　　　明朝風雪理歸鞍

그대 신령스런 칼에는 자주빛 광채 서려있거늘　　　神鋩子有橫光紫

내 못쓰게 된 솥은 단약을 제련하기 어렵네　　　　　獘鼎吾難鍊寶丹

지금부터 슬픈 노래가 우주간에서 생겨나리니　　　　從此悲歌生宇宙

누가 날뛰는 환327)을 힘으로 머무르게 할 수 있을까　　誰能容力駐跳丸

---

323) 주 294) 참조.

324) 광려匡廬 : 중국 강서성에 있는 여산廬山. 여기서는 지금 현재 머물고 있는 곳의 산을 가리킨다.

325) 눈이 많이 오면 보리풍년이 든다는 말이 있음.

326) 삼여三餘 : 학문을 하기에 좋은 세 여가, 즉 겨울·밤·비오는 날.

어디서든 매양 상귀계328)를 염두에 두는지라　　　　逢場每念牂龜戒
흉중의 수많은 생각 아직 드러내지도 못했네　　　　未吐胸中緒萬端

▫ 이별에 임해서 운을 취하여 다시 짓다　臨別拈韻更賦

1

밤 내내 사립문에서는 나무등걸이 붉게 탔나니　　　徹夜荊扉榾柮紅
농가는 근검하며 요임금 때의 기풍이 있네　　　　田家勤儉有唐風
마을 아이들은 개개가 모두 문자를 아는데　　　　村童箇箇知文字
상 앞에서 줄서서 절하는 게 마치 기러기 무리 같네　羅拜牀前鴈隊同

2

독서는 화살을 쏘아 정곡을 맞히는 것 같고　　　　看書如射箭中紅
붓 아래의 바람에 좀 벌레는 죽고 반디 마르네　　　蠧死螢乾筆底風
천손329)이 묘하게 짠 비단은 흠 하나 없거늘　　　　天孫妙織無罅隙
자랑하는 기색 없는 것이 마치 새벽 달 같네　　　　雙眼休誇曉月同

3

노봉의 아침해가 마음을 비추어 붉게 물들이더니　　爐峯朝日照心紅
삼소계330)에서 저문 바람 속에 섰네　　　　　　　三笑溪頭立晚風
봄놀이 약속은 지키기 어려울 것이란 걸 아노니　　花柳前期知未易
늘그막의 이별의 슬픔이 은후331)와 같네　　　　　暮年離悵隱侯同

---

327) 날뛰는 환[跳丸] : 태양을 가리킨다. 여기서 일장기를 빗댄 말로 일본을 의미한다.
328) 상귀계牂龜戒 : 말을 함부로 하지 말고 삼가야 한다는 경계.
329) 천손天孫 : 직녀성織女星의 별칭. 여기서는 직녀, 즉 비서장을 뜻한다. 이 구는 비서장의 문장이
　　 거의 흠 잡을 데 없음을 말한 것이다.
330) 삼소계三笑溪 : 중국 여산廬山이 호계虎溪를 '호계삼소'로 해서 고쳐 부른 말. 여기서는 비서랑의
　　 집 근처의 산이름이 여산이므로 쓴 말.
331) 은후隱侯 : 남조南朝 양대梁代의 저명한 문학가 심약沈約이다.

▫ 주서강록간보. 보완 후 호계서당의 권축卷軸 중의 운을 삼가 차운하다   朱書講錄刊
補 補板後 敬次虎溪書堂軸中韻

부자332)의 글 전래되어 도가 동방에 있는데	夫子書來道在東
집집마다 높이기를 전모333)와 똑같게 하네	家家尊閣典謨同
도산334)이 위로는 연원의 학문을 이으셨고	陶山上繼淵源學
금리가 뒤쫓아서 우익의 공을 이루셨네	錦里追成羽翼功
사문을 좀 먹는 것은 어떤 기운인가	蠹食斯文何運氣
바다가 뒤집히는 금일, 또 가을바람이 부네	海飜今日又秋風
한 맥을 부축하는 게 여기에서 조짐이 보이나니	扶回一脈兆於是
노력의 진실 여부는 각자 제 몸 돌아봐야 하리	用力誠僞各反躬

▫ 풍뢰헌에 모여 선사335)의 문집을 교열하고서 문집 중의 서산정사 운을 삼가 차운하
다   風雷軒會 校先師文集 敬次集中西山精舍韻

당시 선생님과 제자 간에는 봄바람이 훈훈했으니	春風當日丈函間
묘한 관건을 거듭거듭 열어 보여 주셨네	開示重重妙鍵關
후세에는 어떤 사람이 선생님의 의발을 전할까	來世何人傳寶鉢
그 문은 역사인지라 명산에 간직되리라	其文則史在名山
금·은 같은 문자336)는 총명한 이도 그 진의를 잃기 쉽고	聰明易失金銀字
수월337) 같은 얼굴은 영정일지라도 참되기 어렵네	影子難眞水月顔
먼지는 쓸면 곧 생겨서 제거하기 쉽지 않나니	旋掃旋生塵未易
집으로 돌아가거든 다시 여러 날 궁구해보리라	歸家更討數旬閒

---

332) 부자夫子 : 여기서는 주부자朱夫子 즉 주자朱子를 가리킨다.
333) 전모典謨 : 원래는 『서경書經』의 「요전堯典」·「순전舜典」·「대우모大禹謨」 등의 편명을 가리키는
    말이나, 여기서는 널리 경전經典을 뜻한다.
334) 도산陶山 : 이황을 가리킨다.
335) 선사先師 : 여기서는 김흥락金興洛을 가리킨다.
336) 금·은 같은 문자[金銀字] : 상대방의 글을 높여서 하는 말이다. 일자천금一字千金과 같은 말이다.
337) 수월水月 : 물속에 잠긴 달.

▫ 주왕산을 들르다   過周王山

영구338)를 꿈에서도 생각했던 것이 몇 번이었던가	幾度靈邱夢想懸
우연한 걸음에 산 앞을 지나가게 되었네	偶然筇屐過山前
제 각각의 암석들은 수없이 드리워진 구름 같고	參差老石雲千朵
시원하게 흘러내리는 물은 구천에서 눈이 내리는 듯	飄灑寒流雪九天
한 조각 깃털과 떨어진 털도 모두 절세의 것들이고	片羽零毛皆絶世
나무뿌리 하나 잎 반쪽도 모두 신선이 될 만 하네	一根半葉摠堪仙
산승이 천고의 일을 설명해주는데	山僧解說千年事
괴이한 것은 주왕의 역사339)가 전하지 않는 것이네	殊怪周王史不傳

▫ 정미 입춘   丁未立春

동지에 한 양기가 생긴 지 한달하고도 반	冬至陽生月半旬
도부340)를 붙여 만가의 봄을 비로소 맞이하네	桃符初迓萬家春
섣달이라 전해의 달력이 아직 끝나지 않았나니341)	嘉平未盡前年曆
어질고 장수하는 성대의 백성이 되는 게 어렵네	仁壽難爲聖代民
측은해 하는 천성을 마음에서 체험하나니	惻隱眞天心上驗
성한 화기가 율력에서 새롭네	氤氳和氣律中新
때 맞춰 풍년 드는 것 이외에는 다른 소원 없나니	時豐以外無他願
산수자연에서 배부르고 춥지 않은 사람이 되고 싶네	甘作林泉飽煖身

---

338) 영구靈邱 : 여기서는 주왕산을 가리킨다.

339) 주왕의 역사 : 왜 주왕산이라고 이름했는지, 이에 대한 전설은 여러 가지가 있다. 주周 나라의
주왕周王이 피신하였다 하여 그 이름을 따서 주왕산이라 이름하였다라는 전설도 그 중의 하나
이다.

340) 도부桃符 : 복숭아나무로 켠 판자에 신상神像을 그려서 문 옆에 붙여 악귀를 쫓던 부적.

341) 가평嘉平 : 음력 섣달의 별칭.

□ 설날 아침에. 정미년 元朝

고인342)은 나이 오십이 되어서도	古人年五十
지난날의 잘못을 깨쳐서 고쳤네	能覺往時非
부끄러워라 내 마음이 안정되지 못함이여	愧我心無定
외론 배가 노를 잃은 듯 하네	孤舟失楫危
한해 첫 달의 시작에	歲首月之始
천도가 한번 새로워지네	一番天道新
탕반343)의 무한한 의미	湯盤無限意
세 번 되풀이 입으로 외고 띠에다 쓰네	三復書諸紳

□ 상원절344)에 김비서장이 입춘 때 보내준 시의 운을 차운하다 上元次金賁西立春寄示韻

높은 관을 쓴 채 나누어 앉아서 동서에 자리잡고	峨冠分坐席西東
서로 말없이 바라보기를 부처 같이 하네	相視無言老釋同
책상 위의 경전을 조용히 토론하니 맛이 있음을 알겠지만	靜討牀經知有味
국희345)로 한가로이 다투어보니 아무 공도 없음을 웃게 되네	閒爭紙局笑無功
가슴에는 누대 위에 뜬 달이 자리잡고 있으니	懷中自在樓臺月
문 바깥의 초목 위에 부는 바람이 무슨 상관이 있으랴	門外何關草木風
명절날에는 모름지기 술에 흠뻑 취해야 하리니	入手佳辰須盡醉
세월이 두 늙은이를 기다려주는 것은 아니라네	流光不貸兩衰躬

---

342) 고인古人 : 거백옥을 가리킨다. 『장자莊子』에서 "거백옥은 나이 오십이 되어서 마흔 아홉 살 동안 잘못 살았음을 알았다[伯玉行年五十而知四十九年之非]." 하였다.

343) 탕반湯盤 : 탕의 반명盤銘 "진실로 어느 날 자신이 새로워지거든, (이걸 바탕으로) 날마다 날마다 새롭게 하고, 또 날마다 새롭게 하라[苟日新 日日新 又日新]." 이다.

344) 상원절上元節 : 정월 대보름날.

345) 국희局戲 : 장기·바둑 따위.

▫ 선사문집을 간행할 때 동지들과 문집 속의 운을 삼가 차운하다　先師文集刊役時
　與同志敬次集中韻

때 맞은 비가 소리 없이 오래된 은행나무 숲에 내리나니[346]	時雨無聲老杏林
감화의 자취만 남아 있어서 느낌이 더욱 깊어지네	空留化迹感偏深
연원은 바르고 적확하여 사문의 요결을 전하였고	淵源端的傳欽訣
문장은 분명하여 도심이 드러났네	文字分明見道心
오직 두려운 건 우리가 그 정의 무너지게 하는 것이니	祗恐吾曹壞正義
대지가 한 겨울로 들어가는 것이야 무슨 근심이 되랴[347]	何愁大地入窮陰
현경[348]에 이름을 경솔히 붙이는 것을 허락하지 아니하니	玄經不許名輕附
촉객[349]이여 그릇 되이 금을 싣느라고 애쓰지 말라	蜀客休勞枉載金

▫ 이존고조규종 만사　輓李尊姑祖圭鍾

1

안릉[350]에는 일가의 법도 되는 분이 있었으니	安陵自有一家規
삼가 평생을 졸하면서 본분을 지키었네	謹拙平生本分持
행실에 있어서는 어찌 외나무 다리를 잊었겠으랴	擧足寧忘橋獨木
몸을 검사함에 있어서는 하자 없는 옥에 이르고자 하였네	檢身要到玉無玼
명성과 이익 던져버리길 장차 그것에 더러워질 듯이 하였으며	抛他聲利如將浼
나를 우활하다고 여기면서 짐짓 사절하지 않았네	謂我迂疎故不辭
흉중에 완성된 대나무가 있었던 것인가[351]	可否胸中成竹在

---

346) 행림杏林 : 행단杏壇이다. 선생님이 학문을 가르치던 곳을 행단이라 한다.
347) 시대가 점점 나라가 망해가는 궁음窮陰의 시대임을 암시. 그러나 당시 유림이 정의만 무너지게
　　하지 않는다면 궁음의 시대도 극복할 자신이 있다는 생각을 피력한 듯 하다.
348) 현경玄經 : 서한西漢 말의 학자인 양웅楊雄의 『태현경太玄經』을 가리킨다.
349) 미상임. 스승의 문집에 제자로 이름을 올리는 것을 가볍게 허락하지 않으니, 헛되이 돈을 가지
　　고 와서 부탁히지 말라는 뜻인 듯. 당시에 구학舊學을 버리고 떠난 사람들이 문도록에 자신의
　　이름을 넣어달라고 부탁하는 일이 많았다.
350) 안릉安陵 : 황해도 재령載寧의 옛 이름. 즉 영양·영해에 흩어져 사는 재령이씨.

육순에 이르도록 향리에서 문을 닫고 지냈던 게 기이하여라   六旬鄕里閉門奇

2

시냇가 정자에서 눈을 읊음에 용과 기린352)이 모였는데   溪亭賦雪會龍麟
공은 당년의 끝에 이른 객353) 임에 분명하도다   公是當年末至人
잠깐 사이 상전벽해로 세상이 뒤바뀌니   滄海須臾飜浩劫
휑한 새벽하늘에는 외론 달이 비추네   曉天寥廓照孤輪
다행히도 남촌으로 옮겨가서 살게 되었기에   南村幸卜僑栖宅
북두를 구기 삼아 장차 축수의 잔 올리리라 생각했네   北斗將斟壽酒春
만사가 지금은 대산354)으로 가는 수레 재촉할 뿐이나니   萬事如今催岱御
들꽃마저 아무 말 없으니 객의 마음이 상하네355)   野花無語客傷神

▫ 여강서원에서 읊어 최숙도환에게 보이다   廬江書院吟示崔叔度桓

풍류와 유아함을 일찍부터 내 공경한지라   風流儒雅夙余欽
나이를 따지지도 않고 외람되이 마음을 의탁하네   不計年行猥托心
쓸쓸한 이별의 회포는 합석이 드문 탓이고   落落離懷稀合席
중첩된 의심스런 안건은 쌓여서 봉우리가 되었네   重重疑案積成岑
나뉘어지고 쪼개져도 끝내는 귀감으로 돌아가나니   分枝擘節終歸鑒
현묘한 것 탐구하느라 그릇 되이 시간을 허비했네   探妙鉤玄枉費深

---

351) 어떤 일을 처리하기 전에 먼저 어떤 기준으로 처리할 것인가 하는 복안이 있기 마련이란 의미
로, 소동파가 묵죽화가 문동文同의 대그림을 평하면서 "성죽재흉成竹在胸"이라 한 말에서 왔다.
352) 용과 기린 : 여기서는 뛰어난 인물을 뜻한다.
353) 끝에 이른 객[末至客] : 서한西漢 대의 사부辭賦로 유명했던 사마상여司馬相如를 가리킨다. 서한西
漢의 양효왕梁孝王 유무劉武가 양원梁園이란 세모에 자신의 원림園林에서 연회를 열었다. 당시 명
사들이 많이 모였는데 사마상여司馬相如가 가장 늦게 와서 상석에 앉았고, 눈이 오자 주인 유무
가 흥에 겨워 먼저 시를 짓고는 간찰簡札을 주면서 사마상여에게 시를 짓게 하였다는 고사가
있다. 진晉 나라 사혜련謝惠連의 설부雪賦에 자세한 내용이 보인다.
354) 대산岱山 : 태산泰山의 별칭. 예전에는 사람이 죽으면 그 혼령이 태산으로 간다고 여겼다.
355) 원주에 "장지가 화곡에 있다[葬地在花谷]." 하였다.

여강 강가의 길을 바라보나니	試看廬江江上路
한 가닥 평평하고 곧은 길이 예나 지금이나 같네	一條平直古猶今

▫ 류졸수장정호 운을 삼가 차운하여 최숙도와 봉별356)하다   謹次柳拙修丈廷鎬韻 奉別崔叔度

두 사람 다 노쇠한 나이를 향하는지라	兩是向衰年
앞날의 기약이 점점 아득해지기만 하네	前期漸杳然
의심나는 게 있으면357) 뉘에게 물어볼꼬	有疑誰與確
이 뜻은 견지하기 어려울까 두렵네	此志恐難堅
사해가 지금 어떤 세상인가	四海今何世
구류358)가 제 각각 스스로 현명하다고 하네	九流各自賢
원하는 것은 더욱더 힘써 나아가는 것이니	願言加懋進
높은 나무에 걸린 새벽 햇빛이 선명하네	嶠樹曙暉鮮

▫ 우연히 읊다   偶吟

향로에는 향 하나 피우고 벽에는 등불 하나 켜고서	鱸一炷香壁一燈
한 생애를 죽 먹으며 담박하게 스님처럼 살고	生涯粥飯淡如僧
그 외에는 어떤 일에도 관계함이 없다면	外他不涉毫毛事
애증에 얽매여 사는 사람을 면할 수 있으리라	免得時人有愛憎

---

356) 봉별奉別 : 시문 등을 받들어 올려서 이별하다.
357) 의심나는 게 있으면[有疑] : 당시 이상룡은 망국의 타개책을 놓고 여러 가지를 모색하고 있었는 듯 하다.
358) 구류九流 : 원래는 한대漢代의 아홉 학파를 가리켰다. 즉 유가儒家·도가道家·음양가陰陽家·법가法家·명가名家·묵가墨家·종횡가縱橫家·잡가雜家·농가農家. 여기서는 망국의 즈음에 타개책을 놓고 각계 각층의 분분한 의견을 말한다.

▫ **7월 기망에 제생들의 송시하는 소리를 듣다   七月旣望聽諸生誦詩**

세상의 낙엽 한 잎 보다 살쩍에 먼저 가을이 왔나니	人間一葉鬢先秋
억지로 둥근 달을 끌어안고서 강 언덕에 앉았네	强抱圓輪坐岸頭
더위를 피하여 하삭주359)를 거푸 따르고	避暑仍斟河朔酒
신선이 부러워 적벽강에 배를 띄운 듯이 하였네	羨仙如泛壁江舟
바람 앞의 대나무 소리는 매미와 함께 소리내고	風前竹語蟬初響
구름 밖에서 날아오는 글 소리는 기러기 소리와 함께 흘러가네	雲外書聲鴈共流
늘그막에 무단히 마음이 약해지나니	臨老無端情緒弱
난간에 기대 있자니 칠리의 근심이 불쑥불쑥 일어나네360)	倚軒時作漆釐愁

▫ **우연히 읊다.**361) 무신년   **偶吟**

1

오십년간 공맹서를 보아왔나니	五十年看孔孟書
누에실처럼 복잡하게 얽힌 의리 빠짐없이 분석해 놓았네	蠶絲義理柝無餘
결국에는 말에 불과할 뿐이니 어찌 도움이 되랴마는	畢竟空言何所補
몸을 돌아보건대 도리어 사람의 옷 입고 있는 게 부끄럽네	反身還愧有襟裾

2

도도한 웅변으로 유신을 이끌어내었고	滔滔雄辯導維新
자임한 바는 가볍지 않았으니 애국하는 몸이었네	自任非輕愛國身
섬 오랑캐 옷 입고 머리 깎고서 무슨 일 이루랴362)	烏衣薙髮成何事

---

359) 하삭주河朔酒 : 피서하여 마시는 술.

360) 칠리수漆釐愁 : 국가의 안위에 대한 근심. 춘추시대 노魯 나라 칠실漆室 땅의 여자가 당시 노나라 국정을 심히 근심했는 고사가 있다.

361) 「우음偶吟」이란 제목의 4수의 시는 대체로 일제에 침탈당하는 당시의 국사에 관련된 일을 읊은 것으로, 첫째 시에서 그것이 유교적 입장에서 출발되고 있음을 본다.

362) 도의烏衣 : 도의島衣이니, 즉 섬 오랑캐가 입는 옷이다.

끝내는 나라를 팔아서 다른 이에게 주어버렸네   終把家邦賣與人

3

북소리 둥둥둥 우레처럼 울리며   鼓響闐闐動似雷

하늘을 찌르는 의용은 참으로 웅대하네   衝天義勇儘雄哉

추초363)는 결국은 대적이 안 됨을 또한 아는지라   也知鄒楚終難敵

장정이 날마다 줄어들고 줄어드네   只遣人丁日損來

4

청구364)의 백성들도 또한 적지 않나니   靑邱民物亦云多

음이 다하면 양이 생겨나는 이치가 어찌 어긋남이 있으랴   陰盡陽生理豈差

십년을 교육한다면 오히려 희망이 있으리니   敎育十年猶有地

공연히 절망하여 어떻게 하고자 하는가   空然絶望欲如何

▫ 만간 족조습 만사 輓晩澗族祖瑺

1

몽화시365)는 요동·은서 땅까지 회자되었고   遼燕膾炙夢華詩

부모 무릎에 있을 때 하마 초서 즐기는 아이였네   膝上當年預草兒

마음은 선정에 든 듯 한가롭고 자유자재하였으며   心似定禪閒自在

몸은 처녀처럼 다른 사람이 알까 두려워하였네   身如處女畏人知

방에는 청한색이 눈처럼 쌓여있었고366)   簾櫳雪貯淸寒色

의대에는 바르고 졸한 거동이 향기처럼 에워쌌네367)   衣帶香籠雅拙儀

참으로 그리우리라, 사정에서 재숙하는 밤368)   最是思亭齊宿夜

---

363) 추초鄒楚 : 전국시대의 추나라와 초나라. 추는 작은 나라였고 초는 큰 나라였다.
364) 청구靑邱 : 우리나라 별칭 중의 하나이다.
365) 몽화시夢華詩 : 중국에 관해 꿈을 꾸고 지은 시인 듯.
366) 염롱簾櫳 : 발을 친 창, 여기서는 그런 창을 둔 방. / 청한淸寒 : 청빈淸貧.
367) 아졸雅拙 : 바르면서도 소박함.

외론 등불 옆에 정좌하여 계명을 기다릴 때에　　　　　　　　孤燈危坐待鷄時

2

두 대는 용문에 올랐고 여섯 대는 이웃으로 살았나니369)　　　　兩世登門六世隣

옥항과 화수로써 방춘을 함께 보내었네370)　　　　　　　　　玉缸花樹共芳春

좀먹은 원고를 보배처럼 간직하며 숨은 근심 절절했고　　　　珍藏蠹稿隱憂切

양손을 잘 가르쳐서 갈수록 새로워지게 하였네　　　　　　　課授螟孫晚況新

시국은 뒤집히는 바둑판처럼 안정됨이 없거늘　　　　　　　翻覆枰棋無定局

화로의 약은 얼마나 지났는가, 지리하기만 하네　　　　　　支離鑪藥幾經旬

알겠네, 두 부조父祖께서 저승에서 만나서　　　　　　　　　遙知二父泉臺會

이 고아 염려하여 헛되이 마음 쓰고 있으실 것을　　　　　　爲念遺孤枉費神

▫ 비를 기뻐하다. 갑진년　喜雨

상천은 아래의 백성들을 염려하여　　　　　　　　　　　　上天念下民

무한히 단비를 저장해 두고 있다네　　　　　　　　　　　　無限貯甘雨

오늘 힘차게 쏟아지고 있나니　　　　　　　　　　　　　　今日沛然注

점쳐보건대 큰 풍년이 들리라　　　　　　　　　　　　　　其占爲大有

▫ 7월 기망에 족조 순성종기과 근백종만, 그리고 명중·시만 등 여러 익우益友와 함께 운을 취하여 함께 짓다　七月旣望 與族祖舜聲鍾夔根伯鍾萬明仲始萬諸益 拈韻共賦

뜬구름 같은 인생 오십년이 순식간에 지나갔으니　　　　　　浮生半百轉頭過

이 아름다운 때를 즐기지 않고 무엇하리요　　　　　　　　　入手佳辰不樂何

동파의 밝은 달371)은 강 위에 떠있고　　　　　　　　　　明月東坡江上在

---

368) 사정思亭 : 선영 옆에 세운 재실齋室. / 재숙齊宿 : 재계하면서 하룻밤 묵음.
369) 등문登門 : 용문龍門에 올랐다는 말이다. 여기서는 벼슬하여 외지로 나가 살았다는 말이다.
370) 옥항玉缸 : 술독의 미칭. / 화수花樹 : 꽃 핀 나무. 일가 관계임을 나타냄.
371) 동파의 밝은 달[明月東坡] : 소동파의 「적벽선유赤壁船遊」 가歌. 이 시를 짓는 날과 같은 7월 16

도령의 맑은 바람372)은 집안에 솔솔 부네	淸風陶令宅中多
솥에 떡을 찌면서 술 동이를 대하고	金鐺煮餠當樽酒
물가의 난간에서 시를 읊조리니 뱃노래보다 낫네	水檻吟詩勝棹歌
부족한 것은 후세를 놀라게 할만한 문장 뿐인데	只欠文章驚後世
안중에는 물새 노니는 물결이 끝이 없어라	眼中無限白鷗波

▫ 도곡의 작은 모임에서 은후의 시운을 따서 족조 계휘와 함께 짓다　陶谷小集 拈隱
侯詩韻　與族祖繼徽共賦

쓸쓸한 가을 산 속에서	寂寞秋山裏
좋은 벗과 뜻밖에 만났네	良朋會不期
도곡의 재사에서 빗소리 듣는 밤이요	陶齋聽雨夜
상산373)에서 바둑판 대하는 때이네	商峀對棋時
세사를 그대는 말하지 말라	世事君休說
나는 청담을 일삼을 뿐이노라	淸談我自持
백발이 이별 때문에 괴롭나니	華顚緣別苦
다시 또 얼마나 그리워할까	能復幾相思

▫ 계휘가 비에 막혀 아직 떠나지 못한지라 다시 가정집 속의 견흥 운을 따다　繼徽滯
雨未發　更拈稼亭集中遣興韻

진의는 말 앞에 있음을 누가 알리요	誰知眞意在言前
바둑은 적수가 아니니 한판 두기 어렵고	棋非敵手難交局
술은 수심 물리칠 수 있겠지만 돈 부족한 걸 어이하랴	酒可擯愁奈乏錢
이를 문지르며 세사를 담론해도 무방하고374)	捫虱不妨談世事

일임을 이르는 말.

372) 도령의 맑은 바람[淸風陶令] : 도연명이 팽택령彭澤令을 지냈으므로 도령이라 하였고, 도연명의 글
에 북창北窓 아래에 편안히 누워 청풍을 쏘이니 마치 태고太古적 사람인가 하다는 내용이 있다.

373) 상산商山 : 진말秦末 상산사호商山四皓가 은거했던 곳이다. 전하여 은거지를 뜻한다.

왕성한 개구리 소리 들어보니 풍년이 점쳐지네	聽蛙仍好占豊年
그 외에는 끝없는 운림의 풍경일 뿐이나니	外他無限雲林景
선령이 이미 칭허 하였다고 바깥에 함부로 전하지 말라	已許仙靈勿浪傳

▫ 김공달효락375) 만사　輓金公達孝洛

1

효우와 자공을 선조께서 유훈으로 남기셨는데	孝友慈恭祖訓遺
우옹376)께서 전송하사 아손兒孫들을 가르치셨네	愚翁傳誦詔諸兒
남쪽 고을에는 고담준론의 선비가 적지 않지만	南鄕不乏高談士
독실함이 공 같은 이는 보기가 드물었네	懇篤如公得見稀

2

새벽부터 밤까지 추운 부엌에서 몸소 불을 때웠고	晨夜寒廚執爨炊
상을 당해서는 게을리 하지 않았고 오래도록 슬퍼하였네	居喪不懈過時悲
만년에는 적막한 가운데 시에 표현된 한을 겪거늘	晩來寂歷詩中恨
백발의 몸 공산에서 감응이 더디었네377)	頭白空山感應遲

3

| 형은 배고프지 않느냐고 동생은 춥지 않느냐고 물었나니 | 兄問無飢弟問寒 |
| 박태기나무의 봄빛이 찬란하여 참으로 볼 만 하였네378) | 紫荊春色燦堪看 |

---

374) 전진前秦 왕맹王猛이 자기를 찾아와 방략을 묻는 동진東晉의 환온桓溫을 상대해서 한 손으로 이를 문질러 잡으며 방달 무인의 자세로 담론한 고사가 있다.

375) 김효락은 이상룡의 처남. 성균진사이다.

376) 우옹愚翁 : 김효락의 아버지 우파愚坡 김진린을 말함. 이상룡의 장인으로 의금부도사를 지냈다.

377) 미상. 옛날에 친구가 죽으면 감응해서 아는 경우가 있었다.

378) 자형紫荊 : 박태기나무. 형제를 상징한다. 『속제해기續齊諧記』에 다음과 같은 고사가 있다. 형제 삼인이 있었다. 사이가 틀어져 재산을 나누어 분가하려 하였다. 그날 밤 뜰에 있던 세 그루 박태기나무가 시들어 버렸다. 이를 보고 형제들이 탄식하고 다시 우애 있게 지내니 박태기나무도 다시 소생하였다.

밝은 창 아래에 가만히 앉아서 풍류 있게 대국하였나니　　　　晴牎靜對風流局
점잖은 해학을 주고받으면서 미소가 얼굴에 가득했었네　　　　雅謔相酬笑滿顏

4

의관을 밝게 착용하고 마루 깨끗이 쓸고서　　　　明着衣冠淨掃堂
책읽기에 마음을 쏟고 삼당379)을 단련하였네　　　　潛心靑帙鍊三唐
아손들은 개인 개인 모두 시와 예를 아나니　　　　兒孫箇箇知詩禮
채찍을 기다리지 않고 스스로 힘써 하네　　　　不待鞭繩自激昻

5

단신으로 행장을 꾸려 한양으로 갔나니　　　　匹馬行裝漢水風
바쁜 중에서도 초연히 자유자재하였네　　　　超然自在例忙中
귀가하여 만나볼 적마다 나라 근심이 절절하여　　　　歸家每見愁憂切
말 한 마디도 어찌 일찍이 비지 않음을 원망했으리오　　　　一語何曾怨不空

6

동경380)에서 돌아오는 길에 주왕산 올라가서　　　　東京歸路上周房
좋은 풍광을 거두어서 금낭에 가득 채웠네381)　　　　收拾風烟滿錦囊
계정에서 서문을 지으라 부탁하셨는데　　　　溪亭責序辛勤意
이름을 아래에 적어 붙여두지 않은 게 후회되네382)　　　　悔不題名附下方

---

379) 삼당三唐 : 당시唐詩를 삼기三期. 즉 초당初唐·성당盛唐·만당晚唐으로 나눈 것, 전하여 당시唐詩를
　　　뜻한다.
380) 동경東京 : 경북 경주를 가리킨다.
381) 금낭錦囊은 시를 적어서 넣는 비단 주머니로, 당唐 나라 때 시인 이하李賀가 외출할 때 종에게
　　　비단 주머니를 가지고 따라 다니게 하면서 시를 지으면 그 속에 넣었다는 고사가 있다. 즉 시
　　　로 경치를 읊어서 왔음을 뜻한다.
382) 문집의 서문을 지으면 자기의 이름을 붙여서 함께 전하는 것이기 때문에 이렇게 말한 것임.
　　　고인이 자신의 시에 대한 서문을 부탁하였던 듯하다.

7

장공이 와서 병중에 한 말을 알려주었는데	長公來報病中言
정신이 아직은 갑자기 혼미하지 않을 때였네	須及精神未遽昏
생사를 함께 하기로 한 교정에 부끄러운 게 많나니	生死交情多可愧
이 몸이 이 세상에 있는 동안은 한이 여전히 남아 있으리라	此身寄世恨仍存

□ 왕입재의 운을 차운하여 신백현세전에게 주다 次王立齋韻 贈申生伯賢世傳

1

예로부터 신씨 집안이 가득 넘쳐 흘렀나니	自昔盈申氏
빼어난 인재들이 뒤섞여서 났네	瑰才錯落生
이 사람은 또 일찍 성취되었으니	之人又夙就
말이 어리석은 사람을 일깨워주네	談屑瞶聾醒
증자 성인은 홍의를 게시하였나니383)	曾聖揭弘毅
이는 우리가 가야 할 길이네	斯爲吾輩程
걸어가면서 날개짓 하는 걸 보나니	行看擧逸翮
앞길에는 푸른 바다 구름이 펼쳐져 있네	前路海雲靑

2

실에 힘씀은 우리 유학의 법이니	務實吾儒法
헛된 꾸밈에서 말폐가 생겨나네	虛文末弊生
서풍384)에 사람들이 모두 취해 있나니	西風人盡醉
혼몽한 세상을 깨우치기 어렵네	昏夢世難醒
부단히 단련해야 그릇을 이루나니	百鍊方成器
중도에서 그만둠이 없어야 하리라	半塗莫廢程

---

383) 『논어論語』「태백泰伯」편에 "증자 왈, 선비는 마음이 넓고 의지가 굳세지 않으면 안 된다[曾子曰: 士不可以不弘毅]." 하였다.

384) 서풍西風 : 개화開化 바람을 이름.

| 학업이 앞으로 무한히 펼쳐져 있나니 | 前頭無限業 |
| 그대에게 이 학문을 기대하네 | 期汝簡編靑 |

▫ 다시 신백현과 함께 운을 따서 함께 짓다　再與伯賢拈韻共賦

1

한 손으로 어찌 수많은 하천을 막을 수 있으랴 마는	隻手何能障百川
내 생이 좀더 젊지 않은 것이 한스러울 뿐이네	吾生恨不幾年前
사람은 다섯 종으로 나뉘어있고 방언은 각각 다르며	人分五種方言異
땅은 세 대양으로 열려있고 항로는 이어져 있네	地闢三洋航路連
고목에는 새로운 우로가 자못 더디게 내리고	枯木偏遲新雨露
황폐한 숲에서는 예전의 풍광을 묻지 말라	荒林休問舊風烟
천심은 청춘의 그대에게 있음을 아노니	天心知在靑春子
반드시 아름다운 이름을 청사에 전하게나	須把芳名竹史傳

2

그대가 험난한 산천을 무릅쓰고 온 게 고맙나니	多君跋履遠山川
그대의 학문은 같은 무리의 앞에 있네	攻藝能爲流輩前
이 세상에서 추종할 수 있는 남은 날이 많지 않은지라	浮世追從餘日渺
며칠 밤 연달아 잠자리 함께 하면서 즐거이 토론하네	共牀歡討幾宵連
흉금이 그윽하니 산수풍광만을 말할 수 있을 뿐이고	幽襟只可談山景
맛이 별로 이지만 음식솜씨 왈가불가할 필요 있으랴	薄味何須問廚烟
이 날 발길 막기 어렵지만 돌아가거든 뜻을 기르고	此日難沮歸養志
소식 있거든 그때그때 빨리 전해주기를 바라네	好將消息驛騎傳

▫ 신백현에게 화답하다　和贈申伯賢

| 지나치게 자랑하는 것이 실정이 아니니 | 過加推詡亦非情 |

아무 볼 것 없는데도 명성을 얻은 게 부끄럽네 　自愧空疎浪得名
옷칠한 통이 견고하더라도 마음은 통과하여 지나가고 　柒桶雖堅心去透
산으로 의심되는 게 끝이 없어도 눈은 평안하게 지나가네 　疑山無限眼過平
지금은 바다 같은 서책을 뒤적인들 어떠리[385] 　今日不妨緐海史
훗날에는 괴경[386]이 되어서 모름지기 중용되리라 　他時須用作槐卿
돌고 도는 순환의 이치를 그대는 아는가 모르는가 　循環一理君知否
세상에서 공자 가르침이 다시 밝아지는 걸 보게 되리라 　三陸行看孔敎明

▫ 신백현과 이별하다　別申伯賢

객탑[387]에서 함께 한 달 여 맹렬히 공부하였는데 　客榻三旬猛着工
묘령의 그대 명성이 어리석은 나를 깨우쳤네 　妙齡聲譽起昏憒
명문의 옥수[388]는 세 걸출한 사람이고 　名門寶樹人三傑
봄물에 돌아가는 배는 두 길이 똑같네 　春水歸帆路二同
동해 붕새가 날으니 바람이 다시 순해지고 　蓬海鵬搏風更順
도도[389]에서 천계가 울지만 한창 단잠에 빠져있네 　桃都鷄唱睡方濃
다른 날에 마저[390]의 일을 기록하고 싶나니 　他時欲記磨杵事
천고의 광려산[391]이 여기에 있지 않겠는가 　千古匡廬在此中

---

385) 아직 벼슬하지 못했기 때문에 하는 말이다.
386) 괴경槐卿 : 삼공구경三公九卿, 즉 고관을 이름.
387) 객탑客榻 : 손님이 앉은 걸상, 여기서는 신백현을 가리킨다.
388) 옥수玉樹 : 재주가 빼어난 사람의 비유이다.
389) 도도桃都 : 『술이기述異記』에 의하면, 땅 동남쪽에 도도산桃都山이 있으며, 그 꼭대기에 있는 큰
　　　나무에 천계天鷄가 사는데, 아침에 해가 뜨면서 이 나무를 비추면 천계가 울고, 그 소리를 따라
　　　온 천하의 닭들이 운다고 한다.
390) 마저磨杵 : 마저성침磨杵成針으로, 쇠로 된 절구공이를 갈아서 바늘을 만든다는 말이다. 뜻을 세
　　　우고 갈고 노력하면 어떤 일도 이룰 수 있다는 뜻이다. 당唐 시인 이백李白이 젊은 날 공부하다
　　　가 중도에 그만두고 하산하다가 길에서 쇠 절구공이를 가는 할머니를 만났다. 무슨 일을 하느
　　　냐고 물으니, 바늘을 만든다고 하였다. 이백이 이 말에 느낀 바 있어서 다시 돌아가서 공부를
　　　마쳤다고 한다(『잠확유서潛確類書』).
391) 광려산匡廬山 : 여산廬山의 별칭이다. 이백이 젊은 날 공부했던 곳이다.

□ 도사문회에서 제생에게 보이다 陶社文會拈韻示諸生

1

문선392)의 좋은 시절인 칠월 기망 가을에	文仙佳節七望秋
마을의 수재들이 그간의 공부를 시험하였네	村秀課工筆硯收
솥에서는 호박을 끓이니 먹기에 연하고	鐺煎南苽牙齒軟
항아리에서는 술을 빚으니 침이 마르질 않네	罇醅長米口涎流
지금은 이교가 떠들썩한 시일인데	如今異敎喧豗日
자중자애하여 박실에 마음을 두어야 하리라	愛爾留心朴實頭
낮은 길고 학당에서의 평가는 끝이 났지만	晝永林堂批抹罷
덧없는 인생에서 참 즐거움393) 외 무엇을 구하리요	浮生眞樂外何求

2

시우로 해서 집집마다 가을 풍년이 예상되거늘	時雨家家占有秋
어인 일로 벼루밭에서는 유독 수확이 없는가	硯田何事獨無收
내가 공부한 게 좋은 약이 아닌 것이 부끄럽나니	慚吾所進非良劑
어찌 그대들이 모두 하등의 자질이리요	豈汝生姿盡下流
학교는 지금의 세상에 별처럼 무수히 많고	庠塾星羅今世界
세월은 번갯불 번쩍이듯이 빨리 지나가네	光陰電掣此牀頭
날씨가 시원해지기 시작하여 공부에 힘쓸 만 하니	新凉至矣猶堪勉
반딧불 창문으로 가서 힘써 배움을 구해야 하리라	趁向螢牕着力求

□ 잠들지 못하다. 기유년 無睡

온갖 시름으로 잠들지 못하나니	百端愁緖睡難成
별빛은 난간에 달빛은 뜨락에 쏟아지네	星斗闌干月在庭

---

392) 문선文仙 : 여기서는 소식蘇軾을 가리킨다.
393) 참 즐거움[眞樂] : 학문의 즐거움을 가리킨다.

| 근래에 신문지 한 장이 전해져 왔는데 | 近日飜傳新聞紙 |
| 한 줄 칠하여 지운 것이 가장 놀랍네 | 一條塗抹最堪驚 |

□ 족숙 계현승우 만사 輓族叔啓賢承佑

분가한 지 팔대이나 생사를 함께 하였나니	分門八世死生同
욕심없고 바름은 그대가 선비 중에서 으뜸임을 아노라	恬雅知君拇士叢
젊은 날에 글 공부할 적에는 막힘이 적었고	少日治文微鈍滯
중년에는 차츰 도리에 관통하여 지론이 있었네	中年持論漸融通
벗에게는 마음에서 우러나는 정성을 다하였으며	親朋款曲由眞性
가업을 확장한 것에서 그의 참된 능력을 알 수 있겠네	家業恢張見實功
갑자기 먼저 죽은 게 꼭 복이 아닌 것은 아니지만	未必溘先非福力
무슨 말로 존옹394)을 위로해야 할지를 모르겠네	欲將何語慰尊翁

□ 김기수를 곡하다. 협동학교395) 교사 哭金箕壽 協東學校 敎師

1

뜨거운 지사의 피여	熱哉志士血
한 방울도 헛되이 흐르지 않았네	一點不虛流
방울방울마다 기초를 이루었나니	滴滴成基礎
후래의 사람들이 효과를 거두리라	來人效果收

2

| 그대의 혼은 죽지 않았음을 아노니 | 知君魂不死 |
| 학생들의 몸에 남아있으리라 | 留在學生身 |

---

394) 존옹尊翁 : 여기서는 세상을 버린 족숙의 살아계신 아버지를 가리킨다.
395) 1907년 안동 임하면 천전리에 애국계몽운동의 일환으로 세워졌던 학교. 이상룡은 이 학교의
　　 후원자이다.

개개 학생의 정신이 되리니   箇箇精神做
우리 향리에는 이 나라의 백성이 많으리라   吾鄕多國民

3

그대의 집에 범모[396]가 계시나니   君家有范母
응당 헛되이 상심하시지 않으리라   應不枉傷心
두려운 것은 이 곡성이 끝나고 나면   只恐聲過處
사람들의 잠이 더욱 깊어지는 것일 뿐   頑眠益益深

▫ **안상덕**[397]**을 곡하다.** 협동학교 교사   **哭安商德** 協東學校 教師

1

우리 대한의 요즘의 상황   吾韓此日狀
죽지 않고 또 무얼 하리요   不死更何爲
지금 뜻 둔 바를 이루었나니   今焉遂所志
절대 함부로 울지 말지어다   殊勿浪漣洏

2

학계가 잠이 든 듯 침체되어   學界沈如睡
그대 불러 세상 경계하는 종이 되게 하였네   呼君警世鐘
문득 아무 까닭도 없이 부서지고 말았으니   無端忽撲碎
긴긴 밤 저 뭇 귀머거리들을 어이하리요   長夜奈群聾

3

칠십여 명의 남쪽 고을의 수재들이   七十南鄕秀

---

396) 범모范母 : 후한 범방范滂의 어머니. 아들이 당화黨禍로 죽게 되었으나 올바르기 때문에 죽는 것
　　이었으므로 오히려 아들을 위로하면서 의연하였다.
397) 안동 내앞[川前]에 설립된 중등과정의 협동학교 교사였는데, 김기수와 같이 피살당함.

이구동성으로 몸이 백 개나 되고자 하였네[398]   一辭願百身

영령이여 머물지 말고 돌아가시게나   英靈歸莫滯

집에 의려인[399]이 기다리고 있다네   家有倚閭人

▫ 김비서·강취산원희 등과 함께 여강서원에서 만나다 與金賁西姜醉汕遠熙諸益 會廬江書院

긴긴 세월 현송[400]이 그치지 않은 오래된 여산   百年絃誦舊廬山

우리의 시회가 또 이 자리에서 펼쳐졌네   吾輩詩筵又此間

야윈 몸에 삿갓 쓴 행장으로 밥을 먹는데   瘦笠行裝逢飯顆

자지객[401]의 소식을 상산에서 와서 들려주네   紫芝消息自商顔

근심은 준령처럼 앞에 딱 버티고 섰고   身憂峻嶺前頭在

세상사는 바둑 막판 같아서 착수하기 어렵네   世事殘棋着手難

조만간에 하수물이 맑아지는 날이 있으리니[402]   早晚河淸知有日

한번 시든 봄 풍광이 언제 돌아오려나   韶華一謝幾時還

▫ 향산 이공만도[403] 만사. 경술년   輓響山李公晚燾

1

옛날에는 궐리[404]가 도덕의 연원이었고   道德淵源闕里古

지금은 수양산[405]이 삼강오상의 일월이네   綱常日月首陽今

---

398) 훌륭한 사람의 죽음을 매우 애석하게 여기는 뜻이다. 『시경詩經』 「진풍秦風」 황조黃鳥에 "저 푸른 하늘이여! 우리 훌륭한 사람을 죽이도다. 만약 대속代贖할 수 있다면, 사람마다 자기 몸을 백 번이라도 바치리[彼蒼者天 殲我良人 如可贖兮 人百其身]." 하였다.

399) 의려인倚閭人 : 마을 문에 기대어서 자식이 돌아오기를 기다리는 어머니를 뜻한다.

400) 현송絃誦 : 거문고를 타고 거기에 맞추어 시를 읊음, 전하여 학문에 힘씀을 뜻한다.

401) 자지객紫芝客 : 진말秦末에 상산商山은 은거했던 상산사호商山四皓를 가리킨다.

402) 하청河淸 : 황하가 맑아짐, 전하여 세상이 맑아짐을 뜻한다.

403) 향산響山 이만도李晚燾 : 1910년 국치에 자정 순국한 안동 인사.

404) 궐리闕里 : 산동성 곡부현의 공자가 태어난 곳이다.

무슨 마음으로 삼천리 강토를 버리리고 가셨나	何心斷送三千里
외론 무덤을 남겨서 영원히 공경되게 하리라	留取孤墳百世欽

2

동토의 의관406)이 모두 노예가 되었으니	東土衣冠胥化奴
추생407)이 어찌 쇠잔한 몸을 아끼고자 하리요	鯫生寧欲愛殘軀
망설이며 결단하지 못한 건 다른 뜻이 아니라	沈吟不斷靡他意
오를 멸망시킨 범대부408)가 있었기 때문이었네	爲有沼吳范大夫

□ 정언 이중관중언 만사　輓李正言仲寬中彦

1

군탄409)으로부터 함께 죽기로 맹세한 이래로	一死盟心自涒灘
흉중에는 십여 년 서슬 퍼런 검광이 번뜩였네	胸中十載劍光寒
인을 이루고 의를 취하는 게 어찌 쉬우랴 마는410)	成仁取義何容易
욕됨 무릅쓰고 구차히 살아가니 얼굴에 땀이 비오듯했네	冒辱偸生覺汗顏

2

눈을 들어보니 산하가 예전과는 다르나니	擧目山河異昔時
청구에는 상여를 멈출 곳도 없어졌네	靑邱無地可停輀
영령이 혹시라도 대한의 혼령을 지닌 새가 된다면	英靈倘化韓魂鳥
다른 가을 달밤에 물가에서 춤을 추시리라	秋月他宵舞水湄

---

405) 수양산首陽山 : 백이·숙제가 절개를 지켜 굶주려 죽은 곳이다.
406) 의관衣冠 : 의관을 한 선비.
407) 추생鯫生 : 소견이 좁은 사람, 즉 자신의 겸칭.
408) 범대부范大夫 : 월越 나라 구천句踐을 도와서 오나라를 멸망시킨 범려范蠡를 가리킨다. 여기서는
　　　이 만사輓詞의 대상인 이만도에 견주었다.
409) 군탄涒灘 : 12지支가 신申에 해당하는 년을 가리킨다. 여기서는 병신년丙申年(1896)을 가리킨다.
410) 성인成仁 : 살신성인殺身成仁을 뜻한다.

▫ 다시 『몽암집』 속의 운을 따서 짓다   更拈蒙菴集中韻

1

강호에서 짝이 없어 홀로 걸으며 읊조리다가	江湖無伴獨行吟
이 날 그대를 만나니 기쁨을 금하지 못하겠네	此日逢君喜不禁
고산411) 금곡을 듣고서 옛 악보를 따져보고	琴裡高山論舊譜
백설 악가를 듣고서 지음임을 허여하네	歌邊白雪許知音
진선의 비법은 도록에 전하고 있고	仙眞秘法傳圖籙
왕패에 대한 고담은 황금 및 철이 섞였네412)	王覇高談雜鐵金
어떻게 하면 구름 낀 숲으로 그대와 함께 가서	那得雲林携手去
문을 굳게 닫고서 봄빛의 푸른 버들 즐길 수 있을까	綠楊春色閉門深

2

무릎을 안고 양보음413)을 구슬피 노래하나니	抱膝長歌梁父吟
나라 시름이 미간에 모이는 걸 금하기 어렵네	國愁眉攢政難禁
오의에 석양 질 제 먼 나라 풍속에 놀라나니414)	烏衣落日驚遐俗
봉황은 어느 날에나 좋은 소식을 알려주려나	鳳德何天報好音
마음은 단415)을 이루지 못했거늘 솥만 버려졌고	心未成丹空廢鼎
말은 허황된 것으로 상하는지라 함금416)으로 경계하네	言惟傷誕戒緘金

---

411) 고산高山 : 아래의 백설白雪과 함께 모두 금곡琴曲 이름이다.

412) 좋고 나쁜 것이 섞였음을 뜻함.

413) 양보음梁父吟 : 사람이 죽어서 양보산梁父山에 묻힐 때 부르는 만가輓歌로 이백李白이 지은 양보
음은 자신의 포부를 실현하지 못하는 데 대한 울분을 토로했다. 이 작품은 경술년(1910) 국치가
있던 그 해의 작이다.

414) 오의는 동진東晉 때의 명문세가名門世家인 왕씨王氏와 사씨謝氏가 살던 오의항烏衣巷을 가리킨다.
여기서는 망국의 도성에서 일본 사람들이 설치고 다님을 뜻한다.

415) 단丹 : 도가道家에서 제련한 불사·불로약. 여기선 구국의 단심丹心을 어느 방향으로든 결단을 못
내린 상태를 말한다.

416) 함금緘金 : 함구緘口하고 있는 것이 금인金人이다. 공자가 주周 나라 후직后稷의 사랑에 들어갔더
니 입을 봉한 금인이 서 있고, 그의 등 뒤에 "옛날 말을 조심한 사람"이라고 쓰여 있었다.

통하고 막히는 것에는 마땅히 때가 있기 마련이지만 卷舒自有時宜在
나는 구름 낀 산으로 가서 자취를 깊이 감추려 하네 且向雲山晦迹深

▫ 눈을 읊다 詠雪

작은 봄의 날씨인지라 눈꽃이 새로 피었나니417) 小春天氣雪花新
은색바다는 아득하여 끝이 보이질 않네 銀海迷茫不見津
계곡은 무릎까지 빠지고 강의 다리는 끊어졌으니 山谿沒膝河橋斷
빚 독촉하는 사람이 오기 어려운 게 즐거워라 可喜難來索債人

▫ 만냥하에 가을비에 우박까지 내려 술회하다 萬兩河秋雨帶雹述懷

가을비가 열흘이나 이어져서 괴롭지만 秋雨連旬苦未晴
먼지가 싹 씻겨 만량하 일대가 깨끗하네 浮埃一洗萬河淸
잠자리마다 빗방울 새어 이불은 온통 젖었고 牀牀滴漏衾全濕
미끄러운 진흙탕 길에는 다니는 사람이 적네 滑滑黏泥道少行
부엌은 젖은 나무 때느라 그을음으로 시꺼멓고 廚爨生薪煤爆暗
밭에서는 잠긴 곡식 수확하느라 온몸 엉망이네 田收沈稼角毛縈
만약에 사탕을 이처럼 많게 하였더라면 若敎糖子多如許
다투어 줍느라 머리도 들지 않을 터인데418) 競拾■■首不擎

▫ 진시황 秦始皇

만고에 영웅으로 일컬어지는 진시황이 萬古稱雄秦始皇
경적을 싹 태워버린 것은 얼마나 미치광이 짓인가 蕩焚經籍一何狂
화로 연기가 결국은 제 몸 태우는 불이 되었으니 鑪煙竟作燒身火

---

417) 소춘小春 : 음력 10월 경.
418) 원문에 두 글자가 빠져 있다.

함양의 궁전이 석 달이나 활활 탔네 宮殿咸陽三月煌

▫ 영안[419]으로 가는 허손교를 전송하다 送許孫嬌之寧安

1

따뜻하기는 옥 같고 아리땁기는 꽃 같나니 溫如良玉婉如花
무릎에 있던 삼년 동안 매우 효순하였네 在膝三年孝順多
오늘 홀연 문에서 전송하게 되었는데 今朝忽値臨門送
눈물이 솟구쳐 올라 강물과 뒤섞이네 情淚汪然溢混河

2

산 넘고 물 건너 머나먼 수천 리의 길 嶺海迢迢路數千
돛배에 올라보면 물이 하늘과 닿아있으리라 風帆掛席水連天
늙은이가 어찌 다시 만나보는 게 쉬우랴 耄年豈易重相見
평안하다는 소식 자주자주 전해다오 平信頻從雁足傳

3

화단은 대로 울타리 보완할 사람 없을 게고 花圃無人竹補籬
실처럼 가느다란 회 담긴 쟁반은 뉘 올릴까 魚盤誰進鱠如絲
가끔씩 꿈속에서 너를 기쁘게 만나보겠지만 時憑夢裏歡相見
나만 알고 너는 모르는 것이 한스러우리라 只恨吾知汝不知

▫ 자녀 삼난 子女三難

자녀가 갓 태어나면 기르는 것이 어렵고 子女初生鞠養難
조금 지각이 열리면 가르치는 것이 어렵네 稍開知覺敎成難

---

419) 영안寧安 : 지금의 중국 흑룡강성 영안시.

성인이 되면 좋은 짝을 골라주나니[420]　　　　　　待到冠笄佳耦擇

부모는 하루라도 미간을 펴기가 어렵다네　　　　　　爺孃一日展眉難

▫ 척서[421] 등화 운을 차운하다　次尺西燈火韻

북풍한설이 매질하는 것처럼 매섭나니　　　　　　雪風强似楚

문에 이르러서는 노하여서 울부짖네　　　　　　至關便怒號

붉은 등을 흔들어 횃불이 되게 하여　　　　　　紅燈搖作炬

권세가의 집을 불태우려 하네　　　　　　欲燒勢頭豪

▫ 『허주집』의 걸아 운을 차운하여 담옹淡翁 종숙에게 화답하다　和淡叔 次虛舟集中 乞兒韻

서민들이 바삐 걸단[422]을 걸어놓고　　　　　　弊褐奔忙掛乞單

집집마다 가련한 얼굴로 부처를 부르네　　　　　　家家呼佛可憐顔

힘써 노력하여 먹는 것을 알지 못하고　　　　　　不識民生勤以食

괜히 게으름에 빠져 기한에 시달리네　　　　　　空然流惰取飢寒

▫ 또 국화 운을 차운하다　又次菊花韻

초사에서는 향기로운 국화 꽃잎을 먹는다 하였고[423]　　　　　　楚辭猶帶餐英香

진사에서는 영롱한 이슬을 게운다 하였네[424]　　　　　　晉史尙存寫露光

---

420) 관계冠笄 : 남자가 관을 쓰고 여자가 비녀를 꽂음, 전하여 성인成人이 됨을 뜻한다.

421) 척서尺西 : 이상룡 둘째 동생 봉희鳳羲의 호. 자는 덕초德初. 이상룡과 함께 만주로 망명하여 이상룡을 보좌하여 독립운동에 헌신하였다.

422) 걸단乞單 : 빌고 싶은 것들의 조목을 벌려 적은 단자單子.

423) 찬영餐英 : 「이소離騷」에 "아침에는 목란에서 떨어지는 이슬을 마시고, 저녁에는 가을 국화에서 떨어진 꽃잎을 먹는다[朝飮木蘭之墜露兮　夕餐秋菊之落英]." 하였다.

424) 사로寫露 : 진晉 나라 역사를 쓸 때 국화에 맺힌 이슬을 받아 먹을 갈아 썼다는 고사. 사필의

나라에 보답하려는 남아가 황금과 힘이 부족하면	報國男兒金力短
천공께서 응당 만관의 황금으로 비추어주리라425)	天公應照萬貫黃

▫ 배천택 거소 벽련　裵天澤居壁聯

오와 연합하여 위를 막는 것은	聯吳拒魏
제갈량의 촉한을 안전하게 하는 방략이었으며	諸葛亮安蜀方略
한을 도와서 초를 멸하는 것은	佐漢滅楚
장자방426)의 한韓에 보답하는 방략이었네	張子房報韓經綸

▫ 우연히 읊다　偶吟

저물녘 남호에 낚싯배를 정박시켰는데	晚向南湖泊釣船
광풍으로 밤 내내 물결이 하늘까지 치솟네	狂風一夜浪飜天
이 때문에 빈배는 건드리는 자가 없지만	賴是虛舟無觸忤
제 멋대로 요동을 치니 절로 근심스럽네	任他簸盪自悠然

▫ 이기복군이 봉혜 시 네 장을 보내왔는데, 내용이 강개하여 사람을 감동시킴이 있어서 이 시를 지어서 사례하는 바이다　李君起馥 以鳳兮詩四章見寄 辭旨慨切 有足感人 作此以謝

1

남산에 여우가 있는데	南山有狐
만나는 자마다 혼을 나가게 하네	遇者迷魂

엄정함을 나타내기 위함이란 의미를 가졌다.

425) 만관황萬貫黃 : 기실 수많은 황금색의 국화꽃이다.

426) 장자방張子房 : 유방劉邦을 도와서 한漢의 천하통일에 크게 기여한 장량張良이다. 그는 원래 전국 시대 한韓 나라가 그의 조국이었다.

한씨의 아들은	韓氏之子
악몽에 시달리며 정신이 흐릿하네	病魘惛惛
번갈아 기대고 번갈아 아양을 떨어서	迭據迭媚
그 무리가 많아졌거늘	式繁其群
무부는 수수방관만 하고 있으니	武夫袖手
누가 이 요사스런 놈들 쓸어내리요	孰蕩妖氛
비유다	*比也

2

내가 낙토를 살펴보니	我觀樂土
압록강의 북쪽이 바로 그곳이니	鴨水之北
경작을 할 수 있는 밭도 있고	有田可耕
읽을 수 있는 서책도 있네	有書可讀
십년 동안의 풍상으로	十載風霜
수염과 머리카락은 모두 백발이 되었건만	鬚髮盡白
처음의 뜻을 돌아보건데	撫念初志
실로 부끄럽기 짝이 없네	寔多媿怍
실상을 서술한 것이다	*賦也

3

그대 옷의 아름다움이여	子衣之華
그대 노리개의 멋드러진 장식이여	子佩之飾
좋은 목소리로 나를 위로하고자	懷之好音
우리 집에서 이틀을 머물렀네	於我信宿
내가 수레를 몰거든	我車載驅
그대를 바퀴로 삼으리라	將子爲轂
내가 활을 당기거든	我弓載張
그대를 화살촉으로 삼으리라	將子爲鏃

실상을 서술한 것이다   *賦也

  4
예로부터 말하기를   自古有言
사람이 하늘을 꼭 이긴다 하였네   人定勝天
안팎이 같은 소리를 낸다면   外內同聲
뭇 사람이 이에 온전하리라   群體乃全
내가 내 때를 만들어   我造我時
힘을 헤아려 나아가야 하리라   量力而前
무엇을 이루리라고 미리 헤아릴 필요 있으랴   成何預料
의리상 마땅히 그러해야 하는 바이네   義所當然
날은 저물고 갈 길은 멀고머니   日暮途遠
그대 힘써 나아갈지어다   子行勉旃
실상을 서술한 것이다   *賦也
(南山有狐四章)

  ▫ 원시를 부치다   附原詩

  1
봉황이여 봉황이여   鳳兮鳳兮
그 문채가 다섯 가지이네   其章維五
군자여 군자여   君子君子
그 덕이 멀리까지 이르네   其德維普
이역을 방황하게 되면   彷徨異域
비바람에 서글퍼지겠지만   悲風恨雨
아침부터 밤늦게까지 편안함 없이   夙夜靡寧
우리 동포를 구제하리라   救我同胞
흥427)이다   *興也

2

아아 봉황이여	吁嗟鳳兮
그 날개가 깨끗하도다	其羽潔兮
아아 군자여	吁嗟君子
그 거동이 한결같도다	其儀一兮
그 어떤 어려움에도	逌辛逌苦
백 번 좌절될지언정 굽히지 않고	百折不屈
남 모르게 실력을 쌓아서	潛長勢力
때가 오기를 기다리도다	以待時日
흥이다	*興也

3

왜소한 저 뱁새가	藐彼鷦鷯
바다 모퉁이로부터 왔네	來自海曲
그 소리는 심히 슬프고	其音孔悲
그 날개는 또 깃도 다 빠져버렸네	其羽且禿
어찌 보금자리가 없으리요 마는	豈曰無棲
좋은 나무를 택하고자 하네	欲擇嘉木
가지 하나를 아까워하지 말지어다	毋惜一枝
똑같이 날개를 단 족속이니라	同是羽族
비유다	*比也

4

가시나무 위에 앉은 새매여	荊棘之鷹鸇兮
부리와 발톱은 날카롭지만 법도에 맞음이 없도다	但爪牙而無律
밭두둑 위의 앵무새여	隴上之鸚鵡兮

---

427) 흥興 : 먼저 다른 사물을 말하여 자기가 읊고 싶은 말을 이끌어내는 것이 시 작법상 흥의 수법
이다.

말을 잘하지만 진실함은 없도다 　　　　　　　　　只能言而無案

접동새가 먼저 옮이여 　　　　　　　　　　　　鶗鴂之先鳴兮

계절이 순식간에 변해 가도다 　　　　　　　　時序變其倏忽

한 해가 저물어가면서 눈이 내림이여 　　　　歲將暮而雨雪兮

이 둥지가 없어서는 아니 되리로다 　　　　　不可無此巢穴

땅이 있어야 높은 봉우리를 이루나니 　　　　盖有地而成岑

어찌 기초도 없이 집을 지으랴 　　　　　　　豈無基而築室

나의 부리를 날카롭게 하고 　　　　　　　　　載銳我喙

나의 뼈를 강건하게 하여 　　　　　　　　　　載健我骨

저 올빼미를 멸하여서 　　　　　　　　　　　　減彼鵂鶹

나의 옛 집을 되찾으리로다 　　　　　　　　　復我舊窟

문을 동남향으로 내니 　　　　　　　　　　　　東南其戶

수많은 새들이 와서 자신을 굽히도다 　　　　百鳥來屈

새 종류가 삼백이 되는데 　　　　　　　　　　羽虫三百

누가 나의 짝인가 　　　　　　　　　　　　　　誰爲我匹

각자 죽을 힘을 다할 것을 　　　　　　　　　　各盡死力

저 태양에 맹세해야 하리로다 　　　　　　　　矢彼天日

비유하고 실상을 서술한 것이다 　　　　　　　*比而賦也

(鳳兮四章)

□ **나라를 떠나면서.**[428) 신해년　去國吟

더 없이 소중한 삼천리 우리 산하여 　　　　山河寶藏三千里

오백여 년 동안 예의를 지켜왔네 　　　　　　冠帶儒風五百秋

문명이 무엇이길 늙은 적과 매개하였나 　　何物文明媒老敵

까닭 없이 꿈결에 온전한 사발이 던져졌네[429) 　　無端魂夢擲全甌

---

428) 원주에 이는 신해년辛亥年(1911) 작이라 하였는데, 이 해 1월에 이상룡은 가족·친지를 이끌고 서
　　간도西間島로 망명하였다.

이 땅에 그물이 쳐진 것을 보았으니　　　已看大地張羅網

남아가 제 일신 아끼는 게 어디 있으랴　　　焉有英男愛髑髏

잘 있거라 고향동산이여, 슬퍼하지 말지어다　　　好住鄕園休悵惘

다른 날 좋은 세상 되거든 다시 돌아오리라　　　昇平他日復歸留

▫ 추풍령 위의 기차에서　　秋風嶺上汽車

물을 끓여 신령한 기계를 깨우던 그날에　　　當年沸水悟神機

만국은 기차로 완전히 변모하게 되었네　　　萬國汽車一變奇

삼천리 강산에 연기가 허공으로 올라가고　　　騰空烟霧三千里

하루 종일 광풍과 우레가 지축을 뒤흔드네　　　動地風雷十二時

들의 집들은 옆으로 날아 순간에 지나가고　　　橫飛野屋忽忽過

산들은 등뒤로 치달리면서 지나가네　　　背走山巒歷歷馳

대낮이 갑자기 어두운 밤이 되었나니　　　白日俄然成黑夜

굴로 들어온 게 분명하니 얕음과 깊음을 알랴　　　分明入隧淺深知

▫ 기차로 개성을 지나면서　　車過開城

북에서 건너온 장군이 도의에 기대었을 때　　　北渡將軍仗義秋

개성 땅의 왕기는 쓸쓸히 거두어지고 말았네　　　崧陽王氣漠然收

두문동의 옛 사람들은 지금은 어디로 갔는가　　　杜門洞古人何去

만월대에는 냇물만 하염없이 흐르고 있을 뿐　　　滿月臺空水自流

그 때 나라 은혜 갚고자 절의 위해 죽었나니[430]　　　報國當年身死節

오늘 고향 떠난 나그네가 잠시 걸음 멈추네　　　遷鄕今日客停輈

흥망은 덕에 달려 있으며 천명은 무상하나니　　　興亡在德無常命

은감은 하나라 역사로부터 구했어야 했었네[431]　　　殷鑒須從夏史求

---

429) 전구全甌 : 국가를 뜻한다.
430) 정몽주鄭夢周의 죽음을 말한다.

▫ 평양에 이르러 입으로 읊다   抵平壤口占

아시아의 동쪽 끝은 풍치가 아름답나니	亞洲東畔好風水
하늘이 우리 조선 위해 여길 만들어주셨네	天爲吾鮮作此區
우리 단군 할아버지의 사당이 남아 있고	檀祖神權遺廟在
고구려 왕업이 서린 큰 강이 흘러가고 있네	句麗王業大江流
무지개가 물가에 서니 음산함이 사라졌다가	虹藤架渚淫氛霽
싸라기눈 날리니 혼란한 시국이 근심스럽네	霰石飛空列艦愁
조만간 분명히 태평성대의 날이 있을 것이니	早晚昇平應有日
연광정 위에서 봄을 짝하여 한번 놀아보리라	練光亭上伴春遊

▫ 압록강 강변에서 만주를 바라보며   鴨綠江上望滿洲

부여가 왕업을 일으킨지 어언 사천년	扶餘王業四千秋
그 때는 국경이 저 만주까지 아울렀네	國境當年幷滿洲
기자와 위만이 아무 까닭없이 차지했고	箕衛無端來占據
한과 당이 이를 좇아서 멋대로 침략했네	漢唐從此恣侵蹂
판도 확장이 원래 쉬운 일이 아니었기에	恢張版籍元非易
수치 누르고 변방에 처함을 달갑게 여겨	甘處藩屛抑可羞
결국에는 저 길고 긴 압록강으로 하여금	遂令一帶長江水
동서 경계선이 되어 흐르게 하고 말았네	劃定東西兩界流

▫ 27일 강을 건넘   二十七日渡江

칼끝보다도 날카로운 저 삭풍이	朔風利於劍
내 살을 인정 없이 도려내네	凓凓削我肌

---

431) 은감은 … 했었네 : 은殷의 주왕紂王이 자신의 거울로 삼아야 했던 것. 즉 은감殷鑑은 전조前朝인
  하夏의 마지막 왕 걸桀에 있었음을 말한 것이다.

살 도려지는 건 참을 수 있지만	肌削猶堪忍
애 끊어지니 어찌 슬프지 않으랴	腸割寧不悲
기름진 옥토로 이루어진 삼천리	沃土三千里
거기에서 살아가는 인구 이천만	生齒二十兆
즐거운 낙토 우리 부모의 나라를	樂哉父母國
지금은 그 누가 차지해버렸는가	而今誰據了
나의 밭과 집을 벌써 빼앗아갔고	旣奪我田宅
거기에다 다시 내 처자마저 넘보나니	復謀我妻孥
차라리 이 머리 베어지게 할지언정	此頭寧可斫
이 무릎 꿇어 종이 되지 않으리라	此膝不可奴
집을 나선지 채 한달이 못 되어서	出門未一月
벌써 압록강 도강하여 건너버렸네	已過鴨江水
누구를 위해서 발길 머뭇머뭇하랴	爲誰欲遲留
돌아보지 않고 호연히 나는 가리라	浩然我去矣

1911년 1월 27일 이상룡은 얼어있는 압록강을 걸어서 단동에 도착하였다

(사진은 집안시에서 바라본 압록강과 북한의 만포진)

▫ 회인현 북쪽 산에서 빈집을 빌려 잠시 머물다　懷仁縣北山 賃空宅 爲暫留之計

허물어진 초가 삼간에 잡초가 무성한데	破屋三間掩莽榛
여러 해 사람 들지 않아서 먼지투성이 이네	經年未掃沒勝塵
문풍지가 우웅 우는데 어디 나라 말인고	風紙喧來何國語
침상에서 몸이 얼어 다른 사람의 몸이 되었네	氷牀凍作別人身
솥이 차갑나니 소랑432)은 눈밖에 먹을 게 없고	鼎冷蘇郞唅有雪
부엌이 비었나니 구천433)은 누울 섶도 없네	廚空句踐臥無薪
상천의 마음이 어찌 예사로운 것이랴	上天豈是尋常意
남아로 하여금 고생을 실컷 겪게 하는구나	偏俾男兒飽苦辛

▫ 포산434)에서 건초 동생의 집에 머물렀던 것을 추억하다　憶葡山寓健初弟

길을 갈 때는 걸음을 함께 하고 앉아서는 침상을 함께 하면서	行同步屧坐同牀
허물없이 서로 좋아하면서 지낸 것이 어언 사십여 년이 되었네	相好無猜四十强
그대는 포산 땅으로 들어갔는데 멀리 떨어진 절역은 아니며	君入葡山非絶域
나는 항도천이라는 마을로 왔는데 이역 만리 다른 나라이네435)	我來恒道是他邦
술병이 비어가고 있거늘 물어보는 사람 하나 없고	瓶罍告罄人無問
경전과 역사에는 의심나는 것이 많거늘 뉘와 함께 의논을 하랴	經史多疑孰與商
동가강436) 강가를 훨훨 나는 기러기를 그대는 본 적이 있느냐	見否佟佳江上鴈
짝을 지어 함께 잠을 자고 짝을 지어 함께 나네	一雙聯宿一雙翔

---

432) 소랑蘇郞 : 한漢 무제武帝 때 흉노에 사신 갔다가 억류된 소무蘇武를 가리킨다. 흉노의 선우單于가
　　회유하였으나 끝내 거부하였다. 이에 선우가 그를 가두고 음식을 주지 않으니, 소무는 하늘에
　　서 내리는 눈을 먹고 깃발 털을 뜯어먹으며 연명하였다 한다.
433) 구천句踐 : 월越 나라 왕 구천이다. 그에게 와신상담臥薪嘗膽이란 고사가 있다. 소랑과 구천은 먹
　　을 것 하나 없고 땔감 하나 없는 자신의 처지를 빗댄 것이다.
434) 포산葡山 : 경북 영해에 있는 마을 이름.
435) 원주에 “마을 이름이 항도천이다[村名恒道川].” 하였다.
436) 동가강佟佳江 : 만주의 통화通化·환인桓仁 등의 현을 거쳐서 압록강으로 흘러 들어가는 강 이름
　　이다.

▫ 덕초 동생의 귀향을 추억하다   憶德初弟回鄕

압록강변에서 수레에 올랐는데	鴨綠江頭上跋車
경황없어 돌아가는 그대 옷소매 잡을 겨를 없었네	忽忽不暇把歸裾
그대는 평양에 응당 여러 날 머물 것인지라	君留平壤應多日
내가 안동현에 이르자마자 편지를 부치네[437]	我到安東卽寄書
사십 년간 서로 간의 애정이 독실하였거늘	四十年間情愛篤
삼천리 바깥에 있자니 아득히 멀어지는 듯 하네	三千里外夢魂疎
겹겹의 포박을 푸는 그 날	那時解得重重縛
우리 다시 모여 큰 이불 함께 덮고 자세	團集雲山大被居

▫ 비서장께서 절구 한 수를 보내었는데 그 운을 차운하여 사례하다   賁西丈寄詩一絶
   次其韻謝之

1

눈보라 치는 황량한 산도 사람처럼 기뻐하니	風雪荒山喜似人
하물며 떨어졌던 형제들이 참으로 서로 만났음에랴	相逢何況弟兄眞
이끼 긴 섬돌에 괜히 분리 두 글자를 썼더니	蒼階謾造分離字
끝내 우리들로 하여금 이런 찡그림을 하게 하네	終使吾曹作此矉

2

다른 나라 땅에서 일가 식구들이 다시 모였는데	殊方團聚一家人
용 같고 사자 같은 이들도 함께 포함되니 일마다 참되네	兼抱龍獅事事眞
대로의 눈썹 끝에는 세계의 정세로 인한 시름이 걸렸으니	大老眉端愁萬國
구구히 사람들을 향하여 이별의 찡그림을 하랴	區區肯向別離矉

---

437) 원주에 "안동현은 압록강 북안에 있다[安東縣在鴨綠江北岸]." 하였다.

▫ 비서장께서 다시 절구 한 수를 보냈기에 차운하여 올리다　賈西丈再寄一詩次韻以 呈

만리 타방에서 나그네 되어 처신이 어렵지만	殊方爲客處身難
노숙만은 꺼릴 게 없으니 원래 빈한하여서네	露睡無妨本分寒
조만 간에 월하의 삼경[438]을 함께 거닐게 되리니	早晚同携三逕月
원컨대 식사 많이 하시어 건강을 유지하시기를	願言加饌保平安

▫ 새벽에 일어나 입으로 읊어 비서장에게 보이다　曉起口占示賈西丈

1

방이 하도 추워서 잠을 이룰 수 없었나니	氷牀雪窖着眠難
늙은 나이라 추위 잘 견딘다 말하지 마오	休道頹齡善耐寒
긴긴 밤 온몸이 강철인 냥 뻣뻣하였으니	夜久通身僵似鐵
마음인들 어찌 저만 홀로 평안하였으리오	天君那得獨平安

2

고향에 대한 그리움을 억누를 수 없나니	斗覺鄕懷按住難
가가호호마다 봄옷에다 추위를 모르리라	家家春服不知寒
영원히 복된 땅을 무단히 등지고	千年福地無端棄
고해에 몸을 던지고도 되려 편안함을 바라네	苦海投身却望安

3

천하의 일은 어려울 게 없다는 걸 비로소 알고서	方知天下事無難
사람들은 따뜻한 데로 가지만 난 추운 데로 가네	人就其溫我就寒
일부러 다른 이와 다르게 보이려고 해서가 아니라	不是常情要故異
이 몸은 괴롭긴 하지만 이 마음만은 편안해서라네	此身苦處此心安

---

438) 삼경三逕 : 은자隱者의 집 뜨락에 난 세 길, 전하여 은자의 집 또는 은자를 가리킨다.

▫ 두릉구로 옮겨서 우거하는데, 비서장께서 고풍 한 수를 써서 보여주길래 그 운을 차운하다   移寓杜陵溝 賁西丈 書示古風一首 走次其韻

해협에 바람과 파도가 거세니	海峽風濤急
섬사람들[439]이 안정적으로 살지 못하네	島人未定棲
아침에 서쪽 물가를 따라 출발하여	朝從西水滸
저녁에 북산[440]에 투숙하였네	暮投北山堤
옷이 다르니 개들이 보고서 짖고	服殊應吠犬
쇠뇌가 강하니 어찌 새앙쥐를 쏘랴	弩强肯發鼮
학에게는 학의 짝이 있는지라	雲鶴自有伴
뭇 새들을 좇아서 울지 않는다네	不隨衆鳥啼

▫ 비서장께서 절구 두 수를 보냈길래 차운하여 올리다   賁西丈寄二絶詩次韻奉缶

1

산의 계수나무와 밭의 채소가 마음에 흡족하건만	山桂園蔬愜意多
형편 때문에 오래 머물 수 없으니 이를 어찌하리오	其如勢不久居何
서구[441]는 제 몸 위해 도모하는 게 스스로 아는지라	棲鳩自解身謀拙
따뜻한 봄바람이 빨리 불기만을 그저 바랄 뿐이네	只願春風早扇和

2

손님이 한 분 새로이 고국으로부터 오셨는데	有客新從故國來
그를 위하여 삼백[442]을 공여하고 석탄불을 지피네	爲供三白費炭煤

---

439) 섬사람들[島人] : 서간도에 이주한 한인韓人을 가리킨다.
440) 북산北山 : 회인현懷仁縣 북쪽에 있는 산이다. 앞의 「회인현 북쪽 산에서 빈집을 빌려 잠시 머물 계책으로 삼다[懷仁縣北山 賃空宅 爲暫留之計]」를 참조 바람.
441) 서구棲鳩 : 까치 집을 빌려 사는 비둘기이니, 전하여 남의 집을 빌려 사는 것, 또는 그 사람을 뜻한다.
442) 삼백三白 : 일반적으로는 소금·무우·쌀밥을 가리킨다. 모두 겉이 하얗다.

| 옷깃 잡고 여로의 고생 대충 이야기하게 하고는 | 摻裾畧叙旅行苦 |
| 강남에서 매화를 부쳐 보냈는가 하고 다시 묻네 | 更問江南寄送梅 |

▫ 이반옹소운에게 드리다　寄呈李半翁笑雲

1

압록강 서쪽으로 와서는 아는 친구 하나 없고	鴨水西來無故人
지방의 말이 서로 달라서 뜻을 전하기가 어렵네	方音各異意難陳
속마음을 터놓는 이로 오직 반옹이 있을 뿐인데	惟有半翁心肺照
책을 빌려 묵히기를 자주 하여도 싫어하지 않네[443]	借癡塵笥不嫌頻

2

섬에 들어온 우리는 제나라 장사들이 아니겠는가[444]	入島吾非齊壯士
강을 건너게 해 준 이는 누구인가 초 땅 어부[445]였네	渡江誰是楚漁夫
그대들은 몸이 노쇠하였다 하여 포기하지 말 것이니	諸君勿以衰頹棄
훗날에 제 한 몸 아끼지 말고 있는 힘을 다해주기를	致力他時不愛軀

▫ 이반옹소운의 차운을 부치다　附次韻

1

| 참으로 부러워라 그대가 양세인[446]이 되어서 | 堪羨君爲兩世人 |
| 세상을 바꾸기 위해 힘써 퇴진출신[447]함이여 | 身逢改革務推陳 |

---

443) 원문의 차치借癡는 차서借書의 의미이다.

444) 섬 : 여기서는 서간도西間島를 가리킴. / 제나라 장사들[齊壯士] : 한漢 고조高祖가 항우項羽를 이기자 제나라의 전횡田橫이 후일을 기약하며 장사 5백 명과 함께 섬으로 들어갔다. 결국에는 모두 한漢 고조의 회유를 받아들이지 않고 자결하였다.

445) 초 땅 어부[楚漁夫] : 오자서伍子胥가 초楚 나라 군사의 추격을 피해 필사적으로 오吳 나라로 도망칠 때 어떤 한 물가에 이르렀는데, 이때 배를 타고 있던 한 어부가 그를 건네주어 구사일생으로 살아났다. 오자서가 그의 보검으로 보답하려 했으나 어부는 받지 않았다.

446) 양세인兩世人 : 사지死地에서 벗어나 살아온 사람.

태반이 근자에 새로 편저하여 엮은 것들이니	年來半是新編箸
분전448)이라 하나 어찌 자주 올릴 필요 있으랴	墳典何須奉獻頻

2

사람은 백이숙제에 버금갔으니 국사449)라고 하겠지만	人到夷齊乃國士
진정 가장 불쌍히 여길 것은 출정한 장부들이었네	最堪憐處是征夫
땅에서 나서 바다에 묻히는 건 중요치 않은 일이니	陸生葬海渾閑事
후일 몸을 자중자애해야 한다는 것에 유념하시기를	致念他時要愛軀

▫ 비서장 운을 차운하다 次賁西丈見寄韻

고상한 발자취450)를 좇아서 간도로 들어올 적에	追躡高蹤入島田
오백 장사451)를 슬피 노래하며 함께 배에 올랐네	悲歌五百共登船
마을 규약 때문에 황무지를 개간하지 못하니	鄕規未革旬荒陌
생계를 완전히 자제들의 현명함에 기댈 뿐이네	身計全憑子弟賢
돌아가는 세상사는 대부분 풍문을 통해서 듣고	世事多從風裏聽
절기는 이미 눈 속에서 봄으로 바뀌었네	天時已向雪中禪
어디 마을 푸른버들 아래서 아름다운 약속했던가	何村碧柳留佳約
따스한 봄빛을 더불어 나누면서 노년을 보내네	分占春光送暮年

▫ 홍문사승헌의 운을 차운하다 次洪聞斯承憲韻

달려서 그물망 밖으로 벗어나니	跳身一出網羅間

---

447) 퇴진출신推陳出新 : 묵은 것을 밀어내고 새 것을 나게 함.
448) 분전墳典 : 고서古書.
449) 국사國士 : 한나라의 선비 즉 매우 빼어난 선비. 여기서는 한漢 고조의 회유를 받아들이지 않고
　　자결하였던 전횡田橫에 대해 이른 말이다.
450) 고상한 발자취[高蹤] : 여기서는 김대락金大洛을 가리킨다.
451) 오백 장사 : 한漢 고조의 회유를 받아들이지 않고 전횡田橫을 따라서 섬에서 자결하였던 제나라
　　오백 장사를 가리킨다.

비로소 세계가 넓다는 걸 알겠네 　　　　局外方知世界寬
마음만 편하다면 모두 낙토이니 　　　　但得心安皆樂土
생계 어려운 것이 무슨 대수이랴 　　　　不妨生計百般艱

▫ 원운을 부치다　附原韻

두릉구 골짝의 쓰러질 듯한 초가삼간 　　　　杜陵峽裏屋三間
기운 벽의 작은 창문이 넓게 느껴지네 　　　　欹壁風窓尙覺寬
초근목피로 겨우겨우 연명을 해나가니 　　　　茶灌挹漿盤用斗
살아가는 모습에 절로 쓴웃음이 나오네 　　　　窮途堪笑生涯艱

▫ 비서장께서 오언시 한 편을 보냈기에 차운하여 올리다　賁西丈寄五言詩一篇次韻以呈

나는 유하현을 찾아가다가 　　　　我行尋柳下
두릉구에서 체류하고 있네 　　　　濡滯在杜陵
물 새는 벽은 늘 젖어있고 　　　　漏壁長淋濕
깨진 굴뚝은 괴롭게도 높네 　　　　破突苦崚嶒
빈 산에 사람이 이르지 않아 　　　　空山人不到
승려처럼 적막하게 앉아있네 　　　　寂靜坐如僧
배고프면 먹거리 찾을 뿐인데 　　　　飢來但覓食
찐 고량은 그 맛이 담백하네 　　　　淡味高粱蒸
이 외에는 다른 일이 없으니 　　　　此外無他事
누굴 좋아하고 미워하랴 마는 　　　　誰復有愛憎
저 북산 모퉁이를 돌아보니 　　　　睠彼北山隈
나도 모르게 마음이 긴장되네 　　　　不覺神思凝
거슬러 올라갈 길도 없건만 　　　　無由溯洄從
봄물이 밤 사이에 불어나네 　　　　春水夜來增
어떻게 하면 가벼운 기구를 타고 　　　　那將輕氣球

허공에서 마음대로 날 수 있을까   空裏任飛昇

◦ **왕소원배림의 부채에 적다** 題王筱園培霖扇面

한여름의 이글거리는 붉은 해가 두렵지 않으니   不畏南天赤日翔
시원한 바람이 늘 대나무 부채로부터 불어오네   淸風一陣籭來長
불쌍한 건 더위먹어 병든 동쪽 이웃 늙은이이니   堪憐病暍東隣叟
남은 청풍을 사방에 두루 보내주길 바랄 뿐이네   只願餘涼遍四方

◦ **비서장과 함께 사가집 중의 운을 따서 짓다** 與賁西丈拈四家集中韻

단군의 신령이 깃든 천년 만년의 영원한 백두산   千年白嶽檀神皐
우리에게 지금은 그 가치가 두 배나 높게 보이네   吾輩今來價倍高
대씨[452]의 웅장한 도모가 일찍이 벽처럼 우뚝했었고   大氏雄圖曾樹壁
기자의 예교가 아직까지는 그 찌꺼기가 남아있네   箕師禮敎尙餘糟
곤궁한 이의 근심은 사족처럼 쓸데없이 늘어가고   窮人慮事蛇添足
남의 땅의 삶은 불모지에서의 그것과 다르지 않네   客土營生龜刮毛
나는 원컨대 제군들의 일치 단결된 힘에 기대어서   願仗諸君團體力
미처 날뛰는 티끌을 일소하고 평화롭게 살고 싶네[453]   狂塵一掃放牛桃

◦ **또 운을 따서 비서장께 보이다** 又拈韻示賁西丈

첩첩 산중 깊숙한 곳의 너른 땅 한 구역   萬山深處一區寬
땔나무하고 낚시하는 삶에 기쁨을 느끼네   採釣生涯自覺歡

---

452) 대씨大氏 : 고구려 유민으로서 발해渤海를 건국한 대조영大祚榮를 가리킨다. 지금의 길림성 돈화
　　　현敦化縣 동모산東牟山에 성을 쌓고 도읍을 정하였다.
453) 미쳐 날뛰는 … 살고 싶네 : 원문의 방우도放牛桃는 전쟁의 종식을 뜻한다. 『서경書經』「무성武
　　　成」에서 “(무왕이 상나라를 정벌하고) 군마를 화산 남쪽으로 돌려보내고 소를 도림의 들판에 방목하여
　　　이제는 무력을 쓰지 않을 것임을 천하에 보였다[歸馬于華山之陽 放牛于桃林之野 示天下弗服].” 하였다.

은둔했음에도 이름 남아있는 게 꺼려지고 晦迹猶嫌存姓字

순향454)이니 어찌 의관 바뀐 걸 안타까워하랴 循鄕何惜變衣冠

숲이 비 빚는 듯 하늘에서는 늘 비 내리고 空林釀雨天常漏

대륙 땅은 바람이 많으니 여름에도 차갑네 大陸多風夏亦寒

성패는 고인도 미리 헤아리기가 어려웠나니 成敗古人難逆料

다만 이 마음과 힘을 정녕코 다해볼 뿐이네 只將心力做來看

유하현 삼원포 추가가

(마을 뒤편에 경학사 결성회의가 열렸던 대고산이 있다)

▫ 추가가455)에서 초정집 속의 운을 따서 비서장께 보이다 鄒家街 拈楚亭集中韻 示 賁西丈

산으로 들어와서는 계속해서 하늘을 봄도 적었으니 入山連日少看天

---

454) 순향循鄕 : 그 마을에 살면 그 마을의 풍속을 따른다는 말이다.

455) 추가가鄒家街 : 길림성 유하현 삼원포 부근으로, 마을 뒤쪽에 경학사 결성회의가 열렸던 대고산
  이 있다.

들이 풀로 우거졌을 것을 산중에서 누가 알았으리요　　深處誰知野莽然
추가가라는 이름은 오래 전부터 전해지고 있는데　　鄒氏街名傳古老
우리 한인들의 글 읽는 소리는 올해부터 시작되었네[456]　　韓人書響始今年
박꽃과 벼 잎새의 마을마을마다 비가 하염없이 내리고　　匏花稻葉村村雨
돼지 울짱과 닭 홰대의 집집마다 연기가 피어오르네　　豚柵鷄塒戶戶烟
우리가 만약에 참으로 목적으로 삼고 있는 게 없다면　　吾輩若無眞目的
무슨 마음으로 여기 장강[457] 가에 누웠으랴　　何心臥此瘴江邊

▫ 영춘원에서 비서장과 이별하다　永春源贈別賁西丈

1

광진을 일소 않고서는 돌아가지 않으리라 하였더니　　不掃狂塵誓不歸
의리를 참으로 정밀하게 보았다고 인정하여 주었네　　許君看得義精微
무슨 얼굴로 가서 감히 조상 영전을 향하여 절하리요　　何顔去向皇靈拜
이 두 눈으로 우서[458]가 날아다니는 것을 똑똑히 보리라　　此目懸觀羽書飛
만리를 도주해 와서 이곳의 험난한 땅을 밟고 있고　　萬里迸奔蹈險地
오랜 세월 인구와 물자 불리며 시기를 기다리고 있네　　十年生聚待時機
모두들 다 제 한 몸뚱이를 자기 소유로 여기지 않나니　　都將七尺非吾有
하물며 이 하찮은 머리카락과 옷에 있어서랴 일러 뭐하랴　　何況區區髮與衣

2

산창에 노을이 드니 나그네는 고향을 생각하고　　山窓日晏客思歸
술이 병에서 비어가니 거문고 소리도 약해지네　　酒盡銀壺絃語微
이슬 내리는 한밤중에는 고향 꿈이 연이어지고　　凉露三宵聯鶴夢
개인 날엔 물오리가 나는 것을 혼자서 바라보네　　晴天孤影見鳧飛

---

456) 이 해(1911)에 추가가에 신흥강습소新興講習所가 설립되었다.
457) 장강瘴江 : 산천의 후덥지근한 악기惡氣가 장기瘴氣가 서린 강.
458) 우서羽書 : 전쟁 때의 시급을 요하는 격문.

인정은 실마리 술술 풀리듯 변함없이 이어지거늘	人情滾似絲中緒
세상사는 바둑판처럼 복잡하게 꼬이고 꼬여있네	世事翻多局面機
오래지 않아 추가가의 모임이 예정되어 있으니	未久前期鄒社在
굳이 옷깃을 붙잡고 구슬퍼 할 필요 있으랴	不須惆悵攬征衣

□ 추가가를 향하여 가려 하다가 비 때문에 출발하지 못하여 비서장과 함께 시를 짓다
將向鄒街 滯雨未發 因與賁西丈共賦

추가가에서 사람들과 만나기로 약속을 했는데	鄒街留約與人曾
시냇물이 배꼽까지 불어나서 건널 수가 없네	溪水平臍渡未能
들녘의 나무들은 마치 천 척 배의 돛대 같고	野樹織如千艘帆
구름 낀 봉우리들은 수많은 승려의 머리 같네	雲峯環似萬頭僧
아이들은 날로 자라서 우는 소리가 커졌고	兒孫日長啼聲快
군자는 연륜이 깊어지면서 덕이 응축되어지네	君子年深德氣凝
긴긴 밤 산골 마을은 아무 일없이 조용한지라	永夕山窓無箇事
한가로이 시구를 중국 종이에 쓰노라459)	閒將詩句寫胡藤

□ 날이 개인 뒤 다시 짓다　晴後更賦

날이 개이자 비로소 산의 모습을 보게 되고	陰晴天氣驗山容
묵은 안개가 걷히자 계곡마다 물이 콸콸하네	宿霧初開萬壑春
빈 들녘의 물에는 때때로 해오라기 내려않고	野水虛明時下鷺
적막한 숲에서는 간간이 귀뚜라미 울고 있네	林花寂寞間鳴蛩
잠을 못 이겨 자주 책상에 몸을 기울이다가도	頻欹書案被魔困
마치 부처인양 긴 시간 골똘히 침묵에 잠기네	長嘿蒲團近佛宗
어떻게 하면 새로이 만든 차양 삿갓을 쓰고서	安得蘇杭新篛笠
버들 그늘 짙은 데 앉아 농사 이야기하게 될까	綠楊深處坐談農

---

459) 중국 섬계剡溪에서 나는 종이를 섬등剡藤이라 한다.

유하현 삼원포 이도구 마을

▫ 유하진의 이도구에서 비서장과 함께 짓다 柳河鎭二道溝與賁西丈共賦

어지러운 산들은 마치 성처럼 에워싸고 있고	亂山圍合草如城
장마는 괴로울 정도로 지루하고 개이지 않네	蒸氣成霖苦不淸
군자는 고향 떠나도 오히려 예속 버리지 않고	君子離鄕猶禮俗
노인이 홀로 그저 글을 소리내어 읽을 뿐이네	老人無伴但書聲
미치도록 정말 막다른 길에서 통곡하고 싶지만	狂心眞欲窮途哭
이치는 끊어진 곳에서 다시 분명히 생겨나리라	定理還須絶處生
험한 곳에서는 오직 서로 의지할 도리뿐인데	臨險專憑相仗力
반드시 하늘의 해가 다시 밝아지는 걸 보리라	會看天日再回明

▫ 다시 다른 운을 따다 復拈他韻

이런저런 온갖 시름이 끊임없이 일어나는데	愁緖如絲起萬端

도망 다니는 내가 어인 일로 유하진에 왔나 　逋踪何事柳河干
고향 산천은 까마득하고 소식은 끊어졌으며 　鄕山杳杳書音斷
간도 땅 나무들은 창창하고 비는 서늘하네 　島樹蒼蒼雨色寒
무용지물인 내 몸에는 검이 있을 뿐이지만 　長物吾身惟有劍
늙은이 힘이 아직은 말안장을 견딜만 하네 　衰年翁力尙堪鞍
호방하고 의협심이 있는 선비 둘이 만나서 　相逢兩是儒中俠
저물녘 노래를 부르는데 흥이 끝나지를 않네 　歌筑斜陽興未闌

대우구 마을
(현재 유하현 삼원포진 안인촌)

▫ 대우구의 가을 밤　大牛溝秋夜

이불이 낡고 낡아서 차갑기가 서리 같은지라 　布衾年久冷如霜
나그네가 긴긴 가을밤에 잠을 이루지 못하네 　遠客無眠秋夜長

꿈결의 혼은 아득한 고향으로 달려가거늘	故國魂歸雲萬疊
지금 집은 숲으로 사방이 막힌 산중에 있네	窮山家住木千章
황금은 손님과 친구들을 좇아서 다 흩어졌고	黃金盡逐賓朋散
백발은 세월이 바삐 흘러간 것을 놀라게 하네	白髮偏驚歲月忙
죽지 않고서는 잊을 수 없는 일이 하나 있으니	未死難忘惟一事
허리춤에서 때로 용천검460)이 노하여 우는 듯하네	腰間時吼怒龍光

▫ 섯달 그믐밤 除夕

해진 갖옷을 입고 발해만 머리에 있나니	弊弊衣裘渤海頭
외로운 등불이 세밑의 시름을 비추어주네	孤燈靑照送年愁
하늘은 눈을 소랑461)의 궤짝에다 보내어주고	天將雪給蘇郎匱
산은 섶으로 구천의 부끄러움을 감싸주네462)	山以薪包句踐羞
중국에서는 시세를 알려주는 사람 있지만	中國有人時勢造
고향에서는 소식을 받을 길이 도통 없네	故鄕無路信書收
가장 불쌍한 건 요심463) 밖의 막내 동생이니	最憐阿季遼瀋外
먼 곳에서 나그네로 떠돌며 쉬지를 못하네	千里旅遊未言休

▫ 설날에. 임자년 元朝

쉰하고도 다섯 번째 원단이 새로이 밝았나니	元朝五十五番新
조국을 떠난 몸인지라 이 날이 서글프기만 하네	此日堪悲去國身
얼기설기 엮은 초가집에는 설날이 돌아왔건만	萬壽蓬宮回寶甲
조상을 모신 선영에 제사를 올리지 못하네	百年楸壠廢精禋
와신상담이 끝내 월나라 보존시킨 걸 밝게 아니	明知薪膽終存越

---

460) 용천검龍泉劍 : 옛 보검寶劍의 하나.
461) 소랑蘇郎 : 흉노에 19년간 억류되어 있었던 한나라 사신 소무蘇武를 가리킨다.
462) 구천句踐의 와신상담臥身嘗膽 고사에서 와신을 이상룡 자신 처지에 맞추어 시화詩化했다.
463) 요심遼瀋 : 요녕성의 심수瀋水.

철퇴를 진시황에게 잘못 던진 걸 어찌 본받으랴[464] 肯效袖椎誤擲秦
이 몸이 춥고 주리는 것은 원래 자잘한 일이고 七尺飢寒元細事
우리 학생들의 배움이 가장 큰 관심거리라네 諸生學藝最關神

▫ 대우구에서 술회하다 大牛溝述懷

어지러이 에워싸고 있는 산의 숲은 빽빽하고 亂山圍合樹林稠
골짜기의 바람은 마치 도깨비가 우는 듯 하네 谷谷陰風鬼魅啾
빌린 집은 살지 않아도 집세를 물어야 하고 賃屋居停還有稅
사람 빌려서까지 경작했거늘 어째 수확 없는가 雇人耕種奈無秋
정신은 죽지 않아 서슬 퍼런 칼끝처럼 약동하나 精神不死霜鋩躍
신세는 늘 처량하여 흰 살쩍에 바람이 생생하네 身世長寒雪鬢颼
깬 자도 보러와서는 꿈일 뿐이라고 비관하지만 覺者觀來俱是夢
장차 이름을 동쪽으로 부치어 흘러가게 하리라 且將名姓付東流

▫ 고향으로 돌아가는 아이를 전송하다 送兒歸故里

삭풍은 노하여 부르짖고 눈은 휘날리는데 朔風號怒雪飄揚
귀향하는 너를 보내자니 눈물이 글썽하네 送爾歸鄕淚一行
압록강에서는 다리의 불빛에 놀랄 것이고 鴨水浮橋驚虛焰
서울에서는 교목에 석양이 어리었음에 마음 상하리라 漢城喬木弔斜陽
강물에 임한 옛 집[465]은 기쁜 낯빛일 것이고 臨流古閣歡顔帶
친구들은 밤이 새도록 말을 늘어놓으리라 跋燭親朋話柄長
가장 염려되는 것은 포산의 산자락 집이니[466] 最念蒲山山下屋

---

464) 철퇴를 … 본받으랴 : 한韓 나라가 진秦에게 망한 뒤 한나라 세가世家 출신인 장량張良이 역사力
　　士를 시켜 철퇴를 소매 속에 감추었다가 진시황을 저격하게 하였으나, 다른 수레를 맞혀 실패
　　하고 말았다.
465) 강물에 임한 옛 집 : 임청각臨淸閣을 가리킨다. 현재 경북 안동시 법흥동에 소재하고 있다.
466) 가장 … 집이니 : 포산에는 동생 이용희(이상동)가 거주하고 있었다. 앞에 나온 「포산에서 건초

아이들은 춥고 주려서 안색이 처량하리라　　　　　　　　寒飢稚們色凄凉

· 김비서가 이명파에게 증여한 운을 차운하다　次金賁西贈李溟坡韻

1

수륙 삼천리 멀리멀리 떠나왔기에　　　　　　　　　　　水陸三千遠遠離

선대의 사업 완전히 다른 이에게 넘겨주었네　　　　　　蕩將先業別人遺

달 밝으니 은일자적하던 고향 밤이 생각나고467)　　　　月明梅鶴懷鄉夜

세밑이 되니 뜻을 얻지 못한 현자는 성대를 대망하네468)　歲暮榛苓望美時

백발은 연이어서 거푸 소식을 보내오고 있건만　　　　　白髮連仍來有信

황금은 다 흩어졌는데 다시 모을 기약이 없네　　　　　黃金散盡聚無期

장부는 제 한 몸을 위해 꾀하려 하지 않지만　　　　　丈夫不屑爲私計

생각이 주림과 추위에 미치니 되려 웃게 되네　　　　　念到飢寒却一嘻

2

무궁화는 떨어지고 기장은 축 늘어졌나니469)　　　　　槿花零落黍離離

겁탈이 지나간 산하에는 피와 한이 흐르네　　　　　　過劫山河血恨流

제국주의가 활개 치는 약육강식 세상이요　　　　　　帝國鯨呑强者世

백성들이 무참히 죽어가는 위급한 시절이네　　　　　生靈魚爛命耶時

백이의 절의 위한 죽음이 무슨 도움 되었나470)　　　　殷薇死節終何益

동생의 집에 머물렀던 것을 추억하다[憶葡山寓健初弟]」 참조.

467) 매학梅鶴 : 매처학자梅妻鶴子. 송宋 나라의 은사隱士 임화정林和靖이 서호西湖의 고산孤山에 은거하
　　면서 20여 년을 시정市井에 내려오지 않았다. 매화를 아내로 삼고 학을 자식으로 삼아 유유자
　　적하게 살았다.

468) 진령榛苓 :『시경詩經』「패풍邶風」 간혜簡兮편에 "山有榛 隰有苓 云誰之思 西方美人" 하였다.
　　진령榛苓은 현자들이 도덕이 쇠망한 세상에서 뜻을 얻지 못해 성대의 왕을 생각하는 시다.

469) 무궁화는 … 늘어졌나니 : 나라가 망한 것을 이른다. 무궁화는 우리나라 상징이다. 나라 망한
　　것에 대한 탄식을 서리지탄黍離之歎이라 한다.

470) 백이의 … 도움 되었나 : 원문의 은미殷薇는 주周 무왕武王이 신하로서 은殷을 치려하자 그것에
　　극력 반대하다가 그 뜻이 관철되지 않자 수양산에서 고비[薇]를 뜯어먹다가 죽은 백이와 숙제

구천의 와신상담 설욕은 기약할 만한 것이네[471]	越膽湔羞尙可期
정성이 하늘에 닿으면 하늘이 필연 도우리니	心力貫天天必佑
초라한 오두막에서 웃고 앉아있을 일 아니네	窮廬莫作短長嘻

3

해마다 경황 중에 이사를 하다보니	年年遷舍太支離
많은 물자들을 길바닥에 버리고 마네	多少資財路上遺
고구려의 영토는 일찍이 이곳이었고	麗代封疆曾此地
대조영[472]이 벽처럼 우뚝했음도 그때였네	祚榮樹壁又其時
몸은 월나라 새처럼 거처가 없지만	身如越鳥栖無定
마음은 정령위[473]처럼 돌아갈 기약이 있네	心似令威返有期
뇌수가 다 말랐으니 무슨 일을 이루리요	涸盡腦精成底事
석양은 뉘엿뉘엿, 헛웃음만 나오게 하네	斜陽冉冉使人嘻

4

검술에 능했던 형경과 축을 잘 탔던 고점리는[474]	劍擅荊卿筑漸離
지금토록 청사에 이름이 남아서 전하고 있네	至今靑史姓名遺
필부에게도 오히려 사람을 놀래키는 솜씨 있으니	匹夫尙有驚人手
지사의 행실은 마땅히 나라에 보답해야 할 때이네	志士行當報國時
세상은 변화무상하여 아침저녁으로 바뀌고 있고	世局無常朝暮變
예의와 대포는 서로 대치한지 여러 세월이 되었네	禮砲相對歲年期
하늘이 우리를 이 땅으로 보낸 것이 분명하니	分明我輩天敎送
생계의 고단함이야 한숨 쉴 일이랴	生計苦辛不足嘻

를 가리킨다.

471) 구천의 … 것이네 : 원문의 월담越膽은 복수를 위해 와신상담臥薪嘗膽한 월왕越王 구천句踐을 가리킨다.

472) 대조영大祚榮 : 발해의 시조始祖.

473) 정령위丁令威 : 옛 신선 이름. 뒤에 학鶴이 되어 고향인 요동遼東으로 돌아갔다.

474) 형경荊卿은 형가荊軻이다. 진秦 나라 왕을 척살하려 하였으나 실패하여 피살됐다. 고점리高漸離는 형가가 연燕 나라에 있을 때 서로 친하게 지낸 친구지간이다.

5

육신과 영혼이 아직은 분리되지 않았으니	軀殼靈魂尙不離
여러 분들은 나를 삼유시475)라고 비웃지 마라	諸公休笑矢三遺
침침한 긴긴 밤에 뉘 홀로 깨어나 있는가	沈沈永夜誰醒夢
왕왕 위인들은 스스로 시대를 만들어 간다네	往往偉人自造時
조국의 정신은 여러 사람들을 합하게 하고	祖國精神群體合
전문적 교육은 십년을 기한으로 하고 있네	專門敎育十年期
일은 해나가 봐야 쉽고 어려운지를 아나니	事要做去知難易
수수방관하는 것이 가장 가소로운 일이네	袖手傍觀最可嘻

6

치달리는 호마는 섬리476)를 능가하고	奔騰胡馬絶纖離
또 소문477)의 보검마저 주어졌네	復有蘇文寶劍遺
봄바람 불던 한수에 꽃이 피던 날	春風漢水花開日
가을풀 평원이 피로 물들었던 때	秋草平原血染時
젊은이들이 배움 쌓아 어디에 쓰랴	少年績學要何用
우리는 고향으로 돌아갈 때 있으리라	吾輩還鄕庶有期
죽지 않고는 이 일 잊기 어렵나니	未死難忘惟此事
천심이 정해졌으니 한숨은 짓지 마세	天心已定勿須嘻

□ **상원 밤에 용희를 구경하다.** 계축년　上元夜觀龍戲

비단을 잘라서 용을 만들었음에도 신령이 있나니	剪綵爲龍亦有靈
용비늘 인갑이 꿈틀꿈틀 달빛 속에서 움직이네	蜿蜒鱗甲月中行
어떻게 하면 저 송화강의 물 한 방울을	那將一滴松江水
동쪽 하늘 향해 뿜게 해서 벼락 일으키게 할 수 있을까	噴向東天起震霆

---

475) 삼유시三遺矢 : 대변을 보러 자주 화장실을 간다는 말이다. 늙었음을 뜻한다.
476) 섬리纖離 : 고대의 명마名馬 이름.
477) 소문蘇文 : 고구려의 연개소문淵蓋蘇文을 가리킨다.

▫ 읊어서 장운정·여성원에게 보이다[478]　吟示臧運亭呂星垣

맥수가[479]가 끝남에 눈물이 수건을 적시나니	麥秀歌成淚滿巾
온갖 근심이 내 생일날에 자못 모여드네	百罹偏萃我生辰
도중은 예로부터 소년들이 많았고[480]	屠中自古多年少
강가에서는 지금 장인[481]들을 만나고 있네	江上如今遇丈人
엎질러진 물을 어찌 다시 쓸어 담으랴마는	覆水何從回器面
맑은 바람을 혹간 빌려서 돛배를 보내네	淸風或借送帆身
길게 말하면 상구의 경계[482]를 범할까 염려되어	長言恐犯桑龜戒
다만 작은 정성을 만분지일이나마 펼 뿐이네	祗把微誠萬一伸

▫ 계축년 섣달 그믐밤에　癸丑除夕

외론 등불, 먼 나그네, 유하현[483]	孤燈遠客柳河灣
폭죽 소리 속에 한 해가 저물어가네	爆竹聲中歲已刪
은자 만냥도 많다 여기지 않고 한번에 썼거늘	一擲不多銀萬角
사방으로 옮겨다니니 초가삼간이 오히려 사치스럽네	四遷還侈茆三間
사람 마음은 길처럼 쉬이 나뉘어지고	人心似路分歧易
세상사는 엉킨 실타래처럼 풀기 어렵네	世事如絲解結難
고국과 고향을 떠난 지라 한이 한량없기에	去國離鄕無限恨

---

478) 원주에 '두 사람은 중국인이다[中國人].' 하였다.

479) 맥수가麥秀歌 : 기자箕子가 은殷 나라의 옛터를 지나며 망국의 한을 읊었다는 노래. 일명 상은조 傷殷操.

480) 도중은 … 많았고 : 한신韓信이 처음 천하게 살 때에 회음淮陰 땅 시중市中에 갔더니 백정[屠中] 소년들이 한신을 모욕하여 가랑이를 벌리고 서서, "한신이 네가 죽음으로 결단하려거든 너의 찬 칼로 나를 찌르고 그렇지 못하거던 나의 가랑이 밑으로 기어 나가거라." 하였다.

481) 장인丈人 : 옛날 연로한 남자에 대한 존칭, 즉 어른. 여기서는 제목 속의 두 중국인을 가리킨다.

482) 상구의 경계[桑龜戒] : 말을 함부로 하지 말고 삼가야 한다는 경계이다.

483) 외론 등불 … 유하현 : 작자는 이때 유하현柳河縣에 있었다. 유하현은 지금의 중국 길림성 소속 이다.

베개에 때때로 눈물이 아롱짐이 있네　　　　　　　　　　枕邊時有淚痕斑

　▫ **갑인년 설날에.** 갑인년　甲寅元朝

들에는 찬 눈이 거리에는 연기가 가득하나니　　　　　滿郊寒雪滿街烟
먼 나그네 봄을 맞아 오만가지 감상이 일어나네　　　遠客逢春百感纏
산허리에 등불처럼 걸린 건 우리나라도 비춰주는 해와 달이지만　　半壁燈懸韓日月
오경 무렵 종소리 퍼지는 곳은 중국 산천이네　　　五更鍾動漢山川
신룡이 변화하여 연못에서 장차 도약하려 하고　　　神龍變化淵將躍
정위484)는 노력하여 바다를 돌과 나무로 메우려 하네　精衛工夫海欲塡
멀지 않아서 시기가 우리에게 이를 것이나니　　　　早晩時機應到手
꺼려지는 건 살쩍과 머리가 전과 다른 것일 뿐이네　只嫌鬢髮異前年

　▫ **간구에서 가을밤에 우연히 읊다**　干溝秋夜偶吟

부엌에는 남은 곡식이 없고 들에서는 수확이 없으며　廚無餘貯野無收
가을비는 추적추적 내리며 그치려 하지를 않네　　　秋雨淋淋不肯休
동생은 심양에 있는데 해진 새끼줄을 드리우고 있고485)　弟滯瀋城垂弊索
아이는 한수에서 노닐고 있는데 돌아가는 배가 막혔네　兒遊漢水阻歸舟
신룡이 변화하니 구름이 걷어지기 시작하지만　　　神龍變化雲初合
손 기러기는 세월 때문에 나무에서 시름에 빠지려 하네　客鴈光陰木欲愁
듣자니 구라파의 풍랑이 급하여　　　　　　　　　聞說歐西風浪急
열강의 비행기와 함대가 하늘과 바다에 떠 있다 하네　七雄飛艦海天浮

---

484) 정위精衛 : 해변에 사는 까마귀를 닮은 작은 새. 옛날 염제炎帝의 딸이 동해에 빠져 죽어 이 새
　　가 되었다 함. 항상 서산西山의 돌과 나무를 물어다가 동해를 메우려 하였다는 전설이 전해 내
　　려오고 있다.
485) 동생은 … 있고 : 해진 새끼줄[弊索]을 아래로 드리우고 있다는 것은 띠[帶]로 차고서 드리우고
　　있다는 것인데, 이는 형편이 대단히 빈궁함을 뜻한다.

□ 석호 족조에 대한 만사 輓石皓族祖

1

뭇 아이들의 놀이로 오대양이 시끌벅적하거늘	群兒戲劇五洋噪
석호 선생께서 이런 때에 베개에 누워계시네	石皓先生倚枕時
의관에 있어서는 당대의 옛 전범 그대로 이셨고	昭代衣冠儀範古
시례에 있어서는 명가의 남긴 법도 그대로 이셨네	名家詩禮典型遺
변하여도 좋게 변함이 아니거든 차라리 변하지 않으려 하셨고	變猶未善寧無變
알더라도 행하기가 어려운지라 일부러 모른 체 하셨네	知亦難行故不知
인간 세상의 흥폐를 인한 감상이 한량이 없나니	無限人間興廢感
남은 모든 세월을 바둑판에나 쏟고 싶을 뿐이네	都將甲子付殘棋

2

오십여 년을 아버지처럼 섬긴 처지이며	五十年間父事地
삼천리 밖에서 나그네로 떠도는 사람이네	三千里外旅遊人
맑은지라 규모 다른 것이 해가 되지 않았으며	任淸不害規模異
과거 공부를 집어던지고 함께 참된 도리로 돌아갔었네	纓閉同歸道理眞
야윈 학은 꿈에서 몇 번이나 그리워하느라 힘들었거늘	癯鶴幾回勞夢想
높이 나는 기러기486)는 한번 몸을 일으키더니 소식이 묘연하네	冥鴻一擧杳音塵
병든 어진 자가 홀연 용사의 예언487)을 만났나니	萎賢忽値龍蛇讖
고향을 생각함에 눈물이 수건을 적시네	爲念家鄕淚滿巾

---

486) 높이 나는 기러기[冥鴻] : 세상을 피하여 은거하는 사람. 재주가 빼어나거나 원대한 이상을 가
　　진 사람의 비유로 쓰인다.

487) 용사의 예언[龍蛇讖] : 어진 자의 죽음을 뜻함. 용사龍蛇는 진년辰年과 사년巳年을 말한다. 후한後
　　漢의 정현鄭玄이 "올해는 진년이고 내년은 사년이다."라는 공자의 꿈을 꾸고 나서 그해에 죽었
　　다는 고사에서 비롯되었다(『후한서後漢書』「정현전鄭玄傳」).

▫ 백하[488] 김장에 대한 만사. 을묘년 輓白下金丈

1

오래된 청구 땅의 굳센 민족	優强民族舊青邱
역사 유구 반만년이라네	歷史遺光半萬秋
적자생존의 지금의 세상에서	適者生存今世界
무슨 연유로 이 씻을 길 없는 수치를 안고 있는가	緣何抱此莫湔羞

2

하찮은 이 몸의 목숨 버리는 건 쉬운 일이니	捐生容易蒎然身
한 걸음 문전 앞이 바로 물가라네	一步門前卽水濱
쓸개는 있어도 맛보지 않고 섶이 있어도 눕지 않고	有膽不嘗薪不臥
부질없이 살아가는 저들은 도대체 어떤 사람인가	空留殘血彼何人

3

백발을 흩날리며 조국을 떠나던 발자취	白髮飄然去國蹤
서관 땅 풍설을 무릅쓰고 찬 지팡이에 의탁했네	西關風雪倚寒筇
조국 강산아 잘 있거라 슬퍼하지 마라	江山好住休怊悵
봄이 돌아오거든 무궁화 이 땅에서 상봉하리라	春返槿花可再逢

4

추가가에서 결사하여 민권을 장려할 적에[489]	鄒街結社獎民權
문인 무인 선비 벼슬아치 등 두루 한 자리에 모였네	文武衿紳匝一筵
기틀을 마련하는 것은 우리의 의무이고	刱手開基吾義務

---

488) 원주에 "비서장은 호를 백하로 고쳤다[貫西丈改號白下]." 하였다.

489) 추가가에서 … 장려할 적에 : 1911년 유하현柳河縣 추가가鄒家街에 이상룡을 비롯한 많은 사람
들이 모여 집회를 열어서 민족의 장래를 의논하였다. 이후로 경학사耕學社·신흥강습소新興講習所
등이 이곳에서 설립되었다.

성공을 거두게 되는 것은 훌륭한 청년들이리라   成功自有好靑年

5

이웃이 울고 들이 곡하여 모두 비관적이지만   隣咷野哭摠悲觀
풍토가 다른 이방에서 오만 생각을 제거하네   風土殊方萬念刪
오직 바라는 것은 하늘이 나에게 몇 년을 더 빌려주어   惟願數年天假我
광복이 되어 좋은 시절이 돌아오는 것을 목도하는 것일 뿐이네490)   眼看多勿好時還

6

우연한 작은 감기가 더욱더 위태로워져서   偶然微感轉沉危
황천의 문이 닫히자마자 만사가 무너졌네   一閉黃壚萬事嗁
산 위의 달을 바라보니 한이 한량이 없나니   明月空山無限恨
야심한 이 시각 오직 자규만이 내 마음 알리라   夜深只許子規知

7

더불어 도를 강구하고 글을 논한 지 오십 년이 되었고   講道論文五十年
서쪽으로 온 것은 하물며 생사를 함께 하는 인연임에랴   西遊況是死生緣
공이 돌아감에 아직은 내가 장송함이 있지만   公歸尙有吾將送
내가 떠나는 다른 날에는 그 누가 눈물 흘려주리요   我去他時孰泫然

□ **신정에 차운하여 송종근에게 보이다.** 병진년   新正次示宋鐘根

희이491)는 한번 잠들었다 하면 천여 일에 이르렀고   希夷着睡了千日

---

490) 다물多勿 : 고구려 말이다. 옛 땅을 회복하는 것을 말한다. 여기서는 일제로부터 벗어나는 것을
　　 뜻한다.
491) 희이希夷 : 송宋 나라 때의 은자隱者인 진단陳搏을 가리킨다. 오계五季 시절에 화산華山에 숨어살
　　 면서 도를 닦고 벽곡辟穀을 하였다. 한번 잠이 들면 1백여 일을 깨지 않고 계속 잤다. 후에 송宋
　　 태조太祖가 등극하자 그제야 웃으면서 이제야 세상이 안정을 찾았다 하였다. 태종太宗이 그에게
　　 희이선생希夷先生이라는 호를 내렸다. 저서로 『지현편指玄篇』 81장章이 있다(『송사宋史』 권457,

백옥은 지난 마흔 아홉 살 동안 잘못 살았음도 알았네[492]	伯玉知非過九年
일을 도모함에 있어서는 늘 뒤에 처져서 완벽함을 추구하고	謀事求完常處後
사람됨됨이에 있어서는 다른 것 닦지 않고 성실을 구할 뿐이네	做人要實不修邊
문명을 잘못 흡수하여 깨어있어도 취해 있는 듯 하고	文明誤吸醒猶醉
악몽에 늘 시달리는지라 깨어있어도 잠들어 있는 듯 하네	魔魘仍存寤亦眠
형경[493]이 경솔히 한번 응낙한 것을 조소하나니	堪笑荊卿輕一諾
연나라 위하려는 처음 뜻이 결국 연을 망하게 하고 말았네	爲燕初志竟亡燕

▫ 병진년[494] 정월 대보름 밤에 우연히 읊다　丙辰上元夜偶吟

풍상을 실컷 맛본 동해의 나그네	飽冒風霜東海客
맑은 눈과 달의 정월 대보름 밤	淸新雪月上元宵
골목에는 별인 양 등불들이 환하고	紗燈巷曲星辰錯
허공에서는 폭죽 소리 천둥인 양 요란하네	紙砲晴空霹靂消
지사는 시절을 슬퍼하여 늘 피눈물 흘리고	志士傷時長血淚
아이는 말을 알면서부터 벌써 군가를 부르네	稚兒解語已軍謠
만사는 하늘로부터 정해진다는 것을 잘 알기에	審知萬事由天定
잠시 숲으로 가서 자는 새들을 짝해보네	姑向林間伴宿鷦

▫ 정사년 설날에. 정사년　丁巳元朝

증조부께서 회갑 되시던 해에 내가 태어났는데	曾爺晬甲我初生

「을일전상隱逸傳上」).

492) 백옥은 … 알았네 : 거백옥蘧伯玉은 옛날의 훌륭한 대부大夫로서 50세에도 49세 때까지 잘못 살았음을 깨달았던 인물이었다. 『논어論語』「헌문憲問」의 "거백옥이 사람을 보내 공자에게 문안 드렸다[蘧伯玉使人於孔子].'는 조목에 대한 주석에서 장자莊子의 말을 인용하여 "거백옥은 나이 오십이 되어서도 마흔 아홉살을 잘못 살았음을 알았다[伯玉行年五十而知四十九年之非]." 하였다.

493) 형경荊卿 : 형가荊軻이다. 연나라 태자 단丹의 부탁으로 진秦 나라 왕을 척살하려 하였으나 실패 하여 피살됐다.

494) 병진년丙辰年 : 1916년이다.

생각도 못했는데 나이 벌써 예순이 되도록 늙었네 　老大居然六十齡

풍수495)의 비감이 모여드는 걸 어찌 금하랴마는 　風樹那禁悲感集

와장496)이지만 길상을 올리게 된 것이 절로 기쁘네 　瓦璋自喜吉祥呈

집은 국운을 따라서 동시에 고토를 떠났고 　家隨國運同時去

몸은 나그네의 시름과 한 덩어리가 되었네 　身與羈愁一塊成

오직 원하는 것은 봄바람이 일찍 불어서 　祇願東風吹到早

무궁화에 봄기운이 돌면서 가지마다 꽃이 피는 것이네 　槿花春色枝枝榮

　▫ 이만초태영에게 화운하여 부치다. 무오년　和寄李晩樵泰榮

1

집을 옮겨 서쪽으로 간지 벌써 삼년 째 되었나니 　搬家西走已三年

고개 하나가 막고 있는데 마치 천리나 떨어진 듯 　一嶺遮如遠隔千

이름이야 경작과 낚시 속에 잘 숨겨두고 지내지만 　名姓好藏耕釣裏

몽혼 만은 취해 읊조리는 그대 곁을 늘 맴돌았다네 　夢魂長繞醉吟邊

서풍이 불고 가니 들녘의 수확이 다 끝이 났고 　歐風吹去黃金盡

북풍한설이 닥쳐오니 백발이 불쌍하기만 하네 　朔雪催來白髮憐

그리움이 일어서 먼길 마다하지 않고 방문하였나니 　思起不妨迂路訪

합니하497)에서 백리나 떨어진 남천에 이르렀네 　泥河百里到藍川

2

그대 얼굴 보자마자 속마음부터 먼저 털어놓나니 　纔瞻眉宇膽先傾

말이 서로 오가는 사이에 마음이 상쾌해지네 　談塵交飜爽氣生

배 과수원에 봄이 돌아오니 옛 생각에 젖어 들고 　梨院春回纏舊感

논에 비가 내리니 마음이 위로가 되네 　稻田雨足慰幽情

---

495) 풍수風樹 : 풍수지탄風樹之嘆. 자식이 부모를 섬기려 하나 벌써 돌아가시고 없음으로 인한 탄식.

496) 와장瓦璋 : 질그릇으로 만든 장璋. 장은 제사 때 울창주를 따르는 데 쓰는 구기이다. 원래는 옥
　　으로 만든다.

497) 합니하合泥河 : 길림성 통화현에 있는 물 이름이자 지명이다. 여기에 신흥무관학교가 있었다.

도망 다니는 자취는 갈대 머금은 기러기와 다르지 않고 　　逋踪自況含蘆鴈

고상한 시는 도리어 버들에서 지저귀는 꾀꼬리보다 나아라 　　雅律還嗤囀柳鸎

유리 술잔의 술이 다하자 이에 일어나 이별하려 하는데 　　酒盡琉鍾仍起別

저녁 연기가 앞 골목을 성처럼 에워싸고 있네 　　夕煙前巷繞如城

3

일혼을 바라보는 쇠한 나이의 석별의 정인지라 　　望七衰年惜別情

눈물을 뿌리지 않아도 사람을 놀라게 하네 　　不須揮淚使人驚

고래로 늙음 물리치기 위해 헛되이 약을 구했나니 　　古來却老虛求藥

언제나 태평성대 만나 함께 거나하게 취해 볼거나 　　何日昇平共醉觥

유수고산498)이 이제 겨우 귀에 들어오거늘 　　流水高山纔入耳

모운춘수499)로 해서 개인 마음이 다시 가려지네 　　暮雲春樹更遮晴

나와 그대 서로 약속을 마음에 새겼다가 　　我留君約君留我

가을걷이 뒤에 자주자주 서로 서로 방문하세 　　秋後頻煩兩地迎

▫ 회갑날에 척서의 운을 차운하다　六十一初度次尺西韻

남아가 늙어서 벌써 회갑연이거늘 　　男兒老矣已玆筵

인간 만사는 현빈500)을 던져버렸네 　　萬事人間擲牝玄

중당501) 앞에서 색동옷 입고 춤춘 것이 어제 같거늘 　　彩舞重堂如昨日

이역에서 떠돈 것이 얼마나 되었는가 　　漂流異域幾多年

집안 재물이 새어나가는 것은 바다의 미려502) 같고 　　家貲洩盡尾閭海

시운이 더디게 돌아오는 것은 수국503)의 하늘 같네 　　時運回遲睡國天

---

498) 유수고산流水高山 : 친구 간에 연주하고 들어주는 음악.

499) 모운춘수暮雲春樹 : 친구 간에 서로 멀리 떨어져서 그리는 정.

500) 현빈玄牝 : 『노자老子』에서 말하는 도道이다.

501) 중당重堂 : 조부모님.

502) 미려尾閭 : 큰 바다 밑에 있는, 그칠 사이 없이 물이 새어 모든 강의 출구가 된다는 곳.

503) 수국睡國 : 잠자는 나라. 『열자列子』의 「주목왕周穆王」 편에 의하면, 서극西極의 남쪽 한 모퉁이
　　에 작은 나라가 있는데, 이곳 사람들은 먹지도 않고 입지도 않은 채로 잠을 많이 자는데 50일

육순이 녹아 어울려 한 잘못을 이루어버렸으니　　　　　　　鑄合六旬成一錯
장수 축원 잔은 벌주의 잔으로 대체해야 하리라　　　　　　壽盃當替罰盃傳

▫ 만주를 다니다가 이자동정모의 송경 회고운을 차운하다　滿洲旅遊次李紫東正模松
京懷古韻

1

중원과 동방은 만리장성이 그 경계인데　　　　　　　　　　中東舊域界長城
하늘이 주나라와 단군조선을 양립하게 했지　　　　　　　　天遣姬桓兩對枰
비바람이 몰아치는 오천년을　　　　　　　　　　　　　　　風飜雨覆五千載
전쟁의 피로 얼룩진 속에서 역사가 생겨났네　　　　　　　戰血斑斑歷史生

2

하늘로 치솟은 백두산은 늘 눈이 날리고 있고　　　　　　　插天白嶽雪長飛
삼면을 바다로 에워싸서 천지를 만들었네　　　　　　　　　三面滄溟遠作池
상서로운 기운이 흐릿한 가운데 아침해가 솟아오르면　　　瑞氣葱籠朝日上
신령스러운 상제가 개벽하신 만년의 터전이라네　　　　　神皇肇闢萬年基
　　백두산白頭山

3

둘러져 있는 울타리 집집마다 밤 등이 걸려 있는데　　　　圓柵家家上夜燈
한 잔을 마시고 나면 또 다른 한 잔이 거푸 이르네　　　　甲盃洗進乙盃仍
지금에 이르도록 황야에서는 높이 사당에 올라가서　　　至今荒野高登廟
종이를 자르고 향을 사르는 늙은 노승이 있다 하네　　　剪紙燒香有老僧
　　개원開原

만에 한 번씩 일어난다고 한다. 전하여 몽중夢中, 수면 상태를 뜻한다.

4

어니하 강변에는 버들이 하늘에 잇닿아 있나니	淤泥河外柳連天
의를 굳게 잡은 은나라 무리들이 여기서 닻을 내렸네	秉義殷師此碇船
죽든 살든 한 마음으로 이 성인을 향하였나니	生死一心方是聖
사당이 지금도 박몽 가에 있다네	幽宮今在亳蒙邊

　　요양遼陽

5

여생이 공연히 박랑사에서 철퇴를 던졌지만504)	黎生謾擲博浪鎚
연 땅505)을 향하여 한 뼘도 개척하지를 못했네	不向燕兒一掌開
아득한 한 사군506)의 기름지고 기름진 땅이	茫茫四郡膏腴地
금도507)에 다 들어가 버렸으니 일이 참 서글프네	沒入金刀事可哀

　　봉황성鳳凰城

6

그 해에는 고기와 자라가 여기서 다리를 이루었고508)	當年魚鼈此成橋
강 밖의 뭇 봉우리들은 검기 서린 양 숙연하였네	江外群巒劍氣蕭
하늘이 환웅을 내리실 때 특이한 징조들이 많았으니	天降神雄多異兆
금두꺼비는 눈이 없어서 굼벙이와 다를 바 없었네509)	金蛙無眼等蟭蟟

---

504) 여생이 … 던졌지만 : 장량張良이 힘있는 역사力士를 시켜 진시황秦始皇이 양무陽武 박랑사博浪沙
　　라는 곳에 이르렀을 때 저격하게 하였는데, 이 역사가 바로 동이인東夷人이었다. 원문의 여생黎
　　生은 이 역사를 가리킨다.
505) 연燕 땅 : 지금의 중국 하북성 북부와 요녕성에 걸쳐 있었다.
506) 한 사군漢四郡 : 낙랑·임둔·진번·현도군을 말한다.
507) 금도金刀 : 유씨劉氏 성을 뜻한다. 유劉가 卯+金+刀로 이루어진 글자이기 때문이다. 유방劉邦이
　　한나라를 세웠다. 여기서는 작자 당시의 중국을 뜻한다.
508) 주몽朱蒙 신화에 주몽이 부여를 탈출해 나올 때 엄수淹水가 가로막자 하늘의 도움으로 고기와
　　자라가 떠올라 다리를 만들어 주몽으로 하여금 건너게 하여 부여의 추격자들을 따돌린 일이
　　있는데, 이 일을 일컫는 듯.
509) 주몽朱蒙 신화에 금와왕의 이야기가 있으나, 여기 눈이 없는 금두꺼비와 다르다. 현지의 구전설
　　화인지도 모르겠다.

회인懷仁 : 지금의 요녕성 환인현

7

백칠 여도는 색이 바래지 않았고	百七輿圖色不渝
장군의 쌓인 힘은 오하를 갈랐네	將軍蓄力奧河區
책력을 가지고 장단을 묻지 마라	休將曆數問長短
충의 방명은 천지와 함께 하니라	忠義芳名天壤俱

영고탑靈古塔 : 지금의 흑룡강성 영안시

8

가을바람이 옛 황룡510)을 취하게 하였기에	秋風醉殺古黃龍
다시 요서 땅을 향하여 발길을 돌리네	更向遼西一轉節
선비족 역시 동방 종족의 하나였나니	鮮卑亦是東方種
당년에는 아홉 종족 중의 하나 이었네	幷列當年九部中

요서遼西

9

두 황제511)의 시신이 경사로 돌아가지 못하니	二帝梓宮不返京
향해512)의 신하와 백성들이 눈물로 갓끈을 적셨네	香孩臣庶淚沾纓
우리 동방은 비로소 참 천자를 두었으니513)	吾東始有眞天子
큰 이름을 드리워서 중원을 침묵시켰네	囊括中原垂大名

길림吉林

10

애신의 왕업이 흥경에서 시작하여514)	愛新基業肇興京

---

510) 황룡黃龍 : 부府 이름이다. 거란 때 처음 설치하였다. 행정 중심지는 지금의 길림성 농안현農安縣
　　에 있었다.

511) 두 황제[二帝] : 금金 나라에 포로로 끌려갔던 송宋 휘종徽宗과 흠종欽宗.

512) 향해香孩 : 송宋 태조 조광윤의 출생지인 향해아영香孩兒營이다. 여기서는 송나라를 뜻한다.

513) 동이족東夷族의 하나인 금나라의 역사를 우리의 역사로 간주하는 사관에 의한 것이다.

일거에 직례성⁵¹⁵⁾을 평정하였네　　　　　　　　　　一擧踏平直隷城

그리고서는 사억의 지나 사람으로 하여금　　　　　　　逐令四億支那族

머리 숙여 강구년월의 태평가를 노래부르게 하였네⁵¹⁶⁾　俛首康衢歌鑿耕

　　홍경興京

11

쇠약함과 성함이 갈마드는 것이 원래 정상적인 이치　　　一消一長元常理

하늘이 우리를 돌아보시고 이 곤경 속으로 보내셨네　　　天眷吾曹送此中

처량한 현재 상황이 더욱 악화될 것이라 말하지 말라　　莫言現狀蕭條甚

시운이 올 때에 세도도 따라서 절로 융성해지니라　　　時運來時道自隆

12

한 곡의 슬픈 노래에 만곡의 눈물이 흐르고　　　　　　一曲悲歌萬斛淚

송화강의 붉은 석양에 술이 깨기 시작하네　　　　　　松江落日酒初醒

우리 동방은 무력을 일으킬 자금이 부족하지 않으니　　吾東不乏金興武

노래를 부르며 서울로 입성하는 것을 반드시 보리라　　會見長歌入漢城

▫ 조양진을 들르다. 기미년　過朝陽鎭

조양진의 큰길이 강을 끼고 돌고 도는데　　　　　　　朝陽大道挾江盤

이틀 동으로 달려도 산이라곤 보이지도 않네　　　　　兩日東馳不見山

쌀을 팔려는 농사 수레는 반석⁵¹⁷⁾에 이르고　　　　賣米農車磐石到

---

514) 애신愛新 : 청淸 나라의 시조가 애신각라愛新覺羅다. / 홍경興京 : 지금의 요녕성 신빈현新賓縣이다.

515) 직례성直隷省 : 청대淸代의 행정구역 이름으로 지금의 하북성 일대이다. 여기서는 전 중국을 뜻한다.

516) 착경鑿耕 : 격양가擊壤歌를 가리킨다. 요堯 임금 치세 기간에 천하가 태평하였다. 어떤 한 노인이 다음의 격양가를 불렀다. "日出而作 日入而息 鑿井而飮 耕田而食 帝力于我何有哉" 전하여 태평가를 뜻함. 역시 여진족女眞族 청나라의 역사를 우리의 역사로 보는 사관에 의해 4억 한족으로 하여금 청의 통치에 태평가를 부르게 했다고 서술한 것이다.

517) 반석磐石 : 지금의 중국 길림성 반석시.

사람을 실은 상선은 길림[518]으로 돌아가네	載人商帆吉林還
새 중화민국은 전선줄이 이리저리 엇걸려 있고	縱橫電線新民國
옛 진관은 금빛 현판이 햇빛을 받아 눈부시네	輝映金扁舊鎭官
오랜 세월 흐리멍덩 보내다가 옛 땅[519]에 임했나니	醉夢千年臨故土
휘파성[520]의 유적을 차마 대할 면목이 없네	輝巴遺躅對無顏

▫ 흑석두 도중에서　黑石頭道中

수레바퀴 굴러서 흑석두 고개를 넘어가는데	車轉嶺過黑石頭
깊은 산중이 탁 트이며 큰 강이 흘러가고 있네	亂山中坼大江流
비단 휘장을 한 상점 하나가 열려 있는데	紋繪疊摺開商店
푸른 기와가 들쭉날쭉한 것이 주루인 듯 하네	碧瓦參差認酒樓
바람처럼 달리던 말들은 횡으로 마굿간에 메여지고	風前快馬橫貫去
거울 같은 맑은 강물에는 배 한 척이 자유자재하네	鏡裏孤舟自在浮
두 집이 온천지가 눈인 화전[521]으로 옮겨와 사는데	二舍樺僑天下雪
문에서 엿보는 어린아이는 눈동자를 몇 번이나 굴리네	候門稚子幾回眸

▫ 요파에 이르다　到腰坡

감창에서 9리 떨어진 요파에 이르니	城倉九里到腰坡
마당가에 볏단을 쌓아놓은 두세 집	場畔堆禾三兩家
다투어 말하기를, 올해는 쌀값이 좋아서	爭說今年米價好
열 말에 오원 정도는 능히 받는다 하네	十升能值五圓多

---

518) 길림吉林 : 지금의 중국 길림성 길림시.
519) 옛 땅[故土] : 만주를 본래 우리 민족의 활동무대로 생각했기 때문에 한 표현이다.
520) 휘파성輝巴城 : 원주에 "휘파성은 고구려의 옛 성이다." 하였다.
521) 화전樺甸 : 지금의 길림성 화전시.

▫ 소나무 울창한 산을 내려가다가 눈을 만나다　下松崗遇雪

휘남에서 남으로 달려 송산을 내려가는데	輝南南走下松山
큰 눈이 체로 치듯이 찬 얼굴을 마구 때리네	大雪如篩撲面寒
잠깐만에 은빛 바다에 사람의 종적이 멸해지는데	須臾銀海人踪滅
홀로 지팡이에 기대어 험한 산 고개를 뚫고 가네	獨仗枯節透險關

▫ 배영진를 곡하다　哭裵永進

1

그 문은 온아 하였으며 졸하게 살자는 규계를 삼가 지켜	溫雅其文謹拙規
평생 자신을 숨기고 남이 알아줌을 구하지 않았네	一生韜晦不求知
여러 사조가 창궐하는 새로운 시대에	風潮漲漾新時代
무리 속에서 홀로 웃었으니 또한 절로 기이하였네	孤笑群中亦自奇

2

주속522)으로 어찌 내 더운 위장을 더럽히랴 하고	周粟焉能浼熱腸
십년 동안 요동 땅에서 실컷 풍상을 맛보았네	十年遼野飽風霜
시기가 점차 이르거늘 몸이 먼저 가버렸으니	時機漸到身先逝
만세 부르며 서울로 들어가는 것을 보지 못하겠네	未見嵩呼入漢陽

3

슬픔과 기쁨, 영광과 치욕이 지극히 어지러우니	悲歡榮辱劇紛忙
이 세상은 원래 오래 머물 곳은 아니라네	此世元非久滯場
늙어서 헤어지니 어찌 아녀자처럼 울랴	老別何須兒女泣

---

522) 주속周粟 : 주나라 곡식. 주나라 무왕武王이 은주殷紂를 토벌하자 백이숙제伯夷叔弟가 주나라 곡식
　　을 먹지 않겠다 하고 수양산으로 들어가 고비를 뜯어서 먹었다. 여기서는 일제日帝 치하에서 산
　　출되는 곡식을 뜻한다.

정녕코 저승에서 만난 후 오랜 날들을 기약하세　　　　　　　丁寧冥會後期長

□ 어부의 집에서 하룻밤 묵다. 경신년　宿漁家

이른 새벽 그물 들고 강가로 나가서　　　　　　　　　　　　清晨擧網入江潴
한 자가 넘는 은빛 물고기를 잡네　　　　　　　　　　　　　活着銀鱗長尺餘
날마다 돈과 바꾸지만 가난은 여전하고　　　　　　　　　　日換千錢貧自若
식구들 매끼마다 고기 없다고 탄식하네　　　　　　　　　　家人每食歎無魚

□ 내도산523)으로 가는 성준용·이범석·강남호를 전송하다　送成駿用李範錫姜南鎬
遊內島山

묘년에 피리 차고 있고 기상은 무지개처럼 찬연하노니　　　妙年腰笛氣如虹
넝쿨 위에 뜬 달과 솔바람이 멀리서 이목에 들어오네　　　蘿月松風入望中
이번 걸음에 반드시 신명의 도움을 얻으리니　　　　　　　此行必獲神明助
단군께서 아아 밝게 우리 대동을 돌아보시리라　　　　　　檀帝於昭眷大東

□ 건초가 출감했다는 소식을 듣고 덕초가 부쳐온 시에 차운하다　聞健初出監之報
次德初寄示韻

1

곰 발바닥 취하고 물고기 버리는 것은 일찍 알고 있었지만524)　取舍熊魚夙講知
십년 동안의 와신상담은 너무 지루한 것으로 생각되었네　　十年薪膽度支離
서구 열강들이 문득 평화회의를 제창하였나니525)　　　　　西隣忽倡平和議

---

523) 내도산內島山 : 유두산乳頭山 이라고도 한다. 연길延吉에서 백두산에 거의 이른 지점인 이도진二道
鎭을 지나서 있다.
524) 불의를 취해 사는 것보다 의를 취해 죽는 것이 낫다는 『맹자孟子』에서의 비유가 있다.
525) 서구 … 제창하였나니 : 1919년 1월에 파리에서 제1차 세계대전 종전 청산과 관련된 파리평화
회의가 열렸고, 여기서 민족자결주의가 제창되면서 우리의 3·1만세운동에 영향을 끼쳤다.

우리 나라가 드디어 독립할 때가 되었네   東國遂回獨立時

태극기를 높이 들고 노회한 적을 노려보면서   高揭極旗睆老敵

앞장서서 만세를 부르짖으며 뭇 의심들을 깨버렸네   首呼萬歲破群疑

감옥에서의 고통에 마음 편안히 처하였나니   囹圄苦痛恬然處

때가 되면 마침내 범의 위험을 벗어나는 것을 보게 되리라   限到終看脫虎危

2

풍채는 헌헌장부이고 말은 온화하나니   軒然風度藹乎言

내 마음에 각인 되어 잠시도 잊을 수 없네   印在心頭不暫諼

무기 징역을 받았기에 망상에 시달렸나니   大被無期勞夢想

먼 우편이라 감시 당할까봐 안부도 막혔었네   遠郵多戒阻寒暄

어리석은 백성은 주구가 되어서 재앙을 끼치고   愚民做犬行貽孼

사악한 원수는 여우처럼 사람을 홀리네   妖敵如狐攝去魂

조카들이 집으로 돌아갔다는 소식을 받는다면   若聞阿姪還家報

비로소 노년의 근심걱정을 놓을 수 있겠네   方釋衰年懸念煩

▫ 낚시질 하다　釣魚

위수에서 낚싯대 드리운 걸 떠벌릴 필요 있으랴526)   不必廣張渭水竿

부춘산에서 고상하게 은둔하는 게 무슨 필요 있으랴527)   何須高隱富春山

다만 한가한 마음으로 때를 따라 변화해 간다면   但將閒意消長日

헛된 명성으로 세상 시끄럽게 하는 걸 면하게 되리라   免使虛名鬧世間

---

526) 위수에서 … 있으랴 : 주周 문왕文王에 의해 등용되기 전 위수에서 낚싯대를 드리우고 있던 강
　　태공姜太公을 가리킨다.

527) 부춘산에서 … 있으랴 : 후한後漢 광무제光武帝의 벼슬 권유를 끝내 마다하고 절강浙江의 부춘산
　　으로 들어가 경작하고 낚시하다가 세상을 마친 엄광嚴光의 일을 가리킨다.

▫ 안도현에 나누어 주둔하고 있는 교성대의 제군들을 생각하다　憶安圖分駐敎成隊
　諸君

해진 솜옷은 찬바람을 막지 못하고　　　　　　　　　　　　敗絮垢衣不掩風
조석으로 절인 채소이니 배가 고프리라　　　　　　　　　　蘆塩朝夕腹應空
뉘 알랴, 다른 날 한국 운이 새로워지거든　　　　　　　　　誰知異日新韓運
건국 영웅들이 여기서 나오리라는 것을　　　　　　　　　　建國英雄出此中

▫ 스스로 뉘우치다　自悔

차라리 바다에 빠져 죽겠다 함은 노중련528)처럼 하였고　　　蹈海當如魯仲連
고비를 캐먹으면서 수양산 정상에 편안하게 누웠지만529)　　採薇堪臥首陽巓
때를 헤아리지 못하고 경솔하게 깃발을 세워 싸워서　　　　不量天時輕竪幟
무수한 좋은 청년들만 허무하게 죽게 하였을 뿐이네　　　　徒戕無數好靑年

▫ 청산리에서 한번 싸워 이긴 후 아군이 거의 흩어졌다는 소식을 듣고서　聞靑山一
　捷後 我軍散亡殆盡

청산리대첩 소식은 내 귀를 처음으로 깨워주었으니　　　　靑山捷報耳初醒
한번의 싸움에서 수백의 적병을 섬멸하였다 하네　　　　　一戰能殲數百兵
좋지 못한 지휘는 사령관이 져야 할 책임인데　　　　　　　不善指揮司令責
끝내 건장한 병사들을 모두 별처럼 흩어지게 하였네　　　　終敎健卒散如星

---

528) 노중련魯仲連 : 전국시대 제齊 나라 사람이다. 진秦 나라에 굴복하여 살기보다는 차라리 바다에
　　몸을 던져 죽고 말겠다 하였다.
529) 고비를 … 누웠지만 : 백이伯夷와 숙제叔弟는 주周 나라 무왕武王이 은殷 나라 주왕紂王을 왕위에
　　서 내쫓고 천하를 차지하자, 주나라에서 나는 곡식을 먹기를 거부하고 수양산首陽山으로 들어가
　　서 고비[薇]를 캐어먹고 살다가 굶어 죽었다.

▫ 일본군이 지나는 곳마다 방화하여 연길延吉·혼춘琿春 등지가 모두 잿더미가 되었다
는 소식을 듣고서   聞日兵所過燒殺 延琿等地盡化灰燼

왜놈 두 개 여단이 이리저리로 날뛰어	倭騎跳踉兩旅團
지나는 곳마다 사람을 도살하여 피가 물결을 이루었네	所過屠殺血成瀾
이 엄청난 너희들의 죄를 하늘이 응당 싫어하실 것이니	貫盈爾罪天應厭
이 나쁜 짓에 대한 댓가를 뒷날에 분명히 보게 되리라	惡報昭昭待後看

▫ 일제가 비적과 연락해서 안도현을 노략질하게 하니, 안도현 지사가 이청천을 비적
토벌 사령관으로 삼아서 다섯 개 여단을 연합시켜 안도현 시가지로 출발하게 하였
다530)   倭寇連絡鬍匪 劫掠安圖 知事以李靑天爲討匪司令 聯合五團 發向縣街

우리 이 장군의 용병에는 그 적수가 없나니	李將兵機敵手無
다섯 여단을 합쳐서 완악한 비적을 토벌하네	五團聯合討頑鬍
이제부터 중국과 한국은 관계가 긴밀하리니	從此中東關係密
교만한 왜구가 안도현으로 감히 진격하겠는가	驕倭不敢進安圖

▫ 차용육이 처음에는 그가 죽었다는 소식을 들었으나 생환하여 화전樺甸 땅에 이르렀
으므로 그 기쁨을 이루 말로 다 표현할 수 없었다   車用陸 始聞其死 生還至樺
喜不可言

나는 자네를 이미 죽은 사람으로 여겼더니	吾以君爲已死人
어떻게 칼날을 헤치고 살아남았던가	何由得免劍頭塵
하늘의 뜻이 사람에 앞서 정해진 것이 분명하니	分明天意先人定
그대를 남겨 다른 날의 창업 공신으로 삼으리라	留作他年創業臣

---

530) 안도현安圖縣은 지금의 길림성吉林省 동부의 연변조선족자치주의 서남부에 위치하고 있으며, 지
금도 안도현이라는 이름으로 남아있다. 동으로는 용정시龍井市와 접해 있고, 서북쪽으로는 돈화
시敦化市와 접해 있다.

▫ 김필이 감옥을 탈출하여 다시 유하현에 들어왔다가 일본 군대에 잡혀 결국 학살되었다　金弼 旣脫囹圄 再入柳縣 爲日兵所獲 竟被虐殺

단공의 상책531)을 사람들이 모두 잘 알고 있거늘	檀公上策盡人知
그대의 총명함으로도 사태를 파악함이 더뎠던 게 안타깝네	惜子聰明見事遲
재앙 구덩이를 벗어났거늘 어째서 다시 여기로 들어와	旣脫禍坑胡再入
왜놈들 멋대로 난도질하여 육니532)를 만들게 했는가	任渠剉作肉泥爲

▫ 겨울밤에 잠 못 이루다　冬夜無眠

서향의 초가집에 괴롭도록 바람이 부나니	茅簷西向苦多風
창문 종이에서는 우웅 소리가 나고 봉한 곳은 다 터졌네	窓紙颼颼綻盡封
쇠 같이 찬 이불에 지리하게 누워있거늘	冷臥支離衾似鐵
닭소리 달빛에 화답하여 먼 허공을 지나가네	鷄聲和月度遙空

▫ 사종숙 승일씨는 성격이 곧아서 다른 사람과 말할 때 모난 말도 꺼리지 않았다. 그래서 왜놈 앞잡이들의 미움을 받아 이름이 적의 귀에 들어갔다. 몇 차례 위기를 맞았으나 그때마다 늘 피신하여 용케도 모면하였다. 하루는 날씨는 춥고 옷은 엷어서 집안 사람과 의논하고자 하여 틈을 타서 집에 이르렀다. 중국인 중에서 얼굴을 아는 자들이 번갈아 방문하러 왔다. 손님을 맞고 보내는 사이에 어느덧 저녁이 되었다. 승일씨가 문득 의심이 들어서 몰래 나가서 이웃집에 숨었다. 조금 있으니 바깥에서 사람 소리가 시끄러워 창 틈을 통해서 엿보았더니, 적 십여 명이 앞잡이 대여섯을 데리고 집을 세 겹으로 싸고서 매우 급히 수색을 하였다. 부인 김씨는 이미 붙잡혀서 뜰에 있었다. 숨은 이웃집도 포위망 속에 있었다. 승일씨가 어찌할 바를 몰라서

---

531) 단공의 상책[檀公上策] : 위기를 신속하게 면하는 것, 다시 말해서 도망가는 것을 비유한 말이다. 단공은 남조南朝 송宋 나라 장군 단도제檀道濟이다. 그가 일찍이 위魏 나라와 싸우다 불리하자 후퇴를 주동하였다. 왕경칙王敬則이 "단공의 삼십육계三十六計 가운데 달아나는 것이 상책이었다."고 한 데서 온 말이다(『남제서南齊書』 「왕경칙전王敬則傳」).

532) 육니肉泥 : 잘게 저민 고기를 말함. 여기서는 김필이 왜놈들에게 그렇게 참혹하게 당했다는 말이다.

이불을 덮고 방구들 아래에 엎드렸더니, 그 집 부인이 치마를 벗어서 승일씨 얼굴을 덮고 몸으로 가려서 한 덩어리가 되었다. 적이 갑자기 들어와 이불을 치우고 끌고 나가려 하여 손이 거의 몸에 미쳤는데, 부인들이 급한 소리로 부르짖었다. 김부인이 창 밖에 있다가 이러다간 모면하기 어렵겠다 생각하고 손을 들어 가리키는 모양을 하고서 급히 고함을 지르며 중국인의 집으로 달려갔다. 때는 이미 어두운지라 먼 사람은 분별되지 않았는데, 적은 승일씨가 저 무리 속에 있다고 생각하여 거기로 갔다. 승일씨는 몸을 일으켜 방을 나와 땔나무 더미 속에 숨었다. 적이 여기저기 두루 수색했으나 잡지 못하자 마침내 김부인을 데리고 갔다. 승일씨가 울타리가에서 나오자 중국인이 요행스럽게 면한 것을 기이하게 여기면서 그의 집으로 들어갈 것을 청하였다. 승일씨는 그렇게 하지 않으려 하면서 "적이 만약 다시 온다면 당신에게 해를 끼칠까 두렵다."하니, 중국인이 말하기를 "내 북쪽 이웃은 자못 피신할 만하니 나와 함께 갑시다."하였다. 이르러보니 산동에서 온 사람이었는데, 한 달 전에 잠시 승일씨 집에 얹혀 있을 때 김부인이 그들을 잘 대해주었는지라 그 부인이 고마워하는 마음을 가지고 있었다. 그 부인이 승일씨가 집에 이른 것을 보고 급히 일어나 맞이하고서는 웃옷을 벗을 것을 굳이 청하고 승일씨 팔을 베개로 삼고서 이불을 덮고 누웠다. 승일씨는 그 무례함을 꺼렸으나, 그 부인이 이르기를 "신경 쓰실 것 없습니다. 내가 당신의 급한 위험 때문에 이렇게 하는 것인데, 만약에 자잘한 예절에 얽매여 최선을 다할 수 없어서 혹시라도 불행한 일이 있게 된다면, 나에게는 사람을 구제하는 공이 없게 되고, 당신에게는 때늦은 후회가 있게 될 것입니다."하고, 그 남편을 돌아보면 이르기를 "당신은 구들 위에서 자다가 만약에 우리 집에 누가 오거든 손님이라고 말하세요."하였다. 얼마 안 있어 사립문을 두드리는 소리가 들려 부인이 나가보니 김부인이 중국인과 함께 왔다. 조사 받은 일의 전말을 자세히 전해주었다. 적들이 다시 오지 않을 것을 알고서는 앉아서 새벽 닭 울기를 기다렸다가 쌀죽을 끓여 대접하고는 전송하였다 四從叔承一氏 性硬直 與人言 頗露稜角 以是爲狗輩 所惡 姓名轉入敵耳 屢遭駭機 常避身在外 一日因天寒衣薄 要與家人謀 乘隙 到家 華人知面者 迭來相訪 一迎一送 不覺日暮 承一氏 忽生疑慮 潛出匿於隣 舍 少頃 外頭人聲甚鬧 從窓隙窺 敵十餘名 帶五六狂狗 繞屋三匝 搜索甚急 夫人金氏 已被執在庭 所匿隣舍 亦入圍中 承一氏 罔知所爲 擁衾伏于炕下 其 家夫人 脫裳橫覆頭面 以身翼蔽 聚爲一塊 敵突入撤衾 將曳出 手幾及身 諸夫 人 疾聲叫苦 金夫人在窓外 慮其難免 乃擧手作指示狀 急呼快走華人家 時已 昏黑 不辨遠人 敵疑承一氏在彼群赴之 於是承一氏 起身出匿于柴堆中 敵遍搜 無所獲 遂拿金夫人而去 承一氏 乃從籬畔出 華人奇其幸免 請入其家 承一氏

不肯曰 敵若再來 恐貽禍於爾 華人曰 吾北隣頗隱僻 可與我偕往 至則乃山東
來者 月前暫接於承一氏家 金夫人 待之甚厚 其娃感之 見其至 急起迎入 固請
去上衣 枕之以臂 覆衾而臥 承一氏 嫌其無禮 娃曰無傷也 吾爲爾急難 若拘於
小節 不能自盡 脫有不幸 則我無濟人之功 爾有噬臍之悔 因顧謂其夫曰 君自
臥炕上睡 如有來者 告以客也 而已 聞叩扉聲 娃出而視之 金夫人 與華人偕進
細傳調査顚末 知其不復再來 坐而待鷄 飮以米粥而送之

총으로 삼엄하게 에워싸고 수색을 하니	槍砲森圍搜索急
삶을 도모할 만한 한 뼘의 땅도 없었네	一身無地可圖生
이웃집 부인이 몸으로 감추어준 건 세상 놀라게 할만하고	隣婦翼藏堪警世
중국인 부인의 고상한 의는 인지상정을 초월한 것이네	華娃高義越常情

◦ 원수인 일본 괴수가 중국과 북경에서 교섭하여 13개 현에서 자유로이 군을 이동할 수
  있는 허락을 얻어내고, 중국도 스스로 3만 병력을 내어 아군을 협공할 것이라는 소식
  을 듣고서 聞敵魁交涉北京 得許十三縣自由行軍 中國自出三萬兵 協攻我軍

길을 빌려준 것도 심히 어리석거늘 병력까지 빌려주다니	假道已愚復藉兵
중국인들이 도대체 언제나 달콤한 꿈에서 깨어날 것인지	華人酣夢幾時醒
분명히 알지어다, 우리 한인 교포들의 피가 흘러 넘쳐서	明知漲溢韓僑血
장차 다른 날에 마구 북경으로 흘러 흘러 들어갈 것임을	他日橫流入北京

◦ 원수 일본군이 동쪽과 서쪽에서 협공해 오니, 안도현의 지사知事가 아군에게 물러나
  피해있을 것을 누차 청하여, 부득이 잠시 동강으로 옮기면서 敵兵 東西挾進 安圖
  知事 屢請我軍退避 不得已暫移東崗

안도현의 지사가 적병이 강한 것을 염려하여서	縣官憂懼敵兵强
군대를 옮겨 다른 곳에 숨어있기를 굳이 청하네	固請移軍別處藏
실력도 아직 부족하고 시기도 아직 아닌 듯하니	實力未完時未到
동강을 향하여 잠시 물러나는 것도 괜찮으리라	不妨暫退向東崗

▫ 미친 개가 저자에 들어왔다는 소식을 듣고서   聞狂狗入街

1

개의 성질은 어둡고 미혹하지만 죽는 것을 두려워하여	狗性冥頑猶怕死
사람을 보면 겁을 주기 위하여 미쳐 날뛰기 시작하네	見人虛愶始猖狂
개 짖는 소리를 좇아서 우리들 행적을 정찰하니	勤隨吠響偵行跡
임시로 삼가해서 피해 있어야 할 듯 하네	自有臨時謹避場

2

저자에 범이 나타났다는 것은 원래 이치에 합당함이 없거늘	元來市虎理無當
듣는 자들은 일찍이 상처 입은 적이 있어서 되려 두려워하네	聞者曾傷却恐惶
화복은 모두 자기자신의 행실로부터 일어나나니	禍福皆從身上發
사람 놀라게 하는 행동으로 스스로 재앙을 초래하지 말라	勿須驚動自招殃

▫ 길사하를 지나가다가 하룻밤 묵다. 여관 주인은 세 명의 노인인데, 한 사람은 눈병을 앓고, 한 사람은 다리를 앓고, 한 사람은 천식이었다. 밤 내내 비명을 질러서 잠을 이룰 수 없었다   過宿吉沙河 店主三老 一病眼 一病脚 一病喘 達夜叫苦 不能成寐

머리를 양 무릎 사이에 박고서	雙膝過耳頂在肩
밤 내내 기침소리 때문에 잠을 이루지 못하네	終宵嗽嗽不成眠
그래도 젊은 날의 돈을 신으로 섬기던 버릇이 남아 있어서	猶餘少日金神癖
새벽에 일어나 등을 켜고 밥값을 달라고 하네	曉起點燈索飯錢

▫ 백당 양규열로부터 편지가 왔는데, 아군이 돈화[533]에서 러시아 땅을 향하여 이동하고 있다 하네   梁白堂圭烈書來 言我軍自敦化轉向俄領地

---

533) 돈화敦化는 중국 길림성吉林省 동부, 목단강牧丹江 상류에 위치하는 연변延邊 조선족자치주에 있는 도시이다.

구름에 닿을 듯이 높고 험준한 빙판으로 뒤덮인 끝이 없는 산길을	千里氷山路入雲
입을 것도 없고 먹을 것도 없는 우리의 고립무원의 군대가 넘어가네	無衣無槖度孤軍
하늘이 위에서 굽어보고 계셔 반드시 보이지 않게 도와주실 것이니	皇天在上垂冥佑
의사들의 이번 걸음에 틀림없이 공훈을 세우리	義士今行定立勳

▫ 백두산에 대한 이야기를 듣고서　聽人談白頭山

친한 친구가 안도현으로부터 돌아와서	故人回自安圖縣
백두산의 웅장함에 대해 이야기 하네	漫說白頭體勢雄
대륙의 많은 산들 중에서 그 시조가 되고	大陸諸山中始祖
드넓은 동아시아 대륙 한 방면의 주인옹이며	東洋一局主人翁
해가 떴을 때는 구름이 빙둘러 아래에 있고	瑞日祥雲環在下
삼림과 대택이 그 산 가운데 저장되어 있으며	森林大澤貯藏中
봉우리 꼭대기까지 직선으로 이백 리 되는데	直到峯巓二百里
우리 단군 임금의 유적인 신궁이 있다 하네	檀皇遺蹟有神宮

▫ 밀십합에서 척서의 술회운을 따다　密什哈 步尺西述懷韻

한 겹 산을 지나니 또 한 겹 산이 또 버티고 있나니	一重山過一重山
이런 길이 언제나 끝이 나서 험한 산 고개들을 벗어나게 될까	路盡何時出險關
장사는 슬피 노래 부르며 바닷가로 돌아갔고	壯士悲歌歸海上
장부는 아름다운 약속이 있어서 갈대밭에 있네	丈人佳約在蘆間
몸은 우는 나무 같아서 명성이 먼저 이르렀지만	身如轉木聲先到
명성은 유수의 꽃과 같은지라 형편이 한가롭지 않네	名似流花境不閒
기한에 시달리는 처자 생각할 겨를 없고	妻子飢寒靡暇念
동아시아에 좋은 때가 돌아오기 바랄 뿐이네	只希東亞好期還

▫ 나상연이 길림에서 객사하였다는 소식을 듣다   聞羅象淵客逝於吉林

지금 세상은 악착534)스러움이 도도하거늘	滔滔齷齪今時態
홀로 순진한 태고의 마음을 보존하고 있었네	獨保淳眞太古心
좋은 친구를 얻었다가 친구를 잃은지라	得一良朋交臂失
홀로 쓸쓸히 서서 머나먼 계림을 바라보네	踽凉隻影望鷄林

▫ 우리 삼형제는 같은 달에 태어났고, 막내 동생은 또 나와 같은 날이다. 예전에 고국 땅에 있을 때는 비록 나뉘어 산 지 오래되었지만, 매양 생일이 되면 형제가 함께 모여 즐겁게 지냈다. 만주로 오면서부터는 삼형제가 떨어져 멀리는 삼천리 밖에, 가까이는 천여 리 밖에 떨어져 있어 길흉 등 근황을 들을 길이 없었다. 금년 봄 막내 동생이 요중遼中으로부터 일제 경찰을 피하여 밀합密哈의 매형 박만성 집으로 옮겨왔다. 월초에 나도 북대北臺로부터 소란을 피해 옮겨오게 되어 수십 일을 함께 자게 됐다. 마침 생일을 맞이하게 되어 조카들이 생일상을 차렸다. 남매 3인이 한 자리에 모여 즐거워하는 것은 근 10년래 처음으로 있는 일이다. 다만 얼마간의 유감이 있으니, 어려운 때를 만나 피신 중이라 동지들과 함께 시원하게 술 한 잔 하지 못하는 것이 첫째 유감이고, 매형 박만성이 길림으로 갔다가 아직 돌아오지 않은 것이 두 번째 유감이고, 편지 왕래길이 막혀 첫째 동생의 소식을 접하지 못하는 것이 세 번째 유감이다. 탄식 끝에 율시 한 수를 지어 막내 동생에게 보인다   吾三兄弟 生同月 季君 又與余同日 往在故國 雖分居已久 每遇晬日 昆季相聚團樂 一自渡滿以來 三鴈分飛 遠者三千里 近者千餘里 吉凶憂樂 無由以相聞 今春季君 自遼中避警 搬接于密哈朴妹兄晚醒僑舍 月初 余又自北臺避擾來投 聯枕數十日 適値生朝 阿姪輩 爲供酒饌 男妹三人 一席團樂 是十年來初有之美況也 第有多少遺憾 時値危難 身處奔迸 不能與同志暢飮 一憾也 晚醒 往吉林未返 二憾也 郵路阻絶 未接仲君安聞 三憾也 咄歎之餘 構一律示季君

예순 세 번째 생일이 돌아왔는데	六十三旬晬酒回
오늘 아침 마음을 가다듬기가 참으로 어렵네	今朝感想最難裁
형제간은 함께 있어서 조금 즐겁지만	弟兄差樂聯長枕

---

534) 악착齷齪 : 자잘한 것에 얽매여 아득바득 다투는 것.

북대의 처자와는 서로 떨어져 있네　　　　　　　　妻子相離阻北臺

빈손으로 경륜했던 것은 그림 속의 떡이 되고 말았고　　赤手經綸歸畫餅

백발의 시름을 앉아서 화로 재 위에 쓰고 있네　　　　白頭愁思坐書灰

사람에게 어찌 성쇠의 운이 없으리오　　　　　　　人身自有消長運

원하는 것은 새로운 세상이 빨리 도래하는 것이네　　只願新年早到來

　　▫ 한밤중에 닭 울음소리를 듣다　夜半聞鷄

크게 요동하는 풍운을 의지하지 않는다면　　　　　不藉風雲大動機

고립된 군대의 승리는 알기 어렵다네　　　　　　孤軍勝敗也難知

한 밤중에 문득 때 아닌 닭 울음소리 들리나니　　中宵忽聞荒鷄唱

참으로 남아가 일어나서 춤을 출 때이네535)　　　政是男兒起舞時

　　▫ 시당 여준의 편지를 받다　接呂時堂準書

손님이 새로이 액목536)에서 돌아왔는데　　　　　有客新從額穆回

백원이 쓴 서신을 가져와 전해주네537)　　　　　袖函傳致白園裁

늙은 아내는 추위에 병들어 팔리538)에 머물고 있고　老伴病寒留八里

씩씩한 사내아이는 눈을 무릅쓰고 대성539)으로 갔네　健兒衝雪入城臺

길 표지는 횡으로 꿰어져 있는데 철도를 놓으려 하고　路標橫貫將鋪鐵

전야는 기름져서 비료가 필요하지 않네　　　　　野田膏沃不需灰

동강에는 적의 보루가 여전히 남아있는데　　　　東崗賊壘依然在

---

535) 한 밤중에 … 춤을 출 때이네 : 진晉 나라 사람 조적祖逖이 밤중에 때 아닌 닭 울음소리[荒鷄]
　　　들고서 일어나 춤을 추었는데, 그것은 황계荒鷄가 울면 세상이 어지럽게 될 징조이고, 그렇게
　　　되면 남아가 공명을 이룩할 좋은 기회이기 때문이라는 것이다.
536) 액목額穆 : 지명이다.
537) 백원白園은 여준呂準의 별호, 일호를 시당時堂이라 하였다.
538) 팔리八里 : 원주에 "지명이니 팔리포八里浦이다." 하였다.
539) 대성臺城 : 원주에 "영고탑靈古塔을 일명 대성臺城이라 한다." 하였다.

일병이 멋대로 간교하게 꾀하여 전진해 오려 하네　　　　　　　　日肆奸謀欲進來

　·만성이 길림으로 간지 한 달이 되도록 돌아오지 않다　晚醒往吉林滿月未回

만성 형을 보지 못한 지 어언 삼년 여　　　　　　　　　　　醒兄不見已三年

수염과 머리칼은 마땅히 전과 다르겠지만　　　　　　　　　鬚髮知應較異前

밤에는 예주경540)을 외워 도력을 배가시켰을 것이고　　　　夜誦蕊珠培道力

아침에는 옥액을 마셔 단전을 윤택하게 했으리라　　　　　朝呑玉液潤丹田

나는 나막신 신고 눈길을 걸어서 왔건마는　　　　　　　　行穿雪屐吾來矣

그대는 썰매 타고 갔거늘 소식이 묘연하네　　　　　　　　坐去氷車子杳然

세모에 날씨는 춥고 소식은 두절된지라　　　　　　　　　歲暮天寒消息阻

공연히 점이나 치며 주역을 등불로 비추어 보네　　　　　　空勞龜策照韋篇

　·아들 섭이 이사하는 문제를 의논하기 위해 왔는데, 중론이 분분하여 밤이 끝나도록
　　해결되지 않았다　兒燮 來議搬家 衆論紛紜 終夜未決

얼음바다는 북쪽에 있고 화산은 동쪽에 있나니　　　　　　氷洋在北火山東

땅 한 가운데 비스듬히 서서 사방을 둘러보니 꽉 막혀있네　側立中球四望窮

우리 도가 용납되기 어려움은 진채541)가 그 경우이며　　　吾道難容陳蔡是

사람들 마음이 이미 냉담함은 월진542)과 다르지 않네　　　人心已冷越秦同

고기처럼 놀라고 새처럼 엎드려 있으니 사는 게 얼마나 구차한가　魚駭鳥伏生何苟

범처럼 싸우고 용처럼 싸운다면 죽어서도 영웅이리라　　　虎鬪龍爭死亦雄

일이란 두 번까지만 생각하고 모름지기 결단을 내려야 하나니　事到再思須一斷

흥망은 하늘 상제의 명을 따를 뿐이네　　　　　　　　　　興亡只可聽天翁

---

540) 예주경蕊珠經 : 도교의 경문經文.

541) 진채陳蔡 : 진나라와 채나라. 공자孔子가 일찍이 이 두 나라 사이에서 양식이 떨어지는 등의 고
　　난을 겪었다.

542) 월진越秦 : 월나라와 진나라. 옛날에 이 두 나라는 그 거리가 매우 멀었다. 전하여 아무 상관도
　　없는 사람 또는 일을 뜻하게 되었다.

▫ 밀십합에서 집으로 돌아가면서 출발에 앞서 척서에게 보이다　自密什哈回家臨發
　示尺西

얼음은 앞 시내에 가득하고 눈은 산에 가득하며	氷滿前溪雪滿山
초라한 초가집은 하루 종일 사립문이 닫혀 있네	茅簷終日掩柴關
멀리 떨어져 있으니 왕래가 빈번하기가 어렵고	來去難頻三舍外
몇 년 사이에 여기저기 여러 곳으로 옮겨 다녔네	遷移多換數年間
남아든 여아든 차별 없이 축하해 주었고	璋瓦何殊男女慶
약간의 이득일망정 벌었으니 아내가 편안해 하네	簞瓢賺得室家閒
마을에는 짖는 개 없고 숲에는 호랑이 없어서	村無吠犬林無虎
수십일 동안 편안하게 함께 이불 덮고 자다가 돌아가네	大被連旬穩睡還

▫ 큰 재를 넘어서 금사하에 이르다　踰大嶺到金沙河

강바람이 눈을 날려 성 같이 쌓이게 하였는데	江風簸雪積如城
일곱 걸음에 세 번 쉬고 네 번 엎어지네	七步三休四跌傾
삼십 리 길을 고생고생 걸어서 금사하에 이르니	困到沙河三十里
서쪽 봉우리는 달 머금고 있고 저녁 연기는 횡으로 걸쳐있네	西峯唨月暮烟橫

▫ 서구를 지나서 북대로 돌아가다　過西溝還北臺

삼 사년 전에 이 길을 지나갔었는데	三四年前此路過
산 모습과 골짝 입구 등 마음에 기억된 것들이 많네	山顏溪口記心多
지금은 눈이 쌓여 은빛 바다를 이룬지라	今來積雪成銀海
문 앞에 당도하여서도 집을 알지 못하겠네	當到門頭未認家

▫ 담숙께서 나를 방문하러 밀십합을 향하다가 중도에서 길이 서로 어긋나다 淡叔 訪我向密哈 中路交違

새끼줄 같은 빙판길이 기이하게도 십자로 엇갈려 있었나니	氷路如繩十字奇
옹께서는 세로 길을 나는 가로 길을 가서 서로 갈라졌네	翁由縱線我橫歧
두 눈은 발에 박혀 있었고 마음에는 해가 걸려있었던지라	雙眸注足心懸日
지기와 길이 서로 멀리 어긋난 뒤에야 의심하게 되었네543)	交臂相違遠後疑

▫ 중도에서 이진산을 만나다 中路逢李震山

병으로 중도에서 체류한 지 한 달 여	病滯中途一朔零
무엇 때문에 모험하여 눈길을 가시는가	緣何冒險雪程行
힘으로 지탱하기 어려움은 실에 바위 매단 듯 하고	殘絲繫石難支力
몸이 넘어지려고 함은 고목이 바람에 임한 듯 하네	枯木臨風欲仆形
현재 화전의 거리에 적의 주구들이 출몰하고 있으니544)	現在樺街狗出沒
장래에는 액목현에도 범이 횡행하리라	將來額縣虎縱橫
노부는 감히 사사로운 지혜를 부릴 수는 없나니	老夫無敢容私智
가고 머무는 것은 오직 그대가 잘 선택하시기를	去住惟君自擇精

▫ 호란545)으로 가는 이진산을 송별하다 送李震山向呼蘭

1

이번에 오십리 되는 호란으로 가는데	此去呼蘭五十里
산이 둘러있고 골짝은 깊으며 주인은 어진 사람이네	山回谷邃主人賢
그대는 일일이 찾아다니며 내 안부를 좀 전해주시게	君須歷訪傳吾語

---

543) 교비交臂 : 제 마음을 알아주는 친구, 즉 지기知己이다.
544) 화가樺街 : 화전樺甸의 거리. 어디인지 미상이다.
545) 호란呼蘭 : 원주에 "호란은 반석현의 지명이다[呼蘭 磐石地名]." 하였다.

오래 묵은 지병을 조섭하면서 잘 지내고 있다고　　　　　　　　留攝沈痾好過年

2

삼정[546]의 월야에 초강에는 이내가 자욱하며　　　　　　　　三亭月夜楚江霞
예로부터 연 땅 남쪽에는 의기 있는 자 많았네　　　　　　　　從古燕南義氣多
비가 한 곡을 부르며 서로 손을 끌며 가다가　　　　　　　　悲歌一曲相携去
석양 아래의 극맹[547] 집에 취해 눕네　　　　　　　　醉臥斜陽劇孟家

▫ 달빛을 읊다　詠月華

1

자를 달빛이라고 하는 좋은 친구가 하나 있는데　　　　　　　　有一良朋字月華
은근히 밤마다 산에 있는 우리 집을 찾아오네　　　　　　　　慇懃夜夜訪山家
그대의 자태는 맑고 나의 마음은 담박하나니　　　　　　　　君姿瀅澈吾懷澹
상대하여 말이 없어도 묵묵히 합치되는 게 많네　　　　　　　　相對無言默契多

2

새벽닭이 꼬끼오 하면서 울고 길이 희미해지면　　　　　　　　晨鷄喔喔路熹微
일어나서 거문고와 술잔을 치우고 돌아가는 그대를 전송하네　　　　　　　　起撤琴樽送子歸
서쪽 봉우리에 이르면서 사람과 차츰 멀어지는데　　　　　　　　到了西峯人漸遠
배회하며 떠나지 않는 것이 이별을 아쉬워하는 듯 하네　　　　　　　　徘徊不去故依依

3

그대와의 아름다운 만남이 매일 밤 펼쳐지니　　　　　　　　君家佳期每夕張

---

546) 삼정三亭 : 전국시대 위魏 나라 사람 범수范雎가 위魏에서 진秦으로 가기 위해 진나라 사신 왕계
　　王稽와 만나기로 약속했던 곳. 여기서는 지금 현재 머물고 있는 곳에 빗댄 것이다.
547) 극맹劇孟 : 서한西漢 때의 협객. 자신에게는 인색하면서도 남을 돌보는 데에는 재물을 아끼지
　　않았다. 여기서는 지금 머물고 있는 집의 주인에 빗대었다.

어찌 이별 마당에서 슬퍼할 필요 있으리요　　　　何須怊悵別離場
악착한 요즘 세상의 세태를 보건데　　　　試看齷齪今時態
면대해서는 서로 친하나 등지면 곧바로 잊어버리네　　　　面或相親背便忘

4
눈이 펄펄 퍼붓고 사립문은 꼭 닫혀 있나니　　　　凍雪瀌瀌閉戶深
그대 그리워도 보이지 않으니 내 마음이 편치 않네　　　　思君不見耿余心
숲의 바람이 흐린 구름을 일소해버리니　　　　林風一掃陰雲盡
홀연 서재 곁에서 웃는 낯으로 임하네　　　　忽傍書幃笑面臨

▫ 길림성에 이르다　到吉林城

멀고먼 고갯길을 전선이 통과하고 있나니　　　　嶺路迢迢電線通
서리 내린 아침에 말을 달려 길림성으로 들어가네　　　　霜朝馳入吉城中
고구려의 옛 터는 산이 북쪽을 에워싸고 있고　　　　高麗舊物山圍北
발해의 옛 터전은 물이 동으로 흘러가고 있네　　　　渤海前塵水逝東
만호를 굽어보는 누대에서는 눈 같이 흰 달이 장엄하고　　　　萬戶樓臺莊雪月
번화한 거리는 거마의 소리가 마치 우레 소리 같네　　　　九街車馬盪雷風
여관 창문 아래에서 잠시 고향 꿈을 꾸었는데　　　　旅窓暫做鄕園夢
깨어보니 한성의 종소리가 들리는 듯 하네　　　　覺罷猶疑聽漢鍾

▫ 길림에서의 섣달 그믐밤　吉林除夕

지난 해 섣달 그믐밤에는 유하의 물가에서　　　　去年除夕柳河潯
올해 밤은 길림의 여관방 등 아래에 누워있네　　　　今夜旅燈臥吉林
세계는 황금이 맹위를 떨치고 있지만　　　　世界黃金能做事
영웅이 백발이 된 것이 가장 상심스럽네　　　　英雄白髮最傷心
요사스런 여우들이 날뛰는 북쪽 간도는 음기가 개이고　　　　妖狐北嶼淫氛霽

상스러운 봉황의 동쪽 하늘에는 좋은 운이 임하고 있기를	瑞鳳東天好運臨
봄바람에 가무할 날 머지 않았음을 아노니	歌舞春風知不遠
봉산548)의 장사들이여 시름에 잠기지 말라	蜂山壯士莫愁吟

▫ 산해관을 지나가다. 신유년　過山海關

기선이 잠시 머무름에 눈동자 커지나니	汽輪暫逗眼簾寬
중국의 명승인 천하제일관 산해관이네	名勝中州第一關
앞의 바다는 우주처럼 비어있는 듯하고	宇宙如空前面海
양 곁의 산은 안개와 구름에 늘 갇혀있네	雲烟長鎖兩邊山
당 태종이 거둥하니 연환549)은 옛것이 되었고	唐宗駐蹕連環古
진시황이 신선을 기다리니 보정550)이 싸늘해졌네	秦帝須仙寶鼎寒
해가 뜬다는 부상551)은 어디인가	日出扶桑何處是
광기가 일렁이니 뒤돌아보고 싶지를 않네	狂氛瀁漾欲無還

▫ 만리장성을 바라보다　望萬里長城

인력과 물력을 동원하여 토성을 이루었나니	費力耗財築土城
어떻게 뭇 사람의 마음을 단합시켜 이루었을까	何如團合衆心成
그때에 만약 우모정552)을 고쳤더라면	當年若改牛毛政
백성들이 응당 붉은 깃발553)을 환영함이 없었으리라	黔首應無赤幟迎

---

548) 봉산蜂山은 미상.

549) 연환連環 : 본래 옥환玉環을 쭉 연결해 놓은 것을 가리키나 여기서는 쇠사슬.

550) 보정寶鼎 : 왕권王權을 상징하는 솥.

551) 부상扶桑 : 동쪽 바다의 해 돋는 곳에 있다는 신목神木, 또는 그 신목이 있는 곳.

552) 우모정牛毛政 : 진秦의 법령은 마치 소의 털처럼 많았다고 한다. 그래서 그 정사를 우모정牛毛政
이라 한 것이다. 전하여 엄한 법령으로 백성들을 속박하는 정치를 뜻한다.

553) 붉은 깃발[赤幟] : 한漢을 뜻한다. 한나라는 오행으로 화덕火德에 해당되어 붉은색을 높였다.

▫ 천진에 도착하다   到天津

서산 너머로 해 떨어지니 기선이 보일락 말락	落日西峯半隱輪
한 소리 뱃고동 소리 울리며 천진에 도착하네	一聲汽笛到天津
누대가 즐비한 양안은 휘황찬란하기 짝이 없고	樓臺兩岸流金畫
노랫가락 흘러나오는 문마다 취한 손님 배웅하네	歌鼓千門送醉人
무지개 모양 긴 다리에는 안치554)가 배열되어 있고	虹駕長橋排鴈齒
잔설로 덮인 얼음판에서는 물고기를 잡고 있네	氷添殘雪射魚鱗
번화함이 고향 떠난 나그네 마음에 간여 못하지만	繁華不管離鄕客
머리를 동쪽 하늘로 돌려보니 느낌이 새롭네	回首東天感想新

▫ 연경555)에서 느낌이 있어서 짓다   燕京有感

낙수를 띠로 삼고 황하를 옷깃으로 삼고 태항산을 베개로 삼은	帶洛襟河枕太行
기름진 들판 천리의 오래된 당향556)이네	膏腴千里古棠鄕
세겹의 튼튼한 성가퀴는 황제를 에워쌌고	三重鐵堞圍皇極
만국의 별처럼 많은 수레들이 정양문을 출입하였네	萬國星軺入正陽
금마문의 아름다운 누대는 향 연기가 멀어졌고	金馬妝臺香靄遠
청조의 능침은 차가운 석양을 받고 있네	淸朝陵寢夕暉凉
성쇠에는 운수가 있어서 힘으로 어찌하기가 어렵지만	盈虛有數難容力
동족557)들이 망국의 유민인 것이 가장 상심스럽네	同族淪亡最感傷

---

554) 안치鴈齒 : 다리 위에 사다리꼴로 가로 댄 나무. 기러기 행렬이나 사람 이빨 모양 같다.

555) 연경燕京 : 오늘날의 북경이다.

556) 당향棠鄕 : 북경北京은 옛 연燕 나라의 도성이었다. 그래서 혹 연경燕京이라 한다. 연나라는 주대周代 초 소공召公 석奭이 봉해진 나라였다. 『시경詩經』에는 소공을 찬미한 다음의 노래가 있다. "무성한 감당나무를 자르지 말고 베지 말라. 소백이 초막으로 삼으셨던 곳이니라[蔽芾甘棠 勿翦勿伐 召伯所茇]." 이와 같은 연고로 해서 연경을 또 당향棠鄕이라 한 것이다.

557) 동족同族 : 청나라를 세운 만주족을 우리와 같은 동이족東夷族으로 본 데에서 일컫게 된 말이다.

▫ 의암 손병희의 화갑연에서 孫義菴秉熙六十一初度宴

삼십 이년간을 순식간에 덧없이 보내고서	一現曇花四八辰
태양의 상스러운 꿈이 그대의 몸에 내려왔네	太陽祥夢降君身
인내천의 묘지를 세 번째로 전해 받았으며	三傳妙旨人天契
독립을 앞장서서 외쳐 조국을 새롭게 하였네	獨立先聲祖國新
기꺼이 동포를 위해 몸을 지옥에 던졌나니	甘爲同胞投地獄
회갑을 당하여 화갑연 자리에서 송축을 하네	重逢舊甲頌華茵
광란의 물결 속에서도 동방은 새벽을 향하나니	東方向曙狂潮漲
멀리 자애로운 배에 우두커니 섰다가 일찍 길을 묻네	遙佇慈航早問津

▫ 구걸하는 아이 乞兒

봉두난발에다 땟국 흐르는 얼굴 하고 거리를 가면서	蓬頭垢面走街邊
하루종일 슬피 호소한들 누가 너를 불쌍히 여기리요	盡日哀呼孰汝憐
궁한 길에서는 밥 한 그릇에서 어진 마음이 드러나나니	窮途一飯仁心見
표모558)의 은혜는 만년 동안이나 갚을 만한 가치가 있네	漂母恩堪報萬年

▫ 공자 사당을 배알하다 謁孔子廟

누런 기와, 용지,559) 나열된 북과 종	黃瓦龍墀列鼓鐘
공자 사당에 대한 왕으로서의 예우는 지극히 높았네	聖祠王禮極尊崇
그런데 어째서 하룻밤사이에 서쪽 풍속을 법도로 삼게 되었나	如何一夜西風度
행단560)에서는 옛날의 모습을 찾아볼 길이 없네	壇杏花無舊日容

---

558) 표모漂母 : 빨래하는 아낙네. 여기서는 한漢 나라 한신韓信이 벼슬도 못하고 굶주릴 때 밥을 주
　　었던 여인을 가리킨다.
559) 용지龍墀 : 지墀는 섬돌 위뜰이다. 용龍은 왕의 상징이다. 앞의 황와黃瓦의 황黃도 왕의 상징이다.
560) 행단杏檀 : 공자가 앉아서 학문을 가르쳤던 곳.

▫ 황궁에 들어가다　入皇宮

문화전에는 도서들이 어지러이 깔려 있고	圖書亂鋪文華殿
오봉루에서는 종고의 소리가 나지 않네	鐘鼓無聲五鳳樓
어린 군주가 군국의 책략을 어찌 알리오	幼主安知軍國策
강화를 추진한 노장들이 농간을 부렸네	媾和老將弄奸籌

▫ 서원 태액지를 유람하다　遊西苑太液池

태액지의 맑은 물결에는 푸른 하늘이 일렁이고	太液晴波漾碧空
금 자라가 바치고 있는 옥 무지개 다리가 동서로 가설되어 있네	金鰲玉蝀架西東
나는 마름과 연꽃이 한창일 때에 오지 못한지라	我來不及芰荷盛
다섯 마리 용을 자물쇠로 묶어 둔 빈 정자만을 볼뿐이네	只見虛亭鎖五龍

▫ 신세계　新世界

층계는 구리로 난간은 옥으로 만든 칠층 누각	銅梯玉檻七層樓
공중에 세상이 떠있다는 말을 비로소 믿겠네	纔信空中世界浮
천장에는 흐린 빛이 나타난 듯 꽃이 피어있고	屋頂開花曇彩現
벽에는 번개 빛이 흐르는 듯 말이 달리고 있네	壁間馳馬電光流
학 같은 나는 수레는 하늘에 닿을 듯이 지나가고	飛車似鶴磨霄過
달팽이 같은 시장 점포는 땅에 조밀하게 붙어있네	市店如蝸粘地稠
인공의 기이함이 이 정도에까지 이르렀다니	大抵人工奇莫測
꿈인가 하고 의심이 들면서 모든 생각은 그쳐지네	此身疑夢萬想休

▫ 만수산과 이화원을 유람하다　遊萬壽山頤和園

곤명호의 봄물은 맑기가 기름 같나니	昆明春水淨如油

백발옹이 와서 하얀 물새를 짝하네	白髮翁來伴白鷗
옥감실은 부처와 탑을 함께 받치고 있고	瑤龕擎佛仍擎塔
돌배는 사람과 누각을 아울러 싣고 있네	石舫載人幷載樓
청지수는 오래되었는데 깁으로 싼 상자처럼 어둡고	靑芝岫古紗籠黯
옥대교는 새로운데 푸른 수레처럼 물에 떠 있네	玉帶橋新翠輦浮
제왕의 동네는 지금 누가 주인이 되어있는가	帝里如今誰作主
옹선561)은 떠나갔고 참서만 부질없이 남아있네	甕仙一去讖空留

▫ 연경 팔경   燕京八景

1. 태액지의 가을 물결   太液秋波

거울 같은 수면으론 위아래가 하늘인데	鏡面澄涵上下天
연꽃은 석양 아래에서 어지러이 피어있네	荷花亂發夕陽邊
금 자라가 바치고 있는 옥으로 만든 무지개 다리는 여전하건만	金鰲玉蝀渾依舊
아름다운 배를 끌던 궁녀들은 보이지를 않네	不見宮娥挈彩船

2. 경도의 봄구름   瓊島春雲

금나라의 유물인 이비궁	金朝遺物李妃宮
경도가 북해 속에서 화려하네	瓊島繁華北海中
백탑도 흥폐의 사적을 알고 있으리니	白塔亦知興廢事
그래서 봄 아지랑이로 가려서 슬픈 표정을 짓고 있네	故遮春靄作愁容

3. 서산의 눈 개임   西山霽雪

태항산562) 산록이 동쪽을 향하여 치달리면서	太行山麓向東馳
수만 번 굽이치고 빙빙 도니 그 형세가 기이하네	萬屈千盤體勢奇

---

561) 옹선甕仙 : 옹산甕山의 신선. 만수산의 옛 이름이 옹산이다.
562) 태항산太行山 : 하북·하남·산서성 경계에 있는 태항산은 대체로 남북으로 뻗었으나, 그 북쪽 머리가 동으로 향해 가는 곳에 북경이 있다. 여기 서산은 태항산을 가리킨다.

가장 빼어난 것은 눈 개인 뒤 아침 햇살이 눈부신 것과　最是雪晴朝日射
별이 맑은 유리처럼 찬란하면서 어지러이 흩어져 있는 것이네　星花燦亂白琉璃

4. 금대의 석양　金臺夕照

옛 황금대에 삼척의 비가 남아있는데　遺碑三尺古金臺
석양을 받는 비석 면이 푸르고 차갑네　石面蒼凉返照開
만약에 뒤를 이은 왕들이 개축했더라면　若使嗣王能改築
종인563)이 어찌 감히 성으로 들어왔으랴　宗人那敢入城來

5. 노구교의 새벽달　蘆溝曉月

긴 다리가 큰 강을 가로지르고 있는데　長橋橫截大河流
양안은 가을 갈대꽃 일색이네　兩岸蘆花一色秋
인적, 닭울음, 서리 하얀 새벽녘의 가을달　人跡鷄聲霜月曉
맑은 심경을 무어라 형용할 길이 없네　淸寒心境畫難收

6. 계문의 저물녘 연기 낀 나무　薊門烟樹

길을 낀 단풍 숲에 어둠이 내리려 하나니　挾道楓林欲暝天
계문564)의 가을 경색에 인가의 연기가 피어오르네　薊門秋色上人烟
협객들의 고상한 풍도를 어디에서 물어볼까　俠藪高風何處問
그때 노래하고 축을 타던 이들565)은 모두 황천객이 되었네　當年歌筑盡荒阡

7. 옥천의 빼어남　玉泉挺秀

높은 봉우리가 깎은 듯 서서 구름 위로 솟았고　高峯削立出雲端
아래로는 이름난 샘이 있는데 샘물이 맑고 차네　下有名泉洌且寒

---

563) 종인宗人 : 동족의 사람.
564) 계문薊門 : 옛 지명이다. 지금의 북경 서쪽지역이다.
565) 노래하고 축을 타던 이들 : 연燕 나라의 형가荊軻와 고점리高漸離를 가리킨다. 이들은 저자거리에
　　서 술을 먹고 얼큰해지면 형가는 노래를 부르고 고점리는 축을 연주하였다 한다(『사기史記』「자
　　객열전刺客列傳」). 북경은 바로 옛 연燕의 땅이다.

예전에 만약 장경566)이 와서 이 샘물을 마셨던들 　　　向使長卿來飮此
어찌 소갈병 제거의 어려움을 걱정이나 하였겠는가 　　何憂消渴病除難

8. 거용산의 푸르름　居庸積翠

거용산 산세가 동방을 진무하고 있나니 　　　　　　居庸山勢鎭東球
구름과 안개 속에 푸른 청산이 떠있네 　　　　　　　雲霧中間積翠浮
여기는 온갖 정화가 모두 모인 곳인데 　　　　　　　此是精華都萃地
지금토록 왕기가 완전히 거둬진 건 아니네 　　　　　至今王氣未全收

▫ 북경의 여관에서 초여름날 우연히 읊다　北京旅舘初夏偶吟

연경의 날씨는 순조롭지 못하니 　　　　　　　　　日氣燕京少適中
하루는 비 내리다가 이틀은 바람이 부네 　　　　　　一天陰雨兩天風
문 닫고 지내니 봄이 가는 줄도 몰랐거늘 　　　　　閉門不省花時去
문득 뜰 석류의 크기가 종 만하게 보이네 　　　　　忽見庭榴大若鍾

▫ 북경성 남쪽 공원을 유람하다　遊城南公園

우단에서 봄옷 입고 놀다가 다시 천단으로 가니 　　雩壇春服更天壇
오래된 측백나무들이 울창하고 돌은 한기가 도네 　老栢蒼蒼石氣寒
저물녘 물 가운데 이르러서 술 한 잔 기울이고 　　晩到水心傾一盞
반쯤 취하여 머리에 붉은 노을을 이고 돌아오네 　半醺頂戴夕陽還

▫ 시국은 어지럽고 정돈될 기약은 없어서 산으로 돌아가기로 결심하고 우연히 절구 한 수 읊다　時局紛糾　整頓無期　決意歸山　偶吟一絶

나이 적은 사람이 말은 날카롭고 극단을 좋아해서 　年少言鋒好極端

---

566) 장경長卿 : 한대漢代의 사부辭賦 작가로 유명했던 사마상여司馬相如이다.

공공연히 평지풍파를 일으키네	公然平地起風瀾
겸손함과 공손함이 신시대에는 적합하지 아니하니	謙恭不適新時代
산 집으로 돌아가서 베개에 기대어서 관망해 보리라	歸去山樊倚枕看

▫ 박용만·신숙 등의 벗과 헤어지면서 주다[567]   留贈朴容萬申肅諸友

동쪽의 붉은 해가 맹약의 단상을 비추고 있거늘	扶桑紅日照盟壇
늙마에 위험 무릅쓰고 안장에 걸터앉는 게 절로 우습네	自笑衰齡冒據鞍
지금 상황에서 무엇이 앞이고 뒤인지 쉬이 헷갈리지만	當局易迷先後手
하천을 건널 때에는 그 얕고 깊음을 알아야 할 것이네	濟川須識淺深灘
사람 마음도 얼굴처럼 각양각색이어서 서로 같지 않고	人心逐面無同處
세태는 이리 저리로 째지고 갈라져서 복잡다단하네	世態分歧不一端
실력은 아직도 완전치 못하고 짊어진 것은 무겁거늘	實力未完擔子重
처음은 있는데 어째서 끝이 있기가 이리도 어려운가	有初其奈有終難

▫ 연경에서 돌아오는 길에 길림의 용담산과 북산을 유람하다   燕京歸路遊吉林龍潭山及北山

1

태항에서 돌아가는 나막신을 곤명호에 띄웠나니[568]	太行歸屐泛昆池
여섯 달 동안 연경을 다니며 눈으로 많은 걸 본지라	六朔遊燕眼似箕
동으로 오면서 용담산의 빼어남을 실컷 들었지만	東來飽聞龍潭勝
용담산에 이르고 보니 그렇게 빼어난 줄을 모르겠네	及到龍潭未見奇

---

567) 원문의 유증留贈은 떠나는 사람이 남아있는 사람에게 시문을 주고 작별하는 것이다. 증별贈別은
　　이와 반대이다.
568) 태항太行 : 태항산을 가리킨다. 연경 즉 북경의 팔경을 이루는 서산西山과 거용산居庸山이 모두
　　큰 태항산(맥)의 일부이다. 여기서는 북경을 뜻한다. / 곤명호昆明湖는 이화원의 호수이다.

2

천년토록 신비롭게 서 있는 읍루성	千年神樹挹婁城
흙구덩이에서 샘물이 솟아 큰 연못을 이루었네	土坎生泉大澤成
연못가에는 용왕을 제향하는 제각이 있는데	上有龍王香火閣
이때에 감우를 내려서 사람들의 마음을 달래주네	時將甘雨慰生靈

3

산골짜기 굽어진 곳에 불당이 그윽이 자리잡고 있나니	峯回谷轉佛堂幽
돌 걸상은 티끌 한 점 없고 상쾌함은 가을이 되려 하네	石榻無塵爽欲秋
귀로에 북산으로 가서 높은 곳에서 멀리까지 바라보니	歸向北山高處望
집집마다 연기가 피어오르고 있고 강에는 배가 떠있네	萬家烟火一江舟

▫ 용을 새긴 지팡이 龍杖

옛날에 갈피의 신선이 있었으니	古有葛陂仙
지팡이를 던지니 변해서 용이 되었네	擲杖化爲龍
지금 옹산의 노인을 만났는데	今遇甕山老
나에게 용을 새긴 지팡이를 주네	贈余雕龍笻
창 모양의 뿔이 두 개 솟아 있고	角危抽雙戟
높은 이마는 작은 종을 엎어놓은 듯하네	顙高覆小鐘
황적색 무늬의 꿈틀거리는 몸은	蜿蜿黃赤文
산호총을 에워싸고 있네	纏繞珊瑚叢
내가 듣기로 용은 신령하여	我聞龍爲靈
변화가 절로 무궁무진하니	變化自不窮
자유자재로 숨었다가 또 나타나기도 하며	能隱復能現
연못가에 혹은 하늘에 있기도 한다네	于淵或于穹
하물며 사람은 늘그막에	矧人之耄景
오로지 지팡이 덕택으로 살아감에랴	專賴杖策功

앉은뱅이에게는 다리 하나가 되어주고	躄者添一足
맹인에게는 두 눈을 대신해주네	瞽者代兩瞳
이 문명의 운을 만나서	際此文明運
온 세상이 통하여 왕래하고 있는데	六洲往來通
배와 차의 힘을 빌리지 않아도	不費舟車力
네게 의지하면 멋대로 동서로 오갈 수 있네	仗汝任西東
아침에 부상 아래에서 출발하면	朝發扶桑下
저녁이면 나는 화산과 숭산에 다다르네	夕余臨華嵩
아득한 들판에 천둥 치고 벼락 쳐서	震霆長畸野
미친 먼지를 완전히 씻어버리네	狂塵一洗空
늙고 허옇게 된 머리에서 구름 뿜어내어	噓雲老白巓
단비로 농사를 잘 되게 하네	甘霂足三農
구불구불 기어가서 현성569)에게 절하고	逶迤拜玄聖
하늘을 날아서 적송자570)를 짝하다가	翶翔伴赤松
맑은 낙수 물가로 돌아와서	歸來淸洛岸
아름다운 뿔을 수중으로 향하고	畫角當水中
한가로이 누워서 신령스러운 능력을 거두니	閒臥斂神功
사해가 조용하고 바람 한 점 없네	四海靜無風

이상룡이 사용한 용을 새긴 지팡이

569) 현성玄聖 : 큰 덕이 있으나 작위가 없는 성인, 특히 공자孔子를 가리킨다.
570) 적송자赤松子 : 신선 이름.

▫ 11월 13일 태평양회의가 미국 수도에서 개최되었으니 참으로 우리가 다시 움직일 기회이지만, 작년 가을 대화난⁵⁷¹⁾을 거친 뒤부터는 군인들이 흩어지고 재력이 고갈되어 스스로 떨쳐 일어날 힘이 없어서 탄식하던 나머지 율시 한 수를 읊다 十一月 十三日太平洋會議 開於米京 正是吾人再動之機 而自昨秋經劫之後 軍人換散 財力蕩竭 無以自奮 歎咄之餘 吟一律

십년 동안 단련한 용맹한 인재들은	十年團練貔貅材
머나먼 북쪽 변방으로 가서 돌아오지를 않네	北塞迢迢去不回
돈은 고갈되어 근원이 없는 물 같이 되었고	金融蕩涸無源水
의로운 피는 차츰 식어 사그라져 가려는 재처럼 되었네	義血寖凉欲死灰
문득 들으니 해삼위에서는 지키던 병사들이 철수했다 하고	忽聞海港戍兵撤
때마침 태평양회의가 개최되고 있는 마당인데	適値平洋會議開
뜻이 있는 남아는 모름지기 스스로 힘써야 할 것이니	有志男兒須自勵
하늘은 계속해서 좋은 기회를 주리라	天公續借好機來

▫ 북쪽으로 갔던 군인 권재중이 노령 자유시로부터 돌아오다.⁵⁷²⁾ 신유년 北進軍人權在重 自露領自由市回來

눈바다, 얼음산, 모든 생명이 죽는 곳	雪海氷山萬死地
포탄의 비를 뚫고 다시 살아난 사람들	砲烟彈雨再生人
하늘 뜻은 자네들 단련시켜 고귀하게 하려는 게 분명하니	天意分明庸玉汝
절대 위축되지 말고 정신력을 다시 배가할지어다	勿須沮退倍加神

---

571) 대화난 : 1920년 10월 청산리전투 뒤 독립군 부대들이 거의 산망散亡하고, 일본군이 간도 지방에 출동하여 독립단체 소재지를 유린하였다. 이 시를 짓던 해 6월에는 노령露領으로 들어간 독립군이 자유시自由市 참변을 당한 것 등을 몰아서 가리킨다.

572) 원주에서 신유년辛酉年(1922)이라 한 것은 연문衍文이다. 앞의 「산해관을 지나가다[過山海關]」부터 뒤의 「최홍기가 밀산으로부터 들아오다[崔鴻基自密山還來]」까지가 신유년 작품이다.

▫ 이웃집으로 나를 찾은 자가 있었는데 이웃사람이 모르겠다고 답하였다　有訪余於
　隣家者 隣人以不知荅之

손님이 만약 성심으로 나를 찾아왔더라면	客若誠心訪我來
어찌 유감스런 마음 품고 돌아가지 않았으랴	其能不抱憾情回
또 다른 때 소랑573)이 사는 굴 묻는 이 있거든	他時有問蘇郎窟
다만 산 앞 백설이 쌓인 곳을 가리키게나	但指山前白雪堆

▫ 최홍기가 밀산으로부터 돌아오다　崔鴻基自密山還來

천리 빙산의 만난을 무릅쓰고	千里氷山冒萬難
귀신 관문을 어떻게 살아서 나왔는가	如何生出鬼門關
정신은 힘쓸수록 더욱더 예리해지나니	精神愈勵愈堅銳
서슬 퍼런 칼끝이 되어 우두574) 사이를 범하였네	化作霜鋩牛斗干

▫ 임술년 원단에 읊어 척서에게 보이다. 임술년　壬戌元旦吟示尺西

육십 오년 세월이 눈 깜짝할 사이이나니	六五光陰一瞥然
궁한 집에서 손님 맞이하고 보내느라 밤에 잠 못 드네	窮廬餞迓夜無眠
이가 흔들리니 연한 밥마저 마음대로 씹기가 어렵고	齒搖軟飯咀難恣
어깨가 저리니 겹 갖옷마저도 입기에 불편하네	肩痺重裘着不便
문장의 헛된 명예도 오히려 운수가 있지만	文字虛名猶有數
산하를 회복하는 큰 사업은 크게 하늘에 달렸지	山河偉業大關天
내 생애의 빚을 누구에게 기대서 갚을 수 있을까	吾生負債憑誰償
지당의 풀에 남은 봄빛 아직은 소년일세575)	塘草餘春尚少年

---

573) 소랑蘇郞 : 한대漢代의 소무蘇武를 가리킨다. 흉노에게 억류되었으나 끝내 절의를 버리지 않았으며, 마침내 한漢으로 돌아왔다. 여기서는 작자 자신에 빗댄 것이다.
574) 우두牛斗 : 별자리 우수牛宿와 두수斗宿를 가리킨다. 일찍이 오吳가 망하고 진晉이 일어날 때, 이 두 별자리 사이에 용천龍泉과 태아太阿 두 명검名劍의 검기가 서려 있었다고 한다.

▫ **척서의 운을 차운하다 次尺西韻**

경작하려 해도 호미 없고 베를 짜려 해도 베틀이 없어	耕無鎡器織無梭
일년 내내 애가 타니 늙지 않고 어쩌랴	終歲憔憔不老何
월나라에 보복하기 위해 고심하며 가시나무에 함께 누웠고[576]	報越苦心薪共臥
은나라를 그리며 뜨거운 눈물 흘리면서 맥수가[577]를 부르네	懷殷熱淚麥爲歌
강권이 판을 치는 세상에서는 황금이 다 소진되었고	强權世界黃金盡
공변된 길을 가는 사람은 허연 머리카락이 많네	公道人間白髮多
십년 만에 처음으로 아주 즐거운 일이 있으니	最是十年初有樂
체화[578]의 그늘 아래에 두 집이 함께 모인 것이네	棣花陰裏兩聯家

▫ **대보름날 밤에 上元夜**

만량하 물가의 한 초당	萬兩河頭一草堂
임옹[579]이 여기에서 성명을 숨기고 사네	林翁於此姓名藏
지난 십여 년은 오월이 다툰 어지러운 날들이었고	十年吳越擾攘日
사해는 소진과 장의가 희극을 공연하는 장이네	四海蘇張劇戲場
밝은 달이 창문에 당해있는데 마음이 깨끗해지고	雪月當牕心皎皎
노을이 베개를 감싸고 있는데 꿈이 어슴푸레 하네	烟霞繞枕夢蒼蒼

---

575) 꿈 속에서 어린 시절 아우인 척서와 함께 놀던 꿈을 꾼다는 뜻이다. 남조南朝 송宋 나라 사령운
謝靈運과 그의 아우 사혜련謝惠連에 관련된 고사에서 온 말이다. 사령운은 사혜련을 보면 좋은
구절이 떠오르곤 하였는데, 한번은 싯귀를 생각하다가 종일토록 시상이 떠오르지 않다가 꿈에
혜련을 보고 '지당에 봄 풀이 돋아난다[池塘生春草].'란 구절을 얻었다 한다. 『진서晉書』 「사혜련
전謝惠連傳」

576) 월나라에 … 누웠고 : 오吳 나라 부차夫差가 월越 구천句踐에 대한 보복심을 불태우기 위해 가시
나무에 누워서 잤다고 한다. 와신상담臥薪嘗膽 중 와신臥薪이 여기에 해당된다.

577) 맥수가麥秀歌 : 기자箕子가 은殷 나라 옛터를 지나며 망국의 한을 읊었다는 노래. 일명 상은조傷
殷操.

578) 체화棣花 : 형제를 뜻함. 척서는 작자의 막내 동생 호이다.

579) 임옹林翁 : 숲에 사는 노인, 여기서는 작자 자신을 가리킨다.

한밤중에 어떤 기러기가 울면서 하늘을 날아가는가　　　　　　中宵叫過何天鴈

너를 짝하여 고향으로 돌아가고 싶네　　　　　　　　　　　伴汝同歸到故鄕

▫ 척서가 벽에다 오언절구 고시 두 수를 게재해 놓았기에 그 운을 차운하여 술회하다　尺西　壁上書揭五絶古詩二首　次其韻述懷

1

십여 년전 조국을 떠난 몸　　　　　　　　　　　　　　　十年去國身

만리 밖에서 집 없이 떠도는 나그네　　　　　　　　　　萬里無家客

선인께서 생전에 부탁하셨거늘　　　　　　　　　　　　先人當日托

천석580)을 편안하게 여기는 걸 저버린 게 마음에 걸리네　媿負平泉石

2

범로581)가 오나라를 멸망시킨 뒤　　　　　　　　　　　范老沼吳後

소랑582)이 한나라로 돌아온 날　　　　　　　　　　　　蘇郞返漢夕

인물은 모두 바뀌어 있었고　　　　　　　　　　　　　人物都改換

구면인 것은 오직 천석 뿐이었네　　　　　　　　　　舊面惟泉石

▫ 남구에서 살 집을 찾다　南溝問舍

듣자니 남구에서는 붕어가 많이 난다고 하던데　　　　　聞說南溝產鯽多

거친 전답 몇 마지기 좀 빌려 이사하고자 하네　　　　　荒田數畝欲搬家

농사는 아직 배우지 못했으니 늘 가난한 게 옳고　　　　農言未學長貧可

월담583)은 공허하게 걸려 있나니 묵은 원수 뉘인가　　　越膽空懸宿讐何

---

580) 천석泉石 : 산수 자연.

581) 범로范老 : 월왕 구천을 도와서 오나라를 멸망시킨 범려范蠡를 가리킨다.

582) 소랑蘇郞 : 한漢 무제 때 흉노에게 사신으로 가서 억류되었다가 끝까지 절의를 버리지 않고 마
　　침내 한漢으로 돌아왔던 소무蘇武를 가리킨다.

583) 월담越膽 : 월나라 구천句踐이 오吳 나라가 불구대천의 원수임을 잊지 않으려고 문에 걸어 두고

쇠약한 몸은 병든 잎과 같은지라 바람이 무섭고	衰殼怵風同病葉
헛된 명예는 나는 꽃과 같아 그물질하기 어렵네	虛名難網等飛花
차라리 만사를 모두 잊어버리고	不如萬事都忘却
손에 낚싯대 잡고 크게 노래부르는 게 나으리라	手把漁竿浩浩歌

▫ 시당584) 형이 내 팔의 통증이 더욱 심해졌다는 소식을 듣고 관련 책자를 주어 읽어 보게 하였는데, 시로써 답하다 時堂兄 聞余臂痛轉甚 貽書勸讀易筋經 以詩答之

혈담이 엉키고 막혀 병이 어깨에 생겨서	血痰凝滯病生肩
밥 먹고 옷 입는 게 모두 불편하기만 하네	喫飯穿衣摠不便
겨울 내내 소식 기다려서 처방이 드디어 왔지만	消息臘三符轉到
한 해의 반을 깊이 앓은지라 약이 효용이 없네	沈吟歲半藥無權
습한 땅에 몸이 상하여 드디어 고질병이 되었는데	傷於濕土沈成痼
마른 가지처럼 늘어진지라 바람 불면 꺾어질 듯하네	垂似枯柯吹欲顚
가르쳐 주신 처방이 늦은 것이 조금 한이 되는데	指示仙方差恨晚
이근편585)의 효험을 거두기 어려울까 염려가 되네	恐難收效易筋篇

▫ 봄눈 春雪

종일 흐린 구름으로 집안이 어둑하더니	終日陰雲紙閣昏
봄눈을 빚어서 주렴으로 날아 들어오게 하네	釀來春雪入簾翻
버들개지가 하늘 가득 날리는 듯하고	悠揚柳絮漫天色
매화가 분분히 떨어지며 땅에 붙는 듯하네	散落梅花着地痕
너를 소금으로 삼아 솥에서 음식 조리한다면	用汝作塩調寶鼎
아아, 나에겐 황폐한 마을 구제할 곡식 없구나	嗟吾無麵濟荒村

드나들며 그 쓴 맛을 본 쓸개. 여기서는 일본에 대한 자신의 복수심을 상징한다.
584) 시당時堂 : 여준呂準의 호이다.
585) 이근편易筋篇 : 근육을 다스리는 내용의 책자. 바로 여시당이 보내준 책자이다.

봄바람이 한번 지나가서 남은 추위 다 끝나면　　　　　東風一過餘寒盡
바위 아래서 졸졸 흐르는 샘물 소리 즐겨 들으리　　　　愛聽幽泉石底喧

□ 엄자릉[586]　　嚴子陵

엄자릉은 명예를 좋아하였다는 의심을 면하기 어려우니　　嚴陵難免好名疑
오월 달에 양피 갖옷을 입어 스스로 기이함을 표시하였네　五月羊裘自標奇
만약에 도롱이와 삿갓을 쓰고 떠났더라면　　　　　　　若着簑衣篛笠去
강호 천지에서 그 어느 누가 알아볼 수 있었으리오　　　江湖滿地孰能知

□ 백이와 숙제[587]　　伯夷叔齊

청렴과 겸양의 청풍은 백이와 숙제가 같았고　　　　　廉讓淸風伯叔均
수양산의 고비는 은나라의 봄을 띠고 있었네　　　　　首陽薇蕨帶殷春
살펴보건대 선대 사업은 어디로 귀결되었는가　　　　試看祖業歸何地
고죽사에는 주린 귀신만 덧없이 있을 뿐이네　　　　　孤竹祠空有餒神

□ 손진초영복옹이 보내온 시에 화운하다　　和孫眞樵翁永夏寄示韻

이역에서 풍상을 겪어 백발이 되었나니　　　　　　　異域風霜白髮秋

---

586) 엄자릉嚴子陵 : 엄광嚴光이다. 자릉은 그의 자이다. 후한後漢 왕조 사람으로, 광무제와 동문수학
　　한 사이였다. 광무제가 제위에 오른 뒤 백방으로 수소문한 끝에 제齊 땅에 양피羊皮를 입고 낚
　　시질하던 그를 찾아내었다. 그러나 끝내 벼슬을 마다하고 절강浙江의 부춘산富春山으로 들어가
　　서 몸소 밭 갈고 낚시질하며 살았다.
587) 백이와 숙제는 원래 은殷 왕조 고죽국孤竹國의 두 왕자였다. 아버지가 숙제에게 임금의 자리를
　　물려주려 하니 숙제는 형인 백이에게 양보하였으며, 백이는 아버지의 명이니 임금의 자리에 오
　　를 수 없다 하였다. 두 사람은 결국 함께 나라를 떠나 주周 문왕文王에게 몸을 의탁하려 하였다.
　　가는 길에 주周 무왕武王을 만났는데, 문왕은 이미 서거하였고 무왕은 은殷 왕조 마지막 임금인
　　주紂를 정벌하러 가고 있었다. 신하로서 왕을 쳐서는 안 된다고 간하였으나, 무왕은 이를 듣지
　　않고 은 왕조를 멸망시키고 주周 왕조를 열었다. 두 사람은 주周 왕조의 녹봉을 먹는 것은 부끄
　　러운 일이라 하여 수양산으로 가서 고비를 캐먹고 살다가 굶어죽었다.

고향이 만리 밖이니 꿈에서도 유유하네 　　　　鄕山萬里夢悠悠
논에서 물을 빼면 물고기를 나누며 즐겼고 　　田禾引水分魚樂
뜰 버들이 그늘 드리우면 사슴과 함께 놀았네 　庭柳垂陰許鹿遊
세상은 결국 비린 먼지로 가득 차고 말았지만 　世以腥塵終結局
사람들은 거센 물살로부터 배를 지탱하려 하니 　人從頹浪欲撑舟
어느 때에나 좋은 세상 만나서 함께 술에 취해 　何時共醉昇平酒
요동 땅 아름다운 풍광을 붓으로 담게 될까 　遼左雲烟一筆收

▫ 여아들의 놀이를 보다　觀兒戲

머리를 양쪽에서 묶은 여아들의 아름다움이 옥빛 같나니 　妲頭兒女美如瑛
밤에 개똥벌레들을 쫓아서 작은 뜨락을 돌고 도네 　夜逐飛螢遶小庭
두 마리를 잡아서 두 속눈썹에 붙이고서는 　捉得一雙粘兩睫
어둠 속에서 고함을 질러 사람을 놀라게 하네 　暗中叫出使人驚

▫ 사정곡588)　沙精穀

사정곡이 밭 사이사이에서 꽃을 피우고 있는데 　沙精穀子間園花
붉은 색이 옅기도 하고 짙기도 하며 이삭 팬 것도 많네 　淺赤深紅發穗多
범 꼬리처럼 길고 인끈처럼 드리워져 있나니 　長如虎尾垂如綬
초가집이 부귀한 집이 되고 말겠네 　白屋飜成富貴家

▫ 파초선　芭蕉扇

파초선은 일찍이 재상의 관아에 걸려있었는데 　蕉扇曾懸宰相衙
크고 높은 깃발들과 그 호화로움을 다투었었네 　高牙大纛競豪華

---

588) 사정곡沙精穀 : 곡물 이름인 듯하나 미상이다.

산 사람의 손으로 들어오고서는　　　　　　　　自從墮入山人手

되려 홍진세상을 향하여 얼굴을 가려주고 있네　　反向紅塵一面遮

▫ 칠석날에 까치를 보다　七夕見鵲

은하수를 가로질러 다리를 만들어서　　　　　　銀河橫截玉橋成

밤에 견우와 직녀를 건네주고 있지만　　　　　　夜度牢牛織女星

늙은 까치만은 연정으로 만나는 일에는 관심 없고　老鵲不關情會事

가을밤에 마른 나무가지 끝에 홀로 앉아서 우네　枯梢獨坐噪秋聲

▫ 황강에서 겨울밤에 우연히 읊다　黃崗冬夜偶吟

1

매서운 바람은 뼈를 찌르고 눈은 높은 단을 침범하나니　風威刺骨雪侵壇

한밤중에 이리저리 뒤척이며 눈을 붙이지를 못하네　轉輾中宵不着眠

북으로 간 건아들은 소식이 끊어졌고　　　　　　北走健兒音信阻

남으로 간 사람들은 만날 때가 지연되네　　　　　南遊多士會期延

장량·진평589)도 어쩔 수 없네 자금은 말라버렸고　良平無奈金源涸

오나라 위나라가 정립한 곳을 장차 보겠네590)　　吳魏行看鼎足聯

바깥 적을 상대하려면 먼저 안의 힘을 길러야 하나니　對外先要究內力

성공을 빨리 하고 늦게 함은 오로지 하늘에 맡길 뿐이네　成功遲速一聽天

2

농병 고법591)은 참으로 지극히 편리하나니　　農兵古法極便宜

다섯 달만 하여도 여러 병법을 익힐 수 있네　五朔猶能學正奇

---

589) 장량張良·진평陳平 : 한漢 고조高祖의 책사策士들이다.

590) 삼국이 정립한 지역에 가까웠기 때문에 이렇게 말한 것이다.

591) 농병고법農兵古法 : 병농일치의 옛 법. 즉 농사를 지으면서 군사훈련을 받는 것이다.

먹거리는 조석으로 소비되는 것을 공급해내고 　白餐堪供朝夕費

농부들도 제 성명이 알려지는 것을 두려워않네[592] 　黃冠不怕姓名知

혹은 노루와 사슴을 좇으며 연발 사격을 시험해보고 　或追獐鹿試連發

또 험한 산비탈을 향하여 돌격하는 것을 익히네 　更向巖阿習突馳

훈련시켜 한 무리의 정예 병사들을 양성하였나니 　鍊得一師精銳衆

하늘은 마땅히 좋은 시기를 빌려주리라 　天公應借好時機

□ 어떤 사람이 회인懷仁·통화通化·흥경興京·유하柳河에 일병이 들이닥쳐 아군이 모두 도륙되었다 하였는데, 모두 잘못 전해진 말들 이었다 　有人 言懷通興柳之間 日兵突入 我軍盡被屠戮 盖訛傳也

시호[593]라는 말은 잘못 전해진 것이 분명하지만 　明知市虎傳言妄

겁먹은 눈으로 산을 보면 모든 것이 적병이라네 　恸眼看山摠是兵

회인과 통화에는 중국 관리가 분명 있으리니 　懷通自有華官吏

왜군이 멋대로 횡행하는 걸 그냥 놓아두었겠는가 　肯許倭軍恣意行

□ 안해운행선의 회갑 운을 뒤에 차운하다 　追次安海雲行善六十一晬韻

태어나던 해 금계가 세 번 울었는데 　三唱金鷄以降年

어느새 육십 환갑이 되었네 　一周花甲老居然

깃든 새는 고향 그리는데 향관의 구름은 아득하고 　棲禽戀故關雲杳

낙엽은 뿌리로 돌아가는데 둔덕엔 둥근 달이 떠있네 　落葉歸根隴月圓

부인은 공경히 상을 내오고 　仙姥齊眉淸案對

자식들은 색동옷 입고 축수의 잔 연거푸 올리네 　賢郎舞彩壽觴連

나는 이 자리에 미처 참석하지 못하고 　我來不及餘母舐

부질없이 향로 곁에서 향연을 가리킬 뿐이네 　空指香烟寶鼎邊

---

592) 황관黃冠 : 농부와 야로野老의 복장.

593) 시호市虎 : "저자에 호랑이가 나타났다."는 말을 세 번 되풀이해 들으면 참으로 믿게 된다는 말.

□ 병중에 읊다 病中吟

골짝에는 얼음이 산에는 눈이 가득하나니	水滿長溪雪滿山
문 걸어 닫고 감기 앓으며 기침을 연신 하네	病寒嗽嗽掩柴關
두건으로 머리 매었으나 편두통 막지 못하고	纏巾莫遏偏頭痛
눈물을 닦지만 두 눈에서는 멈출 줄 모르네	拭淚仍添兩眼酸
뼈마디는 마치 송곳 끝으로 찌르는 듯 아프고	骨節如將錐末刺
정신은 안개를 향하여 보고 있는 듯 몽롱하네	精神疑向霧中看
무리 지어 사니 치료할 약이 없을 리 없겠지만	群居不可無醫藥
죽고 사는 것이 한 순간을 다툴 뿐인 듯 하네	生死只爭一瞬間

□ 안행선 만사 輓安行善

꾸밈이 조금도 없는 낡고 오래된 의관을 하고서	蒼古衣冠不餙邊
눈이 머리에까지 닿는 요동 땅에서 십여 년을 살았네	十年遼海雪盈顚
오만 일로 가득 찬 인간 세상에 자식 셋을 남겨놓고	人間萬事遺三子
육신을 벗어나서 대종594)의 하늘을 향하네	蛻却形骸向岱天

□ 여시당의 시를 차운하다 次韻呂時堂

막사를 새로 옮긴 처음이어서 땅이 낯설지만	換幕初頭境自新
농병은 인습한 것이 아니되 책은 묵은 것이네	農兵非襲簡編陳
밤에는 산에서 등불 하나 켜고 책을 읽으며	一燈去讀君山夜
봄이 온 골짝 입구에서는 무리 지어 농사 짓네	千耦來耕谷口春
그림 속의 떡으로는 주림을 면하기 어렵고	畫餅難療肚子餒
신기루는 부질없이 눈앞에서 티끌이 될 뿐이네	蜃樓空作眼簾塵

---

594) 대종岱宗 : 태산泰山의 별칭. 예전에는 사람이 죽으면 그 영혼은 태산으로 간다 여겼다.

앞길을 오직 제군들의 힘에 기댈 뿐이지만　　　　　　　　前途專仗諸君力
신비롭게 길을 아는 늙은 말도 아직 있다네　　　　　　　老馬猶存指路神

○ 섣달 그믐밤에 소호 이탁의 운을 차운다　除夕次李筱湖洰韻

객의 근심이 엉킨 실타래처럼 어지럽나니　　　　　　　　客中愁思亂如絲
내 나이 예순 다섯 올해도 또 떠나가고 있네　　　　　　六五今年又去之
영웅을 다투는 천지간에는 용들이 싸우고 있지만　　　　天地爭雄龍戰日
주인 없는 강산에는 달빛만 밝디 밝네　　　　　　　　　江山無主月明時
만사라 하지만 본말을 알면 번거롭지 않고　　　　　　　萬事不煩抽本末
일신이 왜소하다 하나 민족의 안위가 매여있네　　　　　一身雖眇繫安危
새 아침에는 새 책략이 정해져야 하리니　　　　　　　　新朝須定新籌策
각자 성심을 다하여 좋은 시기를 기다려야 하리라　　　各竭心誠待好期

○ 설날에 다시 앞 운을 써서 벗 황학수에게 보이다. 계해년　元朝再用前韻示黃友學秀

봄 밥상의 생나물은 가늘기가 실과 같고　　　　　　　　春盤生菜細如絲
태양이 문에 임하니 일어나서 맞이하네595)　　　　　　　羲御臨門起迓之
나는 세월과 함께 모두 나그네이고　　　　　　　　　　　吾與光陰俱是客
그대는 빼어난 재주로 이 때를 기다려 왔네　　　　　　君將材器待斯時
하늘이 이미 뭇 사악 내쫓아 물러나게 했으니　　　　　天心已逐群邪退
어찌 이 몸이 위태로워지는 걸 근심하리오　　　　　　　身計何憂七尺危
태백 산인께서는 보록596)을 전해주시고　　　　　　　　太白山人傳寶籙
선조들은 앞날의 기약을 거듭 보여주시네　　　　　　　丁寧皇祖示前期

---

595) 희어羲御 : 전설에 의하면, 희화羲和가 태양을 실은 수레를 모는 어자御者 즉 마부였다고 한다.
　　전하여 태양을 뜻함.
596) 보록寶籙 : 봉황이 황제黃帝와 제요帝堯에게 선후로 전해주었다는 도록圖籙. 전하여 천명天命을 뜻
　　한다.

◦ 이승만이 도장을 소매에 넣어 태평양을 건넜다는 말을 듣고서   聞李承晩袖印渡洋

잘못이 있으면 모름지기 스스로 꾸미지 말아야 하며   有過須要不自文
자연스럽게 물러나서 민족에게 사죄해야 하는 것이네   天然辭退謝民群
명성은 무너졌고 자취도 탄로 나서 더 이상 여지가 없거늘   名壞迹綻無餘地
갑자기 또 무슨 마음으로 도장을 소매에 넣고 달아났는가   忽又何心袖印奔

권 2

巻之二

□ 시詩

▫ **6월 16일 밤, 큰 비 내리다**　六月十六日夜大雨

뜨거운 염천 삼복 사이	熱焰三伏間
사방 타는 화로 벌려 놓은 듯	四圍紅鑪張
온통 땀 젖은 베 적삼에	絺衫汗盡透
둥근 부채 바람 될 것 없다	團扇風不颺
홀연 한 조각 구름	忽見一片雲
서북방에서 일더니	起自西北方
잠깐사이 하늘을 반나마 가리고	須臾蔽半天
번갯불 내리 번쩍이다	閃鑠掣電光
폭풍이 잔가지 뒤흔들고	長風振木末
천둥은 산 양달에서 우르릉 거린다	殷雷在山陽
찌던 더위 모두 달아나	炎蒸驅去盡
시원한 옷 입은 듯 상쾌하다	爽若服清凉
해질 녘 빗소리 나는데	日暮雨聲作
처음엔 누에가 뽕잎 먹는 소리다가	始如蠶食桑
차츰 하천을 기울인 듯 쏟아 부으니	漸注似傾河
부서진 천정이 줄줄 샌다	破屋漏牀牀
아들 손자들 우산을 받치고	兒孫來擎傘
늙은 아내는 담 무너질까 걱정한다	老婦憂頹牆
새벽까지 잠 못 이루고	達曉不成寐
물 가운데 쪼그리고 있는데	蛹縮水中央
어디선가 닭우는 한 소리에	何處一聲鷄
새는 빛이 동쪽 산에 오르다	曙色上東崗
창 열고 뜰 안을 보니	開牕視庭際

씻은 듯 티끌 하나 없다	淨洗無塵糠
산 개울이 몇 길이나 높아지고	山溪高數丈
평지에는 배라도 띄우겠다	平地可撑航
옛날 바다 건너는 어떤 나그네	古有渡海客
시 지어 던지자 풍랑이 그치고	投詩風浪藏
또 조수를 물리친 어떤 이	亦有退潮人
노래 지어 큰 바다에 대항했다는데[1]	作頌抗大洋
모지라진 붓 아무 조화 없는데	禿筆無造化
눈가림 시 한 수 읊는다	謾吟韻一章
쓰기를 마치매 큰 물 조금 가라앉아	書罷水稍落
낚싯대 들고 물가로 나간다	釣竿出水傍

□ 물 난리 뒤에 짓다 水患後作

예부터 논농사가 없는 만주 땅에	滿洲昔日無水田
우리 한국인 처음 벼 파종법 열었네	韓人始開種稻利
큰 강은 너무 넓고 작은 도랑은 얕아	大川太濶小溝淺
보 막아 물길 내기 여의하기 어려웠네	築洑通澮難稱意
상제께서 선관[2] 명해 비 내리게 하니	帝命仙官降恩霈
이미 아홉 용에 아향 수레[3] 멍에하여	九龍已駕阿香車
은하수 기울여 입 가득 머금고	滿口吸傾銀河水
인간 세상 뿜어내리니 빗줄기 삼대 같았네	噴下人間雨如麻

---

1) 노래 지어 … 대항했다는데 : 삼척 백성들은 동해안東海岸에서 발생하는 조수의 피해로 늘 시달렸
   는데, 현종顯宗 때 삼척 부사三陟府使 미수眉叟 허목許穆이 신기한 문장으로 「척주동해비문陟州東海碑
   文」을 지어 삼척포三陟浦에 비를 세운 결과, 그 조수의 피해가 없어졌다는 전설에서 온 말이다.
2) 선관仙官 : 도교道教 용어로, 천상天上의 세계는 도교의 최고 신인 원시천존元始天尊이 있어 선왕仙
   王·선공仙公·선경仙卿·선백仙伯·선대부仙大夫의 선관의 보좌를 받는다고 한다.
3) 아향阿香 수레 : 진晉 나라의 아향阿香이라는 소녀가 천둥 수레[雷車]를 밀었다는 고사로서, '아향'
   은 곧 우레의 대명사이다.

한번 연해 사흘 쏟아 그치지 않으니	一蓮三晝注不絶
평지에 물결 높이 몇 길도 넘었네	平地浪高數丈餘
즐비한 마을집에 남북으로 났던 큰 길	櫛比閭閻南北街
뜬 처마 잠긴 벽에 사람은 물고기 되었네	簷浮壁沈人爲魚
갓 상투 부평그늘에 뒤섞여 아우성치지만	冠髻亂喋萍影裏
큰 물 기세 하늘 닿았으니 누가 구해 주겠나	水勢連天誰汝拯
황제 굽어보고 천궁에서 근심하더니	瑤皇頻視宸憂切
사공에게 분부하여 작은 배 노저어	分付梢工棹小艇
종일을 오고 가며 수고롭다 하지 않았네	竟日往來不辭勞
남녀를 가득 태워 높은 산에 옮겨 두고	滿載男女移高崗
잠깐사이 물 줄자 순찰 사신 돌아갔네	須臾水平探使返
다행히 우리 교포 털끝하나 다치지 않았으나	幸我韓僑毫不傷
이 배 지난 자리 노 저어 뚫고 간 곳	但是舟過棹穿處
부러지고 꺾인 벼포기 희망 없이 되었네	禾稼摧損無餘望
석옹4)이 이를 듣고 길게 탄식한다	石翁聞比長歎息
남의 웃사람이 되어 정사를 행하기 정히 어렵구나	行政正難爲人上
농사에 거름될 비가 도리어 사람을 헤치고	雨要滋農還害人
사람 살릴 배는 오히려 농사를 망쳐 놓는구나	舟可濟人反病農
비록 모두 착하고 아름다운 임금 명령이지만	縱然上令盡善美
아랫 관리 반드시 다 부합할 순 없는 법	不僚未必皆得中
상고 적 홍수 다스린 공적이야	所以上古治洪績
요와 순 임금에 우와 직이 신하였던 까닭이라	堯舜爲君禹稷臣
시험삼아 화아의 새 태수5)를 보라	試看樺佝新太守
환란에 백성 돌보지 않고 먼저 피하지 않던가	遭患先避不顧民
동포들이여 다시 한 말씀 전하노니	更向同胞傳一語
하늘이 어찌 우리 겨레만 진실로 편애하겠는가	上天豈眞私吾族

---

4) 석옹石翁 : 이상룡 자신을 지칭한다.
5) 화아樺佝의 새 태수 : 미상. 다만, 화아樺佝는 화전현樺甸縣을 가리키는 듯하다.

다만 궁궐 동쪽 땅 힘써 개척하여 　　　　　只爲勤拓闢東地
몰래 실력 키워 광복 도모하세나 　　　　　潛長實力圖光復

▫ 아들 섭이가 반석현 호란에서 전지를 구하고 집을 물색하고 돌아오다[6]　兒燮自磐
石呼蘭求田問舍而回

지난 해 집창허[7]를 갔을 때 　　　　　往歲曾過集廠墟
시냇물 높이서 흘러내리고 빈 들은 넓었지 　　　　　溪流高瀉野平虛
왜놈 오지 않으니 삽사리 나른히 졸고 　　　　　剽客不來尨睡檻
관군 발걸음 적으니 학 모이도 넉넉했지 　　　　　官軍罕到鶴糧餘
가까운 저자는 때로 술 바꿔오기 알맞고 　　　　　近市偏宜時換酒
앞 물가는 한가히 노는 고기 보기에 좋았지 　　　　　臨濠自好靜觀魚
그 중에 좋아 노는 즐거움 따로 있으니 　　　　　箇中別有追遊樂
인근 마을에 시 벗 바둑 벗이 살고 있었지 　　　　　韻友棋朋接閒居

▫ 독판직[8]을 사양하면서　辭督辦

독판이라는 이름으로 융숭하게 떠받드나 　　　　　攙擧隆崇督辦名
털끝만한 권리 없고 비방만 한 수레 가득 　　　　　毫無權利謗車盈
오늘 아침 겹겹 오라 풀어 던졌으니 　　　　　今朝解却重重縛
이제부턴 강호에서 활보하련다 　　　　　從比江湖掉臂行

▫ 잠을 잃어버리다　失睡

노인이라 밤잠이 없다 　　　　　老人無夜睡

---

6) 섭燮 : 동구東邱 이준형李濬衡을 가리킴. 이명이 재섭在燮이었음. / 반석호란磐石呼蘭 : 서간도의 지
　　명. 반석현磐石縣의 호란하呼蘭河를 가리킨다.
7) 집창허集廠墟 : 서간도의 지명.
8) 독판직督辦職 : 서간도 서로군정서의 최고 직위.

빳빳이 누워 담배만 태운다	僵臥但燃荖
이불 두터워도 냉기가 술술	衾厚透風冷
문 깊어도 눈 빛으로 밝기만	牕深借雪明
늙은 살갗 긁어도 다시 가렵고	衰肌搔復癢
부질없는 생각 끊을수록 더욱 살아나	閑思斷愈生
이제 막 눈 붙이려는데	忽忽方交睫
이웃 집 닭이 또 운다	隣鷄又一聲

▫ **고향 생각에 반구정 판상시에 차운하다** 憶故山因次伴鷗亭板上韻

만 점 청산 모인 모양 부처머리 같은데	萬點靑山簇佛頭
가운데서 동북 서남쪽 두 강이 합친다	中交二水艮坤流
강 언덕 외로운 배엔 석양이 가득하고	孤舟傍岸斜陽滿
나루터 이어진 들 푸른 나무 빽빽하다	官渡連郊碧樹稠
꿈속엔들 잊으랴 꽃·돌과 맺은 약속	夢裏難忘花石誡
하늘 한 끝엔 뒤집힌 세상 근심 배나 간절해	天涯倍切海桑愁
황하물에 맑아져서 마침 환향하는 날	澄淸會有還鄕日
강물에게 미리 고하리라 해오라기 기다리라고	先報波心等待鷗

▫ **'밤에 앉아 회포를 적음'이라는 척서의 시에 차운하다** 次尺西夜坐書懷韻

태산이 크지만 티끌 모여 이룬 것	太山雖大起纖塵
조그맣고 가벼운 것도 쌓이면 경계 일신이라	寸積銖加境日新
의리는 은미하지만 잡아 비틀 수 없다	義理蚤微休執拗
영웅들이 떼 지어 모였으되 누가 참 인걸인가	英雄麕集孰知眞
푸줏간의 소가 이미 능숙한 포정9)의 손에 떨어졌으니	庖牛已入恢恢手

---

9) 포정庖丁 : 『장자莊子』「양생주養生主」에 나오는 능수능란한 솜씨를 가진 백정이다. "두께가 없는
   칼날을 틈이 있는 소의 살 속에 집어넣으면 그 공간이 널찍하여 여유작작하게 칼날을 놀릴 수

하찮은 목숨 기꺼이 버려야할 추구10)의 신세로다　　　　蒭狗甘抛碌碌身

살아 다시 모이려면 완급을 같이 써야　　　　緩急雙需生聚計

다만 성심없어 걱정이지 가난이야 무슨 걱정　　　　只憂誠乏不憂貧

▫ 척서에게 읊어 보여주다　吟示尺西

눈보라치는 긴 벌판 반 길이나 빠지는데　　　　風雪長郊沒半身

날마다 공론하느라 왕래가 잦았네　　　　天天論事往來頻

요즘처럼 나이 젊은 영웅들이 판치는 세상　　　　如今年少英雄世

산간의 백발 노인 생각이나 하랴　　　　肯數山間白髮人

▫ 백원을 추억하다. 백원11)은 시당의 한 호이다　憶白園　白園時堂一號

강 길따라 얼굴 때리며 휘몰아치는 눈보라 속　　　　風雪沿江撲面颺

돌아오던 길에 백원은 황강12)을 향해 갔다네　　　　白園歸施向黃崗

시대의 우환, 범 서로 다투는 꼴 같아 함께 웃고　　　　時憂共笑雙爭虎

고난도 많구나 세상사, 구절의 양장이라　　　　世路多艱九折羊

젊은네 언론 촉수 예기가 병통이요　　　　年少言鋒傷太銳

노성들 주획은 두루 아우르고 세밀해야 귀한 법　　　　老成籌策貴周詳

피안 바라는 겨레여 이를 도리 없구나　　　　人望彼岸無由到

대양을 건너려던 자항13)을 일찌감치 되돌리자구나　　　　早返慈航涉大洋

있다[刀刃者無厚　以無厚入有閒　恢恢乎其於遊刃　必有餘地矣].”는 ‘포정해우庖丁解牛’의 고사이다.

10) 추구蒭狗 : 옛날 무당들이 복을 빌고 재앙을 물리치는 의식에 사용하던 풀로 만든 개. 한번 쓰고
　　는 버린다.

11) 백원白園 : 여준呂準의 호이다. 경기도 용인출신으로 서로군정서의 부독판으로서 독판이었던 이
　　상룡과 함께 무장투쟁을 전개하는 등 장백산長白山에 은거하다가 별세할 때까지 일생을 독립운
　　동에 헌신하였다.

12) 황강黃崗 : 검성중학儉成中學이 있던 액목현 황지강자額穆縣黃池崗子를 가리킨다. 검성중학은 1922
　　년에 여준이 설립하여 인재양성에 힘쓰던 학교이다.

13) 자항慈航 : 불교 용어. 자비로운 마음을 지칭하는데, 중생을 구제하는 배를 비유한 말이다.

▫ 곽씨네 집 가게로 이사를 하다   郭家廛搬寓

호란강 서북 쪽 곽씨네 가게	呼蘭西北郭家廛
물 곁대고 산에 기댄 그저 서까래 몇 갯 집	傍水依山屋數椽
장기판 대국에선 초한 전장의 난리가 나고	楚漢風塵棋局對
술잔 권하고 사양할 땐 요순의 일월이라	唐虞日月酒盃禪
여타 세상사는 고수들게 맡겨 버리고	抛他世事委高手
내 천륜을 즐기면서 늙마를 보내고 싶다	樂我天倫送暮年
들에도 향그런 나물 시내에는 쏘가리 있기에	野有香蔬溪有鱖
여기가 도원향 하필 신설을 부러워하랴	桃源何必羨神仙

▫ 만주에서 겪은 일   滿洲紀事

1

십 오년 전 압록강을 건널 제	十五年前渡鴨江
사나이 장한 혈기 몸속에 충만 했었네	男兒壯氣血盈腔
군대가 나라를 끌어가는 일 이제껏 무경험이라	自來軍國無經驗
삼도[14]의 군사 전고 한번에 무너지겠네	三島如將一鼓降

2

추가가에서 결사하니 충심은 굳고	鄒街結社衷心堅
밭 갈고 배우는 일 취지 모두 완전했다[15]	耕學雙方趣旨全
모든 정신 신흥학교에 쏟아 부어	精神盡注新興塾
양성한 군사 비호보다 날랜 오류백	養得貔貅過半千

　　　○신해년 여름, 경학사를 결성하고 신흥강습소를 열어 군사·학술 과목으로 청년들을 교련

---

14) 삼도三島 : 우리의 독립운동기지가 있었던, 백두산을 중심으로 한 서·북·동의 간도間島 땅을 일
　　컫는 듯.
15) 추가가鄒家街에서 경학사耕學社를 결사하던 일에 대응된다.

하였다.   辛亥夏 結耕學社 設新興講習所 以軍師學術 敎鍊靑年

3

세금없는 청산이오 비옥한 토질	靑山無稅土心肥
한 도끼에 생애 걸고 묵정밭 찍어 일구러	一斧生涯去斫菑
반년 겨우 지나 벽질16)에 걸리니	纔過未年嬰碧疾
신선술 배우기도 전 쌓이느니 주검만	仙方未學塚累累

○임자 연간에 산전을 개간하는 것이 비용은 안 들고 이득은 많다하여 가난한 교민들이 모두 산림으로 들어갔다. 얼마 안되어 악질이 사납게 만연하여 거의 모두가 죽었다.   壬子間 以山田開荒 費省而利多 貧僑盡入山林 未幾惡疾熾蔓 死已殆盡

4

만주 사람들 논농사 지을 줄 몰라	滿人不解水田農
거친 벌판 빌려 올벼 늦벼 파종했다	租借荒郊種稑種
가을 되매 흰 쌀밥에 물고기 반찬	秋來白飯兼魚饌
그제사 얼굴 볼그레 생기 돌아오다	生氣方回面上彤

○갑인년 봄부터 처음 평지를 빌려 논을 일궈 벼농사를 지었는데, 이로부터 질병이 점차 사라졌다.   自甲寅春 始租平地 作水田種稻 疾病漸息

5

상위의 모래는 한 덩어리로 뭉쳐진 계책 없으매	盤沙無計法團成
우매한 백성 깨우쳐 이끌 책임 가볍지 않다	開導愚民責不輕
작은 지역 서로 단결케 함을 그대 비방 말라	局部相群君莫呵
먼저 나누고 나중 합하는 것이야 늘 있는 과정이라	先分後合是常經

○경학사 강회 후에 국부 단결로써 분치의 제도로 삼았다. 이에 의견을 달리하는 사람들에게서 비방하는 논의가 상당히 일어났다.   耕學社講會後 各以局部團結 爲分治之制 於是異己者 頗興謗議

---

16) 벽질碧疾 : 벽질躄疾. 수토병의 하나로 양 다리를 못 쓰게 된다.

6

산간에 솟는 샘 깨우치고 기르는 건 고금이 같다	山泉蒙養古今均
팔년토록 뛰고 닫듯 발전한 빼어난 우리 국민	八歲跟蹌俊秀民
소학 기관 서른 곳에	小學機關三十處
한 때의 문화교육 또한 빛난다 할 만	一時文敎亦云彬

7

정부의 규모는 자치의 명분이요	政府規模自治名
삼권의 분립은 문명국을 닮음이라	三權分立做文明
우리는 안다 추녀 모모 서시 아니니[17]	也知嫫母非西子
끝내 아름다운 자태 이루기 어려움 우습구나	捧腹終難美態成

　　○병진년 통합자치를 위하여 부민단을 설립하였다.　丙辰設扶民團 爲統合自治

8

주식으로 신성호 재단을 세워	新成株式立財團
출납의 전권을 셈에 따라 맡겼다	出納專權任計然
봉함과 자물쇠 채우는 것 끝내 어찌 믿을까	緘縢局鐍終何恃
장자의 거협편[18]을 세 번이나 다시 본다	三復南華胠篋篇

　　○자신계[19]내에 주식 신성호를 두었다. 자못 발전해 나아갈 희망이 있었는데, 한번 왜놈들의 위협을 당하면서 모두 수포로 돌아갔다.　自新楔內 置株式新成號 頗希進展 一經敵劫 盡歸水泡

---

17) 모모嫫母 : 황제의 제 4비. 외모가 심히 추했지만 어진 덕이 있었다 한다.『회남자淮南子』에 “嫫母有所美 西施有所醜”라 하고 그 주에 “嫫母 古之醜女 而行貞正 故曰有所美”라는 설명이 있다. / 서시西施 : 월越 구천句踐이 오吳 부차夫差와의 전쟁에서 패한 후, 와신상담 복수를 꾀하여 부차에서 바쳤던 월나라 미녀.

18) 거협편胠篋篇 :『장자莊子』의 편명. ‘거협’은 ‘탐낭探囊’과 연용하여 ‘거협탐낭胠篋探囊’으로 쓰는데. 상자를 열고 주머니를 살핀다는 뜻으로 전하여 절도행위를 가리킨다.『장자莊子』에는 “將爲胠篋探囊發匱之盜 而爲守備”라 하여 절도행위 자체 보다는 방비하는 데 초점을 두는 기술로 되어 있다.

19) 자신계自新楔 : 이상룡이 해룡현海龍縣에서 조직한 자치 단체.

9

지사라 많은 중에 뉘 양이고 뉘 범인지	羊虎難分志士多
길림의 생계회 한번 우쩍 소문났었지	吉垣生計一番譁
이익 위해 본분 팔지 말라 맹자 말씀이었거늘[20]	枉尋直尺鄒賢戒
멀쩡한 대낮에 결국 귀마에게 들켜버렸네	白日終看露鬼魔

○무오년 길림에서 생계회를 설립했다. 정립 따위들이 일본과 몰래 통하였기 때문에 즉시 폐산하였다.　戊午 設生計會於吉林 以鄭立輩潛通日本之故　旋卽廢散

10

3·1독립선언의 외침	三一宣言獨立聲
만주 군 정부가 처음 기치를 높이 들었다	滿洲軍府首懸旌
말종에 실패할 것은 불 보듯 분명하나	終焉致敗明如火
대의의 관두에서 감히 떨쳐 울지 않을 쏘냐	大義關頭敢不鳴

11

새로 개척한 남북 연결로 좁고도 긴 길	新開南北幅員長
다시 안도현 차지함은 숨기위한 대비라	更占安圖備後藏
몰래 실력을 길러 삼 년 뒤에	潛滋實力三年過
왜놈 천황과 한 바탕 겨루려 했었지	擬與天驕決一場

12

하룻밤 사이 미친 풍랑 하늘에 닿으니	一夜狂風浪拍天
사공이 노를 돌려 급히 배 옮기려다	梢工回棹急移船
물 한 가운데서 또 구당[21]의 험협 만난 격	中流又犯瞿塘險
전군이 흑햇 가로 떠 흩어지는구나	漂散全軍黑海邊

○경신년 겨울, 왜놈 군대가 안도현을 침범하였다. 우리 의용군은 피하여 물러나 북쪽 아

---

20) 이익 … 말씀이었거늘 : 『맹자孟子』「등문공滕文公」하下에 진대陳代와의 대화에 왕심직척枉尋直尺 이란 말이 나온다.
21) 구당瞿塘 : 양자강 3협峽의 첫째. 험난하기로 유명하다.

령 자유시를 향하여 전전해 들어갔다.　庚申冬　敵軍犯安圖　我義勇軍退避　向北轉入俄領
自由市

13

연경 회의가 투지 다시 떨쳐	燕京會議志更張
성토문 전달하매 옹호당 미친 듯 고함친다	聲討文傳黨叫狂
한번 물어보자 위임통치 청원이	試問通治委任願
이웃나라 의지해 보호받는 것과 무엇이 다르냐	何殊保護藉隣邦

　　　○신유년, 군사통일회가 북경에서 열렸다. 이승만이 위임통치를 청원한 사실을 성토하자
　　　옹호당이 함께 들고 일어나 분쟁이 극렬하였다.　辛酉　開軍事統一會於燕京　聲討李承晚
　　　委任統治請願事　自是擁護黨幷起　紛爭劇熱

14

분쟁을 진정하려 국회가 열려	爲定紛拏國會開
동해에 떠오르는 해 기다림 서광이 돌아왔다	扶桑日望曙光回
까닭없는 개조다 창조다 한가한 싸움	無端改刱閒爭競
달팽이 두 뿔처럼 솟아 났네	撞出蝸牛兩角來

　　　○계해년, 상해에서 나라의 대표모임이 열렸으나 개조파다 창조파다 하여 분규가 다시 일
　　　어나, 마침내 양 정부가 출현하기에 이르렀다.　癸亥　開國代表會於上海　以改造刱造紛糾
　　　更起　竟至兩政府現出

15

입지에 한쪽으로 치우치지 않는 것이 대장부	立地無偏是丈夫
언젠가 대일통의 시기에는 너·나가 동등하다	他時匡合等爾吾
기꺼운 마음으로 첩부의 용열[22]을 구하다니	甘心妾婦求容悅
가만히 제군들의 한 자 수염을 부끄린다	窃爲諸君媿尺鬚

　　　○이해 가을, 화전에서 본 군정서의 의회가 열려 중립불편의 뜻을 선포하기로 결의하였다.

---

22) 용열容悅 :『맹자孟子』「진심盡心」상上; 孟子曰　有事君人者　事是君則爲容悅者也　有安社稷臣者
　　以安社稷爲悅者也　有天民者　達可行於天下而後行之者也　有大人者　正己而物正者也의 '용열容
　　悅'을 썼다. 용납되는 것을 기쁘게 여긴다는 뜻이다.

그러나 마침내 한 두 직원에 의하여 저지되었으니, 대개 한쪽 만을 옹호하려는 견해에서 나온 것이다.   是歲秋 開本署議會於樺甸 議決宣布中立不偏之意 竟爲一二職員小沮 盖出於祖護一偏之見也

16

나는 용사가 아니고 서생이다	吾非勇士是書生
사업은 지력으로 완성함을 기대하기 어렵다	事業難期智力成
풍진세상에 백수가 됨을 도리어 스스로 웃노라	白首風埃還自笑
일엽편주로 오호 가로 돌아가 낚시나 할까	扁舟歸釣五湖汀

▫ 차운하여 신숙·황학수·이청천 제우들에게 보이다　次韻示申肅黃學秀李靑天諸友

때와 운이 만나는 초두 지금 갑자년 봄	運會初頭甲子春
하늘 뜻과 세상사 일시에 새로워지다	天心世事一時新
연운에서 호송된 용 잡는 사람	燕雲護送屠龍客
발해 땅 와선 이 문지르는 사람을 찾네23)	渤海來尋捫虱人
시내 깨어져 남은 얼음 검·축24)의 기운을 발산하고	溪破殘氷呈劍筑
산에 점점이 남은 눈 진애를 씻어주네	山留點雪洗埃塵
실력이 아니면 다른 방책 없으니	除非實力無他術
참된 씨앗 뿌릴 수 있다면 결과도 참될 터	種得眞因結果眞

---

23) 용 잡는 사람[屠龍客]은 신숙 등을, 이 문지르는 사람[捫虱人]은 이상룡 자신을 가리킴. 용 잡는 기술은 너무 커서 현실 세상에 쓰일 데 없는 기술을 뜻하나 여기서는 말 그대로 용을 잡는 대단한 솜씨를 뜻하고, 이 문지르는 일은 높은 관직 앞에서 조금도 위축되지 않고 자신의 몸에서 이를 문질러 가면서 세상사를 담론하는 방약무인 한 태도를 가리키나 여기서는 말 그대로 이나 잡아 죽일 줄 아는 못난 사람의 하는 짓을 뜻한다.

24) 검劍·축筑 : 전국시대 자객 형가荊軻와 고점리高漸離의 의기에 대한 은유임. 연나라 태자 단丹의 부탁으로 진시황을 격살하기 위하여 형가가 사용했던 비수와 고점리가 사용했던 축을 용사한 것이다.

◦ 황몽호[25]와 더불어 함께 읊다   與黃夢湖共賦

십년 가난한 망명객이 앉아 동으로 가지 않고	十載窮僑坐不東
와신상담 복수의지 함께할 이 누구인가	吳薪越膽與誰同
단군 성조께서 장백산에서 우리 보유하여	皇靈佑我山長白
겁화[26]가 왜적을 소진할 제 땅 온통 붉으리라	劫火燒渠地遍紅
흘러가는 물소리 아름다운데 바람이 휩쓴 뒤	流水善鳴風蕩後
가는 먼지 씻기우고 달 중천에 오르듯[27]	纖塵淨掃月當中
그대여 등뼈 굳세기가 이와 같으니	看君脊骨硬如許
확신하노니 앞길에 큰 공훈 있으리라	確信前途大有功

◦ 다시 운자를 안출하여 각기 읊다   再拈各賦

호란강변 작은 띠집에	呼蘭河畔小茅廬
밥 짓는 연기 끊이락 이으락 나그네 처음 이르러	斷續炊烟客到初
취한 후 때로 노래하느니 제갈량의 출사표요	醉後時歌諸葛表
한가한 중에 펼쳐보는 건 장자 칠원서[28]라	閒中仍閱漆園書
황금 사만근[29]을 누구에게 줘버렸나	黃金四萬斤誰與
백발은 삼천장[30]하고도 남음이 있다	白髮三千丈有餘

---

25) 황몽호黃夢湖 : 황학수黃學秀를 가리킨다. 충북 제천출신이며 대한민국임시정부 요인으로 평생을
   항일독립운동에 헌신하였다.
26) 겁화劫火 : 세계가 파멸될 때 일어난다는 큰 불. 불교용어이다.
27) 흘러가는 … 중천에 오르듯 : 황몽호의 인품을 묘사한 듯.
28) 칠원서漆園書 :『장자莊子』의 다른 이름. 장자가 한때 자신의 고장 몽 지방에서 옻나무 농원 곧
   칠원漆園을 돌보는 하급관리로 일한 적이 있기 때문에 붙여진 이름이다.
29) 황금 사만근黃金四萬斤 : 태촌泰村 고상안高尙顔이 류성룡에게 준 서신에, 외적의 방비를 위하여 국
   가의 부강책은 필연이라는 논리를 펴면서 "漢高以黃金四萬斤賜陳平 不問其出入 而卒免楚人之
   急功 則是以四萬斤金 易四百年基業也"라고 했다. 이상룡이 국가의 재건을 위해 세전의 가산을
   처분하여 마련한 거액이 보람도 없이 흔적없이 사라진데 대한 한탄이 섞인 대목이라 하겠다.
30) 백발은 삼천장[白髮三千丈] : 이백의 시 "白髮三千丈 緣愁似箇長 不知明鏡裏 何處得秋霜"에서
   첫 구를 썼다. 자신도 모르는 사이 이미 늙어버렸음을 느끼고 한탄하는 심정을 표현할 때 자주

분명히 알고 있노라 사업은 때 아직 이르니 事業明知時尙早

강호로 돌아가 누우리라 계책도 성글지 않다 江湖歸臥計非疎

□ **백원형이 제석시를 지어 부쳐 보이므로 이에 차운하여 드리다 白園兄有除夕詩寄示次韻以呈**

도소주31) 실처름 가늘게 따르며 屠蘇酒注細如絲

희미한 등 아래 단좌하여 홀로 잔을 친다 悄坐寒燈獨酌之

천상에선 희씨·화씨가 영신송구하는 저녁32) 天上羲和迎送夕

인간세상에선 범씨가 가고 채씨가 오는 때33) 人間范蔡去來時

신황의 역년曆年이라 우리 강토에 봄이 왔으나34) 神皇寶甲檀春返

백성들 양식 구걸35)하여 주린기색 위태하다 赤子呼庚蔡色危

나는 은퇴한 늙은 중 마음 이미 적막하여 退院老僧心已寂

만 가지 인연을 모두 적멸36)에 부쳐두는 격일세 萬緣都付臘三期

인용되는 구절이다.

31) 도소주屠蘇酒 : 정월 초하루에 마시는 술로 젊은이가 먼저 마시고 노인일수록 나중에 마신다. 보통 찬 술이라고 하는데, 『동의보감』에는 백미·대황大黃·천초川椒·거목去目·길경桔梗·호장근虎杖根·오두거피烏頭去皮를 주머니에 넣어서 12월 그믐에 우물 속에 넣었다가 정월 초하루 새벽에 꺼내어 술을 넣어 잠깐 끓인 것이라고 기록되어 있다.

32) 희씨 … 저녁 : 희씨羲氏와 화씨和氏는 요임금 때 천문天文·역상曆象을 관장하던 관리. 또는 해[日]를 어거馭車하는 자, 전轉하여 일월日月 즉, 세월을 지칭하기도 한다.

33) 범씨가 … 오는 때 : 범范씨는 범수范雎, 채씨蔡氏는 채택蔡澤을 가리킨다. 모두 전국시대 이름난 유세객游說客이다. 범수는 본래 위나라 사람이지만 진秦 소왕昭王을 섬겨 객경客卿이 되었다가 곧 상국相國이 되고 응후應侯에 봉해졌다. 원교근공遠交近攻의 전략을 구사하여 한때 득세하였으나 한계를 느끼고 채택에게 자신의 역할을 대신하게 하고 물러났다. 본 시에서는 급속히 바뀌고 있는 세계정세의 용사用事로 사용되었다.

34) 보갑寶甲 : 존귀한 이의 갑년甲年, 곧 회갑.

35) 양식 구걸 : 원문은 호경呼庚. '호경호계呼庚呼癸'를 줄인 말. 경庚은 서방에 해당하여 곡식을 주관하는 방위이고, 계癸는 북방으로 물을 주관한다. '서방에 외치고 북방에 호소한다.'는 것은 곧 양식을 구걸한다는 뜻이다.

36) 적멸寂滅 : 번뇌의 경지를 벗어나 생사生死의 환누患累를 끊음. 전하여 죽음을 의미한다. 불가에서 목숨이 다하는 때를 일러 '납월臘月 30일'이라고 하는데, 삼기三期는 바로 30일이다.

◦ 고향을 생각하며   思故鄕

경술년37) 팔월 국치 조약 늑결되매	上章八月勒約成
우리 겨레 통곡하고 왜놈들 노래한다	韓人痛哭日人歌
지사는 의로워 주나라 곡식 먹지 않고	志士義不食周粟
고사리 캐던 어디가 수양산인가	採薇何處首陽岑
고구려 옛 지경 지금은 만주 땅	句麗舊疆今滿洲
사람이 드물어 이민하기엔 정히 좋고	人稀政好貧民植
땅은 기름져 산업을 계획하기 도리어 마땅하다	土沃還宜實業籌
긴 탄식 한 소리로 고국을 떠나	長歎一聲辭故國
눈보라 얼굴 휘갈기는 삼천리 길	撲面風雪三千里
정처없이 환인·통구·유주·해주 사이를 떠돌아	澤泊桓通柳海間
셋집 살이 황무지 개간이 처자식 괴롭혔다	貰屋斫荒揷妻子
망명길 오른 후 동포들 그침 없이 밀려오니	蹕後同胞來末已
옛 빈땅 사람들 모여 살던 기산38)과 흡사라	絶似豳人溱岐下
산업 권장에 학교 설립 신식을 표방하여	勸業設校倣新式
처음 대강 돈정하니 바로 경학사39)	頭緖畧整耕學社
성심으로 사익 줄여 공익에 보태니	誠心割私補公益
민족정신 또한 자랑도 할 만	民族精神亦堪誇
길러낸 날랜 용사 천명에 가깝고	養得貔貅近千丁
문무겸전이란 말 과장이 아니란다	文武全才言非夸
안으로 아직 힘 미비에 시기가 도래하니	內力未充時機到

---

37) 경술년 : 원문은 상장上章. 상장은 12지 가운데 '경庚'의 별칭이다.

38) 옛 빈땅 … 기산 : 전해 오기를 주周 문왕文王의 할아버지 고공단보古公亶父가 지금의 섬서성 서부 곤이족昆夷族의 침략과 핍박을 피하여 빈豳 땅으로부터 기산岐山 아래로 와서 주나라의 터전을 처음 열었다고 한다. 『시경詩經』「대아大雅」에 "古公亶父來朝走焉 率西水滸 至于岐下"가 있고, 『맹자孟子』「양혜왕梁惠王」하下에 "昔者大王居邠 狄入侵之 去之岐山之下居焉"이라는 내용이 있다.

39) 경학사耕學社 : 서간도 독립운동근거지에서 조직된 최초의 한민족 자치기구로서, 산업과 교육을 병진시켜 나아간다는 목표를 천양하고 있다. 이상룡이 사장으로 대소 사무를 지휘했다.

독립의 의기성이 천지를 진동한다　　　　　　　　　　獨立義聲動天地

삼원포에 가장 먼저 군정부를 세우고[40)]　　　　　　三浦首建軍政府

각 단체 서로 이어 기치를 수립했다　　　　　　　　各團相繼起竪幟

장창과 대극이 대숲을 이루고　　　　　　　　　　長槍大戟森如竹

북 한 소리에 압록강을 건넜다　　　　　　　　　一鼓將渡鴨綠水

왜적들 몰래 되놈 관리에게 뇌물 써　　　　　　　敵人潛賂華官吏

숨을 죽이고 몰래 와 일곱 고을 보루를 습격했다　啣枚進襲七縣壘

싸우기도 지키기도 어려운 판 도피책을 세워　　　戰守兩難避爲策

기관들은 송화강 언덕[41)]으로 이전했다가　　　　機關流遷松江阿

건아들을 먼저 보내 안도현[42)]을 차지하고　　　　健兒先遣據安圖

러시아 땅 막사과[43)]로 방향을 돌렸다　　　　　轉向俄領莫斯科

잠깐사이 왜적 물러나고 자금도 따라 다하니　　　須臾適退金隨盡

막강 총포의 말세에 뉘 다시 떨쳐 일어나랴　　　强弩末世誰復振

세월은 쉬 가고 공훈 수립은 늦으니　　　　　　歲月易逝功成晚

다만 두려워라 한 삼태기 모자라 열길 산을 이룩하지 못 하는 것을　祇恐簣土虧九仞

나는 글 읽은 사람 무사가 아니니　　　　　　　我是文人非武士

태산을 어찌 삼척 키 작은 사람이 맡을 수 있을까　太山豈合委僬僥

드디어 서신 하나 대강 써 책임을 사양하고　　　遂草一書辭責任

호란강가 물러나 누워 어옹 초동과 어울렸다　　退臥呼蘭混漁樵

가만히 셈해보니 내 나이 예순 일곱　　　　　　默數吾齡六十七

마비된 두 다리에 나부끼는 귀밑거리 눈처럼 희다　兩脚麻痺鬢雪飄

인간 중에 상수를 누렸으니　　　　　　　　　藉享人間中上壽

늘그막 앞날이 능히 얼마나 될까　　　　　　　崦嵫前途能幾遙

---

40) 군정부는 1919년에 조직한 서로군정서를 뜻한다.

41) 송화강 언덕 : 유하현柳河縣 추가가鄒家街에서 90여리 떨어진 통화현通化縣의 합니하哈泥河를 말한
　다. 1912년 이곳으로 독립운동의 기지를 옮겼다.

42) 안도현安圖縣 : 1920년 서로군정서를 길림성 화전현樺甸縣에 옮겼다가 다시 옮긴 곳이다. 김동삼
　金東三·이청천李靑天을 파견하여 병사兵舍를 건축하고 정예부대를 편성해 나갔다.

43) 러시아 땅 막사과 : '막사과'는 모스크바. 그러나 여기서는 1920년 11월 북로군정서군 및 홍범
　도군洪範圖軍과 합세하여 무장투쟁 단체를 인도해 간 러시아의 노령露領 일대를 가리킨다.

물 맑은 낙동강 가 이십세토록 전해온 나의 집[44]	卄世先廬淸洛岸
사당문 비워 잠그고 제향도 그만 두었다	廟門空鎖香火廢
을축생들 내년이면 환갑년인데	丑君明年一周甲
생김 생김 흐릿하고 서신조차 한 자 없다	面貌依稀信書闕
대의도 못 펼치고 끼릿 정도 나누지 못했으니	大義未伸私情闕
어쩌나 하루 아침 갑자기 한스러워 짐을	一朝溘然恨奈奚
이 생각 저 생각에 못내 잠 못 이루는데	思來思往耿不眠
창에 비친 달 서산으로 기울고 자규 울어댄다	牕月西傾子規啼

▫ 낚시질, 담숙[45]의 시에 차운하다　釣魚次淡叔韻

때도 없고 장소도 없이 이 노인네 낚시질	無時無處此翁漁
해만 뜨면 강가를 오르락 내리락 거린다	日向江干上下於
문장엔 가만히 오두객[46]에게 미치지 못하고	文章竊媿鰲頭客
조우할 제 이복서[47] 기대하기 어려우나	際會難期鯉腹書
잔 거품 불어 일어나면 고기가 오는 줄 알고	細泡吹起知來也
찌 기울면서 잠겨들면 기뻐 뛰듯 한다	浮子傾沈喜躍如
망태 속 노획물에 호복상[48]을 자아내니	箇裏眞眞濠濮想
담숙이어 내가 물고기 아니라고[49] 비웃지 마시길	傍人休笑我非魚

---

44) 물 맑은 … 나의 집 : 임청각을 가리킨다.
45) 담숙淡叔 : 이승화李承和, 이상룡의 종숙으로 호가 담옹淡翁이기 때문에 이렇게 지칭했다.
46) 오두객鰲頭客 : 장원급제자를 일컬음.
47) 이복서鯉腹書 : 이서鯉書, 이소鯉素와 같다. 「음마장성굴행飮馬長城窟行」에 "客從遠方來 遣我雙鯉魚 呼兒烹鯉魚 中有尺素書"이라 하였다. 재제가 낚시질이기 때문에 자라[鰲]·잉어[鯉]에 관련된 고사를 썼다.
48) 호복상濠濮想 : 호복한상濠濮閒想, 속세俗世를 떠나서 자연을 즐기는 마음. 장자莊子가 호량濠梁 위에서 물고기가 노는 것을 보고 혜자惠子와 더불어 나눈 대화와, 또 복수濮水에서 낚시질을 하면서 초왕楚王이 부르는데도 응하지 않았다는 고사古事에서 나온 말이다.
49) 내가 물고기 아니라고[我非魚] : 물고기가 아니면서 물고기의 즐거움을 아는 체 한다는 뜻. 혜자가 장자에게 한 말이다.

▫ 물고기를 놓아 주다 放魚

변방 산에 밤비 지나가	關山夜雨過
난하[50]가 한 자나 불었다	蘭河一尺肥
낚대 들고 긴 갯가로 내려가니	携竿下長浦
바람 고요한데 이슬 하마 말랐다	風靜露已晞
해오라기 먼저 날 보고	白鷗先見我
나무 끝 놀라 일어나 난다	驚起樹稍飛
미끼 끼워 작은 갈고리 던져 놓고	裝餌投小鉤
고즈넉이 이끼 낀 돌에 앉았다	寂寂坐苔磯
작은 거품 뽀글뽀글 일고	細泡滃滃起
보릿짚 찌가 한들한들 흔들린다	標稈動微微
주저만 하고 선뜻 삼키지 않으니	趦趄不肯呑
물성은 본래로 의심이 많은 것인가	物性故多疑
뜨고 가라앉음에 절로 준적 있으니	浮沈自有準
완급 조절에 기회를 놓치지 말아야지	緩急勿失機
긴 낚시줄 홀연 치켜드니	長綸忽上來
자 남짓 기특한 은비늘	銀鱗尺有奇
펄떡 펄떡 풀밭에 눕힐 즈음	潑潑臥草際
지면에는 광휘가 생겨난다	地面生光輝
집에 가서 회를 치면	歸家切作鱠
한 잔 술 안주가 될 텐데	可佐一觴卮
가을 강 씻은 듯 맑은데	秋江淨如洗
굽어보며 마음 속 스스로 생각하노라	頫視心自思
물에서 낚시하는 건 적당한 것이 좋고	釣水要取適
먹이를 삼키는 건 주림 면하면 되는 법	呑餌爲充飢
적당한 것이 지나쳐 기심이 발동하고	適極機心動

---

50) 난하蘭河 : 호란강을 가리킴. 이상룡은 호란강가에서 자주 낚시를 하였다.

주린 나머지 탐욕이 불어나	飢來貪性滋
마침내 백주 대낮에	遂至白日下
한 편 속이고 한 편 속는 행각을 벌인다	一欺一見欺
궤우51)는 내가 정당하지 못한 것이라 치자	詭遇吾非正
몸을 죽이니 너 또한 바보가 아니냐	殉身爾亦癡
어질지 못한 것이나 지혜롭지 못한 것은	不仁與不智
그 도가 위태하긴 매한가지	其道一般危
생각 여기에 이르매 마음 처창하여	念此心惝惝
잔물결 이는 강에 도로 놓아 준다	還放水之漪
가거라 지체말고	逝矣勿遲留
투망하는 이 네 뒤 따르라	網者爾後隨

□ 이학원능백의 동암유거 시에 차운하다　次李學源能白東菴幽居韻

굴뚝새 숲을 빌어 달팽이 집 새로 지어	蝸廬新縛借鷦林
장기 낀 고을 냉습한 기운을 면했다	免被瘴鄕濕冷侵
거리에 떨어져 쌓인 낙화 바람이 쓸어가고	衕積落花風掃去
문 앞 머문 듯 흘러가는 물엔 달 와서 잠긴다	門停流水月來沈
늙은 나이 붓 벼루는 손자 글공부로나마 즐겁지만	衰年筆硯課孫樂
먼 타관 밤 퉁소 가락엔 조국 그리워 애타는 마음	遙夜簫歌望國心
부지런히 나그네에게 소식 전해주는 학이여	寄語仙禽勤報客
조만간 눈 내리면 조각배로 찾아간다 말 전해 주게	扁舟早晚雪中尋

---

51) 궤우詭遇 : 법도를 폐하고 속임수를 써서 짐승을 잡는 일을 가리킴. 『맹자孟子』「등문공藤文公」
　　하下에 나옴. 왕량王良이 사냥을 나가서 조간자趙簡子의 폐신嬖臣 해奚를 태우고 수레를 몰았는데,
　　법도를 지켜서 몰았을 때는 짐승을 한 마리도 못 잡고, 법도를 폐지해 버리고 몰았을 때는 식전
　　에 열 마리나 잡았다는 고사에서 나온 말이다.

▫ 가을철 부채 秋風扇

후끈후끈 뜨거운 열기 태울 듯 하늘 메울 제	炎炎火傘滿天燃
이 때는 부채가 권력을 독차지하지만	扇子當時獨擅權
가는 세월이라 하룻저녁에 서늘한 바람 불면	翛然一夕凉風至
큰 공이 언제더냐 적막하게 벽에 걸려있는 신세	斂却偉功寂寞懸

▫ 중추 상순 밤 척서에게 보이다 中秋上旬夜示尺西

둘 다 늙은 나이 앞날 기약 쉽잖은데	前期末易兩衰年
그대 떠나려 한 지 오래 갑자기 돌릴 수 없네	積擬君行莫遽旋
비 무릅쓰고 누른 벼 낟알 따오고	冒雨摘來黃稻粒
시내를 따라 신선한 물고기 낚아도 보자	沿溪釣取白魚鮮
민중의 통합은 시운에 달린 문제고	民群統合關時運
가족의 단란은 정한 연분이 있는 것	家族團圓有定綠
회상하노니 포산52)의 달 밝은 밤에	仍憶葡山明月夜
짝 잃은 외기러기 겨울 하늘을 울부짖었지	孤鴻失侶叫霜天

▫ 9월 13일 족조 덕연종기53)씨와 이학원이 방문하므로 세 사람이 작반하고 인하여 집 창자로 가서 이죽사호영씨와 국사■영54)씨를 방문하였다 九月十三日 族祖德淵鍾基 李學源來訪 三人作伴 因向集廠子 訪李竹史顯榮菊史■榮

쓸쓸하게 잎 진 나무 가을 구월에	蕭蕭落木九秋天
늙은 동반 서로 이끌고 걸음을 연하여 가다	老伴相携步屧連
엷은 취기로 술 잔 멎음에 홍취를 알아보고	酒止微醺方識趣

---

52) 포산 : 안동 인근의 지명인 듯하나 어디인지 미상이다.
53) 덕연씨 : 이종기李鍾基, 덕연은 그의 자字. 이상룡으로부터 9대 위에서 분가된 족친이다.
54) 이죽사호영씨·국사■영씨 : 미상.

시가 묘한 가락에 닿음에 문득 신선들 놀음이라　　　　　詩臻妙唱便稱仙

청산을 즐기던 사람 이웃에 나뉘어 사니　　　　　　　　靑山自喜分隣局

백발에도 까닭없이 소년으로 돌아가네　　　　　　　　　白髮無緣返少年

한 곡 청아한 노래를 어디라 연주할까　　　　　　　　　一曲淸商何處奏

죽림관 밖 국화 꽃 앞이라네　　　　　　　　　　　　　竹林館外菊花前

▫ 다시 『염락풍아』55)에서 「구일등고」의 운을 끌어 내어 짓다　　更拈濂洛風雅九日
　登高韻

백발이 스산하니 나 또한 가을인데　　　　　　　　　　白髮蕭然我亦秋

시주로 좇아 노닌들 얼마나 남았을까　　　　　　　　　追携詩酒幾時遊

꽃다운 이웃 세 오솔길 한하여 나누지 않고56)　　　　　芳隣限不分三逕

동족이 팔주에 모여사니 더욱 기이하다　　　　　　　　同族尤奇聚八州

북쪽 땅 찬 바람 살갖 병들기를 재촉하는데　　　　　　北地寒風催病殼

동쪽 하늘 밝은 달은 향수를 일으키네　　　　　　　　東天明月惹鄕愁

늙은 나이 한번 즐김도 용이하지 않도다　　　　　　　衰年一樂非容易

청컨대 조석으로 흘러가는 난하를 보라　　　　　　　請看蘭河日夕流

▫ 우연히 읊다　偶吟

누가 큰 비로 하늘의 별을 쓸어버리려나　　　　　　　誰將大箒掃天星

온전히 동글동글 땅 모양으로 모여 있지만　　　　　　聚作団圖一塊形

---

55) 『염락풍아』: 원대 김이상金履祥이 편찬한 송대 도학자들의 운문선집. 「구일등고」는 주자朱子의
　「구일여빈좌등용산九日與賓登龍山」이란 시제를 편의적으로 축약한 것이다.
56) 꽃다운 … 나누지 않고: 삼경三逕은 은자隱者의 집 정원을 가리킨다. 한나라 장허蔣詡가 뜰에 삼
　경三逕을 만들어 놓고 송松·국菊·죽竹을 심었던 고사에 기인한다. 『삼보결록三輔決錄』에 “장후蔣詡
　의 자는 원경元卿인데 집안에 대나무를 심고 그 아래에 세 갈래 길을 만들었으며, 오직 구중求仲,
　양중羊仲이 종유하였다.” 하였음. 여기서는 만주 원주민들이 우리 교포들을 배척하지 않음에 대
　하여 다행으로 여겨서 쓴 말이다.

의연히 저마다 칼 끝 같은 뿔 간직하고 있어　依然箇體藏芒角

겉과 속이 다 맑은 달과는 같지 않구나　不似氷輪表裏淸

▫ 10월 13일 밤, 큰 바람이 공중을 뒤집으니 때아닌 닭들이 마구 울어댔다　十月十三夜大風飜空荒鷄亂唱

입 딱 벌린 듯 만개의 구멍이 큰 바람을 토하니[57]　呀然萬竅大風噓

소리와 물결이 물갓 집에 더욱 사납다　聲浪偏多水上廬

벽에 건 등불 흔들림은 길게 드리우는 번개같고　壁炬亂如長掣電

문풍지 우는 소리 잘 우는 당나귀 같다　紙牕豪似善鳴驢

잠 이루지 못해 자꾸 담배만 피우며　難成睡夢頻燃草

큰 바람이 재앙인지 상서인지 몰라 책만 두루 뒤적인다　未斷災祥遍閱書

달 가 잠깐 바람소리 그치매　月上須臾天籟息

또 웬 이경 초에 닭 울음소리인가　又何鷄響二更初

▫ 이학원이 부쳐 보여준 시에 차운하다　次李學源寄示韻

궁벽한 산 중 짝도 없는데 누구에게 구하나　窮山無伴向誰求

나무 베는 소리에 경계 절로 그윽하다　伐木聲中境自幽

가난한 새해맞이 시절 바뀌었음을 절실히 알겠고　歲儉偏知時態變

늘그막 나이에 이 삶 뜬 구름 같음을 더욱 깨닫는다　年衰益覺此生浮

묵은 빚 갚지 못했는데 새 빚이 불어나고　未償宿債添新貺

전도를 말하려는데 옛 노닒이 생각난다　欲說前期憶舊遊

어떻게 하면 명년 봄에 하나로 합쳐진 곳에　安得明春團一處

푸른 버드나무 경계삼아 두 집 함께 살 수 있을까　綠楊分作兩家樓

---

57) 만개의 … 토하니 : 『장자莊子』의 「제물론齊物論」에 “우주가 숨을 내뿜는 것을 이름하여 바람이라 하는데, 가만히 있으면 모르지만 일단 일어났다고 하면 만 개의 구멍이 노하여 부르짖는다[夫大塊噫氣　其名爲風　是唯無作　作則萬竅怒號].”라는 말이 있다.

▫ 갑자년 섣달 그믐날 척서에게 읊어 보이다 甲子生朝吟示尺西

무자 간지에 더욱 기이한 건 생일까지 같은데[58]	歲戊尤奇晬日同
십 년을 앞 뒤로 늙은이 되었네	十年先後作衰翁
수심 끝 귀밑머리는 눈처럼 흰 천 줄기	愁邊鬢髮千莖雪
병든 근골은 바람에 나부끼는 낙엽 같구나	病裏筋骸一葉風
이웃에 깃들어 기뻐하는 정은 멀고 가까움이 없으나	隣寓歡情無遠近
가난한 살림 작은 술잔에는 흉풍이 있구나	貧家小酌有凶豊
가장 애련한 것은 포산 집에서 예배하며	最憐禮拜葡山屋
늘상 빌기를 날 오래 살라고 기도했지	長禱阿兄壽域中

▫ 동짓날 밤 입으로 읊다 冬至夜口占

동짓달 얼어붙는 추위에 눈발도 사나운데	窮陰凝閉雪崢嶸
홀연 들려오는 한 밤중 우레 소리	忽聽雷聲半夜生
인심의 선과 악은 조짐에서 처음 발동하고	人心善惡幾初動
천도의 소장은 상에서 이미 드러난다	天道消長象已呈
맹호끼리 싸움으로 서구 세상 미친 먼지 속이요	西界狂塵雙虎鬪
한 소리 닭 울음에 동아의 새벽 밝아온다	東隅曙色一鷄鳴
가장 무정할 손 별빛처럼 희어진 머리	無情最是星星髮
봄기운 잘라 보낸다 해도 다시 꽃피우지 못하리	斷送韶華不復榮

▫ 성삼문의 이제묘를 차운한 담옹 족숙의 시에 화운하다 和淡叔次成三問夷齊廟韻

독부[59] 상나라 수는 임금이 아니오	獨夫商受國君非
폭정을 제거한 의로운 깃발은 상서로운 태양의 광휘라	除暴義旗瑞日輝

---

58) 무자 … 같은데 : 이상룡의 생년은 1858년 무오년戊午年이고, 이봉희는 1868년 무진년戊辰年으로
　　같은 무자戊字 간지干支 생이며, 생일이 또 두 분 모두 11월 24일로 같기 때문에 한 말이다.
59) 독부獨夫 : 임금의 자리에 있으면서 민심民心을 잃어 고립된 임금을 독부獨夫라 한다.

백성에게 은혜 드리우지 않고 오직 왕실만 생각하다니　　　　不念垂民宗一姓
그대 집안 충실한 종 이름은 묵태미[60]일까 하노라　　　　子家忠僕墨胎薇

▫ 제석에 척서의 시에 차운하다　除夕次尺西

1

올해 또 작년이 잘못이었음을 깨달으니　　　　今年又覺昨年非
남들은 다 영웅호걸이라 하나 나 스스로 잘못인 것을　　　　人盡豪英我自非
분수를 따라 강호에 노니는 한가로운 자 되어　　　　隨分江湖閒者做
응당 잘된 것도 없고 또한 잘못된 것도 없어야 했다　　　　也應無是亦無非

2

입만 있으면 모두 세상의 경종이 되려하니　　　　有口皆爲警世鍾
만장의 고함과 파랑은 바다 조수와도 같다　　　　滿場聲浪海潮同
먼지 쌓인 상자의 골동품을 누가 값을 논하리오　　　　塵箱古物誰論價
자재하여 소요하는 육십 팔세 늙은이　　　　自在逍遙六八翁

3

누가 인간세상 만들었으며 누가 사람을 만들었나　　　　孰造人間孰造人
혼란하게 뒤엉킨 흔적 모두 진실된 것은 아니라네　　　　芬芸迹相摠非眞
장차 거울에 비친 모습으로 성내거나 기뻐말아야　　　　休將鏡影生嗔喜
절로 슬기로워 노쇠하지 않는 정신을 소유하리라　　　　自有惺惺不老神

4

천시를 헤아리지 못하고 경솔하게 자임하여　　　　不度天時自任輕
십년을 지난 오늘 저녁 후회의 심정 싹튼다　　　　十年今夕悔心萌

---

60) 묵태미墨胎薇 : 백이·숙제는 고죽국의 두 공자公子로서 성이 묵태씨墨胎氏였고, 주周 왕실의 개창과
　　은殷의 정벌을 반대하여 고사리[薇]를 먹다가 죽었다는 고사를 원용하여 합성한 가상 이름이다.

정성과 관심 밖에 다른 도리 없으니　　　　　誠關以外無他道
오는 사람들에게 마구 행동하지 말라 말 전하네　　寄語來人莫妄行

▫ 담옹 족숙의 시에 차운하다　次淡叔

일년이 오늘 저녁으로 그 공정 다하는데　　　　一年今夕已成功
다가올 시간은 응당 지나간 시간과 같으리라　　來者知應去者同
힘으로 벌어먹는 빈한한 교포들 언제까지 헐떡일지　食力寒僑長役役
땟거리 걱정하는 홀어미 근심스럽기만하다　　憂時嫠婦謾忡忡
마음엔 잠자리 찾아가는 새처럼 귀향의 꿈 많지만　心如宿鳥多歸夢
몸은 바람 만날까 두려운 가물거리는 등불 같다　身伴殘燈怯遇風
어떻게 하면 초연히 물외에 노닐어　　　　　安得超然遊物表
제위를 선양하고 신선된 이들 만나 볼 수 있을까　眼看禪代作仙翁

▫ 설날 아침에 담옹 족숙의 시에 차운하다. 을축년　　元朝次淡叔

1

묵은 것 보내고 새 것 맞이하기 예순 여덟 해　　送舊迎新六八年
돌아보면 한 편 서글프지만 한 편 기쁨도 있었다　一回怊悵一歡然
바람 따라 다다른 곳 만첩 산 같은 수심더미였다면　愁山萬疊隨風到
천 문 축포같은 환희 새벽 기다려 전해오기도 했었다　喜礮千門待曉傳
꿈처럼 집과 고향을 파하고 객고에 가슴 저미었지만　夢罷家鄕偏感客
늙은 몸 이제 시주에 기대어 신선을 칭탁한다　老憑詩酒强稱仙
제군들이여 성공 늦다고 탄식하지 말라　　　諸君莫歎成功晚
반드시 물이 이르러 배가 뜰 때가 있으리라　　會有浮時水到船

2

산초 막걸리에 닭 구워 새해를 맞이하고　　　椒醑鷄炙爲迎新

붉은 종이 첩련에 집집마다 봄이로다	紅紙題聯戶戶春
천도가 일년 중 처음 이르는 날	天度一年初到日
만리 고향 동산 돌아가지 못하는 몸	鄉山萬里未歸身
농가에선 가뭄과 장마에 구름 기색 살피고	農家燠潦看雲氣
천리의 길흉은 걸어 놓은 신상에게 묻는다	命裡災祥質卦神
다시 기뻐하노라 앞 시내 얼음 일찍 녹아	更喜前溪氷早解
쏘가리 낚시 드리우고 한가한 사람 되는 것	鱖魚受釣作閒人

▫ 죽사형의 생일 아침 초청 서신이 있었는데, 비가 장난하는 바람에 가지 못했다 竹史兄生朝 有書相速 因雨戲不果赴

내 일찍이 담장 동쪽[61]에 몸을 숨겼는데	曾向牆東隱此身
기쁘게도 착한 여덟 사람[62] 이웃되어 살게 되었네	喜同元八接芳隣
아름다운 잔치에 노인성 그림을 바치려 하였고[63]	華筵擬獻南星畫
귀한 서신으론 도리어 북해상의 손[64]을 불렀네	珍帖還招北海賓
한 알 금단 얻기 진실로 분복이 있어야 하던가	一粒金丹誠有分
오경에 찬비 내리니 정히 마음 허전 하여라	五更寒雨政愁人
진흙 구덩이에 빠져가며 서로 반겨 만나지 못하매	沒脛泥塗違對晤
다음을 기약하며 푸른 버들 피는 봄을 기다리노라	前期留待綠楊春

---

61) 담장 동쪽 : 은거하는 것을 비유한 말. 담장 동쪽이란 곧 성城의 동쪽을 가리킨 것으로, 송宋 나라 말기의 학자 육문규陸文圭가 나라가 망한 이후 성 동쪽에 은거하였으므로, 학자들이 그를 일러 '장동선생牆東先生'이라 칭한 데서 온 말이다.

62) 착한 여덟 사람 : 『좌전左傳』 문공文公 11년조에 여덟 명의 선량한 사람과 여덟 명의 온화溫和한 사람을 일컫는 '팔원팔개八元八愷'라는 용어가 나오는데, 중국 고대古代 고양씨高陽氏의 팔재자八才子와 고신씨高辛氏의 팔재자八才子를 지칭한다. 이때 원元은 선善이고, 개愷는 화和로 해석된다.

63) 남극노인성南極老人星 : 사람의 수명을 관장한다는 별이기 때문에 수성壽星이라고도 하고, 이 별이 남쪽 끝에 외따로 떨어져 있다고 하여 남극성南極星이라고도 한다.

64) 북해상의 손 : 『몽구蒙求』에 의하면, 북해상北海相을 지낸 후한後漢 공융孔融이 손님을 좋아하여 늘 말하기를, '자리에는 손님이 늘 가득하고 술독 속에 술만 바닥나지 않으면 내 다른 걱정은 없노라.'라고 했다. 초청한 사람의 의취를 높여 말한 것이다.

◦ 낚시질 釣魚

날마다 낚대 들고 가는 강 모퉁이	日日携竿向水隈
은 비늘 뛰는 곳에 물결 무늬 펼쳐지다	銀鱗跳處浪紋開
내가 일부러 하늘 내신 생명 죽이는 것 아니요	非吾故意殄天物
제 스스로 먹이를 탐함으로 낚여 올라오는 것이다	魚自貪餌上釣來

◦ 전달 보름 조초은_{상봉}과 정회산_{인헌}이 방문하였다. 인하여 마을 여러 노반들과 더불어 손을 잡고 강가를 따라 날마다 즐겁게 놀았다. 18일 이죽사의 집에 당도하니 모인 사람이 모두 아홉이었다. 회산이 율시 하나를 지어 보여주므로 드디어 거기에 차운 하다 扔月望 曹樵隱_{相鳳} 鄭晦汕_{寅憲} 來訪 因與村裏諸老伴 携手沿河 逐日團樂 十八日 抵李竹史家 會者凡九人 晦汕搆示一律 遂次其韻

강가 풍광 씻은 듯하고 하루가 일년 같은 제	江天如洗日如年
아홉 노인 반겨 만나 오랜 회포를 풀었네	九老聯襟講宿綠
강 가 난초 따서 지니매 너 나없이 좋은 향내	佩贈河蘭香不辨
둑 버들 따라 잔치 벌여 취하여 함께 자다	筵隨堤柳醉同眠
새들은 생황을 대신하여 숲 속에서 지저귀고	鳥替笙歌鳴樹裏
물고기는 도롱이 삿갓에 놀라 갈대 그늘에 숨는다	魚驚簑笠隱葭邊
제군들이여 만주 생활 괴롭다 탄식하지 말라	諸君莫歎滿洲苦
이 모임 오히려 호사라 전해질만 하지 않은가	此會猶堪好事傳

◦ 단옷날 죽사의 집에서 기로회를 베풀었는데, 모인 사람이 또 아홉이었다 端陽 設 耆老會於竹史家 會者又九人

1

인생살이 백발이라 하마 저물어 가는데	人生白髮已斜陽
하물며 타향 나그네 객수 깊음에랴	況復殊方客感長

삼월 삼일 대 오솔길 내 벗과 함께 했거니와　　　竹逕三三同我友

오월 단오 창포 술동이는 누굴 위해 익었는가　　　蒲樽五五爲誰香

장차도다 풍류여 노호걸들 모임이요　　　風流邈矣耆英會

묘하도다 문장이여 시세장65) 보다 맵씨난다　　　妙句工於時世粧

취하여 양 갖옷 떨쳐입고 못가로 돌아가매　　　醉拂羊裘歸澤畔

이 사람 곧 엄자릉66)임을 아는 이 적구나　　　少人知道是嚴光

2

인간세상 좋은 시절 오월 오일 단옷날　　　佳節人間五五陽

석류꽃 붉게 피고 푸른 창포 길게 자라　　　紅榴花發綠蒲長

맹상군 제나라에서 태어나매 성가 무거웠었고　　　公子生齊聲價重

굴원이 초나라 떠나매 향기로운 이름 남겼다　　　忠臣去楚姓名香

시주의 풍정에 내 늙었음을 탄식하니　　　詩酒風情嗟我老

계산의 풍광은 누굴 위해 단장하였는가　　　溪山物色爲誰粧

다만 한가한 틈을 타 모름지기 즐기기를 다하리라　　　但得偸閒須盡樂

도도히 흘러가 머물지 않는 것이 세월이기에　　　滔滔不駐是流光

▫ 조영주연해의 시에 차운하다　　次趙瀛洲連海

시내를 따라 난 산골 저자 대은67)에는 적당하니　　　山市沿溪大隱宜

시끄런 소리와 먼지 수염에 오르는 걸 허락하지 않는다　　　囂塵不許上鬚髭

두소릉 수척한 것 시 때문에 괴로워서였고68)　　　少陵太瘦綠詩苦

---

65) 시세장時世粧 : 기생들이 주연에 등장할 때, 한창 유행하는 화장으로 맵씨를 낸 것을 지칭한다. 백낙천白樂天의 시 「시세장時世粧」에 "時世粧 時世粧 出自城中傳四方 時世流行無遠近"이라는 구절이 있다.

66) 엄자릉嚴子陵 : 『후한서後漢書』「엄광정嚴光傳」에 '한고조 유방이 어려서 엄광과 함께 배웠으므로 황제가 되어 찾아 물색하니, 얼마 후 제齊 땅에 어느 남자가 염소 가죽옷을 입고 못가에서 낚시한다고 아뢰는 사람이 있었다.'는 내용이 있다.

67) 대은大隱 : 도회지 저자 같은 분요한 가운데서 세상 사람과 스스럼없이 어울리면서도 자신을 지켜 나가는 은자의 생활을 말한다.

자공의 통달한 재주는 재물 늘리기에 빼어났다 　　端木通才殖貨奇

벗을 사귐에는 신교가 귀한 법 면대가 중요한 것 아니요 　　友貴神交無待面

어진 이 공경하는 마을 풍속에 기꺼이 집지으려 하네 　　里欽仁俗喜占基

샛별 빗기고 매화에 달지는 저녁 　　參橫月落梅花夕

즐겨 가죽나무 울퉁불퉁한 자태 돌아보리라 　　肯顧林樗擁腫姿

▫ 척서 아우의 집에서 비에 갇히다　尺弟家阻雨

시내 따라 낚시하다 그대 집 다다라 　　沿溪垂釣到君家

이틀 머물렀는데 사흘 밤 삼대같이 비 내렸다 　　信宿三宵雨似麻

천정 기울어질 때 꼭 폭포소리 듣는 것 같고 　　屋漏傾時宜聽瀑

마당을 지나는 흙탕물에 파도가 치려한다 　　庭泥滑處欲生波

행인들 귀가하지 못하여 도중에서 머물고 　　行人未歸中途滯

이웃 벗 초대에 약속 저버리기 십상이다 　　隣友相招背約多

어찌하면 조화옹의 손을 얻어 　　安得能天造化手

은하수 끌어 열어 밝은 빛 비추게 할까 　　抉開雲漢露光華

▫ 척서 아우가 사립 밖에 낚시터를 일으켰다는 말을 듣고 율시 한 수를 읊어 보내다 聞尺君 於門外起釣臺 吟寄一律

그대가 문 앞에 낚시터 닦았다는 말 듣고 　　聞子門前築釣臺

호복69)에 이르기도 전 눈 먼저 번쩍 뜨인다 　　未臨濠濮眼先開

얼굴을 찌르듯 하는 타는 햇볕 막을 수 있고 　　堪遮刺面朱陽熱

가랑비 내려 옷 적시는 것도 두렵지 않다니 　　不怕沾衣細雨來

---

68) 두소릉 … 괴로워서였고 : 이백李白이 반과산飯顆山에서 두보杜甫를 만나 회롱삼아 지은 시에,
　　“반과산 앞에서 두보를 만나니, 머리엔 삿갓을 썼는데 해는 한낮이로다. 묻노니 어찌하여 저리
　　너무 여위었노, 전부터 시 짓기 괴로워서 그리 된 게지[飯顆山前逢杜甫 頭戴笠子日亭午 借問爲何太瘦生
　　爲被從前作詩苦].”라 하였다.
69) 호복濠濮 : 아우 이봉희가 닦았다는 낚시터를 미화하여 일컬은 말이다.

삼시로 고기 먹으면 사는 재미 족할 것이고　　　　三時大嚼生涯足

오만 잡념 사라지니 의취 드넓어 질 것일세　　　　萬念俱空境界恢

내일 아침 나 또한 낚대 들고 가　　　　明朝我亦携竿去

형제간 기슭 돌 나란히 하여 일 배 술 취해보세　　　　兄弟聯磯醉一盃

▫ 상해의 서신을 받은 후 척서 아우가 율시 두 수를 지어 보여주므로 거기에 차운하다
　滬信後 尺弟 搆二律以示 次其韻

1

누가 무궁화를 보내어 만주에 심게 했나　　　　誰遣槿花植滿洲

새 서기 내리려는 하늘 뜻이 분명하다　　　　分明天意降新休

치욕 당한 월 구천은 땔나무 쌓은 위에 누웠는데　　　　蒙羞越客堆薪臥

우리 겨레 보국의 창검은 여기에 노닌다　　　　報國韓人杖劍遊

거북 등에서 털 깎는 건 헛수고이고　　　　龜背刮毛徒費力

원숭이 노는 곳에서 춤을 배우매 수심만 늘 뿐70)　　　　猴場學舞別生愁

기회 이미 지나가고 뭇 영웅들 늙어 버렸으니　　　　時機已過群英老

어느 날에 갑옷 입고 장한 공적 거두려나　　　　何日戎衣壯績收

2

세상에 진 빚 묏부리처럼 쌓였는데　　　　負債人間積似岑

나이 하마 일흔에 귀밑머리 서리는 더욱 짙어져　　　　居然七十鬢霜深

어지러운 풍속 어제도 옛과 같은데　　　　淆風昨日猶淳古

전로의 높은 산은 갈수록 더하다　　　　前路高山去益今

한 가닥 연파에 세상 일을 잊고서　　　　一線烟波忘世事

밝은 달 외로이 뜬 밤 고향 그리네　　　　孤舟明月望鄕心

말울음 소리 골짜기 들어오자 때묻은 갓끈 묶은 것71)　　　　鳴驪入谷塵纓縛

---

70) 불교에서 없는 것을 표현할 때 귀모토각龜毛兔角이라 하며, 사람의 변화무쌍한 망념을 원숭이에
　　비겼다.

| 영수 물가 깨끗한 이정표[72]에 한없이 부끄럽다 | 多愧淸標潁水涒 |

　□ 천진에서 청 함선 애인호를 타고 상해로 향하다　天津　上華艦愛仁號　向滬

가득 가득 사람은 천이요 짐은 만으로 싣고서	滿滿人千貨萬輸
일망무제의 바다 위 배가 고래처럼 달린다	船如鯨走海無洲
새벽에 천진을 출발하여 사흘 만에 상해까지	曉發天津三日滬
평생에 장한 절승 이번 길이 으뜸이라	平生壯絶冠玆遊

　□ 해항에서 밀물을 기다리며　海港待潮

긴 무지개 기운 토하며 해약[73]이 오니	氣吐長虹海若來
멈추어 기다리던 뭇 선박들 일제히 항해한다	群船停待一齊開
시간이 조금 늦어 버렸다 말하지 말라	莫道時間差晩了
응당 조수가 물러갈 즈음엔 연대에 닿으리라	也應潮退到烟台

　□ 산동해에서 풍랑을 만나다　山東海遭風

산동의 해로는 험로가 가장 많아	山東海路最多艱
공중에서 광란하는 풍랑이 눈 뿜는 산 같다	風浪飜空噴雪山
물과 하늘 맞닿는 곳을 떠 들어가니	泛入水天相接處
이번 행차 응당 신선 반열을 차지해 오르는 것이렷다	此行應占上仙班

---

71) 말울음 … 묶은 것 : 끝내 벼슬길에 나아가는 것을 비유한 말. 공치규公稚珪의 「북산이문北山移文」
　　"及其鳴騶入谷 鶴書赴隴 刑馳魄散 志變神動"을 의차하였다.
72) 영수 물가 … 이정표 : 은거생활의 고매한 의취를 미화한 말로, 요堯임금이 천하를 양여하려 한
　　다는 말을 듣고 영수에 귀를 씻었던 은사 허유許由의 고사에서 의차하였다.
73) 해약海若 : 본래 북해신北海神의 이름인데, 널리 해신海神을 지칭하는 말로도 쓰인다. 출전은 『장
　　자莊子』「추수秋水」.

▫ 풍랑이 위험한데 배안에서 우스개로 읊다   風浪危險舟中戲吟

용왕이 황룡을 보내어 우의 배를 시험할 제	帝遣黃龍試禹船
물 가운데서 터트린 탄식 지금까지 전해오네[74]	中流發歎至今傳
어찌 이것이 성인의 마음이 두려움 없어서이겠는가	豈是聖人心不懼
인력 용납되기 어려운 곳 다만 하늘 뜻에 따랐을 뿐	力難容處只聽天

▫ 배로 바다를 잘 건너다   船利渡海

양 오랑캐 제작한 삼층의 철갑선	洋製三層鐵甲船
깊숙하기 고래 등 기와집이요 따스하긴 털 담요라	深如齋閣穩如氈
바다엔 바람 우레 뒤흔들어 분탕치고	風雷震盪魚龍國
하늘엔 이내 안개 빗겨 뻗쳤는데	烟霧橫貫日月天
바다 밖 붕정은 푸른 구만리요	泛外鵬程靑九萬
선창 가 학발은 흰 삼천장이라	艙間鶴髮白三千
주윗 분들 너무 위험하다 말하지 말라	傍人莫道多危險
한번 호연지기 토해 냄도 무방하지 않을까	一吐無妨氣浩然

▫ 애인호 함선이 오래지 않아 노후하여 폐기될 것이라 한다   愛仁艦非久將老廢

우리가 이 세상에 사는 것이	吾人居此世
배가 바다를 항해하는 것과 같다	如艦在瀛中
품수의 자질은 기량에 비칭 되고	受藏稱器量
오고 가는 것은 조물께 맡겨진다	來去任天工
가야할 길 멀고 먼 만리라도	行程萬里遠

---

74) 우禹임금이 배를 타고 가는데 황룡이 등으로 배를 져 위태롭게 되었기에 우임금이 꾸짖으니 황
   룡이 굴복했다 한다.

목숨 한 점은 백년 　　　　　　　　　　壽限百年空

노쇠해 지면 끝내는 버려지는 법 　　　　老至終須廢

중생 구제 보살행을 잊지 말지어다 　　無忘普濟功

□ 인도공원에서 학을 읊다　印度公園詠鶴

진 붉은색 정수리 얕은 백색 옷 입은 자태 　　　深赤頂毛淺白衣

천년토록 신선을 배워 화한 정령위인가[75]　　學仙千載化令威

진세 노고에 탈진하였나 무엇 때문에 파리한가 　塵勞脫盡綠何瘦

머나먼 달 밝은 하늘 아직 돌아가지 못하였구나 　明月遼天未得歸

□ 박백암은식에 대한 만사　輓朴白巖殷植

표연히 바람에 나부끼어 구르던 잎 하나 　　　飄然一葉轉風前

와신상담의 생애 몇 십 년 　　　　　　　　薪膽生涯數十年

가난한 동포 비호하려도 광하천만간[76]이 없고 　思庇寒人無廣廈

완악한 꿈 외쳐 깨우는 필여장연[77]이 있었네라 　喚醒頑夢有長椽

반 국 바둑도 못 마치나 정신 더욱 왕성하고 　棋殘半局神逾旺

석 잔 술 주량도 못 미치니 덕성 더욱 온전했네 　酒遜三盃德益全

목숨 다하매 돌아갈지나, 어느 곳으로 돌아가나 　限盡當歸歸底處

미친 먼지 닿지 않는 천제의 고을이시기를 　　狂塵不到帝鄕天

---

75) 천년토록 … 정령위인가 : 한나라 때 요동 사람 정령위丁令威가 죽은 뒤에 학으로 변해서 고향에
　　돌아와 성문의 화표주華表柱에 내려 앉았는데, 어떤 소년이 활을 쏘려고 하자, 공중을 배회하며
　　말하기를 “집 떠난 지 천 년만에 돌아왔는데 성곽은 의구하나 사람은 다르구나.”하고 떠나갔다
　　는 설화가 전해진다. 출전은 『수신후기搜神後記』.

76) 광하천만간廣廈千萬間 : 두보杜甫의 「모옥위추풍소파가茅屋爲秋風所破歌」에 “어찌하면 넓은 집 천만
　　칸을 얻어서 크게 천하의 선비들을 비호해 즐거운 얼굴을 같이 할까[安得廣廈千萬間大庇天下之士俱歡
　　顏].”라는 데 보인다.

77) 필여장연筆如長椽 : 붓이 굵고 긴 홰까래와 같다는 뜻으로, 왕성한 필력을 의미한다.

▫ 중제 건초의 예순 한 번째 생일이 11월 4일인데, 만리 타향에서 서로 그리기만 할 뿐 가서 함께 경축할 도리가 없어서 율시 하나를 보내어 축수하다 仲弟健初 六十一初度晬日 在十一月四日 萬里相望 無由致身同慶 遙寄一律壽之

푸른 소78) 환갑에 멀리서 찾아가기 어려운데　　　　　　　　青牛寶籙遠難尋
　　　　[청우는 을축년이다. 『당서』에 농서이씨는 노자의 가계에서 나왔다고 했다　青牛乙丑也 唐書云 隴李系出老子]
둔덕 대 남은 포기에 육십년 전 그날이 임했으리라　　　　　塢竹餘叢舊甲臨
유학 야소 합강하여 문로를 넓히고 있는가　　　　　　　　合講儒耶門路濶
먼저 백성과 나라 걱정에 귀밑 서리 깊어졌겠네　　　　　　先憂民國鬢霜深
신선 사슴을 꿈에 보았으니 의당 장수할 것이고　　　　　　夢中仙鹿宜長壽
　　　　[선비께서 꿈에 사슴을 보시고 그대를 낳으셨다　先妣夢鹿而生君]
슬하 상서로운 난새들 또 그 소리 화목하리라　　　　　　　膝底祥鸞又好音
나에게 십년 세월 빌려주어 살아 고향에 돌아가면　　　　　假我十年生返故
사람으로 형제 된 정에 다시 옷깃 나란히 살고파　　　　　人間兄弟再聯襟

　　▫ 직임을 내놓고 돌아오는 길에 난리를 만나 천진에 체류하다 棄職 歸路遭亂 滯天津

바람과 파도 속 만릿 길에 바다를 건너　　　　　　　　　　風波萬里涉重溟
겨우 천진에 다다르니 또 전란 소식이라　　　　　　　　　纔到天津又戰聲
길을 둘러싸고 행객을 막고 있는 경비수들　　　　　　　　環街警守留行客
연로에는 곪은 상처 드러낸 버려진 병사들　　　　　　　　沿路瘡痍見敗兵
동쪽 성으로(동삼성) 편지 부칠 계책도 없고　　　　　　　書緘無計傳東省
마차도 끊겼으니 언제나 북경으로 나아갈까　　　　　　　車斷何時進北京
신문을 빌려 볼 때도 작은 글자 겁이 나　　　　　　　　　借閱新聞嫌細字
눈꼽 낀 눈에 안경 걸고도 창 밝은 데로 간다　　　　　　眵眸掛鏡就牕明

---

78) 푸른 소[青牛] : 중의적重義的으로 쓰였다. 을축乙丑과 함께 이씨의 시조라고 하는 노자老子가 세상을 피해 함곡관函谷關을 나갈 때 탔던 푸른 소를 동시에 가리킨다. 따라서 노자의 부록符籙은 '세월이 멀어서 찾기가 어렵다.'는 뜻도 된다.

□ 남씨 벗형우의 시에 차운하여 보여주다 次韻示南友亨祐

남으로 상해에서 배타고 북으로 연경까지	南浮滬海北燕天
무슨 까닭으로 방황하여 따숩게 앉지 못하나	底意棲遑不煖筵
만사를 이룬 바 없고 몸은 이미 늙어	萬事無成身已老
십년을 씹었는데도 쓸개는 그대로 달려 있다79)	十年長嚼膽猶懸
수레 기름 치는 건 고갯 녘 앞 길을 생각해서이고	膏車上坂思前轍
배 돛 올리는 건 중류에서 달려야 할 줄 알아서이다	掛帆中流認快船
말을 부르고 소에게 외치더라도 응답이 있거늘	呼馬呼牛都可應
다만 드문 것 우리 겨레 무리 이루어 원만한 모습	只稀吾族合群圓

□ 남씨 벗의 묵은 홰나무 시에 차운하다 次南友古槐韻

1

한 그루 높이 자란 홰나무 반 공중에 기대어	一樹高槐倚半空
문 머리에서 손을 맞고 보내니 흡사 문지기라	門頭迎送守閽同
봄은 버들 강 언덕 나눠주어 도연명의 절조 흠모케 하고	春分柳岸欽陶節
땅은 팥배나무 골 빌려주어 소공 풍도80) 우러르게 한다	地借棠鄉仰召風
개미 집 헛된 영화81)는 잠깐 사이 꿈이요	蟻穴虛榮頃刻夢
학사원82) 남은 음덕은 자손이 입었다	鰲扉餘蔭子孫躬
나의 행차 마침 겨울 날씨를 만나	吾行適值天寒日

---

79) 와신상담臥薪嘗膽의 고사에 대응한다.

80) 소공召公 풍도風度 : 주나라 성왕成王 때 주공周公과 함께 3공三公이 된 소공召公 석奭의 선정을 가리킨다. 백성들이 소공召公의 선정에 감동하여 그가 쉬었다 간 자리의 팥배나무를 소중하게 여겼다는 고사로 출전은 『시경詩經』「소남召南」 감당甘棠편이다.

81) 개미 집 헛된 영화 : 남가일몽南柯一夢의 다른 표현. 당나라 이공좌李公佐가 지은 「남가기南柯記」에서 나온 말로, 순우분淳于棼이란 사람이 꿈속에서 괴안국槐安國에 가서 공주에게 장가들어 남가태수南柯太守를 지내는 등 온갖 부귀영화를 누리고 깨어나 주위를 둘러보니, 마당가 회화나무 밑 등의 개미굴이 꿈속에서 찾아갔던 괴안국이었다는 것이다.

82) 학사원 : 오비鰲扉는 학사원學士院의 별칭.

꽃 노랗고 잎 푸른 모양 보지 못했네	未見花黃葉翠容

2

그늘이 천 마리 소 덮을 정도 거리가 꽉 차니	隱蔽千牛巷不空
반 늙은 파리한 얼굴 주인하고 같은 모양	瘦顔半老主人同
교룡 그림자로 비친 가지에 달 오르고	蛟龍影轉枝迎月
관현 소리 높은데 잎은 바람에 떤다	竽瑟聲高葉戰風
경상 높은 벼슬아치 다니는 길 치우쳐 임한 지세에도	地勢偏臨卿相路
천수를 스스로 지켜 동량되게 컸구나	天年自保棟樑躬
우연히 나무 아래 와 오래 서성이노니	偶來樹下盤桓久
가죽나무 울퉁불퉁 모양이 한없이 부끄럽구나	多愧林樗擁腫容

□ **제석에 일송의 편지를 보다 除夕見一松書**

서쪽 성 제야 전등 밝은데	西城除夜電燈明
종이 축포 소리에 오만 가지 잡념	紙礮聲中萬念橫
한번 뒤흔들어 마구니 세상 깨뜨리기 어렵고	一震難壞魔世界
천 번 외침에도 잠든 정신 깨우지 못 하누나	千呼不起睡神精
죽고 삶이 또한 크니 백성이 무슨 죄냐	死生亦大民奚罪
안팎이 연합하면 당 이룰 수 있는 것을	內外相聯黨可成
우편 관리 와서 전한 동지의 편지	郵吏來傳同志信
화반83)에 일이 있으니 속히 회정하라네	樺磐有事速回程

□ **설날 아침.** 병인년 **元朝**

봄 술 봄 상에 고운 나물 수북	春酒春盤細菜崇
선남 별서 큰 길 동쪽84)	宣南別墅大街東

---

83) 화반樺磐 : 화전현樺甸縣과 반석현磐石縣.

백두산 가 희게 쌓인 것은 요동 천지의 눈이요	頭邊白積遼天雪
흉중 푸르게 관통하는 건 이수의 무지개85)라	胸裏靑貫易水虹
병화 끊어져 그친 곳에 나그네도 머물러 살고	阻絶兵戈留寓客
고향 산천 그리운 회포에 늙은이 시 읊으며 돌아가길	睠懷林壑賦歸翁
새 해 아침의 축복 다른 말 없으니	新朝祝禧無他語
한 덩어리로 뭉쳐 묵은 유감 녹아 없어지길	結社團圓宿憾瀜

▫ 남씨 벗의 제석시에 차운하다 次南友除夕韻

불꽃도 없는 전등 아래 시계는 조급한데	電燈無焰漏籌忙
북경 성 홀로 앉았노라니 객수만 더하네	孤坐燕城客感長
천도가 바뀜을 정해진 시각이 있건만	天道遞禪時有定
사람들 무리지어 뺏고 싸우니 보통일 아니로다	人群爭奪事非常
처자식 병들어 누웠고 집은 천리인데	妻孥臥病家千里
군국에 맡긴 몸 떠돌이 십년 세월	軍國委身海十霜
마귀 몰아내는 종이 축포에 마귀 다 달아났으니	紙礮驅魔魔去盡
춘왕 신력이 동방에서 열릴지어다86)	春王新曆啓東方

▫ 정월 7일 正月七日

유리창 면에 태양이 빛을 쏘니	牕面玻璃射太陽

---

84) 선남宣南 … 동쪽 : 『연원직지燕轅直旨』 「유관록留館錄」의 북경풍수北京風水 편에 '대가大街는 너비
   가 24보요, 소가小街는 12보이다 … 정동방正東坊·정서방正西坊·정남방正南坊·선남방宣南坊·선북
   방宣北坊·숭남방崇南坊·숭북방崇北坊은 남성南城에 있다.'고 했다.

85) 이수易水의 무지개 : 이수는 중국의 강 이름. 『백호전서白湖全書』 「관상부觀象賦」에 '형가가 역수
   에서 분기를 품자[荊軻懷易水之憤], 흰무지개가 해를 꿰뚫었네[則白虹貫日]'.라고 하였다.

86) 춘왕 … 열릴지어다 : 『춘추春秋』 첫머리에 나오는 '은공隱公 원년 봄, 천자가 쓰는 역曆으로 정
   월'이라는 말을 가리킨다. '춘왕정월春王正月'을 『공양전公羊傳』에서 해석하면서 "왜 왕정월이라
   고 하였는가. 제후들은 문주왕周文王의 제도를 따르면서 모두 여기에 귀일되어야 하기 때문이다
   [何言乎王正月 大一統也]."라고 하였다. 이를 참고해서 이 구를 재해석하면 춘추필법에 의거한 기록
   의 신기원이 우리나라에서 열리기를 축원한다는 의미, 즉 광복의 의미가 될 것이다.

침상 가득하던 한기가 조아리듯 숨는다	滿牀寒意頓然藏
점가의 인일87)은 동방삭으로부터 전해온다 하고	占家人日傳方朔
시 속 매화는 초당을 기억하게 한다	韻裏梅花憶草堂
아이의 병이 차도가 있다고 서신이 왔고	兒病漸差書信到
어린 손자 잘 크고 재주도 늘어간다 하니	稚孫善苗技能長
어떻게 하면 몸에 날개를 달아 날아가서	如何揷翼身飛去
떠들썩하게 웃고 이야기하며 한 바탕 즐길꼬	哄笑轟談樂一場

□ **봄을 맞이하여 우스개로 읊다.** 연경에 있을 때　**逢春戱吟**　在燕京時

춘풍은 바다 동쪽에서 불어	春風來自海東方
거쳐 온 길 응당 내 고향에 들렀겠지	歷路應由我故鄕
다섯 그루 버들이 문 앞에서 먼저 소식 알리고	五柳門前先報信
열 그루 매화가 헌함 밖에서 암향을 전하는	十梅軒外暗傳香
수심이 많아 천 수 시도 못 짓고	愁多未就詩千軸
주머니가 말라 술 한 잔도 너에게 따르기 어렵다	囊碣難酬酒一觴
난하의 내 가난한 집 그래도 아취 넉넉하니	弊屋蘭河饒雅趣
돌아갈 제 다시 들러 오래 바장이어라	歸時重訪好徜徉

□ **진극기의 매화시에 차운하다**　**次陳克己梅花韻**

홀연 매화 보고 고향 생각 나	忽見梅花憶故鄕
뜰 가득 성긴 그림자 황혼 달 함께 나타나	滿庭疎影月昏黃
임포 노인 가버린 후 아껴주는 이 없어	林翁去後無人管

---

87) 인일人日 : 음력 정월 초이레를 말한다. 1일은 닭, 2일은 개, 3일은 돼지, 4일은 양, 5일은 소, 6일은 말, 7일은 사람의 날이라 한다. 이날 일곱 가지 채소로 국을 끊여먹고, 채빈綵幡 혹은 채승綵勝이라고도 하는데 오색 종이로 깃발·제비·나비·금전 등의 형상을 만들어 머리 위에 꽂기도 하고, 높은 언덕에 올라가 시를 짓기도 한다고 한다. 출전은 『태평어람太平御覽』.

공연히 못 가에서 암향을 보내 오누나　　　　　　　空向池臺送暗香

　　▫ 손중산에 대한 만사. 북경학생회를 대신하여 짓다　輓孫中山先生　代北京學生會作

독재와 전제 제도를 타파한　　　　　　　　　　　推飜獨裁帝制
동양혁명의 영수시여　　　　　　　　　　　　　爲東洋革命領袖
삼민주의를 제창하여　　　　　　　　　　　　　提唱三民主義
후일 대동사회의 기초를 열었도다　　　　　　　啓後日大同基礎

　　▫ 산으로 돌아온 뒤에 짓다　還山後作

가을 달은 사람을 쉽게 집 나서게 하더니　　　秋月要人輕出戶
호시절 봄 바람 동반하여 집으로 돌아오다　　春風作伴好還家
산이 성내고 물이 노하여 심히 의심하는 판　　山嗔水怒多猜局
웃는 얼굴로 맞이하는 건 오직 꽃 뿐이구나　　笑面相迎獨爾花

　　▫ 9일 그저 읊다. 병인년　九日謾吟

지난해 중양절에는 죽사의 집에서　　　　　往歲重陽竹史家
아홉 노인들 단란하게 국화에 취하였지　　團圓九老醉黃花
올 가을은 국화도 없고 술도 없어　　　　　今秋無菊又無酒
홀로 사립 빗장 걸고 잠귀신과 짝할 밖에　獨掩柴關伴睡魔

　　▫ 이죽사의 시에 화운하여 보내다　和寄李竹史

동쪽 서쪽 가고 머묾을 부평같은 발걸음에 맡겨　萍蹤漂泊任西東
늙어 헤어지니 다시 만날 길 없구나　　　　　　老別無綠更會同

긴 밤 서로 그리워하매 강 달만 휘영청 밝고	長夜相思江月白
가절을 공허하게 보내매 강 언덕에 꽃만 붉다	佳辰虛負岸花紅
꿈에 나눈 정담은 생싯 경관 아니요	夢舒情話非眞境
입으로 말하는 잘 있단 소식 덜 미더웁구나	口報安音少實功
의외에 경장88)이 내 손에 와서 떨어지니	望外瓊章來墮手
상쾌하기 마치 대 숲에 부는 바람 같구나	爽然如灑竹林風

▫ 정묘년 설날 아침. 정묘년   丁卯元朝

산초 꽃향기 퍼짐에 축복의 잔을 드니	椒花香發祝禧盃
일흔 번째 새해 아침이 또 도래했도다	七十元朝又到來
늙고 병들어 스스로 앞 길 협착함을 알지만	衰病自知前道窄
꿈 속 혼은 오히려 기쁘게 고향으로 돌아가네	夢魂猶喜故鄕廻
한번 뒤집혔다 한번 엎어지는 영웅들의 판도	一飜一覆英雄局
나올수록 더욱 기묘한 연극 무대	愈出愈奇演舞臺
어떻게 하면 용강 가 고즈넉한 땅을 얻어	安得龍江閒靜地
일찌감치 가족들 이사하여 여기서 살 수 있을까	早搬家族此中栽

▫ 한동해진산의 시를 받들어 화운하다   奉和韓東海震山

동해 바닷 구비에 한 선비 있어	有一士兮東海灣
구전연단89)의 신선 비기 터득했다네	學得仙方煎九還
이때 청구 푸른동산은 여우 무리들이 차지하여	是時靑丘狐群據
팔역은 모두 아수라장에 떨어졌었네	八域盡入迷魂關
물외에서 노닌 발자취 사람들은 알지 못하니	物外遊蹤人莫識

---

88) 경장瓊章 : 옥과 같은 문장이라는 뜻으로 상대방의 시나 문장을 미화하여 부른 말이다.
89) 구전연단九煎鍊丹 : 아홉 번 굽는 단계를 거쳐 제련된 신선神仙의 단약丹藥. 아홉 번의 굽는 단계
　　를 경과하여야 완성된다 한다.

십년토록 의무산⁹⁰⁾을 왕림하여 찾았었지	十年枉搜醫巫山
하룻저녁 무남시에서 조우하여	一夕遇之蕪南市
서로 보고 말없이 얼굴에 웃음만 가득	相視無言笑滿顏
신선의 단약은 옷소매에 감추었고	壽民神丹藏袖裏
요물 처단하는 보검은 허리춤에서 빛나도다	斬妖寶劍輝腰間
중류에서 노를 치는 것 아직 때 이르니	中流擊楫時尚早
외로운 배 물가에 매어두고 종일 한가롭네	孤舟繫岸盡日閒
천도는 순환하는 것 잠시도 쉼이 없으니	天道循環無暫息
봄 바람은 몇 번이나 고향 산천을 돌았을까	幾度春風回古檀
늙은이 다만 원하노니 솥바닥을 핥더라도	老夫只願舐餘鼎
다음 세상엔 개 닭으로 유안세⁹¹⁾를 따르리라	化爲鷄犬隨劉安

□ 척서에게 부치다. 정묘년　寄尺西

먼저 이사한 건 뒷날 이사의 바탕 만들려는 것이었는데	先搬要做後搬機
가난 귀신이 야유하여 만사는 다 어긋났네⁹²⁾	窮鬼倻揄萬事違
칠십 노령에 서로 헤어져 고생하니	七十衰齡分別苦
상거 이천 리 서신조차 드물구나	二千餘里信書稀
동반 노인있어 낚시하니 그대는 그래도 다행이나	携竿老伴君猶適
이웃에 문 걸고 이사한 나는 누가 상대해 주나	閉戶鄕隣我孰堪

---

90) 의무산醫巫山 : 만주滿洲에서 중국 본부로 가는 길. 요하遼河 서쪽 북방에 있는 산인 의무려산醫巫閭山을 가리킨다.

91) 유안세劉安世 : 직간直諫하는 신하를 뜻하는 말. 송宋 나라 유안세劉安世가 조정에서 뜻을 굽히지 않고 강직하게 쟁변하였으므로 당시 사람들이 전성의 호랑이라고 일컬은 고사에서 유래된 말이다. 출전은 『송사宋史』「유안세전劉安世傳」.

92) 관직에 나아가지 못함을 비유한 말이다. 진晉 나라 나우羅友가 환온桓溫의 하속下屬으로 있으면서 중용重用되지 못하였는데, 한 동료가 군수郡守로 뽑혀 부임하게 되었다. 이에 환온이 송별연을 베풀었는데, 나우가 늦게 도착하기에 그 까닭을 물으니 말하기를, "제가 집을 나서는데 한 귀신이 크게 야유하기를, '나는 네가 남을 전송하는 것만 보았다. 어찌하여 남의 전송을 받지는 못하는가?' 하더이다." 하였다. 『세설신어世說新語』「임탄任誕」.

부럽구나 송화강 가 기러기　　　　　　　　　　羨松花江上鴈
한 떼 날아가고 한 떼 돌아오네　　　　　　　　　一行飛去一行歸

　　▫ 담옹 아저씨께 읊어서 보내다　　吟寄淡翁叔

담옹께서 북쪽으로 온천을 유람할 때　　　　　　澹翁北向湯源遊
마차로 천리요 배 타고 천리였네　　　　　　　　千里乘車千里舟
애초엔 밭 구하여 골 입구를 쟁기질 하려다　　　始擬求田耕谷口
마침내 낚대 드리우고 여울 머리에 앉으셨네　　終敎垂釣坐灘頭
완벽한 인격이 와해되매 사람들 다투어 헐뜯고　全枰瓦解人爭噬
쌓인 빚 산더미인데 가을에 수확이 없네　　　　積債山齊歲不收
어떻게 하면 이 몸에 날개가 돋아　　　　　　　安得此身生羽翮
펄펄 날아 흑룡강가로 떠날 수 있을까　　　　　翮翮飛去黑龍洲

　　▫ 이만초의 시에 화운하여 보내다　　和寄李晩樵

남산에서 헤어진 지 십여년 세월　　　　　　　　藍山分袂十年餘
각기 겪은 풍상 몽환과 같습니다　　　　　　　　各閱風霜幻劫如
귀신 도깨비 마구 날치니 차라리 눈을 감고　　鬼魅縱橫寧閉視
형해가 피폐하매 한거할 새 옳습니다　　　　　形骸痿廢可間居
지면으로 듣는 소식 세밀하기 어렵지만　　　　音憑簡面傳難細
꿈에 만난 향초 같은 모습 문득 허망합니다　　夢見芝眉覺便虛
어찌하면 같은 마을에 옮겨 살면서　　　　　　安得僑居同一閈
노령에 다시 옛 거문고와 책 궁리할까요　　　　頹齡重理舊琴書

　　▫ 정묘년 제석에　　丁卯除夕

육십 년 전 정묘년 운세　　　　　　　　　　　　六十年前丁卯運

내 집 광경 참으로 이지러짐 없었네	我家光景正無虧
높은 대청엔 천수를 축원하는 술잔이요	高堂慶賀觥千壽
임금 내리신 젓대 하나 은총과 영광이었네[93]	上舍恩榮笛一枝
대 이은 유업 기울어 깨어진들 하늘을 원망할까	世業隳壞天敢怨
이역 타관 유랑할 제 해마다 기근이라	殊方流落歲頻飢
이미 노쇠하고 병든 몸 나는 미칠 수 없지만	旣衰且病吾靡及
다만 바라노니 아들 손자들 복 많이 받기를	只望兒孫福若茨

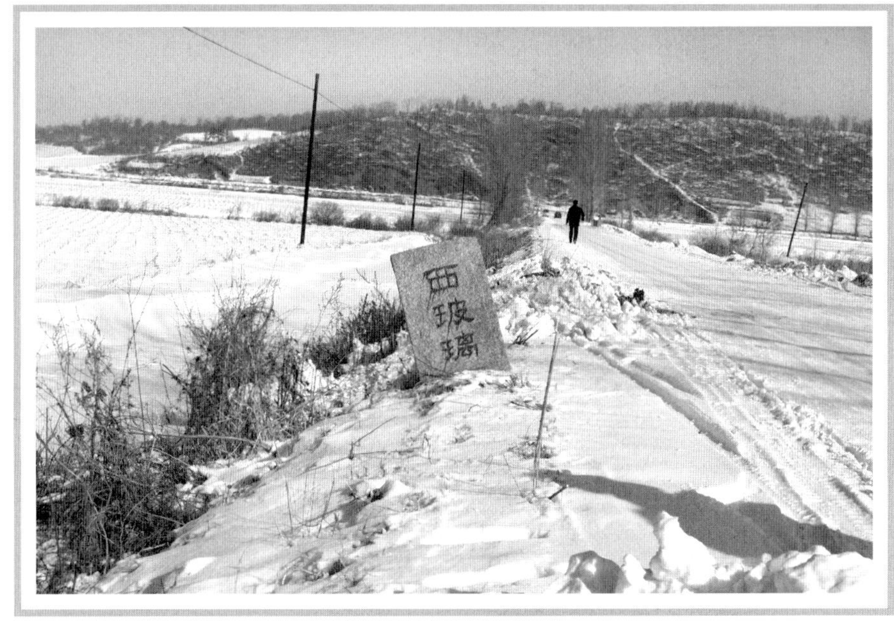

파리하투 마을 입구
(현재 반석시 명성진 서파리촌)

□ **파리하**[94]**에서 유거 시에 차운하여 홍재규를 전별하다.** 무진년   玻璃河次幽居韻別洪載逵

험준한 길 구불 구불 신선 골 찾으니	逶迤峽路訪仙區

---

93) 이상룡의 선조 중에 성균관 진사나 생원으로서 왕으로부터 젓대를 하사 받은 분이 있는 듯.
94) 파리하玻璃河 : 이상룡이 잠시 머물렀던 곳으로 반석현과 소과전자 사이에 있는 마을이다.

집은 파리하 강 머리에 있네 家在玻璃水上頭

벼 익은 가을이 되매 취미가 한가로워 黃稻秋成閒趣味

술 익을 때 마침 좋은 벗님 찾아가네 紅樽時過好朋儔

뜬 인생 팔십 온통 꿈인가 하니 浮生八十渾疑夢

고국 삼천리를 부질없이 수심 말자 故國三千莫謾愁

늙바탕에 앞날 기약 용이치 않음을 아나 衰暮前期知未易

서로 생각나면 후일 편지나 하세 相思他日信書修

▫ 차운하여 손진초에게 부치다　次韻寄孫眞樵

1

가을 부채 여름 갖옷처럼 시절 이미 어긋나 秋箑夏裘節已違

묵은 사람은 모름지기 묵은 사람 함께 돌아가는 것 舊人須與舊人歸

신룡이 운세를 잃어 비록 잠복해 있지만 神龍失運潛雖伏

백설곡95)이 곡조에 오르매 화답할 자 드물다 白雪登調和者稀

동쪽 지방의 공론 현명한 주인 있다하고 東道公評賢主在

병주를 누가 고향이 아니라 하리오96) 幷州孰謂故鄉非

조물주 나에게 나래 전해 주지 않아 化翁不傳吾身翼

난하를 바라보며 떨쳐 날지 못하누나 入望蘭河未奮飛

2

요동은 모두 알아주느니 遼左盡相知

---

95) 백설곡白雪曲：「양춘곡陽春曲」과 함께 꼽히는 초나라의 2대 명곡. 굴원屈原의 제자인 송옥宋玉이
　　초나라의 수도인 영郢에서 「백설곡」을 불렀는데 너무 그 곡조가 고상하였기 때문에 창화唱和한
　　자가 얼마 안 되었다고 한다.

96) 병주는 오래 살아서 정든 타향을 뜻한다. 당唐 나라 시인 가도賈島의 시에 “병주의 나그네살이
　　십 년이 지나도록 밤낮으로 고향 함양에 돌아가고팠어라. 무단히 다시금 상건수 물을 건너니 돌
　　아보매 병주가 바로 고향처럼 느껴지더라[客舍幷州已十霜　歸心日夕憶咸陽　無端更渡桑乾水　却望幷州是故
　　鄕].”한 데에서 유래한다.

진웅을 가장 높이 친다	眞翁最所思
청산에서 세상일 경륜하는 담론을 하고	靑山捫虱語
황계[97]우는 소리 들릴 때 불도서佛道書를 읽네	黃卷聽鷄時
성품 게을러 서신은 두절되고	性懶書音絶
길이 멀어 꿈에라도 만나기 더디다	路紆夢會遲
앞 날 기약 지정하기 어려우니	前期難指定
은근한 안부시 세 번 반복해 읽어 본다	三復隱候詩

▫ 아우 척서의 회갑 날 아침 율시 하나를 읊어서 부치다　舍弟尺西君晬朝吟寄一律

황룡[98]의 상서로운 운수로 신선 아기 탄생하니	黃龍瑞運降仙童
더욱 기이한 건 형제 생일이 한 날임이라	兄弟尤奇晬日同
오·월을 다스리고 쟁패할 영웅의 지모와	治吳覇越英雄志
달을 낚고 구름을 맬 일사의 풍모를 가졌었네	釣月耕雲逸士風
나이 예순 하나 물소 뿔잔이 꽉 막히고	春秋六一兕觥凸
뭍과 바다 삼천리에 서신 길도 다하였네	陸海三千鴈路窮
어찌하면 일찍 단란하게 모여 살 계책 이루어	焉得早成團聚計
형제간 한 이불 아래[99] 진진한 우애 즐길 수 있을까	姜肱大被樂融融

▫ 척서의 흥인둔의 새 집에 거한 시에 차운하다　次尺西興仁屯新居韻

1

| 송곳 세울 땅도 없으려니와 누울 집도 없이 | 立無錐地臥無廬 |

---

97) 황계荒鷄 : 밤 3경 전에 우는 닭소리. 공명을 세울 기회가 주어지는 풍운이 일어날 조짐이라 믿
　　었다.

98) 황룡黃龍 : 무진년戊辰年의 이창.

99) 한 이불 아래 : 강굉공피姜肱共被의 고사를 썼다. 강굉은 후한 사람으로 자字가 백회伯淮인데, 두
　　아우인 중해仲海·계강季江과 우애가 지극하여 항상 한 이불을 덮고 함께 잤으므로 이러한 고사가
　　생기게 되었다. 형제간의 우애를 뜻한다.

해마다 이사 다니느라 정한 거처가 없었네	遷徙年年不定居
국가의 치욕 씻기도 전 몸 이미 늙어 버렸고	國恥未湔身已老
가산 탕진되어도 빚은 아직도 남았다	家貲蕩盡債猶餘
때 어긋났으니 삼분 오전을 읽어 어디에 쓰리오	違時墳典藏何用
마음에 맞기는 낚대 저 가는 대로 맡겨 두는 것	取適漁竿任所如
오직 형제 있으니 함께 즐기며 살아야지	惟有弟兄同被樂
홀연 정신 차려보면 마침내 허무로 돌아가는 걸	忽然分別竟歸虛

2

가시 잡목 숲 쳐 내고 작은 집 지어 놓고	剪去荊榛縛小廬
오동하 가에서 그대를 보낸다	梧桐河畔送君居
대개는 외딴 집 이웃 정분 좋고	一般孤寓隣相好
일천 호가 함께 경작해도 땅은 남음이 있다	千耦同耕地有餘
남녀 공통 교육의 사립학교도 있고	男女通科私塾在
향촌이 자치제를 쓰니 작은 나라와 같다	鄕屯自治小邦如
어리석은 형이 늙고 병든데다 경제도 곤핍하니	愚兄癃病囊金乏
단란하게 모여 살리란 초심 공허해질까 두렵네	團聚初心恐擲虛

□　**이법오**희중**과 헤어지면서 주다.** 경오년　　贈別李法五義中

조선들 계합하심은 각상시에서 추억할 수 있거니와[100]	先契追惟閣上詩
우리들 같은 마을 함께 살게 됨도 또한 기이한 일	吾儕同閈亦云奇
삼천리 타관에서 쓴 음식 단 음식을 나누며 살다가	三千異域分甘苦
팔십 늙은 나이에 멀리 이별하게 되었구나	八十頹齡遠別離
스스로 탄식하노니 살아 다시 만나기란 어려운 일	自歎生前難再會
누가 말하는가 황천에서 앞날 기약한다고	誰云泉下有前期

---

100) 조선들 … 있거니와 : 이상룡의 안동 입향조가 당시 조직한 우향계의 좌목에 두 사람의 조상이
　　함께 들어 있고, 또 임청각 판상시도 나란히 게판되어 있음을 가리키는 듯하다.

닭 우는 소리 지는 달 두 갈래 산 길을　　　　鷄聲落月釵山路
혼으로 가고 혼으로 오며 꿈에라도 반겨 만나세　　魂去魂來夢遝時

□ 소성자로 이사하다　搬寓小城子

서란 남쪽 월경지 소성자　　　　　　　　　　舒蘭南界小城子
금대 번영을 옛 무덤들이 증명한다　　　　　　金代繁華證古墳
석계수 차지 않아 명월 낚기에 적당하고　　　　磵水不寒宜釣月
돌밭 비록 척박하나 구름 갈기에 알맞다　　　　石田雖瘠可耕雲
향규가 민·형사를 스스로 다스리고　　　　　　鄕規自理民刑事
학교의 제도는 국한문 겸하여 배운다　　　　　塾制兼修國漢文
띠 집 세 간에 책 시렁 하나　　　　　　　　　茆屋三間書一架
산림의 노인[101]이 여기에 은거하여 속기를 피하도다　林翁隱此避塵氛

□ 화손[102]이 반석에 가서 올 때가 넘어도 돌아오지 않다　華孫往磐石過期不還

반석 간 화손이　　　　　　　　　　　　　　　華孫磐石去
달 넘게 돌아오지 않아　　　　　　　　　　　過月未還家
어린 아이 병은 실낱처럼 위태하고　　　　　　稚病危於髮
객수는 삼대 같이 어지럽다　　　　　　　　　旅愁亂似麻
우상에서 아침마다 편지 있나 살펴보고　　　　郵廂朝檢信
등잔 불 밤늦도록 켠 채 둔다　　　　　　　　燈架夜占花
남쪽 길엔 함정이 많으니　　　　　　　　　　南路多機穽
모쪼록 어둠 속 쇠노에 대비하기를　　　　　　須防暗弩加

---

101) 산림의 노인[林翁] : 임수林叟와 같은 말. 산림에서 사는 노인.
102) 화손華孫 : 이상룡의 장손 이병화李炳華를 가리킨다.

▫ 겨울 밤 고요히 앉아   冬夜靜坐

바람 치는 창 언 벽 들 가운뎃 집	風牕氷壁野中家
차가운 밤 마른 나무처럼 홀로 앉았다	獨坐寒宵等槁查
스스로 믿노라 고요 중 공부가 조화옹에 이르러	自信靜功參造化
단전이 차차 따뜻해지면 봄꽃을 피우리라고	丹田漸暖放春華

▫ 증손 도증이가 여섯 살인데 자못 영리하므로 글씨로 시험해 보니, 제법 5백여 자를 알고 붓을 잡아 글자 모양을 만든다   曾孫道曾 六歲 頗穎悟 試之以書 能解五百餘字 把筆成字樣

여섯 살 꼬마가 글을 매우 좋아하여	六歲小孩偏嗜書
능히 한자 반 천여 자를 안다	能通漢字半千餘
선대의 세업을 날 대신하여	箕裘世業吾身替
문명 거듭 떨치기를 저에게 기대해 보네	重擅文聲倚望渠

▫ 동짓달 밤 이경에 황계 소리를 듣다   臘二夜聞荒鷄聲

아이 불러 등잔 물리고 이미 이불까지 폈을 제	呼童退燭已鋪衾
갑자기 들리는 이웃 집 닭 요란하게 우는 소리	忽聽隣鷄亂唱音
반 년이나 근심과 병고로 꺾이고 막혀 다하였으니	半年憂病摧沮盡
영웅이 일어나 춤추려는 마음 돌이킬 수 없구나[103]	無復英雄起舞心

▫ 제보천우주이 나에게 구일 등고하기로 약속하였으나 기다려도 오지 않았다. 이는 마침 분요사태로 흥이 떨어졌기 때문인 듯하다. 인하여 율시 하나를 지어 올린다. 신미년   齊溥泉遇周 約余九日登高 等候不至 似是時擾敗興 因以一律仰塵

---

103) 황계소리[荒鷄聲, 밤 3경 이전에 우는 닭소리]를 듣고 풍운이 일어나 공명을 세울 기회가 주어짐을 기뻐하여 일어나 춤을 추었다는 진晉 나라 조적祖逖의 고사에 대응해서 쓴 말이다.

가을 바람 선들 선들 낙엽지는데　　　　　　　　　　秋風嫋嫋葉辭枝

홀로 산장 창가에 앉아 벗 기다리는 때　　　　　　　獨坐山牕待友時

흰 막걸리는 연 땅 저녁 저자보다 차고[104]　　　　　白酒寒於燕暮市

누른 국화는 진나라 이름난 시[105]처럼 담담하다　　黃花淡似晉名詩

팔순 병든 늙은이 남은 정채精采 희미한데　　　　　八旬臥病餘暉薄

만리 타관 고향을 그리나 돌아갈 꿈 더디다　　　　萬里懷鄕歸夢遲

세상사를 말하려니 마음자리 어지러워　　　　　　世事談來心緖亂

장음 대취하여 따지지 않는 것만 못하리　　　　　不如長飮醉無知

　　▫ 차운하여 제보천에게 드리다　　次韻呈齊溥泉

제옹의 시와 문장은 관동에서 으뜸이라　　　　　　齊翁詞賦擅關東

붓 아래 대국의 풍도가 넘실거린다　　　　　　　　筆底泱泱大國風

노쇠한 귀밑머리 응당 서권 따라 희었을 테지만　　衰鬢應從書卷白

환한 얼굴이 술잔을 빌지 않더라도 붉다　　　　　韶顔不借酒盃紅

고요세계를 소요하여 뭇 구속을 벗어 버렸고　　　逍遙靜界超凡累

수심 나라를 타파하였으니 경하할 우뚝한 공이라　打破愁城賀偉功

나 또한 아름다운 싯구에 탐익하는 습벽이 있으니　我亦耽佳緣性癖

원컨대 고수를 뒤쫓아 함께 노래하련다　　　　　願追高手唱酬同

　　▫ 제씨 벗이 고전체[106]로 일곱 자를 써서 주길래 시로써 감사하다　　齊友 贈古篆七

字 以詩謝之

치키고 그은 획 은인가 동인가 은은히 빛이 나고	銀鉤銅索闇生華
지면은 거무스레 옛 태가 많다	紙面蒼然古色多
황정경을 써 준 뜻을 보답코자 하나	欲謝黃庭書贈意
산음도사에게 거위 없음을 탄하노라[107]	山陰道士歎無鵝

▫ **자손들을 훈계하다.** 임신년 誡孫兒

참된 정기를 내 쏟지 말라	發洩無眞氣
아량을 넓히고 깊여라	宏深有容量
남의 충고를 가벼이 듣지 말고	勿輕聽人言
자신의 능력을 자랑하지 말라	毋自衒己能
허영심을 끊어 버리고	劃去虛榮心
위험한 장소를 삼가 피하여라	謹避危險場
정관하여 세상의 변화를 살피다가	守靜玩世變
가능성을 확실히 보고나서 이행하라	確見可而行

이사가 통일한 문자는 소전小篆이라 하는데, 이에 비하면 상형자에 가까운 글씨체이다.
107) 황정경 … 탄하노라 : 황정黃庭은 곧 황정경黃庭經의 약칭. 진晉 왕희지가 산음山陰의 도사에게
    도덕경道德經을 써 주고 거위와 바꿨던 사실을 말하는데, 여기서 황정경이라 한 것은 이백李白
    이 하지장賀知章을 송별한 시에 "산음 도사와 서로 만난다면, 응당 황정경 써 주고 거위와 바꾸
    리[山陰道士如相見 應寫黃庭換白鵝]."라고 하여 도덕경을 황정경으로 변용한 데서 온 것이다.

□ 사辭

▫ 도연명 귀거래사에 화운하다. 병인년(1926) 和陶淵明歸去來辭

돌아가리라	歸去來兮
나에게 밭과 농막이 있으니	我有田廬
어찌 돌아가지 않으랴	胡不歸
만사는 모두 하늘의 뜻에 따라 정해지는 것	萬事都由天意定
어찌 실패하였다고 비통해 하겠는가	何失敗之足悲
애초 이미 생각해 보지 않고 발을 내놓았으니	初旣不思而出脚
비록 후회해도[108] 되돌릴 수 없는 일	雖噬臍而莫追
모두가 미몽에서 깨어나지 못한 탓이니	俱迷夢之未覺
어찌 누가 옳고 누가 그르다 하리요	曾孰是而孰非
헛된 명예로 자신을 묶는 일 부끄러워서	恥虛名之自累
드디어 결산하고 걷어붙이고 나섰노라	遂決計而拂衣
어떤 이는 경솔하다 갑작스럽다 말했지만	人或議其輕遽
나는 실로 그 낌새를 살핀 바이라	我實察夫幾微
양함에 몸을 싣고 바다를 지나	載洋艦而過海
앞 길을 바라보며 치달렸다네	望前路而駿奔
험난한 만리 길 지나고 나서	歷萬里之險阻
어느덧 내 집 대문 앞에 당도하였지	倏已抵於衡門
처자는 반갑게 맞이하여 인사하고	妻孥喜歡而迎拜
이웃들은 옛날 그대로 즐겁게 살고 있네	隣比樂業而溫存
오른 손으로 어린 손자 손잡고	遂乃右手携孫稚
왼 손으론 향기로운 술 두루미 쥐었네	左手揭香罇

---

108) 후회해도 : 원문의 서제噬臍. 사향노루가 사람에게 잡혀 죽게 될 때에 제 배꼽의 향내 때문이라
하고 배꼽을 물어 뜯는다는 말로, 일이 잘못된 뒤에는 후회해도 소용없다는 말이다.

원래 주량이 크지 못해	素酒戶之不寬
한 잔 마셨는데 얼굴에 오르네	纔一喝而上顔
침석에 쓰러져 코골며 자고나니	頹枕席而齁齁
몸도 풀리고 마음도 편안하네	覺體舒而心安
전일에는 무슨 주착을 부리다가	胡昔日之做錯
기관에 잡혀 묶이었던가	被囚縛於機關
각계의 정세를 둘러보건대	環各界之情態
눈에 보이는 것 모두 비관뿐	滿目皆是悲觀
차라리 물러나 이전처럼 수행하며	寧退修吾初服
천도 순환할 때를 기다리리라	竢天道之好還
숲과 샘은 아취 기르기에 넉넉하니	林泉饒於雅趣
어옹·초동과 짝하여 소요하리라	伴漁樵而盤桓
돌아가리라	歸去來兮
세상과의 모든 교제 끊어 주게나	請謝絶於交遊
아직도 분규가 그치지 않은 것 보니	顧紛糾之未定
통합을 찾기란 어려운 줄 알겠네	知統合之難求
이미 국사는 글러버렸지만	旣國事之蹉跎
가족을 살리기 마저 걱정이구나	保家族亦已憂
농사일과 공부 두 가지 중에	伊耕學之兩事
먼저 밭두둑에 손을 대야지	先着手於田疇
남산에선 콩 씨를 주워 모으고	拾荳種於南山
돌아온 배에서는 보리씨를 빌리네	貸麥子於歸舟
아낙네와 아이들은 들밥을 나르며	同婦子而供饁
술과 장을 숲 언덕으로 내오네	送酒醬於林邱
고된 농사일에 적당히 틈을 내서	勞農暇而取適
낚시대 잡고 냇물을 찾아가네	把竿釣而臨流
밤이면 촛불을 밝히고 아이들 가르치고	夜則明燈燭而課兒
새벽이면 글 읽기를 거르지 않네	徹曉誦讀而無休

한가한 나그네 찾아오면	彼閑客之過訪
오는 손님 막지 않고 가는 손님 잡지 않네	來不揮而去不留
광복의 대 사업만은	惟光復之大事
내 어찌 감히 잊으리요	我豈敢乎忘之
그러나 민중이 자각하는 때가	然民衆之自覺
광복의 운이 도래하는 날 일세	迺運到之時期
부끄러운 뜻을 씻어내자고 물을 대고	湔羞志而灌漑
나쁜 생각을 지우자고 김을 매노라	鋤惡思而耘耔
관 뚜껑 덮어야 사나이 할 일 끝난다고	男兒蓋棺事乃定
옛 시에 있다고 듣지 못 하였는가	獨不聞諸古詩
아아!	於戲
단군 이래 오천년 역사는	檀聖以來五千年之歷史
영원하며, 단절이 없다는 것도 의심치 않노라	其不永絶也無疑

□ 소疏

▫ 서원의 복설을 청하는 소· 사림을 위하여 짓다 請書院復設疏 爲士林作

   삼가 생각컨대 서원제도[黨庠家塾之制]109)는 그것을 일으킴으로써 도술道術(유가의 인생관, 사상체계)을 변치 않게 하는 것이고, 덕업德業(선현에 대한 제사)을 숭상하고 공로에 보답하는 전형典刑은 그것을 들어서 예교禮敎를 크게 밝히는 것이니, 이는 진실로 성현의 어진 규범이요 왕정의 급선무입니다. 그렇기 때문에 역대로 제왕이 등극함에 반드시 학교를 먼저 세웠던 것이니, 우虞의 상庠이나 하夏의 서序는 그 중 오랜 것입니다. 은나라에도 고종瞽宗을 두어 악조樂祖를 제사하는 제도가110) 있었고, 주나라가 융성함에 학제가 더욱 확대되어 석채釋菜의 예법이 여항간에 까지 미쳤던 것입니다. 한나라가 발흥하고 분서갱유焚書坑儒가 행해진 후, 당나라에서는 불가와 도가가 위세를 떨친 나머지 학교를 돌보고 사당을 간수하는 일이 혹 폐추廢墜되기도 하였습니다. 서원이라는 이름은 남당南唐 때에 비롯되었고 송·명대에 융성하였으니, 백록동서원白鹿洞書院111)과 석고서원石鼓書院112)은 가장 드러난 경우입니다. 그 후 순수한 거유巨儒들이 배출되었으니, 예를 들면 염濂·낙洛·관關·민閩113)은 정맥·적통을 전수한 대현大賢으로 거의 집집마다 위판을 마련, 제사할 정도였습니다. 그 외 한 가지 절행節行이라도 사표師表로 삼을 만한 분들 역시 모두 사당을 세워 모시는 곳이면 축사祝辭와 조령詔令이 지도地圖와 지지地誌를

---

109) 서원제도 : '학교제도'라고 하지 않고 '서원제도'로 번역한 것은 이 글의 제목과의 관계를 생각한 때문이다. 원문을 직역하면 '당黨(5백 가구 마을)의 상庠과 가家의 숙塾'이다. 상은 5백 가구 마을에 있는 학교요. 숙塾은 25가구 이하 마을의 학교(서당)을 지칭한다. 우리의 서원이나 서당을 말한다.

110) 고종瞽宗 … 제도가 : 고종은 은殷 나라 때의 학교. 『예기禮記』 「명당위明堂位」에 "고종瞽宗은 은殷 학교이다." 하였고, 그 주에 '고종은 악사樂師 고몽瞽矇을 종사로 받들었는데, 그가 죽자 악조樂祖를 삼아 고종에서 제사하였다.'라는 기록이 있다(학문을 강론하고 학문이나 업적이 훌륭한 선조를 제사 지내는 곳).

111) 백록동서원白鹿洞書院 : 강서성 여산廬山에 있는 백록동서원白鹿洞書院을 말한다. 남당南唐 때 이발李渤이 흰 사슴을 기르면서 책을 읽던 골짜기라 해서 붙은 이름인데, 중간에 쇠퇴하였던 것을 주자가 다시 일으켰다.

112) 석고서원石鼓書院 : 송 4대 서원의 하나. 백록白鹿·응천應天·민록岷麓과 더불어 석고石鼓이다.

113) 염濂·낙洛·관關·민閩 : 송대의 대유大儒인 염계濂溪의 주돈이周敦頤, 낙양洛陽의 정호程顥·정이程頤, 관중關中의 장재張載, 민중閩中의 주희朱熹를 말한다.

밝게 빛나게 했으니, 이는 모두가 역대 왕조의 현명한 군주가 문치文治를 도와 교화를 일으켜 성인을 추종하는 분들을 흠모·숭앙한 까닭입니다.

우리 조선의 건국에 있어 훌륭한 자손[聖神; 聖子神孫]들이 서로 계승한 것과 제도와 의물儀物이 송·명에 뒤지지 않고, 가르치고 선발하는 기구와 숭원보본崇遠報本(선조를 추모하여 제사 지냄)의 전형이 찬연히 구비되었습니다. 접때 소수서원紹修書院의 창설에 있어서 명종明宗 대왕께서 가상嘉尚하다는 분부를 내리어 경전經傳을 반포하고 사액賜額하여 유생들을 권장하였습니다. 이로부터 유풍儒風이 크게 진작되고 제사 지내는 것이 양속良俗을 이루어, 무릇 단체로 거처하면서 공부하는 장소에서 마땅히 제사할 어진 분을 각기 제사하게 되자, 호산湖山(산촌과 강촌)의 서원[鄕祠; 시골의 서원]에는 강학과 송습誦習의 소리가 들리게 된 것입니다.

질質(바탕의 질박함)을 숭상한 상고上古의 관점으로 보면, 문文(외형의 미)이 찬연한 주周114)는 문文이 너무 성한 것115) 같지만, 우리나라 서원에 실제 향사享祀한 분들은 모두 국조의 명신이요 유림의 종장宗丈이었습니다. 다만 시운時運에 따라, 표장表獎을 입지 못한 경우도 있지만, 그 남기신 광휘와 여운이 충분히 많은 선비들을 흥기하고 후대後代를 교화하였으니, 어찌 사액賜額이 있고 없음에 차이가 있겠습니까? 이에 교도敎導의 방침이 서고 강습이 세련되어 갔으니, 충忠을 부과하고 효孝를 책려하며 덕德을 순수하게 하는 것으로 학과목을 이루었던 것입니다. 들어와서는 고장의 본보기가 되고 나가서는 조정의 순신詢臣116)이 되었으니, 상하 4백년 사이 조정에는 기夔·설卨117) 같은 분이 있었고, 재야에 정자程子·주자朱子와 같은 분이 있었습니다. 이처럼 우리 동방이 예의로 명성이 드러난 것은 진실로 까닭이 있는 것입니다.

한번 무신戊辛년 훼철 이후 향화香火를 바치던 옛 터에는 잡초만 눈에 넘치고, 예절[揖讓]을 가르치던 터전에는 까마귀·토끼들이 무리를 이루었습니다. 명칭과 이론의 설파說破는 입에서 나오지도 않으며, 예악을 송독하고 학습하는 소리는 귀에 들리지도 않은 것이 지금까지 30년입니다. 떠돌기를 좋아하고 맡은 일을 게을리하여 마을 풍조는 날로 그릇되고, 조정 대신들의

---

114) 주周 : 『논어論語』 「팔일八佾」에 "주周는 하夏와 상商을 귀감으로 삼아 그 문채가 찬란하니, 나는 주나라를 따르겠다[周監於二代 郁郁乎文哉 吾從周]."고 한 공자의 말이 실려 있다.

115) '질質이 문文을 이기면 촌스럽고, 문文이 질質을 이기면 사史(겉치레만 좋음)하다. 문과 질이 알맞아야만 군자다[質勝文則野 文勝質則史 文質彬然後君子]'(『논어論語』 「옹야雍也」).

116) 조정의 순신詢臣 : 임금의 신임을 받는 신하로 정사를 자문하는 자리에 있는 중신을 가리킨다. 원문은 도유都兪인데, 임금이 신하의 말을 아름답게 여기고 옳다고 시인할 때에, '도都'라 '유兪'라 하였다. '도都'는 찬성하는 뜻이요, '유兪'는 시인하는 뜻이다. 『서경書經』에 있는 말이다.

117) 기와 설은 모두 요·순 때의 어진 신하다.

경륜과 학술이 옛날에 비하면 어떠한 줄을 알지도 못하니, 시골구석의 소견은 깜깜하여 아무 것도 모른다고 해도 과언이 아닐 것입니다. 하물며 원기元氣가 이미 사라지니 객사客邪가 틈을 타 들고, 조수鳥獸의 발자국이 나라 가운데서 판을 치니 초야의 한미한 신하가 비록 한 손으로 냇물을 막는 힘은 없지마는, 나라를 위해 염려하고 우리 유도[吾道]를 위하여 걱정하는 마음만은 아니 어떻게 통곡하며 눈물을 흘리는 것보다 못하겠습니까? 이에 생각하기를 천계天啓118) 말에 조칙을 내려 천하의 서원을 모두 훼철하니 드디어 함하函夏119) 숭락嵩洛120)의 사이에 예악禮樂과 문물文物이 다시 그림자와 메아리조차 사라짐에 이르러서도 오히려 다행히 우리나라[東郵] 지역만은 유독 문명을 보존하여, 갓을 쓰고 방령方領을 입은 선비들로 하여금 절문節文과 의칙儀則121)이 어떠한 물건인 줄을 알 수 있도록 하였던 것입니다. 이제 그 겨우 보존되어 온 것을 모두 없에 버린 것은 신臣들의 생각으로는, 당시의 이 조처가 결단코 우리 임금의 본 뜻이 아닌 줄로 여깁니다. 꼭 한번 어리석은 충정을 아뢰어서 연애涓埃(細流와 微塵)122)처럼 작은 공효라도 있게 하고 싶었지만 구중심처九重深處라 앙달仰達의 방도가 없었습니다.

전하殿下의 성덕聖德이 날로 높아 예禮로써 치도治道를 삼아 융릉隆陵의 번다한 거둥123)을 다시 거행하시니 신인神人이 서로 경하하고, 만기萬幾124)를 회복하는 여가에 학제學制에 마음을 두어 관직을 베풀고 선비들을 양성하시니 절목節目이 이미 구비되었습니다. 이는 삼대三代의 거룩한 전형이 우리 동방에 구현된 것에 가깝지 않겠습니까? 신 등은 청컨대 울연菀然히 쌓인 심회心懷로써 만 가지를 무릅쓰고 한번 아뢰는 것이 옳다고 생각합니다.

대저 서원書院은 학교學校와 더불어 이름은 다르지만 실질은 같은 것이니 학교는 주현州縣의 학원이요, 서원은 향당鄕黨의 배움터입니다. 다만 학교가 도회의 저자 시끄럽고 더운 곳에 있

---

118) 천계天啓 : 명 희종熹宗의 연호. 7년 동안이다.
119) 함하函夏 : 중국 전체를 말한 것으로, 제하諸夏와 같은 말이다.
120) 숭락嵩洛 : 숭산嵩山은 오악五岳의 중앙이고 낙양洛陽은 천하의 중앙이니 역시 중국 전체를 가리키는 말이다.
121) 절문과 의칙 : 예절을 해석한 말이다. '천리지절문天理之節文 인사지의칙人事之儀則'이 곧 예절의 개념을 정의한 구절이다.
122) 연애涓埃 : 한 방울의 물로 바다에 보태고, 한 점 티끌로 태산에 보탠다는 뜻이다.
123) 융릉隆陵의 번다한 거둥 : 정조가 생부生父인 사도세자의 능을 영우원永祐園에서 수원의 융릉隆陵으로 옮긴 일을 말한다. 기유년(1789, 정조 13년)에 있었던 일이다.
124) 만기萬幾 : 임금이 보는 여러 가지 정무政務.『만기요람萬幾要覽』은 서영보徐榮輔·심상규沈象奎 등이 순조의 명으로 편찬한 정무총람政務總覽의 성격을 가진 책으로, 18세기 후반부터 19세기 초에 이르는 조선왕조의 재정과 군정에 관한 내용이 집약되어 있다.

는데다가, 앞으로는 학령學令에 구애 되지만 뒤로는 명성名聲과 이해관계의 침탈 때문에 경우에 따라 유지하는 데도 있고 폐지한 데도 있습니다. 서원은 산림의 적막한 자리에 있어 명승과 천석泉石의 아취가 심성을 수양하기에 충분하고, 선현들의 장구杖屨의 발자취는 의지를 감발하기에 충분하기 때문에 선비들이 즐겨 찾아가고 공부하는 것도 전일專一합니다. 이는 차지하고 있는 땅의 시끄러운가 고요한가 차이에 따라 성취의 효험은 허虛와 실實의 차이가 매우많은 것이니, 선배들의 이른바 '많은 선비들에게 현자賢者되기를 희망하는 뜻을 불어 넣어준다.'125)는 것과, 선정신先正臣이 말한 바 '국가가 현자를 취함에 반드시 여기(서원)에서 넉넉하였다.'는 것은 참으로 실제적인 말입니다. 이제 전하께서 이 일에 뜻이 없다면 그만이거니와, 만약 인재를 육성하여 현자를 취하고자 하신다면 서원을 쓰지 않고 무엇을 쓰시겠습니까? 과거 숙종肅宗대왕 대代에는 사당과 서원이 가장 성하여 문치文治의 겉치레가 지나치게 될까봐 염려해서 드디어 기한부 훼철령[限年毁撤令]을 내려서 퇴락한 풍속을 경고하였다가 이내 복설復設하게 하여, 결국 사문斯文이 잘 다스려 지는 왕화王化를 입게 하였습니다. 전하가 등극하시어 예禮를 행하심에 의당 이 책무를 계승하신다면, 곧 한번 호령號令에 벌써 떨쳐 일어날 것입니다. 바람·서리와 비·이슬이 지극한 교화가 아님이 없거늘 한번 중흥하는 기회가 어찌 오늘에 없겠습니까?

만약, 서원이 성하게 되면 재정적 손실이 적지 않을 것이라고 한다면, 옛날 향鄕·수遂126)의제도가 더욱 학전學田을 넉넉하게 지급하였지만, 지금은 사액서원賜額書院 외에는 전토田土와희생犧牲·예폐禮幣를 모두 사림士林 스스로 갖추기 때문에 국가재정에는 아무런 손익이 없습니다. 설혹 약간의 비용이 든다해도 만약 후학 교도에 보탬이 된다면, 선비된 자들은 모두 국가가 배양해 주는 은혜로 알아서 저마다 만분지일이라도 보답코자 할 것이니, 득실로 따지더라도 어찌 털끝만큼인들 서로 비교할 수 있겠습니까?

만약, 이미 향사하고 있는 현철賢哲을 중복하여 설치할 의리義理가 없다고 하지만, 공맹孔孟의 향사는 천하에 두루 다 있고, 강역疆域으로 구분되어 있어도 높이 받드는 것을 각각 전일하게 합니다. 예를 들어 어떤 도학종사道學宗師가 이곳에서는 스승이었고 저곳에서는 머물던곳일 수도 있을 것입니다. 혹은 어떤 충의대절忠義大節이 저기서는 훈업勳業을 이루었고 여기서

---

125) 많은 … 넣어준다 : 주렴계周濂溪의 말에 "성인은 하늘을 희망하고, 현인은 성인을 희망하고 선비는 현인을 희망한다[聖希天 賢希聖 士希賢]." 하였다(주돈이周敦頤, 『통서通書』 「지학志學」).

126) 향鄕·수遂 : 주나라 제도에 왕성王城에서 50리부터 1백 리까지의 사이를 향鄕이라 하여 6향鄕으로 나누고, 1백 리 밖을 수遂라 하여 6수遂로 나누었다.

는 충렬忠烈을 바쳤다면, 장소가 비록 다르더라도 동일한 현철의 발자취인 것이요, 원근이 비록 다르더라도 동일한 이충彝衷(당연한 마음)인 것입니다. 어찌 빈주賓主로 구별[揀別]하여 취하고 버릴 수 있겠습니까?

만약, 사액서원은 조정에서 허락한 것이지만 나머지는 제한하지 않을 수 없다고 말한다면, 사액받지 못한 이유 중에는 제도制度가 미비한 탓도 있고, 이름이 걸맞지 못한 탓도 있으며, 도덕道德이 깊숙하게 숨겨진 경우도 있으며, 위차位次가 질서 정연하지 못한 경우도 있고, 합설合設해야 했는데, 그럴 겨를이 없었던 경우도 있고, 곧 사액을 청할 예정이었는데 미쳐 못한 경우도 있는 것입니다. 이는 혹 그 체모가 낮고 높음이 있을지언정 높이고 보호할 의리가 차별되는 것은 용납되지 않습니다. 어떻게 사액서원이 아니라고 통틀어서 폐지할 수 있겠습니까?

만약, 학규學規를 신설하여 관리官吏를 임명하고 인재를 선발하는 것에 실용實用을 기약하는데, 유림과 서원은 실속은 없이 겉만 꾸민 제도[虛文]라 도리어 장애만 된다고 주장한다면, 서원에 산장山長을 두는 것은 학교에 관리를 두는 것과 같습니다. 이제 공의公議로 덕망이 있는 분을 추천하여 강하고 수업하는 일을 주관케 하고, 재능에 따라 교육시키며 선발할 시점에 이르면 반드시 산장으로 하여금 논의하여 올리도록 하는 것을 마치 왕제王制의 사도司徒가 하는 것과 같게 하면, 벼리를 들면 그물코가 펼쳐지듯이 애당초 장애의 폐단이 없을 터이니, 그렇다면 고무 진작하는 방도가 더욱 여러 가지로 좋지 않겠습니까? 앞쪽으로 말씀드리면 서원을 두는 것이 좋고 폐지하는 것이 좋지 않은 증거는 분명해졌으며, 나중 말로 말씀드리더라도 주학州學과 향학鄕學은 그 조리가 정연합니다.

전하께서 한번 윤허하신다면, 열성조列聖朝께서 유학儒學을 숭상하고 도리道理를 중시한 거룩한 뜻이 다시 밝혀질 것이요, 아직 안착하지 못한 선유先儒의 정령精靈이 안정을 되찾을 것이며, 이미 저상된 사기가 다시 진작될 것이고, 거의 끊어진 문교文敎는 다시 일어날 것이며, 인재 번창하는 것을 다시 보게 될 것입니다. 전하께서 무엇이 의심스러워 명령을 내리지 않으십니까?

지금 세계 각국[萬國]이 서로 숭상하는 것을 보면, 모두 마땅히 가르칠 것을 가르친다고, 이상스런 말들[詖辭異說]이 툭하면 이목耳目에 걸립니다. 그런데 우리는 5백년 전형과 문장文章을 가진 당당한 대국인데, 다만 관습에만 익숙하여 스스로 떨쳐 일어나지 못하고, 정치 법령法令을 시행함에 크게 천하에 고시告示하지 못하니, 이 어찌 이웃나라에 알려지게 해서는 아니될 일이 아닙니까?

　신 등은 영외嶺外의 단장短長을 따질 것도 없는 미천한 선비127)로서 위계位階를 벗어나 감히 말하는 것이 사형死刑의 극죄極罪에 해당한다는 것을 알지 못함이 없으나, 그 정상情狀은 국가를 위한 계책이요, 오도吾道를 위하는 입장입니다. 엎드려 바라옵건대 전하께서는 천계天啓의 멀지 않은 역사를 깊이 징계하시고 숙종대왕께서 이미 행하신 전형을 우러러 체현하시어 속히 온자한 효유效諭를 내리사 옛 규범을 회복하도록 윤허하소서. 그리하여 만세의 아름다움을 이어 나가게 하심으로써 수 많은 선비들의 소망에 부응하신다면 천만으로 다행하겠습니다.

---

127) 미천한 선비 : 원문은 위포韋布이다. 위대포의韋帶布衣의 준말인데, 미천한 선비를 가리킨다.

□ 서書

○ 서산선생께 의문점을 여쭈어 올리다 上西山先生稟疑

『중용中庸』 머릿장[首章] 집주集註의 "성性과 도道가 비록 같지만 타고난 기질과 성품이 혹 다를 수 있다[性道雖同 氣稟或異]."라는 설명에 대하여, 근래 「혹문或問」을 읽고 다시 한 설명을 얻었는데. '도를 닦는 것을 교[修道之敎]'로 풀이하는 대목에서 먼저 '성性'과 '도道'를 말하여 사람은 바르[正]고 사물은 치우치다[偏]는 점이 다르다는 것을 밝혔고, 다음으로는 '지나침[過]'과 '미치지 못함[不及]'을 말하되 오직 사람에게만 해당하는 것으로서, 지혜로움과 어리석음[智愚]·현명함과 불초함[賢不肖]이 다르다는 것을 지적하였으며, 마지막으로 '입교立敎'의 의미를 말하되 반드시 사람을 주主로 삼고 사물에 까지 추급함으로써 이 '도道'는 해당하지 않음이 없다는 것과 성인의 공효는 이르지 않는 곳이 없다는 것을 밝혔습니다.

그런데 그 뜻이 만약 '성性'이라 하고 '도道'라고 하는 것을 사람과 사물이 함께 가지고 있지만, 사물에 있어서는 치우치고 막힌 기질을 받는 것이라도 진실로 '과過'나 '불급不及'이 있다고 말할 수 없지만, 사람을 가지고 말하자면 그 기질과 성품이 혹 고르지 못하기 때문에 지혜로움과 어리석음, 현명함과 불초함, 지나침과 모자람[智·愚, 賢·不肖, 過·不及]이 있게 된다. 그렇기 때문에 성인이 등급을 나누고 정도를 헤아려 조리를 닦고 규칙을 제정함으로써 천하에 성인의 가르침을 세워, 무릇 과·불급자로 하여금 모두 중中으로 나아갈 수 있게 하고, 이를 천하 사물로 확대 적용하여 역시 그 재질의 마땅함에 따라서 등급을 나누고 정도를 헤아리지 않음이 없게 하였으니, 이른바 사람의 '성性'을 다한다는 것[盡人之性]이요, 사물의 '성性'을 다하는 것[盡物之性]입니다. 그렇다면 이 한 대목은 반드시 억지로 끌어와서 설명할 필요는 없을 듯한데, 어떠합니까?

『맹자孟子』「어진 이를 높이고 능한 이를 시킨다[尊賢使能]」장章, '시장의 가게에 자릿세만 징수하고 물품세는 징수하지 않는다[市廛而不征].'의 주註에 '전廛은 시장의 가게[市宅]'라고 했고, '시장의 가게에는 부夫와 이里의 관포세를 징수하지 않는다[廛無夫里之布].'의 주註에는 '한 집안의 노역[力役]을 징수'128) 운운하였습니다. 살펴보건대 위의 '전廛' 자는 진실로 '시장의 가게'이지만 아래의 '전廛' 자는 『주례周禮』 '성 안의 토지로써 평민과 사대부의 집을 짓는다[廛

里任國中之地].’의 주註에 ‘전廛’은 ‘백성이 거주하는 구역’이라 하였고, ‘상농부는 한 집터와 백 이랑을 경작한다[上農夫一廛百畝].’의 주註에는 ‘다섯 이랑의 농가’라고 한 것이 이것입니다. 또 「허행許行」 장章에 ‘원컨대 가옥 하나를 받아 백성이 되고자 한다[願受一廛爲氓].’는 말과 이 장의 말미에 ‘천하의 백성들이 백성 되기를 원할 것[天下之民 願爲氓].’이라는 등의 말로 미루어 보면, 오로지 시장의 가게만을 가리키는 것이 아니라 백성이 거처하는 가옥에 대한 통칭인 것이 분명한 듯합니다. 일찍이 거기에 대하여 고찰해 보았는데, 「재사載師」 편에 ‘농가에 뽕나무와 삼을 기르지 않는 집은 가옥대 지세를 징수한다[宅不毛者 有里布].’고 하였으니 ‘택宅’은 곧 ‘다섯 이랑의 농가[五畝之宅]’이며, 주註에 ‘농가에 뽕나무와 삼을 심지 않는 집은 벌하여 한 마을 스물다섯 집 분의 관포를 징수한다[宅而不樹桑麻者 罰之以一里二十五家之泉].’고 하였고, 또 ‘백성이 맡아 하는 일이 없는 경우는 한 장정과 한 집안 몫의 부역세를 징수한다[民無職事者 出夫家之征].’고 하였는데, 주註에 ‘한 장정의 부역세는 백 이랑의 경작세이고[夫征 百畝之稅], 한 집안의 부역세는 갑병甲兵과 거마車馬를 내고 요역을 공급하는 것[家征 出士徒車輦給徭役]’이라 하였습니다. 그래서 생각컨대 옛날에 장정과 마을에서 징수하던 관포세는 농가에서 뽕나무와 삼을 심지 않거나 맡아 하는 일이 없는데 대한 벌이었는데, 전국시대戰國時代에 고법古法이 이미 망실되어 농가에 스물다섯 집 단위의 관포세를 내게 하고 또 백이랑의 경작세를 내게 하였으니, 대개 한 농가에 경작세 이외에 마을 공동으로 징수하는 관포세를 추징한 듯합니다. 그런데도 집주集註에서는 한 집안의 노역[力役]의 부역세까지 아울러 인용하였습니다. 이른바 한 집안의 부역세는 곧 위에서 인용한 「재사載師」 편 ‘한 집안의 부역세’라는 한 조목일 따름이니, ‘부夫’와 ‘리里’에 대한 해석은 군더더기인 듯하고, 또 위에 이미 「재사載師」의 여러 설명으로 해석한다면, 주자가 진실로 이 ‘전廛’ 자가 ‘백성이 사는 구역’이라 하고 말미에 ‘시장에서 가게를 운영하는 백성은 이미 그 자릿세를 내고 또 이 장정과 마을에서 감당하는 관포세를 내게하는 것’이라 운운한 것은 두 가지 ‘전廛’ 자가 모두 ‘시장의 가게’라는 의미가 되어 분간이 없습니다. 그 사이에 반드시 깊은 뜻이 있을 듯한데 실마리를 생각해 내기가 쉽지 않습니다. 상세히 가르쳐 주시기를 엎드려 바랍니다.

『성리대전性理大全』의 「논인論仁」 편에서 서산진씨西山眞氏는 “바깥은 둥글고 가운데는 구멍이 있다[圓外中竅]는 것은 마음[心]의 몸체[體]에 대한 설명이고, 비었지만 신령스러워 만물을

---

128) 『맹자孟子』 「진심盡心」 하에 “베를 징수하는 것[有布縷之征], 곡식을 징수하는 것[粟米之征], 노역을 징수하는 것[力役之征]이 있다.”고 하였다.

지각知覺한다[虛靈知覺]는 것은 마음의 신령함[靈]에 대한 설명이며, 인仁·의義·예禮·지智·신信은 마음의 이치[理]에 대한 설명이다. 지각知覺은 기氣에 속하니 무릇 통증을 안다거나 이해관계를 안다거나 의리를 안다는 것이 다 이것으로, 이를 일러 인심人心이라고 한다. 인仁·의義·예禮·지智·신信처럼 순수한 의리義理는 도심道心이라고 하니, 사람이 능히 사욕私欲을 극복하여 제거하게 되면 지각하는 것이 모두 의리이다.” 운운하였습니다. 대산大山 선생께서 일찍이 이 글을 제산霽山께 물었는데, 그 글에 이르기를, “지각知覺 하나에 대하여 상세히 규명하였지만, 그것을 형기形氣와 의리義理에 소속시킴으로써 인심人心과 도심道心을 구별하였습니다. 이제 의리를 아는 것을 ‘인심人心’이라 하고, 인仁·의義·예禮·지智의 순수한 의리를 ‘도심道心’이라고 하니, 두 가지를 명명한 것이 다 그 마땅함을 잃은 듯하며, 아래에 또 ‘지각하는 바의 것을 모두 의리’라고 하면서 의리를 아는 것을 또 도심에 속하게 하였으니 전후가 심히 맞지 않는 듯합니다.”라고 운운한 말이 있습니다. 『제산집霽山集』에 답서答書가 실리지 않았으므로 감히 이것을 우러러 여쭙니다. 의문을 풀어 주시기 바랍니다.

□ 서산선생께 답해 올리다. 기축년 答西山先生

향교鄕校에 절하고 물러난 뒤 편지 올려 문안 여쭈려고 했사오나 게으름이 버릇이 되어 끝내 스스로 떨쳐 버리지 못하고 있다가 이제야 비로소 숨을 죽이고 반성하면서 꾸지람을 기다리고 있는 중인데, 도리어 후의를 내리시고 먼저 친서까지 베풀어 주시니 이 또한 훌륭하신 언외言外의 가르치심인가 합니다. 꿇어앉아 받아서 삼가 읽으며 감사하고 죄송한 마음을 놓을 수가 없었습니다. 설중雪中에 한해가 다했는데 도체道體 거동이 모두 편안하시다 하니 매우 다행이며 기쁨입니다.

군위軍威의 객상客喪은 사람으로 하여금 기氣가 막히게 하는 일입니다. 대를 이어 요절하는 것은 그 집을 위하여 애석할 뿐만이 아니라, 이른바 ‘장차 만리길을 가려는데 문을 나서자마자 수레 굴대가 부러지는 격이니’ 그 자신을 위하여 더욱 안타까울 따름입니다.

저는 집 어른의 숙환이 전에 비해 조금 나아졌기로 개인적으로 즐겁고 다행합니다. 집 아이의 초례醮禮는 이李영감 어른께서 아직 돌아오시지 않았지만 저쪽 집 의논들이 새해로 접어들면 꼭 초례를 치루어야 한다고 하니, 생각해 둔 곳에 초청지招請紙를 조만간 내어야겠습니다. 그러나 필경에는 창졸간의 일이라 범백凡百이 군색함이 많을 것입니다.

여가 나는대로 공부한다고 하지만 허다한 응대應對·수접酬接하는 시간을 빼고 틈을 내기가 참으로 힘들어서 생소한 문자를 매일 일과로 삼아 익힐 수는 없습니다. 다만 평소에 이미 다 읽었던 『소학小學』·『대학大學』 등 책들의 뜻을 새겨 분수에 따라 움직일 뿐입니다. 근래에 대강 깨달은 바로는 이 일은 모두 서책도 아니고 그저 제가齊家·수신修身·정심定心상에서 체인體認(마음속으로 깊이 인정함)하는 것이 더욱 현실적으로 절실한 공부가 된다는 것입니다. 다만 재질이 노둔한데다가 분발하여 매진하는 용기가 결여되어, 잠시 뜻과 생각이 일어났다가는 번번이 돌아가고 맙니다. 이러고도 성취하기를 바라는 것은 어처구니 없는 일이 아닙니까? 바라는 바는 오직 제자를 편달해 주시는 힘에 의존해 있을 따름인데, 내려주신 서신은 도리어 지나치게 장려해 주시니, 예를 들면 '배우기를 좋아하고 실제를 힘쓴다[嗜學務實].'는 등의 말씀은 감히 조금도 감당치 못하겠습니다. 또 혹 이로 인하여 말하고 않고의 절도에 대한 비판이 있게 된다면 어찌 작은 일이겠습니까? 헤아려 주시기를 무척 바라옵니다.

▫ 별지 別紙

향음주례鄕飮酒禮는 이 시절에 이르러서 마땅히 한번 생각해 보아야 하기 때문에 누차 아뢰었던 것인데, 이제 준거를 넓히고 세밀하게 바로잡은 가르침을 받들게 되니 매우 다행스럽습니다.

"절한 다음 '맛이 좋습니다.'라고 고한다[拜告旨]."는 내용129)에 있어, 『의례儀禮』의 주석에 이르기를 '서쪽 자리에서[西席]'라 했고, 『주자어류朱子語類』의 「소흥향음紹興鄕飮」 조에는 '손님이 서쪽 계단 위로 되돌아와서[言賓復西階上]'라고 말하였으니 '배고지'하는 방위가 있다는 것인데, 그렇다면 경經에서 이른바 '자리를 내려온다[降席].'는 것은 곧 서방西方으로부터 내려

---

129) 절한 다음 … 내용 : 『반계수록磻溪隧錄』 권11, 「향음주례고부鄕飮酒禮攷附」에 관련기사와 유사한 내용이 있으므로 인용한다. 밑줄 부분은 원주이다. 主人坐取爵實之 賓之席前西北面獻賓 獻進也 進酒於賓 賓西階上拜 主人小退 小避也 賓進受爵以復位 主人阼階上拜送爵 賓小退 復位復西階上位 薦脯醢 薦 進也 薦之者主人有司 賓升席自西方 乃設折俎 牲體枝解節折在俎 主人阼階東疑立 賓坐左執爵 祭脯醢 祭脯醢者 以右手 尊爵于薦西興 右手取肺卻 左手執本 坐弗繚 右絶末以祭 尙坐手嗜之 興加于俎 興 起也 肺離之本端厚大者 繚猶紾也 尙左手者 明垂紾之乃絶其末 嗜嘗也 坐挩手 遂祭酒 挩 始兌反 拭也 興 席末坐啐酒 啐 七內反 亦嘗也 降席坐尊爵拜告旨 執爵興 主人阼階上荅拜 降席 席西也 旨美也.

와서 서쪽 계단 위로 간다는 말입니까?

사정司正이 기둥 사이에서 서로 절하는 것이 『의례도儀禮圖』에 북면北面으로 된 것[130] 또한 의문입니다. 그러나 근거할 바가 없어서 감히 우러러 말씀드리지 못할 따름입니다.

▫ 서산선생께 의문점을 여쭈어 올리다   上西山先生稟疑

태백太伯이 피하여 간 것은 백이伯夷와 동일한데, 왕계王季가 위位를 받은 것은 숙제叔齊와 다르니 무엇 때문입니까? 저의 소견에는 고죽군孤竹君이 숙제를 세우려고 한 것은 막내아들을 사랑하는 사사로운 마음에서 나왔으니, 숙제가 함께 피한 것은 의리에 합당합니다. 태왕太王은 이미 천명天命이 돌아왔음을 알고 드디어 상商 나라를 멸할 뜻을 가졌는데 태백이 따르지 않은 것 외에 왕계는 문왕文王과 같은 성자聖子를 두었으니, 막내아들을 세우고자 한 것은 바로 천하 만세를 위한 계획이며 성인聖人의 권도權道였던 것입니다. 왕계가 만약 왕위를 받지 않고 함께 피하여 갔다면 비단 아버지의 뜻을 이루지 못했을 뿐만 아니라 천하가 어떻게 안정되었겠습니까?

종선조從先祖 망헌공忘軒公께서 일찍이 「고죽 고성을 방문하다[過孤竹故城]」라는 시를 지으실 적에 바로 이 의미를 용사用事하여

하늘이 계력으로 하여금 문왕을 낳게 하였으니	天敎季歷已生昌
먼 미래를 보고 은미한 도리를 밝힌 분은 바로 태왕이라네	慮遠明微是太王
국가를 전하는 방식이 주나라와 같지 못해서	傳家不與周相似
공연히 백이·숙제만 죽여 수양산에 버렸구나	空殺夷齊棄首陽

라고 하였습니다. 모르겠습니다만, 이렇게 보는 것이 옛 사람들의 은미隱微한 뜻에 혹 어긋나

---

130) 사정이 … 북면으로 된 것 : 『반계수록磻溪隨錄』 권10, 「향음주례절목부鄕飮酒禮節目附」에 비슷한 내용이 있으므로 이를 제시한다. 밑줄 부분은 원주이다. 司正舉觶 司正洗觶 <u>升稱西階阼階上 北面受命于主人 主人曰請安于賓 司正西階上告于賓曰請賓安 賓禮辭許 司正就告于主人 遂立於楹間 北面再拜 主人阼階上再拜 賓西階上荅拜 階揖復席 司正實觶 階自西階 詣中庭兩階間 左還北面 跪奠觶 退拱少立 跪取觶 不祭遂飮 卒觶興 跪奠觶遂拜 執觶興洗 北面跪奠觶于其所 退立于觶南 贊者薦脯醢於其位</u>.

지는 않는지요?

<답答> 미루어 설명한 것이 좋다. 망헌공의 절구 한 수는 더욱 사람으로 하여금 반복해서 완미玩味하기를 세 번 다시하게 한다.

'군자君子가 귀하게 여기는 도道 세 가지이다[君子所貴乎道者三].'131)에 대하여, 집주集註 구본舊本에는 오로지 효험설效驗說로 간주하여, '세 가지는 모두 수신의 효험이요 정사를 행하는 근본으로, 평소 장경성실하여 존성의 공부를 쌓지 않으면 확립될 수 없는 것[三者 皆修身之驗 爲政之本 非其平日 莊敬誠實 存省之功 積之有素 則不能也]'으로 여겼습니다. 뒤에 와서 '험驗'을 '요要'로 고치고 '비기非其' 이하는 곧바로 '배우는 자가 마땅히 조존성찰하여 찰라의 순간이나 위급한 상황에서도 어겨서는 안된다[學者所當操存省察 而不可有造次顚沛之違也].'라고 하여 도리어 공부설工夫說로 간주해 놓고, 다시 『어류語類』를 참고하여 이를 논한 수십 조條가 모두 공효설로 되어 있으니, 알지 못하겠습니다만 『어류語類』에 기록한 바가 모두 주자朱子가 본래 설명한 것인지요? '사근斯近'·'사원斯遠'의 사자斯字에 '자연히'라는 의미가 깔려 있으므로, 이 삼구三句가 공효가 된다고 보는 것이 더욱 직절直截인 것 같은데 어떻겠습니까?

<답答> 사자斯字를 그 위치에 놓은 것이 긴절함을 얻었으니 '용모를 움직이자 말자, 곧 저절로 치닫거나 나태함이 없다[才動容貌 便自遠暴慢].'로 봐야한다. 아래 두 구도 같다. 진실로 함양공부涵養工夫가 익숙하지 않으면 이 경지에 이를 수 없을 것이니, 이것이 구본舊本의 주해註解가 효험설로 간주한 소이이다. 그러나 함양공부도 하지 않은 자가 문득 폭주나 태만을 멀리하는 것이 필요치 않다는 것은 말이 되지 않는다. 이것이 뒤에 와서 '험驗'을 '요要'로 고친 의미이니, 대개 '동動'·'정正'·'출出' 세 자가 비록 공부로 간주하는 글자는 아니라 하더라도 곧 공부처로 간주되는 것이다. 이것이 뒤의 설명이 더욱 긴절하게 되는 소이인 것이다.

밝은 덕[明德]은 보통 마음이 겉으로 드러난 덕으로 간주하는 것은 아마도 그것이 이理와 기氣가 합해진 개념으로 여긴 때문입니다. 근래에 다시 생각해보니 다만 명명明命은 하늘에, 명덕明德은 사람에 속한 때문에 그 이름을 달리한 것이니 명덕明德은 아마도 성자性字의 영역에 속한 부분이 많은 듯 합니다.

<답答> 명덕明德은 다만 심心의 다른 이름이니, 마땅히 '대학의 도는 마음을 밝히는 데 있다[大學之道 在明心].'라고 해야 할 것을 하필 이름을 달리하여 '명덕明德'이라고 한 것은 무엇

---

131) 군자가 … 세 가지이다 : 『논어論語』「태백泰伯」의 "君子所貴乎道者三 動容貌 斯遠暴慢 正顏色 斯近信矣 出辭氣 斯遠鄙倍矣".

때문인가? 대개 명덕明德을 풀이할 때 허령불매虛靈不昧하다고 한다면 가하지만 신명불측神明不測[132]하다고 하면 불가하니, 그것은 오로지 마음만을 말한 것이 아님을 알 수 있는 것이다. 득호천得乎天이라고 하면 가하거니와 충막무짐冲漠無朕[133]이라고 하면 불가하니, 그것은 오로지 성性만을 말한 것이 아님을 알 수 있는 것이다. 그렇다면 '명덕明德' 두 글자는 아마도 '차심광명此心光明'·'차성형철此性瀅澈'·'무섬호장애無纖毫障礙'라고 한 곳에서 인지하는 것이 어떨까 하네.

'태허를 말미암아서 하늘이라는 이름이 있다[由太虛有天之名].'[134]라는 명제에서 저 '태허太虛' 두 글자가 필경 '이理'를 가리키는 것이라면 주자가 말한 '무극無極'과는 그다지 다름이 없을 듯합니다.

<답答> '무극無極'이라고 하면 '허虛'와 '실實'에 모두 해당되어 '도道'와 '이理'를 설명하는 데 있어 평이하고도 정당하지만, '허虛'라고 하면 '허虛'가 '실實'의 대가 되므로 문득 일변에 떨어져, 형이상形而上의 '도道'와 '이理'를 설명하는 것이 도리어 형이하形而下에 떨어진다. 이것이 주자가 '설명이 불분명하다[說得不分曉].'고 말한 이유다.

'책난지공責難之恭'[135]이 '요순堯舜의 도道가 아니라면 감히 임금 앞에서 진언할 수 없다.'라는 언급에서처럼 진실로 제왕帝王이 용렬하고, 평범한 임금이라는 것을 알면서도 문득 요순의 도로써 책난責難한 것은 임금을 높임이 지극한 것이니 이를 일러 공恭이라한 것이며, '진선폐사지경陳善閉邪謂之敬'[136]은 예를 들어 '하필 이利를 말하십니까, 또한 인의仁義가 있을 따름입니다[何必曰利 亦有仁義].'라는 말에서처럼 진실로 양왕梁王이 공리功利에 빠져있고 인의仁義가 무엇

---

132) 신명불측神明不測 : 공자께서 말씀하시기를, "잡으면 있고 놓으면 잃어버리며, 드나듦[出入]에 때가 없고, 그 향하는 바를 알 수 없는 것은 오직 마음일 것이다." 하였다. 주에 말하기를, "마음이 신통하고 밝아 헤아릴 수 없어서 얻고 잃기가 쉽고, 보존하여 지키기가 어려운 점을 밝힌 것이다." 하였는데 여기에서 취하였다(『맹자孟子』「고자告子」상).

133) 충막무짐冲漠無朕 : 충막은 그윽하고 조용해서 흔적이 없음을 말함. 정자程子가 태극太極을 풀이하기를, "충막하여 징조가 없으되 만상은 삼연하게 갖추어졌다[冲漠無朕 萬象森然已具]." 하였다.

134) 태허를 … 있다 : 『성리대전性理大全』「정몽正夢」태화편太和篇에 "태허가 있음으로써 천天이라는 이름이 있고, 기화氣化가 있음으로써 도道라는 이름이 있고, 허와 기가 합함으로써 성性이라는 이름이 있으며, 성과 지각이 합함으로써 심心이라는 이름이 있다[由太虛有天之名 由氣化有道之名 合虛與氣有性之名 合性與知覺有心地名]."에서 취하였다.

135) 책난지공責難之恭 : 『맹자孟子』「이루離婁」상에 "그렇기 때문에 임금에게 어려운 일을 책임지우는 것을 공恭이라 이르고, 선한 일을 진언하고 부정한 일을 막아버리는 것을 경敬이라 한다[故曰 責難於君謂之恭 陳善閉邪謂之敬 吾君不能謂之賊]."에서 취했다.

136) 진선폐사지경陳善閉邪謂之敬 : 위와 같다.

인지도 모른다는 것을 알면서도 감히 일급의 도리로써 고해주지 아니치 않았던 것은 제나라 왕을 우대함이 두터운 것이니 이를 일러 경敬이라고 한 것이다.

<답答> 설명이 옳다.

□ 서산선생께 답해 올리다. 신묘년(1891) 答西山先生

여강서원廬江書院[137]에서 돌아온 뒤 한번 문후했어야 했는데, 나태함이 고질이 되어 생각대로 하지 못했습니다. 이어 강가 정자[138]에서 모임이 있었고, 잇달아 다시 속업俗業에 골몰하느라 수십 일을 버렸습니다. 열엿샛날 회시會試의 급제 소문을 처음 듣고 놀라움과 기쁨이 지극하였습니다. 바로 편지 올려서 하례하려다가 미처 붓을 들지 못한 즈음에 내려주신 서신이 먼저 이르렀기에 받들어 읽으니 황공하고 부끄러운 마음을 진정시킬 수 없었습니다. 이에 도체道體가 잠깐 손기損氣가 되었으나 섭양攝養이 적절하여 바로 나았고, 계조季祖께서 "과거급제는 작은 일이다."라고 하셨다 하나, 어찌 족히 영광스럽고 다행한 일이 아니겠습니까? 더구나 합격한 사람 중에 인재가 가장 많았다하니 더욱 사람으로 하여금 기운을 돋우게 합니다. 저는 노친의 숙환이 더위를 맞아 더 하시니, 애타는 마음 평소에 비하리까. 과거 공부를 감히 통째로 놓아 버릴 수가 없어서 우환으로 골몰한 중에도 약간의 짬만 생겨도 과거 공부에 시간을 빼앗기게 됩니다. 재능이 부족한 속된 선비에게는 마음의 병만 된다는 것을 잘 알고 있지만, 다만 부형의 뜻을 갑자기 저버릴 수 없어서 감히 결연히 버리지 못하는 것뿐입니다.

근자에 여강서원의 모임에 스승님 밑에서 여러 날을 어리댈 때, 문장을 논하고 질의하는 외에도 보고 느껴서 분발하는 계기가 된 점이 없지 않았습니다.

스승께서는 엄숙하게 관대冠帶를 하고 응접에 게을리 하지 않으시는데, 저는 게으르고 한만하였으니 죄스럽고, 스승께서는 마음을 비워서 말씨 살피고 헤아리고 참작하여 중용을 취하시는데, 저는 편협하고 고집스러워 미혹되게 집착하였으니 죄스럽고, 스승께서는 옳고 그름을 판별하시되 말씨가 화평하셨는데, 저는 고집부리고 속좁게 굴었으니 죄스럽고, 스승께서 읍揖하고 양보讓步하며 오르고 내리 동작이 법도에 맞는데, 저의 동작은 창피스럽게 함부로 움직였으니 죄스럽습니다. 이처럼 참회하면서 매일 밤중까지 생각하여 마치 용맹정진勇猛精進

---

137) 여강서원廬江書院 : 호계서원의 본래 이름.
138) 강가 정자 : 임청각 앞 낙동강 건너 정남쪽에 있는 정자로 반구정伴鷗亭을 가리킨다.

이라도 할 수 있을 것 같다가도, 낮에 점검해 보면 크게 서로 어그러집니다. 조심성이 단단하지 못하여 삿되고 망녕된 생각이 어지러이 일고, 말하는 것이 신근愼謹하지 못하여 허풍과 허탄虛誕한 것이 대부분이며, 의범儀範을 가다듬을 때 항상 조악粗惡 경솔함이 걱정이고, 일을 계획할 때면 꼼꼼하지 못하여 실수를 범하게 되고, 어제 주의 받은 것을 오늘 다시 저지르고, 한때 감동받아 분발하다가도 결국엔 흐지부지되고 마니, 이러고도 진취가 있기를 바라는 것은 너무도 어리석은 생각이 아니겠습니까?

편작扁鵲과 창공倉公139)의 손은 고칠 수 없는 병이 없다하고 들었습니다. 엎드려 바라건대 스승님께서 특별히 정문일침頂門一針(따끔한 교훈)을 놓아 저의 고질병을 고쳐 옳은 사람 만들어 주시기를 천만 바라옵니다.

▫ 서산선생께 올리는 별지　上西山先生別紙

저의 조부祖父께서 늘 말씀하시기를, "학문을 하기 위해서는 반드시 먼저 뜻을 세워야 한다. 천하의 영웅재사英雄才士가 어찌 한이 있으리오 마는 끝내 성취하지 못한 것은 모두 뜻을 세우지 못했기 때문이다."하시고, 「입지설立志說」을 지어서 저에게 보여 주셨습니다. 정훈庭訓을 받들어 읽으면서 마음으로 몰래 송구하고 두려웠지만, 거업擧業을 단념하고 오로지 이 일에만 뜻을 두고자 했습니다. 그러나 습성이 나태하고 심지가 굳세지 못하여 한때 품었던 생각이 돌아서면 멈춰 끊겨버리고, 왕왕 객기와 공상에 치우치게 되어 종전까지 해왔던 것이 쓸어 없어져 버리는 경우가 허다했음을 돌아보면, 전부 이 때문입니다. 어떤 공부로 숙병을 치료하여 이 뜻이 우뚝하게 수립되게 할 수 있는지 모르겠습니다.

<답答> 정훈대로 거행하는 것이 참 의방義方이다. 「입지설立志說」은 비록 받들어 읽지는 못했으나, 제목이 좋으니 내용도 좋겠다는 것을 짐작으로 알 수 있다. 깊이 공경하는 마음을 이길 수 없다. 심력心力이 쉽게 해이해 지고 객기客氣가 쉽게 상승하는 것은 걱정이다. 생각컨대 거업을 폐지하고 이 일에만 전력하고자 한다고 했는데, 살펴 관찰한 세밀함이나 이전의 잘못을 고치려는 용기면에서 더욱 칭찬할 만하다. 다만, 거업을 단념하는 일은 부형이 아직

---

139) 편작扁鵲과 창공倉公 : 편작은 전국시대戰國時代의 명의名醫. 진秦 나라 태의령太醫令 이혜李醯가 시기하여 죽였다. 이름은 진월인秦越人이다. 창공倉公은 한나라 사람으로 이름은 순우의淳于意. 태창장太倉長 벼슬을 했으므로, 창공이라 한다. 의술이 정통하였다 한다.

살아계시니 감히 혼자 결단할 문제는 아니다. 모름지기 사뢰어서 처분할 일이다. 공부를 하는 절도에 있어서는 다만 반드시 이 일에 몰두하여 한 순간이라도 간단間斷이 없어야 하는 것이다. 대저 뜻이란 마음이 가는 바이니 이른 바 그것을 세우는 방도는 딴 데서 구할 수는 없을 듯한데, 어떠하냐?

‘경敬’ 한 글자는 성학聖學에 있어 처음이요 끝이 되는 요체이니, 요堯·순舜 이래 서로 전해져 온 지결旨訣입니다. 주자朱子가 이로써 서재이름을 삼아 「경재잠敬齋箴」을 지었고, 퇴계退溪 선생도 「경재잠도敬齋箴圖」를 작성하였고, 대산大山 선생도 「경재집설敬齋輯說」을 지었으니, 그것은 후학을 위해 남김없이 다 보여 준 것입니다. 제가 문하에서 처음 뵙고 이 책을 수업할 때, 제딴에는 ‘경敬’을 지니는 일에 뜻을 두면서도 힘 쓸 방도를 몰라 너무 긴장하면 속박 당하게 되고, 너무 이완되면 태만에 흘러 버린 듯 합니다.어떻게 조절해야 고인의 뜻[宗旨]에 어긋나지 않게 되겠습니까?

<답答> ‘경敬’을 지니는 방도에 대한 문의는 근래 공부가 세밀해졌음을 알 수 있는 것이라서 깊이 칭찬할 만하다. 대개 일찍이 듣기를 ‘경敬’은 마음을 다스리는 방도다. 마음은 본래 형체가 없고 또 출입에도 일정한 때가 없어서, 급하게 붙들어 가지려고 하면 병폐도 쉽게 일어나기 때문에 성문聖門(공자의 문중)에서 사람을 가르칠 때 반드시 보고 듣고 말하고 행동하는 것이 의거할 곳이 있는지를 좇아서 손을 썼다. 예를 들면 안자顔子의 사물四勿[140]이나 증자曾子의 삼귀三貴[141]와 정자程子의 이른바 ‘정제 엄숙하면 곧 마음이 집중된다[整齊嚴肅心便一者].’는 것이[142] 다 이것이다. 공부를 하는 절도는 모름지기 너무 긴장하거나 너무 느슨해서도 안되며, 마음을 집착하지도 말고 마음을 놓아버리지도 않는 사이에서 잊어버리지 말고 조장하지도 않는 공부를 하여, 순수하고 익숙하게 쌓이면 자연 도달하는 데가 있을 것이다.

---

140) 안자顔子의 사물四勿 : 안연顔淵이 인仁을 물은 데 대해 공자가 대답한 네 가지 조목. 즉, 비례물시非禮勿視·비례물청非禮勿聽·비례물언非禮勿言·비례물동非禮勿動의 네 가지를 말함(『논어論語』「안연顔淵」 참조).

141) 증자曾子의 삼귀三貴 : 군자가 귀중히 여길 도가 세 가지 있으니, 몸을 움직일 땐 사납고 거만한 태도를 멀리하고, 얼굴빛은 믿음직하게 하고, 말을 할 때에는 비루하고 어긋난 말을 멀리해야 할 것이다[君子所貴乎道者三 動容貌斯遠暴慢矣 正顔色斯近信矣 出辭氣斯遠鄙倍矣]라는 말을 가리킨다(『논어論語』「태백泰伯」 참조).

142) 『이정전서二程全書』에 나오는 구절로 정제엄숙整齊嚴肅은 바깥을 단정하게 하면 속마음이 엄숙해짐[治外以安內]의 뜻이요. 심편일心便一은 정신이 하나로 집중됨. 주일무적主一無適은 경敬을 뜻한다.

‘격물格物’은 곧 ‘이치를 궁구한다[窮理].’는 것입니다. ‘궁리窮理’라 하지 않고 ‘격물格物’이라 하는 것은, 아마도 ‘이理’는 파악하기 어렵고 ‘물物’에는 의거할 곳이 있어서 사리事理를 따라 정밀히 관찰하여 ‘마땅히 그러한 법칙[當然之則]’을 구해야만 이에 절실한 공부가 지극해질 것입니다. 그리고 이른바 ‘사물事物’이라는 것도 또한 천지만물 중에서 몸과 마음에 긴절치 않은 것을 말하는 것이 아니라, 다만 일월日月과 이륜彛倫처럼, 예를 들면 경전에서 말하는 인仁·경敬·효孝·자慈·신信이 곧 그 ‘사事’입니다. 그러나 그 지극한 데에 이르기를 궁구한다면, 글을 읽고 의리를 밝혀서 이미 아는 것을 인하여 알지 못하는 것을 더욱 탐구해 나가야 하는 것이니, 이러한 공부가 오래 오래 지속되면 절로 꿰뚫어 알 날이 있을 것 아니겠습니까?

＜답答＞ 논한 바 격치格致의 설說은 지극히 두서頭緖가 있다. 기쁘고 기쁘다. 만약 이런 방식으로 공부하여 점점 쌓고 미루어 나아간다면 넓게 확 트일 날이 없을 것을 왜 걱정하겠는가?

알면서 실천하지 않는 것은 알지 못하는 것과 다름이 없습니다. 때문에 군자의 배움은 힘써 실천하는 것을 귀하게 여깁니다. 그러나 능히 행할 수 없는 것은 바로, 아는 것이 진실되지 못하기 때문입니다. 대저 ‘도道’란 큰 길과 같아서 진실로 이 길이 바르고 평탄한 줄을 안다면 실천함에 있어서 스스로 멈춰 있고자 해도 되지 않을 것이니, 무엇 때문에 그 길을 가지 않으며, 스스로 굽고 협소한 길을 택하여 엎어지고 넘어지고 하겠습니까? 다만 안다는 것과 실천한다는 것은 본래 선후先後가 없어서, 아는 것을 지극히 하려는 때에 아직 실천할 수 없고, 반드시 시원하게 꿰뚫어 안 다음에야 바야흐로 실천할 수 있다는 말은 있을 수 없습니다. 모름지기 내가 알고 있는 것이라면, 실천하는 것도 바로 따라가서 독실해지기 전엔 결코 놓지 말고, 영성零星한 것이라도 이를 수합하여 한 치 한 치 밟아 나아가면 심력心力이 점차 군세어져서 행하는 것이 점점 크게 될 것입니다. 이것이 또한 『대학大學』의 ‘성심誠心’·‘정의正意’의 공부가 ‘격물格物’·‘치지致知’와 더불어 머리를 가지런히 함께 나아간다는 의미입니다. 잘 알지는 못하지만, 이와 같이 공부하면 바른 길에서 어긋나지 않겠습니까?

＜답答＞ 개진한 바가 지극히 좋다. 이를 좇아 나아간다면 한없는 묘경妙境이 있을 것이다. 다만 우리가 염려하는 것은 말하는 것의 어려움이 아니라 행하는 것이 실질적으로 어렵다는 것이니, 모름지기 십분 힘써서 오늘 논한 바가 다만 일시적인 한담閑談이 되어 버리지 않도록 하기를 천만으로 바란다.

▫ 서산선생께 올리다　上西山先生

일전 붓장수 편에 내려주신 서신을 받고, '곧 나아가 문후問候할텐데'하고 바로 답장을 쓰지 못했는데, 연일 계속해서 비가 내려 드디어 태만 불경하게 되었으니 송구하고 한탄스러운 심정을 어찌 형언하겠습니까? 더위와 장마에 도체道體 기거하심에 신의 도움으로 다 왕성하신지요? 접때 의외로 당하신 곡경曲境은 모두 이른바 '세상에 없는 일이 없다.'는 것으로, 공자님이 당한 진채陳蔡 간의 곤액困厄[143]이나 송나라에 계실 때의 경계는 옛날에도 면하지 못하였으니, 오늘날의 곤액을 유독 어찌 하겠습니까? 그런데 저희 제자들을 위하여 혹 한번 언질이 없지 않았을 것이나, 직도直道가 세상에 용납되지 못하는 것이 오래 되어, 이득 없이 손해만 있는 것 보다는 차라리 입을 다물고 참는 것이 낫기 때문이었을 것이니, 통탄의 심정을 어찌 그치겠습니까? 종씨從氏 분의 일은 바로 천고千古에도 없던 일로써, 흥보가 이르르매 입이 딱 벌어지도록 놀라지 않을 수 없었습니다. 하물며 지정至情간 돈독하게 지내던 벗인데 어느 겨를에 일후의 공안公案때문에 눈 아래 벌어진 참혹한 아픔을 억제겠습니까? 상을 당한 내·외 종반從班들도 반드시 스스로 억누를 수 없을 것이나, 재앙의 기미가 범상치 아니하니 그에 대응하는 것도 또한 모름지기 십분 신중하게 대처해야 할 것이고, 결코 감정에 맡겨 함부로 행해서는 안 될 것입니다. 이 뜻을 어느 누구에게 말해주려 하여도 차마 하지 못하고, 붓을 끌어 위장慰狀을 짓는 것조차 아직은 할 수 없을 뿐입니다.

저는 어머니가 근래 오른쪽 어깨가 담에 걸려 움직이기가 불편하신 우환이 있는데다가, 더구나 시루같이 작은 집이 여름비에 찌는 것 같아서 견디어 나가는 범절이 감당하기가 지극히 어렵습니다. 안타깝고 민망한들 어찌하겠습니까?

담사禫祀의 시기가 근래에는 적당한 날이 없는데, 요즘 사태를 알 수 없어 초정初丁일로 정하여 지낼 계획입니다. 국휼國恤 기간에 담사의 복색服色에 대해서 윤명재尹明齋[144]가 "담복禫服을 벗은 후에 마땅히 국복國服을 입어야 하는데, 순길복純吉服을 입고 검은 갓을 쓰는 의리義理가 없다."[145]고 운운한 것은 혹 임금을 중히 여기고 어버이를 가벼이 여기는 의리에서 나온

---

143) 진채陳蔡 간의 곤액困厄 : 공자가 진陳·채蔡사이에서 포위를 당하였을 때에 양식이 떨어져서 7일 동안 화식火食을 하지 못하고 여갱藜羹에 삼糝(쌀가루)을 타지 못하였다 한다.
144) 윤명재尹明齋 : 윤증尹拯, 명재는 그의 호이다. 소론의 영수로 예학에 밝았다.
145) "담복禫服을 … 없다" : 『명재유고明齋遺稿』 권25, 「답정만양규양答鄭萬陽葵陽」, "賢胤禫後服色 恐無別樣 禫後雖云闋服 心制之人 豈可純吉如平常耶 當以麤黑笠麤布素衣 終三年矣".

것으로 마땅히 그대로 행해야 됩니까? 가르쳐 주시기 바랍니다.

『근암유고近庵遺稿』146)를 한번 탐독하는 것은, 가르쳐 주신대로 맡아 두고 수시로 펼쳐 보았는데, 재주와 문화文華가 높고 성의誠意가 독실하여 후생으로 하여금 흥기하게 충분하며 전할만 한 문집임이 틀림없습니다. 그런데 저로 하여금 점검하라 하신다면 천만 부당합니다. 이는 혹 장난으로 하신 말씀인 듯한데, 알지 못하겠습니다만 말하고 않는 절도節度에 대한 논의論議를 신중히 하시려는 것으로, 내려주신 서신은 깊이 간수하여 감히 남에게 보이지 않겠습니다.

▫ 서산선생께 올리다 上西山先生

초봄에 장보러 가는 인편에 올린 서신은 제때에 읽어 보셨는지요? 봄 농사가 거의 끝났으니 꼭 한번 문후問候하겠다고 작정했지만, 우환과 잡사에 얽매인 몸이라 툭 털고 일어서지 못하고 서신을 올리는 것마저 능히 때에 맞추지 못하였으니, 비록 크신 금도襟度로써 포용하시고 갑자기 끊어버리지는 않으시겠지만, 전일에 찾아 올 때 '아이도 데리고 와서 보이라.'는 지시를 받은 것은 장차 무슨 말씀으로 우러러 대답해야 합니까? 죄송하고 죄송합니다. 따사로운 날씨에 도체道體 기거하심이 항상 강왕康旺하시며 상중인 진외 종반들도 모두 능히 성명性命(생명)을 부지하고 있는지 모르겠습니다. 천도天道가 한번 순환하여 지당池塘의 풀이 다시 돋아나는데, 눈에 닿는 것마다 일어나는 슬픈 감회는 생각컨대 억제해도 될 수 없을 것입니다. 저는 봄을 삼분三分하여 전前 일분은 단지 약탕관 언저리에서 보냈고, 근래에는 또 독감에 걸려 자리보전하고 있어 완전히 회복할 기약이 아득하며, 후後 일분도 또한 족히 확신할 수 없습니다.

봄비가 농사를 해치고 서쪽으로는 다시 두려운 소문이 들리는데, 오늘 처마에 집짓는 제비가 내일 가마솥의 고기가 되지 않는다는 것을 어찌 알겠습니까? 소리 내어 탄식한들 어찌하겠습니까?

『근암집近庵集』147)은 접때 한번 다시 살펴보라는 가르침을 받았습니다. 그러나 잘못된 점을 바로잡는 것은 당연히 안목이 밝고 식견이 민첩한 사람의 일이며, 결코 어둡고 비루한 후생後

---

146) 『근암유고近庵遺稿』 : 근암近庵 박재우朴載祐의 유고遺稿.
147) 『근암집近庵集』 : 근암近庵 박재우朴載祐의 유고遺稿.

生이 감히 관여할 수 있는 바가 아닙니다. 의당 곧 봉하여 되돌려 드림으로써 저의 참망함을 면해야겠지만, 받들어 완상玩賞하기에 빠져서 우선 책상 위에 두고 있습니다. 박형朴兄이 또 근래에 인척姻戚의 의리로써 억지로 맡기니 진실로 감히 끝까지 사양할 수 없는 도리가 있어서 삼가 저의 의견을 대략 지두紙頭에 표시해 두었습니다. 부록附錄은 스승께서 아직 손대지 않으셨으므로, 은미한 뜻이 있을 듯하여 감히 경솔하게 실수를 저지르지 않습니다. 박형이 책자를 받들어 나아가 뵈올 적에 다시 더 살펴보신 후에 붙여둔 종이쪽지를 일일이 떼어냄으로써 후생의 과오를 덮어 주심이 어떻겠습니까?

□ 서산선생께 올리다   上西山先生

'날씨만 선선해지면 꼭 한번 찾아뵈야지.'하고 별렀건만 가을이 이미 깊은데도 찾아뵙기는 커녕 글월조차도 못 올렸습니다. 스스로 알거니와 소의 부름에 말이 응하는 것[牛呼馬應]이 결코 사람과는 같을 수 없지만, 나름대로 속생각은 있거든, 사람의 도리道理를 궐闕했으니 어찌 마음에 불안하지 않겠습니까? 서늘한 가을에 도체道體 만왕萬旺하시며 기거起居와 응접應接에 상도常度를 잃지는 않으셨는지 모르겠습니다.

저는 그 동안 선성宣城148)에 가서 시일時日만 4~5일 허비하고 돌아왔습니다. 어머니는 요행 그럭저럭 소일하시고, 아우 봉희鳳羲가 집짓는 일을 마치고 일간 들어 살게 될 것이니 이로써 집없는 사람을 면하게 되었습니다. 이른 농사에 썩어 버리는 것이 많기는 하지만 맞머리 수확이 가난을 면하기엔 족하고, 사방 이웃의 인상들이 심히 거만하지 않으므로 백사百事에 의욕을 잃은 이때, 이런 고식지락姑息之樂(일시적인 즐거움)을 얻는 것도 또한 쉽지 않을 것입니다. 다만 산간 풍속이 고루하고 편벽되어 마을 전체를 둘러봐도 글 읽는 소리를 들을 수 없으니, '아이들이 모두 산새나 들짐승처럼 되면 어찌하나'하고 작은 걱정이 아닙니다.

번포樊浦의 문자149)는 그 동안 이미 시작하셨습니까? 박형朴兄이 유사遺事를 들고 오신 것은 필시 행장行狀을 받겠다는 의중일텐데, 제 생각엔 문하 동문同門의 우의友誼가 두텁고 오래되어, 그 시종始終을 상세히 알고 계시니 한 말씀 천양闡揚해 주심을 끝내 사양할 수 없을 듯합

---

148) 선성宣城 : 예안의 옛 이름.
149) 번포樊浦의 문자 : 근암近庵 박재우朴載祐의 유고遺稿 교열의 일을 가리킴. 번포는 영해부 번개마을이다.

니다. 다행히 속히 원고를 기초하여 효자의 희망에 부응해 주시는 것이 어떠하온지요? 도산陶山에서 일전 대포大浦150)의 책자를 돌려 보냈는데, 저들 중 어떤 인사人士가 다시 퇴계退溪선생의 싯구 '독서가 마음과 이기의 문제를 논하는 데에 이르매, 사람으로 하여금 다른 수심 생겨남을 또 깨닫게 하네.'151)를 인용하여 해석했다고 하니, 사람의 견해가 같지 않음이 어찌 이런 지경에 까지 이르러단 말입니까?

□ 서산선생께 올리다. 계사년(1893) 上西山先生

지난 달에 안부를 들은 후 또 한 달이 지나고 보니 우러러 사모하는 처지에 하회下懷가 오랠수록 더욱 간절합니다. 한 방울 물까지 말라버린 가뭄에 도체道體 여전히 강건하시고 기거起居 침선寢膳이 모두 절도가 있으며, 손자 용환[龍㦿]152)도 건강하게 공부 잘하고 있는지 모르겠습니다.

저는 마을에서 향약[村戒]을153) 확청廓淸하면서 양쪽 집[寓居]을 차례로 돌보고 있습니다. 그런데 노친이 격담膈痰이 끌어 오르는 증세로 한 보름동안 신음하고 계시는데, 탕약도 그다지 좋은 효험이 없어 밤낮으로 안절부절하는 심정을 어찌 형언하겠습니까? 일전에는 또 막내아우 살림 내느라고 분주하였습니다. 몇 안 되는 동기同氣가 차례로 분가分家하여 또 하나가 멀리 30리나 떨어진 곳으로 가게 되니 참으로 고독감을 느끼게 됩니다. 십대十代를 함께 살았던 옛 사람은 무슨 은혜恩惠며 무슨 복록福祿으로 그럴 수 있었던지 경탄스럽고 경탄스럽습니다. 해마다 흉년을 만나 집안 재력이 점차 엷어지니 부모 모시고 식구 건사하는 제접濟接에 어쩔 수 없이 마음을 좀 더 써야겠습니다. 올 봄에는 서쪽 전지田地를 몸소 경작하여 소똥과 말 오줌 사이에서 골몰하느라 책 읽는 일에 전연 손을 놓아 버렸을 뿐만이 아니라, 가슴에 품은 생각을 자세히 점검해 보니 의지도 또한 점점 엷어져 가고 마침 척연惕然히 스스로 반성하였

---

150) 대포大浦 : 경북 성주의 한계마을을 가리킨다. 이때 한주寒洲 이진상李震相의 학설이 퇴계의 학설에 위배된다는 논의가 분분하였다.

151) '독서가 … 깨닫게 하네.' : 퇴계의 시 「韓士炯胤明往天磨山讀書 留一帖求拙跡 偶書所感寄贈」에서 『의려선생집醫閭先生集』을 읽은 후 느낀 바를 정리한 시로 전문은 다음과 같다. 陽明邪說劇洪流 力遏羅公有隱憂 讀到論心兼理氣 令人又覺別生愁.

152) 용욱龍㦿 : '욱㦿'은 '손자'라는 뜻. '용龍'자가 들어가는 손자, 곧 용환龍煥을 지칭한다.

153) 촌계村戒는 향약鄕約을 지칭한다.

습니다. 그러나 끝내 이쪽[나의 의지]은 약하고 결과는 자명한[不待龜卜; 점칠 필요도 없음] 일입니다. 돌이켜 생각컨대, 잊지 않고 늘 염려해 주시는 스승의 뜻을 저버린 점이 실로 많으니, 죄송하고 심한 마음을 어찌하겠습니까? 귀호龜湖[154)가 관직을 배수拜受한 일은 족히 우리 고을 사림士林의 사기를 북돋아 주었으니, 앞으로는 우리 마을이 적막하지는 않을 것입니다.

▫ 서산선생께 올리다. 정유년(1897)　上西山先生

　액운을 당하신이래 한번 나아가 문안 드렸어야 하지만, 그리하지 못하였습니다. 섣달 말에 일찍이 옛 집155)에서 한 서신을 닦아 부치려고 행랑채 사는 사람에게 주면서 시장가는 길에 편지 올리라고 하였는데, 마침내 편지는 그의 옷소매 속에 떨어지고 말았으며, 이어 제석除夕에 내리신 서신을 또 받아보게 되었습니다. 저의 불민함을 스스로 돌아보매, 물리쳐 내버릴 죄과에 해당되는데도, 이렇게 돌보아 염려해 주시니 이 은혜를 어떻게 감당하겠습니까? 부끄럽고 죄송하여 몸 둘 바를 모르겠습니다. 정월[獻發]156)까지는 아직 날짜가 있고 남은 추위가 아직 매서운데, 삼가 도체道體 침선寢膳에 있어 응당 새해 만복萬福을 누리시며, 용환[龍䴑]에게는 근래 무슨 글을 가르치시는지요? 매양 그 발군拔群의 준수한 기상氣像을 볼 때, 만일 한번 구율彀率157)에만 넣더라도 문득 비범한 아이가 될 터인데, 대비大轠158)에 훈도薰陶된 뒤 가만히 셈하건대, 그대로 본받아 따르는 것을 금방 볼 수 있을 것입니다.

　저는 선대先代의 오랜 집을 비워버리고 궁벽한 우사寓舍에서 새해를 맞이하니 별다른 세황歲況은 없고, 오직 어머니께서 첨절添節 없으시고 형제들 편안하게 지내는 것이, 작년 숨어 엎드려 지나던 정경에 비하면 이것만도 이미 다행입니다. 다만 오의烏衣159)들이 아직 해산하지 않아서 산곡山谷의 분요紛擾가 자못 범람하니, 잠시 동안[姑息]의 안락인들 어찌 믿을 수 있겠습

---

154) 귀호龜湖 : 미상.

155) 옛 집 : 이상룡의 본가인 임청각을 가리킨다.

156) 헌발獻發 : 새해가 오고 봄기운이 발양한다는 뜻의 '헌세발춘獻歲發春'의 준말이다. 『초사楚辭』 「초혼招魂」에 "해가 새로이 이르고 봄기운이 발양하건만, 나만 혼자 쫓겨나서 남으로 가네[獻歲發春兮 汨吾南征]."라고 한 데서 온 말이다.

157) 구율彀率 : 활을 당기는 법을 이름. 『맹자孟子』 「진심盡心」에 '羿不爲拙射 變其彀率'이란 대문이 보인다. 여기서는 법도가 있는 가르침을 지칭한다.

158) 대비大轠 : 큰 풀무. 여기서는 석학 군자의 큰 가르침을 가리킨다.

159) 오의烏衣 : 검정색 옷, 또는 제비의 별칭인데, 여기서는 일경日警을 가리키는 듯하다.

니까? 산 밖에는 또 이름도 없는 병이 많아서 나쁜 소식이 매일 들리는 중에, 김국응金國應[160]이 요절했다는 소식은 더욱 사람의 가슴을 막히게 합니다. 두터운 의지와 빼어난 재주를 어디에서 다시 볼 수 있겠습니까?

선영先塋 면례緬禮의 일은 곧 하루아침에 함부로 했던 생각은 아니지만, 성의誠意가 부족했던지 아직도 마음에 조금이라도 드는 땅을 얻지 못하였으니, 끝내 선인의 뜻을 이룰 수 없을까봐 걱정입니다. 마음과 일이 민망하고 급박함을 어떻게 형언할 수 있겠습니까?

산골 살이에 달리 마음 쓸 데는 없고, 오직 책상에 놓여진 책권으로 이따금 섭렵하고 있습니다. 그러나 곁에 강마講磨·질정質正할 데가 없어 견문見聞이 날로 고루固陋해져 가고, 우둔한 아이들도 또한 애써 진취하고자 하는 뜻이 없으니, 사람의 집안에 글 종자種子가 끊어진다면 이 어찌 하찮은 일이겠습니까? 들어오고 나감에 맞이하고 전송하는 일을 일체 사절하고 있으니, 고인古人의 이른바 "남이 나라고 하든, 남이 내가 아니라 하든, 나는 나일 뿐"이라는 말과 그 뜻이 비슷합니다. 친구들이 가끔 의심하거나 화를 내는 경우가 있지만, 이는 오히려 감당할 만한데, 유독 선생님이나 어른들에게 꾸지람을 받는 것은 죄송스럽지 않을 수 없습니다.

인산因山[161]에 있어서는 또 꼭 그렇게 해야 할 것은 없는데, 이는 혹 『춘추春秋』의 '쓰지 않는 의리[不書之義]'[162]를 드러내고자 한 것입니까? 만약 그렇다면 비록 5년이나 10년 이후에라도 장차 유사시에 해도 된다고 할 수 있거늘, 이 일을 어찌 이다지 용이하게 할 일이겠습니까? 민망하고도 급박한 일입니다.

▫ 서산선생께 답해 올리다. 무술년(1898) 答西山先生

전달 시장 오는 인편에 내려주신 서신은 진작 받들어 보았지만, 농사철이라 바쁜 일에 사람 구하기가 극난하여 답서도 못 드림에 이르러서는 죄송스럽고 한스러운 심정을 어찌 형언

---

160) 김국응金國應 : 김시락金時洛의 자. 본관은 의성, 호는 장암이다. 김흥락의 문인으로 『장암집莊庵集』이 있다.

161) 인산因山 : 1897년 10월에 거행하였던 명성황후明成皇后의 장례를 말한다.

162) '쓰지 않는 의리[不書之義]' : 즉위한 것을 기록하지 않는 『춘추春秋』의 필법筆法을 말하는 것으로, 섭정攝政이 있는 경우, 나라가 어지러운 경우, 왕후가 폐비되거나 죽은 경우 등이 여기에 해당한다. 여기서는 명성황후가 죽었는데도 고종이 제위帝位에 오르는 것이 춘추필법에 위배되는 일임을 꼬집는 말로 사용되었다.

할 수 있겠습니까? 절서節序가 단오端午에 이른 이때 삼가 도체道體 조섭調攝이 만강萬康하시며 침선寢膳과 거동擧動도 평탄하게 상도常度를 회복하셨는지 문안 올립니다. 용환[龍彧] 종숙의 학업도 진전해 가고 있는지 삼가 사무치는 저의 정성을 둘 데 없습니다. 저는 근래 어머니 별첨절添節 없으시고, 막내아우의 고통도 조금 나아서 다행으로 여깁니다. 우러러 부탁드린 갈문碣文은 혹 잊어버리지는 않으셨는지요? 요즘 조금 한가한 때에 의중意中에 두고 계시던 것을 일찍 내려 주시어 잔약한 손자의 기대에 부응해 주시면 어떻겠습니까?

접때 향교의 통문通文은 매우 불만입니다. 부득이 하다면 선비 양성의 논의하는 것이 오히려 경서를 박하는 것보다 나을까요? 여임廬任(향교의 소임)이 봄 안에 의결하도록 도에 통문을 내고 본당의 인석靳惜한 태도를 회부會付한다면 여럿의 마음을 충분히 열복悅服시키지 못할 듯합니다. 혹은 너무 옹색한 태도라고 말하는 사람도 있는데, 이 또한 성의가 그러해서이니, 제 생각에는 향임鄕任은 고치지 말고 이전 그대로 두고, 별도로 도임道任 한 두 사람을 두어서 매년 향청鄕廳의 일이 끝날 때에 모두 한꺼번에 교체하게 하는 것이 좋을 듯한데, 이와 같이 하는 것을 양해하여 받아들일지 모르겠습니다.

'지론持論이 신중하다.'라고 해 주신 말씀은 그 장려獎勵해 주시는 뜻을 어떻게 감당하겠습니까? 친구들의 비난이 또한 절로 그 이유가 있을 터이니 그저 더욱 더 두렵게 여기고 염려할 뿐, 어찌 남을 원망하거나 탓하겠습니까?

몇 가지 내려주신 물품은 받는 것이 도리가 아니라는 것을 스스로 잘 알지만, 어머니 반찬거리를 도우라고 말씀하셨으므로 삼가 절하고 받겠습니다. 그러나 부끄럽고 죄송한 마음뿐입니다.

▫ 서산선생께 올리다　上西山先生

월초月初에 내려주신 서신과 지묵紙墨의 은혜는 지극히 감사할 일이지만, 인편을 찾기가 용이치 않아서 우러러 답서를 드리지 못함에 이르러서는, 스승에게 절대 복종하는 뜻[無諾起對之義]163) 심히 위배되었습니다. 계절이 바뀌는 시기라 날씨가 정상이 아닌데, 삼가 도체道體 기

---

163) 무낙기대지의無諾起對之義 : "선생님이 부르면 무성의한 대답[諾]이 아니라, 완전 승복의 대답인 '유唯'로 대답하되 즉시 일어서[起]야 한다. 일어서는 것[起]은 존경의 뜻이다"(『예기禮記』「곡례曲禮」상 "先生召　無諾　唯而起" 註; 諾速而恭　唯緩而慢).

거하심에 신의 도움으로 만강萬康하시며, 용환[龍奐]도 향학向學에 매진하면서 문에서 응대하는 직분을 게을리 하지 않으리라 생각합니다. 저는 초겨울에 측정상側庭喪 시마緦麻 삼월복三月服을 입었습니다.164) 40년 동안 양육해 준 은혜를 생각하면 슬프고 참혹한 심정은 말로 다 할 수 없습니다. 어머니의 체절體節은 연이어 병으로 조섭 중에 계시는데, 그 사이에 수삼水蔘을 시험해 보니 조금 효과가 있었습니다. 덕초德初는 강주剛州165)에 갔다가 또한 이미 돌아와 약을 복용한 후 큰 변동은 없으나 손에 힘이 자꾸 없어지는데, 고황膏肓에 든 병근病根을 뽑기 어려우니 참으로 작은 근심이 아닙니다. 민망하고 가엾은 마음을 어찌 하겠습니까?

경전經典의 간행사업이 파기된 것은 다행이라면 다행이겠습니다만, 한스러운 것은 우리 고을이 스스로 그만두지 못했다는 점이고, 또 한스러운 것은 이 논의가 노성老成들에게서 비롯되지 않았다는 것이니, 이와 동일한 잘못된 계획이 다시 야기惹起될 우려가 있기 때문입니다. 그러나 일은 이미 지나 갔으니 어찌 오래도록 등지고 흘겨보고 하겠습니까?

『퇴계서절요退溪書節要』의 간행 사업은 접때 범초範初166)형과 함께 가서 보니 이미 판板에 올려 착수하려는 즈음에 이르러 의논이 둘로 갈라졌다가 점차 또 화합할 가망이 있으니 사문斯文에 이보다 큰 다행이 없다 할 것입니다. 아직 등재登梓하지 못한 유고遺稿도 계속해서 발간한다면 더욱 어찌 천만 좋지 않겠습니까마는, 남는 힘이 거기까지 미칠 수 있을지는 모르겠습니다.

저희 집 문자文字는 혹 이미 초草를 잡아 놓으셨습니까? 이미 내치지 않는 은혜를 입었으니 때가 이르고 늦음이 없지만, 이 일이 끝나면 또 생각해야 할 다른 일이 있어서 이처럼 귀를 괴롭힙니다.

▫ 서산선생께 올리다 上西山先生

연말, 연초에 연이어 병에 시달리느라 지금껏 문안 서신을 쓰지 못하였습니다. 월초에 표곡瓢谷에서 범초範初형을 만나 감기로 체후體候가 약간 좋지 못하여 호정출입戶庭出入(뜰까지 드나듦) 정도의 기동起動도 쉽지 못하다는 말을 처음 들었습니다. 비록 조섭하실 방도가 있으실 줄

---

164) 증조부 상.

165) 강주剛州 : 경북 영주의 다른 이름.

166) 범초範初 : 김형모金瀅模의 자. 본관은 의성, 호는 가산柯山이며, 김흥락의 문인이다. 을미의병 거의애 동참하였다.

알지만, 우러러 염려되는 마음을 감히 조금도 누구러 뜨릴 수 없습니다. 근일近日에는 기체후 氣體候 자못 나아지셨는지, 삼가 접때 편치 못하시던 체절體節이 이미 순탄하게 상도常度를 회복하셨는지, 도체道體 평소 거처하심이 절서節序에 따라 편안하신지 모르겠습니다.

영수씨令嫂氏(남의 형수나 제수의 존칭. 서산西山의 제수)의 상사喪事는 천만 꿈에도 생각지 못했는데, 중조仲祖께서 늘그막에 당하신 고분叩盆의 슬픔167)을 어찌 감당하겠으며 슬픈 감정을 능히 절제하여 스스로를 지탱하실 수 있을른지요? 근래 산골 가난이 더욱 심한 이때 상례喪禮의 절차를 어떻게 치룰 계산인지요?

저는 어머니의 체절體節이 봄 들어 계속해서 병 조섭 중인데, 설상가상으로 천연두의 기세가 만연하여 대소가 대여섯 아이가 잇달아 혼수상태에 빠졌다가 요즘에 와서야 겨우 마당에 나갈 정도입니다. 그래도 걱정이 아직 풀리지 않아서 한 동안 찾고 익혀오던 공부는 폐기하여 강마講磨하지 못한지 오래입니다. 접때 사소하게 먹은 마음도 점차 옅어짐이 이와 같으니 어찌 한 걸음 나아가기를 기대할 수 있겠습니까? 때로 스스로 반성해 보니 저도 모르게 서글프고 한탄스러울 따름입니다.

글을 짓는 일은 모년暮年의 한가로운 소일꺼리로는 마땅하지 않음을 잘 알지만, 당세當世를 둘러보아 저의 증조부曾祖父의 행적行蹟을 소상히 아는 분으로 선생님만한 분이 없습니다. 이는 조부祖父가 살아 계실 때에 문득 간청한 적이 있었던 일로, 선생님께서도 내쳐서 거절하지 않으셨던 바입니다.

10년 동안 창해滄海가 뽕밭 되는 급격한 변화에 만약 다시 그럭저럭 세월을 보내게 된다면 결국 증빙하지 못하게 되지 않는다고 어찌 알겠습니까? 혼자 생각하기에 급박·절실하여 감히 유사遺事 한 통通을 바치니, 바라옵건대 더욱 유의하셔서 그 손자에게 은혜를 베푸신다면, 저는 감사하고 다행이며 머리를 자른다 해도 보답이 될지 모를 것입니다.

미욱한 저의 아이가 관례冠禮를 올린 지도 몇 년이나 되었습니다. 여태까지도 선생님께 인사 올리지 못하다가, 이제야 비로소 나아가 뵈오려 하오나 형편상 부득히 이제 하루 자면서 인사를 올린 후 물러 나오게 하려 합니다. 못하게 막지 말아 주시면 어떻겠습니까? 인하여 생각하기를 그 아이는 하우下愚·둔근鈍根인데다가 아울러 가르침이 없어서, 말과 행동거지가 전혀 사람답지 못합니다. 때문에 큰 스승을 알현케 하는 것이 부끄럽습니다. 그러나 그 자질

---

167) 고분叩盆의 슬픔 : 아내 잃은 슬픔을 말함. 『장자莊子』「지락至樂」에 "莊子妻死 惠子弔之 莊子 方箕踞叩盆而歌"라는 대목이 있다.

資質을 보면 끝내 꽉 막히지는 않아서, 만약 그 아이가 한번 분기奮起하여 배움을 향해 나아갈 뜻에 머리를 돌린다면, 비록 늦은 성취나마 기대해 볼 수 있을 듯합니다. 다만 머리를 돌리는 것이 용이한 일이 아닙니다. 다행이 면대面對해 주시는 나머지에 병을 살펴 약을 베푸는 것처럼 바른 견문見聞에 힘입어 하등下等으로 돌아가는 것을 면할 수 있게 해 주신다면 저희 부자가 받는 은혜가 클 것입니다.

번포樊浦의 행장行狀은 그 사이 이미 초고草稿를 보셨습니까? 어제 박형朴兄의 서신을 보았는데, 오는 보름에 부자父子 함께 나아가 뵙고 찾아서 갈 계획이라고 하면서 저에게 먼저 아뢰도록 한다고 하기에 번거롭게 진달합니다.

유사遺事는 다만 언행言行의 대략만을 기록한 것으로서 우뚝하게 품은 기상氣象과 같은 것은 글을 쓰는 분이 상상해서 첨삭添削할 수 있을 것이기 때문에 소루疎漏함을 면치 못합니다. 또한 살펴 헤아려 주시기 바랍니다.

▫ 척암 김공[168]께 올리다. 병신년(1896)　上拓庵金公

친상親喪 중에 있는 몸이라 형편[事勢] 상 달려 나아가 명을 받들 수는 없지만, 저의 우려하는 마음은 의진義陣에 계시는 여러분보다 못하지 않습니다. 일찍이 짧은 서한書翰으로 저의 충정衷情을 진달하려 하였습니다만, 또한 보고 들으시는 데[瞻聆][169]에 장애가 될까봐 붓을 잡았다가 그만 둔 적이 여러 번입니다. 일전에 아우 봉희鳳羲로 하여금 전하게 하신 꾸중과 가르침은 절실하고도 지극하여 공적公的으로나 사적私的으로 송구함을 이길 수 없습니다. 대저 세정世情에 멀고 성근 백면서생白面書生으로 평소 군려軍旅의 일을 익히지 못하였으니, 그 두서頭緒를 알지 못했으며, 또 이렇게 된다고 예상하지도 못한 것은, 오히려 이상할 것이 없습니다. 무엇 때문이겠습니까?

군대에 항行·오伍가 없는 것을 오합지졸이라고 하니, '헤쳐'해도 '헤'질 줄 모르고, '모여'해도 모일 줄을 모르며, 집 안에서만 큰소리로, 적을 공격하는 데는 비겁하고, 기旗를 들어도 일어서지 않고 기旗를 눕혀도 엎드리지 않습니다. 북소리를 듣고도 나아가지 않고, 징소리를 듣고도 그치지 않으며, 송아지처럼 날뛰고 새처럼 놀래어 통제 받지 않습니다. 이를 일컬어

---

168) 척암拓庵 김공金公 : 김도화金道和.
169) 첨령瞻聆 : 보고 들음. 첨청瞻聽과 같다.

‘장수를 적에게 내준다.’고 하는 것이니, 비록 장량과 진평[良平][170]이라도 이들을 부릴 수가 없습니다. 그것이 첫 번째 걱정입니다.

쏘는 벌레가 쏠 수 있는 것은 독을 지니고 있기 때문이요, 전장에 나가는 병사가 능히 용맹한 것은 대비가 있기 때문입니다. 우리 진영陣營을 보십시오. 무슨 의지할 방비가 있습니까? 방패가 있습니까, 갑옷과 투구가 있습니까? 벌거벗은 맨 몸뚱이의 병졸이 다만 짧은 총 하나를 가지고 거친 탄환이 우박처럼 쏟아지는 속으로 달려 들어간다면, 비록 사람 수마다 사마양저司馬穰苴[171]와 같은 병법의 대가라 하더라도 지탱할 수 없을 것입니다. 이것이 두 번째 걱정입니다.

재물財物을 풍족하게 하는 방법은 예비하고 절약하는데 있습니다. 오늘날 재용財用을 한번 생각해 보십시오. 예비豫備가 있습니까, 절도節度가 있습니까? 장수의 명령이 한번 나가면 의당 우레가 울고 바람이 불 듯 행해져야 하거늘, 넉 달 동안 나누어 내 보내도 오히려 전연 들어서 바치지 않는 자가 있습니다. 대저 재물을 아끼는 것은 인지상정人之常情입니다. 만약 사람마다 재물을 의롭게 내 놓을 수 있다면, 복식卜式[172]이 재물을 날라다 맡긴 일이 무슨 특이한 일이라고 천하에 공표公表하도록 하였겠습니까? 언젠가 진중陣中으로부터 오는 사람을 본 적이 있는데, 모두 세립細笠을 쓰고 짚신을 신고 있었습니다. 세립과 짚신이 어찌 전장에 가당이나 합니까? 이 한 가지 일만 보더라도 그 나머지는 알 수 있는 것입니다. 이처럼 녹봉[料糧][173]이 끊어지고 군기軍紀가 요동되면, 재물 맡은 사람은 달아나 피하는 것으로 장기長技를 삼을 것이고, 대장隊長은 애걸하는 것으로 양책良策을 삼을 것이며 기율紀律은 날로 무너지고 책임은 원수元帥에게로 돌릴 터이니 이것이 세 번째로 염려되는 점입니다.

인재人才는 술수術數를 장기로 하는 사람 가운데서 구해서는 안 됩니다. 술수가 믿을 수 없다는 것은 옛날 장각張角[174]과 같은 무리에게서 이미 증명된 바입니다. 설혹 시운時運을 잘 추

---

170) 장량과 진평[良平] : 전한前漢의 유방劉邦을 도와 큰 공을 세운 전략·전술가 장량張良과 진평陳平을 아울러 가리킨다.

171) 사마양저司馬穰苴 : 춘추시대의 제나라 사람. 성은 전씨田氏. 미천한 출신으로 병법에 밝아서 대사마大司馬가 되었다. 병서를 남겨 사마병법으로 널리 알려졌다.

172) 복식卜式 : 한漢 나라 때 사람. 양을 쳐서 부자가 된 후 자진해서 많은 사재를 내놓아 무제武帝의 변방 경영을 돕고 빈민 구제도 했다가 그 공로로 중랑장中郎將에서 어사대부御史大夫까지 되었다(『한서漢書』 권58).

173) 요양料糧 : 양糧은 녹봉. 요料는 녹봉 이외의 물품.

174) 장각張角 : 황건적黃巾賊의 우두머리. 후한後漢 영제靈帝 때 10여만의 반도叛徒를 모아 난을 일으

측하는 자가 있어 승패勝敗를 미리 점친다 한들, 도리어 본일[本事]에 무슨 보탬이 되겠습니까? 그 자[彼; 점술가]가 '이롭지 못하다.'고 하면 의로움을 표방하여 일어난 군대가 장차 일조에 갑자기 흩어지겠습니까? 그 자가 '이기지 못한다.'고 하면 적의 칼끝이 찌르려하는 순간을 당해서도 장차 손 놓고 싸우지 않겠습니까? 이른바 흉조凶兆를 피하고 길조吉兆를 좇는 방법은 험새險塞를 근거로 방비책을 세워, 엄격하게 지키고 세밀하게 정탐偵探하며 상황 따라 대처하는 것에 불과합니다. 이것이 어찌 그 점술자의 말을 기다려야 알 수 있는 것이겠습니까? 매양 술수에 탐닉耽溺하는 자는 그 마음이 바른 경우가 드물어서, 농간 부리지 않으면 속입니다. 농간 부리고 속이는 사람을 쓰거나 그러한 일을 행하는 것이 어떻게 의로운 군대[義旅]를 위하는 일이 되겠습니까? 이것이 네 번째 걱정입니다.

무릇 이 네 가지 우려는 눈 앞 현실에 대한 우려일 뿐만이 아니라 미래의 화근禍根입니다. 진실로 당사자는 잘 알지 못한다지만, 알지 못한다면 그만이지만, 아는 것이 확실하게 되었으니, 불가불 속히 규찰糾察하여 바르게 다스리기를 도모해야 합니다. 엎드려 바라건대, 막하幕下를 엄격하게 신칙申飭하시고 군졸을 조직하고 대隊를 나누어 교련敎鍊하여 규율規律에 들어오게 함으로써, 한편으로는 활을 만든 뒤 험지에 매복하여 방비하게 하고, 각 방면으로 명령을 전하여 군량미를 실어오게 하되 사치를 금하고 낭비하지 못하게 하며, 술객術客들을 모두 쫓아내어 요사妖邪한 말로 군중을 미혹시키지 못하게 하고, 원근遠近 사우간師友間 성실하고 미더우며 널리 들어 지식이 풍부한 인사들과 더불어 마음을 성실히 하고 일을 돈독히 하여, 한 일정한 지역을 차지하고 전투력을 기른다면 천만 다행이겠습니다.

▫ 척암 김공께 올리다. 계묘년(1903)　上拓庵金公

지난해 가을 베풀어 주신 조문弔問에 마음 깊이 감사하며, 곧 최질衰絰을 갖추어 문하門下에 나아가 배사拜謝하려 했습니다만, 계시는 곳이 먼데다 예법으로도 허용되지 않는 일이고, 이 잔약하게 병든 상주의 몰골을 돌아볼 때, 대로大老의 심회를 상하게 할까 저어되어 해가 바뀌고 봄이 반나마 되었는데도 마침내 한번 문후도 하지 못하였습니다. 월초에 존고모尊姑母님의

키고 모두 머리에 노란 수건을 둘렀기 때문에 황건적이라 하였다. 장각이 부적을 써가지고 물그릇 위에 태워서 환자에게 먹이면 병이 낫는다고 하는 황로黃老의 도술을 썼기 때문에 이렇게 언급하였다.

우환이 여러 날 혼수상태라는 기별을 받들고서는 놀랍고 걱정스런 마음을 더욱 감히 잠시도 그만두지 못할 지경이었습니다. 엎드려 문후하오니 중춘[殷仲]175)에 편안히 거처하시면서 경체經體 만강萬康하신 가운데 승질陞秩되심을 감축感祝하옵니다. 연수年數가 과만瓜滿하여 승명承命이 이미 자명自明한데도 해당 부서에 임직되지 않고 본군本郡을 드리는 것이, 대체 전례에 비추어 맞는 일입니까? 편안하게 기체 조리하시어 쾌차하시는 것이 어떻겠습니까? 쌓였던 눈이 이미 녹고 봄날이 점차 화창해지고 있으니, 우연히 든 감기 정도는 그다지 심려할 것이 없다 하더라도, 심한 노령老齡이 다가오니 기력이 빠지기는 쉽지만 붙잡아 되돌리기는 어려운 일입니다. 요즘 기침은 너무 심하지 않으시며 침식[寢膳]을 너무 줄이지 않으셨는지 모르겠습니다.

저는 부모 거상[苫塊]176) 중에 질긴 기침으로 시달리면서 차마 새해를 맞이하였습니다. 가버린 것은 되돌릴 수 없으되, 유독 이 절통絶痛한 사정은 아무리 바래도 미칠 수 없음을 어찌하겠습니까? 용제龍弟177)가 바야흐로 송천松川178)으로 이사하였는데, 도와줄 수 없으니 맡겨둘 밖에요. 몇 명 안되는 동기同氣가 동東으로 나뉘고 서西로 흩어지게 되니 어찌 작은 문제이겠습니까? 이사갈 날이 이미 정해졌지만 지금 상황이 아직 염려할 것 없다 할 수 없으므로, 아직 다 돌아가지 말고 동정動靜을 살펴 볼 계획입니다. 그러나 옛집이 날로 낡아 허물어지니 다만 두려운 심정 간절할 따름입니다.

행장行狀은 아직 받들어 보지 못하였습니다. 정성스럽지 못한 것은 부끄럽지만 여기 바쳐 올리는 종이에다 깨끗하게 베껴서 내려주시면 어떻겠습니까?

왕고王考(조부)의 갈명碣銘은 지난 가을에 이미 우러러 청하였습니다. 글을 짓는 일이 노령으로 감당할 수 있는 일이 아님을 잘 알지만, 오늘날 사방을 둘러보아도 달리 아뢸 곳이 없고, 또 평소 왕고王考가 행했던 일을 아는 분으로 문하門下만큼 상세한 분도 없습니다. 감히 유사遺事 한 통을 우러러 바치며 천만 애걸하오니, 물리치지[揮斥] 마시고 근일 원고를 작성하심으로써 조부의 훌륭한 점[潛德幽光]이 묻혀지고 가려지지 않도록 해주신다면 감사하고 다행한 저의 심정을 어찌 이루 형언하겠습니까?

---

175) 중춘[殷仲] : 음력 2월. ‘아침 해를 공경하여 맞는다[寅賓出日].’는 것은 바로 정월이고, ‘낮과 밤의 길이가 같은 것과 조성鳥星의 위치로 봄철을 바로잡는다[日中星鳥 以殷仲春].’는 것은 바로 2월이다(출전은 『서경書經』「요전堯典」).

176) 부모 거상[苫塊] : 점괴苫塊. 점苫은 거적자리이고 괴塊는 흙무더기인데, 부모의 상喪을 당하였을 때 거적자리에 누워 흙덩이를 베개로 삼았다는 뜻이다. 부모 거상을 지칭하는 말로 쓴다.

177) 용제龍弟 : 이름에 ‘용龍’ 자字가 든 아우. 이용희李龍羲를 가리킨다.

178) 송천松川 : 지명. 임청각에서 동쪽으로 15리 지점에 위치한 마을이다.

▫ 척암 김공께 올리다   上拓庵金公

저번 뵈었을 때는 상례喪禮를 치르시느라 비통하고 분주한 중이라서 가르침을 충분히 받들지 못하였습니다. 물러나온 지 벌써 달 반인데 소식이 막혀 아득하니 늘 우러르는 처지에 저의 사모하는 마음 다시 간절합니다. 눈보라 치던 끝에 한파의 위세가 잠깐 풀렸지만 집상執喪 중에 경체經體 침식 범절이 만강하신지 모르겠습니다. 저는 모진 목숨을 구차하게 이어가고 있는데, 벌써 연말이 되었음을 깨달으면서 세월의 흐름을 따라 느껴지는 절통한 슬픔이 더욱 없으니 어찌하겠습니까?

양대兩代 어른들에 대한 글은 한 통을 손보아 써 두셨는지요? 행장行狀의 문장이 전아典雅하고, 갈명碣銘은 더욱 핵심적이면서 간명하여 묻힐 뻔 했던 덕德과 가리울 뻔 했던 광채光彩를 세상에 천명하여 드러나게 하는데 충분하였으니, 자손 된 자의 감사함과 다행함이 어떠하겠습니까? 서문序文도 초고草稿를 쓰기 시작하셨습니까? 유시遺詩 가운데 '소쩍새 소리를 들으며 크게 취하여 노래함[聞子規大醉歌]' 등 여러 편은 실로 우연히 지은 것이 아닐 터인데 묘지墓誌·비갈碑碣에서 대수롭지 않게 다루었다는 평을 면치 못하니, 이는 그때 형편이 그랬기 때문인 듯합니다. 남병南屛의 제문 가운데 그 의미가 약간 드러나 있고 『영현사적嶺賢事蹟』에서는 곧 이를 드러내어 말하였는데, 바로 우리 조부祖父의 일생의 큰 절조節操입니다. 저번에 나아가 뵈었을 때 이러한 뜻을 대략 사뢰었으니 집필하실 때 특히 중점을 두어 한 마디를 언급해 주심으로써 불초한 저희들로 하여금 불명不明·불인不仁한 자손이라는 손가락질을 면하게 해 주시기를 천만 간절히 바랍니다.

▫ 척암 김공께 올리다. 갑진년(1904)   上拓庵金公

새해가 되고도 여러 날이 지났는데도 안부安否를 들을 길이 없어 우러러 사모하는 심정 더욱 보통 정도에 비할 바가 아닙니다. 삼가 정초正初에 집상執喪 중 경체후經體候 만강하시며 신년을 맞이하시는 감상을 우러러 물을 필요도 없이 대길大吉하신지 모르겠습니다. 저는 우둔한 목숨을 구차하게 이어 나가고 있는 중에 또 세월이 변천해 가고 있음을 보게 되었습니다. 변함없는 천도天道로 볼 때, 간 것은 반드시 다시 돌아오기 마련인데 이 망극한 현실사정은 하소연할 데도 없으니 절통한 심사를 어찌하겠습니까? 요즘 소식[時毛; 毛는 耗로도 씀]과 전갈이

번갈아 나오는데, 다 믿을 수는 없지만 장래에 있을 일은 점을 쳐 보지 않더라도 분명할 것입니다. 칠실柒室179)의 걱정을 어찌 그만 둘 수 있겠습니까?

베풀어 내려 주신 행장行狀은 상세함을 다하였으므로 유감遺憾이 없습니다. 다만 '종중宗中을 힘껏 누르고 한 고을을 진무鎭撫 복종시키니 노怒하지 않아도 위엄이 드러나고 말하지 않아도 미더웠다[彈壓諸宗 鎭服一鄕 不怒而威 不言而信].'라는 한 구절은 조금 자세하지 못한데, 이는 안본案本이 소략했던 까닭입니다. 갈문碣文도 정갈·간명簡明하지만 어버이를 섬기는 절도에 있어서는 너무 소략한 듯합니다. 대개 밤낮으로 옆에서 시중을 들고 손님을 응대하여 주선함에 있어서는 심부름하는 아이와 다름이 없었고, 시키시는 일은 반드시 직접 담당하고 난방[房突]은 반드시 직접 불을 때어 덥혔으며, 어버이의 뜻이라면 혹 아무리 어려운 일이라도 감히 어기지 않았다는 것, 외출할 때는 마음대로 장소를 바꾸지 않았고 돌아 올 때는 아뢴 시각을 넘기지 않았다는 것, 모시고 주무실 때는 그 호흡이 어떤지를 살폈고 숨을 죽이고 소리를 낮췄으며 옷소매를 털지 않았다는 것, 환후가 있으시면 근심하는 빛이 얼굴에 드러나며 사뿐 사뿐 걷지 않고 이를 드러내어 웃지 않았다는 것, 변과 땀이 베인 속옷을 직접 세탁하고 자제들을 시키지 않았으며 정해丁亥년 탕약 수발을 하실 때 변을 맛본 일은 모두 실재의 행적입니다. 또 일생동안 청렴하여 겨자씨 하나도 불의로 취하지 않았으며, 천사千駟의 부富라도 정당한 것이 아니라면 돌아보지도 않는 절조節操가 있었지만 자신을 숨기는데 힘쓰고, 남에게 알려질까 두려워 하셨으니, 이러한 것들이 모두 선부군先府君의 큰 풍도風度였습니다. 엎드려 바라옵건대, 헤아려 메우고 보충해 주시어 유실遺失되거나 빠뜨림이 없도록 해 주신다면 천만 다행하겠습니다.

비문鄙門의 선배 상산공商山公180)은 백불암百弗庵181)의 문인門人입니다. 그 경학經學과 행실行

---

179) 칠실柒室 : 군신간의 의리관계에 놓이지 않은 일반 백성의 나라 걱정을 가리킨다. 춘추시대 노魯나라 칠실柒室이란 마을에 미가녀未嫁女가 있었는데, 기둥을 안고 울었다. 이유인 즉 나라의 정사에 대한 걱정 때문이었으니 "우리나라 임금이 늙었고 태자가 어리니 만약 국란이 있으면 임금이나 백성이 모두 욕을 당할 것이니 여자들이 어디로 피할꼬." 했다. 결국 목을 매어 죽었다 한다(『열녀전烈女傳』 「인지仁智」 노칠실여전魯漆室女傳).

180) 상산공商山公 : 이천경李天慶의 호. 본관은 고성固城, 자는 명길命吉이다. 백의로 왕명을 받아 입시하여 경의經義를 부진敷陳함에 정조正祖가 칭찬하였다.

181) 백불암百弗庵 : 최흥원崔興遠의 호. 본관은 경주慶州, 자는 태초太初 또는 여호汝浩이다. 정조 2년에 학행으로 천거되어 참봉·교관敎官이 되었고, 장악원주부를 거쳐 세자익위사좌익찬世子翊衛司左翊贊이 되었다. 어려서부터 침식을 잊을 정도로 학문에 열중하여 후에 칠계선생漆溪先生이라

實은 당시 중망重望을 받던 처지였는데, 궁중에 까지 이름이 알려져 백의白衣로 소대召對한 성사盛事도 있었지만 뒤에 영락하게 되어 남긴 문적이 흩어져 없어져 버렸습니다. 지금 이 네 권 두 책을 왕고王考께서 손수 교감校勘하신 것으로, 자손으로서 왕고의 뜻을 이루어 드리고 싶어서 간행소를 차렸으니 몇 해 지나면 간행될 날이 있을 것입니다. 그 주손胄孫 종기鍾基씨가 장차 묘갈墓碣을 부탁드리려고 뵙고자 하면서 꼭 저를 통해 소개받고 싶다고 합니다. 글을 짓는 일을 감히 대로大老께 부탁드릴 일이 아님을 꼭 잘 알지만, 정신과 힘이 미칠 수 있다면 휘척揮斥하지 마시고 특별히 소중한 한 말씀을 베풀어 잠덕유광潛德幽光으로 하여금 세상에서 썩어 없어져 버리지 않게 해주신다면 어찌 후생後生의 다행이 아니겠습니까? 엎드려 바라옵건대 유의留意해 주시면 매우 다행하겠습니다.

▫ 외구 우파 김공께 올리다. 신묘년   上外舅愚坡金公

보름께 가마가 왔는데 영포군令抱君[182]도 아울러 만나보게 되어 더없이 위로되었는데, 아침에 일어나 또 서신을 받들어 보게 되었습니다. 이는 아마 영포군이 소매에 넣어 두었던 것을 잊어버렸기 때문이지만 한 바탕 손뼉 치며 기뻐할 일을 나누어 두번 즐기게 하였으니 그 방이 더욱 기묘하였습니다. 다만 어른께서 베푸신 서신에 바로 답장을 드릴 수 없게 됨으로써, 마침내 후덕하게 돌보아 주신 거룩한 뜻을 부질없이 떠돌게 하였으니, 이는 영포군이 부득불 꾸중을 나누어 받아야겠습니다. 폭염에도 웃어른 모신 가운데 기체 자못 섭생을 잘하시어 병환이 나지 않으셨고, 계욱季彧[183]이 다음 달에 관례[加冠於首]를 한다니, 이로부터 복된 경사慶事가 면면히 이어질 것입니다. 친환이 겨우 안정되자 말자 큰 아이가 또 심한 증세로 먹기를 꺼리고 눕기를 즐기며, 수척하고 여리어 빠진 몰골을 보노라면 문득 화가 납니다.

접때 여강서원廬江書院 모임은, 말 소리가 오랜 동안 적막하던 끝에 함께 모인 훌륭한 여러 어른들의 언론言論과 풍채風采가 후생들이 보고 느끼기에 족하였습니다만, 강론한 바가 '영쇄

일컬어졌다. 백성들의 살기 어려운 정상을 보고 남전향약藍田鄉約에 의거하여 규약을 세우고 강학講學과 근검으로 저축에 힘쓰게 하며 선공고先公庫·휼빈고恤貧庫 등을 두어 생활안정을 얻게 하였는데, 이것이 부인동규夫仁洞規이다. 죽은 뒤 1789년 효행으로 정문이 세워졌고, 이듬해 승지에 추증되었다. 『백불암집百弗庵集』이 있다.
182) 영포군令抱君 : 상대방의 손자를 높여 부르는 말이다.
183) 계욱季彧 : '욱彧'은 상대방의 손자를 높이는 말이므로, 계욱은 상대방의 막내 손자를 가리킨다.

고진零碎固進’에 편중되어 있었기 때문에 읽는 사람이 선문善問에 이를 수 없었습니다. 그러나 모이는 일에 있어서는 이 때문에 작게 보아서는 안 될 듯합니다. 다만 사람들이 많이 모여 소란스럽기 보다는 집에서 묵묵히 수양하는 것이 편하고 고요한 잇점이 있는 것만 같지 못한 것이고 보면, 내려주신 서신에 가정에서 쇄소응대灑掃應對하고 무실 역행에 비유하신 것을 지극히 마땅하고 옳지마는 오직 이 말씀은 충분히 힘쓰지 못한 사람을 힘쓰게 할 뿐, 혹 사견私見을 비호한다는 비난을 받지 않겠습니까?

▫ 우파 김공께 올리다. 경인년(1890) 上愚坡金公

격조한 가운데 한 해가 다 지나가니 우러러 사모하는 마음 더욱 간절합니다. 어제 셋째 자제를 뵙고서 이미 요즈음의 동정을 알게 되어 저의 마음에 다소 위로가 되었고, 다시 밤이 한번 바뀌었습니다. 삼가 혹독한 추위에 정방定傍의 경체經體가 내내 만안萬安하시며, 매양 동쪽에서 오는 사람들에게 듣기를, 촛불을 켜고 하시는 공부가 매일 매일 깊어감이 오직 느즈막한 연세에 정력이 강건함이 기쁨뿐 아니라 우리 후생들이 이 때문에 의귀할 곳이 있게 되는 것이니 무엇이 이보다 더 다행하겠습니까? 형제분이 환갑을 거듭 돌아와 노인들은 상牀을 잇대고 슬하들은 색동옷 입고 춤을 추니 온 집안에 화목한 기운이 무르녹아 그 즐거움을 알 수 있을 것 같습니다. 저는 신변의 쓸데없는 걱정 때문에 하객賀客의 일원으로서 나아가 뵙지도 못하고 다만 스스로 고개를 들고 동쪽 구름을 향하여 저 천보天保의 시184)나 외는 수 밖에 없었습니다.

저는 조부祖父의 체절體節이 겨울 들면서부터 내내 건강하지 못하여 거의 한 시도 약 탕관을 거두지 못함으로써 애태우며 눈물짓는[焦泣]185) 사사로운 심정을 말로 표현할 수 없을 정도였으니, 분수에 따라 송독誦讀에도 전력을 쏟지 못하는데 하물며 거기에 나아가 마음과 몸의 힘을 다함에리까! 이런 생각을 하게 되면 저도 모르게 한숨이 나올 뿐입니다.

---

184) 천보의 시 : 만수무강을 축원한다는 의미. 『시경詩經』「소아小雅」 천보天保에 “산처럼[如山], 언덕처럼[如阜], 산마루처럼[如岡], 구릉처럼[如陵], 냇물처럼[如川], 달처럼[如月], 해처럼[如日], 남산처럼[如南山], 송백처럼[如松柏]” 만수무강을 아홉가지 자연물에 비유하여 축수했다. 때문에 ‘구여九如’라고도 일컫는다.

185) 애태우며 눈물짓는[焦泣] : 매우 슬퍼하여 애태우며 눈물 지음.

▫ 우파 김공께 올리다. 신묘년 上愚坡金公

상례喪禮를 치르느라 비통하고 황망한 중이신데 산지山地에서 꾸뻑 절하고 떠나온 자체가 이미 여간 마음에 걸리지 않았는데 더구나 여막廬幕 아래 애통함 때문에 몸을 상하면서 장례를 치르시느라 기체 편안치 못하신 중에 회灰를 섞어 흙을 쌓는 일까지 직접 하시는 것을 직접 보았으니 어떻겠습니까! 상제로서의 도리를 극진하게 하심으로써 조상弔喪하는 사람을 감복케 하였습니다. 다만 염려스러운 것은 칠순 노인의 몸으로 상제 노릇한다는 것은 근력筋力상으로 보아 만의 하나도 가능하지 않습니다. 더구나 바야흐로 피를 토하고 가래를 끌어 올리는 것은 사소하지 않은 증세로 만약 조금이라도 덧쳐서 산을 내려와야 할 형편이 된다면 헤아릴 수 없는 염려가 없지 않을 것입니다. 때문에 돌아온 뒤에 곧 편지를 올려 대략 저의 어리석은 충정을 표하고 아울러 향후 동정을 여쭈려 하였습니다.

여강서원廬江書院에 갔을 때, 여러 욱방彧房에 있는 제군들을 만나보고 이미 병이 쾌히 나았다는 말을 들었습니다. 이어 임청각臨淸閣186)과 반구정伴鷗亭 모임이 있어 다시 분망하여 여가를 얻지 못한 채 긴 여름이 또 다 지나가게 되었습니다만, 그러나 모든 것이 다 저의 성의가 얕고 엷은 때문이지 어찌 매양 사세事勢가 그러했다는 핑계를 댈 수 있겠습니까?

무더위가 사람을 괴롭히는 요즈음 상중喪中 체절이 신의 보호로 잘 지탱해 나가시며 자제 손자들도 차제로 평안한지 모르겠습니다. 저는 조부의 오랜 병환이 더위와 습기 때문에 더해져서 침식이 모두 상도常度를 잃어 초조한 심정을 형언할 수 없습니다. 이전에 애통한 심사를 절제하여 잘 조섭調攝하시라고 면전에서 여쭙고 서신으로 품달한 것이 한 두 번이 아니었습니다만, 여막아래 너무 비통한 나머지 기운을 헤아리지 않고 옛 법도를 굳게 지키는 것이 왕왕 사람이 능히 할 수 있는 바가 아닌 까닭으로 저의 지나친 염려가 가만히 생각컨대 작은 걱정이 아니라 여겨집니다. 대저 친상親喪에는 진실로 스스로 다해야할 의리가 있지만, 성인聖人이 예법禮法을 제정하심에 '오십불훼五十不毁 칠십쇠마재신七十衰麻在身'187)을 특별히 허용하신 것은 성인께서 또한 어떤 마음에서였겠습니까? 아마도 사람의 기질이 후厚와 박薄과 쇠衰와 왕旺의 차이가 있기 때문에 만일 감당할 수 있는지 없는지 따지지 않고 일일이 예법대로 한다면 거

---

186) 임청각臨淸閣 : 원문은 '괴사' 즉 '회나무가 있는 집'이라는 뜻으로, 임청각을 가리킨다.

187) "상제의 나이가 50세면 몸을 극도로 상하게 할 정도로 슬퍼할 필요가 없으며[五十不致毁] … 70세가 되면 다만 상복만 입을 뿐, (음주·식육도 허용되고) 여막이 아닌 방에 거주해도 된다[七十唯衰麻在身 飲酒食肉處於內]"(『예기禮記』「전례曲禮」상上 34, 상대喪大 30).

의 교주고슬[膠柱而調瑟]188) 격이 되어 버리기 때문이 아니겠습니까! 그러므로 욕창蓐瘡이 나면 목욕하는 것을 허용하고, 질병에는 술과 고기를 허용하여, 이미 '훼불멸성毀不滅性(몸을 상할 정도로 심한 애통은 금한다는 『예기』에 나온 말)'이라 하고,189) 또 '지나친 슬픔으로 몸을 상하여 상제 노릇을 이겨내지 못하게 된다면 불효와 맞먹는다[不勝喪 比於不孝].'라고 하였습니다. 이는 깊이 우려하고 멀리 염려한 뜻이 신신 당부된 글이기 때문에 구구하게 말씀 드릴 필요가 없었지만 제가 번거롭게 말씀 드린 것은 대개 노인으로서 집상하는 사람을 위해서입니다. 저도 또한 노인을 모시고 있습니다만, 노인은 연만年晩해져서도 마음은 항상 젊기 때문에 왕왕 원기元氣를 헤아리지 않고 정력精力을 지나치게 허비하는데, 예를 들면 접때 피를 토하는 증세도 실은 힘을 과하게 쓴 나머지에서 온 것으로, 깨닫지 못하는 가운데 정력을 소진消盡함이 많았기 때문입니다. 하물며 지금 이미 상례를 치르셨으므로 거처居處와 음식, 곡하는 일, 전 드리는 일도 점차 줄여야 합니다. 제발 십분 절제하셔서 때때로 고깃국이나 인삼탕 같은 것으로 원기를 북돋우셔서 위로 자당慈堂의 심려와 아래로 저의 작은 정성에 부응하시기를 천만 축원입니다.

▫ 우파 김공께 답하다. 임진년　　答愚坡金公

아이가 돌아와 삼가 내려주신 서신을 받들어 보니 지면紙面 가득 아로새긴 것이 경계警戒와 권면勸勉의 말씀이 아닌 것이 없었습니다. 그 가운데 「권각기람權閣記覽」은 기본基本을 세워 얻으라는 가르침으로, 더욱 저의 폐단을 고칠 수 있는 좋은 처방이었습니다. 제가 비록 둔하지만 어찌 척연惕然히 스스로 면려勉勵하여 거룩한 뜻을 받들기를 도모하지 않을 수 있겠습니까? 다만 하교下敎를 자세히 음미해 볼 때, '문기文氣가 힘이 없다.'는 말씀은 제가 깊이 우려하고 있사오나, 몸가짐과 마음에 대해서는 한 말씀도 가르쳐 주지 않으셨으니 혹 평소 숭상하시는 바가 편중됨이 있어서 그렇습니까? 예전 강좌江左 권공權公께서 육경六經을 먼저 읽어야 한다는 뜻으로 여러 번 소호蘇湖에 서신 왕복이 있었는데, 그 논지論旨가 확실하지 못함이 아닌데도 선배들 예를 들면 제산霽山이나 구사당九思堂 선생께서 모두 비판을 그만두지 않았던 것은 무슨 까닭입니까? 아마도 문장文章이 유학자儒學者의 제 일의第 一義가 아닌데도, 권공權公의 논

---

188) 교주고슬 : 비파나 거문고의 기둥을 아교로 붙여 놓으면 음조를 바꾸지 못 하므로 한 가지 소리 밖에 나지 아니하듯이 고지식하여 조금도 변동성이 없이 꼭 달라붙은 소견을 비유한 말.
189) 『예기禮記』「전례曲禮」 상上 34.

지는 매양 이 한 방면에 편중되었기 때문이 아니겠습니까? 평소 생각컨대 검안檢眼이 여기에까지 이르렀을 것입니다. 그러나 가만히 하교下敎의 의미를 생각해보면 제산·구사당 선배의 견해와 다르다고 여겨지기 때문에 감히 이런 어리석은 견해를 말씀드립니다. 접때 올린 서신은 오래 두고 보실 만한 것이 못 되오니 바로 책상에 올려 두고 하자瑕疵를 한 글자 한 글자씩 지적하여 보내 주시기를 엎드려 바랍니다.

▫ 우파 김공께 올리다　上愚坡金公

집상執喪으로 칩거하다 보니 생각이 밖으로 미치지 못하였지만 저의 우러르는 마음이 평소 아버지처럼 모시던 분에게 유독 간절한 것은 아마도 또한 처지가 그래서일 것입니다. 그러나 상복을 입은 몸으로 점석苫席을 멀리 벗어날 수 없어서 시절時節 기거起居의 문후도 마음에만 있지 실행할 수 없던 터에 뜻밖에 욱군彧君의 방문을 받았습니다. 받들어 시중든 사람의 말을 들어보니 그 사이 청송靑松을 다녀오시고, 풍한風寒에 촉범觸犯되어 체도體度 잠깐 불편하시다니 삼가 우려를 도저히 이길 수 없습니다. 그러나 해마다 써 오신 섭생攝生하시는 경험 처방이 물론 있겠지만, 탕약의 효험은 보고 계시는지요? 체절을 평탄하게 조절하고 침선寢饍과 거동居動을 한결같이 평상의 정도에 의거하여 차차 상쾌한 기분이 되도록 잘 비호庇護하시는지 알지 못하여 아랫사람의 애끓는 지극한 심정을 맡길 데 없습니다.

저는 완악한 목숨이 구차하게 붙어 있어 계절의 변화를 아쉽게 지켜 보았고, 또 중조仲祖의 상복[功制]을 입어 몇 달 내에 형제분 모두 돌아가시어 죽음을 애통하는 제 마음이 어찌 잇따라 겪는 불행 때문 만이겠습니까? 이런 때면 저는 한결같이 심란해 지는데 앞으로 가세를 보전하는데 있어 어떤 방략이 있겠습니까? 생각컨대 두 집안의 형편이 모두 거듭 옮기는 탄식이 있는데다가 또 생각해 보면 경거망동輕擧妄動은 반드시 좋은 계책이 아닐 것이니, 깊게는 외로운 곳에 단절되는 근심이 있을 것이고 얕게는 엉성하다는 결점이 있을 것입니다. 저의 집안의 선견지지先見之智가 이미 이 두 분이 돌아가실 줄을 알지 못하였음은 즉 분수를 좇아 얕지도 않고 깊지도 않은 입장을 선택하여 사세를 관망하면서 가볍지도 않고 무겁지도 않은 계책을 쓰는 것이 혹 자막子莫의 중도中道190)에 가까울지도 모르지만, 이 밖에는 별반 좋은 방

---

190) 맹목적인 중도를 뜻함. 변통성이 없는 피상적인 중도를 비웃는 말. 자막은 노魯 나라의 현자賢者로, 양자楊子의 위아설爲我說과 묵자墨子의 겸애설兼愛說이 중도를 잃은 것으로 파악하여, 자신

도가 없으니 혹 훌륭한 계책이 있는지는 알지 못하거니와 혹 이와 같이 생각하시는지요? 나머지는 기체후氣體候 청건淸健하시어 저의 정성에 부응하시기를 축원합니다.

▫ 이승지 어른께 드리다   與李承旨丈

　이미 문하門下에 나아가 뵙지도 못하였다면 서신을 올리는 것도 스스로 직분을 다할 수 있는 것이어늘 이것마저 아울러 빼뜨렸으니 어찌 죄가 없다할 수 있겠습니까? 다만 스스로를 탓하기에 합당할 뿐 감히 너그럽게 용서하심을 바랄 수 있겠습니까? 양복陽復191)이 멀지 않았는데 삼가 영체슈體 철따라 만강하신지요? 내일은 또 한번 돌아오는 수신壽辰입니다. 술동이에는 장수長壽를 돕는 술192)이 있고 뜰에는 색동옷 입고 춤추는 아이 있으니 사람 집의 경사慶事와 축복 중에 무엇이 이보다 크겠습니까? 저와 같은 사람은 헌도獻圖193)에는 정성이 있지만 벼슬[登龍]엔 분이 없으므로, 다만 며느리를 향하여 쓸쓸하게 축시祝詩를 지을 따름입니다. 저는 어머니께서 그럭저럭 소일하시고 며느리의 고충이 잠시 쉬게 되었고 앞으로 좋은 소식이 있을 듯하니 기쁘고 다행입니다. 초가을에 선고先考의 산소 면례를 할 적에 산소 터에 대하여 자못 말들이 있어서 아직 실정에 맞게 순조롭게 풀리지 못하여 정히 민망하고 다급합니다. 근래 우리 향당鄕黨이 서로 하례賀禮할 일이 적지 않으니, 나라 일로는 대의大義가 이미 천명되었고 향촌 일로는 쌓여온 억울함이 해원解寃될 수 있었지만, 바닷가[寧海]의 일은 아직 적실한 기별이 없으니 특히 가슴이 마르고 답답합니다. 용산龍山의 빈소에 한번 조문弔問하는 것도 이

　　은 그 중간을 잡아 '중도'라 지칭하였으나 맹자孟子는, 이것을 시중時中이 없는 고집된 중中이라고 논파하였다. 『맹자孟子』「진심盡心」상上에, "자막은 그 중간을 잡았으니, 중간을 잡은 것은 도에 가까우나 중간을 잡고서도 저울질함이 없는 것은 한쪽을 잡은 것과 같다[子其執中 執中爲近之 執中無權猶執一]." 하였다.
191) 양복陽復 : 흉凶한 것이 가고 길吉한 것이 돌아옴을 이른다. 이는 음력 10월이 음陰이 가장 왕성한 때여서 양陽이 하나도 없다가 동짓달이 되어 비로소 일양一陽이 처음 생기는 데서 온 말이다(『주역周易』「복궤復卦」). 이 밖에도 전하여 동지冬至를 가리키기도 하고 혹은 하지夏至를 이르기도 하는데 여기서는 동지로 보는 것이 적절하다.
192) 장수를 돕는 술 : 『시경詩經』「빈풍豳風」7월七月에 "8월에는 대추를 따고, 10월에는 벼를 거둬들여, 맛좋은 술을 빚어넣고, 어른님께 장수를 빌도다[八月剝棗 十月穫稻 爲此春酒 以介眉壽]."한 데서 온 말이다.
193) 헌도獻圖 : 잔치 때 장수를 축하하기 위해 경풍도慶豊圖(풍년의 경사를 그린 그림)를 바쳐 들고 춤을 춤. 참조 헌도탁·선도탁仙桃卓.

미 늦었는데 듣자니 그 소상小祥이 다음 달이라 하니 그 때 맞추어 나아가 뵙고자 합니다. 그러나 그 또한 어떻게 미리 기필할 수 있겠습니까?

□ 암거의 박씨 어른영로께 답하다   答巖居朴丈永魯

　저는 부형父兄과 어른들의 뒤를 쫓아다니면서 집사執事[194]의 덕망에 대한 성대한 평가를 늘상 들어 왔습니다. 다만 길이 조금 거리가 있어서 달려가 뵈올 수는 없었지만 가깝게 닿을 수 있는 거리였다면 사모하는 정리情理를 충분히 펼칠 수 있었을 것입니다. 그런데 아로새길 수 없는 썩은 나무의 재질과 흙손질 할 수 없는 부식토의 바탕은 제 자신을 생각하면 그리운 마음만 가슴에 품고, 감히 갑자기 대단치 않은 이름으로 앉아 계신 좌하座下를 더럽힐 수 없었습니다.[195] 이에 거룩한 풍도風度와 관후寬厚한 정으로 먼저 서신을 내려주신 것은 아랫사람을 비호하고 쓰다듬는 바가 상례常例를 훨씬 벗어난 일입니다. 이는 나이가 비슷한 분이 내려주신 것이라 하더라도 감사하다고 칭송할 일인데 항차 어른이 베풀어 주신 것임에겠습니까? 산중 우거寓居가 한 쪽에 치우쳐 있어 인편을 찾기가 쉽지 않아 답장을 올리는 예의를 차리지 못한 일을 생각하면 저의 태만, 불경함을 형언할 수 없습니다.

　추위가 시작되려 하는데 존체 거동居動이 절서節序에 따라 강녕康寧하시고 한가로이 거처하시면서 완양玩養하는 즐거움이 날로 높고 깊어져 가고 있으신지요? 귀산龜山은 예로부터 선비가 많다고 하는데, 문하門下에서 경전經典을 공부하는 이가 몇이나 되며 그 사이에 총명하고 재주와 학식을 갖춘 이로 사문斯文을 위하여 서로 기대할 수 있는 사람도 있습니까? 어른을 섬기는 예도禮度로 보면 대답만 하고 질문하지 않는 법인데, 우러러 사모하는 심정이 지극하다 보니 불각不覺 중에 버릇없음을 무릅쓰고 외람되고 주제넘음이 너무 심했습니다.

　저는 노인을 모시고 병구완을 해 드리고 있는데, 겨울 들면 흔히 편찮으시고 나머지 권속眷屬들도 모두 학질瘧疾을 앓아 정신이 오락가락 하는 형편입니다. 의기 소침하고 퇴폐적인 자질로 근심과 괴로움 속에 있으니 일개 신심身心이라는 것도 편안하고 고요한 때가 조금도 없고, 또 거처가 궁벽한 곳이라 근방에 도움이 되는 사우師友들도 없어 일상 입으로 외우고 귀

---

194) 집사執事 : 극존장極尊長이 아닌 어른에 대한 존칭.
195) 공자가 재여를 호되게 질책할 적에 하신 말씀. 곧 “썩은 나무는 아로새길 수 없고 썩은 담장은 흙손질할 수 없다[朽木不可雕也　糞土之墻不可杇也].” 출전은 『논어論語』「공야장公冶長」.

로 듣는 배움조차도 지나쳐 버리기가 일쑤입니다. 세월은 절로 흘러가는데 다만 간절히 걱정하고 두려워한들 어찌하겠습니까?

근래 한 두 뜻 맞는 사람들과 더불어 여씨향약呂氏鄕約[196]을 강독하면서 벌써 수차에 걸쳐 실행도 해 보았습니다만 이는 다만 조문만 있을 뿐, 어른께 사뢰어 올릴 만한 실효實效야 어찌 있겠습니까?

접때는 혹 과거보러 가는 인편에 안부를 듣기도 했습니다만 이제 이 길 또한 단절되었으니 남쪽 하늘을 우러러 바라보며 다만 제 스스로 분명하게 성의를 나타낼 따름입니다.

□ 장씨 어른진항께 답하다　答張丈鎭恒

한두 번 배알하려 했습니다만 매양 총망恩忙 중에 속내를 다 드러내지 못하고, 산중으로 들어온 뒤에는 또 지역이 구석져서 소식을 주시더라도 받들어 들을 수 없어 온갖 회포가 물밀듯 불어나던 차에, 뜻밖에 광영스럽게도 하문下問해 주신 서신을 받아 보니 문장과 뜻이 간절했습니다. 우매하고 용렬한 저를 스스로 돌아보매 어떻게 어른께 이러한 호의好意를 얻게 되었는지요? 받들어 읽으매 감사하고 송구하여 어떻게 답장을 해야 할 줄을 알지 못하였는데, 하물며 삼가 춘화절春和節에 형제분들 기거가 철따라 평안하시다 하니, 급급한 나머지에 이 소식을 듣는 것이 또한 어찌 쉬운 일이겠습니까?

저는 궁벽한 산중에 오그리고 엎드려 분수에 따라서 먹고 살고 있는데, 오직 어머니께서 병환을 면하고 형제들이 무고한 것을 눈 앞의 즐거움[姑息之樂]으로 여기고 있을 따름입니다.

와은臥隱[197]선생의 유집遺集이 세상에 행해지고 또 간행된 것은 방계傍繼 후손으로서 선조를 천양하는 정성도 흠모할 만하지만, 또한 위안이 되는 것은 배우기를 좋아하는 후생後生들이 상고相考할 자료로 삼을 수 있다는 점입니다. 다만 서문序文의 판각板刻은 의당 솜씨 좋은 사람을 골라 쓰게 해야 하지만, 이에 수 30리[數舍; 사는 30리] 길을 꺼리지 않고 후세에 전할 수 없

---

196) 여씨향약呂氏鄕約 : 송宋 나라의 여대충呂大忠과 여대방呂大防 등 4형제가 향인鄕人들과 맺은 서약으로, 그 내용에 "대체로 향약을 같이한 자는 덕업德業으로 서로 권하고, 예속禮俗으로 서로 교제하며, 환란患難에는 서로 구제한다. 선행이 있으면 책에 쓰고 과실이 있거나 위약한 자도 책에 써서, 세 번 범하면 벌을 행하되 고치지 않는 자는 제명한다." 하였다(『소학小學』).

197) 와은臥隱 : 김한동金漢東의 호. 본관은 의성, 자는 한지이다. 1789년에 문과에 급제하고 정언·수찬·대사간·승지 등의 관직을 역임하였다.

는 추졸한 저의 필적을 얻으려고 하시니 어찌 완벽한 실책이 아니겠습니까? 제 생각에는 또한 결코 감당할 수 없다고 고사하는 외에 다른 도리가 없었지만, 지시를 어기는 것이 워낙 풍대하여 제 막내아우를 시켜 대필하여 드리긴 하오나 쓰임에 가름될 것 같지 않으니 다시 솜씨 좋은 분을 구하여 등재登梓하는 것이 어떻겠습니까?

□ 안씨 어른필중께 드리다. 병오년(1906)　與安丈弼重

왕년 용산龍山 언덕길 십 리에서 보내주시던 일은 동년배 이하라도 이미 충분히 감명 받을 만한데 어른께서 그렇게 해 주심이겠습니까? 근래 과것길에 오를 의지가 이미 나태해지니 곤현서령鵾峴絮嶺198)은 마치 하늘 위에 있는 것 같아, 비록 접때 그랬던 것처럼 달려가 뵙고 가르침을 받고 싶지만 날아다닐 수 있는 날개가 없으니 어찌합니까? 매양 돌보아 아껴주는 뜻이 그처럼 간절하고 도타우신데도 저의 보답은 만에 하나도 부응하지 못하니 자신을 돌아보며 자탄自歎하지만 다만 부끄럽고 죄송할 따름입니다. 삼가 초가을에 경체經體 만강하시고 오관五官을 운용함이 일상 정도에서 줄지나 않으셨는지요? 아드님도 시하侍下 연찬研鑽의 일이 가승佳勝하며 손자 동이도 이미 관례冠禮를 올린 것으로 생각되는데, 공부가 근실勤實하고 예법에 맞는 몸가짐도 날로 발전하고 있는지 모르겠습니다. 산중山中의 습속이 완악 비루하다는 것은 접때 익히 들은 바이지만, 집사執事께서 주소[寓舍]를 옮기신 후로부터 마을의 풍습[村風]이 일변一變하고 늙은이들은 자못 예의와 겸양謙讓을 알게 되고, 젊은이들은 문자文字를 이해하게 되었으며, 순수·진솔·질박·착실한 맛이 완연히 볼 만 해졌다 하니 이것이 어찌 군자가 거주하는 데 따른 효과가 아니겠습니까? 세상살이는 험난하고 긴 밤이 되었습니다. 바로 가솔을 데리고 멀리 떠나 한가한 개울과 말 만한 옹달샘 사이에 한 자리를 빌어 분수를 따라 농사 지으며 황관黃冠199)과 더불어 자리다툼이라도 하는 것이 애초 오늘날의 제일의第一義가 아님이 아니건만 솜씨는 옹졸하고 몸은 묶여 있으니 용이하게 마련할 수 있는 것도 아닙니다. 그러니 문득 두공부杜工部의 '생각은 무릉도원武陵桃源 안에 묶여있네.'의 시구를 외우면서 스스로 탄식할 따름입니다.

---

198) 곤현서령鵾峴絮嶺 : '곤鵾'은 구만리 상공을 나는 큰 새이므로 '곤현鵾峴'은 높은 고개를 가리키고, '서絮'는 버들개지이므로 '서령絮嶺'은 작은 구릉을 가리키는 듯하다.

199) 황관黃冠 : 도사道士가 쓰는 관. 전하여 도사를 지칭하기도 함(『예기禮記』「교특생郊特牲」·『당서唐書』「방기전方技傳」).

저의 근년 겪어온 이력이 착력着力한 바로써 자랑삼을 만한 것이 한 가지도 없는데, 오직 봄 사이에 손자를 보았는데 타고난 자질이 자못 특이하므로, 만약 잘 자라나게 한다면 장래에 선조들의 문적文籍을 맡길 수 있을 것이지만, 다만 부상당한 호랑이의 발악에 늘 마음을 놓지치 못합니다. 시절 형편이 조변석개朝變夕改하여 낱낱이 알려드리기는 어렵지만 대개 통곡을 하면서 눈물을 흘리는 사람이 많은 가운데, 민씨閔氏의 혈죽血竹200)과 같은 경우는 이전 역사에도 드문 바이고, 최노인이 도적을 꾸짖다가 멀리 유배된 것201)도 또한 쉽지 않은 일입니다. 또 들자니 산택山澤 사이에 왕왕 여러 사람을 분격憤激시켜 일깨우는 자도 있다고 하는데, 사방을 망라해 보아도 진퇴進退의 방도는 없고 재앙만 따를 뿐이니, 족히 우러러 듣게 될 무슨 말씀이 있겠습니까?

□ **박씨 어른재기께 답하다**　　答朴丈載棋

집사執事께서 공회孔懷의 슬픔202)을 당하신 이래 매양 한 장의 조문편지[慰狀]를 닦으려 하였습니다만 미적미적 실행하지 못하다가, 영함令咸(남의 조카를 높혀 칭하는 말) 분이 오실 때, 곧 먼저 내려주신 서신을 받들게 되었습니다. 인정人情과 예의가 전혀 없는 저를 돌아보매 마땅히 내쳐지기에 합당하건만 군자君子의 너그럽게 포용하신 마음을 작은 가슴으로는 헤아릴 수 없는가 봅니다. 받들어 읽을 때는 부끄럽고 군색했으며 비감한 심정으로 이어졌습니다. 서신을 보낸 후에도 달이 바뀌었습니다. 삼가 가을철에 형제를 잃은 복인服人으로서 체절體節을 잘 보중하고 계시는지요? 편지를 받들어 올린 것이 이미 오래인데 가만히 상상컨대, 안범顔範이 갑자기 바뀌어 옛날 모습이 아닐 것처럼 생각됩니다. 알지 못하겠거니와 모발毛髮은 검은 것이 몇 개나 남았는지, 침식[寢饍]은 심히 손절損節에 이르지는 않았는지, 눈은 막膜이 덮여지지는

---

200) 민씨閔氏의 혈죽血竹 : 충정공 민영환閔泳煥이 을사조약의 파기를 외치며 자결하자, 그 방에서 솟아났다는 대나무를 가리킨다.

201) 최노인 … 유배된 것 : 면암 최익현이 을사조약의 체결에 항거하여 제자 임병찬·임락 등 제자들과 함께 전라도에서 400여 의병을 모집하여 관군과 왜적을 대항해 싸우다가 패배, 체포되어 대마도에 유배를 간 일을 가리킨다. 최익현은 거기서 적이 준 음식은 먹을 수 없다하여 절식 순국하였다.

202) 공회孔懷의 슬픔 : 형제를 잃어버린 슬픔. 『시경詩經』「소아小雅」 상체常棣에 "죽음의 두려움에 형제가 서로 걱정하고 생각해 주며, 시신이 언덕과 들판에 쌓여 있을 때에도 오직 형제만이 시신을 찾는다[死喪之威　兄弟孔懷　原隰裒矣　兄弟求矣]."한 말에서 나온 것이다.

않으셨는지, 걸음은 아직도 가볍고 건강하신지요? 상주들이 모두 더욱 외롭게 단절된 지역으로 훌쩍 우거寓居해 가니 살아가는 고초는 논의하지 않더라도 부로父老들께 끼친 심려도 아마 작지 않을 터인지라 대신 민망한 심정 간절합니다.

저의 나이 집사執事에 비하여 어리고 젊지만 쇠약하고 초췌한 모양은 거의 더 심함이 있을 것입니다. 외면으로 흰 머리털[雪霜] 눈·서리가 분분한 것 같고, 내면으로는 혈기가 다 시들어 버려 서사書史를 읽을 땐 오로지 옥편玉篇에 의지하고, 필연筆硯의 응수應酬는 흔히 옆 사람의 손을 빌리고 있는데 일간 지내는 형편은 문득 파파 노인과 다름이 없으니 매양 옛사람의 '내 몸은 다시 얻기 어렵고, 이 세상도 다시 만나기 어렵다[吾身難再得 此世難再逢].'는 말을 생각하게 되니 혀를 차지203) 않은 적이 없습니다.

『근암유고近菴遺稿』는 가을에 등재登梓할 계획이라고 들었는데, 다만 성심誠心은 존경에 그칠 일이 아니오나 무슨 수로 그 인력을 충당하겠습니까? 교정[丁乙]204)하는 일은 저같이 고루한 사람이 감당할 수 있는 일이 아니지만, 한 집도 감히 도외시 할 수 없는 일인지라 삼가 어리석은 의견으로 대략 효주爻周205)를 가하였지만, 반드시 근자根字를 은자銀字로 보는 오류가 많을 것입니다. 다행히 고요한 서재에서 다시 교감校勘을 가하여 잘못된 곳을 유감없이 바로잡는 것이 어떻겠습니까? 판각板刻으로 드러낼 글에 있어서는 더욱이 덕망과 문장력을 갖춘 분이 맡아야 할 일일 것입니다. 저의 얕은 식견을 돌아볼 때 천만 적임자가 아닌즉 의당 백번이라도 간절히 사양해야 옳습니다. 그러나 삼가 생각컨대, 지난 면례를 치르던 날에 한 마디 제문으로 고하지도 못했는데, 만약 또 이 일에도 열심을 보이지 않는다면 평소 개인적으로 경모景慕하던 정리情理를 풀 수 있을 데가 없을 것이므로 이에 감히 참람되고 외람됨을 헤아리지 않고 졸문拙文을 엮어 올리지만, 쓰일 수 없음은 명백할 것입니다. 만약 내버리지 않으려 하신다면 문구文句의 하자瑕疵 및 사실事實이 소루疎漏한 곳은 일일이 적시摘示해 주시는 것을 꺼리지 마시고 옳게 고칠 수 있는 바탕으로 삼게 하시면 어떻겠습니까?

---

203) 돌돌咄咄 : ① '쯔쯔 … '하고 혀를 차며 한탄할 때 나오는 의성어다. ② 괴이하고 놀라움. '咄咄怪事'의 준말로도 쓰인다. 『진서晉書』「은호전殷浩傳」에 "은호가 조정에서 쫓겨난 뒤 담소하고 吟咏하는 일을 끊지 않았으므로 자기 식구들도 쫓겨난 데 대한 유감의 기색을 전연 볼 수 없었는데, 온종일 허공에다 '돌돌괴사'라는 네 글자만 쓰고 있을 뿐이었다." 하였다.

204) 교정[丁乙] : 교정을 가리키는 듯.

205) 효주爻周 : 글자를 '효爻'자 모양으로 표시하여 지워버리는 것이다.

◦ **강벽오장윤희께 드리다.** 정미년(1907)　　**與姜碧梧丈**運熙

　심부름 갔다가 돌아오는 길에 문후問候한지 벌써 전례前例에 따라 위장慰狀으로 조문弔問만
했습니다. 그 뒤로 이미 석 달인데도 소식이 적막하니 우러러 뵙고 싶은 저의 마음 더욱 간절
합니다. 삼가 늦더위에 집상執喪 중 기체氣體 잘 보중하시며 아드님 형제들의 일상도 화평합니
까? 손자[抱孫]206)도 더위에 탈이나 나지 않았는지 모르겠습니다. 하던 공부는 비통함과 분망
함으로 잠시 폐지했겠지요.

　그의 자질이 진보적이고 지기志氣가 드높은 것을 볼 때 장래에 결코 비속한 인물이 되지는
않을 것입니다. 다만 외우고 읽는 것은 아직 십분 정밀·민첩하지 못하지만 노둔함이 진실로
습득에 해 될 것이 없습니다. 그러나 또한 모름지기 '끈질긴 공부[不得不措]'207)를 해야만이 비
로소 진전進前을 바랄 수 있을 것인데, 그가 과연 벌써 이 의미를 분명히 이해하고 있는지 모
르겠습니다.

　저는 어지럽고 시끄러운 것을 피하여 산곡山谷에 우거寓居하여 문호門戶가 날로 침체되어 어
두워지고 의지意志도 날로 소실되면서도 폐기됨을 감수하고 뉘우치지 않을 수 있었던 것은 바
로 굶주림을 면할 수 있는 문전 박토가 있고 자득지락自得之樂(곧 공부로 얻은 즐거움)의 자료가 되
는, 상머리에 남아 있는 서적들 때문이었는데 한발旱魃로 잃게 되었고 한 가지는 수마睡魔에
빼앗기게 되었으니 끝내는 단지 한 바탕 대탈공大脫空208)만 얻게 될 것이 분명합니다. 탄식한
들 어찌하겠습니까?

　포손군은 지난 그믐에 다시 오기로 약속하고서, 발자국 소리가 끝내 적막하니 무슨 애로가
있는지 모르겠습니다. 하인이 돌아올 때 다행히 소식을 보내시어 저의 기다리는 심정을 위로
해 주심이 어떻겠습니까?

---

206) 포손抱孫 : 타인의 손자를 칭하는 말임.『예기禮記』「곡례曲禮」의 "군자포손불포자君子抱孫不抱子"
　　에서 나왔다.
207) 부득불조不得不措의 공부 : 글 뜻을 완전하게 터득하기 전에는 절대로 놓지 않는 적극적인 공부
　　방법.『중용中庸』 20장 "생각하지 않음이 있을지언정, 생각할진댄 터득하지 못하거던 놓지 말
　　며[有弗思 思之弗得 弗措也]".
208) 대탈공大脫空 : 힘만 허비하고 성취하는 것은 하나도 없는 것을 이른다.

▫ 강벽오장께 드리다　與姜碧梧丈

　손자가 왔다간 뒤로 내내 격조하였습니다. 그 사이 한없는 더위를 겪었지만 근일近日에는 가을 분위기가 설핏 도는데, 저의 회포는 하루도 봉황대鳳凰臺 위를 감돌지 않은 날이 없었습니다.209) 집상중 건강관리를 절서節序에 따라 잘 보중保重해 나가시는지요? 저는 더위로 고단하던 몸 상태 서늘해진 날씨 덕으로 잠깐 소생甦生하였으니 사사로운 여간 다행이 아닙니다. 손자되는 분이 한 달 남짓 함께 있었는데 빼어나게 밝은 기운과 완후完厚한 자질이 더욱 나타나고 있으니, 모두가 옳은 방법[義方]210)으로 훈도薰陶된 데서 온 것으로 장래에 넉넉히 강우江右211)의 주인이 될 것입니다. 다만 그 재주와 사려가 남보다 많이 뛰어났다는[穎拔] 흠이 조금 있습니다. 여기 와서 다행히 공부를 폐기하지 않고 함께 공부하는 좋은 짝이 있어서 공부에 소홀하지 않고, 그도 또한 자못 향학의 의지가 있으므로 만약 이로부터 착력着力해 나아간다면 점차 마땅히 진전이 있을 것입니다. 그러나 제가 본디 끌어 가르치는 정성이 부족한데다 또한 그도 휘일諱日(기제삿 날)이 가까이 다가오는지라 돌아가고 싶은 생각이 마치 화살이 과녁을 향하듯 하여212) 감히 일시적인 정리情理와 사랑 때문에 무럭무럭 일어나는 그 마음을 저지할 수는 없어, 우선 그 뜻을 따라 가게 하였지만, 가을 말께 다시 오겠다는 뜻을 떠날 때 거듭거듭 약속하였으니, 상로霜露213)의 절후節候를 기다렸다가 권도로써 먼저 그 아버지의 산소를 소제掃除하게 하시고, 이어 책 상자를 지고 여기로 와서 겨울을 나도록 해 주시는 것이 어떻겠습니까?

---

209) 봉황대鳳凰臺 … 없었습니다. : 비유적 표현으로, 상대방을 몹시 그리워 한다는 뜻이다. 봉황대는 지명으로 상주 봉대鳳臺의 갖춘 이름으로 진주강씨 일파의 세거지이다.

210) 의방義方 : 경직의방敬直義方의 줄임말.『주역周易』「곤괘坤卦」문언전文言傳의 "군자가 공경하여 안에 있는 마음을 바르게 하고 의로워 밖에 있는 일을 방정方正하게 한다[敬以直內 義以方外]."에서 따온 말이다.

211) 강우江右 : 낙동강 오른쪽, 즉 영남의 우도지방을 가리킨다.

212) 화살이 … 하여 : 원문은 '시주矢注'이다.『퇴계선생연보退溪先生年譜』권3,「부록附錄」,「언행총록言行總錄」의 '先生一心向道 如水必東 如矢注的 如金百鍊'이라는 언급을 참조했다.

213) 상로霜露 : 서리가 오면 부모의 산소에 풀이 마르고 이슬이 내리면 산소의 풀이 돋아난다고 하니, 부모의 산소에 성묘하는 것을 가리킨다.『예기禮記』「제의祭義」에 "가을에 서리가 내리면 군자가 이것을 밟고 반드시 서글퍼지는 마음이 있으니, 이는 추워서 그러한 것이 아니다." 하였다.

▫ 강벽오장운희께 드리다　與姜碧梧丈運熙

삼가 사위 군에게 온 서신을 보니 말씀과 뜻이 준엄하여 거의 곁에서 보는 사람으로 하여금 송연悚然하게 하였습니다. 그러나 가만히 생각컨대 궤하几下214)께서 사실과 다른 것을 들으시고 지나치게 꾸짖으신 듯 합니다. 대저 거들어 보호하는 것과 떨어 물리침은 스스로 우리 남인 선비들이 대대로 지켜온 가법家法임을 무릇 우리 갓 쓴 사대부士大夫로 누가 모르겠습니까? 다만 그 거들어 보호하는 데는 반드시 절로 법도가 있으니 결코 문을 닫아 세업世業을 폐기하고, 공허한 말로 매도[唾罵]한다고 하여 갑자기 앉은 채 이룩할 수는 없는 것입니다. 저는 일찍이 이것을 걱정하였지만 그 방법을 얻지 못하였습니다. 차제에 사위 군이 마침 왔기에 그를 좋아하고 아끼는 마음이 지극하여 그가 마냥 시간을 보내도록 방치하고 싶지 않았습니다. 그래서 지난 달 보름 어간에 선조先祖의 정자를 수리한 뒤에 관동冠童215) 십 수인을 모아서 매일 매일 공부하도록 하였으니, 읽는 것은 궤하께서 말씀하신 바 공맹孔孟의 글이요 우리나라 역사서였습니다. 강론한 것은 윤리倫理와 심心·이기理氣의 학설이었고, 글짓기는 시詩요 잡문雜文이었으며, 익힌 것은 산수算數요 해서楷書였습니다. 함께 한 동료들은 시골 우리 문중 젊은이들이었고 교수를 맡은 사람은 집 아이 준형濬衡이었습니다. 외우고 읽는 여가에 때로 뜰에 나란히 열을 짓고 주선周旋과 절선折旋의 규범216)을 행하였습니다. 이 중 무엇이 존문尊門에서 전수해온 의법儀範에 위배된다고 갑자기 과중한 꾸중을 내리셨는지 모르겠습니다. 궤하께서 실언失言을 하셨다고 감히 말하지 못하지만, 결단코 오해라고 하지 않을 수 없습니다. 가만히 듣건대 왕년往年 존문도 또한 일찍이 몇몇 시골 수재들을 모아 마을 분을 훈장으로 초치招致하여 한문漢文을 가르친 적이 있다는데, 그 때는 왜 학교學校라고 하여 배척하지 않았는지 모르겠습니다. 대개 학교는 옛날 성왕聖王들이 물려준 제도[遺制]로 숙塾이니 상庠이니 서序니 교校니 하는 것은 학교의 종류를 매긴 것이고, '여덟 살[八歲]', '열 다섯 살[十五歲]'이라고 한 것은 학교에 들어가는 나이이며, 숫자와 방위이름[方名]217)이니 수일數日이니 서계書契니 악

---

214) 궤하几下 : 동배 연장에 해당되는 상대방에 대한 경칭이다.

215) 관동冠童 : 관자와 동자를 아울러 일컫는 말이다. 『논어論語』「선진先進」편에, "늦은 봄에 봄옷이 이뤄지거든 관동 6~7명으로 더불어 기수에 목욕하고 무우에 바람 쏘이고 읊으며 돌아오리이다[莫春者 春服旣成 冠童六七人 浴乎沂 風乎舞雩 咏而歸]."라는 말이 있다.

216) 주선周旋과 절선折旋의 규범 : 원만하게 돌고, 꺾어 도는 규범. 선비의 일상 기거 동작을 가리킨다.

樂이니 시詩니 사어射御니 예禮218)니 한 것은 배움의 차례[次序]입니다. 「학기學記」는 학교의 규칙이고 『대학大學』은 대학교에서 일삼아 공부하는 것이고, 『제자직弟子職』은 소학교에서 일삼아 배우는 것이며, 「내칙內則」은 여학교에서 일삼아 배우는 것입니다.

관자管子의 말에 농農·공工·상商에 종사하는 사람들이 무리로 모여 고을을 이루어 살고 일에 대해 서로 말하고, 공을 서로 보인다고 했는데, 이는 농·공·상도 모두 학교가 있었다는 것입니다. 공자孔子가 말씀하기를 백성을 가르치지 않고 전장에 보내는 것은 백성을 버리는 것이라 했고, 진문공晉文公은 백성을 3년 가르친 뒤 들어 썼다 하였고, 월왕越王 구천句踐은 10년동안 교훈하여 회계會稽의 치욕을 설분하였으니 이는 장병들에게도 학교가 있었다는 증거입니다.

한 나라 안에 배우지 않는 사람이 없고 가르치지 않는 일이 없었기 때문에 인재들이 풍성[蔚興]하고 지덕智德이 겸비되었으므로 토끼 그물 치는 야인野人들도 성城을 막아 지킬 수 있었고,219) 소융小戎의 여인들도 적개심을 가질 수 있었으며,220) 쇠고기를 파는 장사꾼도 적군을 물리칠 수 있었고 수레바퀴를 만드는 공장이들도 치도治道를 말할 수 있었습니다. 군중[輿人]의 칭송221)을 듣고도 패국霸國을 달성할 수 있었고, 향교鄕校의 논의를 채택하여 정사政事를 들을 수 있게 하였으니 삼대三代의 성세盛世는 대개 이 때문이었습니다. 후대로 내려오면서 법제가 폐괴廢壞되고 선비된 자들이 학교가 무슨 물건인지 알지도 못한 채 오직 사장詞章의 누습陋習만을 가지고 공맹孔孟의 진면목으로 간주하여 실지實地를 탐구하지도 않고 한갓 공허한 문장만을 숭상합니다. 사서四書에도 통달하지 못하면서 종사宗師로 자처하는가 하면 겨우 오언시를 짓는 이가 도통道統의 반열을 다툽니다. 자신이 알지 못하면 이치理致에 없다 하고 자신이 듣

---

217) 숫자와 방위이름[方名] : 동·서·남·북이란 방위이름. 6세가 되면 수와 방위이름을 가르친다[六年 敎之數與方名]. 『예기禮記』 「내칙內則」.

218) 수일數日 … 예禮 : 군자가 갖추어야 하는 여섯 가지 과목. 즉 예악사어서수禮樂射御書數를 풀어 쓴 것이다.

219) 토끼 그물 … 있었고 : “肅肅兔罝 椓之丁丁 赳赳武夫 公侯干城”에서 인용한 말(『시경詩經』 「국풍주남國風周南」).

220) 소융小戎의 … 있었으며 : 『시경詩經』 「진풍秦風」 소융小戎의 “小戎 美襄公也 … 婦人能閔其君子焉”.

221) 군중[輿人]의 칭송 : 여인은 중인衆人과 같은 뜻으로 여러 백성들의 노래이니, 그 내용은 이렇다. “우리들이 자제를 두면 자산子産이 가르치고, 우리들이 토지를 가지면 자산이 늘려주네. 자산이 죽으면 누가 그의 뒤를 이을까[我有子弟 子産誨之 子産田疇 我有殖之 子産而死 誰其嗣之].”(『좌전左傳』, 양공襄公 삼십년三十年).

지 못했으면 괴탄愧誕한 일로 여겨 사邪니 이夷니 하면서 함부로 비평을 가합니다. 이 때문에 공맹의 학문은 범위가 날로 위축되어 점차 훈고가訓詁家로 되고 공령가工令家로 되어, 젖 성분이 이미 다하여 맹물 맛이 되니 그 고질적 폐단은 나라 전체가 다 그런 지경이지만, 우리 영남이 더욱 심합니다. 가령 공맹의 진면목이 과연 이와 같을 뿐이라면 어찌 족히 만세토록 종주宗主로써 숭앙을 받겠습니까? 오늘날 소위 학교라는 것은 바깥 세계에서 수입된 것으로 남만격설지음南蠻鴃舌之音222)은 들을 만한 말이 없고 오의치발烏衣薙髮223)은 볼만한 의범儀範이 없으므로 궤하께서 비루하게 여겨 타매하고 떨어 배척하시는 것은 혹 그럴 수 있으므로 이상할 것이 없지만, 비록 그렇지만 이것이 어찌 학교의 책임이겠습니까? 현금現今의 천하 만국이 문명을 숭상하는데, 문명은 학교에 근본을 둔 것이므로 많으면 수 만 곳이요, 적은 경우에도 또한 수 천 곳 됩니다. 그런데 오직 우리 대한大韓만 교육이 없는 나라가 되었습니다. 이웃 나라에게 압제를 받는 것도 바로 이 때문입니다. 그렇기 때문에 위로 조정에서 누차 칙령이 내려졌고 인사人士들로부터 더욱 많은 찬성贊成을 받게 된 것입니다. 만약 이러한 시국[時勢]을 맞이하여 정신을 떨쳐 연마하여 고칠 것은 고치고 채택할 것은 채택하되, 신구를 참작하고 지덕智德을 아울러 진보하게 한다면 오도吾道가 어둠에 묻혀 버리지는 않을 것이고 조국도 부흥될 것입니다. 도리어 이처럼 하지 않고 문을 닫고 웅크리고 앉아 냉대해 보면서 걸핏하면 배척이나 하는 것으로써 고상한 의취意趣로 여김은, 제가 생각컨대는 근본을 버리고 말단을 쫓는 것입니다. 을乙이 진실로 죄가 있어서 시세時勢에 어두워 나라를 병들게 한다면 갑甲도 또한 책임이 없다 할 수 없습니다.224) 사위 군이 상계서당[溪塾]에 머물러 공부하는 일에 있어서는 애초 이렇게 빠를 것을 생각하지 않았습니다. 이는 정리情理를 탓할 것이 아니지만 한 때 아끼는 심정에 이끌린 것은 분수에 맞게 공부를 시킨다면 혹 효과가 있을 것을 바랐던 것입니다. 실은 자제子弟를 교육하는 일은 절로 부형에게 책임이 있는 만큼 제가 어찌 감히 마음대로 결정할 일이하겠습니까? 그래서 보내 드리니 모름지기 슬하에 거두어 두고 바른 길[義方]로써 가르쳐, 좋은 세월을 헛되이 보내지 않게 하시기를 천만 축원합니다.

---

222) 남만격설지음南蠻鴃舌之音 : 만이蠻夷의 말이 떼까치 울음소리와 같다는 뜻으로, 이민족의 말을 얕봐서 일컫는 말이다. 『맹자孟子』에, "남만南蠻 격설鴃舌의 사람"이란 말이 있다. 여기서는 서양 오랑캐의 학술을 말한다.

223) 오의치발烏衣薙髮 : 오의烏衣는 검은색 복장이고, 치발薙髮은 청나라 사람의 변발辮髮인데, 모두 오랑캐 풍속이다.

224) 허문虛文을 일삼는 부류를 가리킴. 갑甲은 학교를 무조건 배척하는 사람을 빗대어 말한 듯.

□ 대한협회에 답하다. 무신년(1908)   答大韓協會

저는 영남嶺南의 시골사람입니다. 산골[巖谷]에 칩거하여 견문見聞이 협소하므로 세계가 어떤 모양이며 세월이 어떤 때인지를 모릅니다. 언뜻 우편으로 효유曉諭의 글을 받들어 읽으니 문장의 의미가 강개慷慨·간절하여 족히 사람을 꿈속으로부터 깨워 일으키는 효과가 있었습니다. 이에 고통스럽던 마음에 감격하여 저도 모르게 절을 하였습니다.

아! 우리 대한大韓이 이러고 나라를 가졌다고 할 수 있겠습니까? 대저 나라는 백성들이 모여 이룩되는 것입니다. 우리 대한이 수립된 햇수 또한 짧지 않으니, 가령 2천만인이 모두 참다운 국민의 자격과 참다운 국민의 정신을 갖는다면 동쪽 땅[東土]에 나라를 갖는다 한들 누가 감히 업신여기겠습니까? 돌아보건대 거짓을 습관적으로 쌓고 그럭저럭 답습하면서 다만 자기 몸만 알고 나라 일을 아랑곳 하지 않으며, 다만 즐거움만 알고 근심할 줄은 알지 못하다가 원기元氣가 소멸함으로써 떠도는 객사客邪(병들게 하는 바깥요인, 여기서는 외침세력)가 들어와서 일국의 권리權利가 모두 타인의 손으로 돌아가게 하는데 이르렀으니 아아! 통탄스럽습니다.

국가國家는 국민의 공적 재산이요, 권리는 국민의 목숨입니다. 그 공적 재산을 빼앗겨도 애석하게 여기지 않고, 목숨이 끊겨도 아프게 여기지 않으니 이러고도 나라에 백성이 있다 할 수 있겠습니까? 서양 사람들이 말하기를 동아시아[東亞]인들은 마치 여울 가에 어지럽게 널린 돌이나 반盤 위에 흩어진 모래와 같다고 한답니다. 곧 단체를 이루지 못함을 비웃는 말입니다. 나라를 다스리는 방도는 단체를 이루게 하는 것보다 좋은 것이 없으며, 나 혼자[獨]보다 더 나쁜 것이 없습니다. 단체가 아니면 능히 내부 세계를 발달시킬 수 없으며 단체가 아니면 능히 외부 세계와 더불어 경쟁할 수 없습니다. 그렇기 때문에 『예기禮記』에 이르기를, '능히 무리를 이룬 것을 일러 임금이라 한다[能群焉之謂君].'고 하였으니 저들 열국列國이 일컫는바 문명과 우방友邦이 제 멋대로 차지한 바 강대함은 정히 이 방법을 먼저 깨달았기 때문일 뿐입니다. 오직 우리 대한인大韓人만은 단체를 이루는 방법을 듣지도 못하고 다만 나 혼자 하는 방법을 알 뿐이었지요. 벼슬아치는 그 직책을 나 홀로 수행하고, 선비는 그 공부를 나 홀로 닦으며, 농부는 나 혼자 힘으로 농사짓고, 공장이는 공정을 나 혼자 감당하며, 장사치는 그 이익을 나 혼자 차지합니다. 가령, 개인대 개인이라도 오히려 우열의 차이가 없을 수 없을 터인데, 항차 개인이 단체를 대적하게 된다면 어찌 가는 곳마다 부서지지 않을 수 있겠습니까?

이제 여러 분[君子]들께서 소견所見을 확고히 지니고 애국사상을 떨쳐 단체를 모으는 요령을 창도하시니, 이는 실로 훌륭한 의사의 이미 검증된 처방과 같습니다. 진실로 능히 열성熱誠과 힘을 온통 기울여 단체를 조직한다면 가히 독일의 양민회良民會나 프랑스의 기념회記念會나 이탈리아의 보국회保國會나 그리스의 보종회保種會와 같은 단체도 만들 수 있을 것입니다. 후일 천운天運을 만회하고 옛 문물을 회복하여 동방東方 4천년 예의지국禮儀之國으로 하여금 천지간에 자립하는 날이 온다면, 우리는 이 단체가 초석礎石이 되었기 때문임을 알 것입니다. 비록 그렇다 하더라도 여기서 말하는 단체란 닭 떼나 사슴 떼의 형식은 안 되고, 반드시 전 국민의 정신을 결집하여 하나의 완후完厚한 모범적 단체로 녹여 이루어야만 하므로, 시험삼아 대한협회大韓協會에 참여하는 여러 분들께 묻겠습니다. 과연 여러분들은 모두 금석金石이라도 뚫을 수 있는 열성과 빼앗을 수 없는 의지와 끓는 물 속이라도 나아가고 불을 밟을 수 있는 용기, 부서진 솥과 가라앉는 배라도 뛰어들 수 있는 담력을 떨쳐 길러서, 사람의 혈기血氣와 성심誠心과 사람을 신나게 할 수 있는 능력을 가진 분들입니까? 아니면 자유自由에 맡겨둘 수 있는 힘이 아직 갖추지 못하고 외부 세계의 침략 압력[侵壓]이 더욱 극렬해 진다면, 똑 같은 손 크림[不龜手之藥; 손 안트게 하는 크림]225)인데, 어떤 이는 패권을 잡게 되고 어떤 이는 빨래하는 일을 맡게 된다고 할 때, 오늘 대한협회가 솜을 빠는 일은 하지 않을 것을 어떻게 알겠습니까? 이것은 더욱 야무지게 다 잡아 격려할 부분이기 때입니다.

저 같은 사람은 용렬하고 비루한 자질로 인간의 가장 못난 사람으로서 입고 먹는 것은 국토國土에 누累가 되고 성명姓名은 호적[民籍]을 더럽힌 지 지금 50여 년입니다. 불행하게도 죽지도 못하고 하늘에 닿도록 씻지 못할 치욕을 앉아서 당하였으니,226) 오직 날마다 한숨 쉬고 눈물짓는 것이 일입니다. 알지 못하거니와 여러 공들께서 어디로부터 듣고서 한 가닥 혈로血路(목숨을 걸고 뚫고 나갈 길)를 지시指示하여 함께 돌아가기를 요구하시는지요? 제가 비록 못나고 어리석은 자이지만 또한 국민의 한 사람[阿屯: 원자, atom]인 만큼 그 몸에 대하여 전혀 책임이 없다 할 수 없으므로, 감히 연애涓埃227)의 정성이나마 보답하기를 생각하지 않을 수 있겠습니

---

225) 똑 같은 손 크림 : '귀수龜手'는 손이 얼어서 거북의 등처럼 갈라짐을 말한다. 『장자莊子』「소요유逍遙遊」에 "위왕魏王으로부터 큰 박이 열리는 씨를 얻어 심었더니, 크기가 다섯 섬이나 되는 박이 열렸으나 너무 단단하고 커서 소용이 없었다."라는 혜자惠子의 말을 듣고, 장자莊子가 그 지혜의 졸렬함을 지적하면서 사용한 우화의 한 대목을 원용한 말이다. 송宋 나라에 손이 갈라지지 않는 약을 만들어 대대로 솜을 빨아 연명해 가는 사람이 있었다. 어떤 객客이 백금을 주고 그 기술을 사서 오왕吳王을 설득하여 겨울에 월越 나라와 수전水戰을 벌여 크게 승리하였다. 그 객은 그 공功으로 봉토封土를 부여받았다고 하는 내용이다.

226) 을사(1905)년 을사조약을 뜻한다.

까? 다만 남쪽 군부郡府는 지세地勢가 멀리 치우쳐 있고, 풍조風潮가 두루 미치지 못함으로써 뜻있는 사우士友들은 거개가 구식 견해를 묵수하여 환경의 변화에 알맞게 적응하는 융통성[時措之宜]을 생각하지 않고, 저의 졸렬한 능력으로는 새로운 의식意識을 발동케 하여 지회支會를 충분히 성취할 수 없겠지만, 이미 스스로 몸을 바쳤으므로 또한 마땅히 시험해 보는 것이 옳을 것이니 본회本會의 규칙規則을 보여 주시기를 희망합니다.

▫ 대한협회 안동지회에서 본향 사우들에게 주다　大韓協會安東支會與本鄉士友

문을 닫아거는 것이 옳은 일이지만 한 집안사람이 싸울 때 갓끈만 매고 달려와 말릴 수 있고[228], 원칙[綱]을 지키는 것이 예법이지만 형수가 물에 빠졌을 때 손을 잡아 당겨줄 수 있는 것이니, 중요한 것은 시의時宜에 적절해야 하는 것입니다. 현금現今 육주六洲가 서로 통하고 오종五種[229]이 분쟁하여 세계 열국은 민권을 강화해 나가지 않음이 없거늘, 오직 우리 대한사람은 마음을 각각으로 품어 단합을 이루지 못하고, 자신의 책임이 무엇인지도 모르면서 국민의 의무를 논합니다. 이 때문에 우리 협회가 설립되었으며, 사람을 모아 무리가 되게 하고 마음을 결집하여 단체를 이루게 함으로써 작은[涓埃] 보탬이 되고자 생각했던 것입니다. 이에 개설된 지 반년토록 회원이 많지 않음은, 오직 문을 닫고 꼿꼿하게 누워 냉담하게 비판하고 한만하게 평가하는 것으로 고상한 의취意趣로 여기기 때문이니, 이 어찌 시국時局을 훤히 알고 의무를 잘 인식하고 있는 군자君子들에게 기대하는 바이겠습니까? 가만히 생각컨대, 여러분들은 아름다운 기대가 일찍이 드러난데다 스스로 고상한 덕목을 지닌 분들로 보국진충報國盡忠의 의리에 있어서는 평소 반드시 강마講磨한 바가 있을 것입니다. 이에 글월을 올리오니, 모름지기 먼저 명함을 던져 회록會錄에 메워 써 주시고, 음력 다음달 16일 총회에 왕림하여 참석함으로써 중망衆望에 부응하시기 바랍니다.

---

227) 연애涓埃 : 한 방울의 물로 바다에 보태고, 한 티끌로 태산에 보탠다는 뜻이다.

228) 한 집안 … 있고 : '실투室鬪'와 '영관纓冠'에 관련된 전고의 풀이로, 『맹자孟子』 「이루離婁」 하下에 "한집안 사람이 싸울 경우에는 머리를 풀어 흩뜨린 채 갓끈만 매고서 달려와 구원하더라도 가하다[今有同室之人鬪者　救之　雖被髮纓冠而救之可也]."라고 하였다.

229) 오종五種 : 전 인류를 뜻한다.

▫ 대한협회 본회에 주다　與大韓協會本會

　우리나라는 을사조약 이후로 국민의 정서가 억제 받아 답답[抑益]하여 살아갈 의지를 회복할 수 없습니다. 오직 한 줄기 희망이 본회本會에 있는 까닭은 비단 회會의 규모가 확장되고 날로 공고해 지는 것 뿐 아니라, 진실로 여러 각하閣下들의 언행言行이 정대正大하여 흔들리지도 꺾이지도 않기 때문이니, 외부대신이 글을 쓰지 않더라도 어떤 질문을 하는 조치를 취하고 통감이 새로 바뀜에 어떤 의견 제시가 있다면, 모든 지방에서 다 죽어가는 백성들은 누군들 머리를 들어 서로 하례하지 않겠으며, 생기를 떨쳐 진작하려고 하지 않겠습니까? 근자에 이른바 두 건의 협약協約은 곧 국가현실의 대 귀착점이요 민생 전도前道의 대 관건인데, 우리 대한의 정당政黨이 된 자는 이 시기를 당하여 침묵하는 것을 용납할 수 없을 것입니다. 그런데 아무리 귀를 기울여 봐도 아직 한 마디 성명聲明이 없습니다. 어찌 별 것 아니니까 말을 허비하여 다툴 필요가 없다고 여기십니까? 혹 격식格式에 구애되어 말할 권리가 우리에게 있지 않아서입니까? 아니면 협회의 세력이 아직 완비되지 못하여 능력이 못 미치는 것입니까? 말해도 무익하다는 것은 잘 알지만, 우리 회會가 말하지 않으면 비등하는 여론輿論을 어떻게 표현하며, 흩어지는 민심을 어떻게 수습하겠습니까? 본本 지회支會가 먼 지방에 치우쳐 있어서 평소 정견政見이 부족하므로 범백凡百의 지도指導를 오직 본회에 의존할 따름입니다. 단체에 참여하고 있다는 것은 사안事案에 따라 품의稟議하고 질문할 의무가 있으므로, 이에 감히 격식 밖임을 피하지 않고 만 가지를 무릅쓰고 의견을 드리[仰瀆: '의사표현'의 겸손한 말]오니 광태狂態와 주제넘음을 용서하시기 바라오며 밝은 견해를 열어 보여주시기를 삼가 요청합니다.

▫ 답서를 부기하다　附答書

　삼가 온 편지를 받들어 보고 세번 반복하여 탄식하였습니다. 우리의 사법권司法權을 남에게 위탁委託하는 것은 우리 국민의 일대一大 비분강개悲憤慷慨를 감당하지 못할 사건이니, 본회 또한 어찌 그 사이에서 벙어리 노릇을 하고자 하였겠습니까? 그러나 뻔히 보면서 차마 말하지 못한 데는 그 또한 생각이 있어서였습니다. 훌륭한 문의問疑에 대해 감히 답하여 아룁니다.
　(을사)조약條約 이래로 한·일간 국체國體가 이미 피보호被保護의 명분名分을 인정하였으

니 모든 일에 핍박逼迫 당하더라도 능히 스스로 면할 수 없는 것입니다. 그리고 사법권을 위탁한 명의名義와 권한權限에 있어서는 우리 대황제大皇帝 폐하陛下의 사법司法 주권을 일본 황제에게 위탁한 것이 아닙니다. 소위 우리 정부政府가 사법 상의 직무를 일본 정부에 위탁한 것이지, 그 주권의 명의가 (일본 정부로) 넘겨지지 않았다는 것이 하나입니다. 수년 이래로 사법과 경찰의 실권이 이미 일본 정부의 손에 넘어갔다는 것은 세상이 다 아는 바입니다. 이번 일은 실제를 명분에 부합하도록 한 것이므로 전 해에 체결한 조약에 비할 경우 지류支流에 불과하다고 논하는 것이 그 둘입니다.

대저 우리 회會의 목적은 우리 전국全國의 정신을 단합하여 이미 망해버린 뒤에 국가를 건립하고자 하는 것이지, 거의 망해가는 나라를 붙들어 매어 만회하는 데에 있는 것이 아닙니다. 큰 집이 이미 기울어졌으므로 붙들어 맨다고 될 일이 아니고, 횡류橫流가 이미 터졌으므로 만회하여 구제될 일이 아닙니다. 근본 조약이 체결되었을 때도 구차하게 참고서 받아들였는데 이제 와서 어찌 지류를 논쟁하겠습니까? 임금의 대권大權 이동도 차마 침묵했는데, 이제 와서 어떻게 직무를 논하겠습니까. 우리가 반드시 힘써야 할 일은 다만 새로운 지혜를 발전시키고 실력을 양성하여 회계會稽의 치욕230)을 씻으려는 준비를 치밀하게 하는 데 있을 따름입니다. 벌어지는 사건마다 바로 설전舌戰을 벌여 시끄럽게 하는 것은 한갓 무익無益일 뿐만이 아니라 애석하게도 우리 회會가 지향하는 민국民國의 대계大計가 중도에 저지되는 것을 면할 수 없게 됩니다. 원컨대 오로지 오직 이러한 뜻을 양찰諒察하시어 은인隱忍 자중自重하시기 바랍니다.

▫ 대한협회 본회에 주다   與大韓協會本會

까마귀와 백로가 함께 어울릴 수 없는 것은 무엇 때문이겠습니까? 검은색과 흰색이 서로 현격하게 다르기 때문이 아니겠습니까? 본회本會와 일진회一進會가 서로 용납할 수 없는 형세라는 것은 나라 사람들이 아는 바입니다. 저들이 남의 당[客黨]이라면 우리는 국민의 당이며, 저들에겐 정신이 없고 우리의 행위는 목적이 있으며, 저들이 일밖에 모르는 놈[了事漢]이라면

---

230) 회계會稽의 치욕 : 전패戰敗의 치욕을 말한다. 오왕吳王 부차夫差에게 회계산에서 패전을 당한 월왕越王 구천句踐이 그 치욕을 잊지 않기 위하여 와신상담臥薪嘗膽하면서 스스로 책려하기를 '너는 회계의 치욕을 잊었는가.' 하였는데, 마침내 오吳를 공격하여 복수에 성공하였다.

우리는 뜻을 가진 사람들이라, 대개 그 성질이 같지 않고 견해가 상반되므로 일조일석에 억지로 합할 수 있는 일이 아닙니다. 접때 화정華亭에서 한번 모인 이후로 얼음과 숯의 관계가 아교와 옻으로 바뀌었으니, 이와 같이 하는 것을 장차 국가의 행복이라고 말할 수 있겠습니까? 아니면 장차 본회의 포용력이라고 말하겠습니까? 우리 지회支會는 이 사건에 대하여 처음에는 부끄러웠고, 중간에는 의아하였으며, 마지막에는 탄식하였습니다. 무엇 때문이겠습니까?

마을 사람이 갓을 비뚤게 쓴 것이 자신과 무슨 상관이 있다고 황급히 가 버렸겠습니까? 그것(단정치 못한 차림)이 자신을 더럽힐(나쁜 영향)까 두려워한 까닭입니다.231) 하물며 지사志士로 자처하면서 기꺼이 악인惡人들과 더불어 한 패를 이룰 수 있겠습니까?

진秦·월越 나라 사람이 함께 배를 타고 가다가 중류中流에 이르러 풍랑을 만나서 협력하여 노를 젓는 것은, 건너는 데에는 진실로 해로울 것이 없겠지만, 노를 젓는 시기가 아직 멀었는데 배 가운데서 적국敵國을 먼저 대하게 된다면 마주 대하는 거리는 가깝지만 속마음은 딴판인데 과연 유리하겠습니까?

단체團體라 하는 것은 한 두개 모임이 단결할 뿐만 아니라, 2천만인 중에 한 사람도 빠짐없이 단합하도록 하는 것입니다. 완고頑固한 꿈에서 깨어나지 못한 저들이 목적은 탐구하지도 않고 강점을 앞세워서 서로 경계하고 두려워 피한다면, 얻는 쪽은 적은 무리고 잃는 쪽은 많은 무리일 것이니 애석하지 않겠습니까? 또 우리 지회가 본회에 대하여 분한 감정이 없을 수 없는 것은, 본회와 일진회 모두 일국一國의 큰 단체입니다. 일국의 큰 단체가 일국의 큰 단체와 합하는 것이 어찌 작은 일입니까? 지회에 참여해 있는 사람으로서 본회가 지회의 의견을 수렴했다는 소문을 듣지 못하였습니다. 5백리 먼 거리이니 사세가 사건이 있을 때마다 서로 상량商量하기는 어렵습니다. 그러하나 앞으로 큰 일이 많이 있을텐데 먼 시골에 있는 지회가 천가지 생각 끝에 하나를 얻는다 한들 무엇을 좇아 충성을 다하겠습니까? 충심忠心과 고단함으로 격해진 나머지 말을 고르지 못하였으니 용서하여 밝히 보고 회답해 주시면 다행이겠습니다.

---

231) 『맹자孟子』「공손추公孫丑」 상上 "孟子曰伯夷 非其君不事 非其友不友 不立於惡人之朝 不與惡人言 立於惡人之朝 與惡人言 如以朝衣朝冠 坐於塗炭 推惡惡之心 思與鄉人立 其冠不正 望望然去之 若將浼焉"의 대목을 부분 인용한 것으로, 대한협회가 일진회와 더불어 일을 도모한다는 것이 백이의 염결적 생활태도에 대비해 볼 때 분명히 떳떳하지 못한 것이라는 입장을 취함으로써, 처음 부끄러운 심정이 들었던 까닭을 설명하고자 한 말이다.

□ 대한협회 본회에 주다. 경술년(1910)   與大韓協會本會

시국의 일[時事]이 망극하다! 어찌 우리 4천년 신성神聖의 후손이 하루아침에 망국亡國의 인종人種으로 바뀔 줄을 생각이나 했겠습니까? 죄는 실로 자신에게 있으니 누구를 원망하고 누구를 탓하겠습니까? 땅을 굽어보고 하늘을 우러러보기가 부끄러워 다만 바로 죽지 못한 것이 한탄스러울 따름입니다. 이런 즈음에 여러분들의 안부를 묻는 것도 겉으로 꾸미는 말이 될 터이고, 양측 지방의 안부는 접기로 합시다.

사변事變 이래로 꼭 반 달이 지났습니다. 혹 국민의 한 목소리가 있는가 하여 서쪽을 향하여 귀를 기울이지 않았다고는 할 수 없지만, 만규萬竅232)가 고요[寂然]하니 드디어 벙어리 나라가 되어 버렸습니다. 이른바 보도報道는 전혀 잠꼬대와 같고 2천만 민족이라는 것도 일시에 썩어 문드러져 가죽 속에 도대체 생생한 피 한 방울도 없다는 말입니까? 다른 사람은 논할 것도 없고 우리들 당당한 상류의 인사로서 차마 입을 다물고 말하지 않음으로써 꿀 먹은 벙어리[蜀椒: 후추를 꿀로 바꾼 것은 우리 속담으로 표현한 것]233)의 생활을 하는 것인가요? 국가는 이미 끝났습니다! 우리들은 자기 일신一身을 어떻게 살아야 합니까? 아! 여러 각하閣下들의 뜻을 감히 추측하렵니다. 어찌 '우리 회의 당초 목적이 거의 망해가는 판국을 유지하는 데에 있지 않고, 실은 이미 망해 버린 뒤에 새로운 국가를 건립하는데 있는 만큼 오늘의 사변은 진실로 예측한 것입니다. 무익한 말을 함부로 떠들어 갖은 방해만 자초하는 것 보다는 차라리 분을 머금고 아픔을 참으며 후일을 도모하기로 기약하는 것이 좋다.'는 말이 아니겠습니까?

이는 그 뜻이 거룩하지 않은 것이 아닙니다. 그러나 제가 보기엔 우리 백성의 전도前途에 월越 나라 구천句踐이 한 일처럼 하기는 정히 용이하지 않습니다. 설령 될 수 있다 하더라도 몇 년으로 기약할 수 없는 것은 분명합니다. 군자가 어려움에 처했을 때는 주어진 환경에 따라 의로운 길을 가야하며 일호一毫도 구차한 의도가 있어서는 안 되는 것입니다. 이제 착수할 시점을 놓아두고 즉시 천명하지 못하고 아첨하는 노예[奴顔婢膝]의 비굴한 태도로 구차하게 시일時日을 끌어 소란무별蕭蘭無別(쑥과 난초가 구분되지 않음)·옥석상혼玉石相混(옥과 돌이 뒤섞임)의 상태에

---

232) 만규萬竅 : 어떤 사실로 말미암아 촉발하는 다양한 반응을 가리키는 말이다. 『장자莊子』「제물론齊物論」에 "저 대지가 내뿜는 기운을 바람이라고 하는데, 이것이 불지 않으면 그만이지만 일단 불었다 하면 만 개의 구멍이 일제히 노하여 울부짖는다[夫大塊噫氣 其名爲風 是唯無作 作則萬竅怒呺]."고 했다.

233) 촉초蜀椒 : 후추[胡椒]를 많이 먹어서 입이 붙어서 말이 나오지 못하는 양상.

이른다면 일편단심을 누가 다시 알아주겠습니까? 발길을 되돌리면서 스스로 변명하기를 '부끄러움을 품고 치욕을 참을 줄 아는 것이 남아이니, 권토중래할 수 있을지는 알 수 없노라.'[234]라고 한 것은 당唐 나라 사람의 시詩일 뿐입니다.

우리 회의 회원 수는 6~7만 인人이니 또한 큰 단체라 할 수 있습니다. 진실로 회원마다 죽을 결심을 하고, 이러한 정신으로 중단 없이 용감하게 나아간다면 교육은 확장될 수 있고 실업實業은 발전할 수 있어서, 마침내 거의 다 끊어진 혈맥에서 생명의 힘을 회생할 수 있고 싸늘하게 식은 재에 열기를 불어 넣을 것이니 10년 내외에 치욕을 쾌히 씻을 날이 없다고 누가 주장하겠습니까? 그렇게만 된다면 오늘 적막하게 한 소리도 없는 것이 다른 날 1만萬 장부丈夫가 일제히 부르짖는 쾌거를 유도하기 위해서 해로울 것이 없겠습니다. 저 또한 원컨대 조금 말미를 얻어 죽지 않고 우리 대한의 중흥을 기다려 볼까 합니다. 그러나 운수運數가 끝내 그릇되어 일이 여의치 못하면 이릉李陵[235]의 처음 먹은 마음을 펼칠 수 있는 기약도 없이 천년 역사에서 도리어 식자識者들의 비웃음을 받을 것입니다.

저희들은 지금부터 시골 지회의 일거수 일투족을 본부에 통합시켜 감히 편협하고 막힌 일시적인 소견으로 경거망동하지 않겠습니다. 이에 한 회원을 보내어 나머지 의논議論을 듣고자 합니다. 동해東海 바다 몸을 던지어 자결하는 것은 즉시 수행하지 못했지만, 서산西山에 오를 일은 아직 남은 세월이 있으므로 다행히 광태狂態와 주제넘음을 용서하시고 명쾌히 가르쳐 주시기 바랍니다.

□ **김장진기께 드리다.** 경인년(1890) 　與金丈鎭麒

늦 봄에 뵈온 것이 섬마閃麿[236]로부터 올 때였던 듯한데, 그 사이 이어서 인편이 없지 않았지만 게으름이 버릇이 되어 구구한 편지 한 장도 또한 스스로 올리지 못하였습니다. 때로 동

---

234) '부끄러움을 … 없노라.' : 초楚·한漢의 전쟁이 대단원에 이르러 승패가 나누어 질 즈음, 패장 항우의 심정을 빌어와서 지은 당나라 두목杜牧의 시 「제오강정題烏江亭」, '勝敗兵家事不期 包羞 忍恥是男兒 江東子弟多才俊 卷土重來未可知'에서 승구와 결구를 취하였다.

235) 이릉李陵 : 한漢 무제武帝 때의 기도위騎都尉로, 흉노가 비장군飛將軍이라고 칭하며 두려워했던 이 광李廣의 손자. 용사 5천인에게 활 쏘는 법을 가르친 뒤 출전하여 흉노를 누차 격파하였으나, 끝내는 중과부적으로 선우單于에게 사로잡혔다.

236) 섬마閃麿 : 도촌島村의 우리말 음차인 듯하다. 도촌은 현재 도산서원 앞 물 건너 맞은편에 있는 마을로, 퇴계의 후손들이 세거하고 있는 곳이다.

쪽에서 오는 이들에게 기거起居 동정動靜을 여쭈어 우러러 향하는 정성을 위로하였습니다. 그러나 이로써 스스로 꾸며대고자 한다면 참으로 우매하고도 주제넘은 것이겠지요. 세서歲序가 또 다 되어갑니다. 삼가 세모歲暮에 수체壽體[237] 동지[震良; 動止]가 숭중崇重(받들어 귀중히 여김)하시는지요? 복을 누리시는 나머지에 갑일甲日이 거듭 돌아왔군요. 가만히 생각컨대, 잔치를 베풀고 헌수獻壽하는 자리이니 만큼 그 즐거움을 알 만합니다만, 세사世事에 따른 감회가 또한 은연중 상심도 없지 않으리라 여겨집니다.

저는 조부께서 날씨가 추워지기만 하면 잘 아프셔서 침식[寢饍]이 모두 평소 같지 못하십니다. 초읍焦泣의 사정을 어떻게 말로 다 하겠습니까? 분수에 따라 책을 본다[佔畢][238]는 것도 지키지 못하니, 다만 자신을 쓰다듬으며 크게 한탄만 할 뿐입니다. 헌수하는 자리에는 의당 직접 나아가 경사慶事를 함께 즐겨야 하지만, 우환과 분요에 매여 벗어나기가 용이치 못한데다 저 자신은 지극한 통한[239]이 마음에 있은 뒤부터는 남의 수연壽宴에 즐겨 나아가 축수祝壽의 글을 지은 적이 없고, 오늘 저의 소행도 제 마음 같이 시행하지 못해서입니다. 이러한 실정을 알고 계시니 불쌍하게 여겨 굽어 용서하시리라 생각합니다.

▫ 박경익에게 답하다. 무술년(1898)　答朴景翼

여러 해 마음으로만 벼르다가 마침내 나아가 뵙고 인하여 보름동안이나 머물면서 온당한 가르침을 받들고 돌아오니 마음 가득히 얻은 바가 있음을 깨닫겠습니다. 더구나 산 길 수십 리까지 멀리 나와 전별해 주시니 이 후의를 어떻게 잊을 수 있겠습니까? 그러나 습성이 나태하여 편지 하나 먼저 진달할 수 없어 조카님[令咸][240]이 올 때 불교不較의 하서下書[241]를 받들어 읽음에 부끄러워서 낯이 뜨거워지는 것이 마치 벌겋게 단 화로를 얼굴에 엎은 것 같았습

---

237) 수체壽體 : 연세 높은 어른에 대한 경칭.

238) 책을 본다[佔畢] : 원문 점佔은 본다는 뜻이요, 필畢은 간편簡編 곧 책이다. 『예기禮記』에 "今之　敎者 呻其佔畢 多其訊言及于數" 하였는데, 그 주에 "佔 視也 簡謂之畢"이라 했다.

239) 저 자신은 지극한 통한 : 이상룡은 당시에 아버지를 일찍 여의고 조부를 모시고 있었는데, 자신의 입장에서 볼 때는 천붕天崩이요, 조부의 입장에서 볼 때는 상명喪明이기에 '지극한 통한'이라 한 것으로 풀이할 수 있다.

240) 영함令咸 : 상대방의 조카를 높여서 부르는 말.

241) 불교不較의 하서下書 : 답장의 있고 없고며, 연장·연하 등을 따지지 않고 먼저 내려준 편지라는 뜻이다.

니다. 그 사람이 돌아 갈 때도 또 출타 중이라서 답장을 닦아 쓰지 못하고 있다가 마침내 연장자年長者의 근후勤厚한 뜻을 허랑虛浪하게 하였으니 아랫사람의 회포가 더욱 간절히 송구하고 한스럽습니다. 그후 두 달이 지났는데, 삼가 요하지절蓼夏之節242)에 형제분들 기거起居와 신상神相이 청안하시며 안으로 박문약례博文約禮와 밖으로 창수화답唱酬和答에 초연히 매일 자신만 아는 재미가 있으신지요? 저의 향하여 우러르는 마음 없는 날이 없습니다.

저는 조부님의 첨절忝節이 큰 걱정은 대강 면하였지만 보잘 것 없이 사는 모양은 종전대로 분주하게 아이들 채근하고 종 꾸짖는 일 외에 때때로 책 보는 일인데, 새로 얻는 것은 없고 전에 알던 것은 잊어버리니 불가佛家에서 일컫는 바 황양목선黃楊木禪243)이라는 것이 바로 요즘 저의 근황입니다. 탄식한들 무엇 하겠습니까?

문자文字를 교감校勘하는 일은 본래 고루固陋한 제가 감당할 수 있는 일이 아니지만, 허물없는 처지인데 근실한 명을 거듭 어길 수 없어 주제넘음을 헤아리지 않고 점을 찍어 표시해 둔 것이 있었습니다. 그러나 돌아온 뒤에 더 생각해 보니 불각 중에 등에 땀이 흘러내리던 터에, 지금 여러 공들께서 다시 교감을 본다고 하니 실로 공사公私간 만분 다행입니다. 전에 붙여 두었던 종이쪽지는 아까워하지 말고 내 버림으로써 연소자年少者의 과오를 덮어 주시는 것이 어떻겠습니까?

□ **허성산혁에게 답하다.** 갑인년(1914)　　答許性山爀

의외에 조카님[賢咸]244)이 내방하여 답장까지 겸하여 받아 보게 되었는데, 말씀과 의미가 강개·절실하여 충분히 사람으로 하여금 감동하게 하는 점이 있어 두 손으로 받들어 음미하게 되었고 거의 편지지를 놓을 수가 없었습니다. 더구나 심한 추위에 객지의 기거와 동정이 만왕萬旺하신지요? 늘그막에 이러한 중한 책임[重任]을 맡아 정신을 쓰게 되었으니 다만 걱정을 대신하고 싶은 마음 간절합니다. 그러나 다가오는 조정調整·진무鎭撫의 국면局面에 있어서는 실로 믿어 두려워할 바가 없습니다. 다만 보내온 서신에 '각기 당파黨派를 세워 삼분사열三

---

242) 요하지절蓼夏之節 : 한 여름 철을 가리킨다. 강아지풀은 한 여름에 왕성하게 되기 때문에 일컬어진 말.
243) 황양목선黃楊木禪 : 점점 줄어든다는 뜻이다. 황양목黃楊木은 성장이 매우 느린 나무인데 윤달이 드는 해에는 오히려 작아진다 한다. 선가에서 근기가 둔한 사람의 참선을 빗대어 쓰는 말.
244) 현함賢咸 : 상대방의 조카를 높여 지칭하는 말.

分四裂하여 한 집안에서 무기를 잡고 싸운다.'는 등의 말씀은 말과 뜻이 과격한데, 이는 진실로 집사執事께서 남의 말을 들은 바가 있어서 그런 줄을 알겠습니다. 그러나 제가 보건대 이러한 징조는 아직 없고, 혹 소소한 결합으로 각자의 사업을 하고 있는 단체가 있는데, 예를 들면 교육계의 여러 곳 소학당小學堂이나 자치제自治制의 공리회共理會·공제회共濟會, 실업계의 자신계自新稧·농림계農林稧 등이 있습니다. 그러나 이것들은 한 그물 안의 그물눈에 불과하여 목적이 다르지 않은데 어떻게 갑자기 분열되었다고 말씀하시는지요? 대저 이 땅에 이주해 온 우리 겨레붙이들이 매우 복잡 다양하여 종교宗敎나 습속習俗, 성질性質이나 정도程度가 모두 균일하지 못한데, 그 균일하지 못함으로 말미암아 의심의 싹이 싹트는 것입니다. 남을 의심하는 자는 남이 자신을 따르지 않을까봐 의심하고, 의심을 받는 자는 또한 남이 자신을 의심한다고 의심하게 되는 것입니다. 이처럼 까마귀와 백로가 서로 시기하고 세 발 솥의 솥발이 서로 비웃는 꼴이 되어 갑은 '을이 권리를 다투려 한다.'하고, 을은 '갑이 나를 능멸하려 한다.'하는데, 이는 비유하자면 광증狂症 있는 자가 아내를 의심하면서 그것이 자신의 병인 줄을 스스로 알지 못한다거나, 황달黃疸에 걸린 자가 사물을 볼 때 그 색이 변한 색임을 스스로 알지 못하는 것과 같습니다. 이는 그 병의 근원根源이 오로지 자신의 사견私見을 다 극복하지 못했거나 습관을 다 고치지 못한 데에 있을 따름입니다. 집사께서 이미 조정·진무하여 단합시키는 것을 자신의 임무로 여긴다면 요컨대 모름지기 분명하게 착안着眼하고 공변되게 착심着心하여 우선 개인個人에게는 시기하고 의심하는 마음을 없애는데 힘쓰고, 다음으로 전체全體에게는 관대하게 화합하는 덕을 널리 베풀어서 그들의 행동거지에 주목하지 말아야 합니다. 말하든 않든 너무 자세히 살피지 말며, 남의 사정을 억측하여 말하지 않아야 합니다. '당파黨派'라는 두 글자에 이르러서는 오직 입에서 내지 않을 뿐만이 아니라 곧 모름지기 마음에 두지도 말아야 합니다. 이렇게 하여 오래 오래 지속이 되면 같은 목적으로 같은 걱정을 하는 처지인데 어찌 분열할 이치가 있겠습니까? 그렇게 하지 않고 피차 의심을 품고 한갓 단체의 겉모양만 번듯하게 꾸미거나 한 마디도 합치하지 않으면서도 문득 '사회에 독성이 만연하다.'하거나, 한 가지 일도 끝내지 않았는데 문득 '규칙에 위배되고 월권이다.'라 한다거나, 두 사람이 대화하면 붕당으로 돌리고 세 사람이 같이 앉아 있으면 출신 지방색으로 지목하여 점점 더 꼬이고 갈라지게 하여 장난삼아 한 것이 진심으로 한 것처럼 되고 만다면, 이른바 대동단합大同團合의 방침方針이라는 것이 딱 분열을 재촉하는 장본이 되기에 족할 뿐이니, 송宋 나라 유학자儒學者가 말한 바, '우리 당黨이 격성激成한 것이다.'245)라고 한 말을 깊이 되새겨 보지 않을 수 없을 것입니다. 저 역시 평소 이 일을 우려하고 탄식하던 사람으로서 놓치지 않는 좋은 뜻에 감격하여 대강 평소 관찰한 바의 어두운 견해를 참견하여 우러러 진달하였으니, 받아들이거나 내쳐버리는 것은 오직 혜량惠諒하심이 어떠한가에 달려 있을 따름입니다.

◦ **허성산께 답하다.** 계해년(1923)   答許性山

궤하几下께서 유화현柳花縣으로부터 영고탑寧古塔으로 오셨다는 것은, 애초 이사[移居]하실 의향이 있다는 말을 듣지 못하였는데, 추후追後 온 집안이 북쪽으로 향하였다는 기별을 받았습니다. 아! 때는 재앙의 그물[禍網]이 하늘에 가득하여 몸 편할 땅이 없고, 나이로는 팔순八旬을 바라보는 노령老齡이니 아침에 죽을지 저녁에 죽을지를 알기 어려운 연세이며, 땅으로는 낙락천리落落千里의 소식을 물어볼 수도 없는 곳인데, 다가올 일을 말하고 생각하려니 저도 모르게 눈물이 줄줄 흘러내립니다. 한 장 편지로 이러한 회포를 진달하려 해도 우송할 길이 불편하여 생각만 품고 이행하지 못하다가 지난 겨울 조카님[咸君]이 와서 이에 먼저 내려주신 서신을 얻어 두 손으로 받들어 읽으니, 한편으로는 포용해 주시는 거룩함에 탄복하였고 한 편으로는 민첩하심과 노둔함의 현격 차이에 부끄러웠습니다. 거연居然히 세월은 바뀌어 늦봄인데 다시 삼가 이즈음 망명생활에 수체壽體 만왕萬旺하시고 침식[寢饍]과 시청視聽이 이전에 비해 줄어들지 않았으며, 조카[令咸] 형제들의 제절諸節도 모두 태평한지요? 평소 듣기로 북쪽 땅의 생산력이 남만주南滿洲보다 낫다는데 작년 수확은 심히 뜻과 같지 못하다고 하니 서투른 솜씨로 농사 짓자니 어디를 가나 어렵지 않을 수가 없지요. 민망한 심정 간절합니다. 친한 벗 중에 서쪽을 통해 들어가서 좋은 곳[樂地]을 차지했다는 사람 중에 혹 지나치게 상종하여 의지하는 사람이 있습니까? 지역이 러시아[露嶺]와 접하여 있어서 유럽의 풍조와 매우 가까우므로 아직 정체성이 확정되지 못한 젊은이들은 서구 풍조에 심취하기가 쉬우니 널리 사랑을 베풀어 사람마다 깨우쳐 주고 경고하여 그들로 하여금 우리나라[東國]의 정체성을 잃어버리지 않

---

245) 송나라 … 것이다. : 송나라 명도선생明道先生 정호程顥가 한 말로, 희령초熙寧初 장전張戩이 왕안석王安石의 신법新法의 시행을 두고 불가不可하다고 간쟁하다가 마침내 말이 왕안석의 심기를 건드려 유학자들에게 엄청난 재앙이 닥치게 되었던 것을 두고 "신법의 시행은 우리 당黨이 격성激成한 것이다. 당시에 나 자신이 부끄러워 성심으로 임금의 마음을 감동시킬 수 없어서 마침내 오늘의 재앙을 부르게 되었으니 우리 당도 마땅히 왕안석과 함께 그 죄를 나누어야 한다."고 하였다.

도록 해 주시는 것이 어떻겠습니까?

저는 작년 봄 우연히 연경燕京과 계주薊州를 돌아보고 5월에 돌아온 뒤에 견비통肩臂痛에다 담체증痰滯症으로 고통을 받았으며, 옷을 입을 때나 밥을 먹을 때는 아직도 불편이 많다는 것은 섣달 그믐날에 보내 드린 소식과 같습니다. 제가 세상을 살면서 무슨 일을 하였기에 이러한 보복이 갑자기 닥치는지 다만 스스로 가련해 하고 탄식할 뿐입니다. 시사時事는 접때 말한 대로 천년 일득의 드문 기회를 차례로 다 놓치고, 10년 와신상담臥薪嘗膽 뒤돌아 보니 끝내 한 바탕 허무로 끝났습니다. 그만두고자 하면 양심이 허락지 않고 계속하자니 실력이 탕진되었습니다. 이 지경에 이르고 보니 비록 장량張良·진평陳平이 계책을 세운다 해도 별반 묘책이 없을 듯합니다. 당사자 본인에겐 흐릿하지만 곁에서 보는 사람에겐 또렷한 법입니다. 가끔 좋은 말씀 주시고 기회 닿는대로 이끌어 주시어 일을 처리할 때 큰 착오를 빚는 데에 이르지 않도록 해 주시기를 천만 바랍니다.

손녀[孫嬌]를 당초에 데려 올 적엔 이처럼 멀리 떨어진 곳인 줄 몰랐고, 본래 가난한 살림에다 3년을 농사에 실패하고 보니 천리에 식량을 모은다 해도 마련할 힘이 없어, 마침내 존가尊家(상대의 가정을 높혀 부르는 말)에 걱정 거리를 끼치겠기에 지금 막 보냈습니다. 그러나 연약하고 어린 황란凰鸞이 각기 서로 도와 이류異類가 시끄럽게 지저귀는 가운데를 뚫고 지나가야 하니 과연 분요紛擾없이 잘 도착할 수 있을지 염려를 놓을 수 없습니다. 나머지는 언제나 만나 뵙게 될지 종이를 임하여 비창悲悵할 뿐입니다.

권 3

巻之三

□ 서書

○ **외숙, 성대 권공께 답하다.** 갑오년(1894)   答內舅星臺權公

한번 찾아오시기가 정말 쉽지 않으신데 공사 간에 일이 많다보니 훌륭하신 가르침을 흡족히 받들지 못한 점만으로도 제 마음이 속상하고 서운했는데 더구나 눈에 띄는 것마다 서글픈 현실이다 보니 지금이 어느 때입니까? 옛사람이 이른바 '장부도 눈물이 없지 않으나 이별할 땐 흘리지 않을 뿐'[1]이라 한 말이 어쩌면 그렇게도 지금과 딱 맞는 말인지 모르겠습니다.

동성으로부터 인편이 있다는 말을 듣고 편지[下書]를 써 보냈는데 이미 떠나셨다 하는지라 막 안타까워하던 차에 아랫마을 사람에게 편지를 전달받아 바쁜 손으로 읽고 나니 민첩하지 못한 저의 처사가 더욱 원망스러울 뿐입니다.

주신 글로 회정하신 후에도 훤당[2]의 기거와 연위시방[3]의 기거가 모두 왕성하심을 잘 알겠습니다. 행여 먼 길에 왕래하신 후 노독은 없으시도록 보중하시기 바랍니다. 외종 아우들도 차례로 잘 지내나 다만 집안 대소사로 자못 심려가 많으시다 하니 걱정을 대신하고 싶은 마음 간절합니다.

미련한 제 자질로도 문득 또 계절이 바뀌고 작은 할아버지 장례가 눈앞에 닥치고 보니 매사가 창연 비통하여 무어라 말할 수가 없습니다. 오직 어머니 제절이 큰 흠이 없고 두 아우가 모두 편히 잘 있을 따름입니다.

시절[時毛][4]이 한결같이 시끄럽습니다. 강우[5]지역에 거병의 의론이 있으니 장차 반드시 큰일이 터질 터인데 위아래 식구를 온전히 보호하자면 그 계책이 장차 어디서 나오겠습니까? 염려컨대 두 집안이 모두 다시 이사를 해야 할 형편이나 경솔하게 움직이는 것은 역시 좋은 계책이 아닐 것입니다. 다만 근방의 다소 지형이 가파른 산야를 골라 기회에 따라 조처할 계

---

1) 육노망陸魯望의 시 "丈夫非無淚 不灑離別間 杖劍對樽酒 恥爲游子顔 蝮蛇一螫手 壯士疾解腕 所思在功名 離別何足歎"의 첫째 연에서 따온 시구이다.
2) 남의 어머니를 높여 부르는 말. 여기서는 성대 권세연의 어머니이니 이상룡에게는 외조모가 된다.
3) 곁에서 시중드는 사람.
4) 시세. 요즘의 상황, 최근 정세. '시모時耗'로도 쓴다.
5) 강우江右 : 경상도를 낙동강을 기준하여 나눌 때 강 오른쪽에 속하는 지역이다.

획을 세우고 소금과 양식 따위만 대략 준비하였다가 다시 내년 일에 대비한다면 전례에 따라 응변하는 도리에 어긋나지 않을 듯합니다. 그러나 저같이 수단 모자라는 사람이 용이하게 판단할 일이 아니니 크게 한탄할 뿐입니다. 어쩌면 좋겠습니까?

요새를 구축하는 일은 이미 다 마쳤습니까? 듣자하니 풍기·순흥 지경에 토굴이 많은데, 이 토굴은 옛날 도기를 굽던 가마굴의 제도라 나무로 짓는 데 비하여 힘이 덜 들고 일은 쉽다고 합니다. 평소에 혹 이에 대해서도 생각해 보신 적이 있으신지 모르겠습니다.

▫ 성대 권공께 답하다. 병신년(1896) 答星臺權公

두 번의 거사와 대장의 직임에서 물러나신 일이 모두 알맞게 조처한 것이거늘 다시 문득 멀리 떠나 보전할 계책을 세우신 일은 너무 지나친 염려라 여겼던 것이 이제야 석연히 풀리었습니다. 듣자하니 새 거처가 대로에 너무 가까워 깊이 은거하기에는 부족하면서도 또한 길이 제법 멀다보니 노인을 모시고 갈 수 없어 절기마다 문후 드리는 일조차 아마 정성을 다하기 어려울 듯하다 하시니 그간의 고달프셨을 심정을 잘 알겠습니다. 따뜻한 날씨에 우거하고 계신 중 건강은 좋으신지 모르겠습니다. 저번의 수고 끝에 피로가 더하신 것은 아닌지 보중하시기 바랍니다.

지금은 흑재6)의 때입니다. 천지에 가득한 음사의 기운이 한점 따뜻한 양의 기운으로 대적할 일이 아니니 차라리 머리 풀고 입산하여 변성한 매복7)이나 되는 것이 달갑지 않겠습니까?

그러나 가히 두려운 것은 달리는 졸개의 입이 아마도 사마군실8)을 덮지 못하리란 것입니다. 어찌해야 좋겠습니까?

저의 못난 상황이야 족히 말씀드릴 것이 없으나 어머니 제절에 첨절이 없으시니 다행입니다. 의병 일이 두서가 없음은 전과 다름없이 매양 그러하나 거사 후 여태까지 장계를 올려 보고하지 않고 있습니다. 성상의 윤음이 내려온 뒤에도 버티고 받아들이지 않고 있으니 일

---

6) 흑재黑宰 : 겨울의 이칭.
7) 매복梅福 : 한나라 때 벼슬하여 남창위南昌尉를 지냈으나 왕망王莽이 정권을 잡자 벼슬과 가정을 버리고 산중으로 입산하여 종적을 감추었다. 신선이 되었다는 전설을 남겼다. 은자隱者의 대명사로 쓰인다.
8) 사마군실司馬君實 : 송宋의 사학자·정치가 사마광司馬光, 자가 군실이다. 사마온공司馬溫公으로도 불린다.

꾸미기 좋아하는 어떤 무리가 이번 일을 칼자루 휘두를 구실로 삼지 않으리라고 어떻게 보장하겠습니까? 운수에 맡길 수밖에 달리 도리가 없으나 집안을 보전할 계책이 정히 맹랑하여 크게 탄식하고 있습니다. 제나라와 등나라 사이의 길이[9] 본래 가깝지 않으나 지금 다시 모시고 말씀들을 기약이 전혀 없으니 때로 북쪽을 바라보며 한탄할 따름입니다.

▫ 김백하께 답하다. 신묘년(1891)　答金白下

　서신을 드리지 못한 것이 정확히 어느 때부터였는지 기억하지 못하겠으나 아마 1년쯤 되는 듯합니다. 제 자신이 소홀하고 게을러서 웃어른께 버림받은 지 오래되었을 거라고 생각하고 있었는데 크신 도량으로 따지지 않고 서신을 보내 주셨군요. 편지 받들어 읽고 황송하여 마치 화로를 얼굴에 뒤집어 쓴 듯 화끈거려 거듭 매만지기를 그만두지 못하였습니다. 읽기를 그치지 못하였습니다. 그 내용을 보고 이 더운 계절에 당상의 효체孝體(상중의 상대자를 지칭)를 신의 도움으로 잘 지내시며, 형제분[服樣; 복상중의 형제를 지칭]들도 화락하게 기거하심을 잘 알겠습니다. 둘째 아드님의 관례가 다음 달에 있다고 하니 또 이런 경사가 저에게도 얼마나 다행한 일인지요.

　저는 약탕관을 치우자마자 다시 못난 병치레로[10] 하루 종일 찌는 듯한 방안에서[11] 배를 끌어안고 신음하고 있습니다. 집 아이도 또한 밥 먹기를 싫어하고 드러누운 지 벌써 10여 일이 되는데 무슨 병인지 모르겠으나 증세가 점점 깊어지는 듯하여 매우 민망합니다.

　둘째 아우가 지난달에 분가하였으나 좁은 집이 생소하여 자꾸 신경이 쓰입니다. 오직 그 거처가 행랑채에 닿을 만큼 가까워 조석으로 모일 수가 있다는 것이 마음에 조금 위안이 될 따름입니다.

　아드님의 관례는 삼가례로 하시렵니까? 시절을 따져보니 상쾌한 기운이 돌 때인데 관례를 직접 가보고 싶은 생각이 없지 않으나 좌하께서 한 잔 술을 아껴 정확한 시일을 가르쳐 주시

---

9) 제등지로齊滕之路 : 『맹자孟子』「공손추公孫丑」상의 "孟子爲卿於齊 出弔於滕 王使蓋大夫王驩爲 輔行 王驩朝暮見 反齊滕之路 未嘗與之言行事也 公孫丑曰 齊卿之位 不爲小矣 齊藤之路 不爲 近矣 反之而未嘗與言行事 何也"에서 온 말로 여기서는 안동 법흥과 봉화 유곡 사이가 왕래하기에 가깝지 않음을 비유하는 말이다.
10) 원문은 신우薪憂. 채신지우採薪之憂의 준말이다.
11) 원문은 심증深甑.

지 않으니 떡줄 사람은 생각지도 않는데 김칫국부터 마시는 격입니다[食指妄動]. 혼자서도 가소롭습니다. 하하.

저번의 안현 사람들의 일은 차라리 말씀드리고 싶지 않으나 아픔과 가려움을 함께 나눌 처지이니 우려와 한탄이 생각컨대 다를 바 없을 것입니다.

▫ 김백하께 드리다. 계묘년(1903)　與金白下

일전에 동경東京에 갔다 오셨다 들었습니다. 장마에 멀고도 험한 길을 다녀오신 후 노독이나 나시지 않았는지요? 맏아드님의 병고는 차도가 어떠하온지? 치질은 꼭 심려할 일은 아니나 본증이 도져서 안팎이 번갈아 아프다니 그것이 걱정스럽습니다. 듣자하니 요즘은 병자가 병을 두려워하는 마음이 좀 줄었다고 하니 사실이라면 이것은 일대 변화입니다. 원기를 북돋우어 주는 일 외에 때때로 한 두명의 말동무와 계곡을 산책하면서 병을 이기도록 하는 것이 치료에 도움이 될 것입니다. 만일 기력이 강건해진다면 의약치료[12)]에 전적으로 의지하지 않아도 될 것입니다. 시험삼아 이 방법을 써보는 것이 어떻겠습니까?

▫ 김백하께 드리다　與金白下

눈이 다섯 자 넘게 내렸으니 큰 재앙입니다. 야물고 단단하다는 물건들이 모두 꺾이고 부러져 온전한 것이 없는데 하물며, 무르고 약한 자질의 우리 인간이 능히 그 위세를 견디겠습니까? 더구나 새해에는 큰 일[13)] 있었으니 눈에 띄는 것마다 비감하니 족히 원기가 손상되겠지요. 나약한 상제 몸으로 어느 겨를에 문밖 일을 생각하겠습니까마는 다만 사람을 시켜 문안인사 드리는 뜻을 이루지 못했습니다. 눈길이 뚫리지 않았을 때는 오히려 좋은 핑계가 될 수 있었지만 요사이는 태반이 뚫려서 전과를 속죄할 수 있게 되었는데도 문안드리지 못했으니 어찌 영영 잊쳐진 사람으로 치부되지 않았겠습니까? 부끄럽고 한스러운 마음만 간절합니다.

새해 첫날 복체[服體; 상대가 상제일 때 씀] 후 기거가 만강하신지 인사드립니다. 얼마 전의 슬펐던 일은 이미 지난 일이 되었으니 꼭 무익한 기억을 가슴 속에 오래 담아둘 일이 결코 아닐

---

12) 원문 도규刀圭는 의술을 칭하는 말이다.
13) 상을 당한 일.

것입니다. 세전에 도사공都事公 면례의 일은 날짜를 이미 확정해 두셨는지요? 새로 점지한 곳이 제 생각으로는 큰 흠결은 없을 듯한데 법도대로 실행하는 것이 흐리멍텅하게 되는 것이 상제의 본색이니 지나치게 불안하고 당황할 필요는 없을 것입니다. 대저 이 일은 단연코 사람의 지혜만으로는 안 되는 일인데 기어코 가장 걸맞기를 바란다면 오히려 목적달성에 실패하기 일쑤이니 깊이 생각하여 처리하시는 것이 좋을 듯한데 어떻게 생각하십니까?

저는 상중의 슬픔 가운데 새해를 맞았는데 한번 가면 반드시 돌아오는 것이 천도天道라지만 이 망극한 사정은 다시 호소할 곳이 없으니, 다만 모진 목숨이 끊어지지 않음을 한할 뿐입니다. 오직 다행은 남은 식구들이 얼어 죽는 신세는 면하였을 뿐, 찬 구들 찬 부엌이라 아직도 험산준령을 넘었다 할 수는 없으니 수심을 이루 다 말할 수 있겠습니까? 돌아오는 봄에 여막을 걷을 생각이지만 걱정스러운 일이 한둘이 아닙니다. 또 요사이 뜬소문이 참말인지는 알 수 없으나 얼마 안 있어 소동이 있을 것은 점을 쳐보지 않더라도 뻔한 일입니다. 시험삼아 저에게 길을 지시해 주십시오. 어떻게 하면 좋겠습니까?

▫ **김백하께 드리다.** 을사년(1905)   與金白下

이달 초경에 찾아뵐 때는 꼭 하룻밤 머물며 가르침 받을 생각이 없지 않았으나 어른께서 곱절이나 심한 고통스런 날[14]을 당하여 오랜 친구와의 모임에 생각이 없어서 옷을 떨치고 혼자가게 되니 남의 흥이나 깨는 나그네도 또한 돌아가는 것이 옳겠다고 생각하지요. 그러나 한스러운 것은 이미 심중을 굳히고 있음을 알면서도 서로 도와 함께 일할 계획을 세우지 못한 일입니다.

비온 후 겨울 햇빛이 좋은 요즈음, 건강이 좋으신지 모르겠습니다. 접때는 존체가 상쾌하지 못하시더니 찬바람을 맞으며 길에 시달리신 후에 다른 첨절은 없으신지요? 집에서는 신부의 범절이 아름다워 족히 좋은 광경이 되고, 밖에서는 체위體闈가 건강하여 사람마다 경사라 칭송하는 것이 까닭이 있는데 지난날의 아쉬움을 생각한들 무슨 보탬이 있겠습니까?

속세의 한번 화갑은 또한 당사자 마음대로 못하는 일이니 자질들이 그냥 지나치지 않으려 하는 것은 도리에 마땅한 일입니다. 어찌 굽어 허락하시지 않고 이렇게 고집하시는 것입니까? 저 같은 사람이야 하루 밤 침석을 나란히 하여 덕을 누리면 그만이지만 취부타봉[15]의

---

14) 원문은 배통지일倍痛之日.

산해진미를 침만 흘리며 맛볼 수 없다니 마음에 유감이 없을 수 없습니다. 하하.

저는 고통스럽던 천식[寒喘]은 그런대로 나은 듯하나 현기증은 아직 그치지 않고 있습니다. 왜놈들의 사변을 듣고부터 가슴속의 피가 끓어 왕왕 밤새도록 잠 못 이루고 베개에 눈물 자국을 남기곤 합니다. 살아서 불운을 만남이 어찌 이토록 심합니까? 돌이켜 생각하면 우리들 초야의 보잘 것 없는 백성에게도 충심과 의분심이 있는데 저 지위 높은 점잖은 분은 이런 때에 의당 남다른 생각이 있어야 할 터인데 아무런 소문이 없으니 그게 장차 자신과 아무 상관이 없다 하려는 것입니까? 한탄스럽고 한탄스럽습니다.

근일 다른 분주한 일이 없어 금계金溪선생의 유문遺文을 읽었는데 방법이 평이하고 답실하며, 가르침이 간절하여 스승의 강의하시는 좌석이 완연하게 재현됨을 볼 수 있었습니다. 다만 여러 번 모여 교정을 본 것이 자세하게 안본 것이 아닌데도 제 어리석은 소견으로는 아직도 미진한 곳이 있는 듯합니다. 존장 형제분들과 함께 열람하지 못한 것이 한스럽습니다.

▫ **김백하께 드리다.** 기유년(1909) 　與金白下

무더위가 지나고 가을 소리가 삽상颯爽하여 덕의를 우러르는 마음이 더욱 간절하더니 이러한 때에 어른16)의 서신을 받드니 울적한 마음에 매우 위안이 됩니다. 다만 기거 사정을 들건대 요사이 물난리로17) 곤란을 겪으셨다니 더욱 염려스럽습니다. 저는 새로 서늘해진 날씨에 감기가 들었었는데 사나흘 동안 고생했는데 이제 겨우 조금 낫습니다.

지난번 보여주신 묘갈명은 거장의 솜씨라 감히 함부로 논평할 수는 없으나 다만 사실에 대하여 아주 상세하지 못하다는 점이 조금 흠이 될 듯합니다. 듣기로 존장께서 맏아드님을 시켜 품의케 할 작정이라 하신다니 이도 혹 한 방법이 될듯하나 가만히 생각하건대 이번 묘갈명이 벌써 한번 개작한 것인데 대로大老께서 요양하시는 중이신데 이미 마감하신 일을 여러

---

15) 취부타봉翠釜駝峯 : 맛있는 요리의 이름. 취부타갱翠釜駝羹이라고도 하는 데 낙타 등의 혹을 요리한 것이라 함[琵琶記].

16) 원문은 영동슈同인데 여말, 조선 초에 실직 없이 직명만 줄 때, 곧 차함借銜의 벼슬아래 붙여 쓰던 칭호. 후대에 직함 없는 노인을 높여 이르는 말이 되었다. 동지同知. 첨지僉知.

17) 원문은 '위대태소곤爲臺駘所困'인데 대태臺駘는 물귀신의 이름이다. 상고시대 소호小昊씨의 아들인데 전욱顓頊이 분천汾川에 봉한 후에 분수汾水를 관장하는 신이 되었다고 한다. 여기서는 '물귀신에게 피해를 입었다.'는 뜻이니 '물난리를 만났다.'로 풀었다.

번 번거롭게 하는 것은 진실로 미안한 일입니다. 제 생각으로는 막내아우님 소락紹洛형이 직접 문후하는 길에 원본을 가지고 가서 대략 보완해 주십사 청하는 것이 아마도 일의 체모에 적절할 것 같은데 어떠실는지요?

행장의 문체는 반드시 문사를 농하지 못하는 법인데 마침내 한때 사랑을 입었다는 사사로운 관계 때문에 합당한 사람인지를 따지지 않고 명하여 저에게 맡기시니 혹 잘못아신 실책이 아닌가요? 한 사람에게 사랑을 나누어 받은 처지로서 굳이 사양하는 것이 내자신을 소외시키는 처사일 듯도 합니다만 그러나 짐의 무게는 지고 일어나지 못하는 자가 아는 법입니다. 이에 감히 간절히 아뢰오니 깊이 서량해 주시기 바랍니다.

◦ **김백하께 답하다.** 경술년(1910)　　答金白下

뵈온 지 벌써 반년인데 문안편지를 또한 어느 때에 드렸던지 기억할 수 없으니 만약 스스로 꾸며대자면 핑계 댈 말이 없을까 걱정은 아니나 결국은 덕을 그리워하는 정성이 없기 때문일 것입니다. 의외에 조카님이 더위를 무릅쓰고 방문해 주시고, 겸하여 선후를 따지지 않는 서신까지 보내주셨습니다. 받들어 읽자니 너무나 부끄러워서 오히려 감사하고 기쁜 줄을 모르겠습니다. 몹시 더운 철에 형제분의 상중 건강하심과 시하 연위連衛의 안녕하심을 잘 알겠습니다.

지난번 하셨다는 주왕산 유람[周房之遊]은 풍류가 대단하시어 족히 요즘 사람들의 선망을 일으킬 뿐만이 아니라 노경의 기력이 그만큼 좋은 것입니다. 제 생각으로는 유람 중에 감흥을 부친 시작詩作이 반드시 허다할 듯한데 어찌 시고를 다 열어 제게도 누워서 유람하는 자료로 삼도록 해주시지 않으십니까?

제 용렬한 사정은 비록 눈에 띄게 아픈 데는 없으나 정력이 갑자기 줄고 몸도 자꾸 마릅니다. 돌이켜 생각하면 요사이의 탈 많은 세상에 이 정도의 저상抵傷이야 괴이할 것도 없지만 육순에 가까운 사내가 부질없이 수많은 사람들의 비웃음거리에 들어 몸은 상하고 위신은 무너져 남은 것이 없습니다. 애초의 목표는 회會의 형세를 확장하는 데 있지만 깊은 잠에 빠진 것을 살펴보니 다시 잠 깨울 방법이 없습니다. 몸은 세모와 같고 저녁 해는 떨어지려는데 홀로 서서 방황하자니 번민만 늘어갈 따름입니다. 더구나 늦더위가 재앙을 부채질하여 들에 한 점 푸른빛이 없으니 하늘은 또 무슨 마음으로 반드시 우리 생령生靈을 다 도륙하려 하는 것입니까?

행장 초고는 본디 제가 감당할 수 없는 일이나 과분한 부탁이 너무 정중한지라 감히 저버리지 못하여 외람되이 물음막음 삼아 써 둔 것입니다. 그러나 쓰기에 가당치 못할 것이 분명하고, 또 그 흠이 되는 곳을 일일이 가르쳐 주시지 않는지라 휴지 더미에 던져두었습니다. 지금 부탁을 따르자니 더욱 부끄러울 따름이나 이는 시일이 그렇게 급한 것은 아닐 것이니 반드시 버리지 않고자 하신다면 서늘해질 때까지 조금만 기다려 서로 상량하고 개수한 후에 베껴 올리더라도 아마 늦지는 않을 것 같습니다. 서량해 주시는 것이 어떠실는지요?

더위 먹고 땀에 휘둘리어 글이 되지 못하였습니다.

□ 중추원장 김윤식께 올리다. 경술년(1910)   上中樞院長金允植

난신과 적자賊子는 반드시 법에 따라 처단되어야하며 요사한 마귀는 바른 이치에 용납 받지 못합니다. 이것은 동서고금의 없애려 해도 없앨 수 없는 크나큰 의리입니다. 저 일진회의 흉악한 괴수 이용구李容九[18]는 본래 정기를 그르치는 종자로서 무뢰배를 결집하고는 효경梟獍[19]의 악풍과 살무사[20]의 독기를 방자하게 남발하였습니다. 국운의 초췌와 생령의 곤고가 점점 심하여 전국의 인민들이 이를 갈며 침을 뱉고 꾸짖어 그를 똑바로 보지 않은 지가 지금 6~7년입니다. 대저 어찌된 놈이기에 악의 뿌리가 순화되지 못하고 흉한 꾀를 뉘우치지 못합니까? 비할 데 없이 패악한 한 쪽의 글을 지어 합방성명서라 하며 여론 대표라고 함부로 사칭하여 서울과 지방에 두루 퍼트립니까? 그것도 오히려 부족하게 여겨 부도不道(도리에 안 맞음)한 말로 위로 임금의 권위를 범하면서 세 번 물리친 것을 세 번이나 다시 올리는 짓을 하되 조금도 기탄이 없습니까? 아아, 비통한 일입니다. 국권[邦權]이란 국민의 국권이지 이용구가 감히 멋대로 움직일 수 있는 것이 아닙니다. 여론이란 국민의 여론이지 이용구가 감히 사칭할 수 있는 것이 아닙니다. 우리는 단군·기자 이후, 4천년 역사의 신성한 민족인데 이런 추악한 역당에게 오욕을 당할 줄 어찌 알았겠습니까?

춘추春秋의 대의大義에 역적을 주벌하는 데는 네 가지 방도가 있다고 하였습니다. 혹은 마음

---

18) 이용구李容九 : 친일 매국노.
19) 효경梟獍 : 원문에는 견犭변의 효梟로 되어 있는데 조자이다. 효경은 제 아비를 잡아먹는 악조로 사악한 인간을 지칭한다.
20) 살무사 : 원문은 사훼蛇虺인데 제 어미를 잡아먹는 뱀, 살모사라고도 한다. 효경과 마찬가지로 인도에 어긋나는 악행을 일삼는 무리를 지칭하는 말이다.

으로 벌하며, 혹은 혀로 벌하며, 혹은 붓으로 벌하며, 혹은 법으로 벌하는[21] 것입니다. 변괴 이래로 온 국민이 공분하니 마음으로 벌한 것이 아닙니까? 연단마다 성토하니 혀로 벌한 것이 아닙니까? 신문과 관보마다 설파하니 붓으로 벌한 것이 아닙니까? 그런데 법으로 죽이는 일은 정부가 할 일입니다. 온 백성의 귀가 한결같이 정부에 기울어 있는데도 아직 법으로 논정한 적이 없으니 아아, 우리 당당한 대한의 5백년 왕법이 한낱 적신 하나를 능히 주벌하지 못한단 말입니까?

그렇지만 이용구는 말할 나위도 없고, 송병준宋秉畯[22]은 망명한 역도의 괴수인데 해외 도피로 아직도 천벌을 면하고 있습니다. 뿌리를 뽑지 않고서 어찌 싹이나 곁가지가 없어지기를 바랄 수 있겠습니까? 저로서는 송병준을 죽이지 않으면 부지기수의 이용구가 뒤를 이어 생겨날 것이라고 생각합니다. 염려하건대 합하閤下께서 중추원의 요직에 있으니 이 국가존망의 위기를 당하여 의리로 보아도, 수수방관하며 온 나라의 기대를 저버려서는 안 될 것입니다. 엎드려 바라건대 장차 이 두 흉역의 죄상을 의정부에 알려 국법을 엄정히 적용하십시오. 이어 천하에 포고하여 만국백성들로 하여금 우리 대한에 진정한 국민의 여론이 있음을 알게 하십시오. 천만번 간절히 기원합니다.

▫ 이제경강호에게 답하다. 기해년(1899) 答李濟卿康鎬[23]

근자에 며칠 밤 같이 보낸 일은 족히 10년 간 흠모해 오던 제 뜻을 달랠 만하였습니다. 그러나 귀당龜堂에서 한번 헤어진 뒤로 문득 다시 뵐 길이 아득하여 매양 고인의 소수연저搔首延竚[24]의 시구를 외며 흉금에 탄식이 가득하지 않은 적이 없습니다. 뜻밖의 훌륭한 편지[左墨珍重]가 신선이 사는 고장[無何有之鄕]으로부터 도착하여 헤어지던 당일의 감상을 더듬어 읊으

---

21) 혹은 … 벌하는 : 역사서의 문장의 표면에 현저히 드러내지 않으나 사관史官의 사론이 은미하게 행간 투영되게 마련인데 만인 공분의 죄악에 대한 평가를 적절히 사서에 나타낸 것이 이른바 사주四誅이다. '심주心誅·설주舌誅·필주筆誅·법주法誅'를 말한다.
22) 송병준宋秉畯 : 친일 매국노.
23) 이강호 : 본관 진성. 호는 함산菡山. 안동 하계출신으로 서산 김흥락의 문인이다.
24) 소수연저搔首延竚 : 『시경詩經』「패풍邶風」정여靜女 편의 "사랑하는 데 보이지 않아 머리 긁으며 서성이내[愛而不見 搔首踟躕]."와 『초사楚辭』「구가九歌」대사명大司命의 '결계지혜연저結桂枝兮延竚' 의 의취를 아우른 말로 그리워하여 머리 긁적이며 자리를 떠나지 못하고 기다리며 배회하는 모양을 그린 말.

시고 거듭 간곡한 뜻을 지극히 하셨습니다. 알지 못하겠거니와 집사께서 이 용렬한 사람에게 무엇을 취할 게 있다고 이토록 마음을 쏟아 허여하시는 것입니까? 봉함을 열고 거듭 읽음에 부끄럽기 그지없습니다. 주신 글 읽고 나니 접때 노닐던 몇 군데서 조용히 지내시며 묵은해를 보내고 새해를 맞는 동안 체도에 신명의 보살핌이 있으며 경전과 사서를 익숙히 보시는 즐거움이 날로 깊어짐을 잘 알겠습니다. 이런 소식은 실로 나 같은 무리가 평소에 별로 들은 적이 없는지라 몹시 마음이 놓이며 거듭 탄복해 마지않습니다.

저는 노친을 모시고 새해를 맞게 되니 한편은 기쁘고 한편은 두려운 마음[一懼之私]25)입니다. 아우의 신고와 아이의 질병이 더했다 덜했다 일정치 못하며, 문내의 참혹한 상사가 한둘이 아니라 장례와 매장이 계속되니 저간 심사가 황폐하기 이루 말할 수 없습니다. 게다가 눈을26) 다쳐 자세히 보아야 할 일만 있으면 번번이 두 눈이 찌르듯 아프니 차라리 조물주가 용렬한 이 사람의 하는 꼴을 잘 알아보고 무용지물이라 여겨 이런 희극을 지어낸 것이 아니겠습니까?

집사를 생각하면 못난 사람을 잘 이해하는 초일한 자질에다 일찌감치 필생의 사업[一事]을 마쳤으니 달리 연연할 일이 없습니다. 집안에서 연찬하되 궐리闕里의 유가서27)를 낱낱이 읽고, 밖에서 탁마하되 사방의 어진 호걸들을 빠짐없이 사귀었으니 대개 그 박식한 학문과 풍부한 재능은 더불어 비견할 만한 이가 드물 것입니다. 그런데도 오히려 부족하여 스스로 작다 여기고, 평소 뜻하던 바를 못 이루었다 안타까이 여겨, 비루하기가 저 같은 사람으로 하여금 채찍으로 둔마를 치고 숫돌로 무딘 칼을 갈도록 도와서 친구[切切偲偲]28)의 말석에 남아 있도록 하여 주시니 그 큰 겸허함이야 흠탄할 만하지만 상대가 적격자가 아니니 어찌합니까? 저 상희도 소싯적에는 더러 공부에 뜻을 둔 적이 있었으나, 우환과 질병에 위협 받고, 기질과 버릇 때문에 버려지고 갇히더니, 차츰차츰 오늘에 이르렀습니다. 그러니 총명은 다시 거두어 담을 길이 없고 견문은 더욱 흩어 없어져 자포자기[朽然]하듯이 일곱 자 일신만을 분수로 아는 궁벽한 촌가의 일개 서생이 되어버렸습니다.

---

25) 일구지사一懼之私 : 『논어論語』「이인里仁」 "부모의 나이는 알지 않을 수 없으니, 한편으로 기쁘고(오래 사시니까) 한편으로 두렵다(노인의 건강은 예측 불허니까)[父母之年不可不知也 一則以喜 一則以懼]."

26) 본문은 사시司視. 응시를 관장한다는 뜻으로 눈을 가리킨다.

27) 원문은 '궐리지비장闕里之秘藏'. 궐리는 공자의 마을인 곡부의 지명인데 그곳에 감추어진 은미한 의리라는 말이니 공문의 지결을 담은 유가서를 범칭하는 말이다.

28) 절절시시切切偲偲 : 붕우에게 간절하고 자세하게 책선하는 모양.『논어論語』「자로子路」 편에 "子曰 切切偲偲 怡怡如也 可謂士矣 朋友切切偲偲 兄弟怡怡也"라 하였다.

집사가 자신을 돌아보아 환히 잘 아실진대 이런 나를 멸시하기에도 겨를이 없어야 마땅할 것인데 오히려 '크게 기대하고 의지한다.'는 등의 말로 허여하시면서 '선비를 고무 격려하라.'는 책임 한쪽을 맡기셨지만 저 자신은 방종하면서 남을 고무 격려할 수 있는 자가 어디에 있겠습니까? 또 고무 격려한다는 말은 그 발랄한 생기를 바탕으로 하여 정기를 진작함을 이르는 법인데, 근래 우리 유가의 쇠미함은 꼭 말라 죽어가는 나무와 비슷하여 풍뢰가 지날 때마다 꺾이고 부러질 뿐, 우로가 적셔도 생기를 내어 살아날 줄 모르니 진실로 이는 운세와 기수로 어찌해볼 도리가 없는 것입니다. 그런데 혹 자기의 힘과 역량을 헤아리지 않고 옛날의 견해를 고집하면서 남을 일으켜 고무시키고자 하는 이가 있다면 정신병자라고 비웃지 않을 자가 있겠습니까?

비록 그렇기는 하나 이는 다만 세상을 헤쳐 나가는 하나의 방도를 말한 것일 뿐입니다. 만약 우리 유학[斯文]의 큰 의리로서 말하자면 아마도 태어날 적부터 이 불변의 천성[秉彝]을 가지고 태어났으니 어찌 잊으면 잊는 대로, 그치면 그치는 대로 방치한 채 구원해 줄 방법을 생각하지 않을 수 있겠습니까?

또한 집사께 원하건대 방편을 써서 남을 진작하겠다는 뜻을 세우려면 먼저 자신의 신상 문제에 나아가 더욱 자신부터 진작하고 힘써서 자신의 말이 그들의 법이 되고 자신의 행동이 그들의 기준이 됨으로써 나 자신의 인격에 그들이 기꺼이 감복하고 나에 대한 소문에 고무된다면 그 파급효과는 커져서 마땅히 정의正義는 날로 밝아지고 부정한 주장[邪說]은 날로 꺼져드는 데 이를 것입니다. 저와 같이 변변치 못한 사람도 이끌어 주시는 그 힘에 의지하여 촌척이나마 힘을 다하여 휘하[下風]에 달려가 모진 풍상의 세월을 극복할 것을 기약할 수 있을 것입니다. 이렇게만 된다면 남을 고무 격려하는 효과가 매우 크지 않겠습니까? 간담상조의 알아주시는 처지를 믿고 망발의 말씀이 여기에 이르렀는데 집사께서는 어떻게 생각하실지 모르겠습니다.

여강서원으로 가신다는 말씀[廬阜之施]은 스스로를 잘 단속하려는 경계일 뿐으로 알겠거니와 저는 스승[丈室]의 환후 문안을 위하여 막 검제로 떠나려던 참입니다. 돌아올 때가 빠르냐 늦냐 하는 것은 병세가 좋아지느냐 아니냐에 달렸을 뿐이지요. 돌아온다 하더라도 도연과 사빈에서 만나자는 약속은 아마 확약하기 어려울 듯합니다. 한번 만나 시원하게 회포를 푸는 것도 '운수가 좋아야 되다니!' 슬픈 탄식 금할 수 없습니다.

▫ 김공달[29]께 드리다. 갑진년(1904) 與金公達

　편찮으시다는[30] 소식 듣고 한번 문안 드려야겠다 생각했더니 결국 못하고 마는군요. 요사이 날씨도 화창하고 하여 점점 나아지시리라 했었는데 오늘 조카를 만난 길에 잠은 잘 주무시며 음식은 잘 잡숫는지를 물어보니 아직 예전대로 회복치 못하고 계시다니 구구히 다시 걱정이 됩니다. 봄비가 부슬부슬 내립니다. 조섭이 점차 나아지셔서 기침이 날로 줄어들고 거동이 날로 더 가벼워지시며 형제분들과의 담소·토론도 날로 재미가 더하신지요? 긴 근심이야 일상 분수로 돌리겠지만 다만 여러 달 조섭하는 사이에 가외로 들어간 비용도 만만찮을 터인즉 곤궁한 형편에 효성스런 봉양이 오히려 병드신 어버이의 자애로운 마음에 걱정을 끼치지는 않는지요? 제 생각인데 집사께서도 이제 노쇠할 나이인데 한번 원기를 잃으면 단번에 회복하기는 어려울 터이니 조섭할 방도를 소홀히 해서는 안 될 듯합니다. 의원의 처방 외에도 스스로 기력을 참작하여 때때로 마음 맞는 사람들과 계곡을 산책하면서 울적한 마음을 씻고 의지를 새롭게 할 필요가 있습니다. 자주 쓰는 문지도리에 좀이 슬지 않는 것과 같은 이치입니다.[31] 이것도 혹여 따로 한 가지 처방이 되겠습니까?

　저 상희는 우둔한 숨을 그럭저럭 살고 있지만 탈상을 겨우 열흘 남짓 남겨두고 있으니 허전하고 외롭기 짝이 없으며 이달 초에 또 외지에 있는 형제가 참척慘慽(자손이 부모님보다 먼저 죽는 일)을 당했으니 저간 심사의 더욱 괴롭고 슬픔을 이루 말할 길 없습니다. 시사에 관해서는[時象] 요즘 전혀 들은 바 없어 잠시 구차히 즐기는 데 방해될 것은 없습니다. 그러나 향중의 의견이 갈리어 대치하는 기습은 한층 더 격렬해져서 심지어 서로 끌어다 구함하는 데 이르렀으니 끝내 어떤 형세로 가게 될지 모르겠습니다. 탄식한들 어쩌겠습니까?

▫ 김공달께 드리다 與金公達

　간간히 사우士友들이 왕래하는 인편에 병환이 조금씩 호전되어 가마로 도연 사빈을 왕래하

---

29) 김공달 : 김효락. 자가 공달이며 호는 서산. 백하 김대락의 아우이다.
30) 편찮으시다는 : 원문은 미신美愼. 상대방의 병을 높여서 부르는 말. 병환.
31) 『삼국지三國志』 「위지魏志」 오보전吳普傳. "인체는 노동하고 싶어한다. … 움직이면 곡기가 소화되고 혈맥이 유통되어 병이 날 수 없다. 비유컨대, 문지도리가 썩지 않는 것과 같다. … 사람의 몸도 이와 같다[(華佗) 語普曰 人體欲得勞動 … 動搖則穀氣得消 血脈流通 病不得生 譬猶戶樞不朽是也]."

시며 노닐기도 하신다는 소식을 들었습니다. 염려하던 터이라 매우 다행이라고 생각하면서도 오히려 자세한 내용을 듣지 못하여 안타깝던 차에 의외에 아드님이 내방하였군요. 아드님에게 근황을 물어서 한낮 더위에 섭생을 조절하며 동당 형제분과의 즐거움이 가득한 외에도 바둑친구와 바둑을 두거나 담소하며 소일하고 계심을 잘 알았습니다. 정력이 훨씬 강건해 지신 증거이겠습니다만 다만 대국으로 승부를 다투는 일은 기운을 손상키 쉬우니 벽상에 기대어 관전이나 하면서 힘을 덜고 피로를 잊는 것만 못합니다. 정신을 아껴 쓰는 것이 진실로 기력이 줄어드는 만년의 공부일 것인데 더구나 큰 병으로 힘을 소진한 끝이겠습니까? 일층 주의하지 않으면 안 될 것입니다. 우러러 그리워하는 마음에 부질없이 이러한 걱정을 드릴 따름입니다.

저 상희는 몹시 우둔하고 모진 사람입니다. 여막을 걷자마자 상복을 단번에 평복으로 바꾸고 오히려 편안히 먹고 쉬며, 기거 담소하는 것을 여느 사람과 조금도 다른이 없으니 온 세상을 쳐다보고 굽어볼 때 이게 무슨 사람의 노릇이겠습니까? 그래도 다행한 것은 두 아우의 근황이 모두 괜찮고 보리타작을 끝냈으며 이웃 간의 우환이 조금은 안정되었으니 이런 잠시잠깐의 안락함을 얻기도 쉽지 않은 것입니다.

시절 또한 요사이 가을빛이 점점 깊어 가는데 왕왕 심기가 편치 못할 때 뜻 맞는 여러 벗들과 더불어 흉금을 털어놓고 어울리고 싶으나 제가 상례로 칩거한 뒤로 형 또한 와병중이라 다만 마음에 못 잊히어 서로 그리워할 뿐입니다. 몸소 발섭하여 오시기는 감히 바라지 못하겠으나 가마를 타고 한번 거동할 수 없겠습니까? 이 뜻은 이미 아드님에게 말했으니 반드시 (그렇게 하시자고) 형께 아뢸 것이라 생각됩니다.

◦ **최숙도**[32]**께 보내다.** 임인년(1902)　與崔叔度桓

숙소에서의 두어 차례 인사드리고 안면만 익혔을 뿐 한 번도 제 성의를 기울인 적은 없었으나 대개 겉모습을 보면 그 내면이 짐작되는 법입니다. 지난 섣달 말경에 오셨을 때 처음 이틀 밤을 함께 거처하면서 좋은 말씀을 흡족히 들었으며, 아울러 치가위정治家爲政의 미담까지 듣고 보니 전날의 경복은 다만 겉으로 드러난 그림자를 본 것일 뿐이었음을 더욱 잘 알았습니다. 속으로 반평생 몽매하게 살아온 제가[33] 지금부터는 보고 배울 곳이 있게 되었으니

---

32) 최숙도 : 최환崔桓. 전주최씨로 선산 해평출신이다. 자가 숙도이다.

다행스럽게 생각합니다.

다만 집사께서 만약 '자기만 못한 사람을 벗 삼지 말라.'[34]는 경계를 지니고 계신다면 도리어 간절하게 깨우쳐 주고 이끌어 주시는 혜택을 받을 수 있는 인연이 없어지게 될까 두려울 따름입니다.

헤어진 후로 해가 바뀌고 봄이 한창인데 도체 기거가 새해를 맞아 더욱 편안하시며 독서 궁리가 날로 높고 묘한 경지로 나아가시는지요? 나아가 함장 연석에 강론 질의하거나 물러나 어린 선비들을 지도하고 계신 사이 아마도 가르침과 배움[教學]이란 두 가지 길에 남이 짐작하지 못할 즐거움이 있을 듯합니다. 그러니 제 구구한 흠모는 사실은 인사 안부외에 여기에 있다고 하겠습니다.

저 상희는 아버님의 체절이 봄 들어 좀 못하시더니 거듭 어린 것이 홍진을 앓아 초하룻날까지 경황없이 지났습니다. 요사이 겨우 정신을 수습하고 공부를 시작했으나 하다 말다 하는 공부에 재미가 있을 리 없습니다. 학식이 넓고 품행이 단정한 집사와 같은 사람과 더불어서 밤낮으로 편달 받는 유익함이 있기를 바라지만 사정을 보건대 될 수 없는 일이고 보니 당신을 보고 싶은 그리운 회포만 일으키곤 합니다.

하학상달의 참뜻에 대해서는 평소에 깊이 연구해본 적이 없는데 급작스럽게 귀하의 의론을 들었을 때는 깊은 잠이 아직 덜 깬 듯하여 말씀을 듣고서도 무슨 의미인지 깨칠 수 없었습니다. 근래에 『대산집大山集』[35] 속의 후산后山[36] 이공李公께 쓰신 편지를 읽어보니 바로 이 주제를 의론한 것이었습니다. 거기서 이르기를, "실천을 중심으로 설명하자면 예컨대 하학下學은 마음을 낮추고 뜻을 낮추어 끝까지 실천하는 것과 같으니 이러한 단계를 뛰어넘게 되면 이것이 곧 상달上達이다. 글씨 쓰는 데 비유하자면 처음 익힐 때가 하학이요, 글씨가 익숙해져서 한 점 한 획이 모두 법도에 들어맞으면 이것이 상달이 되는 것과 같다(-주자의 설-). 지식과 실천[知行]을 중심으로 설명하자면 예컨대 어떤 사事를 배워 그 이理에 통달하는 일과 같으니 저 형이하形而下에 나아가서 형이상形而上의 것을 획득하는 것, 바로 이것이다(-마찬가지 주자의 설-). 지식[知]을 중심으로 설명하자면 예컨대 격물치지格物致知는 진실로 하학의 일이 물격

---

33) 미혹迷惑 원문은 전명顚冥인데 간찰 등에서 자신을 겸칭하여 미혹에 빠져 있거나 또는 그런 사람임을 피력하는 말.
34) 『논어論語』「위정爲政」 "無友不如己者 過則勿憚改"에서 온 말.
35) 『대산집』: 대산大山 이상정李象靖의 시문집을 말한다.
36) 후산 : 후산后山 이종수李宗洙.

지지物格知至는 상달上達이다(─대산이 발명하신 설─)."라고 하였습니다. 인용한 근거가 명백하고 의리가 잘 갖추어져 있습니다. 여기서 드디어 귀하의 견해가 실로 숙달하여 익히고 마음속으로 깊이 인정한 데서 얻은 것임을 더욱 미덥게 여겼습니다. 그러나 글은 진실로 널리 보지 않을 수 없는 것이며 강론하고 연마하는 공부는 한 쪽을 버리거나 없애면 안 되는 것입니다. 그러니 팔조목37)은 구구절절이 이와 같이 보신 것은 진실로 불가할 것이 없습니다. 다만, 설명하는 사이에 모름지기 약간의 곡절曲折이 있어야 바야흐로 말뜻이 구족하게 되어 스미거나 빠지는 폐단이 없어질 것입니다. 귀하의 뜻은 어떨지 모르겠습니다.

또한 '정의입신精義入神'38)을 곧바로 '하학下學'이라 한 것에 대해서는 혹 따로 생각해 본 일이 있으십니까? 제 생각으로는 정의입신을 만약 '궁신지화窮神知化'에 대비하여 설명한다면 마땅히 '하학下學'에 속할 것이고, 만약 '쇄소응대'와 이어서 말한다면 마땅히 '상달上達'에 속할 것이며, 만약 오로지 정의입신精義入神 네 글자만을 중심하여 갈라서 말한다면 '정의精義' 공부는 마땅히 '하학下學'에 속할 것이고, '입신入神'의 경지에 이르면 이것이 '상달上達'이 될 것입니다. 이와 같이 설명하면 혹 본래 뜻에 배치되지는 않겠습니까? 만약 이치에 아직 합당치 못하다면 어떻게 생각하시는지 논박하여 가르쳐주시면 다행이겠습니다.

'중절中節'의 '화和'39)는 기氣에 속한다는 명제에 대해서는 가만히 귀하의 뜻을 짐작해 보건대 범초範初40) 형과 더불어 차이가 없는 듯합니다. 그러나 제 모자라는 생각으로는 끝내 아직도 확신할 수가 없습니다. 내 생각으로는 아침저녁으로 만나 토론하다 보면 끝내 확정된 의론이 생길 듯한데 끝까지 아끼지 마시고 가르쳐 주시면 어떠할는지요? 우리가 각각 쓸데없는 일에 매달려 서로 만나기 쉽지 않습니다. 오직 편지로 좋은 가르침을 주시는 방법만이 면대하여 배우는 이익을 대신할 수 있습니다. 그러나 갑자기 귀하의 소식이 있기를 기대할 수 없는지라 삼가 한번 편지를 미리 드려 경의를 표합니다. 바라건대 버려 외면하지 마시고 계속

---

37) 팔조목 : 『대학大學』의 팔조목. 즉 격물格物・치지致知・성의誠意・정심正心・수신修身・제가齊家・치국治國・평천하平天下를 가리키는 데 여기서는 구체적으로 최환崔桓이 『대학大學』 전문의 상호 연관을 이렇게 말한 적이 있었던 듯하다.

38) '사물의 이치를 끝까지 연구하여 그 변화의 법칙을 알아낸다.'는 뜻으로 『주역周易』「계사繫辭」하下 "窮神知化 德之盛也"에서 따온 말이다.

39) 중절의 화 : 원문은 중절지화中節之和. 『중용中庸』 "喜怒哀樂之未發 謂之中 發而皆中節 謂之和"의 단장취의.

40) 범초 : 김형모를 가리킨다. 그의 자가 범초이며 호는 가산柯山이다. 서산 김흥락의 고제高弟로 당시에 이상룡, 이중업과 함께 서산문하 삼초三初로 병칭되었다.

가르침을 주신다면 매우 다행하겠습니다.

□ 홍필주에게 주다. 기유년(1909)   與洪弼周

우편 업무는 이어지는데 한번 편지를 드려 공경을 표하려 하지 않은 것은 아닌데도 끝내 궁벽한 시골사람은 우졸한 본색을 가릴 수 없을 뿐입니다. 적막한 산하에 가을빛이 가득합니다. 삼가 생각컨대 이때에도 도체 기거가 만왕하십니까? 회세會勢가 확장되었음은 신문이 발간되고 일의 처리가 우선 익숙해진 것으로 알 수 있겠으나 다만 사무가 심히 번거로워 연만하신 분으로서 감당할 수 있는 일이 아닐 터인데 어떻게 일일이 처리하십니까?

양 단체의 연합은 진실로 널리 사람들을 포용하자는 의도에서 나온 것임을 알겠습니다만 까마귀와 백로가 한 무리가 되는 격이라 사람들의 의혹을 야기하기 알맞을 것입니다. 주저하기만 하고 나아가지 못하는 사람들이 다시 문을 바라보고 도리어 달아나기라도 한다면 얻어진 조그만 한 무리로써 어찌 잃어버린 이천만 민중에게 무슨 도움이 되겠습니까? 다만 한탄스러울 따름입니다.

저 상희는 성품이 비루하고 아는 것이 없어 본래 이 시국에 가합치 못합니다. 그러나 어리석은 충정에 떠받친 나머지 내 자신을 돌아보지 않고 잠자고 있는 인사들을 모두 모으자고 주창했으나, 보잘 것 없는 모임이 되어 확장될 가망이 없는데다 재정의 곤란으로 유지할 계책이 전혀 없습니다. 비로소 세상 일이 어떤 사소한 일도 반드시 그에 따른 운수가 있어야지 아무나 힘써 이룰 수 있는 것이 아님을 알겠습니다. 아무리 탄식한들 어쩌겠습니까?

□ 박성회휘찬에게 답하다   答朴聖會徽燦

우연히 먼지 앉은 서함을 살피다가 긴 편지 한 폭을 발견했는데 그 속에 오언율시 한 수가 들어 있어, 보니 집사께서 지난봄에 보낸 편지로 미처 답장하지 못한 것입니다. 대저 집사께서 저를 애써 돌보아 주심이 그와 같은데도 저 상희는 한결같이 '빠뜨렸다.', '잊어버렸다.' 핑계하는 것이 이와 같습니다. 이 한 가지를 놓고 보더라도 이미 말 잘듣는 친구의 반열[唯諾之列]41)에 두기는 부족할 것이니 비록 귀하의 크신 도량에 드러내어 갑자기 절교하지 않는다 하더라도 스스로 수오지심이라는 천성이 있는데 송구하지 않을 수 있겠습니까?

해가 바뀌고 봄이 저물었습니다. 삼가 생각컨대 꽃피는 계절에 존체 기거가 편안하시겠지요? 매번 동쪽으로부터 오는 사우들 인편에 밤을 밝히는 집사의 공부는 늙어 갈수록 더욱 열중하여 심한 병이나 급한 일이 아니면 손에서 책을 놓지 않는다는 소식을 듣습니다. 어디 우리 고을에서 종종 들을 수 있는 소식입니까? 깊이 경탄할 만합니다.

저 상희는 양친께서는 그런대로 보중하시나 아이들이 학질을 앓느라 하루도 온전한 날이 없으니 저간의 안타까운 심사가 말로 표현할 수가 없습니다. 보내주신 글에 '사설邪說(그릇된 논설)이 난무하니 더욱 우리 유학에 힘쓰라.'는 당부에서 깊고 큰 근심을 볼 수 있으나 다만 이 중책을 저 상희에게 책임 지우신다면 천부당만부당한 일입니다. 군자의 한 마디 실언失言이 어찌 작은 일이겠습니까? 저 또한 진실로 이러한 일에서 내 자신을 제외하려는 것은 아니나 하류의 자질에 둔한 근기로서 더욱 착실한 공부가 모자라서 언변이 매번 입에만 그칠 뿐 그 뜻이 몸과 마음에 착실히 붙지 않습니다.

그럭저럭 반생을 보내고 지금 벌써 노경에 접어드는 때이니 총명은 날로 사라지고 정력은 날로 소모되어 육신만 허재비처럼 올연히 멀쩡하여 비록 고개를 돌려 다시 마음을 다잡고 만년晩年을 수습할 계책[桑楡之計]42)을 세워보지만 근본이 허물어져 회복할 가망이 없는 것을 어찌하겠습니까? 오직 집사께서는 훌륭한 자질, 달성하기 전에 절대로 그만두지 않는 끈질긴 성미마저 가졌으니 아마도 50년 연구의 소득이 반드시 남이 알지 못하는 묘경에 이르렀을 것입니다. 그렇다면 이른바 일선에서 사문을 부지할 책임이 마땅히 자신에게 있지 남에게 있지 아니할 것인데 마침내 오히려 겸허히 물러나서 스스로 만족하지 못하다 하고 저같이 천하고 비루한 자로 하여금 또한 그 견문을 다하여 붕우간의 절절시시切切偲偲의 말단에 종사케 하려 하시는군요. 대개 그 묻기를 좋아하고 남의 장점을 취하기를 좋아하시는[好問樂取]43) 성대한 뜻은 더욱 사람으로 하여금 경복케 합니다. 그러나 저는 집사에 비하여 연치도 현격히 차이가 나는지라 진실로 책선責善할 친구 입장이 못되거늘 한결같이 칭찬만 하시니 또한 어찌 집사가 저에게 주실 본의이겠습니까?

대저 학자의 공통된 우환은 매양 호고무허好高騖虛44)의 네 글자에 있습니다. 고상한 것을 좋

---

41) 유유낙낙唯唯諾諾(말을 잘 듣는)의 줄인 말.
42) 상유는 뽕나무와 느릅나무로 해가 질 때 이들 나무에 걸려 있다는 뜻으로 해질 무렵, 곧 인생의 만년晩年을 가리키는 말이다.
43) "순임금은 묻기를 좋아했고[舜好問而好察邇言]"(『중용中庸』), "남의 장점을 취하기를 좋아했다[樂取於人以爲善]"(『맹자孟子』 「공손추公孫丑」 상).

아하므로 평시에 항상 자신에게 절실한 공부가 없고, 허무한 데로 치달리므로 남을 향하여 실상에 지나친 말을 할 때가 많은 것입니다. 이것이 제 평생의 고질이 된지라 저평근졸低平謹拙45) 네 글자를 처방삼아 조만간 한번 시험해보려 하나 아직 능히 그렇게 하지 못하고 있습니다. 집사께서는 한가함을 물리치고 이치를 숙성하여[討閒溫理] 방심을 수습하는 것을 일용의 절도로 삼고 있으니 그 두 가지 병폐에 대해 결단코 우려할 것이 없을 것이나 요전 편지에서 지나치게 나를 내세워 칭찬하신 일로 감히 한 말씀드리는 것인데, 혹 '자신을 해친다.'고 여겨서 물리치지 않는다면 제가 드리는 편지의 황잡한 말[燕說]46)이 치국治國에 도움이 되지 않겠습니까? 송구하기 그지없습니다.

보내주신 시는 전아하여 체제에 맞습니다. 끝 구절의 '더욱 절차탁마하여 유종의 미를 거두라.' 한 뜻에는 더욱 감격 패복합니다만 저처럼 비루한 사람이 어찌 이 뜻에 부응하겠습니까? 편지 말미의 사습士習이 둘로 갈림을 탄식하는 말씀은 진실로 한심한 일입니다. 과격하지 않고 요란하지 않게 해야 한다는 가르침은 더욱 변고에 대처하는 좋은 방책일 것이나 그 일도 이미 지난 일이 되었으니 장황하게 늘어놓을 필요가 없을 것입니다. 나머지 이 말 못할 회포를 어찌 다시 말씀드리겠습니까? 지면에 임하여 서글픔을 금할 수 없습니다.

□ 류세현천식에게 주다 與柳世賢千植

손자가 다녀가신 후 한결같이 격조하다가 시골집에서부터 두어 차례 거쳐 지나오면서도 세상에 일이 많은지라 한번 찾아 인사드리지 못하였으니, 이 미안한 마음을 어찌 말로 다하겠습니까? 여름 가뭄이 심한데 정양하시는 중 별고 없으신지요? 아드님의 봉친 제절도 편안하며 손자의 학업도 날로 진취가 있으십니까?

저 상희는 기혈이 날로 못하고 정신이 날로 줄어서 눈에 띄게 늘어나는 것은 오직 온 머리에 뒤덮은 흰서리뿐입니다. 집안에는 생각지 못한 우환이 각색으로 줄을 이어 미간이 펴질 날이 없고 밖에서는 태워 죽일 무서운 불꽃도 모르고 지지배배 노래하는 제비에 대한 탄식생

---

44) 호고무허 : 고상한 이론을 좋아하여 허무한 데로 치달리다.
45) 저평근졸 : 평이한 정론에 자신을 낮추고 우졸한 듯한 태도를 지킴.
46) 잘못 쓴 말이 오히려 치국治國에 도움을 주었다는 고사. 『한비자韓非子』「외저설좌상外儲說左上」
　　"郢人有遺燕相國書者 夜書 火不明 因謂持燭者曰 '擧燭' 而誤書擧燭 … 擧燭者尙明也 尙明也
　　者 擧賢而任之 燕相白王 王大說 國以治."

기니[處堂之歎][47] 몸이 돌이 아닌 다음에 어찌 상처 받지 않을 수 있겠습니까? 가뭄이 너무 심하여 논에서 먼지가 일 지경인데 박토에 다른 작물을 대신 심는 일을 더욱 어찌 거론하겠습니까? 목숨이 붙어 있다는 게 욕이 된지 오래입니다.

어제 신문을 보니 통감 교체 후에 다시 큰 조치가 있을 것이라고 합니다. 이때 곡기를 끊고 갑자기 죽는 것도 좋은 구처 아닐 리가 없을 것인데 무슨 탄식할 이유가 있겠습니까? 개탄할 만한 일은 우리 조국의 국민이 2천만을 헤아리고 우리 고을만도 4만 명이나 됩니다. 만약 일제히 단꿈에서 깨어나 합심하여 단체를 만들면 크게는 천운을 만회하여 전에 없던 사업을 벌여나갈 수 있고 작게는 국민의 소리를 떨쳐 일으켜 다른 읍들의 모범이 될 수 있다는 것입니다. 우리가 협회[48]를 설립할 때 처음부터 의중에 두지 않은 적이 없었습니다. 어찌하여 세상일에 문을 닫고 사는 선비들은 한결같이 서로 경계하고 두려워 피하기를 마치 자신이 장차 더러워지기라도 할 듯이 합니까? 다른 사람은 논할 것도 없습니다. 현 시국을 대략 이해하는 귀문 선비들이 우국 투쟁을 어떻게 동네 싸움 보듯 한단 말입니까? 집안을 경영하고 향리에 처함은 우안禹顔[49] 이래에 똑같음이 무방하며 존주권왕尊周勸王의 의리는 공맹孔孟이 진실로 다른 점이 없습니다. 중요한 점은 시의時宜에 알맞게 대처하는 일입니다. 옛 법은 마땅히 지키되 새것 또한 채택해야 할 터인데 어찌 죽음으로써 지킨다는 한 가지 원칙만으로 살 길을 모두 없애 버릴 수 있겠습니까? 높은 식견을 믿고 이와 같은 막말을 남발하였습니다. 행여 망발을 용서하시고 다시 일깨워주심이 어떠하겠습니까?

▫ **류세현에게 주다   與柳世賢**

근래에 심사가 서글퍼 평소 친구들과의 편지 왕래를 끊은 지 오래인데 어찌 유독 귀하[座下]께만 그러했겠습니까? 스스로의 계율을 깨지 않을 수 없는 까닭은 대대로 통혼해 온 정의

---

47) 처당연작處堂燕雀의 줄인 말. 잠시 후에 집이 타는 위험도 미처 알지 못하고 새끼 제비와 어미 제비가 재잘거림을 탄식한 고사. 여기에서는 악랄한 일제의 불꽃도 의식 못하고 현실에 안주하는 당시 우리의 한심한 실정에 대한 탄식을 말한다.

48) 협회 : 대한협회를 말한다.

49) 우안禹顔 : '우직안회동도禹稷顔回同道'의 준말로 실제의 행위는 다르나 그 의미에 있어서는 똑같음을 이른다. 『맹자孟子』 「이루離婁」 하에 "禹稷顔回 同道 禹思天下有溺者 由己溺之也 稷思天下有飢者 由己飢之也 是以如是其急也 禹稷顔子 易地則皆然"이라 하였다.

가 남달라서가 아니라 이 가슴 가득한 울분을 지기知己에게 한번 토로하지 않고 장차 어디에 안주하겠습니까?

온 강산이 쓸쓸하고 추위가 맹렬한데 지금 체절이 안녕하신지 모르겠습니다. 눈앞 온통 덫이고 함정이니 발 디딜 곳이 없으며 화가 닥칠 것을 알면서도 피할 줄을 모릅니다. 우리 모두가 어리석은 사람 되기를 면치 못할 것이니 어찌 자손 보전을 기대할 수 있겠습니까? 오직 잠깐이나마 탈 없이 지내는 것을 좋은 소식이라 여길 따름입니다.

저는 죽으려 해도 죽어야 할 의리가 없고, 살려고 해도 살 길이 없어 오직 날마다 문을 닫고 드러누워서 산 송장[未冷之屍]50)을 자처하고 있습니다. 그 간 병이 있고 없고는 무슨 말이 필요하겠습니까마는 저 어리석은 식구들은 오히려 이 몸을 의지하여 사는데 바로 지금도 첫 추위로 감기에 걸려 누구 하나 온전한 사람이 없습니다. 이와 같이 허약한 꼴을 가지고 앞으로 겪을 무수한 험로[瞿塘]를51) 무슨 수로 건너가겠습니까? 다만 가엾고 안타까운 마음만 간절할 뿐입니다. 어제 따님[鳳嬌]을 보내고 오늘 다시 손녀를 보냅니다. 노래에 증오심을 품는 것은 다만 하루아침의 흔들리는 심사 때문만이 아닐 것입니다. 언제나 만나서 속마음을 털어놓게 될지 편지를 쓰게 되니 서글플 따름입니다.

□ 남성행건52)에게 답하다. 임진년(1892)　　答南聖行健

두 차례나 방문해 주신 것이 이미 극히 감사한 일인데 거듭 후의 넘치는 긴 편지로 한온寒溫 안부를 물으신 외에 부치신 뜻이 심원하시니 용렬한 자신을 돌아보건대 어찌 이런 복을 얻었을까요? 다만 한스러운 것은 외출 중이라 인편을 놓쳐서 곧바로 답장을 드리지 못한 일입니다. 귀하의 근후하신 뜻을 부질없는 낭비가 되게 하였으니 속으로 서글프고 걸리는 마음을 한달 열흘이나 씻을 수 없었습니다.

삼가 생각컨대 국화 만발[鞠華]53)한 아름다운 계절에 지내시는 제절이 신명의 가호가 있어

---

50) 미냉지시未冷之屍 : 아직 식지 않은 시체, 즉 숨은 붙어 있으나 행동하지 못하는 상태로 사람으로서의 의지나 욕구가 전혀 없어진 상태를 비유하는 말이다.
51) 구당은 삼협三峽의 하나로 사천성 양자강 상류의 험준한 세 협곡을 말한다. 흔히 구당협瞿塘峽이라 한다.
52) 남건 : 자가 성행, 호는 노헌, 본관은 영양이다. 서산 김흥락의 문인으로 영해 원구출신이다.
53) '국鞠'은 '국菊' 자와 통용한다(『예기禮記』「월령月令」 "季秋之月　鞠有黃華").

편안하시겠지요? 이치를 궁구하여 일신에 체득하시는 공부로 날로 자신을 새롭게 진작하시니 저로 하여금 우러러 그리워하는 마음 금할 수 없게 합니다.

저는 양친 체절이 겨울 들어 못하셔서 속으로 두려운 마음에 살얼음 딛듯 하다보니 깜량대로 하는 형식적인 공부마저도 전일치 못하고 있으니, 하물며 어찌 자신에게 긴요한 급무이겠습니까? 가르쳐 주신 말씀은 낱낱이 비록 일시적인 겸사일 것이나 또한 무슨 일에나 검속 성찰하시며 독실히 정진하시는 뜻을 잘 볼 수 있으니 경복하여 마지않습니다. 다만 제게 귀하의 증세에 부합할 약을 구하신 일은 진실로 집사의 망발입니다. 그러나 제가 지금 똑같은 우환을 가지고 있으면서도 마땅한 처방을 얻지 못함을 근심하던 차라 만약 이것을 피력하는 것으로 후의에 보답할 수 있다면 스스로의 다행이 아닐 수 없겠습니다. 이에 감히 제 모자라는 견해를 대략 서술해 보려 합니다. 그것이 이치에 맞는지 안 맞는지의 여부는 저 또한 알지 못하오니 집사께서 간추려 취택하시기 바랍니다.

대저 사람이 학문을 할 때, 남이 욕하는 점을 싫어하여 자신을 굽혀 세간의 이목을 따라서는 안 되는 것입니다. 그러나 또한 일부러 평범한 것을 피하여 기괴한 이론에 힘써서도 안 됩니다. 모름지기 자신을 단속하되 편벽한 행실을 없애고, 평범하게 처신하되 남에게 영합하는 뜻을 없애는 데 엄정해야 할 것입니다.

마음을 세우는 데는 광명정대하게 자신을 속이지 않는 것을 주장삼아 털끝만치라도 속임이 있는지 살필 것이며 일을 처리할 때는 공평정직하며 굽지 않는 것을 법 삼아하되 그 위에 또 공경과 근신의 공부, 모르는 것을 없게 하고 못하는 것을 없도록 한다는 의지를 가져야 하며 한편 나는 아무것도 모르고 아무것도 능한 것이 없다는 마음을 가지고 겸손하게 자신을 지키며 머리를 낮추고 한 걸음 물러나야 합니다.

공부에는 단계가 있어 엽등獵等(순서를 건너 뜀)이 있을 수 없고 의미에는 연속성이 있어 단절이 있을 수 없습니다. 이처럼 친근하고 절실하게 체득하고 인식하는 데에 오래 공력을 쏟으면 편벽된 것이 점차 원만해지고 생소한 것이 익숙해져서 날로 생활하는 사이에 진실로 의지할 기반이 생겨 허다한 과불급의 요철이 없어질 것입니다.

글을 읽는 법에 이르러서는 마땅히 번거로움을 참으며 이치에 회통하여 반드시 전체를 관통하는 큰 뜻을 먼저 파악하고 그런 후에 자구를 따라 세밀히 연구해야 합니다. 그러나 또한 느닷없이 개인적인 뜻을 내세워 별도의 견해를 만들어서는 안 됩니다. 단지 선유先儒께서 이미 확정해 놓은 의론을 준수하여 잃지 말되 글 속의 뜻을 나의 심신 공부에 적용·체험해야 할 것입니다.

대저 옛 경전을 상고할 때는 눈 앞 효과를 기대하지도 말고 막연하게 구하지도 말고 공부에 버릇 들여 게을리 하지 않으면 저절로 알게 될 것입니다. 예컨대 저 실수에 대한 후회와 갑작스러운 행동으로 인한 실수와 같은 일은 중심中心이 아직 서지 못하고 의지가 기氣를 장악하지 못한 데 따른 병폐이니, 청컨대 자신의 과오에 대해서는 엄격하고 남의 잘못은 가볍게 하되 같은 실수를 되풀이 하지 말고 허물을 알았을 때는 고치기를 꺼리지 말라는 훈계를54) 자신을 단속하는 선물로 드리고자 합니다.

이 모두가 집사께는 날마다 쓰기를 마치 옷[裘褐] 입듯이 해야겠으나, 제게 있어서는 실로 아직 하루의 노력조차 기울여 본 적이 없는 일입니다. 그런데도 얼굴을 들고 입을 열어 큰소리치기를 이와 같이 하는 데 이르렀으니 이야말로 심히 염치없는 일입니다. 비록 그러하나 집사께서 저를 도의로 사귄 벗으로 기대하시는데, 저 또한 어찌 감히 아부를 일삼아 얼버무리기만 하고 내 자신의 둔함과 무딤을 자책하여 함께 주선하기를 강구하지 않을 수 있겠습니까? 오늘 이후로 집사께서 가르침을 주시는 일이 있으시면 제가 불민하기는 하지만 응당 겸허히 마음에 담고 즐겁게 그 일을 따르겠습니다.

사람 사귈 때 경솔한 결점이 있다고 말씀했으나 집사께서는 이미 스스로 성질이 지나치게 곧은 것을 염려하셨으니 아마도 교제할 때에 경솔한 실수를 하신 적은 없을 것입니다. 여기에는 집사께서 저를 용렬히 여기고 경솔히 허여하였음을 깊이 후회하신다는 뜻은 없습니까? 이는 상희가 마땅히 조심하여 힘써야 할 일이요, 또한 집사께서 아무쪼록 긍휼히 여기셔야 할 일일 것입니다.

범초55)와 국응56) 등 여러 사우들은 만나지 못한 지 이미 일여덟 달이지만 그 매진하는 용맹은 듣건대 모두 한결같다고 하니 우리들이 마땅히 흠선해야 할 바입니다. 오신다는 날이 매우 가까우니 나머지는 만나서 말씀드리지요.

▫ 남성행에게 답하다　答南聖行

몇 군데 거쳐서 방문 하신다기에 서재를 치워놓고 애타게 기다렸는데 발자국 소리가 끝내

---

54) ‘躬自厚而薄責於人’, ‘不貳過’, ‘勿憚改’는 『논어論語』에 나온 공자의 교훈이다.
55) 범초 : 가산 김형모의 자.
56) 국응 : 장암 김시락의 자.

들리지 않더니 귀한 편지가 도착하였습니다. 바삐 봉함을 열고 읽어보니 직접 만나 토론하는 것과 진배없습니다. 다만 돌아가는 인편이 갑자기 떠나는 바람에 답장을 곧바로 드리지 못했습니다. 예절에서는 상호 왕래를 중요하게 여긴다는[禮尙往來] 의미를 심히 소홀히 한 것입니다. 형은 그때 사정을 모르고 게으른 때문이라고 알지도 모르지요?

　동짓달이 멀지 않으니 삼가 군자의 도가 더욱 진전하시는지57) 문후할 때입니다. 형께서도 절기의 변화를 맞아 보중하시며 연구와 체인의 공부에 날로 증진이 있겠지요? 지난 번 편지에서 경솔히 어리석은 견해를 올린 것은 촉휘觸諱(피해야 할 말을 함부로 말함)한 말이 많아 지금껏 숨을 죽이고 죄주시기를 기다리고 있었습니다. 편지 받고 보니 꾸짖기는 커녕 도리어 겸허하게 수용하시고 과분한 칭찬까지 주었습니다. 가만히 천근한 곳에서 이치를 살피는 지혜와 지적하는 말을 듣고 고치기 좋아하는 용기는 좁은 소견으로 헤아리지 못할 일입니다. 다만 저는 평소에 학문하는 방법을 몰라 근본에 느슨하고 토론에 급급했으며 일상적인 것[日月]에 소홀하고 비현실적인 것에 치달리곤 했습니다. 그러다 보니 평소에 하는 말과 행동이 들쭉 날쭉이었습니다. 비록 죽을 때까지 노력한다 해도 집사의 발꿈치에도 못 미칠 것입니다. 집사께서는 이미 그것을 한번 보는 순간에 눈치 챘을 터인데도 보내 온 편지에서 한 번도 따끔하게 고쳐주지 않았습니다. 아마도 나에겐 좋은 말을 받아들일 바탕이 없어서 자만에 가득찬 말과 표정으로 사람을 천리 밖에서 거절할 거라고 여긴 것이 아닙니까? 아니면 또한 집사께서 붕우 간의 책선하는 도리에 아직 미진한 곳이 있어서이십니까? 적이 마음에 개탄스럽고 의심스러울 뿐입니다.

　편지 말미의 두 가지 고견은 우연히 제 뜻과 서로 부합하는데 지금 감히 못 본 척할 수 없어 해명해 보겠습니다.

　주자께서 말씀하기를, “임금과 신하, 아비와 아들은 모두 사물이요, 사람의 하는 것이니 형이하形而下의 것이다. 그런데 이 두어 가지는 각각 당연한 이치이니 곧 도道요, 형이상形而上의 것이다.”라고 했습니다. 또 말씀하기를, “형체가 이합離合과 분별에 처하는 것을 중심으로 보아 만약 위에 있다[在上] 밑에 있다[在下]고 말한다면 곧 두 가지로 분절되는 것이다.”라 하였으니 고인의 이미 확정한 의안이 명료하지 않습니까? 명덕明德을 주리로 볼 것인가 주기로 볼 것인가의 변론에 대해서는 근세 정재定齋 류치명의 설명에 따르자면 “명덕이란 마음의 본체

---

57) 『주역周易』에 “군자의 도가 자라면 소인의 도가 사라진다[君子之道長則　小人之道消].”고 되어 있다. 양복월은 음력 11월이다.

광명光明을 말하는 것이다. 심心은 이理와 기氣를 포함한 것이요, 명덕明德 또한 이理와 기氣를 포함한 것이나, 심心은 곧 진솔함과 망령됨, 사특함과 정대함이 모두 그 속에 있는 상태를 말하고, 명덕明德은 곧 심心의 도리의 밝은 빛이 처사와 언행을 남김없이 비추는 상태를 말하는 것이니 이는 이理와 기氣 중 이理를 주로 하는 것이다. 운운.” 하였습니다. 선배분들께서 이미 이러한 의론을 남기셨다면 우리 후진의 견해가 혹 크게 어긋난 것은 아니겠습니까? 다만 범초형께서는 평소에 정재 류치명을 존모 신앙하는 사람인데 그 견해가 이와 같으니 혹 미처 점검하여 살피지 않은 것은 아니겠습니까?

▫ 남성행에게 답하다   答南聖行

근간에 번포樊浦로 가는 인편이 연이어 있었으나 집사께 구구한 편지 한번 올리지 못하였습니다. 게으른 천성이 날로 심하여 오직 오랜 친구에게 절교 당할까 두려웠었는데, 마침내 훌륭하신 도량으로 짧지 않고 거듭 장문의 편지를 보내주셨습니다. ‘벗으로서의 도리를 그르칠까 두렵다.’는 뜻으로 간곡히 권고하신 데 이르러서는 반도 채 못 읽어서 진땀이 등을 적셨습니다. 어찌 집사의 한 마디 말씀이 이렇듯 사람을 감동시킵니까? 편지 읽고나니 천고마비의 계절에 형께서도 섭양과 공부가 날로 묘경에 들고 계심을 잘 알겠습니다.

소과(생원·진사)[58]의 실패 후일에 펼칠 기회가 있을 줄 알지만 화재[回祿][59]와 수재[玄冥][60]는 모두 코앞에 닥친 근심이라 감당하기 어려운 일입니다. 그러나 이 또한 하늘의 뜻이니 하늘이 장차 귀하를 큰 재목으로 만들기 위하여 근골을 수고롭게 하고 심지心志를 괴롭게 하는 것인데 또 어찌 반드시 버드나무를 얽고 짚을 엮어 노경을 나실 계책에 애쓰시렵니까? 탄식 끝에 집사께서는 아무쪼록 힘내라는 말씀을 드립니다.

저 상희는 한 차례 풍랑에 한없이 고생하고 돌아와 며칠 간 몸을 조섭하였으나 남은 피로는 아직도 여전합니다. 그러나 필경 입지가 굳지 못하여 스스로 낭패를 부른 것이니 오히려 누구를 탓하겠습니까?

---

58) 진사시, 생원시를 일컬음.
59) 회록回祿 : 회록은 화신火神의 이름인데 본래는 회륙回陸으로 오회吳回와 육종陸終의 두 사람이다. 오회는 초나라의 조상으로 축융祝融이다. 속습에 화재를 칭할 때 회록이라 한다.
60) 현명玄冥 : 현명은 하백으로 물의 신이다. 또는 비의 신이다. 여기서는 장마로 인한 물난리를 뜻하는 듯하다.

서신 말미의 칠정七情이 아직 발發하지 않았을 때와 이미 발發하였을 때에 관한 의론은 범초형께서 어디에 근거하여 논한 것인지는 모르겠으나, 제 미숙한 의견은 집사의 고견과 다르지 않습니다. 대개 사물에 아직 접하지 않았을 때는 비록 칠정이라는 명칭은 없으나 칠정이 되는 원인은 이미 발하기 전부터 갖추어져 있습니다. 비유하자면 한 사발의 물이 사발에 있으면 아직 발하기 이전이요 땅에 엎으면 이미 발한 것과 같습니다. 다만 발하기 이전에는 이 이치가 혼융한 상태라 무어라 이름붙일 수 없으나 반대로 이미 발한 후에는 바야흐로 칠정이란 명목이 있게 되었습니다. 오직 이미 발한 후에 명목이 있음은 바로 이 이치가 발하기 이전에 있었기 때문입니다. 그 이미 발한 후를 근거로 그 발하기 전을 소급하여 구하게 되는 고로 희로애락이 발하기 전이라 하는 것입니다. 만약 발하기 전에 그렇게 될 이치가 없는데 사물이 와서 부딪혀서, 칠정이 비로소 생겨 나온다면 이는 칠정이 성性에서 발하는 물건이 아니라 아무것도 없는 허공 가운데서 생겨나온다는 말이 됩니다. 고금천하에 어찌 체 없는 용[無體之用]이 있으며, 성 없는 정[無性之情]이 있겠습니까? 제 의견은 이러한데 집사께서는 어떻게 생각하십니까?

양수養叟 형께서 일부러 먼 길을 돌아 방문한 일은 너무나 감사하며, 더불어 하룻밤을 보내면서 담소를 나누었는데 그 이상이 독실하고 견해가 숙성함은 진실로 모범적인 문중으로부터 조성되어 나온 것으로, 사람으로 하여금 두렵다는 찬탄을 자아내게 하였습니다. 또 우리 유학이 이제부터 외롭지 않을 것이니 참으로 다행스럽습니다.

▫ 남성행에게 답하다 答南聖行

늦 봄에 보내신 편지를 4월에 받아 읽었으며 잇달아 마을에 홍진이 퍼져 동쪽 서쪽으로 피병避病을 갔다가 이달 초에 비로소 우거寓居(객지)에서 돌아왔습니다. 책상을 뒤져 편지를 찾아보니 이미 파리[八一甫]61)란 놈이 훔쳐간 뒤였습니다. 스스로를 돌아보건대 얼마나 소홀하였으면 친구의 편지[手墨] 하나 제대로 간수하지 못하였을까, 그 죄가 절교 당해야 마땅합니다. 한 편으로는 아마도 우리들이 조용히 주고받는 서신마저도 곁에서 엿보는 자가 있는 듯하니 참으로 개탄할 일입니다.

---

61) '팔일八一'은 '파리'와 음이 비슷하며 왜경, 형사를 지칭한 듯. 가甫는 '김甫', '이甫' 할 때의 '가'이다.

큰 가뭄 끝에 비바람이 정상이 아닙니다. 삼가 생각컨대 지금도 형께서는 건강하게 잘 계시며 독서와 사색의 공부에 날마다 진전이 있겠지요? 춘궁春窮 기에 생활하는 데에 무슨 수습할 수 없는 문제는 없는지요? 일찍이 서애 류성룡께서 허경량許景亮에게 답한 편지에 "옛 사람[古人: 성인]은 '궁窮'자 위에 '고固'자 한 글자를 두었는데[62] 고固는 '고수固守'의 뜻으로 굳게 지키면 점차로 의미가 드런난다."고 한 대현大賢(서애를 지칭)의 말씀이 깊이 경복할 만합니다. 우리들이 이것을 힘쓰지 않을 수 없기에 여겨 부질없이 여기 되뇌어 봅니다.

저는 어른께서 격담膈痰(폐기능 장애)으로 가슴이 결리는 증세로 열흘이 넘도록 편찮으시니 안타까운 마음을 말로 표현하기 어렵습니다. 과거가 있다는 소문이 사람을 핍박하여 사방이 동요하는데 형께서는 어떻게 하기로 작정하셨는지 모르겠습니다. 저는 금년 봄 동안 비 오는 날 두어 이랑에 떨기 국화를 심었습니다. 뿌리가 약하고 대궁이 짧은 것이 과히 번성치는 못하나 한차례 가을 서리를 맞기라도 하면 수많은 황금 꽃이 일시에 피어 낙성洛城(중국의 낙양, 여기서는 서울)의 번화한 풍경에 못지않을 것입니다. 형께서 오시기를 기다려 한 잔 술을 나누며 산촌의 한적한 재미를 흠씬 누리고 싶습니다. 형 또한 한가한 취미가 있는 사람이니 혹시 이 뜻을 저버리지 않겠지요?

『대학혹문』의 격치장格致章 소주의 노씨설은 대수롭지 않게 여기고 의문을 품지 않았었는데, 지금 질문을 받들고 보니 설명을 붙인 까닭을 모르겠습니다. 대개 천지 사이에 형상이 있어 눈으로 볼 수 있는 모든 것은 사물이니 형이하의 것입니다. 그것이 갖춘 이치의 소리도 없고 냄새도 없어 무어라 말 할 수 없는 성질은 법칙이니 형이상의 것입니다. 노씨의 이른바 '심心'이란 것은 원 바깥에서 중을 엿본[圓外窺中]의 혈육의 심[血肉之心; 심장]을 가리켜 말한 것이니 이른바 사물입니다. 그 체용성정體用性情은 인의예지의 측은·수오·공경·시비를 가리켜 말한 것이니 이른바 법칙입니다. 사물을 형이하에 분류하고 법칙을 형이상에 분류하였으니 잘못되었다고 볼 수 없을 듯한데 이렇게 본다면 어떻겠습니까?

칠정七情이 아직 발하기 전의 '그렇도록 하는 이치'에 대해서는 이 앞서 편지에서 제 모자라는 의견을 말씀드렸는데 지금 그 외에 달리 새로운 의견이 없습니다. 다만 보내주신 편지는 글이 간소하여 말하시고자 하는 뜻을 다 알 수는 없었습니다. 제 어리석은 견해가 과연 형의 뜻에 부합할 것인지 또한 기필할 수 없으니 시험삼아 여쭙겠습니다. 형께서 이른바 '있

---

62) "군자라야 진실로 궁함을 견디어 낼 수 있다[君子固窮]."는 공자의 말씀이다(『논어論語』「위령공衛靈公」"子曰 君子固窮 小人窮斯濫矣").

다.'고 한 것은 혹 희喜(기쁨)가 아직 발하기 전에 희喜의 이치가 먼저 있으며, 노怒가 아직 발하기 전에 노怒의 이치가 먼저 있어, 각각 명색을 갖추고 각각 특정한 자리를 차지하고 있다가 발할 때가 되면 희喜의 이치가 밖으로 나와서 희喜가 되고, 노怒의 이치가 밖으로 나와 노怒가 된다는 것입니까? 어떤 사람이 이른바 '없다.'고 한 것은 과연 칠정이 성性 이외의 어떤 물건이어서 처음부터 '그렇도록 하는 이치'라고 말할 만한 것이 없는데 장차 희喜가 되고 장차 노怒가 될 때에 어떤 것은 동쪽에서 나와 희喜가 되고 어떤 것은 서쪽에서 나와 노怒가 됨을 이릅니까?

천하의 이치가 무궁하니 어찌 내 의견만 옳고 남의 의견은 반드시 그르다고 보증할 수 있겠습니까? 다시 청하건대 두 설을 한 데 상세히 적어 인편으로 보내주시겠습니까? 논하시는 바가 과연 제 모자라는 견해와 부합한다면 마땅히 합세하여 원병이 되어주시고, 만약 부합하지 않는다면 모름지기 한바탕 통렬히 논하셔서 논의의 귀결점이 있도록 하시는 것도 한 가지 일일 듯합니다.

□ 남성행에게 답하다　答南聖行

그 사이에 북협北峽에 가 열흘 경을 보내고 돌아오니 우리집 큰 아이가 편지 한 통을 올리는데 곧 집사의 다정한 편지로 현기賢器 편으로 부치신 것이었습니다. 봉함을 열어 읽고 보니 흔쾌하고 석연함이 맑으신 모습을 직접 면대하여 좋은 말씀을 듣는 것과 진배없습니다. 더구나 이 늦봄에 도체 기거가 만복하시며 밝은 창 아래서 서안을 대하시는 일에도 날마다 연구의 즐거움이 있음을 잘 알겠으니 한편 마음이 놓이고 한편 부러움을 어찌 다 말하겠습니까?

저는 한 차례 유람을 다녀왔으나 울적한 회포는 다 풀리지 않고 노독만 더할 뿐 마음은 안정되지 않아 갈수록 산만하고, 몸은 단속하지 못하여 엉망입니다. 옛 사람의 이른바 '벗 사귀는 일이 고요히 안정하는 것만 못하고, 고상한 담소가 독서만 못하다.'한 말씀이 더욱 뜻이 깊은 것인 줄 오늘에야 알겠습니다. 『퇴서절요退書節要』 간행의 일은 우리 유림이 지난 백 년간 이루지 못한 일인데 큰 여론이 크게 일어서 사업이 이미 반이나 진행되었다고 합니다. 우리 유학의 더 없이 큰 다행이라 하겠으나 근래 우리 유림의 운수가 좋지 않아 번번이 편이 갈라지니 모르겠거니와 큰일을 마무리될 수 있을지 모르겠습니다.

독서에 심오한 의미를 궁구하지 못하고, 처세에 시의 적절한지를 살피지 못한다는 비유 말씀에서 나는 일마다 자신을 되돌아보고, 경계와 성찰을 절실히 한다는 뜻을 볼 수 있었습니다. 다만 집사께서는 반드시 그렇지 않을 것이니 순전히 요사이의 정황 때문에 나온 말씀일 것입니다. 되풀이하여 읽자니[63] 나도 모르게 척연惕然(근심스럽고 두렵다)질 뿐입니다.

▫ 남성행에게 답하다   答南聖行

10월 초순, 금계 출타 중에 편지를 받고 아직 답장을 드리지 못하였는데, 지금 또 안부 편지를 보내셨군요. 집사의 저를 아끼심은 어찌 갈수록 부지런하셔서 답장이 있든 없든 따지지 않고 한결같이 이토록 정성스러우십니까? 감사하면서도 부끄럽습니다. 쌓인 눈 때문에 더 추운 세모에 일상 기거가 모두 정연하시며 독서 완색이 더욱 편안하신지 알지 못하여 울적하던 때라 실로 듣고 싶던 소식이었습니다. 눈이 흐릿해지고 귀가 울린다 하시니 같은 처지로 느끼는 안타까움이 더욱 간절합니다. 우리가 무슨 큰일을 이루었다고 벌써 이런 노쇠한 꼴이 되었습니까? 타고난 성품이 형같이 온전하고 후덕한 분도 이러하거늘 저처럼 허하고 각박한 사람이야 다시 무엇을 거론하겠습니까?

금계金溪에서 스승의 대상을 마치고 나니 온 천지가 텅 빈 듯 외롭게 느껴지는 것은 생각하건대 집사께서도 저와 다름이 없을 것입니다.

도산의 변고[64]는 오늘까지 천고에 없던 일입니다. 우리 사림이 이 무슨 운세입니까? 오히려 다행한 것은 복구하라는 조명이 곧바로 내린 일입니다. 다시 봉안할 때까지 기일이 남았으니 우리 유자들은 일제히 달려가야 마땅한 일이나 저는 친환[親患]이 있고, 형께서도 얼어붙은 길에 멀리 출행하는 일인데, 어찌 쉽사리 결정하겠습니까?

선사先師(돌아가신 스승)의 유고는 아직 교정회의를 열지 못하고 있습니다. 내년 봄에 서둘러서 여러 사람의 의중을 물어 원고를 살필 계획으로 있으나 아직은 기일을 정하기 전이라 말씀드릴 수 없습니다.

한주寒洲[65]의 「사단칠정서四端七情書」는 형께서 보내신 것을 잘 받았습니다. 한 차례 읽어보

---

63) 되풀이하여 읽는다는 뜻이다. ‘규圭’는 『시경詩經』의 ‘백규白圭’장을 지칭한다. 원문은 규복圭復인데 상대의 편지를 두 번 세 번 다시 읽는다는 뜻으로 『논어論語』「선진先進」의 “南容 三復白圭 孔子以其兄之子 妻之”에서 따왔다.

64) 도산의 변고 : 1901년(고종 27, 신축)에 일어났던 위패도난사건을 말한다.

65) 한주 : 이진상의 호.

았으나 이 어른의 문장이 하도 호한한지라 그 궁극적인 결론은 재주가 모자라는 저로서 삽시간에 분명하게 파악할 수 있는 것이 아닙니다. 우선 다시 더 읽어 본 뒤에 돌려드려도 늦지 않겠습니까?

▫ 권동진[66])에게 주다. 기유년(1909)　與權東鎭

강산에 나뭇잎도 다 지고 먼 길 가는 기러기가 떼 지어 나는데 외진 집에 홀로 서서 누구와 더불어 속마음을 나누겠습니까? 흠모하는 마음만 가득할 뿐 따르고자 하나 방법을 몰라 안타까운 마음만[67] 간절할 따름입니다. 삼가 요즘도 체도와 기거가 만중하신지 문안드립니다.

회세[會況]가 날로 확장되고 사무가 날로 바빠지고 있으니 책임도 당연히 갈수록 중대해져 반드시 일신상의 수고와 안락을 염려할 겨를이 없을 것입니다. 신문의 발행과 재판소 가설은 모두가 족히 경하할 일입니다. 그러나 일전에 두 단체가 연합한 것[68]은 혹 큰 차이가 있다는 점을 고려하지 않은 크나큰 잘못이[69] 아닙니까? 남과 나를 똑같이 보고 큰 단체를 합치는 것은 진실로 그러한 주의·주장이 있다는 것을 알고 있지만, 피폐한 풍속에 젖은 자들은 떠들썩하게 남의 잘못을 들추어내기 좋아하며 저들, 자신의 몸만 깨끗이 하기 위해 세상을 피해 은둔하는 무리[70]들은 끝내 이 때문에 더욱 멀어지게 되리니 이를 어떻게 합니까?

저는 어리석고 졸렬한데다 학식이 모자라는 사람입니다. 협회를 설립한지 반년인데 발전시

---

66) 권동진 : 3·1운동 때 민족대표 중 한 사람. 본관은 안동. 호는 애당 또는 우당이며 경기도 포천에서 나서 서울에서 자랐다. 조선 육군사관학교를 나와 육군 초관과 함안군수를 지냈다. 명성황후 시해사건에 연루되었다는 혐의를 받아 일본에 망명하여 11년 간 체류하고 귀국하여 1906년 대한협회 부회장으로 계몽운동을 전개하는 한편 천도교에 입교, 오세창·최린 등과 함께 독립만세운동을 발의하였다.

67) 안회顔回(안자)가 스승 공자를 향한 존경과 배움의 열정을 토로한 말이다. 『논어論語』「자한子罕」 “欲罷不能 旣竭吾才 如有所立卓爾 雖欲從之 末由也已”에서 나왔다.

68) 일전에 두 단체가 연합한 것 : 대한협회와 일진회가 연합한 일을 말한다.

69) 혹 … 크나큰 잘못이 : 원문은 실어경정失於逕廷인데 경정逕廷은 경정逕庭과 같다. 경정徑庭이나 경정莝挺도 마찬가지의 뜻이다. 『장자莊子』「소요유逍遙遊」에 “吾驚怖其言 猶河漢而无極也 大有逕庭 不近人情焉”이라 하고, 집해集解에 “宣穎云 逕 門外路 庭 堂外地 大有謂相遠之甚”이라 하였다.

70) 자신의 … 무리 : 원문은 결기장왕지도潔己長往之道. 『논어論語』「미자微子」 “長幼之節 不可廢也 君臣之義 如之何其廢之 欲潔其身而亂大倫 君子之仕也 行其義也 道之不行 已知之矣”에서 나왔다.

킬 확실한 전망은 전혀 없고 재정적인 곤란은 더 말할 나위가 없습니다. 지원금과 월회비의 명목으로 본회에서 교부되었던 것도 또한 규칙에 의거하여 깨끗이 상환하지 못하는데 오히려 유지되기를 바랄 수 있겠습니까? 옛 사람이 이르되 서글픈 것 중 마음이 사라지는 것보다 서글픈 게 없다 하였으나 저는 고통스러운 것 중 마음이 사라지지 않는 것보다 고통스러운 게 없다고 생각합니다.

▫ 김학래소락[71])에게 주다. 기축년(1889)　與金學來紹洛

봄 사이, 작은 아이의 홍진으로 사람들의 출입을 금한 지가 수십 일이었습니다. 귀하의 행차가 이웃집에 와 있었는데도 아무도 알려주지 않았습니다. 만나 뵐 기회가 한번 어긋나서 지금까지 아쉬움이 남습니다. 늦여름도 다하고 절서가 이미 9월에 가까웠는데 요즈음도 댁내 일상이 여전히 평안하시며 형제분들의 독서와 궁리窮理가 날마다 재미나는지요? 안부 바깥에 구구한 앙축이 있습니다.

저는 중절重節이 다행히 첨절 없으시고 못난 제 등의 종기도 이미 고비를 지나 조금 나아졌으나 의지와 기상이 게을러져 스스로 떨치고 일어날 수가 없습니다. 생각컨대 집사처럼 뜻이 굳은 벗을 만나 밤낮으로 함께 지낸다면 아마 일 깨워주고 이끌어주는 도움을 바랄 수 있을 것입니다. 그러나 집사께서 자기만 못한 이와 사귀지 말라고 한 가르침을 지키시는지라 제가 아직 그리울 때마다 찾아뵙지 못하고 다만 혼자 고상하신 풍모를 떠올리고 고개를 늘여 그리워할 뿐입니다.

사람과 동물의 본성이 같은가 다른가에 대한 논란은 전후로 만나 토론한 것이 한 두 번이 아니나 제 말솜씨가 어눌하여 몇 번이나 꾸지람을 들었습니다. 집사의 진실한 식견은 본래 저 같은 사람이 측량할 수 있는 바 아님을 잘 압니다. 그러나 제가 좀스럽게 고집하는 이유는 사견을 감춰주고 결점을 옹호하며 억지로 인정함으로써, 친구의 도리에서 외면 당하고 싶지 않기 때문에 감히 전에 말씀드렸던 것을 다시 말씀드리면서, 내 나름대로는 나도 열 번 되풀이 한 뜻[十反之義][72])을 한번 해보고 싶은 것이지 감히 승부를 겨루자는 것이 아닙니다.

---

71) 김소락 : 호는 잉헌剩軒, 자가 학래이다. 백하 김대락과 서산 김효락의 아우이다.

72) 십반의 의리 : 이치에 소명하지 못하여 열 번 반복하여 물음. 『열자列子』 황제에 "尹生聞之 從列子 居數月不省舍 因閒請蕲其術者 十反而十不告"라 하였다.

하늘과 땅 사이에 이理와 기氣가 있으니, 이理란 만물을 낳는 근본이요, 기氣란 만물을 낳는 도구입니다. 인人과 물物이 생길 때 이 이理를 얻어 성性을 삼고, 또한 이 기氣를 얻어 기氣를 삼습니다. 성이란 무엇입니까? 인의예지仁義禮智가 이것입니다. 기氣란 무엇입니까? 청탁수박淸濁粹駁이 이것입니다. 이는 일정한 형체가 없어 기에 의지하는 까닭에 인의예지가 청탁수박 가운데 실려 있는 것입니다.

지금 특정한 물物의 이理가 기氣를 겸하고 있다고 말한다면 그 형체에 따라 구비된 성은 편偏·전全·다多·과寡의 차이가 없을 수 없습니다. 그러나 이것은 곧 기질지성氣質之性으로 다른 형체[異體]는 전혀 같지 않게 되는 원인입니다. 만약 기질지성 중에서 전적으로 이理쪽에서만 말한다면, 곧 혼연渾然(구분이 전혀 없는 한 덩어리인 상태)한 태극太極 전체이니 어찌 일정하게 한정된 기질 때문에 부족함이 생기겠습니까? 이것이 이른바 본연지성本然之性이며, 하나의 근원[一原]은 모두 똑 같다는 원인입니다.

대개 기질과 본연은 두 가지 성이 아니라 다만 말할 적에 기를 아울러 말하느냐, 오직 이만을 말하느냐의 구별이 있을 따름입니다. 그러므로 주자의 말씀에 "성性은 어떤 물건도 갖지 못한 것이 없다. 범과 이리의 부자 사이, 벌이나 개미의 군신 사이에서도 하늘이 명한 본연을 볼 수 있으니 처음부터 아무런 차이가 없는 것이다."라고 한 것입니다. 거기서 '하늘이 명한 본연'이라 함은 '오직 이만을 말하는 성'이며 '하나의 근원은 똑같지 않음이 없다는 것'입니다. 거기서 '범과 이리의 부자 사이'라 한 것은 다만 그 인仁 한 가지에 좀 밝다는 것이요, '벌이나 개미의 군신 사이'라 한 것은 다만 그 의義 한 가지에 좀 밝다는 것입니다. 기타其他는 더 이상 언급하지 않고 '좀 밝다[點子明].'고 말한 것은 기氣의 성은 아울러서 말했으나, 다른 형체[異體]는 결코 같지 않다는 것을 논한 까닭입니다.

이와 같이 경계[界分]를 지어서 양쪽을 간파하며 같은 가운데서 다른 점을 발견하고 다른 가운데서 같은 점을 인식해야 만 비로소 두루 원활해져서 새는 곳이 없고 병폐가 없어질 것이니 아마도 각각 한 쪽만을 고집하여 도망쳐 피하며 마치 칼을 좌우로 차는 것과 같게 될 것입니다.

귀하의 논설에 "인과 물[人·物]이 아직 생겨나기 전에 만약 일원一原의 이理를 논한다면 같지 않은 적이 없다[未常不同]."라고 하였는데 그 뜻은 흡사 일원의 이를 천명天命이 부여되는 시초, 기질이 품부되기 전의 것으로 치부하되 형체가 생기고 재질이 갖추어진 후에는 일원의 이가 없어진다고 생각한 듯 합니다. 옛날 표덕미[73]가 "천명은 사람만이 가지는 것이요, 물物

은 거기에 참여할 수 없다. 또 생명을 받고 재질이 부여되기 이전이 천명의 전체로서 인과 물이 품수한 것은 모두 그와 관계없다.”라 하자, 주자께서 그것을 비판하기를, “천명은 그치지 않으니[天命不已] 진실로 인과 물이 한 가지로 얻어서 태어나는 바로 그것이다. 그렇다면 또 어찌 인과 물의 품수에서 떨어져 따로 전체가 있겠는가? 다만 그것이 타고 있는 바의 기가 편偏·정正·순純·박駁의 차이가 있을 뿐이다. 그 때문에 천명을 품부받아 태어나는 것이 사람이 되느냐 물이 되느냐, 또는 현명하게 되느냐 그렇지 못하냐의 차이가 생기는 것이다. 물은 진실로 기에서 멀어져 본성을 알지 못하고, 사람 또한 물에 가리어 본성을 보존할 수 없게 됨은 이는 모두 스스로를 하늘로부터 단절할지언정, 명하여 그치지 않는 하늘은 처음부터 한 번도 그친 적이 없다.”라고 한 것입니다. 이로써 미루어 보면 일원의 이를 기질의 품수 이전으로 치부한 귀하의 논설은 혹 표씨의 견해에 가깝지 않겠습니까?

귀하의 논설에서는 또 “인의예지는 본래 인성에 구비된 덕으로 사물이 가질 수 있는 것이 아니다. 예컨대 범과 이리의 인仁과 벌이나 개미의 의義는 다만 대략 비슷한 점으로 명명할 수 있을지언정 진실로 인성에 구비된 덕에 견줄 수는 없다. 더구나 그 통한 것이 한 방향일 뿐이니 범과 이리의 인에 치우쳤으니 어찌 벌이나 개미의 의를 겸할 수 있으며 벌이나 개미는 의에 치우쳤으니 어찌 범과 이리의 인을 겸할 수 있겠는가?”라 하였습니다. 이 말씀은 비록 정밀한 것 같으나 그것을 이理에서 논구한다면 또한 심한 장애가 생깁니다. 성性은 곧 이理입니다. 이는 본래 형체가 없으니 인의예지의 네 가지 덕이 명목은 비록 다르지만 실은 장벽이나 난간, 한계나 구분이 있어 서로 통할 수 없는 것이 아닙니다. 그러므로 그 한 머리를 들면 전체가 혼연히 그 속에 있는 것입니다. 범과 이리가 비록 인에 치우친다 하지만 인이 있다면 그것이 예禮도 가지고 있음을 알 수 있습니다. 벌이나 개미가 비록 의義에 치우친다 하지만 이미 의義가 있다면 그것이 지智를 가지고 있음을 알 수 있습니다. 왜이겠습니까? 인성의 덕이나 범과 이리의 인仁, 벌과 개미의 의義는 일관되게 서로 통하여 하나의 이理입니다. 이미 하나의 이치라면 어찌 견주지 못할 것이 있겠습니까? 다만 범과 이리나 벌과 개미는 기질에 국한되므로 통한 것이 다만 (인과 의) 한 가지일 뿐인 것입니다.

귀하의 논설에서는 또 “만물이 아직 생기기 전에 이미 만물의 이치가 갖추어져 있다. 그러므로 만물이 바야흐로 생겨나는 시점에 바로 그 물物의 이치가 각각 그 물物의 성질을 결정하

---

73) 표덕미 : 송대의 학자 표거정彪居正. 자가 덕미德美이고 호는 경재敬齋이다. 표순신彪舜臣의 아들이며 호굉胡宏의 제자로 문망이 높아 악록서원嶽麓書院 당장堂長을 지냈다.

는 것이다. 개는 개의 이理를 품수하여 개의 성질을 갖게 되고 소는 소의 이理를 품수하여 소의 성질을 갖게 된다. 모든 사물에 미루어 보아도 모두 그렇지 않은 것이 없다.”고 하였습니다. 이 논설에 더욱 놀라고 괴이하고 황당하였습니다. 대개 만물이 아직 생겨나기 전은, 혼연한 태극의 본체로서 충막무짐의[冲漠無朕之理] 이理입니다. 어찌 일찍 이러저러한 수많은 사물의 명목이 어느 구역 어느 무리로 분류되어 그 가운데 대치하거나 병렬해 있다가 어떤 것이 자질과 형체가 구비되기를 기다려 물물이 명하고 면면이 부여하겠습니까? 만약 개가 생겨나기 이전에 먼저 개의 이理가 생기고 소가 생겨나기 이전에 먼저 소의 이理가 있어 각각 충막무짐한 가운데 깃들어 있다면 이는 태극이 도리어 하나의 잡박雜駁한 물건이 되어 무형이 곧 유형이요, 무짐이 곧 유짐有朕이 된다는 말이니 이 어찌 확실하고 근거가 있는 의론이라 하겠습니까? 대저 집사의 정밀하고 해박한 학문에 응당 분명치 못하고 완비치 못한 실수가 있을 리 없겠지만 자신을 믿는 용기가 혹 남을 받아들이는 지혜보다 많아서 남이 ‘이理는 같다.’하면 나는 ‘기氣는 다르다.’고 공박하고 남이 ‘이理는 온전하다.’하면 나는 ‘기氣는 치우치다.’고 공박하여 마침내 가할 것도 감할 것도 없는 확고부동한 이치를 도리어 뒤죽박죽 주물러 조각조각 바스러지는 물건이 되도록 한다면 한 때의 능란한 변설이 비록 지극히 굉박할지 모르지만 제 생각에는 선유들이 곁에 계신다면 즐겨 고개를 끄덕여서 인정하실지 모르겠습니다.

　제 보잘 것 없는 지식과 견해로 어찌 감히 스스로를 과신하겠습니까마는 스스로 헤아리건대 재주가 졸렬하고 기상이 모자라 달리 신기하고 고상한 의론을 펼 수 없습니다. 그러므로 다만 선유들의 이미 확정하신 공안에 착목하여 근수물실謹守勿失(조심해서 지키고 놓치지 말라) 네 자를 끝까지 미루어 나갈 법도[究竟法]로 삼아봅니다. 혹시라도 마음을 비우고 자세히 살펴주신다면 거의 혹 제 어리석은 생각의 한 가지 소득이 되겠지요? 혹 이치에 합당치 않은 논리가 있다면 통렬히 논정[駁正: 논박해서 교정함]하여 저의 어리석은 식견이 열리도록 해 주신다면 그 또한 군자의 덕으로써 사람을 아껴주는 도의일 것입니다. 보살펴 주심을 믿고 말을 솔직하게 하였습니다. 송구하기 그지없습니다.

▫ 김학래에게 주다. 임진년(1892)　與金學來

　공복功服을 입은지 얼마되지 않았는데 이어 또 균척菌慽을 당하니 스스로 가없는 흉사가 혐의로워 비통하다는 말조차 할 수가 없습니다. 그러나 때때로 가다듬어 반성해보니 이러한 상태를 면하려 해도 면할 도리가 없겠습니다.

이와 같은 심사로 어찌 붕우들의 즐거운 모임에 참가하겠습니까? 다만, 집사에 대한 그리움을 그만두지 못하는 까닭은 그 쾌활한 어조와 시원한 논리가 청량제 한 사발을 마시는 데 맞먹기 때문입니다. 모르겠거니와 집사께서 과연 제 뜻을 받아들여 이 바람을 들어주시겠습니까?

여름이 또 끝나가는 지금 거상 중의 건강은 좋으시고 형제분들 모두 화락하게 지내시며 아이들 공부시키고 종들 단속하는 여가에 자신만 아는 즐거움이 남에게도 파급될 만한 것이 있는지요? 생각하건대 집사의 박문강기博聞强記는 여러 벗들이 다 같이 부러워하는 바지만 저의 좁은 소견으로는 이른바 성리학性理學 공부[近裡之工]74)에 아직 크게 힘쓰지 않았기 때문에 평소의 논변이 왕왕 성글어 절실치 못한 폐단이 있는 반면 정신을 주로 시문[詞章]쪽으로 기울인 듯 합니다. 제 모자라는 견해로 말하자면 시문으로는 제가 어찌 감히 귀하를 바라 볼 수나 있겠습니까? 일등인의 사업[一等人事業]이 어찌하여 그보다 큰 것이 없습니까? 의지하고 경모하는 마음이 지극하다보니 광언을 함부로 드리는데 제 말이야말로 앉은뱅이의 고집[蹩躠之守]이요, 장해의 염려[章亥之慮]일75) 것입니다. 그러나 혹 한번 제 뜻을 살펴보아 받아 주어서 날마다 새롭게 하는 공부에 도움이 되게 하지 않겠습니까?

저는 중절重節이 다행히 큰 첨절은 없으나 근일의 나쁜 광경이 다시 또 심화를 돋우므로 오히려 때로 서책을 들여다보기는 하지만 실로 능히 시간을 아껴 정진하려는 뜻이 아니라 다만 책을 베고 누우면 근심이 잠시 그치고 잠이 속히 오기 때문일 뿐입니다. 집사께서 들으시면 반드시 딱하게 여기실 테지요.

서재의 기문은 제가 감히 감당할 수 있는 것이 아닌데 당초에 이미 스스로 역량을 생각지도 않고 응낙을 드렸기에 잘되고 못되고를 따지지 않고 초고를 꾸며 올리지만 맑으신 감식을 어지럽히기에도 전혀 부족할 것입니다. 그런데도 굳이 보내드리는 까닭은 꾸지람을 받은 것이 아니라고는 못하겠습니다.

---

74) 성리학의 공부 또는 심학心學, 주자학. 원문은 근리지공.

75) 쓸데없는 염려. 대장大章과 수해豎亥. 고대古代 전설상의 잘 달리는 사람으로 우禹임금이 대장에겐 지구의 동서를 발걸음으로 측량토록하고 장해는 남북을 측정토록 했는데 동서거리가 2억 3만 3천 5백 70보고, 남북이 2억 3만 3천 5백 70리였다.

□ 김학래에게 주다. 정미년(1907)   與金學來

우리가 각각 늘그막에 이르고 보니 심상한 이별에도 은후의 회포를[隱侯之懷]76) 금치 못하겠습니다. 더구나 지금이 어느 때입니까? 오랜만에 서로 만났으니 할 이야기도 많았는데 댁으로 돌아가심이 너무도 갑작스러웠습니다. 진실로 산적한 일 때문에 그럴 수밖에 없음을 잘 알면서도 굳이 만류하고 싶었지만 혹 하루 저녁 더 머물게 되었더라도 도리어 이별의 한이 깊어져서 떠날 때에 경건한 이별을 못하게 되었을 것입니다. 이 또한 평소의 공부가 모자라 처신이 지나치거나 절도에 맞지 않은 탓입니다. 밤이 되어 다시 생각해 보았는데 귀하의 한 번 방문이 이미 보잘 것 없는 제 집의 영광인데 다시 하룻밤 더 모시기를 바랐으니 어찌 과분한 생각이 아니겠습니까? 급히 편지를 쓰고 사람을 보내어 사례하오니 다행히 용서해 주시기를 천만 바랍니다.

□ 김주사현준에게 답하다. 병오년(1906)   答金主事顯峻

한 번도 만나 뵌 일은 없으나 아름다운 명성은 익히 듣고 있었습니다. 뜻밖에도 먼저 보내주신 귀한 서찰을 받으니 마음에 부쳤던 흠모에 한 점 그늘이 없이 개인 듯 크게 위안이 됩니다. 이는 옛 사람의 의리이지만 용렬한 저 자신을 돌아보건대 어찌 이런 복을 얻었는지요? 백번 봉함을 열고 읽으면서 감사와 송구함을 함께 느낍니다.

이 늦가을에 오히려 건강이 좋으시기를 바라던 끝이라 더욱 소식 듣고 싶었던 것입니다. 저 상희는 지난 9월 이후로 풍증이 발작하여 살아도 이미 살 경황이 없는데 죽어도 또한 죽을 자리가 없었습니다. 두문불출하고 국화를 먹고 솔잎을 씹으면서 우선 몸을 안정할 계획이었는데 마침내 집사께서 제 실정을 모르시고서 과도하게 칭찬을 하시는군요. 이 적막한 동강77)을 제갈량의 남양78)에 견주신 데 이르러서는 말씀을 감히 받들지 못 받들지를 아직은

---

76) 벗을 그리워하는 마음. 당나라 오인벽吳仁璧의 시에 "늦가을 좋은 때를 기다려 은후隱侯의 집에서 기대와 함께 마냥 취해보세[待到秋深好時節 與君長醉隱侯家]."라 한데서 유래한 듯. 은후는 심약沈約의 시호다. 시문에 뛰어나고 검소한 전원생활을 즐겼다.

77) 동강 : 경북 성주와 경남 합천의 경계인 가야산. 이상룡은 안동의 을미거병 이후 가야산에 산채를 구축하고 거의擧義를 도모한 적이 있다.

78) 남양南陽 : 제갈량이 촉한의 유비를 만나기 전 농사를 지으며 은거하였던 곳. 남양의 융중. 그의

논하지 군자에겐 말실수가 어찌 사소한 일이겠습니까? 하지만 제 마음은 종전의 광증인지 한 번 읽자 눈물이 떨어지고 두 번 읽자 머리카락이 고추 서고, 세 번 읽자 가슴이 뛰고 간담이 찢어지는 듯하여 저도 모르게 벌떡 일어나고 말았습니다.

집사와 표우豹友[79]를 만나도록 하는 일은 반드시 한번 분발하겠습니다.

▫ 김주사에게 답하다　答金主事

주신 서함을 반복하여 읽었더니 말씀이 너무도 간절하여 자리를 함께하여 모신 것 못지않습니다. 제게는 위안이 됩니다만 이 늦가을[霜華]에, 객지 생활에 풍종風腫으로 다소 흠절이 있음을 알았습니다. 우연한 작은 병일 테니 응당 곧바로 쾌차하실 것입니다. 아드님은 귀가한 후에 찬바람 쐬고 감기나 들지 않으셨습니까?

지난번 헤어질 때는 실로 마음에 미안한 것이 많았는데 지금 편지의 말씀에도 도리어 미안하다 하시니 어찌나 부끄러운지 땀이 날 지경입니다.

운강雲崗[80]은 비록 평소의 안면은 없으나 명성은 귀에 익은 지 오래입니다. 그가 귀하께 인정[知許]을 받음이 이와 같다면 표우豹友의 명성과 동열에 비길 수 있지요. 훌륭한 분들과 일일이 친교를 맺고 계신 귀하의 폭 넓은 교우관계를 경하드립니다. 조만간에 재를 한번 넘어갈 작정인데 집사의 생각은 어떠신지요? 묵묵히 하회下回를 기다릴 뿐입니다.

▫ 김범초형모[81]에게 답하다. 기해년(1899)　答金範初澄模

호상에서 한번 헤어지고 다시 만나 뵐 계제가 없어 안부 편지에 보냈던 시[隱侯詩]의 "꿈속에서 가는 길을 알지 못하니, 무엇으로 그리운 정 달랠까[夢中不識路 何以慰相思]."라 하신 구절을 욀 때마다 세 번 되짚어 읊으며 감탄하지 않은 적이 없었습니다. 일전에 우리집 맏아이[家

출사표 중 궁경남양躬耕南陽에서 나온 말이다.
79) 표우 : 이상룡이 가야산 의진을 창도하고 거사하려 할 때, 뜻을 함께 하였던 차성충車晟忠(호가 隱豹)을 가리킨다.
80) 운강 : 문경의진의 의병장 이강년李康秊의 호이다. 자는 낙인樂仁 또는 낙인樂寅, 본관은 전주이다
81) 김형모 : 본관은 의성. 자가 범초로 호는 가산柯山이다. 서산 김흥락의 문인으로 당시에 안동 향중에서 박학재사를 일컬을 때 '서산 문하 삼초三初'라 하여 만초萬初인 이상룡, 광초廣初인 이중업李中業과 병칭하였다.

瞥]가 돌아오는 편에 장문의 글을 잘 받았습니다. 시절의 퇴폐를 서글퍼하며 학문의 앞날을 걱정하신 일 외에도 지나는 길마다 들러 노닐 날이 얼마 남지 않았음을 깊이 두려워하셨는데 집사께서 이 모자라는 사람에게 무엇을 취할 것이 있다고 이토록 사랑을 기울이시는 것입니까? 편지 읽고서 감복하면서도 무엇으로 감사드려야 할 지 모르겠습니다.

편지 후 며칠이 지나 중양절重陽節(9월 9일)이 임박했는데 시하侍下의 일상기거가 여전히 평안하신지 다시 문안드립니다. 쇠약과 피로를 재촉한다는 비유 말씀은 진실로 탄식을 불러일으킵니다. 우리들이 동심도 아직 가시기 전인데 노인이 되어버린다는 희극이 이미 이 지경에 이른 것입니까? 집사께서도 오히려 지업을 이룬 것이 없다는 탄식을 하시는데 그렇다면 저와 같이 공허하고 엉성한 사람은 또 어떤 마음이겠습니까?

병서屛西의 상사는 꿈에서조차 생각지 못한 일입니다. 며칠 전 편지를 받자왔을 때도 봄이 가기 전에 한번 오시겠다고 하셨는데 며칠도 못 되어 갑자기 부음이 당도할 줄 어찌 생각이나 했겠습니까? 우러러 생각컨대 아버지처럼 섬겨야할 처지에 슬프고 괴롭기가 마찬가지일 것입니다. 팔순 고령의 스승께서는 형제를 잃은 슬픔을 더욱 어찌 달랠 수 있겠습니까?

저는 초가을에 아버지 유택을 면례하였습니다. 이전 산소에 재화가 너무 많았기 때문인데 새 산소에도 말들이 없지 않으나 사사로운 조급한 마음에 어느 겨를에 산지의 품이 좋고 나쁨을 논하겠습니까?

다행하게 여기는 것은 홀어머니께 큰 병환은 없으시고 문집文集에서 빠진 글을 모아 인쇄했습니다. 제 몸의 신병은 아직 그대로입니다. 본래가 허약한 체질인데, 여러 번 진탕을 겪은 뒤여서 마치 텅 빈 골짝의 한 그루 병든 나무와 같으니 어찌 능히 사나운 바람을 대적할 수 있겠습니까? 뒷날 운산雲山을 집사 홀로 거닐게 할까 그게 두려울 뿐입니다. 하하.

소주韶州의 회의의 일은 원근의 여론이 예기치 못한 우연한 합의였으니 마땅히 다함께 가서 초청 받은 뜻을 저버리지 말아야겠으나 저는 면례의 복제가 남아있고 형 또한 어려운 사정에 있으니 우리 두 사람 외에 또한 어찌 사람이 없겠습니까? 우리는 근년 이래로 너무 나선다는 말을 들을 정도였으므로 이제 우리는 조용하게 있어야겠다고 편지를 주고 받으면서 서로 권해 왔는데 이제 도리어 사람들을 불러일으키는 일에 앞장선다면 아마도 평소에 서로를 아끼던 뜻한데 어떻게 생각하십니까?

「정심正心」82) 장의 의의疑義에 대해서는 식견이 모자라는 제가 어찌 감히 질정하여 말하겠

---

82) 「정심」 : 『대학大學』의 팔조목 “격물格物·치지致知·성의誠意·정심正心·수신修身·제가齊家·치국治

습니까마는 평소 소견에 따라 사사로이 강설해 보자면 이러합니다.

이 「정심」 장의 대의는 선을 좋아하고 악을 미워함으로써[好善惡惡] 뜻을 이미 성誠하게 하였지만, 만약 이 마음의 있고 없음에 대하여 자세히 살피지 않는다면 이른바 좋아하고 미워함이 반드시 그 마땅함을 잃지 않았다고는 못할 것입니다. 때문에 '사유소四有所와'·'삼부재三不在'를 말한 것입니다. 사유소는 곧 유심有心의 병통이요, 삼부재三不在는 무심無心의 병통이니 모두 동처動處에서 설명한 것입니다. 그러므로 장구에 이르기를, "이 네 가지는 마음의 작용이다."라 하고 또 "작용이 행해지는 곳에 정正을 잃지 않을 수 없다."고 하였으니, 언제 함양 공부에 대해 언급한 적이 있었습니까?

다만 뜻을 해석할 때에 그 본체를 먼저 말하지 않으면 뜻이 온전함에 결함이 생깁니다. 그러므로 「혹문或問」에 "아직 느끼지[未感] 못했을 때는 맑고 공평[鑑空衡平]하여83) 비록 귀신일지라도 그 경계를 알아챌 수 없기 때문이다."라고 한 것입니다. 이는 대개 본원을 소급하여 구하라는 것인데 나타낸 의미는 깊고 간절하지만 본전本傳의 의미를 바르게 해석한 것은 아닙니다.

마음을 바로 잡는 데 대한 공부로 말하자면 외물을 통제하는 것이 그 내심을 수양하는 수단입니다. 그러므로 장구에서 '공경으로 내면을 바로 잡는다는 설명[敬直之說]'으로써 소략한 곳을 보완한 것입니다. 이는 또한 주자께서 공부하는 사람을 위해 절실히 이끌어주신 곳으로 이 장구가 가진 말 밖의 뜻[言外之意]인데 이 글을 읽는 사람이 왕왕 제대로 보지 못하여 본체와 작용을 겸하여 설명한 것이라 의심하기도 했습니다.

예컨대 정임은程林隱의 『심학도心學圖』에서는 "마음은 정심에 달려 있다[心在正心]."는 것을 성찰의 공부라고 하였으나 율곡栗谷은 마땅히 존양에 귀속되어야 한다고 배척하여 조금도 양보하지 않았습니다. 이는 문집에서 고찰할 수 없어 존양에 귀속시키고자 한 주장이 어디에 의거한 것인지 아직 살피지 못했습니다. 그런데 퇴도退陶의 답서에서는 "보내준 편지의 설명 또한 일리가 있는 듯하나 마음이 성찰 공부가 아니라는 생각은 어떤 연유에서 생겼습니까? 분함·두려움[忿懥·恐懼] 등의 마음이 한 가지라도 있는데 그것을 살피지 못하면 '욕심이 움직이고 감정이 승리[欲動精勝]한다.'고 운운하였으니 정심을 어찌 반드시 함양 한쪽에만 귀속시켜야 하겠습니까?(-이상 퇴도의 설명-)"라 하였습니다. '어찌 반드시 한쪽으로만 귀속시키랴[何必

國·평천하平天下" 중 마음을 바로 잡는다는 「정심正心」 장구를 말한다.
83) 감공鑑空은 깨끗하고 맑은 상태. 선입견이라곤 전혀 없는 맑은 상태이며, 형평衡平은 무게·수량의 공평을 뜻하는 것으로 합해서 말하면 명찰형평明察衡平(밝게 살피고 형평을 유지함)의 뜻이다.

偏屬]’라 하신 네 글자는 급하게 보면 혹 의심을 일으키기도 쉽지마는 선생의 본지는 “사물에 응할 때 능히 절도에 맞았다면 본체의 진실함이 또한 저절로 보존된다.”는 것이었습니다. 이는 그 전문傳文의 바른 뜻[正義], 작용의 측면에서 말한 것이며 ‘경이직내敬而直內’란 보충 설명으로, 추론연역推論演繹할 수 있다. 그러므로 그 존양에 귀속시키고자 한 주장에 대하여 곧바로 배척하지 않고, 다만 “편지의 설명 또한 일리가 있는 듯하나”라고만 하시고 편지 말미에 다시 훈계하기를, “선현의 저술에 만약 크게 잘못된 점이 있다면 부득불 논변하여 바로잡아야 하지만, 지금 논한 바와 같은 것은 저 사람의 주장은 본래 잘못된 것이 아니라 내 견해가 아직 미숙하기 때문이니 억지로 의론을 만드는 것은 옳지 못합니다. 혹 오랜 세월이 지난 뒤에 지견을 바로잡고 행실을 채우는 데 깊이 장애가 될까 두렵습니다. 운운.” 하셨습니다. 그렇다면 선생은 본디 이 장구의 내용이 오로지 성찰공부에 귀속되는 것으로 보신 것입니다.

지난 봄에 잠깐 장형張兄을 만났다가 새로 증보하는 일의 시말을 대략 들었는데 아홉 조목의 문자가 율곡과 사계의 문답에서 나온 것이 많다고 생각했습니다. 과연 그렇다면 이 조목이 유독 그 가운데서 나오지 않은 줄 어찌 알겠습니까마는 당일의 논변이 혹 퇴도의 이 편지 때문에 발단된 것은 아닙니까?

제 소견은 이와 같되 이치에 맞다고 장담은 못합니다. 아무쪼록 집사의 의견을 인편으로 보내 주시기를 간절히 바랍니다.

▫ 박경활재명에게 답하다　答朴景活載明

지루한 장마가 지나자마자 가을 기운이 벌써 완연하니 그리워하는 마음이 마치 유수가 동해로 치닫는 듯 합니다. 뜻밖에 아드님을 만나고 겸하여 귀한 서찰까지 받았습니다. 받들어 읽으니 크게 기뻐 궤안을 마주하고 가르침을 받는 것과 다름없었습니다. 만약 주고받는 서신으로라도 이런 기쁨을 누릴 수 있다면 흠모하는 어른이 멀리 계심을 어찌 한탄하겠습니까? 쌀쌀한 계절에도 형제분의 기거동작이 평안하신 줄 잘 알겠습니다. 중씨장仲氏丈께서 한번 실패하신 일은 쾌히 만회할 날이 있을 줄 알겠으나 노유老儒의 실정에 한결같은 절도가 오히려 어려우실 터인데 그것이 못내 안타깝습니다.

아드님은 자질이 진실로 뛰어난데다 훌륭한 가르침까지 받은 터라 구구한 제 질책과 권면을 기다리지 않더라도 이미 의문을 묻고 과실을 줄이는 정성이 가상하였습니다. 또한 굽어 부탁하신 정성의 의미를 알겠습니다. 감히 일이 있을 때마다 서로 의지하여 훗날의 성취를 기대하지 않겠습니까? 다만 고루한 제가 학식이 모자라고 역량이 남에게 비길 만한 것이 전혀 없어 가르친다는 수단이 오히려 그르치기 알맞을까 두려울 뿐입니다.

▫ 박경활에게 답하다   答朴景活

봄 갈이가 이미 중반인데 한결같이 소식이 없어 고개를 들고 동쪽으로 가는 구름을 바라볼 때마다 그리는 마음 간절할 뿐이었습니다. 어제 저녁 무렵에 본가로부터 우소에 돌아오니 아드님이 내방한 지 이미 여러 날이고 보내주신 편지가 먼지 앉은 서안 위에 놓여 있군요. 황망히 받들어 읽어보니 반갑고 감사한 마음 한량없었습니다. 다만 답장을 돌아가는 편에 부치지 못한 것이 송구할 뿐입니다. 편지 읽고 고르지 못한 봄 날씨에 형제분의 기거가 모두 평안하신 줄 잘 알았습니다.

중씨장仲氏丈은 아드님 초례하랴, 사위 맞이하랴, 경사가 잇달았으니 다가올 좋은 광경을 점칠 수 있겠습니다만 또한 생각컨대 한 차례 번거로운 절차는 면할 수 없으시겠지요.

저 상희는 궁벽한 산중에서 문을 닫아걸고 바깥일에 아예 외면하고 있습니다. 어머니께서 심히 편찮으신 곳은 없고 아이들도 큰 탈 없이 지냅니다. 낮에는 써레 끌고 고무래질하며 들판에서 유유히 보내고, 밤에는 거친 황초로 담배나 태우며 방안에서 큰소리로 웃기도 하다가 기운이 지치면 눕고, 정신이 피곤하면 잠드니 작년 한해의 운세와 비교할 때 이런 잠시 동안의 즐거움 또한 분수에 없는 일일 것입니다. 그러나 다시 듣자하니 산간의 소요가 아직 그치지 않고 바닷가의 소동이 넘친다고 하니 닥쳐 올 재앙을 모르는 잠시 동안의 편안함이 얼마나 되겠습니까? 진실로 한탄스럽습니다.

돌아가신 백씨 근암近菴공의 유고는 서안 위에 놓아 둔지 이미 한해 남짓이 되었으나 여태까지도 읽을 겨를이 없다가 근래에 비로소 펴서 읽어보았습니다. 가만히 그 분의 성대한 행실과 고상한 학식은 생각컨대 후인을 흥기시키에 족하고 학자의 표상이 되기에 족합니다. 어찌 경탄을 금할 수 있겠습니까? 다만 그 글의 편차에 유례類例가 가끔 뒤섞여 있고 정서하여 옮길 때에 글씨가 가끔 틀린 곳도 있었습니다. 방점을 찍고 교정하는 일에 제가 결코 적임자가 아닌 줄 잘 알지만 스승의 지시를 거듭 어긴데다 동당의 의리[同堂之義]를 다하기도 할 겸 감히 제 뜻대로 대략 손질을 가하였습니다. 그러나 극히 주제넘은 망발이니 어찌 질책을 면할 수 있겠습니까?

▫ 박경활에게 답하다 答朴景活

더위와 장마는 지나가고 이미 서늘한 기운이 들에 가득합니다. 그리워하는 마음이 가슴에 가득하더니 의외에 사람을 시켜 편지를 보내시니 직접 뵙고 아름다운 가르침을 받든 거나 진배없습니다. 거듭 보내 주신 편지에 받은 감동을 어찌 이루 다 말하겠습니까?

가을 장마에도 형제분 기거가 여전히 좋으시며 아드님의 공부가 진전이 있음을 잘 알겠습니다. 평소에 그 자질이 확실하고 의지가 굳센 것이 매양 사랑스러워 장차 오랜 가문의 주인이 되기에 넉넉하다고 여겨왔습니다. 다만 독서라는 한 가지 일이 사실은 본분을 행하는 것과 부합되는 일임을 모릅니다. 이 때문에 지난 번 편지에서도 그것이 따라 잡지 못할 규칙이라는 점을 여러 번 설명했으나 끝내 겸허한 마음으로 받아들이려는 뜻을 보이지 않고 있습니다. 지금 '책임이 아비에게 있다.'고 하신 말씀을 보았는데 그것은 지나친 말씀입니다. 그러나 젊은이들이 뜻을 아직 정립하기 전에는 스승과 부형의 지도하는 노력 또한 잠시도 늦출 수 없는 것입니다. 행여 사람이 시원찮다고 그 말도 그럴 것으로 여겨 버리지[不以人廢言:『논어論語』에 있는 공자의 말씀] 않으심이 어떠신지요?

저 상희는 어머니께서 그저께 우연히 오한이 들어 밤을 지나자 며칠사이 아마도 학질인 듯하여 조심스러웠습니다. 처음보다는 회복되어가는 듯하나 다만 기력이 적지 않게 떨어져 미리 조바심이 납니다. 막내아우가 작은 집을 짓고 있는데 이미 이엉을 덮고 벽에 미장을 하였습니다. 집의 간살이 비록 적다하나 솜씨에 비하면 또한 너무 큰일입니다.

▫ 박경활에게 주다. 정유년(1897) 與朴景活

저번 동쪽 유람에서 겪은 세 가지 장관은 접때 올린 시 속에서 이미 말씀드렸습니다. 노곡魯谷에서 작별한 후, 다시 한 구절의 기발한 시상詩想을 얻어 "천리 길 떠나기는 쉬우나, 백리 길 전송하기는 어려워라."라 하였는데 이는 집사의 후히 베풀어 주신 뜻에 감동하여 나온 구절입니다. 조만간 만나 뵐 테니 한바탕 꾸지람 들을 준비하겠습니다. 모르겠거니와 그 때 귀가하시는 길에는 석포石浦에 이르러 며칠 머물러 돌아가셨습니까? 추위가 점점 매워지는 이

때, 형제분 모두 잘 계시며 건강하신지 다시 안부 묻습니다. 접때 유람길에 함께 어울렸던 여러 벗들도 모두 평안하십니까? 그리운 꿈결에서도 늘 고당高堂을 떠나지 못하니 돌아와 누운 것은 다만 이 일곱 자 몸뚱이일 뿐입니다.

저 상회는 후덕함에 힘입어[飽德] 마음은 승경에 흠뻑 취하고 뜻은 노정에 상쾌하여 산길 물길 오갈 때도 피로를 모르겠더니 집에 도착해서야 비로소 피로함을 알았습니다. 요사이 며칠간은 찬바람에 상하여 방안에서 움츠리고 누워 감히 밖으로 나갈 엄두도 못하고 있으니 진실로 스스로가 안타깝습니다.

문집을 교감하는 일은 어찌 고루한 제가 감히 참여하여 알은 체 하겠습니까마는 접때 거듭 정성스런 지시를 듣고 망령되이 손질을 가하여 돌려보낸 후 더듬어 생각해보니 은근한 잘못이 적지 않음을 알았습니다. 이는 비록 분수에 넘치는 일이나 혼자 마음에 죄스러움을 덜 수 있는 기회입니다. 조만간 가산佳山 척장戚丈과 더불어 다시 자세히 살펴 본 뒤에 전에 표시했던 부표를 떼는 것이 어떠하겠습니까?

□ 권성순한모에게 답하다. 기해년(1899) 答權聖淳翰模

영양은 재사가 많기로 칭송되는 곳인데 그 중에서도 집사가 뛰어난 사람이라 명성을 익숙히 들었습니다. 근자에 한 차례 소식을 제 거처에 보내어 한참동안 토로하심이 곡진하고 자상하더니 그 이후에 또 과분한 편지를 보내어 후의를 붙이셨습니다. 스스로 생각컨대 보잘 것 없는 제가 어찌 이런 복을 누리는지 모르겠습니다. 감사하는 마음의 만분지일이라도 보여드려야 마땅할 것인데 쓸데없는 일에 골몰하여 지금까지 겨를을 내지 못하였습니다. 비록 집사의 넓으신 아량이라 하더라도 가볍게 먼저 덕을 베푸신 것을 후회하지 않겠습니까?

삼가 생각컨대 요즘의 서늘한 가을 날씨에도 정양에 보우가 있으시며 독서 완상이 날로 깊어지실 터이니 제 구구한 흠모가 빈 말[虛言]이 아닙니다.

저 상회는 지난달에 아버지 산소의 면례를 거행하였는데 곧이어 송사[天水]84)가 일어나 순조롭게 처결될 기약이 없으니 사정의 절박함을 알만 할 것입니다.

보내주신 편지의 '군자들이 모두 노경이니 사문의 위기가 실낱같다.'는 등의 언급은 심려

---

84) 천수天水는 소송의 뜻이다. 주역에서 천天은 건乾, 수水는 감坎인데 천天인 건乾과 수水인 감坎이 합치면 송訟 괘가 된다.

가 크고 깊으심을 잘 나타내는 말씀이나 강명부위講明扶衛의 책임은 세상에 그 적임자가 자연 있게 마련이니 실로 저같이 과루한 사람이 감히 관여하여 듣지 못할 일입니다. 그러나 집사께서 저 상희를 어떤 사람으로 생각하셨기에 가볍게 이 일을 저에게 기대하십니까? 저로 말씀드리면 젊을 적에 거칠게나마 거기에 뜻을 둔 적이 있기는 나 결심이 쉽게 풀리고 끈기가 굳지 못하여 숱한 세월을 앉아 놓쳤습니다. 이 노쇠한 나이에 이르러서야 비로소 뉘우치고 때로 고서를 가져다가 들여다보기도 하지만 총명은 날로 줄고 견문이 날로 사라지니 비유컨대 본전을 잃은 늙은 장사꾼이 동분서주하며 빌어먹는 행색과 같아 그 가난하고 군색한 모양은 차마 눈뜨고 보지 못할 지경입니다. 집사께서는 공부의 대성이 눈앞에 다가와 저 같은 사람을 싫어하며 물리쳐야 마땅하거늘 오히려 크게 기대하고 의지한다는 말씀으로 허여하셨습니다. 대저 등짐의 무게는 지고 일어날 수 없는 자가 가장 잘 아는 법인데 모기나 메뚜기가 태산을 질 수 있다고 생각하셨습니까?

오직 집사만은 하늘이 내려주신 자품이 명민한데다 40년 독서의 공력이 있습니다. 생각컨대 깊이 연구하신 나머지에 반드시 자득한 묘[獨得之妙]가 있을 터이니 이른바 사문을 부지 호위하는 책무가 '바로 집사 자신에게 있고 남에게 있지 않을 것'으로 봅니다. 원컨대 집사께서는 지나치게 겸양치 마시고 '남을 꾸짖는 마음으로 나를 꾸짖어' 더욱 면려하시며 때로 남은 공력을 남에게 미쳐 저와 같이 모자라는 벗에게도 또한 노둔함을 채찍질하여 열심히 자신을 갈고 닦아 죽을 힘을 내어 벗의 하나[麗澤之末]로 끼어 주신다면 그 강명부지講明扶持의 공효가 진실로 크지 않겠습니까? 집사께서는 힘쓰고 또 힘쓰시기 바랍니다.

대명동시大明洞詩는 다만 한 때의 희작일 뿐이라 높은 감식에 보여드릴 것이 못되는데 마침내 굽어 거편을 선사하시는 데 이르렀으니 그 광채가 눈을 압도하여 사람이 부끄러워 죽고 싶을 지경입니다. 조만간 한번 방문하겠다고 하셨는데 과연 약속을 저버리지 않으시겠지요. 미리 기다리는 마음 간절합니다.

▫ **안동 군수 송헌면에게 주다.** 기유년(1909)　　**與安東郡守宋憲冕**

이동梨洞에서 잠깐 뵈었던 일은 지금까지도 꿈속처럼 선연합니다. 삼가 생각컨대 이 요하의 시절에도 공무를 처리[視篆]하시는 중 기거 외 모든 일이 순조로우실 테지요?

공무[撫字: 백성을 보살핌]여가에 영재들을 육성하는 일에 마음을 두신다니 문옹文翁[85]이 촉蜀

지방을 다스릴 때의 교화를 지금 다시 보게 되었으니 무슨 말로 다 기리겠습니까? 저 상희는 산재로 돌아와 칩거하고 있는데 여전히 비루한 생각만 가슴에 가득하니 어찌 영감의 거소를 찾아뵙고 상쾌한 의론을 들을 수 있겠습니까?

작금 나라 상황을 보아하니 다시 할 말이 없습니다. 오직 일루의 희망이 교육과 단결에 달려 있을 것이니 이것이 저희가 열심을 기울이는 까닭이요, 각하께서 힘써 찬조하는 까닭입니다. 마침내 인심이 험악해져서 앞장서기가 곤란한데 접때 각하께서 사랑으로 돌보아주신 은택이 아니었다면 이 몸은 가루가 된 지 오래일 것입니다. 마음 깊숙히 사무친 후의를 어찌 하루라도 잊어버리겠습니까?

근래에 듣건대 보통학교가 다시 공립학교로 돌아간다고 하며 교과과정은 그에 따라 줄이고 폐쇄되며 학생들을 그에 따라 풀어 흩어버린다면 각하께서 마음을 기울여 노력하신 일이 끝내 헛수고로 돌아갈 것이니 어찌 탄식을 이루 다 말하겠습니까? 만약 다시 하나의 서당을 개설하는 방법이 있다면 다행이겠으나 재력이 탕진된지라 밀가루 없이 수제비를 빚으려는 꼴이니 어찌 쉽게 말할 수 있겠습니까?

□ 신흥강습소에게 주다. 기미년(1919)   與新興講習所

국상의 성복成服 의절을 어떤 사람의 구전口傳에 의한다면 너비 세치의 검정 삼베를 왼쪽 팔뚝에 두르고 석 달 장기를 마친 후 풀기로 정하였다 합니다. 여러분들이 의논하여 결정한 바에 반드시 원용의 근거가 있을 것이나 제 의견으로는 상복에 검은색을 쓰는 것은 끝내 어리둥절하여 의혹이 있습니다. 세계 각국이 나라마다 예절이 달라 혹 검은색으로 상복을 삼는 나라도 있을 것이나 우리나라는 흰 깁으로 거상해 온 것이 선왕·선성 이래로 변함없던 제도입니다. 만약 조정에서 군주를 직접 모시는 사람일 것 같으면 압존壓尊(높은 이의 위엄에 눌려서 언행이 구속 받음)의 처지라 이 때문에 검은 옷을 입고 사무를 보는 것을 허용한 것입니다. 이것을 '공제公除'86)라 이르는 것인데 상복에 검은색을 쓰라는 말이 아닙니다. 우리는 지금 위로 압

---

85) 문옹文翁 : 한서漢舒(안휘성 여강) 사람. 본시 학문을 좋아하고 『춘추春秋』에 통달했다. 경제景帝 말년에 촉蜀 땅 군수로 나가서 교화를 높이고崇敎化, 학교를 세워서興學校 문풍文風을 크게 진작시켰다.
86) 공제公除 : 왕이나 왕비가 죽은 뒤 26일 동안은 상복을 입고, 일반 공무를 중단하고 조의를 표하며, 27일만에 상복을 벗는 일. 공식적으로 상복은 벗었지만 마음으로는 아직 벗지 않았다[公則除服 私則未之除]는 뜻이다.

존의 처지가 없는데 무엇 때문에 흰 깁을 싫어하여 검은 베를 쓰겠습니까? 지금 당한 국상에 검은색을 쓴다면 나중에 부모의 상에도 또한 검은색을 쓰겠습니까?

　예는 인정에 흡족함을 귀하게 치는 것이니 4천 년 동안 준수해온 제도를 하루아침에 갑자기 고치기는 어려운 일입니다. 또 우리들이 비록 옛 것을 버리고 새 것을 따른다는 주의主義지만 대사에 방해되지 않는 일에 대해서는 국수國粹(국가와 민족이 지닌 고유한 정신적 물질적인 장점)라 여기는 것을 굳게 지켜 변하지 않는 것이 또한 아름다운 뜻입니다. 우리나라는 평소에 예의의 나라라 일컬어 왔는데 만약 그 예의까지 아울러 고쳐버린다면 이른바 그 국수라는 것이 진실로 어디에 있겠습니까? 이는 대절大節에 관계되는 것이니 모쪼록 다시 깊이 생각하여 처리하십시오.

　석 달로써 3년을 상징한 것은 의미에 있어 그럴 법도 합니다. 그러나 복제에 있어 3월은 시마緦麻가 되는데 혹 무거운 복에 가벼운 예를 따랐다는 혐의는 없겠습니까? 만약 다른 명확한 준거가 없다면 아마도 공제公除를 좇는 것만 못할 것입니다. 내려오는 관례[舊例: 궁중에서 쓰던 이일역월제]에 27일 28개월을 대신한 복제입니다. 어떻습니까?

통화현 합니하 신흥무관학교 터
(현재 통화시 광화진 광화촌)

▫ 이재언에게 답하다　答李在言

저 상희는 천성이 둔하고 식견이 고루하여 두 해가 지나도록 여전히 늘고 주는 일이 없어 지금껏 종사해 온 사람들이 모두 버리고 돌아보지도 않는데 집사께서 요즘의 이러한 실성을 모르시고, 다만 구변에 능한 것만을 보시고 아마 취할 만한 한 가지 재주는 있지 않겠나 생각하여 만나도 주고 편지도 주되 정중하시기를 말지 않으십니다. 깊이 감사한 마음 비하기 어렵지만 집사께는 손해를 자초한 점이 어찌 사소하다 하겠습니까? 마땅히 곧바로 답서를 올려 후의에 감사드려야 했으나 외진 곳이라 인편이 드문지라 차일피일하다가 지금에 이르렀으니 제 생각에 집사께서도 이미 싫증내신지 오래일 듯합니다.

세차가 이미 한 겨울인데 삼가 생각컨대 이 섣달 엄동에도 일상기거가 평안하시며 독서 궁리에 날로 새로운 묘경이 끝이 없을 터이니 다른 사람에게 말씀할 만한 것이 생기셨겠지요? 구구히 그리는 마음 하루도 빈 적이 없습니다.

저 상희는 팔순 노모께서 추위에 병환이 더치셔서 아침저녁으로 탕약을 다리면서 전전긍긍 애타는 심정 이루 말할 수 없습니다. 직분과 분수에 맞추어 독서·사색하는 일 역시 집중하지 못하여 책상에 먼지가 앉고 벼룻집에 거미줄이 칠 지경인데 더구나 심신을 함양하는 공부이겠습니까? 옛 사람의 이른바 '아무리 생각해도 탄식만 나올 뿐[窮慮悲歎]'이라 한 것이 바로 이런 처지를 위해 미리 준비해 둔 말인 듯합니다.

편지 끝에 향음주례[87] 절차를 뽑아 보여 달라고 하신 말씀은 감히 잊어버린 것은 아닙니다만 저는 이런 의절에 대하여 평소 한 가지 견해도 갖춘 것이 없습니다. 설혹 있다고 하더라도 수박 겉핥기로 대략 훑어 본 것이라 또한 스스로를 잘못된 견해로 다른 사람까지 그르칠 수는 없는 일일 것입니다. 이미 금계 함장께 질정을 요청한 일이 있는데 아직 하서下書를 받들지 못하였습니다. 스승의 질정이 있기를 기다린 후에 물러나 서로 의논해도 혹 늦지는 않겠습니다. 오직 덕업을 쌓다가 간혹 여가가 있으시면 못난 붕우에게도 남겨주시기 바랄 뿐입니다.

▫ **박백암**은식께[88] **답하다.** 을축년(1925)　答朴白巖殷植

---

87) 온 고을 유생들이 모여 향약鄕約을 읽고 술을 마시며 잔치하던 일. 향음 또는 향음례.

88) 박은식朴殷植 자는 성칠. 호는 백암 또는 겸곡謙谷. 중국 상해에서 ≪독립신문≫·≪한족회보≫·≪사민보≫ 등의 주필로 활약. 저서로 『한국통사』·『한국독립운동지혈사』 등이 있다.

오늘 5월 열닷새에 보내신 편지를 받고 비로소 이것이 두 번째로 보내신 편지인 줄 알았습니다. 그렇다면 요전 편지는 (저에게 전해지지 못하고) 엉뚱한 곳에서 떠돌기를 면치 못하고 있을 것입니다. 그러나 근후하고 성대하신 뜻은 의연하시므로 거듭거듭 가슴깊이 감사하게 생각합니다. 어찌 읽고 읽지 못한 것에 차이가 있겠습니까?

인하여 생각하건대 지난 해 각하께서 환인현桓仁縣에 가셨을 때 저 상룡은 비록 직접 찾아가 뵙지는 못하였으나 전에 각하의 글을 읽고 각하의 뜻을 알았기 때문에 조만간 때와 장소를 얻어 온축하신 경지를 한번 실시하신다면 반드시 세상을 놀라게 할 훌륭한 업적을 세우리라 혼자서 생각했었습니다. 오래지 않아 곧 남쪽으로 행차할 때 의로운 함성이 일어나며 온 나라가 한 마음이 되어 각자가 헌신할 것을 생각하였으니 그 때를 얻은 것이요, 다시 지난해에는 대중의 추대로 원수의 직책을 맡았으니 그 지위를 얻은 것입니다. 다만 정국이 분규의 끝이라 한 차례 정돈하는 일로 정신과 심려를 많이 소모하기는 하였으나 신통한 포정의 칼솜씨의 여유가 있으니 서린 뿌리와 얼크러진 마디에도 요소가 있으니 거기에 칼을 대신다면 주신 편지의 말씀대로 확실한 기초를 세울 것이니 대동통합의 효과를 거둘 날은 눈앞 일터인데 어찌 겨우 1년 만에 사임할 마음을 뜻합니까?

또 직책을 얼토당토 않은 부적격자에게 넘겨주는 것은 마치 태양의 밝은 빛을 철거하고 횃불에게 빛을 빌리는 격입니다. 남에게 사양하는 것은 비록 미덕이라 하겠으나 여론의 낙망을 어떻게 하시렵니까? 저 상룡은 산야의 졸렬한 인품으로 재주가 모자라고 학식이 일천한 데다 더욱 정계에 대해서는 평소 견문이 전혀 부족합니다. 지난날 만주에서 서로군정서西路軍政署의 직책을 맡았을 때는 책임이 단순한데도 시위소찬을 면치 못했는데 하물며 요즘 와서 더욱 쇠약해져서 신체나 정신력이 전혀 딴 사람처럼 됨이겠습니까? 이러한 처지로 어찌 감히 분수에 맞지 않는 일에 나아가 망령되이 온 나라 국민들에게 죄를 짓는 일을 자초하겠습니까?

전보가 도착하던 날 안합顔闔89)을 본받아 도망가고자 하다가 일의 중대함에 비추어 지우 여러분께 감히 의논하지 않을 수 없었습니다. 모든 사람이 제도의 틀을 획기적으로 바꾸려는 이때 한결같이 회피만 일삼는 것은 특히 원만한 해결을 함께 도모하려는 뜻이 아니라고 하였습니다. 드디어 진퇴양난에 빠져 사정이 크게 군색하게 되었는데 일전에 의회에서 취임을 재촉하는 전보가 당도하였기로 부득이 출발하겠노라고 답해 보냈습니다.

---

89) 전국시대 노魯 나라 사람. 임금이 신하를 보내어 폐백을 주면서 벼슬하기를 청하자 그는 사람을 잘못 찾아왔다고 되돌려 보내고 다시 찾아 왔을 때는 이미 몸을 숨겨 도망했다.

그러나 두꺼운 낯에 염치는 있어 합하께는 무어라고 사례하여 대답할 말이 없습니다. 불가서佛家書의 비유를 빌리자면 진실로 '정신 수양과 질병 퇴치의 자료가' 될 수 있다는 것이겠으나, 지금 상해의 풍파가 점점 세차게 몰아치는 것을 보아하니 아시아 전체가 장차 앞을 예견할 수 없는 형국으로 치달릴 것이니 우리 해동 사람에게는 아마도 지금부터 일이 많을 것입니다. 생각컨대 집사께서는 연세 높은 때에 일을 마쳤으니 일신에 부담이 될 책임은 없을 것이나 나라와 국민을 위해 일하던 분이 능히 속세의 먼지에서 벗어나시면 좌선하시다가 정토[定界]에 들어가실 수 있겠습니까? 내내 도체 평안하시기를 빕니다.

▫ 채익소규봉에게 답하다. 정미년(1907) 答蔡翊韶圭鳳

우리의 교분은 마음에 달려 있지 얼굴에 있지 않으므로 얼굴을 보지 못하더라도 이 마음에 항상 잊지 못하는 것입니다. 뜻밖에 읍의 사령이 와서 귀하의 귀한 서함을 전하기로 받들어 읽고서 반갑고 감사한 마음에 황홀하기 마치 격세의 소식을 접한 듯하였습니다. 더구나 초겨울 이때 형의 건강과 기거가 모두 평안하신 가운데 조섭하고 정양하며 세상의 번거로운 일을 사절하고 계심을 알겠습니다. 날마다 사색하며 음미하는 외에 반드시 남이 모르는 재미가 있을 터이니 부러움을 어찌 이길 수 있겠습니까? 헤어진 지 오래이니 상상컨대 치아나 수염·모발이 다시 옛날 같지 않아서 벌써 상산사호商山四晧의 동안백발90)이 되었겠지요. 산천이 떨어져 있어 한 바탕 흥겨운 자리를 마련할 수 없는 것이 한스러울 따름입니다.

저 상회는 스스로 궁벽한 산촌 사람이 되어 다시 세상 돌아가는 사정을 생각하고 싶지 않으나 불행히도 두 눈 두 귀는 여전히 옛날 그대로라 왕왕 눈에 보이고 귀에 들리는 소식이 뜻에 어긋나는 게 한두 가지가 아니니 홀로 천정을 쳐다보며 탄식할 뿐입니다.

편지 말미의 늙고 병든 몸에 대한 비유는 참으로 명언입니다. 온전히 보전할 계책은 전혀 없어 다만 물에 빠진 나한이 어느 겨를에 앉은 이불泥佛(진흙으로 만든 불상)을 생각하고 염불하겠습니까?

대저 어떤 사람의 말이 참으로 오늘날 두 눈으로 목격한 사실일 것이나 귀하의 대답 또한

---

90) 상산사호의 동안백발 : 원문은 '상안지호商顔珍晧'인데 상산사호의 동안과 백발로 풀었다. 상산사호는 한대의 네 현인으로 상산에 숨어 살았다는 기리계綺里季·동원옹東園翁·녹리선생甪里先生·하황공夏皇公을 가리킨다.

아마 확론이 되지는 못할지도 모르지요. 군이 말해보라 하신다면 지세의 천심은 묻지 말고 모름지기 잠깐이나마 안전하고 고요한 곳을 골라 시세를 보아가며 대응할 계책을 세워야 할 것입니다. 아드님이 발에 못이 박히도록 먼 길을 왔다가 길이 어긋났으니, 한편 서글프고 한편 염려스럽습니다. 만났다 하더라도 어리석은 제 생각을 말씀드릴 수 없었을 것이되 혹 다소 드릴 말씀이 있다 하더라도 이는 이미 꼭 그래야 할 까닭이 없어진 일이라 감히 편지에 써 올리지 못합니다.

▫ **이만영에게 답하다.** 정묘년(1927)　　**答李晩榮**

지난 세월 삼원포에서 반갑게 뵐 때를 돌이켜 생각하니 마치 꿈속의 일과 같습니다. 헤어진 지 10년 동안 뜬세상의 소식조차 아득하더니 지난번 죽형竹兄 인편에 듣건대 집사께서 그 사이 눈을 앓아 거의 사물을 알아보지 못한다 하여 매우 안타까웠습니다. 그후 얼마 안가서 먼저 베풀어 주신 편지와 훌륭한 시편을 받았는데 비록 손수 쓰신 필적은 아니라 하나 그 마음에 쌓아두고 잊지 못하시는 뜻은 족히 사람으로 하여금 깊이 감격하도록 하였습니다. 곧이어 죽형竹兄이 멀리 이사를 가게 되자 연락할 계제가 드디어 끊어져 버렸습니다. 후에 또 보내주신 편지를 잃어버려 답장을 쓰지 못하고 지금까지 미적거리면서 해를 넘기고 달을 보내고 있습니다. 집사의 매사에 민첩한 성품으로 어찌 마땅치 못한 사람에게 먼저 베푸신 일을 후회하지 않겠습니까? 부끄럽고 송구하기 그지없습니다.

눈서리가 살을 찌르는 추위에 노령의 기거와 침식이 모두 평안하시며 어린 손자들도 각각 잘 지내는지요? 지금 우리 동족사회가 어느 일 한 가지도 볼 만한 것도 없으니 눈을 닫고 보지 않는 것도 무방할 것입니다. 더구나 눈을 가리고 정신을 함양하는 것이 생기를 온전히 하고 수명을 늘이는 방법이 될 터이니 두 발을 못 쓴다 한들 무엇이 문제이겠습니까? 저 상룡은 연전에 상해를 왕래할 때 모두 수로를 경유했다가 장독瘴毒에 손상되어 끝내 다리가 저리고 마비되는 증세가 생겼습니다. 세상일을 사절하고 문을 닫고 들어앉아 날마다 네 살짜리 증손자와 놀면서 시간을 보내노라니 지난날의 동분서주와 비교할 때 훨씬 편안할 따름입니다. 올봄에는 일의 형편에 떠밀려 가솔을 이끌고 파리하玻璃河 상류로 이사했는데 거처와 음식때문에 더욱 고생하였고 또 벗할 사람도 없어 만나서 담소할 사람이 거의 없습니다. 매양 이법오李法五[91] 형을 대하여 지난 날 이정梨亭에서 시를 주고받던 일을 자랑삼아 이야기하곤

하는데 그때마다 정신이 살아나고 마음이 치달려 갑니다. 어느 때나 다시 만나 그때 미진하였던 즐거움을 이을까요? 보내 주신 시운은 기억나지 않아서 여기 다른 운으로 화답해 올립니다. 본래 졸렬하던 솜씨가 노쇠할수록 더욱 심하니 보시고 곧바로 태워버리는 것이[92] 어떻겠습니까?

▫ **조서천정규에게 주다.** 기미년(1919)　　與趙西川貞奎

촉석루에 오른 기개 높은 세 선비	矗石樓中三壯士
한 잔 술 웃음으로 남강 물 가리킨 뜻	一盃笑指長江水
남강의 긴 물은 도도히 흐르리니	長江之水流滔滔
물결 다하지 않는 한 혼도 죽지 않으리	波不竭兮魂不死

이는 임진년에 왜적을 칠 때 김학봉金鶴峯이 진주성에서 읊은 시가 아닙니까? 조대소헌趙大笑軒[93]은 곧 노형의 선조요, 김학봉은 이 아우에게 외가의 선조가 되며 이송암李松巖[94]은 저의 방계 선조가 되는 분입니다. 이 세분 선생께서 저 섬 오랑캐들이 외로운 성을 쳐들어오던 위급한 때에 남강을 내려다보며 시를 읊고 죽음으로 맹세하였습니다. 그 해처럼 밝은 충성과 하늘을 찌르는 의기는 천년 후까지도 독자로 하여금 감흥을 일으키게 합니다.

우리들은 조상의 가르침을 따르지 못하다가 하늘에게 죄를 짓고 멍청하게 잠든 사이에 나라를 잃고 나니 사방을 둘러보아도 어디 한 군데 몸 붙일 곳이 없어 손잡고 서간도로 건너왔습니다. 어찌 하루라도 고국을 그리워하지 않은 날이 있으며 어찌 하루라도 도적을 성토하지 않은 날이 있겠습니까마는 각각 동서로 흩어져 사는 동안 지금까지 한 번도 이 일로 머리를 맞대고 상의한 적이 없습니다. 당일 세 분 선생의 행적을 생각하면 어찌 등에 진땀이 흐를 일이 아니겠습니까?

무슨 천행으로 하늘의 운수가 다시 돌아와 파리의 강화회의에서 자국의 운명을 스스로 결

---

91) 이법오 : 이희중.
92) 원문은 조룡祖龍인데 조는 길 제사의 뜻이고 용은 불을 관장하니 불에 제사지낸다는 것이라 태운다는 의미이다.
93) 조대소헌 : 조종도趙宗道.
94) 이송암 : 이로李魯.

정하도록 한 자결주의가 특히 허락되었습니다. 이에 만세소리가 온 나라에 진동하여 세계의 이목이 그 때문에 일신되었고, 2천만 동포가 이미 싸늘한 시체와 다름 없던 마음이 조금씩 생기를 되찾게 되었으며, 이어 베를린 연맹회의 기일이 박두해 있는데 우리 대한 문제가 현하 열강의 묵인 가운데 들어가 있으니 우리 민족이 이때에 우리의 기력을 맹렬히 가한다면 거의 일제의 굴레를 벗고 하늘의 해를 다시 보게 될 것입니다. 그러나 아아, 저들 미친 도적의 끝없는 야욕은 이왕에 입에 넣은 고기를 갑자기 토해내려 들지 않을 것입니다. 바야흐로 도륙을 자행하여 잔학이 더욱 심할 것이니 진실로 한바탕 혈전이 아니고서는 반드시 쉽게 물리칠 수가 없을 것입니다.

그래서 우리 남만주에서는 이 시기의 의미를 간파하고 일찌감치 교육에 힘을 쏟아 8~9년 사이에 이룩한 성과가 적지 않습니다. 올 봄에는 또 군무기관을 조직하여 편제가 이미 이루어지고 기초가 대략 정해졌으니 다만 때가 되면 북을 울리며 진군하기만을 기다리고 있습니다. 아직 완비되지 않은 것은 무엇보다 재정이니 밀가루 없이 수제비를 빚는 격일 따름입니다. 가만히 생각컨대 노형께서는 나이가 높고 기력이 쇠퇴하셨으니 비록 말을 달리고 총을 쏘는 일을 감당치는 못하겠지만, 군막에 편히 앉아 인심을 격동시키는 데는 충분한 능력을 가지고 계십니다. 그런데도 도리어 문을 닫고 편안히 누워 계시기만 하고 마음을 쏟지 않는군요! 곰 발바닥이냐 물고기냐[95] 하나를 택할 경우엔 보다 큰 쪽을 택해야 한다고 노형께서 평소 익숙히 말씀했던 것입니다. 고희의 연세가 되어 어찌 두려움에 몸을 움츠리고 구차히 생명을 보전할 마음을 갖겠습니까? 이에 제 벗 아무개가 가뵙는 인편에 감히 한번 편지를 올려 지금의 형편을 진술하고 겸하여 위의 진양시 한 편을 읊어 자별한 사정을 표합니다. 아무쪼록 노형께서는 번연히 마음을 고치시고 예전의 주장周章[96]에서 빠져나와 한편으로는 어진 호걸들을 모으시고 한편으로는 재정을 모아 뗏목을 엮고 북을 만들어 큰일에 함께 하시기를 천만 번 바랍니다.

□ **최원길연수에게 답하다.** 갑진년(1904)　　答崔元吉年壽

매양 만나서 이야기하고픈 생각이 절실하나 산곡과 해변에 각각 떨어져있어 뵐 계제가 없

---

95) 물고기를 두고 곰 발바닥을 갖는다[웅어취사熊魚取舍] ; 물고기도 맛이 있고 곰 발바닥도 맛이 있지
　　만 둘 중 하나를 선택할 경우 누구나 곰 발바닥을 선택한다는 말(『맹자孟子』「고자告子」).
96) 주장周章 : 일에 임하는 태도가 완만하거나 정견이 없이 응하는 모양.

더니 뜻밖에도 아드님이 소매에 편지를 넣고 멀리 방문해주었고 겸하여 자서自序 한 편을 전해 주는군요. 그것을 읽으니 그리워하던 끝에 깊이 위안이 됩니다. 더구나 초겨울 추위에도 한가히 수양하며 일상기거에 신명의 보살핌이 있어 산정의 한가한 때에 세상의 일을 사절하고 물가를 거닐거나 산을 오르기도 하며 뜻 가는대로 배회하신다니 하잘 것 없는 근심에 얽매여 벗어나려 해도 그럴 수 없는 저에 비해 이 얼마나 큰 복입니까?

저 상희는 상중의 잔약한 목숨이 마치 서리 맞은 가을 풀같이 마르고 초췌하여 들려드릴 만한 일이 전혀 없습니다. 이른바 독서의 일에는 젊고 건장할 때도 오히려 독실하지 못하였거든 하물며 지금 나이와 뜻이 쇠락하여 조금도 진전이 없는 때이겠습니까? 원근의 사우들이 가끔 이러한 저의 실상을 알지 못하고 문득 걸맞지 않은 이야기를 하는데 집사께서 또한 풍문에 휩쓸리어 한층 더 황공한 말씀을 하시니 듣는 제 얼굴에 땀이 날 뿐 아니라 도리어 곁에서 보는 사람들이 말밥을 삼을까 두렵습니다.

보여주신 자서는 매우 겸허한 뜻에서 나온 것을 알 수 있는데도 ‘숨어 살면서 그 뜻을 구함[隱求之意]’이라는97) 것을 사절한 그 뜻이 또한 족히 탄복할 만합니다. 정자의 기문은 세상에 절로 훌륭한 솜씨가 있을 터인데 무슨 까닭으로 졸렬한 제 솜씨를 빌어 좋은 산수에 오점을 남기려 하십니까? 사양하기에 겨를이 없어야 마땅하겠으나 아드님이 3백 리를 부지런히 찾아와서 청하는 말씀이 간절하여 이 일의 계분을 돌이켜 생각해보니 굳이 거역하는 것도 또한 인정이 아닌지라 공졸工拙을 따지지 않고 우선 응낙해 두었습니다. 그러나 그것이 식언이 안 된다고 어찌 보장하겠습니까?

◦ **김경규우규에게 주다**　　與金景圭禹奎

이틀 밤 가르침에 오랜 회포가 조금 위로되더니 작별 후에 그리워하는 마음이 더욱 가슴에 간절합니다. 아드님이 떠날 때 마침 몸이 조금 괴로워 편지 한 장 드리지 못하였는데 요즈음 이곳의 실상은 아마도 잘 아실 터이라 소홀하고 태만한 죄를 스스로 꾸며 변명할 길이 없습니다. 서우暑雨(더운 여름날에 내리는 비)가 오락가락하는 삼복더위에 상중喪中 기거에 신명의 가호가 있으시며 아드님도 어르신 모시고 건승하신지요? 지난 번 귀가할 때는 덥고 험한 길에 병

---

97) 『논어論語』 「계씨季氏」의 “은거이구기지隱居而求其志”의 줄인 말이며, 은殷 나라의 이윤伊尹이나 주周 나라의 강태공 같은 사람을 가리킨다.

이나 나지 않을까 염려했었는데 과연 스스로 아끼고 조심하여 근심을 끼치지나 않았던가요? 저 상희는 한결같이 게으른데다 번거로운 일에 응수하느라 집안일에 부대끼고 바깥일에 얽매이어 무엇 하나 들려드릴 만한 좋은 일이 없습니다.

서쪽에서 들리는 소문은 갖가지로 아름답지 못하여 꼭 말로 하고 싶지는 않으나 들판에 불이 번지듯 하는 기세가 곧 닥칠 염려가 없지 않으니 근심하고 한탄한들 어찌합니까?

아드님은 자질과 범절이 모두 볼 만하나 다만 발심하여 나아가는 기상이 부족한 듯합니다. 생각컨대 여러 방면으로 잘 이끌어 실행 없는 제 말씀을 기다릴 것도 없겠지만 가르치실 때 과감하고 부드러운 방법을 잘 살피시다면 거의 한쪽으로 치우치지 않을 것 같은데 고견은 어떠신지 모르겠습니다.

□ 김경규에게 답하다. 기해년(1899)　答金景圭

무실[水谷]에서 돌아오시는 길에 혹 들르실까 하였는데 발자국 소리가 끝내 들리지 않았습니다. 둘째 아우가 북행할 때 처음에 집사의 집을 거쳐 가는 줄도 모르고 있다가 끝내 문후를 빠뜨리고 말았습니다. 도리어 아드님께서 찾아와 따지지 않고 주신 편지를 받고 보니 부끄럽고 감사한 한편 감히 전날에 못 뵌 안타까운 심정을 말할 수가 없군요. 편지 읽고 장마철[梅雨]에 부모님 시하에 있는 형제분들 모두 평안하신 것을 잘 알았습니다. 농사와 길쌈에 대한 일의 분배가 적당함을 알 수 있으며 농사일의 어려움과 중요성을 알게 한 것이[98] 또한 저 희성姬姓의 주나라가 흥성한 까닭이니 집사께서 가산을 다스리는 방법은 가히 적합한 도리를 다 갖추었다 할 것입니다. 더구나 여섯 분 자제가 각각 그 직분을 다하여 글씨 공부[竹禿松乾][99] 부지런히 하루를 보내니 비록 그 속사정이 어떤지 알지 못하나 다만 이러한 밖으로 나타나는 광경만도 우리 향내의 여러 집에서 자주 들리는 소문이 아닐 것입니다. 만약 집사께서 언급하신 "날마다 서책을 접하지 못한다."고 한 말씀은 반듯이 이런 면에서 생각해 봐야

---

[98] 성왕成王이 어리고 어리석어 농사일의 어려움을 알지 못하므로 주공周公이 빈풍칠월豳風七月장을 짓게하여 아침저녁으로 성왕을 교육시켰다고 전한다. 빈풍은 우리의 농사월령가와 비슷하다(『시경詩經』「빈풍칠월豳風七月」).

[99] 죽독송건竹禿松乾인데 '붓은 모지라지고 먹물은 다 마르도록'의 뜻이다. 붓은 대나무이고 송은 솔 그을음이다. 대나무가 망가지고 소나무가 마른다는 것은 붓대가 망가지고 소나무 그을음으로 만든 먹이 다 닳을 정도로 글씨에 열중함.

할 것이니, 공자께서 말씀한 "이것도 정사다[是亦爲政]."라는100) 말씀과 자하子夏가 "배우지 않았더라도 나는 반듯이 배웠다고 말하겠다[吾必謂學]."는101) 말을 검토해 봐야 할 것입니다. 어찌 반드시 책상에 손을 올려놓고 글을 읽어야만 공부라고 하겠습니까? 그래서 보내주신 편지를 몇 번이고 되풀이하여 읽으며 흠탄하여 마지않는 것입니다.

저 상희는 홀어머니의 건강이 그런대로 괜찮으시나 식구들이 많으니 하루도 온전한 날이 없습니다. 지붕 공사는 이른바 허물어지면 때우는 꼴이라 필경에는 손만 닿으면 깨지고 무너지니 끝날 기약이 없습니다. 30리 떨어진 곳에서 하루 건너 왕래하다가 요즈음 같이 몹시 바쁜 사정에는 거의 사람들로 하여금 민망한 생각을 품게 할 사정입니다. 마침내 고요히 앉아 공부나 하느냐고 물어 오셨지요. 설령 공부는 할 수 없다 하더라도 만약 하루나 반나절의 정좌할 시간이라도 얻을 수 있다면 지금이야말로 경치가 상쾌할 때라 특히 즐길 만할 것입니다만 이것을 마련할 수가 없습니다. 오직 젊은 것들이라야 시간은 많고 일은 간소하여 마땅히 따로 마음을 내어볼 곳이 있겠는데도 바람 부는 마루에 누워 다만 낮잠으로 일과를 삼는 것이 유행입니다. 장탄식을 해본들 어찌하겠습니까?

흉년의 근심이 백척간두에 이르렀다가 새 보리쌀이 나온 뒤부터 원망하는 소리가 조금 안정되었습니다. 인심의 만족하기 쉬움이 이와 같습니다만 그것도 오래갈 계책이 못될 것임을 걱정할 따름입니다.

□ 김후경익락에게 답하다　答金厚卿翼洛

지나간 풍파를 다시 떠올릴 필요가 없겠으나 매양 한번 편지로 위로 말씀을 드리고 인척간[同室]의 정의로 아픔을 함께하는 뜻을 펴려 하였으나 미적미적 날짜만 보내다가 결국 실행하지 못하였는데, 오늘 권유의 뜻을 담은 절실하신 편지를 먼저 받고 보니 선후를 따지지 않는 성의를 십분 느낄 수 있어 도리어 민첩하지 못한 제가 부끄럽기 그지없습니다. 다만 서늘해진 날씨에 팔순 어머니께서 조섭에 가끔 평안치 못하심을 잘 알겠습니다. 곁에서 돌보는 처지로서 안타깝고 민망하다 하시니 어찌 그렇지 않겠습니까? 집사의 담이 결리는 병은 재변

---

100) 국정도 가정(집안 살림을 사는 일)의 연장으로 볼 때 가정사도 정사라는 뜻.

101) 현자와 부모와 임금을 잘 섬기고 친구에게 신의를 지킨다면 설령 그가 배우지 않았다고 하더라도 나는 그를 배웠다고 말하겠다[子夏曰 賢賢易色 事父母能竭氣力 事君能致其身 與朋友交 言而有信 雖曰未學 吾必謂之學矣](『논어論語』 「학이學而」).

災^變을 겪고, 여간 염려되는 일이 아닙니다. 본시 든든하고 후하게 타고나신 집사께서는 취약하게 타고난 우리들과는 비할 바가 아니지만 연세가 육순에 가까우니 어찌 산에서 내려오는 기세가 아니겠습니까? 한번 차질이 생기게 되면 옛날의 보조를 되찾기 어려울 것이니 바라건대 조섭에 더욱 주의하셔서 병근이 오래가지 못하도록 하심이 어떠하겠습니까?

산중의 거처가 조용하니 독서하시는 일 외에 또한 평소의 담박한 마음으로 벗들끼리 서로 오가는 즐거움이 있으시겠지요? 그리는 마음 더욱 간절합니다.

저 상희는 궁벽한 산촌에 칩거하여 찾아오는 손님과 벗을 사절하고 있으니 마땅히 다소간 뜻을 기울이는 곳이 있어야겠으나 본래의 게으른 성벽은 노쇠할수록 더욱 심합니다. 종일토록 정자에서 퇴연히 지내다 보니 이 같은 생활을 어찌 족히 오랜 벗들에게 알려드리겠습니까?

선조의 문집을 보내셨는데 민활히 주선하신 정성을 치하하며, 거듭 저에게도 빠뜨리지 않고 보내주신 후의에 감사드립니다. 절하고 두 손 모아 받들고 보니 황홀하기 마치 전형을 다시 뵙는 것 같습니다. 다만 아직 간행하지 못한 속집으로 묶을 만한 분량의 초고가 모두 탔다 하니 이야말로 오당吾黨 공동의 손실입니다. 어찌 한 사람 한 집안의 화액일 뿐이겠습니까? 애석하고 통탄스럽기 그지없습니다.

◦ **강준에게 답하다.** 경신년(1920)　　答姜濬

일찍이 흠모하는 마음을 품은 뒤로 계속하여 여러 번 왕래할 계제가 있었으나 저부터 먼저 편지를 드리지 못하였는데 강군이 돌아오는 인편으로 마침내 따지지 않고 주신 편지를 받았습니다. 한편 부끄럽고 한편 감사하여 무어라 사례할 말을 모르겠습니다. 편지 읽고서 삼가 이 염천에도 객지생활이 한결같이 평안하심을 잘 알았습니다. 경영하시는 공무 모든 일들이 뜻대로 아무 문제없이 잘 진전되고 있다 하니 구구히 송축하는 마음 간절합니다.

저 계원啓元은 노쇠한대로 그럭저럭 지내지만 본래 시사에 어두운 데다 거듭 방해에 시달리고 보니 목적은 원대하다 할 만하나 유명무실일 뿐입니다. 스스로 대업을 그르친 것이 부끄러울 뿐 아니라 다시 남의 앞길까지 망쳤으니 이것이 두려울 뿐입니다. 일치 단합해야 한다는 말씀은 그야말로 지공지정한 뜻이라 큰일에 뜻을 둔 사람이라면 누가 찬동하지 않겠습니까? 모쪼록 '나'부터 먼저 시작하고 손잡고 함께 이루어 백두산[白岳] 일대를 근본 기지로 만들기 바랍니다. 천시와 지리·인화의 세 가지가 화합한다면 끝내 좋은 결과를 거두지 못할까 어찌 근심하겠습니까?

먼저 보낸 일행이 이미 번거로움을 많이 끼쳤을 것이나 지금 다시 몇 명의 젊은이를 보냅니다. 아무쪼록 지난번과 똑같이 받아주시고 편리한대로 산중에 주둔할 수 있도록 해주시기 바랍니다. 제반 시설과 방략은 모름지기 청천靑天102)군과 깊이 상의하셔야 할 듯한데 어떻겠습니까?

▫ 서백포에게 답하다(일)　答徐白圃(一)

일찍부터 훌륭한 명성을 흠모하였는데 성군成君의 회정 편에 보내주신 편지를 삼가 잘 받았습니다. 받들어 읽고나니, 위로되고 감사한 한편 제가 먼저 편지드리지 못한 것이 부끄럽습니다. 인하여 도체 기거와 나라일이 모두 왕성하신 줄 잘 알겠습니다. 군정서의 일이 뜻대로 착착 진행되고 있다니 아마도 이는 거룩한 조상께서 은밀히 도우는 힘 때문인가 합니다. 구구한 감탄을 어찌 다하겠습니까?

저 계원啓元은 노쇠한 몸으로 이 무거운 짐을 지게 되었으나 안으로 힘이 완전치 못하고 밖으로 형세가 점점 극심해져 가니 스스로 큰일을 그르칠 것이 걱정일 뿐 아니라 오히려 혹 남의 앞길에 걸림돌이 될까 그게 두려울 뿐입니다.

서약서의 여러 조항은 일찍부터 원하던 바라 귀하의 의견과 마침 서로 부합하고 문서로 만들어 보내오신 데 이르렀으니 한편으로는 나라의 다행이요, 한편으로는 저희 군정서의 영광입니다. 아무쪼록 지금 이후로도 넉넉한 빛을 베풀어 주심으로써 혼미한 눈을 깨우쳐 함께 크나큰 사업을 완수하기를 천만 번 바랍니다.

▫ 서백포에게 주다　與徐白圃

멀리 떨어진 남북사이에 전령을 내왕케 하기도 어려운데 외세의 침탈이 촉박한 이때를 당하였으니 흠모하는 마음 더욱 간절합니다. 성인호成仁鎬군의 회로 편에 자세히 물어보고 존체尊體(고관의 몸)의 위국 일상이 모두 평안하심을 잘 알았습니다. 군정서의 일이 날로 더욱 진전된다 하니 특히 듣고 싶었던 소식입니다. 다만 지주地主의 압력이 너무 심중하여 혹간 머무시

---

102) 청천 : 이청천.

는 곳을 옮기는 일까지 있다지요. 일을 시작할 때에 고난이 많은 것이 비록 나중에 성공을 거두는 기초가 된다고 하나 요원의 불길 같은 기세가 더욱 치열하다보니 아직 약한 풀의 얕은 뿌리가 스스로 지탱하기 어려울까 두렵습니다. 어찌 안타까운 일이 아니겠습니까?

전일에 있었던 두 번의 행차는 실로 시작이 있으면 마무리가 있어야 한다는 생각과 힘을 합하여 부조하고 보호하려는 계획에서 나온 것이었는데, 천만 다행으로 귀하의 견해가 저와 부절처럼 맞아 떨어져 한 마디로 응낙하시는지, 지정하신 기일에 함께 만나서 서로 상의하고 손을 잡고 큰일을 완수하고자 하시니 이는 동서양로東西兩路의 다행일 뿐 아니라 오히려 우리 대한 전체의 큰 복입니다. 그러나 성군의 도착이 다소 늦어졌고 또 마침 상해에서 전령[滬使] 이 회의에 도착하여, 국민의 편제를 짜는 기간은 비록 그 내용을 아침에 듣고 저녁에 시작한 다 하더라도 천만 서로 미칠 수 없을 것입니다. 이에 감히 일자를 조금 늦추어 음력 10월 초사흘인 성탄절 하루 전에 그곳에 도착하여 묵을 계획을 세웠습니다.

그쪽 형편에 혹 서로 무리가 없을지 모르겠으나 이곳의 사정이 그럴 수밖에 없습니다. 일 부러 사람을 보내어 급히 알려드리오니 아무쪼록 관대히 용납해주시기 바랍니다. 나머지는 성준용成駿用군 편으로 보낸 편지 속에 말해 두었습니다. 예를 갖추지 못합니다.

▫ **이예원**中模**에게 주다.** 신묘년(1891)　　**與李禮元**中模

일찍이 여름 중에 귀성[覲行]할 계획으로 알았더니 그 사이 잘 갔다가 잘 돌아왔는지, 여행 중이라 아직도 노상에 있는지 아니면 계획을 짜느라 아직도 이행하지 못하고 있는지 여러 달 소식을 듣지 못하여 정녕 답답하기 이루 말할 수 없습니다. 무더위가 심한데 지금도 자당께 서 기거 침식이 평안하시며 형제분들은 화목하게 잘 지내는지 모르겠습니다. 저 상희는 월초 에 도내 오랫동안 알고 지내온 사람들의 초대로 여강서원廬江書院 강회講會에 갔었습니다. 좋은 벗들을 따라 다니며 좋은 의론에 참가하여 들을 수 있어 또한 요즈음에 얻기 어려운 기회였 습니다. 그러나 연일 많은 사람을 응수 접대하느라 번거롭다 보니 오히려 집에서 한가하게 지낼 때만 못했습니다. 요사이에는 또 우리 집에 번거로운 일이 생겨 4～5일 왕래하고, 이어 어머니께 설사 증세가 있어 날마다 시탕을 일삼으며 혼자 생각에 초조하고 안타깝다 보니 무 엇 하나 들려드릴 만한 일이 없습니다.

미숙한 제 아이는 이번 길이 이미 늦었는데 또 비가 그치지 않으니 집에서 염려가 적지 않습니다. 너무 오래 거기 머물지 않도록 해 주시고 머무를 때도 또한 공부를 폐하지 않도록 매일 과정을 내려주시는 게 어떠실지요?

□ 이예원에게 답하다. 을미년(1895) 答李禮元

저의 집안에 뜻밖의 산송山訟이 생긴 까닭에 보내주신 편지가 감사함을 잘 알면서도 연일 송사訟事[103]에 골몰하다 미처 답장을 보내지 못하였습니다. 일간 선영공先令公의 소상小祥을 지냈을 터인데 아직까지 한번 문상하지 못하고 있습니다. 저간의 사정을 감안하여 혹 용서해 주실 듯도 하나 저의 죄송함이야 어찌 그칠 수 있겠습니까?

동지의 추위에 빈소를 모시는 상제의 몸으로 잘 계시는지 모르겠습니다. 세월이 물처럼 흘러 생기生忌[104]가 다시 닥쳐오니 효자의 사모와 슬픔이 마땅히 곱절이나 더할 것입니다.

저 상희는 안으로 심력을 다하고 밖으로 집 자산을 축내었으나 이번 일은 결국 아무 성과가 없었으니 다만 운수소관인가 합니다. 또 스스로 처신한 과정을 생각해보면 실수가 전연 없었다 할 수는 없습니다. 반성할수록 늘어나는 허물을 누구에게 탓하겠습니까? 시사時事는 차라리 덮어두고 못들은 척하고 싶지만, 요즈음 두 세분 대신들이 의리를 지켜서 사람들의 마음에 들었다고는 하지만, 전하는 말을 다 믿을 수는 없을 것이니 초야의 우리 신분에 맞는 한 도리가 없겠습니까?

집상하시는 여가에 만약 생각이 닿은 곳이 있으시다면 제게도 가르쳐주심이 어떠하겠습니까?

□ 조자정병희와 고모부 조형로수용께 드리다. 갑신년(1884) 與趙子鼎秉禧姑夫趙衡老銖容

우리가 한번 만나 회포를 푼 일이 끝내는 복이 지나쳐 화를 낳았습니다. 가을바람이 이미 불어오는데 몸에 붙인 일은 한 가지도 없고 이로부터 친구들의 방문조차 기대할 수가 없으니 때때로 울적한 심정이 일면 목 놓아 울고 싶을 뿐입니다.

요즈음에도 여러 형제분들의 건강이 평안하시며 접때 함께 놀았던 여러 벗들도 면면이 편

---

103) 송사訟事 : 원문의 천수天水로 되어 있는데, 천수는 송訟괘의 구성이 건괘와 감괘를 이루어졌으므로 천수송天水訟이 된다.

104) 생기生忌 : 죽은 사람의 생일에 지내는 제사. 고례古禮에 없던 제도며, 단 부모에게만 지낸다.

안하신지 모르겠습니다. 저 상희는 어머니의 근황이 별 탈 없으시고 보잘것 없는 저 또한 이럭저럭 지내나 나쁜 과보가 아직도 남았는지 제가 말 한마디 하면 갖은 비판이 몰려듭니다. 도마 위에 오른 고기는 뻔한 결과일 테니 슬픔에 목이 멥니다.

도원桃院의 일은 겨우 미봉하여 회의를 계속하기로 날짜를 정하였으니 사문斯文의 큰 다행입니다. 생각컨대 여러 어른들께서는 따져서 묻지 않더라도 이치를 다 아실 터이니, 향촌의 여론은 대체로 어떠한지요? 천래의 본심은 한 가지이겠지만 높고 낮음의 차이가 있고 정밀하냐 거치냐 구별이 생기는 것이니, 제 생각엔 이번의 의리는 두 가지로 세분될 것입니다. 구래의 복식을 고칠 수 없다는 것이 나름대로 한 부류가 될 것이요, 새 제도를 행할 수 없다는 것이 나름대로 한 부류가 될 것입니다. 우리가 한 마디 말에 침묵하는 것이 반드시 길이 후세에 말을 남기지는 않을 것이나 주저하고 망설이는 사이에 선현께 죄인이 됨을 면치 못할 것입니다. 알지 못하겠거니와 이 일에 대하여 높으신 식견으로 세세히 연구하신 적이 있습니까?

영남에 인물이 없어진 지 오래입니다. 도량이 크고 지조가 우뚝하기로 어른들 같은 이를 어찌 얻기가 쉽겠습니까? 만약 인仁을 당하여서는 스승께도 양보하지 않는다는 의리로써 논구한다면 비록 발을 동이고 곧바로 나아가는 일이라도 반드시 굳이 양보하지는 못할 것입니다. 심지어 산양山陽에 이르러서는 원근의 친구들과 더불어 혹 권면하고 혹 격려하여 만사를 제쳐두고 일제히 나아가 흔쾌히 따를 것입니다. 만약 한결같이 구차히 벗어나는 길만을 주장하신다면 대사를 돈독히 할 수 없을 것이니 혹 헤아려 주실 수 있겠습니까?

도정절陶靖節에 화운하신 시는 책상에 올려놓고 때로 한 번씩 읊으면 청절한 기운이 핍진함을 느낍니다. 못난 제 솜씨로 훌륭한 작품에 화답[105]하고 싶은 뜻은 있으나 아직 붓을 들지 못하였습니다. 조금 기다려 나중에 곧 보내 올릴 계획입니다.

▫ **조형로에게 답하다.** 경자년(1900)　　答趙衡老

봄이 지날 무렵에 내려주신 편지는 아드님 되는 제 고종 아우가 장마 때문에 급히 돌아가

---

105) 못난 … 화답 : 원문은 속초續貂인데 '초부족 구미속貂不足 狗尾續'의 준말로 요행히 훌륭한 자리의 말석에 끼어 앉는 것을 비유한다. 진晉 혜제惠帝 때 조왕趙王 사마윤司馬倫이 조정 일을 전횡하여 봉작을 남발하자 관의 장식에 쓰이던 담비꼬리가 부족하여 개꼬리로 대신하였다는 데서 온 고사. 전하여 사장에서 훌륭한 작품에 못난 솜씨로 화답한다는 뜻으로 쓰였다.

는 바람에 미쳐 답장을 올리지 못하였습니다. 그때의 안타까움이 오히려 지금까지도 그치지 않던 차에 의외에 종제가 다시 서한을 소매에 넣고 찾아왔군요. 잠깐이나마 격조하던 끝에 씻은 듯이 위로가 됩니다. 더구나 이 더운 날에도 연세 높은 두 집 안어른께서 두루 평안하시고 형제분들 여전히 화락하게 지내시며 새로 태어난 아기가 점점 재롱을 바치는 근황까지 잘 알고 나니 모두 다복하신[福田] 광경이라 하례 끝에 더욱 흠앙하는 마음 간절합니다.

저 상희는 어머니의 허리 담증 때문에 날마다 약을 쓰는 것이 일이며, 마을은 온통 참혹한 초상과 흉년 걱정으로 경황없이 지냅니다. 요사이는 또 도적에 대한 경계가 사방에서 핍박하니 참으로 사람으로 하여금 두려움에 떨도록 합니다.

아우가 찾아온 뜻이 우연이 아닌 듯하나 저 자신이 이미 남에게 줄 힘이 없으니 아마도 집안에서 제대로 교육시키는 것이 나을 듯합니다. 또 그가 평소에 고생을 참는 데 익숙지 못할 터인데 과연 고초를 능히 감내할 수 있겠습니까?

▫ 조형로에게 주다. 경자년(1900) 與趙衡老

일전에 올린 답장은 이미 받아보셨을 테지요. 며칠 밤사이에 내린 단비로 마음이 한결 놓이는 이때 연세 높으신 두분 안어른께서는 모두 평안하시며 이웃해 사시는 형제분들도 화락하게 잘 지내시는지 다시 문안드립니다. 저 상희는 어머니의 담병 증세가 아직 차도가 없으니 안타까운 마음 이루 말할 수 있겠습니까?

맹목孟穆은 수일 간 함께 거처하며 대략 그 의중을 시험해 보았는데 또래에 비하여 숙성하다 할 만합니다. 다만 더불어 공부해야 할 사람이 모두 근기가 노둔하여 얻는 것보다 잃는 것이 많을 것 같아 안타까운 노릇입니다.

흉작에 대한 걱정이 가히 백척간두의 위급한 지경이라 사방에서 이웃 사람들의 울부짖는 소리가 거의 사람으로 하여금 먹어도 근심 걱정 때문에 음식 맛을 모르도록 한답니다. 다만 보릿고개가 얼마 남지 않았으니 혹 인심이 진정될는지요?

왜경의 등쌀이 요즘 와서 잠잠해졌는데, 만약 이대로 평온해진다면 얼마나 큰 다행이겠습니까?

□ 조형로에게 답하다. 경자년(1900)   答趙衡老

땅덩어리가 불에 단 화로 같은데 산중은 더욱 심합니다. 한번 청풍淸風을 접하여 답답함을 씻어내고 싶지만 그럴 수 없어 그 때마다 섭섭하여 동쪽을 바라보며 부질없이 그리워할 따름이었습니다. 뜻밖에 노복이 말을 끌고 문 앞에 당도하길래 처음엔 놀라고 의아하게 생각했었는데 하서를 펴본 연후에 석연히 마음이 놓이며 반가웠습니다. 편지 읽고서 맹렬한 더위에 삼가 안어른께서 건강이 조금 못하심을 알겠습니다. 무더위엔 의례 자시는 데 첨절이 있는 법이니 오래도록 자제분들의 걱정이 되지는 않을 것입니다. 형제분들의 화락하게 지내시는 데 견주면 아이들이 더위에 상하는 일이야 다 아는 증세에 속합니다. 진실로 알맞게 조치하시기만 한다면 어찌 씻은 듯 낫지 않겠습니까?

저 상희는 어머니께서 그런대로 평안하시고 다른 식구들도 또한 큰 탈은 없습니다. 다만 무더위가 날마다 찌듯 하자 파리와 모기, 벼룩같은 해충들이 때를 만난 듯 날뛰어 하루하루를 보내기에 난감합니다.

맹목孟穆은 미련한 제 아이와 더불어 짝이 되어 계정溪亭에서 공부하느라 고생입니다. 달리 싫증내는 기색은 없으며 공부 또한 전혀 소홀히 하지 않습니다. 그러나 무력한 자신을 돌아보면 남에게 미칠만한 역량이 없는데다가 이번 여름에는 쓸 데 없는 일에 시달리는 때가 많아 날마다 토론할 수 없었으며, 더불어 공부하는 아이 또한 견문이 적기 때문에 한 달 이래 거처하는 동안 괄목할 만한 성과를 갑자기 보인 적은 없지만, 재주와 사고가 빼어나고 지향과 기상이 시원스러우니 앞으로 결코 시시한 사람은 되지 않을 것입니다. 다만 쉽게 외고 쉽게 잊어버려서 크게 진취하는 데 해될까 두렵습니다. 아무쪼록 부지런히 읽도록 가르치는 것이 어떠하겠습니까?

세상 사정은 소문이 적실하다 하기는 어려울 것이나 단연 무사태평하다 할 수는 없을 것이니 저 칠실의 근심[漆室之憂]106)을 어찌 그칠 수 있겠습니까? 궁벽한 산골 무지렁이의 소망이야 다만 끼니를 놓치지 않는 것인데 가뭄 때문에 농사를 그르쳤으니 금년 농사는 이미 판가름이 났고, 도적들이 지금은 뜸하지만 다시 시작되면 언제쯤 끝나게 될지도 모르겠습니다. 탄

---

106) 자기 분수에 맞지 않게 큰 일을 걱정함을 비웃는 말. 칠실은 노魯의 지명이며 칠실에 사는 소녀가 기둥에 기대어 나라를 걱정했다는 고사. 당시에 임금은 늙고 태자는 어렸다고 한다. 여기서는 이상룡이 자신의 우국충정을 겸손하게 일컫는 말이다.

식한들 무엇 하겠습니까?

맹목은 애초에 날씨가 서늘해지기를 기다렸다가 저와 함께 가려고 하였습니다. 듣건대 돌아가신 선친의 기일이 멀지 않다고 하는데 가만히 생각해 보니 사모의 정이 올해는 더욱 각별할 듯합니다. 반드시 귀가하여 참례하고자 하는데 무슨 말로도 억지로 만류할 수가 없어 이에 마침 말이 온 편에 보내려고 합니다. 그러나 무더위와 험한 길에 보내는 자나 떠나는 자나 모두 한 가지로 마음이 편치 않을 따름입니다. 겨울철에 혹 미진했던 즐거움을 이을 수 있겠습니까? 그 아이는 그럴 뜻이 있는 듯한데 행여 막지 말도록 하심이 어떻겠습니까?

▫ 조형로에게 답하다. 경자년(1900)　答趙衡老

전월 심부름꾼이 돌아간 뒤로 내쳐 소식이 막연하여 마음에 그리운 정이 간절하더니 의외에 아이종이 집에 도착하는군요. 비록 편지를 받지는 못하였으나 위로가 씻은 듯 깊습니다. 자제에게 하신 편지를 곁에서 보고 이 중추[殷秋＝仲秋]에 두 안어른의 건강이 두로 왕성하시며 곁에서 모시는 형제분도 신명의 보살핌으로 화락하게 지내고 계심을 잘 알겠습니다.

이번 서울 행차는 이전에 그럴 계획이 있다는 것을 듣지 못하였는데 불시에 떠나신다니 무슨 긴급한 일이 있어서인지요? 혹 접때 이래 (옥천선생의) 증직을 청하려던 일이 비로소 좋은 방도가 생긴 것입니까? 북변의 소동이 아직 안정되지 않아 서울 갔던 사람들이 왕왕 돌아와서 말하기를 이러한 때 먼 길을 떠나는 것은 염려가 없지 않다고 하니 두루 염려스러운 마음 가득합니다.

저 상희는 어머니 체절이 웬만하시나 어린 것들이 담종痰瘇으로 고통을 호소하고 두 아우 모두 건강치 못하여 안타깝고 염려스럽습니다. 일전에는 아버님 산소를 면례하고 고쳐 쓴 산소를 점지하자니 사무치는 그리움이 다시 새로웠습니다. 생각컨대 이번 산소는 자못 믿을 만하니 혹 영면할 곳이 되겠습니까?

맹목이 와서 지낸 두어 달 동안 조석으로 마주 토론하며 그 지향이 이미 범상치 않고 진취가 활달함을 보면서 교학상장의 도움이 있음을 더욱 깨닫겠습니다. 다만 그 동안에 고생을 많이 시켜 뼈가 앙상하도록 모습을 바꾸어 놓았으니 주인된 입장으로서 부끄러운 점이 매우 많습니다. 당초에는 이 달 스무날 사이에 함께 가서 오래 쌓인 회포를 풀려 하였으나 갑자기 다녀가라는 부명父命(庭命)이 당도하고 그 자제 또한 집 생각을 부쩍 더하는지라 억지로 말릴 수가 없습니다. 이에 헤어지기로 하였지만 날씨가 비라도 올 듯하니 험로를 가야할 사정이 정녕 염려될 따름입니다.

◦ **조형로에게 주다.** 경자년(1900) 與趙衡老

사문의 다행으로 선조 옥천선생의 분황焚黃(증직의 명을 사당에 고유하는 일)이 곧 다가오는데 하늘과 같은 성은을 장차 무엇으로 갚으시렵니까? 삼가 생각컨대 이 경사스러운 때 어른 모시고 더욱 다복하고 건강하시며 형제분도 화락하게 지내시며 일가친척이 두루 평안하여 다가올 일에 어려움이 없으시겠지요?

무릇 우리 영남의 선비들이 누가 오늘의 일을 기쁘게 여기지 않겠습니까마는 더군다나 저 상희는 외람되게도 외손의 반열에 있으니 마땅히 기일에 앞서 분주히 달려가 제기를 챙기는 일에 참여하여야 되는데 어머니의 우환과 일신의 고통으로 끝내 정성을 다하지 못하고 부득이 대신 못난 제 아들을 보내어 책임 면할 시늉을 할까 합니다. 정의情誼에도 예절에도 모두 어긋나니 어찌 감히 용서해 주시기를 바라겠습니까?

자정子鼎형께서 능서랑에 제수된 일은 더욱 가히 금상첨화라 할 일인데 병때문에 하례를 올리지 못하니 가히 한스럽습니다.

◦ **조형로수용에게 답하다.** 무자년(1888) 答趙衡老銖容

봄·여름 내내 한결같이 격조한 중에도 늘 돌보아 주시던 모습을 떠올리며 흠모하지 않는 날이 없었습니다. 할머니 기일이 내일이라 하여 사람을 시켜 안부하시고 제상에 올릴 부조까지 보내셨군요. 정성스러운 정의와 두루 빠짐없는 예의에 감사하며 두 손으로 풀어보았습니다. 감사하기 그지없습니다. 다만 이 삼복더위에 두 안어른 건강에 조금 흠절이 계심을 삼가 알겠습니다. 감기가 드신 듯하니 응당 오래도록 자제분들의 근심이 되지는 않을 것이나 더위 때에 조섭을 또한 십분 주의하셔서 속히 쾌차하도록 하셔야 할 듯한데 어떻게 생각하시는지요?

여덟 째 종제 팔八이가 홍역을 순조롭게 치르고 독서에 부지런하다니 몹시 기특하고 사랑스러워 곧장 날아가서 머리를 쓰다듬어 주고 싶지만 그럴 길이 없습니다. 자정子鼎형께서는 요즘 어떻게 지내십니까? 접때 동쪽으로부터 오는 사람 인편에 듣자하니 영리하고 비범한 재능을 죽이고 오로지 내실을 닦는 공부에 뜻을 기울인다 하니, 그 같은 재주로 이 역량을 가다듬는다면 장차 큰 성취를 이루지 못할까 어찌 근심하겠습니까? 사람을 부럽게 하는 일입니다.

저 상희는 어머니께서 설사로 연일 편치 못하시고 나머지 식구에 누구하나 성한 사람이 없다 보니 위 아래로 초조함을 무어라 형언할 수가 없습니다. 책상에서 글 읽는 일은 전혀 할 수 없다가 근일에야 응수하는 틈틈이 고서를 가져다 보며 시간을 보내고 잠을 쫓는 자료로 삼고 있습니다. 그러나 끝내 글귀를 따오고 시문을 지어보나 옛 버릇이 아직 남은 지라 주자께서 이른바 "내실 공부를 지향하지 않고 다만 하찮은 문장공부[之乎者也]"[107]라 한 말씀과 같습니다. 학문에 진취하는 일에 대해서는 달리 아무 관념도 두지 못하고 있으니 만약 입지가 자정형 같은 사람이 이 꼴을 듣고 안다면 격멸하고 욕하지 않겠습니까?

아무래도 흉년이 들거라는 소동은 비온 후에 조금 가라앉았으나 산골의 전장을 메뚜기의 피해가 앞으로 다가올 추수를 미리 걱정하지 않을 수가 없습니다. 붓과 먹을 보냅니다. 고종들의 글씨 연습에 쓸 만 할는지 모르겠습니다.

▫ 조형로에게 주다   與趙衡老

늦가을에 저의 집 아이가 돌아온 후로 계속하여 소식을 주고받지 못하다가 지난달 행정杏亭 모임에서 함씨(조카)를 만났었습니다. 많은 사람들이 모인 가운데라 변변히 말을 나눌 수도 없었는데 떠날 무렵에도 끝내 서로 어긋나 작별도 못하였습니다. 지금 돌이켜 생각해도 안타까움을 금할 수 없습니다.

동짓달에 자당께서는 침식이 두루 평안하시며 곁에서 모시는 형제분들도 건강히 잘 지내시는지 삼가 문안드립니다.

돌아가신 옥천선생 문집 원고는 이미 간행하기 시작하였다니 후학들이 지금부터 고증하여 논거 삼을 곳이 생겼습니다. 진실로 돈독한 효심이 아니고서야 일을 어찌 이토록 기민하게 추진할 수가 있겠습니까? 사문斯文을 위하여 큰 다행입니다. 다만 크나큰 일에 비해 뒷받침할 힘이 모자라니 무거운 책임을 어찌 감당하시려는지요?

서울 갔다 온 사람의 전언과 같다면 경모궁景慕宮 전례 후에 선배 제위 중 억울한 분이 왕

---

107) 지호자야之乎者也 : 한문 작문作文에서 항상 쓰이는 조사다. 성리학자 등이 문인文人의 작문 공부를 풍자할 때 쓰는 말이다.

왕 쾌히 신원될 것이라고 하며 도하都下(서울 안)의 여론에, 우리 영남의 여러 집안의 일들 또한 본손들이 잘 주선할 경우에는 가망이 전혀 없지는 않다고 하는군요. 전해들은 말대로 과연 그러하다면 시절이 이와 같더라도 정성[誠力]을 기울이지 않을 수 없지요. 믿을 만하건 그렇지 못하건, 실정을 몰래 탐색하는 것이 혹 무방하지 않겠습니까? 모름지기 자정子鼎형과 상의하여 처리하시는 것이 어떻겠습니까?

▫ 조형로에게 답하다. 계묘년(1903) 答趙衡老

이번 여름에는 그야말로 우리들이 죽을 곤경을 치렀습니다. 멀리 있든 가까이 있든 친지들의 소식은 다 들었는데 유독 그 곳의 소식만 막연하여 바야흐로 답답하던 중이었는데 뜻밖에 계씨季氏께서 방문하였군요. 손수 보내오신 편지는 없어도 반갑기가 격세지인隔世之人을 만난 듯, 세상에 드문 보물을 얻은 듯합니다. 다만 연세 높으신 노친의 건강이 간혹 염려되시고 모시는 분의 숙환이 재발하셨다지요. 우연히 잠깐 감기가 드신 것이니 깊이 심려할 것은 아니지만 상태가 좋아졌다 나빠졌다 하는 것이니 온화하고 적당하게 한층 주의를 기울이시는 것이 어떻습니까?

흉년 걱정은 이미 지난 일이니 물을 다 건넌 다음에 어찌 반드시 배에 탔을 때의 일을 거론해야겠습니까? 다만 추수할 작물이 아직 잘 여물었다[逢稔] 할 수는 없으니 다가올 일이 더욱 염려스러울 뿐입니다.

맹목은 평소에 내가 사랑했던 대로 자질이 점점 발휘되고 있으니 장차 반드시 크게 볼 만한 성취가 있을 것입니다. 그런데 귀문의 젊은이들은 벼슬길에 생각을 두기도 하지만, 아마도 냉담한 집안 형편 때문에 쉽게 생각을 정하지 못하는 듯 합니다. 이제 뜻하고 계신 바가 있다고 하신 말을 듣고 또 그 아이의 편지에서도 꼭 해보겠다는 의욕이 있음을 알고나니 기뻐서 하례할 만합니다.

이것 저것 섞여서 된 잡스런 폐단은 진실로 경계해야 하지만, 초학자가 아직 목표하는 방향을 잡지 못하였을 때는 의례 이런 병폐가 있는 법이니 너무 깊이 심려하실 필요는 없으며 우선 본인이 하는 데로 맡겨 두고 스스로 길을 찾도록 하신다면, 힘차게 발전할 것입니다. 그렇게 하시는 것이 어떻겠습니까?

▫ 여시당에게 주다. 무오년(1918) 與呂時堂

　근자에 성 소재지[省城]에서 여기로 온 방문객이 말하기를 근래에 본회의 재정이 곤란하여 저 원수의 정부에게 구휼금을 간청하여 묵인을 얻어내었으며, 회장이 그 사실을 대중에게 공포하고 정씨鄭氏는 그 주모자를 고문으로 추천하였고, 백만 회원의 대표로 지칭되던 이李·윤尹·장씨張氏 3인은 밤에 남쪽으로 도주하였으며, 그 고문은 또 불평 당원 24인의 성명을 밀고하였다고 하더군요.

　듣던 끝에 나도 모르게 망연자실하였습니다. 낭설이라 하자니 전하는 사람이 한 둘이 아니요, 사실이라 하자니 정·이·윤·장이야 내가 아직 잘 모른다 하더라도 집사께서는 명민하고 근신한 자질로서 50년 동안 고서를 읽은 분이니 의리를 취하고 이익을 버려야 한다는 논변은 이미 귀에 익숙하실 터인데, 이처럼 동족을 팔고 선류善類를 모함하는 일을 저질렀다고 누가 그것을 믿겠습니까?

　어떤 사람은 '이번 일은 당초에 회장이 아랑곳할 일이 아니다.'라고 하나 사건의 단서가 이미 드러난 마당이니 전체 모임을 주관하는 사람으로서 회원에게 설명하지 않을 수 없을 것입니다. 진실로 그의 말과 같다면 한 차례 설명한 후에 조치했어야 마땅할 일인데 여전히 구차하게 그 주모자를 용하다고 떠받들며 경솔히 총대總代를 급파하여 기어코 그 결과를 수습하려고 하십니까?

　어떤 이는 또 '재물에는 깨끗하고 더러운 구별이 없으며, 지혜는 속임수를 마다하지 않는 법이니 저들의 재물을 가지고 우리의 뜻을 펴는 것이야말로 정녕 기발한 생각이다. 심척尋尺을 따질 필요가 있겠는가?'라고[108] 한다니 이 어찌 식자識者의 말이라 하겠습니까? '사휼詐譎' 이 두 글자는 곧 지모 있는 사람[智術家]의 가장 편벽되고 가장 졸렬한 기량技倆(재주)입니다. 그러므로 옛사람들이 지智와 우愚를 대치시키고 한번 시험해 보았는데, 반드시 깊이 믿을 만하여 의심할 바 없는 경우에만 썼고, 또한 알지 못할 순간에 갑자기 썼으며 평시의 무사한 때는 결코 쓰지 않았습니다. 그것은 아마도 발각되면 수법이 훼손되고 허점이 보이면 도리어 그

---

108) 심척 … 라고 : 전체의 뜻은, "이해 관계로 따질 것이 아니라 오직 의義를 기준으로 따져야 된다는 맹자의 주장을 따를 필요가 없다."는 뜻이다. 『맹자孟子』「등문공藤文公」하 "한 자를 굽혀서 한 길을 편다는 것은 이利로써 말한 것이나, 만약 이利만 된다면 한 길을 굽혀서 한 자를 펴더라도 하겠는가?"라고 했다.

위력이 손상될 것을 염려하여 그렇게 한 것입니다.

우리가 저들과 맞대어 비교할 때 누가 지智고 누가 우愚인지는 자세히 설명하지 않더라도 분명할 것이요, 저들의 의심스러운 행적은 이미 신문에도 여러 차례 드러난 적이 있습니다. 지금은 갑자기 쓸 시기도 아닌데 가장 낡고 졸렬한 수법으로 이 동아시아에서 유명한 꾀 많은 적을 기만하려 하다니 조금이라도 지각이 있는 자이면 누가 그것이 도리어 함정에 빠지는 일이 되는 줄 모르겠습니까? 저들이 우리 만주 교포를 그물질하여 다 잡으려 한 것이 한두 번이 아닙니다. 아직 갑자기 착수하지 못했던 것은 잡을 자루가 없었고 올라올 사다리가 없었기 때문입니다. 이제 저들에게 칼자루를 쥐어주고 저들에게 문을 열어 주었으니 어찌 뛸 듯이 기뻐하며 돌격해 들어오지 않겠습니까? 이제 막 들어왔으면 환영하지 않을 수 없을 것이며, 맞아들였으면 친근히 대하지 않을 수 없을 것이며, 친밀해지면 마음속을 주고 받고 입을 맞추며 귀를 맞대지 않을 수 없을 것이며, 자리를 펴는 곳마다 도깨비가 섞여 앉을 것이고, 작전 계획을 짜는 막사 안에는 원수(왜적)이 작전을 세울 것이니 하찮은 이익을 미끼로 삼고 조그만 권익을 빌려 주고는 민단을 속박하고 민적民籍으로써 큰 칼을 씌워서 교육을 억제하고 생업을 간섭하며, 언론을 감시하고 행동을 구속하여 코를 꿰고 머리에 굴레를 씌울 것이니, 이렇게 되면 우리 대한의 넋은 흡수되어 없어지고 이곳 만주의 교포사회가 귀신의 숲[林藪]이 될 것입니다. 이러한 때가 되면 비록 자산과 재정이 있다한들 장차 어디에 씁니까? 가서 쓰라 한들 용이하게 얻을 수 있습니까? 가서 얻는다 한들 우리 소유가 되겠습니까?

우리가 허다한 자산을 소비하고 허다한 생명을 없애가며 갖은 풍상을 무릅써왔지만 한 가지도 성취한 것이 없지만, 그런데도 오히려 스스로 희망을 버리고 싶지 않은 이유는 다만 민족정신이 옛날 보다는 좀 나아지고 치욕은 씻어야 함을 알게되고 의리·명분은 온전히 보존하지 않을 수 없음을 알아가고 있기 때문입니다. 또한 교육에 열성을 기울이고 생업에 부지런히 힘써, 몇 년이 경과하면 목적한 일을 거의 의논할 수 있게 될 것임을 잘 알기 때문입니다. 그러나 그 지속과 완급에 이르러서는 자연 적기가 있을 것이니 혹시라도 사사로운 뜻이 털끝만큼도 끼어들어서는 안될 것입니다. 구천句踐(월나라 왕)은 20년 만에 회계會稽에서의 수치를 설욕하였으며 고왕高王은 19년 만에 발해의 왕업을 이루었습니다. 우리들이 압록강을 건넌 지 이제 겨우 8~9년이니 1년을 늦추면 1년의 비축이 늘어날 것이요, 10년을 늦추면 10년의 비축이 늘어날 것입니다. 경솔히 움직이면 혹 차질이 생길 것이요, 조급하게 처리하면 그르치기 쉬울 것이니 오직 천리天理에 순응하고 인심을 화합시킴으로써 실패가 없도록 만전을 기한다면 일거에 성공을 기약할 수가 있을 것입니다.

불행하게도 집사께서는 조급한 성품에 자신의 방법만 옳다고 여기며 더욱 물신[金神]109)에 사로잡혀 치욕이 닥칠 것을 헤아리지 못하고 명분과 의리가 망가진다는 것을 생각지 못하고 있습니다. 하루 저녁의 조급증으로 갑작스럽게 저 원수들과 사통하여 수많은 우리 동포들로 하여금 지옥에 다시 떨어지게 하려고 하다니 10년 동안 고심苦心(애태움)이 영영 헛수고가 된다면 이 어찌 집사의 마음에 달가운 일이겠습니까? 그 밝던 지모의 거울에 어두운 먼지가 낀 것이 틀림없습니다.

저 상룡象龍은 본래 불평분자입니다. 처음 입회한 것은 다만 대동단결을 반대한다는 오해를 피하기 위함이었으며, 반년 동안 객지에 머물며 의사를 개진하지 않은 것은 일의 완급을 조절하는 데 의견이 약간 달랐기 때문인데, 이 소식을 듣고는 마음속의 불평을 더욱 억제하기 어려워 갑자기 죽어서 아무것도 모르고 싶었지만, 곧 다시 생각하니 분을 내어 자결하는 것은 도리를 안다는 자의 행할 바가 아닌지라 차라리 인간 만사를 사절하고 암혈에 엎드리고 있다가 저 원수 놈들의 손에 잡혀 가기를 기다리는 것이 낫겠다고 여겼습니다. 이에 미움 받을 것을 헤아리지 않고, 만사를 무릅쓰고 한번 진심을 털어놓습니다. 집사의 일은 집사께서 알아서 하시고 회원 명부에 아직 남아 있는 저의 못난 이름은 낱낱이 도려내어 부쳐주시어 스스로 몸을 정결히 하여 지하에 돌아가게 해 주시기 천만 번 바랍니다.

□ 여시당에게 답하다. 을축년(1925) 答呂時堂

아이를 보내어 근심을 끼쳐드렸으니 편지로 문안을 드려서 의당 더욱 주의를 더했어야 옳은 일인데 지난 늦봄에 한번 문안드린 후로 아무 인사없이 지났습니다. 요즈음의 제가 본래 나태함을 형께서 잘 알고 계실 터이니 혹 너그럽게 용서하신다면 아직 남은 양심이 있으니 어찌 스스로 부끄럽지 않겠습니까? 손자 병화炳華의 회정 편에 따지지 않고 보낸 서신을 잘 받았지만, 한편 감사하고 한편 부끄러워 무슨 말씀을 드려야 할 지 모르겠습니다. 편지 읽고 이 늦더위에도 귀하신 몸 침식이 평안하심을 잘 알겠습니다. 날마다 학생들에게 수업하시는 일이 늘그막에 감당할 수 있는 일이 아닐 터인데 비록 도우는 손이 있다고는 하나 어떻게 능히 대처해 나가십니까?

---

109) 물신[金神] : 물신의 본뜻과는 달리 여기서는 무슨 일이건 재정이 우선이라는 생각이다.

저 상룡은 여름 내 풍비風痺에 시달리다가 대강 민간의 처방을 시료해 보았으나 아직 쾌히 낫지 않습니다. 뜻밖에도 상해[滬]로부터 천만부당한 전갈이 있어, 안합顏闔을 본받아 숨어버리려고 하였으나 필경 정부 내의 여러 벗들에게 억지로 떠밀리게 되어 곧바로 사퇴하지 못하였습니다. 이어서 우리 서간도 전역의 정세가 이상하게 돌아가는지라 그 결말을 보지 않을 수 없어 그 때문에 지금까지 계속 옮겨 다니느라 진퇴양난이 되었습니다. 부득이 한번 가서 곧바로 사퇴하고 돌아올 작정입니다.

요즈음에 원근 친구들 중 정세를 잘 아는 사람은 대다수 저를 보고 잘 생각하여 출각出脚(물러나 있다가 다시 벼슬함)하라고 권합니다. 그런데 유독 형의 편지를 접하고 보니 도리어 지나치게 하례하는 말씀을 하시는군요. 어찌 형께서 이 아우를 아끼는 마음이 그토록 절실하지 않습니까? 일을 마치는 대로 만사를 무릅쓰고 나아갈 작정입니다. 아무쪼록 너무 멀리 내치지 마시고 간혹 평소 가슴 속에 두었던 생각을 자주 자주 들려주심으로써 본래 정견이 모자라는 저로 하여금 국민에게 죄를 짓지 않도록 해 주시면 어떠할는지 간절히 바랍니다. 깊이 바라는 바입니다.

▫ 류계팔창식에게 답하다. 무술년(1898) 　答柳啓八昌植

청성靑城·경광서원鏡光書院 일대를 여러 날 유람한 일은 근년에 얻기 쉽지 않던 일이었습니다. 그러나 풍뢰헌[雷軒]에서 한번 헤어진 뒤로는 다시 소식이 아득하여 매양 창가백로의 시[蒼葭白露之詩][110]를 외며 그리는 마음 간절하나 만날 길 없음을 탄식하였습니다. 의외에 인편을 통하여 보내신 편지를 받고 보니 흠모하는 마음이 평소보다 더 간절합니다. 두 손으로 받들고 읽어보니 위로와 감사를 거의 말할 수 없을 정도입니다. 편지로 이 늦가을에도 귀하신 몸의 일상 기거가 평안하심을 잘 알겠습니다. 아드님의 혼인 날짜가 멀지 않으니 이 또한 좋은 일이라 특별히 하례 드립니다. 세월[公道; 세월 등]이 재촉하니 심신을 어지럽게 한다는 비유는 이 얼마나 재미있는 말입니까? 우리들의 나이 열다섯 스물이었을 때, 스스로를 헤아리지 못하고 함부로 큰 계획을 품었던 일을 지금 되돌아보면 참으로 우습지요. 그러나 옛말에 이

---

110) 창가백로의 시[蒼葭白露之詩] : 『시경詩經』「국풍진國風秦」 겸가蒹葭장의 "갈대가 창창하니 흰 이슬이 서리가 되었네. 마음속의 그이는 강물 저쪽 언덕에 있구나! 물결을 거슬러 따르고 싶은데 가는 길 험하고 멀구나[蒹葭蒼蒼　白露爲霜　所謂伊人在水一方　湖洄從之道阻且長]!".

르되 '소년기[東隅봄; 해돋이를 소년에 비유함]는 이미 지났으나 노년기는 남았으니 아직은 늦지 않다[東隅已逝 桑楡非晚].'111)고 하였으니 대장부의 의지가 어찌 흰 머리털 때문에 뜻이 꺾어서야 되겠습니까? 바라건대 더욱 힘내시고 여력이 있거든 때때로 이 못난 벗에게도 남겨주시면 어떠하겠습니까? 향약은 예전부터 여러 점잖은 분들이 모두 거행해 보려고 했지만 여태까지 못했는데, 우리들의 역량으로 어찌 감히 효과적으로 치루기를 바라겠습니까마는 원근의 공론이 모두 '칭찬 듣기를' 꾀하고 하니 이 또한 우연이 아닐 것입니다. 멀고도 험한 이 대지大地에 한 줄기 빛이 회복되는 징조[一線陽復之非]가 될지 누가 압니까? 경광서원이 간간이 이미 행하였고 이곳 부근의 사우들 또한 모두 향응할 것이니 이후의 일은 생각컨대 날짜를 지정하여 일단 모여서 상황을 보는 일입니다. 세째 아드님의 관례는 삼가례三加禮로 행하시겠다니 진실로 성대한 일입니다. 근래에 우리 향내의 큰 집안 옛날처럼 관례冠禮를 행하지 못하고 머리를 쪼고 갓을 쓰는 일을 관례로 혼동하였는데 집사께서 마음먹고 이 일을 행하려 하시니 지극히 기뻐할 일입니다. 다만 저를 두터운 정의가 있다하여 빈賓(관례의 주빈)으로 초청하셨는데 자신을 돌아보건대 감히 명을 받들 수 있는 자격이 못 된지만 고심 끝에 한번 가서 관례冠禮를 구경하는 일도 또한 좋은 일이겠다고 생각되어 이에 지시하신대로 달려가겠습니다.

▫ 류계팔에게 주다. 기해년(1899)   與柳啓八

지난 겨울 개실佳邱에서 하룻밤 함께 보낸 일은 돌이켜 생각하니 마치 꿈속의 일과 같습니다. 해가 바뀌고 달이 바뀌었는데 삼가 기거가 만복하시며 심역尋繹의 공부가 날로 가경에 들고 계신지 구구한 그리움이 하루도 그칠 날이 없습니다.

저의 선조 행촌杏村 문정공文貞公의 묘[遺墟]가 고성현 서쪽에 있는데 돌아오는 봄에 의논하여 산소에 비를 세우려 합니다. 그런데 비석 앞면의 대자 글씨는, 접때 본 김적암金赤巖 묘갈 앞면에 한석봉韓石峯의 글씨를 모각한 솜씨가 매우 훌륭했습니다. 그 원본이 집사의 집에 있다고 들어서 집안의 젊은이 한 명을 보내니 아무쪼록 빌려볼 수 있도록 해주시기 바랍니다.

세째 아드님의 자사字辭를 쓰는 일은 제가 적임자가 아니나 이미 간곡하신 지시를 받은 이상 솜씨가 졸렬하다는 이유로 감히 사양할 수 없을 듯하여 이 편지에 동봉하여 보냅니다. 보신 후에 수정해주시는 것이 어떻겠습니까?

---

111) 왕발王勃, 초당 4걸의 하나, 『등왕각서滕王閣序』에 나온다.

지난 가을 향약을 강론해보자는 의논의 시작은 성대했는데 시작하자마자 멈추었으니 우리들 일하는 것이 매번 이와 같으니 그저 한심할 뿐입니다. 봄날이 점점 화창해지면 혹 다시 해볼 의향은 없으십니까?

▫ 중화민국의 지도층 인사와 재계·학계의 여러분께 드리다 與中華民國官紳商學界諸君

같은 병을 앓는 사람끼리 걱정해주고 같이 분할 꼴을 당한 사람끼리 도와주는 것은 고금의 공통된 의리입니다. 우리나라는 중국과 더불어 정의의 두터움이 형제와 같아 순치脣齒의 관계처럼 서로 의지하여 온 지가 지금까지 4천여 년인데 일본은 예로부터 우리 중국과 한국 두 나라에게 근심꺼리였습니다. 옛날 원대元代에 중국이 왜를 정벌할 적에 우리가 온 나라의 힘을 기울여서 도왔으며, 명나라는 임진년에 우리나라가 왜구의 난을 겪을 때 장수를 보내어 도와주었습니다. 이 사실은 역사책에 분명히 실려 있습니다. 근래에 일본이 서양의 문명을 절취하여 병력을 확장하더니 천진天津·마관馬關 조약이 있은 뒤에 우리나라가 마침내 왜국의 세력권 가운데 떨어졌습니다. 처음에는 여우처럼 구슬리다가 나중에는 매처럼 국권을 나꿔챘으니 이른바 한일합병이 이것입니다.

저희가 원수의 압제를 치욕으로 여기고 서로 손잡고 압록강을 건너고 동북지방[東省]을 찾아와 타국에 우거[僑居: 교포로 사는 것]한 것은 내심으로 '중화는 우방이니 그들은 한국 교민 보기를 결코 외국인이라 하여 차별하지 않을 것'이라는 생각 때문이었습니다. 나중, 하늘이 좋은 기회를 내려 우리가 만약 광복의 대업을 시작한다면 중국의 도움이 큰 몫으로 필요할 것입니다. 그래서 중국에게 입적을 청하고 황무지를 개척하는 데 힘썼으며 작은 일에도 서로 조심하여 중화中華의 법률에 복종하기를 청원했습니다. 다행히 올봄 만국평화회의에서 민족자결주의를 특별히 허락하였으므로 망국의 유민들도 국기를 세우고 만세를 부르며 맨손으로 독립을 다툴 수 있게 되었습니다. 승인 여부는 아직 예정하기 어렵지만 오히려 억울하던 심사에 다만 이 일만으로도 또한 통쾌한 일이라 할 것입니다.

아아, 저 무도한 일본은 그 강함을 믿고 포학을 마음대로 저질러 우리의 진신사류를 도륙하고 우리의 어버이를 잡아가두며 우리의 자매들을 능욕하고 우리의 자손들을 사살하였습니다. 그 잔인하고 참혹한 형상은 모두 동서 사방의 보도에 자세합니다. 우리 동북지방의 한국 교민에게는 그 정책이 더욱 음험하여 첩자들을 시켜 말을 날조케 하기를, "한국 교포들이 군사를 모으고 병기를 조련하여 동북지방을 뒤흔들려 한다."하기도 하고, "한국 교포들이 아무 날에 아무 곳을 출발하려 한다."고 하니 그들의 속임수가 이토록 극악한 데 이르렀습니다. 여러분들도 한번 생각해 보십시오. 저희들이 만리이역을 떠돌아 올 때 수중에 한 자루 칼조차 지닌 것이 없었거늘 과연 그럴 능력이 있겠습니까? 아침에 저녁을 예측할 수 없는 절박한 상황이며 주머니에 동전 한 푼도 지닌 게 없는 처지에 과연 그럴 만한 준비가 있었겠습니까?

그러나 시장에 호랑이가 나타났다는 소문을 세 번 듣게 되면 들은 사람 의심하게 되는 것입니다. 촌민들이 사실로 믿게 되고 관청이 혹 그럴 수도 있겠다 의심하여 이에 관원을 파견하여 조사라도 하게 되면 그 조사하는 일이 무슨 일이겠으며, 장정을 징발하여 수색이라도 하게 되면 그 수색하는 물건이 무엇이겠습니까? 마을마다 잠자리는 불안하게 되고, 농업과 상공업은 일마다 지장을 초래할 것이니 진실로 이와 같이 하고자 한다면 지난 날 총통께서 각부에 반포한 '유민을 긍휼히 여기라.'는 말과 강기요康琦遙가 국회에 보낸 전문의 '한국의 독립을 도우라.'는 말의 후덕한 뜻은 도리어 어디로 간 것입니까?

중국이 일찍이 우리나라의 독립을 한 번도 막은 적이 없음은 우리들이 잘 알고 있습니다. 혹시 경솔하게 폭력을 쓰고 함부로 행동하여 경내에서 소동을 일으킬까 염려한다면 이것은 우리들이 일찌감치 서로 조심하고 근신하겠습니다. 혹 또 일본인의 교섭이 계속 이어져 양측이 불편한 관계가 되지 않을까 염려한다면 그것은 그럴수도 있을 것입니다. 비록 그렇다 치더라도 지혜로운 자는 정사를 할 때 궁극적인 이해를 먼저 생각하며 능력있는 자는 사람을 사귈 때 속대중[皮裏春秋]은 있는 법입니다. 여러분들은 깊이 생각해 보십시오. 우리나라의 독립이 과연 중국에 해로운 일입니까?

지금 안동(현 요녕성 단동)의 철로부설권이 날과 달이 다르게 팽창하며 하얼빈과 여순[哈旅]의 경비병이 해가 다르게 증파되고 있으니 중국의 실력으로도 근심스러운 일이 아닐 수 없을 것입니다. 대만의 판도가 기염을 토하듯 점차 확장해 가고 산동문제가 그 귀결이 그릇되고 있으니 중국의 여론이 분개하지 않는다 할 수 없을 것입니다. 생각컨대 6만 리里의 국토와 4억의 인민을 가진 대국이 3개의 섬으로 된 작은 오랑캐를 무서워하며 자국의 이해는 생각지도 않고 그들이 요구만 하면 반드시 들어 주도록 백방으로 주선하고 있습니다. 그러면서도 유독 우리나라에 대하여서는 같은 병을 앓고 있으면서도 함께 걱정하지 않고, 같은 일에 분개하면서도 서로 돕지 않으며, 간섭하고 진압하니 생각컨대 그것이 관례가 될까 두렵습니다.

아아, 저희들은 이미 망한 나라이니 광복을 꾀하다 이루지 못해도 그만이요, 저희들은 이미 망한 민족이니 자유를 구하다가 이루지 못해도 그만입니다. 그러나 중국 땅에 거처하며 중국의 백성이 되었으니 중국의 앞날을 염려하건대 어찌 칠실漆室 소녀[112]의 나라 걱정과 이녀嫠女[113]의 주제넘은 탄식이 없을 수 있겠습니까? 다시 한 말씀드리고 싶은 것이 있으니 여러분들은 시방 한국 교포들이 독립사상을 가지고 있다 하여 엄히 금법을 가하고 있습니다. 그러나 한국 교민들 중에 또한 한 부류의 창귀倀鬼(먹을 것이 있는 곳으로 호랑이를 인도하는 악귀)같은 무리가 있어 우리의 독립을 반대하고 우리의 교육을 반대하며 우리의 자치를 반대하여 따로 하나의 단체를 꾸리려는 자들이 있습니다. 이러한 무리들은 자못 금력과 권능에 여유가 있어 비단 우리들에게 피해를 끼칠 뿐 아니라 사실은 중국의 기밀을 정탐하여 일본의 세력을 확장하려는 자들입니다. 만약 주의하지 않으면 장차 중국의 끝없는 우환거리가 될까 두려우니 원하건대 여러분께서는 깊이 생각하십시오. 잔약하고 하소연할 데 없는 우리들이 앞으로 제반 일을 여러분과 의논하여 처리할 것이니, 아무쪼록 그 고충을 헤아려 지나친 우려는 없기를 간절히 바랍니다.

▫ 안화진에게 답하다. 을묘년(1915)   答安和鎭

지난 겨울에 계씨 아우님이 들러 가시고 지난 달 풍체風遞에서 다시 편지를 받았으나 새로 이사하신 곳이 어느 곳인지 적실히 알지 못하여 지금까지 사례를 올리지 못하였습니다. 관대하신 뜻으로 포용해 주심을 잘 알고는 있으나 어찌 속으로 자신을 꾸짖지 않을 수 있겠습니까? 봄추위가 점차 풀리는 요즈음 우거하고 계신 곳에서 형제분들의 일상기거가 왕성하시리라 믿습니다. 새로 이사하신 곳의 범절은 좋기가 예전 거처만 하며 또한 가히 더불어 기밀만한 좋은 이웃이 있습니까? 구구히 그리는 마음 간절합니다. 저 상룡은 치욕은 해마다 깊어지고 나이 한 살씩 더 먹으니 국가를 위하여 통한을 어찌 말로 다하겠습니까? 겨울과 봄 사이 우리 동포 중에 이곳으로 이사해 온 자가 적지 않습니다. 비록 한때 번거로움 면할 수 없겠으나 앞으로는 외롭지 않다는 즐거움은 있으니 이 점은 다행이라 할 만합니다. 편지 말미에 보

---

112) 칠실漆室 소녀 : 칠실은 노魯의 지명이며, 칠실에 사는 소녀가 기둥에 기대어 나라를 걱정했다는 고사. 당시에 임금은 늙고 태자는 어렸다고 한다.
113) 이녀嫠女 : 베짜는 과부가 북 속의 씨[緯]를 걱정하지 않고, 주제 넘게 종묘사직을 걱정함. 뒤에 부질없는 걱정의 전고가 된다.

여쭈신 내용으로 가히 옛 성현을 깊이 믿는 독실함에 경의를 표합니다. 더욱이 이끌어 깨우쳐 주시는 뜻에 감사드립니다. 다만 제가 평소에 선을 수용하는 부족한 탓으로 말씀하신 뜻에 선뜻 수용하지 못함을 부끄럽게 여길 따름입니다. 번거로운 일상 때문에 자세하게 말씀드릴 겨를이 없어 대략 적어 보내 드리니 서량하시기 바랍니다.

▫ 덧붙인 지면 別紙

기자를 조선에 봉하였다는 설에 대하여

은나라가 망할 때 기자箕子는 새 나라에 신하가 되지 않는다는 의리를 지켜서 동으로 조선에 망명하였는데, 주周 무왕이 그가 있는 곳을 그대로 '기자조선'으로 봉하였다는 것입니다. 그러나 기자가 그 당시 주나라의 봉작을 받지 않았기 때문에 지금 수천 년에 이르도록 여전히 은나라 자작子爵으로 칭하고 있습니다. 대저 기자에게 이미 (작록을) 받아도 괜찮고 받지 않아도 괜찮은 의리가 없었다면 후대의 사가史家된 자에게 어찌 쓰지 않아도 좋고 써도 좋다는 이치가 있겠습니까? 제 어리석은 생각으로는 그것을 쓰는 것이 기자에게는 아마도 큰 누가 될 것입니다.

요동이 평양이라는 설에 대하여

기자의 도읍을 자세히 알 길이 없으니 오직 한사군漢四郡의 땅을 고증한 뒤에야 바야흐로 그 실상을 알 수가 있습니다. 『만주지滿洲誌』를 살펴보건대 "현토玄菟는 지금의 개평蓋平·해성海城·복주復州 등지일 것"이라 하였고, 『북사北史』에는 "한나라 때 낙랑의 남쪽 강토를 잘라 대방군帶方郡을 두었으니 지금의 개평 해성이 그곳이다. 임둔臨屯은 본디 예맥의 땅(-지금의 개원開原-)이었는데 서쪽으로 낙랑樂浪과 접하였다. 진번眞番은 요동의 동쪽에 있었다."고 하였습니다. 이것에 근거한다면 사군의 옛터가 모두 요동에 있었음을 알 수 있습니다. 『요사遼史』에는 "요양遼陽의 옛 이름은 평양이다."라고 하고, 또 "요양의 패수浿水는 진한의 패수浿水이다."라 하였으며, 『삼국유사三國遺事』에는 당나라 배구裴矩의 전을 인용하여 이르기를, "해주(-지금의 해성-)는 곧 기씨의 봉토封土이니 지금 고려(-곧 고구려-) 땅이다."라고 하였습니다. 『해동역사海東繹史』에서는 "요동은 곧 기자가 교화를 폈던 나라이다."라 하였으며, 명대의 『일통지一統志』

에는 "요동은 기자의 봉토인데 한대 이후로 동이東夷에 편입되었다."고 하였습니다. 이러한 제설에 근거하면 요동이 기자의 도읍이라는 것은 절로 믿을 만한 증거가 될 것입니다. 한위 악부의 "조선진이공후사朝鮮津夷箜篌詞의 주에 조선은 조선군이요, 진津은 곧 패수이다."라고 하였으며, 『한서지리지漢書地理志』에는 "낙랑의 속현이 스물다섯인데 그 첫 번째 현이 조선이다."라 하였으니 조선이 군명임을 알 수가 있습니다. 진나라 왕부의 잠부론에는 "주 선왕宣王 시에 한나라 제후가 있어 그 땅이 연나라에 가까웠는데 훗날 위만에게 쫓기어 해중으로 옮겨 살았다."고 하였습니다. 여기에 의하면 기씨가 국호를 한韓으로 칭하였음을 알 수가 있습니다. 어찌 갑작스럽게 "고금의 글에 기록된 것이 하나도 없다."고 하겠습니까?

조선 평양에 틀림없이 기자묘가 있고 정전제가 있었다는 설에 대하여

조선 평양에는 진실로 기자의 묘터와 정전井田의 제도의 흔적이 있습니다. 그러나 『언폭담여偃曝談餘』에 이르기를 "고려의 기자묘는 봉분의 형태는 만들었으나 실제로 유골을 묻지는 않았다. 비석이 두 자 가량인데 그 제도가 매우 비루하다."고 하였으니 역자가 감히 그 고사를 감히 고칠 수 없다고 여겼기 때문입니다. 제 생각으로는 아마도 기자 당시에 중국의 분묘 제도는 이미 지극히 완비되어 있었고 우리 동방의 기씨보다 천년 이전에 조성되었던 단군 묘가 둘레가 이미 410척이었으니 기자의 묘가 마땅히 그처럼 심히 비루하지는 않았을 것입니다. 또 기자묘는 처음 고려 숙종肅宗 때 예부의 주청으로 인하여 소재를 찾아 수축하였습니다. 이에 앞서 2천년 동안 어찌 역사의 기록에 전하는 바가 없었겠습니까? 수경水經의 주에서 살피건대 몽蒙은 박성薄城의 서쪽으로 기자의 무덤이 있다고 하였고, 두예杜預가 이르기를 "양나라의 몽현에 기자의 무덤이 있다."고 하였습니다. 진나라 복도伏滔의 『북정기北征記』에는 "박亳과 몽蒙 사이에 기자의 무덤이 있다."고 하였고, 청대의 『일통지一統志』에는 "기자묘는 귀덕부歸德府 상구현商邱縣의 북쪽에 있다."고 하였으며, 『환우기寰宇記』에는 "송宋의 성북에 기자의 무덤이 있다."고 하였습니다. 저는 견문이 넓지 못하여 감히 일일이 증거를 들지 못하나 기자가 태어나 동으로 피함으로써 결코 주나라의 신하가 되지 않겠다는 의리를 굳혔다면 죽은 뒤에 고국으로 반장返葬(객지에서 죽은 사람을 고향으로 옮겨 장사함)한 것 또한 일리가 없다 할 수는 없을 것입니다. 또 다산茶山 정씨丁氏가 지은 「평양정제설平壤井制說」에 따르면 "기자가 이미 정전을 구획하였다면 어찌 평양성 남쪽의 한쪽 땅만을 한정하여 정하였겠는가? 당의 이적李勣이 이미 평양성을 함락하고 부를 설치하고 둔영을 머물게 하였는데 지금 남아있는 도랑과 도로는 곧 그 때의 둔전의 제도이다.”라고 하였습니다. 또 김택영金澤榮은 “평양 정전의 제도를 믿기 어려운 것은 이 뿐만이 아니다. 지금 이른바 정전이라는 것이 옛 도읍의 성곽 내에 있으니 기자가 도읍을 건설할 때 어찌 시장을 만들지 않고 다만 정전만을 구획하였겠는가?”라고 하였습니다. 이러한 여러 설에 의거할 때 정전제를 어찌 족히 기자의 도읍이었다는 확증으로 삼을 수 있겠습니까?

대저 나라에 사관을 두는 것은 다만 지난 일을 기술하기 위한 것일 뿐이 아닙니다. 그로써 국가의 체통을 높이고 국민의 정신을 단련하는 것이니 그렇지 않다면 역사 있는 것이 역사 없는 것과 똑같을 따름입니다. 이 때문에 법국法國의 학자 파류波留씨는 일찍이 “러시아[俄羅斯]에는 역사가 없다.”고 말하였습니다. 러시아가 어찌 역사가 없겠습니까? 우리나라는 『동사고기東史古記』와 『삼국유사三國遺事』가 가장 오래된 기록이지만 모두 승려의 손에서 나왔기 때문에 단군 이후 2천 년의 사적이 대다수가 황탄하고 가닥이 없는 말이라 선배 학자들이 깊이 신뢰하지 않습니다. 정씨의 『고려사』와 서씨의 『통감』이 나온 이후에야 기록된 사실들이 비로소 두서가 있게 되었으나 삼국 이전의 사실들은 대개 이전 것을 그대로 따라서 기록한 것입니다. 지금 잠시 한두 가지를 들어 언급해 보겠습니다. 거기에 “단군이 재위 1480년, 상나라 무정武丁 을미년에 아사달은 산으로 들어가 신선이 되었다.”고 한 것이 이치에 맞겠습니까? 또 “단군의 후손이 기자의 이주를 피하여 당장경唐藏京에 도읍하였다.”라 하고, “단군의 후손이 기자에게 나라를 양보하고 북부여에 들어가 왕이 되었다”라 하였으니, 이 말에 의거하면 이른바 당장경은 북부여의 땅임이 분명할 텐데 지사地史에는 또 “당장경은 황해도의 장장평莊莊坪이다.”라 하였으니 이런 모순이 어디 있습니까? 『해동패사海東稗史』를 살펴보면 “상나라 반경盤庚 25년 갑자에 고등왕高登王이 북부여에 천도하였다.”고 하였습니다. 단군이 무정 을미년에 산신이 되었다면 두 사실 사이의 연대가 31년 차이며, 이때는 아직 단군이 재위할 때인데 어찌 고등왕이 도읍을 옮겼다고 할 수 있겠습니까? 기자 동래가 주周 무왕 원년 기묘의 일이라면 고등왕 천도보다 196년 후의 일인데 기자를 피하여 천도하고, 나라를 양보하고 북부여로 들어갔다고 하니 이 무슨 말입니까? 또 상서 대전에 이르기를 “무왕이 상나라를 쳐서 이기자 한맥馯貊[114]과 구려駒麗, 부여가 모두 제후로서 조회하였다.”고 하였으니 여기에 근

---

114) 한맥 : “성왕成王이 이미 동이東夷를 정벌하였다.” 한 전傳에는, “해동海東의 모든 오랑캐 구려駒麗·부여扶餘·한맥馯貊의 등속이다.” 하였고, 정의正義에는, “ 『한서漢書』에 고구려高句麗·부여扶餘·한韓이 있고 한馯은 없으니, 한馯은 곧 한韓으로서 음이 같고 글자가 다를 뿐이다”.

거하면 기자가 동쪽으로 오기전에 이미 부여가 있었음이 분명한데 어찌 기자를 피하여 옮긴 도읍이라 하겠습니까?

비단 문적이 서로 어긋날 뿐만이 아니라 사리로써 논한다 하더라도 강역이 이미 다르고 민족이 또한 다르다면 나라를 구별하는 의미가 없을 수 없습니다. 그러므로 공자께서 천하를 주유할 때 제齊 나라의 군주가 이계尼谿의 땅에 봉하려 하자 안영晏嬰이 간쟁하여 의론을 멈추었으며 초나라의 군주가 서사書社의 땅에 봉하려 하자 자서子西가 반대 하였습니다. 저 두 사람이 어찌 공자가 성인이라는 것을 몰랐겠습니까? 그것은 나라를 구분하는 의리를 멀리 내다보고 염려하지 않을 수 없었기 때문입니다. 기자가 비록 성인이라 하나 당시에는 외방의 이민족일 뿐입니다. 단군의 후손된 자가 한번 만나자마자 조종의 사직을 가벼이 스스로 양여하였다면 이게 무슨 체통이겠습니까? 가령 조정이 양여하였다 하더라도 단씨의 백성된 자가 한마디 말없이 그를 임금으로 추대하였다면 이게 무슨 정신이겠습니까? 기자가 그 당시 주나라의 신하가 되지 않겠다는 지조를 깨끗이 하려는 뜻을 가졌을 뿐 처음부터 남의 토지와 인민에게 뜻을 두지 않았는데 남의 나라를 받고 남의 군주를 쫓아냈다면, 이게 무슨 도리이겠습니까? 단군의 혈통이 북부여로부터 동부여에 이르고 고구려를 거쳐 3천년 동안 면면히 이어지고 있는데 후세의 사가가 되어서 우리 임금은 거룩하게 여기지 않고 다른 나라 이민족 사람에게 정통을 옮기려 한다니 이게 무슨 사가의 필법이겠습니까? 문적이 서로 어긋남이 저와 같고 사리의 부당함이 이와 같은데도 오직 그가(기자) 성인이기 때문에 정통의 반열에 세우지 않을 수 없다고 한다면, 기씨는 그렇다 치더라도 위만衛滿은 곧 일개 강도일 뿐인데 어찌 정통에 귀속시킬 수 있습니까? 만약 나라의 구분을 생각하지 않고 성인이라 하여 임금으로 삼고 강국이라 하여 임금을 삼는다면 지난 번(1910)에 우리 조정이 일본에 나라를 양보한 것도 무방하며, 오늘 우리 한민족이 목인穆仁을 임금으로 추대해도 무방하다는 말입니까? 나중에 우리 한국의 역사에 명치明治 연호를 써도 무방한 일입니까? 역사를 이렇게 써야만 비로소 믿을 만한 역사기술이 되어 참람하다는 비방을 면할 수 있다는 말입니까? 역사책에 '기자조선'이라고 쓴 것은 그 유래가 있겠지만, 말하려면 길어지므로 나중에 다시 거론하고자 합니다.

중국을 존중하고 오랑캐를 배척한다는 변론에 대하여

글을 쓴 사람의 주장은 근래 유학자들이 화이의 구별이 너무 엄격하여 무릇 외국의 정령과 법률, 학술과 물질, 기술과 예능 등에 관련해서는 좋고 나쁨을 막론하고 일체를 배척하여 조금도 참고하거나 배우려는 뜻이 없음을 염려하는 것이기에 내 나름대로 그 고지식한 식견을 타파하고자 이 변을 썼던 것입니다. 귀하의 성대한 논지가 이미 저의 생각과 대략 같은 지라 길게 늘어놓을 필요는 없겠으나 다만 경계를 혼동하였다는 가르침은 아마도 작자의 의도를 이해하지 못하신 때문인 듯합니다. 물음과 대답을 가설하여 논변을 반복한 것은 변을 짓는 체제를 그렇게 하지 않을 수 없었기 때문입니다. '공평하다.'고 할지언정 어찌 그것을 일러 '혼동하였다.'고 합니까?

북적이 성인의 후예라는 것은 『사기』 "주 혜왕惠王 32년에, 북적이 위衞에 침입하였다."한 글의 주에 "적狄은 다른 판본에는 적翟으로 되어 있는데 황제의 후예로 북지에 살다가 서하西河의 상당上黨, 중산中山으로 이주하였다. 그 종족에는 적적赤狄과 백적白狄이 있다."고 하였습니다. 이목李牧의 거대비흉노居代備匈奴의 주에는 "하걸夏桀의 막내아들 순유淳維가 북야로 도망하였는데 은殷대에는 훈육獯粥이라 하고 주周대에는 험[獫狁]이라 하였으며 전국시대 이후엔 흉노匈奴라 하였다."고 하였습니다. 지금 이것을 우선 인용하여 경계를 공평히 하는 재료로 삼아 구역도 종족도 없었다는 변론을 도울 뿐이며 감히 색은행괴索隱行怪에 뜻을 둔 것은 아닙니다.

양쪽의 주장에 득실이 어떠한가를 막론하고 지금은 한만히 토론할 때가 아닙니다. 또 사학계의 혁명적인 변론이 옛 것을 그대로 믿고 있는 안목[信古之眼]에 부합되기를 바라지는 않습니까? 아무쪼록 이 글은 보시고 곧바로 찢어 없애시기 바랍니다. 다른 사람에게 보여 서로 아끼는 뜻에 부담이 되지 않도록 하시는 것이 어떻겠습니까?

□ 류거수에게 드리다. 신축년(1901)   與柳居叟

귀하께서 안부를 물으실 때는 제가 곧바로 답장하지 못하고 제가 가서 문안할 때는 귀하께서 공교롭게도 길이 어긋나, 만나기가 이미 어렵더니 서신조차 마침내 끊어졌습니다. 우리의 마음으로 맺은 정분[心交]이 비록 외면과는 무관하지만 만남이 뜸해지면 멀어지고 멀어지면 잊어지는 것이 또한 필연적 추세일 것이니 어찌 양측이 다 더욱 반성하여 염려할 일이 아니겠습니까? 맹렬했던 더위가 지나고 가을 소리가 이미 소슬한데 이 서늘한 날씨에도 정양하시는 기거에 신명의 보살핌이 있으신지 모르겠습니다.

정자 짓는 일이 이미 끝났으니 산수의 풍광이 더 좋아진 곳에서 아마도 시 벗과 바둑 친구들이 날마다 좋은 모임을 가지실듯한데 훨훨 그곳으로 날아가 청담 한 자리를 나누어 맡지 못하는 것이 한스러울 따름입니다. 저 상희는 일전 귀협龜峽을 갔던 길에 물가 여러 마을에 머물다가 돌아왔습니다. 한번 행로에 피로하면 여러 날 회복되지 않으니 노쇠를 가히 알겠습니다.

올 농사는 늦은 수확이었지만 비온 덕분에 대용작[代播]을 해서 완전 흉작은 면했으니 하늘이 힘없는 우리 백성들을 다 죽이려는 뜻은 아닌 것임을 알겠습니다. 다만 떼 도둑[綠林; 녹림당]115)이 사방에서 일어난다는 소문에 큰 상처를 받은 뒤이기에 경계심과 염려가 없지 않습니다. 더구나 명성이 높기가 귀하와 같은 집안이겠습니까?

앞서 하문하신 투호설投壺說은 제 서가에 『의례儀禮』가 없어 그 책을 꼭 보아야겠기에 여태까지 편지를 드리지 못하고 있습니다. 근간 배裵형 가후可厚에게 빌려서 한번 훑어보니 경문은 다만 『대대례大戴禮』엔 수록된 내용일 뿐인데 주와 소에 어떤 곳은 자세하고 어떤 곳은 간략한 차이가 있습니다. 이에 망령되이 제 좁은 소견으로 향음주례와 향사례를 참고하였더니 두서가 대략 이루어지고 절목이 조금은 갖추어졌습니다. 감히 성인께서 말씀하신 고례의 진면목이 이와 같다는 것은 아니나 (투호가) 우리 유가의 한 방식으로 삼는데 무방할 것입니다.

대개 『예경禮經』이 산일散逸된 이후로 투호의 내용이 상세하지 못하기 때문에 당송唐宋 이후에는 드디어 속된 놀이[俗戲]로 전락되었습니다. 호 양쪽엔 귀가 있어 동서로 나누어 마주 살을 던지는데 의간倚竿·대겸帶鈐·한호狠壺·표미豹尾·용수龍首의 명칭과 관이貫耳·도이倒耳·광호橫壺·광이橫耳·패전敗箭의 격식이 있었던 것은 사마온공이 이른바 '옛 그림'이라 한 것이니 비록 극히 정교하기는 하지만 선왕의 옛 제도는 아닙니다. 예컨대 사마온공이 스스로 만든 그림에 이르러서는 "처음이 있으면 마침이 있도록[有初有終]"하며, "호壺를 온전히 하고 살을 날쌔게 던진다[全壺驍箭]."는 등의 격식을 한결같이 학문하는 방도에 뜻을 두었으니 그 뜻이 선의 아닌 것이 없겠습니다. 그러나 여기에 임의로 가감加減한 것은 오히려 민간으로 전해온 격식으로 어디에도 뜰과 사대射臺의 계단을 오르내리는 절도와 진 사람과 이긴 사람이 번갈아 예를 올리는 절차를 나타낸 곳이 없습니다. 대저 예를 귀히 여기는 까닭은 거기에 절문節文과 의칙儀則이 있기 때문인데 만약 여기서 취할 것이 하나도 없다고 한다면 비록 주괴周瓌와 하휘賀徽의 묘수와 광녕廣寧과 난능蘭陵의 기교가 있어 던지는 화살마다 적중하고 꽂히는 호분마다 승리한다 하더라도 필경에는 골패놀이[投瓊]나 제비뽑기[探鬮] 따위와 다를 것이 없을 것이니 어찌 숭상할 만하겠습니까? 지금 이와 같이 논정하는 것이 참람되리라는 것을 잘 알지만 나름

---

115) 녹림 : 녹림당綠林黨. 화적이나 도둑 떼, 녹림패라고도 한다.

으로는 일리가 있다고 생각하는데 아무쪼록 한 번에 뿌리쳐 배척하지 마시고 경문과 주소를 함께 취하시어 자세히 검열하시고 만약 온당치 못한 데가 있으며 조목조목 논박하여 한번 익숙히 검토할 기회를 만들어 주시는 것이 어떠하겠습니까?

정자를 두고 지으신 시는 핍진한 의경을 선점하셨으니 다시 손대볼 여지가 없으나 여러 차례 재촉하신 뜻을 저버린지라 졸렬함을 잊고 지어 올립니다. 가난한 중의 바리때 같아 무슨 운치가 있겠습니까? 잘못된 곳을 고쳐서 주시기 바랄 뿐입니다.

□ 권정약병하에게 답하다. 계축년(1913)　答權丁若丙夏

저는 먼 벽촌 생장으로 견문이 넓지 못하여 노형의 성대한 명성을 아직 듣지 못하였습니다. 그러나 시절과 세상으로 추측해 보건대 아마 혹 기걸 탁락한 인재가 있다면 지금 같은 때에 나올 것이라 여깁니다. 또 아마도 그런 사람은 시골 여염의 어둡고 외진 곳이 아니라 반드시 서울의 번화하고 개명한 곳에서 나올 것이며 세력과 권리가 등등한 가문이 아니라 은둔하는 사람들 사이[廢斥隱淪智間]에 있을 것이라 생각합니다. 또 아마도 그 사람은 구식 풍조에 얽매이거나 신식 풍조에 동요되지 않고 자기의 정견을 갖고 있는 다른 사람보다 월등하게 뛰어난 사람일 것이며 그 사람은 사우師友와 문생門生을 두고 있어서 견식이 서로 비슷하면서도 그 사람의 팔다리가 되고 날개가 되어줄 사람이라고 생각합니다. 이와 같은 짐작에 사로잡히다 보니 노형과 같은 사람이 무수히 가슴속에 오락가락 하였습니다. 지난 달 섭燮이가 본국으로부터 돌아올 때 노형의 서신을 전해 주었습니다. 편지는 누천 언으로 먼저 세계의 정세를 서술하고 중간에 우리 민족의 현실을 언급하며 간간이 저의 지난 잘못과 요사이 저지른 저의 실수를 비판하였습니다. 끝으로 자신이 평소에 정해둔 계획에 대하여 그 대강을 제시하였습니다. 피력하신 것이 사리에 맞든 맞지 않든, 논하신 것이 적중하든 적중하지 않든 오늘날 다시 옛사람들의 의리를 보게 될 줄은 미처 생각지 못하였습니다.

속으로 의아한 점은 노형이 제가 한 일의 실상을 그처럼 상세히 알고 있다면 마땅히 혐오스러워 하고 피하시기도 바쁠터인데 어찌 스스로 번거로움을 꺼리지 않고 곡진한 노력[覼縷]을 허비해가면서 조복을 입고 도탄 위에 앉는 치욕을 자초하느냐 하는 점입니다. 후의에 감읍하여 감히 우러러 사례하지 않을 수 없습니다. 다만 귀하의 논평이 지나치게 장황하므로 일일이 변박하여 밝힐 수는 없고 다만 몇 마디 중요한 말씀을 중심으로 대략 요약하여 말씀드리겠습니다. 원컨대 노형께서는 허심탄회하게 살펴주시기 바랍니다.

노형은 "우리를 구원해줄 자가 영국이나 미국에 있는가? 중국에 있는가? 러시아에 있는가? 아니면 우리 자신에게 있는가?"라 하였습니다. 제 생각엔 우리 자신의 실력을 확장해 나가면 러시아나 영국, 미국을 가히 이용할 수 있으되 우리 자신의 실력이 충분치 못하면 설령 중국이 강성하다 할지라도 결단코 원조를 기대할 수는 없다고 생각합니다.

노형은 "긴급하지 않은 학교를 특설하는 것은 봉천·안동 등지에 의심스러운 자취를 노출하는 일이다."라 하였습니다. 제 생각엔 중국이 우리를 의심하는 것은 학교 때문이 아닙니다. 일찍이 들기로 우리나라 사람 중 복색을 바꾸지 않고 봉천 등지에 이주하여 사는 교민이 원주민과 언쟁이 생기자 마침내 일본 영사관으로 쫓아가 하소연하면 그들의 신분을 조회하고 질문하는 와중에 가끔 수상하다는 의심을 받게 되는 것입니다. 요사이 여러 학교들이 이미 본현으로부터 허가를 받은 터인데, 어찌해서 학교를 문제 삼는단 말입니까?

노형은 학교를 급한 일이 아니라 하는데 내 생각으로는 학교야말로 국민의 정신을 함양하고 국민의 지식을 계발하며 국민의 체력을 튼튼히 하고 국민의 기술을 연마하는 곳이라 하겠습니다. 오늘날 경영해야 할 일이 무엇이길래 이것을 급선무가 아니라 하십니까? 이것을 급선무로 여기지 않는 자는 아마도 월나라 와신상담의 복수심을 잊은 부차夫差를 면치 못할 것입니다.

노형은 기독교와 천도교는 급한 일이 아니라 하는데 제 생각엔 이교異敎의 치열한 기세는 저 역시 걱정하는 바이지만 그 무리가 국내에 퍼져 나간 자가 이미 큰 집단을 이루고 있을 뿐 아니라 세계에서 확실하게 세력을 얻고 있는데, 겨우 명맥을 유지하고 있는 우리 유가가 공언을 일삼아 그들을 배척하는 것은 무익한 일일 뿐 아니라 도리어 우리가 타격을 입을 우려가 있습니다. 그래서 저는 묵묵히 우리 스스로 지키는[自守] 것이 무엇보다 상책[一部要義]입니다.

노형은 머리를 깎고 복장을 바꾸는 것이 급한 일이 아니라고 하였습니다. 제 생각엔 겉모습을 바꾸는 것은 중국에 동정을 얻기 위함이지, 좋아서 하는 것이 아닙니다. 대개 모발은 몸의 한 부분이요, 의복은 겉모습일 뿐이니 형편에 따라 혹 바꿀 수도 있는 것입니다. 옛 사람 중에도 그렇게 한 사람이 있으니 태백泰伯116)이 머리를 자르고 형만荊蠻으로 도망한 일이

---

116) 태백泰伯 : 주周의 선조인 고공단보古公亶父의 장자로, 막내 동생 계력季歷에게 계승권을 양보하기 위하여 둘째 동생 중옹仲雍과 함께 변복하고 형만으로 도망했다. 뒤에 오吳의 시조가 되었다.

며 공자 장보章甫(宋人이 착용하던 殷代의 玄冠)[117]를 쓰고 송나라에 살았던 일이 바로 그런 경우입니다. 조나라 무령왕武寧王은 백성으로 하여금 오랑캐의 의복으로 바꾸어 입고 말타기와 활 쏘는 법을 익히도록 하여 강대국을 만듦으로써 진秦 나라 병사가 15년 동안 함곡관函谷關 밖으로 나올 수 없도록 하였습니다. 큰일을 이루려 했던 자가 언제 작은 예절에 구속된 적이 있었습니까?

노형은 민적(을 옮기는 것)이 가장 급한 일이라 하였습니다. 제 생각엔 민적과 의관 제도는 그 대소경중에 있어 같은 비중으로 논할 수 없는 일입니다. 노형은 경미한 일(의복제도)을 고치는 것은 성인을 모독하고 도리를 어기는 일이라 하면서 중대한 일(민적)을 바꾸는 것은 급선무라 생각하는 것입니까? 지난 해 여기서 일하던 여러분들이 총독에게 간청하여 인가를 얻게 되었으나 의관을 아까워하던 자들이 연명으로 회인현에 소송을 하는 바람에 즉시 환수된 일이 있었는데 노형께서는 아직 그 소문을 듣지 못하였습니까? 받아들이고 받아들이지 않고를 결정하는 권리는 우리에게 있는 것이 아니라 중국에 있습니다. '급히 서둘러 입적토록 하라.'니 어찌 그토록 사정을 모르는 것입니까?

노형은 '난간과 창벽을 서양문물로 장식하였다.'고 하셨는데 제 생각으로는 서양의 법제 중 채택할 만한 것은 다만 '교육'과 '단합' 이 두 가지뿐입니다. 그러나 노형은 이에 대하여 이미 여지없이 배척하였으니 그렇다면 노형의 소위 난간과 창벽의 재료는 서양의 어떤 물건을 취하려고 합니까?

노형은 우리 유도儒道가 반드시 남김없이 없어질 것이요, 의관은 반드시 남김없이 변경될 것이라고 하는데 제 생각으로는 우리의 유도는 죽어 없어질 물건이 아닙니다. 풀어 놓으면 바깥이 없을 만큼 방대하며 말아서 감추면 안쪽이 없을 만큼 정미하므로 어느 시대든 맞게 되어 있어서 천지가 무너지지 않는다면 우리 유도가 없어질 시대는 없는 것입니다. 다만 노형은 모발과 의관을 우리의 유도로 오인하고 있으므로 이와 같은 깊은 탄식을 품게 되는 것입니다.

노형의 의론은 큰 얼개는 저의 견해와 크게 멀지는 않지만 같지 않은 점은 노형은 이단을 분변하는 일을 가장 중요한 사업으로 여기며 그들에게 복수하는 일을 그 다음으로 여깁니다.

---

117) 장보章甫 : 공자께서 어른이 된 뒤 송宋에 계실 적에 그 나라 사람들이 쓰고 사는 현관[章甫]를 쓰고 생활했다(『예기禮記』「유행儒行」 "丘少居魯 衣逢掖之衣 長居宋 冠章甫之冠 註 章甫 殷玄 冠之名").

그러므로 노형은 구습은 지키고 새로운 문물은 싫어하는[守舊厭新] 의지는 강하지만 조정하고 통합하는 뜻은 적은 것입니다. 편지 중에 비록 고금을 참작해서 헌함과 창벽을 수식한다 하는 어구가 있으나 다만 지나가는 말일 뿐이요. 그 정신기백은 끝내 의관은 변할 수 없고 학교는 반대하는 데 있으니 이것이 작은 모순입니까? 노형이 말하지 않았습니까? 이는 한 사람 한 집안의 일이 아니니 사사로운 의견을 고집해서는 안 된다고, 대저 신문물이 구습을 싫어하는 것이나 수습이 신문물을 싫어하는 것은 똑같은 것일 터이니 나는 감이 노형의 말씀을 빌어 도리어 노형에게 드리고자 합니다. 원컨대 노형은 깊이 생각하십시오.

우리의 나라와 민족은 예로부터 파당의 분별을 하나로 통합하지 못하여 관로를 말할 때는 노론과 소론, 남론과 북론으로 당파를 나누고 유림을 말할 때는 호론과 낙론, 병파와 여파로 파벌을 나누었습니다. 무릇 큰 일이 있을 때마다 갑이 선창하면 을이 비난하고, 을이 선창하면 갑이 비판하여 3백년 동안에 어느 누구도 온전한 사람이 없고 무슨 일에도 볼 만한 행적이 없었습니다. 이것은 내가 노형과 더불어 일찍이 개탄한 적이 있었지요. 그러나 그 때엔 '해관海關(해외를 드나드는 관문)'을 굳게 잠그면 천하가 무사하다.'고 하였는데, 쓸데없는 의론일 뿐이요, 그러한 경영은 쓸데없는 사업입니다. 지금이 어느 때이며 이 일이 어떤 일입니까?

국가는 강적에게 빼앗기고 민족은 지옥에 빠져있으니 광복에 뜻을 둔 사람이라면 마땅히 선배의 전철을 경계삼아 따로따로 가르지 말아야 할 것인데 천하의 잘난 남자들이 그 의지가 녹록하지 않아서 반듯이 내가 깃발을 스스로 세워야겠다고 하면서 남의 밑에 들어가는 것을 달갑지 않게 여기는, 이런 문제를 어떻게 해야 합니까?

이렇게 되어 목적은 동일하지만 당파로 갈라져서 공자로써 깃발을 삼는 자도 있고 기독교로써 보루 삼는 자도 있으며 단군 할아버지로써 자도 있고 천도교로써 이끄는 자도 있습니다. 수구를 주장하는 자가 있으며 혁신을 주장하는 자가 있어 천 갈래 만 갈래로 길을 나누어 엇갈리고 있습니다. 평소의 옹졸한 견해로 보니까 서로를 해괴히 여겨 배척하고 피하면서 세상 풍조를 걱정하지 않는 이가 없지만, 저만은 상심할 것이 없다고 봅니다. 무슨 까닭이겠습니까?

손자[孫武: 춘추시대의 유명한 전략가]가 말하기를 '나를 알고 상대를 알면 백 번 싸워도 위태하지 않다.'고 하였습니다. 노형은 한번 생각해 보십시오. 우리가 저들과 비교할 때 인구가 누가 많으며 누가 적습니까? 백성들의 지혜가 누가 밝고 누가 어리석습니까? 백성의 기상이 누가 용감하며 누가 겁이 많습니까? 전술이 누가 교묘하며 누가 졸렬합니까? 만약 이것을 잘 알고 있다면 비록 우리 2천만 백성을 전부 동원하여 군대를 편성한다 하더라도 막을 수 있을지 없을지를 쉽게 말할 수 없을 것입니다. 더구나 20분의 1도 못되는 유생들의 힘으로 소탕할 수 있겠습니까? 대저 유별을 모으고 힘으로써 세력을 확장해야 하므로 태산이 흙덩이 하나를 마다하지 않는 것이며 큰 바다는 흐린 물과 맑은 물을 가리지 않고 다 받아들이는 것입니다. 후일에 큰 영웅이 나와서 그들을 수습할 때는 그 범위와 도량으로 누구는 신당이요, 누구는 구당이라 하여 차이와 구별을 결코 두지 않을 것이 분명합니다.

이단을 분변하는 것은 나라가 있고 민족이 있은 후의 일입니다. 오늘 우리는 나라없는 백성이며 죽어가는 목숨입니다. 자기 한 몸조차 보전하기 어려운데 의발을 어느 겨를에 논할 것이며 종족을 보전하기 어려운데 학술을 어느 겨를에 논하겠습니까? 나 또한 유가에 속하는 사람입니다. 10년 전 소견은 노형과 추호도 다를 것이 없었습니다. 오욕을 입은 이래(경술국치)로 겪어온 일이 많아짐에 따라 생각이 문득 달라져 효경을 외고 대학을 공부하는 것이 외적을 물리칠 수 없는 일임을 깊이 깨달았습니다. 그러므로 주공과 공자의 가르침을 잠시 시렁 위에 올려두고 다만 복수 두 글자를 삼아 도강하던 날에 피로 맹세하기를 "예제禮制가 어떠한지 살펴볼 겨를 없고[禮制不遑恤] 사론士論이 어떠한지 돌아볼 겨를 없네[士論不遑顧]. 이 뜻을 이루지 못한다면[此志不遂] 모름지기 다만 땅을 파고서 스스로 그 속으로 들어가야 할 뿐[直須掘地自入而已]"이라고 했던 것입니다. 어찌 차마 4천년 조국 강토를 내던져 시골 한 구석에서 내 성명을 산단 말입니까?

비평하고 헐뜯고 칭찬하는 일은 그런 일하는 사람 따로 있을 터이니 지금 아마도 오늘 노형이 할 일은 아닐 것이며, 무릇 일은 세계의 추이에 맞게 활동하는 것이 가장 중요하지요. 가령 노형이 노중련魯仲連이나 도연명陶淵明이 되고 말겠다면 나 또한 길게 말하지 않는 것이 옳을 것이지만 만약 여기서 한 걸음 더 나아가 무엇을 경영하려 한다면 강독 위에 서서 이와 같이 망설이면 결코 안 되는 것입니다.

여기에서 단체를 구성한 사람들 중에는 새로운 풍조에 심취한 자가 다수이며 그 나머지는 무사태평을 일삼는 사람이 많습니다. 노형처럼 이른바 옛 성현의 가르침을 능히 이해하는 분이 아직도 한 무리를 이루지 못하고 있는 것을 속으로 개탄해 온지 오래입니다. 지금 노형의 편지를 받고 또 아이 섭燮의 전언을 들으니 누구누구 같은 제공들과 친교가 오랜 듯한데 지금이 바로 유자 문중[儒門]을 떨쳐 일으킬 기회입니다. 나는 노형을 위해 한 구역의 넓고 한가한 토지를 준비하여 얻어놓았습니다. 가히 농업이나 잠업을 해도 좋고 무술을 연마하거나 공부를 해도 좋은 곳입니다. 노형의 사우師友와 문생門生(제자들)을 받아들여 향약을 시행할 수 있는 곳이며 집단을 이루고 살 수도 있는 곳입니다. 노형이 마음에 두고 생각해볼 용의가 있을지 모르겠습니다. 세월이 지날수록 시기가 촉박해 질 것입니다. 만약 서로 버리지 않겠다면 곧바로 연락해 주십시오.

그 밖의 세세한 사연은 직접 대하지 않고서는 털어 놓고 말할 수가 없습니다. 객지 생활이 만강하기를 빌 뿐 감사의 절차를 다 갖추지 못합니다.

권 4

卷之四

□ 서書

▫ **권방언**중국**에게 답하다.** 정미년(1907)   答權邦彦重國

평소에 아주 가까이 지낸 일은 참으로 다른 사람들과는 달랐으면서도 깊이 마음을 터놓고 지내지 못했던 것이 늘 한스러웠습니다. 봄이 끝나갈 무렵에 성현星峴 사람편에 보내주신 편지를 받고, 안부를 묻는 것 말고도 근후勤厚한 뜻을 담아 보내셨으니, 감사한 마음을 우러러 어떻게 사례하여야 할지를 모르겠습니다.

긴 여름이 지나고 서늘한 기운이 이미 감도는 요즈음에, 삼가 자당慈堂의 건강이 왕성하시고 가족들도 모두 평안하신지요? 우러러 그리는 마음 하루도 빈 날이 없습니다.

저 상희象羲는 산속에 있는 집은 찌는 듯이 더운데 서병暑病으로 헐떡이고 있고, 어린 아이들은 모두 더위와 종기로 고생하여 온전한 모양을 한 아이가 없으니 염려되고 고민스럽습니다.

아이들을 가르치고 남는 시간에 가끔 서책을 펴보지만 총명함이 부족하여 보는 대로 금방 잊어버리니, 이래서야 어찌 조금이라도 진보가 있겠습니까? 형께서는 이런 줄도 모르시고 크게 권면하고 칭찬하셨는데, 서로 아끼는 처지에서 하신 것이요 일부러 놀리신 것은 아니라는 것은 잘 알지만, 과장된 수식이 혹시라도 군자에게 스스로 누가 되지 않겠습니까?

이어 생각컨대, 형은 나이도 젊고 기력도 왕성하며 재주도 크고 뜻도 크니, 진실로 단단히 핵심적인 것을 잡고 날로 일삼는다면 어디인들 멀어서 이르지 못할 곳이 있겠습니까? 스스로 한계를 정하지 말고 더욱 힘써 노력하여서 저에게까지 영향을 준다면, 제가 비록 재주가 없다 해도 저 또한 둔한 자신을 채찍질하고 연마하여 친구 사이가 되겠습니다. 더욱 노력하기를 간절히 바랍니다.

▫ **박용만에게 드리다.** 신유년(1921)   與朴容萬

정양문正陽門118)에서 차에 탈 때 나와 직접 작별하지 못하여 매우 서운하였지만, 나는 중도

---

118) 정양문正陽門 : 중국 천안문 광장의 남쪽에 위치한 명청대明淸代 내성內城의 정문으로 속칭 전문

에 다행히 큰 지장없이 연길延吉에 도착한 뒤에 사람을 시켜 시時·소篠 양 공과 김동삼金東三·
곽문郭文 등 여러 동지들을 초청하여 여러 날을 묵었습니다. 대부분 이야기한 바는 결국 상해
上海에서 벗어나자고 결의하는 것이었습니다.[119] 취석翠石을 연경燕京(북경)으로 보내 이군李君에
게 이런 뜻을 전해 달라고 하였는데, 내 짐작으로 그가 도착한지 며칠이 되었을 테고, 이군도
상해로 갔을 것이면 아님 어쩌면 이미 연경으로 돌아갔을 것입니다.

나는 지난 21일 연길延吉에서 수레를 샀는데 도중에 축軸이 부러져서 하루를 지체하고, 26
일 화전樺甸에 도착하였더니 집이 만산취萬山聚(忙古塔)[120] 안에 있어, 후미진 곳이라 사람이 드
물어 퍽 울적하던 차에, 하지夏至 하루 전에 보내 준 편지를 받고 비로소 그때 헤어질 무렵
긴급한 일이 있었음을 알았으나, 마음이 아쉬웠던 점은 우리 두 사람 모두 매 일반이겠지요.

만호晩湖에서 모임을 가지면서 아름다운 손님들을 서로 충분히 접할 수 있게 된 것은 앞길
을 위해 매우 다행한 일이지만, 다만 늙고 병든 사람이 약속에 참여하게 되었으니 내침을 당
하지 않은 것은 매우 감사한 일이지만, 스스로 돌아보아도 힘은 쇠하고 식견은 얕은 내가 어
찌 성의盛意에 부응할 수 있겠습니까? 또 우리가 하는 일은 반드시 먼저 얼마간이라도 내적
역량이 있고 난 뒤에 외교를 해야 좋은 결과를 얻을 수 있는 것이지, 만일 내적 역량이 텅
비어 아무것도 없으면서 오로지 외교에만 의지한다면 아마 일이 뜻대로 되지 않아서, 한갓
쓸데없는 생각으로 허비할 것이라고 봅니다.

회의에서 여러 사람의 의견이 서로 어긋나 탄식을 금하지 못하겠습니다. 그러나 어찌 현
상황에 따라 사무를 진행하지 않고 갑자기 정회를 하자는 논의가 나온단 말입니까? 내가 생
각하기로 이번 일이 실패는 실패이지만 깊이 생각해 보니 얻은 것도 그 속에 있었으니, 그것
이 무엇이겠습니까? 원래 상해上海의 기관機關 건설이 너무 일렀으니, 비록 '개량改良을 뜻대로
할 수 있다.'고 하지만 그것이 오래 유지되지 못할 것임은 불을 보듯 뻔한 일인지라, 쓸모없
는 허기虛器에 정신과 힘을 소모하기 보다는 차라리 실제적인 일實務에 전력하여 큰일의 기초
를 완전하게 구축하는 것이 낳을 것입니다.

내가 연경에서 지내면서 세 사람을 얻었다고 스스로 말하는데, 곧 보내주신 편지에서 말씀
하신 위탁단圍卓團에 관계된 아무개 아무개가 그 사람들입니다. 아아, 제공諸公이여! 저 넓은

前門이라고 한다. 여기서는 정양문 앞에 있던 승차장을 뜻한다.
119) 상해의 대한민국임시정부의 외교 노선을 비판하고 무장투쟁 노선에 의거한 독립운동 방법을
   논의한 것을 말한다.
120) 만산취萬山聚(忙古塔) : 만산 마을, 취는 취락聚落을 뜻하는 말. 또는 망고탑忙古塔.

바다에서 펄떡펄떡 뛰는 고기가 어찌 모두 고래이겠으며, 높은 하늘에 마음대로 나는 새가 어찌 모두 난봉鸞鳳일 수 있겠습니까? 모든 일은 시작을 성실하게 하지 않고 결과를 잘 이룰 수 있는 것은 없으니, 제공들은 힘쓰기를 바랍니다.

한성漢城의 신문에 보도된 자치운동설은 일찍이 예상했던 일로서 아마 헛소문이 아닌 듯하니, 다만 하회下回를 조용히 지켜 볼 뿐입니다.

지도는 삼원포三源浦의 어느 집에 숨겨두었는데, 그 쪽에도 타격을 입은 뒤로는 왕래가 불편하여 소형篠兄과 상의하여 옮겨올 계획입니다. 길림吉林에도 좋은 부본副本이 있는데 이것은 김응섭金應燮이 압니다. 이 동지는 지금 러시아 영내에 가서 아직 돌아오지 않았으나, 조만간 그것도 편지를 내어 자세히 물어볼 작정입니다.

송군宋君은 시찰하는 일로 안도安圖 등지로 떠났고, 액목額穆에서 본 바는 곽동지에게 위임하였으니, 아마 모두 빠른 시간 내에 보고가 있을 것입니다.

□ 김홍일명식에게 드리다. 계묘년(1903)　與金弘一明植

평소에 당신께서 앓는 병은 내 생각에는 심허心虛가 빌미가 된 듯합니다. 작은 피부의 병이라도 문득 자신이 큰 걱정거리로 삼으면 마침내는 심력心力이 허약하게 되어 병 기운을 이기지 못하게 하니, 이런 것이 묵은 병의 원인이 되어 퍼지게 됩니다. 요즘은 밖으로 드러난 병은 걱정할 만한 게 못 된다는 것을 알고 있다고 들었습니다. 내가 보기에 이것은 병에서 벗어나려는 큰 기회인 듯합니다. 반드시 마음을 너그럽게 가지고 배포를 크게 갖고 여러 가지 생각을 물리치기를 바랍니다. 그렇게 하면서 약을 쓰고 조리하는 것 외에도, 때로 뜻이 맞는 벗들과 어울려 계곡을 소요逍遙하고 간혹 옛날이야기로 웃음꽃 피우며 가슴을 후련하게 하여 문득 자신에게 있는 근심거리를 잊게 된다면, 오랜 시간이 지나고 나면 저절로 가슴이 시원해지는 효과가 있을 것입니다.

흔한 말이라고 여기지 마시고 이 방법을 한번 시험해 보는 것이 어떻겠습니까?

□ 국민대표회주비회에 답하다　答國民代表會籌備會

삼가 보내주신 편지를 받고 감사하고 기쁘기 한이 없습니다. 우리가 와신상담臥薪嘗膽하며 지내온 지가 10여년이 되었습니다. 하늘이 지시하였는가, 선열의 영혼[先靈]이 인도하였는가? 33인의 독립선언이 나오자 2천만 동포들이 서로서로 용기를 내어 목숨을 희생으로 바쳤고, 철통같이 빽빽하던 저 일제의 그물을 맨손으로 깨뜨리며 폭우처럼 쏟아지는 적탄을 알몸으로 부딪치며, 수천 겹의 험난한 관문을 뚫고 수많은 죽음의 함정을 거쳐 온 지 이제 4년이 되었습니다. 한 자리에 앉아 있으니 크게 허탈해지는 오늘입니다. 지난 일을 차례차례 점검해 보면 손을 빌어 드러낼만 한 무슨 성적이 있습니까?

조국 강토는 한 뼘도 회복한 것이 없는데 수백 수천의 원혼들은 황야에서 부르짖고 있으며, 수백만 원의 자산資産을 텅 빈 골짜기에 쏟아 붓고 말았습니다. 그 원인을 궁구해 보면, 편지에서 말씀하신 바와 같이 힘이 없기 때문이며, 준비가 치밀하지 못했기 때문이며, 외부세계의 장애와 내부의 분규紛糾때문입니다. 그 외에도 전략[智慮]이 짧았고 통일이 완전하지 못했다는 점 등의 제반 사실이 처음부터 실패와 무관하지 않으나, 다시 더욱 절실切實하게 추구해 들어가서 돌이켜 자신에게서 잘못된 원인을 찾아야[反求諸己; 『논어論語』에 나오는 공자의 말] 합니다.

우리가 나라를 위하여 헌신한다고 말하지만 과연 깨끗한 성誠심에서 나온 것인가, 아니면 요행을 바라는 순수하지 못한 망상을 면치 못하는가? 만일 성誠심에서 나온 것이라면, 자신의 일곱 자[七尺] 한 몸 목숨을 이미 희생으로 바쳤는데 하물며 내 몸 밖의 제반 분규紛糾와 생각을 다시 가질 데가 어디 있단 말입니까? 진정한 성심이 있다면 힘이 없는 것은 채우게 할 수가 있고, 준비가 부족한 것은 완비하게 할 수가 있으며, 외부 세계의 장애는 없애버릴 수 있고 내부의 분규는 녹여 없앨 수 있으며, 전략[智慮]이 짧은 것은 넉넉하게 늘일 수가 있고, 통일됨이 완전하지 못한 것은 완전하게 합일하게 할 수 있을 것입니다.

이와 같이 자성自省하고 자각自覺하고 나서 돌이켜 다시 생각해 보면, 국가사업이란 결코 한 두 사람의 의지로 이룰 수 없고 2천만 동포가 서로 경계警戒하고 면려勉勵하여 마음을 깨끗이 하고 생각을 바꾸어서 협력 분투하여야만 비로소 목적을 이룰 수 있을 뿐입니다.

이러한 보잘것 없는 의견을 감히 자신하지는 못하겠고, 훌륭한 뜻을 가진 군자들께 한번 질정을 받고자 하였는데, 다행스럽게도 근래 여러분께서 안팎의 진심을 모두 꿰어 모아 조국의 광복을 자임自任하시고, 한편으로 과거의 분규를 해결하시고, 한편으론 장래의 방책方策을 확정하여 국민대표회주비회를 조직하셨다고 하니, 그 소식을 듣는 이마다 고개를 빼고 간절히 기대하지 않는 이가 없습니다. 더구나 처음부터 국민회의 결성에 찬성하였던 서간도西間島의 인사들은 더욱이 오랜 가뭄에 우뢰소리를 듣는 듯하여 기쁨을 더욱 이길 수가 없습니다.

이 일로 인하여 앞으로는 대표회의가 원만하게 성립될 것임을 단언斷言할 수 있습니다. 회의가 참으로 완성된다면 모든 국민의 진성眞誠을 가지고 목적하는 사업에 임하여서 다시는 실패한 전철을 밟지 않도록 하고, 미래에 해야 할 지침을 자세히 궁구해야 할 것입니다.

인심이 흩어지면 옛적 부여夫餘가 풍성했으면서도 패망하였음을 거울로 삼고, 안으로 힘을 충분히 기르면 발해의 대조영大祚榮이 흥륭興隆했던 것처럼 흥할 수 있음을 본받음으로써 신조선 만만년의 공고한 기틀이 마련되리라는 것도 미리 점칠 수 있는 것입니다.

그러나 만주 사회는 여기에 온 이래로 실력이 부족한데다가 요즘에 와서는 더욱 무기력하게 되어 몇 사람을 파송派送하는 일마저 자력으로는 쉽지 않으니 다만 현재 귀소貴所에 머물러 있는 한 사람을 참석하도록 하여 그 말석末席에 앉아 의론을 듣게 할 따름입니다. 이어 회무會務의 진행에 따라 대론大論이 일찌감치 정해지기를 두 손 모아 축원합니다.

▫ 이호영에게 답하다. 병인년(1926)　　答李顥榮

몇 년 동안 한 마을에서 산 것은 참으로 하늘이 내려준 복된 인연이었는데, 그때는 양쪽 다 아침저녁으로 서로 만나지 못했고 그 후로 사방으로 흩어져 살게 되자, 서로 만나지 못함이 삼성參星과 상성商星 같으니,[121] 서글픔이 밀려오기는 양쪽이 같은 것입니다. 지난 10일 밤 꿈에 형의 집에 가서 한참을 웃으며 이야기한 적이 있는데, 며칠 지나지 않아 진초眞樵 손우孫友를 통해 새로 이사간 곳의 상세한 근황을 들었지요, 우리같이 소졸疏拙한 사람을 어떻게 고인古人들의 신교神交에[122] 비길 수 있겠습니까마는 이에 이런 꿈속의 감응이 있었으니 어찌 기이한 일이 아니겠습니까?

어제 저녁에는 현함賢咸(상대방의 조카)이 내방하시어 보내주신 편지를 전해주시고, 56개의 보석(7언 율시 한 수를 말함)을 덧붙여 주시어 쌍수로 받들어 보니 위로되고 시원함을 느꼈습니다.

더위와 비가 심한 이때 연로하신 어른께서는 건강이 좋으시고 형제분들이 단란하게 모여 사시려는 계획은 비록 뜻과 같이 되지 않으셨으나 맏형께서 또한 경영하심이 이미 오래되었

---

121) 삼성參星과 상성商星 같으니 : 삼성과 상성은 모두 하늘의 별자리 28숙宿에 속하는 별자리 이름으로, 삼수는 서쪽에 있고 상수는 동쪽에 있어서 출몰 때에 서로 만나지 못하기 때문에, 후세에는 친한 벗끼리 오랫동안 헤어져 있어서 다시 만나지 못하는 것을 비유한다.

122) 은殷의 부열傅說, 주周의 태공망太公望, 한漢의 영척甯戚과 장량張良 등 네 현인을 모두 신교神交에 의해 왕에게 발탁되었다(『문선·반고·단빈희』 "… 劉良注 '言上四人皆待天命　是神灵之交").

으니 형제분들 함께 모여서 살[長枕大被]123)날도 머잖아 있게 될 것을 알게 되어, 얼마나 부러운지 모르겠습니다.

저 상룡相龍은 몸이 오그라들어 일어나 다니지도 못하고 다리가 무거워 걷는 것도 어려우니, 텅 빈 산골에 외로이 누워 날로 수마睡魔와 짝하고 지냅니다. 이런 시끄러운[紛囂] 국면에 두문불출하며 고요히 지키고 있는 것도 스스로 편안히 지내는 도리에 해롭지 않겠는데, 귀와 눈이 완전히 막히지 않아 듣고 싶지 않은 소식을 날마다 들으며 보고 싶지 않은 것을 날마다 보게 되니, 이런 세상에 살면서 무슨 사는 재미가 있겠습니까? 생각 같아서는 어느 한적한 구석을 택해 가족을 이끌고 가 깊이 숨어 밭이나 갈고 낚시나 하면서 남은 인생을 보내고 싶은데, 세상엔 무릉도원이 없으니, 어쩌겠습니까?

척서尺西124)는 떠나서 합부蛤埠에서 봄을 지내고 4월 초에 비로소 그곳에[當地] 도착하였는데, 물은 멀고 광야는 넓어서 해야 할 일은 거창한데 시절은 늦다 보니 올해 농사는 반농사半農도 차지 않는지라, 그 간의 낭패스런 실상은 보지 않아도 알 수 있으니, 탄식을 금할 수 없습니다.

보내 주신 시는 청아淸雅하여 읊을 만합니다. 성의盛意를 저버릴 수가 없어서 졸렬함을 잊고 화답해 올리니, 보시고 바로 없애시기를 간절히 바랍니다.

□ **안도산창호125)께 드리다.** 경신년(1920)   答安島山昌浩

일찍부터 대명大名을 우러러 왔는데, 먼저 보내주신 편지를 받아 들고 감격하여 읽었으니 무어라고 감사의 말씀을 드려야 할지 모르겠습니다.

순환하는 하늘의 이치는 간 것은 반드시 돌아오게 마련인지라, 우리 대한이 마침 부활의

---

123) 장침대피長枕大被 : 길다란 베개와 커다란 이불이며, 형제의 우의를 나타내는 말(『후한서後漢書』 「강굉姜肱」).

124) 이봉희李鳳羲 : 본관 고성固城. 이명 상훈相勳·계동啓東. 자는 덕초德初. 백형伯兄 이상룡李相龍을 보좌하면서 독립운동에 참여. 경술국치 후 대한협회가 해산되자 다음해 백형을 따라 남만주로 건너가 독립단 외교원으로 봉천에 주재하면서 중국정부와 교섭하여 요동의 농토개척 허가를 얻어 이주동포들의 생계유지를 도모. 이후 만주에 산재한 동포들의 농토개척사업에 전력하다가 하얼빈에서 사망하였다.

125) 안도산창호 : 이 편지는 도산 안창호安昌浩가 3·1만세운동 직후 상해上海로 가서 대한민국임시정부 조직에 참가하여 내무총장이 되었을 때, 이상룡에게 보낸 편지에 대한 답장이다. 안창호가 보낸 편지는 바로 다음에 수록되어 있다.

기회를 만났음에, 온 국민이 손뼉을 치며 경하함에 어찌 차이가 있겠습니까?

이 일을 생각해 보았는데, 제 생각으로는 이 일은 외교로 시작하여 혈전血戰으로 마친다는 것은 특별히 지혜로운 사람이 아니더라도 미루어 짐작할 수 있는 일입니다. 합하閤下께서는 먼저 깨달으신 천민天民(도를 체득한 사람)으로서 정무를 총괄하시니, 평소 가슴에 쌓아 오신 경륜을 꺼내어 시행하시기에 지금이 그 알맞은 때입니다. 일찍부터 작정된 계획으로 공고한 기초를 확립하시어 나라 안팎의 기대에 부응하시길 빕니다.

말씀하신 4가지 요령要領은 여러분의 정견이 시의時宜에 딱 들어맞으므로 더 이상 덧붙일 말씀이 없습니다. 더구나 이곳의 상황을 물으시니, 융숭하신 질문에 이마에 땀이 날 지경입니다.

압록강을 건너온 지 8~9년 동안 줄곧 애써온 일은 결사자치結社自治와 상무교육尙武敎育 두 가지에 있습니다. 그러나 각자 생활이 곤궁하고 마음과 실천이 맞지 않아 특별히 손꼽아 내세울만한 성과는 없으나, 지난 봄 이래로 시기時機가 급박하게 돌아가는 것을 보고 비로소 군무기관軍務機關을 조직하여 2개의 여단旅團 제도를 편성하였는데, 제가 나이가 조금 많다고 하여 총재總裁에 추대되었습니다. 이 늙고 나약한 사람이 어찌 그 적임자가 되겠습니까만, 다만 조화調和하고 진정鎭定하는 책무는 나이 많은 사람에게 맡겨야 한다는 것 때문에 직분을 맡은 지 반년이 되었습니다.

현재 새로운 학교에서 양성한 우등優等 자격을 가진 사람이 5~6백 명이며, 2·3등의 자격을 가진 사람이 7~8백 명으로, 새로 모집되어 아직 훈련을 받지 않은 사람은 다수인데 낱낱이 숫자를 들어 말씀드릴 수는 없습니다.

무기에 대해 말하면 이곳이 북으로는 러시아 땅과 접해있고 서쪽으론 중국과 통하는 곳이라, 참으로 상당한 자금을 가지고 있다면 수입할 길이 없는 것은 아닙니다만, 한탄스러운 것은 재정이 뒷받침되지 못하는 것입니다. 그 때문에 시간만 끌고 준비한 것은 적으니, 호기를 놓치고 초심初心을 저버리게 되지나 않을까 심히 염려스러울 따름입니다.

각하께서는 제4항으로 최종결과가 되리라고 확실히 인정하셨다면 남만주 일대를 마음속에 반드시 고려하시지 않을 수 없을 것이고, 제가 비록 재목이 못되지만 저 또한 의무가 있는 곳에는 감히 모든 힘을 다하지 않을 수 있겠습니까? 기회[時機]란 아침이 다르고 저녁이 다른 것입니다. 삼가 합하께서는 지금부터 앞에서 정하신 4가지 대단大端 중에서 조금 순서를 바꾸어서, 제4항을 제1항으로 하고 제3항을 제2항으로 삼아서 이 일에 전력을 경주傾注하시기를 바랍니다. 그렇게 되면 이른바 제1항과 제2항은 크게 신경을 쓰지 않아도 저절로 잘 성취되

리라고 봅니다.[126)]

하문下問해 주신 성의盛意에 감격하여 어리석은 의견을 간략히 말씀드린 것이니 너그러이 살펴주시기를 바라오며, 갖추지 못한 채 삼가 답장을 올립니다.

□ **원서를 부치다   附原書**

천도天道(하늘이 낸 도리)는 순환함을 좋아하는 것이 오늘의 공리公理(두루 통하는 진리)인 만치 이미 광복光復은 된 것이고, 세계는 지금 개조改造되려 하고 있습니다. 이것은 이전에 우리가 조석으로 원하였으나 하지 못했던 것인데 지금은 하나하나 눈앞에 실현되고 있으니, 누가 대한 민족의 놓칠 수 없는 천재일우의 호기가 아니라고 할 수 있겠습니까? 이것이 안으로는 2천만 형제자매가 희생을 달게 여기고 다시 단결하여 일어나 기어이 죽기를 각오하고 나서는 까닭이며, 또한 밖으로는 무수한 우방의 인사들이 강개慷慨하고 격앙激昻하여 남을 보기를 자신과 똑같이 여기고 수고를 떠맡아도 수고로운 줄을 모르는 까닭입니다. 온 세계가 함께 경축하니 이 기쁨을 어찌 이길 수 있겠습니까?

저 창호昌浩는 오랫동안 해외에 떠돌면서 조국의 사정에 대하여 어두운 것이 참으로 많은데다가, 또 개인의 욕망에 따라 응하는 것이 비록 '지금이 바로 그 때가 아닌가?'라고 합니다. 그러나 그들이 바라는 바는 바로 나이가 많다는 것이니, 직분을 맡기는 데 나이 많은 것을 따르는 것은 원칙상 이의異議를 용납하지 않습니다. 그러나 제가 일찍부터 바라던 것은 국가와 사회의 선구자가 되어 신시대의 생명을 개척하는 것입니다. 그러나 이 일은 조정에 있는 사람이 아니면 할 수 없는 것입니다. 그러므로 배를 타고 있을 때 국회에서 저를 내무총장內務總長의 직에 임명하였다는 소식을 듣자마자 심한 충격을 받았고 대단히 황공惶恐했습니다. 대개 이 직무는 참으로 감당할 수도 없고 더욱이 하고 싶은 일이 아닙니다.

상해에 와서 보니 모든 일이 처음 하는 일인데도 일마다 날랜 솜씨인 것을 보고 더욱 처음의 뜻을 관철시키고자 하여 번갈아가며 동지들에게 사면辭免하기를 청했으나, 각 방면에는 맡겨진 책임이 다 있다보니 더욱 저의 사정을 헤아리려 주지 않았고, 주

---

126) 안창호가 이상룡에게 보낸 편지에서, 1) 외교 2) 내정 3) 재무 4) 군사 등 네 개항의 중점사항을 강조하였는데, 이상룡은 순서를 바꾸어 1) 군사 2) 재정 3) 외교 4) 내정으로 하자는 주장이다.

위의 정세 또한 시일을 자꾸 늦추는 것이 허락되지 않았습니다. 그래서 한 달 남짓이나 주저하다가 마침내 어쩔 수 없이 지난 달 28일 우선 취임식을 가졌습니다. 또한 주석主席께서 밖에 계시어 섭정의 일까지 겸하게 되었으니,127) 스스로 돌아보아도 보잘 것 없는 사람인데 제가 어찌 이 임무를 감당할 수 있겠습니까?

선생께서는 국가의 영수領袖로서, 덕망이 태산과 같고 노숙老熟하고 깊이 있는 지혜를 가진 분으로 국내외의 존경을 받으시는 분이시니, 바라건대 때로 지침을 내려 주시어 저희들이 따를 수 있게 해 주신다면 그만한 영광과 다행이 없겠습니다. 각항의 정무政務의 진행에 대해서는 스스로 외교外交와 내정內政, 재무財務와 군사軍事 4가지 대단大端으로 주축을 삼았는데, 지금부터 차례로 여기에 대해 자세히 밝혀 올리오니 청컨대 고치고 바로잡아 주시기 바랍니다.

첫째 외교 상황입니다. 이것은 가장 순조롭게 진행되는 것으로, 현재 구미歐美지역에는 여론이 하나가 되어 우리를 지지하고 일본을 배척하고 있는데, 공리公理의 싸움에서는 여론이 승패를 좌우하기 때문에 곧 개최될 국제연맹대회에서 우리나라가 승기를 잡아 칼자루를 쥘 수가 있을 것입니다. 그러나 이것은 개괄적槪括的인 말씀이고 구체적인 교섭은 이미 영국과 미국 두 나라와 상당한 양해를 얻어 놓았으니 머지않아 어떤 성과를 볼 수 있을 것입니다.

두 번째 내정 방면입니다. 지금 당장은 말씀드릴 만한 행정이 없는 듯 합니다만, 동지들의 노력이 지금 이곳으로 집중되고 있습니다. 대개 일반 민심의 소장消長에 따라 최후의 승리가 결정되는 바이니 이른바 근본 중의 근본이라는 것입니다. 그러므로 이미 많은 요원들을 각지各地로 나누어 파견하여 가서 설득하고 알리게 하였는데, 두 세 곳의 보고에 의하면 국민들의 마음이 갈수록 고양된다고 하니 곧 다시 모종의 형식의 제3차 표시가 있게 될 것 같으나 그 역시 아직은 알 수 없다고 합니다. 이 부분이 사람들의 의지를 가장 강하게 하는 부분입니다.

세 번째는 재정 문제입니다. 이것은 가장 중요하면서도 가장 손을 쓰지 못하고 있는 부분입니다. 외교와 군사 내지 모든 정무가 어느 것 하나 재력의 뒷받침 없이 시도할 것이 있습니까? 농사를 맡은 사람이 지붕만 쳐다보고 손쓸 방법이 없는 꼴이라, 혹 공

---

127) 1919년 5월에 상해에 도착한 안창호는 6월 28일 대한민국임시정부의 내무총장 겸 국무총리대리로 취임하였다.

채公債를 발행하기도 하고 국민의 의연금義捐金을 걷어본다고 해 보았지만, 몇 달이 지나도록 아직 볼만한 성적이 나지 않고 있습니다. 다만 한 가지 확실하게 믿고 끝내 비관에 빠지지 않을 수 있는 것이 있으니 그것은 바로 국민들의 마음이 위에서 말씀드린 바와 같으니 최후에는 반드시 기꺼이 보내줄 날이 있을 것이란 점입니다.

네 번째는 군사 문제로, 이것은 다시 우리 선생께 여쭙고 싶은 것입니다. 이곳에도 비록 추상적인 어떤 계획이 있기는 합니다만, 시기와 지리地理 관계로 인해 아직 하지 못한 것도 있고 할 수 없는 것도 있어, 사례를 들어서 말씀드릴 만한 게 없습니다. 우리 선생께서 이런 사정을 헤아리시고 이 문제에 대하여 반드시 정밀하고 깊은 계획이 있으실 것이니, 가르쳐 주시는[敎示] 것이 어떻겠습니까?

이상에서 말씀드린 것이 이곳의 대체적인 상황입니다. 바라건대 우리 선생께서 그쪽의 최근 상황을 상세히 알려 주시기를 바랍니다.

처음으로 인사를 드리오며, 이만 삼가 편지를 올립니다.

▫ 이학원에게 답하다. 갑자년(1924) 答李學源

국화 피는 가을에 집창集廠에서 놀던 일은 7~8년 이래 처음 가진 일로써, 지금도 그때를 생각해면 마음이 유쾌해집니다. 잠깐 만나 뵌 뒤로 소식이 다시 막혔었는데, 홀연히 김군金君을 통해 먼저 보내주신 귀한 편지와 아울러 암자菴子의 기문記文과 시율詩律을 받아 차례로 읽으매 종이에 보풀이 일도록 손에서 놓지를 못할 지경이었습니다. 또한 눈 쌓인 추운 날에 지내시는데 쉽지 않으시고 어깨 통증이 있으시다니 심히 걱정됩니다. 연전年前에 저도 그것 때문에 1년 반 동안이나 고생하다가 끝내는 안마로 효과를 보았는데, 형께서도 이 방법을 써보시는 것이 어떠하실는지요?

저는 노쇠야 으레 그렇다고 치더라도, 먹는 것은 전에 비해 줄어들지 않았는데 잠을 자지 못하는 것이 가장 큰 병입니다. 긴긴 밤에 잠들지 못하고 홀로 누워 닭 우는 소리를 듣고선 그때부터 다리를 폈다 구부렸다 하며 이리저리 뒹굴며 어렵게 지새우는 것이, 작년 겨울부터였는데 올해는 더욱 심해진 듯하여 힘들고 고통스럽습니다. 그래서 한번 찾아뵙겠다고 한 약속은 결국 식언食言이 되고 말았습니다. 올해는 눈이 온 산에 가득하여 문을 닫고 번데기처럼 칩거하고 있으니, 언제 달빛을 타고 방대訪戴128)하는 고인의 풍치가 있을 수 있겠습니까? 어쩔 수 없이 복사꽃이 만발하는 봄으로 약속을 미루겠습니다.

암자의 기문記文은 여러 해 묵은 빚이었는데 핑계할 만한 말이 없어서 간간히 초안을 잡아 두었습니다만, 만주로 건너온 이래 글 쓰는 것을 사절한지도 오래되었고 방법도 모르는데다가 생각은 생소하고 껄끄러워 보시게 할 만한 것이 못됩니다. 더구나 훌륭한 솜씨로 이미 스스로 완성해 놓으셨는데 졸렬한 제 솜씨로 다시 더한다는 것은 추함을 드러낼 뿐이니 부끄럽고 부끄럽습니다.

북경팔경北京八景은 「연계여유일기燕薊旅遊日記」에 기록하여 두었는데, 작년 봄에 함부로 집을 액목현額穆縣으로 옮길 뜻이 있어 책 넣어 둔 궤짝[書箱]을 먼저 신참新站으로 보냈었는데 끝내 이사할 계획을 이루지 못하고 아직 가구[什物]들을 찾아오지 못했습니다. 조만간 찾아오면 보여드리겠습니다.

□ 고부 이돈오에게 답하다. 정해년(1886)　答姑夫李敦五

맑은 창가에서 수십일 만에 사서四書와 한 경서經書를 외우셨다니 총명함이 어찌 그리 좋으십니까? 보는 이로 하여금 망양지탄望洋之嘆(자신의 무능을 한하는 탄식)을 금할 수 없게 하십니다. 그러나 빨리 이루려는 마음을 억누르고 다시 침잠沈潛 완색玩索하여 한결같이 정진하는 것이 어떻겠습니까?

저에게 글 뜻을 물으시니 아랫사람에게 묻기를 부끄러워하지 않으시는 성의盛意를 족히 알 수 있습니다만 저도 평소 진실로 터득한 것이 없는데다가 말조차 졸렬하고 어눌語訥하여 올리는 답이 보잘것 없고 자세하지 못합니다. 보시는 즉시 불사르심[祖龍]으로써 저로 하여금 어리석다는 손가락질을 면하게 해주시는 것도 또한 덕德으로써 사람을 사랑한다는 의리일 것입니다.

보내주신 편지의 말씀은 대부분 공정하지 못하며 서로 믿는 우리 두 사람이 사이의 도리가 아닌 듯합니다.129) 물 뿌리고 빗자루로 쓰는 일[灑掃役]이라는 세 글자에 이르러서는 더욱 망

---

128) 방대訪戴 : 과대공가過戴公家의 준말, 진晉의 왕휘지王徽之가 산음山陰에 있을 때, 설월雪月이 청랑淸朗한 어느 날 밤, 문득 친구 대규戴逵가 섬계剡溪에 있음을 생각하고, 작은 배를 저어 갔다. 그러나 막상 그의 집 대문 앞에 이르자, 흥이 다하고 말았다. 그래서 "흥이 나서 왔다가 흥이 다하여 돌아가네. 어찌 대안도를 꼭 만나야만 되는가[乘興而來 興盡返 何必見安道耶]?"하며 홀연히 발길을 돌렸다는 고사. 후에 '방대訪戴'는 친구를 방문함의 관용어로 쓰인다.

129) 공정하지 … 듯합니다. : 이것은 자신을 너무 높게 평가하였다는 것을 표현하는 겸사이다.

발妄發로서 감히 하루라도 그냥 놓아 둘 수가 없어 이번에 돌려보냅니다. 혹시 함부로 뜻에 거슬린다는 꾸지람이나 받지 않을런지요? 죄송하기 짝이 없습니다.

한 해가 얼마 남지 않은 이때 부모님 모시고 학문이 더욱 증진하시기를 빕니다.

▫ **별지**[『중용中庸』에서 뜻이 의문스러운 점]　別紙

『중용中庸』 첫 장의 중中자의 뜻을 '사방의 가운데를 중中이라고 하는데, 사방 중의 하나인 동쪽 중에도 또 중中이 있다.'라는 문제에 대하여

정자程子께서 말씀하시기를, 중中 자는 가장 알기 어려우니, 대청을 놓고 말한다면 그 한 복판이 중이지만 한 집을 놓고 말한다면 대청의 복판이 중中이 아니라 당堂이 중中이고, 한 나라를 두고 말한다면 당堂이 중中이 아니고 나라의 중심이 중中이니, 이를 미루어 보면 알 수 있습니다. 예를 들어 세 번이나 자기 집 앞을 지나가면서도 들리지 않았음은 우禹 임금과 직稷의 시대에는 중中이지만 누항陋巷130)에 거처한다면 중中이 아니며, 또 누항에 거처하는 것이 안자顔子의 때에는 중中이 되지만 세 번 그 집 앞을 지나면서도 들리지 않는다는 것은 중中이 아닙니다[정자의 설은 여기까지임]. 그러나 이것은 시중時中의 '중中'이지요. 이 장의 경우에는 다만 '미말지중未發之中(어떤 감정도 아직 생기기 이전의 상태)'만을 말한 것입니다. 그러므로 집주集注에서 '한 쪽으로 치우침이 없는 것[無所偏倚]'이라고 해석하였으니, 대개 '적연부동寂然不動(아주 고요하여 아무런 움직임도 전혀 없는 상태)' 온갖 이치가 한 덩어리로 된 본체임을 가리킵니다.

때에 따라 중中에 처하는 것[隨時處中]이니 권도權道 또한 중中이 된다는 데 대하여

탕湯 임금과 무왕武王이 정벌한 것은 권도權道이나 탕 임금과 무왕시대의 중이며, 제수弟嫂가 물에 빠졌을 때 손을 잡아 구하는 것도 권도이지만 제수가 물에 빠졌을 때의 중中입니다. 그러나 이것 도한 시중時中이란 뜻이니 이것으로 첫 장의 뜻을 해석해서는 안 됩니다.

고요하게 있으면서 존양存養(본심을 잃지 않도록 착한 성품을 기름)하는 것을 '미발지중未發之中'이라 하며 움직여 자신을 성찰함을 '이발지화已發之和'라 한다는데 대하여

---

130) 누항陋巷 : 좁고 지저분한 골목이란 말인데, 미천한 서민의 생활을 뜻한다.

고요하게 존양함은 중中을 지극하게 하는致中 공부이며 움직여 자신을 성찰함은 화和를 지극하게 하는[致和] 공부입니다. 그러므로 갑자기 존성存省을 중화中和라고 할 수는 없을 것 같습니다.

보이지 않고 들리지 않음을 어떤 이는 성찰이라고 하는 데 대하여[131]

존양存養이라고만 말한다면 동정動靜을 겸합니다. 그러므로 어떤 이는 그렇게 의심할 수가 있겠습니다. 그러나 이 장으로 말하자면 존양이라는 것은 만사가 아직 싹트지 않은 상태이며, 칠정七情이 드러나지 않은 상태라서 보이는 것도 들리는 것도 없는 때이지요. 먼저 스스로 경계하여 삼가고 두려워하고 조심하여 미연未然에 예방하는 것이니, 이른바 '보이지 않을 때 도모한다[不見是圖].'라는 것입니다.

성찰이라는 것은 고요함[靜]에서 움직임[動]으로 옮겨 갈 적에 선과 악이 갈라지는 기미이며 만사가 싹이 트는 시초입니다. 여기에 더욱 성찰하는 공부를 더한다면 그 동動과 정靜은 같지 않으며 단락段落이 스스로 구별되는 것이니, 어떤 이가 말한 것이 말이 되는지 모르겠습니다.

12장 "그 지극함에 미쳐서는 천지에 밝게 드러난다."는 것을 '부부가 그 선을 지극하게 하면 그 도가 천지에 드러날 수 있다.'고 한데 대하여[132]

주자朱子께서 말씀하시기를, "부부는 인륜의 지극히 가깝고 지극히 친밀한 사이이다. 사람이 하는 일에는 그 부형父兄에게는 말할 수 없는 것도 그 아내에게는 다 말하는 것이 있으니, 인사人事의 극히 가까운 것으로 도가 그 사이에 행하여진다. 그러므로 기미幾微를 아는 신독慎獨 군자가 아니면 그 누가 그것을 체득體得할 수 있겠는가[주자의 말은 여기에서 그친다]?"라고 하셨습니다. 대체로 군자의 도라고 한 것은 가깝고 친밀하여 소홀히 하기 쉬운 데서부터 이를 끝까지 확충하여 높은 하늘과 큰 땅까지 이른다면 밝게 드러나지 않음이 없게 된다는 것이지, 도가 부부가 사는 거실 사이에 있다는 것은 아닙니다.

---

131) 『중용中庸』 첫 장에 "是故 君子 戒愼乎其所不睹 恐懼乎其所不聞"라는 말이 있는데, 여기에 나오는 '부도불문不睹不聞'을 가리킨다.

132) 12장 … 대하여 : 이른바 비은장費隱章으로 그 마지막에 "君子之道 造端乎夫婦 及其至也 察乎天地"라는 말이 있다.

‘연비어약鳶飛魚躍’(솔개가 날고 물고기가 뛰어오른다)이라는 말은 ‘물고기가 위에 있을 수 없고 솔개가 아래에 있을 수 없다.’는데 대하여[133]

솔개는 양물陽物이므로 하늘에 이르고 물속에 잠길 수는 없고 물고기는 음물陰物이므로 연못에서 뛰어 오르지만 하늘을 날 수가 없다는 것은 다 당연한 이치이자 자연의 오묘함이 아래위에 드러나는 것입니다. 만일 물고기가 위를 날고 솔개가 물속에 있다면 이치가 아니지요.

13장 (공자께서) ‘나는 하나도 능치 못하다.’고 하신 것은 성인의 겸손한 덕인데 주자께서 바로 성인이 능하지 못한 것이라고 한데 대하여[134]

나는 하나도 능치 못하다고 한 것은 참으로 겸사謙辭입니다. 그러나 이 또한 도체道體가 광대하여 지극히 하면 할수록 더욱 만족하지 못하다는 뜻입니다. 그러므로 주자께서 이와 같이 훈석訓釋하신 것입니다.

16장 비은費隱[135]은 기氣를 가지고 말한 것이며 기속에 이치가 있다는 것에 대하여[136]

비은에는 다만 도道 자만 있고 다른 것은 없으니 기氣로 말해서는 안 됩니다. 만일 미묘함을 드러내서 도가 비은한 것을 밝힌다고 한다면 거의 맞는 말이겠지만, 솔개가 하늘을 날고 물고기가 연못에서 뛰어 오르는 것은 진실로 기氣이지만, 그것이 화육化育되고 유행流行하는 것은 이러한 이치의 작용作用이 아님이 없으므로 그것(연비어약)을 들어서 비은費隱을 밝힌 것이며, ‘연비어약鳶飛魚躍’이란 구절을 가지고 기氣적인 측면에서 비은을 설명했다고 하는 것은 옳지 않을 것입니다.

---

133) ‘연비어약鳶飛魚躍 … 대하여 : 제12장에 “詩云 鳶飛戾天이어늘 魚躍于淵이라하니 言其上下察也니라”라는 말이 있다.

134) 13장에서 “君子之道四 丘未能一焉 所求乎子 以事父 未能也 所求乎臣 以事君 未能也 所求乎弟로 以事兄 未能也 所求乎朋友 先施之 未能也”라는 말이 있는데, 주자는 주에서 “道不遠人者 夫婦所能 丘未能一者 聖人所不能”라고 하였다.

135) 비은費隱 : 12장에서 주자는 ‘비는 도道의 쓰임이 넓음이요, 은은 본체가 은미함이다[費 用之廣也 隱 體之微也].’라 하였다.

136) 16장 … 대하여 : “子曰 鬼神之爲德이 其盛矣乎인저”라는 말이 있는데, 이에 대해 주자는 “愚謂以二氣言 則鬼者陰之靈也 神者陽之靈也 以一氣言 則至而伸者爲神 反而歸者爲鬼 其實一物而已”라고 하였다.

사천하지인使天下之人(천하의 사람들을 시켜)의 '사使' 자가 귀신이 부린다는 것을 어찌 알 수 있는가에 대하여[137]

부린다[使]는 말의 뜻은 발현하여 밝게 드러나는 곳에서 직접 느끼고 겪어 아는 것이니, 지금 한 가지 일을 가지고 말해보겠습니다. 종묘에 들어가는 이가 공경恭敬하는 마음이 유연油然히 생겨나는 것이지 처음부터 스스로 공경해야겠다고 일부러 마음 먹는 것은 아니니, 이것은 누가 그렇게 시킨 것입니다. 시킨다[使]라는 글자가 아니면 그 신령[靈]한 곳을 알 수가 없는 것입니다.

17장 '그 재질을 따라 돈독하게 한다.'면 어찌 천지가 만물을 용납해 이루어 주지 않는 것인가에 대하여[138]

하늘이 바람과 우뢰를 운행하여 초목의 뿌리가 튼튼하지 못한 것은 반드시 넘어뜨리며 단단한 것은 도리어 더욱 견고하게 해 줍니다. 하늘은 비와 이슬을 내리어 초목이 생기가 있는 것은 반드시 무성하게 하지만 생기가 없는 것은 도리어 더욱 시들게 합니다. 기르는 것은 은혜를 입히는 것이 아니며, 엎어버리는 것은 해치는 것이 아닙니다. 그러므로 선을 쌓은 집에는 반드시 경사가 남음이 있고 불선不善을 쌓은 집에는 반드시 남는 재앙이 있는 것입니다. 득도得道한 이는 도움이 많고 실도失道한 이는 도움이 적으니, 이것은 필연적 이치입니다. 어찌 이를 가지고 천지가 만물을 용납하여 이루어 준다는 것에 의심을 품을 수 있습니까?

19장 선고향膳膏香에 대하여[139]

행行은 쓴다는 말[用]이요 고羔는 어린 양이며, 돼지[豚]는 어린 돼지입니다. 그것이 연하고 살쪘으므로 봄에 사용하고, 향香은 쇠기름[牛脂]이니 선고향膳膏香은 쇠기름으로 양고기와 돼지고기를 조리하여 선물膳物(반찬)로 쓰는 것입니다. 여름에는 말린 꿩고기[腒]와 숙鱐(말린 고기다)을 쓰고 돼지기름으로 조리한다. 가을에는 송아지[犢]와 새끼 사슴[麛]을 쓰고 닭 기름으로 조리

---

137) 사천하지인使天下之人 ⋯ 대하여 : "使天下之人 齊明盛服 以承祭祀 洋洋乎如在其上 如在其左右"라는 말이 있다.

138) 17장 ⋯ 대하여 : "故로 天之生物 必因其材而篤焉 故 栽者 培之 傾者 覆之"라는 말이 있다.

139) 19장 ⋯ 대하여 : "春秋 修其祖廟 陳其宗器 設其裳衣 薦其時食"라는 말이 있는데, '시식時食'에 대하여 주자는, "時食은 四時之食 各有其物하니 如春行羔豚膳膏香之類가 是也"라고 하였다.

한다. 겨울에는 물고기[鱻]와 기러기[羽]를 쓰고 염소 기름으로[膳膏羶] 조리한다.[140] 이것은 사 계절에 먹는 것이 각각 따로 있으니 양생養生하는 사람에게 이바지하기 위함인데 신에게 드리 는 것은 또한 죽은 이 섬기기를 산 사람 섬기듯이 한다는 뜻입니다.

대순大舜과 문왕文王·무왕武王·주공周公의 계통을 이어 전한 것이 일치됨을 밝혔으나 우禹 임 금과 탕湯 임금은 말하지 않은 것은 눈여겨 보지 말라고 한 것에 대하여[141]

멀게는 요순으로부터 가깝게는 문왕·무왕·주공에 이르기까지 전하는 계통이 분명하다면 비록 우왕·탕왕은 말하지 않았다고 해도 이미 그 안에 포함되어 있는 것입니다. 그러나 앞 장에서 달효達孝로써 대효大孝를 이었다고 말하였으니 그 간의 문세文勢에 절로 우왕·탕왕을 삽입할 곳이 없었기 때문입니다.

20장 용의 차[勇之次]가 용의 위[勇之位]라는 것에 대하여

차次는 행차行次·직차職次·전차躔次라고 할 때의 '차'인데, 말씀하신 위位 자의 뜻도 역시 거 기에 가깝습니다. 대개 삼지三知와 삼행三行[142]이 진짜 '지知'이고 진짜 '인仁'이요, 이 세 가지 에 가까운 것[三近][143]은 달덕達德(知·仁·勇)에 미치지 못하고 입덕入德을 구하는 일입니다. 그러 므로 바로 '용'이라 할 수 없어서 '용차勇次'라고 한 것입니다.

'나는 백 번하고 나는 천 번하라.'는 것은 힘쓰라[用力]는 뜻이라는데 대하여[144]

---

140) 이것은 『예기禮記』 「내칙內則」에 "春宜羔豚 膳膏薌 夏宜腒鱐 膳膏臊 秋宜犢麛 膳膏腥 冬宜鮮 羽 膳膏羶"이라고 나온다.

141) 대순大舜과 문왕文王·무왕武王·주공周公 … 대하여 : 여기에 대한 것은 제17장에서 제19장에 나 온다.

142) 삼지三知와 삼행三行 : 제20장에 "或生而知之 或學而知之 或困而知之 及其知之 一也 或安而行 之 或利而行之 或勉强而行之 及其成功 一也"라는 말이 있는데, 삼지三知는 생지生知·학지學知· 곤지困知를, 삼행三行은 안행安行·이행利行·면강행勉强行을 가리킨다.

143) 삼근三近 : 배움을 좋아함은 지에 가깝고, 힘써 실천함은 인에 가까우며, 부끄럼을 아는 것은 용기에 가깝다[好學近乎知 力行近乎仁 知恥近乎勇](『중용中庸』).

144) '나는 백 번하고 나는 천 번하라.' … 대하여 : 제20장에 "人一能之 己百之 人十能之 己千之" 라는 말이 있다.

‘힘을 쓰라[用力].’고만 하는 것은 암시한 말일 것이요. 반드시 백 배 노력하라는 뜻으로 보아야만 꺼림직한 점이 없을 것입니다.

마지막 절 장구章句에서 기질이 변화 운운[145]한데서, ‘성性은 본래 선하지만 사욕私慾에 가리어졌다. 진실로 선을 밝히고 처음으로 돌아갈 수 있다. 기氣의 청탁淸濁은 저절로 일정한 기질이니 이 또한 변화할 수 있다.’고 한데 대하여

성性이 본래 선하지만 욕심에 가려지는 것, 이것도 기질이 청수淸粹하지 못하기 때문일 뿐입니다. 이미 성性이 선하고 회복할 수 있음을 알았다면 기질이 변화한다는 것에 무슨 의심을 둘만하겠습니까? 기질과 형질形質은 같지 않으니, 형질은 본래 일정해서 변할 수 없는 것으로, 이를테면 짧은 것이 길어질 수 없고 작은 것이 커질 수 없는 것과 같은 것입니다. 그러나 기질은 노력하면 변화할 수 있습니다. 마치 어둡고 흐린 것을 밝고 맑게 할 수 있으며 근심과 슬픔을 화락和樂하게 할 수 있고 빠르고 갑작스러운 것을 천천히 늦출 수 있으며 경솔한 것을 과묵하게 할 수 있는 것과 같습니다. 그러므로 선유先儒들은 ‘기질의 성[氣質之性]은 군자가 성性으로 여기지 않음이 있다.’라고[146] 하였습니다.

25장 첫째 절에 ‘사물이 스스로 이루어지는 것이라.’고 하였고 마지막 절에서는 ‘스스로 자신을 이룸뿐만 아니다.’라고 하여 마치 ‘한 꿰미로 볼 수 없는 것 같다.’고 한데 대하여[147]

앞의 자성自成은 물건이 자연히 이루어지는 것을 말하고 뒤의 자성은 자기가 성취함을 말합니다. 이것은 첫째 절은 가공적인 설명[懸空孤立]이고 아래 글에서는 실제로 마음이 성취되는 데 대해서 말한 것입니다. 그래서 이렇게 같지 않음이 있는 것입니다.

이 장(25장)은 아마 천도天道에 속하여야 할 것 같다는 데 대하여

---

145) 마지막 절 장구에서 기질이 변화 운운 : 제20장 마지막 구절에 “果能此道矣 雖愚 必明 雖柔 必强”라는 말이 있다.

146) 『맹자孟子』「고자장구告子章句」 상의 주자집주朱子集註에 “張子曰 形而後有氣質之性 善反之則 天地之性存焉 故氣質之性 君子有弗性者焉”라는 말이 있다.

147) 25장 … 대하여 : 첫 절에서는 “誠者 自成也 而道 自道也”라 하였고, 마지막 절에서는 “誠者 非自成己而已也 所以成物也 成己 仁也 成物 知(智)也 性之德也 合內外之道也 故 時措之宜 也”라 하였다.

성誠이란 천도天道이고 성誠을 실천하는 것은 인도人道입니다. 이 장에서 비록 실리實理을 말하였으나 성하게 한다[誠之]는 뜻이 위주입니다. 그러므로 인도人道의 항목에 두었습니다.

31장 인의예지仁義禮智 중에서 지智만 해석 하였다는 데 대하여

지智만 해석하였다는 곳을 보지 못해 지적하시는 곳이 어디인지를 모르겠습니다. 혹시 총명예지聰明睿知의 지知에 대하여 의문을 갖는 것이 아닌지요? 총명예지聰明睿知는 성인이 태어날 때부터 다 아는 자질[生知之資]이니, 통합하여 말하자면 총명예지聰明睿知가 그 속에 인의예지仁義禮智를 포함하고 있으며, 나누어 말하면 인의예지仁義禮智는 총명예지聰明睿知 속에서 흘러나오는 것이므로 주자께서 말씀하시기를, "예지는 확충하면 비교적 크게 할 수 있다."라고[148] 하셨으니, 아마도 천하의 지성至聖만이 이러한 태어날 때부터 다 아는 자질[生知之資]이 있고, 인의예지仁義禮智의 덕을 충적充積해 나가며 밖으로 드러나는 것이 다섯 가지의 쓰임[五者之用]이 있게 됩니다. [다섯 가지란[149] 유림有臨·유용有容·유집有執·유경有敬·유별有別을 가리킵니다.]

모든 혈기를 지니고 있는 것들이란 인생을 가리켜 말하는 것이라는데 대하여[150]

보신 것이 옳은 듯합니다.

두 장은 모두 천도天道를 말한 것이라고 한데 대하여

제27장에서는 인도人道를 말하였는데 마지막 절에서 '위에 있으면서도 교만하지 않으며 아래에 있으면서 배반하지 않는다[居上不驕 爲下不倍].'라는 말로 드러내고,[151] 제28·29장에서는 모두 이 글귀를 이어받아서 말하였으므로 이 세 장에서는 잇달아 인도를 말하였습니다. 제30장에서는 천도天道를 말하였으며, 마지막 절에서는 '작은 덕은 개울이 흐르는 것과 같고 큰

---

148) 제31장 첫 절의 세주細註에 나온다.

149) 다섯 가지란 : 제31장 첫 절에, "唯天下至聖 爲能聰明睿知 足以有臨也 寬裕溫柔 足以有容也 發强剛毅 足以有執也 齊莊中正 足以有敬也 文理密察 足以有別也"라는 말이 있다.

150) 모든 혈기를 … 대하여 : 제31장 마지막 절에, "是以 聲名 洋溢乎中國 施及蠻貊 舟車所至 人力所通 天之所覆 地之所載 日月所照 霜露所隊(墜) 凡有血氣者 莫不尊親 故 曰配天"이라는 말이 있다.

151) 제27장 마지막 절에, "是故 居上不驕 爲下不倍 國有道 其言 足以興 國無道 其默 足以容 詩曰 旣明且哲 以保其身 其此之謂與"라는 말이 있다.

덕은 교화敎化를 도타이 한다[小德川流 大德敦化].’는 말로 이를 드러내어 제31·32장에서는 모두 이 글귀를 받아 말하였으므로 이 세 장에서는 잇달아 천도를 말하였습니다. 만일 제27·28· 29장을 합하여 한 장으로 보고 제30·31·32장을 합하여 한 장으로 본다면 절로 의혹이 풀릴 것입니다. 그러나 큰 뜻[大義]이 걸린 곳이 아니므로 이런 곳에 힘을 낭비할 필요는 없습니다.

앞 장에서 말한 덕德과 뒷장에서 말한 도道에 대하여

성聖자와 성誠 자를 보면 도道와 덕德이 구분됨을 알 수 있습니다. 이것은 대개 지성至聖은 덕德을 확대해서 말한 것이고 지성至誠은 도道의 순일純一함을 말한 것이니 처음부터 두 가지 이치가 아니라 다만 겉과 속이라는 구별이 있습니다. 그러므로 주자께서 “지성至聖은 덕德이 밖으로 드러난 것이요 지성至誠은 그 이면裏面의 골자骨子다.”라고 말했고, 또 말하기를, “지성 至聖을 말한 장章은 드러난 곳을 말한 것이고 지성至誠을 말한 장은 주장함을 보존하고 있는 곳[存主處]을 말한다.”라고152) 하였습니다. 이 말씀을 자세히 음미해 보면 그 의미를 알 수 있 을 것입니다. 그러나 지성至誠한 뒤에야 지성至聖의 덕德을 다할 수 있고, 지성至聖이 된 뒤에야 지성至誠의 도리를 다할 수 있으니, 그렇다면 실지로 둘이 아닙니다.

33장에서 입덕入德의 문門을 말한데 대하여

앞 장에서 이미 성인의 덕德은 지극히 융성하다는 것을 말하였고 또 배우는 사람들이 고상 하고 심오하고 공허한 지경에서 찾지 않을까 두려워 다시 하학下學(초학자)이 자신을 위하는 것 [爲己]을 배우기를 지극히 가까운 일에서 하라고 말하여 입덕入德하는 방법을 보여 줌으로써 배우는 사람들이 먼저 내면적인 데에 마음을 쓰고 남이 알아주기를 구하지 않은 뒤에야 그 지극함에 순치馴致될 수 있음을 알게 하였습니다.

마지막 절에서 중中은 말하고 화和는 말하지 않은 것에 대하여

이 절에서는 하학下學으로부터 천명天命에 이르기까지 굴려서 말한 것뿐이지 중中 자를 형용 形容한 것은 아닙니다. 다만 하늘이 내려 준 성性은 아직 드러나지 않은 중中이므로 소주小註에 서 ‘혹 드러나지 않은 중中이다.’라고 한 것입니다.

---

152) 지성을 … 라고 : 제32장 마지막 세주細註에 있다.

말씀하신 것이 설령 우연히 뜻[義]에 부합하는 것이 있다 하더라도 말만 잘한다는 비난을 면할 수 없는데 하물며 반드시 이치에 부합한다고 장담할 수는 없는 일이겠습니까? 매우 부끄럽고 부끄러운 일입니다. 당신께서 이미 이와 같은 뜻과 재분才分이 있으면서도 어찌 돌아가신 대산大山선생의 문집에 있는 내용에 힘을 쓰지 않으십니까? 저는 평소에 높이 우러르고 믿어 마지않으면서 스스로 다른 사람과는 다른 점이 있는 분이라고 믿습니다. 그래서 이렇게 말씀드리오니 무심하지 마시길 바랍니다.

▫ 김국빈정묵에게 답하다. 신유년(1921)　答金國賓正默

넉 달이나 함께 다니다가 하루아침에 헤어져 산골 오두막에 누워 있으니 가슴에 그리워하는 마음 아직도 끊임없던 차에 먼저 보내주신 편지를 받고 보니 위로되고 감사하기 한이 없습니다.

더위가 한창인 이때 고향을 떠나 지내시는 기후가 늘 신의 가호가 있으시고, 상해上海에서는 국회 주비籌備를 주창하시고 연경燕京에서는 군사통회軍事統會를 개설하셨음을 알았습니다만, 두 가지 일 모두 진척이 되지 않으니 참으로 탄식을 금치 못하겠습니다. 그러나 이번 일에서도 민의民意의 향배를 알 수 있었으니, 일을 착수하기 전에 먼저 국민들의 향배向背를 보고 미리 그 성공여부를 점쳐야 할 것입니다.

이곳에는 따로 말씀드릴 만한 사정이 없습니다. 이미 벌여 놓은 춤을 갑자기 멈출 수는 없지만 또한 자신의 실력도 생각하지 않고 경거망동해서도 안 될 것입니다. 봄에 한번 나갔던 일도 오로지 이 일을 위해서였는데 필경 아무 소득이 없이 그저 남의 비난만 받고 돌아왔을 뿐입니다.

전해주신 동쪽에서 온 소식은 저로 하여금 정신이 번쩍 들게 하였습니다. 속히 힘을 쓰시어 대사를 진전시키시기를 바랍니다.

다시 소식 주시어 울적한 심사에 위로를 주시길 바랍니다.

▫ 강우선신종에게 주다. 정미년(1907)　與姜友善信宗

축지법縮地法을 쓸 수도 없고 몸에 날개를 달수도 없으니 이 마음 간절한 그리움이 어찌 절로 식을 수 있겠습니까?

  시절은 유두流頭가 가까워져서 해가 녹는 듯 뜨거운 이때 부모님께선 침식寢食이 늘 만중하시며 복중服中에 있는 형제분들도 잘 지내시며, 아드님도 연이어 건강하며, 비록 책을 덮고 있는 때이지만 틈 나는 대로 공부 잘하고 있는지요?

  저 상희象羲는 산골 집이 사방에서 뜨거운 불을 때는 듯이 찌는 듯합니다. 일찍이 고열시苦熱詩를 지은 적이 있는데 그 양련兩聯에서,

"잠자리 시원한 곳을 찾다가 도리어 더위에 괴롭고,
  아침 밥 식기를 기다렸더니 다시 파리가 귀찮게 하네.
  참으로 버선을 벗고 있는 것이 창피한 줄은 알지만,
  그래도 번거롭게 수고하기보단 나아 그대로 있네."

라고 하였습니다. 이를 보면 요즘의 절도節度를 짐작하실 수 있을 것입니다.

  더위가 이렇듯 심하니 만일 며칠 내로 비가 오지 않는다면 아마 푸른 잎을 볼 수 없게 될 것입니다. 우리들의 일시적인 즐거움도 다만 농사에 달렸는데, 이 일도 희망이 없을 듯하니 하늘이 끝내 어찌 하시려는건 지 모르겠습니다.

▫ 강우선에게 보내다   與姜友善

  뜨거운 여름이 지나고 요즘은 서늘한 기운이 조금 나타나고 있어 매미소리만 귀에 가득한데, 그간 그대를 간절히 생각하지 않은 적이 없습니다. 초가을에 어른들의 침식寢食이 신의 가호로 왕성하시며 함께 계시는 형제분들도 잘 지내시는지요? 올해는 가뭄이 식물만 말라죽게 하는 것이 아니라 사람에게도 손상을 아주 심하게 입혀, 심한 사람은 관색關塞(기가 막힘)하거나 설사를 하기도 합니다. 제가 전에 들으니, 남방의 이란伊蘭과 아라비아亞剌比亞 사이에는 너비가 2~3천리나 되는 땅이 있는데 1년을 통틀어 비가 한 방울도 오지 않는다고 하던데 과연 유럽 사람의 말처럼 이 지구가 자전自轉한다면 우리가 살고 있는 이곳은 지금 마침 하지선夏至線의 아주 더운 지대에 해당하는 것입니까? 참으로 탄식할 만합니다.

  저 상희象羲는 겨우 불구덩이 같은 더위를 지났으나 남은 더위가 아직 끝나지 않아서 어린

아이들은 열반熱瘢이 대추 넣은 시루떡같이 피었고, 젊은 사람들도 밤에 헐떡거리기를 오우吳牛같이153) 하는데, 다만 몸져눕지만 않는다면 심한 걱정으로 치지도 않습니다.

윤군胤君과 함께 10일을 함께 있으면서 그 근후謹厚함이 확실히 큰 대나무 떨기처럼 든든함을 보았으니 장래에 결코 시시한 인물은 되지 않을 것입니다. 다만 공부하는 것이 아직 확실한 끈기가 없는 점이 자못 아쉽습니다. 이곳에는 다행히 동문同門 여럿이 있으니 함께 날로 공부한다면 삼밭에 자라는 쑥대같이 될 유익함이 없지 않을 것입니다. 그 또한 차츰 열의를 내서 등뼈를 곧게 하고 무릎을 팍 꿇고 앉아 공부에 정진한다면 큰 진전이 있을 듯한대 제 자신을 돌아보면 가르치는 방법이 너무 게으른데다가 휘일諱日(忌祭)이 임박했다고 돌아가겠다고 하니 애련愛憐히 여기는 사사로운 마음으로 그 제일 중요한 의리를 덮게 할 수가 없었습니다. 그래서 떠나보낼 때 늦가을에 다시 오겠다고 약속하였으니, 작은 사정에 구애되지 마시고 9월 초순에 우선 선친 산소를 다녀오게 한 뒤 바로 보내주시어 겨울을 지나게 해주시기를 바랍니다.

▫ 북경의 여러 벗들에게 답하다. 신유년(1921)　答北京諸友

뜻밖에 여러분이 연명으로 보내주신 편지를 받았습니다. 서늘한 가을 기운이 생겨나는 이때 여러분 객지 생활에 기체가 만중하시다니 구구한 마음에 우러러 위로됩니다.

전하신 말씀은 잘 알았습니다. 여러분께서 나라를 위하여 어떤 고생도 다하시는 정성에 어찌 우러러 감탄함을 이길 수 있겠습니까?

대저 우리가 독립선언 이래로 안으로는 군량과 무기가 텅 비었고 밖으로는 창얼倀孽(미치광이)들이 종횡으로 날뛰니, 거의 擧義한지 3년이 되었으나 이름만 있고 실적이 없으니 이는 실력은 모자라고 광복은 어렵기 때문입니다. 그러나 민족의 정신으로 말한다면 팔도에서 일제히 일어나 각 곳에서 위대한 업적을 이루기 위해 힘썼으니, 어떤 곳에서는 모금하는데 정성을 다 바쳤고 어떤 곳에서는 험난한 일에 헌신하여 의로운 피가 서로 이어진 것이 아름다운 무늬로 빛납니다. 그러나 유독 우리 영남에서만 들리는 것이 별로 없으니, 그 까닭은 다른게 아니다. 우리 영남은 예로부터 옛 것을 지키는 데에 너무 완고하기 때문에 단결하는 방도를

---

153) 오우吳牛같이 : 오吳 나라 물소가 더위를 먹어 헐떡거린다는 말로, 오우천월吳牛喘月이란 고사가 있다.

강구하지 않고 사람마다 마음을 따로 하고 시세에 밝지 못하며 일에는 준비[宿算; 미리 짜둔 계획]가 없다. 하루아침에 산만하고 협력이 적은 무리가 단결하고 경쟁하는 국면에 서게 되었으니, 비유하자면 작은 배로 큰 함정을 들이받는 것과 같아서 세력이 취약하니 어떻게 힘없이 낙후하지 않을 수 있겠습니까? 그리하여 넉넉한 집에서 의연금을 냈지만 헛된 곳에 내던진 꼴이 되고 열사烈士들이 몸을 던졌지만 영향이 무로 돌아가고 말았습니다. 이것이 영남의 성가聲價가 점점 쇠퇴해져서 청평青萍 결록結綠154)처럼 값진 성과가 세상에 드러나지 않게 된 소이입니다.

그러던 중에 천운天運이 가까워지고 기회가 잇달아서, 태평양太平洋회의에서155) 마침 제2막을 계획하는 시기를 당해 지사志士들이 주먹을 불끈 쥐고 다시 힘을 내게 되었으니 이 또한 한때 입니다. 여러분들이 국면을 통찰하여 큰일을 자임하시고 식은 피를 격동시키겠다고 생각하여 정의의 깃발을 다시 들으셨으니, 저도 영남 사람으로서 어찌 기꺼이 찬성하지 않겠습니까? 다만 그것을 시행하시는데 의문스러운 소견이 없지는 않습니다. 여러분께서 이미 당습黨習을 바꾸어 없앰으로써 진심을 열고 공정함을 펴는 것으로써 주의主義로 삼으셨다고 하면서 기어코 순전히 한 지방의 인물만 써서 아주 큰 기관을 조직하려 한다니, 이것은 말과 실상이 서로 모순에 가깝지 않습니까? 만일 '우리 영남에 단체가 있다는 것을 표시함으로써 영남 사람을 고동 시킨다.'고 한다면 총군부總軍府 외에도 어찌 적당한 명분과 의리名義가 없겠습니까?

지난번 군사통회軍事統會에서 10여 개 단체의 대표를 규합하여 군정부軍政府를 설치하기로 의논하였으나 저는 감히 신중히 하자는 뜻을 굽히지 않았던 것은 혹 그것이 남의 구설수에 오를까 염려하였기 때문입니다. 그런데 지금 만약에 한 지역의 인사들로서 총부總府를 조직한다면 그에 대한 비난이 없다는 것을 보증할 수 있겠습니까? 한번 비난이 있게 되면 인심이 따르지 않게 되고 그리되면 형세는 더욱 고립될 것입니다. 가령 지금 다소의 자재資財를 입수할 곳이 있다 하더라도 인재는 부족하고 형세는 고립되어 있는데 성공할 수가 있겠습니까?

---

154) 청평 결록 : 청평青萍은 보검寶劍이름이며 결록結綠은 명주明珠이름이다. 이백李白의 「여한형주서與韓荊州書」에, "庶青萍結綠 長價於薛卞之門"이라 하였다. 여기서는 고귀한 뜻이라는 의미이다.
155) 태평양太平洋회의에서 : 1921년 11월 11일 개최된 워싱턴 군축회의軍縮會議를 말한다. 이 회의에서 군축문제와 극동문제를 주된 의제로 하여 한국인의 관심을 끌었다. 극동문제란 중국의 산동문제였는데, 대한민국임시정부에서는 한국문제도 포함해 줄 것을 요구하는 외교를 폈고 이것은 상당히 가능성이 있는 것으로 보았다. 그리하여 이승만·서재필徐載弼을 대표로 파견하면서 한편 1921년 8월 13일에는 상해에서 홍진洪震을 간사장으로 한 태평양회의 외교후원회外交後援會를 결성하였다.

국가의 광복은 지극히 어려운 일이며 이보다 더 큰 대의大義는 없습니다. 처음을 그르치면 마무리를 바르게 할 수 없고, 뿌리가 치우치면 그 끝이 온전할 수 없습니다. 삼가 바라건대, 여러분께서는 심사숙고하시어 다시 좋은 방법을 찾아보아 후회하는 일이 없도록 하십시오. 더욱이 그 수임首任에 저의 이름을 채워 넣으려고 하시는데, 재주와 덕망이 맞지 않을 뿐만 아니라 서간도西間島의 기관機關156) 일과도 맞지 않습니다. 그러므로 지금 가지고 있는 직명職名을 갑자기 사양할 수 없으니, 그렇다면 한 몸으로 두 가지 역할은 형편상 감당하기 어려울 뿐만 아니라 이미 통회統會에서 신중한 입장을 견지했는데, 같은 도道 출신의 친우들의 요청을 특별히 받아들인다면, 그것은 사사로이 한쪽 편을 든다는 혐의를 면하지 못할 것입니다. 이에 크게 깨우쳐주신 것에 대하여 하나하나 감히 승낙하지 못하오니 헤아려 주시어 널리 용서하시길 바랍니다.

여러분 평안하시기를 빕니다.

□ 남양지호직에게 답하다   答南養之浩直

지난번에 한번 만났을 때 많은 말씀을 들은 나머지 가을밤이 짧아서 아쉬웠음은 도저히 글로 옮길 수가 없습니다. 헤어진 뒤로 늘 잊지 못하고 그리는 마음은 해가 바뀌어도 그치지 않던 차에, 친우가 오는 편에 편지를 받으니 문치文致가 찬란하고 지상志尙이 간절하고 독실하여 만지며 몇 번이고 읽고 또 읽을수록 더욱 화려한 명성이 헛되지 않음을 실감하였습니다. 누가 묘령妙齡의 나이에 이미 이런 초연한 경지에 이를 줄을 알겠습니까? 다만 천박淺薄하고 고루固陋한 저를 자랑한 것은 균형을 잃은 듯합니다. 그대께서 저에 대하여 한번 만나보신 적이 있다하더라도 언제 저의 깊이를 재어보시고 제가 지키는 것이 의연함을 겪어 보신 적이 있었던 말입니까? 만약 속을 깊이 모르면서 짐짓 듣기 좋은 말을 하셨다면 이것은 허위虛僞입니다. 다른 사람에게 행하는 것이 허위라면 스스로 말하는 것도 허위로 돌아가게 됩니다. 편지에서 하신, '하찮게[悠泛] 던져버리면 신심身心에 아무런 보탬이 없다.'는 말씀은 어찌 지난 것을 뉘우치고 새로운 것을 도모하겠다는 아름다운 뜻이 아니겠습니까? 그러나 내키는 대로 글을 써서 남이 보기 좋게할 양이라면 이런 말을 할 수 있겠으나, 군자의 배움이란, 무실務實 (실속 있도록 힘씀)을 귀하게 여기니 수사修辭를 써서 안 되는 까닭은 바로 진실이 서지 않기 때문

---

156) 서로군정서를 말한다.

입니다.

또 그대의 말에 이해하지 못할 것이 있습니다. 대체로 보아서 도道를 귀하게 여기는 것은 그것이 평상平常이기 때문입니다. 배우는 사람이 과연 능히 평상의 도道에 종사하여서 진실로 거기에서 얻는 것이 있다면, 말하고 행동하는 것이 곧 때에 맞고, 일마다 마땅할 것인데 어찌 다시 사람을 놀라게 하고 풍속을 거슬릴 걱정이 있겠습니까? 저는 그대가 말한 한 두 가지 얻은 것이 있다고 한 것이 혹 시의時宜에 영합하고 인정人情을 흡족하게 하는 적합한 방법은 아니라면 그것은 괴이하여 튀는 행동이 아닐 수 없을 것이니 어찌 남의 이목을 놀라게 하여 걸핏하면 흉잡히지 않겠습니까? 여기서 다시 겸허히 물러나 자신을 돌이켜 스스로 반성하지 않고 도리어 유속流俗을 만회하지 못함을 걱정하며 예사롭게 개탄하다가, 표정이나 말하는 중에 드러나게 된다면 어찌 주먹질과 발길질을 야기하여 스스로 비난을 부르지 않을 수 있겠습니까? 대체로 범연泛然하게 평범한 가락 같지만 절로 묘리妙理가 있고 옛 가르침을 사수死守하지만 절로 살 방법[活法]이 있다고 하는데, 이 대목은 정녕 쉽게 설명할 수 없는 부분입니다.

저 같은 사람은 처음부터 이런 일에서 감히 스스로 벗어났던 것은 아니지만 재주와 뜻이 평균 이하이고 공부도 보잘 것 없다보니, 나이가 불혹不惑에 가까워졌는데도 혼미하고 거칠기가 이와 같습니다. 스스로 어리석은 자신을 헤아려 보건대 어찌 다시 얼굴을 꼿꼿이 들고 입을 놀려 함께 문학에 대한 일을 논하겠습니까마는, 유독 그대에게는 나도 모르게 마음이 기울어진 것은, 비단 절비지약折臂之藥157)이 되어 혹 효과가 나게 될 수도 있기 때문입니다.

참으로 지난날에 순간적으로 알아 본 것은 결코 이런 소인배를 만드는 데 그치지 않는다는 것이었습니다. 더구나 아직 살아갈 날이 많은 나이에 시작할 여지를 일찍이 얻었으니 물러나서 강론하고 연마[講磨]한다면 고향을 떠나지 않고도 성행聖行 형같은 선진先進이 계시니, 참으로 능히 진실한 마음을 가지고 진실한 공부에 힘쓰고 실재적인 병통을 제거하고 실용적 학문에 힘쓴다면 앞으로의 성취는 감당할 수 없을 만큼 크게 있을 것이니, 지극히 부러운 탄식을 금치 못하겠습니다.

나의 어리석음을 헤아리지 않고 그냥 격려하였으니, 혹시 빈 마음으로 저의 충간忠諫을 받아주면 용감하게 실천하는데 작은 도움이 될 지도 모르겠습니다.

---

157) 절비지약折臂之藥 : 경험이 약이 된다는 뜻으로, 워낙 여러 번 팔이 부러져 보니 자신도 모르게 골절을 치료할 줄 알게 되었다는 말이다. 『장형張衡』의 「동경부東京賦」에, "九折臂而成醫兮 吾 今而知其信然"이란 구절이 있다.

돌보아 주시는 덕택으로 가족들이 겨우 보전하는데 갑자기 마음을 거슬린 것은 아닌지 매우 죄송스럽습니다.

▫ 남양지에게 답하다   答南養之

3월 13일에 보내신 편지를 4월 보름쯤에 비로소 받았으니, 중간에서 지체되어 이미 한 달이 지나고 나서였습니다. 그 뒤 잇달아 전염병을 경계하느라고 이리저리 피해 다니는 바람에 답장이 늦어진 것이 다시 반년이나 되었습니다. 당신께서 돌보아 기억해 주심이 이와 같이 후덕하신데도 부족한 저희들의 대응이 이렇게 무성의 합니다. 이런데도 아직 절교를 당하지 않았으니, 참으로 좋게 용서해 주시는 도량에 감복하지 않을 수 없습니다.

그 때의 대강의 사정은 이미 과거가 되었습니다만, 지금은 오랜 가뭄 끝에 한 줄기 비가 흡족하게 쏟아졌습니다.

조모와 자당[重闈]께서는 침식寢食이 계절따라 만왕萬旺하시며, 어른 밑에 있는 남은 가족도 하는 일이 잘되시는지요? 구구하게 늘 생각하고 그리워합니다. 빈 말이 아닙니다.

이 앞 편지에서 귀하가 꼼꼼하게 지적하지 않더니, 이번에 갑자기 치켜세우는군요. 만약 속으로는 그렇게 여기지 않으시면서 겉으로 짐짓 이렇게 하신다면 미더움이 안가지요. 그래서 내 답서에 반박하는 말을 하지 않을 수 없었습니다. 이번 편지를 받고 나서야 허심虛心으로 수용했습니다. 그런데 '병자가 약을 구하다가 약을 얻은 것과 같다.'고 까지 하심에 이르러서는, 천루賤陋한 제가 지금 깊은 병을 앓고 있으면서도 그 처방을 얻지 못했는데 어찌 다른 사람에게 나누어 줄 약이 있겠습니까? 죄송하고 부끄러워 감히 읽을 수 없었습니다. 또한 '닭이 울면 침소寢所에 가서 문안드린다[鷄鳴問寢].'는 것과 '말을 세우고 길에서 읍을 한다[立馬道揖].'고 하신 두 대목 같은 것은 확실히 높고 바른 견해로서, 여기에서 귀하의 입지立志가 굳세고 저의 실언失言이 컸음을 알 수 있습니다. 그러나 저 또한 어찌 효제孝悌를 평상平常의 도리가 아니라고 한 적이 있었습니까? 아마 귀하께서 제 말씀의 본뜻을 잘못아시고 앞질러 변론하신 듯하여 다음과 같이 하나하나 말씀드립니다.

도道에는 변함이 없으나 시대는 고금이 다릅니다. 닭이 울면 일어나고 말 위에서 읍을 하는 것은 옛 풍속이 그러하였지만, 지금은 모두 매상昧爽(동 틀 무렵)에 일어나고 말에서 내려서 읍을 합니다. 그대가 지금의 풍속을 비루하게 여겨 기어코 옛날의 법도를 지키려고 한다면 허다한 어려움과 불편함에 부딪히지 않을 수 없을 것입니다. 어려움과 불편함이 있다면 이미 평상의 도리라고 할 수가 없겠지요.

저는 타고난 자질과 품성이 용렬庸劣하고 그 방면에는 배운 것도 어두워서, 집에서는 사친事親도 제대로 못하였고 나가서는 어른 공경도 부족하였는데, 어찌 감히 효제孝悌의 의리를 논하는데 참여할 수 있겠습니까마는, 그래도 평소에 눈과 귀로 표절剽竊한 것은 조금 있습니다.

진남당陳南塘158)의 「숙흥야매잠夙興夜寐箴」에 이르기를, '새벽이 되면 이에 일어난다.'라고 하였는데 이것을 퇴계 선생께서 「성학십도聖學十圖」를 그릴 때에 그곳에 배열하시고 주註에, '이 잠箴은 시의에 많은 공을 들였다.'라고 하였고, 구경산丘瓊山159)의 『거향잡의居鄕雜儀』에서는 '길 옆[於道側]에서'라는 글자 위에 '말에서 내려선다[下馬立].'라는 말을 덧붙여 놓았는데, 서설序說에서 말하기를, "두 선생[여呂씨와 주朱씨]의 근본 뜻을 미루어 시의時宜를 참고하였다." 라고 하였습니다. 여기서 보듯이 퇴계와 구경산 두 선생께서 주자朱子를 독실하게 믿었던 분인데 어찌 고도古道를 실천하시기에 급급하지 않았겠습니까? 그런데도 시의時宜를 참작하여 약간씩 증손增損하는 것을 피하지 않으셨으니, 참으로 요즘 세상에 살면서 하나하나 옛 도리로 돌아가는 것은 대현大賢들도 다 불가능했다는 것을 알 수 있습니다. 그러므로 지난 편지에서 '범연泛然하기가 평범한 가락 같으나 저절로 묘리妙理가 있게 되고 고훈古訓을 사수死守하지만 살 길이 절로 있습니다.'라는 말을 함부로 하였습니다. 그러나 말을 할 때 농조籠罩(하나로 묶음)가 자상하지 않아서 듣는 이로 하여금 흐릿하게 하여 이렇게 의혹이 불어나게 하였으니 부끄럽고 군색함을 이기지 못하겠습니다.

▫ 회인현 한교공회 회장 손병헌에게 드리다　與懷仁縣韓僑公會會長 孫昺憲

민족이 모여서 국가를 이루니, 나라가 나라답지 못한 것은 국민들이 결합結合하지 못하기 때문입니다. 지난 시기에는 우리 한민족이 우매하여 나라를 다스리는 원리를 알지 못하여 2천만 국민이 각각 2천만 개의 마음을 가지고 있었습니다. 위로는 정부가 외롭고 힘이 약하여 적국으로부터 받은 모욕을 물리치지 못했고 안으로는 민력民力이 흩어져서 외세에 저항하지

---

158) 진남당陳南塘 : 진남당은 진백陳柏을 가리킨다. 백의 자는 무경茂卿이며, 호는 남당南塘이다. 생몰년대는 알 수 없으나, 「숙흥야매잠夙興夜寐箴」을 지었다고 알려져 있습니다.
159) 구경산丘瓊山 : 경산은 명나라 구준丘濬의 호이다. 구준은 자가 중심仲深으로 경산瓊山(지금의 광동 해구시) 사람이며, 명대明代 문장가이자 정치가이다.

못하여 마침내 영토[版圖]를 잃어버리고 주권을 빼앗겨 이역 땅을 떠돌게 된 것이 지금 10년이나 되었습니다. 다행스럽게도 하늘이 그 동기를 유발하여 올 봄부터 독립을 선언하기 시작하였고, 국내는 우선 물론하고 외국에도 그만두더라도 우리 남만주 교포 각 단체들이 연합하여 하나의 군정기관軍政機關을 건설하고, 이어서 상해에 연락하고 길림과 타협하여 국민정신이 차례로 통일되고 있으며, 본서本署160)가 동포들에게 신뢰를 받게 된 것은 전적으로 민족 단결력에 힘입은 것입니다. 그래서 내외의 이목이 온통 서간도西間島로 쏠리고 있는데, 귀회貴會만 아직 하나로 합쳐주지 않고 있다는 것으로 큰 흠결欠缺일 뿐입니다. 제가 생각컨대 회장님께서는 일찍이 이른 뜻을 이해하시고 여름에 만났을 때 주의를 표시해 주신 적이 있고 편지로도 역시 그런 간절한 마음을 피력하신 적이 있었는데, 중추仲秋에 사람을 보내셨을 때는 공교롭게도 마침 길이 어긋났고, 지난달에 보내주신 편지도 또 기회를 놓쳤으니, 좋은 일에는 많은 장애가 많다는 것을 알고 아주 한탄스럽습니다.

지금은 시기가 날로 급박하게 돌아가고 외세는 날로 강해지고 있으니, 우리가 광복에 뜻이 없다면 그만이겠으나 참으로 단합에 뜻이 있다면 늦습니다. 이에 다시 위원을 파견하오니 함께 충분히 토론하고 협의하시어 하나로 합쳐 주시기를 간절히 바랍니다.

기체 만안하시기를 기원합니다.

▫ 마록구 농장의 제군에게 답하다　答馬鹿溝農庄諸君

보내준 편지 끝에서 한 말은 제군들의 입지立志가 굳음을 알 수 있었다네. 요즘 청년들은 왕왕 지志가 기氣를 통솔하지 못하여 현실성이 없는 헛된 쪽으로 내달리고 실제적인 일에 뜻을 두려 하지 않으니, 이 늙은이의 부족한 생각으로는 그들이 혹시라도 경박하고 방탕하여 함부로 세월을 보낼까 두렵다네. 지금 제군들은 한 농장을 설립하여 몸과 마음을 굳게 붙이고 노동을 꺼리지 않으며 실업實業에 종사하고 있으니, 내가 보기에 이것은 크게 진보할 기틀이라네. 만일 사람마다 이렇게 힘을 쏟는다면 무슨 일인들 못해내겠는가? 다만 귀 멀고 눈 먼 나 같은 사람에게 귀와 눈을 빌리려고 하다니 나는 거기에 맞는 사람이 아닐세. 시골 구석에서 문을 닫아 걸고 시세時勢와 물정을 모르는데, 그쪽 계획을 능가할 무슨 좋은 복안이 내게 있겠는가?

---

160) 서로군정서를 말한다.

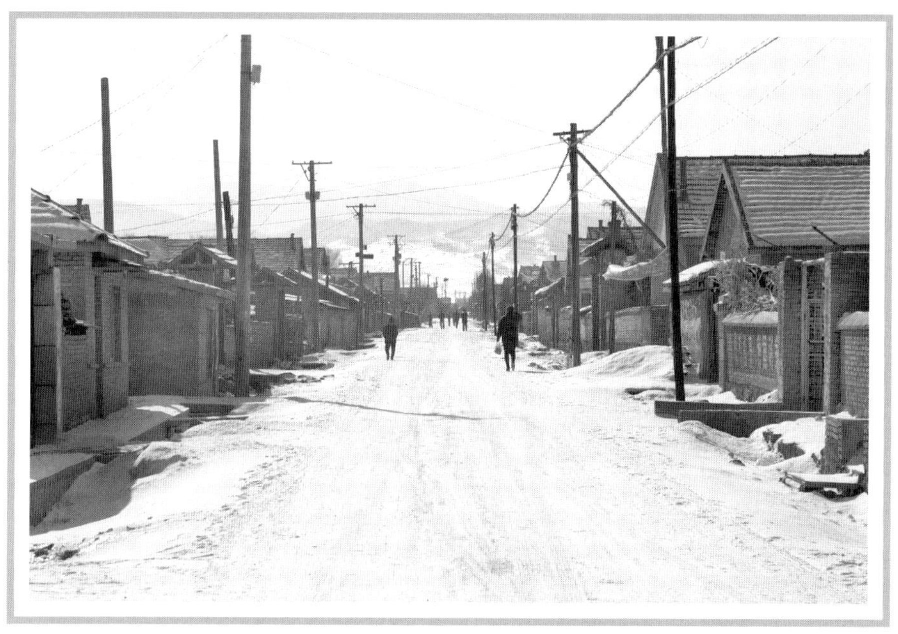

마록구 마을 거리 (현재 유하현 유남향)

우리가 강을 건너 온지 6~7년 동안 늘 목적을 이야기 하였지만 조금도 성취한 것이 없는 것은 실로 밑천이 없었기 때문이었다네. 그런데 제군들이 농업에 착수하고 있으니 그 근본을 안다고 할 만하다네. 그러나 근면하고 인내하는 힘이 없다면 끝내 성공할 수가 없고 절제하고 저축하는 법도가 없다면 때가 왔을 때 밑천으로 쓸 수 없을 것이니, 이것이 모두 양수良邃 (많이 아는 사람)가 먼저 알아야 할 것이고, 장래의 방책方策은 절로 차례가 있으므로 이 차례를 뛰어 넘어 나아가서는 안 된다네. 제군들의 이번 착수는 비유하자면 만 리 길을 가는데 겨우 문을 나서서 발을 내딛은 것과 같다네. 차례차례 험한 구비를 건너는 일을 어찌 몇 마디 말로 다 할 수 있겠는가? 제군들이 버리지 않는다면 후일에 서로 만나 응당 내가 가지고 있는 것을 다 털어 놓아 길을 아는 늙은 말처럼 갈 길을 스스로 갖추도록 하겠지만, 취사取捨 여부는 그대들의 마음에 달려있다네.

□ 김응섭에게 보내다. 경신년(1920)　與金應燮

강을 건너와 10년 동안 친척과 붕우들이 서로 막연히 서로 잊고 지냈는데 행차가 매우 가까와져서 길림에 와 사신다는 소식을 들었습니다. 심히 한번 뵙고 싶었으나 길이 가깝지 않고 달려 갈 방법도 없으니 회포가 쓸쓸하고 아쉬운 것은 피차일반일 것입니다.

　삼가 여쭙건대 급하게 오시어 객지 생활이 다 좋으신지요? 낯선 지방에서 나그네 생활하시는 맛이 어느 것 하나 고초가 아님이 없으시며, 게다가 외부에서 오는 놀라움이 번갈아 침범하니 몸과 마음이 틀림없이 조용하고 안녕하시지 못하실 듯하여 쓸데없는 걱정만 아주 간절합니다. 저 계원啓元은 풍상風霜에 시든 바 되어 우환과 병에 둘러싸이다 보니 생각이 삭연索然(외롭고 쓸쓸함)하여 남은 것이 없습니다. 하루아침에 갑자기 죽어 고국산천을 다시 보지 못할까 늘 두려웠는데, 다행스럽게도 천도天道가 좋게 돌아와 우리 한국이 마침 부활의 기회를 만났으니, 대한민국임시정부가 상해에서 건설되고 군정기관軍政機關이 남만주에 설립됨에 늙고 쓸모없는 사람이 어이없게도 여러 사람들에게 떠밀려 자리에 앉기는 했지만 반년이 지난 지금까지 성적은 움켜잡을 만한 것이라고는[把玩] 없습니다. 깊이 바라는 바는 열심인 동지들이 모두 와서 집무하여 함께 진정해 나가길 도모하는 것입니다. 더구나 좌우께서는 명성이 일찍이 드러나셔서 모든 사람이 한 입으로 추천하여 한번 선출된 이래로 동료들이 날로 직책을 맡아주시기를 바라고 있습니다. 바라옵기는 좌우께서는 시기가 느슨하고 늦었다는 것을 고려하시고 사무가 응체凝滯되었음을 생각하시어, 꼭 박취석朴醉石 군과 함께 하루 속히 찾아주시어 서로 계책을 다하는 것이 어떻겠습니까?

　나머지는 머지않아 만나서 얘기할 수 있기를 바랍니다.

▫ 권찬삼상태[161]에게 답하다. 계사년(1893)　　答權贊三相台

　오랫동안 만나지 못한 회포가 쌓여 답답하던 차에 완부군阮府君(대방의 숙부)께서 오시고 겸하여 자네의 수서手書를 전해 받았네. 지폭에 가득한 사연들은 모두 간곡한 진심에서 나온 것이기에 얼마나 위안이 되고 감사한지 비할데가 없다네.

　전에 없는 설한雪寒에 중위重闈(모친과 조모)께서 지내시는데 간간히 추위 때문에 손상을 입으시고 성주에 간 행차는 아직 돌아오지 않으셨음을 알았네. 이런 가운데 어른을 모시며 있는 사람으로서 애타고 답답한 마음을 어찌 그만 둘 수 있겠는가? 다만 둘째가 아들이 생남했다니 기쁨을 말로 다 할 수네. 자네 집의 옛날 광경을 생각해보면 흡사 바다에 떠 있는 일엽편

---

161) 권찬삼상태 : 성대 권세연을 가리킨다.

주一葉片舟처럼 안정을 찾지 못하더니 지금은 옛집으로 돌아와 모든 일이 예전대로 되었네. 자네들 여러 종형제 간이 이미 장성하여 자식까지 두었으니 장래에 크게 번창할 것은 점을 쳐 보지 않아도 알 수 있는 일일세. 어찌 축하할 만한 일이 아니겠는가?

나는 늙은 데다 추운 계절을 맞아 탈이 잘나고 마을에는 또 참혹한 광경이 있어 마음이 슬프고 아프기가 말로 할 수 없구나. 다만 사내아이를 낳아 삼칠일을 잘 지냈고 갓난 아이가 좋은 골격을 타고나서 특히 어머니의 기쁨 거리가 되고 있다네. 미독迷督(맏아들)은 독서한다는 핑계로 한 사람 데리고 산재山齋(산에 있는 서재)에서 지내고 있으나, 정말로 독서를 잘하고 있는지는 장담하지 못하겠네.

편지 끝에 자신을 한탄한 말은 자비의 말이 다 맞다고는 할 수 없네만 자비도 이제는 세상살이의 책무를 지게 되었으니 어떻게 종전과 똑같을 수야 있겠는가? 나는 다만 마음이 부족할까 염려할 뿐이네. 만일 철석같이 마음을 굳게 가진다면 어찌 공부할 시간이 없겠는가? 바라건대 반드시 형편에 따라 노력하여 천하의 시명詩名이 다시 두가杜家에 있도록 하는 것이 어떻겠는가?162)

마을에 과연 글을 잘하는 사람이 있었다면 이미 훈장을 정해 내었을 것인데 아직까지 다시 들리는 바가 없으니 이 어찌 이른바 그 끝을 잘 마무리하는 자가 없다는 것이 아니겠는가? 탄식할 만한 일이다.

귀호龜湖에 은혜로운 이름이 내린 것은163) 우리들의 기운을 북돋우기에 족하니 어찌 그 집만의 다행이겠는가?

▫ **김좌진에게 답하다.** 경신년(1920)　　答金佐鎭

밀십密什에서 맹서한 것도 변하지 않았고 화전樺甸 입구에서의 약속도 두 달 밖에 되지 않

---

162) 시명詩名이 다시 두가杜家에 있도록 … 어떻겠는가? : 시성詩聖이라고 불리는 두보杜甫의 아들 종무宗武의 시를 보고 도끼를 보낸 사람이 있는데, 나중에 말하기를, "이는 그 손을 자르라고 한 것이니, 만일 그 손을 자르지 않는다면 천하의 시명詩名이 다시 두씨 집안에 있게 될 것이다."라고 한데서 온 말이다. 즉 권씨 집이 대를 이어 시문의 명성을 이어간다는 뜻으로 한 말이다. 『운산잡기雲山雜記』에 나온다(杜甫子宗武 以詩示阮兵曹 兵曹荅以石斧一具隨使幷詩還之 宗武曰 斧父斤也 兵曹使我呈父加斤削也 俄而阮聞之曰 誤矣 欲子斫斷其手 此手若存 天下詩名又在杜家矣).
163) 귀호龜湖에 은혜로운 이름이 내린 것은 : 대산 이상정에게 시호가 내린 것을 가리킨다.

았는데, 한번 남북으로 흩어져 소식이 묘연하더니 뜻밖에 두 젊은이가 편지를 가지고 찾아와 오래된 약속을 버리지 않으시는 의리에 매우 감격하였습니다.

삼가 봄이 한창인데 객지에서 기체가 나라를 위해 만중하신지요. 군정서의 일이 날로 발전하여 실력을 완전히 갖추셨으니, 저로 하여금 망양지탄望洋之嘆(자신의 부족을 탄식할 때 쓰는 말)을 금할 수 없게 합니다. 더구나 좌우께서는 간성지재干城之材(나라를 지키는 믿음직한 인재)로 사령관司令官의 직책을 맡고 있으니 범위가 작지 않은데다 널리 계책을 연합하여 결집함에 인력도 있고 실력도 있으시니 무슨 일인들 잘하여내지 못하시겠습니까? 다만 관할하는 지역이 매우 넓어 조석으로 서로 만나 서로 긴밀한 협조를 할 수 없는 것이 한스럽습니다.

저 계원은 이곳에 도착한 후로 마침내 여러 사람들의 권유로 만에 하나도 비슷하지 않은 몸으로 감당할 수 없는 직임을 맡아서 세월만 보내고 진전은 조금도 없는 중에 봄기운이 이미 생겨나고 있으니, 자칫 시기를 놓쳐 대사를 그르치게 된다면 한갓 여러 분들께 장애만 될 듯하여 매우 두려울 뿐입니다.

이장녕李章寧 군은 이곳에 있으면서 이미 띠고 있는 직명이 있는데다가 긴요한 일로 심양의 집에 머물고 있습니다. 만약 마음을 같이하는 사이가 아니라면 요청하신 뜻을 감히 받들지 못하겠지마는, 다만 귀서와 본서는 하나면서 둘이고 둘이면서 하나이기 때문에 기관으로 차별해서 달리 보는 일이 있어서는 안 되겠기에, 부득이 이미 맡은 직무를 낱낱이 되돌리고 지금 진행 중인 일을 철폐하여 말씀하신대로 보내오니 좌우께서는 저의 충심을 생각하시어 진실한 마음으로 연대하시고 경계를 두지 말고 일치하여 함께 나아가기를 천만 간절히 바랍니다.

▫ 윤경장병기에게 답하다. 임인년(1902)　答尹景章炳夔

저 상희의 큰 죄로 하늘의 도움을 입지 못하여 화가 선비先妣에게 미쳐 일곱달을 병석에 계시다가 끝내 돌아가시게 되어 울부짖어도 미치지 못하매 오장이 찢어지는 듯합니다. 세월은 멈추지 않아 어느덧 장례[襄禮]를 모셨지만 혹심한 벌과 죄의 고통에 살고 싶은 생각이 없습니다.

뜻밖에 종숙께서 험한 산길을 넘고 물을 건너오시어 먼 곳까지 문상해 주셨을 뿐아니라 주신 편지에 '멀리 떨어진 외진 마을에 소식이 잠시 끊어져 이번 사변을 제 때에 알지 못했네.'라는 말은 진지하고 간절하여 가슴 속에 새기기에 족합니다. 제가 어떤 사람이기에 좌우께서 이런 대접을 받는단 말입니까? 받들어 읽음에 부끄러워 호소할 바를 모르겠습니다.

삼가 가을을 맞아 자당의 기후가 강녕하시며 함께 계시는 형제분들도 다 평안하시어 정자가 새 단장을 하고 산색이 변하는 이때에 한가한 날 함께 모여 토론하는 즐거움이 있을 것은 틀림없겠으나 서책은 무엇을 보며 어떤 의리를 강구하시는지요? 지금 사설邪說이 횡행하여 사문斯文이 없어지려 하는 이때 좌우같이 뜻이 있는 분이 마땅히 해야 할 바는 맹렬하게 정열을 쏟아 천만번 독실하게 하여 간절한 저의 여망에 부응하는 것입니다.

저는 상주로서 미련한 목숨을 구차스럽게 이어가고 있는데 무슨 절도가 있어 멀리 계시는 분께 알려드릴 수 있겠습니까?

마른 물고기를 보내주시면서 말씀을 부의賻儀라고 하셨으니 예법에 있는 것이라 감히 고사固辭하지 못하겠습니다만 마음은 적이 편치 않습니다.

▫ 손영직에게 답하다 答孫永稷

오랫동안 우러러 오던 중 보내주신 편지를 받아 보니 지론持論이 정중하여 반복하여 읽을수록 위로받고 감사하다가 찬탄으로 이어졌습니다. 생각해보면 지난 봄 북경에서 가까운 곳에 숙소를 잡고 아침저녁으로 만났으며 서로 주머니를 털어 돈을 썼지요. 서로 믿고 사랑한 것은 같은 도에 살고 세의世誼가 있기 때문만은 아닐 것입니다. 제가 보기엔 귀하[左右]께서는 기량器量이 깊고 크며 말씀을 가볍게 하지 아니합니다. 만 리 험한 길을 건너오신 지 수년이 되는데도 피곤해하거나 권태로운 빛이 없습니다.

저는 만주로 건너온 이후로 수백 수천의 많은 사람들을 겪어 보았지만, 귀하만큼 성실하고 미더운 사람은 보지 못했습니다. 다만 풍상에 시달려서 건강을 상한 점을 매우 염려했었지요. 중간에 친구의 편지를 통해서 오랫동안 치료 중이라는 사실을 듣고 문병 편지는 드리지 못했지만 단 하루도 귀하를 잊은 적은 없었습니다. 이번에 보내주신 편지를 읽고 병이 완쾌되었음을 알았습니다. 그런데 만 리 길을 떠날 작정을 하신다니, 피로가 쌓이고 길마저 험할 터인데 아무래도 지나친 계획이라는 염려가 없지 않습니다. 그러나 귀하께서는 이미 닥친 일을 피하는 것을 수치로 여기고 위험과 어려움을 무릅쓰고 감행키로 자임하셨다니 그 철저한 성력誠力과 뛰어난 용기는 사악한 마귀가 저절로 숨어버리고 희신喜神164)이 앞길을 인도하도록

---

164) 희신喜神 : 사주로 인간의 운명을 판단하는 명리술命理術에서 쓰는 말로, 용신用神을 생生하는 신

하기에 충분할 것입니다. 앞으로 큰 일의 성패는 당연히 그렇게 실행하는 것이 이로울 것인지 아닌지 그것으로써 판단해야 할 것입니다. 또 시사를 논함엔, '마땅히 근본으로부터 경장하여 한적漢賊과는 결단코 양립할 수 없다는 의리를 관철해야 한다.'고 하시니, 남다른 탁견이라 참으로 따를 만한 사람이 적다는 점이 조금도 괴이할 것이 없습니다.

3·1선언 이래로 전국적으로 떨쳐 일어나 스스로 지사志士라고 자처하는 이가 얼마나 많습니까? 그런데도 경험 많고 일에 익숙하여 앞장서서 이끄는 사람은 풍조風潮를 즐김에서 벗어나지 못하여 오로지 규약을 따르는 것을 가장 좋은 방책이라고 여기고, 나이 젊고 기질이 날카로운 사람들은 한갓 쉬운 말을 장한 거사로 여겨 수만의 생명이 손상되고 수백만금의 재물만 헛되이 내버렸을 뿐 끝내 한번 교전도 못해보고 첫판이 이미 끝났으니 돌아보면 어찌 한심하지 않습니까? 서양 속담에, '실패는 성공의 기초'라는 말이 있습니다. 만약 실패한 이유를 자세히 연구해서 그것으로 거울로 삼아 경장한다면 앞에 가는 수레가 뒤집힌 것이 해가 되지 않고 뒤에 가는 수레의 이로움으로 될 것입니다.

저는 오늘 실패한 이유에는 두 가지가 있다고 생각합니다. 그 첫째는 내적 역량이 충분하지 못했고 두 번째는 시기時機를 잘못 판단한 것입니다. 내적 역량에도 두 가지로 나눠 볼 수 있으니, 하나는 인재의 교육과 훈련이요, 둘은 금전의 저축입니다. 시기에도 두 가지를 짚어 볼 수 있으니, 우리가 돕는 시기와 저들의 형세를 틈타는 시기입니다. 오늘날 우리의 내적 역량에 과연 쓸만한 인재가 있습니까 아니면 쓸만한 재정이 있습니까? 이른바 시기라는 것도 과연 그것이 우리가 돕는 때였습니까 아니면 저들의 형세를 틈탄 시기였습니까?

옛날 월越 나라가 오吳 나라에 패한지 20년을 지나서 구천句踐이 회계會稽에서의 수치를 설욕하였고, 고구려가 당나라에 멸망한지 19년이 지나서 대조영大祚榮이 발해渤海의 기업基業을 세웠습니다. 무릇 뜨거운 복수의 뜻을 세운 사람이 어찌 고의로 복수를 지연시켰겠습니까? 다만 내적 역량을 기르고 기회를 기다린 것뿐입니다. 귀하[左右]께서 한번 생각해 보십시오. 우리의 현재 역량이 저 월나라와 고구려가 처음 패했을 때와 비교한다면 그 허실虛實이 어떠하며, 원수 나라의 현재 형세가 오나라와 당나라의 당시 형세와 비교할 때 그 강약强弱이 어떠합니까? 우리나라가 강제로 병합된지 겨우 만 10년이 되었는데 선언서가 나왔습니다. 그것이 실패할 것이라는 예측은 굳이 지혜로운 자가 아니라도 알 수 있었던 일이지만 실패할 것임을 뻔히 알면서도 그토록 분발했던 것은 다름이 아니라 의로운 함성 앞에 이기적 개인이

으로 길함을 도와주는 신이라 한다.

용납될 수 없기 때문이었으니, 동자董子(동중서董仲舒)가 말한 '의리를 바르게 하되 이익은 도모하지 아니하며, 그 도를 밝히되 공은 계산하지 않는다.'는 것이 바로 그것입니다.165) 첫 판은 이미 실패하였으니 두 번째 계획은 심사숙고하지 않을 수 없습니다. 전철前轍을 거울삼아 앞으로의 대책을 세워야 합니다. 오로지 실력을 저축하고 스스로 기회를 만들어 나가는데 주력해야 합니다.

지난번에 제가 북경에 간 것은 순전히 이런 것을 위해 간 것이었습니다. 그러나 속으로 계획한 것을 미처 이루기도 전에 비방하는 말이 먼저 일어났고, 불평분자[不悅之徒]들이 틈만 나면 서로 흠을 잡아 갖은 공격[拳踢]이 답지하였습니다. 저 한 몸의 썩은 이름이 망가지는 것은 아무 아까울 것 없었으나 다만 한스러웠던 것은 우리 한인韓人들의 수준이 너무 유치하여 끝내 대의大義를 펼 날을 갖기 쉽지 않다는 점이었습니다. 지금 귀하께서는 확실한 소견을 가지고 계시니 기어코 뿌리에서부터 개혁하려고 마음을 가다듬고 정성을 쏟아 위험을 무릅쓰고 본국행을 감행하신다니 저는 깊이 찬탄讚嘆하며 속으로 기도합니다. 하시는 일이 순조롭고 도움이 있으리라고 단언합니다. 속담에도 '뜻이 있는 사람에게 일은 반드시 이루어진다.'는 말이 있지 않습니까?

저는 이미 늙었으니 마치 썩은 나무가 아침에 쓸어질지 저녁에 쓸어질지 모르는 것과 같지만, 귀하는 아직 나이도 젊고 기력이 왕성[年富力强]하니 싱싱한 나무이지요. 앞으로 대들보로 쓰일 수도 있고 기둥으로 쓰일 수도 있으니, 어떤 것을 맡느냐 하는 문제는 오직 자신이 맡기에 달려 있는데 어찌하여 이루지 못할 걱정을 하신단 말이요. 귀하는 적의 세력이 창궐猖獗함을 걱정하거나 시기時機가 늦어진다고 한탄하지 말기 바랍니다. 전적으로 남에게 의지하지도 말고 갑자기 희망을 버리지도 말고 국궁진췌菊躬盡瘁(몸과 마음을 다해 나랏일에 힘씀) 하겠다는 각오로 기어코 이루고야 말겠다고 기필한다면 저는 비록 어리석어 아는 것이 없으나 죽기 전에는 나도 있는 힘을 다해서 뒤에서 도울 것을 스스로 준비하겠으니 천번 만번 힘을 내십시오.

김진우金振宇가 영어囹圄의 몸이 되었다니 탄식이 절로 나옵니다. 그러나 이 또한 운수에 관계된 것이니, 하늘의 뜻이 그대로 하여금 실지實地를 밟지 않고도 저절로 좋은 실적을 이루도록 해 주려는 것인지 어찌 알겠습니까?

---

165) 동중서의 말 "대개 인인仁人은 정의正義에 맞추어 일을 행할 뿐 이익은 도모하지 않으며, 그 도를 도로 밝힐 뿐 공은 계산하지 않는다[惟仁人行事 正其誼 不謀其利 明其道不計其功]."는 말을 이른다 (『한서漢書』 「동중서전董仲舒傳」).

심산心山은 현재 귀하의 집에 있습니까? 만일 상량商量함에 합치됨이 있다면 당연히 끊임없이 힘입을 것이니 연락할 곳을 자세히 알려주시길 바랍니다.

나머지에 먼 길에 무사하시길 빕니다.

□ 허옥에게 답하다. 계해년(1923)　答許沃

지난 날 고국에 있을 때 귀하가 뛰어난 인재라는 것을 들었는데 사는 곳이 꽤 멀어 훌륭한 모습을 한 번도 만나보지 못했지요. 그러다가 중국으로 건너온 뒤로 내가 사는 곳과 귀하가 사는 곳의 거리가 100리도 안되니 가깝다고 할 만하지만 이역 생활에서 각자 쓸데없는 일에 얽매이다 보니 찾아볼 생각을 못했습니다. 3·1선언 이후에 저는 외람되이 합당하지도 않으면서 함부로 여러분의 추대 받았으니 마땅히 직접 여러 훌륭한 분들을 찾아뵈야 할 책임이 있는 사람으로 바로 가장 먼저 귀하부터 찾아보고, 반드시 행사幸舍(빈객을 모시는 집)에 모셔두고 때때로 자문을 구하려 했으나 귀하께서 마침 내지內地에 가시는 바람에 가슴속에 있는 수많은 좋은 말씀을 한 번도 듣지 못하였습니다. 돌아오셨을 적에는 기관機關이 이미 길림 남쪽으로 이전하였고 귀하도 북쪽으로 이사를 가시는 바람에 일이 공교롭게 되어 날로 치의緇衣시166)를 읊으며 훌륭한 분을 좋아하는 정성이 고인古人에 미치지 못함이 자못 부끄러웠습니다. 그러다가 다행스럽게도 하늘이 인연을 빌려주시어 새로 사돈관계[秦晉之好]167)를 맺게 되어 지금까지 멀다고 느꼈던 것이 가깝게 느껴지고 소원하다고 느꼈던 것이 친밀하게 느껴집니다. 이러한 기쁨이 어찌 양가가 사돈이 된 기쁨뿐이겠습니까?

금방 먼저 내려주신 편지를 받아보니 말씀이 간절하고 진지하시어 장래의 사업까지 가르쳐 주시고 다시 수고로움을 사양하지 않겠다는 뜻을 밝혀 주시니 읽으면서 우러러 존경함을 금치 못하겠습니다.

이곳의 예정도 중국과 러시아의 경계에서 몇 곳 주둔할 곳을 마련하려고 하였으나 인력이

---

166) 치의緇衣시 : 치의시는 『시경詩經』 「국풍國風」 정鄭에 나오는 시로, 그 주에 『예기禮記』에 이르기를 "현자賢者를 좋아하기를 치의緇衣과 같이 한다." 하였고, 또 말하기를, "치의緇衣에서 현자賢者를 좋아함이 지극함을 볼 수 있다[記曰 好賢如緇衣 又曰 於緇衣 見好賢之至]."라는 말이 있다.

167) 진진지호秦晉之好 : 춘추시대에 진秦과 진晉 두 나라가 대대로 혼인을 하니, 뒷사람이 연인連姻을 들어 이렇게 불렀다. 『예기禮記』 「치의緇依」에 "현자를 좋아함은 '치의緇衣'처럼, 악을 미워하기를 '항백巷伯'편과 같이하라[好賢如緇衣 惡惡如巷伯]."고 했다.

미치지 못하여 아직까지 실행하지 못하고 있습니다. 그러나 이제 막 한 가닥 소망이 있어 조만간에 될지 안 될지 확정될 것입니다. 혹 성사된다면 차례차례 시설하게 될 터인데 그때가 되면 귀하에게 의논드리겠습니다.

새사람은 몸가짐이 단아하고 성품이 순하며 속과 겉이 조금도 흠잡을 데가 없음을 보고 존문尊門의 가르침과 범절을 깊이 흠앙하게 되었으며 또한 저희 집 장래의 좋은 운수를 미리 알 수 있습니다. 다만 배우자인 제 자식이 재능이 우둔하여 청란靑鸞에 목계木鷄로 대조 되니, 어찌 부끄러움을 모르겠습니까? 자식[豚兒]의 병은 조금씩 차도는 있으나 완쾌될 날짜가 아직 먼듯하여 쓸데없이 걱정됨이 심할 뿐입니다.

국塙 군은 요즘 무슨 일을 하는지요? 그 아내도 큰 탈이 없습니까? 안부를 전해 주시기를 바랍니다.

□ 김문좌창숙에게 답하다　答金文佐昌淑

지난 가을부터 귀하가 북경에서 상해로 간 뒤로 편지를 보내어 소식을 전하고 싶은 생각이 었지만 주소가 정확하지 않아서 생각대로 못했다가, 지난 번에 손우孫友의 편지를 받고 나서야 그간에 북경으로 되돌아가서 취화호동翠花胡同168)에 계신 것을 알았지만, 아파트와 호실號室을 몰랐는데 일전에 김철金鐵 군이 처음으로 연락할 곳을 알았고 아울러 객지에서 잘 지내며 동지들과 함께 하면서 이 못난 나도 버려두지 않고 가끔 언급해 준다는 것도 알았습니다. 다만 늙고 쓸모없고 명성이라곤 없는 저 같은 것이 어찌하여 지구知舊들께 후의를 받는단 말입니까? 소식이 막혔던 뒤라 후련하고 감사해 마지않습니다.

숭崇169)은 늘 한결같이 작년 모양으로 지내고 있습니다만 기력은 더욱 쇠하고 기억력은 더욱 없어진데다가 요즘은 감기 때문에 머리를 싸매고 지낼 뿐입니다.

시국은 작년에 비하여 대동소이합니다. 북쪽의 군대는 적탑赤塔에 모이고 남쪽의 인사들은 상해에 모였으니 이것이 혹시 하늘이 말없이 유인하여 두 번째 거사의 원만한 기초로 정하고자 하는 것은 아닌지요?

---

168) 취화호동翠花胡同 : 호동胡同은 북경의 전통적인 골목을 일컫는 말로, 취화호동翠花胡同은 그 중의 한 호동이름이다.
169) 숭崇 : 숭이란 말은 이상룡의 자칭으로 보이나, 유독 심산 김창숙에게 보낸 편지에서만 보인다.

배달무裵達武 군은 먼저 서로군정서西路軍政署 대표로 먼저 뽑히고, 김철金鐵 군은 지방대표로 나중에 피선되었기에 위임장과 여비 약간을 각각 우편으로 보냈는데 아직 회신이 없어 궁금합니다. 과연 지체됨이 없이 기한에 맞춰 전달되었는지, 회의에 간다고 떠난 뒤로 저에게 보여 줄 무슨 내용 줄거리[梗槪]가 있는지요? 윤해尹海 군이 상해를 당한 것은 누가 한 짓인지도 또 무슨 곡절曲折 때문인지 알지 못하니, 소식을 들으면서 한심함을 이기지 못하겠습니다. 손우孫友가 국내로 간 것은 어려움을 무릅쓰고 갔으니 아마 확실히 자신이 있었을 것입니다. 또 그가 주장하는 논리가 절실切實하며 저의 소견과 우연히 합치되어 기뻤습니다. 그때 귀하는 공교회孔敎會의 주필主筆의 역할이 있다고 하였는데 그간 발행을 몇 호나 하였으며, 또한 우리나라의 일을 선전하는데 도움이 있었습니까? 이 앞서 공교회의 서적을 사서 보려고 여러 번 부탁드린 적이 있었는데 과연 잊지 않았는지요?

대개 서양 사조가 점점 동쪽으로 들어오는데 신진 후생들이 국수國粹를 모두 버리자고 하니, 만일 이렇게 몇 년을 지난다면 유학儒學과 윤리는 우리 동방에서 영원히 끊어질 터이니 숭崇은 이점이 두려워서 한 두 동지들과 더불어 이를 다시 일으키고 보위할 대책을 강구할 것을 생각해 봤습니다. 또 우리 영남 지역이 아직도 완고한 꿈을 꾸고 있으니, 만약 정신을 격동시켜 피어내고자 한다면 공자의 가르침[孔敎]만큼 합당한 것이 없습니다. 다만 경전에 드러난 공자의 가르침은 대부분 의도가 있어서 하신 말씀이니 모름지기 널리 고증하고 채집해서 과거와 현재를 참고하여 새로 발명發明해 내야만 비로소 시대정신[時誼]에 맞을 것입니다. 하물며 중국에는 우리가 아직 보지 못한 책들이 많이 있음을 알아야 하고, 또 다문多聞 박식博識한 인사들이 많으니 그들이 제술製述한 것들, 이를테면 『춘추개제고春秋改制攷』·『맹자미孟子微』170) 등과 기타 잡지雜誌와 논설論說 등의 글 중에 반드시 볼 만한 것들이 많을 것입니다. 귀하께서 남북으로 왕래하면서 교류한 범위가 넓으니 스스로 힘써서 우리 부자夫子의 대동大同으로 일관一貫하신 뜻이 동방에서 사라지지 않게 하기를 바랍니다. 이것이 어찌 귀하의 큰 사업이 아니겠습니까?

저 숭崇은 살 날이 멀지 않은 사람이니 죽기 전에 직접 시작하여 후인들을 정도正道로 인도하는 것도 어찌 오늘날 당면한 일이 아니겠습니까? 제발 속히 도모하기를 바랍니다.

---

170) 『춘추개제고春秋改制攷』·『맹자미孟子微』 : 청말의 보수적 개혁자 강유위康有爲가 지은 책 이름이다. 그의 자는 광하廣夏, 호는 장소長素, 중국 청말민국초淸末民國初의 공양학자公羊學者·정치가, 무술변법戊戌變法의 중심적 지도자이다.

▫ 김창숙에게 답하다　答金昌淑

지난달 15일이 지난 뒤에 해산海山 계신 곳으로 편지를 보냈는데 과연 지체됨 없이 받아 보았는지요? 20일이 지난 뒤 연달아 8월 17일과 9월 5일에 보내주신 두 통의 편지를 받았고, 다시 황黃·김金 두 벗이 올 때 그간 소식을 자세히 듣고 비로소 그 사이 세 차례 편지를 보내셨는데 두 번은 끝내 중간에서 없어진 줄을 알았습니다. 그러나 귀하가 이 늙어 쓸모없는 사람에게 이렇게 간곡하게 대해주신 것만으로도 이미 가슴에 새겨지도록 감격할 만합니다.

소식을 들은 뒤로 한 달이 지났습니다. 추위가 시작되는 이때 객지에서 지내시는데 만중하시며 앓던 사혈瀉血 증세는 도지지나 않았는지요? 가만히 생각해 보니 나그네 생활에서 의약품도 군색할 터라, 치료하고 조리하기도 뜻대로 하기 어렵겠지요. 수 천리 머나먼 곳에 떨어져 도와줄 길은 없고 그저 빈말로 인사만 닦으니 부끄럽기 그지없습니다.

손우孫友는 다행히 무사히 도착하였다는 기별을 받았습니다. 게다가 몇 군데 희망있는 단서가 있다고 하니 매우 기쁘고 기쁩니다. 작년에 김진우金振宇가 잡혀간 뒤로부터 저쪽은 잊어버리고 있은 지 오래되었는데, 다행히도 귀하가 쉬지 않고 열성을 다하였고 잇따라 연구하여 손孫군이 온갖 어려움을 떨치고 본국에 들어갈 수 있기까지 되었으니 비록 장래 효과가 어떠할지는 모르겠으나 이렇게 위험을 무릅쓰고 용감하게 들어간 것은 듣는 사람으로 하여금 기를 돋게 하기에 충분합니다. 더구나 근본적으로 경장해야 한다는 지론을 따른 것은 확실히 바르게 깨달은 것이니, 시국을 통찰하는 큰 안목을 가진 사람이 아니라면 아마 여기까지 이르지 못했을 터, 이것이 내가 몇 번이고 흠상欽尙하는 것입니다. 많던 적던 간에 속히 물을 대는 힘을 들여서 이렇게 반 쯤 이룬 역사役事(즉 개간하는 일)를 중도에 그치지 않게 하는 것이 어떻겠습니까?

내가 이 직함을 가지려고 하는 것은 다른 뜻이 있어서가 아닙니다. 서간도西間島 사회가 처음에는 한 집도 풍족한 집이 없었는데, 10여 년간을 오로지 힘을 다해 교육하여 아이들을 데리고 부녀들에게 둘러앉아 학비學費에 온 힘을 다했는데, 본 서로군정서西路軍政署를 세운 뒤에는 또 여러 차례 수괄搜刮을 당하여 교민들의 재산이 다 바닥나고 털끝만큼도 지탱할 수가 없었습니다. 그리하여 마침내 수백 건아들이 추위에 떨고 굶주리는 지경에 빠지게 하였습니다. 북쪽으로 간 사람들은 공산당에게 붙어 목숨을 부지하고 남쪽으로 간 사람들은 통의부統義府에 이름을 내던졌으니, 비유하자면 가난한 집에 많은 자식이 부모가 재산을 풀어 생활 밑천으로 대주지 못하자 저희 마음대로 흩어져 남의 집의 자식이 되는 것과 같습니다. 사세가 급박함은 어찌해 볼 수가 없는데 그 두령頭領된 자가 유독 스스로 반성이 없겠습니까? 그래서 무지無智하고 무능한 것에 대해 오랜 동안 근심하고 탄식이 절로 나오던 끝에 가지고 있는 직함을 벗어버리고 감당할 만한 인사에게 책임을 넘기려고 생각하였습니다. 마침 그 때 배우襄友가 편지를 보내 다시 북경에 가자고 하였고, 남南·신申 두 친구도 상해에 가자고 요구하였습니다. 그래서 함께 풍부馮婦의 용맹이 쇠하여171) 다시 움직이지 못한다는 뜻으로 답을 보내고 그 사실을 김철金鐵 군에게 말하였습니다. 그런데 뜻하지 않게 이 편지가 그대에게까지 전해져서 이런 곡진하게 바른 길을 가르쳐주시는 일이 있게 되었습니다. 김해산金海山도 편지로 이렇게 말하니, 이에 저 숭崇도 도의로서 서로 도와주는 벗으로 어찌 기쁘고 감사함을 이길 수 있겠습니까? 깊이 바라건대 제공諸公들은 제가 늙었다고 해서 멀리 내치지 마시고 일마다 깨우쳐 주시어 경거망동하는 허물이 없도록 해주시기를 천번 만번 바랍니다.

박우朴友가 편지를 보내어 합치기를 청한 것은 실로 좋은 뜻입니다. 작년 봄에 만났을 때 비록 얼마의 언약은 있었지만, 여러 훌륭한 분들이 늘어서서 각각 세력을 이루어 떨치고 가진 것이라곤 없고, 공허한 이 서간도西間島 한 구석을 무슨 취할 것이 있다고 함께 손잡고 일을 하려고 하겠습니까? 우리 군軍도 이제부터 외롭지 않게 되었으며 이에 힘입어 장래엔 다시 떨쳐 일어날 희망을 가지게 되었으며 귀하도 상종해 주시어, 혼자 힘으로 이루어 내기 어렵다는 이른바 고장난명孤掌難鳴의 탄식이 없게 되었으니 이런 다행이 없습니다.

천택天澤은 언제 상해로 가며 김철金鐵 군 또한 별 탈 없이 북경으로 돌아와서 때맞추어 회의에 갔습니까? 국민대표회의가 결국엔 좋은 마무리가 되기 어려울 것이라고 나는 미리 짐작했습니다만 이것이 이미 설치된 것 중에서 최고기관이며, 국민들의 희망이 달려있으니, 만일 원만한 결과를 얻게 된다면 어찌 큰 다행이 아니겠습니까?

황우黃友가 와서 묶고 있는지가 이미 열흘에서 보름쯤 됩니다만 이곳에 일이 어지럽기 때문에 수속이 이토록 늦어지고 있습니다. 내일이면 다 액목현에서 열리는 공개회의로 가서 처리할 계획입니다.

---

171) 풍부馮婦의 용맹이 쇠하여 : 풍부馮婦는 전국시대 진晉 나라의 사람으로 범을 맨손으로 잡을 정도로 기운이 세고 만용蠻勇이 있었으나 뒤에 얌전한 선비가 되었다. 여기서는 용맹한 사람을 뜻한다. 『맹자孟子』「진심盡心」에 이와 관련한 이야기가 나온다.

□ 류성후만우에게 답하다　答柳聖侯萬佑

　친근한 관계가 된 이래로 알려진 명성을 늘 부러워[蒹葭依玉之愧況]172) 하다가 얼굴을 대하게 되니 친근한 관계가 된 것이 영광스러웠고 저의 속을 시원하게 해 준 귀하의 말씀은 저의 감탄을 불러일으키기에 충분하였습니다. 헤어진 뒤로 아직 남은 서운함이 한 달 열흘이 지났는데도 그치지 않습니다. 지난번에 성언聲彦 형이 왔을 때 다시 보내주신 편지를 받았습니다. 편지에 흘러넘치는 간절한 말씀은 또 한번 좋은 만남을 가진 것에 못지않아서 받들어 읽음에 위로되고 감사하여 종이가 닳도록 읽으면서도 손에서 놓을 수가 없었습니다.

　이 가을에 웃어른의 체후는 절후에 따라 만왕하시고 형제분들도 잘 계시며, 옛 학문을 익히시는 여가에 또 새로운 책들도 섭렵하신다니, 반드시 분발하고 격동되는 생각이 있음이 말 없는 가운데 저절로 마음 속에서 울어 나왔음을 알겠습니다.

　저 상희는 본래부터 허약한데다가 근심과 쓸데없는 일에 흔들려 거울 속에 비치는 얼굴은 내 눈으로도 알아보기 어려우니 장부丈夫가 세상에 태어나서 무슨 일을 했다고 벌써 이런 노쇠한 지경에 이른단 말입니까?

　아드님은 오랫동안 함께 있으면서 속과 겉이 순실純實함을 더욱 알게 되었으니, 장래에 결코 속세한 인물은 되지 않을 것입니다. 다만 이번에 와서 서로 도움 줄 만한 훌륭한 스승과 좋은 벗이 없어서 수준에 따라 공부를 하였으나 진보되는 격을 보지 못한 것이 부끄럽습니다.

　편지 마지막 부분에서 말씀하신 뜻은 참으로 감사할 따름입니다. 다만 이 과문하고 고루한 사람이 비록 감히 선각자라고 자처하지는 못하겠지만 실은 시국을 엿본 일면이 있는데, 어찌 감히 함부로 유인하여 함께 함정에 빠질 계획을 하겠습니까? 최근에 본회本會에서 온 지명서指明書를 보니 ‘통일 국민’이니 ‘방침을 작정한다.’느니 등의 말이 있었는데, 때는 점점 늦어지고 형세는 나빠지고 있습니다. 반드시 마음을 확정하시고 아울러 동지들을 다시 고취시키시어 우리 추로鄒魯의 고장이 영원히 세계에 할 말이 있도록 하시기를 바랍니다.

---

172) 겸은蒹葭 : 갈대 같은 풀이 옥 같은 나무에 기대 있다[蒹葭依玉樹]에서 따온 말. 중국 위魏의 명제明帝 때 모증毛曾과 하후현夏候玄이 함께 앉아 있자, 그런 평을 했다는 것이다. 하찮은 사람이 훌륭한 사람과 친근한 관계가 됨이 영광이란 의미로 썼다.

▫ **내제 권치삼**상규[173]**·덕소**상무**·은필**상용**에게 답하다.** 경자년(1900)　答內弟權致三相圭德
紹相懋殷弼相用

오랫동안 서로 소식이 막혀 매우 답답하더니 의외에 방문하신 부아府亞를 뵙고 삼형제분의
편지를 받게 되어 어루만지기만 해도 위로됨이 씻은 듯하여 거의 손에서 놓을 수가 없었다
네. 하물며 초겨울에 모친 체후 손상 없이 잘 계시며 빈소를 모시는 형제분들이 잘 보중하고
지낸다는 것을 알았네. 상중喪中에 공부함이 고인古人들이 하던 대로 하여 혹시라도 헛말이 되
지 않겠지? 연질蓮姪(이름에 연자가 들어가는 조카)은 공부 열심히 하는가? 화변禍變을 당한 끝에 한결
같은 소망은 오직 그 형제들이 반드시 일마다 부지런히 하여 가문의 영광을 떨어뜨리지 않기
에 힘쓰는 것이라네.

　부친의 상사喪事는 존문尊門의 운수가 불행한 것일 뿐 아니니, 하늘의 뜻이 한 어른을 아끼
지 않았음이 아니겠는가? 슬픔과 사모함이 두루 간절하다네.

　나는 어머님의 기후가 다행히 큰 어려움은 면하시고, 달포 전에 선친의 산소에 가토加土를
하였네.

　이장移葬을 하고 봉분을 다시 다듬는 일은 애감哀感이 끝이 없지만, 다만 토질이 매우 좋아
영구히 모실만한 땅이 될지 모르겠네. 소천小川 등에도 일찍이 마음에 둔 곳이 있는데 산 기
운이 어떤지 모르니 이 일은 결코 가볍게 해서는 아니 되고 반드시 안목이 있는 사람을 구해
살펴보고 다시 살펴보도록 한 뒤에 해야 후회가 없을 것이네. 편지로는 나에게 한번 봐달라
고 하는 뜻이 있었는데, 그러나 맹인의 시선을 빌리는 것과 같아서 아무 도움이 없을 뿐일세.
외숙부와 나눈 애기가 있었던 것은 돌아가는 즉시 다 말씀드릴 것이네.

　막내아우는季從 이와 같이 성취할 줄은 일찍이 알지 못했더니, 지금 편지를 보니 글 솜씨와
편지 쓰는 솜씨가 모두 우수하여 매우 흡족하고 축하할 만하네. 모름지기 백척간두百尺竿頭에
서 한 발을 더 나아가서 나중에 성취함이 소성小成에 그치지 않도록 하길 바라네.

　농사는 한번 겪은 수해水害가 가뭄보다 심한데, 그 쪽은 다행히 이런 피해를 면했다고 들었
네. 그러나 경작한 것이 작으니 소득 또한 얼마나 되겠는가? 탄식하고 탄식할 일일세.

---

173) 권상규權相圭는 본관은 안동이며 자는 치삼致三, 호는 채산蔡山이다. 의병장 세연世淵의 아들이며,
　　외조는 한산韓山 이문직李文稷이다. 을미사변이 일어나자 의병을 일으켜 항거하려 했지만 실패
　　하였고, 1896년에 다시 의병을 일으켜 활동했다. 경술국치 이후로 세상과 인연을 끊고 동서양
　　역사 서적을 구해 읽으며 당시의 국제정세를 파악했다. 저서는 『인암집忍庵集』이 있다.

외숙부님은 오랫동안 뵙지 못한 뒤에 한번 나들이하시기도 쉽지 않은데 사람과 말을 오랫동안 내기가 어려워 삼일을 묵으시고 갑자기 떠나시니, 전송할 때의 서운한 마음은 말로 할 수 없네.

□ 권치삼에게 보내다. 경술년(1910)   與權致三

해가 바뀌도록 적조한데 소식 들을 길 없어 답답한 마음 말로하기 어렵다네. 가을이 한창인 이때 형제분들 기거가 다 평안하신가? 나는 큰 병은 없으나 거울 속에 비친 늙은 모습이 날로 달로 심해지는데, 내나이 60년이 되도록 한 일이 무엇인지 그저 혼자 탄식할 뿐이네.

둘째 아우仲君가 또 멀리 떠나 객지 사람이 된 뒤로 가끔 소식도 듣지 못하고, 막내 아우季君만은 그대로 지낸다네. 번개樊浦 박실朴室(박씨에게 출가한 누이 동생)이 사내를 낳은 것이 그런대로 마음을 조금 채워준다네.

농사는 필경 혈농穴農(가뭄으로 구멍을 파서 모내기함)이 될 듯한데, 지금 같으면 아예 손을 놓게 되겠으니, 아마도 하늘의 뜻도 사랑과 미움이 고르지 못한 듯하이. 자네 농사는 어떤지 모르겠네. 이런 배금拜金시대에 여덟 식구가 먹고 사는 것도 작은 일이 아니니 소홀히 여기지 말기를 바라네.

그 쪽의 젊은 동지들이 제법 시국에 대해 눈을 뜬 사람이 있다고 하니 그것은 좋은 소식이지만, 만일 일도양단一刀兩斷하는 자세로 하지 않고 다만 찬탄만 해서는 일을 성공시킬 수 없네. 세계를 두고 말하자면 새로운 세상이 개벽하는 때이고 국가로 말하자면 흥하느냐 망하느냐 하는 시기일세. 세월은 속절없이 흘러가 있으니, 절대로 머뭇거리고 망서리지 말기를 바라네.

만약 마주앉게 된다면 가슴속에 쌓인 회포를 다 풀텐데, 나는 가기 어렵고 자네는 오지 않으니 암담할 뿐이네.

□ 이동주에게 답하다. 경신년(1920)   答李東柱

황천皇天이 말없이 인도하시고 열성조列聖祖가 몰래 도우시어 우리나라가 광복할 시기를 빌려주시고 우리가 활동할 땅으로 인도해 주셨습니다. 이리하여 온 나라가 한목소리로 독립을 외치고 세계 여러 나라들이 동정同情을 나타내고 있습니다. 이때야 말로 지사들이 격분하여 팔을 휘졌고 용감한 남아들은 손에 침을 묻히고 나설 시기입니다. 지난해 3월 이래로 각 단체들이 벌떼처럼 일어나 진용을 마주하고 있으니 한 시대의 인재들의 일어남이 풍성하다 볼 만합니다. 그러나 이역異域에 사는 우리 교민들은 만사에 자유롭지가 못합니다. 무기[器械]는 사 모으면 된다고 말은 하지만 운송하는 일이 가장 어렵습니다. 지역으로 말하면, 국경이 가깝다고는 하지만 행동하기에는 불편합니다. 더구나 일을 시작한 지 오래되어 소문은 점점 드러나고 있는데도, 안으로는 지주地主들이 못하게 막는 것이 점점 치밀해지고 밖으로는 적들의 침학侵虐이 날로 심해지니, 만약 각 진영陣이 서로 연락하지 않고 험한 산을 근거지로 삼다면 외롭고 위험한 형세가 되어, 거의 자력으로 지탱하기 어렵게 될 것입니다. 지난달에 성成·강姜 제 동지들을 보낸 것은, 각 진영이 경계를 없애고 생사를 함께할 것을 서약하기 위함이었는데, 회보回報를 보니, '귀하의 앞장선 견해와는 사전에 의논한 적이 없이 서로 일치하는 결과[不謀而同]임을 알게 되었으니, 만난 지 오래된 사이처럼 느낄 뿐 만 아니라. 속마음을 다 털어 보이고 함께 손잡고 일하며 서로 심복心腹이 되고 싶다.'고 한 내용을 통하여 나는 군자의 애국 진성眞誠과 치우침 없는 공정한 마음이 다른 사람보다 만 배나 뛰어나심을 더욱 알 수 있습니다.

제 생각엔 기회란, 얻기는 어려우나 잃기는 쉬운 것이니 일을 신속하게 처리하고 지체하지 말아야 합니다. 그러므로 2개의 소대小隊를 나누어 출발시켜 숙영지宿營地를 들어가 정하게 할 계획이며, 우선 중도中道에 주둔하게 하고, 먼저 강姜 동지를 파견하여 사유를 상세히 말씀드리오니 귀하는 실정을 모르는 견해라고 책망하지 마시고 걱정을 끼쳐드린다고 혐오하지도 말고. 모든 군량 준비와 기구器具를 구하고 매입하는 따위의 제반 사항은 전에 없는 특별한 예[발례=撥例]로써 일을 당해 군색하고 잘못되는 일이 없도록 해주시기를 천만번 바랍니다.

□ 이동주에게 답하다   答李東柱

얼마 전 강姜군이 돌아올 때 보내주신 답장은 잘 받았는데. 곧이어 벗 이청천李靑天이 가실 때는 사무가 분요하여 문안 편지를 드리지 못해 죄송한 마음 아직까지 그치지 않습니다.

더운 날씨에 객지에서 지내시는 기체가 늘 만중하시며 주간하시는 공무公務도 점점 자리 잡아 뜻하시는 대로 진전되고 있으신지요? 멀리서 구구히 우러러 그리는 마음 간절합니다. 저 계원啓元은 지내는 상태가 늘 그대로지만, 안으로는 가난 걱정이 간절하고 밖으로는 침해로 인해 욕을 당하며, 기회는 늦어지고 광복사업은 차질이 생기니, 우리들의 큰 계획에 차질이라도 생겨서 도리어 제공들에게 방해만 되지 않을까 두려울 뿐입니다.

지난번에 떠난 일행은 지시를 받아서 지정된 처소에 마음 편히 주둔하고 있는지요? 만일 귀하같이 면밀한 계획성과 열성을 가지신 분이 먼저 백산白山의 주인이 되셨습니다. 또 생각하시는 범위가 넓으셔서, 앞으로 각 단체를 취합聚合하여 한 덩어리로 만들려고 하시는데, 만약 귀하의 계획대로만 된다면 바로 우리 한국의 큰 행복일 터인데, 어찌 우리의 목적 달성에 대하여 걱정하겠습니까?

먼저 자신부터 시작해서 서로 다른 갈래로 보지 마시고 한 마음으로 힘을 합쳐 큰일을 함께 해결해 나가시기를 바랍니다. 양식을 주선하는 일과 영루營壘를 시설하는 일 등 제반 일의 방안에 대해서는 형편에 따라 일일이 청천靑天과 상의하여 결정하시고, 그를 시켜 계속 알려 주시길 바랍니다.

▫ 박하경우종에게 답하다.[174] 정유년   答朴夏卿禹鍾

가을 들어서부터 누이가 날마다 정성스럽게 사람을 보내어 문안하는데도, 산골에 살림이 어느 한 가지도 군색하지 않은 것이 없어 그냥 지나쳤는데, 마침내 사람을 시켜 먼저 편지를 보내주니, 편지를 받고 부끄러워서 마치 얼굴에 불을 덮어 쓴 듯하다네. 가을 기운이 서늘한 이때 어른 모시고 잘 지내신다지.

긴 여름철에는 무슨 공부를 하였는가? 평소에 자네의 외모가 풍채 좋고 의기가 당당하여하며 마음 자리가 활달하여 장래 비범한 인물이 될 거라고 매우 아꼈네만, 다만 책 앞에 머리 숙이고 공부에 힘쓰지 않는 것만은 큰 병통으로 여겼다네.

자네는 대종大宗가를 계승할 무거운 책임을 지고 있으니, 만일 제 때에 맹렬하게 하지 않는

---

174) 박하경 : 박경종朴慶鍾 호는 만성晚醒이고 다른 이름이 우종禹鍾이며 하경은 자다. 경북 영덕盈德 사람으로 이상룡의 매제이다. 1911년 1월 가족을 동반하고 이상룡과 함께 만주로 망명하여 유하현柳河縣 삼원포三源浦에서 이시영李始榮·이회영李會榮 등과 함께 농장을 경영하면서 이주 동포들의 정착에 많은 도움을 주었다. 또한 만주지역의 민간자치기관인 경학사 조직에도 참여하였으며 광업사廣業社에서도 활약하였다. 1914년 8월 국내에 입국하여 경상도지역에서 군자금 모집활동을 전개하다가 체포되어 소위 보안법 위반으로 1915년 9월 20일 경성지방법원에서 징역 7월형을 받고 옥고를 치렀다.

다면 뒷날 맡은 일이 번거롭게 될 적엔 비록 공부가 재미있게 느껴진다해도 편안히 앉아 글 읽을 여가가 없게 될걸세. 과거에 내가 경험한 일이니, 부족한 사람이라고 해서 말마저 무시하지 말고 자네 분수에 맞게 독실하게 해서 선대인[先文丈]께서 남기신 업적이 갑자기 땅에 실추되는 일은 없도록 하기를 바라네. 이것이 나의 간절한 바램일세.

나는 연로하신 어른[耋親]께서 그저께부터 무단히 학질을 심하게 앓으시니, 비록 아는 병이라고 해도 근력을 잃으시면 어쩌나하고 미리부터 마음 졸이고 있다네.

계씨季氏의 집짓는 일은 시작은 벌써 하였으나 일은 많고 힘은 약하니 끝내 도방지사道傍之舍175)가 되지 않을까 염려된다네. 금계金鷄에는 그동안 아직 소식을 듣지 못했는데, 장문狀文이 변해서 발어跋語가 되었다는 말씀은 아마 겸손하고 정중한 뜻에서 하신 말씀인 듯하니, 자네가 직접 가서 신청하는 것이 도리에 합당할 것 같네. 속히 실행하는 것이 좋겠네.

▫ 박하경에게 보낸 답장의 별지. 경자년   答朴夏卿別紙

의절儀節에 대하여 물어오니, 평소 예禮에 대해서는 아는 것이 없는데 어찌 감히 함부로 아는 체하여 태재汰哉의 비난176)을 범하겠는가? 다만 두 가지 조항은 모두 평소에 의심을 가졌던 것이라서 그 때문에 고명한 의견에 질정을 받아도 되겠는가?

면복縇服177)을 입고 석 달 안인데, 복이 사람에 따라 어떻게 되는지는 근거를 찾을 수가 없네. 그러나 시마緦麻복을 입는 제도에서 곧은 동정을 달아 입는 것은 추측이 너무 심한 것 같네. '지나침은 부족한 것과 같다.'는 말은 바로 이런 것을 두고 말하는 것이 아니겠는가? 도복道服은 군자들이 일반적으로 입던 옷으로 하필 시제緦制에 따라 입는 복이라고 해서 입겠는가? 두루마기[周衣]는 처음에는 어떻게 생긴 옷인가를 몰랐는데 근래에는 이미 몸에 편한 옷으로 제도화 되었고, 길흉사에 자주 이를 입고 다니는 사람이 있는데, 나로서는 예禮에 맞는 옷이니 입어도 된다고는 하지 못하겠지만 또 예禮에 맞지 않으니 입어서는 안된다고 못하겠네. 구의丘儀와 계설溪說에는178) 다만 '소복素服을 입는다.'고만 했으니, 잘 알아서 하는 것이 좋겠네.

---

175) 작사도방作舍道傍 삼년불성三年不成이란 말로, 길가에 집을 짓다보니 보는 사람마다 이런저런 간섭을 하게 되어 3년이 지나도록 완공이 어렵게 된다는 말이다.
176) 태재汰哉의 비난 : 자신을 뽐내기 위해 근거를 제시하지 않은 채 말을 함부로 한다는 비난이다 (『예기禮記』「단궁檀弓」).
177) 면복 : 부모의 무덤을 옮겨서 다시 장사를 지낼 때 입는 상복.

석전夕奠은, 이미 같은 날 합장合葬을 했다면 합전合奠한다는 의견도 일리가 있는 것 같기는 하나, 관을 옮긴 뒤에 영좌靈座를 설치하고 아침저녁으로 곡을 하며 제사를 올리는 것이 상喪을 당했을 때의 예禮이니, 가령 같은 날 부모의 상이 났다면 그때도 같은 의탁椅卓에다 함께 음식을 차려 올리겠는가? 또 세세한 절차를 가지고 말하자면 손님들이 조상弔喪하고 영결永訣할 적에 어려운 점이 많을 것이네. 명재明齋의 주장을 살펴보면 부모를 한꺼번에 장사지낼 때는 영좌靈座를 병풍으로(혹은 족자簇子로) 사이를 띄어 나누어 배설排設하고, 우제虞祭때도 같은 식으로 진설陳設하여 차례로 잔을 올리는 것이 합당하다고 하였으니, 여기에 따라 행한다면 혹시 되지 않을까 하네. 모름지기 널리 물어서 시행하는 것이 좋겠네.

▫ 박하경에게 답하다   答朴夏卿

오랫동안 소식이 없어 답답하던 차에 안우安友가 와서 그편에 보내주신 편지를 받아 보니 구름을 헤치고 해를 보는 것 못지않게 마음이 시원했다네. 추운 날씨에 성방省傍(어른을 모심) 복중服中(거상중)의 건강이 좋으며, 누이동생[妹阿]의 병도 점차 나아가고 있음을 알고 나니, 이밖에 듣고 싶은 다른 소식이 뭐가 있겠는가?

나는 어머님이 계속 편찮으신데다가 열흘 사이에 또 유산酉山 계시는 외조모[外王母]님 상을 당하였다네. 비록 천수를 누리셨다고는 하지만 거듭되는 불행이 예사롭지 않으니 슬퍼서 흘러나오는 눈물이야 어찌 친가와 외가가 다르겠는가?

서협西峽으로 옮기겠다는 이사 계획은 무엇 때문에 이런 생각을 하게 되었는지 모르겠네만, 시대의 상황[時象]으로 보자면, 바다 가까운 항구에 산다는 것은 혹시라도 지나친 계획이라는 염려가 있을 수 있네. 근래 서울 소식은 제법 조용하고 안정된 듯한데, 갑자기 두려워 움직일 필요는 없을 듯하네. 마을의 형편으로 말하자면, 눈앞의 이런저런 얽힌 일들이 사실 놀랍고 망령되기는 하지만, 오랫동안 잠겨 있던 문이 불행히도 나로부터 먼저 열렸다 하더라도 다만 자신의 성의를 다해야 할 일이지. 또 이치로 말해보세. 가령 그들로 하여금 스스로 고치게 했는데 혹시 고치지 않는다 하더라도 마땅히 법으로 경고하고 그 다음에는 법의 징계를 받도

---

178) 구의丘儀와 계설溪說에는 : 구의丘儀는 당唐 나라 사람 두우杜佑가 지은 『통전通典』에 있는 「예전禮典」을 가리키는데, 이는 우리나라 예서禮書의 기본이 되었다. 계설溪說은 퇴계선생의 예설을 가리키는 듯하다.

록 할 뿐이거늘, 어찌하여 먼저 발끈[激發]하여 이런 부당한 행동을 하려하는가?

자네가 대종大宗을 이어받을 책임은 결코 가볍지 않으니, 모든 일에 더욱 주의하고 신중하게 살펴야 하고 경솔하게 행동해서 여러 사람들의 마음을 미덥지 않게 하거나 노하게 해서는 아니 되네. 여러 족인들을 하나같이 비호하고 누구를 더 미워하거나 편애하지 말게. 마을에 만일 상규常規에 어긋나는 일이 있거든 조율하고 다독거릴 것을 생각하고, 어떤 일이든지 항상 자신을 반성한다면 자신의 미진한 곳을 볼 수 있을 것이네. 남과 비교해서 상대적으로 깨끗한 것을 잘한 것이라고 여기지 말고, 남을 이기는 것을 기분 좋게 여기지 말고, 남을 탄압하는 것이 자신을 높이는 것이라 여기지 말고 친한 사람과 소원한 사람, 가깝고 먼 관계에 있는 사람들을 모두 도량으로 포용하여야만 내가 사는 땅을 등지지 않는 것이라네. 내가 보기에는 지금 계획하고 있는 것은 매우 온당하지 않은 일이니 자네는 깊이깊이 다시 생각해보기를 바라네.

내게 질문을 한 때문에 속마음을 털어서 말하지 않을 수 없었네. 시원치 못한 사람이라고 충고하는 말까지 버리지 말기를 바라네.

▫ 박하경에게 답하다. 병인년(1926) 答朴夏卿

나 같은 사람을 살아있는 사람이라고 진지하고 간절한 편지를 멀리서 보내주어 나를 감동시켰네. 더운 장마철에 형兄(매제인 하경夏卿)의 병세가 차츰 정상으로 회복되고 누이동생도 먼 길에서 돌아온 뒤 여독旅毒이 없으며, 사속嗣續(대를 이을 사람. 즉 양자)도 이미 정했음을 편지를 통해서 알았네. 듣고 보니 이는 사장祀丈의 무릎 위에 있는 손자는, 그 기상과 도량이 출중하여 틀림없이 가풍家風을 잘 이어가겠고 나이 또한 너무 어리지 않고 이미 보통 과정의 공부를 마쳤다고 하니 가문의 경사로움이 이제 원만하게 되었네. 농사도 저당 잡힌 땅[押地; 抵押品的田地] 여나믄 나절[十餘晌] 갈이 정도 마련하여 먹고살 방편이 마련되었다고 하니 이제는 걱정할 것이 없겠네.

나는 작년 봄부터 풍습風濕으로 인한 병이 나서 온 몸이 붓고 부스럼이 나고 팔다리가 마비되어 아무 일도 하지 못하고 드디어 숨만 붙어 있는 산송장이 되었으니, 이것이 수십 년 만주에 와서 얻은 것입니다. 늙으면 병들고 병들면 죽는 것은 목숨달린 것들이 피할 수 없는 일로 으레 찾아오는 일이고 보면, 내 어찌 이를 한탄하겠는가? 다만 압록강을 건너올 때 처음 뜻한

목적이 있었는데 마침내 일은 뜻대로 되지 않았고 사람은 세월 따라 가고 말았네. 지금 현상
으로 보건대 광복은 고사하고 종족마저 멸망당할 위기가 닥쳤는데도 당국자는 정신이 없고
방관자들은 아예 마음마저 죽어버렸으니, 돌아가려 해도 조상에게 죄를 짓게 되고 여기에 남
아 있으려 해도 자손들에게 실책失策이 되니, 이런 걸 생각하면 다만 세상에 붙어 있는 것이
지리支離할 뿐이네.

척서尺西가 그곳에 도착한 뒤로 여러 차례 편지를 보내왔는데, 여러 가지 겪는 고초는 이미
처음부터 염려했던 것이지만 신병身病이 가볍지 않은데다가 농장의 물은 멀리 있고 일은 많은
데다가 땅이 한나절 갈이도 채 안된다고 하니, 내[窮人; 빈궁한 사람]가 하는 일은 하는 일마다
실패니 한탄스럽네. 형제가 서로 의지하고 살아야 하는 마당에 서로 멀리 떨어져 산다는 것
이 어려웠지만, 오로지 다음에 함께 모여 살기 위하여 굳이(자네가 이곳 만주로 오는 것을) 말리지
못하였던 것인데, 지금은 모든 일이 어긋나 버렸고 늙은 몸이 병도 갈수록 심해지고 앞으로
남은 날은 점점 짧아지니 끊임없이 생각나는 것은 간절한 남매간의 정이라네. 하물며 형과
아우가 손을 잡고 중국으로 건너오면서 굳게 약속한 것이 어떠하였는데 이곳에서 천리나 서
로 떨어져서, 얼굴조차 볼 수 없게 되었단 말인가, 만일 이런 마음을 터놓지 못하고 돌아갈
곳으로 돌아간다면 어찌 정으로 보나 세상 일로 보나 크게 유감스럽지 않겠는가? 편지 종이
를 대하니 더욱 목이 메이네.

◦ 송치공기식에게 답하다¹⁷⁹⁾　　答宋稺鞏基植

평소 자네의 모습과 몸가짐이 단아하고 조촐하며 말과 행동에 법도가 있음을 보고 속으로
기특하고 사랑스러워 그 때마다 자네의 포부를 알고 싶었는데, 한 번도 얼굴을 마주하지 못
한 것이 한스러웠네. 월초에 법흥法興에서 보내준 편지를 받았을 때부터 그 기쁨이 매우 컸는
데, 더구나 내용이 정성스럽고 간절[懇懇]하여 처음 먹은 뜻을 구하는 의지가 있음에랴? 별지

---

179) 송기식의 자字는 공필鞏弼, 호는 해창海窓이다. 안동군 임하면臨何面 송천동松川洞에서 괴당槐堂 송
순호宋淳昊의 맏아들로 태어난 그는 김홍락金興洛에게 배우고, 일본에게 국권이 빼앗기자 이상
룡・류인식柳寅植 등과 함께 국권회복을 위해 노력하였고, 특히 교육을 통한 국민계몽에 힘을 기
울였다. 그의 저술은 『해창문집海窓文集』 9권이 있다. 그리고 필사본으로 『유교유신론儒敎維新論』
이 있다. 1908년 31세에 스승인 김홍락의 유고를 7년간 필사하여 문집 31권 16책을 완성 출간
하였다.

別紙로 물은 것은 모두 깊이 사색한 끝에 나온 것으로 내용이 어떻하든지 관계없이 제목만으로도 매우 가상嘉尙하네. 다만 이 사람이 아는 것이 없고 허술하여 좋은 뜻에 부응할 수가 없으니 이것이 부끄러울 따름일세. 질문에 대답이 없을 수 없으므로 별지의 좁은 쪽지에 조금 아는 것을 적어 보내긴 하지만 오류가 틀림없이 많을 테니 내가 자네보다 나이가 조금 많다고 해서 어렵게 여기지 말고 충분히 반박해 주기를 바라네.

▫ 별지 別紙

"성인이 중정中正과 인의仁義로써 안정시키고 고요함[靜]을 위주로 한다."는데 대하여[180)

정자程子가 "경敬하게 되면 저절로 비고 고요하다[自虛靜]."라고 하였고, 주자朱子는 "주자周子가 주정主靜을 말한 것은, 사람들이 그 마음을 고요하게 안정시켜 스스로 주재主宰하도록 하기 위함이다. 정자는, 고요함[靜]만 찾게 되면 사물과 교섭交涉이 되지 않을 것을 염려하여 경敬을 말한 것이다."라고 하였다.[181) 남헌南軒[182)은 "정자가 경敬으로써 사람을 가르친 것은 바로 주자周子의 주정主靜의 뜻이다."라고 하였으며, 또 말하기를, "몇 해 전부터, 오로지 경敬 자만 가지고 공부해 봤는데 공부하면 할수록 주자周子의 주정主靜이 맛이 있음을 느낄 수 있었다."라고 했는데, 진서산眞西山은 "남헌의 이 말은 아마도, 경敬과 정靜을 합하여 하나로 본 것이며, 이는 과거 내 학설의 근거가 되었다."고 하였다.

대개 주자周子는, 많은 사람들이 흔히 움직임[動]에서 잘못되므로, 특별히 주정主靜의 취지로 말한 뒤 곧바로 "욕심이 없으므로 고요하다."고 하였으니, 욕심이 없는 것이 바로 경敬의 뜻이다. 왜 그런가? 경敬을 하였다면 저절로 사악한 마음[非僻(辟)之心]이 방지되어 이 마음이 맑고 고요하게 되는 것이지. 때문에 주정主靜 외에 따로 지경공부持敬工夫가 있는 것은 아닐세.

---

180) 성인이 … 대하여 : 이 말은 주돈이周惇頤의 「태극도설太極圖說」에 나오는 말이다.

181) 여기에 인용된 것은 『근사록近思錄』 권4에 있는 말로, '주자는 …' 이하는 주석부분이다.

182) 남헌 : 송나라 학자 장식張栻의 호이다. 그의 자는 경부敬夫 또는 낙재樂齋, 광한廣漢 사람이다. 성리학에 전념하여 주희朱熹와 친교를 맺었었다. 호굉胡宏에게 사사하였고 음보蔭補로 벼슬길에 올라, 효종孝宗 때에는 좌원외랑左司員外郎·비각수찬秘閣修撰 등의 벼슬을 지냈으며, 형호북로안무사荊湖北路安撫使로서 일생을 마치었다. 선宣이라 시諡하였으며, 주자가 논정한 『남헌집南軒集』 44권이 있다. 여기에 인용된 '남헌은 … 합하여 하나로 본 것이다.'라는 말은 진덕수의 『진서산독서기眞西山讀書記』 제19권에 나온다.

‘안정시킨다[定之].’고 한 것은 천하의 움직임을 통일시킴을 말하는 것이지 성인이 그 마음을 스스로 안정시킨다는 것이 아니다. 성인은 바로 온전하게 갖추어 체단體段이 포괄적으로 이루어졌[渾成]으니 무슨 더할 일이 있겠는가?

만일 스스로 안정시킨다고 말했다면 이것은 수행修爲에 관련되는 것이니, 하단 주석에서 ‘경敬하면 욕심이 줄어지니, 줄이고 또 줄여서 무욕無慾(욕심이 없어짐)에까지 이른다.’고 한 것은 수행하는 것을 중심으로 말한 것이다. 군자의 수행은, 성인이 안정시키는 절도에 의지할 따름인데, 단 성인에 비해서 보다 설고 보다 얕고 보다 낮은 분수分數가 있을 뿐이라네.

내 생각은 이와 같으며, 꼭 이치에 맞다고는 기필할 수 없으니, 십분 지적을 아끼지 말기 바라네.

심학도心學圖에서 심心 자에는 동그라미를 치고 경敬 자에는 동그라미를 치지 않은 것에 대하여

심학도는 마음[心]을 위주로 하였으므로 심心 자에 동그라미를 쳤고, 경敬은 심학心學 공부의 규칙적인 한도[節度]이므로 따로 동그라미를 치지 않았으니, 동암東巖[183]이 이른바 ‘또 경敬에다 동그라미를 친다면 두 가지가 되어 서로 통제[相管]하지 못한다.’라는 것이 그것이다. 그러나 이것은 긴요한 의리가 아니니 여기에 정신을 허비할 필요는 없네.

‘개미집을 만나면 꺾어서 돌아가라.’는 말을, 어떤 사람은 ‘땅을 가려서 밟는 것이니, 말을 타고 개미집 사이를 꺾어 돌아서 간다.’는 것과 같은 것이라 하고, 어떤 사람은 ‘개미집이 미미한 것이지만 반드시 꺾어 돌아서 밟지 않는 것이다.’라고 한 것에 대하여[184]

앞의 말이 좋다. 그러나 이것은 비유가 아니고, 군자는 땅을 가려서 밟되 비록 아무리 굽은 길이고 매우 좁은 땅이라 하더라도 그 밟는 곳을 잘못하지 않음을 비유로 말한 것이니, 고인이 말한 ‘말을 타고 개미집 사이를 꺾어 돌아가더라도 그 달리는 절도를 잃지 않는다.’라는

---

183) 동암 : 류장원柳長源 자는 숙원叔遠, 호는 동암東巖, 본관은 전주全州 참의參議 관현觀鉉의 아들로 태어나 1763년 사마시에 합격하고 구사당九思堂 김락행金樂行과 대산大山 이상정李象靖의 문하에서 수업하였다. 천사川沙 김종덕金宗德·후산后山 이종수李宗洙·난곡蘭谷 김강한金江漢·우고雨皐 김도행金道行과 도의적 교유를 하였다. 풍채가 헌거軒擧하였고 도량度量이 넓었으며 효우孝友에 돈독敦篤하였는데 특히 예학에 밝아 이상정의 문하에서 호문삼노湖門三老라 추칭되었다.
184) 개미집을 … 대하여 : 이것은 퇴계선생의 「성학십도」 중 제구第九 경재잠도敬齋箴圖에 나오는 말이다.

말과 같은 것이네.

무릇 독서하는 법은 먼저 그 큰 줄거리[大義]를 파고들어 그 뜻을 꿰뚫어야 되네. 미처 꿰뚫지 못한 곳에 대해서는 항상 자신의 몸과 마음에 돌이켜서 징조를 경험해보기를 오래하다 보면 저절로 관통하는 날이 있게 될걸세. 자질구레하여 긴요하지 않는 곳에 빠져서 마음을 낭비해서는 아니 되네. 예를 들어 심학도心學圖에서 마음 심心 자에 동그라미를 치고, 공경 경敬 자에 동그라미를 치지 않은 것은 매우 친절한 의미이기는 하지만 이렇게 공부를 한다면 어지럽고 분주해지는 병통에 빠질 수도 있으니 초학자들에겐 경계해야 할 일이네.

▫ 송치공에게 답하다. 계묘년 答宋穉龔

여러 차례 보내준 편지에 한 번도 답장을 하지 못했네. 상제로서 인사를 철폐한 것이라 책망이야 받지 않겠지만 마음 속에 부끄러움이야 어찌 없겠는가? 편지 받고 벌써 며칠이 지났으니, 봄비가 내리는 지금 조부모님·부모님 모두 강녕하시며, 자네 공부는 날로 진전이 있는가?

지난번 편지에서 방해 받고 마음을 빼앗기는 것[妨奪]이 깊은 걱정거리라고 하면서 조만간 거경궁리居敬窮理의 학문을 일삼고 장래의 성취成就 여부는 묻지 않겠다고 하였지. 그 말은 제목만으로도 이미 보는 이로 하여금 흠모하는 마음을 일으켜 주었다네. 다만 어버이를 섬기고 형을 따르며 일을 하여 생존을 도모하는 것은 초학자가 오로지 힘쓸 바가 아니라고 하였는데, 혹시 달리 제기할 좋은 도리가 있는지, 있다면 그 방안을 듣고 싶네.

도道란 일상생활에서 마땅히 행해야할 도리인데, '경에 거한다[居敬].'고 하는 것은 이런 마음을 전일專一하게 하는 것이요, '이치를 궁구한다[窮理].'는 것은 이러한 도리를 끝까지 확충하여 실행하는 것이며, 독서란 옛 사람들의 절도節度를 찾아서 관찰하는 것 뿐일세. 이륜彝倫(사람으로서 당연히 지킬 도리)의 실사實事(실제의 일) 외에 어찌 별다른 도리가 있겠는가? 이것이 이미 실사라면 마땅히 그곳에 전력을 다해 힘쓰지 않을 수 없으니, 여기에 어찌 초학과 만학晚學의 구분이 있을 수 있겠는가? 대저 이런 일은 우리가 수신하는 일이니 마땅히 집의集義를 일삼되, 그 효과를 미리 예단하지도 말고, 그렇다고 마음에 잊지도 말고 무리하게 조장助長하지도 마는 것185)으로써 절도節度(규칙적인 제한)를 삼아서 오래오래 하다 보면 저절로 이르는 곳이 있

---

185) 집의集義를 일삼되 미리 그 효과를 기약하지 말 것이며, 그렇다고 마음에 잊지도 말 것이며 뜻

게 될 것이요, 만일 빨리 변화하려고 하면 송나라 사람의 어리석은 송인宋人[186)]을 면하지 못할 것일세.

나는 실낱같은 목숨이 끊어지지 않고 망극하게도 1주년을 한 달 앞두고 있으니 애통함을 어찌 말로 할 수 있겠는가? 둘째 아우가 또 이곳을 떠나 가벼렸으니 정경이 더욱 쓸쓸함을 느낀다네. 다만 그가 궁절窮節에 이사를 하여 모든 일이 구차하고 어려운 가운데 믿는 것은 오직 자네들이 있어서 도와주는 것뿐이니, 일마다 서로 상의하였으면 좋겠네. 며칠 내로 전에 살던 마을에서 새로 이사 간 곳으로 가 보려고 하는데, 그때 서로 만나세. 경황이 없어 다 갖추지 못하네. 하고 있는 공부에 정진하길 바라네.

▫ 송치공에게 답하다 答宋穉鞏

국상[國哀]을 당하여 온 나라가 슬픔에 빠져 있네. 매우 그리던 차에 편지를 받고 급한 경황 중에도[急景] 조부모님·부모님께서 다 평안하시고 공부하는 재미도 좋다는 소식을 들으니 얼마나 위로되고 가슴이 후련한지 모르겠네. 세모의 악차堊次(상제가 거처하는 무덤 옆의 뜸집)에서 애통함이 더욱 망극함을 어이할꼬?

요즘 공부는 『사전思傳』[187)]에 있는 줄 알겠지만 삼여三餘[188)]가 벌써 다했으니 얻은 바가 헛되지는 않을 것이라 생각하네. 또 금계金溪의 유문遺文[189)]을 선사繕寫하는 수고가 있었다니 힘을 나누어 베낄 수 있는 형편이 못되었으리라 여기네. 그러나 이런 일도 마땅히 해야할 일[合做事]이니 내 분수에 따라 힘을 다하면 공부가 아닌 것이 없으니 하필 송독誦讀하는 것만이 공부[不放過]이겠는가?

대로 되지 않는다 하여 조장助長하지도 말라는 뜻(『맹자孟子』 「공손추公孫丑」 상).
186) 자기 논의 모가 다른 사람의 모보다 더 자라게 할 욕심으로 모를 쑥쑥 뽑아 올려서 모를 다 말라서 죽게한 어리석은 송인의 고사(『맹자孟子』 「공손추公孫丑」 상)에 보임.
187) 『사전思傳』: 공자孔子의 손자 자사子思가 지은 경전이라는 뜻으로 사서四書의 하나인 『중용中庸』을 별칭하는 말이다.
188) 삼여三餘 : 바쁜 일을 처리하고 남은 여가라는 뜻. 한 해의 나머지인 겨울과 하루의 나머지인 밤과 때[時]의 나머지인 흐리고 비오는 시간을 말한다. 학문을 함에 있어서 이 나머지 시간만 이용해도 충분하다는 뜻이다(『위지魏志』 「왕숙전王肅傳」).
189) 금계金溪의 유문遺文 : 이상룡의 스승인 김홍락의 문집을 이른다. 송치공은 31세에 스승인 김홍락의 유고를 7년간 필사하여 문집 31권 16책을 완성 출간하였다.

보내온 편지를 볼 때마다 보인 의지[致意]가 얕지 않고, 이러한 의지가 혹시라도 풀어질까 염려하여 조언을 구함이 간절한 것을 보면, 혹 한 살이라도 더 먹었으니, 보고 들은 것이 있을 것이라고 여긴 때문이 아닌가 하네. 하지만, 그것은 사실이 아니니 어찌해야 그 부지런한 의지에 조금이라도 부응하겠는가? 이런 점이 나를 부끄럽고 군색하게 만든다네. 물었으니 답이 없을 수 없는 지라, 별지에 좀 적어 보내지만, 잘못된 것이 있으면 아낌없이 고쳐주기를 바라네.

▫ 별지   別紙

'천명지성天命之性을 하늘 천天 자를 중심으로 본다면 본래 인人과 물物로 나누어 볼 수 없고, 명命 자를 중심으로 본다면 치우치거나 온전함[偏全]의 구분이 없을 수 없다.'는데 대하여

'하늘[天]'이란, 주재主宰자를 가지고 말한 것으로 『서경書經』에서 이른바 '상제강충上帝降衷'의 '상제'와 같으니, 하늘 위에 다시 위가 있겠는가?

성性은 곧 이理이며 이理는 하나다. 하늘이 본래 이理를 균일하게 부여했으므로, 사물마다 부여[命]했고 사물마다 받았다. 어찌 치우침과 온전함의 차별이 있겠는가? 차별이 있는 것은 다만 기질氣質의 구애拘礙 때문일세.

소주小註 제2단에서 '천명天命과 기질氣質은 한 묶음[袞同]이다.'하였고 제3단에서는 '기氣를 겸해서 말한 것은 곧, 성性을 따르는 길을 가지 않는다고 말한 것이다.'라고 한데 대하여[190]

기氣가 없다면 이 이理가 있을 곳이 없으니 반드시 기氣가 있어야 화생化生할 수가 있다. 그래서 천명이 있어야 기질이 있게 된다고 한 것일세. 이것을 제2단에서 '서로 떨어지지 않는 묘함'이라고 바로 말하였지. 기氣가 비록 재료와 도구[材具]가 된다고 해도 이른바 성性은 오로지 이理만을 가리키기 때문일세. 만일 기질을 겸해서 말한다면 사람과 물건이 너무도 같지 않는데, 어찌 (사람과 물건이) 같은 성性을 가졌다고 말할 수 있겠는가? 이것을 제3단에서, '서로 섞이지 않는 뜻'을 바로 말한 것이네.

성性을 따르지 않으면 도道라고 할 수 없다. 공자께서는[191] '도道는 둘이니, 인仁함과 불인不仁

---

190) 여기서 말하는 소주小註는 『중용中庸』 제1장 첫 구절에 대한 주에 나온다.

뿐이다.’라고 하셨으니 무슨 말입니까? 라고 한데 대하여

도道는 길[路]과 같다. 성性을 따름이 자연스럽다면 이는 마땅히 가야할 길이요, 성을 따름이 자연스럽지 않다면 이는 가지 말아야 할 길인데, 가야할 길이거나 가지 말아야 할 길이거나 모두 길이라고 말할 수 있다. 그러므로 한자韓子192)도 말하기를, ‘도道와 덕德은 빈 자리[虛位]가 된다.’라고 하였으니, 좋은 곳에 마련하든지 좋지 않은 자리에 마련하든지 모두 그곳을 사당[祠]으로 삼을 수 있다. 공자께서 ‘도道가 둘이라’는 가르침에 무슨 깊이 의심할만한 것인가?

중화中和의 중中은 체體요 중용中庸의 중中은 용用이니 중화中和의 중中은 치우치거나 기울어짐이 없다고 말할 수 없을 것 같다는데 대하여

치우치지 않고 기울지 않음[不偏不倚]은, 발하기 전의 중[未發之中]을 해석한 것이니 체體이고, 지나치거나 부족함이 없다[無過不及]고 하는 것은, 이미 드러난 중[已發之中]을 해석한 것이니 용用이다. 중화中和의 중中은 드러나지 않은 것이고 시중時中의 중中은 이미 드러난 것이며 중용中庸의 중中은 체體와 용用을 겸하여 말한 것이다. 그러므로 ‘치우치지도 않고 기울지도 않고 지나침도 부족함도 없음’이라고 이름 붙인 것이네.

‘솔개가 날고 물고기가 뛰어 오른다[鳶飛魚躍].193)’는 것은 사람이 활발발活潑潑(생동감 있음)한 곳에 거처하라는 것으로, 그렇다면 호연장浩然章194)의 ‘정직함으로 기른다[直養].’는 것과 같이 보아도 무방하다는 것에 대하여

‘사람이 생동감 있는 곳에 거처하게 한다.’고 운운 한 것은 거기에서 말한 바를 잘 살피지 않은 것이다. 이른바 ‘활活’이란 활동함이요 ‘발발潑潑’은 살아있는 모습으로, 이러한 이치가 밝

---

191) 공자께서는 : 『맹자孟子』「이루離婁」상上 제2장에 있는 말이다[孔子曰 道二 仁與不仁而已矣].
192) 한자韓子 : 한자는 한유韓愈를 가리킨다. 여기에서 인용한 말은 그가 쓴 「원도原道」에 있다.
193) ‘연비어약’ : 이 구절은 『중용中庸』 제12장에 나오는 말로 『시경詩經』의 구절을 인용한 대목이다. 이 구절의 주석에 “정자가 말씀하기를 ‘이 1절은 끽긴[喫緊]하게 사람을 위한 것으로 활발발活潑潑(생동감 넘침)한 곳이니[程子曰 此一節 子思喫緊爲人處 活潑潑地]”라고 되어 있으나, 이 편지에서는 번역문과 같이 잘못 해석하고 질문하였음을 알 수 있다.
194) 호연장 : 『맹자孟子』「공손추公孫丑」하下 제2절을 호연장이라고 하는데, 구절 가운데, “曰 我知言 我 善養吾浩然之氣 … 其爲氣也 至大至剛 以直養而無害 則塞于天地之間”는 대목이 있다.

게 드러나고 막히거나 방해받지 않음을 형용한 것이다. '호연장'에서 말한 '천지 사이에 꽉 찼다[塞于天地].'는 것은 기氣이고 이 장에서 말한 것은 이理이다. 그러니 어찌 같이 볼 수 있겠는가? 다만 '솔개가 날고 물고기가 뛴다.'고 한 것은 이 이치가 잠깐의 끊임이나 막히고 방해됨이 없다는 것을 말한 것인데, 맹자가 말한 '미리 기약하지 말고[勿正]', '잊지 말고[勿忘]', '조장하지 말라[勿助長].'고 한 절도는195) 바로 이 마음에 잠시라도 끊기거나 막히거나 방해됨이 없다는 뜻을 말한 것이다. 그러므로 정자程子께서 '그 의미가 이와 같다.'고 말씀을 하신 것이지.

길제吉祭는 옛날의 시제時祭로, 그것은 3년 흉사三年凶事(三喪年)를 마친 뒤에 지냈으므로 '길吉하다.'고 하였네. 근세에는 신주神主를 만든 적이 없으니 그렇다면 지방紙牓을 써서 지낸다 하더라도 안 될 것은 없지. 비록 신주를 고쳐서 쓰[改題]고 천조遷祧196)하는 일이 없다 하더라도 순서를 따라 조매祧埋하는 뜻은 고하지 않으면 안 될 듯하네.

좌우에 설치하는 것은, 산 사람은 양陽이므로 왼쪽을 높게 여기고, 신도神道는 음陰이므로 오른쪽을 높게 여기는데, 이것은 밥[飯]을 위주로 한 것이라, 밥을 왼쪽에 두면 좌설左設이 되고 밥을 오른쪽에 둔다면 우설右設이 되는데, 요즘 사람들 중에는 생시에 차리는 데도 우설을 하는 사람이 있는데, 이것은 잘못이지. 선대로부터 이미 지켜 내려온 의식이 있다면 마음대로 고칠 필요는 없네. 고을의 사우士友들 사이에도 지금까지 해오던 대로 행하는 사람들이 많은데, 반드시 노성老成한 분에게 물어보고 처리해야 될 일이네.

생기제生忌祭(망인의 생일에 지내는 기제사)는 예禮가 아니지만 세상에는 행하는 사람이 많다네. 요즈음 나도 생신날을 맞아서 애통한 마음에 자연, 예禮에 맞게 아니 지내지 못하고 도리어 세속을 따라 지내고 말았으니, 지금 이 질문에 감히 이설異說을 달지 못하겠네.

▫ 송치공에게 답하다. 을사년(1905)   答宋穉鞏

인편이 있을 때마다 편지를 보내주어 버리지 않는 뜻은 감사하네. 다만 이 게으른 늙은이는 송사에 골몰하다보니 편지를 받을 적마다 그때그때 답하지 못하여 매우 부끄럽네. 한 해

---

195) 이 구절은 『맹자孟子』 호연장에 "必有事焉而勿正 心勿忘 勿助長也 無若宋人然"라는 말이 있다.
196) 천조遷祧 : 묘제廟制에 있어서 일정한 대수代數가 지나면 조祧라고 하여 그 신주神主를 태조의 묘廟로 옮기는데 이처럼 천주遷主를 안치하고 제사하는 사당祠堂을 가리킨다. 그러나 공덕이 특출한 인물의 신주는 이를 특별히 취급하여 대수가 지나도 천조하지 않는다. 이를 부조 또는 불천不遷이라 한다.

가 가고 봄이 시작되는 새해에 모친의 기력은 왕성하시고 자네도 공부와 건강이 새해와 함께 모두 새로운가? 『맹자孟子』는 이미 다 읽었으리라 보는데, 세 번이나 읽은 소득이 참으로 헛되지 않을 것이라 생각하네. 『좌전左傳』과 『속강목續綱目』 등의 책들은 그래도 섭렵하는 것이 해롭지 않겠으나, 『사기史記』는 너무 방대하여 공연히 정력만 낭비할 수 있으니 초학자들이 급선무로 읽어야 할 책은 아닌 듯하네. 어찌 사서四書에 전력을 다하여 기초를 든든하게 하는 절실공부切實工夫만 하겠는가?

고독한 나[孤露, 象]197)는 새해를 맞아 만감이 가득한데다가 소송 문제가 차츰 복잡해지고 있다네. 요즘 영칙곡營勅穀(임금이 내린 곡식)이 또 지극하니 황공한 일이라 어찌 조처해야만 일이 합해질지 모르겠네. 자네들이 옆에서 보기에 반드시 의견이 있을 것이니, 가리켜 주는데 인색하지 말기를 바라네. 금계유문金溪遺文 몇 권 등사하는 일이 요즘은 막연하여 매우 답답하고 답답한데, 조만간 돌보아 준다니 벌써부터 기쁘고 고맙네.

▫ 송치공에게 답하다. 정미년(1907)　答宋穉鞏

헤어진 지 오래지 않았는데 다시 편지를 받아 읽으니 위로되고 마음이 탁 트이는 것이 뜨거운 것을 쥐었다가 찬물에 손을 담근[執熱逝濯]198) 듯하네. 더구나 늦더위 속에 중절重節께서 기력이 왕성하시고 자네도 상중의 몸 잘 있는 것을 알았네. 세월이 빨리 흘러 기년期年이 되는 11월이 문득 다가왔으니, 아득히 생각하는 효성스러운 마음에 가슴이 찢어지는 듯한 아픔이 처음 상을 당했을 때[袒括: 袒衣括髮]199)보다 못하지 않을 것인데 어찌 감당하며 지내시는가?

질문한 의절儀節에 대해서는 평소 예禮에 대해 어두운데다가 또 참고할 만한 책도 없으니 분명하게 답[質言]할 수는 없지만, 날을 택할 적에 될수록 먼 날을 잡는다는 의리200)를 가지고

---

197) 고로孤露 : 고독하기가 마치 아버지가 죽으면 몸을 보호하던 옷을 벗은 것 같다는 뜻에서 생긴 말.
198) 누가 뜨거운 물을 잡고 나서, 가서 물에 손을 씻지 않으리요[誰能執熱 逝不以濯](『시경詩經』「대아大雅」 탕蕩).
199) 초상이 나면 소렴을 마치고 상의 왼쪽 소매를 벗고 머리를 푸는 것인데, 여기서는 초상 때의 애통함을 표현한 말이다.
200) 날을 … 의리 : 『예기禮記』「단궁檀弓」에 "상사喪事에는 원일遠日을 우선으로 하고 길사吉事는 근일近日을 우선으로 한다."고 하는 말이 잇는데, 이에 대해 공영달孔穎達이 해석하기를 '상사는, 장사지내는 것과 연제練祭·상제祥祭를 말하는데 이는 슬퍼하는 마음을 앗아간다는 뜻으로 효자

미루어 본다면 아마 중정이나 하정일[中下丁] 사이에 집 형편을 보아서 날을 정하되, 만약 일이 서로 걸려서 같은 날 할 수 밖에 없다면 중요한 행사부터 먼저하고 가벼운 일을 뒤에 하는 것도 괜찮겠지.

대상大喪(국상)때, 성복成服하였는데도 미처 최질衰絰(상중에 입는 삼베 옷)을 갖추지 못했다면 참으로 잘못된 것이나 다만 추후에 준비해서 최질을 연일練日에 입는다면, 입자마자 벗는 것이니 우스운 일이 될 듯하네. 이러한 일들을 처리할 적엔, 가난하면 예대로 하지 않아도 된다는 말씀201)을 따라 처리한다면 무방하지 않겠는가?

나는 더위로 어려움을 겪는 외에는 다른 탈은 없으나, 어린 손자가 열창熱瘡이 떠나지 않으니 매우 가여운 일일세. 상주[商山]의 새신랑이 와서 살고 있어 퍽 재미가 있으나 다만 성질이 조금 둔한데다, 경쟁할 좋은 벗이 곁에 없으니 아마 성취하기가 조금 늦겠다는 점이 우려되는 점일세.

시대 상황이 날마다 변하니 안전을 무슨 수로 보장하겠는가?[千斤鳥卵安保其不破壞耶; 천근의 무게에 눌려 있는 새알이 어찌 깨지지 않고 보존될 수 있겠는가?] 오직 운회運會가 새로워졌으니202) 앞으로 태평성대를 보는 것도 전연 가망이 없다고는 할 수 없으니, 우리 같은 사람도 금방 죽지 않는다면 옛날처럼 좋은 세상을 다시 볼 수 있지 않을까?

별지別紙에서 말한 것은, 말세에는 종종 술수로 현혹시키는 자가 있게 마련이지마는 전사前史를 상고해 보면 득실을 알 수 있네. 옛날 사람들이 전해 준 『이서鯉書』나 『음부陰符』203) 따위는 아마 그런 술수들을 신비하게 느끼게 하기 위해서 이름만 빌린 것일 뿐일 걸세. 만일 이치가 있나 없나를 따진다면, 천하에 알수 없는 일은, 일일이 헤아리지 않아도 될 정도로 많다네. 어찌 질문한 말을 모두 이치가 없다고 할 수 있겠는가? 다만 자신의 정해진 견해를 지켜

　　孝子가 바라는 것이 아니다. 그러나 복제에 있어 부득이한 것이기 때문에 날짜를 잡을 적에는 원일遠日을 따르는 것을 우선으로 하는데, 이는 급급히 하는 것은 마땅하지 않다는 것을 보여서 은미하게 효심孝心을 펴기 위한 것이다.'라고 하였다.

201) 상례에 쓰는 모든 물건은 집안 형편에 맞추어 해야한다. 부자라도 예의 한도를 넘어서는 안되며, 가난하면 예대로 하지 않아도 무방하다. 예를 들면, 대렴하는 즉시 장례를 치러도 된다는 공자의 말씀이 예기에 있다. 『예기禮記』 「단궁檀弓」 상 "子游問喪具 夫子曰 '稱家之有亡' 子游曰 '有亡惡乎齊?' 夫子曰 '有毋過禮 苟亡矣 斂首足形 還葬 縣棺而封 人豈有非之者哉?'"

202) 순종純宗이 고종을 이어서 등극함을 말한다.

203) 『이서鯉書』나 『음부陰符』: 이서鯉書는 옛날 중국의 강태공이 낚시하다 건져 올린 잉어의 뱃속에서 나왔다는 병법 비결서이고, 음부陰符는 전국시대 소진蘇秦이 보았다고 전해지는 병법서이다.

서 현혹되지 않게 할 뿐이네.

도설圖說은 얼핏 보기엔 좋은 것 같은데, 마침 마을에 수재가 과거합격이 무효화된 시끄러운 일이 있어 아직 자세히 살펴보지 못하였으니 다음번에 알려주겠네. 그러나 좋은 말씀을 그림으로 그려 걸어놓는 것은 훌륭한 사람이 후학後學들을 가르쳐 주는 일이겠는데, 우리들 형편엔 너무 때이른 계획이 아니 되겠는가? 다시 차분하게 생각하여 실효實效가 있도록 해야 할 것일세.

▫ 송치공에게 답하다. 기유년(1909)　答宋稗鞏

매우 궁금하던 차에 편지를 받고, 이 추위에 두어른 모시는 가운데 건강하게 공부 잘하고 있음을 알았으며, 형제분도 결혼하여 생남生男의 경사가 있는 것도 알았네. 이것은 한 때의 좋은 일일뿐만이 아니라 어른을 위한 기쁨과 위로가 이보다 더 큰 것이 어디 있겠는가? 오늘이 어제보다 낫고 올해가 지난해보다 낫다는 말을 스스로 증명한 말로서, 듣는 사람을 부러워[欽尙]하게 만드네.

이번에 이야기 한 단체를 만드는 방법은 안에서부터 밖으로 확장해 가고 집에서부터 시작하여 나라 전체로 미루어 간다는 것은 참으로 바꿀 수 없는 순서이지만, 모두 잠에서 깨어나고 각성할 희망은 아득하여 없으니, 이것도 국운이라 탄식한들 무엇하겠는가?

학교의 일은 거의 준공단계에 이르렀으니 지역 인사들이 이로부터 공부할 곳이 있게 되었으니 어찌 말로 다 축하하겠는가? 지난번에 보낸 규칙은 대체로 다 좋기가 이만하기 쉽지 않으나 연구를 해오면서 몇 군데 보충하였는데, 자네 뜻에 꼭 맞지는 못할 테니, 읽어 본 뒤에 깊이 헤아려서 취사선택하기를 바라네. 학교이름은 '대동大同 서숙'이 참 좋겠네. 나도 본회에 학교를 하나 세워 이름을 이걸로 하려고 한 적이 있었는데 자네가 먼저 했으니 우리 생각이 같은 것이 아닌가!

『소학小學』의 부록에 대해서 먼저 번에 부탁받은 일이 있었지만, 그 자체가 작은 일이 아닌지라 생각을 다 못하고 있었네. 고와古窩가 초록抄錄해 두었다는 것은 아직 보지는 못했지만 『소학외편小學外篇』 전부를 기록해 놓은 것이라고 하며, 우리나라 명사분들의 언행을 기록한 곳에는 가끔 공정치 못한 곳이 있어 세상에 내놓기 어렵다고 들었네. 대체로 아이들을 가르치는 데는 간단하고 쉬워야 되는데, 『소학』만 해도 지루할 텐데 하필 외편外篇까지 찾을 필요가 있겠는가?

곧 만나서 상의하세. 두 젊은이 박재로朴載魯·임희섭林喜燮204)이 묵으려 하지 않고 늦은 저녁에 출발해서 떠나가니 이만 줄이네.

□ 송치공에게 답하다   答宋穉龔

화관花舘에서 4~5일 만나 비록 서로 강토講討하는 즐거움은 없었지만 그래도 은근한 정을 펴게 되어 막혔던 가슴에 위로가 되었으니, 돌아와 산속에 누워있어도 꿈속의 일인 양 느껴졌는데, 두 분의 방문을 받는 편에 자네의 편지를 받으니 구구한 그리움이 시원하게 위로되어 한번 만난본 거나 진배없으니 감회가 어떠하겠는가! 더구나 단오절에 두 분[重堂; 모친과 조모]의 기후도 늘 왕성하시고 같이 있는 형제분도 무고하시며, 서숙(대동서숙) 형편도 점차 발전할 전망이 있다지! 우리들의 몸과 명예[身命]는 이미 망가질대로 다 망가져버렸으니 대신 채울 수 있는 것은 오직 이 한 가지 일 뿐일세. 자네가 앞장서서 그 일을 담당하여 기어코 좋은 성과를 내도록 하기 바라네.

나는 처음부터 요량 없이 썰물이 밀려오는 곳에 나가서 백수白首로 경쟁하다가 버티기 어려운 형편이 되었지만 이미 시작한 것을 위축시키긴 어려운 만큼 마땅히 가볼 수 있는 데까지 가볼 뿐이네. 안타까운 일은 눈앞에 위험한 여울을 함께 건널 사람이 없다는 점일세.

『성학십도』를 베낀 것은 매우 좋으며, 간혹 누락과 착오가 있기는 하지만 그것은 크게 흠잡을 것이 아닐세. 과목科目에 혹시 생각해 둔 것이 있으면 좋은 의견을 왜 참작해서 재단裁斷하지 않는가?

협동協東학교 일은 조금씩 두서가 잡혀가니 다행으로 여기네. 7일에 회관에서 서로 만나자는 약속이 잡혀있어 벌써부터 기대된다네.

이번에 찾아오신 두 분은 보면 볼수록 진보함이 있으니 호학湖學 생도가205) 될 것은 불문가지일세, 치하하네.

---

204) 박재로朴載魯·임희섭林喜燮 : 미상.
205) 호학湖學 생도가 : 류치명은 이상정의 학문을 '호학湖學'으로 규정하여 이 명칭을 붙였는데, 이상정이 거주했던 마을이 안동의 소호리蘇湖里였기 때문이다. 류치명柳致明 학파에서는 이상정의 학문을 '호학'으로 불렀다.

▫ **송치공에게 드리다.** 경술년(1910)　與宋穉龏

오랫동안 적조하여 궁금하다네. 추위가 심해진 이때 두 분[重闈; 모친과 조모]기력이 좋으신지. 자네도 건강하게 공부를 즐기고 있는지? 학교 학생들도 한결같이 공부하고 있는지? 궁금한 마음 간절하다네. 나는 옛날과 다름없이 그럭저럭 지낸다네.

직접 만나 의논할 일이 하나 있으니 바쁘더라도 다른 일을 잠시 접어두고 잠시 왔다 갔으면 좋겠네. 앉아서 오라고 하는 것이 매우 예의에 어긋나는 일인 줄은 알지만, 무관한 사이니, 허물삼지 말기를 바라네.

▫ **송치공에게 드리다.** 계축년(1913)　與宋穉龏

한번 헤어진 뒤로 3년이 되도록 소식이 없다가 그때 누구를 통해 편지를 받았는지 모르겠지만 잊지 않고 생각해준 뜻은 참으로 고맙네. 다만 인편을 찾기가 쉽지 않아 여태까지 답장을 쓰지 못했다네. 자네는 됨됨이가 치밀한 사람이니까 더욱 궁금했겠지?

세월이 번개처럼 빨라, 가을 서리가 이미 차가운 이때, 층층 시하重省로서 건강이 좋은지? 경사經史 공부 외에, 따로 마음 쓰는 곳이 있을 테지? 멀리서 궁금한 마음 간절하다네.

나는 목석과 더불어 살고 풍상과 싸우다보니, 간도에 들어온 지 3년 만에 머리와 수염이 모두 백발이 되었다네. 마음이 울적할 때마다 자네 생각을 더욱 금치 못하였는데, 뜻밖에 이 사람이 가까운 이웃마을에 와 살고부터 서로 내왕하면서 회포를 풀게 됨에 따라, 이제 외롭지 않게 되었다네. 이 또한 자네가 나에게 주는 은혜일세. 그렇기는 하지만 자네의 얼굴을 직접 보는 흐뭇함만이야 하겠는가?

이번에 이 사람이 가는 편에 몇 자 적어 보내기는 하지만 이 사람이 돌아올 때 함께 올 수는 없는가? 고대하고 고대하네. 남은 이야기는 두 사람의 입에 맡기겠네.

▫ **송치공에게 드리다.** 갑인년((1914)　與宋穉龏

김태규金泰圭·손진규孫晉逵 두 사람이 가는데 바빠서 편지 한 통 쓰지 못했으니, 비록 서로 마음을 다 아는 사이라고 하지만 어찌 섭섭하지 않을 수 있었겠는가?

한 해의 막바지인 세모의 설한에 두 분 어른[重堂]의 기력이 왕성하시고, 자네도 건강하게 공부하며 사우士友들과 즐겁게 어울리는 한편 학교에 모여서 학생을 가르치는 일도 활발하게 진행되는지 이런것 저런것들 다 궁금하다네.

나는 이번 겨울에 유하柳下 시내로 이사할 계획이라네. 떠돌이 신세라 머물 곳이 이와 같으나 다행스러운 것은 같이 있는 모든 분들에게 별 탈 없다는 점이라네.

김생金生은 다시 올 뜻이 없음을 알았고 손생孫生은 옛길을 가고 있으리라고 생각하고 있는데 어찌 그리 오래도록 소식이 없단 말인가? 화산華山과는 간간히 서로 만남이 있는가? 이곳에는 약간의 왕래가 있기는 하지만 수하手下에 글 쓰는 일을 맡길 만한 사람이 없다네. 그래서 자네가 대신 수고해주었으면 하는데 자네 생각은 어떤지 모르겠네. 잘 헤아려 처리해주길 바라네. 나머지는 조카가 직접 이야기 할 것일세.

▫ 조맹목문기에게 답하다206). 을미년(1895)　答趙孟穆文基

지난번 편지는 매우 반갑고 고마웠으나 완장阮丈(상대방의 숙부)께서 돌아가실 때에 마침 그때 어수선한 일이 있어서, 전송도 해드리지 못한 부끄러움이 아직까지도 그치지 않는다네. 수십일 동안의 장마로 걱정스러운 이때, 두 어른[重闈]께서 존체 기후가 여의하시고 자네도 활짝 펴고[翔翔]207) 공부도 날로 진보하겠지?

보내준 편지는 문장이 화려하니, 비록 일상적인 문안 편지이긴 하지만 글의 순차가 정연하여 나이에 비해 성취가 일찍하다고 할 만하나, 그것이 지극한 경지는 아니라네. 앞으로 다시 일이 있을 것이니 반드시 분수에 따라 맹렬하게 결심하고 대성大成을 기약하는 것이 어떻겠는가?

나는 모친께서 요즘 더위와 습기로 인해 계속 편찮으시고, 지난번에 조모상을 당한 뒤라, 슬픔을 말로 하기 어렵네. 고모님의 행차는 물길로 가는 것은 너무 위험하여 염려를 금할 수 없으나 이미 정해놓은 날이라 진퇴양난일세. 그래서 부득이 우리 아이가 모시고 가도록 하였지만 길은 험한데 약해빠진 아이가 과연 무사히 도달할 수 있겠는가?

---

206) 조문기 : 미상.
207) 상신翔翔 : 부모의 병이 있으면 자식이 걱정이 되어 걸음을 걸을 때에 활개를 치지 않고 웃어도 이를 드러내지 않는 것을 말한다.

▫ 조맹목에게 답하다 答趙孟穆

그저께 완장阮丈을 뵙고 근황에 대하여 들었는데, 어제 다시 보림寶林에 있을 때 보내주신 편지를 받고 가을이 깊어가는 이때 두 어른[重闈]분 기력이 왕성하심과 자네도 공부에 더욱 전념한다는 것을 알고 얼마나 위로되고 가슴이 시원하였는지 모르겠네.

나는 늘그막에 그럭저럭 지내고 있지만 형편없는 사람이 늘 머리가 맑지 못한 것은 아마도 늙어가는 소식인 것 같아, 탄식을 금치 못한다네.

우리집 아이가 한결같이 방도放倒(방심, 태평함)함이 매우 걱정 되네. 자네가 보내준 편지는 늘 진보된 것을 보여주니 진실한 공부가 있었음을 알 수 있어 기쁘고 다행스러운 일이네. 바라건대 적은 소득으로써 자만하지 말고 백척간두에서 한걸음 성큼 내딛는 걸음으로 더욱 정진하여야 하네. 그리하여 터득한 바를 나에게도 보내줌으로써 나도 좀 깨우치고 성찰警省하도록 해 주기 바라네.

세월은 빨리 지나가고 할 일은 많으니, 큰 뜻을 가진 사람은 참으로 어정거려서는 아니 되는 때일세. 하고 싶은 말은 많지만 객지의 일이 번거로운 일이 많아 급히 몇 자 적고 이만 그치네.

▫ 조맹목에게 답하다. 계묘년(1903) 答趙孟穆

이미 넉 달이나 서로 소식이 막혔었지. 이는 평시에도 답답할 일인데 하물며 각기 위험한 고비를 지나면서도 서로 무소식을 희소식으로 여김이겠는가! 이러한 때 보내준 편지를 받으니 마음이 트이기가 마치 장님이 구름을 열고 해를 보는 듯하네.

편지를 보고 연로하신 안어른께서 건강이 약간 좋지 않으시고 자씨[令姉氏]의 산후 조리가 염려된다는 것을 듣고나니 매우 걱정되는 바일세. 그러나 조리와 치료에 으레 방도가 있을 터이니 차츰 나아질 것으로 생각되네.

나에게 이런 곤고困苦가 계속되는 것은 하늘이 내린 가혹한 벌이라고 여기는데, 아직까지 목숨을 부지하고 있으니 참으로 미련하고 모질다는 생각을 가지고 있는데다가 6월에 또 귀호龜湖 중고重姑의 상을 당하여208) 안팎(고모와 외가)으로 선대 항렬이 모두 돌아가셨으니 슬프고 가슴 아픔을 어찌 말로 다하겠는가?

자네 편지 끝에 쓴, 여러 말들에서 공부를 더욱 발전시키겠다는 좋은 뜻을 볼 수가 있어서 기쁘게 생각하네. 이번 여름에는 『맹자孟子』를 읽은 것으로 아는데, 몇 권이나 외웠으며 어떤 의미를 터득하였는가? 배운 것을 다시 익히는 것[溫故]은 처음 읽는 것과는 전혀 다르다네. 반드시 깊이 생각하고 자세히 음미해서 글속의 의미가 가슴에 젖어들고 녹아들도록 익숙해야만 보탬이 있을 것일세. 만일 눈으로 스치고 입으로 외기만 한다면 학업에 실재적 소득이 없을 것이네. 지난날 『주서朱書』를 읽으라고 권한 것은, 가만히 생각해보니, 자네의 의욕은 진지하지만 아직 입문入門할 데를 찾지 못하여, 범박泛博(구체적이지 못하고 범위가 넓다)을 면하지 못하여 바닥에 정착하지 못하면 어쩌나 하는 염려가 되었네. 그래서 자네로 하여금, 이 책에 일찍 종사하되, 선사先師들이 말씀하신바 지름길을 한결같이 따라 착실하게 하도록 하고 싶었으며, 또 이 책에 지구知舊와 문인들과 문답한 것들이 모두 육경六經의 요의要義인만큼, 먼저 이 책을 읽는다면 참으로 육경 공부에 큰 힘이 될 것이고, 또 문장이 정치精緻이 정치할 뿐 아니라 일상적 수용需用에 유익할 것으로 생각한 때문이었네. 그러나 『맹자孟子』를 미처 다 끝내지 못하였다면 중간에 그만 둘 필요는 없으니 우선 『맹자孟子』부터 다 읽은 다음에 보는 것이 어떻겠는가?

상가喪家에 해산解産이 있다고 해서 아침저녁으로 올리는 상식上食을 어찌 전폐할 수 있겠는가? 다만 곡哭하는 것은 어쩔 수 없이 잠시 중지할 수밖에 없겠네. 상인喪人과 상식上食을 맡은 사람은 산실産室에 출입해서는 아니 되네.

▫ 김국선홍식에게 답하다. 병오년((1906) 答金國善弘植

편지 끝에 스스로 슬퍼하는 말에서는 일념一念의 독실함을 볼 수 있었네. 그러나 이 천박하고 고루한 이 사람을 치켜올린 것은 사실보다 과하여 감당하지 못할 것이 많이 있네. 다른 사람이 그렇게 해도 충분히 개석慨惜(분하고 서운함)한 일인데, 하물며 현사賢史(상대에 대한 호칭)에게는 더 서운하지요.

군자의 학문은 남과 내가 일치한다네. 당위성을 잃은 칭찬은 사실을 보는 자신의 안목 부족[欠實]에 기인한 것이니 이점은 더욱 깊이 검증하고 성찰하지 않으면 안될 점일세. 대저 성현들이 책을 지어 가르침을 남긴 것은, 배우는 사람으로 하여금 그 책을 읽고 이 도리를 알도

---

208) 귀호龜湖 중고重姑의 상을 당하여 : 여기서 말하는 중고는 척암 김도화의 부인을 가리킨다.

록 하고 안 다음엔 이 도리를 실천하도록 하려는 것뿐일세. 언제 사람들에게 들은 대로 생각 없이 옮기되, 문화文華(아름답고 화려함)를 숭상하라고 가르친 적이 있었던가? 성현의 시대는 가고 세속의 폐단이 불어나게 되자, 글을 읽는 사람은 성현이 그렇게 말씀한 취지는 아랑곳하지 않고 다만 시가와 문장을 외고 짓는 것을 최종 목표로 삼고 있다네. 이러한 폐단은 한漢·당唐 이래로 이미 어쩔 수 없는 고질痼疾이 되어버렸는데, 정자程子와 주자朱子가 이를 연구해 밝힌 뒤에야 성인의 학문이 다시 맑아졌으며, 뒤이어 나타난 선배들이 모두 이 성법成法(만들어진 정주程朱의 법)을 잘 지키고 따르며, 돈독한 뜻으로 힘써 실천하였다네. 지금 자네[賢史]도 향학심이 절실하니, 『주서朱書』를 읽겠지만, 글뜻이 그리 쉽지 않을 걸세. 만약 속투俗套를 벗어 버리고 근리近理한 일에 유의留意하지 않는다면 『주서朱書』가 귀할 것이 무엇인가? 모름지기 이러한 의의부터 알고 내외內外 빈주賓主로 하여금 그 경중을 잃지 않도록 한 뒤에 숙독하여 자세히 음미해야만 학문하는 규모와 절목節目 없는 것이 없을 테니, 다만 그 길만 따라서 나아갔다가, 마치 먼 길을 떠났던 나그네가 다시 그 길을 따라 귀가하면 무한한 즐거움이 그 앞에 놓여 있는 것과 같을 것이니, 좋은 문장과 기발한 구절만 따서 문사文辭를 답습하는 일과 비교할 때, 어느 쪽이 알차고 어느 쪽이 허하겠는가?

의견을 보내준 것이 고마워서, 나는 행동이 따르지 못하는 말들을 하였으니, 혹시 사람이 시원치 않다고 해서 그 말까지 버리지는 않으려나? 참으로 큰소리 떠벌리고 부끄러운 줄 모르는 수치심이 든다네.

▫ 김국선에게 답하다. 정미년(1907)　答金國善

『주서朱書』를 이미 수십여 편을 외웠다니 용의用意가 허술하지 않았음을 알 수 있네. 매우 가상하고 가상하네. 다만 보내준 편지를 보니 아직도 새로운 것을 숭상하고 기발한 것을 좋아하는 문제점이 있으니, 주서의 맛을 깊이 터득할 수 없을까 염려되네. 다시 평평平平한 뜻을 붙여 더욱 한길로 공부하여 지극한 경지에 익숙하게 되는 때를 기다리는 것이 어떻겠는가?

도산서원의 강회講會에서는 효력效力의 많고 적음을 따지지 않고 다만 이 명목으로도 이미 용동聳動하기에 충분하고, 지려芝廬 장례209)도 이미 지나갔다네. 회천回川과 도항陶項의 상사喪事

---

209) 지려芝廬 장례 : 지려는 김상수金常壽의 호이다. 그의 자는 계항季恒으로 본관은 의성義城이다. 굉
　　운宏運의 아들로 안동安東에서 살았으며, 어려서 김대진金岱鎭의 문하에 들어가서 수학하였는데,

는 더욱 꿈에도 생각하지 못했던 일일세. 덕이 높은 분을 차례로 작별하니 어찌 우리의 운수
가 아니겠는가?

□ **김여견**용환**에게 보내다.**[210) 경자년 **與金汝見**龍煥

　지난번 통곡하며 상례를 거행하던 날 겨울 동안에 한번 찾아뵙겠다고 하였는데, 친산親山에
시끄러운 일이 다시 생긴데다가 이어 추위가 점차 혹심해져서 찾아뵙지 못했네. 심부름꾼도
섣달 그믐에 보내려고 했었는데 산촌에서 사환을 구하기가 매우 어려워서 한꺼번에 몰아서
인사를 닦는 것도 왕왕 이처럼 지체되고 말았으니 부끄러움에 탄식이 절로 난다네.
　새해를 맞이하여 두 분 안어른들 기체가 슬픔으로 곡하시느라고 손상되지는 않으셨는가?
속이 불편하신 것은 반드시 여러 가지 방법으로 잘 조치調治하셨으리라 생각은 하네만 요즘은
어떠하신가? 서쪽에서 오는 사람을 통해서 자네가 밤낮으로 빈소를 모시고 곡읍哭泣하며 조문
객을 맞는 절도가 노성老成한 사람처럼 의젓하다는 말을 들을 적마다 마음에 흡족하기 한량
없다네. 부디 더욱 조심하고 유념해서, 반드시 사방에서 조문오는 모든 사람들로부터 '그 집
사람'이라는 칭송을 받도록 하게.
　복제服制의 논의議論에 대하여 뒷말이 있다면 우리가 당연히 그 꾸지람을 받아야 하겠지만
이미 덮어 두었다고 하니 다시 들추어낼 필요야 없겠고, 남기신 글을 수습하는 간행소를 새
로 설치하는데 대하여는 또 어찌 그리 말이 많은가? 지금은 말세의 풍속이라 시끄럽게 떠들
어대니 비록 마땅히 해야 할 일이 있다하더라도 그 또한 할 수가 없네그려. 그러나 이미 말썽
이 났다면 그 우선 잠깐 방편상 멈춤으로써, 과장한다는 혐의嫌疑를 피하는 것도 옛 어른들의
법규를 따르는 한 방도가 안된다고는 못하잖은가?.

□ **강덕재**남호**에게 보내다.** 정미년(1907) **與姜德載**南鎬

　나이 50에 사위를 본것 만으로도, 기쁘기가 마치 절세絶世에 드문 경사를 만난 것 같은대,

이때 스승과 족형族兄 광수光壽, 백형伯兄 후수厚壽가 모두 문학으로써 이름나 있었다. 또 이가순
李家淳·이휘양李彙陽과 교유하였고, 1842년 향시鄕試에 몇 차례 합격하였다. 김흥락金興洛과 스승
김대진의 유집을 고정考訂하였다. 그는 1902년에 수직壽職으로써 통정通政에 올랐다
210) 김여견汝見 용환龍煥 : 학봉 김성일의 주손으로, 서산 김흥락의 손자이다.

하물며 사위[211]의 훌륭함이 내가 자나 깨나 갈망하던 바로 그 사람이메랴! 세상일 괴롭게도 야유가 많아, 창황중에 송별한 뒤로 아득하여 다시 소식 들을 수 없으니, 잊혀지지 않는 한 생각 언제나 이수二水와 삼산三山 사이에 있다네.

이른 더위에 두 분 어른 모신 가운데 복상중 몸은 건승한지? 슬픔으로 인해 공부시간을 빼앗기고 있지는 않은가? 자네[賢史]도 이미 의젓한 대장부가 되었으니, 일상적인 대인관계가 실實답지 않은 것이 없을 진대, 어찌 글을 읽고 짓는 것만이 공부겠는가? 아무쪼록 일마다 잘 단속하고 살펴서 돌아가신 어른의 기대와 바람을 저버리지 않기를 바라네.

나는 그대와 헤어진 뒤로부터 근심걱정으로 경황이 없다가 오랜 뒤에야 안정을 찾았네. 날마다 손님을 응접하는 틈틈이 낡은 서책을 보긴 하지만, 금방 본 것도 금방 잊어버리니, 이른바 '새는 그릇에 물담기'라, 어찌 오래도록 음미할 수 있겠는가? 젊은 시절에 좋던 총명 헛되이 버린 것을 몹시 후회한다네.

▫ 강덕재에게 보내다   與姜德載

늘그막에 자네를 맞은 것이 세상에 드문 보배를 얻은 것 같아서, 아침저녁으로 자주자주 얼굴 보며 즐겁게 살려고 작정했었는데, 헤어진지 반년이 되도록 아득하게 소식 들을 길 없단 말인가? 때로는 꿈속에서 만나기도 하지만 경계境界가 희미하여 도무지 실재로 느끼는 재미와는 딴판이더군. 어느 때에 태평성대[海晏河淸]를 만나, 온 천하의 옹서翁婿(장인과 사위)들이 끊임없이 서로 모여 사랑과 정을 마음껏 펄수 있단 말인가!

한 해가 저물어 가는 이때, 두 분 안어른[重闈]의 동정이 만중하신지? 자네 공부는 오로지 정밀하게 하여 날로 발전됨이 있는지? 일찍이 『소학小學』 공부는 마쳤고 이어 『맹자孟子』를 읽고 있다고 들었는데, 몇 편째를 읽고 있으며 또 대의大義는 짐작하고 있는가? 내가 곁에서 보니, 자네는 재주가 둔한 편이라, 반드시 '남이 열 번 하면 나는 백 번 더 노력하겠다.'는 결의로 푹 잠겨 생각하고 깊이 궁구窮究하며 익숙하도록 읽고 외워야만, 진보함이 있을 것이니, 결코 빨리빨리 지나가고 대충대충 넘어가서는 아니 되네.

---

211) 탄복坦腹이란 배를 위로 향한 채 큰 대大 자로 눕는 것으로, 옛날 동진東晉의 왕희지王羲之가 누구를 의식하지 않고 아무렇게나 탄복坦腹하고 누워있는 모습 때문에 사윗감으로 뽑혔다는 고사古事가 있다. 이후 사위를 나타내는 말로도 쓴다.

요즘의 시태時態가 문학文學을 변모弁髦(하찮은 물건)로 보지만, 요컨대 글을 읽은 사람은 마침내 한 때가 있을 걸세. 가령 그런 때가 없다면 나나 자네 같은 사람은 저절로 문헌文獻의 종자種子가 될 것이니, 참외를 심으면 참외가 되고 복숭아를 심으면 복숭아가 되는 것이지. 이 밖에 우리가 꼭 해야 할 일이 무엇인가? 부디 노력하여 이 늙은 사람의 기대하는 뜻에 부응하기 간절히 바라네.

나는 노쇠함이 더욱 심하여 수염과 머리카락이 눈서리를 맞은 것 같고 치아는 날로 흔들리고 빠져 거울을 대하면 고목처럼 말라버렸다는 탄식이 나오고 음식을 마주하면 불안한 걱정이 없지 않다네. 세상의 공도公道(백발)는 낸들 어쩔 수 있겠는가마는 다만 평생 계획했던 허구많은 일들 중에 하나도 이룬 것은 없는데, 늙음이 이미 와버렸으니, 이를 한탄치 않을 수 있겠는가? 자네는 마땅히 나를 보고 경계로 삼아야 하네.

▫ 강덕재에게 답하다   答姜德載

헤어진 뒤로 그립던 차에 뜻밖에 우편으로 편지를 받으니 늙은이의 가슴이 시원하기가 마치 더위 하는 데 시원한 공기 마신 듯하네. 더구나 한더위에 두 안어른[重闈]분 근력이 만중하시고 자네도 한결같이 잘 지낸다고 하니 더욱 위로되고 기쁘네.

못난 이 사람은 전과 다름없네. 학숙學塾에 묵고 있는 제생들은 빈둥대지 않으며, 유랑柳郎이 더욱 장격長格이 있어 기쁘다네.

편지 끝에 운운한 것에 대해서는 경탄驚歎을 금치 못하겠네. 사람이 사는 집이라면 어찌 학문을 못하게 하는 부형父兄이 있겠는가? 그 까닭을 깊이 따져보아서, 참으로 모르시기 때문에 그러시다면, 자제子弟된 도리에 마땅히 좋은 말씀과 부드러운 얼굴로 차분히 말씀드려서 그분들의 의혹이 풀리기를 바라는 것이 옳은 일이네. 그래도 혹시 고집한다면 우선 그 뜻을 따르면서 허락하실 날을 기다려야 되지, 어찌 함부로 스스로 행동하여 법도에 어긋나는 일을 하려하는가? 그렇게 되면 하려고 하는 일의 목적이 아무리 좋다고 하더라도 마침내 불순不順한 죄로 돌아갈 뿐이라네. 또 자네의 처지는 다른 사람과는 본래 다르지 않은가? 밖으로는 연로하신 어버이가 계시고 안으로는 병환을 앓고 계시는 모친이 계시어 오랫동안 슬하를 떠나 있기 어려운 형편이 그래서는 아니 되는 첫 번째 이유이고, 집안을 꾸리기가 군색하여 노자路資를 마련하기 어려우니, 빈주머니로 먼 길을 떠난다면 형세가 객지에서 추위와 굶주림을 면하지 못할 것이니 그렇게 해서는 아니 되는 두 번째 이유이며, 나이가 어려 일을 겪어보지 않은 사람이 처음 나서면 위험한 함정에 빠지기 쉬우니, 그리되면 사방을 둘러보아도 아무도 친한 사람이 없는 곳에서 누가 다시 구해주겠는가? 이것이 그리해선 아니 되는 세 번째 이유일세.

이밖에도 많은 자잘한 사연은 하나하나 다 거론할 수가 없으니, 그대같이 영리하고 통한 사람이 어찌 이런 점을 생각하지 아니하고 오히려 이런저런 말을 하는 것을 보면, 향학에 대한 의지가 화살도 뚫지 못할 정도로 굳셈을 알 수 있으니 그 뜻은 참으로 가상하네. 그러나 내말을 더 들어보겠다면, "차라리 다시 이곳으로 와서 수준에 맞게 강론하고 토론하도록 하게. 비록 좋은 스승과 훌륭한 벗의 도움은 없다해도 '유필유방遊必有方(집을 나감에 노는 곳을 반드시 부모님께서 알게 한다)'의 도리에는 어긋나지 않는다."는 말을 해주겠네. 이렇게 하여 만일 다시 어른들의 꾸지람을 듣게 된다면 이 늙은이도 자네를 위하여 다시 말씀드리기를 사양하지 않겠네.

이 늙은이가 지난번에 비정非情하다는 책망을 받았지만, 다시 이 일로 상관하는 것은 참 재미없는 일임을 알고 있네. 하지만 자네가 만일 생각하지 않고 표연飄然히 멀리 가버린다면 이 늙은이는 잘못 인도하였다는 죄를 벗을 수가 없고 자네는 끝내 불순不順한 자식이 되고 말 것일세. 그리되면 보통 작은 일이 아니니 어찌 침묵하고 앉아서 보기만 할 수 있겠는가?

옛날 주자朱子께서는 위학僞學을 금한다는 조치를 당한 뒤에도 오히려 문하의 제자들과 함께 은밀한 곳에서 서로 만나 강론하기를 멈추지 않아서 마침내 사문斯文을 끊어지지 않도록 하셨으니, 우리들이 옳은 복장을[襟裾; 전통풍습을 지킨다는 뜻]하고 사는 것이 다 누가 준 선물이겠는가? 지금 이런 피폐한 풍속을 쇄신刷新하는 날 여기에도 많은 헐뜯음이 있지만 피하기 어려운 형편이라 임무를 맡게 되었으니 우리가 마땅히 해야 할 바를 할 뿐이라네. 10년 내외에 태도가 바뀌어 잘못을 뉘우칠 날이 있을지 어찌 알겠는가? 자네는 깊이 생각하기를 바라네.

◦ **동자 손상익에게 답하다.** 정미년(1907)　　答孫童子相翼

해가 바뀐 지 달 반이 지났지만 아득하여 소식을 서로 전할 길이 없어 매우 궁금하고 답답하던 차에 시예市隸(시장가는 심부름꾼)가 와서 편지를 전해주고 또 온갖 과일선물까지 건네주었네! 참으로 마음 씀이 부지런하지 않다면 어찌 이렇게까지 할 수 있었겠는가! 편지를 펴서 읽자니 고맙고 기뻐서 편지를 손에서 놓고 싶지 않았다네.

편지가 온 뒤로 달이 바뀌어 중춘仲春이 되었는데 시봉侍奉이 만길하며 집안일을 맡아 돌보는 여가에도 학업을 폐지하지 않고 서책을 가까이하고 있겠지?

지난 겨울에는 우곡愚谷에 가서 공부한 줄로 알고 있는데 얻은 바가 결코 허술하지 않은 줄 알고 있네. 함께 공부한 사람은 누구이며, 읽은 책은 무슨 책인가? 아무래도 그 가운데에는 다소간의 의문점이 있을 터인데, 편지에 그에 대한 언급이 없어서, 도리어 답답하고 궁금했다네.

이 늙은이는 세월이 흐름에 따라 나이를 먹어, 어느덧 반백半百이 다된 고물이 되었다네. 살아온 지난날을 돌아보면, 벗들에게 도움 받은 것을 가지고, 어느 한 가지 일도 처음 뜻[初志]대로 무순撫循(잘 어루만져 극복함) 한 일이 없으니, 다만 뼈저리게 비탄悲嘆할 뿐이라네.

보내온 편지는 글의 품격이 눈을 닦고 다시 봐야할 정도로 늘었을 뿐만 아니라 간절히 나아가려는 의지가 문장에 넘쳐나더군. 만일 이 마음을 가지고 공부하여 착실하게 오래오래 해나간다면 성취에 대해 무엇을 걱정하겠는가?

평소에 나는 자네 성격이 명민明敏함을 사랑한 때문에, 속으로 이 일에 대하여 같이 대화를 할 만하다고 생각하였으나, 다만 그윽한 곳에 있는 난초가 쑥대밭에 난 때문에 밝은 스승의 강력한 절차탁마의 보조가 없음을 한탄하였는데, 지금 산방山房에 가서 머문다는 소식을 들었네. 영주榮州는 예로부터 문사文士가 많다고 일컬어지는 고장인 만큼, 자네를 앞에서 이끌어줄 분이 반듯이 있을 터이니 매우 다행하고 다행한 일일세.

대개 독서는 문자를 짓는 토대뿐만 아니라 모름지기 모훈謨訓(국가의 대계大計)을 고구考究하고 의리를 강명講明(강의하여 밝힘)함으로써, 그것이 심신心身을 기르는 바탕이 되고 그것이 국가에 수요需要되어야 한다네. 때문에 선유先儒들은 그것을 '격물치지[格致]의 한 단서라'고 여겼다네. 만약 그렇게 되지 않는다면 그것은 한낱 구이지학口耳之學(들은 대로 맹목적으로 전하는 학문)이 될 수밖에 없을테니, 비록 수천 구절의 글을 줄줄 외고 만권의 책을 갈무리했다고 한들 자신에게는 무슨 보탬이 되겠는가? 초학자는 반드시 이런 뜻부터 알고 난 뒤에야 비로소 그 나아갈 방향을 정할 수 있다네. 자네도 전에 이미 이런 생각을 한 적이 있겠지? 이런 일은 지력智力이 있다고 구할 수 있는 것이 아니며, 문벌[門地]이 좋다고 구할 수 있는 것이 아닐세. 고인古人들이 말씀하지 않았던가? 동자童子라도 성인을 배우는 일은 분수에 어긋나지 않는다고 말일세. 그러니 자네는 오직 이 점에 힘을 쓰게나.

동성東城의 두 젊은이는 유익한 벗이 되기에 모자람이 없으니 그들과 교유하여 서로 도움이 되어 준다면 반드시 관선지효觀善之效(상대의 장점을 보고 배우는 효과)의 결과가 있을 것일세.

며칠 전에 보내준 편지에서 많은 질문을 해주었는데, 내가 아는 것이 없고 허술하여 그 열망에 부응하지 못해 참으로 부끄럽게 생각하네.

▫ 종인 자강태식에게 답하다. 임인년 答宗人子强泰植

이전의 두 차례 편지 보내준 고마운 마음 잊지 않고 있으면서도 인편을 구하기가 쉽지 않아 답장을 못했으니212), 본의에 어긋나므로, 이점을 자책하고 있던 참인데, 뜻밖에 또 이렇게 위로하는 글을 내려주었네. 스스로 돌아보아도 상중에 있는 잔명[殘喘=잔명]이야 죽는다 해도 아까울 것이 없는 것을, 마음 써 주는 것이 어찌 이렇게 간절하신가? 슬픔 속에서도 고맙기 그지없어 뭐라고 보답의 말씀을 드려야 할지 모르겠네.

추위가 시작되는 이때, 어머니의 기체후 만안하시며 어른 돌보는 종씨의 건강도 더욱 좋으며 학업에도 정진하여 날마다 새로워짐이 있으신가? 우리 집안에 자동紫東이 죽은 뒤로부터 독서하는 사람이 있다는 말을 듣지 못했는데 이제야 당내堂內에서 공부하는 사람을 얻게 되었으니 참으로 아름다운 양금良金과 미옥美玉의 산지産地이구려. 다만 장부의 할 일은 많은데 소년들의 뜻은 식기 쉽다네. 이것이 바로 고인古人들의 '조용히 묻혀 수양하는 것을 귀하게 여기고 과장되게 소문나는 것을 부끄러워한' 까닭이라네.

내가 본 종씨는 자질이 돈후敦厚하여, 알 때까지는 결코 그만두지 않는 끈질김[不得不 措之 工]213)을 가지고 있으니, 그대로 나아간다면 장차 무슨 일인들 하지 못하겠는가? 염려되는 것은, 너무 일찍 이름이 나서 혹시라도 사실에 부합되기 어렵도록 걷는 속도가 너무 빠르다면,

---

212) 『예기禮記』「곡례曲禮」 상 "禮尙往來 往而不來 非禮也 來而不往 非禮也".

213) 『중용中庸』의 20장 끝에 "배우기를 널리하고 묻기를 자세히 하고 생각을 삼가고 분변하기를 밝게 하고 행하기를 독실히 한다[博學之 審問之 愼思之 明辨之 篤行之]."라는 말이 있으니, 이는 선善을 잘 가리고 굳게 잡아 지키는 공부의 조목을 말한 것이다. 그 아랫글에 "배우지 않을지언정 배우면 능하지 못하거든 그대로 버려두지 말며, 묻지 않을지언정 물으면 알지 못하거든 그대로 버려두지 말며, 생각하지 않을지언정 생각하면 터득하지 못하거든 그대로 버려두지 말며, … 남이 한번에 능하거든 나는 백 번을 하고 남이 열 번에 능하거든 나는 천 번을 하여야 한다[有不學 學之 不能不措也 有不問 問之 不知不措也 有不思 思之 不得不措也 … 人一能之 己百之 人十能之 己千之 果能此道矣 雖愚必明 雖柔必剛]."라는 말이 있다.

멀리 가야하는 여정旅程에 방해되지 않을까 염려 된다는 것일세.

지난번에 내가 구구하게 말해준 것도 실은 종씨를 권면勸勉하자는 뜻에서 나온 것이니, 빈 마음으로 받아들이고 수준에 미달하는 말이라고 해서 버리지 말기를 바라네. 타산에서 나는 돌[他山之石]이 자신의 옥을 다듬는데 해로울 것이 있겠는가?

나는 모진 목숨 죽지도 않고 어느덧 계절이 바뀜을 보게 되었으나 묏자리를 얻지 못해 우선 권조權厝(임시로 장례함)해 두었는데 조만간 옮겨 모실 생각이네만 불효자식의 정성이 부족하여 아직도 좋은 자리[牛眠之地]를 찾지 못하여 아픈 마음이 갈수록 끝이 없으니 어찌하겠는가?

창사彰祠 건은 안정되는 쪽으로 귀결되었으니 공사公私 간에 매우 다행이지만, 양 이씨[兩李氏]는 어째서 다시 분규紛糾를 일으키는지? 후손이 못나서 이런 뜻밖의 사단事端이 있게 되었으니 이 또한 우리 종중宗中의 부끄럽고 한스러운 일이지요.

호계虎溪서원의 통문은 이미 일이 결정된 뒤에 다시 낼 필요가 없으니 애산艾山[214]의 발문跋文을 빨리 환수하게 해서 뒷날 말썽의 소지를 없도록 하는 것이 어떤가?

한천당寒泉堂이란 당호堂號로 시를 남기겠다는 생각은 마침 고사故事와 연관이 되기에 우연히 말하던 중에 언급하였던 것인데, 여러분이 모두 잘못이라고 하지 않으신다니 그 또한 다행일세. 글씨 잘 쓰는 사람에게 부탁하여 액자로 만들어 걸어도 혹 무방하지 않을까?

들으니 곽명원郭鳴遠(곽종석) 어른께서 기문記文을 지으셨다고 하니 꼭 한번 보고 싶으니 오는 인편이 있으면 베껴 보내 주시면 좋겠네. 자동紫東이 남긴 편지는 한 폭 밖에 없는데 어른先人과 주고받은 것일세. 혹 채택하여 유집遺集에 넣을 작정인가?

▫ 집안 어른 만회·가인종오께 드리다 與族丈晩悔可寅鍾午

뜻이 맞으면 초楚 나라와 월越 나라도 형제와 같을 수 있는데, 하물며 백대지친百代之親(동성동본 사이를 일컫는 말)으로서 같은 길을 걸으면서 사는 우리이겠습니까! 남북으로 떨어진 관계로, 피차 늘그막에 첫 인사를 나눈 뒤에, 손을 마주잡고 대화한 내용이 감개어린 이야기였고, 또

---

214) 애산艾山 : 조선말기의 유학자 정재규鄭載圭의 호이다. 정재규는 본관은 초계草溪이고 자는 영오英五·후윤厚允이며 또 다른 호는 노백헌老柏軒이다. 합천에서 전라남도 장성 기정진奇正鎭의 문하에 들어가 15년간 수업하였다. 합천 경덕사景德祠에 봉안되었으며, 서書로 『노백헌집老柏軒集』 49권이 있다.

많은 일을 쓸어없애[澆掃]느라고 충분히 토로하지 못했으며, 이어서 인사人事의 괴로움이 이렇게 원만치 못하여, 보내는 자의 마음을 가는 자가 알도록 하였으니 어찌 걸음마다 뒤돌아보지 않을 수 있었겠습니까!

해가 이미 바뀌었으니 지난번에 산 넘고 물 건너 찾아오신 노독路毒(먼길에 지치고 시달려서 생긴 피로)은 이제 오래 되었으니 이제 더 이상 불편 하지는 않겠지요? 이제 봄기운이 온화한데 심신을 안정하여 휴양하시고, 즐겨 하시는 공부도 날로 좋은 맛이 있으리라고 생각합니다. 선천도先天圖는 이미 한번 통독했을 터인데, 과연 정미한 뜻을 터득하였는지요?

우리들은 이미 세상과는 맞지 않은 사람들이니, 문을 걸어 닫고 독서하는 일 외에는 달리 할 일이 없습니다. 만약 온 마을을 출입을 막고 아침저녁으로 강마講磨(학문을 강론하고 여마함)할 수만 있다면 자질이 어리석고 노둔한 이 사람도 거기에 힘입어 제경提警(깨우처주고 경계하여 단속함)의 혜택을 볼 수 있을 터인데, 하지만 이것은 요행을 바란다고 되는 일이 아니니, 내 분수엔 없다는 탄식만 절실하게 할 뿐입니다.

저는 상중喪中의 몸으로 실낱같은 목숨이 괴롭게도 끊어지지 않고 있는 가운데, 망극한 1주기가 이제 한달 밖에 남지 않았는데도, 예사롭게 자고 먹고 있으니, 이렇게 미련하고 잔인頑忍한 사람이 어찌 군자君子의 미움을 받지 않겠습니까?

건초健初215)가 송천松川으로 이사 간 뒤에는 혼자 여막廬幕을 지키고 있으니 말할 수 없는 정경입니다. 탑동塔洞 집짓는 일은 아직 마치지 못했으며, 동성東城에는 서사筮仕(처음 벼슬길에 나감)의 기쁨이 있었습니다. 먼 곳에 소식을 전함에는 자세히 전하는 것이 좋으므로 번거롭게 여러 가지 소식을 알려드립니다.

지난번에 주신 사언시四言詩는 지금 책상위에 소중하게 놓아두고[案寶] 때때로 읊조림으로써 족장族丈과의 만남을 대신하고 있긴 하지만 이렇게 상중에 있는 몸이라 후의에 보답할 수 없는 것이 한입니다. 다시 오시겠다고 한 약속은 과연 지킬 수 있는가요? 만일 행장을 꾸리시겠다는 작정만 한다면 족장[執事]에게는 그리 어려운 일이 아닐 것입니다. 내 분수에 갑자기 그런 즐거움을 바랄 수야 있겠습니까?'

오직 때때로 들려주시는 좋은 말씀으로 이런 답답한 마음이 위로 되기를 바랄뿐입니다.

---

215) 건초는 이상룡의 아우인 이용희李龍羲, 일명 상동相東선생의 자字다.

▫ 족장 가인께 답하다. 을사년(1905) 答族丈可寅

　헤어진 뒤로, 소식이 없어 남쪽 구름을 바라보며 우울하지 않은 적이 없었는데, 9월 초에 각수刻手 손수봉孫守鳳이 올 때 편지를 전해주어 열어 보고는 마치 세상에 기이한 보배를 얻은 듯 놀랍고 기뻤습니다.

　편지를 읽고서 건강이 만안하심을 알았습니다. 근간에 집을 고쳐 짓는 일이 있다고 하셨는데 제 생각엔 공사가 끝난지 이미 오래이니 이제는 노숙露宿은 면하셨겠지요. 여름부터 가을에 걸쳐, 다시 입 맛이 얼마나 독실한가를 충분히 알 수 있어서, 우러러 존경[欽尙; 존경하여 높임]합니다. 『어류語類(주자어류)』 중간重刊의 일로 두류산頭流山(지리산) 절에 가서 계셨다지요. 비록 한 사람, 한 집의 힘으로 된 것은 아니지만, 사문斯文의 큰 역사役事를 계획대로 마치셨으니, 우리 족장께서 그동안 겪은 고생과 공부에 들인 맛이 더욱 돈독해졌음을 충분히 알 수 있어, 유독 우러러 존경합니다.

　'노쇠와 질병이 진액을 말리고 뼈를 녹인다[衰病漸鑠].'는 비유에 감동을 받았습니다. 천하에 사람이 생겨난 지 오래 되었지만, 우리 이 몸은 지금에야 태어났으며, 한번 이 세상을 떠난 뒤에는 다시 이 몸으로 되고자 한들 되겠습니까? 살다가 죽는 동안에 마땅히 해야할 허다한 일을 도움 받아 할 수 있었는데도 한 가지도 성공한 일이 없는데, 가을이 이미 닥쳤으니 병들어 흔들리는 잎이 떨어지지 않고 얼마나 가겠습니까? 밤중에 생각할 적마다 나도 모르게 서글픈 탄식이 나옵니다.

　시국에 관한 일[時事]도 과연 들리는 바와 같다면 다시 할 말이 없습니다. 서산西山은 멀어지고 동해東海는 얕아져서216) 밤은 길어지고 새벽은 되지 않으니 내가 어디로 돌아가야 합니까? 통곡하고 통곡합니다.

　하문하신 여러 가지 조목에 대해서는 식견이 얕고 비루한 제가 어찌 별다른 소견이 있겠습니까마는, 융성하신 뜻을 저버리기 어려워 대략 별지에 써서 올리니, 보신 후에 태워버리는 것이 어떻습니까?

---

216) 서산은 멀어지고 동해는 얕아져서 : 서산西山은 백이·숙제가 굶어죽은 수양산를 가리키고, 동해는 제나라의 고사高士인 노중련魯仲連이 절개를 지키려고 동해바다에 빠져 죽으려 했다는 것에서 온 말로, 여기서는 절개를 지켜 죽으려 해도 죽을 수 없음을 말한다.

▫ 별지 別紙

족장께서 만드신 「선천先天이 후천後天으로 변하다」라는 절구시 6편은 사색思索이 더할 수 없이 정밀합니다. 하지만 제 소견에는 끝내 석연하지 못한 곳이 있습니다. 대개 하늘과 땅이 분리되기 전에는 다만 수화水火의 기운만 있었으니, 선천은 감坎(물)과 리离(불)가 주가 됩니다. 후천은 천지가 이미 나누어진 뒤니, 만물을 화육化育하는 것이 일입니다. 남녀가 생겨나는 데는 반드시 부모가 서로 교접해야 하는 것이니, 첫째 절에서 말한 '감과 리가 먼저 양의의 정을 얻었다[坎离先得兩儀精].'고 한 것은 더 생각해야 될 듯합니다. 또 손巽(☴)은 태兌(☱)의 자리로 돌아가고, 간艮(☶)은 진震(☳)의 자리로 돌아가고, 곤坤(☷)은 손巽(☴)의 자리로 돌아가고, 건乾(☰)은 간艮(☶)의 자리로 돌아가서 양陽은 양을 향하고 음陰은 음을 향하는 것이며, 진震(☳)은 리(☲)의 자리로 돌아가고, 태(☱)는 감(☵)의 자리로 돌아가고, 리(☲)는 건(☰)의 자리로 돌아가고, 감(☵)은 곤(☷)의 자리로 돌아가는 것은 바로 양은 음을 향하고 음은 양을 향하는 것입니다. 그렇다면 마지막 절에서 말한 양은 양의 방향을 향하고 음은 음의 방향을 향한다고 한 것은 거의 스스로 모순이 되지 않습니까?

저는 이것을 읽을 때에 우연히 한 학설을 보게 되었으므로 감히 뒤에 붙입니다. 이것이 감히 옳은 학설이라고 주장하는 것은 아니고 더욱 고명한 의견을 듣고 싶을 뿐입니다.

건곤은 노부모가 되니 이것이 서로 교합하여 여섯 자식을 낳는데, 음이 양과 교합하면 양괘를 낳고 양이 음과 교접하면 음괘를 낳습니다. 진震(☳)·감坎(☵)·간艮(☶) 세괘는 곤坤(☷)의 소생所生이고, 손巽(☴)·리离(☲)·태兌(☱)·세괘는 건乾(☰)의 소생입니다.

모든 괘의 삼효三爻 중에서 맨 위에 있는 효는 하늘을 형상하고 맨 아래 있는 효는 땅을, 그리고 가운데 효는 사람을 형상하는데, 후천 팔괘는 부모와 남녀의 일이 됩니다. 그러므로 성인이 건곤이 서로 섞으매 먼저 중효中爻를 들어 시작하는 괘에 배치하였으니 곤괘가 건괘의 구이九二효를 얻으면 감괘가 되어, 서쪽에서부터 와서 정북正北인 곤의 자리에 자리하게 되었고, 건이 곤의 육이六二효를 얻어 리괘가 되어 동쪽에서 와서 정남正南인 건의 자리에 자리하게 되었습니다.

양은 아래에서 시작되었으므로 곤괘가 건괘의 초구효를 얻어 진괘가 되었고, 이괘는 이미 남쪽으로 옮겼으므로 진괘가 동북쪽에서 와서 정동인 리의 자리에 자리하게 되었으며, 음은 위에서 처음 시작되었으므로 건괘가 곤괘의 육삼六三효를 얻어 태괘가 되었고, 감괘는 이미 북쪽으로 옮겼으므로 태가 동남쪽에서 와서 정서正西쪽인 감괘의 자리에 자리하게 되었습니다.

양은 위로 올라감을 위주로 하기 때문에 곤괘가 건괘의 구삼九三효를 얻어서 간괘가 되었는데, 진괘는 이미 동쪽으로 옮겨 갔으므로 간괘가 서북쪽에서 와서 동북 진괘의 땅에 자리하게 되었습니다. 음은 내려감을 위주로 하므로 건괘가 곤괘의 초육初六효를 얻어 손괘가 되었는데, 태괘가 이미 서쪽으로 옮겨 갔으므로 손괘가 서남쪽에서 와서 동남쪽 태괘의 땅에 자리하게 되었습니다.

이렇게 여섯 자식이 태어나면 부모는 성공成功(할일을 완성함)하게 된 것이니, 늙으면 물러나고 쓰이질 않아야 마땅한데, 간괘가 이미 동북쪽으로 옮아갔으므로 건괘는 동남쪽에서 와서 서북 간괘의 땅에 위치하고, 손괘는 이미 동남쪽으로 옮겨갔으므로 곤괘는 정북으로부터 와서 서남 손괘의 땅에 위치했습니다.

아마도 건괘와 곤괘가 가장 먼저 났고 다음이 진괘와 손괘이며 그 다음이 감괘와 이괘, 마지막이 간괘와 태괘이니, 이것이 괘와 효가 생겨난 순서입니다. 감괘와 리괘를 가장 먼저하고 다음으로 진괘와 태괘, 다음으로 간괘와 손괘, 마지막으로 건괘와 곤괘이니, 이것은 괘의 자리가 바뀐 순서입니다. 이렇게 되어 팔궁八宮이 변해서 사방四方이 정해지며, 한번 찾아서 얻은 것을 장남·장녀라고 하였고, 두 번 찾아서 얻은 것을 중남·중녀라 하였고, 세 번 찾아서 얻은 것을 소남少男·소녀少女라고 하였으니, 아버지는 세 아들을 거느리고 동북쪽 양의 방향에 있게 되었고 어머니는 세 딸을 거느리고 서남쪽 음의 방향에 있게 되었습니다.

리는 남방이고 감은 북이니 음양이 서로 그 집에 감추어져 있는 것이고 진은 왼쪽에, 태는 오른쪽에 있은 것은 남녀가 각각 그 마땅한 자리를 찾은 것입니다. 남자의 도리는 낳는 것을 주장하니 장자長子가 동쪽에 있는 것은 만물이 동쪽에서 생겨나기 때문이며, 여자의 도리는 기르는 것을 주장하니 여러 딸들이 남서쪽에 늘어서 있는 것은 만물은 남쪽에서 길러져서 서쪽에서 결실하기 때문입니다.

대개 남자는 높고 여자는 낮으니, 높은 것은 두 계통을 가질 수 없고, 낮은 것은 무리를 싫어하지 않습니다. 그러므로 남자는 진괘☳가 홀로 용사用事하니 감괘☵와 간괘☶는 다 무용無用한 곳에 있게 되고, 감이 진괘와 더불어 필적하지 못하며, 여자는 세 여자가 모두 유용한 곳에 있게 되는데, 각각 하는 일이 노일勞逸(수고로우냐 편안하냐)에 따라서 차례가 정해진다.

건괘, 아버지는 높으므로, 이미 물러나면 다시 용사用事하지 않고, 곤괘, 어머니는 친하므로 늙어서도 오히려 용사하므로 소녀보다 먼저 거처합니다. 이것이 조화의 오묘함이 자연에서 나온 것이므로, 사람의 지혜와 힘을 귀하게 여기지 않습니다.

이와같이 설명하면, 혹시 본지本旨에 어긋나지는 않는지요? 이것은 큰 의리[大義]에 관계된 것이니, 아낌없이 하나하나 논박해서 가르쳐주시는 것이 어떻습니까?

□ 종군 미여正소에게 답하다 答宗君美汝庭韶

갈원葛院의 절목節目은 세 곳에 보존되어 있는 인계印契(증서)에 분명히 나와 있는데 향사享祀를 철사한 지 30여 년이 지난 지금까지 한 푼도 불어난 것이 없다고 하니 이 고을 사림士林에서 약속을 지키지 않음이 매우 개탄스럽네. 이미 귀중貴中에서 사람을 보내어 검문檢問하는 조처까지 하였으니 조금은 발빠른 조치였으나, 기간을 정해서 반듯이 내어 놓으라고 한다면, 지금은 때가 맞지 않으니, 이런저런 말이 없지 않을 것이요.

설단設壇(단을 시설함)에 대한 논의는 정중하지 않은 것은 아니지만, 이는 대절大節에 관계되는 만큼, 반드시 고전古典을 고구考究하고 여러 사람의 의견을 모은 뒤에 신중하게 해야 의의를 잃지 않을 것이네. 또 당시에 네 선생의 위패位牌를 각각 다른 곳에 묻었으므로 한꺼번에 설향設享하는 것은 매우 난처한 절문節文(예절에 관한 규칙·규범)이 있네. 본 고을을 통털어 보아도 혹 경정逕庭(심한 차이)에 가깝지는 않는지요? 내 생각에는 우선 두 건의 의론은 그냥 접어두고 먼저 투장偸葬한 묘를 제거하여 유지遺址를 완전하게 보존하는 것을 첫 번째 의리로 삼아야 이 일이 선후가 있게 되고 순서에 어긋나지 않을 것이라고 봅니다. 그러나 이 일도 반드시 길을 얻어내야 비로소 일을 할 수 있을 것이요, 가볍게 조치하여 끝맺음이 없다는 후회가 있어서는 안 될 것이니, 그렇게 하는 것이 어떻겠는가?

□ 종군 미여에게 답하다. 병오년(1906) 答宗君美汝

나아가서는 선조의 사당에 제사[祼將]를 지내고 물러나와 여러 족친들과 단란하게 보냈던 것이 첫 번째 유쾌한 일이었고, 돌아올 때 길을 주방周房(주왕산)으로 잡아 멀리 이른바 내외폭포內外瀑布를 바라보면서 송생현松生縣을 지나고, 천년 흥망의 고적을 찾아 월명대月明臺에 올라가 진보眞寶 남쪽의 명승을 대충 알았으니 두 번째 유쾌한 일이었다네. 돌아와 고향 산촌에 누웠더니 갑자기 정신이 맑아졌네.

두 젊은이가 오는 편에 귀한 편지를 받았지요. 학동들에게 글을 가르치며 살아온 평생에 오늘같이 기분 좋고 화창한 날은 없었다네. 다만 두려운 것은 나이를 먹을수록 기력은 더욱 쇠퇴하고 시대는 점점 어수선해지니, 기분 좋고 화창한 일을 이어갈 수 없을지도 모른다는 불안이라네.

추위가 시작되는 이때, 객지 생활의 건강이 계속 보위된다니 더욱 위로되고 마음이 놓이네. 나는 지난번에 멀리 나들이한 고단함은 이미 지나간 일이 되었고, 요즈음 시사時祀(묘사)와 성묘[掃之役]도 이미 마쳤다네. 집안에 간혹 걱정거리가 있기는 하나 마을에는 크게 드러난 특별한 사고는 없어 경황없이 사는 오늘날인데, 잠시 안식을 얻은 것도 또한 다행이 아니겠는가?

그때 약속한 일은 돌아와 평리平里와 상의하였더니, '머리가 무겁다.'고 하였네. 아마도 솔직한 말일 걸세. 그러나 종중宗中 보위에 관계된 일인데, 어찌 감히 수고를 아끼겠는가? 이 일을 이어받아[承以此事] 종가[胤舍]로 보내어, 충분한 논의를 거쳐서 잘 살펴 처리도록 하려하네.

▫ 종군 미여에게 주다. 기미년(1919)   與宗君美汝

하늘의 운수는 순환하여 되돌아오지 않음이 없기 때문에, 우리나라가 마침내 부활할 기회를 만났으니 국민들이 손뼉치며 경축함은 나라 안팎이 같을 것입니다. 대개 이 일은 외교로써 시작하여 혈투로써 마치게 된다는 것은, 지혜있는 사람이 아니라도 미루어 짐작할 수 있는 일이지요. 상해上海에서 시작을 주도하였으니 남만주南滿洲에서 그 마무리를 맡아야 되겠지요.

나[啓元]는 늙고 병들고 재목이 아닌데도, 여러 분들의 분에 넘친 추대를 입었지만, 맡겨진 일은 큰데, 힘은 딸리니 그저 두려울 뿐입니다. 게다가 한탄할 일은, 군자君子(종군 미여를 지칭)도 벌써 늙고 1만 리나 멀리 떨어져 있으니, 군자를 윗자리로 맞아들여서 때때로 자문할 길이 없다는 점이요. 낯선 지방에서 활동하자니 백사가 어긋나지만 가장 어려운 점이 재정 문제지요. 오직 내지內地(본국을 지칭)에 의존하는 형편이니까요. 이번에 족군族君이 가는 길에 특별한 편지 한통을 올립니다. 나라를 위한 희생해야한다는 것은 그 의무가 균등합니다. 더구나 우리 영남은 의리의 연못이며 숲[淵藪; 연은 물고기가, 수는 새들이 모이는 곳]이라 할 수 있습니다. 한번 힘써 충성을 다하려면 지금이 바로 그 때가 아니겠습니까? 사시는 그곳은[淸鄕] 땅이 비옥하고 인구가 조밀하여 가장 풍요로운 고장이라고 일컬어지고 있으며, 우리 종군宗君은 앞장서 주동할 만한 능력이 있으니, 제발 묵묵히 계책을 운용하여 앉아서 대계大計를 도와주기를 바랍니다. 때로는 재화財貨를 보내는 일로써 도와주시고, 때로는 훌륭한 인재를 모으는 일로써 상응해 주신다면, 앉아서 돕는 일과 서서 돕는 일이 비록 다르다 해도, 애쓰는 공로는 마찬 가지이니 힘을 쏟아 도와 주시기를 바랍니다.

▫ 족인재선에게 답하다. 갑진년(1904)　答族人在璿

만일 한 집에 산다면 한 솥밥을 먹고, 같은 침대에서 잠자며 들고 나고 말하고 침묵하는 일상생활에 이르기까지 모두 함께 할 수 있는 사이인데, 400리 먼 거리에 서로 떨어져 있어 경조사에도 서로 오가지 못하니, 소동파가 말한 '남만도 못하다.'는 말처럼 될까봐 두렵다네!

뜻밖에 이 족장族丈께서 멀리 물 건너 방문해 주시고 아울러 보내준 편지를 받아보고 비로소 그간 상을 당한 것과, 상기가 이미 끝난 것을 알았네. 이미 지난 일이라 뒤늦은 조위弔慰의 글은 드리지 않네만, 예법에 정해진 상기는 쉽게 끝날 수 있어도 종신토록 잊지 못할 슬픔이야 어찌 끝이 있겠는가?

편지를 보내준 지가 달이 바뀌었으니, 그동안 공부에 정진하고 있는지? 송호松湖[217]가 이사 가는 것은 이유가 무엇인지 모르겠지만 이미 골짜기를 나가겠다고 하였다면 보다 나은 집으로 이사가는 뜻[遷喬之義][218]에 해롭지 않을 듯한데, 다만 생계生計가 궁핍한 면은 당장 어쩔 수 없는 일이니, 다만 분수에 따라 노력함으로써 우리가 꼭 해야 할 일을 하는 수 밖에.

우리 당[吾黨]의 금년 운이 좋지 않아, 공산恭山과 각산覺山[219]을 차례로 잃었지. 나머지 의지할 만한 젊은 유지有志들은 모두 빈궁하여 추위와 굶주림에 자존自存할 길이 없으니, 이는 아마 하늘이 일부러 그렇게 하는 것 같아 절망감[殊切仰屋]이 든다네.

마을 서숙書塾의 어린이 교육은 소년少年이 맡을 일은 아니지만, 부득이한 형편이라면 배우는 일과 가르치는 일을 반반씩 하는 것도 사실은 해롭지 않을 걸세. 다만 결심[心力]이 견고하지 않다면 온종일 남의 밭만 김매고 정작 자기 밭은 맬 여가가 없는 꼴이 될 수도 있다네.

---

217) 송호松湖 : 김한철金漢哲의 호이다.

218) 『시경詩經』「소아小雅」 벌목伐木에 "나무들 쩡쩡 찍는데, 새가 앵앵 울더니, 깊은 골짝에서 나와, 높은 나무로 옮겨 가네[伐木丁丁 鳥鳴嚶嚶 出自幽谷 遷于喬木]."한 데서 온 말로, 관직 승진에 비유하지만, 여기서는 더 좋은 곳으로 이사한다는 뜻으로 쓰였다.

219) 공산恭山과 각산覺山 : 공산은 조선말기 유학자인 송준필을, 각산은 칠곡지역에서 활동하던 조선말기 유학자 조영원을 가리킨다.

『시경詩經』에서 '시작은 다 있지만, 좋은 마감은 흔치 않다[靡不有初 鮮極有終]. 능히 잘 마치는 사람은 드물다.'라고 하지 않았는가? 지난번에 반牛 천 리길을 달려 스승을 찾아온 일을 되돌아보면 그때 그 기력, 얼마나 좋았던가? 모름지기 뜻을 독실篤實히 하여 용맹 정진하여 마침내 남쪽 지방의 우뚝한 깃발이 되어주기를 바라네.

나는 죄가 많아 하늘의 도움을 받지 못하여 임인년(1902)에 어머님 상을 당하고 3년 상을 마쳤는데, 올 봄에는 또 여동생이 죽어서 큰 슬픔과 아픔을 말로 할 수 없다네. 두 아우가 각각 30리 밖에서 살다보니 적막하고 궁벽한 산골에는 더불어 이야기할 사람도 없고, 때로 책을 보기도 하지만 기억력[聰明; 좋은 기억력]이 부족하여, 마치 새는 그릇에 물을 담는 것 같아서, 책을 덮자마자 잊어버리고 남는 것이 없으니, 처음에 품은 뜻[初志]을 뒤돌아보면 다만 끝났다는 탄식만 절실할 뿐이라네.

당堂의 기문記文은 붓은 마르고 사람은 가벼워, 만에 하나 감당할 수 있는 것이 없지만 이미 자네가 편지로 독촉을 하고 또 족장께서 거듭 직접 오셔서 간청하시니 굳이 거절하는 것도 비정한 일이라, 졸렬함을 잊고 지어 보내네. 보고 나서는 바로 없애버리고 다른 사람 눈에 띄지 않도록 하는 것이 어떻겠는가?

□ **족인 순옥정백에게 답하다.** 경인년(1890)　**答族人舜玉庭珀**

연전에 준 편지는 감사한 마음 깊이 새기고 있습니다. 그 때는 마침 묘제와 성묘[澆掃]로 인하여 여러 가지가 소홀했으며, 미쳐 답장도 하지 못하였었지요. 그 뒤에 연달이 상을 당하셨다는 소문을 듣고 나서는 조위문을 작성하기에 급급하여, 투식적인 위문 말씀만 썼을 뿐, 조용하게 말씀을 쓸 경황이 아니었지요. 그 뒤로 지금까지 서로 잊고 사는 것처럼 되었습니다. 집사께서야 넓은 도량으로 포용하시고 절교까지는 않으시리라고 생각되지만, 나의 태만한 죄는 내 자신이 용서가 안됩니다.

한 해가 저물고 동지[陽復220); 동지]가 멀지 않은 이때, 상중의 건강은 잘 유지되고, 예절을

---

220) 양복陽復의 본뜻은 동지와 하지를 모두 일컫는 말이다. 동지엔 음이 다하고 양이 처음 하나 생기므로 양복이라 함은 당연하며, 하지에는 이와 반대로 음이 하나 생겨서 음복陰復이 되지만 음복이라 하지 않고 역시 양복陽復이라고 쓰고 있음을 유의해야 한다. 그러나 여기서는 동지를 지칭한다고 본다.

지키는 여가에 경사經史도 쉬지 않고 공부하여 자득한 맛을 한없이 음미하고 있는지요? 산천은 낙락落落한데 만나볼 길이 없으니 다만 그리움만 또렷하게 가슴에 마음에 남아 있습니다.

나는 가공家公이 새로 여묘廬墓를 시작하여 기력이 탕진된데다가 앓고 있던 신양身恙이 낫지 않은 상태에서 추운 날씨로 병이 악화된 까닭에, 애타고 두려운 마음이 마치 물가에 선듯 얇은 얼음 위를 걷는 듯, 매우 조마조마할 뿐입니다. 소위 공부라는 것을 비록 팽개치지는 않았지만, 아직 배우지 않은 것은 깜깜하게 모르고 이미 배운 것은 아득하게 잊어버려서 한 치를 앞으로 나아가면 한 자를 뒷걸음치고 있으니, 결국은 한낱 용렬한 사람으로 전락될 수 밖에 없지요. 처음 세웠던 의지를 떠올려볼 때 그저 비탄할 뿐입니다.

종군宗君이 한번 움직이기가 쉽지 않은데, 날씨는 춥고 옷은 얇으니, 억지로 만류할 수가 없어서 비바람 치는 서루西樓에서 이별하기는 했지만 참으로 마음이 좋지 않았답니다.

▫ 족인 치도상찬에게 답하다. 기해년(1899) 答族人致道相贊

향우회鄕友會를 한 수일 동안 함께 행동[周旋]한 것은 실로 우리가 쉽게 가질 수 없는 좋은 만남이었으나, 헤어질 때 각자의 볼일 때문에 손잡고 다음 만날 기약을 하지 못한 채 헤어졌으니 서운하고 안타까운 마음이 지금까지 남아 있었는데, 뜻밖에 영종씨令從氏(상대방의 사촌을 이르는 말)가 오셨고 아울러 보내주신 편지를 받는 후의厚意까지 입게 되어 매우 위로되고 안심이 됩니다. 하물며 날씨가 온화한 이때 자당의 기체가 왕성하시고 집사의 건강도 좋으시고 모시는 여가로 공부도 잘 하고 있다니, 실로 구구한 바람에 부합됩니다.

귀 선조 찰방공察訪公의 묘갈墓碣을 다시 만드는 일은, 선조를 추모하는 귀하의 정성을 알겠고 비문을 청한 일도 다행히 바라시던 대로 되었습니다. 다만 세대가 멀어 사적事蹟을 구할 수 없는데다가 몇 줄 되는 안본案本은 너무 소략하여, 이걸 가지고 업적을 크게 천양闡揚할 방법을 찾았으나 아마 후손들의 바람에 충족될 것 같지 않으니, 형편이 그러한 것을 어찌하겠습니까?

보내주신 편지는 글자의 획이 매우 바르고 자신의 뜻을 전달함에 매우 간절하니, 평소의 공부가 허술하지 않았음을 넉넉히 볼 수 있어, 나로 하여금 매우 부럽게 하였습니다. 다시 바라건대 더욱 노력하여 앞으로 원대한 사업을 이루겠다고 기약해주는 것이 어떻습니까?

◦ 족인 치도에게 답하는 별지   答族人致道 別紙

　질문하신 의절儀節에 대해서는 평소 예에 대해 어두운 제가 어찌 감히 함부로 답하겠습니까마는, 개인적으로 서로 토론하고자 한다면 감히 제 소견을 다 말씀드리지 않을 수 있겠습니까?

　기년복[朞服]은 1주년이 되면 벗는 것이 고례古禮인데, 송宋 나라 때, 3년을 하라는 명령이 있었습니다.[송나라의 제도는 아버지의 생존 여부를 따지지 않고 어머니에 대해서 3년 복을 입었습니다.] 그래서 주자朱子께서는 당시 임금의 제도를 따라, 『가례家禮』에서도 ‘1년 복을 입지 않고 제령除靈한다.’라는 글이 있는데, 뒤로 오면서 선배들은 대부분 이를 근거로 하여 두터운 쪽을 따른다從厚는 의견을 세웠습니다. 그러나 근세에 대산大山 선생께서는 ‘소상祥을 지낸 다음에 제령함이 옳다.’는 설을 내셨고, 정재定齋도 호상湖上(대산 이상정의 설)을 단안斷案으로 삼으셨으니, 지금 감히 이를 벗어나서는 주장하지 못합니다. 제 생각에는 고례古禮를 따라 대상大祥에 제령하고 신주神主는 임시로 별실別室에 두어 초하루 보름으로 곡하며 제사지내는데 편하도록 하되, [만일 방이 좁아서 따로 모시기 불편하다면 사당에 모신다.] 2주년을 지내고 나서 부묘祔廟(탈상 뒤에 신주를 사당에 모심)하는 것이 무방할 듯합니다.

　상중喪中에는 제사를 지내지 않는다는 것은 시제時祭를 말하는 것입니다. 고례古禮에는 기제사와 묘사墓祀가 없었고 사시四時 정제正祭만 있었으니, 대개 시제는 길사吉祀라서 삼헌三獻·수조受胙 등의 절차는 상중에 행할 수 있는 것이 아니었기에 없앴을 것입니다. 기제사와 묘사나 계절에 따라 올리는 제사[節薦] 등의 제사는 후대로 오면서 의리로 세운 예로써 의문儀文이 절로 간략하여 시제와 같지 않습니다. 그러므로 이미 주자로부터 이를 따라 방편으로 행했습니다. 이제, 아내의 상을 당해서도 빈소를 차린 뒤에, 어찌 선세先世의 기제사나 묘사를 지내지 않으면 되겠습니까? 다만 단헌무축單獻無祝(세 번 술잔을 올리지 않고 한 잔만 올리고 축문을 읽지 않음)해도 되지 않겠습니까?

◦ 영산 족조께 답하다. 신축년(1901)   答穎山族祖

　일간에 찾아뵈려 마음먹고 있었는데, 미처 찾아뵙기 전에 편지를 먼저 받았습니다. 뭐라고 감사 말씀 드려야 할지 모르겠습니다. 편지를 받은 지 며칠이 지났습니다. 복중服中 체후가 만왕하신지요? 아드님[牆東]이 아들을 보셨다니 어찌 그렇게 다복하신지요? 훌륭한 가정에서 태어난 자손이라 반드시 비범한 인물일 것입니다.

저는 어머니께서 축정祝庭에서 사고를 당하시어, 상심되어 다른 생각할 여지가 없는데다가 저(상희) 또한 감기로 인해 문을 닫고 웅크리고 있으며, 책을 펼칠 생각을 못하고 있는데, 족조族祖께서는 이런 실상은 모르시고 잘못 기대를 보이실 뿐만 아니라 간곡하신 격려까지 하셨습니다. 편지를 읽은 뒤에 부끄러움이 얼굴에 달아올라 마치 화롯불을 덮어쓴 듯합니다. 한 가지도 기대에 비슷한 것이 없는 못난 사람이 성의盛意에 무엇으로 부응할 수 있겠습니까? 분발하라는 경계警戒는 참으로 고황膏肓에 병이 든 이 사람에게 맞는 처방으로 어찌 척념惕念(경계하여 두려워하는 마음)하지 않겠습니까? 근래 선비들의 풍조가 점점 나빠져서 남이 좋아하는 말만 골라하기를 좋아하고 남을 바르게 경계 시키는 말을 좋아하지 않습니다. 제가 비록 재주가 없고 미련하지만 결코 칭찬받고 으쓱대는 사람은 아니니, 다음번엔 일마다 채찍을 치시되, 가혹하게 칠지언정 느슨하게는 하지 마시기를, 부사지父事之(아버지처럼 섬기어 대접함)할 수 있는 어른께 진실로 바라는 바랍니다.

계첩禊帖 서문은 글은 간명하면서도 뜻이 두루하여, 족히 이 첩의 무게를 더해줄 것이 의심할 나위가 없는데도, 다듬어 고치기를 말지 않으시니, 더욱 훌륭하신 일입니다.

별지에 아뢴 것은 감히 흠을 잡자는 것이 아니라 다만 저의 어리석은 소견을 질정質正받고저 함이니 너그러이 살피시고 고쳐 주시기를 간절히 바랍니다.

▫ **별지 別紙**

'그 공효功效를 생각한다.'는 것에 대하여

'효效' 자는 '덕德' 자만큼 딱 맞지 않는 듯합니다.

'유문遺文을 수집하여 후세에 전하니, 이미 재물을 내고'에 대하여

이미 재물을 냈다는 말 위에 모름지기 다소 곡절이 있어야 어세語勢가 완비됩니다.

'남의 선善을 허여해 주고…(중략) 선하다면 천리의 밖에서도221) 호응한다.'는데 대하여

인용한 글귀는 모두 경전經傳의 중요한 가르침인데 여러 책에서 인용하여 도리어 새장에 갇히게 되었으니, 선한 사람을 바라본다는 뜻을 바로 풀이하기만 못할 것 같습니다. 예를 들면, '갑은 을을 보고 을은 갑을 보아서 선한 사람을 본받고 선하지 않은 사람을 경계警戒한다.'고 하는 것이 친절한 맛이 있지요. 그 아래 '연붕연벽燕朋燕辟'같은 말로[222] 거듭 경계하는 뜻을 나타낸다면 더욱 완전하게 갖추어질것 같은데, 어떻게 보십니까?

'배움은 씀[用]을 귀하여 여긴다. 한갓 선하기만 하고 일을 잘 처리하지 못한다면 어찌 책선責善할 까닭이 있겠는가?'라고 한데 대하여

말뜻이 정중하지 않은 것은 아니지만, 아마도 곧바로, 공덕功德을 갚는 것으로써 오늘의 급선무로 삼는 것만큼 절실하지는 못할 듯한데, 어떻습니까?

▫ 영산 족조께 드리는 별지 與穎山族祖 別紙

연전年前에 증조부님의 상을 마치고 나서 길제吉祭를 불천위不遷位에 협제祫祭하였습니다.[223] 그래서 조부님 상을 마치고도 또한 그전대로 협제하였습니다. 그러나 불천위不遷位는 사당이 다른데 종자宗子의 방제旁題[224]가 없었으니 그렇다면 합제合祭함이 어떤지 모르겠습니다. 옛 제도를 살펴보면, 옛날에는 각 대代마다 사당을 달리하다가 3년 만에 크게 한군데 모셔서 여

---

221) 천리 밖에서도 : 『주역周易』「계사전繫辭傳」 8장에 "子曰 君子居其室 出其言善 則千里之外應之 況其邇者乎?"라는 말이 있다.

222) 갑은 을을 보고 … 연붕연벽燕朋燕辟같은 말로 : '좋지 않은 벗을 사귀면 스승을 거역하게 되고 나쁜 버릇을 들이면 공부를 폐하게 된다.'는 의미이다. 이는 본래 『예기禮記』「학기學記」에 나오는 말을 『진서산독서기眞西山讀書記』와 『대학연의보大學衍義補』 등에서 인용한 말로, "相觀而善 如稱甲之善 則乙者觀而效之 乙有善可稱 甲亦如之 燕私之朋 必不責善 或相與以慢其師 燕遊邪僻 必惑外誘 得不廢其業乎 此燕朋燕辟之害"라는 말이 있다.

223) 길제를 … 하였습니다. : 초상으로부터 27개월만의 제사로, 이로써 탈상을 지낸 다음 달에 지내는 제사로 정일丁日이나 해일亥日로 날을 잡아 지냈는데, 사당에서 지냈다. 이 길제란 선대조상에게 고사를 거행해야만 망령이 비로소 제사에 참례參禮하는 제사로, 예컨대 부친이 별세해서 담제까지 마치면 옛 상례喪禮로 4대 봉사奉祀이므로 5대 조고비祖考妣는 묘제廟祭에서 묘사墓祀로 옮겨지는 절차의 제사이다. 협제祫祭는 사당에 신주를 모시고 제사지내는 것, 조위祧位는 먼 조상의 신주를 차례에 따라 다른 사당으로 모시는 일이다.

224) 종자宗子의 방제旁題 : 방제는 대수代數가 바뀌면 신주에다 바뀐 대수를 고쳐 적는 것을 말한다.

러 사당의 위패를 태묘太廟에 합하여 올렸으니, 왕후王侯와 대부사大夫士의 예에 비록 높고 낮은 등급의 차이는 있었으나 그 의리는 비추어 볼 수 있으니, 그렇다면 합제合祭함이 마땅하겠습니까? 이미 종자宗子가 제사를 주재主宰한다면 방제旁題가 있고 없고는 마땅히 거론하지 말아야 하겠습니까?

불천위를 이미 합제合祭하였다면 아헌亞獻은 어쩔 수 없이 주부主婦가 해야 됩니다. 그런데 기제忌祭에서는 항렬이 높고 나이가 많은 분이 아헌을 하는데, 그리되면 같은 사당의 제사에서 잔을 올리는 사람이 앞과 뒤가 다르게 되니, 예법의 뜻이 아닐 것 같은데, 어떻습니까?

증조부님 상과 조부님 상을 당했을 때, 본종本宗225)으로서 복을 입지 않는 친척들은 흰 포대[白布帶]로 성복成服을 하였으니 이것은 조복弔服입니다. 제가 「상복喪服」을 고찰해 보니, "종자宗子를 위해서는 자최齊衰 석 달 복을 입는다. 전傳(주석)에, '어째서 자최 석 달인가? 조상을 높이는 것이니, 조상을 높이므로 종자宗子를 공경한다.'"라고 하였습니다.226) 우리 집안이 조위祧位하지 않는 것은 의기義起227)에서 나온 것입니다. 이미 조위하지 않은 것은 조상을 높이는 뜻입니다. 그러므로 종친宗親들이 상복을 입지 않고 조복을 입는 것은 마땅치 않은 것 같은데, 어떻습니까?

「상복喪服」 전傳에 '종자宗子의 어머니가 살아 있으면 종자의 아내 복은 입지 않는다.'라고 하였는데, 장자張子가 말하기를, '전傳에서 말한 것은 틀렸다. 종자의 아내는 종자와 같이 종묘의 제사를 지내는 사람인데 어찌 부부의 복을 달리할 수 있겠는가? 비록 종자의 어머니가 살아있다고 하더라도 마땅히 종자의 아내를 위해어 복을 입어야 한다.'라고 하였습니다.228) 여기에서는 종자의 아내에 대해서 복을 입어줘야 됨을 말한 것이지 종자의 어머니에 대해서 복을 입지 말아야 된다고는 말하지 않았는데, 요즘 사람들은 자주 잘못 해석하여 도리어 종자의 어머니네 대한 복을 없애버린 사람들이 있습니다. 정재定齋도 일찍이 그래서는 아니 된다고 극력 말씀하시기를, '종자의 어머니로서, 부부가 함께 제사를 받드는데 미치지 못한 사람은 옛날에도 적지 않았는데, 만일 이것 때문에 복을 나누거나 입지 않는 것은 고금의 예가禮

---

225) 본종本宗 : 성姓도 같고 본本도 같은 일가붙이.

226) 「상복喪服」을 … 하였습니다. : 「상복喪服」은 『의례儀禮』 제18편 「상복喪服」 편을 가리키며, 그 곳에 "丈夫婦人爲宗子 宗子之母妻 傳曰 何以服齊衰三月也 尊祖也 尊祖故敬宗 敬宗者 尊祖 之義也 宗子之母在 則不爲宗子之妻服也"라는 말이 있다.

227) 의기義起 : 경상經常에서 벗어나는 경우에 의리를 살펴서 그 경우나 사리에 맞추어 일을 처리하는 것, 즉 권도權度를 쓰는 것을 말한다.

228) 『장자전서張子全書』 권4 「종법宗法」 편에 나온다.

家 어디에도 한 마디 언급이 없다. 비록 시아버지가 죽고 시어머니가 늙었더라도 모든 제사 때마다 주부의 앞에 따로 선다고 하였으니, 그렇다면 여기서도 봉사奉祀를 폐하지 않는 의리를 볼 수 있다고 하셨습니다. 이를 가지고 말하자면 비록 함께 제사를 받드는 데는 미치지 아니 했더라도 당연히 종부宗婦로써 자리했으니 그 복을 없애서는 안될 것 같습니다.

연전에 내앞川前 김씨 댁에서 종자의 어머니 상을 당했었는데, 부부로서 함께 제사를 받드는데 미치지 아니했다고 하여 복을 입지 않았다는 이야기가 있자 선사先師께서도229) 그것이 잘못임을 극력 말씀하신 것이 유집遺集에 실려 있는데, 평소에 이것을 고찰해 보신 적이 있으신지 모르겠습니다.

▫ 영산 족조께 답하다 答穎山族祖

아침에 안개 끼고 밤에 우뢰치는 것이 모두 겨울의 이상 기후입니다. 빈소를 지키고 계시는 자리가 장차 요란擾亂스럽게 되면 건강을 잃기 십상이니, 구구한 마음에 우러러 염려되는 마음 더욱 보통 때에 비할 바가 아닙니다. 동지[陽復]가 얼마 남지 않은 이때, 경체經體(상대의 몸을 높여서 하는 말) 기거起居(일상생활=동정)가 만안하신지요? 아드님이 서쪽으로 가신 것은 무슨 긴요한 일이 있는지는 모르겠습니다만, 추위가 더욱 심하고 요즘 세상 소식도 좋지 않은 때인 만큼, 서로 아끼는 처지에 염려하지 않을 수 없습니다.

저는 영양英陽에 갔다가 단산丹山을 돌아서 수 십일이 지나 돌아왔으니 피곤함은 말씀으로 다 설명 드릴 수 없는 형편입니다. 강우江右(낙동강 오른쪽 곧 경상북도)에는 끝내 괴이한 일이 생겨났으니, 선비된 사람은, 책을 짓거나 말을 남길 때는 역시 신중하지 않으면 아니 되겠습니다.

지난번에 드렸던 의절儀節에 관한 품의는 본래 의심꺼리도 되지 않는 의심을 가지고 공연히 족장을 귀찮게 해 드렸다는 생각으로 매우 불안하였는데, 꾸중을 내려 물리치지 않으시고 자상하게 답서를 주셨습니다. 저는 이번에 '회인불권誨人不倦(남을 가르치는데 게을리 하지 않음)의 훌륭한 덕을 느낄 수 있어서 감복하고 감복합니다.

아래 세 가지는 이미 가르침을 받았습니다. 다만 불천위[不祧位]를 합제合祭한다는 것에 대하여는 아직까지 명쾌하지 못한 곳이 있습니다. 이것은 대절大節에 관계된 문제라 한번 강론해서 결정하는 절차가 있어야 할 것 같습니다. 그래서 감히 이렇게 재차 아뢰오니, 자세히

---

229) 선사先師께서도 : 여기서 선사는 서산西山 김흥락金興洛을 가리킨다.

생각해 보시기를 간절히 바랍니다.

▫ 별지　別紙

‘별묘는 조묘하지 않는다[別廟不祧].’는 말은 기의起義에서 나왔으나 …(중략) 본묘本廟로부터 별묘에 옮겨 모셔 오되, 별묘에서 감실龕室을 따로 더해 놓고 조매하지 않는 것은 결국 별묘다.’라고 하신데 대하여

이미 옮겨 놓았고 땅에 묻을 예정인데, 그길로 별묘에 모시고 그 제사를 종손에게 되돌리는 것은 참으로 의리를 일으키[起義]는 것입니다. [몇 해 전에 하상河上의 류씨柳氏집안에서 이미 조매한 신주를 다시 별묘에 모시고 종손이 제사를 맡았던 일이 있었는데, 어디에 근거를 둔 것인지는 모르겠습니다.] 그러나 본 사당에 합사하지 않은 위패[不祧位]를 별묘에 봉안하는 데 대해 설명이 있습니다. 밀암密菴께서는, “집안에 불천위不遷位 신주에 관한 일은 실로 대처하기 어려운 점이 있다. 만일 같은 사당에 섞어 두고 옮기지 않는다면 마침내 5묘五廟의 혐의를 범하게 된다. 마땅히 『가례家禮』에 따라 따로 사당을 세워서 종손으로 하여금 주관하게 하여야 한다.”라고 하였고, 우암尤菴도 역시 “따로 사당을 세우는 것이 옳다고” 하였습니다. 다만 이것을 이른바 별묘라고 하며, 친이 다해 위패를 옮기는 사당은[祧] 아닙니다. 그런데 우리 집안의 의절儀節같은 경우에 당일 강정講定한 뜻은 대개 본 사당에 옮기려고 한다고 보았던 것입니다. 그렇다면 네 감실에 있는 신주를 순서에 따라 차례대로 내려서 아버지의 위패를 동벽東壁 아래로 물리려고 함이니, 이것은 아주 미안한 일입니다. 따로 한 사당[別廟]을 세운다면 ‘사와 서인은 삼묘[士庶三廟]’이니, 분수에 넘는 다는 혐의가 있어 부득이 현재 조묘祧廟를 고쳐 규모를 조금 넓히어, 서쪽 한 칸은 선조들의 방으로 하되 당가唐家(감실)를 그곳에 봉안하고, 담 벽으로 사이를 떠운 뒤에 동쪽 두 칸을 틔워서 한 방으로 만들어 탁자를 이어 놓고 여러 대의 신주를 옮겨 봉안했으니, 이것은 주周 나라 제도에 의거하면, 조주祧主(친진親盡으로 인해 옮긴 신주)를 태묘太廟의 협실夾室(딸린 방)에 갈무리한다는 뜻입니다. 그렇다면 이 사당은 부조위不祧位 편에서 말한다면, 이부조위稱不祧位(아비 신주를 사당에 옮기지 않은 것)가 되고, 조위祧位 편에서 말한다면 또한 조묘祧廟라고 할 수 있습니다. 왜 그런가 하면, 주나라 세실世室을, 문왕·무왕[文武] 편에서 말한다면 두 세실世室이고, 조주祧主 편에서 말한다면 두 조묘祧廟가 되는 것입니다. 저에게 말씀해 주신 ‘감실을 새로 만들어서 신주를 조매하지 않는 것은 결국 별묘[添龕不祧 終境是別廟].’라는 말씀은 다시 생각해보

셔야 될 듯한데, 어떠신지요?

> 크게 협사[大祫]할 때 여러 사당의 신주를 태조太祖의 사당에 올려서 합쳐서 봉안하되 …(중략) : '다만 여러 사당의 신주를 이미 조천祧遷했는지 아직 안했는지 모르지만, 이미 조천한 신주라면, 그대로 행할 수 있다'고 하신데 대하여

'헐어낸 사당의 신주를 협제祫祭하고 모두 태묘太廟에 진열한다'는 것은 『춘추春秋』에 보입니다. 태묘에 협사한다면 태조太祖는 동쪽을 향하게 하여 가장 높은 자리로 삼고, 다른 여러 소昭는 모두 남쪽을 향하게 하고, 여러 목穆은 북쪽을 향하게 하였습니다. '무릇 이미 헐어버렸거나 헐어버리지 않았거나 간에 신주는 모두 진열하고 바꾸지 않는다.'는 것이 주자의 학설입니다. 그러나 별묘別廟에 모신 가장 높은 신위는, 본디부터 이미 옮겨진 신주이지만, 지금 종손이 이미 주관하여 제사하고 있는 부조묘는 아마도 다른 사당의 신주와 같이 봐서는 안될 것 같습니다. 전 날 여쭌 뜻은 대개 뭇 신주들을 모두 올리는 것으로써 이묘합제異廟合祭(여러 사당의 신주를 합제함)의 증거로 말씀 드린 것 뿐입니다.

> 주면主面은 대수代數도 없고 방제傍題(신주 왼쪽 아래 제주祭主의 이름을 씀)도 없으니, 길제吉祭와는 관계없다는 뜻이 이미 그 가운데 있으니 …(중략) : 다시 그 신위에 대해서 일삼는 것은 옳지 않다고 하신데 대하여

주면主面에 대수도 없고 방제傍題도 없으니, 개제改題(방제를 고침)할 일도 본래 없는 것입니다. 그러나 순서를 이어 제사를 받드는 뜻은 고하지 않을 수 없을 듯합니다. 또 길제吉祭는 곧 옛날의 시제時祭인데, 효자가 삼상三霜(상제가 흰옷을 입고 지내는 3년 동안)을 마치고 나서는 시제時祭로 인해서 개제改題하여 체천遞遷하는 일을 합니다. 또 삼대의 상[三代之喪]을 마치고 나면 협제祫祭하니, [『통전通典』에 우하虞夏 때에는 상을 마치면 협사[祫]를 지내고, 다음해 봄에는 특약特禴을, 여름에는 특체特禘를 가을에는 특상特嘗을, 겨울에는 특증特蒸을 제사하였고, 은殷 나라는 주周 나라와 같아서, 상嘗을 마치면 협祫을 지내고, 다음 해엔 체禘를 지내고, 5년이 지나면 다시 협祫을 지낸다(은나라의 제사는 한번 체를 지내면 한번은 협을 지낸다).230)] 시제[四時正祭; 춘하추동, 사시四時에 지내는 제사]엔 사친四親(고조·증조·조·부) 외에, 자식 없는 신주를 함

---

230) 『통전通典』에 … 협을 지낸다. : 『통전通典』은 당唐 나라 두우杜佑가 지은 책 이름이다. 이 중에 '『예전禮典』'이 있는데 그 중에 나오는 말이다. 특체·특상 … 약·증 등은 모두 제사이름이다.

께 반부班祔(자식이 없는 사람의 신주를 조상의 사당에 함께 모심)하였는데, 유독 가장 높은 신위에 미치지 못하면 아마 그런 이치는 없을 듯합니다. 큰 협제[大祫]는 여러 사당의 신주를 태묘에 올려 합치는 것은, 더욱 부조지묘不祧之廟에 행해야 마땅한 만큼, 아마도 개제改題가 없어서는 아니 될 것이며, 그렇게 되면 드디어 그 위位에는 일이 없게 될 것입니다.

호상湖上의 별묘別廟는 이미 그렇게 한 예가 있습니다. 필시 대산大山께서 모두 참작해서 그렇게 했을 것입니다. 그대로 따라서 행하는 것이 어떻겠습니까?.

□ 석호 족조께 답하다. 신축년(1901)　答石皓族祖

진주의 종인宗人이 오는 편에 내려주신 편지를 받으니 간절하신 뜻이 편지에 넘쳐 직접 뵈옵는 것에 못지않아 감사함을 헤아릴 수 없습니다. 가을 기운이 새로운 이때에 정양하시는 기체가 만왕하시다니 답답하던 나머지라 더욱 위로되고 마음 놓입니다.

저는 연로하신 모친께서 큰 연고 없이 지내시는데, 못난 저는 귀협龜峽을 다녀온 노독으로 지친 피로가 아직도 채 가시지 않았습니다. 젊은 나이인데도 무르고 허약하기가 이지경이니, 스스로 생각해도 가련하고 민망할 뿐입니다. 올해 농사는 그래도 늦게나마 비를 한줄기 뿌려 준 덕에 대파代播한 곡식이 차례로 이삭이 패니, 만일 서리만 좀 늦추어 준다면 흉년은 면할 수도 있습니다. 단 게으른 자는 하늘이 내치는 것이니, '이웃 농사 잘 된다고 우리 농사도 따라서 잘될 리 있겠습니까?'

포통抱通에 설단設壇하는 일에 관한 논의는 선조를 위하는 효심에서 나온 것으로 대의大義에 관계되는 일이니 누가 감히 불가하다고 하겠습니까? 다만 생각하면 일이 중대하고 예는 변화와 절도[變節]에 걸림을 생각할 때 쉽게 할 수 없는 부분이 있습니다. 속보續譜도 역시 흉년에 급히 해야 할 일이 아닐 듯싶습니다.

말씀하신 것은 경솔하게 논의하여 정할 것이 아니라, 진실로 확실하게 논의해야 합니다. 다만 반 천리 길이라 사람을 보내어 직접 만나 상의하는 것도 그 자체가 쉽지 않으니, 제 생각에는 답변을 써서 우편으로 부치는 것이 무방할 것 같은데 어떻습니까?

고성固城의 돌을 다루는 일[石役]은 이미 마쳤다니, 성의가 가상하나 소요 경비가 너무 많아 큰 걱정입니다. 갈천葛川 전토田土 일은 비록 근거로 삼을 문서가 있다고 하지만 갑자기 통문을 보내는 것은 좀 생각할 일이 아닌지요? 제가 들으니 경기지역과 서도西道에 있는 여러 종친들은 아직까지 아무 말도 없다고 하는데, 저만 혼자 나서는 것도 또한 일의 체면이 아닌 듯 하다고 하면, 혹 핑계되는 말이 되지는 않을런지요? 이런 제반 사정은 모두 좋은 쪽으로 구처區處하는 것이 합당하지, 어찌 감히 별다른 의견이 있겠습니까?

임시로 몸 붙여 사는 생활[寓居]을 그만두려는 계획을 일부러 1년 늦춘 것은, 다만 돌밭 몇 두락이 나를 붙잡고 못 떠나게 한 때문이었는데, 이제는 다 팔았으니 배곯더라도 고향[江山]의 옛집에서 곯는 것이 낫겠기에, 이미 사람을 시켜 날 잡는 사람에게 좋은 날을 받아 놓게 하였으니, 머지않아 조석으로 연궤燕几를 모시게 될 것입니다. 다만 섬돌 계단과 창을 낼 벽을 수리하는데, 아직도 미진한 곳이 있습니다. 저의 형편없는 솜씨 한탄을 도저히 참을 수 없답니다.

▫ 석호 족조께 드리다. 계묘년(1903)　　與石皓族祖

여름이 끝나고 가을이 시작되어, 밖에 있는 더위는 제법 고개 숙인[退聽; 물러나 순종함]을 느낄 수 있는데, 내 안에 있는 열은 몰아낼 계책이 없으니 혀를 차며 탄식한들 어찌하겠습니까! 잇달아 편지를 올려 대충 사정을 알려드리고 싶었으나, 막내아우가 검거(혹은, 사찰 받은)된 뒤부터 스스로 더욱 근신하지 않을 수 없었습니다. 때문에 왕래를 끊고 마치 아무 관심도 없는 것처럼 하였는데, 양해하고 용서해주신다고 한들 어찌 마음에 송구하지 않겠습니까?

삼가 서늘한 기운이 생기기 시작하는 이때, 기체가 잘 보존되시고 큰 손상은 없으신지요? 출산 후 며칠이 되었을 텐데, 늦게나마 멀리서나마 진심으로 축하드립니다. 흉년 근심은 갈수록 극심한 지경에 이르러 열 식구가 먹고 사는 외에 앞마을[前村]에 밥을 먹지 못하는 사람들도 신경을 쓰지 않을 수가 없으니 이를 어찌 감당하겠습니까? 진휼賑恤하는 일은 이미 다 끝난 걸로 아는데, 저희 집에서 담당할 것에 대해서는 아직도 말 한마디 없이 지나갔습니다. 진흙구덩이에 앉아있는 부처가 물에 빠진 나한羅漢을 생각할 겨를이 없는 형편이기는 하지만, 자신은 용서하고 남을 책망해서야 어찌 다른 사람의 마음을 감복시킬 수 있겠습니까? 공적으로 따로 진휼할 것을 준비하는 것도 그만둘 수 없으니, 얼마간 나누어 주심이 있으시다면 매우 다행이겠습니다.

수상水上에 갈라 준 조목條目은 이 하인이 돌아올 때 보내주시되, 본 마을에 나누어 준 대장[分給記]을 함께 보내 주시는 것이 어떻겠습니까? 규례規例대로 따르고 서로 다름이 없도록 하기 위해서입니다.

　우곡羽谷(나라골)에 참변慘變이 있었다는 소식과 만음晩陰의[231] 균척菌慽(어린애의 죽음) 모두 듣는 이로 하여금 마음이 시리도록 합니다.

　지금 머리를 내민 차조가 낟알을 잉태하고, 영근 신곡엔 새들이 오고 있으니, 눈앞에 닥친 험난함은 불을 보듯 뻔합니다. 앞으로 크게 안 좋은 일은 없기를 바라야지요?

▫ 족조정발께 답하다. 무술년(1898)　答族祖庭潑

　선대 묘소[先墓]에 불이 났다는 소식을 듣고 매우 놀라고 황망遑忙했습니다. 위안하는 일이 시급하니 우선 주과酒果를 준비해서 사유를 갖추어 아뢰고, 깨끗하게 묘역을 청소한 뒤에 바로 날을 잡아 가토加土하는 것이 어떻겠습니까? 「고유문告由文」은 『예서禮書』에는 나와 있지 않습니다. 마땅히 "수호가 경건치 못한 불찰로 뜻밖에 실화失火되었습니다. 화기가 봉역封域까지 미치어, 높으신 영령께 놀라움을 드렸습니다. 불효후손의 집이 멀어, 즉시 달려와 불을 끄지 못했습니다. 뒤늦게 찾아와 가토하오니, 이제는 위안慰安하소서."라는 뜻으로 고유하는 것이 어떻겠습니까?

---

231) 우곡羽谷은 안동시 와룡면에 있는 마을이며, 만음晩陰은 안동시 길안면에 있는 마을 이름이다.

권 5

卷之五

□ 서書

▫ **고향 여러 종족들에게 주다.** 병인년(1926)   與故里諸族

지난 봄 한번 편지 한 후 다시 아득히 막혀버리니 고향 산천을 바라보매 다만 스스로 답답할 뿐입니다. 가을이 깊어 가는데 여러분들 기거 만중하신지요? 외도外陶 감호鑑湖의 흉보凶報는 얼마나 참혹하겠습니까? 가을걷이는 고루 풍성하여 공사간에 유감이 없으신지요? 구구한 저의 울적한 마음 두루 간절합니다.

저는 지난 가을 우연히 실속 없는 헛된 명성[浮名]에 얽매여, 만리 길 상해를 다녀왔고, 세모歲暮(연말)는 북경 여관[燕邸]에서 보냈지요. 금년 중춘에야 비로소 산채로 돌아왔는데 이내 다리가 마비되는 증상을 보여, 앉고 눕는 것이 불편하여 탕약을 썼으나 효험이 없었습니다. 아마도 17년간 습기가 많고 더운 땅에서 생기는 독기毒氣가 서린 바다[瘴海]에서 얻은 병일 것입니다. 척서군도 황달로 신음하고 있으며 섭아燮兒의 병도 아직 쾌차하지 못하였습니다. 심경이 이러하니 어찌 세상사는 경황이 조금인들 있겠습니까?

도곡道谷 산소의 비碑를 바꾸는 일은 돌아가신 부로父老들께서 벼르고 별렀으나 미처 겨를을 내지 못했던 일인데 여러분들이 그 유지遺志를 받들어 이루어 드리고저 하는 것은 매우 훌륭한 거조擧措(말과 행동의 태도)입니다. 생각해보면, 부로들께서 당시에 묘갈墓碣의 음기陰記를 저에게 쓰도록 명하여 외람되게도 얽어 둔 것이 있습니다. 다만 부군府君께서 계시던 때부터 4백여 년이 지난 지금까지 여러 번 전쟁[兵火]을 거쳤으며 집안도 여러 대[累代]를 잇달아 상화喪禍를 업어 건연巾衍[1]에 담아둔 문서가 모두 증명이 될 문적이 산일되어 기송무징杞宋無徵[2]이 되어버렸고, 생졸生卒 연월年月도 보첩譜牒에 실리지 않았으므로, 참의공參議公과 정랑공正郎公이 손수 쓴 필사본 덕으로 초고草稿에 넣을 수 있었습니다. 접때 조카 형국衡國의 서신에서 여러 분들의 뜻이 명銘이 꼭 갖추어져야 한다 하였기에, 마침내 예전에 얽어 둔 것을 서문序文으로 삼고 그

---

1) 건연巾衍 : 천을 발라서 벌레가 먹지 못하도록 만든 문서 상자.
2) 선대先代의 일을 상고할 만한 문헌文獻이 없는 것을 뜻함. 기杞 나라는 하夏 나라를 계승했고, 송宋 나라는 은殷 나라를 계승했으나, 기와 송에는 하와 은의 일을 상고할 만한 문헌이 전혀 없었기 때문에 이르는 말이다(『논어論語』 「팔일八佾」).

뒤에 대략 몇 귀[句]를 지어 붙여서, 너무 소박[寂寥]하지만 장황하고 과장하는 것 보다는 낫지 않겠습니까? 읽어보신 후 교열校閱을 교열해 주시고, 합당하지 못하거든 대가[大方; 거장·대가]에게 부탁하셔서도 무방하겠습니다. 끝으로 드리고 싶은 말씀은 개수改竪하는 날 반드시 제사祭祀와 고유告由의 절차가 있어야겠지만, 실속이 없이 겉만 꾸민 예의[虛文]으로 속습俗習을 좇는 것은 선규先規에 위배됨이 있고, 여러 사람이 모이[會集]는 것은 시의時宜에 적절하지 않으니 저의 생각으로는 이웃과 동네에 기어이 통고할 것 없이 다만 후손들의 성의誠意만 가지고 묘사墓祀를 지내되, 그 사유事由를 고告하는 것이 체통을 얻을 것 같은데 여러분들 의향이 어떠하신지를 모르겠습니다.

▫ 족조 순성께 드리다. 경오년(1930)   與族祖舜聲

근래 정신과 기운이 더욱 쇠약해 져서 눈만 감으면 문득 고향 산천 꿈을 꾸는데, 밤마다 족조와 함께 즐겁게 놀다가 어느새[遽然] 깨어나면 족조는 보이지 않고 몸은 송화강 동쪽 강안江岸에 누워, 보이는 것이라고는 지는 달이 창에 어리고 닭 우는 소리가 베개 머리에 가득할 뿐입니다. 이 때의 광경光景은 한갓 무익한 회포만 흔들어 놓을 뿐이니, 차라리 말하지 않는 것이 낫겠습니다. 아! 영옹穎翁이여, 우리는 모두 팔순八旬을 바라보는 사람입니다. 죽기 전에 과연 얼굴을 다시 마주할 수 없을까요? 갈대에 이슬내리는 시절이 갔으니 단풍들고 국화꽃 피는 정히 그 시절입니다. 이즈음 정양靜養의 경체經體가 만위萬衛하시고 검검儉·만만晚 두 노인도 날마다 만나면서 이역異域의 가난한 교민僑民인 이 사람에 대해서도 가끔 언급하기도 하는지 모르겠습니다. 가을걷이가 과연 시보時報에 기록된 바와 같다면 전에 없던 큰 풍년이라 할 수 있으니, 3년 연속 흉년 끝에 이러한 유쾌한 활로를 얻게 되었으니 어찌 큰 다행이 아니겠습니까? 다만 곡가穀價가 크게 떨어졌다 하니 가난한 사람으로 빚 갚기가 다시 맹랑할 듯합니다. 감동甘洞의 개갈改碣 고유는 과연 날을 잡아 행사하시는 지요? 「고유문告由文」은 지시 받은 대로 형국衡國에게 지어 부치기를 허락하겠습니다만 능히 부침浮沈없이 기한期限에 데어 볼 수 있을까요?

나는 하체가 마비되어 추운 계절에는 더욱 심하답니다. 섭燮아가 앓고 있는 신경쇠약증은 네 차례 발작하여 자리를 보전한지 이미 몇 달이나 되는데, 일손이 군색한 형편에 의약 치료도 여의치 못하여 조카 형국이 제조하여 부친 한 한방韓方 약제藥劑를 시험삼아 반 넘어 복용시키고 있지만 좋은 효과를 어찌 쉽게 바랄 수야 있겠습니까? 아우 덕초德初는 수 천리 밖멀리 떨어져 있고 여러 족친들이 각처에 흩어져 우거하고 있어서 안부를 듣는 것도 또한 가지가지로 어렵습니다. 회고하건대 옛날 화수회花樹會3)와 일가들이 모여 살았던 즐거움은 무슨 복력福力으로 그랬던지 알 수 없습니다.

망헌忘軒 종선조從先祖의 사적事蹟은 보내주신「사록史錄」을 읽어보고 나서 전에 알지 못했던 것을 알게 됨으로써 마음 더욱 간절합니다. 행장行狀 건은, 가문家門의 선대先代 유적과 관련된 일이며, 서로 아끼는 관계일 뿐 아니라 부탁이 더욱 근실하시니, 솜씨의 능숙함과 서투름[工拙]은 따지지 않고 주제넘게 맡기는 맡았지만, 객지에서 참고할 서적도 없고 또 정신도 혼미하며, 묻고 상의할 측근도 없어 혼자 지어놓고 스스로 읽어보아도 하자瑕疵가 허다함을 느끼게 되는데, 어떻게 감히 후세에 전해지기를 바랄 수 있겠습니까? 모름지기 밝은 눈으로 세밀하게 수정[細加櫛掃; 빗질하다]하여 인편에 부쳐 보여주심으로써, 충분히 생각한 후 다시 고칠 수 있도록 해주시기를 바라고 바랍니다.「사록史錄」은 장차 유집遺集 뒤에「보편補編」으로 하실 예정입니까? 양조兩朝 실록實錄의 명칭이 문집文集의 유례類例에 합치하지 않는 듯하여, 제 마음대로 소疏·차箚 몇 편을 발췌하여 문집 가운데「원록原錄」에 보충해 넣고, 세밀하게 교정한 뒤 두 제목을 따로따로 모두 편말篇末에 싣는 것이 온당할 듯하니, 세밀하게 생각하고 논의하는 것이 어떻겠습니까? 잇따라 생각하니, 선생은 4백년 이전 선배이신만큼 문집의「유례類例」가 될 수 있다는 면에서도 중요하오니, 초초草草(몹시 간략함)하게 착수하여 후회되는 일이 없도록 해야 될 듯합니다.

▫ **족조 명중에게 주다.** 경자년(1900)　**與族祖明仲**

서신이 있는 후로, 밤이 자주 돌아올수록 발돋움하여 우러러보는 마음이 더욱 깊어집니다. 꽃잎이 비오듯 흩날리는 계절, 화우절花雨節4)에 건강한 가운데 더욱 재미있게 지내시는지요. 사물을 관찰하고 음미하는 재미가 더해가고 있습니까? 관동關東 행차는 결행하시지 못한 듯한데, 좌우에서 좌하座下5)가 서툴렀기 때문이라고 굳게 믿고 있습니다. 상주尙州와 도산서원陶山

---

3) 화수회花樹會 : 흔히 종족의 모임을 일컫는데, 원근의 친족들이 한 자리에 모여서 골육의 정을 도탑게 하는 일을 말함. 당나라 때 망족 위씨韋氏집의 일에서 유래한다.
4) 화우절花雨節 : 도화우桃花雨가 내린다는 청명절淸明節을 달리 이른 말이다.
5) 좌하座下 : 평교간 상대방에 대한 경칭이다.

書院은 이전에 마음껏 두루 감상한 적이 없었는데, 이번에 만리萬里의 풍연風烟을 포식飽食하려 합니까? 농담입니다.

  중수기重修記는 사적의 기술이 정밀한데 끄트머리 선조先祖의 덕목德目을 기술한 곳에서 '치욕을 멀리하고 해로운 것을 사절했다[遠恥辱 絶忮害].'라고 쓴 한 구句는 더욱 긴요함을 얻었고, 그 아래 '청렴하고 유연하면서 경건하고 순박하였다[淸修謹拙].'라든가 '어버이께 효성스럽고 연장자에게 공손하고 집안간에 도타웠으며 인척간에 화목하였다[孝悌敦睦].' 등의 말은 모두 사실을 기록하면서도 미루어 부연한 것으로써 매우 좋습니다. 진실로 평소 실제에 근거하여 살펴보지 않은 사람이라면 아마 이런 말을 언급하여 전해 보여 주기가 쉽지 않을 것임은 의심의 여지가 없습니다. 그런데 한스럽게도 증빙할 수 있는 문헌이 없어서 당시 벼슬을 그만둔 행적行蹟을 자세히 살필 수 없으니 이것이 조금 미진할 뿐입니다. 대개 선조께서 인끈을 버리고 정자를 지은 것[投綬構亭; 사직하고 야인으로 돌아감]이 정덕正德6) 연간 기묘사화己卯士禍 때였다고 하는데, 이는 3백년 동안 전해 내려온 말이며, 허주虛舟7)의 기록 가운데엔 또 이농암李聾巖8)의 시를 인용하여 증거를 대셨으니 반반斑斑(=彬彬)하다할 뿐이겠습니까? 당시는 무오戊午년과 갑자甲子년 재앙9)의 화염이 겨우 꺼지자말자 신무문神武門10)의 해괴한 징조가 이미 드리울 때였으니, 조정朝廷 제현諸賢으로서 누군들 마음에 우려를 품지 않았겠습니까? 항차 선조께서는 망헌忘軒11) 숙부께서 새로 영해嶺海의 액화厄禍12)를 겪었으니 과거의 일을 거울삼아 앞날을 경계한 바가 여러 군자君子들 보다 더욱 깊었을 것입니다. 이 때문에 능히 기미를 보시고 먼

---

  6) 정덕正德 : 중국 명나라 무종의 연호. 1505~1521.

  7) 허주虛舟 : 이종악李宗岳, 자는 산보山甫, 허주는 그의 호. 증贈 사복사정司僕寺正, 이상룡의 6대조, 『허주유고虛舟遺稿』가 있다.

  8) 이농암李聾巖 : 농암 이현보李賢輔를 가리킨다.

  9) 무오戊午년과 갑자甲子년 재앙 : 무오사화와 갑자사화를 가리킨다.

 10) 신무문神武門 : 경복궁의 북문. 조선 중종中宗 14년인 기묘년 11월 15일 한밤중에 남곤南袞·심정沈貞·홍경주洪景舟 등이 남몰래 신무문을 열고 들어가 중종에게 은밀히 참소를 하여, 신진사류의 영수인 조광조趙光祖를 위시해서 김정金淨·김식金湜·김구金絿 등을 전격적으로 체포해서 궐정闕庭에 끌어다놓고 당장 죽이려고 했다. 이때 조광조 등이 즉시 사형은 면하고 원지遠地에 유배된 후 사사賜死되었다. 이를 기묘사화라 하고, 신무문은 흔히 바로 이 기묘사화를 지칭하는 상징어로 사용된다.

 11) 망헌忘軒 : 이주李胄, 자 주지胄之, 망헌은 그의 호. 이상룡의 16대 방조.

 12) 영해嶺海의 액화厄禍 : 망헌공이 연산조 무오년에 점필재佔畢齋의 문도門徒라 하여 진도珍島로 찬배되었다. 갑자년에 또 극간極諫을 하다가 제주濟州에 이배되었고, 그해 5월 22일에 참형斬刑된 일을 가리킨다.

저 몸을 이끌어 헌사로운 조관朝冠을 진흙바닥에 버리고 초연히 재앙의 그물에서 홀로 면할
수 있었던 것이니, 대개 치진난퇴治進亂退13)의 청렴함에다 고상불사蠱尙不事14)의 고결함을 겸하
신 분입니다. 유체濡滯하여 떠나지 못하고 끝내 삼제芟除의 재앙을 당한 분들에 비교해 볼 때
명철明哲함이 과연 어떠합니까? 다만 그 포부가 어둠에 묻혀 드러나지 못하였으나 그 행적이
너그러워 박절하지 않았음을 당세 사람들은 다만 이소고사二疏故事15)에 비의比擬할 뿐이었지
만, 오직 농암聾巖 공만은 은미한 의미를 꿰뚫어 알고서 '벼슬이 명예와 절개로 마무리됨에,
온 집안이 온전했도다[宦成名節一家全].'라는 싯귀를 남겼습니다. 신위암申韋菴16)은 당시 사화가
발생했을 때 조제調劑17)의 현신으로서 흠모의 정이 더욱 간절하여 '역사책은 후일 이름난 선
비라고 전하니, 이 몸도 끝까지 절개를 보전하려네[汗竹他年名士傳 此身終始節應全].'라는 시를 지
었으니, 후세에 아직도 그 일을 논하는 인사가 있어 이 두 시를 읽게 된다면 우리 선조가 『기
묘당적己卯黨籍』18)에 들지 않은 것은 먼저 기미를 알아채고 인끈을 풀어 놓으셨기 때문이라는
것을 알 수 있을 것입니다. 아! 당시의 현명한 여러 분들이 어찌 낌새를 알고 피하는 지혜[色
擧之智]가19) 없었으리요 마는 이따금 지방관地方官을 자청하여 나갔다가 마침내 만연지화蔓延之

---

13) 치진난퇴治進亂退 : 치세에는 나아가 벼슬을 하고, 난세에는 물러나 은거하는 처세관.『맹자孟子』
「공손추公孫丑」 "曰 伯夷 伊尹 何如 曰 不同道 非其君不事 非其民不使 治則進 亂則退 伯夷也"
라는 내용이 있다.

14) 고상불사蠱尙不事 :『주역周易』「고괘蠱卦」의 상구 효사의 "상구上九는 왕후王侯를 섬기지 않고 그
일을 고상高尙히 하도다[上九 不事王侯 高尙其事]."의 뜻을 취한 말. 그 전傳에 "상구는 고蠱의 마지
막에 거居하여 아래에 계응係應이 없고 일[蠱]의 밖에 처하여 일하는 바가 없는 자리이다. 강명剛
明한 재질才質로 응원이 없고 일이 없는 자리에 처하였으니 이는 현인과 군자가 세상의 일에 얽
매이지 않는 자이다. 그러므로 '왕후를 섬기지 않고 그 일을 고상히 한다.'고 한 것이다[上九居蠱
之終 无係應於下 處事之外 无所事之地也 以剛明之才 无應援而處无事之地 是 賢人君子不遇於時而高潔自守 不累於世務
者也 故云 不事王侯高尙其事].'라 하였다.

15) 이소고사二疏故事 : 한나라 선제宣帝 때 사람인 소광疏廣과 소수疏受의 숙질叔姪을 가리킨다. 소광
은 태자태부太子太傅가 되고 소수는 소부少傅가 되었는데, 사람마다 영화스럽게 여겼다. 벼슬을
버리고 고향에 돌아갈 때 임금과 태자가 하사한 금으로 전답을 사지 않고 날마다 친척과 친구를
불러 잔치를 베풀었다 한다.

16) 신위암申韋菴 : 신상申鏛, 본관은 평산平山, 자는 대용大用, 위암韋菴은 그의 호이다. 문과에 급제하
여 이조판서로서 기묘사화에 희생되었다. 시호는 문절文節이다.

17) 조제調劑 : 조정하여 고르게 하는 직임을 지칭하는 말로, 이조판서를 가리킨다.

18) 『기묘당적己卯黨籍』 : 기묘사화己卯士禍에 관련된 명신들의 인적사항을 적은 서적.

19) 『논어論語』「향당鄕黨」에 "새는 사람의 나쁜 표정을 보면 날아서 빙빙 돌며 관찰한 다음에 내려
앉는다."고 하였다.

禍를[20] 면치 못한 경우가 있었으니, 가령 우리 선조께서 일찍 스스로 용단을 내지 않았더라면 비록 조정암趙靜庵[21]에게 내려진 준엄한 후명에까지 이르지는 않았을지라도, 권충정공權忠定公[22]이 당한 금고의 치욕은 받지 않았을 보장은 없을 것입니다. 『예기禮記』에 이르기를 "선세先世(선대)에 아름다운 행적이 있는데 (자손이) 알지 못하는 것은 밝지 못함[不明]이요, 알고도 전하지 않는 것은 인하지 못함[不仁]이다."라고 하였으니, 잔약한 불초 후손은 실로 이점을 두려워하는 바입니다.

이제 성대한 기록이 얼개가 이미 정해지고 수미首尾가 이미 결정되어 한 마디 말도 삽입할 곳이 없겠으나, 청컨대 별도로 왼컨에다 이러한 의미로 퇴휴退休의 행적을 대략 서술하고 이어 누차 병화兵火를 겪음으로써 재적載籍(기록물)이 전해지지 않아 잔열殘劣한 후손의 통한痛恨이 무궁하다고 하신다면 혹 뒷날 참고하는데 일조一助가 될 수 있을 것으로 생각하는데 의견이 어떠신지 모르겠습니다.

인하여 생각하되 우리 이문李門이 득성得姓이래 대대로 절의節義를 전해오고 있는데, 문산공文山公[23]께서 벼슬하지 않으셨던 것은 원元의 압제壓制를 부끄러워하심이었으니, 때문에 원종元宗께서 '절사節士'라는 칭호를 내렸고, 참판공參判公[24]께서 인끈을 버리신 것[投紱; 사직함]은 계癸·병丙의 사변[25]을 통탄하심이었으니 이는 수다입비사적水多立碑事蹟[26]에 실려 있습니다. 오직 별제공別提公[27]께서 귀전歸田하신 것만은 상고할 바가 아직 없습니다. 아마도 사직하시고

---

20) 글자 그대로 처벌이 한두 사람에 끝나지 않고 여러 사람으로 뻗어가는 화. 예) 중국의 당고黨錮나 환화宦禍. 우리나라의 사화士禍 등.

21) 조정암趙靜庵 : 정암靜庵 조광조趙光祖를 가리킨다.

22) 권충정공權忠定公 : 충재冲齋 권벌權橃을 가리킨다.

23) 문산공文山公 : 이진李瑨, 자는 국보國寶, 1233년 16세의 나이로 문과에 급제하였으나 관직에 나아가지 않고 문소산文召山에 은거하였으므로 호號를 문산도인文山道人이라 하였다. 이상룡의 23대조이다.

24) 참판공參判公 : 이증李增, 자는 자겸自謙, 고성이씨 안동 입향조이며, 이상룡의 17대조이다.

25) 계癸·병丙의 사변 : 수양대군首陽大君이 안평대군安平大君과 김종서金宗瑞·황보인皇甫仁 등을 죽이고 국가의 전권을 장악한 계유정난癸酉靖難과, 세조世祖가 성삼문成三問·박팽년朴彭年 등 사육신이 단종 복위를 꾀했다는 죄목으로 사형시킨 병자정난丙子靖難을 가리킨다.

26) 수다입비사적水多立碑事蹟 : 이상룡의 17대조 참판공 이증의 산소가 안동 임북면 미질美質 수다산水多山에 있었고, 묘하에 신도비가 있었다. 이 신도비의 건립 전말을 기록한 사적을 가리킨다. 지금은 안동시 정상동으로 이전하였다.

27) 별제공別提公 : 이육李育, 자는 원숙元叔, 호는 모헌慕軒, 점필재의 문인, 참판공 이증의 손자. 안기도安奇道 찰방察訪으로 있을 때 중형인 망헌공忘軒公이 무오·갑자사화에 연루되어 죽자 벼슬을 버

집으로 돌아오신[掃亭] 연대와 연세로 징험해 본다면 또한 을사사화乙巳士禍의 징조가 드리울 시점으로 볼 수 있을 듯한데, 좌하座下도 또한 근거를 찾으면서 이 대목에 생각이 미친 적이 있었는지 모르겠습니다.

한번 방문해 주신다고 하더니 과연 그 말을 실천할 수 있을런지요? 산촌에 비가 처음 개이니 사물의 태깔이 배나 아름다운데, 적막하게 봄을 보내려니 참으로 애석합니다. 가까운 시일 내에 서둘러 시도하시는 것이 어떻겠습니까?

▫ 족조 좌경남기께 답하다. 을축년(1925)　答族祖佐卿南起

제가 오좌吾座를 저버린 것이 많습니다. 접때 형제 상[鴒原之慽]을 당하고 그 뒤에 또 할머니의 상을 당했는데도 한번 문상도 하지 못하였으니 보통 사람의 정상情狀으로는 비록 유감을 품고 절교를 하더라도 지나치지 않다고 여길 수도 있는 일입니다. 이에 오좌는 태연히 너그럽게 용서하시고 먼저 편지까지 주셨습니다. 또 그 보낸 사연이 진지하고 간절하여, '살아서 만날 날 언제인가 고각에 감흥이 이네[生逢何日 高閣興感].'라는 표현은, '군자의 한 침묵은 사람들에게 부끄러움을 알려 주고, 군자의 한 마디 말은, 사람들에게 감동을 준다.'는 말이 진실로 오좌를 두고 한 말입니다. 비록 목석木石같이 미련하고 어리석은 사람이라 하더라도 이 표현에 어찌 줄줄 눈물을 흘리지 않을 수 있겠습니까! 편지 쓰신 뒤 또 달이 바뀌었습니다. 가을 장마에 정체靜體 기거起居가 만안萬安하신지요? 보여주신 편지 중에 두 종반從班의 상을 당했다는 말씀은 누가 원통하게 죽었다는 것인지 모르겠지만 듣고나서 경악을 이기지 못하겠으며, 포손抱孫(손자 보는 일)이 늦어진다는 말씀은 사람으로 하여금 대신 민망케 합니다. 요즈음은 의학이 발달하였으니, 신구新舊의 약처방으로 효과를 꽤 많이 보고 있습니다. 왜 경향京鄕 여러 약국에 널리 물색하여 내외內外를 다 복용하도록 하여 생산生産의 기회를 잃어버리지 않도록 하지 않았습니까? 살아갈 계책이 잡히[把捉]지 않는 것은 피차 같은 걱정거리입니다. 이보다 전에 영윤令胤이 생업[實業; 농업·상업·공업 등]에 열심히 노력하여 일상적인 생계[凡百調度]가 전에 비해 생각보다는 나아졌다고 들은 것 같은데, 군색하기가 아직 옛날 그대로입니까? 지금은 노동주의의 시대입니다. 우리들 중에 놀고먹는 사람들은 앞으로 굶을 수 밖에 없습니다. 뜻을 두고 있는 자제들도 이제는 옛날처럼 공부한 글에만 의지해서 살 수 없다는 것[不可全靠

리고 청도淸道 유곡柳谷으로 돌아가 군자정君子亭을 짓고 은거하였다.

硯田] 것은 우리들 모두가 아는 바이니, 요컨대 먼저 실업에 힘쓰는 자가 실효를 가장 많이 거둘 것입니다.

마을[村]마다 고루 평안하다니 안심이 되지만, 각자가 깃발을 세워서 서로 버티고 사이가 멀어지는 것은 어찌 왕성한 문중의 광경이겠습니까? 이러한 폐단을 구제救濟하려면 부득이 노성한 어른들이 먼저 화합하는 모범을 보임으로써, 이끌어 통솔하는 길 뿐입니다.

한 여름 물 난리가 과연 신문에 보도된 바와 같다면, 가위 전국이 재난으로 인해 겁에 질렸을 텐데, 특히 강 기슭에 자리잡은 법마法馬[28] 두 마을은 유다른 손해를 입지는 않았는지요? 두루 듣고자 합니다.

나는 본래 몸은 약하고 재능은 모자란 데다가 자꾸만 풍상에 시달리다보니, 살갗은 쭈굴쭈굴 어지럽게 검이 가고, 수염과 머리털은 희다못해 누렇게 변하였고, 팔다리는 힘이 없고 이는 빠지고 눈은 어둡습니다. 겉모양이 이러하니 그 속도 미루어 알 수 있을 터인데, 헛된 이름[虛名][29]이 거듭되니 괴이한 일입니다. 내일은 또 만리 길을 떠나려고 하는데, 옆에서 보기엔 어떨지 모르겠지만, 우리집 입장에서 본다면 실로 신재身災(몸이 겪는 재앙)이니, 오늘 이후에는 세상을 피하고 이름을 감추는 것이 출중하게 높은 목표가 될 것임을 알게 되었습니다. 아들 재섭[燮兒]은 줄곧 건강치 못하고, 손자 병화[華孫]는 4백리가 떨어진 먼 곳에서 학당學堂을 짓는다고 가 있습니다. 늦봄[春末]엔 증손자를 본 경사가 있었는데 미목이 자못 빼어나답니다. 덕초德初가 올 봄에 멀지 않은 곳으로 이사 와서 하루 걸러 내왕하고 있어서 모여 사는 즐거움이 있습니다. 다만 생활 형편이 어려운 것은 두 집 모두 일반입니다. 멀리 혹은 가까이 흩어져 살고 있는 족친族親들 대부분이 드러난 사고는 없으며, 그 가운데 제힘으로 농사를 지을 줄 아는 자는 점점 논밭[食根]을 얻게 되어, 몇 년만 지난다면 농업으로 진흥할 희망이 있을 것 입니다. 더할 나위없이 참혹한 일은, 젊은 나이로 몇 사람이 죽은 일입니다.

담옹潭翁의 행장行狀을 초草잡는 일은 부탁받은 지가 오래되어서, 감히 백지로 돌려보낼 수 없고 할 수 없이 지어 보냈지만[聚自作過; '짓다.'의 겸손한 표현], 보낸 뒤에 생각해 보니 하자瑕疵가 적지 않다는 것을 알았습니다. 그런데 보내 주신 편지에 '그분의 평소의 실상 그대로 잘 표현하였다.'고 평해 주다니! 빤히 알고 있는 처지에 이런 입에 바른 칭찬을 하다니! 참으로 너무나 부끄럽습니다. 서신을 발송할 때 청도淸道에 가 계시는 줄 알았습니다만 노년[衰年]에 무엇

---

28) 법마法馬 : 법흥法興과 마뜰을 가리킨다.
29) 헛된 이름[虛名] : 이름이 알려저 사람들의 추천을 입고 중책을 맡게 된 것을 겸손하게 표현한 말.

때문에 먼 걸음을 하셨습니까? 시대[新舊]가 이렇게 급변하는 때 아직도 한결같이 단 꿈만 꾸고 있는 것은 전국에서 영남지방이 심하고, 그 중에도 우리 씨족이 더욱 심합니다. 제 생각엔 오좌吾座(친근한 호칭임)의 통달한 지식으로써 경종警鐘의 역할을 사양하지 마시고, 그들로 하여금 낙오落伍의 한탄이 없도록 해주는 것이 어떻습니까?

▫ 족조 화숙종박께 답하다. 갑자년(1924)　　答族祖和叔鍾博

텅 빈 곳으로 도망한 자는 사람과 비슷한 것만 보아도 기뻐하는 법인데, 항차 만리 타관에서 15년 동안 잊지 못하던 고향 친지의 편지[水墨]를 받아 보았을 때, 그 기쁨이 오죽하겠습니까? 편지 받는 날 즉시 답장을 써야 마땅했지만, 여러 해 쌓인 해묵은 글빚 때문에 답장 쓸 틈은 없고, 그렇다고 백지 답장은 보낼 수 없는 처지로, 반년 세월을 마치 정신 잃은 사람처럼 그럭저럭 보냈습니다.

제 생각엔 오좌께서는 분개한 마음이 많았을 것입니다. 삼가 세모歲暮에 일상 기거가 만안하시며, 봄 어름에 병환으로 여러 달 동안 진감震撼(울리어 흔듦) 받은 것을 알고 있는데, 이제 병 뿌리를 뽑았습니까? 영뢰潁瀨·검검儉儉 양공兩公과 만옹晩翁은 모두 노령老齡이신데 근력과 정력이 어떠합니까? 암노嚴老의 상사喪事는 슬픔을 어떻게 말로 다 하겠습니까? 십 수년 간 선배 장덕長德(덕이 높은 어른)들이 거의 다 돌아가셨으니 옛 일을 돌이켜 생각하면 불각 중에 눈물이 옷깃을 적십니다.

근래 집안에 서당書堂을 열어 후진을 교육한다고 들었는데, 사실이라면 우리 집안도 이제 단잠에서 깨어났다고 할 수 있을 것이니, 이 얼마나 다행이며 축하할 일입니까?

생각해보건대 신조류新潮流가 동쪽으로 들어올 때, 누워있는 자들은 신조류를 배척하여 너무 냉담하였고, 일어선 자들은 묵은 것을 타파하는데 너무 가열되어, 전국의 교육이 본령本領이 아직 수립되기도 전에 마침내 우리 고유의 정신적·물질적 장점[國粹]은 소진掃盡되고 추함[嫫醜]30)은 가리우기 어렵게 되었으니, 어린이 교육에 뜻을 둔 자는 이런 폐단을 염두에 두지 않을 수 없습니다. 10년 사이에 풍조가 또 한번 변하여 노동주의가 세계에 팽창하여 몇 년만 더 지나가면 우리들처럼 놀고먹는 사람들은 발 들여 놓을 자리가 없어질 것이니, 생업[實業] 과정에도 유의하지 않을 수 없을 듯한데 어떻습니까?

---

30) 전설에 황제黃帝의 넷째 왕비인데 추녀였다고 전한다.

저는 고희古稀의 나이까지는 겨우 몇 년 남았는데, 안으로는 수토병水土病에 상처를 입었고 밖으로는 풍상風霜에 시달려 비쩍 마른 병든 몸뚱이가 불면 꺼꾸러질 것 같은 형세로 날마다 급변해 가니, 죽기 전에 다시 낙동강변 사람이 될 수 없을 것만 같아서 밤중마다 잠이 오지 않고 두근두근 가슴이 절로 뛴답니다.

선부군先府君의 행장行狀을 부탁한 일인데, 그런 일은 덕德도 있고 문장文章도 있는 사람이 할 일인데, 제가 어찌 그런 사람이겠습니까? 서신을 받았을 때 바로, 군이 사양하고 싶었지만 원로遠路에 우편왕복이 불편하여 생각만 품고 이행하지 못하다가, 그길로 시국의 일[時事]이 시끄러워져서 동분서주하다보니 3·4년 전부터는 생각마저 거기에 미치지 못했습니다. 이제 다시 편지를 보내어 독촉하시니, 이제는 변명할 말조차 없게 되어 사정이 매우 군색하게 되었습니다. 잘못 짓는 허물을 알면서도 하는 수 없이 틈을 내서 집필하게 되었습니다. 그러나 압록강을 건너서 이곳으로 온 이후로, 붓과 벼루를 사절謝絶한 지 이미 오래인지라 다만 문사文思가 시들고 껄끄러워 확실시 되는 것도 충분히 전하지 못할 뿐 아니라, 여기에는 참고할 유고遺稿가 없어서 가언嘉言과 선행善行이 궐루闕漏(빠뜨려짐)된 바가 많습니다. 평소 듣고 보아서 기억해 둔 것도 또한 모두 망실忘失하여 다만 유사遺事를 가지고 은괄檃括[31])하였을 뿐이니 소략함이 너무 심하여 알맞게 쓸 수 없을 것이 분명합니다. 만약 한 구석에 버려두고 다른 손을 다시 구하는 것이 제일 좋고, 만약 그것이 안되거던 모름지기 급문及門한 제공諸公들과 더불어 상세히 살피고 또 한번 더 살펴서 하자가 있는 곳을 찾아 낱낱이 고쳐서 우편으로 제게 보내줌으로써 충분히 수정할 수 있는 터전을 닦는다면 매우 다행이겠습니다. 혹시라도 생각 없이 남의 눈에 보여 후회를 부르게 된다면 신중한 도리를 잃어버리는 것이요 또한 서로 아끼는 뜻도 아닐 것이니, 천만 신중하게 처리하심이 어떻습니까?

◦ 혹인의 문목에 답하다.『대학의의』 答或人問目 大學疑義

선유先儒의 말씀에 '잃어버린 것을 모아 보망補亡할 때에, 착간錯簡의 궐략闕畧 부분을 보충하여 성誠과 정正의 하주下註로 삼았다.'고 하였습니다. 그러나 격치전格致傳은 보궐補闕이고, 성誠과 정正의 하주下註는 보략補畧인 듯합니다.

---

31) 은괄檃括 : 기울어지고 굽은 것을 바로잡는 기구로, 굽은 것을 잡는 것을 은檃이라 칭하고 모난 것을 잡는 것은 괄括이라 한다.

인용한 것이 어느 분의 말씀인지는 모르겠으나 좌우左右가 의문으로 여기는 것이 옳습니다. 나 또한 이전에 다만 구본舊本의 착간錯簡은 마땅히 방치·망실되었기 때문에 별도로 서차序次를 만들 적에 채집采輯하여 만든 것으로 보고, 격치전格致傳은 보궐補闕이 되고 성誠·정正의 하주下註는 보략補畧이 되는 것으로 봤습니다. 뒤에 천사川沙[32]의 설명을 보니 ‘궐략厥畧’ 두 글자를 나누어서 다른 것으로 볼 수 없고, 성·정의 양장兩章에 생략된 바가 있다고 할 수 없다고 하였습니다. 호고와好古窩[33]의 설명에도 또 ‘채집采輯’의 채采는 채택거취采擇去取의 의미이고 ‘보궐補闕’의 궐闕은 궐루소략闕漏疎畧의 의미이니, 채택하여 모았다는 것은 정자程子가 정한 바를 인하여 채택하여 차서대로 모은 것이고, 그 궐략 부분을 보충했다는 것은 정자가 빠뜨리거나 소략하게 처리한 부분에 대하여 임의로 보충한 것이라 했습니다. 이 설명이 정밀한 것 같은데, 대개 이는 「장구서章句序」의 결론으로 마땅히 장구를[장구라는 이름은 진실로 장을 나누고 구를 갈랐기 때문에 얻어진 것으로, 또한 장을 해석하고 구를 푼다는 의미를 겸함] 총괄합니다. 제1편第一篇을 보면 예를 들어 열문烈文[34]과 기욱淇澳[35]의 시詩를 「명덕장明德章」의 위에 두고, 「치지致知」·「성의장誠意章」은 경문經文의 아래에 둔 것과, ‘친親’을 ‘신新’으로 고치고 ‘신身’을 ‘심心’으로 고치며 ‘명命’을 ‘태怠’로 고친 것은 본래 연문衍文이라는 것을 알도록 하기 위한 부류이고, 편제篇題와 격치설格致說에 있어서는 모두 정본程本을 골라 취하여 모은 것입니다. 모두 그대로 따를 수 없는 것, 예를 들어 「본말장本末章」·「격치장格致章」은 마땅히 경문經文의 아래에 두어서는 안 된다는 점, 「격치장格致章」에 전傳을 세우지 않은 점, 기욱淇澳·열문烈文을 마땅히 「명덕장明德章」의 위에 두어서는 안 된다는 점, 「평천하장平天下章」의 ‘은나라가 아직 민중을 잃지 않았다[殷之未喪師].’로부터 ‘도리에 어긋나게 나가는 것이다[亦悖而出].’까지는 내용을 마땅히 ‘충신忠信’·‘교태驕泰’의 아래에 두어서는 안 된다는 점과 ‘대저 그 집안을 고르게 한다[夫齊其家].’의 기자其字는 연문이 아니라는 점, ‘벽辟’의 뜻은 ‘비譬’이며 ‘혈絜’의 훈은 ‘설絜’이라는 류類는 모두 빠뜨

---

32) 천사川沙 : 김종덕金宗德, 본관은 안동, 자는 도언道彦, 천사는 그의 호. 대산大山 이상정李象靖의 문인, 학행으로 천거되어 의금부도사에 이르렀다. 『천사집川沙集』이 있다.

33) 호고와好古窩 : 류휘문柳徽文, 본관 전주全州, 자는 공회公晦, 호고와는 그의 호. 『호고와집好古窩集』이 있다.

34) 『시경詩經』「주송周頌」 열문烈文 편에 "於呼前王不忘"이란 구절을 인용한 『대학大學』의 "君子賢其賢而親其親 小人樂其樂而利其利 此以沒世不忘也"를 풀이한 것.

35) 『시경詩經』「위풍衛風」 기욱淇澳에 "瞻彼淇澳 綠竹猗猗"라고 하였는데, 주자가 『대학大學』의 ‘강고왈지지어신康誥曰至止於信’이란 구절을 ‘미지유야未之有也’란 글귀 밑에 개치하고, ‘시운첨피기욱詩云瞻彼淇澳’이란 두 구절을 ‘지어신’이란 글귀 밑에 개치하였다.

리[闕漏]거나 소략疏略하게 처리한 부분을 정자程子가 임의로 보충한 것입니다. 이처럼 제1편을 통해서 보더라도 어찌 더욱 정확·상세하지 않겠습니까? 이 의미로써 다시 이해를 더해보는 것이 어떻겠습니까?

「독법讀法; 대학독법」에서, '뒤 단락[後段]을 읽을 때는, 앞 단락[前段]을 생각한다.'고 했는데, 생각해 볼 때, 이와 같이 하면 쉽게 혼란스러워져서 주일무적 공부[主一; 경敬 공부]36) 에 방해가 될 듯합니다.

『대학大學』에 강령綱領이 있고 조목條目이 있고 칸살[間架]이 있고 차례[次序]가 있어서 맥脈과 락絡이 서로 이어지고 머리와 꼬리[首尾]가 서로 연관되기 때문에 독자가 반드시 전후前後를 대조 검토해 보아야만 비로소 총체적인 이해가 가능하다는 것이지, 눈은 뒤 단락[後段]에 가 있고 마음은 앞 단락[前段]에 있다는 말이 아닙니다. 게다가 주일[主一無適; 경敬] 공부는 다만 그 마음을 전일專一하게 하는 것이며, 한만하고 잡된 생각이 끼어드는 것이 아닙니다. 지금 서로 참고하면서 사색하는 것을 가지고 주일공부[主一無適; 경敬]에 방해됨이 있다고 여기는 것은, 걱정하지 않아야 할 것을 걱정하는 것이 아닌가 합니다.

그 발發한 바를 인하여 밝히는 것에 대하여, 선사先師께서 언젠가 발한 곳에서 공부하[用工]는 것을 경계하신 바 있습니다.

사람은 누구나 밝은 덕德이 있는데, 기질氣質에 구속되고 사물에 가려져서 마침내 어두움[昏]에 이르게 되지만, 그 본체本體의 밝음은 꺼져서 없어진 적이 없습니다. 그렇기 때문에 가끔 일상생활[日用]의 사이에서도 발현되는 수가 있는데, 예를 들면 맹자孟子가 말할 바, 사단四端을 느껴 아는 것이라든가, 걸음마하는 아이가 어버이를 아낄 줄 아는 것, 성장한 뒤엔 형兄을 존경할 줄 아는 것 따위가 그것입니다. 배움이란 그 발현된 곳에서 체인體認(마음속 깊이 인식함)하고, 이를 확충擴充해 나가서, 전체를 다 밝히는 것이니, 이것이 이른바, '그 발한 바를 인하여 밝힌다.'는 것입니다. '발한 곳에서 힘을 쓴다.'는 요지는, 아직 발하지 않았을 때엔 존심양성存心養性을 일삼지 않는다는 뜻이 아니라 초학자初學者의 공부는, 모름지기 의거할 데가

---

36) 주일主一 : 주일무적主一無適 공부, 곧 경敬 공부를 가리킴. 정신을 하나로 집중하여 경敬에 몰두한다는 뜻으로, 송나라 정程·주朱의 수양설修養說. 정이천程伊川이 처음에 주장했고, 주자朱子가 이를 이어 주장한 설임. 곧 마음에 '경敬'을 두고 정신을 집중하여 외물外物에 마음을 주지 말라는 학설.

있는 것으로부터 시작해야 하기 때문에, 공문孔門에서 사람을 가르칠 때에, 반드시 '발동[動]한 곳에서 공부를 해야한다.'고 가르치는 것입니다. 선사先師(김홍락)의 가르침에, 다만 '발처용공發處用工(발하는 곳에서 공부함)'이란 네 글자를 말하였을 뿐이고 '그 발한 곳에서 밝히는 일을 완수한다고 해석하는 것'은 옳지 않다는 것입니다. 언제, '발처용공發處用工'으로써 법문法門의 시비是非로 삼은 적이 있습니까? 좌우가 그 당시에 혹시 분명하게 듣지 못한 것[聽熒(형); 가는귀를 먹어서 잘못 들음] 같습니다.

선사께서 또 말씀하기를 '경敬은 다만 일상적 사용[日用]에서 그대로 지나치는 것[放過]이 아니다.'라고 하였다. 그렇다면 '그대로 지나침[放過]'이란 '동정動靜'과도 통하는 말이겠군요.'에 대하여

'일상적 사용에서 그냥 지나치지 않음[日用上不放過]'이란, '움직일 때의 경[動時敬]'이고, 『중용中庸』의 「계구戒懼」는 '고요할 때의 경[靜時敬]'입니다. '불방과不放過'는 곧 '방심해서 그냥 지나치지 않음'을 말합니다. '발하기 전에 계구戒懼하는 것'이 어찌 '고요할 때 방심해서 지나치지 않는 것[靜時不放過]'이 아니겠습니까?

'명덕明德(밝은 덕)'이란, '마음을, 성과 정을 통합해서 말한[心通性情]것'이라면, 이와 기를 합쳐서 말한 것인데, 주자朱子가 '(명덕明德이) 기질氣質에 가리원진다고 말하는 것은, 성性을 논하는 것과 다를 것이 없다.'고 한 것은 무엇입니까?

선배들은 흔히 '명덕[明德]'을 '마음[心]의 별칭'이라고 보았습니다. 그러나 내 생각엔, '온전히 마음[心]으로 본다.'는 것은 옳지 않다고 생각합니다. 왜냐하면 '명덕明德'을 일컬어, '허령불매虛靈不昧하다.'고 한다면 옳지만, 만약 '신명불측神明不測하다.'고 한다면 옳지 못하며, '하늘에서 얻었다.'고 한다면 옳지만, '몸이 주인으로 삼는 것[身之所主]'이라고 한다면 옳지 못합니다. 이미 마음[方寸; 마음의 별칭] 사이에 허령虛靈이 통하여 꿰뚫고, 만 가지 이치理致가 모두 구비되어 있다고 하였으니, 이는 다분히 심心의 정상情狀(사정과 형편)이 되며, 이미 하늘 쪽에서 보면 '명명明命'이 되고, 사람 쪽에서 보면 '명덕明德'이 된다고 하였으니, 이는 다분히 성性의 경역境域이 되는 것입니다. 그렇다면 명덕明德이란, '심성心性' 상에서 본다면, 기氣가 맑고 이理가 투명하여 밝은 빛이 통달한 것이 '명덕明德'이란 이름을 만들어낸 것이니, 이것은 곧 이理와

기氣를 합한 가운데 이理를 위주로 한 것입니다. 그렇기 때문에 '기질氣質에 의해 가리워진다.'고 말한 것은 역시 '성을 논하는 것[論性]'과 다름이 없는 것입니다.

'격물格物'에 있어서 계훈溪訓[37]에는 "사물에 이른다."로 되어있고, 『갈암집葛庵集』에는 "사물이 이른다."로 되어있다. 정자程子의 '서울에 이르는 길'의 비유[38]로써 본다면 계훈이 나은 것 같다에 대하여

'격물格物'에 있어서 『혹문或問』에 이르기를 '이치를 궁구하여 극치에 이른다[窮之理而至其極].'고 하였으니, 계훈溪訓에서 '사물에 이른다.'고 한 것은 이 때문입니다. 그러나 궁구하여 그 지극함에 이르는 것은 곧 '궁구하여 사물의 이치가 각기 지극함에 이르도록 하는 것입니다.' 그렇지 않다면, '물격物格의 해석을 무엇 때문에, 사물의 이치가 각기 그 극한에 도달해서 나머지가 없음을 말한다.'고 했겠습니까?

그렇기 때문에 내 생각엔, '사물이 이른다.'가 옳다고 봅니다. 대개 '격물格物'에 있어서 '사물이 이르게 한다.'고 하는 것은 공부이고, '물격物格'에 있어서 '사물이 이른다.'고 하는 것은 공효입니다. 정자程子의 적국適國의 비유는 '사람은 반드시 사물의 이치를 궁구한 뒤에야 비로소 사물의 이치가 이르는 효험이 있음'을 말한 것이니, 만약 사람이 사물의 이치를 궁구하지 않는다면, 사물 이치 자체가 어떻게 이른단 말인가?

청컨대 정자程子의 설명을 따라서 반대로 닫아걸고 비유해 봅시다. '격물格物'은, '장안長安 길을 궁구해서 끝까지 다 도착하도록 한다고 말하는 것과 같고, '물격物格'은, '장안 길을 끝까지 다 가서 남은 길이 없다고 말한 것과 같다.'고 하겠습니다.

---

37) 계훈溪訓 : 퇴계선생이 『사서석의四書釋義』에서 사서에 대한 주석을 하면서 단 우리말 토를 가리킨다.

38) 정자程子의 '서울에 이르는 길'의 비유 : 『대학혹문大學或問』에서 '격물格物'은 반드시 모든 사물 하나하나에 이르러야 합니까, 하나의 사물에 이르는 데에 그치더라도 1만 가지 이치에 모두 통하는 것입니까?[格物者必物物而格之耶將止格一物而萬理皆通耶]라는 질문에 대하여 후자가 옳다고 보면서, 사물에 이르는 길 즉 방법이 중요하다는 정자의 답변 내용의 한 대목으로, "비유하자면 천千의 오솔길과 만萬의 지름길이 모두 서울에 도달할 수 있다하자. 다만 한 길을 얻어 들어가면 유추하여 그 나머지는 통할 수 있는 것이다[譬如千蹊萬徑皆可以適國但得一道而入則可以推類而通其餘矣]."라고 한 말을 가리킨다.

‘지지知止’ 절節39)에 ‘안安’과 ‘려慮’ 이하는 ‘능득能得’을 움직였으므로, 이는 ‘동중 정動中靜’이라고 한데 대하여

이 절은 지知와 행行으로 나누어 볼 수도 있는데 만약 동과 정으로써 말한다면, 그럴 듯하지만 꼭 그렇지만은 않을 듯합니다.

공효功效를 순리적으로 추론한다면 ‘지식이 지극함[知至]’로써, ‘지식을 지극히 함[致知]’의 효험으로 삼을 것이 아니라, ‘지식이 지극[知至]해진 이후에 뜻이 성실해[意誠]지는 것’이 바로 효험이다. 「대학도大學圖」에는 ‘마음이 넓어지고, 몸이 펴지는 것[心廣體胖]’으로써 효과를 삼았는데, 어째서인가?에 대하여

보내온 설명에, 지식이 지극한 것[知至]이 지식을 지극히 함[致知]의 효험이 아니라 ‘지식이 지극[知至]해진 이후에 뜻이 성실해[意誠]지는 것’이 바로 효험이라고 하였습니다. 대저 ‘지식이 지극하여 뜻이 성실해진[意誠] 연후에 비로소 아는 바[所知]가 극진하지 않음이 없다[無不盡].’고 할 수 있을 것입니다. 그렇다면 이것이 ‘치지致知’의 효험이 되는 것과 ‘지지知至’가 ‘치지致知’의 효험이 되는 것이 무엇이 다릅니까? 만약 이르기를 ‘의성意誠’이 ‘지지知至’의 효험이라고 한다면 진실로 옳은 설명이라 할 수 있겠으나, 나는 가만히 생각해보면 완전히 공효功效가 되는 것으로 볼 수는 없다고 봅니다. 무엇 때문이겠습니까? 원절元節의 ‘이후而后’란 두 글자와 장구章句의 ‘가득이可得而’란 세 글자는 은연 중에 ‘공부工夫’의 의미가 그 가운데에 붙어 있는 것입니다. 만약 이러한 의미가 없다면 ‘지식이 지극해진[知至]’ 뒤에 곧 공수拱手하고 편안히 앉아만 있어도 ‘천하가 태평[天下平]’함을 이룰 수 있다는 말이 되는데, 어떻게 이런 이치가 있을 수 있겠습니까? 「대학도大學圖」는 양촌陽村의 학도學圖입니까? 예전에 한번 보기는 했습니다만, 지금 기억할 수 없어서 감히 억지로 대답할 수는 없습니다.

‘열 눈이 보는 바[十目所視]’요, ‘열 손이 가리키는 바[十手所指]’라는 것은 『중용中庸』의 ‘미微 작은의 뜻과 현顯(나타나다)의 뜻이 같다고 한 것에 대하여

이는 곧 『중용中庸』의 ‘숨겨진 곳보다 드러남이 없으며, 작은 일보다 나타남이 없다[莫見乎隱 莫顯乎微].’는 의미입니다. ‘작은 곳이 나타난다[微之顯].’는 것은 “귀신이 보아도 보이지 않고

---

39) 『대학大學』「대학장구大學章句」의 “안이후능려安而後能慮”를 지칭한다.

들어도 들리지 않지만 사물의 본체가 되어 빠뜨릴 수 없다[鬼神之視不見 聽不聞 而體物不可遺].”는 말이니, 이와는 다릅니다.

‘마음이 거기에 있지 않다[心不在焉].’는 것은 진실로 마음이 사물事物에 있지 않음을 말하지만, 결국은 몸 껍데기에 있지 않다는 것이기 때문에 ‘사물에 있지 않다.’고 하는 병통이 있게 되는 것입니다. ‘마음이 있다[心在].’는 것은 ‘마음을 보존한다[存心].’는 것과는 다른데, 장구章句에서 이르기를 ‘마음이 보존되지 못함이 있다[心有不存].’고 함은 무엇 때문입니까? ‘공경하여 바르게 한다[敬而直之].’는 것은 마음이 주재함을 잃었을 때를 총괄하여 가리키는 말인 듯한데, 「심학도心學圖」에서는 ‘마음이 있다[心在].’를 ‘욕심을 막는다[遏欲].’에 소속시켰음은 대개 성찰省察로 분류한 것입니까?에 대하여

좌하의 논의에 “마음은 몸 껍데기에 있지 않기 때문에 사물에 있지 않다고 하는 병통이 있게 된다.”고 한 것은 모두 체인體認(마음 속 깊이 인정함)된 말입니다. ‘있다[在].’와 ‘보존한다[存].’는 미세하게 다른 점이 있는데, ‘재在’는 ‘곳에 따라 있다.’는 것이니 마음[方寸]에 있는 것도 ‘있다.’고 하고, 사물에 있는 것도 ‘있다.’고 합니다. ‘보존한다[存].’는 것은 ‘거두어 들여서 안에 둔다.’는 뜻이 있으니 바로 이것이 마음[方寸]을 주로 말한 것입니다. 그렇기 때문에 장구章句에서 이르기를 “마음이 보존되지 않음이 있으면 그 몸을 검속檢束할 수 없다.”고 하였습니다. 귀와 눈과 입은 몸이 아닙니까? ‘공경하여 바르게 한다[敬而直之].’는 것도 또한 다만 이 한 절節에만 고착시켜 볼 수 없으니, 아마도 1장一章의 말미에, 공부하는 방법을 총괄적으로 설명한 것일 것입니다. 그 아래 ‘이 마음이 항상 보존된다[此心常存].’는 것도 역시, 비단 ‘사물에 있지 않다는 병통[不在物之病]’을 구제하는 데만 국한된 것은 아닐 것입니다. 『혹문』에 ‘얼굴 들어 새 보기를 탐하다가, 머리 돌리니 사람 응대를 제대로 못하네[仰面貪看鳥 回頭錯應人].’40)라는 데서 우리는 사유소四有所·삼불재三不在41)가 한결같이 모든 병통을 꿰어 모은 것이니, (마음이) 저기로 내달리면 여기엔 있지 않은 것입니다. 보내온 설명에도 또한 이런 의미는

---

40) 얼굴 들어 … 못하네[仰面貪看鳥 回頭錯應人] : 이는 당唐 나라 두보杜甫의 시에서 인용한 것으로서 무관심한 것을 비유한 말이다. 주희가 『대학혹문大學或問』에서 이 말을 인용하였다.

41) 사유소四有所·삼불재三不在 : 『대학大學』「전傳」7장의 요점을 압축 분류한 개념어이다. 사유소는 “所謂修身 在正其心者 (身)心有所忿懥 則不得其正 有所恐懼 則不得其正 有所好樂 則不得其正 有所憂患 則不得其正”의 분치忿懥·궁구恐懼·호락好樂·우환憂患을 가리키고, 삼불재는 “心不在焉 視而不見 聽而不聞 食而不知其味”의 시視·청聽·식食을 가리킨다.

있는 것 같은데, 분명하게 설명하지는 못한 것입니다. 「심학도」에 '심재心在'를 '알욕遏欲'에 소속시킨 것은 '성찰省察'로 분류한 것이 맞습니다.

사유四有·오벽五辟[42]은 그 하나하나가 다 감정입니다. …(중략). 선善을 좋아하고 악惡을 미워하는 것이 전문傳文의 대지大旨이며, 한 절 한 절 나아갈수록 의미가 깊다는 데 대하여

논한 바 사유·오벽의 설명은 대개 좋습니다. 선을 좋아하고 악을 미워하는 것이 전문의 대지가 된다는 것도 역시 맞습니다. 다만 사유四有의 병통을 논함에 있어서, 단락에 조금 빠진 것이 있습니다. 대개 사유四有는 곧, 마음에 두어 주장하는 곳[存主處]에서 그 평정平正을 잃어버리는 것입니다. 그렇기 때문에 장구章句에서 "하나라도 이것을 가지고 있으면서 살피지 못하면 …."이라고 하였습니다. 오벽五辟은 곧 이 마음이 사물에 응하는 곳에서 그 마땅함을 잃어버리는 것입니다. 그렇기 때문에 장구에서는 "한결같이 향向하는 바대로 하고 살피지 않는다면 …."이라 하였습니다. '마음에 두어 주장하는 곳'으로써 말했기 때문에 마음이 바르지 못한 일이 되고, '사물에 응하는 곳'으로써 말했기 때문에 몸이 닦여지지 못하는 일이 되는 것입니다. 『혹문』에서, 마음이 사물에 응應하는 것[心之應物]과 몸이 사물에 접接하는 것[身之接物]을 두 장으로 나눈 것은, 대개 4가지 감정[情]이, 반드시 분忿할 만하고, 두려워할 만하고, 좋아할 만하고, 근심할 만한 일이 있은 다음에야 발發하기 때문에 이와 같이 말한 것입니다. 그러나 4가지 감정이 그 자체로서 병통이 되는 것이 아니라 이 병통이 있게 되는 것은 사물과 합쳐서 되는 것이니, 사물이 이르기 전에 먼저 있는 경우와 사물이 지나간 후에도 남아 있는 경우가 있지만, 내심內心이 주재[主]가 된다는 점에서는 마찬가지입니다.

'수신修身이 되어 있지 않으면 제가가 불가능[身不修 不可以齊其家]하다.'는 것은, 선유先儒들이 이미 '경문經文에 응한 것이라'고 한 것은 옳습니다. 그러나 장구章句에 '반드시 여러 사람[衆人]이라고 말한 것도 그 뜻이 또한 이 때문이다.'라고 한 것에 대하여

이 결론結論이 경문經文과 조응照應한 것은 참으로 좋습니다. 그러나 「정심장正心章」에 "마음이 여기에 있지 않으면 보아도 보이지 않고, 들어도 들리지 않고, 먹어도 그 맛을 알지 못한

---

42) 오벽五辟 : 『대학』「전傳」 8장, 수신제가修身齊家를 어렵게 만드는 다섯 가지 편벽된 마음. 곧 친애親愛·천악賤惡·외경畏敬·애긍哀矜·오타敖惰.

다.”는 것은, 마음이 바르지 못하면 그 몸을 닦을 수가 없다는 말입니다. 「치국장治國章」에 “그 집안을 가르치지 못하고 능히 남을 가르치는 자는 없다.”는 말은, 그 집안이 가지런해지지 못하다면 나라를 다스릴 수 없다는 말입니다. 글이 조금씩 다르더라도 뜻은 사실상 같습니다. 어떤 경우는 장章의 머리에 있기도 하고, 어떤 경우는 결어結語 앞에 있으며, 어떤 경우는 결어가 되기도 합니다. 이러한 곳 들이 다 조응照應이 있다고 할 수 있겠지요? 수절首節의 ‘인人’ 자字는 몸이 닦이지 못한 사람이고, 아랫 절節의 ‘인人’ 자字는 집안을 가지런하게 하지 못한 사람이니, 총괄적으로 여러 사람[衆人]이라고 할 수 있기 때문에, 아랫 절에서는 풀지 않았습니다. 보여준 글이 너무 소략하고 말뜻이 분명하지 못합니다.

‘효孝는 임금을 섬기는 것이요 …(중략), 자慈는 여러 백성을 부리는 것이다.’라는 말은 다만 집안과 나라가 일치一致한다는 말이지, 미루어 확대한 것[推]이 아니라고 한 것은 옳습니다.

평천하장平天下章에서, 세 번 인용한 『시경詩經』도 역시 효孝와 제弟와 자慈를 말한 것이며, ‘먼저 덕을 삼간다[先愼乎德].’ 이하以下는 합해서 말한 것입니다 라고 한 데 대하여

효孝와 제弟와 자慈로써 집안을 가지런히 하는 것이기 때문에 「치국장治國章」 첫 머리에 말하였고, 효를 흥기는 것[興孝], 제를 흥기하는 것[興弟]을 어기지 않음으로써[不倍] 나라를 다스리[治國]기 때문에 이 장 첫 머리에 말한 것입니다. 천하天下가 균평하게 다스려지는 까닭은 능히 혈구絜矩를 할 수 있기 때문입니다. 그렇기 때문에 제2절第二節 이하以下는 모두 혈구의 도[絜矩之道]를 말한 것이니, 「남산유대南山有臺」43)는 능히 혈구를 했을 때 나타나는 효험이요, 「절남산節南山」44)은 혈구하지 못했을 때 따르는 재앙입니다. 「문왕文王」45)편은 능히 혈구한 경우와 혈구하지 못한 경우를 아울러 말하여 『시경詩經』의 두 편 뜻을 마무리한 것입니다. ‘먼저 덕을 삼간다[先愼乎德].’ 이하는 또 재물을 쓰는[用財] 경우와 사람을 쓰는 경우[用財]를 논함으로써, 혈구했을 때의 득得과 혈구하지 않았을 때의 실失을 밝힌 것이니, 대개 바른 뜻이

---

43)「남산유대南山有臺」: 『대학大學』「전傳」 10장 「치국평천하장治國平天下章」의 인용시引用詩. “樂只君子 民之父母”임.

44)「절남산節南山」: 『대학大學』「전傳」 10장 「치국평천하장治國平天下章」의 인용시引用詩. “節彼南山 維石巖巖 赫赫師尹 民具爾瞻”임.

45)「문왕文王」: 『대학大學』「전傳」 10장 「치국평천하장治國平天下章」의 인용시引用詩. “殷之未喪師 克配上帝 儀監于殷 峻命不易”임.

이와 같습니다. 효孝·제弟·자慈는 진실로 제가齊家와 치국治國의 근본인 것입니다. 그러나 반드시 ‘부모父母’라는 글자 때문에 효孝라고 말하고, ‘구첨具瞻(민구이첨)’이라는 글자 때문에 ‘제弟’라고 말하며 ‘득중得衆’이란 글자 때문에, ‘자慈’를 말하며 ‘덕德’이라는 한 글자가 이를 합하여 말한 것이라고 여기는 것은 견강부회牽强附會에 가까운 듯합니다.

‘혈구絜矩’의 풀이에 있어, ‘구矩로써 헤아린다.’고 해석하기도 하고, ‘헤아려서 잰다[矩].’고 해석하기도 합니다.

‘헤아려서 잰다[矩].’로 풀이하는 경우는 장구章句에서 추론推論한 것으로, 사물事物을 헤아리는 것이 혈絜이 되고, 골고루 방정方正(네모지고 반듯함)한 것이 구矩가 됩니다. 이는 주자朱子가 강덕공江德功에게 준 편지에서 취한 것으로 “사물을 헤아려서 방정함을 얻는다[度物而得其方].”라는 내용이 그 증빙이 됩니다. 그러나 장구章句에 이르기를 ‘구矩는 네모난 것을 만드는 기구’라고 하였으므로, 결단코 이것은 네모난 물건을 만드는 도구이지 자신을 네모난 것으로 이름한 것은 아닙니다. 『어류語類』에 이르기를 ‘구矩는 마음[心]이다.’라고 하였고, 서신 「답주순필答周舜弼」에서는 “구矩로써 헤아려 그 방정함을 취한다.”라고 하였으니, 즉 ‘구矩로써 헤아린다.’는 풀이는 의심할 수 없을 것입니다.

‘윗사람이 인仁을 좋아하면 아랫사람이 의義를 좋아한다.’는 ‘의義’ 자字를, 분별하여 쓰는 경우도 있고, 혼용하는 경우도 있어 서로 다른데, 『혹문或問』에는 ‘의義’를 ‘이利’의 아래로 삼아 ‘어버이를 버리지 않고, 임금을 뒤로 하지 않는다[不遺親 不後君].’는 명제와 겸하여 설명하고 있으니, 대개 인은 체體이고 의는 용用입니다. 부분과 전체로 보는 것도 불가할 것이 없을 듯합니다에 대해서

‘인仁’과 ‘의義’는 진실로 하나의 도리道理입니다. 윗사람이 아랫사람을 아끼는 것을 불러 ‘인’이라 하고, 아랫사람이 윗사람에게 충忠하는 것을 불러 ‘의義’라고 합니다. 윗 절節의 의義가 곧 아랫 절의 의義 자字이니, 부분과 전체의 다름이 있는 것이 아닙니다. 이는 대개 ‘의義를 좋아해서 일마다 다 유종의 미를 거둔다.’면 이보다 더 큰 이로움[利]이 어디 있겠습니까? ‘어버이를 버리지 않고, 임금을 뒤로하지 않는다.’46)는 것은 『맹자孟子』에서 진실로 인의 이로움

____

46) 어버이를 … 않는다 : 『맹자孟子』 「양혜왕梁惠王」 상, “未有仁而遺其親者也 未有義而後其君者

[仁之利]과 의의 이로움[義之利]을 아울러 설명하고 있습니다. 그러나 결국은 '어버이를 버리지 않는다.'는 것도 역시 아랫사람의 처지에서 한 말입니다. 그렇기 때문에 『혹문或問』에서 아울러 인용한 것이니, 나누어서 설명하거나 섞어서 설명하거나 체와 용으로 보거나, 부분과 전체[偏全]로 설명하는 것은 그다지 긴절하지 않을 듯합니다.

▫ 족숙승직께 답하다. 정미년(1907) 答族叔承稷

접때 행차行次에서 만나 대화하였고 돌아와서 또 수찰手札(직접 쓴 편지)을 접하게 되었습니다. 편지는 비록 지난번 면대面對하기 이전에 쓴 것이지만 구구절절 지폭紙幅을 넘치는 사연이 도리어 서로 대하여 이야기할 때에도 듣지 못하던 것이어서 읽고 나서 받은 위안은, 연락이 계속되는 것이 더욱 싫지 않게 되었습니다. 잇달아 닥치는 분요紛擾로 즉시 답장을 쓰지 못한 채, 벌써 달이 바뀌었으니, 다시 문안드립니다. 중시하重侍下에서, 형제분들 체절이 화락하시고 밝은 창가 긴긴 낮에, 서사書史를 공부하며 날마다 형제[塤箎]47)끼리를 강마講磨하는 즐거움을 누리는지? 안타까운 점은 내 한쪽 귀를 거기로 보내서, 남은 이야기를 듣고 돌아오지 못한다는 점입니다.

저는 그럭저럭 이미 백옥伯玉의 나잇 줄48)에 들었습니다. 고인古人은 지나온 49년의 잘못을 깨달았다는데, 이 몸은 한갓 혼몽한 꿈속에 빠져, 어떠한 세월이었는지 반성하고 깨달을 줄 모르니, 앞으로 남은 생은 다만 공허한 삶과 허랑한 죽음으로 끝마칠 것이 틀림없습니다. 어찌 한탄을 그만둘 수 있겠습니까?

평소에 내가 본 귀하[左右]는 재주와 기예[才藝]가 조숙하여 남보다 뛰어나니, 장래에 성공할 전망은 점을 쳐보지 않더라도 알 수 있다고 생각합니다. 다만 한당漢唐(詞章=詩文學)이 빌미가 되어, 혹 진정한 문로門路(실학=주자학)로 향한 길을 방해한 듯합니다. 이제 보내준 글을 보니, 매우 간절하여 뜻을 구하는 정성이 담겨 있습니다. '몸을 검속하지만 얼올虺尫49)히 불안하

也" 구를 가리킨다.

47) 훈지塤箎 : 서로 가락이 잘 맞는 두 개의 관악기로서 보통 형제를 가리킬 때 쓰는 표현이다.

48) 백옥伯玉의 나잇 줄 : 50세의 나이를 말함. 50세에 비로소 지나온 49년 동안의 잘못된 점을 깨달았다는 나이이다. 거원蘧瑗은 춘추시대 위衛 나라의 현대부賢大夫로서, 거백옥蘧伯玉으로 더 잘 알려져 있는데, '나이 오십에 지난 사십 구년이 잘못 되었음을 알았다[年五十而知四十九年非].'는 유명한 고사가 전해 온다.

며 글은 읽고 있지만, 의문나는 부분과 모르는 데가 너무 많다.'고 한 말씀은, 더욱 체인體認한 가운데서 나온 듯한데, 참으로 쉬운 일이 아니지요. 쉽지 않지요. 다만 비루한 나를 칭찬한 곳에서는 왕왕 너무도 공정성을 잃었으니, 여기에서 귀하[左右]는 표지를 과장하는 성향이 있음을 볼 수 있습니다. 남이나 나나 다름이 없이 일치해야 하거늘, 어찌 남에게는 과장하면서 자신에게는 사실대로 할 이치가 있겠습니까? 대저 학문 하는 것을 밥 먹는 일에 비유할 수 있습니다. 이미 날마다 빠뜨릴 수 없음을 알았다면 모름지기 장래에도 먹어야 하는 것인데, 다만 문앞[門前]에 펼쳐 놓고 관리하면서 다른 사람에게 내 집 안에 밥이 있음을 알려준다고 무슨 보탬이 있을 것이며, 또 다른 사람이 밥 잘 먹는 것을 찬탄한들 자신에게 무슨 소용이 있겠습니까! 원컨대 이러한 생각을 통렬히 없애 버리고 시험삼아 정제엄숙整齊嚴肅50)·주일무적主一無適51)의 가르침에 나아가 실로 한 화지団地52)의 공부에 착심着心하여 때때로 의리서義理書로써 가슴 속에 풍부하게 물을 대어 오래오래 힘을 쌓아간다면, 얼울하던 것이 조금씩 안정되고 의심나는 것도 점차 뚫어질 것이니, 이렇게 된 뒤에야 바야흐로 참된 공부인[讀書人]이 될 것입니다. 과문寡聞한 이 사람에게 묻는 성의에 고마워서 감히 모자라는 말을 진달하였으니 혹 들어 준다면, 백척간두 진일보[竿頭進一步]53)를 도우는 데에 해롭지는 않겠지요?

　　별지別紙에서 물으신 첫째 항목[頭項]은, 너무 복잡하여서 무엇이 줄기며 무엇이 덤불인지 모르겠고, 물은 것도 그다지 긴요하지 않아서 마치 시험보는 장소에서 의심나는 것을 묻는 경우와 다를 바 없으니 절문切問·근사近思의 뜻이 아닌 듯합니다. 일에 분주하여 겨를이 없으니, 조목적條目的인 답변은 일후에, 긴요한 것을 좀 골라서 답변을 보내겠습니다. 그러나 그러한 의문은, 다만 본문本文을 가지고 조용한 마음으로 오래오래 연구해보면 자연히 이해되어 머리를 끄덕이게 될 것입니다.

---

49) 얼올臲卼 : 마음이 동요하며 안정되지 않고 위구危懼 함.

50) 정제엄숙整齊嚴肅 : 신변이 가지런히 정돈되고 마음이 순수 단아한 상태를 가리킨다.

51) 주일무적主一無適 : 정정程·주朱의 수양설修養說. 곧 마음에 '경敬'을 두고 정신을 집중하여 외물外物에 마음을 주지 말라는 학설.

52) 화지団地 : 화지일성団地一聲과 같은 말. 선종에서 돈오頓悟하여 견성성불見性成佛함을 이르는 말. 여기서는 성리학을 공부하여 일조에 활연관통豁然貫通함을 말함. 큰 입구 속에 힘력한 이 화자는 돌咄의 의미.

53) 백 척이나 되는 높은 장대 끝에 올라가서 한 발자국 내딛는다는 말인데, 백척간두는 매우 위태로운 경지를 뜻하고, 진일보는 어려움을 두려워하지 않고 필사즉생의 비상한 결심으로 전진한다는 뜻이다.

◦ **족숙승원께 답하다.** 정미년(1907) **答族叔**承元

  평소에 나는 속으로 귀하[左右]의 조숙한 재능과 기예[才藝]를 아깝게 여겼고, 좌·우에서 도와줄 좋은 스승과 벗[師友]이 없어서, 궁벽한 산골가 물가[嵋岑, 水穎水] 그 총명을 공연히 허비하고 있음을 안타깝게 여겼습니다. 이제 『근사록近思錄』에 유의하고 있다는 말씀을 들으니, 그 만큼 젊은 나이[妙年]에 이렇게 좋은 생각을 내기가 참으로 쉽지 않는 일입니다. 사람들의 문제점[病; 병통]은, 뜻을 거기에 두지 않는다는 데에 있을 뿐이지요. 만약 거기에 뜻을 둔다면, 어찌 얻는 바[所得]가 없을지도 모른다는 우려가 있겠습니까? 다만 이 책을 읽는 데는 두 가지 방법이 있지요. 뜻과 이치理致를 강구하면서 읽는 것이 있고, 문구文句만을 답습하면서 읽는 것이 있습니다. 오직 공부의 허실虛實이 같지 않기 때문에 배우는 자는 모름지기 먼저 내외內外와 경중輕重을 안 후에야 비로소 성취가 있기를 기대할 수 있습니다. 보내온 편지에 바깥의 유혹을 제거하기 어려워 공부할 때는 안과 밖을 모두 잊어버려야 한다는 가르침에 위배됨이 있음을 깊이 탄식하였는데, 내가 보기에 이러한 탄식은 너무 일찍 성취하려는 데서 나오는 듯합니다. 귀하는 연령이 아직 젊어 안으로 세상살이의 풍진風塵에 사로잡힘이 없고 밖으로는 집안일을 부담할 책임이 없는데, 한편으로 어버이를 섬기고 형兄을 따르며, 한편으론 책을 읽고 입지立志를 구하는 일 밖에 무슨 바깥 유혹이 수시로 출몰하여, 털어버리기가 어렵다는 말입니까! 따져보면 평소 경敬을 지니는 공부[持敬工夫]가 결여되어 독서할 때, 정신을 집중하지 못하여 가끔 쓸데없는 생각에 빠져 들기 때문입니다. 만약 이를 쓸어 없애고 싶다면 모름지기 주일主一과 상성성常惺惺54)의 공부로써 자주 자주 그러한 사사망념을 떨어내기를 오래오래 하면 절로 맑아지는 효과가 있을 것입니다. 만약 거경居敬에 종사하지 않고 갑자기 안과 밖을 다 잊으려고 한다면 유조좌망遺照坐忘55)이 되어 선종[葱嶺家]56)의 수행법修行法에 떨어

---

54) 상성성常惺惺 : 스스로 마음을 항상 경계하여 개오開悟하는 태도. 주희朱熹가 이르기를, "서암瑞巖의 중[僧]은 매일 항상 스스로 자신에게 묻기를 '주인옹主人翁은 성성惺惺하는가?' 하고, 또 스스로 답하기를, '성성하노라.'고 하였다."한 데서 온 말이다(『심경心經』 권1).
55) 유조좌망遺照坐忘 : 당나라 사마승정司馬承禎이 천태산天台山에 은거隱居하면서 좌망론坐忘論을 짓고 양형유조養形遺照하는 법을 말하였는데, 정자程子가 "몸은 산속에 있으나 그 마음은 외부로 달리고 있다."고 조소하였다는 고사.
56) 총령가葱嶺家 : 총령은 파미르 고원高原에 뻗어 있는 산맥山脈으로, 북으로 뻗은 줄기가 서역西域 지방을 동서로 나누면서 천산 산맥과 연하였다. 불교가 서역에서 왔으므로 곧 불교를 이르는 말로 쓰인다.

지지 않을 자가 드물 것입니다.

별지別紙에서 논한 바는 대략 생각해 보기는 했습니다. 다만 이러한 개괄적[籠罩]인 학설57)은 일삼지 말고 제거하여, 모름지기 태극太極이 무엇이길래 조화造化의 기추機樞가 되며 만물[品彙=품류=만물]의 근저根柢가 되는가, 인간人間에 있어서는 무엇이 태극이고 무엇이 음양陰陽인가, 만물 가운데 오직 사람만이 왜 가장 신령스러운가, 성인聖人이 어떻게 능히 천지와 더불어 덕德이 합치되는가, 사람들은 왜 서로 같지 않은가, 맑은 기운氣運을 타고난 자는 공력功力을 쓰지 않고도 성인이 될 수 있는가, 탁한 기운을 타고난 자도 기질을 바꾸면 성인과 다름이 없을 수 있는가, 군자君子가 수양修養되는 것은, 무엇 때문에 수양 되며, 소인이 패려悖戾(언행)이나 성질이 도리에 어긋나고 사납다한 것은, 무엇 때문에 패려한가를 생각하되, 이처럼 책 가운데 있는 의리義理(마땅히 지켜야 할 도리)를 착실하게 이해하여 내 몸과 마음의 공부로 실행하고 옛 가르침에서 참고하여 머리에 담고 몸에 붙여, 되풀이해서 궁구하기를 오래오래 쌓아간다면 저절로 회통會通해지는 날이 있을 것이며, 대충대충 넘기고서 다 읽었다고 해서는 안 됩니다. 부족한 사람에게 질문해 준 성의에 감사하여 그저 모자라는 말을 주워섬겼지만, 혹 사람이 시원치 않다고 말까지 버리지는 않겠지요?

▫ 족숙승원께 답하다   答族叔承元

근간의 공부가 「증전曾傳」에 있음을 알았고, 보내온 서찰 또한 괄목할 정도입니다. 마음 먹는 것[用意]이 허술[虛疎]하지 않음을 알 수 있어서 심히 위로가 되고 기대가 됩니다. 이 책은 공부를 진행 과정의 절차가 되는 것이기에 그 공부 또한 각기 긴요한 점이 있습니다. 요컨대 모름지기 마음을 실어 깊이 생각[潛心]하고 연구硏究하여 마음속으로 깊이 인정[體認]해 나와야 비로소 유익함이 있는 것이지, 결코 바로 문구文句를 외웠다고 해서 당장 효과를 찾아서는 아니 됩니다. 사람이 시원치 못하다고 해서 말까지 버리지 말기를 바라고, 다시 그 이치를 마음속에 깊이 간직[溫理]할 장구한 계획을 세우는 것이 어떻겠습니까?

나는 겨울부터 줄곧 건강이 좋지 못한데, 아무래도 노쇠 때문인 줄로 인정되며, 그리고 어지러운 시국時局으로 인하여 근심과 경계가 한두 가지가 아니어서, 생각이 서책書册에 미칠 겨를이 없으니, '여기서 몸 편히 늙겠다는 생각'을 어떻게 전달할 수 있겠습니까?

---

57) 개괄적인 학설 : 모든 것을 포괄하는 방만한 학설.

▫ 족숙승원께 답하다　答族叔承元

　　긴 여름 고단하고 울적한 때인데, 서늘한 마음이 갑자기 생겨나고 또 마음이 담긴 귀한 서신을 접하게 되니, 사람으로 하여금 간폐肝肺가 시원해지면서 겨드랑이에 날개가 돋아나서 찬 하늘을 훨훨 날아오르고 싶도록 합니다. 하물며 중위重闈(모친과 조모)의 체절이 내내 유지되고 정성定省(昏定晨省, 어른을 모심)의 여가에 형제들이 건승하다니 이 얼마나 위로되고 기쁜 일입니까? 탑골의 요절 참변[夭慘]은 비단 그 집의 슬픔이요 애석한 일일 뿐만이 아니라, 조금 좋은 뜻[姿志]을 가진 자는 문득 죽게되니 어찌 문운門運(가문의 운수)의 소관이 아니겠습니까?

　　나는 그간 환절기에 감기[感寒]로, 눈물 콧물이 흘러 몇 칠을 고생스럽게 지내다가 이제 조금 괜찮아 졌습니다. 그러나 스스로 생각해보니 노쇠함이 날로 심해지니, 종전에 얼마쯤 가졌던 계획도 모두 무산되어 빈 구렁으로 돌아가니, 한탄한들 어떻게 세월을 되돌릴 수 있겠습니까? 오직 어린 손자가 말 배우는 것이 점차 말문이 트이[瀾通]는 듯하여, 가끔 목침에 기대어 함께 놀아주다보면 포복절도하게 우스운 재롱도 많답니다.

　　근래에 공부가『주서절요朱書節要』에 있다하니 의취意趣가 평범하지 않음을 알 수 있습니다. 이 책은 곧 의리義理의 연해淵海(깊은 못과 큰 바다)로 학문을 하는 규범이 구비되어 있습니다. 귀하[左右]의 총명聰明·영오穎悟한 자질로 진실로 전심專心으로 공을 들인[着力]다면 큰 소득이 없을까봐 어찌 걱정하겠습니까? 다만 우리들의 공통된 걱정은 '시작은 있으나 마무리가 없다.'는 데에 있습니다. 바라건대 모름지기 단단하게 다리를 붙이고 단단하게 등을 붙여, 눈앞의 효과를 구하지 말고 장구한 공력을 기약하는 것이 어떻겠습니까? 속된 사류士類들이 서로 함께 빠지는 탄식[胥溺之歎]58)과 우리들의 벼슬살이의 염려[外食之慮]는 진실로 비유한 바와 같습니다. 그러나 이 같은 혼란기를 당해서는 세상을 살아가는 방도 또한 유념하지 않을 수 없는데, 다만 마땅히 내 뜻을 견고하게 세워서 변하지 않는 것[磷緇]59) 뿐이지요, 기어코 모가 나는 말을 드러내놓고 함으로써 남들의 의혹이나 노여움을 살 필요는 없는 것입니다. 서로 아

---

58)『시경詩經』「대아大雅」탕蕩, 상유桑柔 "其何能淑 載胥及溺". 지도자급 임금이 위급한 사태를 잘 수습하여 호전 시키지 않으면 많은 사람들이 서로 함께 죽음(최악의 사태로)으로 빠질 수밖에 없다는 말.

59) 인치磷緇 : 세상 풍진에 닳거나 물들어 변질되는 것을 가리킴.『논어論語』「양화陽貨」에 "굳세다 하지 않겠는가! 갈아도 닳지 않으며, 희다 하지 않겠는가! 물들여도 검어지지 않음을[不曰堅乎 磨而不磷 不曰白乎 涅而不緇]"에서 '린磷'과 '치緇'를 따 온 용어이다.

끼는 마음이 지극하다 보니 이런 우매한 소견을 올리게 되었습니다. 혹 들어서 받아들이[聽納]겠는지요? 한번 보러 오겠다는 말씀은 진실로 후의厚意에 감사합니다만, 돌길이 험난한데 굳이 왕림할 필요는 없으며, 바라는 것은 오직 책읽기에 전력하여 나의 가슴을 시원하게 해 주는 일 뿐입니다.

▫ 삼종조종덕께 드리다   與三從祖鍾德

뒷골 신석申石 노인이 이미 죽었는데, 비록 천명대로 살긴[天壽]했지만 별묘別廟의 벽장[長房]이 다하였으니, 비통하고 놀라운 심정이 어찌 다만 족친族親의 우의友誼에 그치겠습니까? 또 그 병증세가 염려스럽다고 의심될[其症涉疑慮] 때, 들어가 보는 사람이 없었고, 살림 형편이 극도로 쪼달려[家乏甁升之儲; 한 항아리나 한 되의 저축이 없음]서 장차 장사지내는 것도 대책이 없습니다. 지금 초상난 지가 수 십 여일인데도 이불 하나 나무 하나도 아직 마련이 없으니, 정든 처지에서 생각할 때 지극히 한심합니다. 공적公的으로 마련할 수도 없고 부조扶助할 별도의 규례規例도 없는데다 본 소所의 재력財力이 박薄하여 겨우 엽전 세 꿰미를 내었습니다. 계속해서 각 집에 분배하여 능력에 따라서 보조할 계책을 세우면, 이른바 십시일반十匙一飯이 되는 것이니, 돕는 자는 손해가 많지 않고 보조를 받는 입장에서는 한 쪽[方面]을 메울 수 있게 되는 것입니다. 여러 사람들의 의견이 일치하지 아니하여 서로 엇갈리는 의론議論이 없지 않을지 모르겠습니다만 귀하[几下]께서 곁에서 사리事理로써 잘 지도하여 기한 안에 거두어 보내 주심으로써 사람으로 장례 비용에 실효가 있도록 해 주시는 것이 어떻겠습니까?

▫ 계제 덕초에게 답하다   答季弟德初

보고 싶던 차에 서신을 받았으니 그 기쁨은 알 만할 것이다. 항차 혹한酷寒에 재궁齋宮 거처居處에 면식眠食이 양호하며, 공부도 자못 허소虛疎하지 않고 또 함께 공부[同槧]하는 유익한 벗들고 있다고 하니, 참으로 듣고 싶은 소식을 들려주었다. 다만 자네가 평소에 글을 읽을 때 오로지 다독多讀에 힘을 썼는데, 다독이 참으로 좋기는 좋지만, 만약 한 방향으로 다독에만 빠지면 조용히 자득自得하는 맛이 없고 서둘러 조장助長(빠른 성취에 급급하여 무리한 힘을 가함)하려는 병통이 있게 되므로, 모름지기 침잠沈潛·완색玩索하여, 한 자字 한 구句도 그냥 지나치지도 말고, 또한 공허한 곳에 천착하여 의심을 만들어 내지도 말아야 한다. 반드시 평평탄탄平平坦坦한 곳으로부터 대략 점검을 가하여, 소주小註를 너무 자세히 보지도 말고, 신기한 학설을 좋아하지도 말되, 이렇게 천천히 3, 40번을 천천히 성독聲讀한 후에, 차츰차츰 편리한 방법을 씀으로써 난숙爛熟해 지도록 하는 것이 좋을 듯하다. 자네는 꼭 편달鞭撻을 가加하지 않더라도 스스로 잘 알 것이다. 함께 있는 사람이 누구인지는 모르겠지만 회강會講·토론討論할 적에 자신의 견해만 주장하지 말고, 항상 가까운 데를 살펴서 중中으로 나아가는 공부를 더함이 어떻겠는가? 나는 조부님의 기후氣候가 약간 첨절添節(병을 덧침)이 있으시지만 심한 지경에 이르지는 않은 것을 다행하게 여긴다. 나는 매일 근기가 둔한 아이들과 씨름을 하고 있는데 한 번도 심회心懷를 시원스레 열어주는 일을 보지 못하였으니, 필경 장래에 이름을 드러낼 놈이 한 명도 없을 것 같아서, 미운 생각과 한탄스런 마음을 금할 수 없구나! 글을 읽다가 의심나는 곳이 있으면 써 두었다가 보여주는 것이 어떻겠느냐? 머잖아 마땅히 가 볼 것인데, 가기 전에 다만 독실히 공부하여 괄목상대刮目相對하기를 바란다.

▫ 덕초에게 주다　與德初

열흘이 넘는 장마에 문득 하늘이 새는 것 같다. 이즈음 범백凡百이 군색窘塞하여 자네의 허다한 괴로운 심정을 알 만하다. 항차 군 식구[客眷]를 보태기까지 하였으니 상상컨대 틀림없이 땔감이나 양식[桂玉][60]이 모두 곤란하고 반찬[魚蔬][61]도 모두 바닥이 났을 것인데, 방까지 그들에게 내주고 나면 자네가 거처할 곳도 궁색하게 될테니, 생각하면 나도 모르는 사이에 실소失笑와 탄식歎息이 나온다네. 그러나 자네는 성격이 자상慈詳하니, 반드시 이끌어주고 요긴한 것을 가르쳐서 과독課讀을 폐하지 않을 것이니, 이는 저들에게 일면[一行＝一面] 소득이 없지 않을 것이다.

나는 아직 병은 나지 않았지만, 습기 찬 구들에 상傷하여 자다가 일어날 적마다 어깨의 통증과 넓적다리의 마비증이 한 나절 동안 없어지지 않으니, 결국은 모두 미래의 빌미(병이 생기는 원인)가 될 것이 뻔하다. 사위는 오늘 저녁 원석元錫과 함께 만옹晩翁 문상소問喪所로 함께 가서

---

60) 계옥桂玉 : 땔감과 양식을 가리키는 말. 『전국책戰國策』에 "초楚 나라의 음식은 옥玉보다도 귀하고, 땔감은 계수나무보다도 귀하다."고 한 데서 나온 말이다.
61) 어소魚蔬 : 물고기와 채소. 반찬을 가리킨다.

문상하고 그길로 평리平里로 가서 자고, 내일 동숙東宿과 함께 오도록 한다면 물길[川路]도 그리 깊이 염려하지 않아도 될 듯하다. 원석도 함께 보내는 것을 좋아할 터이니 그리 알기 바란다. 『한시韓詩』를 모두 베껴 소매 속에 넣어 보낸다. 주점朱點(붉은 점)을 찍어 비평批評하게 하고자 함이다.

▫ 덕초에게 주다. 무진년(1928)　與德初

여름과 가을에 수차 서신을 받고도 한번 답장도 못하였으니, 여기서 정력精力이 소진消盡하여 남음이 없다는 것을 알 수 있을 것이다. 8월 편지에 합부哈埠에서 철거하여 돌아온다는 말이 있었기 때문에 우선 다음 서신을 기다려 모여 살 계획을 세우기로 하였었는데, 이번에 족조를 만나서, 그 이사 계획이 중단되었다는 것과, 잇따라 강물이 꽝꽝 어는 바람에 편짓길마저 끊어지게 되었다는 사실을 알게 되었지. 생각해 보건대 자네와 내가 떨어져 사는 것은, 하늘이 일부러 그렇게 되도록 만드는 것 같네. 그렇지 않고서야 어떻게 마음 써서 정한 계획이 한달 사이로 전과 후가 서로 달라진단 말인가! 서러운 생각이 왈칵 치밀어 나도 모르게 울음이 터지네.

해옥첨주海屋添籌[62]의 회갑은 하나의 양이 다시 돌아온[一陽重回; 60년만에 다시 돌아옴] 이즈음, 이 혹한酷寒(몹시 추움)에 궁벽한 객지의 거처[寓舍]에서 침식이 평소보다는 나은가? 손자 상[祥孫]의 공부도 점차 성장하고 있으며 담숙澹叔(아제 담)은 듣자하니 하동河東에서 교편을 잡고 있다는데 가끔 서로 만나는가?

지난 물난리는 지금 생각 만해도 마음이 떨린다네. 하늘에 닿는 큰 물결이 반 달이나 물러가지 않았으니, 몸뚱이와 집을 보전한 것만도 만 분 다행한 일이니, 곡물穀物의 손상 쯤이야 어찌 족히 탄식할 일인가? 한번 굽으면 한번 펴는 것[一屈一伸; 흉한 일과 좋은 일은 번갈아 오기 마련]은 서로서로 그 바탕[根底]이 되어 주는 법이니, 작년과 금년 두 해 연달아 흉년이 들었으니, 다음 내년과 그 다음 내후년에 큰 풍년이 들 징조[大得之兆]인지 누가 알겠는가?

나[兄]는 정신이 날마다 더욱 흐릿해지고 오감五感(5가지 감각)과 뼈가 날로 수척해져서 낮에

---

62) 해옥첨주海屋添籌 : 축수祝壽할 때 쓰는 성어로 장수를 뜻한다. 『동파지림東坡志林』 권2에 세 노인이 서로 자기의 나이를 소개하였는데, 그중 한 노인이 말하기를 "바다가 육지로 변할 때마다 산가지 하나씩을 놓아두곤 하였는데 그 산가지가 지금 열 칸의 집 속에 가득찼다." 하였다.

오래 앉아 있지 못하고 밤에는 편하게 잘 수 없다네. 내자内子(부인)는 청경聽經(경문 듣기)을 전폐하고 뇌성벽력도 듣지 못하고, 천식은 몹시 심하여 들숨은 짧고 날숨은 기니, 이 모두가 부절이 도착[符到; 저승의 부절임]했다는 소식인 듯하지만, 가고 오는 것[去來; 죽고 사는것]은 떳떳한 이치인데, 내가 개의[介懷]할 필요가 무엇이겠는가? 손자 병화丙華는 피부병[皮風; 피부가 소름 끼치듯이 올록볼록 나오고 가려운 병]으로 고통을 겪고 있고 손부[其婦; 병화의 아내]의 잉태 소식은 꼭 찬 아홉 달인데, 추운 절기[寒節]에 분만分娩을 기다리기란 매우 머리 무거운 일이다. 증손자曾孫子가 아장아장 걸으며 말을 알아들어서 함께 소일할 만하지만 성질이 급하고 고집이 세서 애 어미가 감당하기 매우 어려워한다. 질부姪婦가 초여름에 우연히 심한 병[劇病]에 걸려서 여러 차례 혼수상태를 겪었는데, 마지막에는 배꼽 아래로 모여서 종기가 되었네. 침을 놓아 파종한 다음에 심지[紙心]를 박아 넣으니 깊이가 3~4촌寸 가량이나 들어가서 보는 사람들이 모두 '위태롭다.'고 하였다네.

8월 초 반석磐石 거리 병원으로 데리고 갔더니, 의사의 말이 '수술[解剖]하는 방법 외에는 치료 방법이 없다.'고 하였으나, 비용은 너무 크고 간담은 작아서 감히 손을 쓰지 못하고 이것 저것 급한 대로 약제를 썼더니 지금은 종기 입구가 좀 좁아졌고 맑은 물을 짜냈더니, 음식 먹는 것과 운동하는 것이 전에 비하여 조금 나아지기는 했지만, 확실히 살아날 관문關門을 통과해 들어올지는 아직 단언할 수 없다네. 대저 금년에 그 아이의 신수[身運]가 극도로 비색하니, 가여운들 어쩌겠는가?

시국은 화전樺甸·반석磐石·오상五常·부여扶餘가 모두 정의부正義府에서 이탈하여 동향同鄉끼리 조직하고, 그로 인하여 방휼蚌鷸의 형세63)로 서로 버티면서, 몰아내고, 차고, 때리고, 도망하고 하는 꼴들이 참으로 포복절도할 구경거리인데, 이 구경거리를 자네와 함께 구경하지 못하는 것이 한일세.

내년 계획은 두 곳을 놓고 어느 곳이 나을는지 바야흐로 심사숙고[敲推] 중에 있다네. 하나는 여기서 가까운 황하黃河 강 머리인데 자못 자연을 즐기[耕雲釣月; 구름 밭을 갈고 달을 낚다]는 홍취興趣가 있지만, 군중 속의 고독[群中孤寂]함이 흠이 되고, 하나는 액목현額穆縣의 새 역말인데, 족친들끼리 서로서로 의지할 수 있는 즐거움은 있지만 철로鐵路가 너무 가까워서 아직은 마음

---

63) 방휼蚌鷸의 형세 : 『전국책戰國策』에 나오는 말이다. 큰 조개가 껍데기를 벌리고 있을 제 지나가던 황새가 쪼아 먹으려다가 조개 껍데기가 닫히는 바람에 도리어 주둥이를 물리어 서로 마주 버티다가 어부에게 모두 잡혔다는 것으로써, 서로 버티고 다투다가 제3자에게 이익을 빼앗김을 말한다.

을 작정하지 못하고 있다네. 인장仁庄은 토질이 비옥하고 인구人口는 드물어서, 장래를 본다면 특별히 희망적인 장점이 있으나, 들은 바[所聞]를 종합해 보면 불편한 점 또한 많다네. 지세地勢가 궁벽한 점, 교통이 막히는 점, 물건 운송이 곤란한 점, 비적[翡匪]들이 우글거리고 있는 점 등은, 모두가 가난한 사람들이 생활하기에는 적합하지 못한 곳이니, 어찌 내년에 배불리 먹기 위해 당장 오늘부터 굶을 수야 있겠는가? 편리함을 따라 짐을 꾸리는 것은, 당초엔 안 좋은 계책은 아니었지만, 지금은 도로 주저앉고 말았으니, 어찌 긴 말이 필요하겠는가?

한 집안에서 삼형제가 회갑回甲을 지내는 일은 드문 일이지. 그렇지만 각기 수 천리 거리에 떨어져 살아 합석合席할 길이 없으니, 늘그막에 겪는 이 고독한 한이 어찌 일상적인 형제간의 그리운 정에64) 그치겠는가! 오직 내가 자네에게 원하는 일은 자중자애自重自愛해서 몸을 돌보고 더 늙지 않도록 하고, 2~3년 내에 모여 살 계획을 특별히 세워서 형제간에 모여 사는 즐거움을 함께 만들어보세.

□ 덕초에게 답하다. 기사년(1929)   答德初

초여름에 서신을 두 번씩이나 받고도 끝내 답장을 주지 못하였으니, 내가 얼마나 해이하고 게으름을 떨쳐버리지 못한다는 것을 알 수 있지. 광민光民65)이가 와서 대강 근황을 알았지만, 그 뒤에 또 홍수가 보洑를 무너뜨리고 벼 밭으로 몽땅 넘쳐들어 배를 타고 오리·기러기를 몰아낼 정도였으니 식겁[經劫; 액운이 사라짐]한 직후라 염려되지 않는 곳이 없다고 들었는데, 뒤이어 다시 들리기론 다행히 농작물[農作]은 큰 손실은 면하였다고 하니, 조금은 위로가 되고 마음이 놓인다. 그러나 자네의 서신을 보지 못하였으니 전해들은 말을 가지고 어떻게 다 믿을 수 있겠는가? 서리 내리는 가을 달이 보고 싶은 사람을 더욱 그리워하도록 괴롭히는 이때, 이국 땅 객지생활[僑履]에서 건강은 좋은지[眠食連佳珠也]? 몇 해 동안 칠판 아래서 배운 공부는 오래된 나쁜 관습[陋習]을 충분히 벗어버렸는지? 상[祥也]은 몇 등급等級(학년)이나 올라갔는지? 어리석게도 공부를 게을리 하거나 싫어하는 버릇은 없는지? 박실[朴姪]이 자네 있는 곳에 가 있다는데, 그 집도 이사할 생각이 있어서인가? 어떻게 먼 곳으로 가는 것을 꺼리지 않는단

---

64) 그리운 정에 : 원문은 간운지회看雲之懷, 형제간의 그리움을 가리킨다. 두보杜甫 시에 "아우 그리워 구름 보며 대낮에 졸고 있다네[憶弟看雲白日眠]."라는 구절이 있다.
65) 광민光民 : 이상룡의 조카 문형文衡의 다른 이름. 이상룡 삼형제 가운데 셋째 봉희鳳羲(相勳)의 장남이다.

말인가? 담 아재[澹叔]는 아직도 하동河東에 살고 있으며, 생업生業은 농사를 대신할 정도는 되는지? 종찬鍾燦씨는 연달아 참혹한 변을 당하고 나서 어떻게 견디고 살아가는지? 이미 가을걷이가 시작되고 타작 마당이 만들어졌을 텐데, 곡식이 침수 피해는 과연 없는지? 금년에는 임금을 주고 고용인을 썼으니, 자네의 노동의 괴로움은 당연히 조금 줄었겠지?

나는 하체가 무력한 증세가 이미 고질이 되었는데, 요즘에 와서는 정신까지 흐릿해지고 있으니, 생노병사生老病死는 누구나 가는 길[世間公道]66) 어쩔 수 있겠나? 다만 조물주의 처분만을 기다릴 뿐이라네. 국질國姪67)은 지금 반석磐石에 있는데, 그 안사람이 병으로 늦은 봄에 병원에 입원해서 수술했었는데 처음엔 완전히 나을 것으로 바랬지만 당분간 조금 호전되다가 나중엔 도로 심해지게 되었으니, 공연히 돈만 수삼백원數三百圓 낭비한 셈이지. 그런데 지금은 종기 터진 입구[瘡口]가 더욱 넓어져서, 날마다 아프다고 고함을 지르고 있지만, 의사는 속수무책 치료할 방도가 없으니, 자네는 무슨 수가 없는가?

하얼빈[哈濱] 갈 적에는 왜 길을 조금 둘러서 들러가지 않았는가? 앞에 사는 아재는 자못 형편이 나아졌고 학[鶴也]은 아장아장 걸으면서 잘 늘고 있으며, 농사도 또한 다른 이보다 그다지 못하지는 않는데, 오직 담 아재[澹叔]가 돌아오지 않는 것이 한이 된다. 그러나 여비를 보내어 (오는 것을) 도와주겠다는 마음을 먹게 되었다니 정리로 본다면 어찌 안 그렇겠는가!

자네가 사는 곳이 비록 낙토樂土라고 하지만 곰곰이 생각해 보면 단점[欠處]도 적지 않네. 하류下流라는 점. 비적[髓匪]들이 횡행한다는 점, 물자 수송이 불편하다는 점 등이 불편하니 이런 점은 모두 결점에 속하지. 더구나 지금 북변北邊은 서로 대치하고 있는 상황이기 때문에 언젠가는 서로 충돌할 날이 반듯이 있을 터인데 고래 싸움에 새우등 터지는 액운을 경계하고 염려하지 않을 수 없지. 지나간 연이은 흉년은 이미 가난한 사람들 살기에는 맞지 않았는데다 가을 홍수에 보가 훼손되었다는 소문이 과연 사실이라면 자네 같이 쇠잔한 체력으로 보를 보수補修하는 것은 쉽지 않을 터, 버리고 다른 곳으로 떠나는 것은 형편상 면할 수 없을 걸세. 조카 형제의 의향을 떠본다면, 결단코 세상을 도피해 멀리 변두리로 숨어들어 일생을 농사꾼으로 사는 것을 즐겨 받아들이려고 하지 않을 걸세. 자네도 칠순을 바라보는 노년[望七衰年; 61세 노인]에 몸소 쟁기와 보습을 잡고 다소간 성취할 수 있다고 생각하는가? 내 생각에는 이 하

---

66) 세간공도世間公道 : 인간이 누구나 겪어야 하는 생노병사의 이치를 말하는 듯함.
67) 국질國姪 : 이형국李衡國, 자 시윤時尹, 호 창해滄海를 가리킴. 이상룡의 아우 용희龍羲(相東)의 장남이다.

늘[天公]이 말리는 대로[天公會事; 가을 홍수로 보를 터뜨린 일] 순응해서, 과감하게 걷어치우고 돌아와 백수白首의 형제가 천륜天倫을 살려서 서로 의지하며 살아가는 것 만한 즐거움이 또 어디 있겠는가! 이것이 어찌 우리가 누릴 수 있는 죽기 전의 행복이 아니겠는가? 모름지기 깊이 생각하여 특별히 도모하기 바란다. 새 거처를 읊은 시[新居詩]는 절실히 맛이 있지만, 다만 미구尾句의 운韻이 맞지 않으므로 허虛 자字로 고쳐 화운和韻하여 보내지만, 옹졸하고 난삽한 솜씨가 부끄럽다. 「상례초喪禮抄」는 용의가 주도 면밀함을 알 수 있겠는데, 의심나는 곳에 대강 점을 찍어 고치고 다시 내 생각을 별지에 기록해 두었다. 읽어 본 후 버리고 취하기를 생각하여 처분하는 것이 어떻겠는가?

▫ **별지   別紙**

고복   皐復

고복皐復은 곧 혼魂을 부르는 것이다. 사람이 살아 있을 때는 혼이 백魄과 더불어 서로 의지하지만 죽으면 서로 떨어진다. 고복皐復이라는 것은 곧 그 떨어져 흩어진 혼을 부르는 것이니 제사祭祀의 바탕이 된다. 세계의 종교宗敎가 모두 혼을 중시하는 경향이 있는데, 유교儒敎에서는 특히 제사를 중시한다. 제례祭禮에 이미 있으니, 고복皐復은 폐지할 수 없을 듯하다.

습구, 복건이나 혹은 유건   襲具幅巾或儒巾

복건幅巾은 옛 제도를 잃어버렸기 때문에 영남 사람들은 착용하지 않는다. 유건儒巾은 본조本朝에서 처음 썼는데 그 제도가 높고 우뚝하여 습구襲具로는 맞지 않고, 엄掩[68]이 곧 상고시대의 예건禮巾이다. 예법을 아는 집안에서 흔히 의거하여 쓴다. 이제 이미 엄을 사용하였다면 복건幅巾과 유건儒巾으로 반드시 덧씌울 필요는 없다.

반함   飯含

반함飯含은 차마 입을 비워둘 수 없는 뜻에서 나왔다. 사람이 죽으면 내부內部가 먼저 부패

---

68) 엄掩 : 습구의 하나로 두건이라고도 한다. 제도는 비단 온광에다 길이는 다섯 자이다. 양쪽 끝을 쪼개서 뒤의 두 가닥은 턱 밑으로 졸라매고 앞의 두 가닥은 목 뒤로 졸라 맨다.

하여 부패한 피가 솟아오를 즈음에 일곱 구멍이 모두 차마 볼 수 없는 광경이 된다. 그런데 입은 내부와 직통하여 막힘이 없기 때문에 반함하여 매움으로써 입을 비워두지 않는 것이다. 이제 그것을 폐지한다면 썩어 문드러진 곳에 벌레가 생길까 염려스럽다. 그래서 옛 사람들은 특별히 찹쌀이나 좁쌀을 썼으니 반드시 취할 바가 있으므로 의거해서 행하는 것이 좋겠다.

악수 握手

습襲은 살갗을 덮어서 싼다는 이유다. 굳이 악수握手를 폐지한다면 양 손의 살갗이 노출되게 된다. 마련하기 어려운 장구裝具도 아니고 또 비용이 많이 들 염려도 없으니, 그대로 두는 것이 맞을 듯하다.

칠성판 七星板

우리 민족이 처리하는 방법이 별나다. 세월이 오래 지난 뒤, 혹 이장[改葬]할 일이 있을 때는 칠성판七星板을 쓰는 것이 편리할 듯하다.

동장·죽장, 요질·수질 桐竹杖 腰首絰

옛 제도 중엔, 오늘 날에 써서 맞지 않는 것이 사실 많지만, 자신의 힘[手力]으로 감당할 수 있는 범위라면, 고인古人의 존양지의存羊之義[69]에 따르는 것이 좋고 일부러 없앨 필요는 없다. 더구나 복차服次에 이미 장기杖朞와 부장기不杖朞의 구별이 있고, 변제變制에도 역시 질絰을 바꾸고 질을 벗는 절차가 있다. 이는 비록 문식文飾에 해당하는 장구裝具이지만 경솔하게 바꾸거나 폐지해 없애는 것은 옳지 못할 듯하다. 오직 큰일이든, 작은 일이든, 정밀한 일이건, 거친 일이건 간에 좀 더 생각해보고 처리하는 것이 옳을 듯하다.

---

69) 존양지의存羊之義 : 구례舊例를 버리지 않고 그대로 두는 일. 노魯 문공文公이 종묘에 삭일朔日을 고유告由하는 제사에 참석하지 않으므로, 자공子貢이 그 제사에 소용되는 양羊마저 없애려 하자, 공자가 "사賜야, 너는 그 양을 아끼느냐? 나는 그 예를 아끼노라[子貢欲去告朔之餼羊 子曰賜也 爾愛其羊 我愛其禮]." 하였다. 제물에 양이라도 있으면 그런 예가 있었다는 것을 알지만, 양마저 없애면 그 예는 드디어 없어지게 되는 까닭이다(『논어論語』「팔일八佾」).

발인 전 날의 축식　發靷前日祝式

장례 전[葬前]엔 관[屍柩]이 빈소殯所에 있기 때문에 다만 고하는 말씀[告辭]만 있고 축식祝式은 갖추지 않는다. 반장返葬(객지에서 죽은자를 고향으로 모셔와서 장례함)의 경우엔 맞게 쓸 말이 없고 번쇄할 듯 하므로, 고사告辭(고하는 글)를 "집 근처 깨끗한 땅에 우선 뫼셔두고 장차 후일에 천구遷柩하기로, 감히 고합니다[爰就家近　潔地權奉　將以來日　遷柩敢告]."라고 고치어 쓰면 어떻겠는가?

현玄·훈纁을 관 위에 놓고 명정銘旌으로 덮는다　纁置諸棺上以銘旌覆之

명정은 관을 표시하기 위한 것이므로 펼쳐 놓을 때는 의당 관위에 놓아야 한다. 현玄·훈纁은 산 사람이 죽은 사람을 떠나보내는 예폐禮幣로서, 최후의 절차에 속하므로 당연히 명정보다 뒤에 써야한다.

산신축　山神祝

평토平土 후에 산신제山神祭는 빼버려도 되지만, 참토축斬土祝을 폐지하는 것은 옳지 못한 듯하다.

초우·재우·삼우　初虞再虞三虞

옛 제도에 우虞의 수는 각기 계급階級에 따라 차이가 있었다. 오늘날 계급이 이미 타파되었으니 삼우의 수는 증감이 가능하다. 더구나 우리 족친의 처지가 곤궁함이 특히 심하니, 제사가 번거롭게 겹쳐지는 것은 실로 감당하기가 어려운 바이다. 내 생각으로는 장사지낸 뒤에 한번 우제사虞祭祀를 지내서 안신安神을 하고, 재우·삼우는 폐지하더라도 혹 무방하지 않을까 한다.

아버지가 생존해 계신 어머니 상喪에 삼년복三年服을 입는다　父在母喪服三年

아버지가 생존해 계신 어머니 상에는, 아버지가 상주喪主가 된다. 남편이 아내를 위하여 입는 복은 장기杖朞[70]다. 그렇기 때문에 11개월 만에 소상小祥을 지내고, 13개월 만에 대상大祥을

---

70) 장기杖朞 : 상례喪禮에서, 상주가 상장喪杖을 짚고 생베로 지은 상복을 1년 동안 입는 거상居喪.

지내고, 15개월 만에 담제禪祭를 지내면, 그길로 곧 철빈撤殯(빈소를 철거함)하면서 상례가 모두 끝난다. 자식 되는 자가 3년 제도를 끝까지 마치고 싶더라도 대상과 담제를 다시 행할 수 없기 때문에 어머니를 위한 아버지의 복제에 따라, 1년을 입고 마치게 되는 것이다. 이것을 이른바 「압강壓降」이라고 한다. 그러나 효자孝子의 애모哀慕하는 정리情理를 펴지 못하게 할 수 없기 때문에, 심상心喪 제도를 두어 특별히 검은 옷을 입고 다하지 못한 월수月數를 마치도록 허용하였으니, 이것이 옛사람들이 제정한 예문禮文의 극히 정밀한 부분이다. 이제 남녀가 평등한 시대가 되었다고, 부재모상을 3년으로 개정한다면, 아버지는 주상主喪의 권한을 잃게 되는 것이고, 자식은 윤서倫序를 뛰어넘었다는 혐의를 무릅써야 할 것이다. 예禮는 하늘의 질서秩序인데, 질서의 전도顚倒가 이보다 심한 것이 무엇이겠는가? 『개원례開元禮』71)가 오랫동안 행해질 수 없었던 까닭은 이 때문이었다. 참작參酌할 즈음에 감히 깊이 생각하지 않을 수 없는 것이다.

아내가 남편을 위해 입는 복은 기년복朞年服이다　妻爲夫服朞

남편이 아내를 위하여 입는 복이 비록 기년복朞年服이지만 남편이 주상主喪(제전을 대표로 맡아보는 사람)이 되기 때문에, 상장喪杖이 있고 연제[練]가 있고 소상[祥]이 있고 담제[禪]가 있어서, 3년의 체례體例가 구비된다.

아내가 지아비를 위해서는 자식이 주상主喪이 되고, 아내 스스로는 주상이 될 수 없으므로 아들을 따라서 3년복이 되는 것이다. 때와 달의 장단이 비록 다르지마는 3년복이 되는 의리는 같다. 이제 지아비를 위해서도 기년복으로 정하고저 한다면, 지아비가 아내를 위하여 입는 복이 도리어 무겁고 아내가 지아비를 위하여 입는 복은 도리어 가벼우니[3년의 체례를 갖출 수 없기 때문이다] 어디에 그 평등平等이 있는가?

만약 재가再嫁가 인정되었기 때문이라면, 기년朞年(1년)을 기다려서 갈 수는 있고, 유독 3년은 기다릴 수 없다는 말인가? 내 생각으로는 아내가 지아비를 위하여 입는 복 3년을 고치지 말

남편이 아내의 죽음에 입는 거상. 조부가 살아 있고 조모가 사망하였거나, 아버지가 사망한 뒤 재가한 어머니가 사망하였거나, 아버지에게서 쫓겨난 어머니가 사망하였거나, 아들이 있는 서모가 사망하였을 때에 이 복제를 따랐다.

71) 『개원례開元禮』: 당唐 나라 개원開元(당 현종의 연호) 연간에 통사사인通事舍人 왕암王嵒의 주청奏請으로 소숭蕭嵩의 지휘 아래 가등賈登·장훤張烜 등이 편찬한 책이다. 당나라 태종太宗·고종高宗 때의 오례五禮를 수정 윤색한 예서禮書로 모두 150권이다(『신당서新唐書』「예문지藝文志」).

고, 지아비가 아내를 위하여 입는 복을 예법에 의지하되 후厚한 쪽으로 따르는 의리에 따라서, 15개월 만에 담제를 지낸 다음, 천담복淺淡服을[72] 1년 입는다면, 비복지복非服之服을 입는 격이 될지는 모르지만, 한 다리는 길고 한 다리는 짧다는 의혹은 없지 않을까?

공동묘지를 정한다   定公同墓地

공동묘지를 택정擇定하는 것은 동포의 골육을 한 군데로 모으는 것이니, 그 뜻이 매우 좋다. 그러나 부평초[浮萍]처럼 종적을 옮기는 것이 무상無常하고, 세월이 오래되거나 묘역이 변천된 경우에, 심목深目[73]을 만나기 어렵다면, 촘촘이 모인 분묘叢墳들을 판별하기 어려울 것이니, 내 생각에는 매장한 뒤에 반드시 묘 앞[墓前]에 목비木碑를 세워서 일 후에 식별하기 편하도록 하는 것이 좋을 듯한데, 자네 생각은 어떤지 모르겠네.

□ 조카 형국에게 보내다. 병인년(1926)   寄姪兒衡國

절역絶域에서 소식을 통하는 것이 형편상 계속 이어지기 어려워서, 적막한 채 서로 듣지 못한 지가 이미 반년이 되었다. 노년老年에 정情에 약해진 몸이 어찌 답답하지 않을 수 있겠느냐? 찌는 더위가 너무나 심한 이때, 애비[眞寓][74]의 안녕하다는 소식은 종종 듣느냐? 너 또한 여러 권속眷屬들 데리고 한결같이 잘 있느냐? 빈곤貧困이 비록 떳떳한 분수라 하더라도 너무 심하면 견뎌나가기 어려운 법인데, 농사는 한 치의 땅도 경작하는 것이 없느냐? 운형運衡[75]이

---

72) 제사 때에 입던 얇은 옥색의 옷. 국상國喪이나 일반 가정의 3년상을 치르고 100일간 입었다. 늑육자복六字服.

73) 심목深目 : '눈이 쑥 들어가고 구레나룻이 난 사람[深目而髯者]'의 줄임 말이다. 원래 류종원柳宗元의 '고양양승조군묘지故襄陽丞趙君墓誌'에 나오는 조신曹信이라는 신인神人을 이른다. 당唐 나라 원화元和 연간에 조래장趙來章이라는 사람이 부친의 무덤을 찾고자 진점秦諯이란 점쟁이에게 거북점을 쳤더니 '내일 들에서 눈이 깊고 구레나룻이 난 신인神人을 만나면 아버지의 일을 알려 줄 것'이라 하였다. 다음날 과연 들에서 그 신인을 만났는데, 그가 말하기를, "나는 조신曹信이란 사람이다. 네 아버지의 무덤이 내 무덤 옆에 있었으나 지금은 평지가 되었다. 사社의 북쪽으로 곧장 200보를 가면 내가 너를 위하여 띠풀을 묶어 표지해 둔 곳이 있을 것이다." 하였으므로, 그의 말대로 그 곳에 가서 실제로 그 무덤을 찾았다 한다.

74) 진우眞寓 : 이상룡의 중제仲弟 이용희李龍羲의 우사寓舍를 가리킴. 그의 자는 건초建初이며, 호가 만진晩眞이기 때문이다. 수신인 형국衡國은 그의 장남이다.

상처[喪配; 아내가 죽음]한 일은 참혹하여 차마 들을 수 없구나. 그 아이는 나면서 제 어미[慈母]의 얼굴을 알지 못했고 어렵게 자랐단다. 한 때가 나쁘면 한 때는 좋다는 이치로 말한다면 쾌활한 시절이 있어야 마땅한대, 신수身數의 험난함이 어찌 이렇듯 심하단 말이냐! 죽은 자는 이제 끝났지만. '응애! 응애!' 우는 어린 것이 어떻게 살아갈지 잔혹하게 불쌍하다.

나는 상해上海에서 돌아온 후 연이어 풍습風濕과 각기脚氣의 증세로 고통스러웠는데, 발바닥 가운데를 찌르는 통증이 마치 벌 떼가 마구 쏘는 것 같고, 부기浮氣가 몸에 두루 퍼져서 문을 닫고 기동起動하지 못한 지가 벌써 서너 달이나 된다. 네 형이 앓는 고통은 비록 더하지는 않지만 이미 무너진 원기가 갑자기 만회하기는 어렵다. 증손자도 그 간 홍진紅疹을 치렀고 이어 설사를 만났는데, 이제서야 겨우 멎으려나 보다. 네 아재비 집도 역시 다른 일은 없다. 담옹澹翁 아재가 조그만 서당의 선생이 되어 30리[一숨] 밖에 나가 계시고, 막내 아재는 늦은 봄에 홀애비 신세를 면[免鰥; 다시 장가 감]하였는데, 범절凡節이 지극히 좋아서 다행이다. 다만 만주滿洲는 올 해 큰 가뭄이 들어 논농사는 거의 실농失農(농사에 실패함)이란다. 우리 대소가의 농사는 더 심하여, 자작 농사[家作]는 충재蟲災까지 겹쳐서, 타작 때까지 기다리지 않고도, 쭉정이 타작이 될 것을 뻔히 알고 있다. 여덟 식구 먹여살리[濟接]는데 쌓인 빚을 갚을 계책을 생각하니 아득할 따름이다.

대곡大谷 산소의 비를 바꾸는 일은 선대 부로父老들께서 계획하다가 이루지 못한 일인데, 이제 그 유지遺志를 이루려 하니 매우 좋은 일이다. 참봉參奉 선조의 생몰 연대[生沒]은 보첩譜牒에 기재되지 않았기 때문에, 왕년에 문중에서 논의가 처음 나왔을 적에 내가 곧 선적先蹟을 널리 찾아 참의공參議公76)께서 손수 쓰신 「생신기일록生辰忌日錄」 가운데서 베껴 쓰고[抄出] 또 다시 정랑공正郎公77)께서 손수 기록하신 소첩小帖을 참고하여 의심이 없어진 다음에 비로소 감히 비음碣陰(비석 뒷면)의 초고草稿 가운데 따 넣었었다. 다만 퇴계退溪 선생을 종유從遊했다는 것은 '유허비기遺墟碑記'에 처음 보이는데, 그 시기時期가 무슨 믿을 만한 근거가 있는지는 알지 못하겠다. 그러나 가만히 연기年紀를 가지고 생각해 보면 우리 조상 연세가 퇴계 선생보다 많이 차이가 나지 않고, 또 류겸암柳謙庵이 우리 조상의 사위[女婿]로서 계문溪門(퇴계문하)에 가장 먼저 올랐으니, 대저 어깨를 나란히 할 만한 연세로, 당신 사위보다 뒤에 공부하기를 청했다

---

75) 운형運衡 : 이상룡의 조카. 자 중약重若, 호 백광白光, 이상룡의 아우 용희龍羲의 차남이다.
76) 참의공參議公 : 이명李洺, 자는 호원浩源, 증贈 이조참의吏曹參議. 의흥현감 당시 형인 유수공留守公과
　　함께 관직을 버리고 돌아와 임청각臨淸閣을 짓고 은거하였다. 이상룡의 16대조이다.
77) 정랑공正郎公 : 이반李胖, 자는 중서仲叙, 문과급제 후 호조정랑戶曹正郎을 지냈다. 명洺의 3남이다.

는 것은 세속의 사정으로 미루어 보면 반드시 그러하지는 않을 듯하다. 그러나 한창려韓昌黎의 사설師說[78)]에 이르기를, "나보다 나중에 태어났다 하더라도 도道를 들음이 나보다 먼저라면 스승으로 종유從遊하여야 한다."라고 하였다. '유허비기'에 이미 기록되어 있는 대로라면 우리 조상이 당시에 나이는 따지지 않고 퇴계선생을 사사師事했을 터이니, 이는 실로 옛 사람의 방법[古道; 古人之道]이니, 족히 이상할 것이 없다. 비음碑陰은 이전에 초잡아 두었던 초고로써 서문序文을 삼았고 말미에 몇 구句 명어銘語를 보태어 보낸다. 문사文思가 누졸陋拙하여 쓰임에 합당하지 못할 듯하나 오직 생졸년은 감히 전하지 않을 수 없는 것이니, 모름지기 문중[門內]의 어른[老成]들과 충분히 상의 드려서 처리하기 바란다.

▫ 형국에게 답하다. 경오년(1930) 答衡國

심하도다. 나의 노쇠함이여! 몽당붓 하나 끌어당기기가 구정九鼎(중국의 아홉 솥)을 끌어당기는 것보다 어렵구나. 그래서 너의 두 번 문안 편지에 한 번도 답하지 못했구나. 네가 혹 이러한 사정을 이해한다 하더라도 내심으로는 어찌 민망하고 답답한 감회가 없을 수 있겠느냐? 서리가 이미 내렸고 추위는 점점 닥쳐오는데, 네 아버지의 침식寢食이 온당하며 걸음걸이도 강건하시냐? 너도 모시고 생활하는 건강이 내내 괜찮고, 성재城齋의 집 짓는 일[屋役]은 공사를 시작[營建]한 지 시간이 오래되지 않은 것이 아니겠으나, 착공과 준공은 창졸간에 이루어지는 것이니, 그래 어떻게 준공은 하였느냐? 시제지낼 철[澆掃節]이 가까워졌으니 비록 한 소쿠리 주과酒果라도 어떻게 마련하여 갖출 수 있겠느냐? 너 홀로 마음과 힘을 써야할 곳이 아닌 것이 없구나! 가을걷이 형편은 팔역八域이 모두 풍작이라 하니 연이은 흉년 뒤끝이라 다행은 다행이지만 곡물가[穀價]가 크게 떨어지면, 가난한 사람의 빚 갚는 일이 어찌 맹랑하지 않겠느냐?

내[伯父]가 올봄에 여기로 이사 온 것은, 오로지 생계生計를 위한 일이었지만, 이사 온 초기初期라서 모든 일[凡事]이 여의치 못하다. 네 형의 병세는 이번이 네 번째 발병[發作]으로, 몸져 누워 지낸 지가 벌써 여러 달 째인데, 더했다가 덜했다가 하는 증세가 일정하지 않은[無常] 것은, 간병할 손이 딸리는 소치所致이니 치료에도 마음껏 진력할 수가 없는 형편이다. 네가

---

78) 한창려韓昌黎의 사설師說 : 당나라 한유韓愈의 「사설師說」, "古之學者必有師 師者 所以傳道受業解惑也 人非生而知之者 孰能無惑 惑而不從師 其爲惑也 終不解矣 生乎吾前 其聞道也固先乎吾 吾從而師之 生乎吾後 其聞道也亦先乎吾 吾從而師之 …"에서 인용하였다.

부쳐준 복만전服蠻煎(한약 이름)을 절반 넘게 먹어보았는데, 아직은 기특한 효험이 있는지는 모르겠다. 그러나 너 또한 마음대로 손이 응하지 못하는 처지에서 무엇을 믿고 이렇게 마음을 써서 돌보아 준단 말이냐! 네 숙부는 올 가을 안으로 철수하고, 고향으로 돌아갈 계획이란 말은 들었었는데, 여태껏 소식이 없으니 답답하다.

네가 골라 모은 『세록世錄』은 아직 전체를 보지는 못하였지만 유별類別과 체례體例를 보고 말한다면, 완미完美한 듯하다. 더구나 편질篇帙이 그렇게 많은데, 어디에서 그러한 재료를 구했느냐? 서문序文은 늙은이[老齡]의 정력으로는 본래 감당할 수 있는 일이 아니지만, 너의 부지런한 정성을 생각하여 간신히 초草하여 부친다. 글 내용이 메말라서 남에게 보일까 두렵구나.

문희공文僖公79) 사적事蹟은 당시 고려왕高麗王이 오랫동안 연경燕京에 가 있었기 때문에 공公께서 수년 동안 왕사王事를 대행[攝行]한 적이 있었다. 그 때문에 공을 장사葬事할 적에 특별히 왕의 예[王禮]로 거행했고, 묘소도 지금까지 왕묘동王墓洞이라 부르니, 이러한 내용을 내가 『해동역사海東繹史』80) 가운데서 본 듯한데 정확히 기억할 수 없어서 매우 한스럽다. 망헌忘軒 선조의 「행장行狀」은 네 말대로 태희泰羲가 있는 곳으로 부쳐 보낸다.

□ 김비서께 답하다   答金賁西

얼굴을 뵌 지가 이미 반년인데 짧은 편지로써 문후한 지도 언제 적이었는지 기억조차 나지 않습니다. 굳이 그럴 듯한 말로 꾸며대려면, 핑계 댈 만한 말이 없어 걱정이 아니라, 필경 이는 덕인[德人; 상대인 김비서]을 연모하는 성의가 없는 것밖에 안되지요. 의외에 조카분[賢咸]께서 더위를 무릅쓰고 방문하고 아울러 따지지 않고[不較]81) 내려주신 서신을 받들어 읽을 때 부끄러운 마음 때문에, 도리어 감격할 줄도 기뻐할 줄도 몰랐답니다. 이 한 더위에 형제분들 집상執喪 중 건강[體節]이 잇달아 만강萬康한 줄을 알았습니다. 지난번 주방산周房山82) 유람 때는 비

---

79) 문희공文僖公 : 이존비李尊庇, 자는 지정持正. 시조 황璜으로부터 7세이다.
80) 『해동역사海東繹史』 : 85권(원편 70권, 속편[地理考] 15권). 필사본. 한치윤韓致奫·한진서韓鎭書가 지었다. 원편은 한치윤의 저술이고 속편은 그의 조카인 진서가 보충하여 완성했다. 체제는 기전체紀傳體이다.
81) 불교不較 : 비교하지 않음. 여기서는 한번 편지를 보내고 굳이 상대방의 답장을 기다리지 않고, 또 편지를 보내는 일을 가리킴.
82) 주방산周房山 : 청송 부근 동쪽 31리에 있다. '주왕산周王山'으로 더 알려져 있다.

단 풍류가 대단해서 남에게 부러운 마음을 불러 일으켰을 뿐 아니라, 노년의 기력이 어쩌면 그토록 건강하십니까! 제 생각엔 산수를 유람하시는 여가로 지어둔 멋진 시작詩作이 틀림없이 많을 터인데, 어찌하여 그 작품들을 다 보내어 보여주심으로써, 저로 하여금 그 유람의 멋을 집에서 즐길수[臥遊; 현지에 가지 않고 누워서 유람함] 있도록 해주시지 않으십니까!

용렬한 저는, 드러난 병은 없지만 정력이 갑자기 줄어들고 몸이 수척해졌습니다. 지나온 무수한 재난災難을 돌이켜 생각해보면, 이런 손상을 입는 것도 이상할 것이 없습니다. 망육望六(61세)의 조대措大(한미한 서생)가 부질없이 수많은 사람들의 비웃음을 받는 마당에 뛰어들어서, 몸과 이름이 여지없이 부서졌습니다.

앞에 놓인 목적은 다만 회세會勢를 확장하는데 두고 있지만, 모두가 잠에 빠져 불러 깨울 길이 없습니다. 몸은 세월과 더불어 저물어 가는데 석양빛은 넘어가려고 하니 홀로 서서 방황하며 다만 번민만 더할 뿐입니다. 항차 늦 가뭄이 재앙을 부채질하여 들에는 한 점 초록색이 없으니, 하늘은 무슨 마음으로 기어코 우리 생령生靈들을 모두 죽일 작정인가 봅니다.

행장초고[行狀草]는 본래 제가 감당할 수 없는 일이었지만, 잘못된 정중한 부탁을 감히 저버리릴 수 없어 외람되나마 색책塞責(겨우 책임만 면함)하여 둔 것은 있지만, 아무래도 쓰임에 합당하지 못할 것이 분명하겠고, 또 그 하자瑕疵가 있는 곳을 아직 하나하나 지적해 주시지 않았기 때문에 휴지 뭉치 속에 던져두었는데, 이제 그것을 찾으시니 다만 부끄럽고 죄송함을 깨닫게 될 뿐입니다. 그러나 이 일은 시일이 급할 것은 없으니, 버리지 않고 꼭 쓰겠다면 서늘해 질 때까지 좀 기다렸다가, 마주 보고 상의해서 고친 뒤에, 다시 써 드리더라도 늦지 않을 것이니, 그리 양해해 주심이 어떻습니까? 더위 먹어 땀을 뿌리는 바람에 글자모양이 말이 아닙니다.

□ 정문 呈文

▫ 중화민국 국회에 제의하는 글. 유하의 국민회장을 대신하여 짓다. 계축년(1913) 中華民國國會提議書 代柳河國民會長作

근자에 교거僑居하는 한인韓人들이 세월이 갈수록 증가하여, 동성東省에 흩어져 사는 자들만 해도 거의 수십만에 가까워졌습니다. 유신維新의 초기라 중외中外에서 일이 많다보니, 이런 자잘한 일에 대해서는 미처 의논하여 처리할 겨를이 없었습니다. 그러나 한결같이 미루어두면서 방치하는 것도 또한 '일을 처리할 때는 정밀하고 상세하게 한다[慮事精詳].'는 의리가 아닐 것입니다.

대개 이들이 이주해 오는 것에 대해 가장 우려할만한 일은 한 가지입니다. 일본日本이 철도를 놓은 이래로 남만주南滿洲를 주목한 것이 하루 이틀이 아닙니다. 그런데 한국韓國이 이미 그들에게 병합倂合이 되었으니, 저들의 교묘한 속임수로 볼 때 혹여 한국을 내세워 앞잡이로 삼을 수도 있다는 것입니다. 본인이 거주하는 유하柳河와 통화通化의 사이에는 한국韓國의 교민이 가장 많습니다. 본인 또한 그런 것이 깊이 의심스러웠으므로 속으로 여기에 주의注意하여 항상 그 행동들을 살피고 그 여론을 청취하였으며, 그 지향志向하는 바를 염탐하였는데, 몇 년이 지난 뒤에야 비로소 그럴 우려가 없다는 것을 확신할 수 있었습니다.

대개 한인 교포는 네 부류로 구분됩니다. 첫 번째는 일본인의 가혹한 학대가 괴로워서 피신하여 목숨이나 연명할 생각을 하는 경우이고, 두 번째는 빈곤에 시달리다가 남만주에 황무지가 많다는 소식을 듣고 경작할 생각으로 온 경우입니다. 이 두 부류는 통틀어 모두 5분의 3이 됩니다. 세 번째는 조국의 멸망을 분하게 여겨 원수와 더불어 한 하늘을 이고 살지 않겠다고 맹서한 경우이며, 네 번째는 전날 사대事大의 의리를 지켜 중국中國을 의귀依歸할 곳으로 삼은 경우입니다. 이 두 부류는 통틀어 모두 5분의 2가 됩니다.

이들은 비록 각자 주의主義가 다르지만, 일본인에게 제어를 받지 않으려는 마음은 한가지입니다. 그렇기에 온갖 위험을 무릅쓰고 수천 리를 멀다하지 않고 오면서, 자산을 탕진해도 아까워하지 않고 죽어서 구렁에 뒹굴게 되어도 후회하지 않았던 것입니다. 대개 그 변함없는 혈성血誠은 가상하게 여길 만한 바가 있거니와, 우리나라가 대처할 수 있는 것으로는 오로지

두 가지 방법밖에 없습니다. 만약 나라가 다르다는 명분을 지키고자 한다면 받아들이지 않고 물리쳐 쫓아버리는 것이 좋고, 만약 동화同化시키는 정책을 펴고자 한다면 받아들여서 위무하는 것이 좋습니다.

먼저 받아들이지 않았을 때의 이해관계에 대해 논해보도록 하겠습니다. 중한中韓 양국은 비록 중외中外의 구별이 있지만 옛날부터의 관계로 볼 때 다른 나라로 취급할 수는 없습니다. 불행하게도 전대 청淸 나라 말기에 정부가 부패하여 일본과 천진天津·마관馬關의 조약83)을 맺게 되면서 한국이 마침내 일본인의 손아귀에 들어가게 되었으니, 한국이 다른 나라가 된 것은 실로 중국이 스스로 끊어서 보낸 것입니다. 이제 그 백성들이 나라를 잃고 와서 귀의하는데도 마침내 다른 나라의 사람이라고 하면서 일체 받아들이지 않는다면, 스스로의 마음을 돌아볼 때 끝내 부족한 바가 있습니다.

더구나 물리쳐 받아들이지 않을 경우에는, 손해되는 것이 다섯 가지가 있습니다. 저 많은 수의 떠도는 백성들이 오가면서 안주安住할 곳이 없어 앞에는 죽을 염려가 있고 뒤에는 생활할 길이 없게 된다면, 그 형세로 볼 때 반드시 서로 모여 무리를 짓고 여항閭巷에서 소요騷擾를 일으키게 될 것입니다. 손해가 되는 첫 번째 이유입니다.

저들은 이미 가혹한 정치에 신물이 나서 왔으므로 반드시 그 나라로 돌아가지 않고 서로 이끌고 다른 곳으로 달려 갈 것이니, 러시아로 가지 않으면 몽고蒙古로 가게 될 것입니다. 요즘처럼 북쪽 변방에 일이 많은 날에 수만 인의 장정들을 몰아서 적국에게 준다면, 이는 거의 참새를 몰아주는 격84)이라고 할 수 있지 않겠습니까? 손해가 되는 두 번째 이유입니다.

일본이 남만주南滿洲에 침을 흘린 지가 오래 되었으면서도 감히 선뜻 착수하지 못하는 것은

---

83) 천진조약 : 1885년 4월 18일 청나라의 이홍장李鴻章과 일본의 이토 히로부미[伊藤博文] 사이에 맺어진 조약으로, 조약의 주요 내용은 '청나라와 일본은 조선에서 동시에 군대를 철수한다.', '조선의 군대를 훈련시키기 위해 훈련 교관을 보내지 않는다.', '향후 조선에 변란이나 중요한 사건이 일어나 청나라나 일본 어느 한쪽이 파병할 경우 상대방에게 그 사실을 알린다.' 등이다. 이 조약은 나중에 청일전쟁의 도화선이 되게 된다.
　　마관조약 : 청일전쟁의 전후처리를 위해 1895년 4월 17일 청나라의 이홍장李鴻章과 일본의 이토 히로부미[伊藤博文]가 일본 시모노세키에서 체결한 강화조약이다. 주요 내용 중에, '청나라는 조선국이 완전한 자주독립국임을 인정한다.'는 조항이 들어 있는데, 그로 인해 일본은 한반도를 그 세력권에 넣어 대륙진출의 기반을 확고히 다질 수 있었다.
84) 참새를 몰아주는 격 : 자신을 위해서 행하는 행위가 정작 제3자에게 이익을 주는 결과를 낳는 것을 뜻하는 것으로, 『맹자孟子』 「이루離婁」 하下에 "숲을 위하여 참새를 몰아주는 것은 새매이고, 못을 위하여 고기를 몰아주는 것은 수달이다[爲叢驅雀者鸇也 爲淵驅魚者獺]."고 하였다.

이용할 만한 틈이 없기 때문입니다. 이제 만약 교민들을 좇아버리는 일이 있게 되면, 저들은 반드시 그들을 보호하여 안정시킨다는 명분을 달고 거침없이 들어오게 될 것입니다. 손해가 되는 세 번째 이유입니다.

저들 다수의 교민들이 반드시 모두 양선良善한 사람인 것은 아니라서 간혹 몇몇 간세奸細한 무리들이 있을 수 있습니다. 그들이 만약 진퇴양난進退兩難이 되어 귀의할 곳이 없게 되면, 우리나라의 정세를 정탐하여 도로 일본인에게 붙게 될지도 또한 알 수 없는 것입니다. 손해가 되는 네 번째 이유입니다.

현재 세계 각국에서는 모두 제국주의帝國主義를 견지하여 무릇 외인外人들이 이주해 오면, 동화시키는 정책을 써서 그 범주 안으로 수용하여 받아들이려고 힘을 쓰는 것이 거의 원칙이 되었습니다. 그런데 우리 민국民國이 유신維新의 초기에 갑자기 교민을 좇아버리는 일을 하게 되면, 중국의 위대함을 보이는 것이 아닙니다. 손해가 되는 다섯 번째 이유입니다.

다음으로 수용하여 받아들일 때의 이해관계에 대해 논해보겠습니다. 한인이 이주해 올 때, 그 행동과 의향에 결코 달리 염려할 바가 없고 실로 영원히 의귀依歸할 뜻이 있다면, 수용하여 품어주어야 합니다.

그 이익이 되는 것이 또한 다섯 가지가 있습니다. 현재 만주에 거주하는 원주민은 대부분 내지內地에서 떠돌던 빈민貧民들로서, 경작하고 목축하면서 남은 약간의 비축물을 수출할 길이 전혀 없다보니 재원財源이 발달할 수가 없습니다. 그런데 한인들이 한번 들어온 뒤로는 떨어진 베와 썩은 식량조차도 또한 앉아서 좋은 값을 받게 되어 원주민의 재력財力이 갑자기 커지게 되었습니다. 이익이 되는 첫 번째 이유입니다.

우리 만주는 땅은 넓고 사람은 드물어 평원平原과 대야大野의 밖에는 태반이 아직 개간되지 않은 황무지입니다. 또 원주민들은 논에서 경작하는 이로움을 알지 못하는데 비해, 한인들은 모두 황무지를 개간하는 것에 익숙할 뿐만 아니라, 관개법灌漑法에도 아울러 밝습니다. 만약 이주해 오는 것을 받아주고 개간하는 것을 허락한다면, 번거롭게 독려하지 않고도 토지가 모두 개간될 것입니다. 이익이 되는 두 번째 이유입니다.

만주는 토속土俗이 비루하고 민지民智가 열리지 않았는데 비해, 한교는 자못 세상의 변고를 많이 겪어 조금은 자치할 줄을 압니다. 그러니 오래도록 더불어 살다보면, 보고 감화되는 유익함이 크게 있을 것입니다. 이것이 이익이 되는 세 번째 이유입니다.

저들이 경내에 들어온 지 몇 년이 되었으나 아직도 우리나라 사람들의 환심을 얻지 못하였으므로, 마음속으로 불안해하며 중국을 위하여 공훈을 한번 세워서 그 혈성血誠을 드러내 보리라는 생각을 하고 있습니다. 요즘처럼 중외中外에 사변事變이 많은 날에 만약 이런 마음을 따라서 이용할 수 있다면 훗날 몽고蒙古를 정벌하고 러시아를 막는 일에 약간의 힘이나마 보탤 수 있게 될 것입니다. 이익이 되는 네 번째 이유입니다.

만주는 밖으로는 일본과 러시아가 엿보고 있고 안으로는 도적떼들이 횡행하다 보니, 위태로운 마음을 거의 조석을 보장하기 어려울 지경입니다. 그런데 수십만이나 되는 다수의 민정民丁이 때 맞춰 와서 교거하니, 이는 인력으로 이룰 수 있는 바가 아닙니다. 우리가 만약 위무慰撫하여 품어주고 함께 방어한다면 한 배에서 바람을 만난 형세라서 반드시 사력을 다하여 노고를 아끼지 않을 것입니다. 훗날 동번東藩의 기틀이 이들에게 힘입어 공고하게 될지 누가 알겠습니까? 이익이 되는 다섯 번째 이유입니다.

대개 물리쳐서 받아들이지 않으려고 한다면, 한 가지 이익도 없이 다섯 가지 손해만 있고, 받아들여서 품어주고자 한다면 한 가지 손해도 없이 다섯 가지 이익만 있을 것입니다. 오늘날 시무時務에 뜻을 둔 자라면 무엇을 택해야 할지를 몰라서야 되겠습니까? 그렇지만 스스로 오고 스스로 거주하게 내버려 두면서 선뜻 동화되기를 바라는 것도, 또한 그런 이치가 없습니다. 조절하고 단속하는 방도로는 대략 8가지 방침이 있습니다.

1. 그 의관衣冠을 금지하여 그 형모形貌를 식별할 수 없게 만든다.
2. 민적民籍에 드는 것을 허락하여 그 국계國界 및 족계族界를 없앤다.
3. 그 재산을 보호하여 대국大國의 은혜에 감동하게 한다.
4. 황무지의 개간을 허락하여 토지를 개간한 이익을 거둔다.
5. 그 학교를 관리하여 교육의 정신을 격려한다.
6. 그 자치를 허락하여 교민의 협잡挾雜을 방지한다.
7. 그 중 재지才智가 있는 자를 선발하여 국회國會에 참여할 권리를 동등하게 누리게 한다.
8. 그 중 충용忠勇이 있는 자를 장려하여 훗날 방어할 때의 수요에 대비한다.

▫ 유하현 지사에게 민적에 편입시켜 주기를 청하는 정문. 한교를 대신하여 짓다 呈柳河縣知事請入籍文 代韓僑作

삼가 신들은 동번東藩의 유족遺族으로서 국란國亂을 만났으나, 용기는 안중근安重根이 적을 쏜 것에 미치지 못하고 지혜는 민영환閔泳煥이 할복割腹한 것에 미치지 못하는지라, 구차하게 목숨을 영위하면서 도망쳐 성명姓名을 숨기고 대국大國의 경내를 부평초처럼 떠돌게 되었습니다. 이는 참으로 중화中華와 조선朝鮮이 강역疆域은 비록 다르지만 저 기성箕聖이 동쪽으로 건너온 뒤로부터 관계가 자별自別하기 때문입니다. 2천만 인이 마찬가지로 황제黃帝에게 뿌리를 두게 되었으니, 중화가 우리나라의 종국宗國이 아니겠습니까? 4천여 년 동안 각별히 왕정王政을 준수하였으니, 중화가 우리의 모국母國이 아니겠습니까? 주례周禮를 익숙하게 익히고 공교孔敎를 높이고 믿어서 제도와 문장이 한결같게 중화를 모방하니, 중화가 우리의 사국師國이 아니겠습니까? 백이伯夷가 서산西山에 숨은 것[85]과 중련仲連이 동해東海를 밟겠다고 한 것[86]이 또 오늘날 우리들이 가장 감동을 일으키는 바이니, 부끄럽게 더러운 욕을 먹으면서도 고국을 떠나기로 결심한 우리들로서는 중국을 놓아두고 장차 어디로 가겠습니까? 그리하여 고난도 달게 여기며 호연浩然히 서쪽으로 건너왔으니, 그 때가 광서光緖 31년(1905), 우리 한국이 일본의 보호를 받게 되던 해입니다.

　표류하는 배와 같은 신세라 머물러 정박할 곳이 없이 수년 동안 회인懷仁과 통화通化 사이를 방황하였습니다. 선통宣統 3년(1911)에 이르러 비로소 합방合邦의 소식을 듣게 되니, 천지가 캄캄하여 돌아갈 희망이 영원히 단절되었습니다. 저희들은 마침내 눈물을 뿌리면서 서로 고하기를, "우리들의 조국은 비록 망했지만 모국이 상존하고 있으니, 와신상담臥薪嘗膽할 곳은 이곳이 그곳이다." 하였습니다.

　그리하여 본 현縣의 경내에 가옥을 임차하고, 머리를 깎고 복장을 바꾸면서 먼저 고향을 그리워하는 마음을 끊고, 이어서 민적民籍에 들기를 청하였는데, 현조縣照(현에서 발급하는 공문서)를 받기에 이른 자는 약간 인이었습니다. 그때 미처 현조를 받지 못한 자들이 다시 지난봄에 일제히 명단을 제출하고 겸하여 상부上府에 휘보彙報하기를 청하면서 영원히 거두어주는 은혜를

---

85) 백이伯夷가 … 숨은 것 : 백이는 은殷 나라 고죽국孤竹國의 왕자 출신으로, 주周 나라가 상商 나라를 칠 때에 주나라 무왕武王의 말고삐를 잡고 "신하로서 임금을 쳐서는 안 된다."고 말리다가 뜻을 이루지 못하자, 주나라에서 나는 음식을 먹지 않겠다고 하며 동생 숙제叔齊와 함께 수양산首陽山에 숨어서 고사리를 캐 먹고 살았다.

86) 중련仲連이 … 한 것 : 전국시대戰國時代 때 진秦 나라가 조趙 나라를 맹렬하게 공격하고 있을 때, 위魏 나라의 신원연新垣衍이 진나라가 군대를 철수하는 조건으로 진나라를 황제의 나라로 높여주도록 하자고 제의하자, 당시 조나라에 와 있던 제齊 나라 노중련魯仲連이 매우 분개해 하며 말하기를, "불의한 진나라가 황제가 되어 천하에 정사를 펴게 된다면 나는 차라리 동해東海에 빠져 죽고 말 것이다." 하였던 고사가 있다. 『사기史記』 권83 열전列傳 제23 노중련魯仲連.

입기를 바랐습니다.

이제 이미 1년이 지났는데도, 집조執照가 내려오지 않았을 뿐만 아니라 제출한 명단도 태반이 해당 구역에 그대로 있습니다. 저희들도 스스로 망국亡國의 유민遺民이 중화의 민적에 끼이기에 부족하다는 것을 알지만, 삼가 보건대 회인·통화의 경우 저희들보다 1·2년 늦게 건너온 자들도 대부분 부조部照를 받았습니다. 또 그들이 민정사民政司에 올렸던 것에 대한 비답批答 안에 이르기를, "교민이 현의 집조를 받아 1년 이상 본분을 지키고 상법常法을 준수하는 자는 규례에 따라 부조로 바꾸어 지급한다." 하였습니다. 이른바 본분을 지키고 상법을 준수한다는 것에 대해서는 감히 스스로 자랑할 수 없겠으나, 현조를 받은 지는 이미 4년이 되었습니다. 교민은 일체로서 의당 차별이 있을 리는 없을 것이니, 이는 필시 신들의 성의가 부족하여 스스로 우로雨露의 하늘을 저버린 것일 따름입니다.

대저 한교는 4가지 부류로 구별이 됩니다. 그 첫 번째는 빈궁에 시달리다 황무지를 경작할 계획을 하는 경우입니다. 두 번째는 가혹한 학대가 괴로워서 피신하여 목숨이나 연명할 생각을 하는 경우입니다. 세 번째는 조국의 멸망을 분하게 여겨 남과 함께 거주하지 않겠다고 맹서한 경우이며, 네 번째는 전날 사대事大의 의리를 지켜 중국中國을 의귀依歸할 곳으로 삼은 경우입니다. 네 부류의 주의는 각각 다르지만 타인에게 제어를 받지 않으려는 마음은 한가지입니다.

이 외에 또 일종의 간세奸細한 무리들이 출몰하고 엿보면서 신들을 모해하는 경우가 있습니다. 그러나 이들은 종적이 변화무쌍하여 자세히 살펴보아야 변별할 수 있습니다. 저희들이 바야흐로 주의해서 관찰하고 있으니, 혹여 조사하여 얻는 것이 있게 되면 감히 즉시 고하지 않겠습니까? 지금 일본의 세력이 점차 성해져서 철도鐵道나 경찰에 대한 예산豫算이 이미 정해졌으니, 만약 몇 개월이 지나게 되면 수만 명의 목숨이 장차 모두 그 손바닥 안으로 떨어지게 될 것입니다. 한인韓人이 다시 박멸撲滅되는 상황에 처하는 것은 진실로 대국大國과는 상관이 없겠습니다. 그러나 이미 백성이 되고자하는 마음으로 왔으니, 참상慘狀을 목격하기 전에 먼저 구활救活하기를 도모하는 것이 아마도 불인인不忍人의 선정善政[87])이 아니겠습니까?

저희들은 적인敵人의 손에 욕을 당하며 죽느니, 차라리 군자君子의 뜰에서 영광스럽게 죽을 것입니다. 이에 감히 존엄尊嚴을 무릅쓰고 한 목소리로 호소하오니, 삼가 바라건대 합하閤下께

---

87) 불인인不忍人의 선정善政 : 『맹자孟子』「공손추公孫丑」상上에 "사람들은 모두 사람을 차마 해치지 못하는 마음, 즉 인심仁心을 가지고 있다."한 것에서 나온 말로, 인정仁政을 뜻한다.

서는 애타게 울부짖는 심정을 굽어 살피시어 특별히 물에서 건져주는 인정仁政을 베풀어 주소서. 속히 사헌司憲에게 보고하여 부조部照를 발급하게 함으로써, 이 무고한 궁민窮民으로 하여금 영원히 태평세월을 누리게 해 주시기를 천만 간절히 바라나이다.

▫ 유하현 지사에게 바치는 정문   呈柳河縣知事文

구품인具稟人 이상룡李相龍은 부조部照로 바꾸어 달라는 일을 청합니다. 저는 전대 청淸 나라 광서光緖 30년(1904)에 한국이 일본의 보호를 받게 될 조짐을 목격하고는, 차마 앉아서 오욕汚辱을 당할 수 없어 가족을 이끌고 서쪽으로 건너와 회인懷仁·통화通化 일대를 떠돌았습니다. 선통宣統 3년(1911)에 비로소 본현本縣의 제2구에 들어가게 되었는데, 그 때는 한일韓日이 이미 서로 합방合邦을 하였으므로, 달 밝은 산하山下로 돌아갈 가망이 영원히 끊어지게 되었습니다. 그리하여 마침내 머리를 깎고 복장을 바꾸어 일체 중화中華의 제도를 준수하였고, 이어서 민적民籍에 넣어주기를 신청하여 전임인 장張 현존縣尊께서 잠준집조暫準執照(임시증명서)를 발급해 주시는 은혜를 입었습니다. 그러나 얼마안가 대국大國에 소요가 발생하는 바람에 다시 부조를 청할 겨를이 없었습니다. 그러나 이름을 도판圖版에 올리지도 못했는데, 식토食土의 은혜88)를 입으니, 분수로 헤아려 볼 때 감격스럽고 송구스러워 뭐라고 표현해야 할지 모르겠습니다.

인하여 생각컨대, 저는 비록 벼룩이나 이[蝨]처럼 미미한 존재이지만 조금이나마 웅어熊魚를 구분할 줄은 압니다.89) 임금이 욕을 당하고 나라가 망하는 날을 맞아 살신殺身하여 은혜를 갚지 못하고 구차하게 목숨을 연명하면서 중화中華의 민적을 더럽힐 생각을 하니, 식자識者의 관점에서 볼 때 참으로 매우 후안무치厚顔無恥하다고 이를 만합니다. 그러나 저는 부평초浮萍草와 같은 신세로서, 망망茫茫한 대륙에서 어느 곳인들 달려가지 못하겠습니까? 다만 반드시 중국中國에 의귀依歸하고자 하는 것은, 참으로 중中·동東 양국이 옛날부터 내외內外의 구별이 없

---

88) 식토食土의 은혜 : 다른 사람을 자신의 땅에서 기식寄食하며 살아갈 수 있도록 해 주는 은혜를 가리킨다.

89) 웅어熊魚를 … 압니다 : 취하고 버릴 바에 대해 판단할 줄 안다는 의미로, 주로 의리를 택하는 것을 가리킨다. 『맹자孟子』「고자告子」상上에, "생선도 내가 먹고 싶어 하는 바이며, 곰발바닥도 내가 먹고 싶어 하는 것이지만 이 두 가지를 겸하여 얻을 수 없다면 곰발바닥을 취하겠다. 삶도 내가 원하는 바이며 의리도 내가 원하는 것이지만, 이 두 가지를 겸하여 얻을 수 없다면 삶을 버리고 의리를 취하겠다." 하였다.

어서, 종앙宗仰하는 바가 동일한 성사聖師이고, 강송講誦하는 바가 동일한 경전經傳이며, 복행服行하는 바가 동일한 예의禮義이기 때문입니다.

저의 선조先祖는 본래 농서隴西의 이씨李氏로서, 동국東國의 역사役事에 종군從軍하였다가 자손들이 그대로 눌러 살게 되었으니, 중화는 또한 저희 씨족의 옛 관향貫鄕인 것입니다. 그러니 이제 속으로 망복罔僕90)을 맹세하고 세상을 피해 몸을 깨끗이 하려는 자가 중국을 놓아두고 어디로 가겠습니까? 저는 미처 민국民國의 국적조례國籍條例를 읽어보지는 못하였으나, 삼가 일찍이 민정사民政使의 비시批示를 보건대, “교민僑民으로서 현縣의 집조執照를 받고 1년 이상 본분을 지키고 상법常法을 준수하는 자는 규례에 따라 부조部照로 바꾸어 지급한다.”는 내용이 있었습니다. 저는 현의 집조를 받은 지 이미 4년이 되었고, 법도를 잘 지켰는지의 여부도 또한 이미 여러 번 조사를 받았습니다. 현재 바다의 조수潮水(일본의 세력을 뜻함)가 날로 불어나서 철도鐵道·경찰서·기함機艦이 겹겹으로 둘러싸니, 만약 몇 개월이 지나게 되면 저의 생명은 장차 강포한 이웃나라의 손아귀 속에 떨어지게 될 것입니다. 일개 망국亡國의 유민遺民으로서 그 영욕榮辱과 사생死生이 대국大國에 무슨 관계가 되겠습니까만, 기왕에 백성이 되기를 원하여 왔으니, 참상을 목격하기 전에 먼저 구활救活하는 은전을 베풀어 주신다면, 또한 어찌 불인인不忍人의 선정善政91)이 아니겠습니까? 저는 망한 나라의 거지가 되느니보다 차라리 우러르는 주인의 견마犬馬가 되는 것이 낫습니다. 삼가 원하건대 집조執照에 의거해 장정章程(세칙, 규정)을 정하여 상헌上憲에게 치보馳報하여 부조로 바꾸어 발급해 주소서. 그리하여 이 무고한 궁민窮民으로 하여금 우로雨露를 내려주는 하늘을 가지게 해 주신다면, 저는 살아서는 의당 목숨을 바치고 죽어서는 의당 결초보은結草報恩할 것입니다. 정황이 궁박하여 말을 절제하지 못하였으니, 삼가 바라건대 감독監督 안하案下께서는 가엾게 여겨 시행해 주소서.

▫ 유하현 지사에게 바치는 정문   呈柳河縣知事文

사람이 극도로 애통하게 여기는 것 중에서 나라 없는 것보다 절실한 것이 없고, 선비가 깊이 근심하는 것 중에서 교육을 잃은 것보다 큰 것이 없습니다. 저희들은 학문이 얕고 식견이

---

90) 망복罔僕 : 망국亡國의 신하로서 의리를 지켜 새 왕조의 신복臣僕이 되지 않으려는 절개를 가리킨다. 은殷 나라가 장차 망하려 할 무렵 기자箕子가 “은나라가 망하더라도 나는 남의 신복이 되지 않으리라[商其淪喪 我罔爲臣僕].” 하였다(『서경書經』 「상서商書」 미자微子).
91) 불인인不忍人의 선정善政 : 앞의 주 ‘불인인不忍人의 선정善政’을 참조할 것.

짧은 사람들로서 우수하면 승리하고 열등하면 패배하는 국면을 만나, 4천년 역사가 땅속에 묻히고 2천만 동포가 지옥에 빠지게 되었습니다. 그리하여 토지와 인민이 이미 나의 소유가 아니고 생명과 재산이 이미 남의 유린을 당하다보니, 온갖 죽을 고비를 넘기고 살아남았어도 몸을 의지할 곳이 없어 한 가닥 살 길이라고는 오직 대국大國을 바라보게 되었을 따름입니다.

대개 중中·한韓 양국은 국토가 강 하나만을 사이에 두고 있어 절로 순망치한脣亡齒寒의 형세가 있습니다. 족계族係는 뿌리가 하나로서, 평소에 형제兄弟의 우의가 있었습니다. 만약 외군外軍의 침략을 당하게 되면 군대를 정비하여 원조하였고 혹여 거듭된 기근을 만나게 되면 미곡米穀을 덜어서 구호하였습니다. 어찌 옛날에만 그러했고 지금은 유독 그렇지 않겠습니까? 그래서 친척들을 이별하고 묘소를 버리면서 손을 끌어 강을 건넜던 것이니, 6·7년 이래로 저희 민족이 동성東省으로 이주한 자가 수만 인에 가깝습니다. 민적民籍에 편입되어 백성이 됨으로써 다행히 물고기가 그물에서 벗어나게 되었고, 토지를 개간하여 생활을 꾸림으로써 거의 피곤한 새가 편안히 깃들일 수 있게 되었습니다. 고어古語에, "사람으로서 가르침이 없으면 금수에 가깝다."고 하지 않았습니까? 하물며 나라가 망해서 떠도는 우리 민족이 만약 교육을 받지 못한다면 어떻게 생존경쟁[物競]의 세계에서 스스로 존립하기를 기대할 수 있겠습니까?

그러나 중국의 학교에서 가르침을 받고자 하여도 언어가 통하지 않고 학비를 계속 대기가 어렵습니다. 형편상 할 수 없이 생활이 극도로 어려운 와중에서도 의식衣食을 절약하고 찬조贊助를 받아 사사로이 학교를 설립해 후진을 교육하였습니다. 비록 인허認許를 청한 적은 없었으나 관료官僚들의 찬조가 또한 많았습니다. 이는 대국이 너그러이 구휼해주는 은혜와 동족이 함께 장려하는 의리 덕분입니다.

올해 3월에 저희 나라가 독립獨立을 선언한 이래로 원수 같은 이웃 나라의 학대가 더욱 심해지니, 자유를 속박하고 행동을 감금하는 것은 오히려 작은 일에 속합니다. 충량忠良한 사람을 살해하고 무고한 사람을 도륙하며, 가옥을 헐거나 태우고, 재화를 약탈하는 경우에 있어서는, 그 잔인한 행위를 입으로 말할 수 없고 참혹한 정상을 눈으로 차마 보지 못할 정도입니다. 이런 정상情狀은 동·서양의 신문新聞에 자세히 실려 있으니, 삼가 생각컨대 각하閣下께서도 열람하시고 또한 반드시 측연하게 여기셨을 것입니다.

그들이 동성東省의 한족韓族에 대해서는 정책이 더욱 험악하여, 기어코 혈유孑遺의 교민들이 만주滿洲의 경내에서 편안히 살지 못하게 하려고 했습니다. 그리하여 마침내 몰래 간세奸細한 무리들을 시켜서 유언비어를 퍼뜨렸는데, 그 중에는 "한교가 바야흐로 군대를 기르고 군사를 모집하여 동성을 노리고 있다."라거나, "교민이 장차 모월某月 모일某日에 모진某鎭을 습격하려고 한다."는 말도 있습니다. 아아, 저들의 속임수가 여기에 이르러 극에 달하였습니다.

각하께서는 한번 깊이 생각해 보십시오. 저희들이 가족을 이끌고 만 리 길을 와서 실낱같은 목숨을 보존하고자 하면서 이런 참람한 생각을 가질 수 있겠습니까? 수중에 한 푼의 돈도 없어 조불여석朝不慮夕[92]하는 처지에, 과연 이런 능력을 가질 수가 있겠습니까? 그러나 시호삼전市虎三傳[93]이면 듣는 이들이 쉽게 혹하는 법이니, 촌민村民들은 옳다고 믿었고 관서官署에서는 가능성이 있다고 의심하였습니다. 그리하여 마침내 인원을 파견하여 조사하였으나 무슨 일을 조사해 내었으며, 장정을 동원하여 수색하였으나 무슨 물건을 수색해 내었습니까? 도로의 행인들이 불편해하고 농상農商의 사업이 장애를 받았을 따름입니다. 진실로 이와 같이 하고자 한다면 지난날 대통령大統領께서 부조部照를 반급頒給하여 유민을 거두어 위무해주고, 강기요康琦遙가 국회에 전보電報를 보내 한국의 독립을 도운 것은, 그 후의厚意가 과연 어디에 있는 것입니까?

신흥학교新興學校로 말씀드리자면 이는 저희들의 중등학당中等學堂입니다. 소학小學의 설립이 거의 수십 개소를 넘다보니 매년 졸업을 하는 사람이 통틀어 백여 인이나 됩니다. 소학을 마치고 나면 중등교육을 받지 않을 수 없는데, 이 때문에 전대 청淸 나라 선통宣統 연간에 이 학교를 제2구區의 추가가鄒家街에 설립하였고, 2년 후에 통화현通化縣 합니하哈泥河로 이전하였다가, 올 봄에 위치가 적절하지 않다는 이유로 제3구의 고산자孤山子로 옮겨 왔습니다. 그 성격과 역사는 이와 같습니다. 그리고 체조體操 한 과목은 곧 세계 만국의 소小·중학당中學堂에서 통용되는 것으로, 교내의 물품과 서류는 경찰에서 이미 사람을 파견하여 조사하였으며, 구區의 관원 또한 친히 와서 검사하였으므로 그 사이에 의심을 일으킬 만한 것이 없습니다.

---

92) 조불여석朝不慮夕 : 아침에 저녁 일을 미리 예측할 수 없다는 뜻으로, 형세가 위급하거나 군박한 것을 가리킨다. 진晉 나라 무제武帝 때 이밀李密이 조모祖母 유씨劉氏의 봉양을 위해 벼슬을 사양하면서 올린 진정표陳情表에 "조모 유씨가 마치 해가 서산에 이른 듯 숨이 곧 끊어질 지경이니, 목숨이 위태롭고 얕아서 아침에 저녁 일을 예측할 수 없습니다[朝不慮夕]." 하였다.

93) 시호삼전市虎三傳 : 시장에 호랑이가 나타났다는 말을 세 번 전해 듣는다는 뜻으로, 사실이 아닌 말도 여러 번 듣게 되면 사실로 믿게 된다는 것을 의미한다. 전국시대 위魏 나라 방총龐葱이 태자와 더불어 한단邯鄲에 볼모로 가면서 위왕魏王이 참소하는 말로 인해 자신들을 의심할 것을 염려하여 시장에 나타난 호랑이에 대한 소문을 비유로 든 것에서 나온 말이다. 『한비자韓非子』 「내저설상內儲說上」.

통화현 합니하 신흥무관학교 터

통화현 고산자 신흥무관학교 터 (현재 유하현 고산자진 전승향 승희촌)

그런데도 이제 들기로 관령官令으로 장차 이 학교를 해산하고자 한다고 합니다. 오호라, 하늘이 망국亡國의 교민僑民으로 하여금 영원히 생존경쟁의 현장에서 도태되게 만든다면 모르겠으나, 만약 일시동인一視同仁94)의 사랑이 있다면, 어찌 타향을 떠도는 사람들에게 이 한 학교 정도를 허용하지 않을 수 있겠습니까?

대국이 이미 우리 무고한 사람들을 불쌍히 여겨 토지 조세와 가옥 임대에 모두 은혜로운 조치를 취해주셨습니다. 그런데 유독 중등교육은 허가하지 않아 새로 자라나는 자제子弟들로 하여금 지식을 계발啓發하지 못하게 한다면, 이는 공화共和의 선정善政에 흠결欠缺이 있는 것이 아니겠습니까? 삼가 바라건대 각하께서는 특별히 성념盛念을 베푸시어 이런 사유를 간곡하게 성공서省公署에 아뢰어 주소서. 그리하여 우리 신흥학교가 영원히 존속을 보장받고 한인의 종자가 소멸되는 것을 면하게 해 주신다면, 천만다행이겠습니다.

---

94) 일시동인一視同仁 : 차별 없이 대하여 똑같이 사랑한다는 뜻으로, 당唐 나라 한유韓愈의 『원인原人』에, "성인聖人은 동일하게 보고 똑같이 사랑한다[一視而同仁]."라고 하였다.

□ 고문告文

▫ 남만주에 교거하는 동포들에게 공경히 고하는 글   敬告南滿洲僑居同胞文

단조檀祖 기원 4246년 계축년(1913) ○월 ○일에 어리석은 아우 석주石洲는 눈물로 붓을 적시면서 남만주에 이주하신 동포 형제들에게 공경히 한 말씀을 올립니다. 제가 일찍이 신문에 실린 인구조사人口調査 기록을 보았는데 봉천성奉天省 내의 각 지방에 교거하는 한인의 실수實數가 28만 6천 여인이 넉넉하였습니다. 거주지의 원근이나 친면親面의 유무를 막론하고 이 많은 한인들 중 누군들 같은 우리의 동포가 아니겠습니까? 슬픔에 겨워 말을 이을 수가 없습니다.

아아. 제군諸君들이여! 이국異國의 산천이니 낙토樂土가 아닐 것이요, 만 리萬里의 노정路程이니 근린近鄰이 아닐 것입니다. 친척을 이별하고 분묘墳墓를 버린 채, 남자는 등에 지고 여자는 머리에 이고 이 땅으로 건너 왔습니다. 다소의 금전金錢은 노상路上에서 모두 허비하였고, 언어가 통하지 않는 이역인異域人의 토지와 방房을 조차租借하여 죽을 때까지 부지런히 움직여도 입에 풀칠하기에 부족하니, 그 구차함과 쓰라림은 피차간彼此間에 차이가 없을 것입니다. 그러나 2·3년 이래로 압록강鴨綠江을 건너는 자가 날로 더욱 증가하여 마치 시장으로 돌아가듯이 하니,95) 어찌 다른 이유가 있겠습니까? 그 심정은 대개 “촘촘한 그물 속의 물고기는 도망쳐 벗어나는 것이 좋은 계책이고, 불타는 숲의 새는 날아가 버리는 것이 옳은 계책이다. 더구나 이 만주는 단조檀祖의 유허遺墟이고 고구려의 옛 강역疆域이니, 우리들이 몸을 편안히 하고 목숨을 보존할 땅으로 이곳을 두고 어디에서 구할 것인가? 그래서 희망을 양식으로 삼고 곤경을 기반으로 삼아 온갖 풍상風霜을 무릅쓰면서, 죽어도 후회하지 않는 것이다.”라는 것입니다.

그렇다면 제군諸君이 그 땅을 버리고 온 것은 지려志慮가 있다고 할 수 있을 것이며, 용단이 있다고 할 수 있을 것입니다. 그러나 몸을 편안히 하고 목숨을 보존하는 것은 절로 도리가 있으니, 결코 이 지역으로 건너온 것을 가지고 선뜻 마침내 행복을 얻었다고 말해서는 안 될 것입니다.

서양 철학자가 일찍이 상제上帝의 말씀을 말하기를, “너희 중생들이 원하는 것은 내가 마땅

---

95) 시장으로 … 하니 : 시장에서 많은 사람이 서로 먼저 하려고 다투듯이 한다는 뜻으로, 『맹자孟子』 「양혜왕梁惠王」 하下에, “따르는 자가 시장에 돌아가듯 하였다[從之者如歸市].” 하였다.

히 하나하나 들어줄 것이다. 다만 너희들은 반드시 대가代價를 내어야 할 것이다.” 하였습니다. 제군들은 우리들이 오늘날 어떠한 방법을 써야 장래에 행복이라는 보상報償을 얻을 수 있을지 한번 생각해 보십시오. 이 문제는 제군들이 평소에 강구講求하던 바이거니와, 대개 우리들이 세상을 살아가는 데 있어 두 개의 중요한 일이 있습니다.

첫 번째는 산업産業입니다. 사람이 거북이나 뱀이 아닌 이상 공기로만 호흡하며 살 수는 없으며, 새나 짐승이 아닌 이상 날개나 털을 덮은 채 살 수는 없으니, 추위나 굶주림을 면하고자 하면 할 수 없이 음식과 의복이 필요합니다. 그렇다면 산업은 우리 사람들의 기혈氣血이나 명맥命脈이 아니겠습니까? 재산이 넉넉하면 능력이 절로 생겨나서 신체가 건강해 질 수 있고 자손이 번성해 질 수 있으며, 재산이 궁핍하면 만사가 군색하여 질병이 그로 인해 침범하고 인구가 그로 인해 감소하게 됩니다.

우리들이 고국故國에 있을 때는 전장田庄·제택第宅이 자체적으로 산림과 과수원을 겸비하였는데도, 산업이라는 한 가지만은 오히려 허술하게 할 수 없었습니다. 하물며 지금 이역異域에서 떠돌면서 송곳 꽂을 땅조차도 자신의 소유로 된 것이 없어서 한 톨의 곡식, 한 가닥의 포布도 반드시 금전을 지불한 뒤에야 얻을 수 있는 경우이겠습니까? 산업이 어찌 오늘날 우리들이 먼저 마음을 쏟아야 할 것이 아니겠습니까?

두 번째는 ‘교육教育’입니다. 『맹자孟子』에 이르기를, “인간에게는 도리가 있는데, 배불리 먹고 따뜻하게 입고서 편안히 거처하며 가르침이 없으면 금수禽獸에 가깝게 된다.” 하였습니다. 저는 그 내용을 반대로 하여 “사람이 교육이 없으면 배부름과 따뜻함, 안일함을 누릴 수 없다.”고 말할 것입니다. 어째서이겠습니까? 세계는 인류의 일대 경쟁의 장입니다. 우수한 자는 승리하고 열등한 자는 패배합니다. 교육은 지식을 계발하고 덕성을 기르며 체력을 단련하여 그 우승권을 차지하게 하는 방법입니다. 만약 교육을 받지 못하여 지식과 기능이 타인에게 미치지 못한다면 제반 권리는 모두 타인에게 점탈占奪당할 것이니, 배부름과 따뜻함, 안일함을 무엇을 통해서 누릴 수 있겠습니까? 이런 까닭에 동일한 인류라도 교육이 있는 경우는 문명족文明族이 되고 교육이 없는 경우는 야만족野蠻族이 되니, 야만족이 문명족에게 제어를 받는 것은 자연적인 법칙입니다.

만약 제 말을 믿지 못하신다면 청컨대 홍인紅人과 흑인黑人 두 종의 인류를 보십시오. 그들도 또한 다수의 민족인데 무슨 까닭으로 백인白人의 노예가 되어 쇠사슬의 아래에서 신음하고, 궁벽한 골짜기의 불모지에서 우는 것입니까? 또 생각해 보십시오. 우리들이 무슨 까닭으로 조상

때부터 전래되어 온 3천 리 옥토沃土를 다른 민족에게 양여讓與하고 이역異域에서 떠돌며 슬픈 비바람 속에서 세월을 보내고 있는 것입니까? 이는 다른 이유가 없습니다. 교육이 발달하지 못하면 지식과 기능이 타인에게 필적하지 못하여 남의 압박을 받게 되기 때문입니다.

아아. 제군들이여! 측간의 구더기가 똥을 즐기는 것은 그 더러움을 편안히 여겨서입니다. 골짜기의 새가 교목喬木으로 옮겨 가는 이유는 밝은 것을 취한 것입니다. 지난날 우리들은 문을 닫고 깊숙이 거처하면서 외인外人들을 접하지 않았기에 절로 이미 비루하고 열등하게 되었는데도, 아직도 요즘 시대가 어떤 시대인지를 알지 못하고 있습니다. 세계는 새로 개벽開闢하여 다섯 인종이 서로 경쟁을 하니, 뛰는 놈 위에 나는 놈이 있고, 이빨로 무는 놈 밖에 뿔로 받는 놈이 있습니다. 승냥이와 호랑이, 해동청과 새매가 채어 오르고 치고 물어대니, 오주五洲 어느 곳에 활인생불活人生佛이 있어서 특별히 비루하고 열등한 우리들에게 인애仁愛를 베풀겠습니까? 이 나라 중국으로 논해보자면 지난날 교육이 보급되지 않았을 적에는 오히려 비루하고 어리석은 풍기風氣가 있었습니다. 그러나 오늘날은 중화민국中華民國의 새로운 문교文敎가 발전하는 시대입니다. 불과 몇 년이 되지 않았는데도 본토인이 크게 변화하는 모습은 참으로 보는 사람으로 하여금 혀를 내두르게 만듭니다. 우리들은 이런 때를 당하여 야매野昧·무지無知한 민족이면서도 캄캄한 밤중에 어리석은 꿈을 꾸고 있으니, 그 형세로 볼 때 장차 내몰림을 당하여 편안히 거처할 수 없을 것입니다. 생각이 여기에 이른다면 우리들은 비록 한 달에 아홉 번 식사를 하는 한이 있더라도 교육을 힘쓰지 않아서는 안 될 것입니다.

세 번째는 '권리權利'입니다. 권리는 우리 인간의 생명의 뿌리입니다. 저 초목을 보더라도 뿌리가 썩고 손상되면 줄기와 잎은 절로 시들어 버리는데, 사람이 권리를 얻지 못하고서 어떻게 생명을 보전할 수 있겠습니까? 대개 권리라는 것은 자기가 적극적으로 찾으면 얻을 수 있고 자기가 내버려두면 잃게 되는 것입니다. 현재 세계의 5억 인종은 장기長技를 겨루고 능력을 다투고 있습니다. 작게는 머리통을 부딪쳐 선혈鮮血이 흐르고, 크게는 나랏돈을 고갈시키고 백성의 목숨을 잃으면서도, 후회하지 않고 각자 먼저 무대에 오르기 위해 승부를 거는 것은 모두 권리를 확장하고자 해서입니다. 그러므로 개인 품격의 고하高下는 이런 사상의 후박厚薄과 관계가 있고, 전국 세력의 강약은 이런 사상의 다과多寡에서 결정되는 것입니다. 만약 믿지 못하겠다면 청컨대 저 영국英國·미국美國·프랑스[法國]·독일[德國] 사람들을 보십시오. 저들이 어떻게 해서 기세등등하면서 우주宇宙를 삼키려고까지 할 수 있었겠습니까? 또 저 인도印度·월남越南·유태[猶]·파키스탄[波] 사람들을 보십시오. 저들은 어째서 숨이 끊어질 듯하면서 죽고 싶어도 죽지 못하는 것이겠습니까? 민족의 흥망은 한결같게 권리의 유무에 관계가 된다는 것이 이처럼 명료한 것입니다.

그러나 우리 한국의 경우는 옛날부터 권리경쟁權利競爭에 관한 의론을 드러낸 학자가 없었습니다. 2천만 생령生靈들이 권리가 어떤 것인지를 알지 못한 채 함부로 오활하고 진부한 견해를 가지고 기꺼이 고인古人의 노예가 되었습니다. 비열하고 나약한 것을 유가儒家의 본색本色이라고 자칭하고 양보하고 용인하는 것을 선비의 미덕이라고 인식하여, 무도한 침탈을 받으면서도 부끄러워할 줄 모르고 부조리한 곤욕을 겪으면서도 따질 줄을 몰랐습니다. 결국 열등한 습성이 본성이 되어 조종祖宗의 강토疆土를 남에게 바치고 살길이 막막하여 외지外地를 떠돌게 되니, 의지할 데 없고 호소할 데 없는 망국亡國의 민족에게 말할 만한 권리가 다시 무엇이 있겠습니까?

보증금[押錢]과 소작료[租糧]를 타인에 비해 몇 배나 더 지급하면서도 마치 얇은 얼음을 밟는 듯 소심하게 근신하면서 오히려 동정을 얻지 못할까를 걱정하다 보니, 속이고 업신여기는 폐단이 곳곳에서 발생하고 있습니다.

아아. 제군들이여! 외롭고 위태로움이 이와 같은데, 도대체 무슨 행복을 바랄 수 있겠습니까? 타인은 권리가 본래 있어도 보수保守하려고 하고 확장하려고 하는데, 우리는 권리가 본래 없었는데도 구할 생각을 하지 않고 또 얻을 방법도 알지 못하니, 어찌 한심하지 않겠습니까?

이상에서 논한 바는 모두 생활에 있어서의 중요한 조항들이거니와, 오늘날 우리들이 가장 먼저 유념해야 하는 것은 '권리' 두 글자에서 벗어나지 않습니다. 어째서이겠습니까? 권리가 있으면 산업·교육은 착수하는 대로 차례차례 발전할 수 있습니다. 그렇지만 우리들은 만 리 밖의 외로운 처지로서, 위로 비호해 주는 이가 없고 아래로 막아주는 이가 없으니, 무슨 방법으로 권리를 얻을 수 있겠습니까? 고어古語에 이르기를, "다리가 100개인 벌레는 죽더라도 엎어지지 않는다.96)" 하였습니다. 이로써 미루어보건대, 눈이 100이면 보는 권리가 생겨나고, 귀가 100이면 듣는 권리가 생겨나고, 손이 100이면 물건을 갖는 권리가 생겨나고, 입이 100이면 말할 권리가 생겨나는 것입니다. 우리들이 진실로 자력自力으로 권리를 만들어 내고자 한다면, 사회단체로 단합하는 것 이외에는 달리 방법이 없습니다.

벌[蜂]은 미미한 일개 곤충입니다. 그러나 열 마리, 천 마리가 모여 있으면 건장한 군졸들

---

96) 백족百足이라는 … 않는다 : 성대한 세력을 지닌 개인이나 집단은 일시에 쉽게 무너지지 않는다는 뜻으로, 백족百足은 발이 많이 달린 벌레인 노래기[馬陸] 또는 지네[蜈蚣]의 다른 이름이다.

도 두려워 피합니다. 실[絲]은 지극히 부드러운 성질을 지녔습니다. 그러나 백 겹으로 꼬아 끈을 만들면 힘센 장사라도 끊을 수 없습니다. 미물도 오히려 그러한데, 하물며 하늘이 양능良能을 부여한 인류가 단합하는데 누가 감히 무시할 수 있겠습니까? 현재 세계는 어느 나라를 막론하고 우세한 권리를 점유한 민족은 모두 사회학[群學]에서 힘을 얻은 자들입니다. 그러므로 영국인英國人은 일찍이 말하기를, "우리 영국인 100인과 타국인 100인을 동시에 한 곳에 이주시켰을 때, 불과 10년이 되기 전에 우리 영국인은 확실하게 하나의 독립된 국가를 이룰 것이고, 타국인은 마치 소반 위의[97] 흩어진 모래와 같아서 우리의 속박을 받게 될 것이다." 하였습니다. 생존경쟁[物競]·자연도태[天擇]의 시국에 사회단체로 단합하는 것은 그 효과가 이와 같습니다. 제군들은 아는 것입니까? 모르는 것입니까?

　제군들은 항상 이르기를, "사람마다 마음이 제각각이라 사실상 단합하기 어렵다." 합니다. 나 역시 이 일이 용이한 일이라고 생각하지 않습니다. 그러나 단체가 이루어지지 않으면 산업이나 교육, 권리를 얻을 수 있는 날이 없게 되어, 사람들은 모두 멸망으로 빠져들게 될 것입니다. 만약 이와 같은 것을 확실히 안다면 태산泰山을 끼고 북해北海를 뛰어넘는 것도 사양하지 않을 것이거늘, 하물며 동포가 단합하는 데 무슨 어려운 일이 있단 말입니까? 나폴레옹[拿破崙]의 말에 이르기를, "어렵다는 단어는 어리석은 자의 자전字典에만 들어있다." 하였고, 또 이르기를, "불가능이라는 말은 프랑스[佛蘭西] 사람이 사용할 말이 아니다." 하였습니다. 제군은 각자 굳세게 힘을 내어서 비록 어려운 일이더라도 기필코 해 내고, 불가능이라는 말은 절대 사용하지 말아야 할 것입니다.

　그렇지만 거주하는 지역이 멀면 소식이 통하기 어렵고, 만나서 대면하는 일이 뜸하면 정의情誼가 지속되기 어려우니, 저 현대 문명족의 주거지를 보지 못하였습니까? 시정市井이 서로 연결되어 있고 전선電線이 서로 이어져 있어 천리 밖에 앉아 있어도 무릎을 맞대고 있는 것과 다를 것이 없다 보니, 형세로 볼 때 자연스레 단합하기 쉽습니다. 우리들은 회오리바람에 날리는 나뭇잎처럼 방방곡곡에 흩어져 통서統緖가 없습니다. 그리하여 안면이 생소하고 소식이 단절되니, 단합하고자 한들 무엇을 통하여 이룰 수 있겠습니까?

　삼가 바라건대 제군께서는 당장 조금 편안하다고 하여 뜻을 이루었다고 여기지 마시고, 생리生利가 조금이라도 편할만한 널찍한 구역을 하나 점한 뒤, 각자 마음에 맞는 사람들을 끌어

---

97) 소반위의 : 원문에는 '일반一般'으로 되어 있으나, 유고의 다른 곳에는 '반盤'으로 표기한 곳이 많으므로, 소반으로 번역하였다.

들여서 군거群居하는 촌락을 만들어야 할 것입니다. 그리고 우리들에게 적합한 정도의 규약을 의정議定하여 공동으로 준수해 나간다면, 자연히 마음이 서로 통하고 뜻이 서로 맞아서 마침내 완전한 법적 단체를 이룰 수 있을 것입니다. 단체가 한번 이루어지면 능력이 절로 생겨나고, 산업·교육이 장애가 없이 발전하여 장래의 행복이 차례로 손에 들어오게 될 것입니다.

아아. 제군들이여! 증험이 없는 말[不驗之言]이라고 하여 뱉어서 버리지 마십시오. 천하만사天下萬事는 모두 일정한 계획이 있어야 하는 법이니, 일정한 계획이 서지 않으면 패운敗運이 바로 닥치게 되는 것이 고금의 통례입니다.

제군은 이 땅으로 건너온 지 이미 여러 해가 지났으니, 소비한 것이 적지 않고 경험 또한 많을 것입니다. 이는 참으로 생활을 연구할 수 있는 기회입니다. 만약 이 기회를 놓치고 나면 아마도 제군들이 아무리 떨치고 일어나려고 해도 지력智力이 없어져 끊어지게 될 듯하니, 뒤늦게 후회한들 무슨 소용이겠습니까? 천만 깊이 헤아리시기를 삼가 바랍니다.

□ 서序

▫ 가족단서　家族團序

단체는 한 남편, 한 아내에게서 시작되어 가족이 되고, 여러 가족이 모여서 사회가 되고, 여러 사회가 모여서 국가가 된다. 그렇다면 가족이 국가와 사회의 기본이 된다는 것은 말할 필요도 없을 것이다. 옛날에 성왕聖王이 법을 만드실 때는 '근본을 힘쓰는[務本]' 것을 요점으로 삼으셨다. 그래서 제일 먼저 가족에 뜻을 쏟으셨으니, 종묘宗廟의 예禮는 배항輩行을 중하게 여기는 것이고, 오복五服의 차례는 친소親疏를 구별하는 것이다. 조상의 유훈을 받들어 도타움과 화목함의 우의友誼를 강구하고 종법宗法을 세워 권선징악勸善懲惡의 정사政事를 행하니, 일이 있으면 합심하여 해결하고 어려움을 만나면 협력하여 막아내었다. 대개 그 제도가 면밀하고 정연하여 마치 국가·사회의 한 축소판과 같다. 후세로 내려오면서부터 군치群治가 점차 해이해져 육신을 지닌 자는 단지 자신만 알고 다시 가족이 있는지를 알지 못한다. 그리하여 마침내 은애恩愛가 단절되고 질서가 문란하게 만드니, 비유하자면 큰 나무와 같아서, 그 뿌리가 썩거나 손상되었는데 가지와 잎이 어떻게 시들어 떨어지지 않을 수 있겠는가?

나는 일찍이 이에 대해 개탄하였다. 그리하여 문내門內의 동지들과 더불어 가족단家族團 하나를 조직하였는데, 미처 완료하지 못한 채 가족을 이끌고 서쪽으로 건너왔다. 국가와 사회를 위해 헌신하면서 6·7년이 지나게 되자 점차 고향에 대한 꿈이 뜸해지면서, 아마도 주도하는 사람이 없어 흐지부지 된 지 오래 되었을 것으로 생각하였다. 그런데 마침내 정회庭會·종호鍾浩 제군諸君이 한 마음으로 일을 맡아 발전할 수 있는 희망이 있게 되자, 만 리 밖까지 편지를 보내 그 취지를 설명해 달라고 청하였다. 내가 생각컨대 국가·사회가 가족에 기반을 둔다는 것은 제공諸公들이 이미 알고 있을 것이거니와, 내가 말하고자 하는 것은 바로 가족은 개인의 신심身心에 기반을 둔다는 것이다. 『예기禮記』에 이른바 "그 집을 가지런히 하고자 하는 자는 먼저 그 몸을 닦고, 그 몸을 닦고자 하는 자는 먼저 그 마음을 바르게 해야 한다."는 것이 그것이다. 제공은 어찌 서로 힘쓰지 않을 수 있겠는가?

▫ 건초의 61세 생일의 서   健初弟六十一初度晬序

왕년에 내가 연경燕京을 유람할 적에 만수산萬壽山에서 축장생祝長生이라는 도인道人을 만나 성력星曆을 강론하였는데, 그의 말에 이르기를, "천지의 기운은 조화로운[和] 경우가 있고 어긋나는[乖] 경우가 있으니, 사람이 태어날 적에 그 조화로운 경우를 만나면 편안하게 장수하게 되고, 그 어긋나는 경우를 만나면 곤궁하고 비색否塞하게 된다. 만약 길흉을 미리 알고자 하면 거주하는 지역에서 성명星命을 참조하면 분명해진다." 하였다. 내가 듣고서 기이하게 여겨 마음속으로 잊지 않았는데, 이제 건초健初의 회갑回甲에 한번 이야기 해 주고자 한다.

우리 집은 하락河洛의 상류에 있다. 낙수洛水의 머리는 간방艮方이고 꼬리는 곤방坤方이니, 선천先天의 진震과 손巽에 해당된다. 하河는 손巽에서 나오니 선천은 태兌가 된다. 영남산嶺南山(映南山)은 웅장하게 건방乾方에 이르니, 선천과 후천後天은 간艮과 리離에 해당된다. 갈라산葛蘿山의 봉우리들은 이방離方에 늘어섰다. 갑자甲子로 배정하자면, 을乙·무戊·경庚·축丑·진辰·오午가 그 동위同位이다.

지난 일에서 징험해 보면 5대 조고祖考이신 죽오부군竹塢府君께서 을축년에 나시어 수가 70세를 넘기셨고, 증왕고曾王考 범계부군帆溪府君은 무오년에 나시어 수가 90세에 달하셨고, 왕고王考 망호부군忘湖府君은 경진년에 나시어 또한 수가 70세를 넘기셨다. 축씨祝氏의 역술易術이 어찌 기이하게 들어맞는 것이 아니겠는가?

내 형제 3인 중에서, 나는 무오생(1858)으로 자질이 허박虛薄하고, 자네는 을축생(1865)으로 가장 완후完厚하며, 덕초德初는 무진생(1868)으로 자못 견강堅剛하다. 또 나와 자네는 생월生月이 같고 나와 덕초는 월일月日이 모두 같으니, 이 어찌 우연이겠는가? 이제 허박한 자가 나이 68세가 되었어도 무양無恙하니, 61세로서 완후한 자와 58세로서 견강한 자는 상수上壽를 누릴 수 있으리라는 것을 단언할 수 있겠다.

그렇지만 천수가 정해진 바가 있더라도 간혹 늘기도 하고 줄기도 하는 것이니, 이는 또한 기르는 것[養]을 어떻게 하느냐에 달려 있을 따름이다. 대개 한 사람의 몸에도 진眞·가假와 주主·종從이 있을 수 있으니, 성性은 진眞이고 주主이며, 형形은 가假이고 종從이다. 중인衆人들은 형을 길러 의식을 풍성하게 하고 집을 사치스럽게 하다 보니, 마침내 큰 병을 자초한다. 그렇게 하지 못하는 자는 눈썹을 찌푸리고 눈을 멍하게 뜬 채 일생을 근심 속에서 보내면서 장생莊生(莊子)이 이른바 "정신이 어두우면서도 오래도록 근심한다."는 것처럼 하니, 차라리 장수하지 못하는 것이 낫다. 오직 도道를 아는 자라야 그 성性을 기르고 아울러 그 기氣를 길러, 허정 虛靜하고 염담恬淡하여 더러움이 그 외면을 침범하지 못하고, 영욕榮辱이 그 내면을 움직일 수 없어서, 정신이 날로 왕성해지고 신체가 날로 건강해지게 된다. 전하는 말에 이른바 "마음이 화평하고 기가 화평하고 형체가 화평하면, 천지의 화평이 응하게 될 것이다.98)"한 것, 그것이 바로 우리 집안에서 대대로 징험된 장수의 비결이다. 만약 여기에 의거해 수련할 수 있다면, 혹여 성명星命이 합치되지 않더라도 흉함이 길함으로 변할 수 있고 짧은 명을 연장할 수도 있을 것이다. 그렇다면 저 축씨의 역술은 작은 술수에 불과하니, 또 어찌 입에 담을 만한 것 이 되겠는가?

　내가 듣기로 자네는 야교耶敎(예수교)를 독실이 믿는다고 하니, 필시 영혼을 중시하는 설에 대해 심득心得한 바가 있을 것이다. 동서양이 비록 다르지만 이치는 한 가지이다. 원컨대, 자 네는 잘 수양하여 영원히 무강無疆하도록 하게. 다행히 하늘이 좋은 기회를 내려주어 압록강 鴨綠江의 물길이 열리게 되면 자네는 짝을 부르는 기러기가 되고 나는 고향으로 돌아가는 학 이 되어, 나란히 날개깃[三秋]을 하고 하락河洛 사이에서 날아다니면서 여생을 즐길 수 있게 될 것이다. 무릇 지금의 사람치고 누군들 장수하기를 바라지 않겠는가? 다만 만 리 밖에서 구름을 바라보는 심정으로는 나처럼 절실한 이가 없을 것이다. 이를 써서 부치노라.

□ **철이세록 서.** 경오년(1930)　**鐵李世錄序**

『예기禮記』에 이르기를, "선조先祖께 아름다운 업적이 있는데도 알지 못하면 밝지[明] 못한 것이고, 알면서도 전하지 못한다면 어질지[仁] 못한 것이다." 하였으니, 사람이라면 누군들 밝 고 어질게 되고자 하지 않겠는가? 그러나 세대가 멀고 문적文籍이 산일되어, 비록 알아서 전 하고자 하더라도 기송杞宋이 증거를 대 주지 못하는 데야99) 어쩌겠는가? 우리 이씨가 농서隴

---

98) 마음이 … 것이다 : 전한前漢 무제武帝 때의 학자이자 재상이었던 공손홍公孫弘이 올린 대책對策에 　　　나오는 말이다.

99) 기송杞宋이 … 못하는 데야 : 근거로 삼을 만한 문헌이 제대로 전해지지 못하는 것을 말한다. 　　　『논어論語』「팔일八佾」편篇에 "하夏 나라의 예禮를 내가 말할 수 있으나 그 후손의 나라인 기杞 　　　나라에서 충분히 증거를 대주지 못하며, 은殷 나라의 예禮를 내가 말할 수 있으나 그 후손의 나 　　　라인 송宋 나라에서 충분히 증거를 대주지 못하는 것은 문헌文獻이 부족하기 때문이다. 문헌이 　　　충분하다면 내가 내 말의 근거를 댈 수 있을 것이다." 하였다.

西에서 온 것은 과연 순흥안씨順興安氏의 『추원록追遠錄』에 전하는 바와 같으니, 중국에 있어서는 마땅히 고요皐陶께서 초조初祖가 된다. 그 벼슬을 세습하면서 '이理' 자를 성姓으로 사용하였는데, 주周 나라에 이르러 견융犬戎의 난리를 피해가던 중 오얏나무[李] 열매를 먹고 소생하게 되었으므로 '이理' 자를 '이李' 자로 바꾸었다. 이는 당사唐史를 고찰해 보면 확실하게 믿을 만한 증거가 있다. 그러나 보록譜錄에는 실려 있지 않고, 단지 『곡량전穀梁傳』의 전의傳疑100)에 갖추어져 있을 따름이다.

본국本國에 있어서는 철령군鐵嶺君을 시조始祖로 삼고 고려高麗 중엽에 크게 드러났으니, 대개 또한 천년의 고족古族인 셈이다. 그 사이에 철성鐵城에서부터 장단長湍·광주廣州·안동安東으로 옮겨 산 곳이 몇 군데인지 모를 정도이며, 몽고蒙古·일본日本·만청滿淸의 병화兵禍를 몇 번이나 만났는지 모를 정도이다. 선세先世의 생졸生卒, 묘소墓所 또한 대부분 자세하지 않다. 더구나 그 덕업德業과 문장文章은 단지 간책簡策에 의거해 전해질 뿐이니, 도대체 어떻게 그 보존을 장담할 수 있겠는가?

종자從子 형국衡國은 근실하여 지성至性이 있기에, 지난번 내가 나라를 떠나서 서쪽으로 오면서 누대 선영先塋의 향화香火와 가장家藏 서적書籍을 그에게 부탁했었다. 형국은 빈궁貧窮이 심하여 거의 조석朝夕을 잇지 못할 지경이었는데도, 매번 상로霜露가 내리는 계절이면 성묘省墓를 정성껏 하였다. 한가할 때마다 마음 내키는 대로 책을 섭렵하다가 선적先蹟에 관계된 부분이 나오면, 비록 편언척자片言隻字라도 문득 초록하여 갈무리 해 두었다. 이렇게 하기를 여러 해가 되자, 수집한 것이 풍부해지게 되었다. 그리하여 마침내 편차編次하여 책을 이루고, 이름을 짓기를, 『철이세록鐵李世錄』이라고 하였다.

나는 만 리 밖에 있어서 그 진면을 보지 못하였거니와, 다만 그 유례類例는 앞부분에 발원지發源地·연혁沿革·산천山川·성족姓族을 게재하여 책을 펴는 가장 큰 의리로 삼고, 위로 철령군鐵嶺君을 1세世를 삼고 우리 선고 추암부군秋巖府君에 이르기까지 29세를 담았다. 세世마다 각각 한 편이 되게 하고, 시문詩文이나 유집遺集이 있는 경우는 아울러 부록附錄하여 실었다. 편말篇末에 그 배위配位의 생졸生卒, 묘소墓所 및 묘지墓誌·묘표墓表·행록行錄을 수록하였다. 곁으로 족선族先 중에 문행文行이 있는 자도 언급하였으나, 단지 장갈문자狀碣文字만을 기록하였다. 규모

---

100) 전의傳疑 : 역사를 기록할 때 의심나는 것은 의심나는 대로 기록하여 전하고 함부로 고치지 않는다는 것으로, 『춘추곡량전春秋穀梁傳』에 "춘추의 의리는 믿을만한 것은 믿을만한 대로 전하고 의심스러운 것은 의심스러운대로 전하는 것이다[信以傳信疑以傳疑]." 하였다.

가 광대하고 고거考據가 자세하니, 참으로 씨족氏族에 관한 한 부의 완전한 역사였다.

　책으로 묶은 뒤에 편지를 보내 내게 서문을 청하였다. 그러나 나는 분묘墳墓를 버리고 고향을 떠나와 다른 나라에서 떠돌면서 오직 조상께 누가될까 걱정하는 처지이니, 어찌 감히 덕미德微를 천양闡揚하고 세헌世獻을 전하는 일에 참여할 수 있겠는가? 다만 생각컨대 제6세이신 선조 절사공節士公은 원元 나라 오랑캐가 위세威勢로 압제하는 것을 부끄럽게 여겨 문산文山에 은거하면서 고상하여 왕후王侯를 섬기지 않는다는 고괘蠱卦의 뜻101)을 이루었다. 이에 원종元宗이 절사節士라는 칭호를 추가로 하사하였다. 민국民國이 처한 운수가 대략 옛날과 다르지 않은지라, 당일의 청풍淸風과 고절高節을 추모하자니 더욱 준곡물추峻谷勿墜102)의 감회가 절실하였다. 또 지금 신新·구舊가 서로 바뀌면서 취해야 할 것과 버려야 할 것을 혼동하니, 선비 된 자가 단지 만물이 하늘에 근본을 둔다는 것만 알고 인류가 조상에게 근본을 둔다는 것은 버려두고 강구하지 않고 있다.

　그런데 형국衡國이 마침내 조상을 높이고 종통宗統을 중히 여기는 의리를 가지고 수집하는 일에 심력心力을 다하였다. 권질卷帙이 많게는 29편에 이르니, 그 정성스럽고 독실함에 대해 한 마디 말이 없어서야 되겠는가? 나는 진실로 확신하건대, 이 책이 나옴으로써 수십 세대 동안 묻혀있던 사적事蹟이 덕분에 전해질 수 있게 되어, 후손 된 자들이 거의 '밝지 못하고 어질지 못하다.'는 꾸지람을 면할 수 있게 될 것이다.

　그렇지만 이로써 우리의 책무를 다하였다고 여기고 유감이 없어서는 안 될 것이다. 천하에 흩어져 있는 문적은 무궁무진하지만 우리들의 이목耳目은 한계가 있으니, 한 집안에 보관된 것과 한 사람의 손으로 초록한 것이 어찌 충분한 재료를 대 줄 수 있겠는가? 만약 여러 족인族人들 중에 문식文識이 있는 자들로 하여금 각각 집록輯錄하게 하여 모두 모아서 선택하여, 넓은 것을 더욱 넓게 하고 정밀한 것을 더욱 정밀하게 한다면, 거의 완전히 선미善美한 본이 되어 전하여도 후회하지 않을 수 있게 될 것이다. 후손이 이를 읽을 때는 책이라고 생각하면서

---

101) 고상하여 … 뜻 : 『주역周易』「고괘蠱卦」상구上九에, "왕후를 섬기지 않고 그 일을 고상하게 한다[不事王侯 高尙其事]."한 것을 가리키는데, 현인賢人이나 군자君子가 험한 세상을 만나 스스로 고결함을 지키면서 세상의 일에 얽매이지 않는다는 뜻이다.

102) 준곡물추峻谷勿墜 : 깊은 골짜기에서는 칡넝쿨에 의존해야 추락하는 것을 면할 수 있는 것처럼, 험한 속세에 처할 때는 도의道義에 근거하여야 흔들림이 없이 자립할 수 있다는 뜻이다. 후한後漢의 반고班固가 지은 「빈통부幽通賦」에 "칡넝쿨을 끌어다 내게 주고서, 깊은 골짜기를 돌아보며 떨어지지 말라고 하네[攬葛藟而授余兮　眷峻谷曰勿墜]."라는 구절에서 나왔다.

읽지 말고 조상이라고 생각하면서 읽어야 할 것이다. 그리하여 경애敬愛하고 복행服行하여 항상 직접 곁에서 모시고 있는 것처럼 한다면, 효제孝悌의 마음이 뭉클하게 절로 생겨나 각자 그 훌륭함을 본받아 누가 되지 않겠다는 생각을 하게 될 것이다. 이와 같은 뒤라야 그 지식이 진정한 지식이 되고 그 전승傳承이 진정한 전승이 되어, 밝고 어진 것에 거의 가깝게 될 것이다. 이는 또 효제를 인仁의 근본으로 삼는다는 뜻이다. 이미 형국에게 말한 것을 가지고 다시 여러 족인族人들에게도 권면해 보는 바이다.

▫ 덕초의 61세 수연壽宴의 서. 무진년(1928) 德初六十一晬宴序

무진년은 경사스런 해이다. 지금으로부터 4,260년 전 무진년(기원전 2333)에는 우리 성조聖祖 단황檀皇(檀君)께서 유선有鮮(朝鮮)을 창립하시어, 지금도 국민들이 기념하고 있다. 이에 무진년은 나라의 경사스런 해가 되는 것이다. 그 뒤 70주년 되는 무진년(1868)에는 우리 아우 척서尺西 군이 집에서 태어났는데, 어려서부터 특이한 자질이 있어 문행文行이 일찍 성취하니, 부형父兄과 향당鄕黨에서 애지중지하였다. 이에 무진년은 집안의 경사스런 해가 되는 것이다.

그후 61년이 지난 무진년 생일날에 자질배子姪輩들이 작은 술자리를 베풀어 경축하였다. 대개 경사慶事에는 대소大小가 있고 집안과 국가는 경중輕重의 차이가 있으니, 같은 해로 놓고 말하는 것은 거의 무리한 비교라고 할 수 있으리라. 그러나 이에 대해서는 할 말이 있다. 우리 나라는 광무光武 경술년(1910)으로부터 성조聖祖의 유물을 강린强隣에게 병탄倂呑당하여 압록강鴨綠江 동쪽은 왕적王迹이 사라졌다.[103] 그러자 척서 군은 신해년(1911) 정월에 강을 건너면서 원수들과는 한 하늘을 지고 살지 않겠다고 맹세하였다. 그에 앞서 만주滿洲에는 한인韓人의 자취가 없었으니, 온 가족이 동반 이주移住한 것은 우리 형제가 실로 처음일 것이다. 소문이 미치는 곳마다 따르는 자가 시장에 가득이 하니, 군은 그들을 위하여 객잔客棧을 만들어 맞이하고, 전답田畓을 구하여 편안히 정착하게 만들었다. 실업實業으로 인도하고 교육으로 권장하는 등, 동서로 바쁘게 내달리면서 애국정신을 고취시켰다. 이와 같이 하기를 8·9년 만에 독립만세 소리가 일어나게 되었다. 이에 나는 문산蚊山의 책임[104]을 지게 되었고, 군은 유악帷幄의 임

---

103) 왕적王迹이 사라졌다 : 성왕의 자취가 사라져 나라가 망한 것을 뜻하는 것으로, 여기서는 경술년에 일본에 주권이 넘어간 사실을 가리킨다. 『맹자孟子』「이루離婁」하下에 "왕자의 자취가 사라지자 시가 없어졌다[王者之跡熄而詩亡]." 하였다.
104) 문산蚊山의 책임 : 역량에 비추어 감당하기 어려운 무거운 책임을 가리킨다. 『장자莊子』응제왕

무105)를 맡게 되었다.

만약 사회단체가 공고하고 실력이 충만하여 마치 포정庖丁이 뼈 사이를 잘 비껴가며 칼날을 여유 있게 놀리는 것처럼 할 수 있다면, 오吳 나라를 늪[沼]으로 만들고106) 월越 나라를 패국霸國으로 만드는 공훈을 빠른 시일 안에 이룰 수 있었을 것이다. 그러나 현실은 소반위의 모래알처럼 어지럽고 자금이 나올 곳은 고갈되니, 종려種蠡107)가 그 책략을 시험해보지 못하고 양평良平108)이 그 계책을 부릴 수 없게 되었다. 게다가 귀역鬼蜮이 출몰하고 시랑豺狼이 종횡무진하니109), 조금이라도 지려志慮가 있는 자들은 모두 두려워 주저하는데, 하물며 선견지명先見之明이 남보다 뛰어난 자이겠는가? 그리하여 마침내 이르기를, "앞 수레가 쉬면 뒤 수레가 계속하고, 그 아비가 파종하면 그 자식이 수확하는 것은 자연의 법칙이다. 대사大事는 원래 시기가 있으니, 굳이 우리 손으로 마무리할 필요가 있으랴."하고는, 드디어 미완未完의 국면을 연소한 이들에게 부탁하고, 강호로 물러나 앉아 날마다 경작하고 낚시하는 것으로 낙을 삼았다.

應帝王에 "그렇게 천하를 다스리는 것은 마치 바다를 건너뛰고 강들을 소통시키며, 모기로 하여금 산을 짊어지게 하는 것과 같다[猶涉海鑿河而使蚊負山也]."고 한 데서 온 말이다.

105) 유악帷幄의 임무 : 유악은 계책을 짜고 부대를 지휘하는 장수의 군막을 가리키는 것으로, 여기서는 무관武官의 직임을 가리킨다.

106) 오吳 나라를 … 만들고 : 오吳 나라를 멸망시킨다는 뜻이다. 오나라가 월나라와의 전쟁에서 이겼을 때, 오나라의 신하 오자서伍子胥가 이번 기회에 월나라를 없애 버리자고 간언하였으나 왕이 듣지 않자, 오자서는 다른 사람에게 말하기를, "월나라가 10년 동안 백성을 모으고 10년을 교육시키면 20년 내에 오나라는 아마도 늪[沼]이 될 것이다." 하였다. 『춘추좌씨전春秋左氏傳』 애공哀公 원년元年.

107) 종려種蠡 : 춘추시대 때 월越 나라 왕 구천句踐의 신하인 문종文種과 범려范蠡를 가리킨다. 구천이 오나라와의 전쟁에서 패하여 와신상담臥薪嘗膽할 때, 문종은 정사를, 범려는 군정을 맡아 부국강병을 이루었고, 결국 오나라를 공격하여 전날 회계會稽에서 당했던 치욕을 씻게 하였다(『사기史記』 권41 월왕구천세가越王句踐世家).

108) 양평良平 : 한漢 나라 고조高祖 때의 모신謀臣으로 기지가 뛰어났던 장량張良과 진평陳平을 가리킨다. 장량은 고조가 천하를 통일하고 나서 말하기를, "장악 안에서 산가지를 놀려 천 리 밖의 승리를 결단하는 것은 내가 장량만 못하다[運籌策帳幄之中 決勝千里之外 吾不如子房]."라고 할 정도였다(『사기史記』 권55 유후세가留侯世家). 진평은 항우項羽의 책사策士인 범증范增을 제거하여 한나라를 세우는 데 큰 공을 세웠고, 혜제惠帝 때는 여씨呂氏의 난을 미연에 진압하여 한 나라 왕실을 안정시킨 공이 있다(『사기史記』 권56 진승상세가陳丞相世家).

109) 귀역鬼蜮이 … 하니 : 귀역은 귀신과 물여우, 시랑은 승냥이나 늑대로, 모두 뒤에서 남을 해치는 음흉한 소인배를 가리킨다. 물여우는 귀신과 같이 그 정체를 볼 수가 없는데, 모래를 물고 있다가 물에 비치는 사람의 그림자에 뿌리면 그 사람이 병에 걸린다고 한다.

그를 아는 자는 처신이 마땅하였다고 여겼고, 알지 못하는 자는 일을 도모하였다가 실패하였다고 여겼다. 그렇지만 막幕은 이미 올랐고, 춤은 이미 시작되었으니, 조만간에 반드시 종결하는 날이 있을 것이다. 집을 지을 때로 비유하자면, 터를 다지고 주춧돌을 놓는 자는 노련한 장인[老工]이 아니겠는가? 사냥 때로 비유하자면, 사냥개를 풀어서 지시하는 자는 숙련된 산지기[良虞]가 아니겠는가? 군이 나라에 관계되는 것이 이와 같다.

우리 집안은 증왕고부군曾王考府君·왕고부군王考府君으로부터 모두 장수하였는데, 선고부군先考府君에 이르러 춘추春秋 겨우 37세에 그쳤으니, 이는 우리 자식들의 평생 한이 되었다. 부군은 의리를 보면 반드시 백절불굴百折不屈의 용기를 지니셨으나, 우리 형제들은 능히 이어 받은 자가 없다. 오직 군만이 유독 그 강명剛明하고 확고한 기개를 전수받아 만 리 밖으로 이주하여 국사國事에 투신함으로써, 부군의 정신과 기백이 세상에서 사라지지 않게 하였다. 군은 곧 선고께서 미처 다하지 못한 수까지 이은 자이다. 군이 집안에 관계되는 바가 또 이와 같다. 그러니 이제 경축하는 말에 나라와 집안을 함부로 결부시킨다고 하여 어찌 무리한 것이 되겠는가?

우리 형제 3인 중에 중군仲君과 나는 생월生月이 같고 나와 군은 월일月日이 모두 같은지라, 매번 생일을 맞을 때면 군은 반드시 내게로 와서 식탁을 함께 하였었다. 그러나 지금은 군의 회갑일 아침에는 각각 수천 여 리를 떨어져 있어 석상席上에 몸을 내밀어 함께 술에 취할 길이 없으니, 이것이 크게 유감이다. 그나마 위로가 되는 바는 장래에 또 무진년이 있다는 것이리라. 군에게 이런 말을 들려주면 혹시 밥알을 튀기며 웃을지도 모르겠으나, 사람의 수명은 정해진 한계가 없어서 기르면 능히 오래갈 수 있는 것이다. 우리 단조檀祖께서는 성신聖神이시라 특별히 1천 40세를 누리신 것이니, 중인들은 감히 필적할 수 없다. 그러나 우리 문중에서는 근래에 102세 된 부인婦人이 있었으니, 어찌 척서군의 수명에 대해서만은 유독 한 갑자甲子를 더 늘리지 못할 것이라고 말할 수 있겠는가? 다만 나는 타고난 바탕이 허박한 자라 여망이 없다. 오직 조기에 단취團聚를 도모하여 함께 장침대피長枕大被[110]의 즐거움을 만든다면, 60년 화갑자花甲子가 경사스럽지 않은 해가 없을 것이고, 경사스럽지 않은 날이 없을 것이다. 내 이미 향후에 올 무진년을 가지고 군에게 축수祝壽하였으니, 다시 남은 해, 남은 날을 가지고 스스로 축수해 보는 바이다.

---

110) 장침대피長枕大被 : 긴 베개를 함께 베고, 큰 이불을 함께 덮는다는 뜻으로 형제간에 우애가 있음을 비유하는 말이다. 『자치통감資治通鑑』 현종玄宗 개원開元 2년 조에, "상이 평소에 우애가 있었으니, 근세의 제왕들이 미칠 수 없었다. 처음 즉위하였을 적에 긴 베개와 큰 이불을 만들어 형제들과 함께 동침同寢하였다." 하였다.

□ 기記

▫ 차군정기   此君亭記

　지난 해 겨울에 내가 호滬(상해)에서 만주滿洲로 돌아올 적에 연경燕京에 체류한 적이 있었는데, 대학생 양재섭梁在涉 군이 있어서 때로 서로 왕래하였다. 그 사람은 젊은 나이에 풍도風度가 있었는데, 미간眉間을 살펴보고 이미 특별한 인물감이라는 것을 알 수 있었다. 산으로 돌아오게 되었을 때, 섭군이 편지를 보내 이르기를, "저희 동네 죽곡竹谷은 선왕부先王父께서 택하신 곳입니다. 왕부께서는 대나무를 사랑하시어 죽포竹圃라고 자호自號하셨는데, 가군家君께서 기미년 봄에 작은 정자를 엮으면서 차군此君이라고 편액을 달았으니, 그 유지遺志를 완성한 것입니다. 제가 지우知遇를 받은 것이 두터우니, 원컨대 한 말씀을 주시어 기記로 삼게 하소서." 하였다. 내 압록강鴨綠江을 건너온 뒤로 필연筆硯을 사절한 지가 오래 되었지만, 오직 군의 부탁은 저버릴 수가 없었다.

　대개 들기로 대나무는 식물 중에서 현인賢人과 비슷하여 육덕六德이 갖추어져 있다고 한다. 곧으면서도 비었고, 맑으면서도 소탈하며, 사철 변하지 않는 절개가 있고, 백척百尺에서 한 걸음 더 나아가는 용기가 있다. 그러므로 군자들이 많이들 사랑하였다. 왕자유王子猷가 군君이라고 부른 뒤로부터[111] 속세를 벗어나 기이함을 좋아하는 선비들이 다투어 서로 사모하고 본받았다. 혹은 편지를 보내 평안平安한 지를 묻기도 하고[112] 혹은 음식을 먹으면서 음식 맛을 잊기도 하는[113] 등, 각자 그 마음에 드는 면을 취하여 뜻을 가탁하였다.

---

111) 왕자유王子猷가 … 뒤로부터 : 자유는 진晉 나라 때의 명필인 왕휘지王徽之의 자字로서, 휘지가 일찍이 빈집을 빌려 살면서 뜰에다 대나무를 가득 심게 하고, 대나무를 가리키며, "어찌 하루라도 이 사람[此君]이 없을 수가 있겠는가?" 했던 고사가 있다. 이후로 차군此君은 대나무를 가리키는 말로 쓰이게 되었다(『진서晉書』 권80 왕휘지열전王徽之列傳).

112) 편지를 보내 … 묻기도 하고 : 당唐 나라 때 북도北都의 동자사童子寺에 그리 크지 않은 대나무 한 그루가 있는데, 이위공李衛公이 그 대나무를 사랑하여 절의 스님에게 매일 대나무가 평안한 지를 보고하게 하였다는 고사를 가리킨다(『유양잡조酉陽雜俎 속집續集』 권10).

113) 음식을 … 잊기도 하는 : 공자孔子가 위衛의 기원淇園에 있을 때 대밭에서 부는 바람 소리를 듣고는 기뻐서 고기 맛을 잊었다고 한다(『사문유취事文類聚 후집後集』 권24 차군헌부此君軒賦).

지금 죽포공께서 대나무를 사랑하신 경우는, 내가 감히 그 분이 대나무에서 어떤 점을 취하셨는지는 모르겠으나, 삼가 시세時世를 가지고 살펴볼 수는 있다. 공이 죽곡竹谷으로 들어간 것이 국가가 태평한 때에 있었으니, 임하林下에 은거하는 신분으로 의당 차군此君의 소탈한 운치를 대하면서 노래하고 소요하며 스스로 죽계竹溪의 육일六逸[114]에 가탁하였을 것이다. 희문希文[115] 보甫가 정자를 지은 경우는, 중외中外에 일 많은 때를 만나 나라의 백성이 된 몸으로 의당 차군此君의 외로운 절개를 생각하며, 백절불굴의 의지로 고죽자孤竹子의 청풍淸風을 따르고자 생각해서였을 것이다.

섭군涉君은 수탁繡蘀·용손龍孫[116]으로서, 나라의 서울에서 북학北學하였으니, 의당 차군의 용맹정신을 생각하여 일신日新하고 또 일신하여 녹죽시綠竹詩[117]의 정진하라는 내용을 본받고자 생각할 것이다. 훗날 학문이 성취되어 세상에서 쓰이게 되면, 안으로 겸허한 도량을 넓히고 밖으로 곧은 명성을 얻어서 공덕이 관현管絃에 오르고 이름이 간책簡策에 드러나게 될 것이다. 그렇게 되면 차군은 공가세덕公家世德의 상징이 되고, 이 정자는 영원히 사라지지 않을 수 있을 것이니, 저 자유子猷가 한 때 술잔 띄우고 읊조리던 흥취[118] 정도야, 또 어찌 입에 담을 만한 것이 되겠는가? 이미 이런 뜻으로 섭군을 격려하고, 이어서 다시 써 주어 정자의 벽에 쓰게 하는 바이다.

---

114) 죽계竹溪의 육일六逸 : 죽계는 중국 산동성山東省 태안현泰安縣의 조래산徂徠山 아래에 있는 계곡이다. 당唐 나라 천보天寶 연간에 이백李白이 공소보孔巢父·한준韓準·배정裴政·장숙명張叔明·도면陶沔과 함께 죽계에서 매일같이 시를 짓고 술을 마시며 즐기니, 세상에서 '죽계육일竹溪六逸'이라고 칭하였다고 한다(『신당서新唐書』 권202 이백전李白傳).

115) 희문希文 : 양재섭의 선고先考의 자字인 듯하다.

116) 수탁繡蘀·용손龍孫 : 모두 죽순竹筍의 별칭이다. 죽순은 껍질이 알록달록하기 때문에 탁룡蘀龍 또는 용손龍孫 등으로 일컬어진다.

117) 녹죽시綠竹詩 : 『시경詩經』 「위풍衛風」의 기욱편淇奧篇을 가리킨다. 그 내용에 "칼로 벤 듯하고 줄로 간 듯하며, 정으로 쫀 듯하고 돌로 간 듯하다[如切如磋 如琢如磨]." 하였는데, 학문할 때 정진하고 또 정진하는 자세를 가리킬 때 많이 인용된다.

118) 자유子猷가 … 흥취 : 진晉 나라 목제穆帝 때 회계군會稽郡 산음현山陰縣의 난정蘭亭에서 왕희지王羲之·사안謝安 등 당대의 명사 수십 명이 계모임을 만들고 구불구불한 물길[曲水] 위에 술잔을 띄워 보내 술을 마시는 놀이를 하며 풍류를 만끽하였던 고사를 가리킨다. 이때 명필인 왕희지가 난정기蘭亭記를 지어 그 일을 기록하였으며, 자유는 왕휘지의 자字이다.

▫ 양호조추기   楊濠釣鰍記

　민국民國 2년(1913) 봄에 나는 군서軍署에 말미를 청하고 화樺의 북대北臺로 돌아와 양호楊濠의 포구 가에서 낚시를 드리웠다. 호濠에는 물고기가 많이 났는데, 내 솜씨가 서투른 탓에 날마다 열 몇 마리도 안 되는 작은 미꾸라지[鰍]나 잡을 뿐이었다. 그래도 계속 그곳을 찾으니, 객客이 조롱하기를, "낚시는 한가로운 직업입니다. 옛날 선생께서 궁하고 노쇠하여 집에서 일삼는 바가 없으셨을 때야 대臺에 앉아 낚시를 하며 자적自適해도 되었을 것입니다. 그러나 지금은 국가가 광복光復할 기회를 만나 몸에 중임重任을 맡고 계십니다. 그리하여 안으로는 군민軍民이 기대를 걸고 있고, 밖으로는 원수들이 위협을 가하고 있어서, 바야흐로 먹고 잘 틈도 없을 것이거늘 어느 겨를에 낚시질을 하시는 것입니까?" 하였다. 내가 대답하기를, "그렇지 않다. 낚시질 또한 방법이 다양하다. 물고기를 물고기로 보는 자는 이익을 낚는 자이다. 사람을 물고기로 보는 자는 세상을 낚는 자이다. 그러므로 여상呂尙이 위수渭水에서 낚시질 하고[119] 한신韓信이 회음淮陰에서 낚시질 하였으니[120], 그 두 공이 어찌 뜻하는 바가 없었겠는가? 내가 비록 감히 고인에게 비할 수는 없지만, 물고기의 속성은 잘 안다고 스스로 생각한다.

　대개 미꾸라지라는 물고기는 탐욕스러우면서도 속임수가 많으니, 사람에 비유하자면 섬나라 오랑캐와 같은 종류일 것이다. 미끼를 능숙하게 빼 먹으면서도 바늘에 걸리지는 않는다. 내가 호상濠上에 갔을 때, 흉중胸中에는 항상 무형無形의 큰 미꾸라지 한 마리를 담고 있었다. 그 길이가 몇 천리나 되는지 모르며, 그 지혜는 변화를 부릴 수 있고, 그 힘은 삼켜서 먹어치울 수 있으므로, 용백국龍伯國의 대인大人[121]과 같이 세상에서 고기를 잘 잡는 자라도 또한 두려워하며 감히 앞으로 나아가지 못할 것이다. 만약 바늘로 잡고자 하면 반드시 중화中華를 낚

---

119) 여상呂尙이 … 낚시질 하고 : 여상은 주周 나라의 재상으로 무왕武王을 도와 폭군 주왕紂王이 다스리던 상나라를 멸망시키고 천하를 평정하였으며, 강태공姜太公 또는 태공망太公望이라고도 한다. 위수는 중국 섬서성陝西省 보계현寶溪縣에 있는 물 이름으로, 여상이 이곳에서 낚시를 하며 지내다가 무왕에게 발탁되었다(『사기史記』 권32 제태공세가齊太公世家).

120) 한신韓信이 … 낚시질 하였으니 : 한신은 한漢 나라의 장군으로, 한나라 고조高祖인 유방劉邦을 도와 천하를 통일하는데 큰 공을 세웠다. 미천했을 때 고향인 회음에서 굶주린 채 낚시질을 하며 보냈는데, 그 곁에서 빨래를 하던 한 여인이 밥을 먹여주자 "내 훗날 반드시 부인에게 후히 보답하리라." 하였다는 고사가 있다(『사기史記』 권92 회음후열전淮陰侯列傳).

121) 용백국龍伯國의 대인大人 : 『열자列子』 「탕문湯問」에, "용백龍伯이라는 나라에 대인大人이 있었는데, 한번 낚시질에 여섯 마리의 자라를 연달아 잡아 올렸다." 하였다.

싯대로 삼고, 미국[美利堅]을 실로 삼고, 러시아[露西亞]를 납추鑞錘로 삼으며, 우리 한국은 스스로 바늘이 되어 동대양東大洋 속에 던져 넣어야만 그 미꾸라지를 잡을 수 있을 것이다. 그 도구는 대략 갖추어졌으나 한스러운 바는 향기로운 미끼가 부족하다는 것일 따름이다.” 하였다. 혹자는 “만주滿洲에는 개를 많이 기른다. 이는 미꾸라지가 의심하지 않는 바이니, 미끼가 될 수 있을 것이다.”라고 하는데, 나는 일단 그것을 믿지 않는다. 소득이 없으면서도 계속 찾아가는 이유는 대개 시험해 보는 것이다. 아아. 그대는 내가 아닌데, 어찌 내가 상상 속의 미꾸라지를 낚는지를 알겠는가? 그러니 참으로 그대가 ‘낚시는 한가로운 직업이다. 일이 없는 사람이 하는 것이다.’라고 말할 만하다. 그러나 내가 일이 많은 날에 짐짓 일이 없는 것처럼 보이는 것은 장차 외인外人의 눈을 가리고 다사多士의 기상을 기르기 위해서이니, 그대는 조롱하지 말라하니, 객이 빙그레 웃었다. 나 또한 낚싯대를 거두고 일어나 노래하였다.

위수渭水에서 낚싯대를 드리울 것도 없겠지만	不必廣張渭水竿
그렇다고 부춘산에서 고상하게 은거하랴122)	何須高隱富春山
단지 한가한 마음으로 긴 날을 보내면서	但將閑意消長日
세상에서 헛된 명성을 얻는 일이나 면하려네	免使虛名釣世間

□ 동암기. 갑자년(1924)　東菴記

동한東韓의 뜻이 있는 선비들이 강포한 이웃나라에게 위압을 받는 것을 부끄럽게 여겨, 함께 강을 건너 만주滿洲의 들판에서 흩어져 교거僑居하였다. 내가 해서海西에 갔을 때 이학원李學源이라는 벗이 통화通化의 북쪽에 거주하였는데, 왕래하면서 매우 가깝게 지냈다. 이군이 일찍이 그 실室에 ‘동암東菴’이라고 편액扁額을 하였는데, 내게 기記를 부탁하였다. 막 붓을 들려고 하는데, 의로운 함성이 일어나 군서軍署의 일을 총괄하게 되는 바람에 미처 글을 지을 겨를이 없었다. 이윽고 이군은 반석동盤石東의 석저石岨로 이사하였고, 나 또한 다섯 군데를 옮겨 다니

---

122) 부춘산에서 … 은거하랴 : 부춘산은 중국 절강성浙江省 동려현桐廬縣에 있는 산으로, 후한後漢 때의 은사隱士인 엄광嚴光이 은거했던 곳이다. 엄광은 어려서부터 절친했던 광무제光武帝가 천자의 자리에 올라 높은 벼슬을 하사하며 부르자, 이름을 바꾸고 이곳으로 숨어들어 농사를 지으면서 일생을 마쳤다(『후한서後漢書』 권113 엄광전嚴光傳).

다가 호란하呼蘭河 가에 이르니, 석저까지의 거리가 50리였다.

어느 날 이군이 나의 집을 방문하여 그대로 여러 날을 함께 노닐었는데, 돌아갈 때가 되자 묵은 빚을 요구하였다. 나는 이미 물러나 한가한 상태이므로 뭐라고 사양할 말이 없게 되었다. 그리하여 설說을 늘어놓는 것으로 그에 대한 답을 하고자 하니, 되겠는가?

옛날에 '동東' 자로 자호自號한 경우를 보면, 분방하여 자유롭게 노닐던 자로는 동곽자東郭子[123]가 있었고, 은거하여 산에서 산 자로는 동원공東園公[124]이 있었는데, 모두 살고 있는 땅을 가지고 명명한 것이다. 지금은 그대가 반석동에 거처하니, '동'으로 하는 것이 참으로 마땅하거니와, 옛날 통북通北에 있을 때는 '동' 자로 하는 것이 또한 잘못된 것이 아니겠는가? 또한 일정하지 않게 교거僑居하는 처지라, 오늘 동쪽에 있다가도 내일은 서쪽에 있을 수도 있다. 또 내일은 남쪽이 될 수도, 북쪽이 될 수도 있으니, 옮겨가는 곳마다 고치는 것은 타당한 것이 아니다.

동릉후東陵侯 소평邵平은 초한楚漢의 난리를 만나 장안성長安城 동쪽에 폐거廢居하였는데, 오래도록 칩거하다가 세상으로 나가려는 생각으로 계주季主[125]에게 나아가 점을 쳤었다. 그대도 칩거한 지 오래되었으니, 세상으로 나가려고 생각하는가? 그럴 곳이 아니다. 맹교孟郊 동야東野는 문장을 잘 지었으나 시대를 만나지 못하였으므로, 그 궁수窮愁를 쏟아내기 위해 시를 통하여 노래하였다. 그대도 궁한 것이 심하니, 노래하려고 생각하는가? 그럴 시기가 아니다. 노중련魯仲連은 동해東海를 밟겠다고 하여[126] 진秦 나라가 혀를 놀리지 못하게 하였고, 도원량陶元

---

123) 동곽자東郭子 : 정확히 어떤 인물을 지칭하는 것인지 자세히 알 수 없다. 『장자莊子』에 동곽자가 장자에게 도가 어디에 있는지를 물었다는 기록이 있는 것으로 보아, 장자와 같은 도가류道家流의 사람일 것으로 보인다.

124) 동원공東園公 : 성은 당唐, 자는 선명宣明이다. 진秦 나라 말기, 한漢 나라 초기의 은사로서, 함께 은거했던 기리계綺里季·하황공夏黃公·녹리선생甪里先生과 함께 상산사호商山四皓로 불렸다. 한나라 고조高祖가 적실嫡室인 여후呂后의 아들 혜제惠帝를 밀어내고 후궁인 척부인戚夫人의 아들로 후계자를 삼으려 하자, 여후呂后가 장량張良의 계략을 빌려 상산商山에 은거하던 덕망 높은 네 노인, 즉 사호를 청하여 자기 아들을 돕게 함으로써 고조의 마음을 돌렸던 고사가 있다(『전한기前漢紀』 권4 고조高祖).

125) 계주季主 : 한漢 나라 때 장안長安 동쪽 저잣거리에서 점占을 치며 은거하였던 사마계주司馬季主를 말한다. 당대의 이름 있는 학자였던 송충宋忠과 가의賈誼도 그의 변설을 듣고는 망연자실茫然自失하여 아무 말도 하지 못하였다고 한다(『사기史記』 권127 일자전日者傳).

126) 노중련魯仲連은 … 밟겠다고 하여 : 전국시대戰國時代 때 진秦 나라가 조趙 나라를 맹렬하게 공격하고 있을 때, 위魏 나라의 신원연新垣衍이 진나라가 군대를 철수하는 조건으로 진나라를 황제의 나라로 높여주도록 하자고 제의하자, 당시 조나라에 와 있던 제齊 나라 노중련魯仲連이 매우

亮은 동고東皐에서 휘파람을 불면서[127] 진晉 나라의 역법曆法을 지켰다. "그 두 분은 고세高世의 선비인데, 그대가 비기려고 하는가?"하니, 이군이 조심스레 말하기를, "아아. 그대의 말이 지나치도다. 내 어찌 감히 그들의 마부馬夫가 되는 것조차 바랄 수 있겠는가? 나는 동국東國의 사람이다. 조종祖宗의 강토疆土가 동쪽에 있고 선인先人의 분묘墳墓가 동쪽에 있으며, 사현師賢의 유풍遺風, 여운餘韻이 동쪽에 있고 친척親戚, 고구故舊의 전원田園, 화석花石이 모두 동쪽에 있다. 정근情根이 메어 있는 곳이고 몽혼夢魂이 돌아갈 곳이다. 저 월越 나라의 새는 미미한 금수禽獸인데도 반드시 남쪽 가지에 깃들고, 호胡땅의 말은 축산畜産인데도 반드시 북풍北風에 울부짖으니,[128] 하물며 사람이겠는가? 하물며 뜻이 있는 선비로 자처하는 경우이겠는가?

내 나이 이미 70세를 바라보고 있다. 이나마 근력筋力이 아직 남아 있을 때 고향으로 돌아가고 싶어 하는 마음은, 마치 물이 동쪽으로 흘러드는 것과 같다. 그러나 제공諸公의 사업은 기약이 없고 강포한 이웃나라의 위세는 갈수록 성해지고 있다. 사람의 목숨이 얼마나 되는가? 동쪽 끝에서 뜬 해가 장차 서쪽으로 지게 되면, 공산空山에 뜬 야월夜月로라도 돌아가지 못하는 한스런 마음을 위로하지 않겠는가?" 하였다. 말을 마치기도 전에 눈물을 흘리며 동쪽을 바라보고 앉아 오래도록 긴 한숨을 쉬었다. 나 또한 슬퍼져서 마음속으로 뭉클한 바가 있는 듯하였다. 이에 술을 따르면서 서로 위로하고 목 놓아 노래하였다.

바다의 동쪽에는	海之東兮
우리나라가 있다네	維我國
팔도의 금수강산은	八域繡錯兮
기름진 옥토였었네	土野膏沃
영남의 동쪽에는	嶺之東兮

분개해 하며 말하기를, "불의한 진나라가 황제가 되어 천하에 정사를 펴게 된다면, 나는 차라리 동해東海에 빠져 죽고 말 것이다." 하였던 고사가 있다(『사기史記』 권83 노중련전魯仲連傳).

127) 도원량陶元亮은 … 불면서 : 원량은 진晉 나라가 망하고 송宋 나라가 건국되었을 때 절의를 지켜 은거하면서 벼슬길에 나가지 않았던 시인詩人 도잠陶潛의 자이다. 그가 지은 「귀거래사歸去來辭」에, "동쪽 언덕에 올라 휘파람을 불어보고, 맑은 시내에 이르러 시를 짓는다[登東皐以舒嘯 臨淸流而賦詩]."라는 구절이 있다.

128) 월越 나라의 … 울부짖으니 : 하찮은 짐승이라도 자신의 출신지를 잊지 않고 그리워한다는 뜻으로, 월은 남쪽 지방이고 호는 북쪽 지방이다. 고시古詩에, "호 땅의 말은 북풍에 울부짖고 월 나라의 새는 남쪽 가지에 깃드네[胡馬嘶北風 越鳥巢南枝]." 하였다.

우리 집이 있었네	維我宅
뽕나무 가래나무 울창한데	桑梓蔚蔚兮
거문고와 책을 벗하였네	琴書靜適
어쩌다가 팔짱낀 채 남에게 뺏기고서	胡爲乎拱手而獻人兮
이역에서 떠도는 신세가 되었나	身漂迫於異域
잠든 자는 깨어나고 누운 자는 일어나	夢者醒而臥者起兮
국운이 다시 돌아오게 되었네	無往而不復
북두에 의지하고 달빛을 밟으며	倚斗步月兮
날마다 소식을 기다렸네	日望消息
그러나 흰 까마귀, 뿔난 말 나오기도 전에	烏未白而馬未角兮
내 머리가 먼저 다 빠져 버렸네	我髮先禿
불사약不死藥은 세상에 없으니	世無大藥兮
죽을 날이 가까워졌네	狐邱迫
돌아갈거나, 돌아갈거나	歸歟歸歟兮
고향산천의 곁으로	故山側

노래가 끝나고 짐짓 말없이 서로 응시하다가 붓을 들어 쓰고 이를 동암기東菴記로 삼는다.

□ 집설輯說

▫ 합군집설 合群輯說

『춘추春秋』129)에 이르기를, "임금[君]이라는 것은 그 무리[群]를 잃지 않는 자이다. 그러므로 천하의 무리를 얻는 자는 천하에 적이 없다. 홀로 서서 서로 함께하지 못하고 홀로 거처하며 무리를 이루지 못하면, 환난患難을 만나도 구제해 주는 이가 없으니, 그래서 망하는 것이다." 하였다.

이는 공교孔敎에서 제창한 합군合群의 뜻이다. 사람은 세상에서 살면서 독립하여 삶을 도모할 수 있는 것이 아니다. 이에 합군의 도가 생기게 된 것이다. 세상의 크기는 한 무리가 모두 점유할 수 있는 것이 아니다. 이에 이 무리들과 저 무리들의 경계가 생기고 경쟁이 일어나게 된 것이다. 경쟁의 결과는 반드시 그 무리들의 힘이 크고 강한 자가 항상 이기며, 작고 약한 자는 항상 패하게 되어 있다. 임금이라는 자는 무리 중의 대표이다. 그러므로 『예기禮記』에 이르기를, "무리를 지을 수 있으면 임금이라고 한다." 하였던 것이다. 임금이면서 무리를 짓지 못하면 그 외로이 고립된 형세로 볼 때 장차 환난을 만나도 구해줄 이가 없을 것이니, 어찌 망하지 않을 수가 있겠는가?

아리스토텔레스[亞里士多德, Aristoteles]130)는 아테네[雅典] 사람이다. 이르기를, "무리에 의존하지 않고 생존할 수 있는 자는 필시 인류가 아닐 것이다. 사람이란 무리를 잘 짓는 동물이다.

---

129) 『춘추春秋』: 한漢 나라 때의 학자 동중서董仲舒가 찬한 『춘추번로春秋繁露』를 가리키는 것으로, 동서同書 멸국상滅國上에 해당 내용이 보인다.
130) 아리스토텔레스 : 고대 그리스의 철학자인 Aristoteles를 가리킨다. 플라톤의 제자이며, 플라톤과 더불어 서양 사상의 원류를 만들어낸 위대한 철학자로 꼽힌다. 플라톤이 초감각적인 이데아의 세계를 존중한 것에 비해, 아리스토텔레스는 인간에게 가까운, 감각되는 자연물을 존중하고 이를 지배하는 원인들의 인식을 구하는 현실주의 입장을 취하였다. 그는 논리학·물리학·생물학·시학·정치학·윤리학 등 많은 부분에 걸쳐 방대한 저술을 남겼는데, 『에우데모스』·『철학에 대하여』·『시학』·『정치학』·『오르가논』·『형이상학』 등이 있다.

정치하는 것을 즐기는 것은 천성이 그러한 것이다." 하였고, 순자荀子는 이르기를, "사람이 금수와 다른 것은 무리를 지을 수 있기 때문이다." 하였다.

무릇 동물은 무리를 짓지 않는 것이 없는데, 이를테면 벌이나 개미·모기·등에의 무리들이나 까마귀·솔개·오리·기러기의 대오隊伍가 언제고 무리를 짓지 않은 적이 있었는가? 다만 금수禽獸는 의식이 없이 우연히 집합한 것들이고, 오직 사람만이 양지良知를 지닌 자이다. 고립되어 무리를 이루지 못하면 생존할 수 없다는 것을 확실하게 알고, 또 그 천성이 정치하기를 좋아한다. 그래서 그 무리를 이룰 때는 규칙이 있고, 목적이 있게 된다. 개인을 통하여 단체를 만들고 단체를 통하여 '대단체大團體'를 만들고 '대단체'를 통하여 '최대단체最大團體'를 만드니, 이는 일반 동물들이 미칠 수 있는 바가 아니다.

그러나 사람의 지혜와 덕은 고하高下가 있으므로 정치에 있어서 능하고 능하지 못한 차이가 없을 수 없다. 능하지 못한 자는 항상 사리私利를 탐하여 공덕公德이 부족하며, 자기보다 나은 자를 미워하고 오만하게 스스로를 높이 여긴다. 이를 일러 독술獨術이라고 한다. 독술로 무리를 다스리면 무리는 반드시 패하게 된다. 유능한 자는 항상 의무를 알고 애정이 풍부하며 너그럽게 포용하고 중인의 의견을 널리 모으니, 이를 일러 군술群術이라고 한다. 군술로 무리를 다스려야 무리가 성공하게 된다. 사람이 여러 동물들보다 특이한 것은 대개 이런 능력이 있기 때문이다.

플라톤[柏拉圖, Platon]131)은 그리스[希臘] 사람이다. 이르기를, "사람이 서로 무리를 짓는 것은 전적으로 생계상의 편리를 도모하기 위한 것이다." 하였다.

루소[盧梭, Rousseau]132)는 프랑스[法國] 사람이다. 『민약론民約論』에 말하였다. "사람의 일신

---

131) 플라톤 : 고대 그리스의 저명한 철학자 Platon을 가리킨다. 소크라테스의 제자이다. 기원전 385년경 아테네에 아카데미를 설립하여 연구와 교육 생활에 전념하였는데, 아리스토텔레스도 이곳에서 공부하였다. 그는 정치학·윤리학·형이상학·인식론 등 많은 철학적 논점에 관한 대화체로 저술을 하였으며, 『소크라테스의 변명』·『크리톤』·『향연』·『국가론』 등이 대표작이다. 서양 철학에 미친 영향이 지대하여, 영국의 철학자 화이트 헤드는 "서양의 2000년 철학은 모두 플라톤의 각주에 불과하다."라고 말했을 정도이다.

132) 루소 : 18세기 프랑스의 사상가이자 소설가였던 Jean-Jacques Rousseau를 가리킨다. 1762년 개인의 생명 자유 재산을 제도적으로 확실히 보장받기 위해서 계약을 맺어 국가를 구성했다는 개념을 담은 『사회 계약론』을 저술하였는데, 이는 그의 사후에 일어난 프랑스 혁명의 사상적

이 필요로 하는 바와 욕망하는 바는 혼자 힘으로 자급할 수 있는 것이 아니며, 고통스러워하는 바와 위태롭게 여기는 바는 혼자 힘으로 막을 수 있는 것이 아니다. 반드시 서로 끌어주고 기댄 연후에 자존自存할 수 있는 것이다. 이에 중인衆人들이 서로 모여 약속하기를, '우리들은 하나의 단체를 만들어 다수의 힘으로 개인의 생명과 재산을 보호하며, 다른 민족의 침해를 받지 않게 하기를 바란다.' 하였다. 이것이 합군合群의 원인으로서, 부득이한 것에서 나온 것이다."

　　이는 사람이 무리를 이루는 것은 실은 중인의 바람에 부응한 것이고, 원하지 않는데 도 억지로 서로 단결하게 하는 것이 아니라는 말이다. 만약 사람마다 각자 떨어져서 대지大地에 고립되게 한다면, 나는 것은 조류鳥類만 못하고 달리는 것은 야수野獸들만 못하니, 인류는 전멸한 지 오래되었을 것이다. 내부적인 환경을 가지고 말해보면, 태평 한 시대에 무역貿易하고 분업分業하여 서로 돕는 것은 반드시 혼자의 몸으로 온갖 기능 을 갖출 수 있는 것이 아니기 때문이다. 외부적인 환경을 가지고 말해보면, 급난急難이 있을 때 무리의 계책과 힘으로 성城을 지키고 침입을 막는 것은 더더욱 혼자의 몸으로 그 칠척七尺의 몸을 보존할 수 있는 것이 아니기 때문이다. 이에 피아彼我가 서로 단결 하고, 도와주고, 막아내고, 이롭게 할 수 있는 방법을 별도로 찾다보니, 합군合群을 하 게 된 것이다. 그러니 합군은 곧 중인衆人이 서로 계약한 바로서, 부득이한 것에서 나 온 것이다.

"무릇 두 사람 이상이 하나의 일을 함께 하고자 하더라도 피차간에 모두 동등한 자유권自由權이 있으니, 하나의 약속을 공동으로 세우지 않으면 될 수 없는 것이다."

"인류의 취합聚合에서 가장 오래되고 가장 자연스러운 경우는 가족만한 것이 없다. 일부一夫·일처一妻가 서로 짝을 지을 때 그 시초는 계약에서 비롯되며 서로 승인承認함으로써 이루어진다."

"부모가 자식에 대해서도 또한 그러하다. 자식이 어렸을 적에 부모는 부득이 양육養育할 수밖에 없고, 성장해서는 서로 결합을 유지하여 존비尊卑의 관계가 된다. 이것은 실로 자유의 본성이다. 대개 가족의 친함이 오래도록 서로 해체되지 않고 맺어지는 것은 반드시 이 계약에 근거하는 것이니, 하물며 국가國家이겠는가?"

기반을 제공하였다. 그 외의 작품으로 『신 엘로이즈』·『에밀』·『고백록』 등이 있다. 19세기 프 랑스 낭만주의 문학의 선구자 역할을 하기도 하였다.

“가족이 이미 각각 계약으로 인하여 성립되면, 차츰 여러 가족家族들이 공동으로 약속하여 하나의 단체를 만듦으로써 부락部落이 생겨나게 된다. 차츰 여러 부락部落들이 공동으로 약속하여 하나의 단체를 만듦으로써 국가가 생겨나게 된다.”

“가족과 부락의 계약은 계약 중에서 작은 것이다. 국가의 계약은 계약 중에서 큰 것인데, 국내의 여러 작은 계약은 탁명託命한 바이다. 비유하자면 국가의 계약은 마치 하나의 큰 원선圓線과 같고 부락·가족의 계약은 마치 무수한 작은 원선과 같다. 큰 원선이 먼저 그 위치를 정하면 이에 작은 원선들이 그 안에 있거나, 혹은 왼쪽 자리, 혹은 오른쪽 자리를 점하는 등, 다양하게 구성되어 큰 원선의 모양이 마침내 완전하여 부족함이 없게 된다.”[133]

이는 합군의 의리는 가족에서 비롯되고, 단체의 성립은 계약에서 비롯된다는 것을 말한 것이다. 몇 사람이 서로 계약하여 가족을 이루는 것은 여러 단체 중에서 작은 것이다. 수백, 수천인이 서로 계약하여 부락을 이루는 것은 여러 단체 중에서 조금 큰 것이다. 억만億萬, 조경兆京의 사람들이 서로 계약하여 국가를 이루는 것은 여러 단체 중에서도 더 큰 것이다. 아리스토텔레스가 이르기를, “진화進化의 차례로 논해보면 국가가 가족·촌락에 비해 조금 늦지만, 인생의 목적으로 논해보자면 국가가 가족·촌락에 비해 더욱 긴요하다. 어째서인가? 반드시 국가를 이루게 된 연후에야 인도人道가 마침내 완비되기 때문이다. 국가는 전체와 같은 것이고, 국가 내부의 여러 결집結集들은 지관肢官(四肢와 五臟)과 같은 것이다. 전체가 없으면 지관도 또한 붙을 곳이 없다.” 하였다. 루소의 설은 대개 이것을 기반으로 하는 것이다.

블룬칠리[伯倫知理, Bluntschli][134]의 『국가기원론國家起源論』에 말하였다. “사람의 사상과 그 악욕惡欲은 유만부동類萬不同하다. 만약 사람마다 각자 자신의 뜻대로 된 뒤에야 마침내 이 계약을 이룰 수 있다면, 결코 전국인全國人의 뜻이 모두 동일할 리가 없으니, 나라는 끝내 수립될 수 없을 것이다. 그러므로 루소의 설을 따르면 겨우 하나의 회사會社를 곧 이른바 공사公司로

---

133) 가족과 … 없게 된다 : 이 부분은 루소의 설이 아니라, 양계초의 설이다.

134) 블룬칠리 : 스위스의 법학자이자 정치가였던 Johann Kaspar Bluntschli를 가리킨다. 취리히대학 등의 교수를 역임하고, 스위스에 국제법연구소를 설립하여 총재가 되었다. 국가는 하나의 인격체로서 주권을 가지고 있다는 국가유기체설을 주장함으로써 절대군주의 권한을 제한하고 국민들의 무제한적 요구를 제한하고자 하였다. 저서에 『근대국가론』 등이 있다.

서, 사회社會와는 다르다. 세울 수 있을 뿐이요, 그 모임 또한 일시적인 결집에 불과하여 일정하지 못하고 자주 변하여 오래도록 유지될 수 없다. 이런데도 하나의 영원히 이어질 국가를 건립하고자 한다면, 그런 이치는 있을 수 없다.”

“그저 인민人民을 모으기만 하는 것으로, 국가라고 이를 수는 없다. 국가라는 것은 유기체有機體인 물건이다. 스스로 그 의지가 있고 스스로 그 행동이 있다. 정신과 형체가 반드시 서로 연합한다. 지해肢骸 각 기관이 그 형체 속의 각 부분을 말한다. 각자 그 성질과 그 생활 직무가 있다. 정부 각 부분 및 의원議院을 가리킨다. 이런 지해를 연결하여 하나의 전체를 구성하는 것이다. 헌법을 말한다. 의당 먼저 내부에서부터 발육한 연후에 성장하여 외부로 도달하는 것이다. 국가의 연혁을 말한다.”

“민족民族과 국민國民은 차이가 있으니, 민족이라는 것은 거주하는 지역이 같고, 혈통이 같고 언어가 같고, 문자가 같고, 종교가 같고, 풍속이 같고, 생계가 같은 것이다. 이 여덟 가지가 있으면 절로 다른 민족과 날로 서로 멀어져서 하나의 단체를 이루게 된다. 이것이 민족이 되는 것이다. 국민은 인격체이다. 유기적인 국가에 근거하여 몸체로 삼아, 그 생각을 드러내고 그 권리를 제정할 수 있는 자이다. 국민이란 법단法團이다. 국가 속에서 생존하는 하나의 법률체이다. 국가는 완전히 통일되고 영생永生할 수 있는 공동체인데, 이 몸체는 반드시 국민의 활발한 정신이 충만하여야 이루어질 수 있다. 그러므로 국민이 있으면, 곧 국가가 있고, 국가가 없으면 또한 국민도 없게 된다. 두 가지는 실로 같은 물건이면서 이름만 다를 따름이다.”

“민족의 발달은 진실로 건국의 기초가 되는데, 아직 연합하지 않았으면서 일국一國을 세울 때에는 끝내 인격체가 되거나 법단法團이 되지 못한다. 그러므로 단지 민족이라고 할 수 있을 뿐, 국민이라고 할 수는 없다.”

“여러 민족을 합쳐서 하나의 단체를 만들면, 그 폐단이 비록 많으나, 그 이익도 또한 적지 않다. 대개 세계의 문명은 매번 여러 민족이 서로 교도하고 서로 인진하는 것으로 말미암으며, 일국의 정무를 완성하는 것도 또한 왕왕 다른 민족의 보조로 인하여 더욱 좋아질 수 있다. 비유하자면 화폐를 주조할 때 순정한 금은金銀만 사용하는 것이 아니라, 도리어 한두 가지 값싼 금속류를 섞어 넣으면 육호肉好(동전의 테두리와 구멍)가 더욱 완전해진다. 그러나 이런 여러 종족들이 혼합된 국가는 반드시 강력한 무리가 중심이 되어 통솔한 뒤라야 나라의 기초가 견고해진다.”

이는 루소의 중인衆人들이 서로 계약을 한다는 설에 대해서, 그 유폐流弊를 추론한 것이다. 대개 국가와 사회는 같지 않고, 국민國民과 부민部民은 차이가 있다. 국가라는 것은 일정하여 움직이지 않는 전체이고, 사회라는 것은 변동하면서 머무르지 않는 집합체이다. 그러므로 국민이라고 부르면 시종 국가와 더불어 서로 연관되어 잠시도 뗄 수 없고, 부민이라고 부르면 개인의 결집에 불과하여 모였다가는 흩어져서 근래 사람이 이른바 '세 사람 이상이 되는 법단法團이 없고, 1년을 버티는 당파黨派가 없다.'는 것과 같다. 이런 자격을 가지고 어떻게 하나의 국가를 창조하여 생존경쟁이 가장 극에 달한 세계에서 설 수 있겠는가? 국가라는 물체는 저 무기체無機體인 기계器械와는 실로 차이가 있다. 기계는 비록 많은 부품들이 결합하여 이루어졌으나, 국가처럼 사지四肢와 오관五官이 있는 것은 아니다. 기계는 발육·성장할 수 없는데, 국가는 가능하다. 기계의 동작은 일정한 궤도를 따라 새로운 상황의 출현에 임기응변을 할 수 없는데, 국가는 스스로 행동하고 스스로 생각한다. 그러므로 국가는 부민部民이 창립할 수 있는 것이 아니고, 반드시 그 백성들이 나라를 세우려는 고유의 마음이 있고, 또 실행할 수 있는 지식이 있고, 실행하려는 지기志氣가 있고, 실행하려는 세력이 있어야 하니, 그런 뒤에야 일국을 건설하여 정법政法을 시행할 수 있다. 나라가 갈망하는 것은 바로 국민으로서의 자격이지, 부민으로서의 자격은 아니다.

여러 민족의 경우 혈통血統이 이미 다르다보니, 애정愛情이 고르게 미치지 못하여 이해가 충돌하면 폐단이 참으로 많다. 그러나 풍기風氣가 조화를 이루고 지능知能이 교환을 하는 것으로는 이익 또한 적지 않다. 그러나 반드시 본 무리의 세력이 강고하여야 범위의 안에 끌어들여 동일 민족으로 만들어 낼 수 있으니, 그런 뒤에야 비로소 충돌하고 갈라지는 근심이 없게 되어 나라의 기초가 마침내 공고해 질 것이다.

"그리스[希臘]·로마[羅馬] 사람들은 '국가라는 것은 국가 자신을 목적으로 여기는 자이다. 국가는 인민의 주인이 되니, 무릇 인민은 스스로 그 이익을 희생하여 국가에 이바지 하지 않을 수 없다.'고 여겼다. 게르만[日耳曼, German] 사람들은 '국가라는 것은 하나의 기구로서 각 개인의 쓰임에 이바지하는 것에 불과할 따름이다. 개인의 힘이 미치지 못하는 바가 있으면, 비로소 국가가 보조해 준다. 그러므로 국가의 목적은 그 소속된 국민에게 있다.'고 여겼다. 두 설이 모두 옳고, 모두 그르다. 일상적인 이치로 말한다면, 각 개인의 행복과 국가의 행복은 항상 서로 어울려서 잠시도 떨어지지 않는다. 그러므로 백성이 부유하면 국가도 부유해지고, 백성이 용감하면 국가도 강성해지고, 백성이 지혜로우면 국가도 문명해지니, 이는 두 개의 목적이지, 하나의 목적이 아니다.

만약 변고를 만나 두 가지를 겸할 수 없다면, 비록 각 개인의 목숨을 모두 바쳐서 국가의 본신을 구제하더라도 좋을 것이다. 그러므로 국가 자신을 목적으로 삼는 것은 실로 국가 목적의 제일 첫 번째이고 각 개인은 이런 목적을 달성하기 위한 도구이다. 그러나 만약 큰 변고를 만난 경우가 아니라면, 국가는 이런 권리를 남용해서는 안 되니, 만약 남용하게 되면 각 개인도 또한 국가에 대하여 스스로 그 자유로울 권리를 보호할 수 있다.”

이는 국가의 목적을 이야기 한 것이다. 대체로 천하의 물건은 본래 이 한쪽에서 보면 순전히 기구이고, 저 한쪽에서 보면 확실히 목적이 있다. 대개 국가는 인민이 탁명託名한 것이다. 국가가 없으면 그 권리를 보존할 수 없다. 그러므로 각 개인의 사익을 희생하여 국가에 이바지할 의무가 있는 것이니, 이는 참으로 하나의 목적이다. 국가는 인민이 공동으로 설립하여 그 목숨과 재산을 보호하려는 것이다. 그러므로 백성들에게 넉넉하지 못한 바가 있으면 국가는 절로 보조해 줄 책임이 있게 되는 것이다. 이 또한 하나의 목적이다. 전자의 설을 통해서 보면 인민은 국가를 위해 생겨난 것이고, 후자의 설을 통해서 보면 국가는 인민을 위해 만들어진 것이니, 모두 옳다. 그러나 평상시로 말할 것 같으면, 국가와 백성은 일체가 되므로 그 국가의 부강함과 문명함은 전적으로 그 백성들의 근면·용기·지혜에 달려 있고, 인민의 행복은 곧 국가의 행복이 된다. 변란이 있을 때로 말해볼 것 같으면, 두 개의 복리는 형편상 겸전兼全할 수가 없다. 비록 각 개인의 목숨을 포기하여 국가를 지키더라도 좋을 것이고, 이른바 안녕과 재산은 다시 논할 것이 못될 것이다. 그렇다면 그 중요한 목적은 결국 국가에 있어서는 위에서 말한 ‘인민은 국가를 위해서 생겨난 것이다.’라는 것을 마땅히 가장 첫 번째 의리로 삼아야 할 것이다. 그러나 혹여 국가가 이런 권리를 남용하여 백성들이 편안한 삶을 누릴 수 없게 된다면, 당초에 백성들이 계약하여 국가를 세운 뜻이 전혀 아니므로, 인민이 된 자가 어찌 정부에 저항하여 그 자유를 보존할 방도를 생각하지 않을 수 있겠는가?

"국가가 있으면 주권主權이 있으니, 주권이 있는 자는 일국의 정신이 깃들어 있는 것이다. 혹자가 이르기를, '사회는 개인의 집합체이니, 주권은 곧 개인의 집합권이다.' 하였다. 그 말의 오류가 매우 심하니, 주권이라는 것은 공적인 권리이지 사적인 권리가 아니다. 비록 헤아릴 수 없이 많은 수의 사사로운 권리를 합하더라도 그 성질이 변하여 공적인 권리로 만들 수는 없다. 혹자는 이르기를, '민족이 서로 결합하면 비록 국가의 체제를 갖추지는 않았으나 또한 주권이 있다고 이를 수 있다.' 하였다. 그 설 또한 잘못된 것이다. 저 민족이라는 것은 하나의 법인法人을 법률상의 인격체를 말한다. 이루지 못하니 어찌 형체를 갖추지 못하였는데, 뇌가 먼저 존재하는 자가 있을 수 있겠는가? 대개 주권이라는 것은 그것에 근거해서 국가 안에 있는 일체의 권력의 위에 설 수 있으며, 통일되어 지극히 존귀한 것이다. 실로 국가의 위력인 것이다. 국가 안에 두 개의 주권이 있을 수 없다. 그러므로 주권은 의당 인격체인 국가와 국가의 수장에게 귀속되어야 하고, 그 나머지 지방 단체는 모두 국가에 예속된 하나의 기관일 따름이다."

이는 국가의 주권을 논하면서 전인前人의 오류를 반박한 것이다. 보댕[平丹]135)은 프랑스 사람이다. 이르기를, "주권이라는 것은 무궁하고 무한한 국권이다. 법률은 주권자主權者에게 곧 주권을 운용하는 사람이다. 의지하여야 그 효력을 얻고, 주권자는 법률에 의지하지 않아도 그 권능을 얻는다." 하였다. 그 뜻은 국가의 수장을 국가의 전체라고 혼동하는 것으로, 프랑스 왕 루이[路易, Louis] 14세世의 '짐은 곧 국가이다.'라는 잘못된 의론이 그로부터 나오게 되었다. 그 설은 이미 오래전에 폐기되었으므로 변석辨析할 필요가 없다. 루소는 이르기를, "주권은 주치자主治者에게 있지 않고 공민公民에게 있으니, 공민 전체의 의향이 곧 주권이다. 이런 주권은 타인에게 양도할 수 없고, 또한 남에게 맡겨서 대표하게 할 수 없다. 사회의 공민이 항상 그 주권을 사용한다." 하였다. 그 뜻은 전제적인 군주의 주권을 바꾸어 전제적인 국민의 주권으로 대신한다는 것이다. 대개 전제적인 군주의 주권은 유폐流弊가 비록 많기는 하지만, 그래도 국가를 이룰 수는 있다. 반면에 전제적인 국민의 주권은 곧장 이미 이루어진 국가를 무너뜨려버

---

135) 보댕 : 프랑스의 법학자이자 사상가인 Jean Bodin을 가리킨다. 그는 대표작 『국가론』에서 법으로부터 구속받지 않는 주권자, 종교로부터 구속을 받지 않는 주권자 개념을 설정하여 근대 주권국가의 이론적 기초를 닦았다.

릴 따름이다. 저 주권이라고 하는 것이 공민 전체에게 있다고 한다면, 이른바 공민 전체의 의견은 끝내 가지런하지 못하고 끝내 볼 수 없을 것이다. 설령 볼 수 있다고 해도 또한 여러 번 옮겨져서 일정한 바가 없을 것이니, 그렇게 되면 주권은 끝내 붙을 곳이 없어서, 혁명의 화가 그칠 날이 없게 될 것이다. 그러므로 주권은 의당 국가의 수장에게 맡겨서 헌법에 의거해 실행하게 해야 할 따름인 것이다.

▫ 격치집설   格致輯說

『대학大學』의 경經에 이르기를, "지식을 지극히 하는 것은 사물의 이치를 궁구함에 있다[致知在格物]." 하였고, 또 이르기를, "사물의 이치를 궁구한 뒤라야 지식이 지극하게 된다[物格以後知至]." 하였다.

이는 성사聖師께서 우리들의 지혜 작용의 영특함을 제시하여 만세萬世 철학哲學의 종조宗祖로 삼은 것으로, 그 공부 절차는 전문傳文에 자세히 기록되었으나 지금은 없어졌다.

주자朱子의 보망전補亡傳에 이르기를, "이른바 '지식을 지극히 하는 것은 사물의 이치를 궁구함에 있다.'고 하는 것은, 나의 지식을 지극히 하고자 하는 것은 사물에 나아가 그 이치를 궁구하는 것에 달려 있음을 말한 것이다. 인심人心의 영靈은 모두 지식이 있고, 천하의 사물은 모두 이치가 있지만, 다만 이치에 대하여 궁구하지 않은 바가 있기 때문에 그 지식이 다하지 못함이 있는 것이다. 이 때문에 『대학大學』에서 처음 가르칠 때에 반드시 배우는 자들로 하여금 모든 천하의 사물에 나아가서 모두 이미 알고 있는 이치를 통하여 더욱 궁구해서 지극한 경지에 이르기를 구하게 한 것이다. 그리하여 오래도록 힘을 쏟아 하루아침에 활연豁然히 관통하게 되면, 모든 사물의 표리表裏와 정조精粗가 모두 이르게 될 것이요, 내 마음의 전체全體와 대용大用이 모두 밝아질 것이니, 이것을 격물格物이라 이르며, 이것을 지지지知之至라고 이른다." 하였다.

이는 격치格致의 뜻을 풀이한 것으로, 정밀하고 완비되었다고 이를 만하다. 그러나 아직도 궁격窮格의 방법을 확실하게 보여주지는 못하고 있다. 이것이 철학이 동방에서 발전할 수 없었던 까닭이다.

베이컨[倍根, bacon]136)은 영국사람이다. 말하였다. "사람이 격물하고자 하면, 반드시 조화 자연의 자취에 나아가 살펴서 실험해야 한다. 만약 그 지혜만 믿고서 공상空想으로 헤아린다면, 지혜는 곧 오류의 근원이 될 뿐이다. 비유하자면 파란색 안경을 착용한 자는 보이는 것이 모두 파랗고, 노란색 안경을 착용한 자는 보이는 것이 모두 노란 것과 같다. 우리들은 함부로 '오관五官으로 감촉感觸한 사물은 일체 그 사물의 원형과 서로 일치한다.'고 말하지만, 그러나 그 일치하는 것은 다만 나의 정신일 뿐이요, 사물의 본질은 아니다."

"그런 오류를 낳는 원인은 네 가지이다. 첫째는 나의 정신은 볼록렌즈·오목렌즈와 같아서 사물이 와서 비치는 것이 혹은 볼록렌즈일 수도 있고, 오목렌즈일 수도 있기 때문이라는 것이다. 이에 동일한 사물이면서도 비치는 것이 같지 않아서, 나의 관찰은 절로 잘못되지 않을 수 없는 것이다. 둘째는 오관으로 접하는 것은 사물의 본질이 아니고 사물의 가상이기 때문이라는 것이다. 셋째는 사람의 체질은 각각 다르므로 동일한 사물도 사람이 보는 바가 각각 동일하지 않기 때문이라는 것이다. 넷째, 사람과 사람이 서로 처한 환경에 따라 또한 잘못된 견해가 항상 일어날 수 있기 때문이라는 것이다. 이를테면, 농부農夫는 절로 농부의 견해가 있고, 공상工商은 절로 공상의 견해가 있으며, 학사대부學士大夫는 절로 학사대부의 견해가 있는 것과 같다. 또 전인의 설은 왕왕 잘못된 견해의 배태胚胎가 된다. 무릇 한 선생先生의 말을 창도倡導하는 자는 항상 꼭두각시가 무대에 오를 때처럼 허다하게 점철點綴하는데, 보는 이가 살피지 못하고 마침내 미혹하게 된다. 이 네 가지 미혹되는 원인을 다스리고자 한다면 오직 한 가지 방법 밖에 없으니, 그것은 '실제적인 일에 나아가 경험을 축적하는 것일 따름이다.'라는 것이다."

이는 억측은 쉽게 미혹에 빠지게 된다는 것과 오류를 낳는 여러 원인에 대해 논한

---

136) 베이컨 : 영국의 철학자이자 정치가였던 Francis Bacon을 가리킨다. 르네상스 후의 근대철학, 특히 영국 고전경험론古典經驗論의 창시자이다. 인간의 정신능력 구분에 따라서 학문을 역사役事·시학詩學·철학哲學으로 구분했으며, 철학은 다시 신학新學과 자연철학自然哲學으로 나누었다. 종족種族의 우상·동굴의 우상·시장의 우상·극장의 우상 등 참된 인식을 방해하는 4가지 편견을 지적하고, 실험과 관찰에 기본을 둔 귀납적 방법을 중시할 것을 주장하였다. 주요 저서로는 『학문의 진보』·『노붐 오르가눔』·『뉴 아틀란티스』·『수필집』 등이 있다.

것으로, 대개 공허한 망상의 누습陋習을 일거에 씻고 스스로 길을 열어서 실험으로 귀결하게 하고자 한 것이다.

"이른바 실험법은 사물의 여러 현상 중에 나아가 그 항상 일어나는 현상과 우연히 일어나는 현상을 분별하여 그렇게 되는 까닭을 찾는 것으로, 이것이 제일 첫 수순이 된다. 그러므로 사람들이 하나의 진리를 찾고자 하면 마땅히 하나의 사물에 나아가 빈번하게 관찰하고 반복적으로 시험하여 유무有無·등급等級에 관한 하나의 표를 만들어 그것을 기록해야 한다. 이를테면 처음에는 이런 일이 있다가 다음에는 이런 일이 없고, 처음에는 갑甲의 등급에 도달했고 다음에는 을乙의 등급에 도달한 것을 일일이 빠짐없이 고험하여야 하며, 이렇게 하기를 오래하면 일정한 이치가 나오는 것이다."

"학자는 장차 '갑'이라는 일을 연구하려고 실험 작업을 하였는데, 마침내 이 일은 발생하지 않고 다른 현상이 계속해서 일어나면, 마땅히 이런 현상이 무엇 때문에 생겨나는지를 깊이 생각해야 한다. 혹은 '을'이라는 일을 연구하여 이미 그것을 얻었으나, 처음에 예측했던 현상이 나중에는 마침내 일어나지 않는다면, 마땅히 저런 현상이 무엇 때문에 사라지게 되었는지를 깊이 생각해야 한다. 또 혹은 예측했던 현상이 바야흐로 일어날 즈음에 다른 여러 현상들이 뒤따라 생겨나고, 때로는 증가되고 때로는 감소된다면, 마땅히 이런 많은 현상들이 무엇 때문에 생겨나고, 증가하거나 감소하는지를 깊이 생각해야 한다. 이렇게 끊임없이 여러 번 실험하면서 이리저리 뒤섞어보기도 하고, 이것을 버리고 저것을 취하기도 하며, 갑甲으로 인하여 을乙을 알게 되면, 반드시 하나의 현상과 다른 현상이 서로 연관이 있어서 떨어질 수 없다는 것을 발견할 수 있다."

"대개 두 개 이상의 현상이 항상 서로 연관이 있어서 떨어질 수 없다는 것, 이것이 곧 이른바 정리定理이다. 그러므로 '갑'이라는 현상이 없으면, '을'이라는 현상도 또한 생겨날 근거가 없다. 이를테면 공기의 움직임이 소리의 원인이 되는데, 만약 동력動力이 없다면 소리는 끝내 공중으로 전해질 수가 없다. 전기는 불의 원인이 되는데, 만약 양기養氣가 없으면 불빛도 끝내 뜨거워질 수가 없다. 이와 같은 것을 사물의 정리라고 하니, 사람들이 사물의 정리를 알 수 있다면, 어찌 다시 오관五官에 가려져서 미혹한 견해에 빠질 수 있겠는가?"

"무릇 하나의 현상에 대한 정리를 이미 잠깐 사이에 구하여 얻었다면, 그대로 그것을 미루어 그 동류의 현상들에게 함께 적용해보아도 반드시 오차가 없을 것이니, 그것에 오차가 있다면 정리가 아니다. 어째서인가? 사물의 이치는 만고의 세월을 거쳐도 변함이 없는 것이다. 이는 관찰하고 실험한 데 따른 결과로서, 비단 외물外物의 현상을 연구할 수 있을 뿐만이 아니라, 곧 우리들 심령心靈의 현상을 강구講求하는 것도 또한 여기에서 벗어나지 않는다."

베이컨이 논한 실험법은 정밀하여 남김이 없다고 이를 만하다. 그러나 다만 추측을 달가워하지 않는 견해는 너무 지나치다. 그 의론은 항상 사물에 의존하였으니, 우리들의 지식은 전적으로 외계의 경험에 의해 얻은 것이라고 여겼고, 저 사물의 원리 같은 것은 고묘高妙하여 알기 어려우니 반드시 놓아두고 강구하지 않아야 한다고 여겼다. 이는 논리의 결점이 된다. 그래서 그 후에 의혹을 품은 다른 학파의 공격을 받게 된 것이다.

데카르트[笛卡兒 Descartes][137])가 프랑스[法蘭西] 사람이다. 이르기를, "사리를 판단하는 것은 의식의 일이고, 사리를 보는 것은 지식의 일인데, 의식은 끝이 없고 지식은 끝이 있다. 지식은 거울과 같다. 거울에서 물상을 받아들일 때 밝게 앞에 드러난 것은 진실로 잘 받아들이고, 잘 비출 수 있지만, 아직 드러나지 않은 것이나 드러났어도 분명하지 않은 것은 거울의 용도가 궁해진다. 그렇다면 지식의 구역은 매우 좁고 제한하는 바가 있기 때문에 미혹하게 만들 가능성이 또한 적다. 반면에 지식의 경우에는 구역이 매우 넓고 또 매우 자유로워서 제한이 없다. 이에 이성理性의 거울이 비추지 못하거나 비추어도 분명하지 않은 것이 있으면, 나의 의식은 항상 그곳으로 약진躍進하여 문득 판단을 내린다. 옳은 것은 옳다고 하고 그른 것은 그르다고 하니, 이런 것은 의식의 권한이 지식의 영역 밖으로 넘쳐 나온 것으로 일체의 오류가 그로 인하여 발생한다."

---

137) 데카르트 : 프랑스의 철학자이자 수학자인 Rene Descartes를 가리킨다. 근세사상의 기본틀을 처음으로 확립함으로써 근세철학의 아버지로 일컬어진다. 절대 진리를 제외한 기존의 모든 지식들을 방법적으로 의심함으로써, "나는 생각한다. 그러므로 나는 존재한다."라는 명제를 도출해 내었다. 정신적인 관념의 세계와 물질적인 법칙의 세계가 철저하게 분리되는 이원론적 체계를 펼쳤다. 데카르트의 형이상학 체계는 본유관념으로부터 이성에 의해 도출된다는 점에서 직관주의라고 할 수 있으나, 물리학과 생리학은 감각적 지식에 기초를 두고 있다는 점에서 경험주의적이다. 『우주론』·『방법서설』·『성찰록』 등의 저서가 있다.

이는 먼저 의식과 지식의 경계를 밝히고 오류를 초래하는 원인을 자세히 궁구한 것으로, 하문의 '의심을 품는 방법'은 곧 그것을 치료하는 약인 것이다.

"이런 미혹의 원인을 다스리는 것은 오직 하나의 방법이 있으니, 스스로 지식을 믿지 않고 의식을 남용하지 않는 것이 따름이다. 하나의 사물이 나의 이성의 거울에 다가올 때, 항상 스스로 살펴서 이르기를, 나의 지식이 받아들이는 바는 과연 사물의 참된 상에 부합될 수 있는 것인가? 내가 스스로 틀리지 않았다고 말하는 것은, 그 사이에 전혀 틀린 부분이 없다고 보장할 수 있는가? 항상 이런 식으로 스스로 의심을 하면, 이 의심 덩어리 중에 절로 의심을 깨뜨릴 수 있는 씨앗을 포함하는 것이다. 대개 사람들이 일단 이성은 미혹되기 쉽다는 것을 알고만 있으면, 이 스스로 아는 공력이 참으로 미혹된 생각을 치료하는 좋은 약이 된다. 어째서인가? 이미 스스로 그것을 알고 있고, 이미 스스로 그것을 의심하기 때문에, 매번 사물을 만날 때마다 스스로 감히 선뜻 판단을 내리지 않게 되니, 만약 판단을 내리지 않는다면 저절로 오류를 낳을 리가 없게 되는 것이다."

사물을 만나 판단을 내리지 않는다는 것은 극명하게 본 것이 아니면 선뜻 판단을 내리지 말라는 뜻이지, 오래도록 결정을 하지 않는다는 뜻이 아니다. 비유하자면 전쟁을 할 때 아직 접전接戰이 있기 이전에는 그 진영陣營을 두텁고 견고하게 하여 먼저 이길 수 없게 만들어 놓고 기다렸다가 대적하는 것이 옳으니, 이른바 "장군이 계교로써 남을 이기고자 하여, 말을 타고 활을 당기면서 일부러 쏘지 않았네[將軍欲以巧伏人 盤馬彎弓惜不發].138)"라는 것이다. 이는 실로 데카르트 궁리학窮理學의 제1단계이다.

"이미 의심을 품었으면, 어떻게 의심을 깨뜨릴 것인가? 사물을 만날 때마다 모두 의심을 하되, 그 가운데에는 반드시 의심해서는 안 되는 하나의 사물이 존재한다. '아상我相'이라고 하는 것이 그것이다. 의심을 품게 되었을 때 문득 마음과 입이 서로 상의하기를, '내가 의심할 때, 의심하는 자는 누구인가? 나이다. 내가 의심하는 것을 아는 자는 누구인가? 또한 나이

---

138) 장군이 … 않았네 : 당唐 나라의 대문장가로 당송팔대가唐宋八大家의 하나인 한유韓愈의 「치대전雉帶箭」이라는 시에 나오는 말로, 어떤 자세만 취하고 즉각 행동으로 옮기지는 않는 것을 비유하는 말로 쓰인다.

다.’ 한다. 대개 의심이라는 것은 생각의 일단이다. 나는 스스로 나의 생각을 알지만 내가 생각할 때면 나와 생각이 일체가 되어, 내가 나의 생각을 의심하면 할수록 나는 더 생각을 하는 것이 되고, 나는 더 나의 생각을 아는 것이 된다. 내가 이 일을 끊어버리고 믿는 것은, 실로 나의 자유이다. 내가 스스로 내가 있음을 알아서 감히 나를 속이지 못한다면, 어찌 다시 오류를 만들 근심이 있겠는가?”

“모든 사물을 접할 때면 마땅히 나의 이성의 힘이 어떠한지를 스스로 살펴서 나의 정신을 움직여 하나하나 점검하여야 하니, 그 중에서 소견이 분명한 것은 취하고 그렇지 못한 것은 버리며, 의심나는 것은 의심하고 모르는 것은 건너뛴다. 이렇게 하는 것은 모두 내가 가지고 있는 권한으로, 외물에서 얻어서 강해지는 것이 아니다. 일에는 어렵거나 쉬운 것이 있고, 간단한 것이 있고, 복잡한 것이 있고, 시의時宜에 적절하거나 부적절한 것이 있고, 타인에 의해 왜곡된 것도 있다. 저 오관五官의 지식으로 일일이 받아들이다 보면 어지러이 산만해져서 이치에 부합할 수 없게 된다. 이는 본래 그런 것으로 지식의 죄가 아니다. 저 의식의 경우에는 진실로 자주自主할 수 있는 것으로, 의식이 일체 일삼는 바가 없이 오직 지식이 받아들이는 것에 따라 움직인다면, 이는 내가 될 수 있는 도구를 스스로 포기하는 것이 된다. 또한 이는 내가 스스로 그 존귀함을 낮추어 외물을 따르는 것이 된다.”

이는 실험파가 물상物象을 지나치게 고집하는 것에 대해서 공박한 것이다. 그 의론은 넓고 깊고 간절하고 분명하여, 참으로 맹자孟子가 말한 “귀와 눈의 기능은 사고思考를 하지 못하여 물건에 가려지니, 외물外物과 이 물物이 접하면 거기에 끌려갈 뿐이다. 그러나 마음의 기능은 생각할 수 있으니, 생각하면 얻고 생각하지 못하면 얻지 못한다. 이것은 하늘이 우리 인간에게 부여해 주신 것으로서, 먼저 그 대체大體인 마음에 선다면 그 소체小體인 이목耳目이 능히 빼앗지 못할 것이다.”라는 것과 동일한 뜻이다.

“사물을 만나서 함부로 판단을 내리는 것은 스스로를 속이는 것일 뿐만이 아니라 또한 남을 속이는 것이다. 이는 학자들이 마땅히 깊이 경계해야 할 바이다. 내가 이 일에 대해 알지 못하여 판단할 수 없는 것은 나의 죄가 아니다. 이 일에 대해 알지 못하면서 함부로 안다고 하여 타인을 그르치는 것은 나의 죄이다. 그렇다면 오직 지극히 정성스러워 거짓이 없는 마음으로 나의 자유를 행하여, 스스로 믿게 된 연후에야 마침내 천하에서 믿음을 얻을 것이다.”

“만약 이 방법을 쓴다면 진리를 구하는 도구가 될 수 있을 뿐만 아니라, 또한 나의 이성이 의지하지 않고 독립하여 그 자유를 보존할 수 있을 것이다. 어째서인가? 만약 이 이치가 분명하게 내 마음에 다가오는 것이 있으면, 비록 외부의 환경이라도 어떻게 나의 마음을 흔들겠는가? 내가 반드시 그것을 취하게 될 것이다. 만약 이 이치가 왠지 내 마음에 만족스럽지 못하다면 비록 외부의 환경이라도 어떻게 나를 선동할 수 있겠는가? 내가 반드시 그것을 버릴 것이다. 비록 고금古今·중외中外의 성철聖哲들께서 가르침을 전하여 일세 사람들이 믿고 근거하는 이치가 되었더라도, 만약 내 마음에 돌이켜보았을 때 미안한 바가 있으면, 헌신짝처럼 버리는 것이 옳다. 내가 스스로 믿는 바를 내어서 고금, 중외의 성철들에게 도전하여 결투하는 것이 옳다. 내가 의지할 바는 오직 나 자신일 따름이다.”

“그 힘쓰는 방법은 3단으로 나누는데, 첫째는 분석하는 것이다. 무릇 하나의 사물을 만날 때면 마음을 써서 분석하기를 힘써서 그 안에 어떤 물건을 포함하고 있는지를 관찰한다. 둘째는 종합하는 것이다. 여러 종의 생각과 사물을 만나면, 차례로 하나하나 종합하여 전후로 정리한다. 셋째는 숫자를 계산하는 것이다. 무릇 관찰하고 생각한 사물을 일일이 계산하여 빠뜨리거나 잊어버리지 않게 한다. 그 방법이 매우 간단하고 쉽지만, 지론持論이 특히 정밀한 것은 종합하는 방법에 있다.”

“세계의 모든 사물이 이렇게 번성하나, 그 사이에는 반드시 하나의 큰 이치가 흐르고 있어서 모든 이치가 모두 그것으로 귀결된다. 학자는 마땅히 여러 이치 가운데서 무엇이 통솔하는 것이고 무엇이 종속되는 것인지를 구해 내어야 할 것이니, 이른바 “그 하나를 통하면 나머지 만사는 끝나는 것이다.”라는 것이다. 그렇다면 그 방법은 어떻게 해야 하는가? 사물을 강구할 때에 혹여 그 각 부분이 서로 연속되기 때문에 그 까닭을 알 수 없다면, 마땅히 먼저 하나의 이치를 추측하여 목표로 설정한 연후에 실험하는 방법을 통하여 그 결과가 부합하는지의 여부를 살펴보아야 한다. 만약 부합하지 않을 경우에는 다시 다른 목표를 설정하여 강구하여야 한다. 강구하기를 그만두지 않으면 반드시 각 사물이 서로 연속되는 까닭을 알 수 있어서, 큰 이치가 충분히 드러날 것이다. 이성은 비유하자면 태양과 같으니, 그 비추는 사물은 비록 많더라도 태양은 하나인 것이다. 이성은 강구하는 학술이 비록 많더라도 이성을 쓰는 것은 항상 동일하다. 그러므로 우리들이 만약 하나의 이치에 대해서 투철하게 파악한다면 다른 이치를 강구하는 데 있어서 노력은 반만 들이고도 성과는 배가 될 것이다. 어째서인가?

모든 이치가 모두 서로 연속되기 때문이다. 그러므로 학자가 이치를 궁구할 때는 한 과목에 국한되어서는 안 되며, 반드시 여러 학문을 섭렵하여 서로 부합하는 까닭을 궁구해야 한다. 이것이 종합법의 큰 개요이다.

　　실험파實驗派와 회의파懷疑派, 양 학파의 견해가 서로 반대되니, 갑은 사물에 의존하고, 을은 마음에 의존하며, 갑은 지식을 외계 경험에서 얻은 것이라고 여기는데, 을은 이성을 본래 정신이 지니고 있던 것으로 여긴다. 갑은 학술이 감각을 통하여 생겨난다고 보았고, 을은 학술이 생각을 통해서 이루어진다고 보았다. 각자 하나의 주의를 견지하고 공격하기를 그치지 않으니, 조화롭고 완비된 의론은 부득이 점검파點檢派의 출현을 기다리지 않을 수 없다.

　　칸트[康德, kant][139]는 독일[德意志] 사람이다. 말하였다. "전인의 철학은 혹은 독단[論定]하는 것을 곧 실험파이다. 지나치게 강조하고, 혹은 회의懷疑하는 것을 지나치게 강조한다. 독단파獨斷派는 매번 이야기할 때마다 고원高遠하고 유심幽深한 이치를 언급하니, 마치 형체와 그림자가 싸우는 것과 같아서 칼을 잡고 찌르려고 하면 저 그림자의 칼이 곧 나의 앞에 서 있다. 그리하여 회의파懷疑派는 그 독단과 과신에 대해 공격을 한다. 그러나 저 회의파들도 해결하기 어려운 문제를 만나면 끝내 해결할 수 없다고 여겨 놓아두고 강구하지 않으니, 또한 잘못된 것이다.

대개 독단을 주장하는 자들은 함부로 이성이 미치는 바를 지나치게 큰 영역까지 확대하니, 그랬을 때의 잘못은 과장하여 스스로를 속이는 데 있다. 회의를 주장하는 자들은 함부로 이성이 미치는 바를 지나치게 작은 영역으로 축소하니, 그 잘못은 자포자기自暴自棄하는 데 있다. 이제 두 학파의 논쟁을 조화하기 위해서는 반드시 먼저 이성이라는 것은 그 체體가 어떠하며, 그 용用이 어떠한 지를 자세히 알아야 하니, 그런 연후에 그것을 바탕으로 그 미칠 수 있는 경계를 정할 수 있을 따름이다."

---

139) 독일의 철학자인 Immanuel Kant를 가리킨다. 프랑스 혁명과 동시대를 살면서, 이전까지 전해지던 서유럽 근세철학의 전통을 집대성하고, 전통적 형이상학을 비판하며 비판철학을 탄생시켰으며, 이후의 철학 사상을 발전시키는 데 새로운 기초를 확립하였다. 그 영향은 여러 가지 형태로 오늘날까지 미치고 있으며, 근세 철학사상 가장 중요한 인물의 한 사람으로 꼽힌다. 저서에 『순수이성비판』·『실천이성비판』·『판단력비판』 등이 있다.

“이성의 작용은 두 가지가 있으니, 그 하나는 의리義理를 추구推究할 때 그것을 이용하여 입언立言하는 것이고, 또 하나는 실제 동작을 할 때 그것을 이용해서 행동을 제어하는 것이다. 두 가지 경우의 능력은 각각 다르니, 의론할 때 몸 밖의 사물에 나아가 고찰하는 노력을 기울이는 것이 이 이성이다. 실행할 때 스스로 동작하면서 일체의 사업을 만들어 낼 수 있는 것이 이 이성이다. 그러므로 점검하는 노력도 또한 두 부류로 나뉘는데, 첫째는 순수이성純粹理性의 점검이고, 둘째는 실천이성實踐理性의 점검이다.”

이는 먼저 두 학파의 잘못을 공격하고 별도로 새로운 하나의 점검법點檢法을 궁구한 것이다. 대개 두 학파는 모두 우리의 이성이 접촉하고 받아들이는 것을 가지고 말한 것으로, 이른바 ‘외면적인 것에 주력한다.’는 경우이다. 칸트는 곧바로 이성의 본원을 탐구하여 그 성질과 그 작용을 궁구하였으니, 이른바 ‘내면적인 것에 주력한다.’는 경우이다.

“이성理性의 여러 작용을 밝히고자 하면 먼저 외물상外物相을 구별하여 두 종으로 만들어야 하니, 그 첫째는 현상現象이다. 우리의 육근六根(눈·귀·코·혀·몸[身]·뜻[意]의 총칭總稱)과 상접하여 우리의 앞에 드러나는 것이니, 무릇 우리가 접촉하고 받아들이는 색·소리·향기·맛이 모두 그것이다. 둘째는 본상本相이다. 우리가 접촉하고 받아들이는 것 이외에 저 사물에는 별도로 그 고유의 성질이 존재한다. [사물은 스스로 그 본상이 있다. 그러므로 우리가 알고 있는 바는 겨우 현상일 뿐이다. 만약 본상에 대해 우리가 모두 알고 있다고 한다면 그런 이치는 없다.]”

“이제 오로지 색을 가지고 말해보자면, 우리들이 보는 색은 다만 우리 눈에 드러난 것을 가지고 우리들이 명명한 것일 따름이다. 만약 내게 눈병이 있는데 이 사물을 살펴본다면 더 이상은 평상시처럼 볼 수가 없을 것이다. 비유하자면 황달을 앓는 자는 보는 것이 모두 누렇고, 색안경을 낀 자는 일체의 사물이 모두 안경 색을 따라서 바뀔 것이다. 기타 소리·향기·맛 등도 이와 같지 않음이 없을 것이다. 그러므로 내가 사물을 접하는 것은 나의 오관과 나의 이성이 서로 결합함으로써 지각이 생겨나며, 내가 사물을 따르는 것이 아니라, 사물이 나를 따르는 것이라는 것을 알아야 할 것이다.”

“학자들은 마땅히 나의 이성이 무엇을 통하여 사물로 하여금 각자 현상을 드러나게 만드는지를 생각해야 한다. 대개 내가 사물을 처음 접할 때에는 여러 종류의 감각이 어지러이 뒤섞이고 따로따로 흩어져 있으면서 연관되지 않는다. 무엇을 감각이라고 하는가? 색·소리·향기·맛에서부터 대소大小·경중輕重·견취堅脆(딱딱함과 연함) 같은 것들로서, 끊임없이 분주하게 나의 눈에 들어오므로 모두 학문의 재료가 될 수 있다. 가령 여러 감각들이 이렇듯 오래도록 분잡한데도 나의 이성이 정리하지 못하고 연접聯接한다면, 나의 일생은 망망하기가 꿈속과 같아 이른바 사상이 끝내 확립될 수 없을 것이다.”

“다음으로 이렇게 많은 감각들이 무엇을 통하여 실마리를 찾아낼 수 있도록 할 수 있는지를 생각해야 한다. 대개 저 여러 감각들은 항상 약간의 연관되는 속성을 지닌다. 비유하자면 홍색과 열기, 이 두 가지 감각은 하나는 눈을 통해서 받아들이고 하나는 몸을 통해서 받아들인다. 그러나 사실은 한 점의 불이 두 가지 현상이 된 것을 나의 이성이 연결하여 하나의 생각으로 만든 것에 불과하다. 두 가지 상이 합병되어 ‘불[火]’이라는 글자를 붙인 것이다. 그러나 복잡한 것이 비로소 단일하게 되고, 흩어져 있던 것이 비로소 관련이 있게 된다. 이성의 힘이 이와 같다. 그러므로 ‘감각은 오직 외물에 대해 능히 받아들이는 속성이 있는 데 비해, 생각은 다시 진취적일 수 있어서, 온갖 것들을 총괄하여 하나의 생각으로 만들 수 있다.’ 한 것은 종합하는 것일 따름이다.”

이는 순수이성의 능력을 논한 것이다.

“우리들의 이성이 저 여러 감각들을 총괄하여 곧 질서를 이룰 수 있는 것은 세 가지 작용이 있기 때문이다. 첫째는 시청視聽의 작용이다. [이는 이목구비耳目口鼻 등 몸으로 받아들이는 것을 겸하여 말한 것인데, 하나를 들어서 예를 든 것일 따름이다.] 둘째는 고찰考察의 작용이다. 셋째는 추리推理의 작용이다. 시청의 작용은 우주 사이의 각 사물을 총합하는 것을 주로 하는 것이다. 비유하자면 하늘을 우러러 해[日]를 바라보며 나는 어떻게 그것이 해인지를 아는가? 실로 해의 형체에서 발하는 여러 현상을 우리의 눈에서 감각하기 때문으로, 나의 이성이 그것을 종합하여 마침내 스스로 공중에 하나의 원선圓線을 그려놓고 ‘이것이 해의 형체이다.’라고 한다.

만약 그렇지 못하다면 여러 종류의 감각들이 날아다니고 떠돌아다녀도 잡아낼 수 없고, 이른바 해라는 관념도 일으킬 수가 없게 될 것이다. 이로써 말해 본다면 우리들 이성의 작용은 반드시 공간에 [상하 사방의 우宇이다.] 힘입는 바가 있다. 공간이라는 것은 이를테면 화공畵工이 겸지縑紙를 가지고 있는 것과 같다. 여러 종류의 감각은 화공의 재료이다. 시청의 힘은 화공의 의장意匠이다. 이는 전적으로 감각 중에서 외부에 속하는 것을 가지고 말한 것이다. 이 밖에 다시 이른바 '내심內心의 감각'이 있으니, 이를테면 괴롭고·즐겁고·사색하고·결단하는 것이다. 무엇을 통하여 이런 감각을 연속시켜 선후가 있으면서도 서로 떨어지지 않게 할 수 있는가? 이에 우리 이성의 작용은 반드시 시간에 [고왕금래古往今來의 주宙이다.] 힘입는 바가 있다. 시간이라는 것은 실로 우리의 이성이 여러 감각을 파지把持하여 영겁永劫 속으로 들어가게 만드는 것이다."

"그렇다면 공간空間·시간時間이라는 것은 실로 우리 감각력 중의 고유한 정리定理이고, 의존하여 일체를 종합하고 일체를 차례지우는 바가 모두 이 도구이다. 만약 두 가지가 없다면 우리는 끝내 여러 감각을 정돈하여 실마리를 잡도록 할 방법이 없을 것이다. 또한 화공이 겹지를 버려두고서는 그림을 그릴 수 없는 것과 같다. 겹지가 비록 화공의 필수품이기는 하지만, 그리는 사물은 겹지가 있어야만 이용할 수 있는 것은 아니다. [이를테면 우리들이 하나의 풀과 바위를 그리려고 할 때 겹지가 없으면 나는 진실로 그림을 그릴 수 없다. 그러나 풀과 바위가 겹지에 의존하는 것은 아니다. 겹지가 없으면 저들이 드러날 수가 없을 따름이다. 초목은 의식이 없는 물체이다. 스스로 드러나고자 하는 것이 아니라, 내가 그것을 취하여 나의 용도로 삼는 데 불과할 따름이다.] 일체의 물상과 공간·시간의 관계는 그 이치가 또한 이와 같다. 각 사물에 있어서 진실로 조금도 이 두 가지에 상관하지 않는 것은 오직 우리의 이성이니, 이것을 빌려서 감각력의 범주로 만들 따름이다."

"공간과 시간 두 가지는 밖에서부터 와서 나의 이성의 앞에 드러난 것이 아니라, 실로 나의 이성이 스스로 이 양종의 형식을 드러내어 여러 외물에 적용하는 것일 뿐이다. 실제로 말해볼 것 같으면 이 두 가지는 모두 진짜로 있는 것이 아니라 실로 내가 가상으로 정한 것에서 비롯된 것이다. 그런 까닭에 마땅히 이전의 학자들이 오관의 힘으로 궁리의 본원을 삼고, 시간, 공간 두 가지는 실험을 통하여 그 정상을 알 수 있다고 여긴 것은 큰 착오라는 것을 알아야 한다. 우리의 성품 중에 이 실리實理를 구비하였으므로, 비로소 여러 종류의 실험에 종사할 수 있는 것이니, 이 사물이 스스로 실험을 한다고 말한다면 그런 이치는 없다."

여기에서는 시청의 작용에 대해 이전의 학자들은 항상 만물이 모두 공간·시간 두 가지에 의존하여 존립한다고 여겼다는 것을 말하였다. 때문에 공간이 어떻게 생겨나고, 시간이 어떻게 이루어지는지를 추론하여 그로써 이치를 궁구하는 대본으로 삼았다. 그러나 모두 그 관련성을 찾지 못하였으니, 이는 실로 용用을 혼동하여 체體로 삼은 데 따른 것이다. 그래서 우리들이 의지하고 가정하여 사물을 관찰하는 것을 가지고 경솔하게 "사물의 본상이 전부 여기에 있다." 하였다. 현상을 본질과 혼동하였으니, 일체의 그릇된 견해는 모두 여기에서 생겨난 것이다.

"시청의 작용이 비록 일체의 사물을 정렬하여 학술의 재료로 삼는 것이지만, 아직 참된 학술이라고는 말할 수 없다. 참된 학술은 반드시 고찰작용考察作用에서 비롯된다. 고찰작용이라는 것은 만물의 현상을 관찰하여 그 일상적으로 반복되어 변하지 않는 법칙을 찾아내는 것이다. 이는 불이 사물에 옮겨 붙으면 반드시 태워서 없애는 것과 같다. 그러므로 불의 현상은 태워서 없애는 현상과 더불어 항상 서로 연관되면서 떨어지지 않는다. 그 사이에는 일정한 법칙이 있으니, 고찰작용은 곧 이런 종류의 법칙을 찾아내는 것이다."

"이러한 법칙을 찾아내고자 하면, 마땅히 이른바 3대 원리라는 것에 의지하여 고찰해야 한다. 첫째는 조리만족條理滿足의 원리이다. 갑이라는 현상은 그 원인이 반드시 을의 현상 중에 존재하여 피차의 인과가 서로 연속된다는 것을 말한다. 둘째는 만물조화萬物調和의 원리이다. 모든 현상은 항상 서로 조화하고 접하기 때문에 돌발적으로 나타나 다른 현상과 교섭하지 않는 법은 없다는 것을 말한다. 셋째는 세력불멸勢力不滅의 원리이다. 모든 현상 중에 소유하고 있는 힘은 항상 증가하지도 감소하지도 않는다는 것을 말한다. 이 3대 원리라는 것은 만물에 함께 적용되는 것으로 만고토록 변하지 않는다. 학자가 만약 이를 통해서 일체를 관찰한다면 어지러이 뒤섞인 만물이 실로 모두 서로 연관되어 일체를 이루는 것을 보게 될 것이다. 비유하자면 하나의 그물에 그 구멍이 천만 개지만 실로 모두 서로 연결되어 하나도 떨어지는 경우가 없는 것과 같다. 세계의 대세도 이와 같다."

"그러므로 세계의 만물은 모두 서로 연결되고 얽혀서 어느 것 하나도 스스로 자유로운 것이 없다. 이를 일러 '일정불가피一定不可避의 원리'라고 한다. 오직 이 '일정불가피'의 원리를 가지고 만물에 두루 적용한 연후에야 형체의 학술이 마침내 수립될 수 있는 것이다. 만약 그렇지 않아서 만물이 각각 스스로 자유롭다면 그 여러 현상이 서로 이어지는 이치는 찾으려고 해도 방법이 없을 것이니, 다시 무슨 방법에 의해 이 학술을 구성할 수 있겠는가?"

"이 3대 원리가 만물 현상에 적용되는 것임은 분명하다. 그러나 그 본상도 또한 그러한 것인가? 이는 알 수 없다. 어째서인가? 사물의 본상은 알 수 없기 때문이다. 우리들이 만약 정확하게 본상을 볼 수 있는 때가 있다면, 이 세 가지 정리가 진리가 되지 못할 수도 있는 것에 대해 또한 장담할 수 없다. 이 세 가지 이치를 갖춘다는 것은 우리들이 능히 고찰할 수 있는 모든 대상에 모두 적용될 수 있다는 뜻일 뿐이다. 그렇지만 내가 실험하는 것이 사물의 전체 숫자를 망라하기에는 부족하므로, 혹여 고찰하지 못한 바가 아직도 많이 남아있을지 어떨지는 또한 알 수 없다."

"그렇다면 이른바 '불가피한 3대 원리'라는 것은 과연 어떤 것인가? 이는 또한 우리들의 이성 속에 구비되어 있는 정리에 불과할 따름이다. 시청작용은 반드시 공간·시간 두 가지를 필요로 하고, 고찰작용은 반드시 이 3대 원리에 의존하니, 그 일은 정확히 동일하다. 우리의 심령心靈을 제외하고 나면 이 3대 원리라는 것은 또한 붙을 곳이 없게 된다. 대개 시청작용은 반드시 저 두 가지를 믿은 연후에 그 원근, 선후의 구별을 볼 수 있다. 그렇지 못하면 만물이 유리遊離하고 분잡紛雜하여 내가 생각할 수 있는 바가 아니다.140) 이는 모두 우리들의 이성작용이 자연적으로 만들어 낸 것이다. 저 사물의 본상이 기실은 이러할지 이렇지 않을지는, 끝내 알 수 없는 것이다."

이는 우리들의 이성의 두 번째 작용에 대하여 세밀하게 점검한 것이니, 곧 이른바 고찰의 공功이 그것이다. 이 이치가 이미 밝아지면 유형의 실물에 관계되는 모든 학술은 그 기초를 알 수 있다. 학문은 진실로 실험을 근본으로 하거니와, 이른바 실험이라는 것은 절로 일정한 경계가 있다. 만약 이 경계의 밖으로 내달리지 않는다면, 그 실험은 곧 신빙할 수 있다. 경계라는 것은 무엇인가? 사물의 현상이 그것이다. 만약 경솔하게 스스로 만물의 본상을 강구할 수 있다고 여긴다면, 더는 학술의 경계가 아니다.

"시청·고찰작용은 사물의 분잡함을 정리하여 그 차서次序를 정하고, 그로 하여금 복잡한 것에서부터 점차 단순하게 만든다. 그렇지만 여전히 만물을 가지런하게 하나로 만들어 가장 높고 가장 간단한 영역으로 이르게 할 수는 없다. 이에 우리의 이성은 다시 하나의 고상한 작용이 있으니, 추리력推理力이라고 하는 것이다. 이 추리력이 있음으로 인하여 우리의 이성은 일체를 들어서 그 본원에 통속시킬 수 있다. 이 추리력이라는 것은 서열을 지은 사물을 점검하여 하나의 이치로부터 다른 이치로 진입하고, 하나의 예로부터 다른 예로 진입하게 할 수 있다. 이와 같이 층층이 쌓아 올라가 극치에 도달하기를 구하다가 어느 날 그 극치에 도달하면,

---

140) 내가 … 아니다 : 고찰작용에 대한 부분이 빠져 있다.

더 이상은 이전의 사물과 같이 의존하는 바가 있는 것이 아니다. 이를 일러 한계가 없고 의지함이 없다고 하는 것이니, 본원本原의 지의旨義가 여기에 있는 것이다.”

“저 두 작용이 미칠 수 있는 바는 이른바 물리학物理學이다. 이 작용이 미칠 수 있는 바는 이른바 만물원리학萬物原理學이니, 곧 철학哲學이다. 철학가가 말하는 이치는 물리학의 확고하여 변하지 않는 것과 같을 수 없다. 어째서인가? 의리를 고찰할 때 추측하는 것을 능사로 삼을 뿐, 실험을 통해서 찾는 것이 아니기 때문이다.”

“이른바 본원의 뜻이란 무엇인가? 이는 세 가지가 있다. 첫째는 혼魂이다. 우리 마음속에 있는 여러 현상들이 모두 그로부터 나오는 것이다. 둘째는 세계世界이다. 무릇 형체가 있는 만물의 전체이다. 셋째는 신神이다. 혼과 세계는 모두 신神에서 나온다. 그러므로 신 또한 ‘본원 중의 본원’이라고 부른다. 혼·세계·신은 모두 한계도 없고 의지함도 없어서 불가사의不可思議하며, 다시 시청·고찰 두 작용으로 실험하여 얻을 수 있는 바가 아니다. 오직 추리력을 바탕으로 추측할 따름이다. 이른바 철학이라는 것은 곧 이 본원의 뜻을 연구하는 것을 목적으로 하는 것이다.”

여기에서는 추리작용이 곧 이른바 만물원리학이라는 것을 논하였다. 혼이라고 말한 것은 사람의 정신이 형체의 밖에 독립한 것을 뜻한다. 세계라는 것은 불교에서 말하는 대천大千·중천中千·소천小千 세계와 같은 것으로, 오로지 이 지구를 가리키는 것은 아니다. 신이라는 것은 경교景敎에서 말하는 조화주造化主가 그것이다.

“이전의 학자들은 모두 철학哲學과 도학道學(도덕에 관한 학문)을 획연히 둘로 구분하고, 우리들 양지良知의 자유는 돌아보지 않은 채 오직 추리력을 빌려서 이른바 만물원리萬物原理라는 것을 구하려고 하였다. 이는 곧 공연空衍한 방법으로, 참된 학술을 건립하기에는 충분하지 못하다. 양지의 자유를 버려두고 혼魂의 유무有無·신神의 유무·세계世界의 시부是否를 구하려고 하니, 이는 모두 단정할 수가 없다. 그러므로 반드시 도학을 근본으로 한 연후에 철학이 붙을 곳이 있는 것이다.”

“시험삼아 전인前人의 학설을 가지고 간추려 보겠다. 첫째는 혼魂에 관한 설이다. 우리들의 여러 종류의 감각, 생각은 과연 그것이 유래하여 나온 본원이 있는가? 과연 하나의 단순한 영명한 지혜의 본질로서 영혼이라고 호칭될 수 있는 것이 있는가? 이 문제는 실험으로 해결할 수 있는 것이 아니다. 어떻게든 내면을 돌이켜 관조하여 끝까지 탐색하면서 이른바 영혼이라는 것을 찾아보려고 하더라도, 끝내 될 수 없다. 어째서인가? 우리들이 보는 것은 이 의식에 불과하다. 저 의식이 유래하여 온 바에 대해서는 끝내 볼 수 있는 방법이 없다. 이전의 학자들은 의식이라는 것은 현상이고, 의식이 유래하여 온 바는 본질이라고 여겼다. 현상을 용用으로 삼고 본질을 체體로 삼았다. 용으로 인하여 체를 추론하여 이 현상을 보면서 그것에는 반드시 유래하여 온 본원이 있을 것이라고 판단한다. 이를테면 우리의 의식은 스스로 이 의식이 단순하여 분잡하지 않다는 것을 볼 수 있는 것과 같다. 이 때문에 나의 의식이 미치지 못하는 본질도 또한 반드시 단순하여 분잡하지 않다는 것을 안다면, 이는 논리에 부합하지 않는 말이다. 대개 의식이 바야흐로 스스로 상상하여 단순하여 분잡하지 않다고 여기는 것은 여전히 의식계의 일이고, 현상 중의 현상이다. 이 하나의 현상을 바탕으로 곧바로 의식 이외의 본질을 함부로 판단하여 차서次序를 어지럽힌다면, 그런 이치는 없다. 그렇다면 우리 몸속에 가령 실제로 이른바 영혼이라는 것이 존재한다면 그 형상은 어떨까? 끝내 생각의 힘으로 미칠 수 있는 바가 아니다. 어째서인가? 생각이라는 것은 이미 드러난 작용이고, 영혼이라는 것은 아직 드러나지 않은 본체이니, 두 가지는 분명하게 동일한 물체가 아니기 때문이다.”

“둘째는 세계라는 전체이다. 제가諸家의 설에 대해 받아들이지 못할 것이 8가지가 있는데, 8가지 중에서 수학數學의 이론에 의거해 뜻을 세운 것이 4가지이고, 물력학物力學에 의거해 뜻을 세운 것이 4가지이다. 수학의 이론에 의거한 것의 첫 번째는 ‘세계가 공간·시간에서 과연 한계가 있는가, 아니면 한계가 없는가?’ 하는 것이다. 갑은 말하기를 ‘세계는 가로로 끝이 없고 세로로 불멸하는 것이다.’ 하고, 을은 이와 반대로 이야기 한다. 두 번째는 ‘세계라는 것이 분석하여 약간의 단순한 원질을 만들 수 있는 것인가? 아니면 분석할 것이 무궁하여 끝내 분석을 할 수 없는 것인가?’ 하는 것이다. 갑의 설은 전자를 위주로 하고, 을의 설은 후자를 위주로 한다. 이 두 문제를 해결하고자 하면 의당 네 가지 설을 가져다가 모두 버려야 한다. 어째서인가? 공간·시간 두 가지는 모두 우리 이성 속에서 가정한 바로서, 사물이 본래부터 가지고 있는 바가 아니다. 이 네 가지 설은 본질로 인식한다면, 그런 이치는 없다. 물력학의 이론에 의거한 것은 첫 번째는 ‘저 세계라는 것이 별도로 무형의 자유가 있는가? 아니면 겨우 형질상의 불가피의 원리를 따르는 것인가?’ 하는 것이다. 갑은 전자를 위주로 하고, 을은 후자를 위주로 한다. 두 번째는 ‘세계의 만물은 태고 적부터 스스로 존재하는 것인가? 아니면 나중에 창조되어 나온 것인가?’ 하는 것이다. 또한 갑은 전자를 위주로 하고, 을은 후자를 위주로 한다. 이 두 문제를 해결하고자 하면, 의당 네 가지 설을 가져다 조화롭게 해야 한다. 어째서인가? 그 보는 바가 비록 각각 다른 듯하지만, 실은 모두 다른 일을 논하면서도 이치에 있어서는 모두 합치되는 바가 있기 때문이다.”

　“이렇게 받아들이지 못할 여러 설이 있는 것은 모두 스스로 자기 개인의 이성으로 본 바를 가지고 곧바로 사물의 본상으로 여기는 것에서 비롯된 것이니, 이것이 이른바 망념이다. 그런데 이 망념이라는 것은 그 힘이 극도로 성하여 우리들이 비록 간혹 스스로 그것이 망령되다는 것을 알더라도 오히려 그것에 속박되는 것을 면하지 못한다. 이를테면 저 색안경을 낀 사람이 각 사물을 볼 때 비록 그 본 바가 참된 색이 아니라는 것을 분명하게 알더라도, 오히려 스스로 분별을 하면서 말하기를, ‘무슨 색이다.’라고 하는 것과 같다. 고래의 학자들의 오류는 모두 여기에 걸려 있다.”

　“이상에서 거론한 여러 설들은 물력학의 이론에 근거한 것이 가장 긴요하다. 어째서인가? 그 설은 자유의 유무를 변론하여 지취로 삼는 것으로서, 참으로 도덕과 관련되기 때문이다. 대개 사물의 본상과 그 현상의 구별이 이미 분명하다면, 이른바 자유의 이치는 불가피의 원리와 더불어 나란히 행해지고 서로 어긋나지 않는다. 이에 두 반대되는 설이 조화를 이룰 수 있는 것이다.”

　　　여기서는 양 학파의 설을 열거하여 취사取捨하고, 조화調和시켰고, 하문下文에서 다시 도덕성의 자유를 논하였다.

　“사물의 현상은 변하는 것이고, 본질은 불변하는 것이다. 변하는 것은 진실로 허공虛空과 영겁永劫 사이에 탁생託生하여 생겨남이 있으면 사멸死滅하지 않을 수 없다. 그 변하지 않는 것의 경우는 시간·공간과는 전혀 상관이 없다. 모든 사물이 모두 그러하니, 우리 인류도 또한 그 중의 하나이다. 사람의 생명은 대개 두 가지이다. 그 하나는 오관육체五官肉體의 생명이니, 한 방역方域, 한 시대에 구애를 받아 공간·시간과 서로 관련되는 것이다. 그 동작하는 바가 있는 것도 또한 하나의 현상에 불과하니, 모든 만물의 현상과 동일하게 불가피의 원리가 있어서 혼자서만 자유로울 수 없다. [피곤하면 쉴 수밖에 없고, 배고프면 먹을 수밖에 없는 것은 모두 이른바 ‘불가피의 원리’이다. 여기에서 그 중 조잡한 예를 든 것은 나머지도 모두 그러하기 때문이다.] 그렇지만 우리 사람들은 이런 하등 생명 이외에 다시 고등생명이라는 것이 존재하니, 고등생명이라는 것은 곧 본질이고, 곧 참된 나이다. 이 참된 나라는 것은 항상 초연히 시간, 공간의 밖에 서서 자유롭고 활발한 하나의 사물이 되며, 다른 것에 속박될 수 있는 것이 아니다. 그러므로 '자유로운 이치와 불가피의원리가 항상 병존하면서 서로 어긋나지 않는다.'고 한 것이 이것이다."

"우리 육체의 생명이 이미 다른 현상과 함께 저 이른바 불가피의 원리에 속박을 받는다면, 내가 무릇 행하는 바가 있을 때마다 반드시 하나의 법칙에 제어를 받아 스스로 자유로울 수 없다. [무릇 사물의 현상은 모두 자유로울 수 없다.] 어떤 사람이 있다고 할 때, 정밀한 조사를 위하여 우리들의 지론持論이나 우리들의 정념情念을 가지고 일체 비교하고 실험하여 그 관련되는 법칙을 찾아낼 수 있다면, 우리들이 장래에 무슨 말을 하고자 하고, 무슨 일을 하고자 하는지를 반드시 미리 알 수 있어서, 조금도 틀리지 않을 것이다. 천문가가 혜성을 예측하고, 일식·월식을 예측하는 것과 같은 경우이다."

"그렇다면 우리들의 성性에 과연 이른바 자유라는 것이 존재하지 않는 것인가? 현상과 본질은 애초에 같은 물건이 아니다. 현상을 보고 본질의 성이라고 여기는 것이 또한 다시 이와 같으니, 그런 이치는 없다. 어째서인가? 육체의 생명은 현상에 불과하니, 그것이 현상이 되기 때문에 불가피의 원리에 속박을 받는다. 그러나 우리의 생명은 육체뿐만이 아니라, 다시 본질의 생명이 있으니, 내가 보지 못했던 것이다. 이제 육체가 자유로울 수 없다는 것 때문에 본질도 또한 자유롭지 못하다고 한다면, 그런 이치는 없다."

"우리들의 평생의 행위는 모두 우리 도덕상의 성질이 드러난 것이다. 그러므로 우리들의 본성이 자유로운지의 여부를 알고자 하면 육체의 현상을 가지고 논할 뿐만 아니라, 마땅히 본성의 도덕을 가지고 논해야 한다. 저 도덕상의 성질의 경우 거기에 조금이라도 자유스럽지 못한 것이 있다고 누가 말할 수 있겠는가? 도덕의 성질은 생겨나지도 않고 사멸하지도 않으므로, 공겁空劫의 사이에 한정이나 속박을 받는 것이 아니다. 과거도 없고 미래도 없으면서 항상 현재인 것이다. 사람은 각자 이 공겁을 초월하는 자유권自由權에 의지하여 그 도덕의 성질을 스스로 만든다. [도덕의 본원과 육체의 현상은 획연히 두 물건으로 나누어지는데, 공간과 시간을 초월하는 참된 나는 곧 도덕의 본원이 그로부터 유래하여 나오니, 일체의 도심道心은 참된 나를 통하여 스스로 만들어지는 것이다.] 그러므로 나의 참된 나는 비록 나의 육안肉眼이 스스로 볼 수 있는 바가 아니지만, 도덕의 이치를 가지고 미루어보면, 거기에는 엄연히 현상의 위로 훨씬 벗어나 그 밖에 서 있는 것이 있음을 볼 수 있다. 과연 그렇다면 이 참된 나의 마음은 항상 활발하고 자유로워 육체처럼 항상 불가피의 원리에 갇히지 않았음이 분명하다. 이른바 활발하고 자유롭다는 것은 무엇인가? 내가 선인이 되고자 하거나 악인이 되고자 하는 것은 모두 내가 스스로 선택하는 바에 달렸다. 이 것이 자유로운 까닭이다. 이미 택정擇定하였으면, 육체는 곧 그 명령을 따라서 선인善人·악인 惡人의 자격을 빚어낸다. 이것이 부자유스러운 까닭이다. 이로써 본다면, 우리의 몸은 이른바 자유성과 부자유성 양자가 동시에 병존한다는 것이니, 그 이치가 확실히 쉽고 분명하다.

여기서는 도학이 철학의 근본이 되는 것을 밝혔다. 칸트의 설은 깊고도 미묘하여 학 자들이 이해하느라 고생을 한다. 알프레드[阿勿雷脫][141)는 프랑스인이다. 일찍이 하나의 비유를 들어 말하기를, "여기에 하나의 광선光線이 있는데, 본래는 단순하여 분잡紛雜하 지 않은 것이다. 그런데 어느 날 요철凹凸이 무수히 많은 투광물透光物을 그 앞에 놓고, 이 광선이 이 물체를 투과하여 우리 눈에 접하게 하면, 다양한 색채를 발하는 원추형圓 錐形이 되어 헤아릴 수 없는 부위가 생겨난다. 공간·시간의 많은 부위들이 곧 이 이치 와 동일하다. 그러므로 만약 계산에 정밀한 자가 그 원추형의 상과 그 많은 부위를 가 지고 일일이 계산해 볼 수 있다면, 조금도 어긋나지 않을 것이다. 어째서인가? 그것이 현상으로 떨어져, 이미 불가피의 원리를 따르고 있기 때문이다." 하였다. 그러나 이런 형체와 색을 발하게 하는 원인은 광선의 본체가 그렇게 만들기 때문이다. 광선의 본체 는 진실로 극히 자유로우니, 그것이 반드시 불가피의 원리를 따른다고 말한 것은 잘못 된 것이다.

▫ 진화집설　進化輯說

『춘추春秋』의 예例에는 열 두 임금[公]의 시대를 분류하여 3세世로 했는데, 거란세據亂世·승평 세升平世·태평세太平世가 있다.

이는 성사聖師(孔子)께서 제창하신 진화進化의 설이다. 그 뜻은 세계의 초기에는 반드 시 거란세據亂世를 경유하고, 점차로 진화하여 승평세升平世가 되며, 또 점차로 진화하여 태평세太平世가 되니, 현재가 과거보다 낫고, 미래는 현재를 계승한다는 것이다. 동아시

---

141) 알프레드 : 근대 프랑스의 철학자 Alfred Fouillee를 가리킨다. 대표작으로 『이학연혁사理學沿革史』 등이 있다.

아의 옛 설은 모두 문명세계가 고대에 있다고 여겼으니, 그 형상은 이미 지나간 것이고, 성사의 3세의 설은 문명세계가 미래에 있다고 여겼으니, 그 형상은 아직 오지 않은 것이 된다. 문명이 이미 지났다고 여기면 보수적인 마음이 생겨나고, 문명이 아직 오지 않았다고 여긴다면 진보적인 마음이 생겨날 것이다. 이 뜻은 당시에 있어서는 문하의 제자 중에서 오직 자유子游·자하子夏·안연顔淵·증삼曾參 같은 이들이 들어서 후세에 전할 수 있었다. [『사기史記』에 이르기를, "공자께서 『춘추』를 지으실 때, 쓸 것은 쓰고 삭제할 것은 삭제하시니[筆則筆 削則削], 자유와 자하의 무리들이 감히 한 글자도 돕지 못하였다."하고, 또 이르기를, "『춘추』를 지은 대의를 안자顔子를 향해 말해주고자 하였다.", "맹자孟子의 학문이 증자曾子에게서 나왔는데, 여러 차례 공자께서 『춘추』를 지으신 공로에 대해 이야기 하였다." 하였다.] 서한西漢 이전에는 공양고公羊高·동중서董仲舒 같은 유자儒者들이 그래도 그에 대해 말할 수 있었으나, 동한東漢 이후에 이르러서는 마침내 『춘추』를 이해할 수 있는 사람이 없게 되었다. [왕안석王安石은 이르기를, "『춘추』는 단란조보斷爛朝報[142]에 불과하다." 하였고, 주자朱子도 또한 스스로 "『춘추』를 이해하지 못하였다." 하였다.] 그리하여 삼세 진화의 뜻이 마침내 전혀 전해지지 못하니, 개탄스러움을 금할 수 있겠는가?

다윈[達爾文, Darwin][143]의 영국 사람이다. 『종원론種源論(종의 기원)』에서 말하였다. "생물이 변천하는 원인은 모두 생존 경쟁, 우열 승패의 법칙에서 비롯되는 것으로, 승패의 계기는 자연적인 것에서 비롯된 경우도 있고, 인위적인 것에서 비롯된 경우도 있다. 자연적인 것에서 비롯된 것은 '자연도태'라고 이르고, 인위에서 비롯된 것은 '인사도태人事淘汰(人爲淘汰)'라고 이르니, 도태가 그치지 않아 종자가 마침내 날마다 진화하게 되는 것이다."

"무엇을 '인사도태'라고 하는가? 무릇 사육되는 동물이나 배양되는 식물은 그 사육하고 배양하는 환경이 같지 않기 때문에 헤아릴 수 없을 정도로 많은 변종이 생겨나게 되었다. 비유

---

142) 단란조보斷爛朝報 : 단란은 결함이 많아서 완전하지 못한 것을 뜻하고, 조보는 정부에서 매일 반포하는 공고문公告文을 말한다. 왕안석이 『춘추』를 학관學官의 과목에서 빼버리고, 단란 조보라고 희롱하기까지 하였다는 기록이 있다(『송사宋史』 권327 왕안석전王安石傳).

143) 다윈 : 근대 영국의 생물학자인 Charles Robert Darwin를 가리킨다. 에콰도르의 갈라파고스 제도 등을 여행하면서 얻은 경험들을 바탕으로 진화론을 확립한 『종의 기원』을 발표하였는데, 이는 신이 만물을 창조했다는 기존의 창조론에 대비되는 이론으로서, 19세기 이후 인류의 자연 및 정신 문명에 커다란 변화를 가져오게 하였다.

하자면 집토끼는 항상 어떤 음식을 먹이면 그 털이 변색될 수 있고, 항상 어떤 방법으로 사육하면 그 귀가 더 길어질 수 있는 것과 같다. 이와 같이 하는 경우 백 수십 종으로 변하게 하는 것은 어렵지 않지만, 사실은 모두 동종同種의 산토끼에서 온 것일 따름이다. 이를 예로 들어보면 비둘기를 기르는 경우, 금붕어를 기르는 경우, 국화를 기르는 경우, 난초를 기르는 경우 등도 이와 같지 않은 것이 없다.”

“이런 변종이 생겨나는 것은 갑자기 오는 것이 아니다. 바로 극히 미미하고 작은 것에서 점점 옮겨가니, 그 처음은 매우 가늘지만 그 나중은 매우 거대하다. 시험 삼아 볼 것 같으면, 개는 사냥개가 있고 투견鬪犬이 있고, 양떼의 방목을 지키는 개가 있고, 집 문을 지키는 개가 있고 수레를 끄는 개가 있다. 모두 각각 그 특별한 지능과 성질을 갖추고 있는데, 그 조상의 종자가 생겨날 때부터 그렇게 된 것은 아니다. 우리 사람들은 오랜 세월 동안 힘을 쏟아 길들이고 훈련시켜서 깊숙한 곳에서 그 기능의 일부분을 전일하게 끌어내었으니, 그 때문에 그렇게 된 것이다.”

“동물들만 그런 것은 아니다. 인류 역시 그런 일이 있다. 옛날 그리스[希臘]의 스파르타[斯巴達, Sparta] 사람들은 항상 이런 방법을 써서 그 백성들을 도태淘汰시켰다. 자녀가 막 태어났을 때 그 체격을 검사하여 만약 나약하거나 장애를 지닌 자가 있으면, 문득 죽여서 버림으로써 종자가 전해지지 않게 하였다. 그리고 오직 장건壯健한 자만 남겨두어서 자손으로 성장하게 하였다. 그런 까닭에 스파르타 사람들은 강무剛武한 것으로 당시에 이름을 떨쳤다. 오늘날의 세계는 결단코 저렇게 잔혹한 수단을 쓸 리는 없겠지만, 그러나 사람들의 정신과 육체는 모두 익힌 바에 따라서 변화될 수 있다는 것을 그로써 알 수 있는 것이다. 이것이 모두 이른바 ‘인사도태’의 공이다.”

“무엇을 ‘자연도태’라고 이르는가? 이는 생존경쟁과 자연선택의 법칙에서 비롯된 것이다. 대개 이 생물이 저 생물과 한 곳에 같이 있는데도 고사枯死하여 죽는 것에 차이가 있는 이유는, 반드시 그 생물에 특별한 점이 있어서이다. 자연계의 환경과 서로 잘 맞으면 능히 스스로 존재할 수 있고 종자를 전할 수 있는 것이다. 비유하자면 사막에 갖가지 색의 벌레가 그 사이에서 살아가고 있는데, 그 타고난 성질은 본래 동일하다. 다만 청색·홍색·자색·흑색 같은 색들은 구별하기 쉽기 때문에 날짐승이나 전갈·도마뱀 같은 것들이 문득 잡아서 먹어버리니, 날로 감소하여 그 종자가 마침내 멸종되기에 이르렀다. 남아 있는 것들은 사막과 같은 색깔이라서 구별하기 어려운 것들이다. 날짐승이나 전갈·도마뱀 같은 것들도 또한 청색·홍색·자색·흑색 같은 색들을 띤 것들이 있었지만 발견하기 쉬워서 충류蟲類들이 한번 보고도 적이라는 것을 알아채고는 그 자리에서 피해버린다. 그래서 항상 먹지 못해서 죽어가다 보니, 날로 감소하여 그 종자도 또한 멸종에 이르게 되었다. 남아 있는 것들은 사막과 같은 색깔이라서 발견하기 어려운 것들이다. 그리하여 사막 중에는 오직 황색·백색의 벌레, 황색·백색의 조류들만 있게 되었다. 이는 다른 이유가 없고, 저들이 오직 처한 환경에 가장 적합하였기 때문이다.”

“이 자연도태의 힘은 중단되는 법이 없고, 그치는 때가 없다. 인사도태의 힘에 비해 훨씬 광대宏大하여 천연산天然産과 인조물人造物을 비교하는 것과 같다. 또 그 영향은 단지 동종의 생물에만 있는 것이 아니다. 각각의 생물과 생물 사이에도 왕왕 서로 관계가 있다. 그 예를 들어 볼 것 같으면 일찍이 어떤 사람이 영국산英國産의 난화蘭花 한 종을 뉴질랜드[紐西崙, New Zealand]의 들판에 옮겨 심었는데, 여러 번 심었으나 자생孳生하지 못하였고, 오직 촌락 부근에 심은 것은 총생叢生하여 무성하였다. 그 원인을 미루어보니, 난화가 자생하거나 죽는 것은 항상 꿀벌에 달려 있었다. 꿀벌이 수술과 암술 사이에서 그 꽃가루를 서로 옮겨 준 뒤에야 수정이 되어 종자를 전할 수 있는 것이다. 그런데 뉴질랜드라는 땅에는 들쥐가 많이 사는데 들쥐는 꿀벌을 먹는 것을 좋아하였다. 꿀벌이 살지 못하니 난초가 자라날 수가 없었다. 촌락 부근에 심어진 것이 이와 다를 수 있었던 것은 고양이가 있어서 들쥐가 없었기 때문이었다. 들쥐가 없기 때문에 꿀벌이 있을 수 있었고, 꿀벌이 있었기 때문에 난초가 있을 수 있었다. 난초가 자생하고 죽어가는 것이 저 전혀 상관이 없을 것 같은 고양이와 이처럼 큰 관련이 있을 줄 누가 알았겠는가?”

“생물이 경쟁하게 된 기원을 추론해 보자. 지상地上에 생산되는 생물의 수는 그들이 먹고 살아갈 수 있는 물질에 비하면 항상 부족하였다. 그 초과하는 속도는 거의 불가사의不可思議할 정도이다. 만약 생겨나기만 하고 죽는 일이 없다면 한 암컷, 한 수컷이 생산하는 자손들이 순식간에 전 지구의 면적을 다 차지하여 남는 것이 없게 될 것이다. 인류는 생식生殖의 주기가 가장 느린 경우이다. 25년에 1배씩 증가하니, 이를 가지고 예를 들면 한 부분의 자손이 천년 뒤에는 이미 지구 위에서 발을 겹치며 서게 될 것이다. 하물며 동식물의 자생 속도는 전혀 인류가 비교할 바가 아닌 경우이겠는가? 동물로서 생산이 가장 더딘 것으로 코끼리만한 것이 없는데, 30세부터 90세에 이르기까지 자식을 생산할 수 있다. 최소한으로 계산해 보더라도 한 쌍의 암수가 6마리의 자식을 생산하니, 750년이 지나면 1,900만 마리를 얻게 된다. 나머지 온갖 생물들도 모두 유추할 수 있다. 대개 유한한 면적에 이처럼 무한한 종류를 수용하다보니, 형편상 경쟁하지 않을 수 없고, 경쟁의 결과는 곧 적자생존의 법칙이 그것이다."

"만물은 함께 경쟁하지만 다른 종류의 경쟁은 같은 종류의 경쟁만큼 극렬하지는 않다. 각자 식량을 구할 적에 다른 종류들은 각자 자신에게 맞는 음식들이 있어서 피차간에 크게 방해가 되지 않는다. 호랑이와 소, 늑대와 양, 새와 뱀은 그 경쟁이 호랑이가 호랑이와, 늑대가 늑대와, 뱀이 뱀과 경쟁하는 것보다는 약하다. 대개 서로 가까우면 가까울수록 그 다툼은 더욱 격렬해지니, 사람이 어조魚鳥와 경쟁하는 것은 짐승의 부류와 경쟁하는 것처럼 심하지 않고, 구주인歐洲人들이 다른 주의 토만土蠻들과 경쟁하는 것은 구주의 각국이 자신들끼리 경쟁하는 것처럼 심하지 않다. 그 경쟁이 극렬해지면 극렬해질수록 이른바 최적자最適者가 생겨나는 것이다."

"이른바 적자생존適者生存이라는 것은 비단 그 현체現體가 생존하는 것 뿐 만이 아니다. 반드시 자기가 우등일 수 있고, 자기가 승리할 수 있었던 지혜와 힘을 그 자식에게 전하고, 그 자식은 다시 그 손자에게 전한다. 이렇게 하기를 오래도록 하면 그 특유의 기이한 재능은 더욱 타인이 미칠 수 없는 것이 된다. 이에 그 처음에 우연히 얻은 능력이 마침내 변하여 일정한 재성材性이 되어, 점차 별도로 하나의 종족이 된 뒤에 그치게 된다. 이것이 종족의 변천이 생겨나게 된 까닭이다."

다윈이 진화의 이치를 논한 것은 그 근본 사상이 두 가지이다. 첫째는 무릇 일체의 생물은 모두 평범하지 않은 번식력을 지니고 있으므로, 어떤 종류의 생물을 막론하고 만약 생식을 일체 맡겨두고 다른 힘으로 저지하지 않는다면, 그 하나의 암컷과 하나의 수컷이 생산하는 것이 반드시 지구에 가득 차게 된다는 것이다. 이런 번식력은 기하급수로 늘어난다. 두 번째는 무릇 일체의 생물은 오직 환경에 적응하여야 마침내 생존할 수 있으므로, 항상 환경에 순응하여 차츰 변화하는 바가 있고, 그 변화의 결과가 자손들에게 유전된다는 것이다. 이런 변화는 외형에서만 그런 것이 아니라 곧 내부의 기관도 또한 그렇게 되고, 곧 심리의 기능도 또한 그렇게 된다. 이 두 가지로 인하여 도태의 법칙이 나온 것이다.

대개 그 소산所産이 너무 많으면 경쟁을 하지 않을 수 없고, 경쟁의 결과는 대부분 결국 멸망에 이르고 생존하는 자는 하나의 작은 부분에 지나지 않는다. 그 경쟁할 즈음에 각 생물은 모두 스스로 변화할 능력을 지니고 있다. 그 변화는 한결같게 환경에 적응하는 것을 위주로 한다. 이에 우수하고 적절한 자가 홀로 남아서 그 종자를 후세에 남길 수 있다. 일체의 생물은 이런 법칙에 의해 무량세無量世·무량겁無量劫을 경과하게 되니, 그 사이에 겪었던 환경은 매우 복잡하다. 그래서 그 신체의 조직과 심지의 기능이 또한 그에 따라서 날로 복잡해진다. 한마디로 말하자면, 일체의 생물은 항상 외부의 영향을 받아 여러 차례 그 형태를 변한다는 것이다. 이 설이 한번 나오자 사람마다 감히 강자強者·우자優者가 되기 위해 스스로 힘쓰지 않을 수 없게 되어, 전 지구가 그로 인해 일변하였다. 무릇 우리들의 지식이 미칠 수 있는 현상은 정치와 법제가 변천하고, 종교와 도덕이 발달하고, 풍속과 습관이 바뀌어 가고, 생계와 기술이 전진하는 것과 같아서, 이 목표를 향하여 날마다 점차 진보해 가게 되었다. 대개 이처럼 하지 못하면, 생물이 경쟁하는 세계에서 자립하면서 패망의 결과에서 벗어날 수 없게 될 것이다.

키드[頡德, Kidd][144]는 영국 사람이다. 『인군진화론人群進化論(社會進化論)』에서 말하였다. "자연도태의 목적은 동족 중에서 최대 다수로 하여금 최적의 생존을 얻게 하는 데 있으니, 이른바 '최대 다수'는 현재에 있지 않고 장래에 있다. 그러므로 각 분체分體의 이익 및 현재 전체의 이익은 모두 부득이 희생하여 장래에 이 목적을 달성하는 용도로 삼아야 할 것이다."

"보통 사람의 식견으로 가장 탐하는 것이 있으니, 삶이고, 장수하는 것이다. 가장 싫어하는 것이 있으니, 죽음이요, 요절夭折하는 것이다. 그러나 죽음과 요절은 진화進化의 공용功用에 있어서 크게 관련된 바가 있으니, 어째서인가? 저 고등생물·하등생물의 구별은 세상에 머무르는 것이 길고 짧으냐를 가지고 차등을 두는 것이 아니라, 그 종자를 전한 기간의 장단長短과 종자를 퍼트린 범위의 광협廣狹을 가지고 차등을 두는 것이다. 그러므로 고등생물은 그 수명이 더 길어지지 못할 뿐만 아니라, 왕왕 고등으로 나아갈수록 그 수명은 더 짧아진다. 종족이 발전할 수 있는 것은 진실로 장수에 힘입을 때도 있고, 또한 단명에 힘입을 때도 있다. 그러나 만약 외부의 환경과 변화가 극심한 때라면 오직 단명하는 자가 그에 순응할 수 있을 것이니, 어째서인가? 오직 단명이라야 대代를 바꾸는 일이 자주 일어나니, 이에 그 습관·그 상태·그 성질 등의 변화가 매우 빨라서 시대에 적응하여 자존自存할 수 있는 것이다. 만약 그렇지

---

144) 키드 : 영국의 사회학자인 Benjamin Kidd를 가리킨다. 근대의 합리주의적 일원론一元論에 반대하였고, 낭만주의 철학과 진화론적 생물학이 혼합된 입장에 서서, 집단적 통제력에 의한 사회진보를 주장하였다. 종교적 교화의 우위를 논하였으며, 영국의 제국주의를 지지하였다. 『사회진화론』·『열대통제론』 등의 저서가 있다.

못한 경우에는 장수하기 때문에 구태舊態를 유지하고 변화가 매우 완만해져서 외부 환경의 변천에 따라갈 수 없게 될 것이니, 그런 경쟁은 반드시 패배하여 날로 멸망하게 될 것이다. 대개 생물에게 삶이 있는 것은 그 목적이 반드시 자신에게 있는 것이 아니기 때문이며, 이런 목적을 달성하기 위한 과도적인 단계에 불과할 따름이다. 생물이 죽음이 있는 것도 또한 곧 이런 목적을 달성하는 중요한 수단[145]이다. 그러므로 죽음이라는 것은 진화의 큰 원동력이다."

"무릇 생물 중에서 진화하지 않는 것은 죽음도 없으니, 저 하등의 간단한 생물 중에 단세포單細胞가 결집하여 이루어진 것들이 그런 경우이다. 그러므로 그 일개의 생물체는 갑자기 분리를 하여 두 개의 개체로 만들었다가, 다시 분리를 하여 네 개의 개체로 만들 수 있다. 분열하고 또 분열하여 번식하다가 몇 만에 이르더라도 끝내 죽지 않으니, 이와 같은 것들을 '무한한 생명'이라고 이른다. 고등의 진화하는 생물은 그렇지 않으니, 그 종족이 모두 평균의 일정한 한계 수명을 지니고, 한계 수명에 이르면 죽지 않을 수 없다. 이와 같은 것들을 '유한有限한 생명'이라고 이른다. 이제 만약 이미 고등생물에 속해서 다른 고등 생물과 서로 경쟁하는데 생명이 그대로 무한하기까지 하다면, 여러 차례 대를 바꾼 다른 종족은 그 자손들이 모두 많이 변화하여 환경에 순응할 자격을 갖추었는데, 내 쪽은 마침내 구태舊態를 유지한 채 그들과 경쟁을 해야 하니, 그 종족이 패망하는 것은 순식간일 것이다. 그러므로 죽음이라는 것은 진화의 어머니이며, 인생의 한 대사大事이다. 사람마다 죽음으로써 종족을 이롭게 하고, 현재의 종족은 죽음으로써 미래의 종족을 이롭게 하니, 죽음의 효용이 또한 위대하지 않은가? 대개 이미 미래를 위하여 비로소 죽음이 있게 되었다면, 또한 미래를 위하여 비로소 삶이 있다는 것도 틀림없다고 할 수 있다."

"무릇 생물은 남성·여성의 구별이 있으니, 또한 현재를 위한 것이 아니며, 생물 각자의 이익을 위한 것도 아니다. 무릇 미래를 위한 계책이라고 한다면, 곧 시세時勢에 적응하여 그 변화의 속도를 빠르게 하도록 해야 할 것이다. 이제 두 생물이 있다고 할 때, 반드시 각자 특수한 환경을 겪으면서 각자 발달하고, 아울러 각각 과거에 지니고 있던 특색을 그래도 지니게 된다면, 그 자식에게 있어서는 겨우 단일한 특색을 전해 주었을 경우보다 필시 우수한 바가 있을 것이다. 두 생물의 특색을 결합시키고자 하면 이런 특색을 포함한 세포를 결합시키지 않을 수 없다. 이것이 남녀지사男女之事가 귀한 까닭이다. 무릇 생물이 태어나면서부터 죽을

---

145) 원문에는 '요차要且'라고 되어 있으나, 문리상 오자가 분명한 듯하여 '요구要具'로 고쳐서 번역하였다.

때까지 그 사이에 체내의 세포는 또 여러 번 변화한다. 그래서 생명을 받을 때부터 이미 조종祖宗에서부터 전래되는 각종 복잡한 특색을 받고, 성장하면서는 또 절로 외부 환경에서 영향을 받은 특색이 있어서, 그것을 다시 옛날의 특색 안에다가 더하여 일체 그 자손에게 주게 된다. 이것이 바로 종족이 날로 진화하게 되는 까닭이다. 그렇다면 인생 수십 년 동안에 항상 그 체내 세포146)를 돌면서 변화시키려고 하는 것, 또한 미래를 위한 계책일 따름이다.”

“자연도태가 이미 미래를 목적으로 하였으므로, 생물은 전적으로 미래를 위해 존립한다. 그러므로 무릇 미래를 위하여 공헌한 바가 많은 것은 고등생물이고, 그와 반대되는 자는 하등생물이다. 미래를 위하여 책임을 많이 진 자는 고등생물이고, 그와 반대되는 자는 하등생물이다. 그러므로 미래를 위한 일에 노력하게 되면 우등하게 되고 승리하게 되며, 미래를 위한 일에 게을리 하게 되면 열등하게 되고 패배하게 된다. 저 동물들을 보지 못했는가? 가장 하등한 자는 알을 낳으면 내버려두고 다시 돌아보지 않는다. 그래서 그 알 및 어린 새끼의 대다수는 모두 항상 멸망하였다. 조금씩 진화하여 조류鳥類에 이르게 되면 그 알을 부화시켜 다시 기르게 되고, 다시 진화하여 포유동물哺乳動物에 이르게 되면 그 새끼를 양육하는 수고가 더욱 많아져서 생물계에서 더 고등한 위치를 점할 수 있게 된다. 동물이 이미 그러하니, 사람 또한 마땅히 그러한 것이다.”

키드 이전에 진화의 이론을 논한 자는 거의 현재 개인의 이익이나 혹은 현재 종족 다수의 이익을 가지고 표준을 삼을 따름이었다. 키드는 도태의 목적이 최대 다수가 최대 행복을 누리는 데 있다고 보았다. 이른바 ‘최대 다수’라는 것은 현재에 있지 않고 장래에 있다. 그래서 진화의 운동은 부득이 개인을 희생하여 사회를 이롭게 하고, 현재를 희생하여 장래를 이롭게 하는 것이니, 만약 단지 현재만 말하고 말 뿐이라면, 진화의 설이 추호의 의미, 추호의 가치도 없을 것이다. 오직 미래의 효용效用을 제공한 연후에야 이른바 ‘현재’라는 것이 바야흐로 의미가 있고, 바야흐로 가치가 있는 것이다. 무릇 일체의 사회사상, 국가도덕사상은 모두 여기로 귀결된다. 이것은 실로 백척간두百尺竿頭에서 한 걸음 더 나아간 논의로서, 장래에 세계의 인군 전체에 대해 커다란 영향을 미칠 것이라는 것을 알 수 있다.

---

146) 원문에는 ‘납포納胞’로 되어 있으나, 문리상 ‘세포’가 옳은 듯하여, 고쳐 번역하였다.

□ 취지문趣旨文

▫ 대한협회 회관에 써서 게시하다. 기유년(1909)　書揭大韓協會會館

오늘날은 경쟁의 시대이다. 국세國勢가 위태롭고 민심民心이 흩어지는 상황은 비록 이 때에 이르지 않았더라도 오히려 마땅히 온 정력을 쏟아 수습하기를 도모하면서 소의 꼬리가 되는 것을 부끄러워해야 할 터인데, 하물며 나라는 늙고 국민은 병들어 만사가 모두 총좌叢脞147)하는 지경에 이르렀다. 만약 이런 때에 깊은 꿈에서 깨어나지 못한다면 우리들은 장차 저버리고 도망친 죄를 지은 귀신이 될 것이니, 이것이 우리 협회가 창설된 까닭이다. 그러나 협회의 세력이 확장되느냐 마느냐는 시행하는 바의 옳음과 옳지 않음에 달려 있다. 단체가 견고해지느냐 마느냐는 열정과 의지의 화합 여부에 달려 있다.

현재 시국時局을 조금이나마 이해하는 자는 걸핏하면 변하지 않아서는 안 된다고 말하는데, 나는 그 변하지 않는 것을 걱정하는 것이 아니라 그 변하는 것이 선善하지 못할까 걱정한다. 어째서인가? 동일한 변혁이라도 정신과 형식의 차이가 있으니, 만약 그 정신을 진작시키지 못한다면 비록 온 나라의 사람들로 하여금 그 머리를 곱슬머리로 만들고 옷을 서양식으로 입게 하더라도 나라를 다스리는데 도대체 무슨 보탬이 되겠는가?

나는 고루孤陋한 몸으로 외람되이 과분한 추천을 받았으니, 협회를 설립한 목적을 달성하지 못할까 두렵다. 이에 옛날에 들은 것을 서술하고 새로운 법을 참조하여 조략條略한 부를 만들어, 여러 벗들과 함께 힘쓰고자 한다. 취용取用한 자료는 대부분 중국인 양계초梁啓超148)의 문집에 근거하였다. 이는 실제로 시행하여 그 효과를 거두기 위한 것이지, 감히 갖옷[狐裘]를 훔치던 수법을 쓰려는 것은 아니니, 독자들은 서량恕諒해 주기 바란다.

---

147) 총좌叢脞 : 사소한 일까지 임금이 직접 챙기며 일일이 개입하는 것을 말한다. 『서경書經』「익직益稷」에 "임금이 잗달게 굴면 신하들이 게을러져서 어떤 일이고 되는 일이 없다[元首叢脞哉 股肱惰哉 萬事墮哉]."는 말이 나온다.

148) 양계초梁啓超 : 청나라 말기, 중화민국 초기의 계몽사상가啓蒙思想家이자 문학가이다. 강유위康有爲의 제자로서 변법자강운동變法自疆運動에 힘썼으며, 계몽적인 잡지를 발간해 신사상을 소개하고 애국주의를 고취해 중국 개화에 크게 공헌했다. 문학·사학·철학·불학佛學에 조예가 깊었다. 저서로 『음빙실전집飮氷室全集』·『음빙실총서飮氷室叢書』·『청대학술개론淸代學術槪論』 등이 있다.

세 가지 덕[三德]

첫째, 민덕民德이다.

민덕은 세 가지가 있다. 첫째는 뜻을 세우는 것[立志]이다. 주자朱子가 이르기를, "뜻이 서지 않으면 천하에 할 수 있는 일이 없다." 하였고, 또 이르기를, "뜻을 세우는 것은 씨앗을 뿌리는 것과 같으니, 피[稊稗]같은 종자를 뿌리고서 보리를 수확할 수 있는 경우는 없다." 하였다. 우리 협회는 이미 구국救國을 종지宗旨로 삼았으니, 반드시 나라가 위축된 이유와 종자種子가 약해진 이유, 그리고 저 강성해질 수 있는 방도를 생각하여 먼저 소견이 있어야 할 것이니, 그런 뒤에야 그 뜻이 마침내 세워질 것이다.

범문정范文正(송나라의 재상 범중엄范仲淹)은 수재秀才[149]가 되었을 때부터 곧 천하를 자신의 임무로 삼았고, 고정림顧亭林(청나라의 사상가 고염무顧炎武)은 이르기를, "천하의 흥망興亡은 필부匹夫도 그 책임이 있다." 하였다. 우리들이 뜻을 세우는 것도 또한 마땅히 이와 같아야 할 것이다. 뜻이 이미 서 있다면, 반드시 그것을 길러서 조금도 쇠하지 않게 하여야 할 것이니, 그런 뒤에야 타락하지 않을 수 있을 것이다.

둘째는 마음을 기르는 것[養心]이다. 공자孔子께서 이르기를, "인자仁者는 근심하지 않고, 지자智者는 미혹되지 않고 용자勇者는 두려워하지 않는다." 하였고, 맹자孟子께서 이르기를, "부귀가 방탕하게 하지 못하고 빈천이 마음을 움직이지 못하고, 위무威武가 굴복하게 하지 못하는 자, 그를 일러 대장부大丈夫라고 한다." 하였다. 우리 협회는 이미 국사國事를 자임하여 세상에 우뚝이 섰으나, 평소에 부귀富貴·영달榮達·성색聲色·기호嗜好처럼 우리 뜻을 뺏을 수 있는 것과 이해利害·훼예毀譽·고락苦樂·생사生死처럼 우리 마음을 움직일 수 있는 것들을 날마다 접하게 된다. 만약 기르는 바가 없다면, 한번 실수로도 곧 몸을 망치고 명예를 더럽힐 수 있으니, 두려워하지 않을 수 있겠는가? 우리들은 반드시 먼저 고락을 깨뜨리고, 다음으로 훼예를 깨뜨려야 하며, 오직 '지사불변至死不變(죽음에 이르더라도 변하지 않음)'이라는 네 글자를 굳게 마음에 붙들고 있어야만 큰 일을 이룰 수 있을 것이다.

셋째는 몸을 검속하는 것[檢身]이다. 몸을 검속하는 방도는 옛 책에 자세히 들어있다. 이를테면 '사물四勿[150]'·'삼귀三貴[151]'·'구용九容'[152]·'구사九思'[153] 같은 것은 지극한 가르침이 아

---

149) 수재秀才 : 원래는 한漢 나라 때 선비를 시험하는 과목이었는데, 후에 과거에 합격한 사람을 가리키는 말로 쓰였다.

150) 사물四勿 : 안연顏淵이 극기복례克己復禮의 조목條目에 대해 묻자, 공자孔子가 "예가 아니면 보지

닌 것이 없으니, 우리들이 어찌 평소에 자신의 말처럼 외우지 않은 적이 있겠는가만, 일일이 체행體行하지는 못하였다. 그래서 오늘날 스스로 누추하고 열등하게 되었으니, 우리들은 모름지기 스스로 분발하여 통렬히 구습舊習을 제거하고 오로지 실행하기를 힘써야만, 마침내 대기大器를 행할 수 있을 것이다. 훗날 일을 맡았을 때 마땅히 먼저 과오過誤가 없는 위치를 차지하고서 외인外人과 더불어 교접交接한다면, 위의威儀와 언론言論이 또한 가볍게 보이지 않을 것이다.

둘째, 민지民智이다.

지자智者는 사리에 통달하고 매사에 분명하여 애초에 천심淺深·대소大小의 한계가 없다. 그러므로 정자程子는 치지致知의 방법에 대해 논하면서 이르기를, "혹은 독서하다가 의리義理를 강명講明하기도 하고, 혹은 고금古今의 인물을 논하여 그 시비是非를 분별하기도 하고, 혹은 사물事物을 응접하여 그 타당 여부를 결정하기도 한다." 하였고, 또 이르기를, "한 가지 일에 대해서 궁리하여도 되지 않을 경우에는 우선 또 다른 한 가지 일을 궁구하여야 한다. 혹은 그 중 쉬운 것을 먼저 할 수도 있고, 혹은 그 중 어려운 것을 먼저 할 수도 있다." 하였다. 또 이르기를, "크게는 천지가 높고 깊은 까닭에서부터 작게는 하나의 풀, 하나의 나무에 이르기까지 또한 모두 이치가 있으니, 살피지 않아서는 안 된다." 하였다. 서양인들이 격치格致하고 제조製造하는 학문의 경우, 대체로 지극히 조잡하고 지극히 천근한 이치에서부터 하다가 우연하게 깨달아 마침내 신기神機에 이른다. 이를테면 와트[瓦特, Watts][154]는 끓는 물로 인하여 증

말며, 예가 아니면 듣지 말며, 예가 아니면 말하지 말며, 예가 아니면 움직이지 말라[非禮勿視 非禮勿聽 非禮勿言 非禮勿動]." 하였다(『논어論語』「안연顏淵」).

151) 삼귀三貴 : 『논어論語』「태백泰伯」에 "군자君子가 귀중히 여기는 도道가 세 가지 있으니, 용모를 움직일 때에는 사나움과 태만함을 멀리하며, 얼굴빛을 바르게 할 때에는 성실誠實함에 가깝게 하며, 말과 소리를 낼 때에는 비루함과 도리에 위배되는 것을 멀리하여야 한다." 하였다.

152) 구용九容 : 군자가 갖추어야할 아홉 가지 자세[容]로서, 발은 묵직하게, 손은 공손하게, 눈은 단정하게, 입은 무겁게, 음성은 조용하게, 머리는 바르게, 기상은 엄숙하게, 서는 것은 덕스럽게, 안색은 장엄하게 하는 것을 가리킨다(『예기禮記』「옥조玉藻」).

153) 구사九思 : 『논어論語』「계씨季氏」에, "군자君子는 아홉 가지 생각하는 바[九思]가 있으니, 볼 때는 밝을 것을 생각하고, 들을 때는 귀 밝을 것을 생각하고, 얼굴빛은 온화할 것을 생각하고, 모양은 공손할 것을 생각하고, 말할 때는 충실할 것을 생각하고, 일할 때는 경건할 것을 생각하고, 의심스러울 때는 물을 것을 생각하고, 분할 때는 어려워질 것을 생각하며, 얻는 것을 보면 의義를 생각한다." 하였다.

기기관의 이치를 깨달았고, 뉴턴[奈端, Newton][155]은 사과가 땅에 떨어지는 것으로 인하여 지구라는 거대한 물체가 끌어당기는 이치를 깨달았다. 허셀[侯失勒約翰, Herschel][156]은 나뭇잎으로 인하여 물체가 분합分合하는 이치를 깨달았으며, 아르키메데스[亞基米德, Archimedes][157]이 창안하여 논한 수학水學은 욕조浴槽에 들어가다가 터득하였고, 갈릴레오[葛立理尤, Galileo][158]가 만든 망원경은 두 개의 렌즈를 가지고 장난하다가 얻었다.

대개 지智는 물과 같아서 날마다 파내면 날마다 깊어지지만, 우리들은 평일에는 전혀 지智를 쓰지 않는다. 비단 고인古人이 말하지 않은 것이라서 감히 말하지 못할 뿐만 아니라, 고서古書에 실려 있는 것이라고 하더라도 또한 생각을 기울이려고 하지 않는다. 고심高深하고 원대遠大한 것이라서 이해하지 못하는 것이 아니라, 농공農工·기기器機·음식飮食·의복衣服 같이 가까이 있고 사소한 것들조차도 또한 날마다 쓰면서도 알지 못하니, 우매함이 이와 같으면서 문명 세계에 설 수 있겠는가? 우리들이 이미 정당政黨으로 자처한다면, 사사건건 강구講究하고 살펴야 훗날 직임을 맡았을 때 실수하지 않을 수 있을 것이다. 또한 새로운 법을 만들고 새로운 기계를 제조하는 허다한 사업을 새롭게 열어나가는 것이 모두 여기에서 기초하는 것이다.

---

154) 와트 : 근대 영국의 기계기술자였던 James Watt를 가리킨다. 유성기어장치의 회전기관, 보일러의 매연방지장치, 압력계 등의 발명과 마력의 단위에 의한 동력의 측정 등이 그의 주요한 업적이다. 특히 그가 개량한 증기장치는 산업혁명의 원동력이 되었다고 평가받고 있다.

155) 뉴턴 : 영국의 물리학자이자, 수학자·천문학자·자연철학자인 Sir Isaac Newton을 가리킨다. 수학의 미분법·적분법을 창안하였고, 만유인력의 법칙 등으로 대표되는 뉴턴역학의 체계를 확립하여 물리학에도 큰 영향을 끼쳤다. 『자연철학의 수학적 원리』 등의 저서가 있다.

156) 허셀 : 독일 출신의 영국 천문학자인 Sir Frederick William Herschel을 가리킨다. 반사경을 만들어 2,500여 개의 성운星雲, 800여 개의 쌍성雙星을 발견하고, 1781년에는 천왕성을 발견하는 등, 천문학에 크게 기여하였다.

157) 아르키메데스 : 고대 그리스 최대의 수학자이자 물리학자인 Archimedes를 가리킨다. '아르키메데스의 원리', "구에 외접하는 원기둥의 부피는 그 구 부피의 1.5배이다."라는 정리를 발견하였다. 또한 지렛대의 반비례법칙을 다양하게 응용하기도 하였다. 저작으로는 『부체浮體에 대하여』·『원圓의 측정에 대하여』 등이 있다.

158) 갈릴레오 : 이탈리아 출신의 철학자이자 물리학자, 천문학자인 Galileo Galilei를 가리킨다. 망원경을 개량하여 최초로 천문 관측을 실시하였고, 뉴턴의 운동 법칙의 토대가 되는 속도와 가속도의 개념을 확립했다. 코페르니쿠스의 설을 지지하여 태양을 중심으로 지구가 돈다는 지동설地動說을 주장하였다. 주요 저서로 『프톨레마이오스와 코페르니쿠스의 2대 세계체계에 관한 대화』·『두 개의 신과학에 관한 수학적 논증과 증명』 등이 있다.

셋째, 민기民氣이다.

기氣라는 것은 생명의 양식이고, 일처리의 선봉이다. 『맹자孟子』에 이르기를, "그 의지意志를 잘 잡고도 또 그 기氣를 포악하게 하지 말라." 하였고, 또 이르기를, "정직함으로써 잘 기르고 해침이 없으면, 호연지기浩然之氣가 천지天地의 사이에 가득 차게 된다." 하였다. 고인이 기를 비축하여 길렀던 것이 지혜롭다고 이를 만하다. 우리나라의 구속舊俗은 중국中國에서 유래하여, 유순하고 연약한 것을 미덕으로 여겼다. 이런 폐단은 전제專制의 억압이 너무 지나쳤던 데서 나온 것으로, 백성들로 하여금 자유롭지 못하고 겁먹어 움츠리는 것으로 보신保身의 계책을 삼게 만들었다. 그리고 진부하고 고루한 선비들은 점차 겉치레만 힘써 마침내 2천만이 노예가 되는 길을 열었고, 심지어 "백 번 참으면 황금이 생긴다[百忍成金].", "얼굴에 뱉은 침은 절로 마른다[唾面自乾]."라는 말을 하기까지 하였다. 민기가 이와 같은데, 경쟁이 극렬한 세상에서 설 수 있겠는가? 우리들이 기왕에 우리의 권리를 회복하고자 한다면 기백氣魄을 길러서 '백 번 꺾여도 변심하지 않는다[百折不回].'는 의지와 '비록 천만 명이라도 내가 가서 대적할 수 있다[千萬吾往].'[159]의 용기가 있어야만 바야흐로 우리나라 국민들의 무궁한 행복을 이끌 수 있을 것이다.

무릇 국가가 성립하려면 반드시 이 삼덕三德이 구비되어 있어야 하거니와, 세 가지 중에서도 또한 민덕을 근본으로 삼아야 한다. 대개 민지民智는 오히려 개발하기 쉽고, 민기民氣는 오히려 고취시키기 쉽지만, 오직 민덕民德만은 가장 양성하기 어렵다. 만약 민덕이 없다면 지智·기氣 두 가지도 또한 완전하게 발달할 길이 없을 것이다.

다섯 가지 경계할 일[五誡]

경박하고 성급한 것[輕佻浮躁]

교묘하게 홀리고 속이는 것[變幻巧詐]

시기하고 각박한 것[猜疑忌刻]

나약하고 겁먹는 것[軟弱畏怯]

산만하고 어지러운 것[散漫亂離]

---

159) 비록 … 있다 : 『맹자孟子』 「공손추公孫丑」 상上에서 증자曾子의 용기에 대해 이야기 하면서, "스스로 돌이켜서 정직하다면 비록 천만 명이 있더라도 내가 가서 대적할 수 있다." 하였다.

이 다섯 가지 근심은 세 가지 덕[三德]의 적이다. 우리나라가 쇠약한 것은 오직 도덕이 이지러졌기 때문이니, 이는 비단 완고한 사람만 그런 것이 아니다. 오늘날 지사志士로 자처하는 사람들도 왕왕 이런 병통을 면치 못한다. 갑지甲地에 한 협회를 설립하거나, 을도乙徒가 한 무리를 조직하면, 처음에는 서로 경시하고, 중간에는 서로 질투하고, 끝에는 서로 해친다. 그 중에서 노후老朽하여 부패한 자들은 화광동진和光同塵160)·엄연미세閹然媚世161)를 법문法門으로 삼고, 연소年少하여 기예氣銳한 자들은 모두 동류同流들을 배척하거나 유아독존唯我獨尊하는 것을 기량伎倆으로 삼으니, 이와 같이 하고서 어찌 '소반위의 흩어진 모래알'이라는 비난을 면할 수 있겠는가? 우리들이 기왕에 국사에 헌신하려고 하였다면, 먼저 '사私'라는 한 글자를 깎아 내 버리고 만인萬人이 한 마음으로 단체를 확장할 것을 기약해야 할 것이다. 서로 사랑하기만 하고 시기하지 않으며, 서로 공경하기만 하고 업신여기지 않으며, 서로 믿기만 하고 속이지 않은 뒤라야 내부의 단결을 이룰 수 있고, 외부의 강한 무리들에게 대응할 수 있을 것이다. 그렇지 않다면 장차 내홍內訌을 빚어서 세도世道의 근심이 될 것이니, 절대 경계해야 할 것이다.

여섯 가지 목적[六的]

우리 협회는 가장 온화적溫和的이고자 한다.

우리 협회는 국가가 응당 누려야 할 권리를 옹호하고, 평화롭게 완전한 정치를 이루는 것을 목적으로 한다.

우리 협회는 가장 공평적公平的이고자 한다.

어떤 일을 막론하고 오직 국민의 공의公議에서 나와 국민의 공의에서 이루어 져야만 우리 협회는 완전한 정법政法이라고 인정할 것이다.

우리 협회는 가장 인내적忍耐的이고자 한다.

우리 협회는 이런 목적을 안고서, 물러남이 없이 나아가고, 달성하지 않으면 그만두지 않는다. 그러나 만부득이한 때에 봉착한 것이 아니라면 급격하고 극렬한 수단을 가벼이 사용하

---

160) 화광동진和光同塵 : 자신의 능력이나 부귀 등을 드러내지 않고 일반 사람들과 함께 잘 어울려 지낸다는 뜻으로, 『노자老子』「무원無源」에 "그 빛을 온화하게 하고 그 먼지를 함께 한다[和其光同其塵]." 하였다. 여기서는 남과 모나지 않게 지내는 것을 말한다.

161) 엄연미세閹然媚世 : 이것도 저것도 아닌 채 자신의 속을 감추고 세상 사람들의 뜻에 영합하여 아름다운 명예를 얻기를 구한다는 뜻으로, 『맹자孟子』「진심盡心」 하下에, "엄연히 세상에 아첨하는 자가 이 향원鄕原이다." 하였다.

지는 않는다.

우리 협회는 가장 광대적廣大的이고자 한다.

무릇 국민 중에 우리 협회의 종지宗旨에 동정同情을 표하는 자가 있으면 어떤 사람인가를 따지지 않고 모두 입회入會를 허가한다.

우리 협회는 가장 평등적平等的이고자 한다.

회원은 신사紳士·상업商業·공업工業 등 어떤 직업인가를 막론하고 협회 내에서는 권리와 의무가 일체 평등하다.

우리 협회는 가장 정제되고 엄숙하여 조리적條理的이고자 한다.

우리 협회의 규칙은 문명文明한 각국各國에서 일국一國을 다스리는 법을 참조하여 일회一會를 다스린다. 그러므로 그 의사議事 문법文法·판사辦事 행법行法·감사監司 사법司法 등 각종 권한에 대해서 분명하게 구분을 한다.

여덟 가지 의무[八義務]

첫째, 협회의 세력을 확장한다.

우리들이 기왕에 이 협회의 종지가 구국救國을 둘도 없는 법문法門으로 삼는다는 것을 인식하였다면, 장차 이 종지를 원근에 널리 퍼뜨려 많은 동지들과 연합하여 협회의 몸체를 확충하는 것이 곧 국민의 장래 행복을 증진시킬 수 있는 방법이다. 무릇 회원에 속하는 자는 모두 마땅히 이를 가지고 요의要義로 삼아야 할 것이니, 확장하는 방법은 혹은 연설로 개유開諭하고, 혹은 저서著書로 보답하며, 혹은 여항閭巷을 다니며 우민愚民을 개도하고, 혹은 각사各社에 참여하여 동지들을 연합하는 등, 모든 방침들이 모두 적용될 수 있을 것이다.

둘째, 국민을 교육한다.

우리 협회는 정당政黨으로 자처하였으니, 반드시 일국의 사람들을 가르쳐서 모두 참정국민參政國民의 자격을 지니게 하여야 한다. 그러므로 교육은 우리 협회의 가장 큰 사업이다. 무릇 국민이라면 입회자의 자제子弟나 미입회자未入會者의 자제를 막론하고 우리 모임에서 일체 교육의 책임을 지고 차별하는 바가 없어야 한다.

교육하는 내용

선생을 갖춘다. [무릇 우리 회원 중에서 재주와 성품이 모두 적합한 자가 마땅히 이 일을 자임해야 할 것이다.]

학교를 확대한다. [우리 협회가 설립된 지역은 반드시 하나의 학교를 부속시키고 점차 중학中學·대학大學으로 확충해야 할 것이다.]

교과목을 짠다. [이는 교육의 기초로서, 우리 협회가 애국정신을 발양하기 위해서는 더욱더 마땅히 자임해야 할 것이다.]

역보譯報를 확대한다. [우리 협회는 스스로 하나의 신문을 발간하고 저술과 번역을 확대한다.]

실업實業에 힘쓴다. [농업·공업·상업 등 실업을 전일하게 가르쳐 국력을 기른다.]

보습補習을 가르친다. [혹 나이가 많아 배울 기회를 잃었거나, 혹 집안이 가난하여 생계를 꾸리느라 취학할 수 없는 자는, 우리 협회에서 특별히 별도의 학칙을 설정하여 야간이나 휴일에 일반적인 지식을 가르친다.]

연구硏究를 돕는다. [회원들은 모름지기 각자 섭렵涉獵하는 공부가 있어야 한다. 옛 서적이나 경사經史 이외에 새로운 서적을 익히는 것에도 힘을 쏟아야 한다. 예를 들어 성광학聲光學·화전학化電學·격산학格算學 등의 학문과 농업農業·광업鑛業·공업工業·상업商業·법률法律 관련 서적에서 그 요긴한 것을 택하여 하나의 책에다 베껴 적어 참고로 한다.

우리 협회의 역량이 조금 갖추어지게 되면, 마땅히 영준英俊한 청년들을 선발, 파견하여 해외를 유람하면서 지식을 넓히게 해야 할 것이다.]

셋째, 공업과 상업을 진흥시킨다.

우리나라의 비옥한 토양과 풍부한 물산物産은 다른 나라에 뒤지지 않으나, 군치群治가 일어나지 않아서 국력이 매우 위축되었다. 이제 하나의 큰 상회商會를 열어서 우리 협회에 부속시켜, 은행銀行·우선郵船·철로鐵路·개광開鑛 등과 같은 각종의 큰 상무商務에 착수하고, 직품織品을 개량하고, 술을 만들고, 종이를 만드는 등의 각종 큰 공예工藝를 진흥振興시킴으로써 내부의 실력을 증대시키고자 한다.

넷째, 국정國政을 조사한다.

오늘날 유신維新과 개혁改革이 급하다는 것은 사람마다 모두 알고 있다. 그러나 만약 개혁의 조리條理, 세목細目에 대한 것과, 어떤 지방에서는 어떤 이익을 일으켜야 하고, 어떤 지방에서는 어떤 폐단을 고쳐야 하는지에 대해서 물어보면 아무도 자세히 말하지 못한다. 이는 그 원인이 실로 우리 국민들이 이제까지 조사를 하는 일이 없었던 것에서 비롯된 것이다. 그렇기에 일국의 실정實情에 대해 시종 어두워져, 비록 현명한 지혜가 있더라도 또한 어찌할 수가 없게 되는 것이다. 우리 협회가 기왕에 국사를 자임하였는데, 만약 오늘날 여기에 힘을 쏟지 않다가 만에 하나 국민들이 갑자기 책임을 맡기면, 일에 임해서 망연해하며 부끄럽게도 직무를 감당하지 못할 것이다. 이제 위원委員 약간 인을 두어서 위로는 도회都會로부터 아래로는 촌락村落에 이르기까지 모두 찾아다니면서 국정을 조사하고, 수시로 보고하여 연구의 자료로 삼게 하고자 한다.

조사할 내용

지리地理

호구戶口

정폐政弊

국계國計 [정부재정政府財政]

민속民俗

민업民業 [진흥시켜야 할 일체의 공예工藝를 포함한다.]

물산物産 [광산鑛山 등을 포함한다.]

상무商務 [응당 진흥시켜야 하는데 아직 진흥시키지 못한 상무]

군정軍政

교육敎育

회사會社 [각종 회사]

이상 각 조항은 각각 사람을 파견하여 전담하게 하는데, 한 지방에 한 사람을 배정할지, 여러 곳을 한 사람이 통괄할지는 그 때가 되어서 참작하여 정한다. 그 조사한 것은 열거한 것에 따라 통계統計하여 차기箚記한 뒤, 본회에 보고하며, 회보會報에 등재하여 연구할 자료로 삼는다. 중요한 안건이 있으면 임시로 결의하여 특별 조사위원을 파견한다.

다섯째, 정무政務를 연습한다.

무릇 정당이나 국민은 마땅히 모두 정치상의 지식과 경력이 있어야만 비로소 참정參政의 실익을 누릴 수 있다. 무릇 우리 협회는 의당 각자 그 향리鄕里를 정돈하여 지방자치제도地方自治制度의 기초를 만들어야 할 것이니, 서양에서 민권民權이 일어난 것을 보면 모두 자치권自治權이 선행되고 참정권參政權이 뒤를 따랐다. 자치의 기초가 확립되고 나면 훗날 국회가 일단 열리게 되더라도 그것을 전개해서 확대한 것에 지나지 않는다. 또 회소會所에서 항상 정치상·생계상의 각종 문제를 가지고 회의를 개최하여 서로 토론하는 것은 한결같게 각국 의원議院의 의사법議事法에 의거한다. 임시로 두 개의 정당을 만드는 것도 괜찮으니, 서로 하나의 주의主義를 주장하면서 논쟁하다보면 진리가 절로 도출될 것이며, 훗날 국회에 참여하게 되더라도 여유 있게 조치할 수 있을 것이다.

여섯째, 의용군義勇軍을 양성한다.

오늘날 제국주의帝國主義가 성행하는 세상에 처하여, 군국주의軍國主義를 취하지 않으면 자립할 수가 없다. 우리 협회의 사람들은 모두 마땅히 이런 뜻을 체인體認하여 각자 국방國防을 제일의 의무로 삼아야 할 것이다. 무릇 우리 협회가 설립한 학교는 모두 군대식 체조를 채택하도록 한다. 우리 협회의 회원이 설립한 공예소工藝所나, 간식墾殖·개광開鑛 등의 사업에서 고용하는 사람이 어느 정도 많아지는 경우에는, 또한 모름지기 항상 대오隊伍를 짓는 법을 써야 할 것이다. 우리 회원이 향리에서 자치제도를 실행하는 경우에는 모두 마땅히 단련團練하는 제도를 써야 할 것이다. 그리하여 훗날 징병령徵兵令이 내려지게 되면, 온 나라가 모두 소융小戎과 사철駟鐵162)처럼 선발이 될 수 있도록 힘써야 할 것이다.

일곱째, 외교外交를 널리 맺는다.

우리 협회의 위원은 각국에 나누어 주재駐在하면서 외국의 정사를 조사하고, 아울러 소식이 통하게 해야 한다. 회원 중에서 개인의 자격으로 다른 나라를 유람하는 자도 또한 때로 그 조야朝野의 명사名士나 정당政黨의 수령守令과 교분을 맺어 장래에 외교적인 도움을 받을 수 있도록 해야 한다.

여덟째, 법률을 초집抄輯한다.

문명文明한 나라의 법률은 반드시 백성들에게 공포하게 되어 있는데, 세계가 더욱 문명해지고 인사가 더욱 많아질수록 법률도 또한 더욱 번다해지게 마련이다. 지금 각국의 법률 서적은 연해煙海와 같이 방대한데, 그것이 이루어 진 것은 하루 이틀 만에 된 것이 아니고, 그것이 정해진 것은 한 사람에 의한 것이 아니다. 우리나라의 법전은 아직도 정돈이 되지 않았다. 훗날 우리 협회의 목적이 만약 달성되어 하루아침에 백성들과 함께 다스리게 되면, 각종 법들은 어느 것 하나 늦출만한 것이 없을 것이다. 우리들이 이미 정무政務를 자임하였으니, 한가한 때에 먼저 준비하여야 할 것이다. 법률에 깊은 자 약간 인을 특파特派하여 헌법憲法·행정법行政法·민법民法·상공법商工法·형법刑法·소송법訴訟法 등을 연구하게 하고, 널리 만국에서 통행는 법률을 모아서 그 연혁을 고찰하여 우리나라에 절실하게 필요한 것을 택한 뒤, 초집抄輯하여 하나의 책으로 만들어 훗날을 기다려야 할 것이다. 법제국法制局이 개설되고 나면, 이 책은 곧 남본藍本이 될 수 있을 것이며, 재차 전문 석학의 분석과 이정釐正을 거친다면 곧바로 시행

---

162) 소융小戎과 사철駟鐵 : 소융은 병거를 말하고, 사철은 수레를 끄는 네 필의 말로서, 쇠처럼 검은 빛이 띠었으므로 사철이라고 하였다. 여기서는 모두 전쟁에 꼭 필요한 인재라는 의미로 사용되었다.

할 수 있을 것이다. 그렇게 되면 일은 반만 하고도 효과는 배나 될 것이니, 장래의 입법, 행정에 모두 도움이 되는 바가 있을 것이다.

▫ 대한협회 안동지회 취지서. 기유년(1909)　大韓協會安東支會趣旨書

대한협회라는 것은 대한 국민의 정당이 되는 모임이다. 오호라. 우리 한국도 또한 국민이 있는 것인가? 대개 나라는 백성들의 공산公産이고, 백성은 나라의 주인이다. 저 문명국의 백성들은 사람마다 모두 이런 의무를 알아서 국사國事는 국민이 다스리고, 국법國法은 국민이 정하고, 국리國利는 국민이 일으키고, 국난國難은 국민이 방어한다. 그러므로 그 백성들은 업신여길 수 없고, 그 나라는 망하게 할 수가 없으니, 이를 국민이라고 하는 것이다.

우리 한국은 펼쳐진 땅이 3천리이니, 강역疆域이 작은 것이 아니며, 인구가 2천만[163]이니, 종족이 적은 것도 아니다. 그러나 압제壓制에 시들어 자유를 누릴 힘이 없고, 기대는 것에 익숙해져 독립할 의지가 없다. 국가를 군주君主의 사유물로 여기고 조정의 정치를 관사官司의 독점물로 인식하여, 말이 공사公事에 관련되면 곧 "월권越權이 될까 혐의스럽다."라고 하고, 근심이 외환外患에 미치면 "문을 닫고 있는 것이 무방하다."라고 하면서, 마침내 당당한 4천년 조국을 팔짱을 낀 채 이웃나라의 보호 아래로 헌납하였다. 오호라, 슬프도다. 백성들이 이와 같은데, 나라가 어찌 망하지 않겠는가?

이에 손님과 주인이 자리를 바꾸고 사회의 정서가 고달프게 되었다. 살신殺身하여 보답하겠다는 것이 충성스럽기는 충성스러우나, 싸늘해진 피와 굳어버린 몸으로 이미 뒤엎어진 형세를 어떻게 구할 수 있겠는가? 의병을 일으켜 저항하는 것이 용감하기는 용감하나, 소비한 재물과 버려진 목숨은 도리어 매우 참혹한 화를 재촉할 따름이다. 조금이라도 시국時局을 아는 자는 서구西歐의 풍에 심취하여 흔쾌히 외인外人의 노예가 되고, 달콤한 꿈에서 아직 깨어나지 않은 자는 거만하게 기우杞憂에 불과하다고 여기면서 스스로 국민의 의무를 버린다. 이는 모두 국세國勢를 비관하고 전도前途를 절망한 데 따른 결과이다.

그렇다면 우리나라는 장래에 영원히 진흥을 하지 못하고 말 것인가? 삼가 듣건대, 나라라는 것은 백성들 무리의 단체이다. 백성들이 강하면 나라가 강해지고, 백성들이 약하면 나라가 약해지며, 백성들이 모이면 나라가 공고해지고, 백성들이 흩어지면 나라가 공허해진다. 그러

---

163) 2천만 : 원문에는 '생치이십조生齒二十兆'라고 되어 있다.

므로 나라를 잘 다스리는 자는 반드시 합군合群을 급선무로 삼으니, 정사政事는 의회議會가 있고, 선비들은 교회敎會가 있고, 농민들은 농회農會가 있고, 상인들은 상회商會가 있고, 공인들은 공회工會가 있다. 그곳에서 시무時務를 강습하고 실업을 힘써 연구하여 백성들의 지혜가 날로 열리고 국력이 날로 증진되면, 안으로는 부강한 권세를 확장하고 밖으로는 경쟁 세력에 저항할 수 있으니, 이는 대개 현세現世에 통행되는 규범이고 양의良醫가 이미 효험을 보았던 처방문이다. 영국·미국·독일·프랑스가 이런 방법을 써서 발흥하였고, 인도·베트남·유태·파키스탄은 이런 방법을 쓰지 않아서 망한 것이다. 이제 우리 한국을 위해 계책을 낸다면 이 두 가지 선례 중에서 장차 어느 것을 버리고 어느 것을 취할 것인가?

　인하여 생각해보니, 우리 영남嶺南은 평소에 추로지향鄒魯之鄕[164]으로 칭해졌다. 선유先儒의 가르침을 복습하고, 열성列聖의 은택恩澤에 무젖어, 강론하는 바는 모두 충성을 다하여 나라에 보답한다는 의리이고, 외우는 바는 난리에 임해서는 목숨을 버린다는 가르침이었다. 옛날로 논해보자면 마을마다 학교가 있고 집집마다 시례詩禮가 있었으니, 어찌 참으로 완연히 성대하지 않았겠는가? 그러나 말세로 내려오면서 사풍士風이 날로 침체되어 실학實學을 폐하고 허문虛文을 숭상하며, 공익公益을 잊고 사리私利에 힘을 쏟았다. 몸단속을 하여 허물을 줄이는 것을 둘도 없는 법문法門으로 삼고, 문을 닫고 고상하게 은거하는 것을 더할 수 없는 명절名節로 여겼다. 이 어찌 우리 영남 사람이 홀로 나라를 아끼는 정성이 부족해서 그런 것이겠는가? 필시 시세時勢가 따라주지 않았기 때문이었을 따름이거나, 아니면 알면서도 구할 수 있는 기술이 없기 때문이었을 것이다. 그러나 서양西洋의 철인哲人은 말하기를, "영웅英雄은 시세를 만들 수 있다." 하였고, 고정림顧亭林(청나라의 사상가 고염무顧炎武)은 이르기를, "국가의 흥망에는 필부匹夫도 함께 책임이 있다." 하였다. 우리들이 비록 감히 영웅으로 자처하지는 못하지만, 필부의 몸에 지워진 책임을 어찌 감히 저버려 스스로 인류에게서 도외시 될 수 있겠는가?

　이에 원근의 동지들과 더불어 지회支會 한 단체를 조직하여 경성京城 본회本會에 연락을 취하게 되었다. 취지를 말해 보자면, 정치·교육·산업이며, 목적을 말해보자면, 국가를 보호하고, 집안을 보호하고, 종족을 보호하는 것이다. 본래 지녔던 구학舊學을 연마하고 송宋 나라 때 미비했던 신법을 참조하여, 정신이 단합하고 지덕이 아울러 증진될 수 있도록 함으로써 대한大韓이 자립할 수 있는 권리를 회복하게 하여야 할 것이다.

---

164) 추로지향鄒魯之鄕 : 유학적인 예의禮義와 문명文明이 성대한 지역을 가리킬 때 쓰는 말로서, 추로는 맹자孟子의 출생지인 추鄒와 공자孔子의 출생지인 노魯를 합칭合稱한 것이다.

무릇 우리 영남 고을의 신사紳士들로 국사에 헌신하고자 하는 자라면, 모름지기 우禹임금과 안연顏淵의 역지易地165)를 생각하고, 다시 공자孔子·맹자孟子의 시조時措166)를 살펴서, 곤란하다고 주저하지 말고, 헐뜯는다고 머뭇거리지 말며, 선창先倡할만한 적임자가 아니라고 혐의스러워하지 말고, 대사大事에 함께하기 어렵다고 염려하지 말고, 줄을 지어 입회入會하여 협력하여 함께 이루어 나갈 수 있기를 깊이 소망하는 바이다.

▫ 경학사 취지서. 신해년(1911) 耕學社趣旨書

오호라. 사랑스럽도다, 한국韓國이여. 애처롭도다, 한민韓民이여. 피의 역사 4천년 동안 예의와 제도가 완전하였고, 기름진 땅 3천리에 동식물과 광산鑛山이 풍부하였다. 우리 아버지, 우리 할아버지들의 뇌혈腦血이 흐르는 곳이요, 우리 아들, 우리 손자들의 명맥命脈이 이어질 곳이니, 관계의 밀접함을 생각할 때 지키고 방비함을 감히 소홀히 할 수 있으랴? 뼈가 가루가 나고 몸이 부서지는 것도 사양하지 않을 것이고, 이마에서부터 발꿈치까지 갈려 없어지는 것도 또한 달게 여길 것이다.

그런데 어쩌다 백 년 동안 진한 잠에 취해 있다가 마침 오대양五大洋에 바람 맞은 조수潮水가 불어나는 시기를 만나, 포환砲丸의 우뢰가 날마다 지붕 위에서 요동치는데도 우리는 듣지도 못하고, 철함鐵艦과 전차電車가 문 밖에서 서로 내달리는데도 우리는 보지 못하였다. 결국 창졸지간倉卒之間에 사나운 호랑이가 뒤에서 아가리를 벌리고 굶주린 매가 앞에서 발톱을 놀리게 되었다. 쉽게 모방할 수 있는 것은 문명文明이라, 허울만 좋은 정부로 바꾸어 놓았으며, 거스르기 어려운 것은 시세時勢라, 혼魂이 없는 학당學堂을 창설하였다. 설사 일종의 간류奸流들이 창귀倀鬼167)가 되지 않았더라도 무수한 완당頑黨들이 걸핏하면 마魔를 부리는 데야 어쩌겠

---

165) 우禹임금과 안연顏淵의 역지易地 : 역지는 처지를 바꾸어 본다는 말이다. 『맹자孟子』「이루離婁」 하下에, "우·직·안자가 처지를 바꾸었더라도 모두 그렇게 했을 것이다[禹稷顏子易地則皆然]." 하였는데, 성현은 각기 자신의 처지에서 최선을 다하므로 우禹임금이 빈궁한 처지에 처했더라도 또한 안연顏淵처럼 낙樂을 즐거워했을 것이요, 안연이 우임금 같은 직책을 맡았다면 또한 우임금처럼 국가를 위해 근심했을 것이라는 뜻이다.

166) 공자孔子·맹자孟子의 시조施措 : 시조는 당시 상황에 맞게 융통성 있게 조치하는 것을 뜻한다. 『중용中庸』에, "성誠은 스스로 자기만을 이룰 뿐이 아니요. 남을 이루어 주니, 자기를 이룸은 인仁이요, 남을 이루어 줌은 지智이다. 이는 성性의 덕德이니, 내외內外를 합한 도道이다. 그러므로 때로 두는 것이 마땅한 것이다[時措之宜也]." 하였다.

는가? 들판의 아낙네가 비단을 걸치듯이 그저 그 추함만을 더할 뿐이요, 모래위에 화려한 건물을 짓듯이 단지 그 기울어지는 것을 재촉할 따름이었다.

경학사 결성대회가 열렸던 유하현 추가가 대고산

　평등平等과 자유自由는 도리어 사람을 죽이는 독약이 되었고, 상무商務와 공예工藝는 오히려 집안을 망치는 선봉先鋒이 되었다. 이에 내혈內血은 사그라지고 객화客火는 더욱 성해져서 자주自主라는 이름은 꿈처럼 잠시 오고, 외교外交의 권리는 바람을 따라 홀연히 가버렸다. 조약條約을 맺기를 협박하고 주권主權을 강제하는 것이 마치 어린아이를 희롱하듯 하였다. 군부軍府는 괴멸되어 단지 빈껍데기만 남아, 마침내 앉아서 두 팔로 팔짱을 낀 채 금구金甌168)를 내주어 버렸다.

　오호라. 애처롭도다, 한민이여. 사랑스럽도다. 한국이여. 땅이 없는데 무엇을 먹을 것이며,

---

167) 창귀倀鬼 : 사람이 호랑이에게 죽으면, 그 귀신이 호랑이의 부림을 받게 되는데, 그를 창귀라고 한다. 후대에는 앞잡이라는 말로 쓰인다(『전기傳奇』마중馬拯).

168) 금구金甌 : 금으로 만든 사발인데, 국가·국토를 가리키는 말로 쓰인다. 『남사南史』「주이전朱異傳」에, "무제武帝가 홀로 이야기하기를, 우리나라는 금으로 만든 사발과 같아서, 조그만 손상도 없다[猶若金甌 無一傷缺]."고 하였다.

나라가 없는데 어떻게 살아갈 것인가? 우리 몸이 장차 죽으면 어느 산에 묻을 것이며, 우리 아이가 장차 자라면 어느 집에서 거처할 것인가? 이집트[埃及]의 백성들을 보지 못하였는가? 입 안의 음식을 토해내어도 빚을 갚기에 부족하였다. 베트남[越南]의 역사를 읽지 못하였는가? 머리 위의 하늘을 팔아도 생계를 돕기에 부족하였다. 나는 모르겠다고 말하지 말라. 내가 우리의 공산公産을 잊는데, 저들이 어찌 빼앗지 않겠는가? 나는 죄가 없다고 말하지 말라. 내가 우리의 천직天職을 버리는 데, 저들이 어찌 엿보지 않을 수 있겠는가? 차라리 칼을 잡고 스스로 자결하려고 해도 도리어 몸을 죽여 적들을 통쾌하게 할까 혐의스럽고, 곡식을 끊고 굶어 죽으려고 해도 나라를 팔고 명예를 파는 짓 같아 차마 하지 못한다. 장차 눈물을 흘리며 하늘까지 사무치는 치욕을 받을 것인가? 대개 또한 힘을 축적하여 종국終局의 결과를 보아야 할 것이다. 마침내 만사를 어찌할 수 없는 지경에서 다시 '백 번 꺾여도 변심하지 않는다[百折不回].'는 의지를 다잡아야 할 것이다.

한밤중의 종소리가 홀연히 베개위로 떨어지고 한 가닥의 혈로血路가 곧 면전에 있다. 부여夫餘의 옛 영토가 눈강嫩江에까지 이르니, 이 땅이 이역異域이 아니요, 고구려高句麗의 유민遺民이 발해渤海에 모였으니, 이 사람들은 동포同胞인 것이다. 더구나 16세기의 네덜란드[和蘭]는 스페인[西班牙]으로부터 독립하여 부흥했으니, 옛날에도 사례가 있는 것이다. 19세기의 그리스[希臘]는 터키[土耳其]로부터 자립했는데, 저들이 무슨 역량이 있었겠는가? 그들의 뜻과 마음은 귀신에게 질정質正할 수 있으리라.

영웅이 수수방관袖手傍觀하는 것은 상제上帝께서 꾸짖는 바이니, 산하山河를 향하여 슬프게 노래하면서 탄식하기도 하고 울먹이기도 하였고, 장강長江에 임하여 맹서하면서 맑아지지 않으면 돌아오지 않으리라 하기도 했었다. 언어가 다르니 동족同族이면서도 또한 우리에게 너그럽지 못하고, 사정을 자세히 알리기 어려우니 동병同病이면서도 서로 가련해 하지 않았다. 희망을 양식으로 삼아 스스로 먹지 못하는 음식[不食之食]을 배불리 먹고, 곤란을 초석으로 삼아 집 아닌 집[無家之家]을 축조하였다. 그리하여 마침내 남만주南滿洲 은양보恩養堡에서 중인衆人들의 열렬한 마음을 융합하여 하나의 단체를 조직하고, '경학사耕學社'라고 명명하게 되었다. 인명을 보호하고 살리려는 것뿐만이 아니고, 민지民智를 개발하려는 차원이었다. 공상工商이 비록 다르지만 모두 실업계實業界에 속한다. 체덕體德을 겸비하는 것은 절로 교육부서의 과조科條에 들어 있다. 갈 길이 멀고 더디다고 근심하지 말지니, 걸음이 누적되면 만 리를 갈 수 있다. 규모가 엉성하다고 탄식하지 말지니, 한 삼태기도 쌓이면 태산이 될 수 있다.

오호라. 사랑스럽도다, 한국이여. 애처롭도다, 한민이여. 지금이 어느 때이며, 이 땅이 어떤 땅인가? 하상河上에서 생사生死를 결심하여 파부침주破釜沈舟169)하였으며, 회계會稽에서 숨을 죽이고 와신상담臥薪嘗膽170)하였다. 몸을 이미 바쳤으니, 각자 책임이 가볍지 않다는 것을 생각해야 할 것이다. 꿈에서 과연 깨어났다면, 마땅히 육체가 부질없다는 것을 알아야 할 것이다. 열정적인 역량을 크게 하고 참을성을 기른다면 장애가 많이 발생하더라도 무방할 것이다. 담기膽氣를 연마하고 정신을 수양한다면, 위험이 닥치더라도 두려울 것이 무엇이겠는가? 객기客氣를 믿지 말고 일에 임해서 성심을 다해야 할 것이며, 타인에게 바라지 말고 먼저 내게서부터 착수해야 할 것이다. 혹은 팔리시[巴律西, Bernard Palissy]171)와 같아서 거액의 재산을 아까워하지 않고, 혹은 윌리엄스[維廉氏, Williams]172)와 같아서 7척의 몸을 희생하기를 기약하여야 한다. 성공하면 뇌정腦精을 바친 대가로 역사의 광영光榮을 얻게 될 것이며, 실패하면 선혈鮮血을 뿌려서 국민의 깊은 근심을 대속代贖하게 될 것이다. 더구나 지금 중국中國의 현상은 노대老大하여 떨치고 일어나지 못하고 있다. 우리들도 의무와 부담은 균일하니, 중외中外의 경계를 허물고, 피차彼此의 지력智力을 다 기울여야 시기가 이르렀을 때 사업이 두루 완전하게 될 것이다.

사랑스럽도다, 한국이여. 애처롭도다, 한민이여. 끓는 솥의 물고기가 입을 내밀어 본들 무슨 가망이 있겠는가마는, 불타는 집의 제비는 한참 동안이나마 울부짖을 수 있다. 오시오, 오시오. 우리 무리를 보호하는 것이 곧 우리 백성들을 보호하는 것이며, 우리 사社를 사랑하는 것이 곧 우리나라를 사랑하는 것이다. 오시오, 오시오. 기러기 떼 날아가면 서풍西風이 날로 드세질 것이고, 금계金鷄가 한번 울면 동천東天이 장차 밝아 오리로다.

---

169) 파부침주破釜沈舟 : 솥을 깨뜨리고 배를 침몰시킨다는 뜻으로, 필사의 각오로 전투에 임하는 것을 가리킨다. 『사기史記』 「항우본기項羽本紀」에, "항우가 마침내 병사를 모두 이끌고 강을 건넜는데, 모두 배를 침몰시키고 솥을 깨뜨리고 숙소를 불태운 뒤 3일치의 식량을 지님으로써 사졸들에게 반드시 죽고 조금도 돌아올 마음이 없음을 보였다." 하였다.

170) 와신상담臥薪嘗膽 : 섶에 누워 자고 쓸개를 핥으면서 패전의 치욕을 씻기 위해 절치부심하는 것을 가리킨다. 여기서는 오吳 나라 임금 부차夫差와의 싸움에서 크게 패한 월越 나라 임금 구천句踐이 회계산會稽山에서 포로가 되어 갖은 고역과 모욕을 겪은 끝에 돌아와 앉으나 서나 항상 쓸개를 핥으며 복수의 마음을 다잡았다는 고사를 가리킨다.

171) 팔리시 : 프랑스의 저명한 도예가이자 자연과학자인 Bernard Palissy를 가리키는 듯하다. 전원풍의 도자기로 명성을 얻어 궁중의 도공으로 일했으며, 약 10년 간을 파리에서 박물학 등에 관한 공개강연을 하기도 하였다. 거액의 재산을 희사한 것에 대한 것은 미상.

172) 윌리엄스 : 미상.

▫ 자신계 취지서　自新稧趣旨書

이윤伊尹이 이르기를, "새로운 것을 쓰고, 묵은 것은 버린다." 하였다. 오늘날은 바로 일대 변환의 국면이다. 풍조風潮에 떠밀려 옛 것치고 새롭게 되지 않은 것이 없거니와, 그 중에서도 먼저 새로워진 것은 무대를 점거하여 우등이 되고 승리를 하는 반면에, 뒤늦게 새로워진 것은 하풍下風으로 물러 앉아 열등이 되고 패배를 하게 되니, 이는 자연스런 법칙이다.

새로워지는 것에는 두 가지 도가 있다. 자신으로부터 새로워진 것은 새로워질 권한이 내게 있다. 그러므로 선택하고 취사하여 그 완전함을 다할 수 있다. 다른 사람에 의해 새로워진 것은 새로워지는 권한이 다른 사람에게 있다. 그러므로 속박되고 내몰리어 그 자유를 잃어버리는 것을 면할 수 없게 된다. 한 나라에 있어서도 또한 그러하고, 한 사회에 있어서도 또한 그러하다. 새로운 사업에 뜻이 있는 자가 깊이 생각하지 않을 수 있겠는가?

우리들은 묵은 사람들이다. 오직 옛 것이 있다는 것만 알고 새로운 것이 있다는 것을 모르다가, 하루아침에 강한 무리들을 만나게 되어 하는 일마다 꺾이고 패하여 화망禍網 속에서 남은 목숨이 되어 지방을 떠돌게 되었다. 일단 발을 들어보면 전장戰場이 아닌 곳이 없고, 일단 눈을 돌려보면 적국敵國이 아닌 곳이 없다. 풍상風霜에 단련되고 운회運會에 부딪히다 보면, 새로운 것도 또한 새롭게 되고, 새롭지 못한 것도 또한 새롭게 된다. 남을 따라 행동하여 허수아비 같은 상태가 되기보다는, 차라리 조종대操縱臺가 내게 있어서 남자다운 정신을 지니는 것이 낫다.

저 중국을 보지 못하였는가? 지난날의 진부함이 어떠하였던가? 그런데도 한번 스스로 혁신한 이후로는 국세國勢가 점차 신장되어 민기民氣가 점점 견고해지니, 이는 우리들이 가장 흠탄해야 할 바이다. 『맹자孟子』에 이르기를, "다른 사람과 같지 못함을 부끄럽게 여기지 않는다면, 다른 사람과 같은 것이 무엇이 있겠는가?" 하였고, 또 이르기를, "부끄러움이 없음을 부끄러워한다면, 부끄러워 할 일이 없을 것이다." 하였으니, 별난 사람이 없으면, 괴이한 일도 없게 될 것이다. 아아! 우리 한민들은 노력하고 새롭게 하기를 오직 중국처럼 하여야 할 것이다.

□ 변辨

▫ 존화양이변. 갑인년(1914)　尊華攘夷辨

우리나라의 유자儒者들은 화이華夷(중국과 오랑캐)의 구별을 너무 엄격하게 견지하다보니, 외국의 정교政敎·풍속風俗에 관계되는 것이라면 미악美惡을 불문하고 조금의 용서도 없이 일체 배척하고 있다. 내 생각에 이는 또한 노예의 근성이다. 어째서인가? 이적夷狄이라고 하는 것은 곧 중국인이 다른 종족을 멸시할 때 쓰던 명사일 따름이다. 중국은 상세上世에 성왕聖王이 여러 번 나서 정화政化가 크게 행해지다 보니, 그 백성들이 문명文明에 취하여 자존자대自尊自大하면서 자기네 나라는 화하華夏라고 하고, 먼 외방外方의 사람들에 대해서는 문득 모멸을 가하였다. 우공禹貢에 기록된 것으로 고찰해보자면, 왕기王畿에서 1천 5백리 떨어진 요복지지要服之地를 '이夷'라고 하고, 2천리 떨어진 황복지지荒服之地를 '만이蠻夷'라고 하였다. 당우唐虞 삼대 때에는 비록 이적夷狄이라는 칭호가 있었으나, 그래도 그 왕래往來하고 화친和親하는 것을 기쁘게 여겼다. 그래서 우모禹謨(『서경書經』의 편명)에 이르기를, "사방의 이적들도 와서 왕으로 받들 것이다[四夷來王]." 하였고, 여오旅獒(『서경』의 편명)에 이르기를, "구이, 팔만에 길을 통했다[通道于九夷八蠻]." 하였고, 또 이르기를, "사이四夷가 모두 손님이 되었다[四夷咸賓]." 하였으니, 언제고 배척하고 끊어버려서 이류異類로 간주한 적이 있었던가?

주周 나라 유왕幽王이 무도無道하게 굴다가 견융犬戎에게 시해弒害되고, 평왕平王이 동천東遷173)을 하게 되면서부터는 회淮·서徐가 함께 일어나 많고 많은 왕사王師가 방수防守하는데 지쳤다. 진秦·한漢 이래로 사해四海가 통일되었으나 북호北胡, 흉노匈奴가 항상 소한宵旰174)의 근심이 되었고, 수隋·당唐 연간에는 돌궐突厥·토번吐藩이 서로 이어서 유린하니, 중국인들은 꿈에서도 불안해하였다. 저 송宋 나라가 쇠미해지게 되자 요遼·금金이 할거하여 중원中原 일국一局

---

173) 동천東遷 : 주나라 평왕平王이 견융犬戎의 침입을 피해 동쪽 낙읍洛邑으로 수도를 옮긴 것을 말한다. 그때부터 위열왕威烈王 23년까지를 춘추시대春秋時代라고 하고, 위열왕 23년에 한韓·위魏·조趙를 제후로 임명한 뒤로부터는 전국시대戰國時代라고 한다.

174) 소한宵旰 : 날이 새기 전에 관복官服을 입고 날이 저물고서야 식사를 한다는 소의한식宵衣旰食의 줄임말로, 임금이 정사에 부지런함을 가리킨다. 여기서는 임금이나 임금의 정사를 뜻한다.

이 더 이상 옛날과 같은 상황이 아니었다. 그러나 여전히 그대로 남은 것은 그 오만한 자존自尊의 습성과 남을 꺼려하고 업신여기는 마음뿐이었다. 이에 서로 이끌고 존양尊攘의 설을 창도하여 『춘추春秋』에 가탁하기를, "이는 공성孔聖의 유의遺意이다." 하였다. 대개 공자孔子가 책을 지은 것은 장차 천하를 다스리려고 한 것이지, 일국을 다스리는 데 그치려는 것이 아니었고, 장차 만세를 다스리려고 한 것이지, 한 시대를 다스리는 데 그치려는 것이 아니었다. 그러므로 『춘추』 수장首章에 나오는 삼세三世의 의리로 볼 때, 전해지는 정치가 거친 것을 숭상하는 것 같으면 본국을 안으로 삼고 중원의 나라들을 밖으로 삼았으며[內其國而外諸夏], 들려오는 정치가 승평升平으로 나아가는 것 같으면, 중원의 나라들을 안으로 삼고 이적을 밖으로 삼았으며[內諸夏而外夷狄], 눈으로 본 정치가 태평을 이루었으면, 천하의 원근·대소가 한결같게 되어 이적夷狄이 나아가 봉작封爵에 이를 수 있었다. 그래서 이르기를, "가르침이 있으면 대상의 선악善惡을 따질 것이 없다." 하였고, 또 이르기를, "중국中國에 넘쳐 만맥蠻貊에 뻗쳐서, 모든 혈기血氣를 가지고 있는 것들이 존경하고 친애親愛하지 않음이 없다." 하였다. 이제 만약 승평세升平世의 의리를 가지고 『춘추』가 이적을 배척하였다고 말한다면 가하겠으나, 거난세據亂世의 의리를 가지고 『춘추』가 제하諸夏를 배척했다고 말할 수 있겠는가?

모르겠으나, 혹시 논자論者들이 말하는 이적夷狄이라는 것은 지역地域을 가지고 말한 것인가? 종족種族을 가지고 말한 것인가? 만약 지역을 가지고 말했다면, 강한江漢의 남쪽은 문왕文王이 옛날에 다스리던 지역이고, 견위汧渭 일대는 곧 도읍을 정했던 서경西京이다. 그렇다면 초楚 나라와 진秦 나라가 어떻게 이적이 될 수 있겠는가? 만약 그 종족을 가지고 말했다면, 북적北狄은 황제黃帝의 후예이고, 훈죽獯鬻은 곧 하우夏禹의 후예이다. 그렇다면 제왕帝王의 자손들이 어떻게 이적이 될 수 있겠는가? 어찌 그것뿐이겠는가? 소공昭公 12년에 "진晉이 선우鮮虞를 정벌하였다[晉伐鮮虞]."고 하였는데, 진나라의 어떤 점을 미워했던 것이겠는가? 동성同姓을 정벌하여 위세威勢를 세우고 패도覇道를 행하였으므로, 이적처럼 여긴 것이다. 성공成公 3년에 "정鄭 나라가 허許 나라를 정벌하였다[鄭伐許]."고 하였는데, 정나라의 어떤 점을 미워했던 것이겠는가? 상인喪人을 정벌하여 도의道義가 없고, 맹약盟約을 배반하여 신의信義가 없으므로 이적처럼 여긴 것이다. 환공桓公 15년에 "주인邾人·모인牟人·갈인葛人이 와서 조현朝見하였다[邾人牟人葛人來朝]."고 하였다. 이는 환공이 악행을 저질렀는데도, 세 사람이 조현하여 섬겼으므로 이적처럼 여긴 것이다. 은공隱公 7년에 "융戎이 범백凡伯을 초구楚丘에서 공격하였다[戎伐凡伯于楚丘]."고 하였는데, 위衛가 태자太子의 사자使者를 공격하였으므로 이적처럼 여긴 것이다. 애공哀公 6년에

“주루가邾婁葭를 취하였다[城邾婁葭].”고 하였는데, 노魯가 자주 누婁의 고을을 취하면서도 만족할 줄 몰랐으므로, 이적처럼 여긴 것이다. 진晉·정鄭·주邾·위衛·노魯는 모두 중국의 이름난 국가이다. 또 어떻게 이적과 섞어서 칭할 수 있겠는가?

대개 『춘추』에서 호칭을 기록할 때는 예의禮義가 있는 자는 중국中國이라고 하고, 예의가 없는 자는 이적夷狄이라고 하였다. 그러므로 공자孔子께서 일찍이 이르기를, “이적에 임금이 있는 것은, 제하諸夏에 임금이 없는 것보다 낫다.” 하였고, 또 이르기를, “이적이 나아서 중국에 이르면, 중국으로 대우한다.” 하였다. 동자董子(한나라 때의 유학자 동중서董仲舒)는 이르기를, “『춘추』에서는 이적을 허여하지 않고 중국을 허여하는 것을 예로 여겼다. 그런데 필邲 땅에서 있었던 전쟁의 경우에는 뒤집듯이 반대로 하였으니, 어째서인가? 『춘추』에는 확정적으로 쓰이는 표현[通辭]이 없으니, 변화에 따라 옮겨간다. 이제 진晉나라가 변하여 이적이 되고 초楚 나라가 변하여 군자가 되었다. 그러므로 그 말을 옮겨서 그 사실에 따라가게 한 것이다.” 하였다.

그렇다면 중화와 이적이 일정한 계한界限이 있는 것이 아니라, 단지 이적의 비루한 행실이 있는 경우에는 비록 중국이라도 이적으로 여겼고, 중국의 예속禮俗이 있는 경우에는 비록 이적이라도 중국으로 여겼던 것이다. ‘화이華夷’ 두 글자는 곧 문명文明과 야만野蠻의 표현일 따름이다. 그러므로 담자郯子175)는 관직에 대해 말하기를, “천자가 직분을 제대로 수행하지 못하면 관직에 관한 학문은 사방의 오랑캐에게서나 구할 수 있다.” 하였으니, 허여許與한 것이고, 제齊 나라 제후는 음악을 연주하면서 이르기를, “이적의 음악을 어찌 여기에서 연주하는가?” 하였으니, 배척한 것이다. 설령 『춘추』에 양이攘夷(오랑캐를 배척함)의 의리가 있다고 하더라도, 그 정속政俗과 행사行事를 배척한 것에 지나지 않으며, 그 지계地界와 종족種族을 배척한 것이 아니라는 것은 분명하다.

또 소공昭公 23년의 전傳에 이르기를, “무엇 때문에 중국으로 하여금 그것을 주관하게 하지 않았는가? 중국도 또한 새로운 이적이기 때문이다.” 하였다. 그렇다면 이른바 중국이라는 것이 바야흐로 스스로 이적에서 벗어나지 못하여 『춘추』에서 배척하는 바가 되고 있는데, 어느 겨를에 남을 능멸하여 배척하겠는가?

또한 나는 더욱 이해가 가지 않는 바가 있다. 구오句吳와 오월於越은 춘추시대春秋時代에는 모

---

175) 담자郯子 : 소호씨少皞氏의 후손인 담郯 나라의 임금을 가리킨다. 소공昭公 때 노魯 나라에 조회하였는데, 역대의 관명官名과 그 연혁沿革에 밝았으므로 공자孔子가 그에게 나아가 관명을 배웠다고 한다(『춘추좌씨전春秋左氏傳』 소공昭公 3년).

두 '이夷'라고 불렀고, 파촉巴蜀과 전계滇桂는 진秦·한漢 연간에는 오히려 '강羌'으로 불렀다. 그런데 한번 중국에 편입되자 다시는 전날의 명칭이 없어지고 엄연히 화하華夏로 자처하였다. 지금 강남江南·절강浙江의 사람치고 누구라서 오가 융戎, 월이 만蠻이라는 것을 분별할 수 있겠는가? 사천泗川·운남雲南·광서廣西의 사람치고 누구라서 파巴가 강羌이고, 전滇이 이夷라는 것을 구별할 수 있겠는가? 여기서 '화華'·'이夷'라고 하는 것이 애초에 주의主義가 없었고, 필경 그 자립自立하는 것을 싫어하고 신복臣伏하는 것을 사랑한 것일 따름이다. 이 어찌 지극히 공정하여 사심이 없는 의론이겠는가?

또 중국이 '중中'이 된 것은 하우夏禹가 치수治水하여 구주九州를 분정分定하면서 기도冀都를 나라의 중심으로 삼았기 때문이었다. 그 후에 은殷·주周의 운수가 예豫에서 극에 달하였으나 '중'이라는 이름은 고치지 않았고, 진秦·한漢·수隋·당唐이 옹雍에서 도읍을 정했어도 '중'이라는 이름은 예전과 그대로였다. 육조六朝는 변汴에 도읍을 정하였으니, 춘추시대의 담郯·오吳 지역에 해당 되는데도 '중中'이라는 명칭은 그대로였다. 송宋·원元·명明·청淸은 연燕에 도읍하였으니, 산융山戎·백적白狄의 유허遺墟인데도 '중中'이라는 명칭은 그대로였다. 이는 아마도 '중中'이라는 한 글자가 마치 중국인의 성씨처럼 되어 어느 곳이고 칭해지지 않은 적이 없어서가 아니겠는가?

대개 듣기로 지구는 타원이라서 가운데가 정해진 곳이 없고, 동서남북은 표식에 따라서 변할 수 있다고 한다. 이를테면 동쪽에 표식을 세우면 동대륙東大陸이 가운데가 되고, 서쪽에 표식을 세우면 서대륙西大陸이 가운데가 된다. 만약 이런 의리를 따른다면 중국이라는 이름은 중국인이 마땅히 사유私有할 바가 아니고, 지구의 각 나라마다 칭할 수 있는 것이다. 더구나 우리나라는 단군성조檀君聖祖로부터 해가 뜨는 고을에서 독자적으로 존립하여 정화政化와 풍속風俗이 천하에서 사모하는 바였다. 그래서 공성孔聖(공자孔子)께서도 "가서 살고 싶다."176)는 탄식이 있으셨고, 명고明高는 "그곳에서 태어나고 싶다.177)"는 말을 하였던 것이다. 여기에서 그 추중을 받은 것이 어떠했는지를 알 수 있다.

---

176) 가서 … 싶다 :『논어論語』「자한子罕」에, "공자孔子께서 구이九夷에 살려고 하셨다[子欲居九夷]. 혹자가 '그 곳은 누추한데, 어떻게 하시렵니까?' 하니, 공자孔子께서 대답하시기를, '군자君子가 거주한다면 누추할 것이 무엇이 있겠는가?' 하였다."한 것을 가리킨다.

177) 그곳에서 … 싶다 : 여기서 명고는 명明 나라 고조高祖를 가리키고, 시구는 "원하노니, 고려국에 태어나서 금강산을 한번 보고 싶다네[願生高麗國 一見金剛山]."라는 내용인데, 시구의 출처는 찾을 수 없다. 명나라 사신의 시라는 설도 있다.

그런데도 저 한아漢兒의 교만한 습성은 우리를 화하華夏로 여기지 않고 무례한 호칭을 더하여 '이夷'라고 하고 '호胡'라고 하면서 시사詩史에 기록하고 있으니, 이 어찌 우리나라 사람들만의 수치일 뿐이겠는가? 무릇 중국 이외의 나라들은 함께 분노해야 할 부분인 것이다. 그런데도 우리나라에서 이른바 '유자儒者'라고 하는 자들은 담담하게 일상적인 것으로 여겨 추호도 개탄하지 않고, 도리어 '존양尊攘'의 설을 가지고 '하늘의 법[天經]'이자 '땅의 의리[地義]'로 삼아, 한 사람이 선창先倡하면 열 사람이 화답하여 욕하는 사람에게 구실을 만들어 주었다. 무릇 정법政法·학술學術·물질物質·기예技藝가 비록 사람들의 이목耳目을 밝힐 만한 바가 있더라도 일단 외계外界에 해당하면 문득 한 마디 말로 배척하기를, "오랑캐이다. 오랑캐이다." 한다. 대개 중국이 스스로 거만하게 구는 것도 오히려 불가하거늘, 중국이 아니면서 스스로 거만하게 군다면 어찌 가소롭지 않겠는가? 중국이 남을 무시하는 것도 오히려 '비례非禮'라고 할 것인데, 중국이 아니면서 남을 무시한다면 어찌 거듭 가소롭지 않겠는가? 내가 옛날에 이런 것을 노예奴隷의 근성이라고 하였던 것은, 노예는 자립할 의지가 없이 일체 주인이 시키는 대로 따를 뿐이기 때문이다. 주인의 귀함을 자신의 영예로 생각하고, 주인의 부유함을 믿고서 멋대로 굴고, 주인이 사랑하는 바를 사랑하고, 주인이 미워하는 바를 미워하니, 이를 일러 '심히 자유롭지 못하다.'고 하는 것이다. 세계가 끝없이 진화하여 이적은 혹여 중국에 이르게 될 날이 있겠지만, 노예가 주인이 될 수 있는 날은 결코 없다. 대개 당당한 군자의 나라에서 이런 성질을 지녔으니, 어찌 한심하지 않겠는가? 그렇다면 우리나라 사람들은 어떻게 하면 좋겠는가?

『맹자孟子』에 이르기를, "순舜임금은 제풍諸馮에서 태어나 명조鳴條에서 별세하셨으니, 동이東夷의 사람이시다.", "문왕文王은 기주岐周에서 태어나 필영畢郢에서 별세하셨으니, 서이西夷의 사람이시다."라고 하였다. 순임금과 문왕은 바로 중국 문명의 비조鼻祖로서, 공자孔子가 일찍이 의탁하여 대동태평세大同太平世의 반증으로 삼은 대상이다. 순임금·무왕과 같은 성왕聖王도 오히려 이적의 사람이라고 칭하였으니, 이른바 화이華夷의 경계는 따질 것도 없이 절로 평정되는 것이다. 그러나 순임금이 순임금일 수 있었던 것은 인재를 취하여 선善을 행한 것에서 비롯되었고, 문왕이 문왕일 수 있었던 것은 옛 나라를 유신維新시켰기 때문이다. 하물며 성인보다 몇 등급 낮은 자들은 특히 근심스레 자성自省하며 순임금과 문왕을 본받아, 사람들이 만약 선행이 있거든 중외中外를 불문하고 급히 취하여 소유하고, 자기에게 선하지 못한 바가 있거든 비록 구장舊章에 관계되는 것이라도 서둘러 고쳐서 새롭게 해야 할 것이다. 이렇게 자립하고 자유롭게 끊임없이 나아간다면 10년 안에 천하가 모두 장차 화하華夏의 미명美名을 우리에게 바치게 될 것이다. 오늘날 주의가 없는 존양尊攘에 비해서, 그 허실虛實이 끝내 어떠한가?

□ 축사祝辭

◦ 안동보통학교 축사   安東普通學校祝辭

선왕들이 가르침을 펴면서	先王設敎
스승을 세우고 학교를 건립하였으니	立師建學
그 규모와 절목은	規模節目
사적에 분명하게 나와 있다네	昭載史籍
말세末世로 내려오면서	降而叔季
성향이 말끔히 사라졌는데	聲響寢寂
성군께서 처음 정사를 하시면서	聖后初政
가장 먼저 교육을 장려하셨네	首獎敎育
아아, 우리 안동安東은	繄我花山
준수한 선비들이 숲처럼 많고	髦士林立
어진 수령이 힘써 도우니	賢侯力贊
둘이 힘을 합해 일체가 되었네	合兩爲一
옛날 향교가 새롭게 변하여	舊校新規
시의에 진실로 부합하니	時義允適
행단杏壇 가에서	杏樹壇邊
현송178) 소리 다시 일어났네	絃誦復作
힘쓸지어다, 청년들이여	勖哉靑年
부지런히 학업을 닦아야 하리	克勤肄業
뜻이 지주처럼 확고하고	志確砥柱

---

178) 현송 : 악기로 연주하면서[絃] 배우는 것과 소리 내어 외우면서[誦] 배우는 것을 아울러서 가리키는 말로, 옛날 전통적인 교육 방식을 가리킨다. 후대에 오면서 학업을 닦는 것을 가리키는 말로 쓰였다. 『예기禮記』 문왕세자文王世子에, "봄에는 소리 내어 외우고[誦], 여름에는 거문고 같은 현악기에 맞춰 배운다[弦]." 하였다.

정성이 금석을 뚫을 만하면	誠透金石
지덕과 예술이	智德藝術
날로 발전하리라	日以發達
그 선발될 때가 되어	及其選升
황국의 조정에 서게 되면	用賓皇國
문명을 흡수하여	吸噓文明
세 대륙에 크게 떨치게 될 것이다	大鳴三陸

□ 설說

□ **백우선설.** 계해년(1923)　白羽扇說

　새들의 깃은 성질이 가볍고 색이 깨끗하다. 그러므로 호사가好事家들은 그것을 가지고 몸을 장식하는 물건으로 삼는 경우가 많았다. 이를테면 도사道士의 옷이나 영인伶人(樂工)의 관冠, 그리고 저 우개羽蓋·우기羽旂·우상羽觴 같은 것이 고서古書에 드러나 있다. 그 중 가장 속기俗氣를 벗고 바람이 잘 일어나는 것으로는 우선羽扇이 그것이다. 부채의 모양이 어느 시대에 처음 만들어졌는지는 모르겠으나, 한漢 나라의 제갈공명諸葛孔明이 남양南陽에서 은거할 때 학창의鶴氅衣를 입고 백우선白羽扇을 잡았으며, 당唐 나라 사람의 시에 "백우선을 흔드는 것도 귀찮아[懶搖白羽扇], 건을 벗어서 석벽에 걸어두네[脫巾掛石壁]."라는 구가 있다.179) 비록 그가 어떤 사람을 가리키는 지는 자세히 알 수 없으나, 대개 또한 산림에 은둔하는 자의 부류일 것이다.

　나는 성품이 고벽古癖에 가까워 한적한 곳에 마음을 붙였다. 어렸을 적에 일찍이 옛 옷을 입고, 옛 책을 배우고, 옛 예법을 익혔다. 강을 건너온 뒤로는 거처가 일정하지 않았으나 반드시 화단花壇을 만들었고, 맛난 것을 먹지는 못했어도 날마다 낚싯대를 잡았었다. 완구玩具의 경우에도 또한 오래되고 기이한 것을 특히 좋아하였다. 왕년에 연계燕薊180)에서 노닐 적에 값을 묻지 않고 용龍을 새긴 지팡이 하나를 사서 돌아왔는데, 사람들이 간혹 일부러 사람들과 다른 것을 추구한다고 지목하였다. 오직 김응엽金應燁 군만은 그것이 성벽性癖 때문이라는 것을 알아주었다. 계해년(1923) 여름에 김군이 상해국민대표회上海國民代表會에서 돌아오면서 내게 백우선白羽扇 한 자루를 보내주었다. 부채는 해오라기 깃을 쓰고 눈사嫩絲 3층을 달았으며, 하층은 가는 털을 둘러가며 부착하였고 말단에는 뼈로 만든 작은 자루가 있었다. 자루 위 깃의 아래에는 흰 비단 자수를 겹치게 하여 두 송이 꽃으로 만들고 전후로 꿰매어 덮은 뒤, 그 심에 못질을 하여 움직이지 못하게 만들었다. 그 제도는 반원형으로, 마치 초순初旬에 새로 뜨는

---

179) 당唐 나라 사람 … 있다 : 당나라의 시인인 이백李白이 지은 「하일산중夏日山中」이라는 시를 가리킨다.

180) 연계燕薊 : 유계幽薊라고도 하며, 옛 연燕 나라 땅인 유주幽州 계지薊地, 즉 지금의 북경北京을 포함한 하북성河北省 일대를 가리킨다. 흔히 북경을 가리키는 말로 쓰인다.

달 모양 같았다. 시험 삼아 들고서 부쳐보았더니, 바람이 살랑살랑 가는 깃털에서 일어났다. 참으로 속되지 않은 공예품으로, 한가한 자가 쓰기에 적당한 것이었다.

상해는 남국南國에 있는 이름난 항구로서, 상인들이 운집하다보니 시황市況이 날로 성하여 진귀한 이품異品들이 저자 거리에 가득 넘칠 텐데도, 일체 거기에 대해 물어보지 않고 유독 사람들이 눈에 담지 않는 잔모殘毛, 영우零羽에 마음을 두었으니, 어쩌면 그리도 성품이 나와 비슷한가? 더구나 만 리 찻길에 여행 경비가 쪼들려 옷을 전당잡혀 임시로 빌리기까지 하였으면서도, 특별히 부채 하나를 소중히 보관하다가 포장하여 내게 보내주니, 또 어찌 그리 정성스러운가?

오늘날은 곧 세계적으로 일이 많은 국면이다. 몸이 공무에 얽매어 이리저리 걸리는 일이 많다보니, 추위도 화롯불을 쬘 겨를이 없고 더워도 부채질 할 겨를이 없어, 도대체 한가한 사람처럼 해보려고 해도 되지 않는다. 조만간 만약 짐을 벗어던지고 산기슭으로 물러나 은거하게 되면, 마땅히 용을 새긴 지팡이를 허리에 차고 백우선을 손에 든 채로 혹은 정원을 거닐며 꽃을 구경하거나 물가에 가서 물고기를 구경하기도 하고, 혹은 속세의 광진狂塵을 피하거나 학염虐焰을 몰아내어야 할 것이다. 설령 포슬장음抱膝長吟한 공명孔明[181]의 경륜에는 미치지 못하더라도, 어찌 갑자기 노정소오露頂嘯傲하던 당인唐人[182]의 운치를 양보할 수 있겠는가? 그런 뒤라야 비로소 사물과 주인이 서로 부합한다고 이를 수 있을 것이며, 김군이 보내준 깊은 뜻을 저버리지 않는 것이리라. 백우白羽에 뜻이 있으니, 반드시 청풍淸風을 저장하여 그 때를 기다려야 할 것이다.

---

181) 포슬장음抱膝長吟한 공명孔明 : 포슬장음은 고인高人이나 지사志士가 무릎을 감싸 안고 앉아 길게 읊조리면서 소회所懷를 펴는 것을 뜻하고, 공명은 삼국시대 촉蜀 나라의 명상이자 지략가였던 제갈량諸葛亮을 가리킨다. 『삼국지三國志』 「촉지蜀志」 제갈량전諸葛亮傳에, "제갈량이 몸소 초야에서 경작하면서 「양보음梁父吟」을 즐겨 불렀다." 하였고, 그 주에 "항상 무릎을 감싸 안고 앉아 길게 읊조렸다." 하였다.

182) 노정소오露頂嘯傲하던 당인唐人 : 당나라 장욱張旭을 가리킨다. 두보杜甫의 「음중팔선가飮中八仙歌」에, "왕공들 앞에 모자를 벗어 머리를 드러내고, 붓을 휘둘러 종이에 떨어짐이 구름이나 연기 같다[脫帽露頂王公前 揮毫落紙如雲煙]." 하였다. 그는 초서草書를 잘 썼는데, 글씨를 쓸 때는 항상 취한 상태에서 붓을 휘둘렀으며, 그의 행동에 광태狂態가 있었으므로 사람들이 미친 장전張顚이라 불렀다고 한다.

▫ **자유도설.** 계해년(1923)   **自由圖說**

참된 자유 정신精神

정욕情慾의 노예가 되지 말라. [남보다 뛰어난 재주를 지닌 자는 반드시 남보다 많은 욕심을 지니고 있다. 만약 남보다 많은 도덕심道德心이 주인이 되지 못한다면 그 재주는 그 욕심의 노예가 된다. 그러므로 극기克己의 공부는 잠시라도 그쳐서는 안 된다.]

환경環境의 노예가 되지 말라. [인심이 생존경쟁의 경계에 서게 되면 우리의 곁을 둘러싼 환경이 밤낮으로 서로 싸우게 된다. 환경과 싸워서 이긴 자는 존립하게 되고, 싸우지 않고 환경에 압도되는 자는 망한다.]

세속世俗의 노예가 되지 말라. [시속時俗은 변화하여 무상無常하다. 장부丈夫는 마땅히 자립하여야 하니, 어찌 일거일동을 남을 따라할 수 있겠는가? 새로운 시대를 만들어갈 수 있는 자가 최상이다. 그것을 할 수 없다면 구시대에 매몰되지 않도록 하는 것이 그 차선이다.]

고인古人의 노예가 되지 말라. [고인도 또한 법을 말하여 당시의 폐단을 바로잡으려 한 것에 지나지 않는다. 결코 사서四書와 육경六經의 모든 것을 오늘날 적용할 수 있는 것은 아니다. 나에게 이목耳目이 있으니 나의 사물은 내가 격치格致하고, 내게 생각이 있으니 나의 이치는 내가 궁구窮究하는 것이다. 고인에 대해서는 스승으로 삼기도 하고, 벗으로 삼기도 하고 적으로 삼기도 해야 한다.]

온전한 자유 군체群體

정치政治 사민평등四民平等, 참정권參政權, 속지자치屬地自治. [인민이 타지에 정착하여 스스로 정부를 건립하게 되면, 본국에 있을 때 누리던 권리와 동등한 권리를 누린다.]

종교宗敎 신앙信仰. [인민이 어떤 종교를 믿고자 할 때, 모두 스스로 선택하기에 달렸으며, 정부가 국교國敎로써 간섭할 수 없다.]

민족民族 민족건국民族建國. [국민이 민족을 모아 거주하면서 자립自立하고 자치自治한다면 타국他國이나 타족他族이 그 내치內治를 간섭하고 그 토지를 침탈하는 것을 허락하지 않는다.]

생계生計 사회노동社會勞働. [노동자는 스스로 그 힘으로 먹고 살 수 있으며, 지주와 자본가들은 그들을 노예로써 기르지 못한다.]

문명文明한 자유. [법法에 복종하고 약속을 지킴]

서양 사람의 말에, "자유스럽지 못할 바엔 차라리 죽는 것이 낫다."[183]라는 것이 있다. 자

---

183) 자유스럽지 … 낫다 : 미국 독립혁명의 지도자였던 Patrick Henry가 영국과의 전쟁을 촉구하면

유라는 것은 천하의 공변된 이치이자 인생의 중요한 도구이다. 사람마다 자유롭되, 내가 다른 사람의 자유를 침해하지 않고, 다른 사람이 나의 자유를 침해하지 않아서, 인의仁義와 도덕道德이 그 속에서 행해지는 것이다. 사민평등四民平等은 평민平民이 귀족貴族에 대해서 그 자유를 보장받는 것이다. 참정권參政權은 국민 전체가 정부에 대해서 그 자유를 보장받는 것이다. 속지자치屬地自治는 식민지殖民地가 모국母國에 대하여 그 자유를 보장받는 것이다. 종교신앙宗教信仰은 교도教徒들이 교회教會에 대하여 그 자유를 보장받는 것이다. 민족건국民族建國은 본국인이 외국에 대하여 그 자유를 보장받는 것이다. 생계노동生計勞働은 빈민貧民이 부자에 대하여 그 자유를 보장받는 것이다. 그러나 자유는 참과 거짓[眞僞], 편중됨과 온전함[偏全], 문명함과 야만스러움[文野]의 차이가 있다. 정신의 자유는 참된 자유이고, 형식의 자유는 거짓 자유이다. 군체의 자유는 완전한 자유이고, 개인의 자유는 편중된 자유이다. 법에 복종하고 약속을 지키는 것은 문명한 자유이고, 공公을 해치고 사私를 도모하는 것은 야만적인 자유이다. 애주의愛主義·이주의利主義·악주의樂主義184)의 학설로 말해보자면, 군체를 사랑하고, 군체를 이롭게 하고, 군체를 즐겁게 하는 것은 참된 자유이고, 완전한 자유이고, 문명적인 자유이다. 자기만을 사랑하고, 자기만을 이롭게 하고, 자기만을 즐겁게 하는 것은 거짓 자유이고, 편중된 자유이고, 야만적인 자유이다. 자유의 반대는 노예라고 하니, 자유스런 능력을 완전히 보존하고자 한다면 모름지기 우선 노예의 습관을 혁파해야만 될 것이다.

자유란 손발을 풀어놓아 팔을 휘두르며 활보하거나, 구애됨이 없이 마음대로 뜻을 펴면서도, 하늘을 두려워하지도 않고 땅을 두려워하지도 않는 것을 말한다. 자유의 설은 프랑스[法國]에서 나왔고, 영문英文에서 'Freedom[非里泵]'이라고 하는 것은 곧 해방[開放]이라는 뜻이다. 대개 프랑스 당시에는 압제가 너무 심하였다. 그러므로 해방을 최상의 의리로 삼았는데, 그 속에는 은연중에 법률에 복종한다는 뜻을 포함하고 있었다. 그런데 일본日本이 '자유' 두 글자로 번역하는 바람에, 마침내 방자하고 경망되게 행동하는 무한한 자유가 되어 버렸다.

몽테스키외[孟德斯鳩, Montesquieu]185)는 자유에 대해 말하기를, "혹은 칼을 찰 자유이고, 혹은

서 내건 "자유가 아니면 죽음을 달라[Give me Liberty, or Give me Death.].".는 말을 가리키는 듯하다.
184) 애주의愛主義 … 악주의樂主義 : 인류전체의 복지증진을 위하여 전 인류가 모두 평등하게 서로 사랑해야 한다는 박애주의博愛主義, 최대다수에 대한 최대의 행복을 도덕의 기초로 하는 공리주의功利主義, 최대다수의 최대행복을 명제로 한 쾌락주의快樂主義를 가리킨다.
185) 몽테스키외 : 프랑스의 대표적인 계몽사상가의 하나였던 Monteaquieu를 가리킨다. 사법·입법·행정의 3권 분립 이론을 제시하여 왕정복고王政復古와 미국의 독립에 영향을 주었다. 법률에 밝아 보르도 고등법원의 평정관評定官과 원장을 지냈고 아카데미 회원이 되었으며, 주요 저서로는

수염을 기를 자유이고, 혹은 폭군의 전제專制에 항거하여 민권공의民權公議를 열 자유이고, 혹은 혁명할 자유이다.” 하였다. 대개 자유의 위에다 ‘칼을 찬다.’, ‘수염을 기른다.’는 등의 글자를 쓰면 이는 유한한 자유이지 무한한 자유가 아니다. 지금 각국의 헌법憲法에서 말하는 언론言論의 자유, 종교宗敎의 자유, 이주移住의 자유, 출판出版의 자유도 또한 모두 한 가지 일에 대한 자유이지, 보편적인 자유가 아니다. 비유하자면 오래도록 갇혀서 영어囹圄의 몸이 된 자에게 해방을 조금 허락하여 차꼬[柳]를 벗기고 족쇄[鎖]를 풀어주어 정원에서 노닐 수 있게 해 준다거나, 혹은 족쇄는 그대로 두고 수갑만 풀어주어 음식을 먹을 수 있게 할 따름이지, 감옥을 벗어나 어지러이 내달리며 미친 듯이 굴도록 내버려 둔다는 뜻은 아니다.

대개 사람이 살아갈 적에 만약 수족手足을 편안히 놀리지 못하고 신체身體를 뒤척이지 못하며, 입과 코로 호흡을 할 수 없게 한다면, 어린 아이 때 이미 죽어서 살아갈 수 없을 것이다. 그러나 만약 어린아이의 자유를 인정하여 칼을 지니고 불을 가지고 놀도록 내버려 둔다면 또 어떻게 죽지 않을 수 있겠는가? 그러므로 그 자유를 들어 주어야 할 때가 있고, 또한 예법禮法으로 구속해야 할 때도 있는 것이니, 자유의 설을 내는 자는 이런 뜻을 깊이 생각하지 않아서는 안 될 것이다.

대개 자유의 뜻은 공자孔子의 문하門下에서 이미 선창先倡하였다. 자공子貢이 이르기를, “남이 나에게 가加하기를 원하지 않는 일을 나도 남에게 가加하지 않으려고 한다.” 하였으니, “남이 나에게 가加하기를 원하지 않는다.”라고 한 것은 나의 자유를 침해하지 않는다는 것이고, “나도 남에게 가加하지 않으려고 한다.”라고 한 것은 남의 자유를 침해하지 않는다는 것이다. 남과 나의 경계가 각각 그 구분이 완전하고, 어의語意가 두루 지극하다. 그러나 대동세大同世에 이르기 전에는 오히려 쉽게 행할 수 없으므로 공자께서 말씀하시기를, “네가 미칠 수 있는 바가 아니다.”하신 것이다. 이제 우리나라는 산만하여 기강이 없으니, 참으로 의당 법률法律에 복종하는 것에 힘을 전일하게 하여야 할 것이다. 만약 자유를 핑계로 벗어나려고 한다면 이는 소갈消渴을 앓고 있으면서 독주毒酒를 마시는 것과 다를 것이 없어서, 죽음에 이르지 않을 수 없을 것이다.

10여 년이 걸쳐 저술한 『법의 정신』이 있다.

▫ 생사를 감파하다   勘破生死

사람의 일생에서 가장 싫어하고 가장 두려워하고 가장 어찌할 수 없는 것은 오직 죽음일 따름이다. 아무리 영웅호걸英雄豪傑의 기상이 일세一世를 덮는다고 하더라도, 말이 여기에 미치기만 하면 곧 처연凄然하게 슬퍼하고 이연然(풀이 죽은 모양)하게 기가 꺾여 그 태도를 확연히 바꾸지 않는 이가 없다. 공덕公德이 다하지 못하고, 군치群治가 발전하지 못하는 까닭은 모두 이 하나의 관문關門을 깨뜨릴 수 없기 때문이다. 그러므로 동서고금東西古今의 여러 종교철학자들이 설을 내면서, 모두 ‘죽음[死]’이라는 한 글자를 연구하는 것으로 입각점立脚點을 삼았었다.

이를테면 도가道家의 장자莊子·열자列子 계통에서는 사생死生은 같은 것이라서 마음을 쓸 필요가 없다고 여겼다. 그래서 이르기를, “사물은 삶이 있으면 죽음이 있다.”하고, 또 이르기를, “일찍 죽은 아이보다 장수한 이는 없고, 팽조彭祖도 요절한 셈이다.” 하였다. 그 설이 비록 사람의 심지心志를 열어주는 것이기는 하나, 방임放任하는 것이 너무 지나쳐서 마음에 맡기고 운에 맡겨 사람들로 하여금 방황하여 귀착할 곳이 없게 만든다.

노자老子·양자楊子 계통에서는 죽으면 그만이니, 차라리 삶을 즐기는 것이 낫다고 여긴다. 그래서 이르기를, “살아서는 요순堯舜, 걸주桀紂라도 죽으면 썩은 해골이다. 썩은 해골이라는 것은 마찬가지일 따름이니, 누가 그 차이를 알아주겠는가?” 하였고, 또 이르기를, “바쁘게 한 때의 헛된 명예를 다투고 사후死後의 여영餘榮을 구하는 것은, 그저 당년當年의 지극한 즐거움을 잃어버리는 것일 따름이니, 중죄인이 수갑을 차고 있는 것과 어떻게 다르겠는가?” 하였다. 그 설은 사람으로 하여금 세상에 염증을 느끼게 하고, 사람으로 하여금 욕심을 따르게 하여, 풍속을 무너뜨려 천하 사람들을 금수禽獸의 영역으로 빠지게 만든다.

선가仙家 계통에서는 사람은 본래 방술方術이 있어서 죽지 않을 수 있다고 여겼다. 이에 수련修鍊 양생養生하거나 단약丹藥을 복용하기도 하였다. 그 설이 지극히 어리석고도 허탄虛誕하여 사람들로 하여금 미혹되어 빠져나오지 못한 채 종신토록 성취하는 바가 없게 만든다.

묵씨墨氏는 한번 죽은 뒤에는 다시 다른 일이 없으니, 힘써야 할 바는 오직 인간 세상의 일이라고 여겼다. 그 가르침은 ‘죽음[死]’이라는 글자를 한 쪽에 버려두고 오직 생전의 의무를 다하자는 것이니, 조금은 실용에 가깝다고 할 것이다. 그러나 상기喪期를 줄이고 장례葬禮를 검소하게 하자는 논의는 정리상情理上 결함이 있음을 면하지 못한다.

이집트[埃及]의 옛 종교에서 이른바 ‘미이라[木乃伊] 기술’이라는 것은 사람이 죽으면 약물藥

物로 시신屍身을 발라서 영원히 썩지 않게 하는 것이다. 그 취지를 정확히 지적할 수는 없지만, 요컨대 유해遺骸를 보존하는 것도 또한 죽기를 싫어하는 마음에서 나온 것일 따름이다.

인도人道의 바라문교婆羅門教는 삶을 고통으로 여기고 죽음을 즐거움으로 여긴다. 이에 음식을 먹지 않으면서 죽기를 구하는 자도 있고, 뱀이나 호랑이에게 먹혀서 죽기를 구하는 자도 있고, 마차 바퀴 밑에 누워서 죽기를 구하는 자도 있다. 그 취지에 염세관厭世觀이 극히 성하여, 인도人道가 거의 사라지게 되었다.

불씨佛氏(부처)는 일체의 중생衆生은 본래 살지도 죽지도 않는데, 함부로 분별을 하기 때문에 아상我相[186]이 있게 된다고 여겼다. 만약 아상을 지니고 있으면 삶을 사해死海로 빠뜨리게 되고, 만약 아상을 버리면 법신法身이 항상 존재하여, 죽음도 참으로 두려운 것이 아니고, 또한 즐거운 것도 아니게 된다. 이 설은 가장 초탈超脫한 것으로, 걸리는 것도 없고 두려운 것도 없고 탐하는 것도 없다. 그러나 중생은 근기根器가 완숙하지 못하여 그것을 받아들일 수 있는 자가 대체로 적다.

야씨耶氏(예수)는 육신은 썩지만 영혼은 영생永生하기 때문에, 각각 하나님[上主]의 앞에 이르러 그 상벌賞罰을 받는다고 여겼다. 그 가르침은 비록 취할 만한 바가 있기는 하지만, 이른바 '말일末日에 심판하러 죽은 자가 부활한다.'는 설은 오히려 영혼과 육신의 사이에 구분이 분명하지 못하다.

이제 유교儒教의 경우에는 "사람은 죽지만, 죽지 않는 것이 있다. 그 죽지 않는 것은 무엇인가? 오직 '도덕', 오직 '명예'일 따름이다."라고 여겼다. 그러므로 공자孔子는 이르기를, "아침에 도를 들으면 저녁에 죽어도 좋으리라." 하였고, 또 이르기를, "몸을 죽여서 인을 이룬다." 하였고, 맹자孟子는 이르기를, "삶을 버리고 의리를 취하겠다." 하였으니, 이는 도덕적인 관념이다. 공자는 이르기를, "군자君子는 종신토록 이름이 일컬어지지 못하는 것을 싫어한다." 하였고, 동자董子(한나라 때의 유학자 동중서董仲舒)는 이르기를, "큰 욕을 당하면서 사는 것보다는 차라리 죽는 것이 낫다." 하였으며, 범방范滂[187]이 의리를 택하려고 하자, 그 어머니가 말하기를,

---

186) 아상我相 : 불교 용어이다. 불교에서는 자신에 대한 집착이 아상我相·인상人相·중생상衆生相·수자상壽者相 등 사상四相을 낳는데, 이는 모든 번뇌의 근원이므로 이를 버려야 한다고 가르치고 있다.

187) 범방范滂 : 동한東漢 때 여남汝南 사람으로, 자는 맹박孟博이다. 청절淸節로 이름이 높았으며 당인黨人을 끌어 모은다는 죄목으로 파직되었다. 그 뒤 영제靈帝 때 당인들이 대규모로 죽임을 당할 적에 도망치지 않고 스스로 옥獄에 나아가 33세의 나이로 죽음의 길을 택했다(『후한서後漢書』

"네가 이응李膺·두밀杜密[188]과 이름을 나란히 하게 되었으니, 죽어도 여한이 없다. 이미 아름다운 이름을 얻고서 다시 오래 살기를 구한다면, 겸할 수 있겠느냐?" 하였다. 이는 명예적인 관념이다. 그 뜻은 극히 순수하고 고상하여 충분히 지기志氣를 격려하여 사람을 위로 끌어올릴 수 있으나, 단지 중등中等 이상의 사람만을 인도할 수 있을 뿐이요, 중등 이하의 사람은 포함할 수가 없다.

이처럼 교리敎理가 완전하기 어렵기에 '죽음' 하나에 대해서만은 어찌할 수 없었다. 세계 4천년 역사상 철인哲人·지사智士가 줄을 이었으나, 이 죽음이라는 글자에 대한 하나의 절대의 문은 갈파喝破한 자가 없었다. 근세의 영국인英國人 키드[頡德, Benjamin Kidd]는 죽음을 사람의 무리가 진화하는 큰 근원으로 여겼다. 그 말에 이르기를, "보통 사람들이 가장 탐하는 것은 생명이고 장수이며, 가장 싫어하는 바는 죽음이고 요절하는 것이다. 그러나 죽음과 요절은 진화進化의 작용에 크게 관계된 바가 있으니, 어째서인가? 저 생물의 고하高下를 구별하는 것은 세상에 머무는 시간이 길고 짧은 것과, 종자를 전하는 주기가 느리고 빠른 것과, 종자를 퍼뜨리는 범위가 넓고 좁은 것에 따라 차이가 있다. 대개 종족種族이 발달할 수 있는 까닭은 장수長壽 때문일 수도 있고, 단명短命 때문일 수도 있다. 가령 외부의 환경 변화가 극심한 때를 당하면, 단명하는 것들이라야 그와 더불어 순응할 수 있다. 단명하면 대가 바뀌는 일이 자주 일어나서, 그 습관·상태·성질 등의 변화가 매우 빨라져 시대에 적응하여 자존自存할 수 있게 된다. 대개 생물生物이 태어나는 것은 그 목적이 반드시 자신에게 있는 것이 아니며, 저 큰 목적을 달성하기 위한 과도적인 것에 불과할 따름이다. 죽음이 있는 것도 또한 이 큰 목적을 달성하기 위한 중요한 도구일 따름이다.

이제 고등 진화하는 생물이 다른 고등 생물들과 경쟁을 한다고 할 때, 다른 종족들 중에서 누차 대를 바꾼 것들은 그 자손이 모두 많이 변화하여 환경에 순응할 자격이 있다. 그런데 내 쪽은 도리어 구태舊態를 간직한 채 경쟁을 한다면, 그 종족의 패망은 순식간에 다가올 것이다. 그러므로 죽음이라는 것은 진화의 어머니이고, 인생의 한 대사大事이다. 사람마다 죽어서 종족을 이롭게 하고 현재의 종족이 죽어서 미래의 종족을 이롭게 한다면, 죽음의 효용이

권67 당고전黨錮傳).

188) 이응李膺·두밀杜密 : 후한 때의 명신들로서, 이응은 '천하의 모범[天下楷模]', 두밀은 '천하의 보필[天下良輔]'이라는 기림을 받았었다. 환관宦官의 전권專權을 반대하다가, 영제靈帝 건녕建寧 2년(169)에 환관들로부터 이른바 당고黨錮의 화를 당한 끝에, 이응은 옥사獄死하고 두밀은 자결하였다(『후한서後漢書』 권67 당고열전黨錮列傳).

또한 위대하지 않은가?” 하였다.

키드의 이 이론은 완전하고 명백하여 깨뜨릴 수 없으니, 사람으로 하여금 ‘태어남이 있으면 반드시 죽음도 있는 것은 실로 진화의 불가결한 하나의 중요한 요소로서 사람마다 반드시 다하여야 할 의무’라는 것을 알게 해 준다. 반드시 피할 수 없는 것이 이미 저와 같고, 관계의 중대함이 또한 이와 같으니, 같은 죽음이고 같은 의무라면 어느 것을 택하겠는가? 이 논의가 유儒·불佛·야耶(예수) 세 종교의 취지와 더불어 세상에 전해진다면, 사람들은 아마도 죽음 때문에 괴로워하지 않게 되고, 세운世運도 날마다 증진될 수 있을 것이다.

□ 영혼을 중시하다　重靈魂

육신과 영혼이 합쳐져서 하나의 개인이 되는데, 영혼이라는 것은 육신의 주인이요, 육신이라는 것은 영혼의 집[屋舍]이다. 두 가지가 만약 겸하여 보존될 수 있다면 영겁永劫의 세월동안 항상 존재할 수 있을 것이니, 어찌 최선이 아니겠는가? 그러나 어려서 죽는 것과 장년에 죽는 것, 늙어서 죽는 것 등 절로 정해진 한계가 있으니, 지력智力으로 요행히 피할 수 있는 바가 아니다. 그렇다면 육신이라는 것은 천하의 지극히 우둔하고, 지극히 취약하며, 지극히 자주권이 없고 지극히 믿을 수 없는 것이 된다. 그러나 그 피할 수 없는 것 속으로 나아가 그 영원불멸한 것을 연구해보면, 영혼이 그것일 따름이다. 대개 영혼이라는 것은 나면서 처음으로 가지게 되거나, 죽어서 곧 없어지는 것이 아니다. 가장 영명靈明하고, 가장 강고强固하고, 가장 자주권이 있고, 가장 믿을 수 있는 것이다.

그 묘용妙用에 대해 말해보자면, 나의 영혼은 타인의 영혼을 부릴 수 있으며, 나의 영혼은 타인의 영혼에게 부림을 받을 수 있다. 누운 침상의 위에서 비밀을 정탐할 수도 있고, 수백 리 밖에서 타인의 암시를 받을 수도 있다. 기타 각종의 신통함은 불가사의不可思議한 것이 있다. 우리들이 마땅히 보호하고 귀하게 여겨야 할 바는 오직 이것뿐이다. 영혼이 있으면, 육신은 비록 죽더라도 죽지 않는 바가 있다. 영혼이 있으면, 살아간 시기가 잠깐이고 살지 못한 시기가 길며, 살아간 시기가 환영幻影이고 살지 못한 시기가 진상眞像이다. 영혼이 있으면 희망이 길어서, 혹여 실망하여 타락하게 되는 일이 없다. 그리하여 고래로 선각先覺들은 모두 영혼을 애중愛重하라는 것으로 교의敎義를 삼았다.

이를테면 불씨佛氏의 열반윤회涅槃輪回·천당지옥天堂地獄이라는 명칭이나, 야씨耶氏(예수)의 영생천국永生天國·말일심판末日審判에 관한 설은, 모두 사람들로 하여금 지나온 여러 세월이 지극히 짧고 지극히 환영幻影이고, 지극히 논할 만한 것이 못되며, 그 지극히 오랜 세월과 지극히 참된 즐거움은 바로 사후死後에 있다는 것을 알게 하고자 한 것일 따름이다. 그러므로 이르기를, "선하거나 악한 것은 반드시 내세來世에 보답을 받는다." 하였으니, 내세라는 것은 영혼이 돌아가 머무는 곳이다.

저 유가儒家의 가르침은 단지 일상생활에서의 도리를 강구하였을 뿐, 영혼과 육신의 생멸生滅과 장단長短을 비교하여 논의를 한 적은 없다. 그러나 사람이 죽으면, 그를 위하여 영좌靈座를 설치하고 혼백魂帛을 세우며 사당祠堂에 모시고 제향祭享을 올린다. 또 여묘廬墓를 비례非禮라고 여겼으니, 그 영혼을 중하게 여기는 뜻이 더욱 빈말로 가르침을 세운 것에 그치고 마는 것이 아니었다. 또 경사經史에 나타난 것으로는, '시작을 고찰하고 끝에 돌이켜 연구한다[原始反終].'189), '임금의 좌우에 있다[在帝左右].'190), '상제上帝의 고을에 이르소서[至于帝鄉].',191) '삶은 깃드는 것이고, 죽음은 돌아가는 것이다[生寄也 死歸也].',192) '슬퍼하지 않는 날이 무궁하리라[不悲者 無窮期].'193)라는 것이 있으니, 이런 말의 취지는 한결같이 불씨佛氏·야씨耶氏(예수)가 말한 것과 차이가 없다.

선가仙家 일파의 경우에는 비록 '정신을 수련한다[修鍊精神].', '시해선태尸解蟬蛻194)'의 설이

---

189) 시작을 … 연구한다 : 『주역周易』 「계사繫辭」 상上에, "시작을 고찰하고 끝에 돌이켜 연구한다. 그러므로 사死와 생生의 이론을 안다[原始反終 故知死生之說]." 하였다.

190) 임금의 … 있다 : 『시경詩經』 「대아大雅」 문왕文王에, "문왕의 혼령이 오르내리면서 항상 상제의 곁에 계시니라[文王陟降 在帝左右]."라는 말이 있다.

191) 상제上帝의 … 이르소서 : 옛날 중국의 요堯임금이 천하를 다스린 지 50년 만에 세상이 과연 잘 다스려지는지 여부를 알아보기 위하여 여러 지방을 순시하다가 화華 땅에 이르렀는데, 그곳에서 국경을 지키는 봉인封人이 요임금에게 수부다남자壽富多男子를 축원하였다. 그 말 가운데, "천 년 뒤에 세상이 싫어지거든 신선이 되어 올라가서 저 흰 구름을 타고 상제의 고을에 이르소서[至于帝鄉]."라는 내용이 있다(『장자莊子』 천지天地).

192) 삶은 … 것이다 : 『회남자淮南子』 「정신훈精神訓」에, "우禹임금이 강을 건널 때 황룡이 배를 들어 올리므로 뱃사람이 겁을 먹었는데, 우임금이 하늘을 우러러 탄식하기를, '사는 것은 잠깐 깃드는 것이고 죽는 것은 돌아가는 것인데, 내가 어찌 용 때문에 근심하랴.' 하니, 용이 머리를 조아리고 도망쳤다." 하였다.

193) 슬퍼하지 … 무궁하리라 : 한유韓愈의 「십이랑을 제사하는 글[祭十二郎文]」에, "죽어서도 지각이 있다면 우리들이 얼마 동안이나 떨어져 있겠는가? 만약 지각이 없다면 슬퍼하는 것이 오래가지 않을 것이요, 슬퍼하지 않는 것이 무궁하리라." 하였다.

194) 시해선태尸解蟬蛻 : 모두 도가에서 죽어서 신선이 되는 것을 가리키는 것으로, 시해는 육신만

있으나, 반드시 육신과 영혼을 영겁永劫토록 서로 지키고자 하였으니, 그런 이치는 없다. 그러므로 그 술법術法은 끝내 궤탄詭誕한 것으로 귀결되어 사람들로 하여금 미혹되어 빠져나오지 못한 채 종신토록 한 가지 일도 성취할 수 없게 만든다.

노자老子·양자楊子 일파는, 일단 관槨에 몸을 담으면 만사가 모두 끝이므로 차라리 생전에 극도로 즐기는 것이 낫다고 여긴다. 그리하여 이르기를, "살아서 요순堯舜이라도 죽어서는 썩은 해골이고, 살아서 걸주桀紂라도 죽어서는 썩은 해골이니, 썩은 해골인 것은 마찬가지이다. 누가 그들이 다르다는 것을 알 수 있겠는가? 우선 당세의 삶에 매진해야하니, 어느 겨를에 사후를 신경 쓰겠는가?"195) 하였다. 이는 그 중하게 여기는 바가 영혼에 있지 않고 육신에 있는 것으로, 사람들로 하여금 세상을 비관하게 만들고, 사람으로 하여금 뜻을 함부로 펴게 만듦으로써, 풍속을 해쳐 천하를 금수禽獸로 만들게 된다. 우리 동방은 백성들의 기상이 날로 약해지고 나라의 풍속이 투박해져서 이런 해독에 걸린 적이 많았다. 이처럼 혼령을 중히 여기는 설은 세운世運에 관계되는 바가 있다.

내 생각에는 혼령에 관한 학문이 밝아지지 않으면, 사람들이 삶을 가장 중하게 여기고 죽음을 가장 두려워하여 실행實行을 하지 못한다. [실행이란 반드시 죽는다는 것에 국한되는 것은 아니다. 그러나 그 동류同類들을 미루어 죽을 수 있는 것에 이르지 않으면, 실행의 경계가 불완전하다.] 이른바 도덕·책임·의무가 모두 빈말이 되고 천하가 다스려지기를 기대할 수 없게 된다. 혼령에 관한 학문이 밝아지면 비록 지극히 어리석은 사람이라도 오히려 사후死後에 막대한 일과 무궁한 기간196)이 있음을 알 수 있어서, 반드시 생전의 지극히 잠깐 동안의 고락苦樂 때문에 집착하여 매달리거나 싫어하여 벗어날 생각을 하지 않을 것이다. 그리고 천국과 지옥이 마음과 눈에 가득히 펼쳐져 있다는 것을 알아서, 반드시 감히 속이거나 방종하지 못하고 반드시 날마다 천선遷善하면서 스스로 두려워 할 것이다. 또한 유형有形의 몸이 비록 죽더라도 무형無形의 법신法身은 죽지 않는다는 것을 알아서, 인仁을 이루고 의義를 택하여 반드시 그 마음속에서 두려움이 없을 것이다. 또 이승에서 미처 끝내지 못한 것은 내후來後에 추보追補할 수 있으니, 다시 무엇을 꺼려서 노력하지 않을 수 있겠는가?

이것이 불교佛敎·야교耶敎(예수교)가 전 지구에서 신앙하여 군치群治에 보탬이 되는 이유이고,

남겨 놓고 혼백魂魄이 빠져 나가버린다는 뜻이고, 선태는 매미가 허물을 벗듯이 영혼이 빠져 나가는 것을 뜻한다.

195) 살아서 … 쓰겠는가 : 『열자列子』「양주楊朱」에 나오는 말이다.

196) 무궁한 기간 : 양계초의 설에는 '고락苦樂'이라고 되어 있다.

유교儒敎가 만세萬世의 법정法程이 되어 공덕公德에 더욱 절실하게 된 이유이다.

▫ 길림 총독에게 주는 필화. 정사년(1917)   與吉林總督筆話

저의 성은 이씨李氏이고 이름은 상룡相龍이며, 원래는 한국韓國 경상북도慶尙北道 안동군安東郡에서 거주하였습니다. 전대前代 청조淸朝 광서光緖 31년(1905)에 솔가率家하여 본 성省의 화전현樺甸縣 경내에 우거寓居하게 되었습니다.

저의 선조는 본래 중국인中國人입니다. 어떤 일로 인하여 동국東國으로 나왔다가 조선朝鮮의 산수山水를 사랑하여 그대로 거주하는 바람에 자손들이 마침내 한인韓人이 되었습니다. 저의 신분으로 말씀드리자면 중화中華는 원조遠祖의 나라가 되고, 조선은 근조近祖의 나라가 됩니다. 오로지 근조를 위하고 원조의 나라를 생각하지 않는다면 충忠이라고 할 수 있겠습니까? 오로지 원조만을 위하고 근조의 나라를 생각하지 않는다면 의義라고 할 수 있겠습니까?

이제 제가 각하閣下께 내알來謁한 것은 장차 양국의 시세時勢·형편形便에 대해 진술하고 간담肝膽을 토로하여, 원조의 나라로 하여금 근효近效를 거두게 하고 근조의 나라로 하여금 원도遠圖를 이룰 수 있게 하고자 해서입니다. 모르겠습니다만, 각하께서는 특별히 넓은 아량을 베푸시어 그 광망狂妄함을 용서하시고 종일토록 앞에서 바른 말을 하여도 주벌誅伐을 내리지 않을 수 있으신지요?

▫ 중국·동국 양국의 지리적·역사적 관계   中東兩國地理歷史之關係

본 성省의 백두산白頭山이 동쪽으로 달려 바다로 들어가 반도半島를 이루었으니, 중국과 육지가 서로 이어있는 형상입니다. 조선의 서북 경계는 지금 직할인 황성皇城으로부터의 거리가 2천리에 불과하니, 비록 내외국內外國의 차이는 있으나, 실은 호정戶庭과 다를 것이 없습니다. 그래서 중국의 역조歷朝에서 조선을 아끼고 사랑한 것이 다른 번방藩邦과 크게 달랐습니다.

옛날 명明 나라 만력萬曆 임진년(1592)에 조선에 왜란倭亂이 있어 천조天朝에 구원병을 요청하였는데, 당시 명나라도 또한 북쪽 변방에 근심거리가 있었기 때문에 조정의 의론이 분분하였습니다. 그때 병부상서兵部尙書 석성石星이 상주上奏하기를, "북쪽 변방의 근심은 비유하자면 피부병[疥癬]과 같고, 조선에 난리가 있는 것은 고황膏肓에 깊은 병이 드는 것과 같습니다. 만약

하루아침에 조선을 잃어버리게 되면, 우리 중국도 또한 어찌 안면安眠을 보장할 수 있겠습니까?” 하였습니다. 이에 군사 20만을 내보내서 구원해주었습니다. 명나라가 조선을 구원한 것은 실로 중국을 위한 지보地步였습니다.

청나라가 아직 북경北京을 차지하지 못했을 적에 먼저 동쪽으로 출병出兵하면서 이르기를, “조선은 중국의 견비肩臂이다. 지금 만약 그 견비를 잘라놓으면 흉복胸腹은 저절로 움직일 수 없게 될 것이다.” 하였습니다. 청나라에서 먼저 조선을 제압한 것은 실로 중국을 위해 도모한 것입니다. 이는 지리적인 관계입니다.

역사를 가지고 말씀드리자면, 저 우순虞舜이 희중羲仲에게 명하고 주무周武가 기자箕子를 책봉冊封한 때부터 중국과 동국이 동일한 민족이 되었으니, 오래된 것입니다. 한漢 나라와 당唐 나라 연간에는 군군郡·부부府를 설치하여 동문동궤同文同軌[197]하고 예의가 풍속을 이루니, 소화小華라고 부르는 것이 세상의 공론公論이 되었습니다. 그러므로 공성孔聖(孔子)께서는 ‘가서 살고 싶다.’[198]는 탄식이 있었고, 명조明祖는 ‘그곳에서 태어나고 싶다.’[199]는 시어詩語를 남기게 되었습니다. 송宋 나라·명明 나라의 의관衣冠 같은 경우 오늘날 중국에서는 단절되어 없는 것도 조선에서는 아직 변하지 않고 있습니다. 만동묘萬東廟·대보단大報壇은 곧 명나라의 은혜를 잊지 않고 신종神宗에게 보답하는 제사를 드리는 곳입니다. 이는 역사적인 관계입니다.

□ 조선이 세력을 잃은 원인　朝鮮失勢之原因

일본日本이 조선에 침을 흘린 지는 이미 오래 되었으나, 오직 중국이 그 뒤를 지원하는 것이 두려웠을 따름입니다. 그러므로 감히 갑자기 착수하지 못하였는데, 중국에서 스스로 천진조약天津條約·마관조약馬關條約을 맺어 조선의 독립獨立을 확인하게 되면서부터 중국과 동국의 관계가 마침내 끊어지고 일본의 도발이 거리낌이 없게 되었습니다. 그렇다면 조선이 일본의 손아귀에 들어가게 된 것은 비단 조선이 스스로 초래한 것일 뿐만 아니라 실로 중국에서 스스로 끊어서 보낸 것입니다. 그 당시의 형편으로는 비록 그렇게 되지 않을 수 없는 바가 있었

---

197) 동문동궤同文同軌 : 제도나 생활양식 등이 차이가 없어 동등한 입장에 있는 것을 말하는 것으로, 『중용中庸』 제28장에, “지금 천하天下에는, 수레는 수레바퀴의 치수가 같으며, 글은 문자文字가 같으며, 행동은 차례가 같다[車同軌 書同文 行同倫].” 하였다.
198) 가서 … 싶다 : 앞의 주 ‘가서 … 싶다’를 참조할 것.
199) 그곳에서 … 싶다 : 앞의 주 ‘그곳에서 … 싶다’를 참조할 것.

다고 하더라도 식자識者의 관점에서 보면 스스로 수족手足을 잘라 호랑이에게 던져준 격이니, 어찌 개탄하지 않을 수 있겠습니까? 이것이 조선이 세력을 잃게 된 원인입니다.

▫ 한일합방 후 한민의 상태 및 중국 한교의 정황   韓日合邦後韓民之狀態及中土韓僑之情形

한일합방韓日合邦은 단지 일진회一進會의 역당逆黨 몇 백 명이 앞에서 주장主張하고 나쁜 정부[惡政府]의 적신賊臣 몇 사람이 뒤에서 날인捺印한 것이지, 전 국민의 뜻에서 나온 것은 아니었습니다. 그래서 변고가 일어난 뒤에 온 나라가 들끓어 원로대신元老大臣에서부터 아래로 사서士庶·병졸兵卒에 이르기까지 분통을 금치 못하였습니다. 그리하여 칼날을 잡고 배를 가른 자도 있었고, 약물을 마시고 목숨을 끊은 자도 있었고, 단식하여 굶어 죽은 자도 있었고, 바다에 뛰어들어 죽은 자도 있었습니다. 그 나머지는 스스로 목숨을 보존하는 데 뜻을 두어 서로 이끌고 국경國境을 벗어나 혹은 구미歐美로 도망가고 혹은 중국으로 들어갔습니다. 구미에 있는 자들도 논할 필요가 없고, 중국의 각 성省에 있는 자들도 논할 필요가 없습니다. 단지 본 성省의 여러 곳에 교거僑居하고 있는 자들을 가지고 말씀드려 보겠습니다. 이들은 대개 네 부류로 나눌 수 있습니다.

첫 번째는 일본 사람들의 가혹한 학대가 괴로워서 피신하여 목숨이나 연명할 생각을 하는 경우이고, 두 번째는 빈곤을 괴롭게 여기다가 남만주南滿洲에 황무지가 많다는 소식을 듣고 경작할 생각으로 온 경우입니다. 이 두 부류는 통틀어 모두 5분의 3이 됩니다. 세 번째는 조국의 멸망을 분하게 여겨 원수와 더불어 한 하늘을 이고 살지 않겠다고 맹서한 경우이며, 네 번째는 전날 사대事大의 의리를 지켜 중국을 의귀依歸할 곳으로 삼은 경우입니다. 이 두 부류는 통틀어 모두 5분의 2가 됩니다.

이 무리들은 비록 각자 주의主義가 다르지만, 일본 사람들에게 제어를 받지 않으려는 마음은 한가지이며, 중국의 힘을 빌려 예기銳氣를 길러 스스로 새로워짐으로써 옛 영토를 광복光復시킬 것을 도모하는 마음도 또한 한가지입니다. 그렇기에 온갖 위험을 무릅쓰고 수천 리를 멀다하지 않았는데, 자산資産을 탕진하면서도 아까워하지 않고 죽어서 구렁에 뒹굴게 되더라도 후회하지 않았던 것입니다. 이것이 그들의 궁박窮迫하면서도 호소할 데 없는 정상情狀이니, 어찌 인인군자仁人君子가 불쌍히 여길 바가 아니겠습니까?

▫ 한교에 대한 중국의 대우 中國之待遇韓僑

무릇 외인外人이 와서 경내에 교거僑居하는 경우 그 조처하는 바는 두 가지 방법 밖에 없습니다. 만약 나라가 다르다는 명분을 지키고자 한다면 금지하여 받아들이지 않는 것이 좋고, 만약 동화同化시키는 정책을 펴고자 한다면 환영하여 보호하는 것이 좋습니다. 그러나 중국은 한교에 대해 의심스런 마음이 너무 지나칩니다. 받아들이지 않으려고 하면 혹시라도 일인日人의 구실口實이 될 것을 염려하고, 환영하려고 하면 혹시라도 호창虎倀200)의 간계한 모략에 빠지게 될 것을 염려합니다. 이에 두 가지를 절충하여 별도로 방책을 낸 것이, 스스로 오는 것은 그대로 두어 금지하지 않되, 무정한 듯이 대하고 보호를 하지 않아, 마침내 의지할 데 없는 교민들로 하여금 실망하게 하여 떠나가려고 하면 떠나갈 사단이 없고 머무르려고 하면 머무를 만한 매력이 없게 만드는 것이었습니다. 이는 전대 청淸 나라의 부패한 시대에나 간혹 일시적으로 미봉彌封하는 방도가 될 수 있었던 것입니다. 지금 문명文明한 공화共和의 초기에 혁파하지 않은 폐단이 없는데, 유독 이 한 건만은 옛 정치를 그대로 답습하는 것은 어째서입니까?

한인들 중에서 남쪽 미국으로 달려간 자들은 이미 보호를 받은 경우가 반이나 되고, 북쪽 러시아로 달려간 자들도 또한 새로운 자치를 인정받았습니다. 그런데 유독 중국 땅으로 와서 교거하는 자들은 현재 살아갈 가망이 없습니다. 세 나라 중에서 누군들 세계世界의 대국大國이 아니며, 누군들 공화共和의 선정善政을 베풀지 않겠습니까? 그러나 전혀 상관이 없는 저 미국과 러시아는 오히려 먼 곳에서 온 사람들을 회유하는 아름다운 뜻을 지니고 있는데, 일찍이 4천년 동안 지리적·역사적으로 긴밀한 관계의 중국이 그 은혜를 교민에게 베풀지 않을 수 있는 것입니까?

▫ 한교가 중국에 바라는 것 韓僑之所求於中國

한인韓人은 중국에서 감히 조그만 관직이나마 얻기를 바라거나, 참정參政의 권리를 동등하게 바라는 것이 아닙니다. 바라는 것이라고는 민적民籍에 편입되는 것을 허가받아 원수의 굴

---

200) 호창虎倀 : 앞의 주 '창귀倀鬼'를 참조할 것.

레에서 벗어나고, 황무지를 개간하는 것을 허가받아 구덩이에서 죽어 나뒹구는 위기를 면하며, 자치自治를 행하는 것을 허가받아 동족同族의 협잡挾雜을 제어하며, 공교孔敎를 설립하는 것을 허가받아 성인聖人을 우러르는 작은 정성을 펴며, 무예武藝를 익히는 것을 허가받아 장래의 목적을 달성하는 것에 지나지 않으니, 그저 이와 같을 따름입니다.

저희들이 경내에 와서 거주한 지가 이미 10년이 넘었습니다. 매년 봄가을로 집집마다 조사하는 조치가 있었으니, 그 안주安住 여부는 반드시 이미 통찰하고 계실 것이며, 전날 마음속으로 지나치게 염려했던 것도 응당 밝게 해명되었을 것입니다. 그러니 오직 이 몇 건의 미세한 청에 대해 들어주는 것을 망설일 이유가 무엇이 있겠습니까? 청컨대 제가 중국을 위하여 대신 계책을 내어, 그 이해利害와 득실得失을 밝게 말씀드려 보겠습니다. 부디 각하께서는 유념하여 밝게 살펴주소서.

▫ 한교가 청한 바를 들어주느냐 마느냐의 이해득실   韓僑所請聽不聽之利害

3성省에 흩어져 사는 한교는 통틀어 계산해도 몇 만호戶가 됩니다. 중국에서 만약 입적入籍을 허락하지 않는다면, 이처럼 많은 인민들은 장차 누구의 관할이 될 것입니까? 일본은 반드시 하나하나 조사하여 교민을 보호한다는 핑계로 곳곳에서 그 세력을 확장하려고 할 것입니다. 이는 그 식민정책殖民政策을 그대로 들어주는 것이 아니겠습니까?

현재 3성 지역은 땅은 넓고 사람은 드물어 평원平原과 대야大野의 밖에는 태반이 아직 개간되지 않은 황무지입니다. 또 원주민들은 논에서 경작하는 이로움을 알지 못하는데 비해, 한인들은 모두 황무지를 개간하는 것에 익숙할 뿐만 아니라, 관개법灌漑法에도 능합니다. 만약 개간하는 것을 허락한다면 돈 한 푼 들이지 않고도 토지가 모두 개간될 것입니다. 국가는 따라서 정당한 세금을 상당하게 거둘 수 있게 될 것이니, 부강책富強策에 있어서 어찌 보탬이 적다고 하겠습니까?

한교가 비록 "의심할 염려가 없다."고는 하지만, 또한 간혹 일종의 간세奸細한 무리들이 동서로 출몰하면서 일인日人의 앞잡이가 되어 내정內政을 엿보고 동족同族을 해치는 경우가 있습니다. 이 무리들은 종적이 변화무쌍하여 참으로 그 나라 사람이 아니면 실로 변별하기 어려운데, 한교는 자치권自治權이 없으므로 일일이 체포하여 죄를 다스릴 수 없습니다. 만약 자치를 허락하신다면, 중국은 가히 편안히 앉아서 이 무리들의 작간作奸을 없앨 수 있을 것입니다.

조선朝鮮은 옛날부터 유술儒術을 숭상하고 공교孔敎를 신앙하였으니, 교회敎會의 설립 여부는 상관이 없을 듯합니다. 그러나 세계의 교회는 모두 본지本支의 구별이 있습니다. 이 때문에 정의情意가 서로 부합하고 이 때문에 세력이 서로 연합하여, 널리 전교傳敎를 할 수 있었습니다. 제가 지난달에 상해上海로 갈 일이 있어서 남해南海 강선생康先生[201]을 배알拜謁하고 이 일에 대해 여쭈었더니, 선생께서는 흔쾌히 허락하셨습니다. 그리하여 본 성省의 안에다 지회支會를 설립하기로 하고, 글을 올려 재차 청하기로 약속을 하였는데, 지금 선생께서 상해上海를 떠나시는 바람에 이 계획이 미루어지고 있습니다.

현재 한인은 기독교基督敎를 믿는 자가 반이 넘으니, 만약 공교회孔敎會를 설립하지 않는다면 몇 만의 교민들이 장차 모두 야교耶敎(예수교) 속으로 들어가게 될 것입니다. 비단 공교가 동방에서 행해지지 못하는 것이 개탄스러운 것만은 아닙니다. 종교에는 정신을 개조할 능력이 있습니다. 우리 2천만인이 모두 구미歐美의 정신을 흡수한다면 그것이 과연 동아인東亞人의 행복이겠습니까?

만주滿洲에는 밖으로는 일본 세력이 창궐하고, 안으로는 도적떼들이 횡행하고 있습니다. 오늘날 한교韓僑는 모두 분격하여 반드시 죽을 뜻을 품고 있고 또 경내에 들어온 지 여러 해인데도 중국인의 환심을 얻지 못하니, 마음속으로 불안해하며 공훈을 한 번 세워서 그 혈성血誠을 드러내 보리라는 생각을 하고 있습니다. 만약 무예武藝를 익혀서 함께 방어할 것을 허락하신다면, 한 배에서 바람을 만난 형세라서 반드시 사력死力을 다하여 노고를 아끼지 않을 것입니다.

이는 이미 그런 경험이 있으니, 왕년에 러시아와 독일이 전쟁을 벌였을 때 블라디보스토크[海蔘威, Vladivostok]의 한교韓僑 5백 명이 같은 날 전장戰場에서 함께 죽었습니다. 러시아 사람들이 그 정성에 감격하여 특별히 자유와 참정권을 인정해 주었습니다. 대개 러시아에 대해서도 오히려 식토食土의 은혜[202]를 알고 있는데, 하물며 4천년 동안 모국母國이었던 중화中華에 대해서이겠습니까? 그 흔들림 없는 혈심血心의 경우 어찌 남에게 뒤질 리가 있겠습니까?

무릇 위에서 논한 것들은 손 가는대로 적어본 것이라 다듬을 겨를이 없었습니다. 그러나

---

201) 남해南海 강선생康先生 : 중국 청나라 말기 및 중화민국 초의 학자이자 정치가로서, 무술변법戊戌變法이라 불리는 개혁의 중심적 지도자였던 강유위康有爲를 가리킨다. 공양학公羊學을 깊이 배웠고, 널리 유럽의 근대사정에도 밝았으며, 고향에 사숙을 열고 양계초梁啓超 등을 교육하였다. 『신학위경고新學僞經考』·『공자개제고孔子改制考』·『대동서大同書』 등 많은 저서가 있다.
202) 식토食土의 은혜 : 앞의 주 '식토食土의 은혜'를 참조할 것.

실상은 감히 추호도 교묘하게 꾸민 말이 없습니다. 이해득실의 사이에는 절로 들어줄 것인가 거절할 것인가의 바른 저울대가 있는 법입니다. 만약 그렇게 생각하지 않으신다면 부디 사람을 살리는 인仁을 베푸시어 말씀드린 것에 의거해 조치를 내려 주소서. 그리하신다면 무릇 성省 안의 한교 중에 본분을 지키지 않는 자가 있을 경우, 제가 마땅히 스스로 보증하여 형틀의 아래에서 처분을 기다릴 것입니다.

저에게는 또 절박한 사정私情이 있기에 감히 다시 끝에서 고해봅니다. 제가 본국에 있을 때 사회에서 약간 이름이 있다 보니 유별나게 일본인의 주목을 받았습니다. 그런데 이제 본 성省에 들어와 교거僑居한 지 10년 사이에 또한 여러 차례 조사를 받으니, 위태롭고 불안한 마음을 종일토록 지울 수가 없습니다. 삼가 바라건대 각하閣下께서는 특별히 보호를 해 주시어 이 화망火網에 갇힌 신세로 하여금 다시 원수의 손아귀 속으로 들어가지 않게 하여 주소서. 그러신다면 저는 더욱 넓은 은혜에 감격한 나머지 결초보은結草報恩할 방도를 알지 못할 것입니다.

□ 고유문告由文

▫ 선조 정랑부군 개갈 고유문· 경오년(1930)　　先祖正郎府君改碣告由文

삼가 생각컨대 부군께서는	恭惟府君
기우가 크고 깊으셨고	宏深器宇
문장이 정밀하고 간결하셨습니다	精簡文章
학문은 체용을 두루 겸하셨고	學全體用
행실은 윤상을 독실이 하셨습니다	行篤倫常
일찍 소과小科와 대과大科에 급제하시어	蚤占蓮桂
전도가 양양하셨습니다	進途難量
성균관成均館의 직책을 거치고 나서	旣經泮職
마침내 병조兵曹의 정랑으로 옮겼습니다	乃遷騎郎
장관을 보좌하고 인재를 선발함에	調鉉掌銓
어느 것도 부당한 것이 없었습니다	何施不當
불행한 시운時運을 만나	時丁否會
당파黨派가 나뉘게 되니	物色分張
자기와 같으면 끌어주고	同則援引
다르면 중상하였습니다	異輒中傷
굽히지 않고 바르게 서서	正立不撓
군자답게 행동하시니	君子之張
마침내 함께 하는 이가 적어	遂焉寡合
명장에 용납되지 못하셨습니다	鑿枘名場
한 번 선향의 수령203)이 되시자	仙鄕一試
풍속이 바뀌고 재해가 없었나이다	俗化歲康

---

203) 선향의 수령 : 묘갈명墓碣銘에, "계유년에 고성군수高城郡守에 제수되었다." 하였으니, 여기서 선
　　향은 고성을 가리킨다.

공무 중의 휴가 때는 풍류를 즐겨	公暇風流
금강산 만이천봉을 유람하셨지요	萬二金剛
물가에 임하여 귀거래사歸去來辭 읊으니	臨流賦歸
세덕이 빛을 더하였습니다	世德增光
옛 서가의 거문고와 책들을 대하며	琴書舊架
맑게 앉아 향을 사르셨습니다	淸坐焚香
얻고 잃는 것은 뜬 구름처럼 여기셨고	得喪雲浮
비방이나 칭찬에는 초연하셨지요	誹譽魚忘
높은 풍도와 아름다운 범절은	高風懿範
영남嶺南의 긍식이 되셨습니다	矜式嶠鄕
백세가 지난 뒤에	百世有竢
경상204)이 다시 나신 듯하였습니다	尸祝庚桑
울창한 감성동에는	鬱鬱甘城
산소가 모셔져 있습니다	衣舃攸藏
옥옹205)이 신필로 빗돌에다	玉翁信筆
숨은덕을 드러내셨습니다	潛德揄揚
세월이 오래되어 닳아지니	歲久頑泐
글자를 구분하기 어려워졌습니다	難辨字行
일곱 자제의 후손들이	七房雲仍
머리를 모아 함께 상의했습니다	聚首共商
마침내 빗돌을 구하여	乃求貞珉
갈고 다듬었습니다	載礱載鎊
새겨서 세우고 나자	旣刻以竪

---

204) 경상 : 춘추시대 노자老子의 제자라고 전하는 경상초庚桑楚를 가리킨다. 경상초는 노자에게서 도
　　를 터득하고, 북쪽의 외루畏壘라는 산에 들어가 살면서 첩이나 하인 중에 지혜로운 자는 멀리하
　　고 어리석은 자들만을 데리고 살았는데, 그곳에 산 지 3년 만에 그곳에 큰 풍년이 듦으로써 백
　　성들이 그를 성인에 가까운 분이라고 존경하여 그를 임금으로 모시려고까지 했다고 한다(『장
　　자莊子』 잡편경상초雜篇庚桑楚).
205) 옥옹 : 조선 영조조의 문신으로, 묘갈명을 지은 옥천玉川 조덕린趙德鄰을 가리킨다.

광채가 산소를 훤하게 하였습니다 　　　　輝映斧堂

어찌 미관만을 위해서이겠습니까 　　　　豈直觀美

선인께서 미처 못하셨기 때문이지요 　　　　先人未遑

상로의 계절206)을 만나 　　　　節值霜露

성묘를 거행합니다. 　　　　澆掃是將

아름다운 제수를 가지런히 차렸으니 　　　　籩豆整嘉

넘실넘실 강림하시옵소서 　　　　陟降洋洋

---

206) 상로의 계절 : 서리와 이슬이 내리는 추운 계절을 말하는 것으로, 서리와 이슬을 보게 되면 돌아가신 부모를 그리워하는 마음이 생기므로 이 즈음에 묘제墓祭를 지내게 된다. 『예기禮記』 제의祭義에 "서리와 이슬이 내렸을 때 군자가 그것을 밟게 되면 반드시 슬픈 마음이 일어나니, 추워서 그렇다는 것은 아니다. 봄에 우로가 내려 적셨을 때 군자가 그것을 밟게 되면 반드시 놀라는 마음이 있어서 장차 어버이를 다시 뵐 듯이 한다." 하였다.

□ 제문祭文

▫ 백하처사 김공에 대한 제문· 을묘년(1915)   祭白下處士金公文

인생에서 유일하게 전혀 어찌할 수 없는 일은 오직 죽음이 그것입니다. 동서고금東西古今에 달인達人이 한이 있었겠습니까만, 모두 이 문제에 대해 연구하는 것을 입각처立脚處로 삼았습니다. 사후死後에 환생還生하는 것을 위주로 하는 자도 있었고, 장생불사長生不死를 위주로 하는 이도 있는 등, 중설衆說이 분분하였으나, 모두 지언至言은 아니었습니다. 우리 유자儒者의 경우에는 사후에 이름을 남기는 것을 죽지 않는 것으로 보았습니다. 이름을 남기는 실제는 세 가지 경우가 있으니, 가장 상위는 덕업을 세우는[立德] 것이고, 그 다음은 공훈을 세우는[立功] 것이고, 또 그 다음은 훌륭한 의론을 남기는[立言] 것입니다. 세 가지 중에서 한 가지라도 지니지 못하면 노팽老彭과 같이 장수하더라도 죽으면 곧 진토塵土에 불과할 따름입니다.

공은 어려서부터 이미 이런 이치를 묵묵히 깨달아 심신心身을 닦는 공부에 크게 힘을 쏟았습니다. 그것을 정사政事에 시행하여, 효우孝友는 집안에서 극진하였고 성신誠信은 향당鄕黨에서 믿음을 받았으니, 그 덕을 갖춘 것입니다. 학문을 좋아한 것은 천성天性이라서, 무릇 좋아하는 책을 만나면 문득 새벽부터 밤중까지 지칠 줄 몰랐고, 붓을 잡고 물 흐르듯 써 내려가도 절로 체재體裁를 이루었으니, 그 말을 갖춘 것입니다.

그에 비해 공을 세우는[立功] 경우는 실로 시명時命에 관계된 것이지만, 또한 군평君平207)처럼 갑자기 세상을 버리고자 하지 않으셨습니다. 일찍이 여러 번 과거科擧에 응시하였으나 매번 실패하셨는데, 세상의 판국이 한번 변하여 산하山河가 옛날과 달라지자, 평생의 뜻이 하루 아침에 사라져버리고 남은 것 단지 의혈義血뿐이셨습니다. "욕을 당하면서 살아갈 바에는 차라리 의리를 지키며 죽는 것이 낫다. 이것을 첫 번째 목적으로 삼는다는 것은 70세를 바라보는 사람이 감히 쉽게 이야기 할 바는 아니지만, 만약 창의倡義하는 자가 있다면 내가 그 지로

---

207) 군평君平 : 군평은 한漢 나라 때 촉蜀 땅의 은사隱士 엄준嚴遵의 자이다. 그는 종신토록 벼슬에 나가지 않고 성도成都의 시장에서 복서卜筮를 업으로 삼아 생계를 유지하였으며, 『노자老子』를 전공하여 생도들을 가르치고 『노자지귀老子指歸』를 저술하기도 하였다(『한서漢書』 권72 왕공양 공포전王貢兩龔鮑傳).

승指路僧(산속에서 길을 인도하여 주는 중)이 될 것이로다.” 하셨습니다. 이에 뜻을 확고히 정하고 호연히 서쪽으로 건너가 만 리의 호산湖山에서 얼굴에 풍설風雪을 맞으며 떠도는 신세가 되셨습니다. 조석朝夕으로 옮겨 다녀 회인懷仁에서 통화通化로, 통화에서 유하柳河로 전전한 전후 4년간의 이력이 거의 머리가 희게 만들었지만, 공은 편안히 거처하면서 맹세한 뜻이 더욱 확고해져서 한결같게 권장하고 격려하는 것을 자신의 임무로 삼았습니다.

그 후로 동교東僑들이 차차 단합한 것은 비록 몇몇 개인이 열심히 고취鼓吹한 면도 있었지만, 실은 노성인老成人께서 조율하고 안정시킨 힘이 컸습니다. 만약 약간이라도 수명을 연장하여 결과를 기다려 보았더라면, 공의 명성이 새로운 국사國史에 제일 우선 실리지 않으리라고 어떻게 장담하겠습니까? 그러나 시기가 도래하지 않아 수명이 먼저 다하니, 가슴 속에 가득한 충의忠義를 세상에 드러내지 못하고 슬픈 비바람 속에서 끝내 돌아오지 못하는 여혼旅魂이 되셨습니다. 앞에서 ‘인생에서 유일하게 전혀 어찌할 수 없는 일은 오직 죽음뿐이다.’라고 말한 것이, 공에게 있어서는 특히나 저도 모르게 큰 울음을 터뜨리게 만듭니다.

그렇지만 천하의 일이란 반드시 스스로 만드는 것만을 귀하게 여기지는 않습니다. 혹은 가는 자가 터를 닦아 놓으면 오는 자가 집을 짓기도 하고, 혹은 앞 사람이 누대를 지으면 나중 사람이 차지하기도 합니다. 지금 살아 있는 사람들은 바로 공의 뜻을 이을 마음을 지닌 자들입니다. 장래에 과연 목적을 달성하는 날이 있게 되면 토끼를 쫓던 사냥개들이 모두 장차 이름을 남길 수 있을 것인데, 하물며 사냥개를 풀어서 지시한 사람이 어찌 홀로 영원히 죽을 수 있겠습니까?

상룡相龍은 공에게 있어서 지우智愚가 현격하게 다르지만 전생의 숙연宿緣으로 세상에서 형제兄弟의 의리를 맺었습니다. 함께 덕업德業을 권하고 문자文字를 탁마琢磨하며, 심담心膽이 서로 통하고 의기意氣가 투합한 지 어언 40여 년이 되었습니다. 시사時事가 변천한 뒤에는 또한 똑같이 ‘종족種族을 보존하고 나라를 보존하는 것’을 목적으로 삼았고, 똑같이 ‘고금古今을 참작參酌하는 것’을 의견으로 삼았습니다. 강을 건너온 뒤로는 또한 똑같이 ‘의리를 취하고 인仁을 이루는 것’을 지원志願으로 삼았고, 똑같이 ‘맑아지지 않으면 다시 고국으로 돌아가지 않겠다는 것’을 맹서하였습니다. 평생을 통하여 한 가지 일도 서로 부합되지 않는 것이 없었는데, 오직 같지 못한 것은 함께 왔어도 함께 가지 못하는 것일 뿐입니다. 그러나 상룡相龍도 또한 예순이 된 사람입니다. 스스로 헤아려 보건대 허약한 자질은 날마다 쇠해져 오래도록 살아남을 상이 전혀 아니니, 만약 운명이 어긋나지 않는다면 악수握手하며 웃을 시기가 장차 멀리 있지 않을 것입니다. 그러니 또 어찌 죽은 때가 같지 않다고 하여 크게 한스러워 하겠습니까?

이 밖의 자잘한 일들은 공께서 듣고 싶어 하는 바가 아닐 것이고 또한 제가 말씀드리고자 하는 바도 아니기에, 이만 줄이겠습니다.

□ 신광재에 대한 제문. 신유년(1921)　祭辛光在文

오호라. 옛날 그대가 집안輯安으로 가는 것을 전송할 때 내가 손을 잡고 말하기를, "임강臨江과 집안은 만주滿洲의 바깥문[外戶]에 해당한다. 강변의 경수警守와 마주하고 있어, 여름에는 뗏목을 이용하고 겨울에는 얼음을 타고 건널 수 있으니, 한 구역이나 마찬가지이다. 또 본영本營과는 조금 거리가 있어 군기軍機가 다변多變하니, 미처 달려와 보고하지 못할 것이 있으면 일체 그대의 편의대로 하라." 하였다. 그 곳에 부임한 뒤로 집안輯安에는 학교를 설립하고 임강臨江에는 요새를 세우더니, 얼마 지나지 않아 강가에서 작은 전과戰果가 있다는 소식이 이르렀다. 이에 나에게 축하를 하는 자가 있었는데, 나는 관례에 따라 포상褒賞하며 이르기를, "이것이 어찌 신군辛君을 크게 드러내기에 충분하겠는가?" 하였다. 얼마 뒤 동쪽에서 온 자들이 모두 군을 칭송하면서, 무리를 거느리는 것에 방도가 있어 은혜와 위엄을 모두 고르게 하며, 당장의 효과에 급급해 하지 않고 먼 장래를 위한 계획을 몰래 쌓아가고 있다고 하는 말을 듣고서야 비로소 그대의 조치가 적절하여 내가 부탁한 뜻을 저버리지 않았다는 것을 알았다.

지난 가을에 미친개 같은 왜놈들이 갑자기 난입하여 겁략劫掠을 자행하니, 통화通化와 유하柳河 사이에서 뜨거운 불길이 하늘을 찔렀다. 제로諸路의 인사들이 모두 두려운 마음에 각자 물러나 피할 생각을 하였는데, 군은 홀로 의연하게 흔들림 없이 만반의 준비를 갖춘 채 기다리다가, 막 깨물려고 하는 교만한 개로 하여금 뒷걸음질 치면서 감히 나아오지 못하게 하였다. 그제야 그대의 그릇과 식견이 남들보다 뛰어나 확실히 쓸 만한 재목이라는 것을 알게 되었다. 이에 지난날 겉모습만으로 그대를 평가하던 자들이 모두 망연자실해 하였으며, 이미 암묵적으로 조만간 동쪽으로 건너갈 때의 선봉은 그대가 될 것이라는 생각이 있었다. 그러니 그 의망倚望의 중대함이 또한 어떠했겠는가?

금년 늦여름에 최석형崔錫衡 군이 내방하였을 때, 그대가 병으로 신음한 지가 넉넉히 몇 달이 넘었음에도 오히려 기무機務를 폐하지 않고 개연慨然히 죽을 뜻을 품었다는 말을 듣고, 나는 속으로 근심스럽게 여겼었다. 그러나 심력心力이 확고한 것을 믿었기에 식소사번食少事煩하더라도 공명孔明처럼 될 우려는208) 없을 것이라고 장담했었다. 그런데 8월 임간旬間(20일 전후)에 우편으로 급보急報를 받았는데, 바로 그대의 실음實音(訃告)이었다. 오호라, 애석하도다. 그대가 어찌 이런 때에 죽을 수가 있단 말인가? 나라의 땅은 한 떼기도 회복하지 못하고 강포한 무리들은 한 걸음도 물러나지 않았는데, 그대는 어찌 이런 때에 죽을 수가 있단 말인가?

그대는 양산인梁山人이다. 그 거주지가 바다 조수潮水가 잠식하는 땅에 있어서, 어렸을 때부터 격설鴃舌의 소리를 익숙히 들었을 터인데도209) 능히 우뚝하게 스스로를 지키고 물들지 않았다. 을사(1905)·병인(1906) 연간에 의병이 사방에서 일어나자, 그대는 문득 소매를 떨치고 정관여鄭寬汝210)의 군진軍陣에 투신하였다. 온갖 어려움을 다 겪었으나 조금도 후회함이 없었으니, 품은 뜻의 확고함을 알 수가 있다.

압록강鴨綠江을 건너온 뒤로 그대의 성명姓名이 잠시 형섭荊聶211)의 무리들에게서 떠들썩하였다. 그러나 이는 단지 처음 도착했을 때의 공음跫音212)이었을 뿐이며, 그대의 주된 뜻은 여기에 있지 않았다. 그래서 나이가 이립而立(30세)에 가까웠음에도 머리를 숙이고 취학就學하였는데, 익히는 것은 사격술射擊術에 그쳤다. 졸업하고 나자 마침내 사회에서 자취를 감추고 어초魚樵(어부나 나무꾼)의 무리들에 섞였다. 그러다가 저 만세 소리가 일어나게 되자 중대한 직책을 맡아 안으로는 어진 준재俊才들을 맞이하고 밖으로는 침략을 막아 우뚝하게 동남東南의 보장保

---

208) 식소사번食少事煩 … 우려는 : 식소사번은 식사량은 적은데, 처리할 일은 과중하게 많다는 뜻으로, 촉蜀 나라의 재상이자 지략가였던 제갈량諸葛亮의 고사이다. 제갈량이 위魏 나라 사마의司馬懿의 군대와 대치할 때, 사마의가 제갈량이 3·4되의 식사를 하면서 어지간한 잡무까지 모두 직접 처리한다는 소식을 듣고서, "식사량은 적은데 처리할 일은 과중하니, 제갈공명이 오래 살 수 있겠느냐?" 하였는데, 과연 얼마 지나지 않아 죽었다고 한다(『진서晉書』 권1 선제기宣帝紀).
209) 바다 조수潮水가 … 들었을 터인데도 : 바다 조수는 일본의 영향을 가리키는 것이고, 격설은 까치가 떼를 지어 우는 소리 같은 오랑캐의 말을 뜻한다.
210) 정관여鄭寬汝 : 한말의 의병장인 정용기鄭鏞基를 가리킨다. 자는 관여寬汝, 호는 단오丹吾이며, 본관은 영일迎日, 경상북도 영천永川 출생이다. 의병장 정환직鄭煥直의 장남이다. 1905년 을사조약이 강제로 체결되자 부친과 함께 의병을 일으켜 항쟁하였고, 1906년 이한구李韓久 등과 함께 의병을 이끌고 일본군을 기습하였다. 1907년 입암笠巖에서 벌어진 전투에서 일본군의 총격으로 전사하였다.
211) 형섭荊聶 : 전국시대 때 저명한 자객이었던 형가荊軻와 섭정聶政을 가리킨다. 여기서는 의협심을 지니고 행동하는 협객들을 뜻한다.
212) 공음跫音 : 인적이 드문 빈 골짜기에서 들리는 사람의 반가운 발자국 소리를 뜻한다. 『장자莊子』 서무귀徐無鬼에, "혼자 빈 골짜기에 도망쳐 살 때에는 인기척만 들려도 반가울 텐데, 하물며 형제와 친척의 기침 소리가 옆에서 들려온다면 어떻겠는가." 하였다.

障이 되었다. 이것이 그대의 대략적인 이력이다.

오호라. 요즘처럼 인재가 부족한 때를 당하여 궤안几案(여기서는 학교를 가리킴)에서 그대를 얻어 사생死生을 함께하자는 결의를 맺은 것은 실로 우리들의 행운이었다. 10년의 풍상風霜 끝에 큰 일을 이룰 만한 시기를 만나고 얻기 어려운 기반을 차지하여, 장도長途에 올라 장차 걷잡을 수 없는 기세를 올리게 되었으니, 그대로서도 또한 행운을 만났다고 하지 않을 수 없었을 것이다. 그런데 출사出師하여 전과戰果를 올리기도 전에 장성將星이 갑자기 떨어져, 휘하의 용맹한 군사들로 하여금 무기를 잡고도 명령을 들을 곳이 없게 만들었다. 하늘이시여. 우리 동토東土를 돌보지 않으시려는 것입니까? 어찌 뜻이 있어서 태어나게 하였으면서 이처럼 속히 뺏어 가는 것입니까? 듣기로 그대가 죽던 날 적장賊將이 술을 마시고 축하하면서 "남만주南滿洲 일대는 이제부터 근심이 없게 되었다."고 하였다고 한다. 오호라. 살아서 적을 섬멸하지 못하고 죽어서 도리어 그 기쁨을 더해주었으니, 이 어찌 그대가 평소에 뜻했던 바이겠는가?

우리들은 늙었다. 설사 한번 죽어 보국報國하겠다는 마음이 있더라도 정기鼎器(元氣)가 이미 파괴되어 어떻게 해 볼 수가 없게 되었다. 그리하여 오로지 어리석은 사려思慮나마 쥐어 짜내어 그대들의 역사적인 사업을 도울 생각이었다. 그런데 이제 일이 마침내 크게 어긋나 버렸으니, 살아남은 자가 어찌 반성하며 스스로 상심하지 않을 수 있겠는가?

태평양회의太平洋會議는 그대도 들어서 알던 바이리라. 그런데 근일에 북로北路 방면에 또 하나의 소약대회小弱大會(약소국회의)가 개최되어 현재 이미 전담자를 파송派送하였네. 누군들 정의正義를 기치로 내걸지 않으랴만, 그 속셈은 진실로 알기 어려운 것이다. 설사 공의公議에서 인정을 받더라도 어찌 이것만 믿고서 일삼는 바가 없을 수 있겠는가? 무기는 어떻게 준비하며, 군량은 어떻게 마련할 것인가? 이미 식어버린 피는 어떻게 고무시킬 것이며, 물고기처럼 흩어진 군졸들은 어떻게 수습할 것인가? 생각이 여기에 이르자 더욱 백신百身213)의 한恨이 절실하다네.

오호라. 명예라는 것은 외면적인 것이기에 명예에 뜻을 두는 것은 아니지만, 그대에게 미치지 못하는 자가 보기에는 오히려 충분히 부러워할 만한 바가 있다. 훗날 새 국사國史가 출현할 때에 우리 한민족韓民族도 또한 만주滿洲의 군서軍署에 그대가 있었음을 알 수 있을 것이다.

내가 나라를 떠난 뒤로 장독瘴毒을 겪으면서도 구차하게 연명할 수 있었던 것은 상난喪難에

---

213) 백신百身 : 백 번이고 죽는다는 뜻으로, 다른 사람을 살려내기 위해서는 백 번이라도 죽을 수 있음을 말한다. 『시경詩經』「진풍秦風」 황조黃鳥의, "대신 죽어 살려낼 수만 있다면, 백 번 죽더라도 기꺼이 하리[如可贖兮 人百其身]."라는 말에서 나왔다.

동요된 적이 없었기 때문이었다. 그런데 이제 슬퍼서 상심하는 것이 이와 같은 지경에 이르니, 이는 참으로 그대를 위하는 것이 무겁고 스스로를 위하는 것이 가벼워서이다. 내가 청컨대 다시는 슬퍼하지 않고 그대를 위해 노래를 하려하니, 그대는 들어보시게나. 노래하노라.

하늘이 드넓은 옥토를 우리에게 주신 것은	天付我膏腴之茫然兮
너희 외인들을 배불리고자 해서가 아니라네	非汝外人之所得以厭然
여우 같이 교활한 본성으로	惟狐性之狡然兮
남의 혼을 빼앗아 나라가 텅 비게 되었네	攝人之魂而國遂至於枵然
이미 우리 팔도의 찬란한 금수강산을 차지하고	旣攫我八幅錦繡之燦然兮
다시 우리에게 노비처럼 굽실거리라 하네	復求我奴顏婢膝之嬋然
만주 벌판으로 떠돌다보니	向滿野而飄然兮
온갖 풍상에 십몇 년이 훌쩍 흘렀네	飽冒風霜十數年之居然
천시와 인사가 기약하지 않아도 회복되니[214]	天時人事不期而合然兮
민족 자결의 의론이 전 세계에 가득하네	民族自決之說遍世界而譁然
충분이 한꺼번에 터져 나와	同一忠憤之赫然兮
수많은 의병들을 정비하였네	整義旅之林然
동쪽으로 넓은 마자수에 임하니	東臨馬訾水潺然兮
우뚝한 명성과 업적이 많았네	寔多聲績之偉然
성패와 이둔에 밝아서 무엇하리	成敗利鈍不可以洞然兮
오직 당연한 의무를 다할 따름이라네	惟盡義務之當然
아아, 미친 도적떼들이 돌출하여	噫狂寇之突然兮
감히 처참하게 도살을 하는구나	敢屠殺之慘然
한창 각지에서 위축되어 고분고분할 적에	方各地之退沮而恭然兮
그대는 홀로 흔들리지 않고 의연하였네	君獨不動而毅然
눈서리의 추위를 겪어보지 않는다면	苟不經雪霜之凜然兮
뉘라서 송죽의 우뚝함을 알리오	夫孰知松竹之挺然

---

214) 회복되니 : 원문에는 'ㄱ'에 '총恖'자에 점획이 있는 글자로 되어 있으나, 마땅한 글자가 없으므로 같은 의미로 쓰인 다른 예에 따라서 '합슴'자로 바꾸어 번역하였다.

적들도 악군215)을 쉽게 흔들지 못했으니	敵亦不以撼岳軍之易然兮
이 때문에 성대한 명성을 얻게 되었네	是以有聲譽之莞然
그러나 전도가 묘연한 것을 어찌하리오	奈之何前途之杳然兮
막 문을 나서자 갑자기 수레축이 부러졌네	纔出門而遽見折軸之翻然
전장에서 홀연히 죽었어도 슬퍼하지 않나니	吾不悲君之馬革裹而溘然兮
금수 생활 고국보다는 나아서라네	猶勝故山獸蹄鳥跡之雜然
불후의 영령은 해와 달처럼 밝게 빛나리니	不昧英靈并日星而昭然兮
기꺼이 진토 되어 함께 따르리라	肯隨塵土而同歸泯然
훗날 한강 가에 천둥번개 울리면	異日漢上風霆之轟然兮
봉황과 나비 타고 찬란히 나는 것을 보리로다	庶覩乘彩鳳駕文蝶而賁然

▫ 박백암216)에 대한 제문· 을축년(1925)　祭朴白岩文

군사를 내어 이기지 못하고 몸이 먼저 죽었으니	出師未捷身先死
오래도록 영웅들이 눈물로 옷깃 적시게 하네217)	長使英雄淚滿襟

　이것은 당나라 사람이 제갈무후諸葛武侯를 조위弔慰한 시가 아닙니까? 무후는 한漢 나라 왕업王業이 어렵던 시기에 여섯 번이나 기산祁山에 군사를 내어 중원中原을 회복하려 한 사람으로, 시세時勢로 말하자면 양쪽 군대의 강약이 다르지만 책임으로 말하자면 한 나라의 존망이 달려 있는 것이었습니다. 당시 제갈무후가 몸을 서너 개로 나누었더라도 부족한 지경이었고 목숨

---

215) 악군 : 남송南宋 초기의 명장인 악비岳飛의 군대를 가리킨다. 당시 중국을 침입하여 송나라를 남쪽으로 밀어냈던 금金 나라 군대를 수차례 대파大破하였으며, 적을 만나도 전혀 두려워하지 않으므로, 금나라 군대에서는 "차라리 산악을 흔드는[撼] 것이 쉽지, 그의 군대를 흔들기는 어렵다." 하였다고 한다(『송사宋史』 권365 악비열전岳飛列傳). 여기서는 신광재의 군대가 그처럼 용감하였음을 말한 것이다.

216) 박백암 : 한말의 민족사학자이자 독립운동가인 박은식朴殷植을 가리킨다. 자는 성칠聖七, 호는 겸곡謙谷·백암白巖·태백광노太白狂奴이며, 본관은 밀양이다. 1925년에 대한민국임시정부 대통령을 지냈다.

217) 군사를 … 하네 : 이 시는 중국의 후한시대 유비劉備를 도와 촉한蜀漢을 건국하는데 공을 세운 제갈량諸葛亮을 기리기 위해 당나라 시인 두보杜甫가 지은 촉상蜀相이라는 시이다.

을 열배 백배로 늘인다고 하더라도 오히려 짧다고 하였을 것입니다만, 불행히도 병이 이미 너무 깊어졌고 그 대운大運이 다했으니, 생전에는 품었던 뜻을 이루지 못한 한이 있었고 죽은 뒤에는 큰일을 맡길 사람이 없었으니 영웅이 이런 지경에 이르게 되었으면 감회가 어떠하였겠습니까?

지금 내가 우리 공公을 보내는 날 굳이 이 시를 생각하며 곡하는 것은, 우리 대한의 기업이 한漢 나라 왕실에 비길 만하다고 하는 것이 아니요 우리 공의 지략智略이 무후와 비교할 만하다고 하는 것이 아니라, 다만 우리 공께서 조국의 광복을 위하여 모든 정성을 다한 것은 무후의 뜻과 같고 우리 공이 군민軍民을 이끄신 것이 무후가 담당했던 책임과 같으며 우리 공이 중도에서 돌아가시게 된 것이 무후의 한恨과 같기 때문입니다. 그러나 무후가 당했던 그 때는 한나라 왕업이 위축되던 시기로 천하대세가 이미 세 나라로 고착화되어 있었던 데다가 위로는 어둡고 나약한 임금이 있고 아래로는 용맹한 장수가 부족하였으니 비록 무후가 더 오래 살았더라도 반드시 그 뜻을 이루지는 못했을 것인데, 마침 종묘사직의 위망危亡을 당하였을 때에 그런 장성將星이 떨어지는 일이 있었으니 반드시 무후의 불행이라고는 하지 못할 것입니다. 그러나 우리 공의 오늘은 바로 우리 대한이 광복을 향해 나아가는 시기로 원근의 각 단체가 차례로 통합되고 내외의 인심이 일치되어 돌아오며 인재와 물력物力이 날로 무럭무럭 불어나고 있는 때라, 만일 우리 공이 몇 년 만 더 사셨더라면 서울 한복판에 태극기가 휘날리는 것을 직접 보실 수가 있었을 것입니다. 지금 공께서는 땅 속에 길이 누워 까맣게 모르고 계실 것이니, 이것이 내가 당나라 사람의 시에 깊이 감회가 있는 것입니다.

비록 그렇기는 하더라도 공은 깨치신 분입니다. 평소 수양修養이 범속함을 초월하고 해탈解脫한 뜻에 부합됨이 있으셨으니, 그렇다면 공께서 형해形骸는 비록 진회塵灰로 변했더라도 그 불멸의 진체眞體는 환하게 늘 계시리니, 내가 울부짖으며 곡반哭班에 따라가는 것을 순리에 맡길 줄 모른다고 하시며 웃으실 것입니다. 그러할 진대 저도 하필 스스로 미몽에 빠져 아무런 도움 없는 슬픔에 빠져만 있겠습니까? 아아, 끝났습니다.

▫ 서산 김선생[218]에 대한 제문 祭西山先生文

제가 듣기로, 성학聖學의 요지는 일상의 이륜彝倫에서 벗어나지 않아서, 거경居敬으로써 그

---

218) 서산 김선생 : 서산은 한말의 유학자인 김흥락金興洛의 호號다.

근본을 세우고 궁리窮理로써 그 변화를 다하라는 것으로, 이는 도에 들어가는 지름길입니다. 근세 학자들은 대체로 평상적인 것을 싫어하고 고상한 것을 사모하며 일상생활 속에 있는 가까운 것을 소홀히 하고 생활과 먼 것에 힘씁니다. 본분으로 마땅히 해야 할 것은 힘쓰기를 달갑게 여기지 않으면서 걸핏하면 성명性命과 이기理氣에 관한 설을 끌어들여 이야기 거리로 삼습니다. 이렇게 하고도 성취하기를 구한다면, 이는 북쪽으로 수레를 몰면서 남쪽으로 가고자 하는 것에 가깝지 않습니까?

아아, 소자小子는 선생께 삼가 본 것이 있습니다. 선생님의 학문은 이륜彝倫일 뿐이었습니다. 그로 말미암아 전전긍긍하시면서 털끝만큼도 방과放過함이 없으셨습니다. 그로 말미암아 지극하게 미루어 가시면서 한 가지 일도 빠뜨림이 없으셨습니다. 사물잠四勿箴219)을 의지하는 근거로 삼으셨고 경모經謨와 전훈傳訓으로 보조 도구로 삼으셨으니 그것은 바로 거경居敬과 궁리窮理의 절도節度였고 신심身心과 사물의 이륜彝倫이었습니다. 일용日用에 지극히 가까우면서 거경궁리居敬窮理하는 것, 이 또한 신심과 사물에서 평소 진실한 공부일 뿐이요 유심幽深하고 현원玄遠하며 기구崎嶇하고 험절險絶한 이론으로 세상을 놀라게 하지 않으시고 오직 날마다 용행庸行과 용언庸言220)하는 가운데서 돈독하고 성실하셨습니다. 이를 앞에서 말씀드린 고상한 것을 사모하고 먼 데 있는 것에 힘쓰는 사람들의 눈으로 본다면 한 결 같이 함이 드물지만은 덕이 바로 서고 도가 이루어짐에 미쳐서는 그 조예造詣의 실상은 사람마다 보고 잴 수 없는 경지가 있었고 영화英華가 밖으로 들어나는 것은 환하게 해처럼 빛났습니다.

얼굴빛과 말씀은 따뜻하였고 그 덕용德容은 위엄이 있으셨습니다. 공손하시면서도 말씀이 없으셨으나 뛰어난 기상이 있었고 갈무리고 단속約하셨으나 탁 트인 뜻이 있으셨습니다. 도를 논하심에 수준 높고 오묘하였으나 공허空虛함에 떨어지지 아니하셨고, 이치를 분석하심에 지극히 정미精微하셨으나 번잡하지 않으셨으니, 동남 지방에서 배움을 받고자 하는 사람들의 신발이 늘 메워졌으나 재능에 따라 가르치셨으니 조화하는 기운이[化氣] 사물에 드러나는 것과 같았습니다.

이왕에 도가 행해지는 시대를 만나 고동鼓動시키는 교화를 크게 베풀지 못하였습니다. 그러나 집안에서는 특별히 명을 내리지 않더라도 공경과 근실한 것이 법을 이루었고, 고을에서는

---

219) 사물잠四勿箴 : 보고 듣고 말하고 행동하는 것을 경계하는 내용을 담은 시잠視箴·청잠聽箴·언잠言箴·동잠動箴으로, 송나라의 대학자 정이程頤가 지은 것이다.
220) 용행庸行과 용언庸言하는 … :『주역周易』「건괘乾卦」문언文言에, "일상 언어를 믿음직스럽게 하며 평상시의 행동을 근실하게 하는 것이다[庸言之信 庸行之謹]."라는 말이 있다.

특별히 더 다정하게 대하지 않았으나 애모愛慕함이 충심에서 우러나왔습니다. 저 먼 지역의 이류異流에 이르기까지 이목耳目을 지닌 자들은 모두 신명神明처럼 우러러 보지 않는 이가 없었습니다. 만일 발탁하여 등용하였더라도 이러한 규모에 지나지 않았겠으나 그 공화功化의 성대함은 외워서 전해주는데 그치지 않았음을 이를 보면 알 수 있습니다. 전傳에 이르기를221), '충실充實하여 광휘光輝함이 있음을 대인大人이라 한다.'라고 하였는데 선생께서 그러함이 있으셨으니, 이 도가 이륜彝倫을 벗어나지 않고 이 학문은 다만 평상平常에 있음을 믿을 증거가 되지 않겠습니까?

동방에 퇴도退陶 부자夫子께서 도학道學을 창명倡明하신 뒤로 '흠일欽一하라는 명[欽一之銘]'이 학봉 선생鶴峯先生(김성일金誠一)에게 전해진 뒤로 호상湖上222)에까지 이르러 발휘되었으니 선생께서는 바로 학봉 선생의 주손冑孫으로 그 기맥氣脈이 쏠린바가 참으로 우연이 아니었습니다. 태어나신 것이 호상湖上에까지는 미치지 못하였으나 정재定齋 노선생께 그 강설講說을 들으셨으니, 그 가정의 문로門路가 어찌 매우 적실한 것이 아니겠습니까? 그러므로 선생께서는 학문에 뜻을 두었던 때로부터 이미 이륜彝倫이 몸을 수양하는데 절실한 것임과 거경居敬과 궁리窮理가 진실한 공부임을 아시어, 독실하게 믿고 힘써 행하시어 형저변동形著變動223)의 경역境域에 나아가셨습니다. 통서統緖를 이으신 것에 대해서는 비록 소자小子가 감히 함부로 논의할 바는 아닙니다만, 담화曇華가 한번 피면224) 또 언제 배태胚胎할지 모른다는데, 그렇다면 선생께서 이 세상에서 다시 나심을 자주 있으시리라고 기대할 수 없음이 분명합니다. 마땅히 오래오래 계시면서 이 세상에 빛이 되시어 저희들 소자小子들이 오래도록 시우時雨의 교화敎化를 입도록

---

221) 전傳에 이르기를 : 『맹자孟子』「진심盡心」하下 제25장에 보인다.
222) 호상湖上 : 호상湖上은 경북 안동시 소호리를 가리키는 것으로, 여기서는 대산大山 이상정李象靖을 가리킨다.
223) 형저변동形著變動 : 『중용中庸』제23장에, "그 다음은 한쪽으로 지극히 함이니, 한쪽으로 지극히 하면 능히 성실할 수 있다. 성실하면 드러나고, 드러나면 더욱 드러나고, 더욱 드러나면 밝아지고, 밝아지면 감동시키고, 감동시키면 변變하고, 변變하면 화化할 수 있으니, 오직 천하天下에 지극히 성실한 분이어야 능히 화化할 수 있다[其次致曲 曲能有誠 誠則形 形則著 著則明 明則動 動則變 變則化 唯天下至誠爲能化]."라는 말이 있는데, 이것은 지극한 성誠으로 만물을 변화시킴을 말한다.
224) 담화曇華가 한번 피면 : 담화는 불교에서 천년에 한 번씩 여래如來나 전륜성왕轉輪聖王이 나타날 때만 핀다는 상상의 꽃으로 흔히 우담바라라고 한다. 『열반경涅槃經』에 의하면, 부처가 세상에 나오기 어려운 것이 마치 우담화가 피기와 같다고 하였는데, 이처럼 서산선생 같은 분이 세상에 나오기 어렵다는 것을 비유한 것이다. 본문의 '담화일문曇華一問'의 문問 자는 개開 자의 오자로 보인다.

하셔야 하는데, 다만 대운大運이 다하였고 저희 후학들은 복이 없습니다. 때에 따라 세상에 오셨다가 천명에 따라 이 세상을 떠나셨으니, 아아, 선생이시여! 다시는 모실 수가 없단 말입니까? 소자는 어리석고 비루한 하등품으로 선생님의 마당에 물 뿌리고 쓸기에도 부족합니다만, 진외가라는 사적인 인연으로 문하생門下生으로 들어갔는데, 선생께서는 가련히 보시고 문하로 받아들여 보살피고 잘 인도하며 아껴주시기를 자질子姪들과 조금도 차이를 두지 않으셨습니다. 병을 보살피고 약을 쓸 때에는 반드시 마음을 넓게 먹고 굳세게 먹도록 양쪽으로 격려하셨으며, 고사古事를 원용援用하여 말씀을 하시면서 표리表裏가 같아야 한다고 강조하셨습니다. 평소 실제 생활에서 힘써야 함을 여러 번 편지에 언급하셨고 손자를 부탁하신다는 뜻을 말씀 중에 농담 삼아 하셨습니다. 이것은 아마 채찍질하고 기대하심이 이와 같이 간절하였던 것인데, 다만 제가 자질이 느리고 둔하여 용맹 정진하지 못하고 반평생을 저회低徊하고 하나도 이룬 것이 없이 끝내 이렇게 되고 말았으니 무엇을 바랄 수 있겠습니까? 오직 사시는 곳이 가깝고 세월이 여유가 있어 일이 있으면 여쭙고 의문 나는 것이 있으면 질의하여, 나아가서는 봄바람에 묻어나는 여훈餘薰을 받고 물러나서는 가르침을 받은 자리에서 들은 말씀을 되새겼습니다. 다행히 천도天道로써 저의 마음을 인도해 주시어 소인小人됨을 면할 수 있다면 선생께서 입에 쓴맛이 돋도록 가르쳐 주신 뜻을 저버리지 않으리라고 여겼는데, 지금 산림山林의 대들보가 갑자기 부러졌으니 소자는 앞으로 누구를 우러러 모시며 어디로 가란 말입니까?

　아아, 군자가 이 세상에 나서 그 도道를 행하지 못한다면 다만 글을 남겨 후세에 남길 뿐입니다. 이제 건연巾衍(책이나 서류를 넣어두는 상자)을 수습하여 빠른 시일 내에 책으로 엮어 후학들이 이를 보고 열심히 힘써서 한결같이 선생의 진덕수업進德修業(덕을 진보시키고 학업을 닦음)하시던 절도에 따르도록 해야겠지요. 그렇게 되면 아마 참되고 바른 길을 잃지 않고 선생의 심법心法도 세상에서 다 없어지지 않게 될 터인데, 혹시 평소 겸손을 으뜸으로 여기시던 덕성德性을 가지신 분이 혹시라도 과장誇張한다고 말없이 꾸짖지나 않으실는지요?

▫ 죽은 누이 김유인金孺人에 대한 제문225)　祭亡妹金孺人文

　갑신년(1884) 5월 28일은 죽은 누이 김실金室이 둔석窀穸(무덤 속)으로 영원히 돌아가는 날이다.

---

225) 김유인金孺人 : 김씨에게 출가한 여동생이다.

사형舍兄인 만초萬初는 마침 병으로 누워있어 아우 용희龍羲와 봉희鳳羲를 대신 보내어 그 전날 저녁 신축일에 제문을 갖추어 곡하며 영결하노라.

말로 다할 수 없는 정情을 지정至情이라 하고 말로 다할 수 없는 아픔을 지통至痛이라 하니, 내가 너를 곡하며 무슨 말을 하겠으며, 또 내가 말을 한들 네가 대답하겠느냐? 내가 말을 해도 네가 답하지 않고 네가 답해도 내가 들을 수 없으니, 대답하지 않기에 말하지 못하고 들리지 않기에 대답하지 못하느니라. 그렇다고 하더라도 나는 네가 대답하기를 바라노니, 너도 혹 내가 말하기를 바라지 않겠느냐? 김실아! 어찌 차마 말하겠느냐, 어찌 차마 말 할 수 있겠느냐?

네가 나고 3일 만에 선부군先父君께서 네 몸이 작고 연약함을 보시고 어머니께 말씀하시기를, "믿지 마시오. 장차 자네를 속일 것이오."라고 하셨지. 어머니께서 그 때문에 애석하여 때때로 네 등을 어루만지시며, "잘 자라서 장수하며 하늘의 큰 복을 받아라."라고 하셨단다. 점점 자라면서 작던 몸은 단아하고 단단하게 되고 연약함은 어질고 부지런하게 되어 보는 사람들이 모두 좋은 낭자娘子라고 칭찬하게 되니, 모친께서 극진히 사랑하시어 늘 우리 여러 형제들에게 이르시기를, "중重이는 마음이 넓지만 게으르고 준俊이는 너그럽지만 실속이 없고 창昌이는 면밀하지만 어두운데, 이 아이가 남자였다면 너희들은 바람 앞에 풀 같았을 것이다."라고 하셨단다.

내가 죄가 깊고 무거워 계유년(1873)에 선부군先父君께서 세상을 버리셨다. 그때 네 나이 열한 살이었으나 새벽부터 저녁까지 빈소에서 호곡號哭하여 사람들이 모두 너의 슬픈 울음소리와 슬퍼하는 네 모습을 차마 듣고 보지 못하였으며, 3년을 조금도 게을리 하지 않았었지. 그 후로 어머니께서 세사世事에 뜻이 없어 방아 찧고 바느질 하는 집안일을 간혹 너에게 전적으로 맡기셨는데, 너는 힘들다고 여기지 않았을 뿐만 아니라 더욱 부지런히 그 일을 대신하였으니, 다른 사람들보다 뛰어난 지정至情이 아니었다면 어찌 그렇게 할 수 있었겠느냐? 시집갈 즈음이 되어서는 배워야 할 것은 배우지 않은 것이 없었고 알아야 할 것을 모르는 것이 없었으니, 시어른께 효도하고 남편을 공경하며 제사를 받들고 손님을 접대하는 법부터 모든 세세한 일까지 지극 정성에서 나오지 않음이 없었다. 외모도 차츰 풍만하게 되어 과거의 단정하면서도 단단하던 것이 두루뭉술하고 크게 되었고 어질고 부지런함은 말수가 적고 순수하여 속으로 어진 부인이 될 것을 본뜨는 것 같았다. 어머니께서 너를 보내고 나서는 종일 마음을 놓지 못하셨고, 오래도록 오지 않으면 어느 하루 너를 생각하지 않는 날이 없으셨단다. 네가 아이를 가졌다는 소식을 듣고는 한 편 기뻐하시고 한 편 걱정하시면서, "경사스럽기는 하지만 큰 고비로다."라고 하셨단다.

네 편지가 왔을 때 '죽기 전에 한번 뵈러 가겠다.'는 말이 있어 내가 깜짝 놀라 속으로 이르기를, "어찌 이렇게 애상哀傷한 말을 하는가? 이것은 단명短命할 조짐이 아닌가?"라고 하며 이를 어머니께 말씀드리면서, "우리 집은 해산解産하는 데 좋지 않고 편지에 쓴 말도 괴이하니 오지 말라고 하시지요."라고 하였더니, 어머니께서 이런 나를 보고, "해산은 죽을 고비를 겪는 일이라 애상한 말을 하는 것이 이상할 것 없다."라고 하시며 마음을 풀어주셨단다. 네가 오려고 하는 것은 인정이라 막을 수가 없었다. 네가 오던 날 어머니께서는 한 나절을 서문西門에 기대어 멀리 바라보고 계시다가 푸른 가마가 수풀 사이로 어른거리자 그곳을 가리키시며 네가 오는 것이라고 말씀하시길 몇 번이나 하시다가, 네가 마침내 오자 손을 잡고 안으로 들어오시면서 말씀은 않으셨으나 마음으로 먼저 웃고 계셨다. 따뜻한 곳으로 너를 앉히고 따끈한 밥을 지어 먹이시는 것이 마치 하루라도 없으면 안 될 사람인 것처럼 하셨으니, 대개 권애眷愛하시는 것이 더욱 지극하셨음은 네가 단아한 모습이 더욱 남달랐기 때문이었다.

네가 해산하기 전날 저녁에 내가 밖에 있다가 아랫방 앞에 가 네가 소리 죽여 앓는 소리를 듣고 나는 또 속으로 놀라서 '올해 조객弔客이 나한테 있는데 해명亥命에 상충相沖이 되니 흉凶함이 없겠는가?226)'라고 하였다. 이어서 어머니께 '어찌 다른 곳으로 옮기지 않습니까?'라고 하려다가 다시, '해산을 앞두고 움직일 수 없는 형세인데다가 사람이 말하지 않으면 귀신도 알지 못할 것이니, 괜히 말하여 소란스럽게 수고스럽게 하는 것보다 아예 말하지 않는 것이 낫겠다.'라고 스스로 해명하였단다. 증세가 점점 중해져서 끝내 순산하지 못하자, 나와 어머니는 혼이 나간 것 같이 여러 가지 처방을 썼단다. 세 번째 닭이 울고서야 아기 울음소리를 들었으니, 그 때의 기쁜 마음은 어찌 깊은 구덩이에서 빠져나온 것 같았을 뿐이었겠느냐?

이레를 지나고 나서 너와 젖먹이를 보니 맑게 웃으며 말하는 것은 평상시와 다름없었다. 다만 부기가 아직 덜 빠져 완전히 회복되기까지는 시일이 얼마가 걸릴지 몰라 걱정이 되어 잠시도 편히 앉아 있지 못하였단다. 섣달 보름에 계모임을 우리 집에서 할 차례였는데, 원근에서 모이기로 한 많은 사람들 중에는 길吉한 사람도 있었고 불길한 사람도 있었으나, 내가

---

226) 조객弔客이 … 없겠는가 : 명리학命理學에서 해마다 드는 살煞이 든다고 보는데, 살 중에 조객弔客살이라는 것이 있는 바 이는 사람이 죽는다는 것이다. '해명亥命과 상충이 된다.'는 것은 태어난 지지地支에 해亥가 들어가는 사람과 상충이 된다는 뜻으로, 여기서 유인 김씨는 계해생(1863)이다.

우리 집안에서는 평소 세속의 자잘한 가리고 꺼리는 것을 믿지 않음을 아는데다가 1년에 한 번 하는 의례적인 행사를 하지 않을 수도 없었다. 속으로 썩 내키지는 않았으나 그만두지 못하였는데, 너의 병이 그 일로 인해 더 심해질 줄을 어찌 생각이나 했겠느냐?

계군季君 막내 아우은 영주榮州에서 아직 돌아오지 않았고, 중군仲君(둘째 아우) 건초健初는 풍설風雪을 마다않고 밤낮으로 의원을 부르러 다녔으며, 너의 시아버님도 또 약을 지어 오셨으나 너는 이미 어찌 할 수가 없었다. 너를 어찌 할 수 없다는 것을 내가 모르지 않았으면서도 또 네 번이나 의원을 바꿔가며 그만 둘 줄 몰랐던 것은 후회라도 없게 하기 위함이었으나 그래도 어찌 이렇게 갑작스럽게 갈 줄이야 차마 알았겠느냐? 대개 네 병은 증세를 집어내기가 어려웠다. 처음에는 두통이 있다가 마지막에는 구금口噤(입을 다물고 벌리지 못하는 중풍증세)이 되었으니, 어디가 아픈지 전혀 모른 채로 점점 위독해져 어찌 할 수 없는 지경에 이르고 말았구나. 때로는 기허氣虛로 다스려 보고 어떤 때는 기체氣滯로 다스려 보고 수풍受風으로 다스려 보다가 또 기허와 수풍을 겸해서 다스려 보기도 하였으나 한 결 같이 효과를 보지 못하였으니, 그렇다면 그러한 것들은 증세에 맞는 것이 아니었고 틀림없이 주먹으로 때리고 발로 차는 듯한 통증이 있어서 옆으로 쓰러짐이 있었을 것이니, 아마 눈으로 보이는 증세에 따라 약을 쓴 것으로는 악한 기운을 누그러뜨리기 어려워 마침내 입이 다물어지게 되어 아픈 사정을 자세히 말하지 못하게 된 듯하다. 그러나 나는 알 수가 없었으니 비록 고치고자 하더라도 무엇으로 그걸 알았겠느냐? 김실아, 어찌 차마 말을 하랴? 어찌 차마 말을 하랴?

너는 저 세상으로 가기 전날 밤의 헛소리를 하던 중에 어머니를 부르면서 ‘오늘이 며칠이며 내 신발이 어디 있느냐?’고 하였지. 내가 병풍 뒤에서 나도 모르게 쓰러져서 눈물을 줄줄 흘렸음을 너는 아느냐? 옛날에 선부군先府君께서 세상을 버리시던 날 정신없던 중에 이 말씀을 하셨었지. 너는 선부군께서 정을 쏟으셨던 사람이었다. 선부군께서 사셨던 방에 누워있으면서 선부군께서 하셨던 말씀을 그대로 하는데, 곁에서 본 네 모습은 선부군을 그대로 빼닮았더란다. 또 지난날 선부군께서 어머니께 믿지 말라고 하시던 말씀을 생각해보니 저절로 망극罔極한 감회가 새로움을 이길 수가 없었다. 그러나 혹시라도 병든 너의 마음을 상하게 할까 염려되고 또 혹시 어머니의 감정을 건드릴까봐 두려워 눈물을 훔치고 일어나서 “헛소리는 기가 허함으로 해서 오는 것이니, 육수肉水 세 숟가락을 먹이면 다시 하지 않을 것입니다.”라고 했었지. 너에게 다가가 어루만지면서 “어디가 아프냐? 나를 알아보겠느냐?”라고 묻자 너는 내 손을 잡아 네 머리에 얹어 놓고는 오래도록 차마 놓지 못하였지. 눈으로는 보면서도 말을 하지 못하였으니, 아아 원통하구나! 네가 정말 할 말이 없어서 말을 하지 아니 하였느냐, 할 말이 있는데도 내가 모르는 것이 없다고 해서 하지 않았느냐? 아니면 이른바 주먹으로 때리고 발로 차 옆으로 쓰러질 만한 통증이 있어서 말을 하려고 하였으나 말을 할 수가 없었느냐?

내가 불효하고 불우不友하여 선부군께 화를 끼치고 또 너를 지켜주지도 못하였구나. 처음에는 네 편지에 쓴 말이 상서롭지 못함을 알았으나 친정에 오지 말라고 말리지도 못했고, 중간에는 네가 머물던 곳의 방위가 좋지 못함을 알았으나 옮겨주지 못했고, 끝내는 많은 사람들이 불길함을 알고도 그들이 오는 것을 막지 못했구나. 춥고 굶주릴 때 미리 구원해주지 못하고 수척할 때 일찍 손쓰지 못하고 이리 저리 전전輾轉하다가 위독한 지경까지 몰고 가는 바람에, 위로는 어머니께 차마 보지 못할 일을 차마 보시게 하였고 아래로는 여러 아우들에게 차마 당해서는 안 될 슬픔을 당하게 하였구나. 나에겐 잊을 수 없는 슬픔이 있게 하였고 너에게는 끝없는 원통함이 있게 하였으니, 모두 천지신명天地神明을 저버려 하늘의 재앙을 받는 것이리라. 너에게 만일 지각知覺이 있다면 틀림없이 저 어두운 곳에서 원통함을 가지고 아침저녁으로 울부짖으며 '우리 오라버니는 형편없는 사람이다.'고 하리라. 아아! 저 아득한 하늘이여, 이것이 누구 때문입니까?

김실아! 너의 현숙賢淑함은 비상하였고 어머니의 사랑은 지극하셨는데, 지극한 사랑으로 비상한 딸을 곡하게 기에 이르렀구나. 나는 지극히 불초不肖한 사람으로서 그 사이에서 있으면서 오히려 너를 슬퍼하는 것으론 모자라 어머니를 슬퍼하며 어머니를 슬퍼하는 것으로도 부족하여 나 자신을 슬퍼하노니, 하물며 우리 증조부님과 조부님이겠느냐? 조부께서는 칠순 모년暮年에 친히 약을 들고 마음을 다해 너를 구호救護하시다가 너를 구할 수 없음을 아시고 어머니를 보고 통고하시며, "살아있는 것이 죽는 것 보다 슬프다."고 하셨고, 증조부님께서는 90세 노경老境에 밤마다 잠을 못 이루시고 서쪽을 향해 통곡하시면서, "불행히 늙어 죽지 않더니 이런 못 볼 경우를 당했구나!"라고 하셨지. 아아! 너는 비상하게 현숙한 사람이면서 겨우 20여 세의 나이로 연로하신 조상들께 이런 누를 끼쳤으니 이런 비상함이 어디 있단 말이냐?

김실아! 옛 사람이 아우의 죽음을 곡하면서, "만일 내가 죽고 네가 산다면 어떠하겠느냐? 비록 그렇게 되었다고 해도 형의 죽음에 아우가 곡하는 것은 순리順理이리라." 하였으니, 이 말은 그 뜻이 지극하다. 내 성품이 본래 범범泛泛하여 동기同氣 사이의 정 같은 것도 있기는 은연隱然 중에 있으나 세속 사람들처럼 아주 다정한 모양을 하지는 못하는 지라. 너와 내가 단 둘이 10년을 자라면서도 한 번도 손을 잡고 정을 나눈 적이 없었다. 너 또한 나의 성품을 아는지라 밖으로 드러내지는 않으려 하였지. 그러나 서로 사랑하고 믿는 마음은 어느 다른 집 형제간 못지않았는데, 네가 이리 될 줄을 진작 알았다면 어찌 한번이라도 가슴에 쌓인 무한한 이야기를 나누지 않았겠느냐?

김실아! 내 어찌 네 마음을 몰랐겠느냐? 네가 지극히 원통한 것이 하나 있었으리니, 김 서방과 면결面訣하지 못한 것이고, 지극히 잊지 못할 것이 두 가지가 있으리니 어머니와 젖먹이 아이일 것이다. 네가 떠나던 날 자꾸 눈을 뜨고 사람들이 드나들던 것을 본 것은 김 서방을 기다림이었고 때때로 손을 들어 자리를 더듬으며 옷을 잡아당긴 것은 어머니를 찾은 것이었으며, 일어나려고 애쓰다가 쓰러지면서도 이리저리 살핀 것은 어린 아이를 찾은 것이 아니었느냐? 김 서방이 새벽같이 먼 길을 달려 거꾸러지듯 달려 와 보았을 때 너는 이미 죽고 난 뒤였다. 눈물을 강물 쏟는 듯이 흘리며 애가 끊어지고 심장이 터질듯 하였으니 그 어진 마음에 틀림없이 너를 영원히 잊지 못할 것이다. 어머니께서는 여러 날을 낟알 한 톨 입에 대지 않으시어 기운이 거의 끊어질 듯하시니, 나 같은 불초한 사람이 어찌 봉양해야 할지를 모르겠구나. 네가 음陰으로 비호庇護해서 네가 다 누리지 못한 세월까지 이어드리려. 그리하여 만세 무강한 수壽를 누리실 수 있게 된다면 너는 죽었으나 살아있는 내가 효도하는 것보다 나으리라. 그리고 젖먹이 아이는 나면서부터 범상하지 않으니 앞날에 크게 될 것을 기대할 만하지만, 젖이 넉넉지 못해 키워나갈 일이 아득하구나. 네가 묵묵히 돌보아 주어서 어머니의 염려를 덜어드리려. 나중에 가르치는 것은 내가 비록 못난 사람이지만 네 뜻에 어긋나지 않도록 하마.

김실아, 이제 너를 산으로 옮기려 하니 내가 계속해서 가 본다고 해도 우리 김실이는 영원히 저 빈산 깊은 광중壙中에 묻히게 되어 비록 너를 보려고 그 모습을 볼 수 없다고 할 것이다. 원통하구나, 김실아! 아아, 김실아, 단아하고 어질고 정숙하고 순수하던 김실아! 다시는 너를 다시 볼 수 없단 말이냐? 다시는 너를 보지 못하고 영원히 이별해야 한단 말이냐?

네가 나를 버리고 떠나고 나서 두 번 꿈에 나타났는데, 한 번은 원통함에 마음이 안정되지 않아 분명히 기억하지 못하겠고, 한 번은 평상시처럼 온화하고 기쁜 모습이었으니, 죽어서도 지각이 있다면 어찌 꿈에라도 자주 나타나서 나의 마음을 위로하지 않느냐? 또 어머니의 꿈에 나타나 '목숨이 짧은 것도 명命이니 어머니는 너무 슬퍼하지 마시라.'고 하였다니, 어머니께서는 너무 슬퍼하지 않으실 터이니 너의 혼도 편안하기를 바란다.

아아, 김실아! 차마 말을 더 하겠느냐?

□ 묘갈명墓碣銘

▫ 15대 조고이신 조산대부 후릉참봉의 묘갈명 병서幷序. 병인년(1926)　十五代祖考朝散大夫厚陵參奉 墓碣銘並序

　　공의 휘는 용容이요 자는 사관士寬이시다. 철성이씨는 우리나라의 대성大姓으로, 고려 말에 문희공文僖公 휘 존비尊庇, 문헌공文憲公 휘 우瑀, 행촌杏村 문정공文貞公 휘 암嵒, 평재平齋 문경공文敬公 휘 강岡께서는 문장과 덕업으로 역사책을 빛냈고, 문경공의 아드님 용헌容軒 양헌공襄憲公 휘 원原은 본조에서 좌의정을 지내시고 철성군에 봉해지셨으니, 공에게는 고조되시는 분이다. 증조는 이조참판에 증직되신 휘 증增이시니, 영산靈山부사를 그만두고 돌아와 안동에서 사셨다. 조부는 증贈이조참의 휘 명洺이시니 의흥義興현감을 그만두고 돌아와 임청각을 지으셨다. 아버지는 예빈시禮賓寺 별제를 지내신 휘 굉肱으로, 이 분도 벼슬을 그만두고 돌아와 반구정伴鷗亭을 지으셨으니, 당시의 사람들이 3대가 벼슬을 그만두고 돌아온 한가문의 이름난 절개를 칭송하였다. 어머니는 성주이씨로 사직司直을 지낸 명우明憂의 따님이신데, 중종 갑술년 12월 17일 안동부의 남문 밖 마을의 자택에서 공을 낳으셨다.

　　공은 어려서는 그릇과 도량이 여느 아이들과 달라서 천박한 행동을 하지 않으셨는데, 학문할 나이가 되어서는 한결같이 별제공別提公의 가르침을 따라 뜻을 기름에 게으르지 않더니, 뒤에 퇴계 이황李滉 선생을 종유하며 더욱 정밀함과 간략함을 이루시었다. 무신년에 부친상을 당하셨는데 슬픔과 격식을 다하였다. 중부仲父 수찬공 반胖께서 자식이 없자, 공이 모시며 봉양하고 제사를 받들었다. 계축년에 나라 안에 큰 흉년이 들어 조정에서 진대賑貸를 의논함에 공께서 재물을 내놓아 도우니 사방이 그 혜택을 입었다. 갑인년에 후릉참봉에 제수되셨다. 연산군 무신년 이후로 사화士禍가 연달아 일어나자 공께서는 마음에 항상 경계하고 조심하여 벼슬에 나아갈 뜻이 없으셨으나, 어머니의 명으로 마지못해 관직에 나아가 수년간 관직에 계시다가 마침내 옷깃을 떨치고 돌아오셨다. 이때 숙인淑人의 연세가 이미 60이셨으므로 아침저녁으로 곁을 떠나지 않고 기쁜 얼굴로 봉양하고 물러나서는 호산湖山에서 거문고와 술로 소요함으로서 세상을 잊으셨다. 이때 퇴계 이선생께서 보낸 시에서, "그 속에 절로 풍류를 즐길 짝이 있으니, 호탕하여 길들일 수 없는 만 리를 나는 갈매기로다."라고 하였으니, 이것은 공의 학문이 실지에 힘쓰고 자연을 숭상하며, 명리名利에 얽매이지 않고 의문儀文에 속박되지 않으며 고요하고 우아하여 스스로 일가의 규범을 이루었기 때문이다.

명종明宗 계해년 12월 7일에 돌아가시니, 향년이 50이었다. 부府의 동쪽 도곡道谷 남향 언덕에 장사지냈는데, 남기신 글과 행적에 대한 글들은 불행히도 전란 중에 다 흩어졌다. 배위配位는 광주김씨光州金氏 감사監司 연緣의 따님으로, 현숙하고 총명해서 부덕婦德이 있으셨다. 신미년 12월 7일에 태어나시어 기묘년 정월 12일에 돌아가셨으니, 향년이 69세였고, 공의 묘에 합장하였다. 아들 복원復元은 사직司直을 지냈는데, 판결사判決事에 증직되었고, 복초復初는 어려서 죽었다. 딸은 류운룡柳雲龍에게 출가하셨는데, 류운룡은 목사로 이조판서에 증직되었고, 시호는 문경文敬이다.

복원의 아들로, 지遲는 공조참의와 동지중추부사를 지냈고, 준遵과 적適은 참봉을, 형逈은 충의위忠義衛를, 건建은 첨정僉正을 지냈다. 따님은 고종후高從厚에게 출가하였으니, 현감으로 좌찬성에 증직되었고 시호는 효열孝烈이다. 이근곤李根坤·김극전金克佺은 군수를 지냈다. 증손 이하는 다 기록하지 않는다.

공의 산소에는 오래된 비석이 있는데 오랜 세월에 마멸되어 없어졌다. 공이 돌아가신지 424년이 지난 병인년(1924)에 후손들이 새로 비석을 바꾸려고 하면서 그 음기陰記를 나에게 지으라고 하였다. 아득한 뒤에 태어난 하찮은 후손이 어찌 족히 선조의 덕행을 기술할 수 있겠는가만, 삼가 세계世系와 생졸生卒, 이 비석을 다시 고쳐 새우는 전말을 이와 같이 기록하고 이어 명銘하노니, 명은 다음과 같다.

혁혁하게 빛나는 가문의 주손胄孫으로	赫赫華胄
마음가짐은 담박하였네	棲心澹泊
독실하게 행하신 이륜彝倫은	篤踐彝倫
예에 얽매임을 초탈하였네	超脫禮縛
덕이 쌓이고 연세가 드셔서는	德符旣充
큰 어른과 종유從遊하셨네	從遊大方
무오 갑자의 사화士禍를 거치면서	時經戊甲
남은 불꽃이 휘몰아치니	餘焰孔颺
능참봉이 무슨 관직이던가	陵署何官

잠시 나가셨다가 도로 은둔하셨네	暫出旋藏
호어濠魚227)의 즐거움을 알았고	濠魚知樂
갈매기와 함께 하기로 굳게 맹세하셨으니	海鷗尋盟
지금도 강가 누각에는	至今江閣
달은 밝고 바람이 맑아라	月白風淸

단군기원 4259년(1926) 병인년에 15대손 상희象羲는 삼가 짓다.

---

227) 호어濠魚 : 호수濠水에서 사는 피라미로, 한가롭게 노니는 물고기를 말한다. 장자莊子가 혜자惠子
와 호숫가 봇둑 위를 걷다가 한 대화가 『장자莊子』 「추수秋水」 편에 나온다.

□ 행장行狀

▫ 동자東子 김공의 행장   東子金公行狀

　공의 휘는 득복得福이요 자는 유중綏仲이며 호는 동자東子이니, 김씨로 본관은 김해이다. 신라 때 태각간太角干 유신庾信은 수군水軍을 거느리고 왜倭를 정벌할 때 곧바로 대판大阪을 공략하여 성을 함락하였고, 후에 삼국을 통일한 공로로 무홍왕武興王에 봉해졌는데, 공은 그 후예이다. 증조는 용만用萬으로 판결사判決事에 증직 되었고, 조부 을동乙棟은 호조참의에 증직되었으며, 아버지 문급文汲은 호조참판에 증직되었다. 어머니는 안동김씨 은銀의 따님으로 정부인貞夫人에 추증되었으니, 모두 공이 적을 토벌한 공 때문이다.

　명종 16년 신유년(1561)에 공은 경주 동해면東海面 노일리魯日里 집에서 태어나셨다. 일여덟 살 무렵에 준수함이 이미 또래들 보다 뛰어나서 여러 아이들과 함께 놀 적에 돌을 모아 진陣을 만들고 대나무를 베어 활을 만들어 전투하는 형상을 만들었다. 어머니께서 그것을 책망하여 말씀하시기를, "선비가 되려면 마땅히 제사 지내는 법을 배워야 하거늘 어찌 활이나 말놀이만 일삼느냐?"하시니, 공이 대답하기를, "지금 나라가 태평하여 글 읽는 사람은 부족하지 않습니다. 그러나 하루아침에 외적이 침입한다면 무인武人이 아니면 어떻게 막겠습니까?"라고 하였다. 이로부터 독서 하는 여가에 병서兵書를 익혀 통달하였으며, 지략과 용기를 겸비하고 활쏘기도 잘하였다.

　선조 임진년 4월에 왜적 수십만이 침략해오면서 세 갈레로 군사를 나누어 마치 자리를 마는 듯이 힘도 들이지 않고 쳐들어 왔다. 공이 개연히 맹세하여 말하기를, "임금께서 몽진蒙塵을 하시고 백성들이 어육魚肉이 되고 있으니, 지금이 의기義氣있는 선비가 죽기로 싸울 때이다. 어찌 스스로 구차히 살기를 바라겠는가?"하고는, 아우 동오공東塢公 득상得祥과 함께 의병을 일으켰는데, 그 초유문招諭文에, "이류異類와 함께 살기보다 차라리 죽어서 의로운 귀신이 되는 것이 낫지 않겠는가?"라고 하니, 원근에서 믿고 따르는 자가 수백 명이었으며, 왕왕 죽을 사死자를 써서 맹세하는 마음을 내 보이기도 하였다. 낙의공樂義齋 이눌李訥[228) 공을 찾아가

---

228) 이눌李訥 : 조선중기의 의병. 본관은 청안淸安. 자는 약우若愚, 호는 낙의재樂義齋. 첨정 신정新貞의 아들이며, 어머니는 오천정씨烏川鄭氏이다. 1592년 임진왜란이 일어나자 자기 집 종들과 주

서 병사를 단련하고 적을 막는 기술을 강론하였으며, 물러났다가 개곡開谷에서 적을 만나 목을 벤 숫자가 매우 많았다. 6월에 돌을 쌓고 나무에 불을 놓아서 나아곡羅兒谷에 있던 적을 유인하여 섬멸하였다. 어떤 이가 수괴의 머리를 베어 조정에 올리자고 권하자 공이 정색하며 말하기를, "나라를 위하여 적을 섬멸하는 것이 신민의 본분이거늘, 내 어찌 공을 팔겠는가?" 하였다.

이 달에 의병장들과 문천汶川에서 회맹會盟하여 400여 적의 머리를 베었으며, 조총과 칼·창 등 빼앗은 물건이 다 셀 수가 없었다. 곧이어 영천永川에 있던 무의공武毅公 박의장朴毅長229)의 진에 갔고, 다음해 봄에 대구 파잠巴岑에서 적을 격파하고 양산梁山 야령也嶺으로 옮겨 싸워 연달아 적을 패퇴시켰다. 갑오년 3월에는 반구정伴鷗亭에서 여러 의병장들과 회맹하고 승리를 축하하는 잔치를 베풀었는데, 여러 의병장들에게 공을 미루었다. 박공이 편지를 보내 함께 경주성慶州城을 지키자고 하였는데, 사녀士女들이 막아서 끝내 가지 못하였다. 4월에 군사를 돌려 달현達峴에서 적을 만났을 때, 몸소 먼저 적에게 싸움을 걸어 날카로운 기세를 꺾었다. 5월에 부府의 남쪽에서 박공을 도왔고 가을에 또 부의 동쪽에서 싸웠는데, 적을 베는 것이 삼麻을 베 듯 하니, 박공이 크게 추장推獎하고 복심腹心으로 인정하였다.

그해 겨울에 적의 배 100여 척이 서포西浦에 정박하고 나아가 나아곡羅兒谷을 위협하니, 공이 이눌 공과 더불어 방어하기로 하고 여러 군사들에게 밀령을 내려 땔감을 베어 골짜기를 메우고 밤에는 소나무를 한 길 길이로 잘라 머리에 검은 색칠을 해 사람 모양을 만들어 길을 따라 열을 지어 꽂아 놓고, 사람들은 양 손에 홰를 지닌 채 그 옆에 숨어 있게 하고, 따로 정예 궁수弓手들을 뽑아 두고 적을 기다렸다. 밤이 되어 적들이 이르자 화살을 비 오듯이 쏟

민·승려들을 모아 의병을 일으키고, '천사장天使將'이라는 기를 앞세우고 많은 전공을 세웠다. 1597년 정유재란 때에는 곽재우郭再祐와 화왕성火旺城에서 합세하여 적을 공략하였다. 전쟁이 끝난 뒤 사재를 털어 병화와 흉년으로 시달린 백성을 구휼하고, 자제들을 낙의재에 모아 충효의 길을 가르쳤다. 그 뒤 선무원종공신宣武原從功臣 1등에 녹훈되었다. 저서로는 『낙의재유집樂義齋遺集』 2권이 있다.

229) 박의장朴毅長 : 조선중기의 무신. 본관은 무안務安. 자는 사강士剛. 현감 세렴世廉의 아들이다. 김언기金彦璣의 문인이며 경사經史에도 밝았다. 1577년(선조 10)무과에 급제하였고, 1592년 임진왜란 때에는 경주판관이 되었다. 1593년 4월에는 군사 300여 명을 거느리고 대구 파잠巴岑에서 왜적 2,000여 명을 만나 수십 명의 목을 베고 수백 필의 말을 빼앗는 등, 왜란 동안 여러 차례 커다란 전공을 세웠다. 호조판서에 추증되었고, 시호는 무의武毅이다. 영해의 정충사貞忠祠와 구봉정사九峯精舍에 제향되었다.

아 붓고, 좌우에 홰를 들고 숨어 있던 이들이 일제히 불을 붙여 들었다. 불빛이 하늘에까지 닿고 사람의 그림자가 산을 덮어 적들이 놀라 혼란해지자, 마침내 돌진하여 섬멸하였다. 박공이 편지를 보내 축하하기를, "횃불을 들어 강함을 보인다는 것을 옛 역사에서나 듣던 것이었는데, 지금 장군에게서 그것을 보았소이다." 하였다.

을미년에는 적이 영지影池에 주둔하였는데, 사졸을 시켜 밤에 못 둑을 허물어 물을 쏟아 부어 그 소굴을 쓸어버렸다. 병신년에는 팔공산 회맹에 참석하였고, 조금 뒤에 진을 반구정으로 옮겼다. 정유년 봄에 월성으로 돌아와 박공과 함께 안강安康의 적 백여 명의 목을 쳤다. 5월에 금오산 아래로 진격하여 홀로 분투하여 살상한 적은 더 셀 수가 없었다. 이때 '김 장군은 수비가 완벽하고, 싸우면 이기지 않은 적이 없다.'는 말이 있었다. 이해 가을에 적들이 다시 일어나 침입하여 경내로 들어와 사람들을 해치니 사람들 마음에 두려움이 가득하였고, 여러 고을을 지키던 장수들이 모두 후퇴하여 숨을 생각을 하였으나, 공은 굳건히 월성을 닫아걸고 죽기를 각오하고 지키면서 진중에 포고하기를, "신하의 분의分義는 나라가 있을 뿐 개인의 몸은 없다. 남은 적이 아직 날뛰고 있으니 내가 절치부심하는 바이다." 하였다.

9월에 팔공산을 습격하니 적들이 도망갔다. 10월에 통제사 이순신의 수전水戰을 도와 백여 명의 수급을 거두니, 이공이 박공에게 편지를 보내어 이르기를, "한 마음 충의로 떨쳐 일어나 자신을 돌아보지 않은 이는 오직 김 모 그 사람뿐이다."라고 하였다. 12월에 절충장군折衝將軍의 품계를 받았다. 무술년 봄에 명나라 장수 마귀麻貴 등이 울산에서 패하여 적들이 추격이 극심하니, 공이 사패군射牌軍을 거느리고 달려가서 세 번 싸워 세 번 승리하였다. 겨울 12월에 적들이 철수하여 물러갔다. 이에 만사가 비로소 평안해졌으므로 공은 고향으로 돌아와 거처하는 집에 동엄東广이라고 편액을 달고 종신토록 휴식하려는 생각을 하였다.

기해년에 어사御使 이상신李尙信이 그 일을 임금에게 아뢰니, 상께서 가상하게 여겨 도신道臣 한준겸韓俊謙에게 명해서 음식을 보내고 고기를 내려 보내시고 전마戰馬 두 필을 하사하셨으며 선무일등宣武一等으로 녹훈錄勳하고 가선대부嘉善大夫로 품계를 올려주셨다. 경자년에 조정에서 무장들을 모두 서울에 모으라는 명이 있었는데, 당시에 박공이 본도 병마사로 있으면서, 무인들을 거느리고 본영에 머물러 변방의 우환에 대비하겠다고 계청啓請하면서 말하기를, "김득복은 무술에 뛰어난 용맹함이 있을 뿐만 아니라 적세賊勢의 완급을 헤아리고, 산천의 험이險夷를 익히 알아서, 신이 이전에 믿고 적을 토벌함에 오로지 이 사람들에 힘입어 조아爪牙를 삼았었습니다. 지금 큰 적은 비록 물러갔으나 군졸이 조폐凋弊한 것은 적을 대하고 있을 때보다 심합니다. 오직 이 사람만은 변방의 일에 익숙하고 계획과 지모智謀가 정밀하며 오랫동안 진중에 있으면서 마음을 같이하여 기무機務에 응하고 있습니다. 그런데 하루아침에 그만두고 서울로 올라간다면 중요한 변방의 수비에 기둥을 다 빼가는 것이니, 앞으로 변화에 대응함에 결코 어찌할 방도가 없게 될 것입니다. 운운云云."하여 마침내 올라가지 않았다. 계묘년에 사민士民이 상소를 올려 임치진절제사臨淄鎭節制使에 제수되었고 삼대三代가 추증되었다. 을사년에 삼남영장三南營將에 탁배擢拜되고 가의대부嘉義大夫로 승자陞資하였으니, 모두 특별한 은혜였다.

인조 병인년 12월 28일에 돌아가시니 향년 66세였다. 부인은 계림鷄林 김씨 참봉 명길鳴吉의 따님으로 정부인貞夫人에 추증되었는데, 공보다 2년 앞선 기미년에 태어나 공이 돌아가신 해 2월 10일에 돌아가셨으니, 향년이 68세였다. 다음해 정묘년 3월에 부府의 남산南山 동쪽 기슭 태좌兌坐의 언덕에 쌍분으로 장사지냈다.

아들 둘, 딸 하나를 두었는데, 아들 효선孝元은 가선대부이고, 효남孝南은 주부主簿로 공이 적을 토벌할 때 군량미를 운반한 공으로써 아울러 원종 2등 공신에 녹훈되었다. 따님은 최유원崔有源·직장直長 김림金霖에게 시집갔다. 효원의 아들은 경신慶信·경택慶澤이고, 딸은 고이관高以觀·최유함崔有涵·장세준張世俊·박회년朴檜年·이홍윤李弘胤에게 시집갔다. 효남의 아들은 경립慶立이다. 증손 현손 이하는 다 기록하지 않는다.

공은 풍의風儀가 준정儁正하고 몸가짐이 영민하고 뛰어나서 어릴 때부터 이미 맨주먹으로 칼도 두려워하지 않는 기개가 있었고, 조금 자라서는 어머니의 의롭고 바른 교훈을 받들어 머리 숙여 경사經史를 익혀 옛 충신 의사들의 훌륭한 업적에 감흥되어 그 근본을 배양함을 두터이 하였다. 그리하여 나라가 위태롭고 어려움을 당했을 때 부자와 형제가 같은 때에 창의하여, 풍성風聲이 이르는 곳마다 이미 이목을 용동聳動시키는 것으로 안정을 시켰다. 죽기를 각오한 선비들을 모으면, 죽기를 각오한 선비들이 그림자처럼 붙었고, 여러 진영에 참여하면 여러 진영에서 중책을 맡았으니, 평소 사람들에게 신망이 있지 않았다면 이와 같을 수 있었겠는가? 특히 임기응변하여 적의 위험을 무릅쓰고 크고 작은 30여 전투에서 이기지 않은 적이 없었으니, 거기에 힘입어 중흥의 위업을 이룰 수 있었다. 저 거칠고 무모한 사람이 난리를 당해 팔을 걷고 일어나 요행히 일시의 공을 얻은 경우와 동렬에 놓고 이야기해서는 안 될 것이다. 그 순수한 충성심과 뜨거운 정성과 깊이 계획하고 멀리까지 내다보는 헤아림은 박朴(박의장朴毅長)·이李(이눌李訥) 두 공이 인정하였으니 천고에 믿을만한 방안이 되기에 충분하다. 적의 괴수를 베어 조정에 올리지 않은 것에 이르면 공을 세우고도 스스로 자처하지 아니하였으니, 그 겸허하고 사양함의 성대함을 어찌 소인이 마음으로 헤아릴 수 있겠는가?

주자朱子께서 말씀하시기를, '기수氣數에 막혀 나라가 항상 편안하지 못하고 혹 난리가 나는 지경에 이르게 되면, 하늘이 반드시 미리 난을 평정할 사람을 내어 그 뒤를 헤아린다.'고 하셨다. 과연 이 말씀과 같다면, 공이 임진왜란이 일어난 시기에 사셨던 것은 참으로 우연이 아니리라. 애석하도다. 그분이 옛날에 나셨고 지금 이 시대에 나지 않음이여! 마침내 저 미친 개 왜구들이 다시 300년 후에 짓밟아, 당시에 죽음으로 사수하여 내주지 않았던 팔도 전역을 한번 싸워보지도 못하고 두 손으로 갖다 바치게 하였다. 우리 선왕先王의 신하와 백성들이 발 붙일 땅조차 없게 되어, 슬픈 바람과 한스러운 빗속에 이역異域에서 방황함을 영령들께서 아신다면 어찌 저승에서도 분개하시지 아니하겠는가?

내 벗 박우종朴禹鍾이 선대先代로부터 이어져온 우의를 생각하여, 후손 덕련德鍊이 쓴 가장家狀을 가지고 와서 나에게 행장行狀 짓는 일을 부탁하는데, 나는 강을 건너온 뒤로 글쓰기를 사절한 지가 오래 되었다. 그러나 특별히 임진년의 행적에 감동한 바가 있어 분수에 넘는 짓임을 헤아리지 못하고 삼가 위와 같이 쓴다.

단군 성조聖祖기원 4251년(1913) 6월 하한下澣에 철성 후인 이상희는 삼가 쓰다.

▫ 애국부인愛國夫人 박씨의 행략行略   愛國夫人朴氏行略

유인孺人의 자는 혜순惠淳이며, 박씨이고, 본관은 밀양이다. 아버지는 영초永楚이고, 어머니는 평산신씨平山申氏이시다. 단기 4204년 신미년(1871) 정월 16일에 안주安州 남송면南松面 남상리南上里 집에서 태어났다. 어려서도 더할 수 없이 착한 성품이 있어 부모님이 말씀하시면 순순히 듣고 따르지 않음이 없었다. 조금 자라서는 규수의 범절을 일찍이 익혀 길쌈하고 방아 찧는 등의 살림살이를 하나하나 다 익혔다. 나이 열일곱에 용호龍湖의 사인士人 김준묵金俊默에게 출가하였는데, 부도婦道를 지극하게 닦고 가정을 다스림에 법도가 있어 지역에서 그 현숙함을 칭송하였다.

이때 조정에는 일본과 우호友好하였는데, 부인은 국가의 위세가 점점 약해지고 이류異類가 퍼져서 가득한 것을 보고 무위婺緯의 근심을 일로 삼았다.[230] 급기야 경술년 8월에 일본이 강

---

230) 무위婺緯의 … 삼았다 : 춘추시대 주周 나라의 한 과부가 베틀에 올라 베를 짜면서 씨날[緯]이 부족한 것은 걱정하지 않고 오히려 주나라가 망하지나 않을까를 염려하였다는 고사를 가리키는

제로 합방조약을 맺자 나라 안의 인심이 들끓으며 모두 한 하늘아래 사는 것을 부끄러워하였는데, 유인은 마침내 나라를 떠날 마음을 먹었다. 다음해 가을에 조카 창무昌武가 나라를 걱정하는 인사들과 함께 중국 유하현柳河縣 삼원포三源浦에서 결사結社하자, 유인은 그를 따라서 그곳으로 이사하였다.

10년 동안을 이국땅에서 풍상風霜과 싸우고 풍토風土와 싸우는 삶은 헌걸찬 무부武夫라 해도 꺾이지 않는 사람이 없었는데, 유인은 난초 같은 부드러움과 계피와 생강 같은 매서움으로 백절불굴百折不屈하며 세월이 흐를수록 단련되고 굳건하게 되었다. 세 자녀를 교육하여 각기 재목으로 성장시켰으며, 기독교를 독실하게 믿어 춥고 덥고 비가와도 기도하며 예배하기를 그치지 않았다. 일찍이 이웃 마을 동지들과 함께 부인회를 앞장서 세우고 또 삼성학교三省學校를 설립해서 나이 찬 여자들을 가르치면서 수시로 연설로 애국정신을 고취시켰다. 8월 29일이 되면 기념식을 거행하여 나라가 수치를 당한 전말을 설명하고 그때마다 자른 손가락을 언급하며 뜨거운 마음을 드러내었으니, 마당에 가득한 사람들이 감격하여 눈물을 흘렸다.

기미년 봄에 동서 여러 나라가 만국평화회의萬國平和會議를 프랑스 파리에 열자, 내외 인사들이 이 기회를 이용하여 민족자결주의民族自決主義에 따라 독립국임을 선언하였는데, 우리 남만주南滿洲의 교포들 또한 혈전 준비에 급급하였다. 이때 유인은 피로가 병이 되어 신음하며 병상에 있었기 때문에 여자군女子軍을 통솔하여 압록강 동쪽에서 태극기를 휘날리지 못함을 매우 한스럽게 여겼다.

6월 21일에 돌아가시었으니, 향년이 49세였다. 모일某日에 대화사大花斜의 모향某向의 언덕에 장사 지냈다. 3남 2녀를 길렀으니 아들 창간昌艮은 결혼을 하였고, 창류昌塗와 창모昌模이며, 딸은 안재긍安載兢·정효원鄭孝源에게 출가하였다.

아아, 지금은 20세기이다. 부녀자가 나라를 위해 몸 바치는 것은 문명제국에서는 이미 제2차 천성天性이 되어 있는데, 우리나라는 새로운 세계에 자물쇠를 잠그고 있어 이러한 풍조가 두루 미치지 아니하고, 전해져 오는 습관에 아직도 고루함이 많아 부인계婦人界의 법도가 바느질하고 밥하는 것 외에는 막혀있고 다른 귀중한 임무가 없다. 국가와 사회에 대해서는 자기가 간섭해서는 안 되는 일로 알고 있는데, 하물며 나라를 사랑하여 그 몸을 희생할 수 있겠는가? 그러나 유인은 여자로써 먼저 깨달아 풍속을 개량하는데 힘을 쏟아서, 장려할 것은 장

것으로, 여기서는 나라를 걱정하여 자신의 집안을 돌보지 않는 것을 가리키는 말로 쓰였다. 『춘추좌전春秋左傳』 소공昭公 24년.

려하고 각성시킬 것은 각성시켰다. 심지어 자신의 몸을 도려내면서까지 사람들을 애국의 성심誠心을 불러 일으켰으니, 유인은 가히 우리나라 과도기過渡期의 나란부인羅蘭夫人[231]과 같은 분이라 할만하다. 창무昌武 군이 나와 함께 결사結社를 한 우의가 있다고 하여 나에게 부인의 행적을 서술하는 일을 부탁하였다. 사양하였으나 되지 못하여, 마침내 마음에 느낀 바를 이와 같이 쓰노니, 단기 4253년(1920) 3월 하한下澣이다.

▫ 평담선생平潭先生 이공 행장　平潭先生李公行狀

공의 휘는 전銓이고, 자는 가진可振이며, 평담平潭은 호이다. 철성이씨鐵城李氏는 대대로 이름난 분들이 있었으니, 고려 말에 행촌杏村 문정공文貞公 휘 암嵒과 평재平齋 문경공文敬公 휘 강岡, 본조에 들어 용헌容軒 양헌공襄憲公 휘 원原은 삼세三世의 덕업과 문장으로 역사에 빛나는 분들이시다. 현감으로 이조참판에 증직되신 휘 증增은 영산부사靈山府使를 그만두고 처음으로 안동에 사신 분이며, 현감으로 이조참의에 증직된 휘 명洺은 의흥현감義興縣監을 그만두고 돌아와 임청각臨淸閣을 지으셨고, 별제別提 휘 현肱은 역시 관직을 버리고 돌아와 반구정伴鷗亭을 지으셨으니, 당시 사람들은 3대가 벼슬을 그만두고 돌아왔으니 한 집안의 이름난 절개라고 칭송하였다.

6대를 내려와 군수 휘 후영後榮은 문장과 덕망으로 세상에서 존중을 받으셨고, 아들 휘 시방時昉은 호가 이가당二可堂이시니, 이분이 분파分派의 시조이시다. 2대를 지나 진사 휘 종휴宗休는 호가 하암下菴으로 맑게 자신을 닦으면서 고학苦學하시어 유자들의 신망이 있었으니, 이분이 증조가 된다. 조부의 휘는 면수冕秀이시고, 부친의 휘는 정악庭岳이시다. 어머니는 청주정씨淸州鄭氏로 사인士人 내임來任의 따님이고, 어머니 진성이씨眞城李氏는 사인士人 인관寅觀의 따님인데 공은 이씨의 소생이시다.

순종조 임진 정월 19일에 태어나셨는데 눈망울이 맑고 영롱하여 남다른 모습이 있으셨다. 세살에 아버지를 여의고 태부인太夫人이 기르고 가르치며 잘 성립成立하기를 바랐다. 조금 자라자 백조伯祖 제곡공霽谷公에게 나아가 배우기를 청하였는데, 교독敎督받기를 번거롭게 여기지

---

231) 나란부인羅蘭夫人 : 프랑스 정치가인 장 마리[Jean Marie Roland de la Platire]의 아내인 마농 필리퐁[Manon Phillpon Roland de la Platire]이다. 일반적으로 롤랑부인이라고 불린다. 프랑스 혁명에 관여하였다가 마지막에 사형 당하였다.

않으시고 시간이 날 때마다 송독誦讀하니, 제곡공께서 기뻐하며 말씀하시기를, "이 아이는 재주가 명민하고 뜻이 근면하여 네 아버지의 원통함을 씻을 만하다."라고 하셨다. 날마다 정해진 과목을 가르치다가 혹 운자韻字를 내어 시험하기도 하고, 혹 의심나는 의리를 제기하여 이끌어 주시니, 공이 전심專心으로 받아들여 지혜가 날로 진전되셨다. 11살부터 반구정에 거처하면서 남의 힘을 빌리지 않았으나 학업이 이미 빠르게 발전하였다. 이때부터 더욱 스스로 각고의 노력을 하여 해마다 시험에 응하였는데 그 때마다 으뜸을 차지하셨다. 당숙조堂叔祖이신 모정공慕亭公이 그 지은 것을 보시고 감탄하여 말씀하시기를, "훗날 이 집안의 희망이 여기에 있다."라고 하시고는 마침내 곁에 앉히시어 유문儒門의 길을 가르쳐 주셨으니, 공은 말씀이 떨어지자마자 바로 이해하시었고, 비로소 글 짓는 것 외에 이른바 의리의 학문이 따로 있음을 알게 되셨다.

약관弱冠의 나이가 되자 풍산의 서쪽 구담九潭으로 혼인을 하셨다. 풍산은 예로부터 선비가 많다고 알려진 곳인데, 공의 동정動靜이 평안하고 자상한데다가 문사文辭가 일찍이 성취되었음을 부러워하여 모두 와서 교유하기를 청하였다. 경술년에 조부상祖父喪을 당하였는데, 어린 나이에 큰일을 당하여서 슬퍼함과 치상治喪에 모두 잘하였다. 갑인년에 의흥義興에서 있는 과거에 나아가 양첩兩捷(두 번 다 합격함)을 획득하였는데, 입격入格 소식을 듣고 문득 눈물을 흘리며 말하기를, "한 곳에 입격한 것만 해도 홀로 계신 어머님을 위로하기 족하지만, 할아버지께서 계실 적에 듣지 못한 것이 한스럽구나"라고 하셨다. 다음해 봄에는 문과文科에 입격되지 못하고 그만 이상한 병에 걸렸으니, 의술과 약이 효험이 없었다. 하루는 태부인에게 고하여 말하기를, "어렸을 때 단기斷機의 가르침232)을 받들어 대략 문자를 알게 되어, 혹 한번 과거에 급제하여 어머님의 마음을 만분의 일이라도 위로해 드릴 수 있기를 바랐습니다만, 불행히도 이와 같이 병이 들고 말았으니, 이제 그럴 가망이 없습니다. 과거를 그만두고 슬하에서 모시면서 병이나 조섭하고 책이나 보면서 선조들께서 하신 일을 욕되게 하고 싶지 않습니다."라고 하니, 태부인께서 그것을 괜찮다고 하셨다.

이에 평소에 공부한 것을 가지고 정재定齋 류선생柳先生의 문하에 나아가 직접 질문하고 편지로 질의하시었으니, 장려하고 허여許與받음이 많으셨다. 물러나서는 곧 의관衣冠을 정제하고

---

232) 단기斷機의 가르침 : 『후한서侯漢書』 「열녀전烈女傳」에 나오는 말로, 맹자孟子가 수학修學 도중에 집으로 돌아왔을 때, 그 어머니가 짜고 있던 베틀의 날실을 자르면서 훈계했다는 고사로, 어머니의 자식에 대한 지극한 교육을 가리킨다.

단정히 책상을 마주하고 앉아 입으로 암송하고 마음으로 생각하심에 침식寢食을 잊기까지 하셨다. 혹 등불을 켤 기름이 떨어져 밤에 글을 읽을 수가 없게 되면 달빛을 따라 이슬위에 앉아 새벽까지 글 읽는 소리가 끊어지지 않았으니, 주위에 있는 사람이 그 노고를 걱정하자 공께서는 웃으며 말씀하시기를, "달빛이 아주 사랑스러워 나는 수고로운 줄을 모르겠습니다."라고 하셨다. 한번은 산방山房에 들어가 삼동三冬 동안 『논어論語』를 읽었는데, 돌아올 때 말위에서 조용히 암송하시다가 말이 출발했던 곳으로 되돌아가는 줄도 몰랐던 적이 있으셨으니, 그 한 마음으로 독실함이 이와 같았다. 자리의 오른쪽에 "사람은 모두 요순堯舜처럼 될 수가 있으니, 요순의 도는 효제孝悌일 뿐이다."라고 써 놓고 스스로 그걸 보며 반성하셨으니, 효순孝順은 천성天性이셨다.

강보襁褓에 쌓여 있던 어린 나이에 아버지를 여읜 것을 지극히 한스러운 일로 여기셔서 대부인大夫人을 진심을 다해 정성으로 모셨다. 집안 형편이 빈곤하여 때로는 끼니를 이어가기도 어려웠지만, 몸소 산에 가서 나무하고 물에 가서 고기를 잡아 맛있는 음식을 빠뜨리는 일이 없으셨다. 맛있는 음식을 만나면 반드시 가지고 와서 드렸다. 경대經臺 김상현金尙鉉이 안동부사로 부임하여 공의 이름을 듣고 여러 차례 지극한 정성으로 초대하였으므로 한 번 가서 그를 찾아갔는데, 예를 차려 접대하였다. 그런데 공이 상에 나온 고기를 싸므로 부사가 이상하게 여겨 그 이유를 물었다. 그러자 공께서 답하시기를, "대부大夫께서 주신 것이니, 어머니께 드리고자 합니다."라고 하시니, 부사가 그 효성을 알고 따로 한 보자기를 싸서 관노官奴를 시켜 집에 갖다 드리게 하였다. 그 이후에 많은 쌀과 고기를 보냈는데 공이 굳이 사양하시었으므로, 부사가 답하여 말하기를, "쌀과 고기는 내 정성을 표하고 봉양을 돕고자 하는 것이니, 이 또한 관리로서 정사를 살피는 것입니다. 물건을 사양하지 마십시오."라고 하여 억지로 떠맡긴 뒤에야 받으셨다. 부사가 임기를 마치고 돌아갈 때 부채 하나를 보냈는데, 부채 면에 적은 시에,

상상컨대, 베틀 소리 들리는 등잔불 그림자 아래 　　想見機聲燈影裏
어머님 곁에서 『주서朱書』(주자서절요朱子書節要)를 읽겠지 　　不離親側讀朱書
돌아와 화산花山의 늙은이 되었으니 　　歸來惟作花山暮
그저 성의 동쪽 한 초가집에 있다네 　　只在城東一草廬

라고 하고, 상자 겉에 효렴孝廉이라 적었으니, 그가 얼마나 추중하는지를 알 수 있다.

계부季父 처사공處士公께서 가난한데다 홀로 되시었으므로 대신 일을 봐드림에 정성을 다해 유감이 없게 하셨으니, 집안에 의논하여 그 후사後嗣를 세워드렸다. 젊었을 때 약을 복용하기 위해 산정山亭에 가서 거처한 적이 있었는데, 어떤 시골 기생하나가 그 풍체風采를 흠모하여 가까이 지내기를 희망하니, 공이 엄한 말로 타일러서 물리치셨다. 한번은 마을의 여러 벗들과 산 속의 정자에서 모이기로 약속하였는데, 공이 나중에 도착해 보니 바둑에 한창이었다. 이를 보시고 한 쪽에 묵묵히 앉아 그 일이 끝나기를 기다렸다가 천천히 바둑돌을 모두 거두어 수풀 사이로 던지며 말씀하시기를, "여러분들이 종일 바둑을 두어 무슨 이익이 있겠는가? 시간을 허비할 뿐만 아니라, 이 또한 잡기雜技입니다. 만일 선배들이 깨우쳐주지 않는다면 후배들은 점점 방탕하게 될 것이니, 뒷날의 폐단을 어찌하겠는가?"라고 하셨으니, 그 내면을 올바르게 지키고 있음을 여기에서도 볼 수 있다.

한번은 여름 장마철에 한 병든 이가 이슬을 맞고 제방堤防 가에 누워있는 것을 보시고 대부인에게 흰죽 한 그릇을 끓여달라고 해서 가지고 가 먹이고, 다시 짚과 나무를 구해 초막草幕을 얽어주고 그 속에서 지내게 하여 마침내 완전히 소생해서 돌아갔다. 또 추운 겨울날 거지 아이가 해진 옷에 더러운 모습을 하고 부엌 아래 엉금엉금 기어가는 것을 보고 그를 안아다 이불 속에 놓고 따뜻하게 재워서 돌려보냈다. 또 달밤에 물가를 산보하다가 해골이 모래밭에 굴러다니는 것을 보고는 적삼을 벗어 손수 싸서 깨끗한 땅에 묻어 주시었다. 시골 아이가 살아있는 꿩을 가지고 왔는데 그 값을 후하게 쳐주고 사서 풀어주셨다. 비록 새와 쥐, 벌레와 물고기 같은 미물이라 할지라도 차마 죽이지 못하셨으니 그 측은지심惻隱之心이 진심에서 우러남이 이와 같았다.

기사년에 대부인께서 돌아가시니 통곡하고 가슴을 치며 애모하기가 마치 젖먹이 어린 아이가 어미를 잃은 것 같았다. 이때 공은 홀로 되신 지 몇 년이 되어 살림을 주장할 사람이 없었으나, 초상의 절도가 모두 인정과 예법에 맞았다. 죽만 마시며 얼굴이 검게 되었고 몸은 마른 나무처럼 말라 뼈만 남게 되어 공을 잘 아는 어른들이 상효傷孝233)라고 편지를 보내 경계하는 분이 많았다. 빈소를 지키며 제사를 드리는 나머지에도 『예서禮書』 읽기를 그치지 아니하셨으니 3년을 하루같이 하시었다. 이로 인하여 원기가 모두 빠지고 천식이 갈수록 심해

---

233) 상효傷孝 : 상효傷孝는 이효상효以孝傷孝의 줄임말로, 부모의 상을 당한 자식이 너무 슬퍼하여 몸을 상하게 되면 도리어 효를 해치게 된다는 말이다. 『후한서後漢書』 「열녀烈女」에 나오는 말이다.

져서 거의 몸을 지탱할 수 없는 지경까지 이르렀으나 섭양攝養에 방도가 있으셨다.

의관을 정제하고 종일 고요히 앉아 사람 공경하기를 상제上帝 대하듯이 하셨다. 책상위에는 항상 『심경心經』·『근사록近思錄』·『주서朱書』·『퇴계서退溪書』등을 두고 깊이 잠겨 궁구하고 묵묵히 완색玩索하여 반드시 요령을 얻은 이후에 그만두셨다. 원근遠近에서 배우기를 청하는 사람들이 집을 가득 메웠는데, 일일이 마음을 다해 가르치시고 자구字句를 해석하여 분명하게 쉽게 알도록 하시었다. 가르치는 방법은 반드시 행함을 우선으로 하고 글공부는 뒤로 여기시었으며, 화려한 외면을 좋아하는 이들은 무실務實로써 권면하고 고원高遠함을 좇는 사람들은 엽등躐等으로써 경계하시면서, 그 잘못되고 부족한 것에 따라 바로잡아주고 보충해 주시었다. 일찍이 말하기를, "남의 자식을 맡아 게으름을 피우고 잘 가르치지 않아서야 되겠는가?"라고 하시고, 또 "일찍이 다른 사람을 따르게 하지 않는다면 이것은 남의 자식을 처음부터 받지 않는 것이 더 낫다."라고 하시었다.

만년晩年에 가세가 기울어 끼니를 걱정할 지경까지 되자 집안의 어른들이 선조께서 남기신 토지를 약간 떼어 주시려고 하자 공은 의리를 들어 극력 사양하였으나, 어른들이 억지로 권하시자 할 수 없이 받으셨다.

을유년에 곡천谷泉 아래 작은 집을 지으셨으니, 할아버지 침천공枕泉公께서 사셨던 옛터였다. 그곳에 보인輔仁이라는 편액을 달고 문하생과 자제들과 더불어 날마다 그곳에 계시면서 밝은 창 아래 고요히 책상에 앉아 경사經史를 강론하시니, 그 집에 들어가면 훈훈하기가 봄바람이 얼굴에 불어오는 듯하였고, 그 말씀을 들으면 시원하기가 마치 맑은 이슬을 가슴에 붓는 듯하였다. 그 옆을 지나다니는 이들이 문을 바라보면 반드시 경의를 표하며 말하기를 '군자가 사시는 곳이로다.'라고 하였다. 안동부사 조병호趙秉鎬가 시로 보내 이르기를,

추로鄒魯[234]의 고장에 고상한 선비가 남아	鄒魯餘高士
낙관洛關[235]의 학문을 후인들에게 보여주네.	洛關見後人

---

234) 추로鄒魯 : 유학적인 예의禮義와 문명文明이 성대한 지역을 가리킬 때 쓰는 말로서, 추로지향鄒魯之鄉 이라고도 한다. 추로는 맹자孟子의 출생지인 추鄒와 공자孔子의 출생지인 노魯를 합칭合稱한 것이다.

235) 낙관洛關 : 염락관민濂洛關閩을 줄인 말이다. 염은 주돈이周敦頤가 강학하던 염계濂溪, 락은 정호程顥와 정이程頤가 강학하던 낙수洛水, 관關은 장재張載가 강학하던 관중關中, 민閩은 주희朱熹가 강학하던 민중閩中을 가리키는 것으로, 이들은 모두 송宋 나라 때의 대학자로서, 송대 신유학의

라고 하였다.

다음해 가을 병세가 점점 심해져서 그 전에 사시던 동제청東祭廳으로 철수하시고, 손수 양자를 세워주기를 청하는 편지를 써서 족제族弟 양王養에게 사람을 보냈는데, 그가 돌아오기 전에 증후症候가 이미 어찌할 수가 없게 되자, 시중드는 사람에게 경계하는 3조목을 쓰게 하여 남기셨으니, 하나는 부인에게 하나는 아들에게 하나는 문생門生들에게 주는 것이었다. 책 빌린 것을 일일이 돌려주시고 편안히 자리를 바로 하시는데, 조금도 죽음을 두려워하는 뜻이 없으셨다. 이날이 병술년 10월 26일이었으니 향년이 55세이셨다.

부음이 전해지자 인근의 사우土友들이 달려와 통곡하면서, '옛 도가 없어졌다.'고 하였으며, 시내에 사는 평소에 안면이 없던 사람들도 서로 더불어 탄식하기를, '철인哲人이 떠나셨구나.' 하면서 관재棺材를 보내기도 하고 옷감을 보내기도 하며 그들의 성의를 표시하였다. 장삿날이 되어 상여가 강가에 닿자 마을 사람들이 '이 상여를 물로 가게 할 수는 없다.'고 하고 잠깐사이에 다리를 만들어 강을 건너게 하였다. 산에 이르자 산 아래서 다투어 서까래나무를 가져와서 광壙에 막을 치고 영좌靈座를 만들었다. 가까이에 무덤이 있어 처음에는 기를 쓰고 묘를 쓰지 못하게 할까봐 염려하였는데, 막지 않았을 뿐만 아니라 도리어 조곡弔哭을 하고 돌아갔으니, 어진 명망이 사람들에게 깊이 들어갔음을 또한 경험할 수 있었다. 정해년 3월 6일 상마평上馬坪 언덕에 간좌艮坐로 장사 지냈다.

첫 배위配位는 광산김씨光山金氏 사인土人 행집行集의 따님이신데 딸 하나를 두셨고, 뒤의 배위는 진성이씨 사인 재복在福의 따님으로 자식이 없으셨다. 사자嗣子는 종실鍾實이고 딸은 김진규金震圭에게 출가하였다. 손자는 아무개, 아무개이고, 나머지는 어리다.

아아, 공이시여! 공은 온량溫良하여 인仁에 가까운 자질과 영민하여 빼어난 재능을 가지고 가정家庭을 벗어나지 않고도 일찍부터 바른 가르침을 받았고, 훌륭한 어른께 나아가 심법心法의 요제를 전수받으셨습니다. 지름길을 욕심내지 않고 오직 정도만을 좇으셨으며, 게다가 쇠와 돌을 뚫을 만한 정성과 갈고 닦음에 쉬지 않는 노력을 기울이시어 규모는 넓고, 조리는 정밀하셨으며, 본령本領은 요약要約하셨으나 응용은 넓게 하셨습니다. 학문에 뜻을 둘 나이 때부터 바로 성현聖賢과 같이 되기를 스스로 기약하시었습니다. 일찍이 말씀하시기를, "나는 진유眞儒가 되려고 한다. 진유가 되려면 반드시 맹자孟子와 정자程子께서 공부하신 것이 무엇이었는가를 생각해야 한다."고 하셨으니, 이것은 지향하시는 것이 명확하신 것입니다. 평소에 깊

비조鼻祖들이다. 후대에는 성리학을 뜻하는 말로 대신 쓰이기도 한다.

이 잠겨 고요하고 말이 없으셨으니 앉아 계실 때는 흑으로 빚어놓은 것 같으셨고, 몸은 마치 옷을 이기지도 못하는 것 같았고 입은 말을 할 줄 모르는 사람 같으셨습니다. 경계하고 조심함이 잠시도 몸에서 떠나지 아니하셨고 성찰함은 은미한데 더욱 기울이셨으니 이것은 경敬을 지키는 방도였습니다. 지혜의 거울로 사물을 비추어 친한 것이나 친하지 않은 것이나 모두 굳게 하셨고, 균형된 마음으로 일을 저울질하심에 경중에 차이가 없으셨습니다. 왕도王道와 패도覇道로 의義와 이利를 구분하셨으니 가을 털끝도 가려낼 만큼 엄격하셨고, 성명性命과 이기理氣의 심오함은 누에가 가는 실을 뽑아내는 것 같았습니다. 치지致知의 효과는 선善을 보면 용감하게 행하여 만 마리의 소[牛]로도 되돌릴 수가 없을 정도였고, 의가 아니면 취하지 않으셨으니 비록 천 필의 말[馬]이 생긴다 해도 돌아보지 않는 지조가 있으셨습니다. 선인先人들이 가신 자취를 그대로 따라 밟아 가셨고, 강구講究하여 스스로 터득한 지결旨訣을 때와 장소에 맞게 독실하게 실천하셨습니다. 이와 같이 지행知行을 같이 전진하시고 안과 밖을 함께 닦으시기를 오랜 세월을 두고 하셨고 익숙하게 익히시어 여러 아름다움을 모아 하나의 덕을 이루셨으니, 알만하다고 할 것은 어버이를 섬김에 뜻과 몸을 다해 봉양하셨음입니다. 이부자리와 음식으로 살피고 남은 시간에 옛 선현의 말씀을 앞에 펼쳐놓고 근심을 잊는 밑천으로 삼으셨습니다. 제사를 받들 때는 미리 과일과 제수祭需를 갈무리 해 놓으시어 때가 되었을 때 군색함이 없게 하셨습니다. 제삿날에는 비린 것을 끊고 며칠씩 재계하며 앉아서 새벽까지 기다리시어 살아계실 때처럼 정성을 지극하게 다하였습니다. 출행할 적에 길 위에서라도 혹 선영先塋이 보이면 비록 거리가 멀더라도 반드시 망배望拜를 하고 지나셨습니다. 자신을 다스리는 잣대를 엄히 해서 앉을 때는 반드시 단정히 꿇어앉고 추창趨蹌할 때는 반드시 두 손을 마주 잡으셨고, 입으로 다른 사람의 시비是非를 말하지 않으셨으며 성시城市를 즐겨 찾지 않으셨습니다. 조정朝廷의 잘잘못을 말하지 않고 관리들이 어질고 어질지 못함을 말하지 않으셨습니다. 집안이 가난하여 자주 쌀독이 비었으나 조상을 기쁘게 하는 일에는 반드시 근실謹悉하셨습니다. 남을 대할 때는 겸손과 공손으로 앞에 서지 않으셨으며 친소親疎와 귀천貴賤을 따지지 않고 한결같이 정성스러운 뜻으로 대하셨습니다. 연세가 많은 사람과 상중喪中에 있는 사람에게는 더욱 공경하는 예를 다했으며, 남에게 착함이 있으면 마치 자신의 가진 듯이 기뻐하였고 과실過失을 보게 되면 온화한 말로 깨우치고 열어주어 스스로 뉘우치게 하셨습니다. 당시에 종형從兄인 평천공平泉公과 집안의 원로이셨던 망호공忘湖公께서 문중과 향당의 어른이셨는데, 공께서 그 분들을 엄한 스승으로 의지하였다. 매번 청강聽講과 고과考課에 협찬하는 바가 많았고, 핵심적인 의리가 있는 곳을 만나면 변론이 명쾌하여 마치 여울물이 터진 것 같으셨으니, 양 어른께서도 강보強輔(강력한 보필자)로 대우하시어 후손들을 장려할 책무를 공에게 의지하셨습니다.

일생동안 문을 걸어 닫고 병을 조양調養하시다 보니 교유가 넓지 못하였으니, 더불어 도의道義를 서로 강마하신 분은 오직 서산西山 김홍락金興洛·일춘日春 김호영金浩永·용산龍山 이만인李晩寅·졸수拙修 류정호柳廷鎬 등 몇몇 군자뿐이었습니다. 문장은 절실하고 명백하여 금방 베틀에서 꺼낸 비단처럼 빛이 났으니, 일찍이 말씀하시기를, "옛 사람들의 글은 질박하게 성정性情을 묘사함에 혼연히 저절로 이루어져서 사람들이 사랑하며 감상하게 하는데, 지금 사람들의 작문作文은 다른 사람을 기쁘게 하려는데 힘쓰니 이것은 곧 사사로운 뜻에서 나온 것이라, 가증스러운 것이다."라고 하시었습니다.

저서로는 『효경연의孝經衍義』·『의앵언록義鸚言錄』·『독서규반讀書窺班』·『몽양록蒙養錄』 등 여러 편이 있으니, 훗날 학교가 흥하게 되면 소학小學의 책으로 편집할 만합니다.

매년 봄날 경치가 아름답고 가을날 달이 밝을 때 젊은 사람들을 불러 거느리고 시사詩史를 평하고 산수山水를 이야기 하셨는데, 흉금이 시원하고 기상氣像이 허명虛明하시어 마치 유진儒眞이 강림한 듯하였습니다. 여러 번 조정에 천거를 받았으나 학서鶴書236)가 내리지 않아 마침내 포의로 일생을 마치셨으니, 이것이 세도世道에는 유감이 되겠지만 공에게는 무슨 손실이 되겠는가?

아아, 세상의 도라 쇠락하고 미미해져서 선비들은 지름길을 찾는 데 빠져, 뜻이 높다는 사람은 현원玄遠한 곳으로 마음을 쏟고 뜻이 낮은 사람들은 글귀를 아름답게 꾸미는 것에만 마음을 써서, 훈화訓話를 주장하되 지루하여 얻을 것이 없으며, 은미隱微하고 편벽偏僻한 것을 찾는 사람은 궤기詭寄하여 쓸모가 없는데도 여러 가지 기예技藝로 어지럽게 각각 기치를 세우나 모두 스스로 속임을 면하지 못하는 세상이 되었습니다. 그러나 오직 공의 학문은 심신에 오로지 힘쓰고 이륜彝倫에 독실하셨으니, 긴히 거두어 단속한 곳에도 살아 나갈 방법이 있고 지극히 평이平易한 가운데 오묘한 이치가 있어서, 40여 년 동안 착실하게 쌓아 오신 덕이 안으로 충만해서 밖으로 빛나게 드러났습니다. 조예造詣의 얕고 깊음은 후생들의 함부로 논할 바

---

236) 학서鶴書 : 공치규孔稚圭의 「북산이문北山移文」에 "학서鶴書가 언덕 위로 달려온다."한 주에, "한漢 나라 때 선비를 초빙하는 편지를 마치 학의 머리처럼 쓰는 전자체篆字體를 이용한 까닭에 그 편지 명칭을 학두서鶴頭書라 했다." 하였다. 이후 임금의 조서詔書를 가리킨다.

가 아니지만, 문로門路를 바르게 하고 체용體用을 온전하게 하신 것은 확실히 후학들에게 사범師範이 되었음은 이 지방 사대부와 식자識者들이 공인公認하는 바입니다.

저 상희는 어릴 때부터 모시면서 글자를 여쭈면서 친히 함장函丈의 사이에서 가르침을 받은 것이 오래되지 않은 것은 아니었으나, 진실로 자질이 성글고 뜻만 크며 입지立志가 견고하지 못하여 구습舊習을 벗지 못하고 그만두거나 해이해져서 끝내 성취한 바가 없습니다. 돌아가시기 전날 학문에 힘쓰고 널리 사람들을 감싸주라는 명을 받기까지 하였습니다만, 불행히 나라가 수치를 당하게 되어 이역異域을 떠도느라 그날 잘하라는 명령을 허공에 던져버리고 말았으니 고향 산천을 향해 고개를 돌리면 저도 모르게 눈물이 줄줄 흐르곤 합니다.

어느 날 종실鍾實씨가 만 리 먼 땅으로 편지를 보내어 찬술撰述하는 일을 맡기거늘, 제가 어찌 감당할 수 있겠습니까? 사양하는 편지를 쓰지도 못하고 시국時局의 잡다한 일로 3,4년 동안 분주하여 겨를이 없었는데, 지금 또 편지를 보내 더욱 재촉하니 사양할 말이 없게 되었습니다. 그리하여 삼가 만간공晩澗公께서 초해 놓은 유사遺事를 대략 간추리고 간간히 평소에 보고 들은 것 중에 기억나는 것을 덧붙여 글을 청한 것에 색책塞責(책임을 때움)하오니, 오직 입언立言 군자들은 외람됨을 용서하시고 헤아려 주신다면 매우 다행이겠습니다.

□ 망헌忘軒 이선생李先生 행장. 경오년(1930)   忘軒李先生行狀

선생의 성은 이李씨요, 휘는 주胄, 자는 주지胄之이며, 호는 망헌忘軒이니, 본관은 철성鐵城이다. 고려 중엽 휘 황璜께서 호부상서戶部尙書를 지내시고 철령군鐵嶺君에 봉해지셨으니 이분이 시조이시다. 4대를 지나 휘 진瑨은 과거에 급제하시었으나 원나라 오랑캐들이 압제함을 부끄럽게 여기시어 은거하면서 벼슬길에 나가지 아니하고 스스로 문산도인文山道人이라 호를 하시었다. 그의 아들 휘 존비尊庇께서는 중서좌상시中書左常寺를 지내셨으며 시호는 문희文僖이시다. 그의 아들 휘 우瑀께서는 삼중대광판삼사사三重大匡判三司를 지냈으며, 철성군鐵城君에 봉해지셨고 시호는 문헌文憲이시다. 그의 아들 휘 암嵒은 문하시중門下侍中으로 철성군에 봉해지셨고, 시호는 문정文貞이며, 호는 행촌杏村이다. 고성의 갈천서원葛川書院에서 제향되고 있으니, 선생에게 5대조가 되신다. 고조의 휘는 강岡으로, 의정부 우의정 행밀직부사行密直副使 진현관進賢館 대제학에 증직贈職되시었고, 시호는 문경文敬이며. 호는 평재平齋이시다. 증조의 휘는 원原으로, 본조에서 대광보국大匡輔國 의정부 좌의정, 보문각寶文閣 대제학, 수문전修文殿 대제학, 세자사부

世子師傳를 지내고 철성부원군鐵城府院君에 봉해지셨으며 시호는 양헌襄憲이며 호는 용헌容軒이시다. 청도 명계서원明溪書院에 제향 되시었다.

조부의 휘는 증增으로, 이조참판 행行 영산현감靈山縣監이었다가 경태景泰(명나라 경제景帝의 연호) 계미년(1453)과 병자년(1456) 사이에 벼슬을 그만두고 돌아와 처음으로 안동에 거처를 정하시었다. 부친의 휘는 평泙이시니, 진사로 사온서령司醞署令237)을 지내고 함창, 보은, 평택의 수령을 역임하셨으며, 가는 곳마다 치적治績이 있었고, 승정원 도승지에 증직되시었다. 모친은 양천허씨로 번당樊堂 금錦의 증손인 군수 추樞의 따님이시다.

선생께서는 성화成化(명나라 헌종의 연호) 연간 모갑某甲에 안동부 남문 밖에 있던 마을의 집에서 태어나셨다. 어려서부터 모습이 단정하고 무게가 있었고 국량局量이 크고 깊었으며 총명하고 영리하여 정기가 빛나 사람들을 감동시켰다. 학당에 나가면서부터는 번거로이 윗사람의 가르침을 받지 않고도 사서史書와 경서經書를 자유롭게 보시어 능히 대의를 깨달을 수 있었다. 승지공께서 공무에 바쁘신 중에도 자주 편지를 보내어 게으르지 말 것을 경계하시었다. 태숙인太淑人 모친께서 『효경』과 『논어』에 아주 밝았는데, 자제들을 올바르게 가르치셨다. 선생께서는 어머니 앞에서는 올바른 가르침을 받들고 물러나서는 맏형이신 부제학 윤胤공과 상을 나란히 하고 강마하여, 약관弱冠의 나이에 문명文名이 크게 떠들썩하시었으나, 선생께서는 문장을 짓는 것을 자신의 할일이라 여기지 않고 평소 거처함에 항상 격앙되어 한 세상을 담당할 뜻을 지니셨다.

점필재 김종직金宗直238) 선생이 동남에서 도를 주창主唱하신다는 소문을 듣고 부제학 백형伯兄과 아우 수찬 여舋와 함께 그곳으로 가서 배움을 청하시었으니, 김 선생께서 크게 장려하고 권면하는 말씀을 주시고 고인들이 마음으로 전해온 비결을 가르쳐 주셨다. 선생께서는 전심專心으로 받아들이고 몸으로 체득하여 항상 그것을 실천하시는 한편으로 사학史學을 공부하시어 역대 정치의 연혁과 득실을 자세하고 널리 상고하고 연구하여 환하게 꿰심이 마치 횃불을

---

237) 사온서령司醞署令 : 궁궐의 술을 만들고 보관하는 일을 하는 관청으로 령은 종5품직.
238) 김종직 : 조선초기의 문신. 본관은 선산. 자는 계온季昷, 호는 점필재佔畢齋. 시호는 문충이다. 밀양출신. 아버지는 사예 숙자叔滋. 1453년(단종 1)에 진사가 되고, 1459년(세조 5) 식년문과에 정과로 급제, 사가독서賜暇讀書하고 홍문관 제학, 공조참판 등을 역임하였다. 고려말 정몽주鄭夢周, 길재吉再의 학통을 이은 아버지로부터 수학, 후일 사림의 조종이 된 그는 문장, 사학史學에도 두루 능하였으며, 절의를 중요시하여 조선시대 도학道學의 정맥을 이어가는 중추적 구실을 하였다. 무오사화의 단초가 된 조의제문弔義帝文을 지었고, 후일 사림의 조종으로 숭앙받았다.

비추고 헤아리는 것 같았다. 동문 가운데 석학인 일두一蠹 정여창鄭汝昌239)과 한훤당寒暄堂 김굉필金宏弼240)이 모두 왕을 도울 만한 인재라고 선생을 인정하시었다.

일찍이 진사에 합격하고 북도평사北道評事를 거쳐 성종 무신년(1488)에 별시別試에 등과하여 종묘서 령宗廟署令이 되었고 사가四佳 서거정徐居正241)의 추천으로 호당湖堂(독서당讀書堂)에 선발되어 들어갔으니 남다른 대우를 받으신 것이다. 기유년(1489)에 예문관 검열에 제수되시어 경연에 들어가 임금을 모셨다. 과거에는 의례 사관들이 땅에 엎드려 기사記事하였는데, 선생께서는 나아가 아뢰기를 옛날의 기록을 낱낱이 열거하여 그것이 옳지 않음을 증명하시니, 성종께서 가납嘉納하시어 마침내 좌우에 사관史官이 앉아서 기록하는 법을 정하게 되었다. 당시에 조정에 은밀히 국문鞫問하는 일이 있었는데 사관이 들어가 참여하는 것을 허락하지 않고, 도승지 한건韓健을 시켜 그 일을 기록하였다가 사청史廳에 내주어 옮겨 적에 하였는데, 선생께서 아뢰어, 한건韓健은 사관의 직분을 맡고 있지 않으니 사료를 찬하는 것이 옳지 않다고 논박하시었다. 이 때문에 임금의 뜻을 거슬러 체직遞職될 지경이 되었는데, 조정의 신료들이 서로

---

239) 정여창鄭汝昌 : 조선전기의 문신·학자. 본관은 하동河東. 자는 백욱伯勗, 호는 일두一蠹. 김굉필金宏弼과 함께 김종직金宗直의 문인으로, 1490년 별시문과에 병과로 급제하고, 예문관검열을 거쳐 시강원설서로서 정도正道로써 동궁(연산군)을 보도하였으나 동궁이 좋아하지 않았다. 무오사화 때 경성으로 유배, 1504년 죽은 뒤 갑자사화 때 부관참시 되었다. 중종 때에 우의정에 증직되었고, 1610년(광해군 2) 문묘에 승무陞廡되었다. 나주의 경현서원景賢書院, 상주의 도남서원道南書院, 함양의 남계서원藍溪書院, 합천의 이연서원伊淵書院 등 여러 서원에 제향되었다. 저서로는 『일두유집一蠹遺集』이 있다. 시호는 문헌文獻이다.

240) 김굉필金宏弼 : 조선전기의 문신·학자. 본관은 서흥瑞興. 자는 대유大猷, 호는 사옹簑翁·한훤당寒暄堂. 김종직의 문인으로 평생토록 『소학』을 독신篤信하고 모든 처신을 그것에 따라 행하여 『소학』의 화신이라는 평을 들었으며, 나이 삼십에 이르러서야 육경六經을 섭렵하였다. 1498년 무오사화에, 김종직의 문도로서 평안도 희천에 유배되었다가 2년 뒤 순천에 이배되었다. 그는 유배지에서도 학문연구와 후진교육에 힘써 희천에서는 조광조趙光祖에게 학문을 전수하여 우리나라 유학사의 정맥을 잇는 계기를 마련하였다. 갑자사화에 무오당인이라는 죄목으로 극형에 처해졌다. 아산의 인산서원仁山書院, 서흥의 화곡서원花谷書院, 희천의 상현서원象賢書院 등 여러 서원에 제향되었다. 저서로는 『경현록景賢錄』·『한훤당집寒暄堂集』·『가범家範』등이 있다. 시호는 문경文敬이다

241) 서거정徐居正 : 조선초기의 문신·학자. 본관은 달성達成. 자는 강중剛中, 초자는 자원子元, 호는 사가정四佳亭 혹은 정정정亭亭亭. 여섯 왕을 섬겨 45년간 조정에 봉사, 23년간 문형을 관장하고, 23차에 걸쳐 과거시험을 관장하여 많은 인재를 뽑았다. 그의 저술로는 시문집으로 『사가집四佳集』이 전하며, 『역대연표』·『동인시화東人詩話』·『태평한화골계전太平閑話滑稽傳』·『필원잡기筆苑雜記』·『동인시문東人詩文』 등이 있다.

차자를 올려 구원하니 마침내 명을 거두게 되었다.

신해년(1491)에 승지공의 초상을 당하여 상을 치름에 슬픔과 격식을 지극하게 갖추시었다. 상을 마치고 예문관 봉교奉敎로 옮기셨으며, 갑인년(1494)에 휴가를 청하여 고향으로 돌아오니, 고향의 어른들이 향사당鄕射堂에서 잔치를 베풀고 선생을 기렸다. 이 해에 성종께서 승하하시고 연산이 등극하였다. 을묘년(1495) 봄 정월에 연산이 예종의 상례에 권도權度를 시행한 예를 들어 영사각永思閣에 불단佛壇을 설치하려고 하니 선생이 상소하기를,

"경전에 이르기를 '3년 동안 아버지의 법도를 고치지 않아야 효도라 할 수 있다.'고 하였으며, 또 '살았을 때는 예禮로써 섬기고 죽어서는 예로 장사 지내고 예로써 제사지낸다.' 하였습니다.242) 그러니 효도란 어버이의 뜻을 계승하는 것보다 더 큰 것이 없고 또 신종愼終하는 것보다 더 큰 것이 없사온데, 아버지가 돌아간 뒤에 그 뜻을 계승하지 않고 어버이의 초상에 그 예를 다하지 않는다면 불효됨이 큰 것입니다. 신이 용렬한 자질로 시종侍從의 자리에 있은 지가 한두 해가 아닌지라, 우리 대행대왕大行大王의 뜻을 참으로 상세히 아옵니다. 대행대왕께서는 재위하신 26년 동안에 공자를 높이고 이단異端을 배척하여, 정성을 다하여 잘 다스리려고 하셨습니다. 일찍이 경연經筵에 납시어 신들에게 이르시기를 '내가 부처를 좋아하지 않는 것은 너희들이 다 안다. 절을 새로 세우는 것을 엄금하고 도첩을 발급해 중이 되는 법을 혁파하라.'고 하셨으며, 심지어 '좌도左道를 다 혁파하는 것이 나의 본심이다.'고까지 말씀하셨습니다. 하루는 성절사聖節使 한한韓僩이 중국에서 돌아왔는데, 대행왕께서 인견引見하여 물어 보시기를 '중국에서 무슨 일이 있었는가?'하시니, 간이 대답하기를 '황제께서 부처를 심히 공경하십니다.'고 하니, 대행대왕께서 '그러면 국사가 글렀구나.'라고 하셨습니다. 또 황해도 향시鄕試에 책제策題를 내시기를 '본도의 백성들이 악질惡疾을 많이 앓으니 저주咀呪를 어떻게 다스려야겠는가?'라고 하시었는데, 한 응시생의 대책對策에, '부처에게 기도하면 구救할 수 있다.' 하였다는 말을 들으시고 잡아다가 문초하여 죄를 주려 하시었는데, 여러 신하들이 '참으로 어리석고 망령된 것이라 징계할 것이 못된다.'고 하였습니다. 대행왕께서 어서御書를 내리시어 '이 선비의 대책의 말을 내가 심히 분하게 여기니, 매우 심히 다스리지 않을 수 없다.' 하시고, 멀리 변방으로 귀양을 보내셨으니, 대행왕의 뜻이 대체로 이와 같으셨습니다. 또 축수

---

242) 경전에 이르기를 … 하였습니다 : 『논어論語』「학이學而」편에, "子曰 父在 觀其志 父沒 觀其行 三年 無改於父之道 可謂孝矣"라는 구절이 있고, 같은 책 「위정爲政」편에, "…子曰 生事之以禮, 死葬之以禮, 祭之以禮"라는 구절이 있다.

제祝壽齊는 조종조祖宗朝로부터 행한 지 이미 오래되었으나, 대행왕께서는 '복을 구하되 부정한 것으로 하지 않는 것243)인데 어찌 부처에게 아첨하여 오래 살기를 구하랴?'하시고는 드디어 파하게 하셨습니다. 또 안파사安波寺 수륙제水陸齊는 국가에서 조운漕運을 위하여 조종조로부터 행한 지 이미 오래되었으나, 대행왕께서 '조전漕轉은 뱃사람에게 달린 것이지 부처의 힘에 의지할 것이 아니다.'하여, 또한 파하게 하신 것은 전하께서도 아시는 바입니다.

신이 듣건대 하교하시기를, '설제設齊하는 일은 우리 대행께서도 행하셨다.'고 하셨다고 들었습니다. 신이 알기로는 예종睿宗의 상이 났을 때 대행왕께서는 어린 나이로 즉위하셨으므로 모든 왕실의 일은 다 정희왕후貞熹王后께서 결단하셨으니, 그렇다면 이것은 정희왕후께서 행하신 것이지 대행왕의 뜻은 아니었습니다. 정희왕후의 초상에는 왕후께서 평일에 자못 불교를 신봉하셨으므로 대행왕께서 차마 그 뜻을 어길 수 없어 권도權道로 행하신 것이어서 죽은 이 섬기기를 살아 있을 때와 같이 한 것으로, 그 또한 차마 그 어버이가 죽었다고 여기지 못하는 뜻이었습니다. 이제 대행왕의 뜻이 이미 저와 같은데, 전하께서 어찌 차마 이런 일을 하십니까?

신이 또 '지금 만약 제齊를 폐하면 삼전三殿께서도 반드시 한스럽게 여기실 것이다.' 라고 하교하셨다고 들었습니다. 신의 생각으로는, 삼전께서도 이미 대행왕이 불교를 매우 배척하시던 뜻을 아시고 궁중에 바르게 자리하시어 마땅히 전하를 보필하여 인도하셔야 할 것이고, 전하께서는 위로는 대행왕께서 차마 고칠 수 없으셨던 뜻을 이어 받으시고 아래로는 온 나라 사람이 다 불가하다고 한다는 뜻을 살피시어, 성의로써 아뢰고 슬프고 간절하게 고하신다면, 삼전의 마음에 거리낌을 풀 수 있을 것입니다. 반드시 풀 수 있는 삼전의 작은 유감을 위로하기 위하여, 도리어 우리 대행대왕의 풀 수 없는 무궁한 한을 만드시려고 하시니, 이것이 신이 통한痛恨으로 여기는 것입니다. 하물며 지금 태양이 바야흐로 떠오르매 만백성이 눈을 닦고 발돋움하여 새 정치를 바라고 있음이겠나이까? 엎드려 원하옵건대, 전하께서는 여러 사람의 바라는 대로 좇으시고 다만 재를 설치하라는 명만 거두시어 선왕의 뜻을 따르소서."라고 하시었으나 아뢴 것은 시행되지 않았다. 얼마 있다가 사간원 정언正言에 제수되시어, 안으로는 정치의 폐단과 대궐의 기강이 문란함으로부터 밖으로는 간사한 벼슬아치와 백성들의 병듦에

---

243) 복을 구하되 부정한 것으로 하지 않는 것 : 이 구절은 『시경詩經』「대아大雅」 문왕지십文王之什 한록旱麓 편에 '… 豈弟君子 求福不回'라는 말이 나온다. 이후 『불씨잡변佛氏雜辨』 등 불교를 비판하는 글에 많이 인용되는 구절이다.

이르기까지 알면 말하지 않는 것이 없었으되, 말씀은 반드시 옳은 도리로 간하고 탄핵함에는 피하고 돌아보는 바가 없으셨으니 강직하다는 소문이 조야朝野에 가득하였다. 사신으로 명나라에 가실 적에 통주通州244)를 지나면서 시를 지었는데,

통주는 천하의 빼어난 곳	通州天下勝
누대는 구름 위로 솟았구나	樓勢出雲霄
저자엔 금릉金陵의 재물이 널려있고	市列金陵貨
강은 양자강의 조수潮水와 통하는구나	江通楊子潮
층층구름이 가을 물가로 떨어지는데	層雲秋落渚
새 한 마리 저물녘에 멀리서 돌아오네	獨鳥暮歸遼
말안장에 실려 천 리길을 달려 온 몸	鞍馬身千里
높은 곳에 올라보니 고국은 아득하네	登臨故國遙

라고 하였으니, 중국 사람들이 즐겨 외워 전하며 모귀요暮歸遼 선생이라 불렀다. 9월에 돌아오셨다.

　당시 척신 윤양로尹陽老245)가 죄를 지어 사헌부에 구금되어 있었는데, 연산군이 윤양로에 대한 사사로운 관계 때문에 용서한다는 명을 내리고, 도리어 사헌부에서 자신의 뜻을 받들지 않는다고 노하여 그들을 가두었다. 그리고 대간들이 그래서는 아니 된다고 간하자 노여움을 그들에게로 옮겨 함께 다 가두어 버렸다. 수상首相인 노사신盧思愼246)이 임금의 뜻에 영합하여

---

244) 통주通州 : 중국中國 북경시의 동부東部에 있는 거리. 예로부터, 대운하大運河의 수운水運에 의하여 북경으로 들어가는 관문역활을 하는 곳으로, 현재現在의 이름은 통현이다.

245) 척신 윤양로尹陽老 : 윤상로尹湯老의 오기誤記이다. 다음에 다시 윤상로라는 이름으로 나온다.

246) 노사신盧思愼 : 조선초기의 문신. 본관은 교하交河. 자는 자반子胖, 호는 보진재葆眞齋·천은당天隱堂. 1451년(문종 1) 생원시, 1453년(단종 1) 문과에 병과로 급제하였으며, 1466년에 실시된 발영拔英·등준登俊양시에서 각각 1등과 2등으로 합격하였다. 우의정 좌의정을 거쳐 영의정에 올랐다. 무오사화 때에는 윤필상尹弼商·류자광柳子光 등이 주동이 되어 김일손金馹孫 등 사림파를 제거하는 논의를 할 때 세조의 총신이었다는 처지 때문에 미온적으로나마 동조하게 되었으나 류자광 등이 옥사를 확대하려는 것을 극력 견제하여 사림파의 피해를 줄이는 데 힘을 기울였다. 세조·성종의 총애를 받았고, 호조판서에 재직할 때는 『경국대전經國大典』의 편찬을 주관하고, 성종 때는 여러 사서史書의 편찬을 담당하였고, 『연주시격聯珠詩格』과 『황산곡시집黃山谷詩集』을 서거정·어세겸魚世謙 등과 같이 한글로 번역하는 등의 학문적 업적을 남겼다. 시호는 문광文匡이다.

대간들의 언사를 폐단이라 하며 다시 엄히 처단해야 한다고 종용하니, 선생께서는 계啓를 올려 노사신을 탄핵하였으나 임금이 듣지 않았고, 재계再啓를 올려도 또 듣지 않고 드러나게 간쟁을 거부하는 뜻을 보였다. 선생께서는 이에 사간원의 이름으로 소를 올려,

"신들이 생각하옵건대, 임금의 한 몸은 관계가 지극히 중합니다. 혹 성인이 되고, 혹 어리석은 이가 되는 데에, 그 이해가 인민에 관계되는 것과 위망危亡이 국가에 관계되는 것이 매우 큽니다. 전하는 지금 처음 즉위하셔서 새로이 모든 정사를 보시니, 금일은 곧 우리 조정의 흥륭興隆 쇠잔의 근본이며, 종사의 안정 위망의 기틀이며, 생민 휴척休戚의 출발이며, 역년歷年 구원久遠의 근원이며, 현賢·사邪가 진퇴하는 즈음이며, 천명天命이 가고 오는 분기점이며, 인심의 이합離合하는 때이오니, 어찌 깊이 두려워할 일이 아니겠습니까? 대저 임금의 덕은 간하는 것을 좇는 데 있고, 간하는 것을 좇는 요점은 마음을 다스리는 데 있습니다. 마음이 바르면 중심이 비고, 비면 나를 잊으며, 나를 잊으면 사람을 좇기 쉬운 것입니다. 전하께서는 마땅히 마음을 다스리는 것으로 간함을 좇는 근본을 삼고, 간함을 좇는 것으로 마음을 다스리는 계제階梯를 삼아야 합니다. 마음을 다스리는 것이 체體가 되고, 간함을 좇는 것이 용用이 되어서 체體와 용用이 이미 서고, 표表와 이裏가 서로 돕는다면 국가가 흥륭하고 종사가 편안하며, 생민이 복을 받고 역년歷年이 오래 가며, 어질고 능한 이가 나오고 하늘과 사람이 합치되어서, 다스리는 도가 완성될 것입니다.

신들이 반복하여 생각하옵건대, 무릇 세상의 임금들이 그 누가 간함을 좇는 것이 아름다움을 모르리까마는 그 마음이 혹은 교착되고 넓지 못하며, 혹은 강하고 패려悖戾하여 공손하지 못하며, 혹은 협소하여 소견이 없으며, 혹은 어두워서 밝지 못하며, 혹은 자만하여 어진 척하며, 혹은 남을 이기려 하여 자기 마음대로만 하며, 혹은 명찰明察함을 스스로 자부하며, 혹은 위엄으로 결단하여 마음대로만 하는데, 이상 8가지에 한 가지만 있더라도 반드시 간함을 들을 것이 없다 하고, 말하는 것을 받아들일 것이 없다 할 것입니다. 그래서 간사하고 아첨하는 신하가 임금의 마음속을 교묘히 알아내고, 임금의 의지를 엿보면서 생황笙簧처럼 이설異說을 하고,247) 경술經術에 빙자해서 말을 꾸며가며 천 가지 만 가지로 임금의 뜻에 영합迎合하기를 갖가지로 하여, 군신 상하가 서로 옳다고 따르기만 하게 됩니다. 그런 후에는 국사는 글러지

---

247) 생황笙簧처럼 … 하고 : 생황은 관악기管樂器의 일종. 생은 목재의 관管을 말하고 황은 관의 구멍에 붙인 엷은 조각을 말하는 것이다. 기후가 차갑고 더움에 따라 소리가 다르게 나므로, 이것을 아첨 잘하는 간신들이 때에 따라 말을 달리 하는 데에 비유한다.

고 위망은 이를 것이니, 아! 간함을 거절하는 화가 여기까지 이르는 것은 그 형세가 어찌할
수 없는 것입니다. 대저 조정의 바른 의논은 대간에게 있는 것이요, 대간의 말하는 것은 종사
宗社가 아니면 인민을 위한 것이니, 그 말은 이로운 것이 임금에게 있는 것이지 자신에게 있
는 것이 아닙니다. 이로운 것이 임금에게 있는데도 임금이 굳이 거절한다면 이 얼마나 어리
석은 일입니까. 그러므로 예로부터 간함을 거절하는 임금을 어두운 임금이라고 하는 것입니
다. 어질고 슬기로운 임금은 천하의 이목耳目을 자기의 이목으로 삼고 천하의 선한 것을 자기
의 선함으로 삼으며, 부지런히 힘써서 혹시라도 아름다운 말이 숨겨짐은 없을까, 정직한 의논
을 미처 듣지 못함은 없을까 하여, 면전에서 대들며 듣기 거북한 말을 하여도 거리끼지 않으
며, 비위를 거스르고 소매를 잡아당겨도 성내지 않고, 온화한 안색으로 자신을 낮추며 마음을
터놓고 받아들이는 것입니다. 그래서 간사하고 아첨하는 자가 그 마음을 즐겁게 하지 못하고
충신 의사가 하고 싶은 말을 다하게 되어, 언로言路가 더욱 넓어지고 국가의 이익이 더욱 많
아지게 되는 것입니다. 그러므로 옛부터 간함을 받아들이는 임금을 밝은 임금이라 하는 것입
니다.

　전하께서는 천품이 영특 통달하고 슬기로운 기질이 과감 강의剛毅하시어, 역대에 찾더라도
비할 이가 드무니, 대소 신민이 손을 모아 이마에 얹고 치화治化를 바라고 있습니다. 그러니
전하께서 시무時務에 응하고 기밀을 처리하는 데 있어서 총명과 영단英斷으로 선묘宣廟에 부합
하여야만 대소 신민들이 이에 고무鼓舞할 것이니, 이것이 우리나라 종사 신민의 복이 되는 것
입니다. 신들의 직책이 간원諫院에 있으면서, 전하의 미덕만을 칭찬하고, 전하의 잘못을 바로
잡지 않는다면, 신들 역시 영신侫臣입니다. 나라의 영신이 있는 것은 사직의 복이 아닙니다.
신들이 차라리 꺼리지 않고 말한 죄로 죽임을 받을지언정, 감히 전하의 잘못을 따라 아첨하
여 이루게 하여 선릉宣陵을 저버리고 전하를 그르칠 수는 없는 일입니다. 전하의 잘못은 간함
을 막는 데에 있습니다. 정사하시는 처음에 먼저 일을 말하는 유생儒生을 죄주어서 온 나라에
보이니, 이른바 이기려고 힘써 마음대로 하고, 위엄으로 결단하여 함부로 할 조짐이 자못 드
러난 것입니다. 그러므로 교묘하게 알아내고 엿보는 자가 드디어, 위엄으로 처단한다는 말로
임금의 뜻을 맞추며, 가는 곳마다 저의 꾀를 맞히려 하니, 어찌 두려운 일이 아니겠습니까?
윤상로尹湯老248)는 척리戚里의 신하로서 상복[衰麻]이 몸에 있는데도 창가娼家에서 방종하게 술

---

248) 윤상로尹湯老 : 본관은 파평坡平, 자는 상경商卿, 호는 나헌懶軒이며, 우의정 윤호尹壕의 아들로서
　　 성종 계비繼妃 정현왕후貞顯王后의 오빠이고 조선 중기의 무신이다. 성종 14년(1483) 음보로 돈녕

마시어 크게 전하의 풍화風化를 손상하였으므로, 사헌부에서 용서하라는 전지傳旨를 봉함하여 돌려보내니, 크게 곧은 선비의 기풍이 있습니다. 전하께서는 포상 장려하기를 바쁘게 하여 사기를 양성하여야 할 것인데, 도리어 명을 거역한다는 죄명으로 옥에 가두시니 되겠습니까. 대간이 중국 사신을 간휼奸譎하다고 한 것은 비방한 것이 아니라, 전하를 허물없는 곳으로 인도하려 한 것이니, 그 마음이 가상하여 그 말을 용서할 만도 합니다. 그런데 전하께서는 도리어 조옥詔獄에 내리어 국문하시고 또 따라서 파직하시니, 간함을 거절하는 형적이 이로부터 더욱 현저합니다. 근자에는 대간이 일을 의논하면 전교하기를, '인군을 속인다.', '무슨 면목으로 다시 와서 말을 하느냐?', '감히 나를 이기려고 한다.', '네 마음대로 하라.'고 하시니, 위엄스러운 이 전교가 뇌성벽력보다도 더 심하니, 선비가 말을 다할 수 없습니다. 이것이야말로 자만한 음성과 안색으로 사람을 천리 밖에 거절하는 것이 아니겠습니까? 신들은 이것이 전하께서 임금이 간함을 받아들이는 이익과 간함을 거절하는 손해에 대하여 깊이 모르시는 것이 아닌가 합니다. 그렇지 않으면 어찌 스스로 선택하기를 이렇게 하시나이까?

전하의 총명한 예지睿智와 강의剛毅한 과단성은 천품으로 타고나신 것입니다. 대저 사람의 기질이란 귀천이 다르지 않고 상하가 다 같은 것입니다. 그런데 기질은 아름답지만 학문이 넓지 못하면, 흩어 진 마음을 거두어 모으고 사심을 극복하여 정일精一하게 수정修正하는 공이 서지 않는 것입니다. 그래서 선한 것을 보아도 좋은 줄을 모르고 악한 것을 보아도 악한 줄을 모르는 것이니, 그것은 무엇 때문이냐 하면 마음이 어둡기 때문입니다. 이렇게 된다면 이기려고 애쓰며, 마음대로 하고 위엄으로 처단하여 함부로 하려는 생각이 일어날 것이요, 이렇게 하기를 말지 않으면 상습이 되는 것이니, 세월이 쉬지 않고 가서 춘추가 점점 높아져서 학문은 벌써 늦어질 것입니다. 그러면 나중에는 마음대로 하고 함부로 하기를 꺼리어 언로言路는 막히고 사기는 저상沮喪되며, 대신은 고식지계姑息之計로 앉아서 늙어 죽기나 기다리고, 대간은 위엄을 두려워하여 제 몸만 아껴서 입을 봉하여 존망存亡이 조석朝夕 사이에 있게 되더라도 말을 할 수 없게 될 것이니 전하께서는 무엇으로 아시겠습니까? 옛날 부열傅說이 고종高宗에게

부 봉사가 되었다가 1486년 무과에 장원하고 훈련원訓鍊院 첨정僉正이 되었다. 1498년 우익위右翊衛가 된 뒤 공조참의에 특진하고 채청사採靑使가 되어 연산군의 방탕한 행동을 조장하였다. 1506년 형조참판으로 중종반정에는 불참하였으나 중종의 외삼촌으로서 잠저 때에 보필한 공이 있다는 왕의 배려로 정국공신 3등에 추록되었다. 이듬해 이과李顆의 옥사를 다스린 공으로 다시 정난공신 1등으로 파천군에 봉해졌으며 판중추부사에 이르렀다. 저서로는 『파천집坡川集』이 있다. 시호는 영평靈平이다.

말하기를,249) ‘나무가 먹줄을 따르면 곧아지고, 임금이 간함을 좇으면 성스러워집니다.’고 하니, 고종이 이르기를, ‘훌륭하다, 부열아! 그대가 좋은 말을 하지 않았던들 내가 행할 일을 얻어 듣지 못하였을 것이다.’라고 하였습니다. 군신간의 성의로 서로 믿던 그 당시의 기상을 지금 와서도 상상할 수 있는 일입니다. 선묘께서 일찍이 경연에 납시어 『상서尙書』를 토론하다가 여기에 이르러서는 안색을 바로하고 감탄하며 좌우의 사람들을 돌아보며 이르기를 ‘임금의 도는 무엇이 이에 더하겠는가. 임금만이 아니라 신하된 자도 말을 잘 받아들인 후에야만 임금에게 간할 수 있는 것이니, 그대들도 알아야 할 것이다.’하고, 또 하교하시기를 ‘내가 일찍이 일을 말하는 신하를 한 명도 죄준 일이 없다. 그대들은 임금의 뜻을 거스르는 것을 혐의 삼아서 말을 다하지 않음이 없도록 하라.’고 하셨는데, 신 등이 이 하교를 볼 때마다 오열嗚咽을 금하지 못하였습니다. 아! 선묘조께서 처음 정사하실 때에는 간함을 받아들이는 데 급급하여 그것으로 가법家法을 남겨 전하였습니다. 전하께서는 선묘조의 뒤를 이은 아드님입니다. 지금 무엇을 본받아야 하겠습니까? 가법을 본받지 않을 것이겠습니까. 가법을 지키는 도는 어찌하여야 하는 것입니까? 마음을 다스리고 간함을 좇는 것입니다. 마음을 다스리는 도는 어찌하여야 하겠습니까? 성상의 학문을 넓히는 일입니다.

엎드려 바라옵건대, 전하께서는 학문에 부지런하며 광음光陰을 아끼되 촌분간이라도 소홀히 하지 마소서. 학문의 도는 계속하면 광명하고, 중지하면 황폐해지는[鹵莽] 것입니다. 거둥하신 이튿날에도 경연經筵은 폐할 수 없으며, 상식上食 드린 날도 석강夕講에는 납시셔야 합니다. 하루 동안에도 어진 선비를 대하는 시간이 적으면 학문은 자연 성글어지는 것이니, 임금의 덕이 성취되는 것은 경연에 있습니다. 전하께 거슬리는 말이 있으면 반드시 그것이 도가 아닌지 찾아보고, 전하께 공손한 말이 있으면 그것이 그른 도는 아닌지 찾아보아야 합니다. 도에 찾아보아서 그 말이 도에 합하는 것이면 말이 비록 귀에 거슬리더라도 반드시 들어야 하며, 그른 도가 아닌지 찾아보아서 그 말이 그른 도에 관계되는 것이면 말이 비록 공손하더라도 반드시 배척하여야 합니다. 이렇게 한다면, 이것이 곧 학문의 공이요 사사를 이기고 욕심을 이기는 큰 단서端緖가 되는 것입니다. 사사를 이기고 욕심을 이기면 이른바 마음이 바르고 비는 것이니, 비면 나를 잊고, 나를 잊으면 사람을 좇는 것이 될 것입니다. 사람을 좇으면

---

249) 부열傅說이 … 말하기를 : 부열은 중국 은殷 나라 때 어진 신하로 이름 난 사람이며, 고종은 은나라 임금이다. 여기에 인용된 말은 앞의 것은 『서경書經』「상서商書」 열명說命 상上에, 뒤의 것은 열명說命 중中편에 나오는 말이다.

나에게서 마음대로 하려는 생각이 없어지고 남에게서 선한 것을 취하기를 즐겨하게 될 것이니, 이런 뒤에야 선묘宣廟의 가법을 지키고, 종사의 끝없는 복을 이룰 것이니, 힘쓰지 않아서야 되겠습니까?

더구나 전하는 영명한 자질로 강단剛斷에 넉넉하신데, 강단이 곧 임금의 덕입니다. 전하의 강단이 마음을 다스리고 간함을 받아들이는 미덕에 사용된다면 그 강함은 세우기 어려운 의지를 발할 수 있고 제어하기 어려운 사정私情을 극복할 수 있으며, 그 결단은 뉘우치기 어려운 화를 이길 수 있고 듣기 어려운 말을 받아들일 수 있는 것입니다. 이것을 다시 확장해 사용하여 사물마다 가는 곳마다 그렇지 않은 것이 없으면 이것이야말로 강단의 덕입니다. 예전 제왕으로 이것을 실행한 이가 있으니, 요堯·순舜·우禹·탕湯입니다. 나를 버리고 남을 좇는 것은 요임금의 강단이요, 사악四岳250)에게 물어서 총명을 더하는 것은 순임금의 강단이요, 착한 일을 들으면 절하는 것은 우임금의 강단이요, 간함을 좇아 거스르지 않는 것은 탕 임금의 강단입니다. 이 네 임금은 강단의 덕을 가지고 강단하여야 할 곳에 사용하였습니다. 그 후에는 교만하고 사나운 임금이 있어, 강하지 않을 데 강하고 단하지 않을 데 단하였으므로, 일찍이 강단 두 글자에 의하여 실수하지 않은 적이 없었으니, 전하께서 또한 살피지 않으시면 안 됩니다.

지난번에 노사신盧思愼은 전하께 강단의 덕이 있음을 보고 위단威斷하라는 말씀을 드려서 전하로 하여금 바른 말하는 신하에게 위단을 더하게 하려 하였으니, 이것은 사신이 전하의 강단의 덕을 전하의 언로言路를 막는 기구로 삼으려 한 것으로, 이것이 괴이한 소리를 생황笙簧처럼 놀리고 경술經術에 꾸밈을 하여 전하를 잘못되게 하는 자이니 참으로 마땅히 깊이 그 죄를 다스려서 간사하고 아첨하는 무리들을 멀리하셔야 합니다. 그런데도 지금 그 수상의 자리만 파직하시고 부원군府院君으로 옮겨 봉하셨으니 그 마음에 뉘우침이 없고 그 혀는 오히려 그대로 있어 경연에서는 반드시 모실 것이고 일을 의논함에 반드시 참여할 것이니 이것은 전하께서 사신의 죄에 대해 강단하여야 함에도 강단하시지 않는 것입니다.

전傳에 이르기를 '그 시작이 있고 그 마침이 없는 자는 있지만, 그 시작이 없는데 그 마침이 있는 자는 없다.'고 하였습니다. 임금의 도는 하나가 아니지만, 그중에도 간함을 받아들이는 것이 가장 크고 가장 먼저 해야 할 것입니다. 가장 크고 가장 먼저 하는 도를 처음 정사하

---

250) 사악四岳 : 사악은 중국 상고시대의 관직 이름으로 사방 제후의 일을 맡아 보던 것인데 요임금 때에는 희중義仲·희화義和·화중和中·화숙和叔이 그 관직에 있었다. 『서경書經』 「요전堯典」에 나온다.

는 날에 행하지 못한다면 전하께서 과연 그 시초가 있는 것이겠습니까? 시초에는 간하는 것을 기뻐하다가도 나중에는 혹 간하는 것을 거절하게 되기도 하는데, 시초부터 간함을 거절하면 나중엔 어찌 되겠습니까? 신들은 지금 대간을 가두고 그 간하는 것을 없애 버리신다면, 장차는 대간을 죄주게까지 되어 그 폐단을 구하지 못하게 될까 두려워합니다. 신들은 전하의 이목耳目의 관직에 있으면서 전하의 귀 밝고 눈 밝음[聰明]의 덕을 맡고 있습니다. 귀는 듣는 것을 주관하고, 눈은 보는 것을 주관하는데, 보고 듣는 것이 넓지 못하시다면 신들의 죄입니다만, 보는 것은 밝히려 하고, 듣는 것은 분명하게 하려 하는데 총명함을 쓰지 않는 것은 전하의 허물입니다. 드리는 말씀이 보잘것없더라도 깊이 생각하시기 바랍니다.”라고 하시었다.

이에 앞서 대간들이 간언할 일로 대궐에 나아갈 때에는 매 번 사약방司鑰房(궁궐안의 열쇠를 담당하는 관원의 관사)을 빌려서 우거하시었으며, 합사合司할 때는 숙장문肅章門밖에서 모이었는데, 선생께서는 이것이 체모에 관계된 일이라고 하여 따로 한 곳을 지급해 줄 것을 계청啓請하니 매우 마땅하다고 전교하였다.

동래현령東萊縣令 한만손韓萬孫이 탐욕스럽고 포학하여 마구 백성들에게 거두어들이자 백성들이 그 고통을 견디지 못하시었다. 조정에서 민상안閔祥安[251)]을 보내어 가서 그를 심문하게 하니 상안이 계를 올렸는데 실상과 어긋난 것이 많았다. 선생이 자차를 올려 만손을 체직하고 민상안을 국문하기를 청하시었다. 당시의 승지 강구손姜龜孫[252)] 등이 한만손을 감싸며 계를 올려 체직하지 말 것을 청하니, 선생께서는 계를 올려 그들을 탄핵하면서, “수령의 포학함은 그 해로움이 일개 읍에 그치지만 왕의 벼슬아치가 법을 농단하면 폐단이 형벌을 어지럽히는 데까지 이르게 됩니다. 그러니 좌우에서 권력을 농단하여 위로는 총명함을 가리고 아래로는 실정을 막음이 장차 이르지 않을 곳이 없을 것이니 어찌 두려워하지 않겠습니까? 옛 사람들이 이르기를 ‘한 손가락으로 눈을 가리면 비록 태산 화산이 눈앞에 있더라도 볼 수가 없

---

251) 민상안閔祥安 : 조선전기의 문신. 본관은 여흥驪興. 자는 국서國瑞. 1480년(성종 11) 식년문과에 병과로 급제하여 예문관藝文館의 한림翰林을 시작으로 사헌부 지평·장령을 거쳐, 황해도관찰사, 대사헌을 거쳐 1511년 공조참판으로 사은사謝恩使가 되어 북경北京에 다녀왔다. 1519년 기묘사화 때 한성부좌윤으로 조광조趙光祖를 비호하였다.

252) 강구손姜龜孫 : 조선 성종·연산군 때의 문신. 본관은 진주. 자는 용휴用休. 좌찬성 희맹希孟의 아들이다. 문음門蔭으로 관직을 시작하였으나 1486년 중시重試에서 2등으로 급제였다. 무오사화가 일어나자 대사헌으로서 추국推鞫에 참여하여 김일손金馹孫 등 사림파士林派의 처벌을 가벼이 할 것을 주장하였고, 형조·이조·병조판서가 되었으며, 좌찬성에 올랐다. 1505년 우의정이 되어 하등극사賀登極使로 다시 명나라에 가던 중 평안도에서 병으로 죽었다. 시호는 숙헌肅憲이다.

다.’ 하였으니 이것은 매우 가까운 곳에서 가렸기 때문입니다. 가까운 신하들이 늘 임금을 가리는 것이 이것과 무엇이 다르겠습니까?”라고 하시었다.

11월에 다시 수륙재水陸齋253)를 혼전魂殿254)에다 설치하실 뜻이 있으시니 선생께서는 정월의 상소 후에 연이어 4~5차례의 계를 올렸고 조정의 대신들이 교대로 불가함을 말하니 비로소 그치라고 명을 내리셨다. 그리고 대내에 들어가 홀연히 변하시니 선생께서는 다시 계를 올려 힘을 다해 간하시었다. 그 내용에, “임금의 하나 하나의 동정動靜은 반드시 책문에 써두게 됩니다. 이미 그 일을 그만 두신다는 명이 있었는데 대내大內에 돌아오시어 곧 그 명을 고치시니 아마도 대내에서 혹 도리에 맞지 않은 것으로 그 일을 막는 자가 있는 것이 아닙니까? 옛날에 말이 있으니 3번 간해도 듣지 않으면 떠난다고 하였으나 신들이 3번에서 그치지 않고 오히려 애타며 그치지 않는 것은 전하의 본의가 아니기 때문입니다. 만일 과연 전하의 본뜻이 이와 같다면 신들의 직분을 파직하시고 끝내 수륙재를 행하시옵소서. 말이 있으니 전하가 정론을 듣지 아니하시고 만일 내전의 뜻을 따르신다면 선왕을 예가 아닌 것으로 섬기는 것이며 성종께서는 우리 임금이시고, 신이 조만간에 죽을 것이니 장차 무슨 낯으로 지하에 계신 성종을 뵈오리까? 신들의 관직을 파하시고 신들을 죄로 다스리시어 신들로 하여금 지하의 성종을 뵐 수 있도록 해 주십시오. 남은 말은 전하께서 처리하실 일입니다.”라고 하니, 말의 기운이 더욱 격절하시었다. 선생께서는 마침내 떠나갈 뜻을 정하고 인하여 계를 올려, “신들의 거취를 금일에 결정하겠사온데, 가슴에 품은 것이 한 가지가 아니니, 다 진달할 수가 없습니다. 우선 국가의 대사만을 들어 아룁니다.

전일 예조에서 천묘의遷廟儀를 작성하였는데, 공정왕恭靖王(정종定宗의 묘호)의 신주는 능침陵寢에 묻고, 문종의 신주는 <종묘> 좌익실左翼室로 옮긴다고 하였습니다. 만일 그 의논대로 따라 능침에 묻는다면 한 대에 그치는 신주는 모두 차례로 다 묻을 것입니까? 이것은 삼대三代의 제도가 아닙니다. 한漢 나라의 위현성韋玄成255)이 태상황太上皇의 종묘 신주를 능침에 묻자고 주창하게 되어, 한대漢代가 끝나도록 묻지 않은 것이 없었으며, 역대에서도 그대로 그렇게 하

---

253) 수륙재水陸齋 : 물과 육지에서 헤매는 고독한 영혼과 아귀를 달래기 위한 불교의식으로, 중국의 양무제梁武帝 때부터 시작되었다고 한다.
254) 혼전魂殿 : 임금이나 왕비의 장례 뒤 3년 동안 신위를 모시는 궁전.
255) 위현성韋玄成 : 한漢 나라 때 위현성을 말하는데, 젊어서부터 경학經學에 밝아 명망이 높았고 그의 아버지인 위현韋賢은 승상丞相을 지냈으며 역시 경학에 밝았다고 한다. 문장으로는 현성이 아버지보다 오히려 나았다고 한다.

였습니다. 당唐 나라 때에 와서야 불가하다고 여겨 드디어 묻지 않았으며, 송宋 나라에서도 그렇게 하였습니다. 아조我朝에서 영녕전永寧殿을 세운 것은 곧 삼대의 조묘祧廟 제도를 모방한 것입니다. 만일 부득이하다면, 공정왕의 신주는 영녕전에 모심이 가하겠습니다.”라고 하시었다. 또 묘제廟制를 의론해 아뢰기를, “한漢 나라 경제景帝 원년에 승상丞相 신도가申屠嘉 등이 상주上奏하여, ‘공이 고황제高皇帝처럼 클 수가 없으니 제帝노릇 한 태조太祖의 묘묘廟로 하고, 덕이 문황제文皇帝같이 거룩할 수가 없으니 제帝노릇 한 태종太宗의 묘廟로 하여, 천자天子가 대대로 사당에 헌제獻祭해야 합니다.’하니, 가하다고 결정하였고, 선제宣帝 본시本始 원년에 유사有司가 효무제孝武帝를 추존追尊해서 세종世宗으로 하니 가하다고 결정하였으며, 또 송宋 나라 태상경太常卿 성차중盛次仲 등이 ‘인종仁宗 신고神考는 마땅히 종석宗祏으로 높여서 하늘과 더불어 다함이 없도록 해야 한다.’고 하자 삼성三省에서 표表를 올려 청하여 부외付外하여 시행하였으니, 이상의 몇 몇 임금은 당시에 모두 친親이 다하지 않았으나, 한·송의 신하들은 옛 임금의 은택을 생각하고 사왕嗣王의 효도를 넓히기 위하여 이와 같이 미리 불천不遷의 규례를 정하시었으니, 이것은 만세의 신하된 자들이 본받아야 할 것입니다.

삼가 생각하옵건대, 우리 태조太祖·태종太宗의 공과 덕은 전한前漢 효무제孝武帝의 위엄이 사이四夷를 굴복시킨 것보다 더하시며, 우리 성종成宗의 덕은 일국 신민의 마음에 밴 것이 깊고 또 후하여, 승하昇遐하시던 날에 비록 깊은 산 궁벽한 골짜기일지라도 슬퍼하고 사모하며 분주하지 않는 자가 없었으니, 정히 송宋 나라의 인종仁宗과 동일하다 하겠습니다. 신들은 원하옵건대, 한漢 나라·송宋 나라의 고사에 의거하여 예관禮官에게 맡겨서 신민의 한없는 설음을 위로해 주소서. 신들이 또 생각하오니, 문종文宗의 원비元妃 권씨權氏는 노산魯山 이전에 돌아가셨는데, 일시에 추폐追廢되어 문종께서는 종묘宗廟 한 방 안에서 독향獨享을 하시고 지금까지 배존配尊의 주主가 없으시니, 이는 대단히 슬픈 일입니다. 성종께서 일찍이 적몰籍沒했던 장획臧獲을 노산魯山의 궁인宮人 송씨에게 도로 내주어 그 생활을 유지하게 하고, 그 족속들을 용서하여 모두 벼슬길을 열어 주셨으니, 성종의 지극하신 뜻을 여기서도 볼 수 있습니다. 바라옵건대, 전하께서 소릉昭陵256)과 묘주廟主를 복위復位하여 도로 문종文宗에 배향하시면, 종사가 매우 다행입니다.

또 상고하옵건대, 예전에는 천자나 제후諸侯가 상喪이 끝나면 협제祫祭257)를 두어 은제殷

---

256) 조선시대 문종의 비이자 단종의 생모인 현덕왕후 권씨의 능으로 경기도 안산에 있다.
257) 협제祫祭 : 천자와 제후가 3년마다 조상의 신주를 태조 묘에 모시고 한꺼번에 지내는 제사.

祭258)의 근본을 삼았는데, 협제는 합하는 것으로 선조先祖의 신을 합향合享하는 것이라 조천祧遷한 신주도 다 참예하지 않음이 없습니다. 이는 살아서 경사慶事에 모두 모이는 즐거움이 있는 때문에 죽어서 협식祫食의 예를 갖추는 것이니, 살았을 때를 인연하여 죽음을 이루는 것입니다. 역대에 비록 동당同堂에 모시는 제도를 만들었지만 역시 협제는 폐하지 아니하시었던 것입니다. 지금 『오례의주五禮儀註』에는 유독 협향祫享에 대한 의식이 없으니, 하나의 크나큰 궐전闕典이므로 아울러 예관으로 하여금 참작하여 정해서 시행케 하여 대효大孝의 근본을 넓히소서.”하고는 사직하고 떠나시었다.

이에 대사간 이하 동료들이 차례로 물러나서 사간원이 텅 비어 사람이 없었다. 직제 표연말表沿沫259)·전한 김수동金壽童260) 등 10여 사람이 아뢰기를, “근자에 대간들이 극언으로 조정에 나아가 간하였는데, 지금은 갑자기 한꺼번에 사직하고 물러갔으니, 이로부터 다시는 힘써 간하는 자가 없을까 두렵습니다.”라고 하니, 전교하기를, “이주李胄 등은 필시 나를 용렬하고 어두운 임금이라고 하여 나의 신하가 되려고 하지 않을 것이다.”고 하였다. 표연말 등이 소환하기를 힘써 청하니, 12월에 복직을 명하였다. 이에 아뢰기를, “전하께서 신의 현실에 어둡고 어리석음을 용서하시고 언관言官의 직책을 회복시켜 주시니 감격을 이길 수가 없습니다. 그러나 이미 언관의 책임을 회복하였으니 다시 이전에 있었던 일에 대해 논하겠습니다. 신등이 하교하신 바를 들으니, ‘내가 즉위한 이래로 대간이 늘 대궐에 서서 논쟁만 벌이고 있으니, 저 어리석은 백성들의 생각에 지금 사왕嗣王이 무슨 과오가 있어 이 지경에 이르는 것인가 여길까 염려된다.’고 하셨다고 하니, 이 말씀은 조정에 복이 되는 말씀이 아닙니다. 옛 사람

___

258) 은제殷祭 : 큰 제사로 5년 만에 한 번씩 지내는 체제와 3년에 한 번씩 지내는 협제.
259) 표연말表沿沫 : 조선전기의 문신. 본관은 신창新昌. 자는 소유小游, 호는 남계藍溪. 김종직金宗直의 문인. 약관에 문행文行이 세상에 알려지고 당대의 김굉필金宏弼·정여창鄭汝昌 등과 함께 문장에 뛰어 났다. 같은 문하의 조위曺偉·김일손金馹孫 등과 깊은 교유관계를 가졌다. 1472년(성종 3) 식년문과에 병과로 급제하여 예문관에 들어가고, 1486년 문과 중시에 다시 병과로 급제한 뒤 장령·사간 등을 거쳐 동지중추부사가 되었다. 『성종실록』 편찬에 참여하였고, 무오사화 때 경원으로 유배가던 중 객사하였고, 갑자사화 때 부관참시剖棺斬屍 당하였다. 뒤에 신원되어 함양의 남계서원藍溪書院, 함창의 임호서원臨湖書院에 제향되었다. 『남계문집藍溪文集』4권 2책이 전한다.
260) 김수동金壽童 : 조선초기의 문신. 본관은 안동. 자는 미수眉叟, 호는 만보당晩保堂. 1474년(성종 5) 생원시에 합격, 1477년에 식년문과에 병과로 급제하여 예문관주서·홍문관정자·의정부사인을 거쳐 사헌부장령에 올랐고, 연산군이 즉위하자 홍문관으로 다시 자리를 옮겨 전한典翰·직제학·부제학을 역임하고, 이조판서를 거쳐 우의정에 오르고, 중종반정에 참여하여 좌의정과 정국공신 2등에 책록되었으며, 영가부원군永嘉府院君에 봉해졌고, 영의정을 지냈다. 시호는 문경文敬이다

이 이르기를, '임금이 밝으면 신하가 곧다.'하시었으니, 대간이 늘 대궐에서 논쟁을 벌이며 직언하기를 피하지 않는 것은 전하께서 밝으시기 때문입니다. 옛날에는 간관諫官이 따로 없어 공업·상업하는 천인들까지도 다 간할 수 있게 되었는데, 후세에 와서 비로소 간관을 두어 언책言責을 맡은 자로 하여금 능히 그 책임을 다하게 하였으니, 조정에 간쟁諫諍의 풍습이 있음을 드러내는 것은 실로 아름다운 일이므로 식자識者들은 반드시 그 아름다움을 임금께 돌릴 것입니다. 지극히 신령스러운 것은 백성이니, 비록 어리석고 미혹하다고 해도 역시 어찌 알지 못하겠습니까? 만약 전하께서 그런 마음을 지니고 계시면 아첨하는 무리들이 전하의 의사에 영합할 것이고, 대간도 역시 앞으로는 말하지 않는 것을 일로 삼을 것이니, 후일의 폐단을 이루 말할 수 있으리까?"라고 하시었다.

이에 불제佛齊를 폐하지 않을 수 없다고 아뢰었으나 듣지 않으므로 선생께서는 다시 관직을 사양하고 떠나셨고, 그 후에 사간원 헌납獻納에 제수되었으나 나가지 않으셨다. 이때부터 벼슬길에는 뜻이 없었고 마음을 경서와 사서에 두고 혹 산수에 회포를 붙이기도 하시었다. 정사년(1497) 가을에 일두·한원당 및 그 외의 명사 13인과 풍악산楓嶽山(금강산)을 유람하시었으니, 당시의 사람들이 풍채를 바라보고 마치 신선의 무리들이 은하수를 소요하는 듯 하다고 여겼다.

무오년(1498) 5월에 사옥史獄이 일어났다. 이보다 앞서 간신 류자광柳子光[261]이 점필재 선생께 사사로운 감정이 있어서 한 번은 해치려고 생각하고 있었는데, 탁영濯纓 김일손金馹孫[262]이 사

---

261) 류자광柳子光 : 조선전기의 문신. 본관은 영광靈光. 자는 우복于復. 부윤 규規의 서자이다. 갑사甲士로서 건춘문建春門을 지키다가, 1467년(세조 13) 이시애李施愛의 난이 일어나자 종군하고 돌아와서 세조의 사랑을 받아 병조정랑이 되었다.1468년에 병조정랑으로 온양별시문과溫陽別試文科에 장원하시었다. 1468년 예종이 즉위하자 남이南怡 등이 모반한다고 무고하여 익대공신翊戴功臣 1등, 무령군武寧君에 봉하여졌다. 천성이 음험하면서 재능이 있어 자기보다 임금의 사랑을 더 받는 이가 있으면 반드시 모함하시었다. 점필재 김종직에게 개인적인 원한이 있어 조의제문으로 무오사화를 일으켜 김종직과 그 제자들을 사초사건과 관련지어 크게 제거하시었다.

262) 김일손金馹孫 : 조선초기의 학자·문신. 본관은 김해. 자는 계운季雲, 호는 탁영濯纓 또는 소미산인少微山人. 1486년(성종 17) 7월에 진사가 되고, 같은 해 11월에 식년문과 갑과에 제2인으로 급제, 승문원에서 관직생활을 시작하여, 곧 춘추관기사관春秋館記事官을 겸하게 되었다. 그 뒤 사직하고 고향에 돌아가 운계정사雲溪精舍를 열고 학문의 연찬에 몰두하면서 김종직金宗直의 문하에 들어가 정여창鄭汝昌·강혼姜渾 등과 교유하였다. 홍문관의 박사·사헌부장령·사간원정언 등을 지냈으며, 여러 차례에 걸쳐 사가독서賜暇讀書를 하였다. 주로 언관言官에 재직하면서 훈구파의 불의·부패 및 권귀화權貴化를 공격하는 반면, 사림파의 중앙정계 진출을 적극적으로 도왔다. 그

관이 되어 점필재가 지은 「조의제문弔義帝文」을 사초史草에 싣자, 이에 류자광이 몰래 그 글을 가져다가 문구를 따져서 해석하여 세조를 핍박하였다고 하여, 소매에서 꺼내어 왕께 올리고 왕의 노여움을 틈타서 일망타진할 계획을 세웠다. 노수신·윤필상尹弼商263) 등을 상上 앞에서 지목하며, "이 사람들은 신하된 자로서 불공대천의 원수입니다. 마땅히 같은 무리들을 캐물어 모두 제거해 버린 연후에야 조정이 맑고 밝음을 얻을 것입니다. 그렇게 하지 않는다면 나머지 잔당들이 다시 일어나서 화란禍亂이 생길 것입니다."라고 하니, 노수신 등은 손사래를 치며 저지하며 말하기를, "우리들이 아뢴 바는 바로 사초의 일일 뿐이었는데, 지엽적인 것을 끌어들이는 것은 본의가 아니지 않소?"라고 하니, 대사헌 강구손이 좌우를 돌아보고 말하기를, "내가 승지로 있을 때 정언 이주가 아뢰기를, '성종이 나의 임금이시오.'라는 말을 하였으니 이 말이 참으로 놀랄 만한 소리라 할 만하오."라고 하였으니, 그 선동하고 모함하여 얽으려는 상황이 마치 속을 훤히 들려다 보는 것 같다.

7월에 선생이 과연 점필재 선생의 문도라 하여 잡혀 국청에 들어갔다. 추관 윤필상이 묻기를, "네가 성종을 나의 임금이라고 하였다하니 그렇다면 유독 금상今上께서는 너의 임금이 아니냐?"라고 하자, 선생께서 대답하시기를, "맹자는 '나의 임금이 좋아하지 않으신다.'라고 하고 또 '나의 임금의 아들이다.'라고 하시었으니 신 역시 그 말을 인용하여 사용했을 뿐입니다. 말이 격절激切하지 않으면 임금을 마음을 돌릴 수 없기 때문에 감히 이와 같이 서계書啓하였습니다."라고 하시니, 전교하기를, "이주가 말한 바는 필시 사정이 있을 것이니 그에게 다시 그 일을 물어보라."고 하며 고문하고 심문하기를 3차례나 하였지만 대답은 한결 같으셨다. 결안結案이 이루어져 장杖 80으로 결정되었는데, 상께서 1등급을 더하라고 명하여 장 100대에 진도珍島 원찬遠竄으로 결정되었다.

선생께서 잡히던 날, 용재慵齋 이종준李宗準264)과 함께 금계金溪의 은행정銀杏亭에서 바둑을

결과 1498년(연산군 4)에 류자광柳子光·이극돈李克墩 등 훈구파가 일으킨 무오사화에서 능지처참의 형을 받게 되었다. 중종반정으로 복관되었으며 홍문관직제학, 현종 때 도승지, 순조 때 이조판서가 각각 추증되었다. 저서로는 『탁영집濯纓集』이 있으며, 자계서원紫溪書院과 도동서원道東書院 등에 제향되었다. 시호는 문민文愍이다.

263) 윤필상尹弼商 : 조선초기의 문신. 본관은 파평坡平. 자는 탕좌湯佐. 적개공신敵愾功臣 1등에 녹훈되어 파평군坡平君에 봉해졌고, 세조가 죽자 수묘관守墓官으로 능을 3년간이나 지켜 좌리공신佐理功臣이 되었다. 영중추부사·우의정을 거쳐 영의정이 되어 부원군府院君에 진봉進封되었다. 1504년 갑자사화 때, 진원珍原으로 유배되어 사사賜死의 명을 받았으나 스스로 목을 매어 죽었다. 그 뒤 중종반정 때에 신원되었다.

두고 있었는데, 사람들이 붉은 옷을 입은 관원들이 부府에 들어왔다고 보고하니 용재가 놀라서 말하기를, "공을 잡으러 온 것이 아닙니까? 화가 임박했습니다."라고 하며 바둑 걷기를 청하니, 선생께서 웃으며, "왕명 앞에 엎드리기 전이 그래도 이렇게 한산한데 어찌 아니 마치겠습니까?"하고는 태연하게 바둑돌을 놓다가 천천히 바둑돌을 거두었다. 금오랑金吾郎 의금부도사이 이르자 사람들이 그 안정된 심력에 모두 감복하였다. 적소謫所에 6년을 계시면서 바다의 장기瘴氣와 풍상을 실컷 겪으면서도 환란을 편안하게 여기고 터럭만큼도 원망하거나 후회하는 뜻도 없으셨다. 간간히 혹 회포를 나타내는 글을 지으셨는데, 대부분 임금을 사모하고 어버이를 생각하는 말이었다.

연산은 선생의 직언을 가장 꺼려하여 등의 가시 같은 존재를 없애려고 마음먹은 지 오래였다가, 류자광 등이 측근이 되자 임금과 신하가 뜻이 맞아서 서로 응락하면서 마침내 도륙하여 죽여 없애려는 계획하였으나 명분이 없는 것을 싫어하다가, 선생께서 사간원에 계실 때 사관들이 기숙하며 쉴 장소를 제공해 주기를 청한 것을 교만한 뜻이 있다 하고, 또 소릉昭陵의 회복을 청하는데 참여한 것으로 죄목를 엮어, 갑자년(1504) 윤4월에 제주도로 이배移配하였다. 막 출발하려는 차에 수찬 아우가 따라왔지만 선생께서 죄인의 몸이라 서로 만나지 못하시자, 시를 지어 멀리서 이별하기를,

찌걱거리는 노 군이 멈추고 한평생을 서러워하니	強停鳴櫓痛平生
백일은 밝게 밝게 우리 형제를 비추네	白日昭昭照弟兄
정위새 와서 바다를 메우기만 한다면	若教精衛能塡海
한 덩어리 탐라도를 걸어서도 가련만	一塊耽羅可步行

라고 하시었다.

---

264) 이종준李宗準 : 조선초기의 문신·학자. 본관은 경주慶州. 자는 중균仲鈞, 호는 용재·부휴자浮休子·상우당尙友堂·태정일민太庭逸民·장육거사藏六居士. 안동출신. 김종직金宗直의 문인으로 1485년(성종 16) 별시문과에 1등 3인으로 급제하여 사헌부지평, 의정부사인에 이르렀다. 무오사화 때 김종직의 문인으로 몰려서 함경도 부령으로 귀양가는 도중에 단천군 마곡역을 지나다가, 송나라 이사중李師中이 바른말 하다 귀양가는 당개唐介를 송별하면서 지은 시 한 수를 써놓고 갔는데, 함경도 관찰사 이승건李承健이 이는 나라를 비방하고 왕을 기롱譏弄한 것이라고 조정에 고하여 서울로 압송, 국문 도중 죽었다. 부제학으로 추증되었고, 안동의 경광서원鏡光書院·백록리사栢麓里祠에 제향되었다. 저서로는 『용재유고慵齋遺稿』가 있다.

5월에 잡아오라는 명이 내렸다. 군기시軍器寺 앞에 백관이 도열해 있는데, 승지 권균權鈞으로 하여금 죄를 선포하고 형을 감독하게 하여 목을 메달아 죽이고 시신을 전시傳尸(시체를 돌려 여러 사람에게 보임)하였으니 바로 22일 이었다. 이에 따라 바로 그의 재산을 몰수하고 그 집은 웅덩이로 만들어 버렸으며 선친을 부관참시하고 아들을 죽이고 그의 딸은 노비로 삼고 제부諸父와 형제들은 유배 보냈으니, 형벌의 화가 생긴 이래로 이와 같은 참혹하고 매서운 형벌은 없었다. 이날은 낮에도 어두웠고 비가 들이 붓는 듯이 내렸다. 큰 바람이 동남에서 일어 나무가 뽑히고 기와가 날아갔으니 성중의 사람들이 엎드려 다리를 떨지 않는 사람이 없었으나, 오직 류자광 등만은 뜻을 이루고 의기양양하게 돌아갔다. 이에 유림은 기운을 상실하고 두려워 움직이지 못하고 숨을 죽였다. 학교는 적막하여 몇 달간에 글 읽는 소리가 끊어졌다. 부형들은 그 자제들에게 경계하여 말하기를, "배움이란 과거에 응할 정도면 그만이니, 많이 한들 어디에 쓰겠느냐?"라고 하였다.

중종이 반정하게 되자 선생의 충절을 생각하여 이조참의를 증직하시고 어필御筆로 정려旌閭하시었고, 그 부친에게까지 은혜가 미쳐 도승지를 증직하시었다.

모친은 종친 효령대군의 손자 열산列山 이정해李正偕의 따님이시다. 아들이 있었는데 난신亂臣의 법에 연좌되었고 딸은 직장 김륜金綸에게 시집갔다.

오호라! 선생께서는 청명하고 강대한 기상과 영민하고 통달한 재주로 가학에 무젖어 일찍이 형틀을 이루셨고 주선함에 식견이 높아 의발衣鉢을 전수 받으셨다. 중정中正과 정일精一함을 마음을 잡는 요체로 삼고 장중하고 엄숙함을 몸을 단속하는 떳떳한 법도로 삼으셨다. 폭넓게 글을 보시는 것을 싫어하지 않으셔서 사고四庫에 있는 책을 모두 섭렵하시었으나 귀결처는 사서육경에서 벗어나지 않았다. 문장은 공교롭게 하기를 기약하지 않았으나 스스로 일가를 이루었으니, 풍격이 양한兩漢과 당唐 나라 보다 못하지 않았다. 경계하고 두려워하는 것은 항상 성정性情의 은미한 사이에 있었으며, 분별함은 의리와 공사 간에 매우 정밀하시었다. 선한 것에 대하여 들으면 바로 행하셨으니, 흐르는 강물도 막지 못할 용기가 있었으며, 악함을 보면 반드시 멀리하여 흙과 재로 더럽혀질까 하는 지조가 있었다.

나라를 편안하게 하고 백성을 구제함에는 스스로 생각하여 정한 계책이 있었고, 간사함을 물리치고 정도를 부여잡음에 그 책임을 오로지 담당하는 것이었으니, 이것이 바로 대인이 세상을 경영하는 학문으로, 본디 자신을 단속하고 스스로 수양만하여 체體는 있으나 용用이 없는 불교도와는 다른 것이다. 조정에 있었던 날이 얼마 되지 않았기에 소차疏箚에 드러나는 것은 비록 큰 솥 안의 한 조각 고기에 불과한 것처럼 적지만, 마음을 다스려 간언을 따르도록 권면하심에, ‘마음이 바르면 비게 되고 비게 되면 자신을 잊게 되며, 자신을 잊으면 남을 따르기가 쉬우니, 마음을 다스리는 것으로 간언을 따르는 근간으로 삼고 간언을 따르는 것으로 마음 다스리는 계단으로 삼아야 한다.’고 하신 것은 명쾌하고 적당하여 확실히 이것은 삼대三代 이전에 몸소 실천하고 마음으로 터득한 논리이며, 어진 이를 등용하고 간사한 이를 물리치며 종사宗社의 안위에 대한 기미를 말씀하신 것은 조리가 분명하여 손바닥을 가리키는 것과 다름이 없었다. 간언을 거절하는 임금의 심리를 논하심에는 마치 편작扁鵲과 창공倉公265)이 병을 치료할 때 오장을 훤히 비춰보고 고황膏肓을 찌르는 듯하셨으니, 진실로 평소 치국평천하治國平天下의 학문에 깊이 독보적인 견해가 없었다면 어찌 여기에 미칠 수 있었겠는가?

덕에 나아가기를 권면할 때는 먼저 요순을 들어서 지선至善의 정곡正鵠으로 삼고, 이어서 위에서 법을 취하여 겨우 그 중도를 얻어서 스스로 높은 경지를 기약하지 않을 수 없도록 면려하고, 다음으로 자만自滿과 간언을 싫어하는 것에 대해 말씀하시면서 병통의 근원이 있는 곳을 지적하여 풍간諷諫하시었다. 그리고 옛날 행실의 아름다움에 대해 말하시었으니, 예컨대 절에 숨어 있는 죄 지은 중을 찾아서 벌주라는 명을 내리지 말라고 하여 선을 행하는 처음이 그리 어렵지 않음을 밝힌 뒤에, 경연을 폐하지 말라는 것으로써 중간에 그만 두는 것이 진보하지 못하는 큰 원인이 됨을 경계하시었으니, 그 말은 간단하면서도 절실했고 너그러우면서도 곧았기에, 진실로 지극히 완악하거나 지극히 어리석은 사람이 아니라면 마음속으로 감동하지 않는 사람이 없었다.

종묘의 제도에 대해 논하심에는 증거가 분명하고 해박하시었으며 참고한 것이 절실하고 적당하시었다. 협제祫祭를 시행하고 왕자와 여러 군의 참최 3년 복을 입으라는 논의는 정리情理와 예의에 적합하였으니, 모두 길이 시행하기에 족한 법도임을 의심할 것이 없었다. 만일 밝은 세상에 훌륭한 임금을 만나서 도를 행하셨더라면 신야莘野의 이윤伊尹 같은 명재상과 부암傅巖의 부열傅說 같은 훌륭한 보필이 되었을 것이다. 요순이 백성들에게 임금노릇 했던 공적도 고인古人만이 아름다움을 차지하게 하지 않았을 것이고, 마음을 다스리고 덕에 나아가게 한 상소문은 이훈伊訓·열명說命과 더불어 세상에 중요하게 되었을 것이다. 만일 운수가 막혀서 산야에 한가하게 물러나 영재를 얻어 교육시키고 하늘과 사람의 연고를 강론하고, 성명性命의 근원을

---

265) 편작扁鵲과 창공倉公 : 두 사람 모두 중국 역사상 의술로 유명한 사람이다. 『사기史記』에 「편작창공열전扁鵲倉公列傳」이 있다.

연구하여 쇠퇴하고 어지러우며 공허한 폐단을 일신하여 성인 문하에서 실제로 이행했던 길을 제시해 주었다면 사문斯文을 돕고 후진을 계발한 업적은 후세에도 말이 있을 것이다.

애석하도다. 소나무와 대나무 같은 강건한 절개로 비바람 부는 어두운 조정에 서서 임금을 바로 잡는 귀함을 자신을 온전히 하는 것보다 중하게 여기고, 나라를 사랑하는 정성을 집안을 보전하는 것보다 먼저 생각하시었다. 다만 선함을 베풀고 악함을 물리치는 것이 공경이 된다는 것을 알고, 위엄과 잔학한 형벌을 두려워해야 함은 알지 못하시어, 끝내는 위로는 성난 호랑이의 수염을 잡아 엮고, 아래로 여러 이리들의 정신을 놀라게 하시어 당일에는 '매우 합당하다.'고 한 전교傳敎가 아직 귀에 남아 있는데도 도리어 용서함이 없는 벌을 주고, 옛날 늘 사용하던 말을 인용하여 마음을 드러냈는데도 개인적인 감정으로 심문을 혹독하게 하여 흑백을 전도 시키고 법조항을 모호하게 해서 충신과 지조 있는 선비들이 마침내 칼날 아래 목숨이 떨어지게 되었으니, 아아, 슬프도다.

비록 그러하나 선생께서는 이미 조만간에 이러한 일이 있을 것을 아셨으리라. 그리하여 일찍이 계사啓辭에서 '신이 조만간에 죽을 것이니, 장차 무슨 낯으로 지하에서 성종을 뵈오리까.'라고 하시었던 것이리라. 당시 선생의 나이 장성하던 때였는데, 갑자기 이렇게 빨리 죽을 것이라는 말을 하기에 마땅하지 않았고, 또 형벌을 받던 날에도 안색이 평소와 같으셨으니, 천명을 편안히 여기고 순리에 따르는 의리가 만약에 평소 가슴속에 정해져 있지 않았다면 목을 늘어뜨리고 칼날을 받는 형장에 어찌 이와 같이 태연할 수 있었으리요?

공자께서 말씀 하시기를, '신하가 된 자는 진실로 부득이하게 행사해야하는 사정이 있다면 자신을 잊어야 한다.'고 하시었으며, 또 말씀하시길 '그것이 어찌 할 수 없다는 것을 알게 되면 마치 명인 듯 편안하게 여겨라. 이것은 덕의 지극함이다.'라고 하셨으니,266) 그렇다면 선생의 학문의 바름과 덕의 성대함을 여기에서 볼 수 있다.

예로부터 간쟁으로 화를 입는 것은 용방龍逄과 비간比干267)보다 혹독함이 없었으나, 용봉은 친족들을 아울러 연좌 시켰다는 것은 듣지 못했고, 비간은 그래도 묘소가 남아 있으나, 오직 선생만은 화가 저승에까지 미치고 형벌이 자손들에게 이르러 집안에는 아우가 없게 되고, 묘

---

266) 공자께서 말씀 하시기를 … 라고 하셨으니 : 『장자莊子』「내편內篇」인간세人間世에 있는 말이다.
267) 용방과 비간 : 하夏 나라 충신. 관용방이 하걸夏桀의 학정을 보고, "임금을 뵈오니 위석危石의 관을 쓰고, 춘빙春氷을 밟는 격이다."하니 걸이 포락炮烙의 형벌을 받게 하시었다. 비간比干은 은殷 나라 소사少師. 주紂에게 간諫하여 3일을 가지 않으니 주가 "듣자니 성인聖人의 심장에는 구멍이 7개 있다 한다."하고 배를 짜개고 보았다 한다. 은殷의 3인仁 중의 한 사람.

소도 없게 되었다. 아울러 그 생년월일과 그리고 정포旌褒를 받은 자취가 사라져 징험할 수 없으니 어찌 천고의 지사志士들이 눈물을 흘리지 않을 수 있겠는가? 다만 천도天道는 선함을 드러내고 어두움을 밝게 드러내지 않음이 없는지라, 상자 속에 갈무리 하였던 선생의 글들은 허물어져 재가 되었으나, 이재貳宰(찬성贊成 벼슬을 달리 일컫는 말) 최숙생崔淑生[268]·옥산玉山 장범張範이 선생의 친구로서 문단에서 외워 전해지던 것을 수습하여 시집 한 권을 만들었으니, 비록 매우 영성零星하지만 선생의 기침소리나마 전할 수 있게 되었다. 선생께서 행하신 일에 대해서는 문사文士들이 아직 남아 있는 불꽃을 두려워하여 감히 기록하지 못하였는데, 추강秋江 남효온南孝溫의 『사우록士友錄』과 서애 류성룡의 『당적록黨籍錄』에서 나오는 것이 비록 아주 간략하고 단출하기는 하나 그림자와 메아리를 근거할 수 있다.

선생의 재사齋舍는 정묘조正廟朝 갑인년(1794)에 사림의 공의公議로 명계서원明溪書院에 종향하였다가, 헌묘憲廟 정유년(1837)에 옛날 사시던 남와탄南瓦灘에 이건하고 명호明湖로 편액을 고쳤다. 고종 무진년(1868)에 서원이 훼철되자 이내 외진 곳에 다시 제단을 설치하였으니, 비록 가묘는 없으나 향불을 올릴 곳이 마련되었다.

지난 정묘년(1927)에 고향의 후배인 하중환河中煥군이 한양에서 객지 생활을 하다가 선생의 이력 및 피화被禍의 전말을 사원史院(춘추관)에서 찾아내었는데, 고적古蹟을 상당히 잃어버렸으나 전말이 대략 갖추어져 있었다. 이것은 모두 개탄하고 사모하는 충정에서 나온 것으로 오래될수록 더욱 드러나는 것이라, 이것이 어찌 그 사이에 주재자主宰者가 있어서가 아니겠는가? 방계 후손인 아무개가 사원에서 찾아낸 소차疏箚를 유집遺集에 보충하여 편집하려고 함에, 대계大溪 이주정李周禎[269]이 지은 행장行狀은 전해들은 사실을 기록한 것이어서 사원의 기록과 어긋나는 것이 많았으므로, 4천리나 멀리 편지를 보내 나에게 수정하고 보충하여 기록하는 일을 부탁하였다. 돌아 보건데 이 몽매한 사람이 이 책임을 감당할 수 있겠는가 마는, 가만히

---

268) 최숙생崔淑生 : 조선전기의 문신. 본관은 경주慶州. 자는 자진子眞, 호는 충재盅齋. 철중鐵重의 아들. 1492년(성종 23) 진사로서 식년문과에 을과로 급제, 1496년(연산군 2) 사가독서賜暇讀書하고 수찬·지평·헌납 등을 지냈다. 1504년 응교로 있을 때 소의 글귀가 문제되어 신계新溪로 유배되었다. 1506년 중종반정으로 풀려나와 그 뒤 대사간·대사헌을 지내고, 1518년 우찬성에 올랐다. 이듬해 사은사謝恩使를 거절하자 파직되었고, 곧 판중추부사로 복직되었으나 이해 기묘사화로 다시 파직되었다. 저서로는 『충재집盅齋集』이 있다. 영의정에 추증되었으며, 시호는 문정文貞이다

269) 이주정李周禎 : 본관은 고성固城이며 자는 한백翰伯, 호는 대계大溪이다. 시항時抗의 증손, 홍보弘輔의 아들로 대산大山 이상정李象靖의 문인이다. 1777년 사마시 합격하고 1795년 문과에 급제하여, 성균전적·예조좌랑·사헌부지평·송도소윤 등을 역임하였다.

생각해보니 나는 가문의 후손으로서 매번 무오사화와 갑자사화의 사적을 읽고 문득 통한으로 여겨 마지않았는데, 선생께서 화를 당한 후 400여년이 지난 오늘 나라의 쇠약함이 더욱 심하여 당시에 목숨을 버리면서 보답하고자 하던 강토와 사직이 하루아침에 마침내 폐허가 되었다. 지난해에 통주通州를 지나면서 선생의 시를 읊으면서 나도 모르게 옛일에 대해 느끼고 현실에 상심하여 몇 줄기 눈물을 흘렸던 적이 있었는데, 지금 선생을 위해 정성을 다 바치는 일을 어찌 감히 사양하겠는가? 삼가 구본舊本을 간략하게 수정하고 여러 책에서 믿을 만한 행적을 보충하여 행장 한 통을 짓노니, 오직 붓을 잡은 군자들은 분수에 넘치는 행동을 용서하시고 잘 헤아려 가려 주시길 바란다.

□ 전傳

▫ 세 의사義士의 합전合傳. 갑자년(1924)　三義士合傳

대병大兵을 거느리고 강적을 맞이하여 세력이 같을 때 싸우면 반드시 이기는 것은 쉬우나, 혼자 몸으로 보잘 것 없는 무기를 가지고 용감하게 적진 속으로 들어가 적의 우두머리를 섬멸하여 나라를 위해 방해가 되는 것을 제거하는 것은 어렵다. 역사에서 찾아보아도 손오孫吳 (전국시대의 저명한 병법가 손무孫武와 오기吳起)와 같은 장수들은 뒤따라 서로 이어졌으나, 형가荊軻와 섭정聶政270) 같은 인사는 새벽 별처럼 드물다. 우리 조선에서는 500년 동안에도 소서비小西飛를 찌른 김응서金應瑞271)와 이등박문伊藤博文을 쏘아 죽인 안중근安重根과 같은 몇 분이 있을 뿐이니, 하나는 쉽고 하나는 어렵다는 것이 확연히 비교되지 않는가? 그러나 쉬운 일에 가담한 사람은 몸은 영예롭게 되고 벼슬이 상으로 내리며 이름이 역사에 크게 드러나지만, 어려운데 가담한 사람은 시체가 도시에 나뒹굴게 되고 이름도 없이 땅속에 묻혀버리고 마니, 나라의 은전이 잘못인가, 사론史論이 거짓인가? 이 또한 사마씨司馬氏가 유협遊俠을 전으로 세운272) 의리와 다르다.

의사 김만수金万秀는 영남사람이다. 융희 4년 경술년(1910)에 조정에서 일본제국과 합방조약을 체결하자 만수는 그것을 부끄럽게 여겨 집을 버리고 서쪽으로 건너가 만주 들판을 떠돌아다니게 되었다. 무오년(1918) 봄에 내가 화전樺甸에 길남장吉南庄을 설치하고 20세 이상의 장정壯丁을 모집하여 농병農兵을 만들어 그들이 반나절은 힘써 농사일을 하고 반나절은 군사 훈련

---

270) 형가荊軻와 섭정聶政 : 전국시대戰國時代의 이름난 자객刺客인 형가와 섭정을 말함. 형가는 연燕나라 태자太子 단丹의 부탁으로 진왕秦王 정政을 죽이려다가 실패한 사람, 섭정은 엄수嚴遂란 사람의 부탁으로 한韓 나라 재상 괴傀를 죽인 사람이다.

271) 소서비小西飛를 찌른 김응서金應瑞 : 김응서金應瑞는 본관은 김해金海, 자는 성보聖甫, 초명은 김경서金景瑞이다. 조선중기의 무신으로 임진왜란 때 많은 무공을 세웠으며, 특히 평양전투에서 큰 승리를 거두고 난 후 포도대장에 올랐다. 그의 첩인 평양 명기名妓 계월향桂月香이 왜장 소서행장小西行長의 부장副長에게 몸을 더럽히자 그를 속여 김응서로 하여금 목을 베게 하고 자신은 자결하였다.

272) 사마씨司馬氏가 … 세운 : 한漢 나라 역사가 사마천司馬遷이 『사기史記』에 「유협열전遊俠列傳」을 둔 것을 가리킨다.

을 익히게 하였는데, 만수도 모집한 사람 가운데 있었다. 그와 함께 수개월을 살아보니 그 사람됨이 키는 작으나 꼼꼼하고 날쌨으며 인내심이 많았다. 그때 동료 중에 무서武書를 아는 체하며 설명하기 좋아하는 자가 있었는데 그때마다 냉정한 말로 끊기를, "위험을 무릅쓰고 능히 적을 잘 죽일 수 있어야 이것이 군인이 되는 것인데, 자네가 말하는 것은 옛 사람들이 쓰던 찌꺼기일 뿐인데 어찌 쓸 만 한 것이 많다고 하겠는가?"라고 하거늘, 내가 마음속으로 그를 남다르게 여겼다.

이듬해 3월에 독립선언서가 나오니 만주의 인사들이 유하柳河에 군정부軍政府를 세워 의용군을 편성하고는 곧 강을 건널 계획을 세웠는데, 내가 만수를 써야겠다고 생각하였으나 그 있는 곳을 정확하게 알지 못하였다. 임시정부가 수립되어 군정부를 군정서軍政署로 바꾸고 화전樺甸으로 옮겼을 때 만수가 한번 찾아왔다. 내가 시험삼아 그 뜻을 물어보니 답하기를, "선생께서는 독립이 갑자기 쉽게 된다고 알고 있습니까?"하므로, 나는 다시 그가 멀리 내다보는 견해가 있음을 기특하게 여겼다.

임술년(1922)에 나이가 젊고 날랜 기질이 있는 사람들로 응원단應援團 결성하여 군자금 모으는 일을 독려하였는데, 일시에 민정民情이 의심하고 두려워하여 군정서에서 효유曉諭하여 그만두게 하고 따로 헌병을 두어서 대부분 단원을 충원하였는데, 이 때에 만수가 군정서 헌병이 되었다.

최병호崔炳鎬는 관동關東 사람으로, 통화通化에서 타향살이 하면서 심상尋常 소학교를 마쳤다. 만세소리가 일어나자 북으로 중동선中東線 타고 다니며 몇 년을 살다보니 길이 꽉 막혀서 왕청旺淸과 영안寧安사이에 머무르고 있었다. 계해년(1923) 봄에 군정서에서 북진군北進軍을 불러들이는 명령이 있다는 소식을 듣고 그로 인하여 만수와 함께 와서 헌병에 편입하였다. 가을에 휘남輝南에서 경보警報가 있어 헌병을 파견하여 진압하려 하였는데, 길에서 호병鬍兵을 만났는데 중과부적衆寡不敵으로 권총 두 자루를 빼앗겼다. 이때 만수가 앞으로 나서서 호병의 두목에게 말하기를, "우리는 한국의 뜻있는 사람들이다. 휘남에 갈 일이 있어 명령을 받고 출동하는데 너희들과는 관계가 없다. 우리 권총을 돌려주기 바란다."하고는 곧 군정서의 명령서를 꺼내 보여주었다. 그러자 호병의 우두머리가 말하기를, "이것은 믿을 만한 것이 못된다. 반드시 군사령관의 공문이 있으면 우리는 그 때 바로 돌려주겠다."라고 하니, 만수가 이런 사실을 가지고 보고하여 다시 병호와 함께 믿을만한 것을 가지고 뒤쫓아 가서 그곳에 도착하였으나 만나지 못하였다. 어떤 사람이 철로鐵路 가를 향해 갔다고 하여 길림吉林으로 들어가는 길을 탐문하였으나 끝내 종적이 묘연하였다. 이때에 적의 경찰인 국길정보國吉精保와 송도松島 등이 장춘長春과 하얼빈[哈爾濱]을 점거한 채 한인들을 마구 해치고 있었는데, 만수가 병호에게 말하기를, "이번 일은 헛일이 되었음을 면할 수 없고 복명復命할 말도 없다. 장춘과 하얼빈이 우리 민족의 화근禍根이 되고 있으니 내가 깨끗하게 손보려고 하는데, 그대는 나를 도와 줄 수 있겠는가?"하니, 병호가 허락하였다. 이에 동지 10여인을 모아 건국청년모험단建國靑年冒險團을 결성하고 각처로 나누어 흩어져서 섣달 2일에 합부哈埠 18도가道街로 잠행하여 들어가서 방을 빌려 거처하였다.

류기동柳基東도 영남사람이다. 도강渡江 이후에 무송撫松을 왕래하며 흥업단興業團에 가입하였다가 임술년에 화전樺甸으로 이사하였는데, 만수와 매우 뜻이 맞았다. 계해년에 또 하얼빈으로 옮기고 이듬해 봄에 길에 놀러 나왔다가 두 사람을 같이 만나 손을 잡고 사는 방으로 들어가 세 사람이 눈을 마주하고 있으니, 옆에 아무도 방해하는 사람이 없는 것 같았다. 등불을 밝히고 깊은 이야기를 나누기를 저녁을 지나 밤에까지 계속 하였다.

예로부터 이루기 어려운 것이 계획이고 쉽게 새는 것은 기밀이다라고 했다. 불행히 비밀스럽던 자취가 사전에 일본 경찰에 정탐偵探되고 말았으니, 이날 밤 12시에 국길이 10여 명의 경찰을 인솔하여 먼저 와서 방을 포위하고, 한편으로는 빈강진사濱江鎭使와 도윤특파참모장道尹特派參謀長과 부관副官에게 후하게 뇌물을 주어 일련一連의 보기병步騎兵을 끌고 뒤이어 달려오게 하였다.

포성이 진동하자 만수가 형세가 불리한 것을 알고, 문을 열고 우뚝 서서 큰 소리로 말하였다. "나는 한국의 독립군이다. 국가와 민족을 위하여 일본 적과 사생결단하고자 하니, 중국의 군민軍民들을 다치게 하는 일은 결코 없을 것이다."

말을 마치고 몸을 돌려 안으로 들어오는데 국길이 경찰을 데리고 총을 들고 곧바로 들어오는 것을 만수가 직접 발사하여 국길의 가슴을 정통으로 맞춰 바로 죽였다. 그러자 나머지 적들은 물러나 숨었다. 이때 진사가 육군 한 개 소대를 더 파견하고는, 한 사람당 현상금 3백원을 걸고 독려하여 유시酉時와 해시亥時부터는 철통같이 에워싸고는 5백여 발의 탄환을 난사하였으나 기와와 벽이 견고하여 바로 무너지지 않았으니 이어 안에서 권총으로 응사하였다. 날이 밝자 적들이 지붕에 올라가 기와를 부수고 구멍을 내서 폭탄 대여섯 개를 투척하고 사방에서 총탄을 쏟아붓자 담벽이 마침내 무너졌다.

집 안에서 포성이 끊어지자 양쪽 군대가 일제히 들어가 살펴보니 세 사람은 이미 땅에 엎어져 있는데 살점이 흩어지고 피가 흥건하였다. 가슴에 각각 총혼이 있었으니, 이걸 본 사람들은 모두 스스로 자살하였다고 하였다. 그 때가 단기 4257년(1924) 4월 9일 오후 2시였다. 당해 부부埠 제4서署를 경유하여 중구中區 십자회十字會에 요청하여 관을 준비해 시신을 염하여 한인韓人 공동묘지에 매장하였다.

이 일이 있자 길림성장省長은 진사鎭使를 꾸짖어 말하기를, "외국인의 요청으로 인하여 함부로 병사를 내어 죄명이 분명하지 않은 자기 영내의 사람을 대신 체포한 것은 크게 잘못한 일이다. 이 후로는 모든 정치적 범죄와 관련해서 만주에 있는 한인韓人에 대해 강을 건너와 체포하는 일은 허락하지 않는다."라고 하였고, 선전부宣傳部에서는 이 사실을 빠른 우편으로 관리들과 인민들에게 장문長文의 글을 전파하였고, 각계에서는 진사鎭使와 도윤道尹을 여지없이 논박論駁하였고 중국인들은 각각 신문新聞에 통보하여 사실을 기록하여 두었다. 나라 안팎에 이 소문이 나자 모두 안중근과 같은 업적으로 여겨서, 사녀士女들이 묘지로 몰려 보는 사람들이 매일 시장을 이루었는데, 모두 탄식하며 눈물을 줄줄 흘리면서 그 장렬함을 칭송하였으니, 공의公議가 사라지지 않았음을 볼 수 있다.

태사씨太史氏는 말한다. 지금 세 사람의 행적을 읽는 사람 중에 어떤 이는 그들의 계획이 정밀하지 못하여 죽음에 이르게 된 것을 안타깝게 여기고, 어떤 이는 적 하나를 없애는데 세 분을 읽게 된 것을 애석하게 여기는데, 이것은 모두 세 분의 마음을 모르는 사람들이다. 이 세 분의 경우 독립이 속성速成할 수 없다는 것을 확실히 알고 있었다. 일을 속성할 수 없다면 예비豫備하는 것뿐이다. 예비하기 위해서는 국민들을 편안하게 하지 않을 수 없고, 국민을 편안하게 하기 위해서는 그 해害되는 것을 없애지 않을 수 없다. 그 해되는 것을 없애려 한다면 그 삶을 버리지 않을 수 없으니, 이른바 살신성인殺身成仁한 분들이며, 죽고 사는 것에 마음을 쓴 분들이 아니다. 살아서 나라에 아무런 유익함이 없다면 살아있는 것이 영광스럽다고 할 수 없으며, 죽어서 국민들에게 도움이 있게 된다면 죽음을 슬퍼할 만한 것이 되지 못하나니, 이른바 '용사勇士는 자기 머리를 잃을 것을 잊지 않는다.'273)는 것이다. 의義란 마땅함宜이다. 마땅히 없애야 할 것을 없앴다면 그 공로를 따지지 않고, 마땅히 죽어야 할 곳이라면 죽더라도 그 뜻을 바꾸지 않는 것, 이것이 의사義士일 것이다.

---

273) 이른바 '용사勇士는 … 것이다 :『맹자孟子』「등문공藤文公」 하에, "지사는 구덩이에 떨어질 것을 잊지 않고, 용사는 그 머리를 잃을 것을 잊지 않는다[志士 不忘在溝壑 勇士 不忘喪其元]." 하였다.

□ 잡저 雜著

▫ 봉선의식   奉先儀式

　　우리 집안의 제례祭禮는 너무 소략하다. 예를 들어 찬찬을 진설陳設할 때 구운 간과 초접醋楪274)이 없다든가, 종헌終獻에 제주만 있고 유식侑食275)에 배례拜禮가 없다든가, 협제祫祭276)에 수조受胙277)하지 않는 것 등 한 가지가 아니다. 왕고부군王考府君께서 일찍이 고쳐 잡으려다가 끝내 갑자기 고칠 수 없었던 것은 실로 또한 신중히 하려는 뜻에서였다. 나는 죄역罪逆(조부가 별세한 것이 자신의 죄라는 뜻)을 짓고도 아직 죽지 않았는데 3년상이 이미 끝났다. 이제 협제에 당하여 마땅히 때에 맞추어 논정論定할 바이지만 부조父祖께서 능히 못하신 일을 갑자기 마음대로 고치려니 지극히 죄송스럽다. 이에 지난해 서산西山(김흥락의 호) 선생을 모시고 연찬研鑽할 때 이 일을 품달하였더니, 선생께서 "선유先儒의 정론正論에 바탕을 두고 정의情義와 예법의 마땅함을 참고한다면 비록 선조先祖들이 기왕에 행해온 규범을 변개하더라도 또한 불가함이 없으니, 이른바 '선조를 따른다.'278)는 것이 어찌 잘못된 사례事例를 따름을 말하겠는가?"라고 하셨다. 만일 그 미진함을 알면서도 오늘 고치지 않고 후일 변하지 않아서 영원히 뒷사람의 의혹疑惑이 된다면 그 미안함이 도리어 경솔하게 고치는 허물보다 심할 것이다. 그렇다면 선사先師

---

274) 초접醋楪 : 구운 간이나 적을 먹을 때 사용할 식초를 담는 접시를 가리킨다.

275) 유식侑食 : 제사지낼 때에 삼헌작三獻酌과 상시上匙(숟가락을 올림)한 뒤에 제관들이 문 밖에 나와 문을 닫고 귀신이 와서 음식을 들도록 기다리는 일.

276) 협제祫祭 : 체천된 선조의 제사를 합사하는 일.

277) 수조受胙 : 제례가 끝난 후 제관이 제물 일부를 집사執事로부터 받아 맛보는 것으로, 제사를 모시고 나서 복을 받는 것을 상징한 것이다.

278) '선조를 따른다.' : 이 말은 『맹자孟子』「등문공滕文公」 상에 나온다. 등문공이 그의 아버지 등정공滕定公이 상을 당하여 맹자의 말을 듣고 삼년상三年喪으로 정하자, 등나라의 왕족과 백관들이 '상례喪禮와 제례는 선조를 따른다.'는 옛날 기록을 들어 반대했다. 주자朱子는 그 주에서 "'선조를 따른다.'는 것은 예문禮文이 조금 달라서 통용할 수 있는 것을 말한 것이요, 실례가 심한 것을 말한 것은 아니다."라고 하였다. 등문공이 예법대로 집상執喪하자, 부형과 백관, 그리고 조문객이 열복悅服하였다 한다.

의 가르침에 의거하여 왕고王考의 뜻을 이루니 혹 대단히 어긋나게 되지나 않을지 모르겠다.

제례는 모두 주자朱子의 『가례家禮』를 따르는데, 「설찬도設饌圖」의 네 가지 포해脯醢와 관련해서는 실로 의심스러운 점이 있다. 다만 포脯 하나 해醢 하나를 동서東西로 나누어 쓰고, 그 사이에 소채蔬菜와 김치·간장[菹醬]을 진설하는데, 소위 '적당한 간격으로 차례대로 한다[相間次之].'라는 것은 다만 이렇게 하는 것인 듯하다.

구운 간과 초 접시는 우리 집안에서는 일찍이 안 쓰던 것이지만 이제는 마땅히 의거하여 써야 한다.

속례俗禮에 이른바 '떡과 적으로 밥을 보조한다[佐飯餠炙].'는 것은 『예경禮經』에 실려 있지 않으니, 분명히 불교를 숭상하던 신라·고려의 남은 습속이다. 이 때문에 선배들은 속설에 따라 상례常例로 쓰는 것은 신神을 섬기는 예의가 아니라고 생각하였고, 선사先師(서산 김흥락)께서도 만년에 폐기하여 진설하지 않으셨으니, 이제 또한 그에 의거하여 폐지한다.

○유밀과油蜜果는 원래 설미褻味(평소 좋아하던 식품)이기 때문에 선배들이 쓰지 말라는 경계가 있었다. 더구나 재용과 공력을 낭비함이 하루 이틀에 만들 수 있는 것이 아니니, 말속의 폐단이다. 왕왕 유과를 갖추지 못하여 제사를 제 때에 지내지 못하는 경우가 있는데, 사람으로 하여금 지극히 한심스럽게 한다. 『예기禮記』「예기禮器」에 이르기를 "하늘이 내지 않고 땅이 기르지 않은 것을 군자는 예로 삼지 않고, 귀신은 흠향하지 않는다."라는 말은 이러한 종류를 일컫는다. 결단코 쓸 수 없다.

중월제仲月祭279)는 가정을 가진 집에서는 폐지할 수 없는 것인데, 오늘날 가난해서 제수를 마련할 수 없음은 진실로 어찌할 수 없다. 그러나 제사의 귀중한 의미는 정결하게 치루는 데 있는 것이지 제수를 풍부하게 하는 데 있지 않다. 밥 한 식기, 국 한 그릇이라도 나의 정성과 공경을 다할 수 있는 것이니, 어찌 반드시 후미厚味와 다품多品으로 위패 앞에 성대하게 벌여 놓아야 제사가 되겠는가? [신독재愼獨齋280)는 집이 가난하여 조기[石魚] 한 마리로 시제를 지냈다. 이는 뒷사람들이 모범으로 삼을 만하다.]

---

279) 중월제仲月祭 : 철마다 중월仲月 곧 두 번째 달에 한 번씩 지내는 제사.
280) 신독재愼獨齋 : 조선중기의 유학자인 김집金集을 가리킨다. 신독재愼獨齋는 그의 호. 예학禮學에 밝았으며, 벼슬은 이조판서吏曹判書 등을 지냈다.

매년 2월 초정初丁이나 중정中丁에, [중춘은 즐거움을 모아 맞아들인다는 의미] 절천節薦을 인하여 대강의 물儀物을 갖추어 시제時祭를 지낸다. 중춘仲春에 애로가 있으면 8월 중정中丁이나 하정下丁에, [중추는 슬픔을 모아 보내드린다는 의미] 물려 행하고, 청사廳事가 좁아 여러 위位를 각설各設로 차리기가 어려우면 학봉鶴峯의 '고비일탁考妣一卓의 제도'에 의거하고 반갱飯羹과 술잔 이외 나머지는 모두 합설合設로 차리더라도 무방하다. [이는 또한 일찍이 선사께 품의하였다.]

풍속風俗 상의 절기節氣는 천례薦禮를 드리는 것이지 제사를 올리는 것이 아니다. 때문에 의물儀物을 매우 간소하게 하여, 다만 그 철에 나는 음식을 큰 반으로 차려 올리되 삭참朔參[281) 처럼 하면 되는데, 지금 풍속은 도리어 절일節日에도 제사 의식을 차린다. 고례古禮에 비교해도 또한 너무 풍성한 듯하다. 만약 시사時祀를 지냈으면 그 나머지 절일에는 천례만 행하는 것이 좋을 듯하다.

삭망참朔望參은 정당한 예법이기 때문에 폐지할 수 없다. 한 잔의 제주祭酒와 두 가지의 과일도 빈한한 가정에서 항시 이을 수 있는 것이 아니라면 다만 선배들의 분향焚香을 병용한다는 설에 의거하여 삭망朔望 때마다 주인이 여러 자제를 데리고 사당에 참배하고 인하여 향안香案 앞에 와서 향을 올리고 재배한 뒤 물러난다.

오늘날 사람들은 기제忌祭를 지내는데 있어 닭이 울면 신神께서 돌아보아 이르지 않는다고 여겨 문득 당황하여 예의를 잃어버리는데, 다만 이는 가소로운 것이다. 기제는 질명質明(날이 밝을 무렵)에 지내는 것은 고례로부터 그랬다. 오늘날 사람들이 대·소상은 굳이 질명에 지내면서 무엇 때문에 유독 기제에만 그렇게 하지 않는가? 다만 야반夜半에 제사를 지내는 것은 정신을 집중하여 제사를 지내는 도리에 해롭지 않기 때문에 선배들이 모두 속습俗習을 따라 행한 것이니 오늘날 반드시 속습을 바꿀 필요는 없다. 그러나 역시 닭이 울고 제사를 지내는 것은 애초 당한 제삿날을 잃어버리지 않기 위함일 뿐이다.

묘제墓祭는 집제사와 의식이 같다. 다만 묘소가 혹 멀리 백리 밖에 계시고 재사齋舍와 위전位田이 없어 묘하墓下에서 갖추어 올릴 수 없으면 제수祭需를 장만하여 옮기기에 극히 구차하고 불편한 점이 있다. 재사齋舍와 제전祭田이 있는 가정 이외에는 '제전이 없으면 시물을 올린다[薦].'[282)는 예문禮文에 의해 과일 4종, 어물·고기·떡·탕湯 각 한 그릇씩으로 참작해 정한다.

후토신后土神에 대한 제사는 이미 선령先靈을 보우하여 영구히 이 땅에 평안하시기를 바란다

---

281) 삭참朔參 : 매월 초하루 아침에 사당에 참배하는 일.
282) 제전이 … 올린다[薦] : 이 글은 『예기禮記』「왕제王制」에 나온다.

면 절차와 제물을 마땅히 정성과 공경을 지극히 해야 하지만, 우리 집에서는 여기에 대하여 전혀 정성을 들이지 않으니 내가 심히 두렵다. 지금부터 제수를 요량하여 정할 때 묘전墓前에서와 동일하게 하고 참신參神·강신降神·삼헌을 예법에 따라 행한다.

모든 제물은 정결하게 하는 데에 힘쓰고 제기祭器를 씻고 찬饌을 갖추는 등의 일은 주인·주부가 몸소 장만하고 살펴보며 제사지내기 전에 먼저 먹지 못하게 한다. 건어乾魚와 실과實果 등 제물은 모두 반드시 예비하여 잘 간수하여 벌레나 쥐가 더럽히지 못하게 한다. 어물과 고기를 다듬고 장만한 나머지 껍데기·털·비늘 등은 감히 함부로 개·고양이에게 던져주지 못하게 한다.

시사時祀 때에는 여러 자손들이 각기 가진 시물時物을 가지고 와서 제수를 도우는 것도 또한 성의이다. 매우 가난하여 힘을 보탤 수 없는 이는 다만 어찌할 수 없으니 반드시 힘이 자라는 대로 각기 오조烏鳥의 정성[283]을 다해야 한다.

「제의祭義(『예기』의 편명)」에 이르기를, “마음으로는 엄숙함을 기하고 겉으로는 제계齊戒한다.”라고 하였으니, ‘제齊’라는 말은 ‘제계齊戒한다.’는 뜻으로 삿된 물품을 막고, [음악을 듣지 않고 조상을 하지 않으며 목욕하고 옷을 갈아입는 따위] 기호嗜好를 끊으며, [술을 마시지 않고 고기를 먹지 않으며 훈채葷菜를 먹지 않는 따위] 오로지 정精하고 밝은 덕을 기하는 것이다. 제계하는 날은 그 거처하시던 것을 생각하고 웃고 말씀하시던 것을 생각하며 그 뜻을 생각하고 좋아하시던 것을 생각하고 즐기시던 것을 생각하다가 제사에 이르러서 설 때는 굽히는 듯이 공경하고, 나아갈 때는 즐거운 듯이 공경하고, 드릴 때는 하고자 하는 듯이 공경하고, 물러나 설 때는 장차 명령을 받들 듯이 하고, 이미 철상撤床하여 물릴 때는 공경하고 제계하는 빛이 얼굴에서 끊어지게 하지 않는다. 이처럼 한 연후에야 바야흐로 신위神位에서 뵙고 그 소리를 듣는 징험이 있을 것이니, 이것이 효자孝子의 제사이다. 이는 진실로 사람마다 다 할 수 있는 것은 아니지만, 그러나 반드시 항상 이 마음을 가지고 발돋움하여 이르려는 생각을 가져야만 비로소 선령先靈께서 흠향歆饗하시기를 바랄 수 있는 것이다.

---

283) 오조烏鳥의 정성 : 까마귀가 자란 뒤에는 늙은 어미에게 먹을 것을 물어다 준다는 말인데, 사람이 어버이에게 진 은혜를 보답하는 일에 비유한 것이다.

시제합설도時祭合設圖

갱羹	잔반盞盤	반飯	시저匙箸	갱羹	잔반盞盤	반飯
탕湯	저간炙肝	초醋		탕湯	저간炙肝	탕湯
면麪		육肉		어魚		병餅
해醢	세채細菜	청장淸醬	침저沈葅	숙채熟菜		포脯
과果	과果	과果	과果	과果		과果

기제단설도忌祭單設圖

반飯	잔반盞盤		시저匙箸		초醋	갱羹
탕湯		저간炙肝		탕湯		탕湯
면麪		육肉		어魚		병餅
해醢	세채細菜	청장淸醬	침저沈葅	숙채熟菜		포脯
과果	과果	과果	과果	과果		과果

(과일은 네 가지를 써도 됨)

▫ 증曾·현손玄孫으로 승중자承重者인 사람의 아내의 복服은 시모 혹은 시조모가 살아 있어도 남편의 복을 따라 삼년복이라는 데 대한 변증 曾玄孫承重者妻 姑或祖姑 在 從夫服三年 辨證

　　승중손承重孫의 처妻가 따라 입는 복을 살펴보면, 진晉·당唐 이래 분명하게 밝힌 문건이 있지만, 남중南中(경기도 이남의 땅) 사대부가에서 모두 『가례』「소공장小功章」의 "시모가 살아 있으면 입지 않는다."는 글로써 마땅히 복을 입지 않는 증빙으로 삼아 이미 공통으로 이행하는 사례가 되었는데, 평소 마음에 의심스럽게 생각해왔다. 갑오년(1894) 왕고王考의 상례 때 내가 승중손이 되고 어머니는 맏며느리로서 참최복斬衰服을 입고, 내 아내 또한 남편의 복을 따라 3년을 입히려 하였는데, 문론門論이 분분하여 대다수가 불가하다고 하였다. 이에 금계金溪284)에 가서 사뢰어서 남편의 복을 따라 3년을 입고

---

284) 금계金溪 : 서산 김흥락이 살던 곳이 금계였다. 곧 김흥락께서 사뢰어서 결정했다는 것이며, 이 상룡의 왕고는 김흥락에게는 고모부가 되기도 하기 때문에 가서 질정하였던 것으로 볼 수 있다.

마쳤다. 그 후 향리 벗들 중에 혹 '분명한 근거를 보지 못하고 이상한 풍속의 예법을 가볍게 적용하였다.'고 말하는 사람이 있어서, 드디어 선유先儒의 학설을 모아 변증辨證으로 삼는다.

『통전通典』285)에서 진晉 나라 하순賀循286)은 이르되, "지아비가 조祖·증조曾祖·고조高祖의 뒤를 이은 사람은 아내의 종복從服287)은 시부모에 대한 복과 같다."고 했다. [제최齋衰 주년이다.] ○『개원례開元禮』288)에서 "종복은 상장喪杖이 없는 기년복朞年服이다."라고 했다.

고례古禮를 살펴보면, 부인婦人은 남편 집안 존속尊屬에 대하여 모두 남편 복服을 한 등급 낮춰 입는다. 때문에 그 시부모 상에도 역시 상장이 없는 기년복에 그친다. 송조宋朝에 이르러 위인보魏仁浦289) 등의 주의奏議로 인하여 처음 부인으로 하여금 시부모 상에 삼년복을 입게 하였으니, 승중자承重者의 아내도 모두 동일하다. 진晉·당唐 제유諸儒는 모두 송조에서 복을 더 입기 전에 살았기 때문에 기복朞服으로 단정하였으니 이는 고례에 근거해서이다.

『상복기喪服記』에 "남편이 그의 형제들을 위하여 입는 복에 대하여 아내는 모두 한 등급을 내린다."라고 했다. [소疏에는 "아내가 남편을 따르되 그 족친에 대한 복은 한 등급을 내린다."라고 했다.]

○상복喪服은 부장不杖인데, 며느리가 시부모를 위해 어찌 기년복朞年服을 입는가. 종

---

285) 『통전通典』: 중국 당唐 나라 두우杜佑가 지은 서명. 직관·예안 등 8문으로 나누고 위로는 황제黃帝에서 아래로 당唐의 천보天寶까지의 전장典章·제도를 기록했다.

286) 하순賀循 : 자는 언선彦先. 경례經禮에 저명한 학자.

287) 종복從服 : 복술服術은 여섯 종류가 있는데, 첫째가 친친, 둘째가 존존, 셋째가 명名, 넷째가 출입出入, 다섯째가 장유長幼, 여섯째가 종복從服이다. 친친은 부모가 맨 먼저이고, 존존은 군신君臣이 맨 먼저이며, 명名은 세모世母·숙모叔母 등속이고, 출입은 여자로서 시집간 자 또는 아직 집에 있는 자이며, 장유는 성인 및 미성인이고, 종복은 지아비가 처의 부모를 위해서, 처가 지아비 쪽의 사람들을 위해서 입는 복 같은 것이다.

288) 『개원례開元禮』: 당唐 나라 개원開元(현종의 연호) 연간에 통사사인通事舍人 왕암王嵒의 주청奏請으로 소숭蕭嵩의 지휘 아래 가등賈登·장훤張烜 등이 편찬한 책이다. 당나라 태종太宗·고종高宗 때의 오례五禮를 수정 윤색한 예서禮書로 모두 150권이다.

289) 위인보魏仁浦 : 후진後晉의 소사小史로 시작하여 후한後漢의 병방주사兵房主事와 후주後周의 정승이 되었고, 송宋 나라 초기에 우복야右僕射까지 되었다.

복從服이기 때문이다.

○『개원례』에는 "며느리가 시부모를 위해서 상장이 없는 기년복을 입는다."고 하였다.

○송宋 건덕乾德(송 태조의 연호) 3년(고려 광종 16, 965년)에 비서감秘書監 대리시大理寺 윤졸尹拙 등이 말하기를 "율律을 살펴보면, '며느리가 시부모를 위하여 기년복을 입는다.'고 하였고, 『의례』의 「상복전喪服傳」과 『개원례』의 「의찬儀纂」·『오례정의속회요五禮精義續會要』·『삼례도三禮圖』 등에 기록된 바는 모두 '며느리가 시부모를 위해서 기년복을 입는다.'고 했으며, 후당後唐 유악劉岳의 『서의書儀』에는 '며느리가 시부모를 위하여 삼년복을 입는다.'고 했으니 예·율과는 다릅니다. 그러나 또한 칙령勅令에 준하여 이행해야 할 것이니, 청컨대 별단 제정하소서."라고 하니, 조칙이 "백관들이 모여 논의하라."하므로, 상서성 좌복야尙書左僕射 위인포魏仁浦 등 21인이 주의奏議하기를 "삼가 『예기禮記』「내칙內則」을 살펴보면 이르기를, '며느리가 시부모를 섬기는 것은 친부모를 섬기는 것과 같다.'고 하였으니, 곧 시부모와 친부모는 동일합니다. 고례古禮에 기년복이라는 설이 있어서 비록 그 뜻에 있어서는 상고할 만 합니다만, 『서의書儀』에 3년이라는 글이 드러나 있으니, 실로 예법에 있어서 마땅합니다. 대개 오복五服의 제도가 전대에 줄이고 보탬이 이미 많았습니다만, 더구나 3년 안에는 궤연几筵이 아직까지 있는데, 어떻게 남편은 거친 최복衰服을 입고 아내는 비단 옷을 입을 수 있겠습니까? 부부는 동체인데 슬퍼하고 즐김이 같지 않다는 것이 인정에서 구해보더라도 실로 지치至治에 손상됩니다. 더구나 부인으로서 남편을 위해서는 삼년복을 입고 시부모를 위해서 기년복에 그친다는 것은 남편을 높이고 시부모를 낮추는 것입니다. 하물며 소헌황태후昭憲皇太后 상喪에 효명왕후孝明皇后가 친히 삼년복을 입었음은 만대萬代의 법으로 삼을 만한 것입니다."라고 하여, 12월 정유일에 비로소 며느리로 하여금 시부모를 위하여 삼년복을 입게 하되 제최齊衰든 참최斬衰든 일체를 남편의 복에 따르게 하였다.

○장자張子(송의 장재張載임) 말하기를, "옛날 시부모를 위하여 제최 기년복을 입은 것은 바른 복제이다. 오늘날 참최 삼년복은 남편을 따른 복제이다."라고 하였다.

장자張子가 말하기를 "며느리가 시모를 위하여 제최 삼년복을 입고, 조祖·증조曾祖·고조高祖의 뒤를 이은 적손嫡孫의 경우 그 아내의 종복은 또한 그와 같다."고 하였다.

○『가례』에 "지아비가 조·증조·고조의 승중이 되면 종복은 참최 삼년복이고, 조모·증조

모·고조모의 승중이 되면 종복은 제최 삼년복이다.”라고 하였다.

○국조國祖의 『경국대전經國大典』에도 동일하다.

　　　　이상은 모두 시모가 있는지 여부는 논하지 아니하고 다만 남편의 복을 따라 3년으로 단정한 것이다.

『통전』에 있는 말이다. 진晉 나라 공호孔瑚가 우희虞喜에게 묻기를 “가령 현손이 뒤를 잇게 되었을 때 현손부의 종복은 기년복이고, 증손부가 아직 살아 있어서 겨우 시마복緦麻服을 입는다면 가까운 사람은 가볍고 먼 사람은 무겁게 되니, 실정상 의문스러운 점이 있습니다.”라고 했다. 우희가 답하기를, “적자適子가 있는 사람은 적손適孫이 없고, 또 만약 종자宗子의 어머니가 복을 입어야 한다면 종자부宗子婦는 복을 입지 않는다. 이로써 미루어 보면 현손이 뒤를 잇게 되었을 때 만약 그 어머니가 아직 살아계시면 현손부는 오히려 중서衆庶가 되므로 전중傳重이 될 수 없다. 전중의 복은 이치상 당연히 시모媤母에게 있다.”라고 하였다. [사계沙溪의 말에 “종자의 어머니가 살아 있으면 종자의 처는 복을 입을 수 없는 것은 상복전문喪服傳文에 근거한 것이다.”라고 하였고, 장자張子의 말에는 “종자의 어머니가 살아 있으면 종자의 처는 복을 입을 수 없다는 것은 잘못이다. 종자의 처는 종자와 더불어 함께 종묘의 제사를 섬겨야 할 사람인데, 어떻게 부부가 복이 다를 수 있겠는가? 때문에 종자는 비록 어머니가 계시더라도 마땅히 종자의 처복을 입어야 한다. 동에서 희상犧象의 잔에 술을 치고 서에서 뇌준罍尊의 잔에 술을 치는 일290)을 반드시 부부가 함께 해야 하는 일인데, 어떻게 모자母子가 그 일을 할 수 있겠는가? 운운하면서 이와는 같지 않다.”고 하였다.] 퇴계께서 정한강鄭寒岡에게 답한 말에 “『예기禮記』에 증손이 증조의 승중이 되었을 때 조모나 혹은 어머니가 계시면 그 조모나 혹은 어머니는 중복重服을 입어야 하지만 아내는 승중承重이 될 수 없다.”고 하였다. [난곡蘭谷의 말에 “종복과 승중은 서로 다른 사항이다. 노선생老先生께서 종복을 하지 않는다고 말씀하신 것이 아니라 승중이 될 수 없다고 말씀하신 것이니, 종복과 승중의 분변은 이미 재감裁鑑에서 마쳐놓았는데 뒷사람들이 잘 알지 못해서가 아닌가 한다.”고 했다.] 우복愚伏의 말에 “남편이 승중이 되면 종복을 해야 되지만 시모가 계시면 복을 입지 않는다.”고 하였다. [살펴보건대 ‘시모가 계시면 복을 입지 않는다.’라는 것은 『가례』의 「소공장小功章」의 글이다. ○남계南溪의 말에 “『가례』의 소위 ‘시모가 살아 계시면 복을 입지 않는다.’라는

---

290) 동에서 … 치는 일 : 희상犧象은 「예기禮器」 주에서 “희우犧牛와 상象의 모습을 만들고 그 등을 파서 준尊으로 쓰도록 한 까닭에 이름을 희준犧尊이라고 한다.” 하였고, 뇌罍도 술잔이다. 『대기戴記』의 「내칙內則」에 있는 내용이다.

것은 존위 때문에 복을 낮게 입는 떳떳한 제도로 다만 마땅히 손부에게만 적용할 따름이니, 이것을 폐지해서는 안 된다. 오늘날 승중자의 처가 남편의 증조·고조를 위한 종복으로 삼년복을 입는 예법은 살피지 못한 정도뿐만이 아니다."라고 했다. ○정재定齋의 말에 "'시모가 살아 계시면 복을 입지 않는다.'라는 것은 곧 조부모를 위하여 부녀가 입는 복제에 대한 글로써 본장의 참최斬衰나 승중·종복과는 각기 다른 뜻을 이루어 여기서는 빼고 저기서는 상세히 한 것이 아니다."라고 했다. ○"'시모가 살아 계시면 복을 입지 않는다.'는 것이 승중자의 어머니와 조모에게도 통할 수 있지만, 처가 남편을 따라서 복을 입는 문제에 있어서는 한 가지로 재단할 수 없다. 『가례』에서 '시모가 계시면 복을 입지 않는다.'라는 대목은 다만 「소공장」에만 보이고, 승중자의 처가 남편의 조부와 증·고조에게는 쓰지 않았다. 『개원례』의 「소공」 조는 적손부에 해당한다고 주를 달았고, 적부는 있지만 적손부가 없을 경우에는 「불장기不杖朞」조에 해당시켰다. 남편이 조부와 증·고조의 뒤를 잇게 된 경우 그 처의 종복은 모두 시부모에 대한 복과 같은 것으로서 두 책이 모두 동일하니, 우연이 아님을 알 수 있다."라고 했다.] 이는 대개 상喪은 고孤와 다름이 없다는 뜻이다. 그렇다면 다만 당연히 그 본래의 복을 입어야 할 따름이다.

○갈암께서 말씀하기를, "어머니가 계시면 주상主喪의 처는 승중이 될 수 없음은 이미 노선생께서 논정하셨다. 손부가 복을 입는 몸으로 주부의 제사 모시는 일을 행하는 데 이르러서는, 대개 또한 학설이 있으니, 『의례儀禮』의 「상복喪服」편에, 시부모의 복服을 상장이 없는 기년복으로 단정한 것이 어찌 복이 가볍다고 하여 제사를 받드는 일을 주관할 수 없다고 여겨서이겠는가? 그렇다면 손부가 비록 대공복大功服을 입고 제사 모시는 일에 참여한다 하더라도 어려운 점이 없을 듯하다."고 했다.

○밀암께서 말씀하기를, "『의례』의 「상복전」에 이르기를, '종자의 어머니가 계시면 종자의 처에게는 복을 입히지 않는다.'고 했고, 『가례』의 「소공」 조에서는, '적손 및 증·현손으로 뒤를 이은 사람의 아내가 시어머니가 계시면 복을 입지 않는다.'고 하였다. 퇴계선생께서 한강에게 답하기를, '『예기』에 증손이 증조부의 승중이 되고, 조모나 혹은 어머니가 계시면 그 조모와 혹은 어머니는 중복을 입어야 하지만, 아내는 종복을 입을 수 없다.' 하였다. [퇴계선생의 말씀을 살펴보건대, 다만 승중자의 종복을 입을 수 없다고 하신 내용은 그 글자에 있어 밝게 살피지 못하신 듯하다.] 운운 하였다. 때문에 남중南中(서울의 남쪽, 경기도 일원)의 사대부가士大夫家에서 일제히 이 학설을 따라, 다만 적손이 중복을 입고 있을 때 그 어머니가 계시면 아내는 종복을 입지 않을 뿐만이 아니라 비록 증·현손으로 승중복을 입고 있을지라도 조모나 증조모가 계시면 그 어머니와 아내가 종복을 입지 않는 것이 이미 통행하는 규례가 되었다."고 했다.

○대산께서 권계주權季周에게 답하기를, "『통전』에서 우희虞喜가 말하기를, '현손으로 뒤를

이은 사람이 만약 그 어머니가 아직 살아 계시면 현손의 아내는 중서衆庶가 된 것과 마찬가지이므로 전중이 될 수 없고, 전중의 복은 이치상 마땅히 시모에게 있다.’, 유울지庾蔚之는 다음과 같이 말했다. ‘시부가 돌아가면 시모가 늙어 제사를 며느리에게 준다. 조복祖服에 있어서는 절로 시모로써 적嫡을 삼는다. 이른바 적부嫡婦는 있고 적손부嫡孫婦가 없다는 것이다.’ 여기에 근거하면 시모가 살아 계시는데도 갑자기 중복을 입는 것은 이로써 적부로 자처하는 것이니, 마땅히 우복의 학설을 따르는 것이 옳은 듯하다.” [정재께서 소암所庵에게 답하기를, “유울지의 학설은 인용한 의미와는 다른 점이 있는 듯하다. 말하기를 시부가 돌아가면 시모가 늙어 제사를 자부子婦에게 주지만 조복祖服에 있어서는 시모가 적이 되니, 이른바 적부는 있고 족손부가 없다는 것이다. 이 말은 제사는 자부에게 주지만 복은 시모가 스스로 적이 되므로 자부에게 줄 수 없다는 것이다. 또 말하기를, 조부모는 적통이 유일하기 때문에 자부가 상존하면 손부이하는 적이 될 수 없으니, 중서의 복과 같다고 했는데, 이 말은 조부모 상에 손부의 복은 자부가 상존하면 손부이하는 중서부衆庶婦의 복으로 복을 입는다는 것이다. 그 적통이 자부에게 있기 때문이다. 또 말하기를, 손부 및 증·현손부는 절로 남편의 복을 따라 조부모 상에 한 등급을 내려서 기년복이 된다. 비록 시모가 살아 계시더라도 기년복이 혐의됨이 없는 것은 남편의 복을 따르기 때문이라고 하였다. 앞뒤 세 번 그 말을 바꾸었으되 각기 의의가 있다. 시험삼아 이 뜻으로 대산께서 권계주에게 답한 편지에 준하는 것이 어떻겠는가?”]

　　　　이상 여러 학설은 모두 시모가 살아계시면 아내가 승중이 될 수 없는 것이 옳다는 것으로 대개 계통을 범하는 혐의 때문이다.

　　『통전』에서 유울지庾蔚之가 말하기를, 시부가 돌아가면 시모가 늙어 이에 제사 모시는 일을 자부에게 넘겨주지만, 조부모의 복에 있어서는 절로 시모가 적통이 된다. 이른바 적부는 있고 적손부가 없다는 것이다. [동암東巖께서 말하기를 “이는 전중의 복은 시모에게 있고 며느리에게 있지 않음을 이른다.” 하였다.] 조부모의 상에 있어 적통은 유일하기 때문에 자부가 아직 살아 있으면 그 손부이하는 적통이 될 수 없으니, 중서의 복과 같다. [동암께서 말하기를 “이는 조부모 상에 손부의 복은 그 시모가 살아 있으면 중서부의 복으로써 복을 입는다는 것이니, 곧 『가례』의 「소공장」에 ‘시부모가 살아 계시면 복을 입지 않는다.’고 한 것이 이것이다.”] 손부 및 증·현손부는 절로 남편의 복을 따라 조부모 상에 한 등급을 낮추기 때문에 기년복이 마땅하다. [동암께서 말하기를 “이는 조부모 상에 손부의 복은 절로 남편을 따라 입기 때문에 비록 시모가 계시더라도 오히려 기년복이라고 한 것이다.” ○ 이를 살펴보면 복을 입기 전이기 때문에 기년복이 마땅하다고 한 것이다.] 퇴계선생이 김잠재金潛齋에게 답하는 말씀에 “상주의 아내가 이미 그 어머니와 조모에 대한 복을 입고 있으면 마땅히 복을 입지 않아야 하는데, 보내신 의견에 『가례』「소공조」의 '적손과 증·현손으로 마땅히 뒤를 이어야 할 사람의 아내가 그 시모가 살아 있으면 복을 입지 않는다.'는 학설을 인용하여 이는 반드시 그 시모가 마땅히 복을 입어야 하기 때문에 그 며느리의 복이 되지 않는다고 운운하였습니다. 보내주신 의견이 근리하지만, 의심스러운 것은 그 남편이 중복을 입고 있으며, 시모 혹은 조모가 총부冢婦로써 복을 입고 있다면 며느리는 복을 입지 않을 수 있기 때문에 예법의 의미가 이와 같다는 것입니다. 또 손부와 증손부가 아울러 복을 입는 것을 의심하는 것도 또한 그렇지 않은 듯합니다. 가만히 생각컨대, 손부와 증손부가 모두 있으면 손부가 복을 입어야 하고 둘 중 하나만 있으면 있는 사람이 복을 입어야 할 것입니다." 하였다.

○정한강에게 답하기를, "부인이 남편의 조부모 상을 당했을 때, 남편이 승중자라면 따라서 복을 입습니다. 지금 증·현손이 증·고조의 복을 입는데 있어 그 아내라면 마땅히 종복일 것입니다. 예를 들어 그 어머니는 이른바 시부가 돌아가면 시모가 늙어 이미 주부主婦로서의 직임을 며느리에게 넘겨준다고 하는 것인 듯한데, 의문스러운 것은 마땅히 복을 입지 않는다는 것입니다. 그러나 「상복」 소기小記에 속종자屬從者는 소종所從이 비록 돌아갔다 하더라도 「복소服疏」의 이른바 속종의 삼처三妻가 남편의 복과 남편의 집안을 따라야 한다는 것이 그 하나입니다. 여기에 근거하면 그 남편이 비록 이미 죽었다 하더라도 그 처는 또한 마땅히 복을 입어야 할 것이니, 대개 전중이 된 경우 증·현손으로 복을 입을 때, 그 이상이 죽어 복을 입지 못하는 경우에 더불어 복은 같습니다." 하였다. [정재께서 말하기를, "살펴보건대 퇴계선생께서 두 편지에 대하여 의문으로 여기신 것은 모두 어머니와 조모가 모두 마땅히 복을 입지 않는다는 데에 있는데, 다시 복을 입을 수 있는 의리를 검토해 보신 것이다. 만약 승중자의 아내라면 위에서는 상주의 처로서 복을 입어야 한다고 하고서, 아래에서는 그 아내는 마땅히 종복이지만 시모가 살아 계시다면 복을 입지 않는다는 것이 근리하다고 말씀하셨을 뿐이니 이는 곧 의문을 제기하되 답은 내놓지 않은 것으로, 비록 위에서 아내가 승중이 될 수 없다는 가르침을 인용하셨지만, 갑자기 그렇다고 단정할 수는 없었던 것이다." 하였다.]

○사계가 말하길, "승중손의 처는 시모가 살아 계시면 종복을 하지 않는다는 것은 그렇지 않을 듯하다. 장횡거張橫渠의 『이굴理窟』과 주자의 『가례』가 당시 임금의 제도에 참여하여 모두 이르기를 남편이 승중이 되면 아내는 종복 3년을 입어야 한다고 하여 다시 그 시모가 살아 계시면 입지 않는다는 말을 두지 않았으니, 예법이 매우 분명하다. 이제 어떻게 주자와 횡거선생이 이미 정한 이론을 버리고 제가諸家의 견강부회의 말을 따르겠는가? 근년 정시회엽

鄭時晦曄이 그 딸 나만갑羅萬甲의 아내가 남편의 조모상을 당했을 때, 그 시모가 계시므로 삼년복을 입지 않으려 하매 내가 반복 논의하여 마침내 복을 입게 하였다. 박열지 동열朴說之東說이 모친상을 당했을 때, 그 형 동윤東尹의 자부가 또한 삼년복을 입지 않으려 하매 내가 송조宋朝 복 입었던 사례와 예법의 의미를 가지고 말을 하니, 열지가 좇아서 복을 입으려 했다.”고 했다.

○남계가 말하기를, “『예기』에서는 다만 남편이 승중자라면 종복을 해야 한다고만 했지 다시 시모 혹은 조모가 살아계시면 그렇지 않다고는 하지 않았다. 이것이 실로 적확한 준거이다.”

○난곡은 말하길, “남편이 승중자라면 따라서 복을 입어야 한다. 송나라 이전에는 기년복을 입었지만 이후는 삼년복을 입었다. 이로부터 높이는 데에 통합되었지만 슬픔과 즐거움을 더불어 함께하는 의리는 승중손이 복을 입는 것과는 대략 차별이 있으니, 시모와 시조모가 계시고 안 계시고에 따라 차이가 있을 수 없다. 남편이 승중손이고 그 시모가 계시면 아내가 비록 종복을 하더라도 중서부가 되어도 해롭지 않고 적부로서의 이름은 의구히 시모에게 있다. 그 증·고조의 승중의 경우도 모두 그러하니, 곧 그 복은 중서부의 복이지 승중의 복이 아니다.”라고 했다. [정재께서 말하기를, “『통고通攷』에서 수습해 넣은 난옹蘭翁의 학설에 역시 볼 만한 견해가 있으니, 대개 시조부 상에 손부가 입을 복은 적통이 아니면 복을 입힐 수 없기 때문에 그 시모가 살아 계시면 복을 입힐 수 없다. 시조부모상에 손부의 복에 있어 종복한 일례가 있기 때문에 비록 그 시모가 살아 계시더라도 승중복을 입는데 혐의가 없다. 보내준 의견에 이른바 산 사람을 섬기는 것이 죽은 사람을 섬기는 것과 같아서 의구히 승중복으로 단정했기 때문에 이러한 의문이 있는 것이다. 만약 승중에 관계없이 다만 그 남편의 복을 따른다고만 하면 또한 어찌 이러한 혐의가 있겠는가? 이것이 난옹의 학설을 수습해 넣은 소이이니 뒷사람들로 하여금 취사하게 할 뿐이다.”라고 했다.]

○정재께서 말하기를, “전중과 종복은 뜻과 사례가 같지 않은 듯하다. 전중은 이른바 ‘적부가 있으면 적손부가 없어서 서로 충돌될 수 가 없다. 종복은 부부가 일체이기 때문에 애락哀樂을 더불어 함께 따라하는 것일 뿐이어서 서로 충돌될 수가 없다. 때문에 시모가 있으면 다시 며느리에게 종복이 있을 수 없다. 때문에 비록 시모가 계시더라도 또한 마땅히 남편을 따라 복을 입어야 할 듯하다. 그러나 소위 종복에는 두 가지가 있다.’ 『대전大傳』에서는 ‘속종屬從이 있고 도종徒從이 있다.’고 했고, 「소기小記」에서는 ‘도종은 따라야 할 사람이 죽었으면 그만이라는 것이고, 속종은 따라야 할 사람이 죽었더라도 복을 입어야 한다.’는 것이다. 살펴보건대, 이른바 도종은 도徒가 공空이니, 마땅히 입어야 할 복이 아니나 부질없이 종복을 입는 것이고, 속종은 속屬이 친속親屬을 일컫는 것으로, 속屬을 이어 친親으로 삼아 복을 입는 것이

다. 이로써 본다면 아내는 남편을 따라 그 남편 집안의 복을 입는 것이 마치 속을 이어 친으로 삼은 것과 같으니 속종이고, 남편을 따라 그 조·증·고조의 중복을 입는 것이 속으로 이어진 경우에 부질없이 종복을 입은 것이 이른바 도종이다. 따라야 할 대상이 없다면 어찌 그만두지 않을 수 있겠는가? 손부나 증손부가 이 경우이다. 따라야 할 대상이 있다면 어찌 그만둘 수 있겠는가? 승중자의 아내가 이 경우이다.”라고 하였다. [어떤 사람이 비난하여 말하기를, “「소기」의 소疏에서 아내가 남편을 따라 남편 집안의 복을 입는 것을 속종이라고 하여 지금 승중손의 아내가 남편의 복을 따라 입는 것을 도종이라고 하는 것은 불가하지 않겠는가?”하니, 답하기를 “퇴계선생께서도 또한 속종에 해당시켰다. 그러나 이는 크게 나누어 한 말일 뿐이다. 만약 그 가운데로 들어가 세분하면 또한 절로 견해가 있다. ‘속종’의 소疏에서 이르기를 ‘속종은 속을 이어 친으로 삼는 것이고, 속을 이어 친으로 삼는다는 것은 예를 들어 남편의 부모를 속을 이어 시부모로 삼는 것이나 남편의 조부모를 속을 이어 시조부·시조모를 삼는 것과 같은 것이니, 그 어버이와 같이 복을 입는 것이다. 비록 따를 사람이 죽었다 하더라도 또한 입어야 할 복이다.’라고 하였다. 소위 속종이라는 것은 승중자의 처의 경우 일찍이 시조부모의 속을 이어 시부모로 삼는 경우가 없지만, 한갓 그 남편을 좇아서 중복을 입는 것이기 때문에 도종에 해당시킨 것이므로, 말은 옛 것을 본받지 않아도 의미는 실로 여기서 취한 것이 있는 것이다.” 하였다. ○「답이질여答李質汝」에 이르기를, “살펴보건대, ‘속종’은 그 소疏에서 ‘아내가 남편을 따르는 것’이라 하였고, ‘도종’은 그 주註에 ‘신하가 임금을 섬기는 것’이라 하였다. 소에서 도종을 말한 것은 하나뿐이 아니나, 아내가 승중이 된다는 말은 없다. 그러나 『대전大傳』의 글이 포괄이 넓어서, 주소註疏에서 언급할 때 혹 다 들지 못하는 경우는 있어도, 그 의미에 있어서는 유추할 수 있을 것이다. 대저 ‘속종’은 속을 이어 어버이로 삼아 복을 입는 것이고, ‘도종’은 마땅히 입어야 할 복이 아닌데 공연히 따라서 입는 복이다. 그렇다면 복을 입되 그 어버이와 같이 하는 것이 속종이다. 복을 입되 어버이 보다 더하는 것을 도종이라 이르지 않을 수 있겠는가? 남편의 부모를 속을 이어 시부모 삼는 것과 남편의 조·증·고조부모를 속을 이어 시조·증·고조부모로 삼아 참최·대공·시마의 복을 입는 것은 속종이다. 그 남편이 승중손이면 아내가 일찍이 남편의 조·증·고조부모의 속을 이어 시부모로 삼지 않고, 그 칭호를 조·증·고조부모라 하며, 그 본래의 복은 대공과 시마복에 그칠 뿐인데, 시부모의 복을 입는 것은 공연히 종복하는 것이 아니겠는가? 한 사람의 몸으로 같이 조·증·고조부모를 위하여 대공이나 시마복을 입으면 속종이 되고, 참최복을 입으면 도종이 되며, 남편의 정복을 따라서 입으면 속종이라 하고 남편의 복을 따라 더 입으면 도종이라 하니, 이것이 내가 주소가들이 혹 다 따지지 못한 것이 있다고 말하는 소이이다. 어머니와 아내를 막론하고 도종이 되는 것은 동일하다. ‘어머니가 소종所從이 없기 때문에 복을 입지 않는다.’는 문구文句는, ‘아내가 소종이 있기 때문에 복을 입는다.’는 예법이 있은 후에 적통嫡統이 전일할 수 있고, 남편을 따라 종복한다고 말할 수 있을 것이다. 가만히 생각컨대, 괴이한 것은 대저 오늘날 행해지고 있는 것을 보면, 혹 소종의 있고 없음을 막론하고 한 가지로 모두 중복을 입는 것이니, 이는 기강을 범하거나 계통을 어지럽히는 데로 돌아감을 면치 못할 듯하고, 이 점에 혐의가 있다면 적부嫡婦가 전중하는 외에는 또 일체

복을 입지 않게 된다. 어머니는 소종이 없으면 복을 입지 않는다는 문구를 쓰면서 오히려 도종이 아니라 하고, 처는 또 소종이 있어도 또한 복을 입지 않으면서 오히려 속종이라 하면 무엇이 명실이 상부하지 않겠는가?” 하였다.] 때문에 유울지庾蔚之의 말에 이르기를 “조부모의 복에는 절로 시모로 적통을 삼는다.”고 한 것이니, 이른바 ‘적부가 있으면 적손부는 없다.’는 것이다. [이 말은 적부는 조부모의 상례에 있어 전중복을 입는다는 의미로 전중의 예법은 범할 수 없다는 것이다.] 조부모의 상례에 있어 적통은 유일하기 때문에 자부子婦가 아직 살아 있으면 그 손부 이하는 적통이 될 수 없으므로 중서衆庶의 복과 같다. [이 말은 조부모의 상례에 손자와 증손자의 아내에게는 복을 입히지 않는다는 의미로 곧 이른바 ‘시모가 있으면 입지 않는다.’는 말이다. 이 두 조목은 조부모에 대한 손부의 복과 조부모의 상례에 있어 손부에게 입히는 복을 상대적으로 말한 것이니, 적손이 없다는 의미가 엄격할 뿐만이 아니다.] 손부와 증·현손부는 저절로 자부를 따라 조부모의 상례에 한 등급을 내리기 때문에 기년복이 마땅하다. [이 말은 승중자의 아내가 종복한다는 의미로 위의 글에 이미 적손이 없다는 의미와 겹치고, 조부모의 상례에 남편의 복을 따른다는 것만 유독 그 가운데에 없기 때문에 별도로 이처럼 말한 것이니, 전중과 종복은 각기 의미가 다르다는 것을 알 수 있다.] 이것을 가지고 살펴보면, 가령 현손玄孫이 승중자가 되었을 때 자부가 아직 살아 있으면 전중복은 자부에게 있고 손부이하는 복을 입을 수 없는 것이다. 자부가 없고 손부가 있으면 손부가 복을 입고 증손부는 복을 입을 수 없다. 비록 손부와 증손부가 복을 입을 수 없다 하더라도 승중자의 아내는 또한 남편을 따라서 복을 입어야 할 듯하다. 이쪽은 전중傳重으로 입는 복이고 저쪽은 남편을 따라 종복從服하는 복이니, 각기 의미가 다르기 때문에 상쇄[相殺]될 수 없는 것이다. 남중에서 현재 행하는 것은 이것을 살피지 못한 듯하다.

○말하되, 증·현손으로 승중자 아내의 종복 여부에 있어서는 퇴계선생께서 두 가지 학설을 두셨는데, 나중 여러 학자들이 각기 한 가지 학설을 주장한 것이 모두 분명한 증빙이 있다. 그러나 하나는 『가례』「소공장」의 ‘적손 및 증·현손이 후계자가 된 사람의 아내는 시모가 살아 있으면 복을 입지 않는다.’는 학설로써 증빙을 삼았고, 하나는 『통전』의 ‘손부 및 증·현손부는 남편의 복을 따라 기년복을 입는다.’는 것과 『가례』「제최장齊衰章」에 ‘다만 남편이 승중자면 종복한다고만 하고 시모가 살아 있으면 입지 않는다고는 하지 않았다.’는 것으로 증빙을 삼았다. 방증傍證과 적증的證이 과연 어느 것이 옳고 어느 것이 옳지 못한가?

○장석丈席(서산 김흥락을 가리킴)이 말씀하되, “승중손부의 종복에 대하여 『통전』에 보이는 것은 이미 절로 분명하고, 퇴계선생도 또한 말씀하시기를 ‘그 처는 마땅히 종복해야 한다.’고 했으며 근세 난옹蘭翁의 견해도 또한 그 명확함을 극진하게 하였으니, 절로 예가禮家에 있어

삼척법三尺法이 되기에 합당하다. 그러한데도 후래의 선배들이 아직도 정중한 논의가 있는 것에 대해서는 식견이 적고 얕은 사람으로 더욱 어떻게 감히 말하겠는가. 다만, 평소 듣던 바에 의거하여 남편이 승중자가 되면 그 아내는 종복하지 않을 수 없다는 것은 진실로 애락哀樂을 더불어 함께하는 처지에 의리義理만 유독 다르다는 것은 합당하지 못하고 또 전중과 종복은 의미가 절로 구별되니 '그 시모가 살아 있으면 복을 입지 않는다.'는 견해를 따라 마침내 종복을 폐지한다는 것은 결코 불가하다고 여긴다. ['시모가 살아있으면 복을 입지 않는다.'는 말은 본래 시조부의 상례에 그 승중손부가 그 시모가 있으면 전중복으로 복을 입지 않는다는 것이지, 종복을 가리켜 말한 것이 아니다.] 그 평소의 복색도 풍속에 흔히 옅은 색으로 종사하는데, 참최복을 옅은 색으로 하는 것이 이 치상 어떻게 부당함이 없을 수 있겠는가? 송나라 때 한 부인이 모든 오복五服을 다 소복素服으로 그 달을 마감하니 주자朱子가 좋게 여겼다. 공복과 시마복도 그러하거든 항차 참최의 중복임에랴." 하였다.

　　　　이상은 모두 시모나 혹은 시조모가 비록 살아 있다 하더라도 승중자의 아내는 절로 남편의 복을 따라 3년으로 단정하는 것이니, 대개 전중과 종복은 의미와 규례가 같지 않기 때문이다.

　사계沙溪가 말하기를 "승중현손은 그 사이에 손부와 증손부가 있어 복이 의문이 될 수 있다."라고 했다. 퇴계선생의 말씀은, 전·후가 달라서 적종適從할 수 없다. 어떤 이가 말하기를, '손부·증손부도 또한 모두 삼년복을 입어야 한다.'는 것이 옳을 듯하다. 대개 남편이 살아있을 때 이미 조부 및 증조부의 승중손이 되었으므로 그 아내 또한 종복 3년인 것이다. 그 남편이 죽은 다음 그 조모 및 증조모가 죽었다면 그 아내는 남편이 이미 죽었다 하여 아들이나 손부에게 전중傳重을 맡기고 자신은 다만 본복本服만 입을 뿐이라면 이는 한 사람의 몸으로 제최·참최의 상喪에 있어서 앞은 무겁게 하고 뒤는 가볍게 하는 격이 되니, 한갓 정리情理상 차마 하지 못할 바가 있을 뿐만이 아닌 것이니, 그 남편이 비록 죽었다 하더라도 전중의 의리는 마땅히 이와 같지 않을 듯하다. [정재定齋께서 말하기를 "『통전』을 살펴보면, 유표劉表가 말하되 '아버지가 계실 때 손자가 조부를 위하여 입는 복은 기년복이고, 아버지가 돌아가신 후 조모를 위한 복은 조부를 초과할 수 없다.'고 하였는데 유씨庾氏의 논박論駁이 옳지 않다고 여겼다. 이제 사계沙溪가 '남편이 살아있을 때는 종복을 하지만, 남편이 죽은 다음에도 이전보다 가볍게 할 수는 없다.'고 하였으니, 이는 조부의 복을 초과할 수 없다는 말이다. 대개 앞은 무겁고 뒤는 가볍다는 것은 앞은 가볍고 뒤는 무겁다는 혐의에 있어서는 사실은 같은 것이다.”라고 하였다.] 가령 비록 전에 종복을 하지 않은 부인이라도 만약 대를 이어 전중하는 의리가 없다면 중간의 대서代序가 끊어져 이어지지 않을 것이니, 그 증·현손이 어디로부터 올라 승중이 되겠는가? 그 손자와 증손이 비록 이미 죽어 복을 입지 못한다 하더라도 복을 입는 것과 같은 것이니, 반드시 손부와 증손부도 모두 바른 계통에 따라 복을 입은 다음이라야 대서가 비로소 이어지고 전중도 근본을 확립할 수 있을 따름이다. 퇴계가 인용한 ‘속·종은 소종所從이 비록 죽었다 하더라도 일단一段의 복은 입어야 한다.’는 것은 실로 적확·분명한 증빙이 되어 다른 의론이 있을 수 없을 듯하다. [남계南溪께서 말하기를, “‘이른바 비록 죽었다 하더라도 복을 입어야 한다.’는 것도 또한 두 가지 예가 있을 듯하다. 만약 남편이 승중손으로 죽은 경우는 바로 「소기」의 문구에 해당하여 추복追服하는 것은 의심이 없다. 만약 본래는 승중이 아닌데 죽은 경우 그 남편은 오히려 마땅히 복을 입어야 할 사람이 되지 않으니, 바로 이른바 ‘적자가 있으면 적손이 없다.’는 것이다. 그 아내가 어디를 좇아 종복을 입겠는가?”라고 하였다.]

○남계南溪가 말하기를, “대서代序와 전중傳重은 조祖·예禰·정正·체體의 사이에 있는 것이지, 손부·증손부의 복 입는 여부에 있는 것이 아니다.”라고 하였다.

○정재定齋께서 말하기를, “계세繼世·전중의 의리는 부·조의 상에 있어서 비록 ‘죽었으니 복을 입지 않는다.’ 하더라도 어찌 이미 끊어진 것으로 보았다가 부인이 그를 위하여 복을 입은 연후라야 바야흐로 전중이 된다고 할 수가 있겠는가? 가령 부부가 모두 죽어 복을 입지 못하는 경우는 또 어떠한가? 만약 ‘살아 있으면서도 복을 입지 아니하는 것은 절연된 것’이라 한다면, 예전 남편이 죽어 개가한 경우 도리어 그 남편 집안의 복을 입지 않았는데, 이러한 경우 자식이 승중이 될 수 없는가? 남계가 말하기를, ‘전중은 조祖·예禰에 있는 것이지, 손부·증손부가 복을 입는 여부에 있는 것이 아니다.’라는 말은 그 의의를 얻었다 할 수 있다.” 하였다.

○사계沙溪가 말한 것은 잘못이다. 「상복전」에 이르기를, “적자가 있는 경우는 적손이 없다. 손부도 역시 마찬가지다.”라 하고, 소疏에서 말하기를 “적부嫡婦가 있으면 또한 중서손부衆庶孫婦가 된다.”라고 하였다. 『통전』에서 우희虞喜가 말하기를, 전중의 복은 이치상 마땅히 시모에게 있으니, 이는 그 의미가 매우 무겁고 그 견해가 매우 명백하다. 예문禮文에 박식한 사계가 반드시 그에 대하여 상세히 알고 있었을 것이지만, 다만 증·현손의 승중과 종복이 며느리의 전중에 달려 있고, 또 마땅히 적부에게 있다면 그 사이 시모나 또는 시조모는 다만 본복만 입는다면 가까운 사람은 가볍게 입고 먼 사람은 무겁게 입는 결과가 되니, 정리상 실로

의문이 있으므로 이러한 의론議論이 있게 되는 소이이다.

○퇴계께서 한강에게 대답하기를, "전중으로 증·현손의 복에 있어 그 이상 죽어 복을 입을 경우는 더불어 복이 같다."라고 하였다. 이는 혹 사계설沙溪說의 근본이 되는 듯하다. 그러나 이는 대개 시조모나 혹은 시모가 적부의 지위에 있는 경우를 가리켜 말한 것이기 때문이다. 잠재潛齋에게 답하기를, "손부나 증손부가 병복幷服한다는 견해는 그렇지 않다. 가만히 생각컨대 손부나 증손부가 모두 있다면 손부가 복을 입어야 하고, 둘 중 한 사람이 있으면 있는 사람이 복을 입어야 할 듯하다."고 하였다. 이는 의미가 다시 의심할 수 없을 것이다.

○사계가 가령 네 세대의 부인이 모두 적통이고 모두 높아서 함께 참최복을 입는다면, 내가 생각컨대 성인聖人의 제도가 이처럼 잡연히 계통이 없지는 않을 듯하다. 하물며 부인이 시모에 대하여 적통이 동등할 수 없는 것은 자식이 아버지에 대하여 계통을 범할 수 없는 것과 같은 것인데, 이제 아버지가 적통이 되어 거상居喪할 경우 자식이나 손자가 참최·제최의 복을 함께 입는 예법은 있지 않으니, 또 어찌 시모가 적전중嫡傳重이 되는데도 자부나 손부가 함께 중복을 입을 이치가 있겠는가? 부인이 남편의 조부모 및 증·고조부모상에 그 손자보다 도리어 무겁게 복을 입게 할 수 없는 것 또한 이미 분명한 것이다.

이상은 손부와 증손부 모두 중복重服을 입는 것이 잘못임을 논한 것이다.

▫ 심의집석   深衣集釋

옛날 심의深衣는 대개 제도가 있었으니, 규구規矩에 합당하고 권형權衡에 준승해야 한다.

고제를 살펴보면 의依와 상裳의 제도가 다른 것은 위와 아래를 구별하려는 소이였다. 오직 심의 제도만은 의가 상에 잇대어 있어 다르지 않은데, 이는 몸에 입히는 것이 깊고도 깊숙하기 때문에 '심의深衣'라 명명하였다.

◑사마온공司馬溫公(온공은 사마광의 봉호)이 말하기를, "옛날 심의는 15승升의 베를 잿물로 두드려 삶아 빨아서 사용하였는데, 지금은 다만 가늘고 조밀하며 보드라운 것을 쓴다."고 했다.

○주자가 말하기를, "희고 가는 베를 재단하여 사용한다."고 했다. [퇴계 이선생께서는 "희고 가는 베가 어떤 베인지는 알지 못하겠다. 그러나 질긴 면포가 좋지 않을까." 했다. ○정 한강께서는 "가늘고

흰 베는 누인 삼베가 이것인 듯하다.”고 했다. ○류정재柳定齋께서는 “우리나라 북쪽 땅에서 생산되는 베는 포백척布帛尺으로 1척 9촌이 되는데, 이는 옛날 치수로는 꼭 2척 2촌의 너비에 해당한다.”고 했다.] 도度는 손가락자를 썼는데, 중지의 중간 마디가 촌寸이 되니 각기 절로 몸과 서로 맞게 된다. [구경산丘瓊山(명나라 구준丘濬의 호)이 말하기를 “중지의 중간 마디는 곧 손가락 마디를 굽힐 때 안으로 향하는 두 마디 금 사이에 있는 거리로 곧 침경鍼經이니, 이른바 신촌身寸과 같은 것이다. 천을 말라 재단할 즈음에 또 사람 몸의 장단과 광협廣狹을 헤아려서 하게 되니 거의 신체와 맞게 된다.”고 했다. ○류정재께서 말하기를, “『설문說文』에 ‘주제周制(주나라 제도)의 촌寸·척尺·지咫·심尋은 모두 사람의 신체로 법을 삼는다.’하였으니, 이는 『가례』의 ‘지척指尺’이 근본으로 삼은 것으로서 각기 절로 서로 맞는 것이다. 오늘날 이른바 ‘주척周尺’은 너무 긴 것이 걱정인데, 옷을 만들 때 장애가 많은 까닭이니 아마도 지척을 쓰느니만 못한 듯하다. 지척 1척은 포백 1척 4촌 남짓에 해당한다. 장단이 고르지 않음이 있는 것 또한 각기 몸에 맞도록 하는 것이라서 하나의 규례에 구애되지 않는다.”라고 하였다.]

짧아도 살갗이 보이도록 하지 말고, 길어도 땅을 덮지 말아야 한다.

엄릉 방씨嚴陵方氏(송의 방각方慤임)가 말하기를, “짧더라도 살갗이 보이지 않게 하면 그 형체가 더러워지지 않으니, 비록 간약하게 하더라도 너무 검소한 잘못이 없을 것이요, 길어도 흙을 덮지 않으면 물품을 허비하지 않으니, 비록 풍부하다 하더라도 지나치게 사치한 허물이 없을 것이다.”라고 했다.

소매를 이어 붙여서 가장자리를 꿰맨다.

정씨鄭氏(한의 정현鄭玄임) 말하기를, “속續은 이은다[屬]는 뜻이고, 임衽은 치마의 바깥쪽에 있는 것이다. 이어 붙여서 치마의 앞뒤를 다르지 않게 하는 것이다. 구鉤는 ‘조훼필구鳥喙必鉤(새의 부리는 반드시 구부러진다)’의 구鉤와 같이 읽고, 오늘날의 곡거曲裾[291]와 같은 것이다.” [류정재께서 말하기를, “소매를 이어 붙여서 가장자리를 꿰맨다[續衽鉤邊]는 것은 실은 면복冕服(관복과 같은 뜻)에 근거해서 말한 것이다. 심의를 만드는 법은 고주故注에 이르기를, ‘임衽은 치마의 바깥쪽에 있는 것’이라 하였지만, 치마는 면복의 ‘앞은 세 갈래, 뒤는 네 갈래[前三後四]’에 근거하여 말한 것이다. ‘바깥 쪽에 있다.’는 것은 그 곁 폭이니, 말하자면 이어지는 것은 면복에 있어 치마 바깥쪽의 깃이다. 때문에 ‘이어 붙여 치마의 전·후가 다르지 않게 한다.’고 한 것이다. ‘구鉤는 조훼필구鳥喙必鉤의 구鉤와 같이 읽는다.’는 것은 후대後代

---

291) 곡거曲裾 : 관복의 치마 오른쪽에 붙이는 제비 꼬리같은 모양의 천.

사람들이 바깥쪽을 구부려 양쪽 깃을 교차시켜 꿰매었기 때문에 이렇게 말한 것인 듯하다. 이는 이 구鉤 자字를 '구곡鉤曲'의 의미로 본 것이니 「악기樂記」의 문구文句 가운데 '구구鉤鉤'처럼 매우 굽은 것이다. 이른바 '오늘날 곡거와 같다.'는 것은 바깥쪽 깃을 구부려 가장자리를 이어 붙였음을 말하는데, 한나라 때 곡거가 구부러진 것과 같으니 그 바깥쪽 깃을 굽힌 것이다."라고 하였다. ○면복을 살펴보면, 저고리와 치마가 있는데, 심의도 역시 저고리와 치마가 있다. 그런데 면복의 저고리과 치마는 그 바깥쪽 깃을 이어 붙이지 않기 때문에 전·후가 다르고, 심의의 저고리와 치마는 그 바깥쪽 깃을 이어 꿰매어 붙이기 때문에 전·후가 다르지 않은 것이다. 그렇기 때문에 '깃은 치마 바깥쪽에 있는 것'이라 한 것이고, '그것을 이어 붙여서 치마의 앞과 뒤를 다르지 않게 한다.'고 한 것이다. 이것을 일컬어 '깃을 이은다.'고 하는데, 이을 때는 반드시 바느질 공력이 있어야 하니, 곧 두 폭을 합하여 꿰매고 다시 꿰매고 자른 자리가 겉으로 나타나는 것은 모아서 뒤로 향하게 하는데, 그 가장자리 끝을 접어서 엎어 꿰맨다. 이것을 일컬어 '가장자리를 구부린다.'고 하는 것이다.]

○ 양씨楊氏(양간楊簡인 듯)가 말하기를, "정주鄭註의 의미는 대개 보통 치마를 말하는 것으로 앞은 세 폭, 뒤는 네 폭이다. 이미 앞과 뒤로 나누면 그 곁 두 폭이 나뉘어 갈라져 서로 이어지지 않는다. 오직 심의의 치마는 12폭으로 어긋나게 갈라 마르기 때문에 모두 이름하여 '깃[袵]'이라 한다. 이른바 '깃을 이은다.'는 것은 치마의 바깥 쪽에 있는 두 폭을 가리켜 말하는 것이고, '치마의 바깥쪽의 두 폭을 이어 붙인다.'는 것은 치마의 앞과 뒤를 다르지 않게 한다는 것이다."라고 했다. [「옥조玉藻(『예기』의 편명)」를 보면, 임은 마땅히 곁[旁]인데, 주에서 "임은 치마폭의 어긋나게 갈라놓은 것을 말한다."고 하였으니, 무릇 임은 어떤 것은 감하여 내리고 어떤 것은 감하여 올린다. 그렇다면, 12폭의 어긋나게 갈라 감하여 올린 것을 모두 이름하여 임이라 하고, 모든 폭의 임은 면복에 있어서 이미 이어 붙인 것인데, 오직 바깥쪽 임만은 면복에서 볼 때 이어지지 않은 것이고 심의에서는 특별히 이 임을 이어 붙여 꿰매기 때문에 이것은 치마 폭의 어긋나게 갈라진 양 바깥 쪽의 것을 가리킨다는 것을 알고 말한 것이다.] 또 「의도衣圖」에 이르기를, "이미 합쳐 꿰매고 또 다시 엎어 꿰매어서 입기에 편하도록 하되 합쳐서 꿰맨 것을 속임이라 하고, 엎어서 꿰맨 것을 구변鉤邊이라 한다."고 했다.

○구경산이 말하기를, "마땅히 치마의 양 바깥쪽은 겨드랑이 이하로부터 아랫단 앞·뒤까지인데, 서로 어긋나게 되는 곳은 모두 합해 꿰매어 서로 이어져 열리지 않도록 하니, 이를 일러 '속임'이라하고, 또 그 가장자리는 엎어 꿰매어 속습에 '구침鉤針'이라고 하는 것같이 하는데, 이것을 '구변'이라고 한다."고 했다. [류정재께서 말하기를, "구경산의 설명은 이해가 간다. 다만 '부[覆]'·'봉縫'이라 한 것은 그 꿰매고 자른 곳이 겉으로 보이는 것을 합하여

뒤로 향하게 하고 다시 끄트머리를 안으로 넣어서 꿰매는 것을 말하는 것이 아닌지 모르겠다.”라고 하였다.]

○류정재께서 말하기를, “‘속임’과 ‘구변’은 단지 치마의 앞·뒤를 다르게 하지 않는 것을 일컫는 것이 아니라, 치마를 저고리에 이어 붙이는 것을 아울러 가리키는 듯한 데, 저고리와 치마를 이어 붙이고 다시 그 문식을 없애니, 치마의 12폭이 모두 임이 되는 것이다. 정씨는 이 점에 대하여 설명이 미진한 듯하다. 이른바 구변은 저고리와 치마를 이어 붙이면 아래로 향하여 꿰매는 것이고, 앞·뒤를 꿰매어 합하면 뒤를 향하여 꿰매는 것이 되어, 양으로는 음을 덮을 수 있지만 음으로는 양을 덮을 수 없는 것이니, 마치 나머지 깃으로 이어 붙이는 것이 절로 보통 다 그렇게 하는 것처럼 이것으로 저것에까지 시행할 수는 없는 것이다.”라고 했다.

◑「옥조」에서는 ‘임’은 마땅히 ‘방’이라 했다.

○정씨가 말하기를, “임은 치마폭의 어긋나게 가른 것을 일컫는다. 모든 임은 어떤 것은 감하여 내리고 어떤 것은 감하여 올리는데, 이 때문에 소요小䙅라는 명칭을 취하기도 했다. 저고리에 속한 임은 드리워 두고 치마에 속하는 임은 앞·뒤를 꿰매어 합하는데, 아래 위가 서로 변한다.”고 하였다. [류정재께서 말하기를, “「옥조」의 ‘임은 마땅히 방’이라 한 문구는 ‘꿰맨 아랫단은 허리의 곱’이라는 문구의 아래를 잇고 있으니, 이는 이미 치마의 깎아 감한 것이다. 또 정씨가 ‘임’이라 이름한 것은 유독 치마만 그런 것이 아니니, 후대 사람들은 베와는 용도가 다른 임인 줄로 여겼기 때문에 임이라고 한 듯한데, 치마폭이 어긋나게 가른 것이다.”하고, 또 말하기를, “치마에 속하는 것은 앞·뒤를 꿰매어 합하니, 무릇 저고리에 있는 임은 별도의 포로써 아래를 감하여 드리워 놓고, 치마에 있어서는 12폭이 위를 감한다고 한 것이 모두 이것이다. 면복의 앞과 뒤는 나뉘어 열리는 것은 마땅히 곁이라 할 것이 없으므로 저고리 임이 있어서 그 곁 즈음을 가리는데 심의의 치마는 앞·뒤를 봉합하면 치마의 임이 절로 곁두리가 생기기 때문에 별도의 베로써 저고리의 임으로 쓸 것이 없다. 이것이 의미상 비교적 매우 분명하다.”고 했다.]

요봉(허리의 봉합선)은 하제(아랫단)의 반이다.

「옥조」에 심의는 소매의 세 배이다. [이는 허리 가운데를 셈한 것이다. 소매는 소매의 입구이다. 소매는 1척 2촌이고 둘레는 2척 4촌으로 만드는데 허리의 너비는 그 2척 4촌의 세 배이니 7척 2촌이다. 때문에 소매의 세 배라고 했다.] 아랫단을 꿰맨다. [치마의 아랫변 치마의 윗변 아랫단을 꿰맬 때 허리의 배라는 것은 아랫변 봉합의 너비가 1장 4척 4촌임을 말하는 것으로, 이는 허리의 7척 2촌의 배이다.]

○정씨가 말하기를, “허리 가운데를 셋으로 나누어 그 하나를 감하여 아래에 보태

니, 아래는 의당 넓다.”라고 하였다.

○공씨가 말하기를, “허리 재봉선이 7척 2촌이니, 이는 아랫단 1장 4척 4촌에 비하여 반이 된다. 「옥조」에서 말한 ‘봉제배요縫齊倍要’가 이것이다.”라고 했다.

○주자가 말하기를, “치마는 12폭을 어긋나게 풀어 위는 저고리에 잇는데, 그 길이는 무릎까지이고, 저고리에 이어지는 곳은 대략 둘레가 7척 2촌이고, 그 아랫단은 복사뼈에 이르는 것은 대략 둘레가 1장 4척 4촌이다.”라고 했다. [정우복鄭愚伏께서 말하기를, “치마 12폭에 좁은 머리는 각 8촌이고 넓은 머리는 각 1척 4촌인데, 양쪽 각 1 촌씩을 제하여 꿰매고 잘라내는 용도로 하면 허리둘레는 7척 2촌이고 아랫단은 1장 4척 사촌이 된다.”고 했다.]

○류정재께서 말하기를, “허리 가운데의 수가 7척 2촌이라는 것은 다만 치마의 좁은 부분에 준하여 말한 것으로 반드시 여기에 맞게 모두 저고리 폭의 너비를 잘라낼 필요는 없다.”라고 하였다.

긴동의 높이는 팔꿈치를 돌릴 수 있게 한다.

「옥조」에서 “긴동은 팔꿈치를 돌릴 수 있게 한다.”라고 했다. [긴동은 소매가 저고리에 이어지는 부분이다. 아래 위 너비가 2척 2촌인데 팔꿈치까지의 길이가 2척이기 때문이 팔꿈치를 돌릴 수 있는 것이다.]

○정씨가 말하기를, “긴동은 저고리의 소매가 겨드랑이에 이르러 봉합되는 부분이다.”라고 했다.

○유씨劉氏는 “긴동은 소매가 저고리와 접하는 부분으로 겨드랑이 아래 봉합하는 곳에 해당한다.”라고 했다. ‘운運’은 ‘돌린다’는 뜻이다. 「옥조」에 이른바 “긴동은 팔꿈치를 돌릴 수 있게 한다.”라는 것이 이것이다. 팔꿈치는 팔의 가운데 꺾이는 마디이다. 긴동의 높이는 저고리 몸체와 같이 2척 2촌이다. 옛날 포布의 폭도 또한 2척 2촌이었는데, 심의의 몸체를 마를 때 포 8척 8촌으로 가운데를 굽혀서 네 번 접으면 정방형이 되고, 소매의 본本과 동일하다.

○주자가 말하기를, “포 두 폭을 가운데를 굽혀 아래로 드리우면 앞뒤 모두 네 폭이 되어, 오늘날 직령直領 모양처럼 된다. 다만 겨드랑이 아래에 파서 마름하지 않는다. 또 포 두 폭을 각각 가운데를 굽히면 저고리의 길이와 같아지는데, 저고리 좌우에 이어 그 아래를 봉합하여 소매를 만든다.”라고 했다.

○류정재께서 말하기를, "'긴동의 높이가 팔꿈치를 돌릴 수 있다.'고 한 것은 곧 파서 마름하지 않는다는 점을 밝힌 문장이다. 소매가 저고리에 이어지는 부분을 비록 치수로 나누고 바꾸더라도 겨드랑이 봉합선이라고 부르는 데에는 아무런 지장이 없을 것이다. 오늘날 지척으로는 2척 2촌으로 뼈가 없는 부분에 해당하는데, 위로는 옆구리에 닿지 않고 아래로는 넓적다리에 닿지 않는다."라고 하였다.

소매의 길이는 돌려 접으면 팔꿈치에 이른다.

정씨가 말하기를, "소매는 저고리에 이어지는 폭이다. 접으면 팔꿈치에 이르니 팔 가운데 마디에 해당한다. 팔뼈의 위아래가 각각 1척 2촌이니 곧 팔꿈치 앞까지 소매의 길이는 1척 2촌이다."라고 했다.

○사마온공이 말하기를, "굽혀서 팔꿈치에 이른다는 것은 소매의 길이가 손끝으로부터 어깨까지 돌려 접으면 자연 팔꿈치가 되는 것이다."라고 했다. [류동암柳東巖께서는 "소매의 길이가 손끝에서부터 어깨까지 돌려 접으면 접히는 곳이 팔꿈치에 이른다."고 했다.]

○류정재께서 말하기를, "소매의 폭은 2척 2촌을 넘지 못하고 팔의 길이가 2척 4촌이면 소매가 팔의 길이에 미치지 못하는 것이 2촌이나 된다. 정씨의 이른바 '소매에서 팔꿈치까지가 1척 2촌이라' 하고 팔꿈치 이후에 부족한 2촌에 대해서는 다시 언급하지 않은 것은 허리 가운데 나머지 부분에서 충분히 취할 수 있을 것이기 때문이다. 대저 2척 2촌의 포폭布幅으로 매 폭 양 가를 각각 꿰매고 잘라낼 1촌을 제한 나머지는 2척이다. 2척되는 저고리의 폭을 치마에 이을 때 세 폭을 합하여 모두 1척 8촌이니, 허리의 중간 바깥으로 2척의 남는 부분이 생긴다. 이것을 소매의 부족분에 보태면 모두 2척 4촌의 길이가 될 수 있는데, 이렇게 하면 손끝과 나란하게 될 것이니, 돌려 접으면 팔꿈치에 이르게 될 수 있다."고 하였다.

○무릇 베로써 옷을 지을 때 모두 꿰매고 잘라내는 1촌을 제하는 법인데, 오직 소매만은 그 폭을 다 잡아 봉삭분을 제하지 않는 것은 종횡이 모두 정방형이 되도록 하려는 때문이다. 이른바 '소매를 이을 때는 잘라내지 않는다.'는 것이 바로 이것이다. 소疏에서 이른바 '봉합선을 감하여 제하지 않는다.'든지 '봉합의 나머지 1촌'이라는 언급은 이를 일컫는 것 같다. [살펴보면 「상복기喪服記」의 '몌속폭袂屬幅'의 소疏에 무릇 베로써 옷을 지을 때 모두 가장자리 폭 1촌을 제하여 봉합분으로 삼는데, 지금 이것을 잇는 폭에 있어서는 가장자리 폭을 잘라내

지 않고 가지런히 잘라진 폭을 취하여 소매로 삼는다. 이는 종횡을 모두 정방 2척 2촌이 되게 하고자 해서이다. 그렇기 때문에 「심의」에서 이르기를 '소매는 팔뚝을 돌릴 수 있다 ….'는 등의 말을 하는 것이다. 여기에 의거하면 소매를 이을 때 잘라내지 않는 것은 상복뿐만이 아니라, 심의 또한 그러하니, 여기서 잘라내지 아니하는 2촌을 2척 2촌 되는 소매 폭에 보태면 2척 4촌의 길이가 흡족히 되어 손끝과 나란히 될 수 있는 것이다. '소매는 손끝과 나란하다.'라든가 '치마는 복사뼈에 이른다.'는 언급도 또한 말라서 짓는 의미이다.]

띠 아래는 허벅지 다리에 닿지 않고 위는 옆구리에 이르지 않아야 하니, 마땅히 뼈가 없는 배 부분에 해당한다.

생각컨대, 긴동의 높이가 2척 2촌이면 그 길이가 이미 옆구리를 지나 뼈 없는 배 부분에 이를 것이다. 띠는 진동솔 아래에 묶는 것이므로 자연히 아래가 허벅지 다리에 닿지 않고 위가 옆구리에 이르지 않는다. 그러므로 이는 띠의 제도를 말하는 것이 아니라, 곧 긴동의 척촌을 거듭 밝힌 것이다.

12폭으로 제한한 것은 열 두 달에 응하도록 하기 위해서이다.

정씨가 말하기를, "치마가 여섯 폭으로 폭을 나누어 위에서 아래로 좁아지게 한다."라고 했다.

○주자가 말하기를, "쓰는 폭이 여섯 폭이면 매 폭은 두 폭으로 마르게 되는데, 한쪽 머리는 넓고 한쪽 머리는 좁다. 좁은 머리는 넓은 머리의 반에 해당하고 좁은 머리를 위로 향하게 하여 봉합부에 연이어 저고리에 꿰매는데 매 세 폭을 저고리 한 폭에 잇는다."라고 했다.

○장락진씨長樂陳氏가 말하기를, "열 두 달은 하늘의 수數이니, 대개 하늘의 대수大數가 12를 넘을 수 없기 때문에 달이 열 두 달에 이른 뒤에 한 해가 된다. 심의도 이와 같이 반드시 12폭이 된 다음이라야 좋은 옷이 될 수 있다. 오직 모든 옷의 셈이 하늘의 수에 부합되도록 하는 것은 열 두 달에 대응하게 하려는 소이이다."라고 했다.

○류정재께서는 "저고리는 네 폭을 써서 사시四時를 표상하고 치마는 12폭을 써서 열 두 달을 표상하게 한 것이다. 저고리 매 한 폭이 치마 세 폭에 이어지는 것은 춘·하·추·동이 각기 세 달씩인 것과 마찬가지이다."라고 했다.

소매는 둥글게 공글러서 곡척曲尺에 응합하게 한다.

정씨가 말하기를, "아랫부분을 둥그스름하게 하는 것을 이른다." [하씨가 말하기를, 소의 턱이 아래로 드리운 것을 일러 '호胡'라고 하는데 소매부리로부터 겨드랑이 아래까지를 형세에 따라 자연스럽게 마르면 마치 소의 드리운 턱처럼 둥근 모양이 된다."라고 하였다.]

◗ 「옥조」에 "소매부리는 1척 2촌이다."라고 했다. [소매부리는 소매의 입이다.]

○「상복기喪服記」의 주註에 "1척 2촌은 보통 사람의 모은 두 손을 수용할 수 있다."고 했다.

○주자가 말하기를, "포 두 폭을 각각 가운데를 접으면 저고리의 길이와 같아지는데, 저고리 좌우에 이어 그 아래를 봉합하여 소매를 만든다. 그 본래의 너비는 저고리의 길이와 같고 점차 둥근 모양으로 살쳐서 소매부리에 이르러서는 그 길이가 1척 2촌이 되게 한다."라고 하였다.

○양씨가 말하기를, "소매는 2척 2촌인데 그 아래 1척을 봉합하고 위 1척 2촌을 남겨서 소매부리를 만든다."라고 했다.

○장락진씨가 말하기를, "둥근 것은 하늘의 몸체이다. 감싸고 있으면서 쉬지 않는 것은 하늘이고 소매는 움직이면서 쉬지 않는다."라고 했다.

○엄릉방씨嚴陵方氏가 말하기를, "소매는 앞에 있어 움직임으로써 용도에 닿기 때문에 둥글고자 한다. 둥근 것은 움직이기 때문이다."라고 했다.

○류정재께서 말하기를, "소매는 반드시 경사지게 마를 것은 없고, 저고리에 이어지는 곳으로부터 점차 둥글게 살쳐서 양 소매부리에 이르게 하면 원圓이 아님으로써 곡척에 응합하지 못할 염려가 없는 것이다."라고 하였다.

곡겁曲袷은 곱자처럼 하여 네모에 응합하게 한다.

「옥조」에 "깃은 2촌이다."라고 하였다. [곡령曲領이다.]

○아래 '순변純邊' 주註에 이르기를 "깃은 너비가 2촌이다."라고 했다. [주자가 말하기를, "깃은 검은 비단을 쓰는데, 겉과 속이 각각 2촌이다."라고 했다. ○살펴보건대 '검은 비단의 표리가 각각 2촌'이라고 한 것은 곧 깃이고 또한 이름을 '겁袷(동구래 깃)'이나 연緣(둘레 선)이라고도 하니, 대개 비록 넓고 좁은 구분은 있지만 옷 가장자리 장식임에는 같다. 그렇기 때문에 이름이 같고 한 가지 물건에 통용함을 혐의하지 않는다. 『단궁檀弓』「연의練衣」 '전연縓緣' 주에 "연緣은 중의中衣의 깃과 치마의 가장자리 선을 말한다."라고 했다. 때문에

‘영령英領’과 ‘연련緣練’은 통칭된다. 아래 ‘순변純邊’ 주에 이르기를 ‘오직 겁袷만 너비가 2촌’이라고 하였으니 이 또한 겁과 연이 통칭되기 때문이고, 다른 것은 오직 너비가 2촌이라는 것이니 연도 채색 비단을 쓰고 겁도 또한 채색 비단을 쓴다는 것을 알 수 있다. 또 경經에 ‘부모가 구존해 계시면 청색으로 저고리 가 선을 두른다.’고 하였고, 『시경』 ‘청청자금靑靑子衿’의 주에 ‘청청靑靑은 저고리 둘레 선의 색’이라 하였으니, 이 또한 하나의 증거이다. 그렇다면 주자가 ‘연련緣練’의 주에서 ‘영령英領’을 통칭하여 말한 것은 참으로 의거한 바가 있는 것이다.]

○정씨가 말하기를, “겁袷은 교차하는 깃이다. 옛날 방령方領은 오늘날의 어린 아이들의 저고리 깃과 같다.”라고 하였다.

○공씨가 말하기를, “정씨가 한나라 때는 깃이 모두 아래로 어긋 드리웠기 때문에 그렇게 말한 것이고, 옛날 방령은 오늘날 옹인擁咽(목도리)과 같기 때문에 그렇게 말한 것이다. 오늘날 어린 아이들의 저고리 깃과 같지만 다만 네모나게 꺾은 것이다.”라고 하였다.

○한구암韓久庵(구암은 한백겸韓百謙의 호)이 말하기를, “겁袷은 저고리 깃 양 가장자리의 턱에 해당하는 곳으로 마를 때 방정함을 취하니, 마치 오늘날 상복 앞 활중闊中의 제도처럼 목이 편안하다. 2촌의 겁은 비단으로 가장자리 두 깃단에 갓 선을 대고 좌우를 엇 여미면서 ‘곡겁曲袷’을 이룬다.”고 하였다.

○정우복鄭愚伏은 말하기를, “곡겁은 곧 그 제도가 방정한 데에 근본이 있다. 정주鄭註에 이르기를 ‘마치 오늘날 어린아이들의 저고리 깃과 같다.’고 한 것은 말이 더욱 분명하다. 또 오늘날 상복은 곧 옛 제도인데 벽령辟領과 겁袷이 모두 네모져 있으니 옛날 옷깃이 본래 모두 이와 같다는 것을 어떻게 알겠는가?”라고 했다.

○류정재께서 말하기를, “옛 사람들이 옷깃을 겁袷이라 통칭하였다. ‘겁袷이라는 글자가 ‘옷 의衣’ 변에 ‘합할 합合’ 자字를 보탠 것으로 이는 두 옷깃을 어긋 여미는 것을 이름한다. 옷에 깃을 대는 것은 이유가 바로 여기에 있기 때문에 ‘겁’이라는 이름을 붙인 것이다. 예를 들어 『좌전左傳』에 ‘시불과괴視不過繪’라 한 것도 또한 옷깃이 어긋 만난다고 하여 이름한 것이다. 그렇기 때문에 『곡례曲禮』에 이르기를 ‘시불상어겁 불하어대視不上於袷 不下於帶(바라볼 때 깃 여민 자리보다 위로 하지 않고 띠 매듭자리보다 아래로 하지 않는다)’라고 한 것이다. 「옥조」에 ‘시대이급겁視帶以及袷’에 대하여 소疏에 이르기를 ‘아래로는 띠 매듭자리를 지나지 않고 위로는 깃 여민 자리를 지나지 않는 것’이라 하였으니, 이는 깃이 띠 매듭자리보다 높고 어긋 만나는 자리에 있다는 것을 알 수 있는 것이다. 심의에

있어서는 또 이런 뜻에 나아가 방정하게 꺾어서 곱자의 모난 의미를 취한 것으로 옛 사람들의 깊이 생각한 바인 것이다.”라고 했다.

○가만히 의심하건대 깃이 상복 앞 활중과 같다는 것은 이해가 되는데, 대개 심의의 ‘곡겁이 곱자와 같다.’는 것과 옥조의 ‘겁袷의 너비는 2촌이다.’라고 한 두 가지는 겁袷의 굽이가 곱자와 같다는 것이니, 활중이 분명한 증거이다. 대저 마름질할 때 가운데를 틔우지 않으면 곱자와 같은 것을 댈 수가 없고, 깃이 2촌이 아니면 곱자와 같은 모양을 이룰 수 없다. 이는 반드시 방정함을 취하여 말라 넣은 것으로, 예를 들어 활중을 각기 4촌으로 말라 넣고 2촌의 깃을 대었다면 원래 말라 둔 4촌에서 2촌이 부족하게 되기 때문에 또 모로 꺾어서 세로로 대는 것이다. 이는 깃이 반드시 2촌이고, 굽이는 곱자와 같은 것이다. 양쪽 깃이 모두 그러하다. [살펴보건대, 양쪽 어깨를 마른 것이 각 4촌이고 깃은 그 반으로 너비가 2촌인 것은 그것이 꺾이기 때문이다. 2촌의 겁으로 목 뒤로부터 돌리면 세로로 다 잇기에는 부족하기 때문에 다시 모나게 꺾어서 가로 이어 가로로 자른 4촌의 너비를 다하니 이것이 소위 ‘곡겁이 곱자와 같다.’는 것이다. 양쪽 깃이 모두 그러하다.] 어긋나게 깃을 만들면 좌우에 모두 2촌의 빈 곳이 생기고 가운데는 4촌이 비어서 목을 편하게 한다. 위·아래가 양 깃이 어긋나는 자리를 초과하지 않으므로 ‘겁’이라는 이름을 얻은 것이다. 이 때문에 정씨는 곡겁을 곱자와 같다고 풀이하여 ‘겁’이라고 한 것은 교령交領이고, 깃이 2촌이라고 풀이하여 ‘겁’이라고 한 것은 곡령曲領이다. 대저 깃은 하나이지만 경문에서 말한 곡겁曲袷은 사람들이 별도로 하나의 물건을 덧대는 것이라고 여겼기 때문에 이것을 곧 ‘교령’이라 한 듯하고, 경문에 ‘곡曲’이라는 글자가 없어서 사람들이 아래로 어긋 드리우는 것으로 여겼기 때문에 이것을 곧 ‘곡령’이라고 한 듯한데, 오히려 뒷사람들이 그 형태를 이해하지 못했기 때문에 또한 말하기를 ‘옛날 방령方領이 지금 어린아이의 저고리 깃과 같다.’고 한 듯하다. 공씨는 그것을 풀어서 말하기를 “정씨가 한나라 때 저고리 깃이 모두 아래로 향하여 어긋 드리웠기 때문에 ‘옛날 방령’이라고 했다고 하여, 어긋 드리운 것은 방령이 될 수 없다.”고 하였다. 또 말하기를 ‘오늘날의 옹인과 비슷하기 때문에 오늘날 어린아이의 저고리 깃과 같다.’고 했다 하여, 그 모양이 정방형이고 턱 아래에 있음을 말하였다. 이른바 다만 ‘모나게 꺾었다.’고 한 데에 이르러서는 또 옹인과 방령은 모양이 비슷하기는 하나 제도에 같지 않음이 있다고 하였다. 이는 반복하여 비유적으로 밝힌 것으로 어찌 더욱 분명하지 않겠는가?

○장락진씨가 말하기를, "모나게 하는 것은 땅을 형상한 것이다. 깃은 고요하여 움직이지 않는 것이다."라고 하였다.

○엄릉방씨가 말하기를, "깃은 가운데에 있어 고요함으로써 체모를 이룬다. 그렇기 때문에 모나고자 하며, 모가 난 것은 고요하기 때문이다."라고 하였다.

◑ 사마온공이 말하기를, "모름지기 달매기[結紐]를 쓴 것도 입을 만하니, 후한後漢 「마융전馬融傳」에 '주발朱勃이 방령을 입고 능히 법도에 맞는 보행步行을 하였다.'하고, 그 주에 '목 아래에 정방형의 깃을 덧댄 것으로 학자의 복장服裝이다.'라고 하였다. 이와 같이 머리 아래에 별도의 한 깃을 대어 깃이 어긋나는 곳을 가림으로써 정방형이 되게 하는 것이다."라고 했다.

○『주례周禮』에 '목에 끈을 묶는다.'라고 하였는데, 끈은 묶는 것이니 이는 옛날에도 달매기가 있었다는 것이다.

○류정재께서 말하기를 "모름지기 달매기를 써서 어긋난 것을 이은 다음이라야 입을 수 있지만, 달매기는 옛사람들이 말한 바가 아니다. 그러나 사마공司馬公이 이미 『주례』의 주를 인용하여 옛날에도 역시 달매기가 있었음을 밝히고, 또 『예기禮記』에서 그 대강大綱만을 말하고 작은 것에 대해서는 반드시 말하지는 않았다. 예를 들어 저고리 고름 같은 경우 또한 『예기』에서 말하지 않았지만 폐기할 수는 없는 것이다. 먼저 그 대강이 올바르다면 소절小節이 비록 반드시 모두 옛 제도에 부합되지 않더라도 또한 그 대체大體에 부합되는 데에 장애가 없는 것이다."라고 하였다. 또 이점에 대해서 나는 별도로 의심스러운 바가 있다. 「마융전」의 주에 이르기를 '목 아래에 정방형의 깃을 대었다.'고 했고, 『이아』의 주에서는 '겹袷은 저고리의 소대小帶이다.'라고 하였다. 『운서韻書』에서는 또 이르기를 '겹袷은 매듭이다.'라고 하였으니, 옛 사람들이 이미 스스로 말했는데 뒷 사람들이 살피지 못한 것인 줄 어찌 알겠는가?

저고리 등 봉합선에서 복사뼈까지는 응당 곧아야 한다.

정씨가 말하기를, "승은 뒷솔기를 말하니 뒤폭이 서로 닿는 봉합선이고, [사마온공이 말하기를 "독裻은 음이 독督인데 저고리의 등 봉합선이다."라고 하였다.] 과踝는 발뒤꿈치이다."라고 하였다.

○공씨가 말하기를, "저고리의 등 봉합선과 치마의 뒤 봉합선은 위 아래로 서로 닿

는 것이 마치 먹줄처럼 똑바르기 때문에 이렇게 말한 것이니 '먹줄을 진다.'는 것은
실제로 먹줄을 지는 것을 말함이 아니다."라고 하였다.

○장락진씨가 말하기를, "바른 것은 사람의 도리道理이다. 『논어』에 이르기를 '사람
이 살아가는 도리는 곧은 데에 있다.'292)고 하였으니 여기에서 부승負繩의 의미를 알
수 있다."고 하였다.

아래 단[齊, 음은 자咨이다.]은 저울대처럼 응당 수평이어야 한다.

정씨가 말하기를, "아랫단은 치마 끝의 꿰맨 자리이니, [엄릉방씨가 말하기를,"아랫단은 아래
에 있는 꿰맨 자리를 말한다."고 하였다.] 가지런하기가 저울대처럼 수평이 되도록 하려는 것이
다."라고 하였다.

옛 법도에 '행함에 있어 손을 들어 위의威儀를 삼는다.'는 것과 '승繩을 지고 방方을 안는다.'
는 것은 곧음으로써 바르게 하고 방정함으로써 의롭게 한다는 것이다. 그렇기 때문에 『주역』
에서 말하기를, 곤괘坤卦 육이六二의 동動에 '곧음으로써 방정하게 한다.'293)고 하였다. 아랫단
을 저울대처럼 한다는 것은 뜻을 안정되게 하고 마음을 평정하게 하는 것이다. 오법五法이 이
미 시행되었기 때문에 성인聖人이 입으셨다. 그렇기 때문에 규規와 구矩는 그 사사로움이 없음
을 취하고 승繩은 그 바름을 취하고 권權과 형衡은 그 평정함을 취한 것이니, 이 때문에 선왕
先王이 귀하게 여기셨다. 때문에 학문을 논할 때도 입을 수 있고, 무술을 연마할 때도 입을
수 있고, 빈상擯相294)에도 입을 수 있고 군대를 지휘할 때도 입을 수 있다. 완전하고 또 비용
이 들지 않으므로 길복吉服의 다음이다.

공씨가 말하기를, "소매를 둥글게 만들어 곡척에 맞추는 것은 예禮를 행하는 자로
하여금 손을 들어 읍하고 물러남에 의용儀容을 갖추게 하고자 함이다. '방정함을 안는
다.'는 것은 깃이 모났다는 것이다. '곧음으로써 바르게 한다.'는 것은 등 봉합선을 풀

---

292) 사람이 … 데에 있다 : 『논어論語』 「옹야雍也」에 "사람이 살게 되는 이치는 곧은 데에 있다.
곧지 않은데도 살게 되는 경우는 요행히 면한 것일 따름이다[人之生也直 罔之生也幸而免]."라는 공
자의 말이 있다.
293) 곧음으로써 방정하게 한다 : 『주역周易』 「곤괘坤卦」 문언文言에 "군자는 경으로써 안(마음)을 곧
게 하고, 의로써 바깥(일)을 바르게 하니, 경과 의가 확립되어 덕이 외롭지 않다[君子敬以直內 義
以方外 敬義立而德不孤]." 하였다.
294) 빈상擯相 : 빈擯은 내빈을 인도하는 것이고, 상相은 상주를 도와서 손님을 접대하는 것이다.

이한 것이고 ‘방정함으로써 의롭게 한다.’는 것은 모난 깃을 안고 있다는 것이다.”라고 하였다.

　○방씨가 말하기를, “12폭이 열두 달에 응합한다는 것은 하늘을 우러러 보는 것이고, 곧음으로써 바르게 하는 것과 방정함으로써 의롭게 하는 것은 땅을 굽어 살피는 것이다. 긴동의 높이가 팔꿈치를 돌릴 수 있게 한다는 것은 가까이 몸에서 취한 것이고 규·구·승·권·형에 응합한다는 것은 멀리 사물에서 취한 것이니 그 제도가 진실로 이미 심오하다. 그러나 단면端冕295)에 경색敬色을 넣는 것은 문文 되는 소이이고, 갑옷과 투구에 치욕 당할 수 없는 색을 넣는 것은 무武가 되는 까닭이다. 비록 문채가 될 수 있다 하더라도 단면端冕처럼 조정朝廷에서 조회朝會하고 제사祭祀에 임할 수 있는 것은 아니고, 다만 예禮를 도와 사신使臣을 인도하거나 제사를 도울 수 있을 뿐이다. 무武가 될 수 있다 하더라도 갑옷과 투구처럼 전쟁에 임할 수 있는 것은 아니고 다만 계획을 운용하여 군대를 지휘할 수 있을 뿐이다. 제도에 다섯가지 법이 있기 때문에 ‘완完’이라 했고, 재질은 포布이고 색은 희기 때문에 ‘비용이 들지 않는다.’라고 하였다. 길복吉服은 조정과 제사를 상위上位로 여기고 연의복燕衣服은 그 다음이다. 그렇기 때문에 ‘길복吉服의 다음’이라고 한 것이다.”라고 했다.

　○장락진씨가 말하기를, “의로움은 자신을 이행하는 바요, 정사政事는 남을 바르게 하는 것이다. 의義로써 자신을 이행하는 데는 방정함을 귀하게 여기기 때문에 의義에서 방方을 말하였다. 정政으로써 남을 바로 세우는 데는 직直을 귀하게 여기기 때문에 ‘정’에서 ‘직’을 말하였다. 지志는 비유하자면 권權이요 심心은 비유하자면 형衡이다. 저울대의 오르내림은 모두 저울추의 경중에 달렸으니 마음의 평정平正과 경사傾斜는 뜻의 안정과 위태함으로 말미암는다. 이것이 이른바 뜻이 안정되면 마음이 평정된다는 것이다.

　○류정재께서 말하기를, 심의의 제도는 그 본받은 대상이 거듭 규·구·승·권·형에 있으니 그 장단長短과 광협廣狹의 척촌에 있어서 반드시 자질구례할 것은 없다. 그렇기 때문에 짧아도 살갗이 보이지 않고 길어도 땅에 끌리지 않게 한다고 하였으니 장단에 일정한 제도가 없다. 허리의 봉합선은 아랫단의 반이라고 한 것은 광협에 반드시 지켜야 할 기준이 없다는 것이고, 긴동은 팔꿈치를 돌릴 수 있게 한다는 것은 소매를 돌려 접었을 때 팔꿈치에 닿게 한다는 것이니 모두 사람이 입기에 타당함을 취하였을 따름

---

295) 단면端冕 : 임금이 정식으로 조회를 받을 때 입는 예복과 관이다.

이다.”라고 하였다.

　　부모와 조부모가 구존하시면 채색 비단으로 수기手起를 대고, 부모가 구존하시면 청색 수기를
대며, 고아는 흰색으로 수기를 댄다. 수기는 소매 끝 장식이니 수기의 너비는 각 1촌 반이다.
　　「옥조」에 ‘도련의 너비는 1촌 반’이라 하였다. [가장자리 장식이다.]
　　○정씨가 말하기를, “수기는 도련을 가리키고 궤繢는 그림 문양이다. 어른이 계시면
장식을 많이 하는 것이 효孝가 된다. [주자가 말하기를 “궤는 청색 연緣에 구름을 그린다. 부모 가운데
한 분만 생존해 계시는 경우에 대해서는 이미 밝힌 글이 없으니 또한 청색을 쓰는 것이 마땅하다.”고 했다.] 서른
살 아래로 아버지가 없는 경우를 고아라 한다. [여씨呂氏가 말하기를 “만일 서른 살이 넘으면 남의
아버지가 되는 도리가 있기 때문에 고아라고 하지 않는다.”라고 하였다.] 수기는 저고리의 도련이다. 소
매의 도련은 ‘연수구緣袖口’라고 한다. 수기의 가장자리는 저고리와 치마의 옆단이니
[연은 깃 가에서 아래까지이다. 여씨가 말하기를, “순純은 소매 장식이고 순변純邊은 세 가지이니 소매부리와 치
마 아랫단과 저고리와 치마의 가장자리가 모두 순純이다.”라고 하였다.] 너비는 각 1촌 반이다. 겉과 속
을 합하면 모두 3촌이다.”라고 하였다.
　　○주자가 말하기를, “검은 비단을 쓰고 소매부리와 치마 가장자리의 안과 겉이 각각
1촌 반이다.”라고 하였다. [검은 비단을 쓰는 것은 간단하고 평이함을 따른 것이다.]
　　○장락진씨가 말하기를 “부모와 조부모가 구존하시면 채색 무늬 비단으로 수기를
대는 것은 다섯 색깔을 갖추는 것이 즐거움이 되기 때문이고, 부모가 구존하시면 청색
으로 수기를 대는 것은 소양少陽을 체현하여 공경심을 지극히 하는 것이고, 고아가 흰색
으로 수기를 대는 것은 흉한 장식을 두어서 슬픔을 지극히 하는 것이다.”라고 하였다.

▫ 매월 초하룻날 향약 읽는 의식　月朔讀約儀式

　　향약鄕約에 참여한 모든 사람은 월초에 모두 모인다. 모이는 날 약정約正·부정副正·직월直月
은 모두 회소會所에서 기다린다. 먼저 젊은이에서 어른 순으로 동쪽 청사에서 순서에 따라 배
례拜禮 한다. [높은 분은 어린 사람에 대하여 무릎을 꿇되 어린사람이 부축해 일으킨다. 어른은 젊은이에게 무릎을 꿇고
반절을 한다. 초장자稍長者(조금 나이 많은 이)는 초소자稍少者(조금 나이 적은 이)에게 무릎을 꿇고 조금 나이 적은 이가
부복俯伏하기를 기다렸다가 답배를 한다.] 선성先聖과 선사先師의 위패位牌를 북쪽 벽 아래 모신다. [선성은

대성지성공부자大成至聖孔夫子의 위패이고 선사는 주자朱子의 위패이니, 모두 지방紙榜으로 병풍 위쪽에 붙인다.] 함께 향약에 동참한 사람이 오기를 외차外次(바깥 채에 있는 대기 장소)에서 기다린다. 이미 다 모이면 나이순으로 문밖에 서는데, 동쪽으로 향하고 북쪽을 상석上席으로 한다. 약정 이하가 모두 문을 나설 때 서쪽으로 향하고 남쪽을 상석으로 한다. [약정은 존자와 정면으로 서로 향한다.] 약정이 존자에게 읍을 하고 문을 들어오면 여러 존자들이 따른다. 부정은 장자 이하를 인도하고 직월은 젊은이·어린이를 인도하여 들어온다. 중간 뜰에 이르러 약정 이하는 동쪽 뜰에 서는데 북면을 하며 서쪽을 상석으로 하고, 존자 이하는 서쪽 뜰에 서는데 북면을 하며 동쪽을 상석으로 하되, 모두 두 줄로 정한 자리에 서서 재배再拜한다.

약정이 동쪽 계단으로부터 올라가 선성과 선사의 위패 앞에 이르러 무릎을 꿇고 향을 피우고 내려와 자신의 자리로 돌아온다. 자리에 참여한 사람들과 모두 재배한다. 직월이 당에 올라 [동쪽 계단으로부터 오른다.] 지방을 가져다가 사르고 내려와 자리로 돌아온다. 읍揖을 한다. 동쪽과 서쪽으로 향하여 나누어 서는데, 위치는 문 밖에서와 같다. 약정이 세 번 읍하고 손[客]은 세 번 사양한다. 약정이 먼저 오르고 [동쪽 계단으로부터 오른다.] 손이 따른다. [서쪽 계단으로부터 오른다.] 모두 북쪽을 향하여 선다. 약정은 조금 나아가 서쪽을 향하여 서고, 부정과 직월은 차례로 그 오른쪽에서 조금 물러나 선다. 직월은 인도한다. [모든 직월은 손을 인도할 때 비슷한 나이 이상은 자리에 나아가 읍을 하고, 젊은이 이하는 다만 자리를 떠나 손을 들어 인도한다.] 존자는 동쪽을 향하며 남쪽을 상석으로 한다. [약정의 나이로 미루어 만약 존자가 없으면 다만 장자를 인도하되 동쪽을 향하고 남쪽을 상석으로 한다.] 장자는 서쪽을 향하고 남쪽을 상석으로 한다. [그 자리는 약정의 오른쪽 조금 나아간 곳에 있다.] 약정이 재배하면 모든 자리에 있는 사람들이 모두 재배한다. 존자가 의식과 같이 예를 받고 [무릎을 꿇되 부축한다.] 북쪽 벽 아래로 물러나는데, 남쪽을 향하고 동쪽을 상석으로 하여 선다. 직월은 장자를 인도하여 [관작이 있는 사람은 먼저 인도한다.] 동쪽을 향하고 남쪽을 상석으로 한다. 약정이 재배하면 모든 자리에 있는 사람들이 모두 재배한다. [존자는 절하지 않는다.] 장자가 의식과 같이 예를 받고 [무릎을 꿇어 반절로 답한다.] 북쪽 벽 아래로 물러나 존자의 서쪽에 서는데, 동쪽을 상석으로 한다. 직월이 또 초장자稍長者들을 인도하여 동쪽으로 향하고 남쪽을 상석으로 한다. 약정이 자리에 있는 사람들과 더불어 모두 재배하고 [존자와 장자는 절하지 않는다.] 초장자들이 답배를 하고 [그들이 부복하는 것을 기다렸다가 답배한다.] 청사의 서쪽으로 물러나 동쪽을 향하는데, 북쪽을 상석으로 한다. [만약 존자와 장자가 없으면 초장자들이 북쪽 벽 아래로 물러나 서고 동쪽을 상석으로 한다.] 직월이 또 초소자稍少者들을 인도하여 동쪽을 향하며 북쪽을 상석으로 하여 약정에게 재배하면, 약정이 답배한다. [그들이 부복하기를 기다렸다가 답배한다.] 초소자들이 초장자들의 남쪽에 물러나 선다. 직월이 차례로 젊은이들을 인도하여 동북쪽을 향하고 서북쪽을 상석으로 하여 약정에게 재배하면, 약정이 의식과 같이 예를 받고, [무릎을 꿇고 반절로 답한다.] 절한 사람들은 자리로 돌아간다. 직월이 또 어린이들을 인도하여 동북쪽을 향하며 서북쪽을 상석으로 하여 약정에게 재배하고, 약정이 의식과 같이 예를 받으면 [무릎을 꿇으면 부축해 일으킨다.] 예가 끝난다. [동렬에서 아직 예를 강하지 않은 사람들은 청사 서쪽에서 처음처럼 배례를 한다.] 약정이 읍하고 자리로 나아간다. 약정은 당 동남쪽을 향하여 정좌하고, 존자는 당 서남쪽을 향하여 정좌하며, 부정과 직월은 약정 다음으로 동남을 향하고 서쪽을 상석으로 하여 앉는다. [관작이 있는 이가 연령이 존자와 비슷하면 상좌에 앉는다.] 장자들은 존자의 서쪽에 남쪽을 향하여 앉는데 동쪽을 상석으로 한다. 나머지 사람들은 나이에 따라 동서로 서로 향하되 북쪽을 상석으로 한다. 직월이 소리를 높여 향약을 한 차례 읽고 부정이 좇아 그 의미를 미루어 해설한다. [이해하지 못한 자에게는 질문을 허용한다.] 약원約員 가운데 선한 일을 한 사람이 있으면 여럿이 그를 장개하며, 허물이 있는 사람은 직월이 그를 바로 잡는다고, 그것이 끝나야 식사를 한다. 식사가 끝나면 약정이 일어서면 일시에 읍을 하고, 차례로 물러나 조금 휴식을 한다. 다시 당상堂上에 모일 때 모두 자리에 나아가 일시에 읍을 하고 앉는다. 조용히 강론을 하고 해질 무렵에야 물러나는데, 자리에 있는 사람은 모두 일어서서 재배한다. 존자 이하가 차례로 나가며, 약정 이하도 곧 나간다.

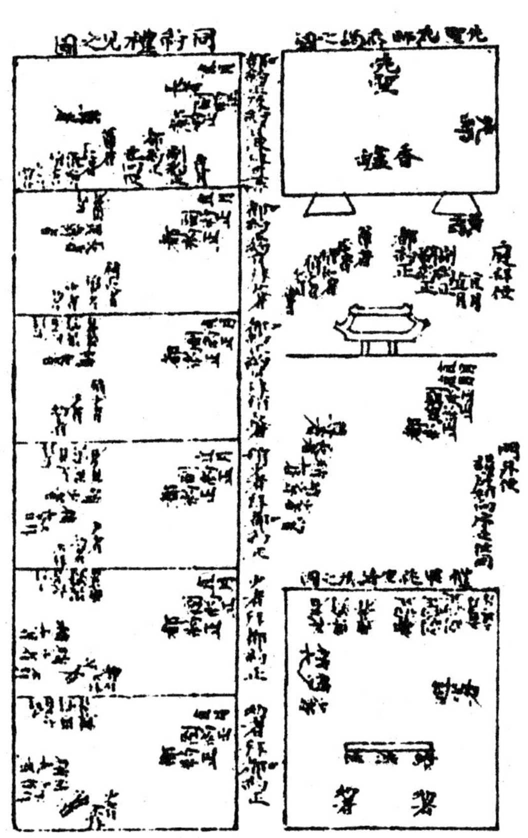

향약 읽는 의식 그림

증손향약절목增損鄕約節目

무릇 향약은 네 조목인데, 첫째는 덕업상권德業相勸이요, 둘째는 과실상규過失相規이며, 셋째는 예속상교禮俗相交이고, 넷째는 환난상휼患難相恤이다.

덕업상권德業相勸

덕德은, 부모에게 효도하고 형제간에 사랑하고 윗사람을 공경하며 자손을 가르치며 노복들을 관리하고 친지간에 화목하고 이웃에 따사롭고, 예로써 집안을 올바르게 하고 신의 있게 벗을 사귀며 [반드시 단정한 사람을 벗한다.] 충쟁忠爭으로 임금을 섬기고 인서仁恕로 백성을 다스리며, 충직忠直으로 마음을 세우고 공근恭勤으로 처신하며 [말을 삼가서 하고 위의威儀를 갖추며 거처를 삼가고 행동거지行動擧止를 살핀다.] 선을 보면 반드시 행하고 허물을 들으면 반드시 고치며 청렴함을 지키고 은혜를 널리 베풀고 의지하고 부탁함을 수용하며 환란을 구제하고 남을 인도하여 선을 행하게 하고 남의 과실을 바로잡으며 남을 위하여 일을 도모하며 여럿을 위하여 일을 이루어주고 싸움을 해결하고 시비를 판결하며 이로움을 일으키고 해로움을 제거하며 관직에 있으면서 직임을 거행하는 것을 말한다.

업業은, 독서하여 저작하는 것, 예법을 익히고 기예技藝를 공부하는 것, [6예藝296)의 일이다.] 제사를 공경히 지내는 것, 정사政事와 가르침을 엄숙히 하는 것, 근본에 힘쓰고 농사에 노력하는 것, 남을 구제하고 인仁을 행하는 것, 사공事功을 근면히 하고 법령法令을 두려워하는 것, 어린이와 학도를 가르치고 부세賦稅를 잘 행하는 것을 말한다.

　　위의 덕德·업業은 향약에 동참하는 사람 각자가 잘 닦아서 서로 권면하되, 모이는 날 서로 함께 그 능한 이를 천거하여 문적文籍에 기록하고, 그 능하지 못한 이를 깨우쳐 힘쓰게 한다.

과실상규過失相規

과실은, 상도常道를 범하는 허물이 셋인데, 첫째 가정의 법도를 깨뜨려 어지럽히는 것 [부모에게 순종하지 않고 형제간에 우애롭지 못하며, 부부간에 구박하고 욕하며, 남녀가 분별이 없으며, 적서에 분간이 없고, 친척간에 화목하지 못하고, 이웃에 따다롭지 못한 것 따위이다.] 둘째 법규法規를 능멸하는 것 [조정朝廷을 비방하거나 욕하고 수령의 정사政事를 시비하며, 주제넘게 위세를 부려 관가를 흔들어 사욕을 행하고, 약소민을 침학하거나 사사로

---

296) 6예藝 ： 예禮·악樂·사射·어御·서書·수數이다.

이 집안에서 매질하는 따위.] 셋째 예법을 위배하거나 깨뜨리는 것 [스승이나 현인賢人을 핍박하거나 제배儕輩와 벗을 욕하고, 상례喪禮와 장사葬事에 삼가지 아니하며 제사祭祀를 공경히 모시지 아니하며 기타 일체 윗사람을 범하는 따위이다.]

의리를 범하는 과실이 여섯 가지인데, 첫째 함부로 술을 먹고 시끄럽게 떠들고, 도박을 일삼거나 싸우고 송사하는 것 [후酗는 함부로 술을 먹고 시끄럽게 떠드는 것이고, 박博은 재물로 도박하는 것이고, 투鬪는 구박하고 욕설하는 것이고 송訟은 남을 해롭힐 뜻으로 속임수를 써서 쟁송하는 것을 일컫는다.] 둘째 행동거지가 정도에 벗어난 것 [행동이 단정하지 못하고 위의가 당당하지 못하며 주점과 저자에 출입하여 음란하게 여색을 가까이하며 매사가 비루하여 염치가 없는 것.] 셋째 행동이 공손하지 못한 것 [연령과 덕이 높은 이를 모독하고 무시하며 남의 장단점을 이용하거나 강한 것을 믿고 약한 자를 능멸하며 과오를 알면서도 고치지 않고 충고를 들으면 더욱 심하게 굴며 고상한 체 남을 비하하는 것.] 넷째 말이 성실하지 못하고 미덥지 못한 것 [남을 위하여 일을 도모하되 남을 해롭게 하고, 다른 사람과 약속을 하고 돌아서서 배신하며, 근거없는 사단事端을 만들어 여러 사람의 귀를 미혹하며, 이단異端을 높이 믿어 부적쪽지를 외우거나 말하고, 뭇 시정의 예가 아닌 말에 참여하는 것.] 다섯째 말을 지어내고 속이고 헐뜯는 것 [사람을 속여 실수하게 하거나 없는 것을 날조하고 작을 것을 과장하며, 면전에서 옳다 하고 돌아서서 비방하며, 혹은 농찌거리 문자나 익명의 문서를 조작하고 남의 사사로운 비밀을 떠벌리며, 남의 묵은 허물을 즐겨 말하는 것.] 여섯째 사익私益을 너무 심하게 도모하는 것 [남과 더불어 거래할 때 남에게 손해를 끼치고 자신을 이롭게 하거나, 돈을 식리殖利하고 오로지 진취進取를 힘쓰며, 남의 물품을 억지로 가지려 하며, 외롭고 약한 이를 침탈하고, 남의 부탁을 받고 기만하거나 어기며, 혹은 관가의 차임差任을 받아 공公을 빙자하여 사익私益을 챙기거나, 혹은 형세를 믿고 민간에 폐단을 끼치는 것.]

향약을 범하는 과실이 네 가지인데, 첫째 덕업을 서로 권면하지 않으며, 둘째 과실을 서로 고쳐주지 않고, 셋째 예속을 서로 이루어 주지 않으며, 넷째 환난에 서로 동정하지 않는 것이다.

행검을 닦지 않는 과실이 다섯 가지인데, 첫째 적절하지 않은 사람과 교제하는 것 [사서士庶를 막론하고 모든 흉측하고 사위스러운 일이나 저지르고 나태하게 놀이나 일삼으며 행검이 없어서, 여러 사람들이 내버린 사람과 더불어 함께 친밀히 노는 것이 그것이고, 부득이하여 잠시 내왕하는 것은 아니다.] 둘째 게으르게 놀이에 빠지는 것 [유遊는 연고 없이 출입하여 단지 한만한 장소에 가는 것을 힘쓰는 것을 일컫고, 희戱는 기뻐 웃는데 있어 절도가 없는 것과 의도가 침해하고 모독하는 데에 있거나 혹은 잡기로 오만하게 노니는 것을 일컫는다. 나태하다는 것은 맡은 일과 집안일에 근면하지 않고 가정이 깨끗하지 못한 것을 돌아보지 않는 따위이다.] 셋째 거동에 위의가 없는 것[위의는 엉성하면서 의관만 화려·사치하거나 행동거지가 경망하여 갓도 쓰지 않고 띠도 띠지 않으며, 말하고 웃는 것이 경박하고 농짓거리에 실질이 없는 자.] 넷째 일에 임하여 삼가지 않는 것 [주된 일을 폐기하여 잊어버리거나 모임의 시기에 때를 늦추며, 일에 임해서는 태만하고 법령을 두렵게 여기지 않으며, 조세에 삼가지 않고 자리를 어지럽히면서 시끄럽게 떠들거나 자리를 비우고 편한 데로 물러나는 것.] 다섯째 씀씀이를 절약하지 않는 것 [재력을 헤아리지 않고 과다하게 낭비하거나 과장되이 술과 안주를 차려 유락遊樂을 일삼으며, 가난을 편안히 여기기 못하고 도리에 어긋나게 경영을 추구하는 것.]

위 조목條目의 과실은 향약에 동참하는 사람들이 각자 성찰省察하고 상호 규계規戒하되 [작은 일은 몰래 바로 잡아주고 큰일은 여럿이서 경계시킨다.] 듣지 않으면 모이는 날 직월이 약정에게 고하고, 약정은 의리로써 달래고 일깨운다. 그가 사과하고 고치기를 청하면 문서에 기록하여 고치기를 기다린다. 항거하여 변명하면서 복종하지 않거나 끝내 고치지 못하고 도리어 앙심을 품는 자는 논의하여 처벌한다. [반드시 여러 사람에게 자문하여 이의가 없어야 그런 뒤에 처벌한다.] 가볍게는 자리에서 내치고 무겁게는 회적會籍에서 삭제한다.

무릇 벌은 다섯 등급인데, 첫째는 물과 불을 서로 통용하지 못하게 하고, 둘째는 향리에서 내버리며 셋째는 공공의 모임에 참여시키지 않는 것이다.

이상은 출적黜籍에 해당한다. [능히 고친 자는 반드시 한 해를 넘긴 다음 스스로 새로워진 효험이 나타난 이후에 여럿의 의논을 거쳐 허락하되, 다시 자리에 들어와 참여할 때 반드시 면책面責한다.]

넷째는 자리에서 내 쫓는 것이다. [연령으로 서차序次하지 않고 말석에 앉히는 것을 말하는데, 모든 출좌자黜座者에 대해서는 한두 번 모임에서 허물을 고쳤음을 알 수 있으면 여럿이 의논하여 본래의 자리로 돌아오도록 허용한다.] 다섯 번째는 면책面責이다. [뜰 아래에서 손을 모으고 서서 좌중座中에 사죄하게 하되, 여럿이 허가한 뒤에 올라와 자리로 들어가 앉게 한다.]

예속상교禮俗相交

예속의 교류는 네 가지이니, 첫째 존자尊者와 유자幼者 간 제배儕輩 등급으로 모두 다섯 등이다. '존자'라 하고 [자기보다 20세 이상 연장으로 아버지 줄에 있는 사람을 일컫는다. ○만약 스승과 제자의 관계라면 나이가 비록 높지 않아도 마땅히 존자로 대우한다.] '장자長者'라 하고 [자기보다 10세 이상 연장으로 형의 줄에 있는 사람을 일컫는다. ○만약 장자가 혹 부집父執이거나 혹 덕망과 지위가 있어 높일 만한 사람은 마땅히 '존자'로 대우한다.] '적자敵者'라 하고 [나이가 위·아래 10세가 되지 않는 사람을 일컫는데, 연장자를 '초장稍長'이라 부르고 연소자를 '초소稍少'라고 부른다.] '소자少者'라 하고 [자기보다 젊기를 10세 이하인 사람을 일컫는다.] '유자幼者'라 한다. [자기보다 젊기를 20세 이하의 사람을 일컫는다. ○나이가 젊더라도 만약 덕망德望과 지위가 높일 만한 사람은 존장尊長이 마땅히 대등한 예를 높여 적자敵者로 대우해야 한다.]

둘째 청廳에 나아가 읍배揖拜하는 것으로 세 가지 조목이 있으니, 유자가 존자에게 정초正初에 배후拜候하거나 경사慶事에 하례賀禮하는 것으로 모두 명지名紙를 갖추어서 [존자에게는 네모난 백지 한 폭을 쓰는데, 그 위에 '시생侍生' 혹은 '만생晚生'·'계가자契家子'에 성명과 '재배再拜' 혹은 '배사拜謝'·'배하拜賀'라고 쓰고, 엇비슷한 나이인 적자敵者 이하에게는 전지箋紙 한 파람을 쓰는데, 그 위에 모某 '배拜' 혹은 '사謝' 혹은 '하賀'라고 한다. ○오늘날 속습에는 명지를 쓰는 법이 없어졌는데, 이러한 예절은 알지 않을 수 없는 것이기 때문에 아울러 기록해 둔다.] 예禮로써 뵙는다. [병고病故가 있으면 편지를 써서 뜻을 알리고 눈·비를 만나면 개기를 기다렸다가 행한다.] 그 외 기거가 어떠신지를 문후한다거나 의문을 질의하며 일을 아뢰는 것은 존장께서 청하여 부르거든 모두 한가로이 나아가 뵙지만, 존자는 몸소 사례하는 일이 없다. 모든 비슷한 제배인 적자는 경사에 대한 칭하稱賀를 주고받는다. [명지는 위에서 예시했다.]

○모든 존자와 장자를 뵐 때는 문밖에서 말에서 내리고, 외차外次(바깥 채 대기 장소)에서 기다리면서 통고한 뒤 종종 걸음으로 들어가 재배한다. [문에 이르러서는 주인이 식사를 하는지의 여부와 다른 손이 있는지의 여부와 다른 소관사무所關事務가 있는지의 여부를 물어보고, 방해되는 바가 없다고 판단한 후에 통고한다. 만약 존장의 집에서 일시에 여럿이 진배하고자 할 때는 연이어서 나아가 뵐 수 없기 때문에 반드시 여러 사람이 자리에 나아가기를 기다렸다가 한꺼번에 단체로 뵈어야 한다.] 제배儕輩인 적자의 예견禮見을 받을 적에는 주인과 손이 서로 향해 배례하되, 편하게 볼 경우에는 읍揖만 하고 자리로 나아간다. 존자·장자가 소자·유자의 가정을 방문하면 주인은 종종 걸음으로 나와서 맞이한다. [유자는 존자에게 뜰에서 영배迎拜를 하고, 소자少者는 장자長者를 맞아 들여 인도해서 들어간다.] 마루에 올라 배례한다. 손이 물러갈 때는 주인이 대문에서 보내며 말에 오르도록 읍하고 청하는데, 손이 굳이 들어가기를 청하면 주인이 읍하고 몸을 돌려 몇 걸음 옮겨서 선다. 손이 말에 오른 후에 곧 들어온다. [손이 도보로 다니면 문밖에서 송별하되, 걸음에 따라 몇 걸음을 가되, 읍을 하면 멈추고, 멀리 가는 것을 바래 준 뒤에 들어온다.] 무릇 존자를 뵈면 반드시 절을 하고, 장자를 뵈면 반드시 공손히 읍을 한다. 존장을 뫼시고 앉아 있을 때 손이 와도 존장이 일어나지 않으면 또한 일어나지 않는다. 무릇 존장을 뫼시고 앉았을 때 제배 이하가 만약 오면 주인이 마루를 내려가지 않고 [존장을 모신 주인이다.] 사람을 시켜 손님이 있음을 고하게 하고 감히 나가 맞이하지 않는다. 손이 들어와 마루에 오르면 주인이 비로소 일어나는데, 손이 먼저 주인과 예를 행하고 나서 곧 존장에게 절을 한다. 만약 스승이나 널리 알려진 존자와 같은 특별한 분을 모시고 있을 때 제배 이하를 만나서 스승이나 널리 알려진 존자가 일어나지 않으면 자리에 있는 사람은 비록 주인이라도 또한 감히 일어나지 못하고, 손이 마루에 오르면 먼저 스승이나 널리 알려진 존자에게 절을 한 다음 자리로 나아가

부복俯伏으로 예를 차려 앉고, 자리에 있던 사람들도 또한 다만 부복으로 서로 만나는 예를 갖춘다. [여기 손을 맞아 일어나지 않는 등의 예절은 오늘날 이행하기 어려운 듯하지만, 이러한 예절도 역시 알지 않을 수 없기 때문에 아울러 기록해 둔다.]

무릇 길에서 존장을 만났을 때, 모두 도보로 다니고 있으면 바삐 나아가 배읍을 하고, 존자가 이야기를 하면 대답하고, 이야기를 하지 않으면 길 가에 서서 존장이 지나가기를 기다렸다가 곧 읍을 하고 가던 길을 간다. 혹 모두 말을 타고 있으면 존자에게는 돌아 피하여 드리고 [만약 돌려 피하여 드릴 수 없으면 말에서 내려 기다리다가 존자가 말에 오르기를 청하면 말에 올라 부복하고 지나기를 기다렸다가 가던 길을 간다.] 장자에게는 길 가에 말을 세워 읍을 하고 지나기를 기다렸다가 곧 읍을 하고 가던 길을 간다. 만약 자신은 도보이고 존자가 말을 타고 있으면 돌아 피하여 드리고 [무릇 도보로 가다가 말을 탄 아는 사람을 만났을 때 모두 이와 같이 한다.] 만약 자신이 말을 타고 장자가 도보면 멀리서 보고 말에서 내려 앞으로 나아가 읍을 하고 멀리 지나가면 곧 말에 오르고, 만약 제배 이하를 만났을 때 모두 말을 타고 있으면 읍을 하고 지나가고, 저 사람이 도보이어서 미처 피하지 못하면 말에서 내려 읍을 한다. [유자에게는 반드시 내릴 것은 없다.]

셋째는 청하여 불렀을 때 보내고 맞이하는 것으로 모두 네 조목이다. 무릇 음식을 차려서 존자를 청할 때는 반드시 직접 가서 청해야 한다. [전혀 모르는 손을 초청했으면 존장을 함께 청할 수 없다.] 만일 장자를 청할 때는 직접 갈 것까지는 없다. [단자單子를 갖추거나 혹은 편지를 써서 사람을 시켜서 청한다.] 존자가 이미 왔다면 다음 날 직접 가서 사례한다. 제배를 부를 때는 서신으로써 하고, 소자와 유자를 부를 때는 회문回文으로 한다. [만약 부를 사람이 많지 않으면 또 마땅히 서신으로 한다.]

○모든 회합에서 모인 사람이 모두 향인鄕人이면 연치 순으로 앉고 [사류士類가 아니면 그렇지 않다.] 만약 친척이 있어 위차位次에 방해가 되는 경우는 별도로 순서를 정하고, 만약 모르는 손이 있는 경우 벼슬이 있으면 벼슬로서 자리를 정하되 [서로 방해가 되지 않으면 연치 순으로 앉는다.] 만약 특출한 벼슬이 있는 경우는 비록 향인이라도 또한 연치로 할 수 없다. [특출한 벼슬이라 함은, 조명朝命을 받은 사대부 이상 시종侍從(홍문관이나 승지 등 임금 가까이 모시는 신하) 대간臺諫의 벼슬 따위이다.] 만약 특별한 초청으로 혹 수고롭게 왕림해 줌을 맞이하거나 나가서 전별餞別할 경우 모두 오직 초빙 때문에 오는 분을 상객上客으로 삼는데, 예를 들어 혼례에는 사돈가査頓家가 상객이 되는 것처럼 모두 연치나 벼슬로써 차서를 삼지 않는다.

○무릇 잔치 모임에는 애초에 앉을 때 두 기둥 사이에 탁자를 차리고 [만약 빈 곳에서 잔치를 베풀 때에는 연석宴席 앞 중간에 탁자를 차린다.] 그 위에 잔을 놓아둔다. 주인이 자리에서 내려와 탁자

의 동쪽 서향하여 서고, 상객도 역시 자리에서 내려와 탁자의 서쪽 동향하여 서서 잔을 들어 직접 잔을 씻는다. 상객이 사양하면 주인이 탁자 위에 잔을 놓고 직접 주전자를 잡고 따르고 집사자執事者에게 주전자를 건네면 드디어 잔을 잡고 상객에게 바친다. 상객이 받아서 다시 탁자 위에 놓으면 주인은 서쪽을 향하여 재배하고 상객은 동쪽을 향하여 재배한다. 일어나 술을 가져다 동쪽을 향하여 무릎을 꿇어 조금[祭] 따른다. [쟁반에 술잔을 조금 기울여 따른다.] 마침내 마시고 잔을 찬자贊者에게 주고 배례를 하면 주인이 답배한다. [만약 소자少者 이하가 손이 되어 술을 마시고 절을 하면 주인이 무릎을 꿇고 받기를 평상시의 의식대로 한다. ○만약 혼례 모임에서 사돈가가 상객이 되면 비록 소자라도 또한 배례에 답배한다.] 상객이 주인에게 잔을 치되 이전의 의식처럼 마치면 주인이 곧 여러 손들에게 이전 의식처럼 헌작獻酌을 하는데, 다만 술만 올리고 배례는 하지 않는다. [만약 여러 손들 중에 연치가 높고 작위가 있는 경우는 특별히 상객에 대한 의식으로 헌주獻酒하되 다만 술을 치지는 않는다.] 이미 마치고 자리로 돌아가서는 속례俗禮로써 즐겁게 마신다. [존자가 술을 돌리면 유자는 존자의 자리에서 뵙고 잔을 잡고 올리며, 장자가 잘을 돌리면 소자는 일어나 꿇어 엎드린다.]

  무릇 멀리 나와서 멀리 돌아갈 사람이 있으면 맞이하고 보내는데, [이른바 멀리 나오고 멀리 돌아간다는 것은 일 때문에 먼 지역으로 가거나 혹은 타향으로 부임하는 따위이고, 먼 길에 몇년 동안 있다가 항상 왕래하는 경우는 이 예에 해당되지 않는다.] 제배 이하는 2~3리里 혹은 4~5리에서 한 곳에 모여 서로 예의에 맞게 읍을 하고 음식이 있으면 음식이 있는 곳으로 가서 먹되 연고가 있는 사람은 그가 돌아가기를 기다렸다가 집으로 돌아와 돌이켜 성찰한다.

  넷째는 경조사慶弔事에 부조扶助를 증정하는 것으로 모두 네 조목이다. 향약에 동참하는 모든 사람에게 길吉한 일이 있으면 축하하고 [생원·진사시에 입격하거나 새로 관직에 나아가거나 당상堂上이나 가선嘉善 등으로 품계가 오르거나 향약원으로 연세가 80·70이 아들의 관례冠禮를 하거나 며느리·사위를 맞이하는 따위이다.] 흉凶한 일이 있으면 조문弔問하는데, [상례喪禮·장례葬禮·수재水災·화재火災 따위.] 집마다 다만 가장 한 사람씩만 향약원과 함께 간다. 서신으로 조문하는 것도 같다. 만약 가장家長이 유고有故면 그 다음 사람이 여기에 해당한다. [재난이 작은 경우는 서신으로 조문하고 재난이 큰 경우는 향약에 동참하는 사람들이 날을 잡아 함께 가서 조문한다.]

  ○모든 경사에 대한 예절은 보통 의식처럼 물품을 증정하는데, [폐백이나 주식酒食·과일 등속을 쓴다. ○무릇 존장에게 바칠 때는 보장報狀으로 그 물목物目을 열거하여 아뢴 다음에 바치고, 제배 이하는 말로 전하거나 혹은 종이 폭에 이름을 쓴다.] 혹 그 집의 재력이 부족하면 향약에 동참하는 사람들이 그를 위하여 그릇 등속을 빌려 주거나 장만하고 운영하는 일을 감독·검사해 준다.

○모든 조례弔禮에 있어 초상이 났음을 들으면 향약에 동참하고 있는 사람들은 심의深衣를 입고 [혹은 도포에 흰 띠를 한다.] 가서 곡하고 조문한다. [초상은 약원約員 및 약원의 부모·처자의 초상을 말한다. 죽은 날 상가에서는 즉시 직월에게 부고訃告를 하고 직월은 약중約中에 돌려 고한다.] 또 상례 및 온갖 경영을 돕는 일에 관해 의논하고 또 주과酒果를 갖추어 글을 지어 올린다. [이는 오직 향약에 동참한 사람 및 그의 부모상이나 정분이 가장 두터운 경우에 한한다.] 무릇 상가에서 주식을 구비하여 조객을 대접할 수 없으며, 조객 또한 받을 수 없다. [이를 범하는 자는 예법을 경멸한 죄로써 논한다.]

○만약 향약에 동참하고 있는 사람이 멀리서 객사客死하여 일제히 나아가 호상護喪하기가 어려우면 향약에 참여하고 있는 사람들이 일정한 장소에 모여 혼위魂位를 설치하고 곡哭을 하되, 약원 중 나이 젊은이를 보내어 조문하고, 장사 때에도 또한 전례에 의거하여 제물을 준비하여 사람을 시켜서 가서 올리게 한다. [상가가 비록 멀더라도 장지葬地가 가까우면 일제히 나아가 모여서 장사해야 한다.]

위의 예속상규禮俗相規에 관한 일은 직월이 주관하는데, 기일이 있는 경우는 기일을 정하여 서로 통지한다. 규집糾集(소집)을 담당한 자는 어기거나 태만한 자를 감독하되 향약과 같이 하지 않는 자는 약정에게 알려서 따져 묻고, 제회齊會 시에 여러 사람이 그를 바로잡으며, 죄가 중한 자는 문적文籍에 기록해 둔다.

환난상휼患難相恤

환난에 해당하는 일은 일곱 가지인데, 첫째는 수재·화재이다. [가까운 사람은 사람을 보내어 제때에 구제하고, 재난이 심하면 직접가되, 많은 사람들을 데리고 가서 구제하고 또 조문한다. 집이 모두 타 없어진 경우는 중의衆議로 이엉과 재목材木을 모아 장정을 내어 가서 조문하고, 집을 짓는 역을 돕게 하는데, 만약 이로 인하여 양식이 떨어졌으면 중의를 모아 재물로써 구제한다.]

둘째는 도적맞는 것이다. [가까운 사람은 힘을 모아 보태는데, 힘 있는 사람은 관가에 고하여 도적을 잡기를 호소하고, 만약 옷과 양식을 모조리 남김없이 잃어버렸으면 중의를 모아 재물로 구제한다.]

셋째는 질병에 걸리는 것이다. [가벼우면 하인을 시켜서 문병하고, 무거우면 직접 나아가서 문병하는데, 혹 의약이나 반찬을 보태기도 한다. 만일 온 집안이 병들어 누웠으면 이웃에서 인력을 내어 밭갈고 김매는 것을 돕는다.]

넷째는 죽는 것이다. [사람이 없으면 일을 주관하고 장만하는 것을 돕는데, 예를 들면 침비鍼婢나 공장工匠의 따위를 모두 조력해야 한다. 재물이 궁핍하면 부조하거나 빌려준다.]

다섯째는 외롭고 약한 것이다. [고아로 버려져서 의탁할 데가 없는 사람은 만약 자신이 넉넉하면 그 친속 중에 충실히 주관할 사람을 골라 처리하여 출납을 따져 보고, 가난하여 살아갈 수 없는 자는 협력하여 그를 구제하여 살 바를 잃어버리지 않도록 한다. 혹 사기를 당한 경우는 향약원이 일제히 같은 목소리로 관에 고하여 논변하고, 혼인에 때를 놓친 경우는 배필을 구하여 살도록 해 준다. 방종하여 자포자기한 경우는 방지하고 단속하여 허물을 고치도록 바란다.]

여섯째는 모함을 당하는 것이다. [모함을 당하고도 스스로 신원伸寃할 수 없는 경우는 세력으로 사리를 밝힐 수 있으면 바로 잡고, 방략方略으로 구제할 수 있으면 그로써 해결한다.]

일곱째는 빈곤함이다. [가난을 편안히 여기고 분수를 지키는데도 생계가 크게 부족한 경우는 중의로 구제하되, 혹 항산恒產을 마련하도록 빌려주고, 해나 달로 보상하게 하기도 한다.]

위의 환난患難에 서로 구제하는 일이다. 모든 구휼해야 할 일이 있는 자는 혹 그 가정에서 직접 약정約正에게 고하기로 하고, 혹은 같은 약원約員이 약중約中에 통고하여, 직월直月로 하여금 장점대로 숙의하여 구제할 방도를 찾아 약원이 함께 참여하는 후의를 힘써 다할 수 있도록 한다. 무릇 재물이나 기용器用·거마車馬의 유·무간 서로 빌려 쓸 즈음에 혹 빌려 줄 수 있으면서도 빌려주지 아니하는 경우나, 망가뜨리고 잃어버려 기간을 넘기고도 반환하지 아니하는 경우는, 향약을 어긴 허물로 논하여 문서에 기록하고, 전례에 없이 돕고 구제한 사람은 약중約中에서 약정에게 알려 선적善籍에 기록한다.

이상의 『여씨향약呂氏鄕約』네 조목은 이미 주자朱子의 증손增損을 거쳤으므로 진실로 모두 선善한 것이다. 다만, 송나라 때는 유현儒賢이 번갈아 흥기하고 학교가 다시 수립되어 정사와 가르침이 위에서 밝고 풍속이 아래에서 아름다웠다. 선비들은 대개 예문禮文에 익숙하여 가정과 향리에 거처함에 있어 규모規模가 이미 이루어져, 향리鄕里와의 약속에 다만 대략 조금 더 경계하고 성찰할 따름이었다. 오늘날로써 보면 고금古今의 시의時宜가 다른데다 절목節目은 소루疎漏하여 부득불 짐작하여 변통해야 하는 것이 있다. 이 때문에 근세의 선유先儒로 교화에 뜻을 둔 분들이 왕왕 그 풍속의 폐단을 따라 문득 줄이고 보태어 병을 살펴 약을 쓰기를 요구한 바가 있음으로써 바야흐로 실제적인 효험을 논할 수 있게 되었다. 이에 다시 가만히 '향삼물鄕三物·향팔형鄕八刑'297)의 의미를 취하고, 퇴계退溪·한강寒岡

---

297) 향삼물鄕三物·향팔형鄕八刑 : 향삼물鄕三物은 옛적 향학鄕學의 교과로서, ① 6덕六德ㅡ지知·인仁·성聖·의義·충忠·화和, ② 6행六行ㅡ효孝·우友·목睦·연姻·임任·휼恤, ③ 6예六藝ㅡ예禮·악樂·사射·어御·서書·수數를 가리키고, 향팔형鄕八刑은 국가의 형법외에 고을의 기풍의 진작과 문란의 방지를 위하여 두었던 처벌 조목을 지칭하는데, 『주례周禮』「지관」대사도에, "以鄕八刑 糾萬

(정구의 호)·창설蒼雪(권두경의 호) 등 여러 선배들의 이론을 참고하여 대강 없앨 것은 없애고 보충할 것은 보충하여 한 지방 사우士友들과 함께 가르치고 행할 것을 요청하였으니, 일은 주제넘지만 그 뜻은 성실하니, 감발하는 바가 있을 것이다.

약중사목約中事目

1. 약원 가운데 연세가 높고 덕망이 가장 높은 분을 도약정都約正으로 추대한다. [물론 사대부士大夫로서 오직 덕망이 여러 사람들에게 신복信服하는 분.] 학술學術과 조행操行이 있는 두 분을 부약정副約正으로, 또 돌려가며 두 사람을 택하여 직월直月로 삼는다. [만약 한 읍邑이 함께 시행한다면 면面마다 각기 약정 두 분과 직월 두 사람을 선출하고, 서민庶民 가운데 근면하고 재간 있는 자 한 사람을 뽑아 색장色掌으로 삼아 사무를 담당하게 한다.]

1. 향약을 설치함은 실로 풍속을 돈독히 하는 것을 데에 하지만, 귀貴한 것을 귀하게 여기고 현인賢人을 높이는 뜻이 그 가운데 깃들어 있으므로 임원任員을 천하고 뽑는 데에 있어 의당 그 인망人望을 가장 중하게 해야 하고, 약원들이 그에 대한 대우 또한 마땅히 그 예모를 다해야 한다. 약정에 추대된 사람도 또한 먼저 그 몸을 바르게 하여 향리를 대표하여 통솔할 것을 생각해야 한다.

1. 도·부약정은 까닭없이 교체되지 않는다. [부모父母의 상을 당하거나 여러 해 병이 누적되거나 여러 해 밖에 나가있거나, 인망에 부합하지 않는 외에는 교체하지 않는다.] 만약 도약정이 부득이하여 교체되어야 한다면, 약원들이 모두 모여 중의로 추대하여 정한다. [부약정과 직월이 그의 집에 가서 청한다.] 부약정이 교체되어야 한다면 도약정은 향회鄕會 때 모든 사람들과 의논하여 택정擇定한다. [직월이 그 집에 가서 알린다.] 직월은 1년마다 돌아가면서 바뀐다.

1. 향적鄕籍을 두고 그 약원約員의 명단을 기록한다. [만약 한 읍이 함께 시행한다면 읍에는 도적都籍을 두고, 각 면에는 향적鄕籍을 둔다.] 추후에 향약에 가입할 사람이 있으면 매년 춘회春會 때 이어서 기록한다. 또 선적善籍과 악적惡籍을 두어 권면勸勉할 만한 덕업德業을 행한 사람은 선적에 기록하고, 바로 잡아야 할 만한 과실이 있는 사람은 악적에 기록한다. 모든 문적은 직월이 관장한다. [교체할 때는 약정에게 고하고 전하여 준다.]

1. 무릇 향약에 가입하는 사람에게는 반드시 먼저 향약의 문건을 보여주어 스스로 조심하고

民 一曰不孝之刑 二曰不睦之刑 三曰不婣之刑 四曰不弟之刑 五曰不任之刑 六曰不恤之刑 七曰造言之刑 八曰亂民之刑"이라는 내용이 보인다.

몸을 검속할 수 있는지를 판단하게 한다.

1. 향약조목을 따르겠다면 단자單子를 갖추어 가입하기를 청하고, 약정은 약중約中에 물어 모두 들어오는 것을 허가한 후에 가입을 허락한다. 만약 혹 검속檢束을 꺼려 향약에 들지 않으려는 자나 혹 향약이 하는 사업을 비방·조소하고 희롱하는 자는 비록 향약 밖에 있다 하더라도 사류士類로 대우하지 않는다.

1. 매년 봄에 도·부약정은 모든 향원들을 모아서 향약을 강론한다. [직월은 도·부약정에게 아뢰어 기일을 정하고 회문回文으로 통고한다. 회문은 차례차례 전해 보내는데, 혹 연체하거나 잃어버리는 경우는 처벌한다.] 만약 도약정이 유고有故면 부약정 이하도 또한 모여 예를 행할 수 있는데, 존자尊者 이하를 모두 부약정의 나이로써 계산한다.

1. 초강시初講時에 창설재蒼雪齋의 『사약社約』298)에 의거하여 약원의 서약문을 지어 선성先聖과 선사께 고하고, 추후로 향약에 가입하게 된 사람도 또한 모임에 참여할 때 그 이름을 고한다. [고문告文은 반드시 별도로 지을 필요는 없다.]

1. 향약을 강론할 때 장석丈席이 자리에 임하면 먼저 선성과 선사를 알현하는 예를 행하고, 다음으로 뜰에서 읍례를 행하고, 다음으로 약원들 상호간 만나보는 예를 행한다.

1. 향약의 모임에 혹 유고로 참여할 수 없으면 사유를 갖추어 약중에 단자를 올리고, 만약 아무 유고를 핑계하고 까닭없이 참여하지 않는 사람은 처벌할 것을 논의한다. [기년·대공복을 입는 사람으로 장사葬事를 지내지 않은 사람은 모임에 나오지 않는 것을 허락한다.]

1. 모든 경조慶弔·상장사喪葬事에 물품을 빌려주어 구휼하는 일은 각기 가까운 향리의 약원들이 일괄하여 행하고, 무릇 먼 향리에 있는 사람들은 오직 친척·붕우로서 그 정분과 일의 대소나 능력에 따라 하되 각기 그 적의함에 맞게 한다. [덕업상권·과실상규 두 조목은 모든 약원에 있어 매우 불편한 점이 없지만, 예속의 왕래와 환난의 구휼 등의 일에 있어서는 사세상 원근의 다름이 없을 수 없다. 『주례周禮』의 오가상보五家相保·오비상수五比相受·사려상장四閭相葬·오족상구五族相救·오당상주五黨相賙·오주상빈五州相賓의 뜻에299) 의거하여 각각 가까운 향리에서는 일일이 향약과 같이 행하되, 먼 향리에 거주하는 경우는 오직

---

298) 창설재蒼雪齋의 『사약社約』: 창설재는 조선 숙종 때의 학자 권두경權斗經의 호. 권두경의 『사약절목社約節目』이 있는데, 이상룡의 『증손향약절목增損鄕約節目』과 비슷한 내용과 체재로 엮어졌고, 권두경의 계중입약契中立約은 이상룡의 약중사목約中事目과 비슷한 내용과 체재가 많다(『창설재집蒼雪齋集』 권11).

299) 『주례周禮』의 … 오주상빈五州相賓의 뜻 : 『주례周禮』「지관地官」대사도지직大司徒之職에, "五家爲比 使之相保 五比爲閭 使之相受 四閭爲族 使之相葬 王族爲黨 使之相救 …"라 한 것을 말함.

친구로서 그 정분의 경중과 일의 대소에 따라 서로 구휼하는 후의에 힘쓸 것이지만 또한 힘이 미치지 못하는 것으로써 책망할 수는 없다.]

1. 소자少者와 유자幼者는 존장尊長에 대하여 세시歲時에 문후의 예절을 빼버려려서는 안 되지만, 오늘날 우리 약원이 너무 많아 유·소자에 있어 존자가 될 분이 매우 여럿이기 때문에 실로 직접 나아가 문후하는 것을 두루 행할 수 없다. 그러므로 제한하고 조절하는 변통이 없을 수 없다. 세시에 찾아가 배례하는 것은 단지 60세 이상으로, 사는 집에서 10리 이내로 한정한다. [예를 들어 도·부약정 같은 경우는 비록 60세 미만이라도 마땅히 나아가 문후해야 하며 10리 밖에 있는 경우도 또한 마땅히 단자에 연명하여 문후를 해야 한다.] 혹 맞이하고 보내는 즈음에 속절俗節에 구애되어 진배進拜하기에 불편하면 같은 마을 약원들과 더불어 연명聯名으로 써서 문후하되 또한 반드시 15일 안으로 한정하는 것이 좋다.

1. 한강寒岡의 『계의契議』300)에 의거하여 법식으로 정한 바를 읽고나서 『백록동규白鹿洞規』301)의 강론에 참여한다.

1. 한강의 『계의』에는 회일會日에 학업을 고사하는 규례規例가 있고, 창설재의 『사약』에는, 강을 듣고 문장을 고사하는 규례가 있으니, 오늘날도 그대로 시행하는 것이 마땅하다. 다만 많은 인원이 송독하면 사세상 겨를치 못할 바가 있으니, 회문을 돌려 고할 때에 성리性理와 관련되는 문자 한두 가지를 미리 정하여 [예를 들면 「태극도설太極圖說」이나 「동東·서명西銘」이나 「옥산강의玉山講義」302) 등의 글이다.] 각자 스스로 익히 보고, 회일에 향약을 강론한 다음, 시간을 감안하여 의심나는 뜻을 토론하게 하는 것도 좋을 것이다.

---

300) 한강寒岡의 『계의契議』: 한강寒岡은 선조~인조 때의 문신이며 학자인 정구鄭逑의 호. 정구의 계회입의契會立議가 있는데, 이상룡이 많이 참고했다(『한강집寒岡集』 권9).

301) 『백록동규白鹿洞規』: 백록동서원학규白鹿洞書院學規의 준말로, 당唐 나라 초기의 백록동서원이 송宋 나라 때에 이르러 이미 황폐해졌는데, 주희朱熹가 그것을 복구시키고 학규學規를 조목별로 게시揭示했던 데서 온 말이다. 오교지목五敎之目 — 부자유친父子有親·군신유의君臣有義·부부유별夫婦有別·장유유서長幼有序·붕우유신朋友有信. 수신지요修身之要 — 언충신言忠信·행독경行篤敬·징분질욕懲忿窒慾·천선개과遷善改過. 접물지요接物之要 — 기소불욕 물시우인己所不欲勿施于人·행유부득 반구저기行有不得反求諸己. 위학지서爲學之序 — 박학지博學之·심문지審問之·신사지愼思之·명변지明辨之·독행지篤行之. 처사지요處事之要 — 정기의 불모기리正其誼不謀其利·명기도 불계기공明其道不計其功.

302) 태극도설 : 송의 염계濂溪 주돈이周敦頤가 지은 것임. / 동·서명 : 송의 횡거橫渠 장재張載가 지은 것임. / 「옥산강의玉山講義」: 송宋 나라 학자 주희朱熹가 옥산玉山에 가서 그 고을의 수령 사마방司馬방의 청으로 현의 학당學堂에서 학자들의 물음에 대해 도道의 요체를 발명한 것이다(『주자대전부록朱子大全附錄』 권6 별본연보別本年譜, 권74 잡저雜著 옥산강의玉山講義).

1. 무릇 선적과 악적은 모두 법식을 수립한 다음이라야 시작한다. 만일 법식을 수립하기 전에는 비록 과실이 있다 하더라도 논하지 않는다. 또 사람을 논함에 있어 너무 심하게 하지 말아서, 스스로 고칠 수 있는 길을 열어두고 반드시 충심으로 고하여 잘 타이른다. 그가 고칠 수 없음을 안 후에 처벌을 논의한다.

1. 악적에는 허물이나 벌을 행한 일을 기록하는데, 이미 주자로부터 그 행하기 어렵다는 것을 탄식하였다. 그러나 만약 약원들이 마음을 합하여 반드시 행하기를 기약한다면 또한 무슨 어려움이 있겠는가? 무릇 허물과 벌을 행한 일을 기록할 때에 의견을 달리하여 처리를 미루고 사사로움에 이끌려 공익을 해롭히는 자가 있으면 향약에서 행하는 일을 막고 희롱하는 것으로 논해야 한다.

1. 향약의 설치로 체모가 이미 존중되고 약법約法이 또 엄중하여 혹시라도 여기에 빙자하여 위복威福을 마음대로 천단擅斷하려하거나 한갓 의논만 숭상할 뿐 도리어 경쟁을 조장하는 자가 있으면 윤리를 돈독하게 하고 가르침을 흥기하려는 소이가 풍속을 상하게 하는 소이로 될 뿐이니 어찌 매우 두려워하지 않을 수 있겠는가? 모름지기 각자 두렵게 여겨 면려勉勵하되, 만약 이런 일이 있다면 일일이 처벌을 논의하여 절대 용서하지 말아야 한다.

찾아보기

ㅏ ⋯

자 …

하 ...

◦ 단체 및 사건

가 ...

나 ...

다 ...

마 ...

바 ...

국역 석주유고 참여자 약력 (가나다순)

연구책임자
▫ 김희곤 : 경북대학교 사학과 문학박사. 현 안동대학교 사학과 교수·안동독립운동기념관장.

공동연구원
▫ 강구율 : 경북대학교 국어국문학과 문학박사. 한국국학진흥원 객원연구원. 현 동양대학교 교양학부 교수.
▫ 김윤규 : 경북대학교 사범대학 국어교육과. 동 대학원 문학박사. 현 한동대학교 글로벌리더십학부 교수.

역자
▫ 김명균 : 안동대학교 국어국문학과. 성균관대학교 국어국문학과 문학박사. 세명대학교 국어국문학과 강사.
▫ 김승균 : 안동대학교 한문학과. 동 대학원 석사 수료. 한국국학진흥원 고전국역자 양성과정 수료.
▫ 오덕훈 : 민족문화추진회 부설 국역연수원·한국국학진흥원 고전국역자 양성과정 수료. 안동대학교 안
　　　　　동문화연구소 연구원.
▫ 이성호 : 건국대학교 중어중문학과. 성균관대학교 중어중문학과 문학박사. 현 인천시립전문대학 겸임교수.
▫ 정의우 : 국립대만사범대학 문학박사. 현 안동대학교 중어중문학과 강사·한국국학진흥원 전임연구원.

교열자
▫ 권경열 : 한국학중앙연구원 부설 한국학대학원 문학박사과정 수료. 현 한국고전번역원 고전번역연구소
　　　　　연구원.
▫ 권영대 : 단국대 동양학연구소 연구위원·민족문화추진회 국역위원. 현 고려대학교·성균관대학교 강사.
▫ 이동환 : 고려대학교 석사. 고려대학교 국문학과·한문학과 교수. 한국한문학회장·한국실학학회장·연세대
　　　　　학교 용재석좌교수 등 역임. 현 사단법인 퇴계학연구원 부원장·이사·고려대학교 명예교수.
▫ 이정섭 : 동국대학교 교육대학원 수료. 현 한국고전번역원 자문위원·전통문화연구회 이사 겸 기획위원·국
　　　　　립중앙도서관 고서위원장.
▫ 장재한 : 민족문화추진회 국역연수원 연수부·상임연구부 졸업. 국역연수원 교수. 현 사단법인 유도회한문
　　　　　연수원장.

해제·교열(역사)
▫ 김기승 : 고려대학교 사학과 문학박사. 현 순천향대학교 어문학부 국제문화전공 교수.